Das Haus hinter dem Wind

Schlagartig ist die unbeschwerte Jugend für Sabrina Thurston vorbei, als sie mit achtzehn Jahren den Vater verliert und die Leitung der geerbten Quecksilberminen übernimmt. Trotz aller Anstrengungen sind Erfolg und Glück nie von Dauer. Sabrinas Mann John stirbt bei einem Zugunglück, und die große Depression treibt das Unternehmen an den Rand des Ruins. Doch stets nimmt Sabrina den schweren Kampf um ihr Glück von neuem auf ...

Es zählt nur die Liebe

Tana Roberts muß in ihrem jungen Leben viele harte Schicksalsschläge hinnehmen. Ihr Vater fiel im Krieg, ihre Mutter verzehrt sich in Liebe zu einem unwürdigen Mann und auch sie selbst macht mit Männern nur wenig gute Erfahrungen. Da lernt sie eines Tages Harry Winslow, einen reichen, netten und unbeschwerten Jüngling kennen, und mit einem Mal scheint ihr sehnsüchtiges Verlangen nach ein wenig Glück und Geborgenheit in Erfüllung zu gehen.

Doch es soll anders kommen: Harry wird zum Vietnamkrieg eingezogen und kehrt als Krüppel heim. Unter der Last dieser Prüfung droht Tana zu zerbrechen. Sie muß erst lernen, daß nur die Liebe zählt ...

Autorin

Danielle Steel wurde als Tochter eines deutschstämmigen Vaters in New York geboren. Sie studierte französische und italienische Literatur an der Universität von New York und schrieb danach zahlreiche Romane, die sie in wenigen Jahren zu einer der bekanntesten Autorinnen Amerikas gemacht haben.

DANIELLE STEEL

Das Haus hinter dem Wind

Es zählt nur die Liebe

Zwei Romane in einem Band

Goldmann Verlag

Umwelthinweis:
Alle bedruckten Materialien dieses Buches
sind chlorfrei und umweltschonend.

Der Goldmann Verlag
ist ein Unternehmen der Verlagsgruppe Bertelsmann

Neuausgabe August 97
Das Haus hinter dem Wind
Titel der Originalausgabe: Thurston House
Originalverlag: Delacorte Press, New York
Copyright © 1983 der Originalausgabe
by Benitreto Productions, Ltd.

Es zählt nur die Liebe
Titel der Originalausgabe: Full Circle
Copyright © 1984 der Originalausgabe
by Benitreto Productions, Ltd.

Copyright © dieser Ausgabe 1997
by Wilhelm Goldmann Verlag, München
Umschlaggestaltung: Design Team München
Satz: IBV Satz- und Datentechnik GmbH, Berlin
Druck: Graphischer Großbetrieb Pößneck
Verlagsnummer: 41620
AA · Herstellung: Sebastian Strohmaier
Made in Germany
ISBN 3-442-41620-5

1 3 5 7 9 10 8 6 4 2

Das Haus hinter dem Wind

Aus dem Amerikanischen
von Dr. Ingrid Rothmann

Für Sam, meine Liebe,
und ihren über alles
geliebten Daddy, John.

Möge unsere Liebe dir stets
Wärme, Geborgenheit und Glück gewähren.

d. s.

Das Haus

Wer schlief hier einst,
eh ich gekommen,
wer war
in diesem Raum?
Ich frage mich, wie sah er aus,
war es
derselbe? Kaum ...
War da ein Mädchen
oder zwei?
War es ein kleiner Junge,
ein Haus, das voller
Spielzeug war,
voll Freuden,
voller Träume gar?
War es ein Ort
der Einsamkeit –
die Betten leer, die Räume still,
ein Haus, das öde gähnt
und sich nach Liebe sehnt?
War einst ein Mädchen hier,
das tanzend, singend sprang,
ein Glöckchen, das zu Tische rief
mit zartem, hellem Klang?
Ich frage mich,
wer stand einst hier
wie ich an diesem Ort?

Kenn' ich
　die Namen,
　　die Gesichter?
　　　War dies derselbe teure Hort
　voll Freude und voll
　　Kummer,
　gab es hier Katze
　　oder Hund,
waren hier Pferd und Maus?
Wer wohnte hier,
　wer kennt das Haus?
Wer kennt mich hier,
　und kenn' ich sie,
　　die sangen manche Melodie?
Ich spüre sie
　samt ihren Tränen,
ich habe sie geliebt,
　das Haus war neu,
　　es war das ihre,
war anders einst
und ist doch wieder gleich,
es war
　und ist,
　　muß immer sein,
　　das Haus, jetzt ist
　　　es mein ...

ERSTES BUCH

Jeremiah Arbuckle Thurston

I

Langsam sank die Sonne über den Hügeln, die die üppige grüne Pracht des Napa Valley umrahmten. Jeremiah stand da und sah zu den orangefarbenen Streifen am Himmel hinauf, die von hellviolettem Dunst abgelöst wurden, aber seine Gedanken schweiften in die Ferne. Jeremiah war ein hochgewachsener, breitschultriger Mann mit geradem Rücken, kräftigen Armen und einem warmen Lächeln. Mit seinen dreiundvierzig Jahren hatte er im Haar schon mehr Grau als Schwarz, seine Hände aber waren noch immer so kraftvoll wie einst in seinen jungen Jahren, als er in den Minen gearbeitet hatte und seine erste eigene Mine im Napa Valley erwarb. Das war 1860 gewesen. Er hatte den Claim selbst abgesteckt und war hier als erster auf Quecksilber gestoßen. Siebzehn Jahre war er damals alt gewesen, fast noch ein Junge, aber wie für seinen Vater vor ihm waren die Minen jahrelang sein ein und alles gewesen.

Für seinen Vater, der 1850 aus dem Osten gekommen war, hatte sich die goldene Verheißung des Westens erfüllt. Schon nach einem halben Jahr konnte er Frau und Sohn nachkommen lassen, weil er die Taschen voller Gold hatte, und sie waren zu ihm gefahren. Doch bei der Ankunft war Jeremiah allein gewesen, seine Mutter war unterwegs gestorben.

Die nächsten zehn Jahre hatte er Seite an Seite mit seinem Vater gearbeitet, nach Gold geschürft und, als das Gold rar wurde, nach Silber. Jeremiah war neunzehn, als sein Vater starb und ihm sein Vermögen hinterließ, das größer war, als er es sich je hätte träumen lassen. Richard Thurston hatte sein ganzes Geld für seinen Sohn gespart. Mit einem Schlag gehörte Jeremiah zu den reichsten Männern von Kalifornien.

Für ihn änderte sich damit nichts. Er arbeitete weiter in den Minen neben den Leuten, die er angeworben hatte. Er kaufte Minen dazu, kaufte Land, baute an und schürfte weiter. Seine Leute behaupteten, er hätte goldene Hände. Was er auch anfaßte, alles wurde zum Erfolg und wuchs, wie die Quecksilberminen, die er in Napa bearbeitet hatte, als der Ertrag der Silberminen nachließ. Glatt und klaglos hatte er den Übergang geschafft, ehe die anderen überhaupt merkten, war er vorhatte.

Aber am meisten lag ihm am Grundbesitz. Er liebte das Gefühl des fetten braunen Erdreichs zwischen den Fingern, wog es liebevoll auf der Handfläche, genoß die Wärme, den Geruch und alles, was es darstellte. Dabei ließ er den Blick ringsum schweifen und nahm alles in sich auf: die Hügel, die Bäume, das Tal mit seiner Vegetation, den saftigen grünen Grasteppich, der sich vor ihm erstreckte, so weit das Auge reichte. Zu seinem Besitz gehörten auch die Weinberge, in denen ein ganz ordentlicher Wein gedieh, nichts Großartiges, aber Jeremiah liebte alles, was dieses Land hervorbrachte: Äpfel, Nüsse, Trauben...

Erz. Dieses Tal bedeutete ihm mehr als alles auf der Welt, mehr als jeder Mensch.

Von seinen dreiundvierzig Jahren hatte er fünfunddreißig hier zugebracht, immer diese sanft gewellten Flächen vor Augen.

Nach seinem Tod würde man ihn hier begraben. Er gehörte hierher. Es war der einzige Fleck auf Erden, der ihm etwas bedeutete, obwohl er viel herumgekommen war. Aber nur hier wollte er leben, hier im Napa Valley, wo er den Sonnenuntergang betrachten und dabei den Blick über die Hügel schweifen lassen konnte.

Während er dastand und die Färbung des Himmels in ein samtenes Purpurgrau überging, dachte er an etwas ganz anderes.

Am Tag zuvor hatte er eine Anfrage aus Atlanta bekommen. Er sollte knapp tausend Flaschen Quecksilber zu einem höchst akzeptablen Preis liefern. Doch die Art, wie die Verbindung angeknüpft worden war, erweckte in ihm ein Unbehagen, eine merkwürdige Ahnung, die er sich nicht erklären konnte. Das Geschäft schien an sich in Ordnung zu sein, und seine Bank war dabei, das Konsortium zu durchleuchten, das dahinterstand.

Aber Jeremiah gefiel der Brief nicht, den er bekommen hatte, besser gesagt, der Stil des Schreibers störte ihn. Dieser Orville Beauchamp, der Bevollmächtigte der Gruppe, schien ungewöhnlich direkt, ungestüm und anmaßend. Es war töricht, wenn man sich an der blumigen Prosa des Mannes stieß, und doch... in diesem Punkt glaubte Jeremiah so etwas wie einen sechsten Sinn zu besitzen.

»Jeremiah!« Der vertraute Klang von Hannahs Stimme ließ ihn lächeln. Seit fast zwanzig Jahren arbeitete sie für ihn, seit dem Tod ihres Mannes, knapp nachdem Jeremiahs Verlobte einer Grippeepidemie zum Opfer gefallen war. Eines Tages war sie in ihrer schwarzen Witwentracht zu ihm zur Mine gekommen, hatte ihn strafend angefunkelt und mit der Schirmspitze auf den Boden geklopft. »Jeremiah Thurston, dein Haus ist eine Schande!« Erst hatte er sich erstaunt gefragt, wer, zum Teufel, diese Person war. Schließlich stellte sich heraus, daß sie die Tante eines seiner ehemaligen Arbeiter war. Hannah suchte Arbeit.

Jeremiahs Vater hatte 1832 im entferntesten Winkel seines Landes eine Hütte gebaut und hauste darin mit seinem Sohn, und nach dem Tod des Vaters lebte Jeremiah dort allein. Aber mit der Zeit hatte er immer mehr Land dazugekauft und den ursprünglichen Grundbesitz seines Vaters im Napa Valley beträchtlich erweitert. Mit fünfundzwanzig hielt er die Zeit für gekommen, sich nach einer Frau umzusehen. Er wollte Kinder, er wollte jemanden, zu dem er abends heimkehren konnte, jemanden, der seinen Wohlstand mit ihm teilte. Er hatte noch nicht einmal angefangen, sein Geld zu verbrauchen, und ihm gefiel die Vorstellung, jemanden zu verwöhnen... ein hübsches Mädchen mit sanften Augen und zarten Händen, mit einem Gesicht, das er liebte, einem Körper, der ihn des Nachts wärmte. Durch seine Freunde hatte er ein junges Mädchen kennengelernt, die seinen Vorstellungen genau entsprach. Sie kannten einander kaum zwei Monate, als er ihr einen Antrag machte und mit dem Bau eines schönen und bequemen Hauses begann. Es lag in der Mitte seines Landbesitzes und bot einen weiten Ausblick. Vier gewaltige Baumkronen trafen sich in großen, anmutigen, von der Natur geschaffenen Bögen, und sie würden das Haus im Sommer kühl halten. In den Augen der Einheimischen wurde das zweistöckige Haus fast ein Palast. Im Erdgeschoß lagen zwei hübsche Salons, ein getäfeltes Speisezimmer und eine große anheimelnde Küche, deren Kamin so groß war, daß Jeremiah aufrecht darin stehen konnte. Im ersten Stock gab es ein gemütliches kleines Wohnzimmer, ein großes Schlafzimmer, eine Sonnenveranda für seine Braut, und im Dachgeschoß befanden sich sechs Räume für die geplante große Familie. Er wollte nicht ständig anbauen, wenn die Kinder kämen. Jennie hatte sich entzückt gezeigt über das Haus – über die hohen Fenster mit den Buntglasscheiben und über den großen Flügel, auf dem sie ihm abends vorspielen wollte.

Leider sollte es nie dazu kommen. Jennie wurde innerhalb von drei Tagen von der Grippeepidemie hinweggerafft, von der das Tal im Herbst 1868 heimgesucht wurde. Zum erstenmal im Leben war Jeremiah von seinem Glück im Stich gelassen worden, und er betrauerte Jennie wie eine Mutter ihr totes Kind. Sie war vor kurzem erst siebzehn geworden und wäre ihm die ideale Frau gewesen.

Eine Weile bewohnte er das gespenstisch leere Haus, ehe er es in seiner Verzweiflung abschloß und wieder in die alte Hütte zog, in der er sich allerdings nicht mehr wohl fühlte, so daß er im Frühling 1869 doch für endgültig in das Haus zog, das er für ein gemeinsames Leben mit Jennie geplant hatte... Jennie...

Es war ihm nahezu unerträglich, durch die Räume zu gehen, die er ihr zugedacht hatte, unerträglich, sich vorzustellen, wie es gewesen wäre, wenn sie hier gelebt hätte. Zunächst hatte er ihre Eltern noch häufig besucht, doch hielt er es nicht aus, seinen eigenen Schmerz in ihren Augen gespiegelt zu sehen oder den begehrlichen Blick von Jennies weniger anziehenden älteren Schwester auf sich zu spüren. Schließlich schloß er die Räume ab, die er nie benutzte, und betrat die oberen Stockwerke ganz selten. Er beschränkte sich auf zwei Räume im Erdgeschoß und schaffte es irgendwie, daß es in ihnen aussah wie in seiner alten Hütte. Einen der zwei Salons benutzte er als Schlafzimmer, die anderen Räume richtete er erst gar nicht ein. Der Flügel blieb unbenutzt, nachdem Jennies Hände ihn zuletzt berührt hatten.

In der riesigen Küche pflegte er zu essen, dann und wann mit seinen Leuten, wenn sie bei ihm vorbeikamen. Er war gern mit Männern zusammen und begrüßte es, wenn sie ihn auf einen Sprung besuchten. Er hatte so gar nichts Großspuriges oder Herablassendes an sich. Jeremiah hatte nicht vergessen, von wo er gekommen war, aus einem kalten, jämmerlich armen Haus im Osten, wo man den Winter über fror, stets der Gefahr ausgesetzt, nicht satt zu werden, dann über die weiten Ebenen und die Rockies in den Westen, an die Flüsse, wo er an der Seite seines Vaters in den Minen im Dreck schuftete. Und wenn er jetzt ein Vermögen besaß, hatte er es seiner und der Arbeit seines Vaters zu verdanken. Das war etwas, was Jeremiah nie vergessen hatte und nie vergessen würde... so wie er Jennie nie vergessen würde und auch nie einen Freund vergaß. Niemals wieder hatte er eine Ehe in Erwägung gezogen, auch nicht als viele Jahre vergingen. Ein junges Mädchen mochte noch so charmant und liebreizend sein, sie erschien ihm nie so begehrenswert wie Jennie und auch nie so amüsant... noch viele Jahre klang ihm ihr Lachen im Ohr, ihre entzückten Ausrufe, wenn er ihr zeigte, welche Fortschritte der Bau machte. Er hatte das Haus mit Freuden für sie gebaut, gleichsam als Denkmal ihrer Liebe. Nach ihrem Tod bedeutete es ihm nichts mehr. Er ließ es zu, daß die Farbe abblätterte und daß das Dach über den unbenutzten Räumen undicht wurde. Er benutzte jeden Teller und Topf, bis es kein sauberes Geschirr mehr gab, und der Raum, in dem er schlief, sah ungefähr aus wie ein Stall.

Bis Hannah auf der Szene erschien. Sie war es, die alles veränderte und das Haus für ihn bewohnbar machte.

»Junge, sieh dir das Haus an!« Ungläubig hatte sie ihm einen finsteren Blick zugeworfen, als er sie mit hineingenommen und herumgeführt hatte. Er wußte noch nicht recht, was er mit ihr anfangen sollte, sie aber war entschlossen, in seine Dienste zu treten. Ihr Mann war nicht mehr am Leben, sie hatte nichts anderes zu tun, und Jeremiah brauchte sie, wie sie ihm klarmachte. »Bist du ein Schwein oder was?« Ihre entsetzte Miene brachte ihn zum Lachen. Seit Jahren gab es niemanden mehr, der ihn bemuttert hätte, deswegen belustigte es ihn, plötzlich mit sechsundzwanzig an Hannah zu geraten.

Gleich am nächsten Tag hatte sie mit der Arbeit begonnen.

Abends fand er die von ihm benutzten Räume sauber und aufgeräumt vor, was ihn fast traurig stimmte. Um sich wenigstens einigermaßen zu behaupten, hatte er seine Papiere verstreut, Zigarrenasche auf den Teppich fallen lassen, unversehens ein Glas Wein umgestoßen. Am Morgen sah es in seinen Augen wieder wohnlich aus, sehr zu Hannahs Enttäuschung.

»Ich werde dich am Brunnen anketten, wenn du dich nicht benimmst, mein Junge, und nimm die Zigarre aus dem Gesicht, dauernd fällt Asche auf deinen Anzug.«

Sie hatte ihm die Zigarre aus dem Mund genommen und sie in die Weinreste vom Abend zuvor geworfen, und Jeremiah hatte nach Luft geschnappt. Er war ihr durchaus gewachsen. Er sorgte für unerschöpfliche Mengen an Asche, Unordnung und Dreck, so daß ihr die Arbeit nie ausging. Seit Jahren hatte sie endlich wieder das Gefühl, gebraucht zu werden, und er fühlte sich geliebt – seit Jahrzehnten zum erstenmal. Zu Weihnachten jenes ersten Jahres waren sie schon ein unzertrennliches Gespann. Täglich kam sie zur Arbeit und gönnte sich keinen einzigen freien Tag, obwohl er es ihr oft anbot. »Bist du verrückt?

Weißt du, was für ein Durcheinander ich hier vorfinde, wenn ich zwei Tage mal nicht komme? Nein, mein Lieber, du kannst mich keinen einzigen Tag von diesem Haus fernhalten... nicht eine einzige Stunde, hörst du?«

Sie sprang barsch mit ihm um, aber wenn er abends von der Arbeit kam, gab es ein warmes Essen, seine Laken waren sauber, das Haus in tadelloser Ordnung. Sogar die unbenutzten Räume blitzten vor Sauberkeit. Und wenn er ein Dutzend Leute von der Mine mitbrachte, um neue Erweiterungspläne zu besprechen oder einfach nur um seinen eigenen Wein zu trinken, hörte man von ihr kein Wort der Klage, mochten sie auch noch soviel trinken und sich zügellos benehmen. Mit der Zeit fing Jeremiah an, Hannah erbarmungslos ihrer Ergebenheit wegen zu verspotten, obwohl er sie mehr liebte als je einen Menschen zuvor, Jennie natürlich ausgenommen.

Hannah besaß soviel Verstand, ihn über Jennie nicht auszufragen. Doch als er dreißig wurde, redete sie ihm immer wieder eindringlich zu, er solle sich nach einer Frau umsehen.

»Hannah, ich bin zu alt, außerdem kocht niemand besser als du«, lautete stets seine Antwort, worauf sie hitzig erwiderte: »Unsinn.« Sie bestand darauf, daß er eine Frau brauchte, eine Frau, die ihn liebte und ihm Söhne schenkte, doch er dachte nicht an so etwas. Fast schien es, als hätte er Angst, wieder jemanden, den er so liebte wie Jennie, durch den Tod zu verlieren.

Er wollte nicht daran denken oder sich Hoffnungen machen.

Die Wunde, die Jennies Tod aufgerissen hatte, schmerzte längst nicht mehr so heftig wie vor Jahren. Das war nun vorbei, und er empfand den Zustand als angenehm. »Und wenn du stirbst, Jeremiah?« Die alte Frau sah ihn eindringlich an. »Was dann? Wem willst du das alles hinterlassen?«

»Dir natürlich, wem sonst?« pflegte er sie zu necken, worauf sie den Kopf schüttelte.

»Du brauchst Frau und Kinder...« Doch er war damit nicht einverstanden. Er hatte nicht das leiseste Verlangen nach Veränderungen. So wie es war, so war es ihm recht. Er besaß die größten Minen im ganzen Staat, Land, das er liebte, Weinberge, die ihm Freude machten, ein Mädchen, mit dem er jeden Samstagabend schlief, und Hannah, die sein Haus führte. Er mochte die Leute, die für ihn arbeiteten, hatte Freunde in San Franzisko, die er von Zeit zu Zeit traf, und wenn es ihn nach Abwechslung gelüstete, fuhr er in den Osten. Einige Male hatte er sogar Europa bereist. Mehr brauchte er nicht, und ganz bestimmt keine Frau. Für diese Bedürfnisse hatte er Mary Ellen, zumindest einmal pro Woche. Der Gedanke an sie entlockte ihm ein Lächeln. Morgen nach der Arbeit würde er sie besuchen, wie es seine Gewohnheit war. Er würde das Bergwerk um die Mittagszeit verlassen, nachdem er selbst den Safe abgeschlossen hatte.

An Samstagen war das Gelände fast menschenleer. Dann würde er nach Calistoga reiten und das winzige Häuschen betreten. Vor Jahren hatte er noch darauf geachtet, nicht gesehen zu werden. Inzwischen war ihr Verhältnis schon lange kein Geheimnis mehr. Und ihr war es gleichgültig, was geredet wurde. Was immer man klatschte, es ging niemanden etwas an, das hatte er ihr selbst klargemacht, obwohl anfangs alles nicht ganz so einfach gewesen war, nicht so einfach wie jetzt. Dann würde er, vor dem Feuer liegend, ihr kupferrotes Haar bewundern, oder aber sie würden auf der Schaukel im Garten sitzen und im Schutz der Hecke zur großen Ulme hochblicken, und er würde sie umarmen und...

»Jeremiah!« Hannahs Stimme störte ihn in seinen Gedanken.

Die Sonne war hinter dem Hügelrücken versunken, die Luft hatte sich plötzlich abgekühlt. »Verdammt noch mal, Junge!

Hörst du nicht, wenn ich rufe?« Er lächelte nur. Sie behandelte ihn wie einen Fünfjährigen und nicht wie einen Mann von dreiundvierzig.

»Entschuldige... ich dachte an etwas anderes...« Etwas anderes... augenzwinkernd blickte er in Hannahs weises altes Antlitz.

»Das Schlimme bei dir ist, daß du überhaupt nicht denkst, nicht zuhörst, nicht hören willst...«

»Vielleicht werde ich schwerhörig, meinst du nicht auch? Alt genug wäre ich.«

»Vielleicht.« Sie begegnete seinem Zwinkern mit flammendem Blick. Hannah war eine leicht reizbare alte Frau, und er liebte sie so, wie sie war. Jahrelang hatte sie ihn mit ihrem Genörgel geplagt, und schließlich hatte er sich daran gewöhnt.

Es gehörte zu ihr und bildete einen wichtigen Bestandteil seines täglichen Lebens.

Jetzt aber sah sie mit ernster Miene von der Veranda zu ihm herunter. »In den Harte-Minen ist etwas passiert. Weißt du es schon?«

Jeremiah zog die Brauen zusammen. »Nein. Was ist los? Feuer?« Ein Brand war für alle die größte Bedrohung. Es wurde viel mit offener Flamme gearbeitet. Eine Explosion konnte leicht zu einer zahlreiche Menschenleben fordernden Katastrophe führen. Jeremiah durfte gar nicht daran denken.

Hannah schüttelte den Kopf. »Eine Seuche. Man weiß nichts Näheres. Vielleicht ist es die Grippe, vielleicht etwas anderes. Sie breitet sich rasend schnell aus.« Hannah sagte es ihm nur widerstrebend, weil sie die Erinnerung an Jennie nicht aufleben lassen wollte, mochte ihr Tod auch lange zurückliegen. Mit sanfter Stimme fuhr sie fort: »Heute hat John Harte seine Frau und seine kleine Tochter verloren. Der Junge soll auch schwer krank sein und wird die Nacht vielleicht nicht überleben...«

Mit schmerzlicher Miene wandte Jeremiah sich ab. Er steckte sich eine Zigarre an und starrte wortlos in die Nacht. Dann drehte er sich wieder zu Hannah um.

»Die Minen wurden geschlossen«, sagte sie. Die Harte-Minen waren die zweitgrößten im Tal, nur seine eigenen waren größer.

»Das mit seiner Frau und der Tochter tut mir leid.« Jeremiah sagte es mit einer gewissen Schroffheit.

»Letzte Woche haben sie sieben Mann verloren. Es sollen jetzt dreißig krank sein.« Das klang ganz so, als wiederhole sich die Epidemie von damals. Man war dagegen machtlos, konnte nichts tun. Nicht das geringste. Jeremiah war bei Jennies Vater gewesen, als sie im Sterben lag. Man hatte still im Wohnzimmer der Eltern gesessen, während im Stock über ihnen Jennies Lebensgeist erlosch. Und sie konnten nichts tun, als sich verzweifelt anzustarren. Die Erinnerung daran machte Jeremiahs Herz schwer, und dabei wußte er nicht, was es heißt, ein Kind zu verlieren. John Harte war ihm nicht besonders sympathisch, er konnte ihm aber seine Bewunderung nicht versagen. Harte hatte schwer gekämpft, um einen anständigen Bergbaubetrieb aufzuziehen, und das war nicht leicht gewesen, während die Thurston-Minen ihm immer Konkurrenz machten. Zu Beginn mußte er größere Schwierigkeiten überwinden als Jeremiah in seinen Anfängen. Mit zweiundzwanzig hatte Harte vor vier Jahren angefangen und sich und seinen Leuten unvorstellbar viel abverlangt. Dabei war es nicht immer einfach, mit ihm auszukommen. Von Männern, die von Harte weggegangen und zu ihm gekommen waren, hatte Jeremiah gehört, daß er jähzornig war, seine Zunge nicht zügelte und schnelle Fäuste besaß.

Dafür hatte Harte ein Herz aus Gold. Er war ein anständiger ehrenhafter Mensch, dem Jeremiah mit Hochachtung begegnete.

Er hatte ihn ein-, zweimal besucht und auf den ersten Blick gesehen, welche Fehler der Jüngere zu machen im Begriff stand, aber Harte wollte nicht auf Jeremiahs Rat hören. Er wollte gar nichts von ihm. Er wollte es allein schaffen, und mit der Zeit würde es ihm glücken.

Jetzt galt ihm Jeremiahs ganzes Mitgefühl. Der Schicksalsschlag, den er erlitten hatte, war noch grausamer als der Jeremiahs vor vielen Jahren. Ratlos sah er Hannah an. Er und John Harte waren keine Freunde. Harte zog es vor, in Jeremiah den Rivalen zu sehen und eine gewisse Distanz zu wahren, was Jeremiah respektierte. »Machen Sie sich nichts vor, Thurston, ich bin nicht Ihr Freund und möchte es nicht sein. Ich möchte Ihre Minen um Längen schlagen. Und das werde ich auf saubere und anständige Art schaffen. Wenn es nach mir ginge, werden Sie Ihre Minen in einem oder zwei Jahren schließen, und alles von hier bis New York wird bei mir kaufen.«

Jeremiah hatte diese unverblümten Worte belächelt. Tatsache war, daß es Platz für beide gab, aber John Harte wollte es so nicht sehen. Er war höflich, wenn sie einander begegneten, gab aber keine Handbreit nach. Es hatte bereits zwei Grubenbrände bei ihm gegeben und einen Wassereinbruch. Einmal hatte Jeremiah ihm aus einer Laune heraus ein Kaufangebot gemacht.

John Harte hatte ihm daraufhin gedroht, er würde ihm die Nase einschlagen, wenn er nicht sofort von seinem Besitz verschwände. Aber all das hatte nichts mit dem zu tun, was jetzt passiert war.

Jeremiah faßte einen Entschluß und ging zu seinem Pferd.

Hannah hatte es vorausgesehen. So war Jeremiah. In seinem Herzen war Platz für alle, auch für John Harte, mochte der Jüngere auch noch so impulsiv und scharfzüngig sein.

»Warte mit dem Abendbrot nicht auf mich.« Überflüssige Worte, als er sich in den Sattel schwang. Sie würde wach bleiben, und wenn sie die ganze Nacht warten müßte. »Geh nach Hause und ruhe dich aus.«

»Kümmere dich gefälligst um deinen eigenen Kram, Jeremiah Thurston.« Da fiel ihr etwas ein: »Warte!« Ans Essen würde drüben keiner denken. Sie lief in die Küche, wickelte ein Brathuhn in eine Serviette, tat dies, etwas Obst und ein Stück Kuchen in eine Satteltasche, die Jeremiah mitnehmen konnte.

Dann rannte sie hinaus und reichte sie dem lächelnden Jeremiah.

»Wenn es aus deiner Küche kommt, gehen die mit Sicherheit daran ein.«

Sie lächelte. »Iß selbst davon und gib acht, daß du niemandem zu nahe kommst. Trink nichts und nimm nichts von ihrem Essen zu dir.«

»Jawohl, Mutter.« Mit diesen Worten wendete er sein Pferd und ritt in die samtige Nacht hinein, seinen eigenen Gedanken nachhängend, während er über die Hügel sprengte.

In zwanzig Minuten hatte er den Gebäudekomplex erreicht, der die Harte-Minen umgab. Jeremiah staunte nicht schlecht, wie das Unternehmen in den Monaten seit seinem letzten Besuch gewachsen war. John Harte machte sich gut. Jetzt aber spürte man deutlich, daß etwas passiert war. Es herrschte gespenstische Stille. Zwischen den Häusern war kein Mensch zu sehen, in allen Unterkünften brannte Licht, besonders oben auf der Höhe.

Im Haupthaus waren alle Räume hell erleuchtet, und vor dem

Haus warteten die Männer aufgereiht, um John Harte ihr Beileid auszudrücken. Ein Stück abseits stieg Jeremiah vom Pferd und band es an einem Baum fest. Mit der Satteltasche, die Hannah ihm noch rasch zugeworfen hatte, stellte er sich als letzter in die Reihe. Er wurde sofort erkannt, ein Flüstern ging durch die Reihe ... Thurston ... Thurston.

Es dauerte eine Weile, bis John Harte sich auf der Veranda zeigte. Sein Gesicht war gezeichnet vom Schmerz. Die Männer schien ein Schauer des Mitleids zu überlaufen. Er blickte sie an, erkannte jeden einzelnen, nickte ihnen zu, als sich ihre Blicke begegneten, und dann bemerkte er Jeremiah am Ende der Reihe.

Er hielt inne und sah ihn an, und Jeremiah kam ihm mit ausgestreckter Hand näher. Aus seinem Blick sprach Verständnis für den Schmerz des anderen. Die Leute wichen zurück, und die beiden standen allein da. Jeremiah reichte ihm die Hand.

»John, das mit Ihrer Frau tut mir sehr leid ... ich ... ich habe selbst einen großen Verlust erlitten ... achtundsechzig bei der großen Epidemie ... « Die Worte klangen unzusammenhängend und unbeholfen, aber John hörte das Mitgefühl heraus. Er sah mit tränenfeuchten Augen zu ihm auf, ein gutaussehender junger Mann mit schwarzem Haar, ebensolchen Augen, mit großen sanften Händen. In gewisser Hinsicht ähnelten die beiden Männer einander auf merkwürdige Weise, trotz des Altersunterschiedes von annähernd zwanzig Jahren.

»Danke, daß Sie gekommen sind.« Johns Stimme war tief und brüchig vor Kummer. Tränen liefen ihm über die Wangen, Jeremiah spürte ein Echo seines eigenen vergangenen Schmerzes beim Anblick dieser Tränen.

»Kann ich irgend etwas tun?« Dabei fiel ihm das mitgebrachte Essen ein. Vielleicht konnte man im Haus damit etwas anfangen.

John Harte sah ihm tief in die Augen. »Heute habe ich sieben Mann verloren, und Matilda ... Jane ... « Seine Stimme gehorchte ihm nicht mehr. »Barnaby ist ... « Er konnte nicht zu Ende sprechen, als er den Namen seines Sohnes nannte. Wieder sah er Jeremiah an. »Der Arzt sagt, er würde die Nacht nicht überleben. Drei Männer haben ihre Frauen verloren... und fünf Kinder... Thurston, Sie hätten gar nicht kommen sollen.«

Plötzlich war ihm klar, welches Risiko Jeremiah eingegangen war, und er war gerührt.

»Das alles habe ich schon einmal erlebt, ich wollte sehen, ob ich etwas für Sie tun kann.« Ihm fiel auf, daß Harte totenblaß war, aus Kummer, und nicht, weil er sich angesteckt hatte. »Sie sehen aus, als würde ein Drink Ihnen guttun.« Jeremiah zog eine silberne Flasche aus der Satteltasche und reichte sie John.

Dieser nahm sie nach kurzem Zögern und wies mit einer Kopfbewegung auf die Haustür. »Wollen Sie nicht hereinkommen?« Er fragte sich, ob Jeremiah Angst habe, das Haus zu betreten, was nur verständlich gewesen wäre, aber Jeremiah nickte.

»Gern. Ich habe etwas Eßbares mitgebracht, falls Sie einen Bissen hinunterbringen.« John sah ihn an. In seine Überraschung mischte sich Rührung, weil er Jeremiah beim letztenmal, als dieser ihm Hilfe angeboten hatte, praktisch hinausgeworfen hatte. Er wollte von ihm keine Hilfe. Aber heute war es anders.

Das war eine andere Heimsuchung als ein Grubenbrand oder ein Wassereinbruch.

In der Wohnstube ließ er sich schwer auf dem troddelverzierten grünen Plüschdiwan nieder und nahm einen tiefen Schluck aus Jeremiahs Flasche. Als er sie ihm zurückgab, starrte er Jeremiah an, ohne ihn richtig zu sehen.

»Ich kann es nicht glauben, daß sie dahin sind... in der letzten Nacht...« Er schluckte schwer, gegen Tränen ankämpfend... »Gestern abend kam Jane ganz fiebrig heruntergelaufen und wollte mir einen Gutenachtkuß geben. Heute morgen sagte Matilda... sie sagte...« Er wurde seiner Tränen nicht mehr Herr und weinte, während Jeremiah seine Schultern umfaßt hielt. Es gab nichts, was er oder ein anderer hätte tun können.

Für ihn dasein war das einzige, was man tun konnte. Schließlich sah er zu Jeremiah auf. »Wie kann ich ohne sie weiterleben? Wie?... Mattie... und meine Kleine... und wenn jetzt Barnaby... Thurston, das überlebe ich nicht.«

Jeremiah betete darum, daß Harte den Jungen nicht auch noch verlor, wußte aber gleichzeitig, daß die Chancen nicht gut standen. Während er draußen vor dem Haus wartete, hatte er erfahren, daß es dem Jungen sehr schlechtging. Das hatten zumindest die Männer behauptet. Er sah John Harte eindringlich an.

»John, Sie sind noch jung, vor Ihnen liegt ein ganzes Leben, und so schrecklich es sich heute anhört, Sie werden vielleicht wieder heiraten und wieder Kinder bekommen. Im Moment ist es für Sie entsetzlich, aber Sie werden weiterleben... Sie müssen... und Sie werden es schaffen.« Wieder hielt er ihm die Flasche hin, und John nahm noch einen Schluck, kopfschüttelnd, während ihm Tränen über die Wangen liefen.

Es verging keine ganze Stunde, und der Arzt kam herunter.

John schnellte hoch.

»Barnaby?«

»Er ruft nach Ihnen.«

Mehr wagte der Arzt nicht zu sagen. Sein Blick begegnete dem Jeremiahs, während John die Treppe hinauflief zu seinem Sohn. Als Antwort auf Jeremiahs Blick schüttelte der Arzt nur den Kopf.

Als aus der kleinen Kammer über ihm ein schreckliches Stöhnen ertönte, wußte Jeremiah sofort, daß der Junge tot war. John Harte kniete mit seinem Sohn in den Armen da und betrauerte die Familie, die er in zwei kurzen Tagen verloren hatte.

Entschlossenen Schrittes ging Jeremiah die Treppe hoch und öffnete die Tür zur Kammer. Dann nahm er John den Jungen ab, legte ihn aufs Bett, schloß ihm die Augen und führte John Harte hinaus, der den Namen des Kindes vor sich hin schluchzte.

Er zwang John zu einem starken Drink und blieb bis zum nächsten Morgen bei ihm, bis sein Bruder und einige Freunde kamen. Dann erst machte Jeremiah sich still auf den Heimweg, voller Schmerz und Mitleid. Bei Jennies Tod war er in Johns Alter gewesen. Er fragte sich, welche Wirkung das alles auf den jungen Mann haben würde. Nach dem wenigen zu schließen, was er von ihm wußte, vermutete er, daß der Junge weitermachen würde.

Er trauerte mit ihm, und als er vor seinem Haus aus dem Sattel stieg, blickte er über die Hügel, die er so liebte, und konnte sich nicht genug über das grausame Schicksal wundern, das mit leichter Hand Leben und Tod austeilte ... Wie rasch doch die süßen Gaben des Lebens dahin waren ... er glaubte noch Jennies Lachen zu hören, als er hineinging. Hannah war auf einem Küchenstuhl eingeschlafen. Leise tastete er sich an ihr vorüber in den unbenutzten Salon, um sich an das Klavier zu setzen, das er vor langer Zeit für das Mädchen mit den lachenden Augen und den wippenden blonden Löckchen gekauft hatte. Bildhübsch war sie gewesen. Unwillkürlich fragte er sich, wie die Ehe mit ihr wohl geworden wäre, wie viele Kinder sie bekommen hätten – es war seit langem das erste Mal, daß er seine Gedanken in diese Richtung schweifen ließ. Er dachte an John Harte, der Sohn und Tochter verloren hatte, und hoffte, dieser würde bald wieder heiraten. Harte brauchte eine Frau, die sein Herz ausfüllte, und Kinder, die ihm die zwei verstorbenen ersetzten.

Jeremiah selbst hatte anders gehandelt. Er war die vergangenen achtzehn Jahre allein geblieben, und jetzt war es zu spät.

Das ließ sich nicht mehr ändern, und er wollte es auch nicht.

Doch während er dasaß und die Klaviertasten anstarrte, die unbenutzt und unberührt vergilbten, fragte er sich, ob er nicht das hätte tun sollen, was er sich jetzt für John Harte wünschte.

Hätte er eine andere heiraten sollen? Hätte er ein Dutzend Kinder in die Welt setzen und sein leeres Haus mit Leben füllen sollen? Es hatte keine gegeben, die sein Herz erobert hatte, keine, die er so geliebt hatte, daß eine Ehe ihm verlockend erschienen wäre. Nein, er würde nie Kinder haben. Doch während er diese Worte vor sich hin sagte, spürte er, wie Bedauern sein Herz durchschnitt ... wie hübsch wäre es gewesen, ein Kind zu haben, eine Tochter, einen Sohn. Da fielen ihm die zwei Kinder ein, die John Harte verloren hatte. In seinem Inneren verschloß sich etwas. Nein. Er konnte nicht noch einen Verlust ertragen, er hatte schon Jennie verloren. Das reichte. Er war besser dran, wenn sich in seinem Leben nichts änderte ... oder etwa nicht?

»Was ist passiert?« Jeremiah schrak auf, als er Hannahs Stimme hörte. Er blickte von den Klaviertasten auf und sah sie im Raum stehen. In seiner Miene lagen Mattigkeit und Niedergeschlagenheit. Eine lange, kummervolle Nacht lag hinter ihm.

»Hartes Junge ist tot.« Die Erinnerung daran, wie er dem Jungen die Augen geschlossen und John Harte mit sanfter Gewalt hinausgeführt hatte, ließ ihn zusammenzucken. Hannah schüttelte den Kopf und fing zu weinen an. Jeremiah ging zu ihr und legte ihr den Arm um die Schulter. So führte er sie hinaus. Es gab nichts zu sagen. »Geh nach Hause und schlafe dich aus.«

Schnüffelnd sah sie ihn an und wischte sich die Tränen ab.

»Das solltest du auch tun.« Sie kannte ihn zu gut und wußte, daß er es nicht tun würde. »Wirst du mir folgen?«

»Ich habe bei den Minen noch etwas zu erledigen.«

»Wir haben Samstag.«

»Davon wissen die Papiere auf meinem Schreibtisch nichts.« Er lächelte matt. Er konnte nicht zu Bett gehen und schlafen. Das Bild Barnaby Hartes und seines gramgebeugten Vaters hätte ihn bis in den Schlaf verfolgt. »Ich werde nicht zu lange draußen bleiben.«

Hannah wußte es ohnehin. Es war Samstag, der Tag, an dem er stets nach Calistoga ritt, um Mary Ellen Browne zu besuchen.

Hannah sah ihm an, daß er heute nicht richtig in Stimmung war. Er goß sich aus der Kanne auf dem Herd Kaffee ein und sah seine alte Freundin an, während ihm tausend Dinge durch den Kopf gingen. »Ich sagte ihm, er solle wieder heiraten und auf Kinder hoffen. War das falsch von mir?«

Hannah schüttelte den Kopf. »Das hättest du selbst vor Jahren tun sollen.«

»Eben dachte ich auch daran.« Er blickte aus dem Fenster zu den Hügeln hinüber. Er hatte nicht zugelassen, daß Hannah Gardinen anbrachte, weil er den Ausblick so liebte und weil es meilenweit keinen Menschen gab, der zum Fenster hätte hereinsehen können.

»Es ist noch nicht zu spät.« Sie sagte es mit alter und bekümmerter Stimme. Jeremiah tat ihr leid. Er war ein einsamer Mensch, ob es ihm bewußt war oder nicht. Sie konnte nur hoffen, John Harte würde nicht auch dieses Schicksal wählen, das ihr falsch erschien. Sie selbst hatte nie Kinder gehabt, aber in ihrem Fall war es Bestimmung und nicht freie Entscheidung gewesen. »Du bist noch jung genug, um zu heiraten, Jeremiah.«

Er lachte. »Ich bin zu alt. Außerdem...«, stirnrunzelnd sah er sie an, »... habe ich mir nie vorstellen können, Mary Ellen zu heiraten. Und eine andere gibt es nicht.«

Hannah wußte genau, daß er immer nur zu Mary Ellen ging, aber nach der Nacht, die er eben durchgemacht hatte, brauchte er jemanden zum Reden, und sie hatte Verständnis dafür. Sie war seine Vertraute geworden im Laufe der Jahre.

»Warum wolltest du sie nicht heiraten?« Das hatte sie sich schon öfter gefragt, obwohl sie die Antwort darauf zu wissen glaubte. Und sie hatte damit nicht weit danebengetroffen.

»Hannah, sie ist kein Mädchen zum Heiraten, und ich sage das nicht abschätzig. Zunächst wollte sie mich auch nicht heiraten, obwohl sie in letzter Zeit ihre Meinung geändert hat, glaube ich. Sie wollte frei sein.« Er lächelte. »Sie ist eine unabhängige kleine Person und wollte ihre Kinder allein erziehen. Ich glaube, sie befürchtete, man würde ihr nachsagen, sie hätte mich des Geldes wegen geheiratet oder sie versuche, mich auszunutzen.«

Er seufzte. »Statt dessen nannte man sie eine Hure. Das Komische daran ist, daß es ihr wahrscheinlich egal ist. Sie sagte immer, es kümmere sie nicht, was die Leute reden, solange sie selbst die Wahrheit wüßte, daß sie nämlich eine anständige Frau sei und es nur mich in ihrem Leben gäbe. Einmal machte ich ihr einen Antrag...« Hannah schien überrascht, und er grinste sie an. »Sie hat mir einen Korb gegeben. Das war damals, als diese verdammten Frauenzimmer in Calistoga ihr das Leben zur Hölle machten. Ich war immer der Meinung, ihre Mutter hätte das alles inszeniert, um mich zu einer Ehe zu zwingen, vielleicht war es tatsächlich so, aber Mary Ellen schickte mich zum Teufel.

Sie sagte, sie denke nicht daran, sich von einem Haufen alter Klatschweiber zu einer Ehe zwingen zu lassen. Außerdem glaube ich, sie war damals noch in ihren Trunkenbold von Ehemann verliebt. Er hatte sie zwei Jahre zuvor verlassen, und sie hoffte wohl noch immer, er würde wieder zurückkommen. Ich merkte es an der Art, wie sie von ihm sprach.« Er lächelte. »Ich kann froh sein, daß er nicht wiederkam. Sie hat mir gutgetan.«

Und umgekehrt hatte er ihr auch gutgetan. Er hatte ihr Haus eingerichtet und ihr geholfen, wenn sie für die Kinder Sachen brauchte und seine Hilfe annahm. Ihre Beziehung dauerte jetzt fast schon sieben Jahre, ihr Mann war über zwei Jahre tot. Beide hatten sich an ihr Arrangement gewöhnt. Jeden Samstagabend kam er nach Calistoga und blieb bei ihr. Unterdessen wurden ihre Kinder im Haus ihrer Mutter untergebracht. Sie hielten ihr Verhältnis längst nicht mehr so strikt geheim wie seinerzeit.

Die Heimlichtuerei hatte keinen Sinn. Im Städtchen war allgemein bekannt, daß sie Jeremiah Thurstons Mädchen war ...

Thurstons Hure hatte man sie auch einmal genannt, doch das wagte jetzt niemand mehr. Jeremiah hatte sich einige persönlich vorgeknöpft. Gleichzeitig wußte er, daß Mary Ellen der Typ war, der Eifersucht und Zorn bei ihren Geschlechtsgenossinnen erweckte. Sie war hübsch mit ihrem flammend roten Haar, den langen Beinen und vollen Brüsten, trug ihre Kleider zu tief ausgeschnitten und war allzu bereit, einem vorbeireitenden Cowboy einen Blick auf die Beine zu gewähren, wenn sie im Vorübergehen ihre Röcke raffte.

Das war es gewesen, was Jeremiah anfänglich zu ihr hingezogen hatte. Sie war tatsächlich so reizvoll wie erhofft, als er ihr die Kleider ausgezogen hatte. So schön war Mary Ellen gewesen, daß er sehr bald wiederkam, und mit der Zeit hatte er auch entdeckt, wie gutherzig sie war, wie anständig und wie sehr darauf bedacht, zu gefallen.

Ihre Kinder liebte sie mehr als alles auf der Welt, es gab nichts, was sie nicht für sie getan hätte. Sie war zwei Jahre zuvor von ihrem Mann verlassen worden und hatte als Kellnerin, als Tänzerin und als Zimmermädchen in dem der Heilquelle angeschlossenen Hotel gearbeitet. Auch nachdem sie mit Jeremiah ein Verhältnis eingegangen war, hatte sie in diesen Berufen weitergearbeitet. Sie bestand darauf, von ihm nichts geschenkt zu bekommen. Jeremiah hatte in der langen Zeit mehrfach versucht, Mary Ellen aus seinem Gedächtnis zu streichen, doch hatte sie so viel Zärtlichkeit und Wärme an sich. Sie füllte die Leere in seinem Herzen aus, und er fühlte sich immer heftiger zu ihrem Bett hingezogen. In den Anfängen war er mehrmals in der Woche nach Calistoga geritten, das hatte sich allerdings als zu kompliziert erwiesen, da immer die Kinder im Haus waren. Am Ende des ersten Jahres hatten sie dann endgültig das Samstag-Arrangement festgelegt.

Unglaublich, daß seither sechs Jahre vergangen waren. Noch unglaublicher, wenn er hin und wieder ihre Kinder zu sehen bekam. Mary Ellen war jetzt zweiunddreißig und noch immer sehr hübsch, aber eine Ehe mit ihr konnte er sich nicht vorstellen. Sie war zum Zeitpunkt ihres Kennenlernens viel zu frei gewesen, zu locker, zu abgenutzt, und doch liebte er ihre Anständigkeit, ihre Aufrichtigkeit und ihren Mut. Nie hatte sie in Erwägung gezogen, sich von ihm zu trennen, als die Leute böse über sie klatschten, obwohl es sie hart angekommen sein mußte.

»Würdest du sie jetzt heiraten?« Hannahs Frage erschreckte ihn nicht, doch auch jetzt, nach sieben Jahren, konnte er sich eine Ehe mit Mary Ellen nicht vorstellen.

»Ich weiß es nicht.« Seufzend gestand er es der alten Frau. »Eigentlich bin ich zu alt, um mir darüber den Kopf zu zerbrechen, meinst du nicht auch?« Eine rein rhetorische Frage, die Hannah aber rasch beantwortete.

»Nein, das glaube ich nicht. Ich glaube vielmehr, du solltest ernsthaft darüber nachdenken, ehe es wirklich zu spät wird.« Sie selbst hielt Mary Ellen nicht für die Richtige, obwohl sie das Mädchen mochte. Sie kannte sie seit ihrer Geburt und hatte sie immer für ehrlich, ja sogar manchmal für richtig dumm und gutmütig gehalten. Hannah war unter den ersten gewesen, die sie als Närrin bezeichnet hatten, weil sie aus ihrer Affäre mit Jeremiah kein Geheimnis machte. Mary Ellen war ein gutherziges Mädchen, man mußte sie gern haben. Andererseits war sie zweiunddreißig, und Jeremiah brauchte eine junge Frau, die ihm Kinder schenken konnte. Mary Ellen hatte bereits drei Kinder, die letzte Entbindung hatte sie fast mit dem Leben bezahlen müssen. Sie war verrückt gewesen, sich darauf einzulassen, und sie wußte es.

»Ehe ich sterbe, würde ich so gern ein Kind im Haus sehen, Jeremiah«, sagte nun Hannah.

Er lächelte traurig in Gedanken an die zwei Harte-Kinder, die eben gestorben waren. »Ich auch, liebe Hannah, aber ich glaube nicht, daß es einem von uns beschieden sein wird.« Es war das erste Mal, daß er dies zu ihr oder zu jemand anderem sagte.

»Sei nicht so halsstarrig. Du hast noch Zeit. Wenn du dich gründlich umsiehst, wirst du die Richtige finden.«Ihre Worte riefen ihm wieder Jennie ins Gedächtnis. Er schüttelte den Kopf, als Antwort und um die unerwünschten Erinnerungen zu vertreiben.

»Für ein junges Mädchen bin ich zu alt. Fast vierundvierzig.«

»Das hört sich an, als wärest du neunzig.« Hannah schnaubte verärgert, und er fuhr sich lachend über die Bartstoppeln.

»Manchmal fühle ich mich so und sehe auch so aus. Ein Wunder, daß Mary Ellen nicht die Tür versperrt, wenn sie mich kommen sieht.«

»Das hätte sie schon vor Jahren tun sollen, aber du weißt ja, wie ich darüber denke.« Er wußte es, doch Hannah kannte keine Hemmungen, ihm ihre Meinung immer wieder kundzutun.

»Ihr beide wart dumm, damit anzufangen. Und beide habt ihr einen hohen Preis bezahlt.«

Es war das erste Mal, daß sie es so formulierte. Erstaunt sah Jeremiah sie an. »Beide?«

»Man hätte Mary Ellen fast aus der Stadt verjagt, und du hast die Chance vertan, jemanden zu heiraten, der dir Kinder schenken könnte. Wenn du überhaupt heiratest, könntest du ebensogut sie heiraten.«

Er schenkte ihr ein wohlwollendes Lächeln. »Ich werde ihr berichten, was du gesagt hast.« Grollend nahm Hannah ihren

Schal von der Lehne des Küchenstuhls. Jeremiah wollte sich rasieren und ein Bad nehmen, ehe er zur Mine ritt, und außerdem brauchte er noch Kaffee. Es war mit John Harte eine lange Nacht geworden, bis dessen Angehörige gekommen waren und ihn trösten konnten. »Ach übrigens, John war sehr dankbar für die Lebensmittel, die du rübergeschickt hast. Ich habe ihn heute morgen zum Essen gezwungen.«

»Hat er schlafen können?« Jeremiah schüttelte den Kopf auf ihre Frage. Wie auch? »Du hast sicher auch nicht geschlafen.«

»Macht nichts. Ich schlafe mich heute aus.«

Da lächelte sie boshaft und drehte sich in der Tür um. »Das spricht aber nicht sehr für Mary Ellen, oder?« Jeremiah lachte, und die alte Frau zog die Tür hinter sich zu.

2

An Samstagen herrschte auf dem Minengelände immer gespenstische Stille, und das gefiel Jeremiah. Alles war still, keine Stimmen, keine schrillen Pfiffe, keine Öfen, die beschickt werden mußten. Zwei Wachposten tranken in der Märzsonne Kaffee, als Jeremiah absaß, Big Joe am gewohnten Platz festband und in sein Büro ging. Die Papiere, derentwegen er gekommen war, lagen bereit, Verträge über das produzierte Quecksilber, Pläne für vier weitere Unterkünfte für seine Arbeiter. Die Thurston-Minen waren schon zu einer kleinen Ansiedlung angewachsen, sieben Häuser für die Männer und jenseits davon Hütten für diejenigen, die Familien mitgebracht hatten. Es war ein hartes Leben für Frauen und Kinder, aber Jeremiah verstand den Wunsch, daß sie beisammensein wollten. Er hatte die Entscheidung, den Familien Unterkünfte zur Verfügung zu stellen, schon vor langer Zeit getroffen, und die Männer waren ihm dankbar. Jetzt saß er da und studierte die Pläne für weitere Wohnungen. Der ganze Komplex wuchs unbeschreiblich schnell – so wie die Produktion der Minen. Die ihm vorliegenden Verträge freuten ihn, eigentlich auch jener des Orville Beauchamp aus Atlanta, in dem es um neunhundert Flaschen Quecksilber ging. Das bedeutete eine Summe um die fünfzigtausend Dollar. Beauchamp belieferte damit fast den gesamten Süden. Ein geschickter Geschäftsmann, das ersah Jeremiah aus dem Vertrag. Beauchamp repräsentierte eine Gruppe von sieben Interessenten und fungierte als ihr Mittelsmann. Der Abschluß war so wichtig, daß Jeremiah deswegen in der kommenden Woche nach Atlanta fahren wollte, um mit dem Konsortium den Handel perfekt zu machen.

Zu Mittag warf Jeremiah einen Blick auf seine Taschenuhr.

Er dehnte und streckte sich. Es wartete noch viel Arbeit auf ihn, doch war die Nacht so anstrengend gewesen, daß er sich plötzlich todmüde fühlte und gleichzeitig sein Verlangen nach Mary Ellen kaum unterdrücken konnte. Er sehnte sich nach ihrer tröstlichen Wärme. Immer wieder hatte er an John Harte und an die Familie denken müssen, die dieser verloren hatte. Das Mitgefühl drückte ihn wie eine Zentnerlast, und im Laufe des Vormittags überfielen ihn auch immer heftiger die Gedanken an Mary Ellen. Kurz nach zwölf verließ er sein Büro und ging zu der Stelle, wo Big Joe angebunden hatte.

»'n Morgen, Mr. Thurston.« Einer der Wachen winkte ihm zu. Weiter oben am Hang hinter den Familienunterkünften sah Jeremiah spielende Kinder. Er mußte an die Grippeepidemie denken, die unter Hartes Leuten tobte, und hoffte inständig, sie würden hier davon unberührt bleiben.

»Guten Morgen, Tom.« Obwohl er in seinen drei Minen insgesamt an die fünfhundert Leute beschäftigte, kannte er fast alle namentlich. Die meiste Zeit verbrachte er bei seiner ersten Mine, der Thurston-Mine, besuchte aber auch die anderen regelmäßig. Er wußte sie in den Händen überaus bewährter Vormänner. Und tauchte auch nur das kleinste Problem auf, war Jeremiah sofort zur Stelle, manchmal tagelang, wenn es sich um einen Unfall oder Wassereinbruch handelte, wie er jeden Winter vorkam.

»Sieht nach Frühling aus.«

»Und wie.« Jeremiah lächelte. Zwei lange Monate hatte es geregnet, und die Überflutungen in den Minen hatten sich verheerend ausgewirkt. In einer Mine hatten sie elf Mann verloren, sieben in der anderen, hier drei. Es war ein rauher Winter gewesen, von dem man jetzt aber nichts mehr merkte. Die Sonne schien strahlend, Jeremiah fühlte ihre Wärme auf dem Rücken, als er auf Big Joe den Silverado-Trail entlang nach Calistoga ritt. Jeremiah gab ihm die Sporen, und das große Pferd verfiel in raschen Galopp. Die letzten fünf Meilen flog es geradezu dahin, so daß Jeremiahs Bart und Haare vom Wind zerzaust wurden, während er dahingaloppierte, in Gedanken längst bei Mary Ellen.

Auf der Hauptstraße von Calistoga promenierten Gruppen von Damen im Schutz ihrer Spitzensonnenschirme. Wer aus San Franzisko gekommen war, um in den heißen Quellen eine Kur zu machen, war sofort zu erkennen. Die elegante Garderobe der Städterinnen stand in auffallendem Gegensatz zu der einfacheren Aufmachung der Einheimischen, ihre Tournüren waren betonter, die Garnituren auf den Hüten üppiger, und die Seide ihrer Kleider fiel im verschlafenen kleinen Calistoga ohnehin aus dem Rahmen. Der Anblick der Kurgäste zauberte stets ein Lächeln in Jeremiahs Gesicht. Er seinerseits fiel auch auf, wenn er auf seinem weißen Hengst daherritt, zu dem sein rabenschwarzes Haar einen scharfen Kontrast bildete. War er besonders verspielter Laune, dann pflegte er seinen Hut schwungvoll zu ziehen und sich im Sattel zu verbeugen. Und immer lag dabei in seinen Augen ein spöttisches Funkeln. Er erspähte diesmal in der Menge eine besonders hübsche Person, eine Frau mit rötlichem Haar in einem tannengrünen Seidenkleid, das an die Farbe der Bäume auf den Bergen erinnerte. Diese Farbzusammenstellung diente nur dazu, ihn an den Grund seines Ritts nach Calistoga zu erinnern, und er gab seinem Pferd wieder die Sporen. Augenblicke später war er vor Mary Ellens kleinem blitzblanken Haus an der Third Street im weniger vornehmen Teil des Städtchens angekommen.

Hier roch man den Schwefel der heißen Quellen am stärksten, doch Mary Ellen und Jeremiah hatten sich schon längst daran gewöhnt. Seine Gedanken galten aber nicht den Quellen, dem Schwefel oder gar seinen Minen, als er Big Joe hinter dem Haus festband und rasch die Hintertreppe hinauflief. Er wußte, sie wartete auf ihn. Ohne weitere Umstände machte er die Tür auf, wobei sein Herz spürbar klopfte. Was immer er für diese Frau empfinden mochte oder auch nicht, eines stand fest: Ihre Nähe übte noch immer jene Zauberkraft auf ihn aus wie bei ihrem ersten Beisammensein. Diese Atemlosigkeit, diese Wollust hatte er nur bei wenigen anderen Frauen empfunden. Doch wenn er nicht bei ihr war, kam er sehr gut ohne sie aus. Aus diesem Grund verspürte er keine ernsthafte Neigung, etwas an dem Arrangement zu ändern. Aber in ihrer Nähe, wenn er sie im Nebenraum hinter der Tür wußte wie jetzt, rasten seine Sinne vor Verlangen nach ihr.

»Mary Ellen?«

Er öffnete die Tür des kleinen Vorderzimmers, in dem sie ihn manchmal erwartete. Ihre Kinder lieferte sie an Samstagen immer bei ihrer Mutter ab. Anschließend nahm sie ein Bad, drehte ihre Locken und zog für Jeremiah ihre hübschesten Sachen an. Ihre Begegnungen hatten etwas Flitterwochenhaftes an sich, weil sie einander nur einmal wöchentlich sahen. Wenn in den Minen etwas passierte oder wenn Jeremiah verreiste, dann sahen sie einander noch seltener. Mary Ellen mochte es gar nicht, wenn er fortfuhr. Jede Nacht, jeden Morgen, jeden Tag wartete sie nur auf die gemeinsamen Wochenenden.

Es war seltsam, wie sie im Laufe der Jahre in immer größere Abhängigkeit von ihm geraten war, doch sie war sicher, daß es ihm nicht auffiel. Er fühlte sich körperlich viel zu heftig zu ihr hingezogen, um ihre schwindende Unabhängigkeit wahrzunehmen. Jeremiah genoß die Besuche in Calistoga und fühlte sich in ihrem ärmlichen kleinen Haus wohl, und außerdem hatte er ihr nie angeboten, mit ihm in St. Helena zu wohnen. Sie hatte sein Haus überhaupt nur einmal gesehen.

»Bist du sicher, daß er nicht verheiratet ist?« hatte ihre Mutter sie anfangs des öfteren gefragt, doch war es allgemein bekannt, daß Jeremiah Thurston niemals verheiratet gewesen war »und wahrscheinlich nie heiraten wird«, wie ihre Mutter in den ersten Jahren zu grollen pflegte. Jetzt grollte sie nicht mehr. Was hätte sie auch nach den sieben Jahren voller Samstagnächte sagen sollen? Jetzt sagte sie gar nichts, wenn sie die Kinder übernahm.

Ihre älteste Enkelin war mit vierzehn fast schon so alt wie Mary Ellen zur Zeit ihrer Heirat. Der Junge war zwölf und die Kleine neun. Diese hatte Jeremiah am liebsten. Sie wußten alle Bescheid und hielten vor Großmutter lieber den Mund.

»Mary Ellen?« Jeremiah rief es noch einmal, diesmal nach oben. Es war ungewöhnlich, daß sie ihn nicht unten erwartete.

Langsam stieg er die Treppe zu den drei Schlafkammern hinauf, eine für sie, eine für die Mädchen und die dritte für den Jungen.

Aber alle drei Räume zusammen waren kleiner als irgendein Raum in Jeremiahs Haus. Jeremiah litt deswegen schon lange nicht mehr unter Schuldbewußtsein. Mary Ellens ganzer Stolz war es, auf eigenen Füßen zu stehen. Sie war in ihrem Häuschen nicht unglücklich. Ihr behagte es hier. Wahrscheinlich viel mehr als ihm in seinem Haus. Hier herrschte mehr Wärme. Sein Haus war zu groß, und es war nie richtig bewohnt worden, da er nur wenige Räume benutzte. Das Haus war für Kinder, für Gelächter und Musik erbaut worden und war jetzt fast zwanzig Jahre in Stille versunken, anders als dieses Häuschen hier, das trotz aller Pflege verwohnt war und in dem die kleinen Fingerspuren auf den einst rosa Wänden längst Teil des Tapetenmusters geworden waren.

Jeremiahs Schritt auf der Treppe klang schwer, er glaubte den Duft von Rosen zu riechen, als er an ihre Zimmertür klopfte.

Gedämpft hörte er den Klang der vertrauten Stimme. Mary Ellen war da. Einen verrückten Augenblick lang hatte er befürchtet, sie würde zum erstenmal seit sieben Jahren nicht zu Hause sein. Gottlob, sie war da, denn er brauchte sie so dringend. Er fühlte sich beklommen und ganz jung. So stark wirkte sie noch immer auf ihn. Stets war er atemlos, wenn er zu ihr kam.

»Mary Ellen?« Diesmal drang seine Stimme ganz leise und sanft, fast wie eine Liebkosung an ihr Ohr.

»Komm herein... ich bin da...« Sie wollte sagen ›in meinem Schlafzimmer‹, doch er war bereits eingetreten. Seine Schultern schienen den ganzen Raum auszufüllen. Jeremiahs Nähe genügte, um ihren Pulsschlag zu beschleunigen. Erwartungsvoll sah sie ihm entgegen. Ihre Haut war cremigweiß wie die Rosen neben ihrem Bett, und ihr Haar schimmerte kupfern im Sonnenlicht, das durch das Fenster einfiel. Sie war eben im Begriff gewesen, ein Spitzenkleid über die Spitzencorsage anzuziehen.

Diese Corsage wurde mit rosa Bändern zusammengehalten, ebenso wie ihre Kniehose an den Knien. Wie ein junges Mädchen kam sie ihm vor, als er sie anstarrte. Mary Ellen drehte sich errötend um und kämpfte mit dem Kleid, das nicht über die Schultern wollte. Für gewöhnlich war sie fertig, wenn er kam, doch sie hatte sich beim Rosenschneiden aufgehalten. »Ich bin fast... ich muß nur... ach, um Himmels willen... ich kann nicht!«

Ganz Unschuld kämpfte sie mit dem Spitzenstoff. Er trat auf sie zu, um ihr das Kleid sanft über die Schultern zu ziehen, doch kaum hatte er begonnen, als seine Geste ihre Richtung änderte und er das Kleid langsam wieder über den Kopf zog. Er warf es aufs Bett, drückte seine Lippen auf ihren Mund und zog sie an sich. Immer wieder konnte er sich nicht genug wundern, wie sehr ihn jede Woche nach ihr dürstete. Er schien von ihrer cremigen Haut und dem Rosenduft ihrer Haare niemals genug zu bekommen. Alles an ihr war immer wie von Rosenduft durchtränkt. Mary Ellen besaß die Gabe, ihn vergessen zu lassen, daß sie neben diesem noch ein anderes Leben führte. Ihre Kinder, ihre Arbeit und die Kämpfe waren vergessen, wenn sie in seinen Armen lag, Woche für Woche, Jahr für Jahr, und wenn sie in die Augen sah, die sie liebte und die nie ganz begreifen würden, wie sehr sie ihn liebte. Doch Mary Ellen kannte ihn so gut, wie er sich selbst kannte. Er wollte seine Einsamkeit, seine Freiheit, seine Weingärten und seine Minen. Er wollte kein alltägliches Leben mit einer alltäglichen Frau und mit drei Kindern, die nicht die seinen waren. Er war viel zu beschäftigt, viel zu eingesponnen in das Imperium, das er sich geschaffen hatte und das noch immer wuchs. Sie achtete ihn um dessentwillen, was er war, und sie liebte ihn so sehr, daß sie von ihm nichts erbat, was er nicht geben wollte. Statt dessen begnügte sie sich mit dem, was er ihr bot: eine Nacht voller Zügellosigkeit pro Woche, die sie nie genossen hätten, wären sie täglich zusammengewesen. Dann und wann fragte sie sich, ob sich daran etwas ändern würde, wenn sie von ihm ein Kind bekäme, aber es hatte keinen Sinn, darüber nachzudenken. Sie durfte kein Kind mehr bekommen. Der Arzt hatte gesagt, es wäre zu gefährlich, und Jeremiah schien keines zu wollen, zumindest hatte er nie davon gesprochen, obwohl er sehr lieb zu ihren Kindern war, wenn er mit ihnen zusammentraf. Aber nicht ihrer Kinder wegen kam er her. Was er jetzt vor sich sah, erfüllte ihn ganz und gar und schien seine Sinne zu betäuben – die rosenduftende zarte Haut, die smaragdgrünen Augen, die ihn voller Glut ansahen, als er sie sacht aufs Bett legte und ihr rosa Korsett aufzuschnüren begann. Unter seinen geübten Fingern gab es ihren Körper erstaunlich rasch frei, die Kniehose wurden ihr von den langen anmutigen Beinen gestreift, bis sie in schimmernder Nacktheit vor ihm lag. Deswegen war er gekommen... um sie mit Blicken, mit seinem Mund und den Händen zu verschlingen, bis sie atemlos und keuchend unter ihm lag und darauf brannte, von ihm genommen zu werden. Und heute begehrte er sie mehr als seit langem. Er konnte gar nicht genug von ihr bekommen, vom betäubenden Duft ihres Haares, ihrer Haut und ihres Parfüms, das er tief einsog. Er wollte die Erinnerungen an seine tote Braut verdrängen. Dazu brauchte er Mary Ellens Hilfe. Sie spürte, daß er eine schwere Woche hinter sich hatte, obwohl sie den Grund nicht kannte. Wie immer versuchte sie, ihm möglichst viel von sich zu geben, um die Leere zu füllen, die sie instinktiv in ihm vermutete. Sie gehörte nicht zu den Frauen, die ihre Empfindungen leicht in Worte kleiden konnten, doch war ihr Verständnis für ihn tief.

Schläfrig und befriedigt in seinen Armen liegend, sah sie zu ihm auf und strich sanft über seinen Bart. »Ist bei dir alles in Ordnung, Jeremiah?«

Wie gut sie ihn doch kannte! Er lächelte. »Jetzt schon ... dank dir ... du bist sehr gut zu mir, Mary Ellen ... «

Sie freute sich über seine Worte, weil es sich anhörte, als begriffe er, was sie ihm zu gehen versuchte. »Ist etwas passiert?«

Er zögerte zunächst. Was er wegen vergangener Nacht empfand, war irgendwie mit Jennie verquickt, doch lag das alles so lange zurück, daß es ihm merkwürdig erschien, daß diese Gefühle ausgerechnet jetzt wieder auftauchten. Und dennoch erinnerte ihn alles an die Zeit vor achtzehn Jahren. »Gestern war eine schlimme Nacht. Ich war bei John Harte ...

Erstaunt stützte sie sich auf den Ellbogen. »Und ich dachte, ihr beide würdet kein Wort miteinander sprechen.«

»Gestern ging ich zu ihm. Er hat seine Frau und seine Tochter verloren ... « Er schloß die Augen und dachte an das Gesicht des toten kleinen Barnaby. » ... und dann, als ich bei ihm war, starb sein Junge ... « Eine ungewollte Träne lief ihm übers Gesicht ... Mary Ellen berührte sie sanft und nahm Jeremiah in die Arme ... Er war so groß und stark, ein ganzer Mann, und doch so sanft und lieb. Um dieser Träne und der folgenden willen liebte sie ihn noch mehr. »Er war so jung ... «, fuhr er fort. Er weinte um das Kind, dem er die Augen geschlossen hatte, und er hielt Mary Ellen eng an sich gedrückt, beschämt, weil er seine Gefühle nicht beherrschen konnte. Wie eine Flut aus dem tiefsten Inneren waren sie gekommen. »Der Ärmste hat an einem Tag alle drei verloren ... «

»Jeremiah, es war gut von dir, daß du zu ihm gegangen bist. Du hättest es nicht tun müssen.«

»Ich wußte, wie ihm zumute war.« Mary Ellen hatte durch Hannah von Jennie erfahren. Hannah kannte Mary Ellen seit deren Kindheit, sie begegneten sich häufig auf dem Markt in Calistoga. Jeremiah selbst hatte zu ihr nie von Jennie gesprochen. »Etwas Ähnliches ist auch mir passiert.«

»Ich weiß.« Ihre Stimme war so zart wie die Rosenblätter neben dem Bett.

»Das dachte ich mir.« Lächelnd wischte er sich über das Gesicht. »Es tut mir leid...« Es war ihm unangenehm, und doch fühlte er sich jetzt besser als den ganzen Tag. Sie tat ihm gut und hatte ihm geholfen. »Armer Junge, die nächste Zeit wird schwer für ihn.«

»Er wird es schon schaffen.«

Jeremiah nickte und sah sie an. »Kennst du ihn?«

Sie schüttelte den Kopf. »Ich kenne ihn vom Sehen, gesprochen habe ich nie mit ihm. Er soll eigensinnig wie ein Maulesel sein und doppelt so gemein. Männer dieser Sorte brechen nicht zusammen, da mag kommen, was will.«

»Daß er wirklich gemein ist, glaube ich nicht. Er ist jung und strotzt vor Kraft. Was er will, das will er sofort.« Jeremiah lächelte. »Arbeiten möchte ich für den Mann nicht, aber ich bewundere seine Leistung.«

Mary Ellen zog die Schultern hoch. Ihr Interesse an John Harte war nicht sehr groß. Sie interessierte sich mehr für Jeremiah Thurston. »Und ich bewundere dich.« Lächelnd rückte sie näher zu ihm heran.

»Ich wüßte nicht, warum. Ich bin der alte Maulesel, den du eben erwähnt hast.«

»Aber du bist mein Maulesel, und ich liebe dich.« Solche Redensarten mochte sie, um sich selbst Sicherheit zu geben und auch seinetwegen. Nie hatte er wirklich ihr gehört, und das wußte sie. Aber einmal in der Woche durfte sie so tun als ob, und sie gab sich damit zufrieden. Es blieb ihr auch nichts anderes übrig. Einmal hatte er ihr einen Antrag gemacht, aber damals hatte sie nicht gewollt, und jetzt war die Gelegenheit vertan. Er gab sich mit einem Besuch in der Woche zufrieden. Jetzt, da Jake tot war und nie zurückkehren würde, hätte sie Jeremiah zu gern geheiratet, gleichzeitig wußte sie, daß er seinen Antrag nicht wiederholen würde. Er wollte nicht mehr, und sie hatte schon lange jede Hoffnung aufgegeben. Sie war verdammt dumm gewesen, nicht von Anfang an darauf zuzusteuern. Aber damals hatte sie noch an Jakes Rückkehr geglaubt... dieser versoffene Hundesohn...

»Woran hast du eben gedacht?« Er hatte ihr Gesicht beobachtet. »Du hast richtig wütend ausgesehen.«

Sein Scharfsinn entlockte ihr ein Lachen. Er war immer schon so gewesen. »Ach, nichts von Bedeutung.«

»Bist du wütend auf mich?« Sie verneinte heftig. Er gab ihr selten Grund zum Ärgern. Jake war da ganz anders gewesen, ein elender Dreckskerl. Jetzt war er tot, und sie hatte fünfzehn Jahre ihres Lebens an ihn verschwendet, fünf davon hatte sie auf ihn gewartet, ohne zu ahnen, daß er in Ohio mit einer anderen Frau zusammenlebte. Nach seinem Tod hatte sie es entdeckt, das Mädchen war zu ihr gekommen. Er hatte sogar zwei kleine Söhne von der anderen. Und Mary Ellen war sich unbeschreiblich dumm vorgekommen. Immer hatte sie sich bei Jeremiah zurückhaltend gezeigt in der Hoffnung, ihr Mann wurde zurückkommen... ihr Ehemann – das klang wie ein schlechter Scherz...

»Du Dummer, ich bin nie böse auf dich. Du gibst mir nie Grund dazu.« Es stimmte. Er war ein liebevoller und guter Mann. Fast zu gut. Er war großzügig, zuvorkommend und rücksichtsvoll, wahrte aber gleichzeitig eine gewisse Distanz und ließ ihr für die Zukunft keinerlei Hoffnungen. Es gab nur das Heute und die nächste Woche. Sieben Jahre voller Samstage lagen hinter ihnen. Aber das erbitterte Mary Ellen nicht, es stimmte sie nur gelegentlich traurig. Sie verlebte die ganze Woche nur in Erwartung seines Kommens.

»Ich muß bald verreisen.« Das kündigte er ihr immer rechtzeitig an. Es war so seine Art. Vorausblickend, anständig und rücksichtsvoll.

»Wohin geht es diesmal?«

»In den Süden. Nach Atlanta.« Oft mußte er auch nach New York, und im Jahr zuvor war er einmal nach Charleston in Südcarolina gefahren. Niemals lud er sie ein mitzufahren. Geschäft war Geschäft. Und das hier war etwas anderes. »Ich werde nicht lange fort sein. Nur hin und zurück, und einige Tage fürs Geschäft. Alles in allem vielleicht zwei Wochen.« Er kuschelte sich an sie und küßte ihren Hals. »Werde ich dir fehlen?«

»Was meinst du?« Ihre Stimme war heiser vor Sinnlichkeit, sie ließen sich beide zurück aufs Bett gleiten.

»Ich glaube, es ist Wahnsinn, daß ich verreise.« Und er bewies es ihr aufs neue, während sie in seinen Armen fast verging. Ihre Schreie hätte man in der ganzen Umgebung hören können, wäre er nicht so vorausblickend gewesen, das Fenster zu schließen. Für beide waren die gemeinsamen Samstagabende eine Wonne.

Am nächsten Morgen fühlte er sich wie neugeboren, während sie für ihn Würstchen, Eier, ein kleines Steak briet und im alten Küchenherd Brot backte. Im letzten Winter hatte er ihr angeboten, einen neuen Herd zu kaufen, sie aber hatte sich nicht überreden lassen. Habgier zählte nicht zu ihren Eigenschaften, sehr zum Leidwesen ihrer Mutter. Oft hielt sie ihrer Tochter vor, daß Jeremiah zu den reichsten Männern im ganzen Staat gehörte und sie die größte Törin war, die man sich vorstellen konnte. Aber das kümmerte sie nicht, sie hatte alles, was sie wollte ... beinahe ... oder zumindest einmal wöchentlich, und das war besser, als täglich mit einem Mann zusammenzusein, der nichts taugte. Sie beklagte sich nicht und war frei in ihren Entscheidungen. Niemals fragte Jeremiah, was sie in der übrigen Zeit trieb. Sie hatte keinen anderen neben ihm, seit Jahren nicht mehr, aber das war ihre eigene Entscheidung. Wäre jemand gekommen, der es ernst mit ihr meinte, dann hätte sie sich die Sache überlegt. Jeremiah war so klug, keine Forderungen zu stellen.

»Wann fährst du in den Osten?« Sie aß von ihrem Brot, ohne den Blick von Jeremiah zu wenden. Er hatte wundervolle blaue Augen, und wenn er sie ansah, spürte sie, wie alles in ihr dahinschmolz. »In ein paar Tagen«, sagte er. Er hatte gut geschlafen, nachdem er sie lange und oft geliebt hatte, und fühlte sich erquickt. »Wenn ich zurück bin, gebe ich dir Bescheid.«

»Gib acht, daß du nicht der Frau deiner Träume in Atlanta begegnest.«

»Warum sollte ich?« Er griff nach seiner Kaffeetasse. »Wie kannst du so etwas sagen... nach dieser Nacht?«

Sie lächelte geschmeichelt. »Na ja, man weiß nie.«

»Sei nicht albern.« Er küßte sie auf die Nasenspitze, und als sie sich vorbeugte, wurde der Einschnitt zwischen ihren Brüsten sichtbar. Sie trug einen Morgenmantel aus rosa Satin, den er ihr von seiner letzten Europareise mitgebracht hatte. Damals hatte er französische Weinanbaugebiete bereist. Langsam ließ er eine Hand unter ihre Brüste gleiten und spürte die Wärme, die seine Finger umgab. Sofort erwachte sein Verlangen, dem er nicht widerstehen konnte. Nachdem er seine Tasse hingestellt hatte, ging er um den Tisch herum zu Mary Ellen. »Was hast du eben gesagt, Mary Ellen?...« Das sagte er im rauhen Flüsterton, während er sie hochhob und sie wie ein willenloses Bündel zur Treppe trug.

»Ich sagte... geh nicht fort...« Er erstickte ihre Worte mit seinen Lippen und legte sie Augenblicke später wieder aufs Bett.

Dann zog er mit Bedacht den Morgenrock von ihrem nackten Körper und nahm kaum den Gegensatz von Stoff und Haut wahr, so glatt fühlte sie sich unter seiner Berührung an, als er sich gegen sie preßte und in sie eindrang. Und wieder erlebten sie die Freuden der Liebe bis zur Dämmerung. Dann machte er sich endlich müde und glücklich auf den Heimweg. Mary Ellen Browne war gut für ihn gewesen, und der Kummer der Freitagnacht war fast vergessen, als er sein Pferd in den Stall von St. Helena führte. Im Haus hatte er dann kaum mehr die Kraft, sich auszuziehen. Als er im Bett lag, roch er noch immer ihr Rosenparfüm an sich. Lächelnd schlief er ein, in Gedanken noch ganz bei Mary Ellen.

3

»Daß du dich unterwegs anständig benimmst«, drohte Hannah ihm mit erhobenem Zeigefinger wie einem kleinen Jungen.

Jeremiah lachte sie an. »Das hört sich an wie bei Mary Ellen.«

»Vielleicht kennen wir dich beide zu gut.«

»Schon gut, schon gut, ich werde mich benehmen.« Er wirkte müde, als er sie zum Abschied in die Wange kniff. Hannah wußte, daß die Woche für ihn hart gewesen war. Erst die Beerdigung von John Hartes Familie, dann ein paar Fälle der gefürchteten Grippe in den Thurston-Minen. Bislang aber war niemand daran gestorben, Jeremiah bestand darauf, daß bei den ersten Anzeichen gleich der Arzt zugezogen wurde. Am liebsten hätte er seine Reise in den Osten verschoben, doch dies war unmöglich. Als Antwort auf Jeremiahs Telegramm hatte Orville Beauchamp ihm mitgeteilt, er müsse sofort kommen, falls er Interesse an einem Abschluß hätte. Fast war Jeremiah versucht, Beauchamp zu raten, er solle zum Teufel gehen und das Geschäft mit John Harte machen, aber Harte war momentan nicht in der Verfassung, an Geschäfte zu denken, geschweige denn, in den Osten zu fahren. Deswegen hatte Jeremiah sich doch entschließen müssen, den Zug nach Atlanta zu nehmen. Die Aussicht auf die Reise freute ihn nicht. An dem Mann in Georgia störte ihn trotz der guten Geschäftsbedingungen irgend etwas.

Er beugte sich über Hannah und küßte ihren Scheitel, ehe er seinen Blick durch die gemütliche Küche schweifen ließ, seine Lederreisetasche in eine Hand nahm und die abgewetzte schwarze Aktentasche in die andere. Die Zigarre zwischen die Zähne geklemmt, die Augen gegen den Rauch zusammengekniffen, so ging er. Den breitkrempigen schwarzen Hut hatte er tief in die Stirn gezogen. Jeremiah hatte etwas Kühnes, fast Teuflisches an sich, als er rasch zu dem wartenden Wagen ging, sein Gepäck hinaufwarf und sich zu dem Jungen hinaufschwang, der die Zügel hielt. Er nahm ihm die Zügel sofort ab.

»Guten Morgen, Sir.«

»Guten Morgen, mein Sohn.« Er stieß eine dichte Rauchwolke aus, ließ die Peitsche knallen, und gleich darauf rollten sie in flottem Tempo über die Landstraße. Während der Fahrt sprach er kein Wort mit dem Jungen, in Gedanken war er bereits bei dem Geschäft, das er in Atlanta abschließen wollte. Fasziniert beobachtete ihn der Junge: die zusammengekniffenen, von tiefen Linien umgebenen Augen, die konzentriert gerunzelte Stirn, der elegante Hut, die breiten Schultern, die großen Hände, die ganze gepflegte Erscheinung. Mr. Thurston hätte man nie angesehen, daß er selbst einmal in den Minen gearbeitet hatte, doch seine Anfänge waren allgemein bekannt. Man konnte sich kaum vorstellen, daß dieser kraftvolle, mächtige Mann imstande war, sich in einen Schacht zu pferchen. Dem Jungen erschien er übergroß.

Auf halbem Weg nach Napa drehte Jeremiah sich lächelnd zu ihm um. »Wie alt bist du, mein Sohn?«

»Vierzehn.« Neben Jeremiah zu sitzen war ungemein aufregend. Der Junge genoß den Duft der Zigarre, der ihm als der Inbegriff von Kraft und Männlichkeit erschien. »Na ja, eigentlich werde ich erst im Mai vierzehn.«

»Du arbeitest fleißig in den Minen?«

»Ja, Sir.« Das sagte er mit bebender Stimme, aber Jeremiah wollte ihn nicht aushorchen, er dachte nur an die Zeit zurück, als er selbst vierzehn war.

»In deinem Alter habe ich auch in den Minen gearbeitet. Schwere Arbeit für einen Jungen... auch für einen Erwachsenen. Gefällt es dir?«

Eine Pause trat ein. Dann entschied sich der Junge, die Wahrheit zu sagen. Er vertraute dem großen Mann mit der Zigarre, der etwas Anziehendes und Freundliches an sich hatte. »Nein, Sir, es gefällt mir nicht. Es ist dreckige Arbeit. Wenn ich groß bin, möchte ich etwas anderes machen.«

»Was denn?« Jeremiahs Neugier war geweckt. Der ehrliche kleine Kerl gefiel ihm.

»Etwas Sauberes. Vielleicht könnte ich in einer Bank arbeiten. Mein Dad sagt zwar, das wäre eine Arbeit für einen Schwächling, aber mir würde sie gefallen, glaube ich. Ich kann gut mit Zahlen umgehen. Ich kann im Kopf alles schneller zusammenzählen als die meisten Leute auf dem Papier.«

»Ach, das kannst du?« Jeremiah blieb ernst, doch sein Blick

verriet, wie sehr er sich amüsierte. Das Selbstvertrauen des Jungen war rührend. »Möchtest du mir samstags helfen?«

»Ihnen helfen?« Der Junge war starr. »O ja, Sir!«

»An Samstagen arbeite ich immer bis Mittag, weil es dann schön ruhig ist. Sobald ich wieder zurück bin, kommst du am Samstagmorgen zu mir. Du kannst mir beim Rechnen und bei der Buchhaltung helfen. Ich bin im Rechnen nicht so flink wie du.« Jeremiah lachte. Die Augen des Jungen waren plötzlich groß wie Vierteldollarstücke. »Na, wie hört sich das an?«

»Wunderbar!« Der Junge hüpfte auf dem Sitz neben Jeremiah vor Freude auf und ab, bis ihm einfiel, wie ein Mann sich in einer solchen Situation benommen hätte. Da hielt er still, und das belustigte Jeremiah noch mehr. Der Junge gefiel ihm. Überhaupt liebte er Kinder, und sie liebten ihn. Während er die Pferde auf Napa zu antrieb, dachte er an Mary Ellens Kinder. Nette Kinder, mit denen sie sich viel Mühe gegeben hatte. Auf ihren Schultern lastete eine schwere Bürde, und doch hatte sie nie zugelassen, daß er ihr unter die Arme griff. Auch in bezug auf die Kinder hatte er ihr nie geholfen. Seine Kontakte mit ihnen beschränkten sich auf gelegentliche Picknicks an Sonntagnachmittagen. Nie war er da, wenn sie krank waren oder in der Schule Ärger machten, wenn Mary Ellen sie bestrafen oder trösten mußte. Er sah sie immer nur im Sonntagsstaat – und auch das nur selten. Er fragte sich, ob er sie in diesem Punkt nicht im Stich gelassen hatte, aber sie schien es von ihm gar nicht zu erwarten. Mary Ellen erwartete nicht mehr als das, was sie bekam, das wollüstige Verschmelzen ihrer Körper an zwei Tagen der Woche in dem kleinen Haus in Calistoga. Plötzlich warf Jeremiah dem Jungen einen besorgten Blick zu, als hätte er Angst, dieser könnte Gedanken lesen.

»Magst du Mädchen, mein Sohn?« Er wußte nicht, wie der Junge hieß. Er mußte es nicht wissen, da er wußte, wer der Vater war – einer seiner geschätztesten Minenarbeiter, ein Mann, der noch neun andere Kinder hatte, viele Mädchen, wie sich Jeremiah entsinnen konnte. Dieser Junge war einer der drei Söhne, die in den Thurston-Minen arbeiteten, er war der jüngste.

Der Junge zog die Schultern hoch und sagte dann: »Die meisten sind blöd. Ich habe sieben Schwestern, und die sind einfach strohdumm.« Jeremiah lachte.

»Glaube mir, Junge, nicht alle Frauen sind dumm. Es sind sogar viel weniger, als wir gern glauben wollen. Sehr viel weniger.« Er lachte laut und zog an der Zigarre. Hannah oder Mary Ellen oder die meisten Frauen, die er kannte, wären alles andere als dumm. Sie waren sogar so klug, niemanden merken zu lassen, wie klug sie waren. Und genau das gefiel ihm an einer Frau, die angebliche Hilflosigkeit und Einfalt, hinter der sich in Wahrheit ein messerscharfer Verstand verbarg. Dieses Spiel machte ihm Spaß. Und plötzlich wurde ihm klar, daß er vielleicht aus diesem Grund nie den Wunsch gehabt hatte, Mary Ellen zu heiraten. Sie spielte dieses Spiel nicht richtig mit. Sie war direkt und geradeheraus, liebevoll und sinnlich wie der Teufel, doch war an ihr nichts Geheimnisvolles. Man wußte genau, was man an ihr hatte, man wußte, wie klug sie war, und nicht mehr ... kein Rätsel, keine Überraschungen, keine kleinen Kraftproben unter Spitzenstoffen, etwas, was immer seine Neugierde gereizt hatte. Zumindest in letzter Zeit hatte er sich nach mehr schillernder Vielfalt gesehnt, und er fragte sich schon, ob das eine Alterserscheinung war, ein Gedanke, der ihn belustigte. Mit dem Lächeln des Wissenden wandte er sich wieder dem Jungen zu.

»Es gibt nichts Wunderbareres als eine hübsche Frau.« Wieder lachte er. »Ausgenommen vielleicht ein saftig grüner Hügel mit einer Wiese voll wilder Blumen.« Sein Blick blieb an einer Wiese hängen, und sein Herz wurde schwer, als sie daran vorüberfuhren. Er trat nur sehr ungern diese Reise an. Ein Stück seines Lebens würde ihm fehlen, bis er wiederkäme.

»Liebst du das Land, mein Sohn?«

Der Junge, der gar nicht wußte, was Jeremiah damit meinte, bejahte, aber ohne die Miene zu verziehen – sicherheitshalber.

An diesem Morgen hatte er sich schon genug Dreistigkeit geleistet und wollte die Verheißung der bevorstehenden Samstagmorgen nicht gefährden.

Sein ausdrucksloser Ton verriet Jeremiah, daß er nicht begriffen hatte... Land... Erde... er wußte noch, welche Erregung ihn als Kind erfaßt hatte, wenn er eine Handvoll Erdreich genommen und es in der Hand zerrieben hatte. Sie gehört dir, mein Sohn, alles... gib gut acht darauf... Die Stimme seines Vaters klang ihm noch in den Ohren. Alles war aus wenig gewachsen.

Er hatte dazugekauft, Verbesserungen durchgeführt, und jetzt gehörten ihm riesige Ländereien in diesem Tal, das er so liebte.

Diese Liebe mußte angeboren, mußte in die Seele eingebrannt sein. Sie konnte nicht später erworben werden. Jeremiah fand es faszinierend, daß diese Liebe nicht allen zu eigen war, eine Erkenntnis, die ihm schon vor Jahren gekommen war. Es war ein Gefühl, das Frauen ganz fehlte. Die Leidenschaft ›für ein Häufchen Dreck‹, wie es eine einmal formuliert hatte, war ihnen unbegreiflich. Sie würden dieses Gefühl nie kennenlernen, auch nicht der Junge neben ihm, doch Jeremiah kümmerte das nicht.

Eines Tages würde der Junge wahrscheinlich in einer Bank arbeiten und sich für den Rest seines Lebens mit Papierkram und Zahlen herumschlagen und dabei glücklich sein. Das war ganz in Ordnung. Wäre es nach Jeremiah gegangen, hätte er selbst sein Leben lang nur die Erde bewirtschaftet, wäre durch die Weingärten gewandert, hätte in den Minen gearbeitet, um abends todmüde nach Hause zu gehen, befriedigt bis ins Innerste seines Wesens. Das Kaufmännische interessierte ihn weit weniger als die Naturschönheiten und die Arbeit mit den Händen, die nötig war, um den geschäftlichen Erfolg zu sichern.

Es war fast Mittag, als sie Napa erreichten, zuerst die Farmen am Rand, dann die vornehmen Häuser in der Pine Street und der Coombs Street mit ihren gepflegten Rasenflächen und den perfekt gestutzten Bäumen, nicht unähnlich Jeremiahs Haus in St. Helena. Nur wirkte sein Haus unbewohnt und ungeliebt.

Man sah ihm an, daß es das Haus eines Junggesellen war, sogar von außen und trotz Hannahs unermüdlicher Bemühungen. Es war ein Platz zum Wohnen und Schlafen, mehr nicht. Daß seine Minen und sein Land Jeremiah viel mehr bedeuteten, war im ganzen Gebäude spürbar. Hannahs Einfluß hatte sich nur in der behaglichen Küche und im Gemüsegarten durchgesetzt.

Hier in Napa hingegen wurden diese Häuser von hingebungsvollen Hausfrauen geführt, die für saubere Spitzenvorhänge an den Fenstern sorgten, die Blumen im Garten pflegten, und die Räume in den Obergeschossen hallten wider von Kinderlachen.

Es waren schöne Häuser, und Jeremiah genoß jedesmal diesen Anblick. Er kannte hier viele Leute, und sie kannten ihn; das Leben, das er führte, war aber viel ländlicher als ihres in Napa.

Bei ihm drehte sich alles ums Geschäft und nicht ums gesellschaftliche Leben, das hier in Napa eine bedeutende Rolle spielte.

Ehe er an Bord ging, hielt er vor der Bank of Napa in der First Street an und hob den für die Reise nach Atlanta nötigen Betrag ab. Den Jungen ließ er draußen beim Wagen. Wenig später kam er wieder und warf einen Blick auf seine Taschenuhr.

Sie mußten sich beeilen, wenn sie das Schiff nach San Franzisko erreichen wollten, und der Junge machte sich ein Vergnügen daraus, die Pferde tüchtig anzutreiben, während Jeremiah ein paar Papiere studierte. Im Hafen angekommen, sprang Jeremiah vom Wagen und nahm sein Gepäck. Er lächelte dem Jungen flüchtig zu.

»Wir sehen uns am ersten Samstag nach meiner Rückkehr. Sei um neun Uhr morgens zur Stelle.« Plötzlich fiel ihm der Name des Jungen ein: Danny. »Bis dann, Danny. Und gib schön acht auf dich.«

Jeremiah mußte an Barnaby Harte denken, der der Grippe zum Opfer gefallen war, und die Kehle wurde ihm eng, als der Junge ihn strahlend ansah. Jeremiah beeilte sich, an Bord zu kommen. Er hatte sich wie immer eine kleine Kabine reservieren lassen. Dort ließ er sich jetzt nieder und vertiefte sich in einen dicken Stapel Papiere. In den fünf Stunden, welche die Fahrt nach San Franzisko dauerte, hatte er viel zu tun. Die ›Zinfandel‹ war ein besonders hübsches Schiff. Danny beobachtete fasziniert das große Schaufelrad, als das Schiff auslief.

Zum Dinner verließ Jeremiah seine Kabine und setzte sich an

einen kleinen Tisch, allein. Eine Frau, die mit Kindermädchen und vier Kindern reiste, bedachte ihn einige Male quer durch den Raum mit Blicken, die er gar nicht bemerkte. Als die junge Mutter schließlich den Speisesaal verließ, fiel ihr letzter Blick ziemlich mißmutig aus. Sie war enttäuscht, weil sie ihre Wirkung auf den gutaussehenden Riesen verfehlt hatte. Jeremiah ging noch eine Weile an Deck, rauchte eine Zigarre, bis sie in San Franzisko anlegten.

Seine Gedanken wanderten häufiger als bei sonstigen Trennungen zu Mary Ellen zurück. Er fühlte sich ungewöhnlich einsam, während das Schiff festmachte und er die Hoteldroschke zum Palace Hotel nahm, wo ihn seine übliche Suite erwartete.

Hin und wieder hatte er in San Franzisko ein Haus mit zweideutigem Ruf besucht, dessen Madame ihm besonders zusagte, aber diesmal war ihm nicht danach. Statt dessen stand er in seinem Zimmer, blickte auf die Stadt hinaus und ließ sein bisheriges Leben Revue passieren. Seit der Nacht bei John Harte war er melancholisch gestimmt, und diese Stimmung ließ sich nur schwer abschütteln, obwohl er sich hier Lichtjahre von der Schönheit und den Kümmernissen seiner Heimat entfernt fühlte.

Das Hotel selbst war erst elf Jahre alt und bot jeden erdenklichen Komfort. Da er nicht einschlafen konnte, ging Jeremiah hinunter in die Halle. Dort wimmelte es von vornehm gekleideten Leuten, von juwelengeschmückten Frauen, die von späten Dinnerpartys, vom Theater und geselligen Abenden in der Stadt zurückkamen. Die allgemeine Unbeschwertheit erinnerte an Ferienstimmung. Nach einem kurzen Spaziergang die Market Street entlang ging Jeremiah zu Bett. Vor ihm lag ein Tag voller Termine, ehe er am Abend den Zug besteigen würde. Die Aussicht auf die lange, strapaziöse Zugfahrt nach Atlanta dämpfte seine Laune. Züge langweilten ihn. Ehe er einschlief, fragte er sich, warum er nie daran gedacht hatte, Mary Ellen mitzunehmen. Eine absurde Idee... sie hatte in diesem Bereich seines Lebens nichts zu suchen... dort hatte keine Frau Platz, dort war für niemanden Platz... auch nicht in seinem Privatleben... oder doch? Die Frage blieb unentschieden, da er einschlief. Am nächsten Morgen hatte er sie vergessen. Nur ein vages Gefühl des Unbehagens war zurückgeblieben, als er nach dem Zimmerservice klingelte und sein Frühstück bestellte. Es wurde ihm eine halbe Stunde später auf einem riesigen Silbertablett gebracht, dazu die Jacke, die er am Abend zuvor zum Bügeln gegeben hatte, und seine Schuhe, die auf Hochglanz poliert waren. Das Palace war ohne Zweifel eines der besten Hotels des Landes. Jeremiah wußte, daß er in Atlanta nichts Vergleichbares vorfinden würde. Er fürchtete nur die endlosen sechs Tage im Zug nach Georgia.

Da keine Einzelabteile verfügbar waren, hatte Jeremiah sich einen ganzen Waggon reservieren lassen. An einem Ende war ein kleines Buffet aufgebaut, außerdem gab es einen Bereich mit einem Schreibtisch, an dem er arbeiten konnte, und ein Bett, das sich tagsüber in ein Sofa verwandeln ließ. Während einer Zugfahrt fühlte er sich immer wie ein Tier im Käfig. Das Essen unterwegs an den Stationen war fast ungenießbar. Der einzige Vorteil einer Zugfahrt lag darin, daß er ungestört arbeiten konnte, da er während der sechstägigen Fahrt quer durch den Kontinent keinen Gesprächspartner hatte.

Jeremiah hatte die Fahrt bereits satt, als er am zweiten Tag in Elko, Nevada, ausstieg. Er ging ins Bahnhofsrestaurant, um einen kleinen und voraussichtlich grauenvollen Imbiß, bestehend aus Fettgebratenem aller Art, zu sich zu nehmen, der sich von den anderen Mahlzeiten unterwegs durch nichts unterscheiden würde, als er eine auffallend attraktive Frau bemerkte. Sie mußte etwa Mitte Dreißig sein, klein und zierlich, mit rabenschwarzem Haar, ähnlich dunkel wie das von Jeremiah. Ihre großen Augen waren veilchenblau, der Teint weiß wie Sahne.

Ihm fiel ihre modische Kleidung auf, das Samtkostüm kam sicher aus Paris. Er ertappte sich dabei, daß er sie während des Essens anstarrte, und er konnte der Versuchung nicht widerstehen, sie anzusprechen, als sie gleichzeitig in höchster Eile hinausgingen, um zur Abfahrt zurechtzukommen. Zuvorkommend hielt er ihr die Tür auf, und sie errötete, als sie ihm zulächelte.

Sehr liebenswert, wie er fand.

»Ziemlich ermüdend, nicht?« fragte er auf dem Weg zum Zug.

»Ich würde eher sagen: scheußlich.« Sie sagte es lachend, und er hörte sofort ihren englischen Akzent heraus. An der Linken trug sie einen großen, herrlichen Ring mit einem außergewöhnlich geschliffenen Saphir, einen Ehering konnte er nicht entdecken, was seine Neugierde so anstachelte, daß er nachmittags den Zug durchstreifte, bis er sie im Pullmanwagen mit einem Buch bei einer Tasse Tee entdeckte. Erstaunt sah sie zu ihm auf.

Jeremiah lächelte, von einem Gefühl der Schüchternheit übermannt. Er wußte jetzt nicht, was er sagen sollte. Den ganzen Nachmittag war sie ihm nicht aus dem Kopf gegangen, was bei ihm selten vorkam. Seine schöne Mitreisende war eine außergewöhnliche Frau, von der eine magnetische Wirkung ausging.

Das spürte er, als er vor ihr stand. Sie deutete auf einen leeren Sitz. »Möchten Sie nicht Platz nehmen?«

»Störe ich nicht?«

»Aber gar nicht.«

Er setzte sich ihr gegenüber, und sie machten sich miteinander bekannt. Die Dame hieß Amelia Goodheart, und er sollte bald erfahren, daß sie, seit fünf Jahren verwitwet, im Süden eine Tochter und das jüngst geborene zweite Enkelkind besuchen wollte. Ihr erstes war vor wenigen Wochen in San Franzisko zur Welt gekommen. Amelia Goodheart lebte in New York.

»Ihre Familie ist in alle Richtungen zerstreut«, meinte Jeremiah lächelnd. Ihm gefielen ihr Lächeln und ihre Augen.

»Ja leider, viel zu verstreut. Meine zwei ältesten Töchter haben vergangenes Jahr geheiratet. Die drei anderen Kinder leben noch bei mir.«

Sie war vierzig und die hübscheste Frau, der Jeremiah je begegnet war. Er konnte die Augen nicht von ihr wenden. Es wurde Abend und Zeit fürs Dinner, ehe er sich überwinden konnte aufzustehen. Und dann, ganz spontan, lud er sie zum Essen ein, als sie in die nächste Stadt einfuhren. Untergehakt gingen sie zum

Bahnhof, und Jeremiah spürte, wie sich tief in seinem Inneren etwas regte, als sie an seiner Seite ging. Sie gehörte zu den Frauen, die in einem den Wunsch weckten, sie zu behüten und vor allem Übel zu schützen, gleichzeitig aber auch das Verlangen, mit ihnen zu prahlen. Seht her, sie ist mein!

Unvorstellbar, daß sie auch nur eine Stunde schutzlos hatte überleben können in ihrer Zierlichkeit, doch wie sich herausstellte, war sie witzig und warmherzig und verfügte über einen messerscharfen Verstand. Fast kam Jeremiah sich wie ein Schuljunge vor, bereit, sich ihr zu Füßen zu werfen, während sie miteinander plauderten. Er war ihr sofort verfallen und lud sie nach dem Essen auf eine Tasse Tee in seinen Privatwaggon ein.

Von ihrem verstorbenen Mann sprach sie mit liebevoller Wärme.

Während der Zug wieder dahinrollte, gestand sie, wie abhängig sie von ihm gewesen war. Jetzt erst wagte sie einen Versuch, sich allein in der Welt zurechtzufinden, und hatte sich zu diesem Besuch bei ihren zwei Ältesten entschlossen. Es war ihr anzumerken, daß es ihr erstes selbständiges Wagnis war. Sie fand dabei alles so amüsant, daß sie sich nicht genug darüber wundern konnte, sich nicht eher dazu entschlossen zu haben. Die kleinen Unbequemlichkeiten der Reise schienen ihr nichts auszumachen.

Sie zeigte sich als unerschütterlich patente Reisegefährtin, und wenn Jeremiah sie ansah, spürte er die Gewißheit, noch nie einer so schönen Frau begegnet zu sein.

Zum erstenmal seit Jahren war es jemandem geglückt, Mary Ellen total aus seinem Bewußtsein zu verdrängen. Die beiden waren auch zu verschieden. Einfach und aufrecht, stark und windgebeutelt die eine, die andere zart, komplizierter, eleganter, mit mehr Haltung ausgestattet und auf ihre Weise vielleicht noch stärker als Mary Ellen. Von beiden fühlte er sich angezogen, doch besaß Amelia im Moment seine volle Aufmerksamkeit. Sie erwähnte, daß sie nur von einer Zofe begleitet wurde, ihre ältere Cousine, die sie hätte begleiten sollen, war krank geworden, und Amelia hatte sich dessen ungeachtet zur Reise entschlossen. Sie wollte ihre Töchter wiedersehen. »Ich brauche keine Begleitung, Cousine Margaret wäre auch kaum imstande, auf mich achtzugeben.« Der Gedanke brachte sie zum Lachen, und Jeremiah lächelte. In den veilchenblauen Augen lag etwas Verletzliches, das plötzlich in ihm den Wunsch weckte, sie in die Arme zu nehmen. Er wagte es nicht. Statt dessen sprachen sie von Europa und von Napa, von seinem Wein, seiner Kindheit, ihren Kindern, seiner Arbeit. Am liebsten wäre er sitzen geblieben und hätte sich die ganze Nacht mit ihr unterhalten, doch nach Mitternacht bemerkte er, daß sie ein Gähnen unterdrückte.

Sie waren jetzt fast acht Stunden beisammen gewesen, und doch brachte er sie nur ungern in ihren Waggon und ließ sie dort allein.

»Kommen Sie zurecht?« Jeremiah schien besorgt, was sie mit einem Lächeln quittierte.

»Ich denke schon.« Und dann setzte sie mit einem herzlicheren Lächeln hinzu: »Es war ein wunderbarer Abend. Vielen Dank.«

Sie wechselten einen Händedruck, und er fühlte sich eingehüllt von ihrem Parfum. Der Duft war ihm bereits in seinem Waggon aufgefallen, und er roch ihn noch immer, als er zurückkam. Es war ein würziger, exotischer Duft voller Frische und gleichzeitig zutiefst sinnlich. Der Duft verkörperte ihre Persönlichkeit so sehr, daß er das Gefühl hatte, sie wäre bei ihm, als er das Parfum in der Nacht in seinem Waggon spürte. Und er wünschte sich, sie wäre tatsächlich bei ihm, während sie scheinbar endlos dahinrollten.

Die Nacht schien kein Ende nehmen zu wollen. Ungeduldig erwartete Jeremiah die Morgendämmerung, in Gedanken bei der eleganten Frau, die er kennengelernt hatte und die irgendwo im Zug schlief. Es war lange her, seitdem ihn jemand so beeindruckt hatte. An der nächsten Station stieg er ungeduldig aus, in der Hoffnung, sie in der frischen Morgenluft am Bahnsteig entlangspazieren zu sehen, doch er beobachtete nur ein paar Kammerjungfern mit Hündchen und einige einsame Männer, die sich die Beine vertraten. Von Amelia nirgends eine Spur.

Enttäuscht wie ein kleines Kind, zog er sich in seinen Waggon zurück. Zu Mittag durchstreifte er den Zug in seiner gesamten Länge und entdeckte Amelia wieder bei der Lektüre vor einer Tasse Tee.

»Ach, hier sind Sie ja!« Das sagte er wie zu einem verlorenen Kind, und sie sah mit strahlendem Lächeln zu ihm auf.

»Bin ich verlorengegangen?«

Der Ausdruck in ihren Augen war wohltuend. »Ja, für mich schon. Den ganzen Tag schon suche ich Sie.«

»Ich war hier.«

Er konnte es kaum erwarten, wieder mit ihr allein zu sein, und beeilte sich, sie in seinen Waggon zu begleiten. Sie ging ohne Zögern mit ihm, und plötzlich drängte sich ihm die Frage auf, ob er für sie nicht eine peinliche Situation schuf. Schließlich war er ein alleinstehender Mann, und man konnte nie wissen, wer mit im Zug war... an dergleichen Dinge dachte er sehr selten, er wollte jedoch Amelia nicht schaden.

»Seien Sie nicht albern, Jeremiah, ich bin doch kein junges Mädchen mehr.« Mit einer eleganten Handbewegung tat sie seine Bedenken ab. Er bemerkte dabei einen auffallend schönen Smaragdring an ihrer Hand und wunderte sich, daß sie keine Scheu hatte, ihren Schmuck auf der Reise zu tragen, doch Amelia schien gänzlich unbesorgt. Ihre Gedanken kreisten um angenehmere Dinge als um Klatsch oder die Angst vor Juwelendieben. Sie war frei von allen Ängsten, die andere Frauen plagten. Am Ende des zweiten gemeinsam verbrachten Tages kannte Jeremiahs Bewunderung keine Grenzen mehr. Fast tat es ihm leid, daß er Amelia nicht schon Jahre früher begegnet war, und er verschwieg es ihr nicht. Sie war gerührt und sah ihn mit einem liebkosenden Blick an.

»Wie hübsch, so etwas zu hören...«

»Jedes Wort ist ehrlich gemeint. Sie sind für mich eine ganz neue Erfahrung... Sie verfügen über mehr Mut als alle Frauen, die ich kenne, zusammengenommen.« In seinem Blick lag mehr als nur Zuneigung. »Ihr Mann war ein Glückspilz.«

»Nein, die Glückliche war ich.« Amelias Stimme war sanft. Wortlos streckte Jeremiah die Hand nach ihr aus. Sie saßen schweigend Seite an Seite und tauschten tiefe Blicke, während die Landschaft an ihnen vorüberzog, für die sie keine Augen hatten. »Haben Sie nie wieder an eine Ehe gedacht?«

Amelia schüttelte den Kopf und lächelte. »Nicht ernsthaft. Ich bin vollauf zufrieden mit meinem Leben. Meine Kinder sind für mich Erfüllung und Glück und verschaffen mir Beschäftigung... dann habe ich mein Haus und meine Freunde...«

»Es gibt noch mehr, Amelia.« Wieder tauschten sie ein Lächeln, wieder berührte er ihre Hand. Sie hatte edle, feine Hände – kein Wunder, daß ihr Mann ihr erlesene Ringe geschenkt hatte. Sie paßten zu ihr wie die teuren Kleider, die sie trug. Und während er sie ansah, fragte sich Jeremiah, wie es wohl wäre, mit einer Frau wie ihr verheiratet zu sein. Sonderbar, er konnte sie sich in Napa beim besten Willen nicht vorstellen, ebensowenig wie er sich vorstellen konnte, nach einem langen Arbeitstag zu ihr zurückzukehren.

»Woran dachten Sie eben?« Amelia gefiel sein Blick, in dem man Tiefe und Erfahrung lesen konnte.

»An Napa und an meine Minen... wie es wäre, wenn ich Sie dort bei mir hätte...«

Diese Worte ließen sie erschrecken, doch sie faßte sich sofort und sagte lächelnd: »Sicher ein sehr interessantes Leben. Ganz anders als in New York.« Vorstellen konnte sie es sich nicht annähernd. »Gibt es dort noch Indianer?«

Jeremiah lachte. »Nicht die Indianer, die Sie meinen. Doch, es gibt einige. Sie sind ganz friedlich und gar nicht aufregend.«

»Ohne Kriegsgeschrei und Tomahawks?« Sie machte ein enttäuschtes Gesicht.

Wieder lachte Jeremiah und schüttelte verneinend den Kopf. »Leider nein.«

»Wie schade!«

»Wir unterhalten uns auf andere Art.«

»Zum Beispiel?«

Sofort kamen ihm seine Samstagabende in Calistoga in den Sinn, und er mußte sich zwingen, an etwas anderes zu denken. »Nach San Franzisko sind es nur sieben, acht Stunden.«

»Sind Sie oft dort?«

»Ehrlich gesagt, nein. Ich stehe um fünf auf, frühstücke um sechs, gehe dann außer Haus und komme bei Sonnenuntergang wieder, manchmal auch viel später. Ich arbeite auch an Samstagen, allerdings nur morgens...«, und nach unmerklichem Zögern setzte er hinzu, »und am Sonntag kann ich den Montag kaum erwarten.«

»Ein schrecklich einsames, eintöniges Leben, so kommt es mir jedenfalls vor.« Ihre teilnahmsvolle Miene rührte ihn, denn ihn kümmerten seine einsame Lebensweise und die viele Arbeit herzlich wenig. »Warum haben Sie nie geheiratet, Jeremiah?« Amelia fragte es ihn, von aufrichtigem Interesse getrieben.

»Ich war immer viel zu beschäftigt. Vor zwanzig Jahren hätte ich beinahe geheiratet.« Er lächelte. »Vielleicht ist es mir nicht bestimmt.«

»Ach, reden Sie keinen Unsinn! Kein Mensch soll allein alt werden.« Aber auch sie würde allein sein, wenn sie nicht wieder heiratete.

»Soll das alles sein, was hinter einer Ehe steht – Angst vor einem einsamen Alter?«

»Gewiß nicht, Jeremiah. In einer Ehe geht es auch um Freundschaft, Gemeinsamkeiten, Liebe... man hat im Partner jemanden, mit dem man lachen kann, mit dem man reden und Kummer und Schmerz teilen kann, einen Menschen, den man verwöhnt und liebt, zu dem man heimkehrt und mit dem man sich über den ersten Schnee freut...« Amelia sah dabei die Augen ihrer Tochter vor sich, die ihren Mann und das neugeborene Söhnchen über alles liebte. Ernst blickte sie zu Jeremiah auf. »Sie können gar nicht wissen, was ich meine, aber lassen Sie sich gesagt sein, es ist Ihnen viel entgangen. Die größte Freude im Leben sind für mich meine Kinder. Jeremiah, es ist noch nicht zu spät für Sie. Nehmen Sie Vernunft an. Ich möchte wetten, Sie könnten an jedem Finger zehn Frauen haben. Nehmen Sie sich eine, heiraten Sie und setzen Sie ein Dutzend Kinder in die Welt, ehe es zu spät ist. Lassen Sie sich das alles nicht entgehen.«

Er staunte über die Eindringlichkeit ihrer Worte und war wieder gerührt. »Fast ist es Ihnen geglückt, mich nachdenklich zu machen.« Er lehnte sich gegen den dunkelgrünen Plüsch zurück. »Vielleicht werden Sie mich vor mir selbst retten müssen, indem Sie mich in der nächsten Stadt heiraten. Was würden wohl Ihre Kinder dazu sagen?«

Amelia lachte ihn aus, schien aber nicht ungehalten, als sie antwortete: »Sie würden glauben, ich hätte den Verstand verloren, und in diesem Fall hätten sie nicht ganz unrecht.«

»Ach?« Sein Blick ließ sie nicht los.

»Ja.«

»Wäre es wirklich ein Wahnsinn... Sie und ich?«

Sie spürte, wie ihr ein Schauer über den Rücken lief. Aus Jeremiahs Blick sprach tiefer Ernst. Sie wollte kein Spiel mit ihm treiben. Sie waren Fremde, die einander im Zug begegnet waren, und sie wußte selbst zu gut, wie anziehend er auf sie wirkte, doch ihr Verstand behielt die Oberhand. Sie führte ihr eigenes Leben, hatte ein Haus in New York, drei Kinder, die noch bei ihr lebten, zwei erwachsene Töchter samt Schwiegersöhnen, an deren Leben sie sehr Anteil nahm.

»Jeremiah, Sie sollen nicht mit ernsten Dingen Scherz treiben.« Ihre Stimme war sanft und seidenweich wie der Kuß auf einer Kinderwange. »Ich mag Sie zu gern, und ich möchte Ihre Freundin bleiben, auch wenn die Zugfahrt längst hinter uns liegt.«

»Das möchte ich auch. Werden Sie meine Frau.« Er wußte, daß er noch nie etwas Wahnwitzigeres gesagt oder getan hatte.

»Ich kann nicht.«

»Warum nicht?« Jeremiah war es ernst, was alles nur noch schlimmer machte. Fast bekam sie Angst vor seinem Blick.

»Um Himmels willen, ich habe zu Hause noch drei Kinder, die ich großziehen muß.« Weil ihr nichts anderes einfallen wollte, griff sie zu dieser etwas lahmen Ausflucht.

»Na und? Wir bringen die Kinder nach St. Helena. Anderer Leute Kinder wachsen auch dort auf.« Er lächelte. »Wir werden für sie eine eigene Schule bauen.«

»Jeremiah! Jetzt ist Schluß damit!« Amelia sprang auf. »Hören Sie mit diesem Unsinn auf! Sie gefallen mir. Sie sind einer der bemerkenswertesten, interessantesten, anständigsten Männer, denen ich je begegnet bin. Aber wir kennen uns kaum. Wir sind im Grunde genommen Fremde. Sie wissen ja gar nicht, ob ich trinke, ob ich halb verrückt bin, spiele; betrüge ... oder gar meine Kinder schlage ... oder meinen Mann umgebracht habe ...« In ihren Augen leuchtete ein kleines Lächeln auf, und er streckte die Hand nach ihr aus, die sie erfaßte und mit ihren Lippen streifte. »Jeremiah, du wundervoller Mann, sei nett und spiel nicht mit mir. Im nächsten Jahr werde ich einundvierzig. Für diese Neckereien bin ich zu alt. Meinen Mann habe ich mit siebzehn geheiratet, wir waren achtzehn Jahre miteinander glücklich, aber jetzt bin ich kein junges Mädchen mehr ... von mir sind keine Kinder mehr zu erwarten, ich bin schon Großmutter und längst über das Alter der Torheiten hinaus – also werde ich nicht mit dir nach Kalifornien durchbrennen, obwohl ich es gern möchte, weil es mir wie ein herrlicher Spaß vorkommt, aber das ist jetzt und hier ... und in ein paar Tagen wirst du in Atlanta sein und ich in Savannah, um mein zweites Enkelkind in den Arm zu nehmen. Wir müssen uns benehmen, du und ich, damit niemandem weh getan wird, vor allem dir nicht. Weißt du, was ich dir wünsche? Ein schönes junges Mädchen zur Frau, ein Dutzend Kinder und eine Liebe, wie ich sie jahrelang erleben durfte. Ich habe meine große Liebe hinter mir, aber du hast deine nicht erlebt. Hoffentlich findest du die richtige Frau sehr bald.«

Mit feuchtem Blick wandte sie sich ab. Daraufhin nahm er sie wortlos in die Arme und hielt sie fest, um ihre Lippen zu suchen. Amelia setzte sich nicht zur Wehr. Sie ließ ihn gewähren und erwiderte seinen Kuß mit aller Inbrunst und Leidenschaft, die seit langem in ihr schlummerten. Beide waren außer Atem, als er sie wieder losließ.

»Jeremiah, du bist verrückt.« Sie sagte es ohne Vorwurf.

»Nein, ich bin sehr vieles, aber nicht verrückt.« Wieder sah er ihr tief in die Augen. »Und du bist die hinreißendste Frau, der ich je begegnet bin. Ich hoffe, dir ist das klar. Bei mir ist es keine bloße Laune. In dreiundvierzig Jahren habe ich nur zwei Frauen einen Antrag gemacht. Wenn du willst, heirate ich dich, wenn der Zug an der nächsten Station hält. Weißt du was, Amelia? Wir würden für den Rest unseres Lebens sehr glücklich sein, das ist so sicher, wie ich hier sitze.«

Das Komische daran war, daß sie das Gefühl hatte, er könnte recht haben. »Kann sein oder auch nicht. Ich halte es für klüger, wir versuchen es erst gar nicht.«

»Warum nicht?«

»Weil ich nicht soviel Mut aufbringe wie du. Ich behalte dich lieber als guten Freund.«

Das erschien ihm zwar nach dem Kuß von vorhin ziemlich unwahrscheinlich. Um die herrschende Spannung zu mildern, stand er auf und trat an den Nußbaumschrank, in dem er ein Dutzend Flaschen seines edelsten Weines aufbewahrte.

»Möchtest du etwas trinken? Ich habe meinen eigenen Wein mitgenommen.«

»Ja, sehr gern.«

Jeremiah entkorkte eine Flasche und schenkte zwei Gläser ein. Es war ein vollmundiger, schwerer Rotwein, dessen Aroma er befriedigt einsog, ehe er ihr das Glas reichte.

»Hier sieht dich niemand trinken«, bemerkte er dazu.

Ansonsten hätte sie im Zug niemals etwas getrunken. Amelia war überrascht und gleichzeitig erleichtert, wie gut der Wein war. Wieder ein Grund, von Jeremiah beeindruckt zu sein. Traurig sah sie zu ihm auf, als sie das Glas absetzte.

»Ich wünschte, ich hätte dich nicht so lieb.«

»Und ich wünschte, du hättest mich noch viel lieber.«

Darüber mußten beide lachen. In bester Laune stiegen sie an der nächsten Station aus und aßen rasch zu Abend. Dann besorgten sie sich einen großen Korb voller Früchte. Jeremiah hatte noch Käse vom Tag zuvor, so daß sie sich an Obst und Käse delektieren und bis in die Nacht Wein trinken konnten, während sie über alles mögliche diskutierten und allmählich unter viel Gelächter immer angeheiterter wurden. Jeremiah entdeckte dabei, daß Amelia eine sehr kluge, gebildete Frau war. Die nächsten Tage verbrachte er damit, jedes ihrer Worte ganz tief in sich aufzunehmen. Sie aßen zusammen, spielten Karten, lachten, erzählten einander Witze und vertrauten einander Dinge an, die sie noch niemandem erzählt hatten. Als sie Atlanta erreichten, wußte Jeremiah, daß es keine flüchtige Verliebtheit war. Er war verrückt nach Amelia und wußte doch gleichzeitig, daß sie ihn nie erhören würde. Und er glaubte, den Grund zu kennen. Im Innersten ihres Herzens war sie ihrem Mann noch treu und würde vermutlich nie dazu imstande sein, ihn zu vergessen. Sie ging auch nicht von ihrer Meinung ab, daß Jeremiah eine junge Frau und Kinder brauchte. Er hatte ihr von John Harte und dessen zwei toten Kindern erzählt und hatte ihr gestanden, daß er ein solches Risiko nicht auf sich nehmen wollte.

»Ein Kind zu verlieren, das könnte ich nicht ertragen. Ich habe die Frau verloren, die ich liebte, und das reicht ... « Das vertraute er ihr spätabends an, nachdem die zweite Flasche Wein fast geleert war. Amelia reagierte mit einem tadelnden Kopfschütteln.

»Mit dieser Furcht kannst du nicht ständig leben. Du weißt selbst am besten, daß man im Leben auch etwas riskieren muß.«

»Aber nicht in Herzensangelegenheiten.« Er schloß die Augen und sah Barnaby Hartes Gesichtchen vor sich. »Das könnte ich nicht ertragen.«

Amelia faßte nach seinem Arm. »Du mußt. Laß dir diese Chance nicht entgehen. Vor dir liegt noch ein ganzes Leben ... also, lebe es aus und laß nicht zu, daß es dir durch die Finger rinnt. Ich werde es nicht erlauben. Mach dich auf die Suche nach der Richtigen, ganz rasch, damit du bekommst, was du willst und was du brauchst ... und vor allem, was du verdienst.«

»Und das wäre?« Jeremiah wußte nicht mit Sicherheit, was er eigentlich wollte.

»Ein Mädchen mit Feuer und Leidenschaft im Leib und Liebe im Herzen, ein Mädchen so voller Leben, daß man sie festhalten muß, um sie zu erobern.«

Jeremiah lachte laut auf. »Also so wie du. Sollte ich das mit dir tun ... festhalten und erobern?«

»Lieber nicht, Jeremiah Thurston. Du weißt genau, was ich meine ... du brauchst ein Mädchen voller Feuer, das dich warm hält, das dich glücklich macht und mit dem du dein Leben genießt.«

»Na, das hört sich an, als würde mir auch viel Ärger bevorstehen.« Insgeheim mußte er sich eingestehen, daß ihm Amelias Zukunftspläne nicht schlecht gefielen. »Und wo findet man so ein Mädchen?«

»Ach, überall und nirgends. Du wirst dich umsehen müssen, wenn dir daran liegt. Aber vielleicht spaziert sie unversehens einfach in deine Arme.«

»Na, bis jetzt hat das jedenfalls keine getan. Und auf dieser Reise auch nicht.« Seinen vielsagenden Blick quittierte sie mit einem leisen Auflachen. Fast hätte sie sich gestattet, sich bis über beide Ohren in ihn zu verlieben. Aber das durfte nicht sein. Sie war zu stark mit eigenen Plänen befaßt, und Jeremiah verdiente etwas Besseres.

»Vergiß nicht, was ich dir geraten habe!« ermahnte sie ihn gegen Ende der Reise. Der Zug fuhr bereits in den Bahnhof von Atlanta ein. Jeremiahs Koffer standen gepackt in seinem Privatwaggon. Er hatte veranlaßt, daß der Waggon Amelia und ihrer Zofe für den Rest der Fahrt zur Verfügung stünde. Bis nach Savannah waren es zwar nur ein paar Stunden, doch Amelia verschwendete jetzt keinen Gedanken an Savannah. Ihre Gedanken galten einzig und allein Jeremiah, und er dachte an sie.

»Verdammt, warum willst du mich nicht heiraten?« Er sah sie zärtlich an. In seinem Blick mischten sich Bedauern und Leidenschaft. »Amelia, du bist töricht.«

»Ich weiß ...« Ihre Augen schimmerten. »Aber ich wünsche mir für dich etwas Besseres.«

»Du bist das Beste.«

Sie schüttelte den Kopf, unter Tränen lächelnd. »Ich liebe dich, teurer Freund.« Amelia nahm ihn in die Arme, und sie hielten einander umfangen, bis der Zug anhielt.

Erst dann ließ er sie los und sagte mit einem tiefen Blick: »Ich liebe dich auch, Amelia. Paß schön auf dich auf, mein Herz. Ich werde dich in New York sehr bald besuchen.«

Sie nickte und winkte ihm zu, als er ausstieg. Jeremiah stand da und winkte zurück, während der Zug sich langsam wieder in Bewegung setzte. Sonderbar, daß das Schicksal sie zusammengeführt hatte und dann zuließ, daß sie ihm wieder entglitt. Eine Frau wie Amelia hatte es für ihn nie gegeben und würde es wahrscheinlich auch in Zukunft nicht geben. Und was das Verrückte daran war – er hätte sie vom Fleck weg geheiratet, wäre sie einverstanden gewesen. Sehr sonderbar. In wenigen Tagen, nein Augenblicken war er Amelia verfallen, und bei Mary Ellen Browne hätte er sich sein ganzes Leben lang mit Samstagen zufriedengegeben. Dieser Gedanke ging ihm auch auf der Fahrt zu seinem Hotel nicht aus dem Kopf, während er Atlanta an sich vorübergleiten sah.

4

Das Kimball House, ein Hotel, das die Silhouette von Atlanta prägte, hätte gar nicht feudaler und eleganter sein können. Eine Schar dienstbarer Geister stürzte herbei, um dem erstaunten Jeremiah beim Aussteigen zu helfen und in die luxuriös ausgestattete Halle zu geleiten, wo abermals ganze Armeen von Bediensteten bereitstanden. Die Innenausstattung erinnerte eher an einen prunkvollen Ballsaal als an eine Hotelhalle. Daneben verblaßte sogar die Pracht des Palace Hotels in San Franzisko, dessen wohlvertraute und exklusive Behaglichkeit Jeremiah eigentlich vorzog.

In seiner Suite bekam Jeremiah seine Reisetasche wieder. Er

blickte sich um, nahm einen Drink, und nur Augenblicke später wurde an die Tür geklopft, und Mr. Beauchamps Diener war zur Stelle. In seiner förmlichen Livree stand er groß und dunkel da, in der Hand einen Briefumschlag – schweres Büttenpapier mit einem großen goldenen Siegel verschlossen. Nachdem er sich vergewissert hatte, wen er vor sich hatte, überreichte er Jeremiah mit kraftvoller schwarzer Hand den Brief.

»Von Mr. Beauchamp, Sir.«

»Danke.«

Jeremiah entnahm dem Umschlag eine Karte und las, daß man ihn um acht Uhr zum Dinner erwarte. Französische Zeit, dachte er und bedankte sich bei dem Diener, nicht ohne sein pünktliches Erscheinen zuzusagen. Mit einem ernsten Nicken verschwand der prächtig Livrierte.

Jeremiah lief ruhelos in seinem Zimmer auf und ab, in Gedanken schon bei der Abendeinladung. Der geschmackvoll eingerichtete Raum kam ihm leer und öde vor, daran konnten auch die feinen Stoffe und kostbaren französischen Antiquitäten nichts ändern.

Wieder wurde leise angeklopft, und ein schwarzes Mädchen brachte ihm auf einem Silbertablett einen Drink und frischgebackene Näschereien. Normalerweise wäre ihm nach der langen Zugfahrt nichts lieber gewesen, jetzt aber waren seine Gedanken erfüllt von Amelia. In wenigen Stunden würde sie in Savannah bei ihrer Tochter eintreffen. Jeremiah wünschte nichts sehnlicher, als sie wieder in die Arme zu nehmen. Seine Sehnsucht nach ihr machte ihm schwer zu schaffen, als er einen tiefen Schluck nahm und hinaus auf die Terrasse trat, um den Ausblick auf die Stadt zu genießen.

In den zwanzig Jahren seit dem Krieg war Atlanta enorm gewachsen, eine aufstrebende Metropole in vielen Bereichen. Dennoch war noch vieles so wie vor dem Krieg. Die Südstaatler hatten die Eingliederung in die Union nicht verwunden. Nach wie vor hingen sie an ihrer alten Lebensart, verbittert, weil sie den Krieg verloren hatten. Jeremiah fragte sich in diesem Zusammenhang flüchtig, was für Menschen dieser Beauchamp und seine Geschäftsfreunde sein mochten. Er wußte nur, daß es Männer mit viel Geld waren. In Beauchamp vermutete er einen neureichen Angeber. Das hatten ihm die goldbetreßte Livree des Dieners und das schwere goldene Briefsiegel verraten.

Vor dem Dinner nahm Jeremiah ein Bad und versuchte zu schlafen, doch als er sich auf dem breiten Himmelbett in seinem Hotelzimmer ausstreckte, konnte er an nichts anderes denken als an die grazile Frau mit dem schwarzen Haar und den großen veilchenblauen Augen, blau wie die Farbe der Knöpfe an jenem Kleid, das sie am Abend ihrer ersten Begegnung getragen hatte.

Wie kommt es, daß mir jede Einzelheit ihrer Aufmachung im Gedächtnis blieb? fragte er sich. Das war ihm noch nie zuvor passiert. Amelia war so raffiniert, so schön und sinnlich, daß sein Verlangen und seine Verzweiflung ständig wuchsen.

Er versuchte, mit einem zweiten Drink die Enge seiner Kehle zu lockern, doch es gab nichts, womit er Amelia aus seinem Bewußtsein verdrängen konnte.

Wie sollte er da ans Geschäft denken können? Zum Glück war der vor ihm liegende Abend ein rein gesellschaftlicher Anlaß. Jeremiah wußte, daß die geschäftlichen Belange erst am nächsten Tag zur Sprache kommen würden. Im Süden war man viel zu traditionsbewußt und förmlich, um Geschäft und Geselligkeit zu vermengen. Der Abend würde sich sehr wahrscheinlich auf ein stilles Dinner im Hause Beauchamp beschränken, um dem unzivilisierten Mann aus dem Westen einen Eindruck von der vielgerühmten Gastfreundschaft des Südens zu vermitteln. Jeremiah lächelte seinem Spiegelbild im weißen Anzug zu, der einen scharfen Kontrast zu seiner tiefgebräunten Haut und dem dunklen Haar bildete, das so schwarz war wie das Amelias... Amelia... er wünschte, er wäre im Zug geblieben, als er durch die Halle ging und den Wagen bestieg, den Orville Beauchamp ihm geschickt hatte.

Der livrierte Diener sprang beflissen vom Bock und beeilte sich, für Jeremiah den Wagenschlag zu öffnen. Sodann stieg er wieder hinauf auf seinen Sitz neben dem Kutscher, während elegante Damen in schimmernden Abendroben vorüberschwebten, begleitet von distinguierten Herren, auf dem Weg zu Abendeinladungen, Konzerten und anderen glänzenden Anlässen, die ein Abend in Atlanta bot.

Der Wagen rollte die breite prächtige Peachtree Street entlang auf das vornehme Wohnviertel der Stadt zu, wo die Beauchamps ihr Haus hatten, das nicht sehr groß, aber nobel am unteren Ende der Straße stand. Es war ein ziemlich neues Haus, erst nach dem Krieg erbaut, ohne ausgefallene Extravaganzen, dafür aber um so schöner.

Jeremiah bedauerte, daß Amelia den Abend nicht mit ihm erleben konnte. Nach der Einladung hätten sie sich im Hotel über die Garderobe und die Eigenheiten der Gäste unterhalten und in gelockerter Stimmung dem Wein aus Napa zusprechen können. In Gedanken war er immer noch bei Amelia, als er Elizabeth Beauchamp begrüßte, Orville Beauchamps einst hübsche, aber nunmehr verblüht wirkende Frau, eine blasse blonde Person mit ganz heller, an Milchglas erinnernder Haut. Ihre wäßrigen Augen trugen einen Ausdruck der Verzweiflung zur Schau. Ihre Zerbrechlichkeit schien so ausgeprägt, daß man meinte, sie würde die nächsten Tage nicht überleben. Ihr schien es an Lebenswillen zu fehlen. Mit ihrem wehklagenden dünnen Stimmchen sprach sie ständig von der Zeit vor dem Krieg und vom Leben auf der Plantage ihres ›Daddy‹. Orville, der ihr gar nicht richtig zuhörte, herrschte sie an: »Das reicht, Lizabeth, unsere Gäste wollen nichts vom Leben auf der Plantage deines Vaters hören. Das alles gehört der Vergangenheit an.« Seine Worte trafen sie wie ein Peitschenhieb, und es schien, als zöge sie sich daraufhin still in ihre Erinnerungen zurück.

Orville Beauchamp war aus ganz anderem Holz geschnitzt. Längst nicht so aristokratisch und vornehm wie seine Frau, gab er sich eher polternd und rauh. Dabei hielt er die Augen ständig zusammengekniffen, als hätte er an etwas Wichtiges zu denken. Es lag auf der Hand, daß das einzig Wichtige für Beauchamp die Geschäfte waren. Sein Haar war schwarz wie das Jeremiahs, seine Haut sehr dunkel. Er erklärte, daß seine aus Südfrankreich eingewanderten Großeltern erst in New Orleans gelebt hätten, ehe sie nach Georgia gekommen waren. Er machte kein Geheimnis daraus, daß sie bei ihrer Ankunft nichts gewesen waren und daß sein Vater dreißig Jahre später auch nicht viel besessen hatte. Orville Beauchamp war es gewesen, der als erster in der Familie zu Geld gekommen war. Er hatte während des Krieges und nachher von der Industrialisierung des Südens profitiert und ein kleines Imperium geschaffen, das, wie er offen eingestand, noch nicht so groß war, wie er es sich wünschte, es aber eines Tages mit Hilfe seines nach Orvilles Großvater Hubert benannten Sohnes sein würde.

Jeremiah gewann allerdings bald den Eindruck, daß dieser Hubert bei weitem nicht über soviel Verstand verfügte wie sein Vater. Er hatte die wehleidige Art seiner Mutter geerbt und schien viel mehr daran interessiert, das Geld seines Vaters auszugeben, als selbst Geld zu machen. Seine Lieblingsthemen waren die Rennpferde, die er in Kentucky gekauft hatte, und sein Lieblingsbordell in New Orleans.

Alles in allem war es für Jeremiah ein ziemlich ermüdender Abend. Zwei der Mitglieder des Konsortiums, mit dem er ins Geschäft kommen wollte, waren ebenfalls anwesend, wortkarge ältere Herren mit starren Ansichten und langweiligen Frauen, die sich untereinander in gedämpftem Ton unterhielten. Dabei fiel Jeremiah auf, daß sie selbst nur selten das Wort an Elizabeth Beauchamp richteten, während sie die beiden völlig ignorierte. Es war klar, daß sie die Damen nicht als gesellschaftlich ebenbürtig ansah und sich auf ihre aristokratische Herkunft und die Plantage ihres Vaters ungeheuer viel einbildete.

Außerdem fiel Jeremiah im Verlauf des Abends auf, daß die Familie Beauchamp von der Frage geradezu besessen schien, wer welches Vermögen und auf welche Weise gemacht hatte. Elizabeth hatte ihren gesamten Besitz im Krieg verloren, ihr Vater hatte sich nach der Zerstörung der Plantage erschossen, ihre

Mutter war kurz darauf gestorben, aus Kummer um das verlorene Vermögen vermutlich und nicht so sehr aus Gram um den toten Mann, argwöhnte Jeremiah.

Die Beauchamps hatten eine Tochter, von der Orville nur als ›vollkommenem Juwel‹ sprach... Nach allem, was Jeremiah vom Sohn des Hauses gesehen hatte, meldeten sich seine Zweifel. An diesem Abend war sie auf einem Ball, »umschwärmt von sämtlichen jungen Galanen Atlantas«, wie der stolze Vater behauptete, ehe er hinzusetzte: »Und das ist auch ganz recht so... wenn man bedenkt, daß mich das Kleid ein Vermögen gekostet hat.«

Jeremiah belächelte diese Äußerung höflich. Diese Besessenheit von Geld und Vermögen wirkte mit der Zeit ermüdend. Während der Abend sich endlos in die Länge zog, war er in Gedanken in Savannah bei Amelia, die Tochter und Enkelkind besuchte. Gewiß herrschte dort eine andere, viel noblere Atmosphäre. Diese Vorstellung reizte ihn zum Lachen. Nicht die Vornehmheit der Umgebung lockte ihn, sondern die Chance, in Amelias Nähe sein zu können, ihr sinnliches Parfum einzuatmen, ihre Lippen zu küssen und ihr stundenlang in die Augen zu sehen. Der Gedanke allein zauberte ein Lächeln auf seine Lippen, das Elizabeth Beauchamp sofort auf sich bezog. Sie tätschelte matt seine Hand, ehe sie sich erhob und die Damen in den angrenzenden Raum führte, während die Herren sich Zigarren ansteckten und dem Brandy zusprachen. Nun kam doch noch das geplante Geschäft zur Sprache. Fast war es eine Erleichterung nach diesem unglaublich langweiligen Abend.

Als sich kurz nach elf die ersten Gäste empfahlen, war Jeremiah sehr erleichtert. Er verabschiedete sich unter dem Vorwand, die lange Bahnfahrt hätte ihn erschöpft und er wolle sich im Hotel vor den Verhandlungen am nächsten Morgen ausruhen. Wieder wurde ihm der Wagen der Beauchamps zur Verfügung gestellt.

Eine halbe Stunde später stand er auf der Terrasse seiner Suite und genoß den Ausblick. Er dachte an die mit Amelia verbrachten Stunden zurück, und alles erschien ihm jetzt wie ein Traum, während er dastand und auf Atlanta hinunterblickte. Die Beauchamps waren vergessen, er war in Gedanken bei Amelia.

»Gute Nacht, mein Liebling«, flüsterte er. Ihre Worte wollten ihm nicht aus dem Sinn gehen... heirate und setze Kinder in die Welt. Doch er wollte jetzt keine Kinder. Er wollte Amelia.

Ich liebe dich, hatte sie zu ihm gesagt... ich liebe dich... große Worte einer großartigen Frau. Jeremiahs Verstand und Herz waren von ihr erfüllt, als er wenig später in dem prunkvollen Himmelbett einschlief und sich sehr einsam fühlte.

5

Jeremiahs Verhandlungen mit Orville Beauchamps Konsortium erwiesen sich als sehr erfolgreich. Eine knappe Woche nach seiner Ankunft in Atlanta war der Handel perfekt. Neunhundert Flaschen Quecksilber sollten für die Herstellung von Geschossen und bestimmten kleineren Kriegsgeräten sowie für den Bergbau im gesamten Süden geliefert werden. Dieser Abschluß würde Jeremiah über fünfzigtausend Dollar einbringen. Er hielt die Bedingungen für äußerst befriedigend – ebenso wie Orville Beauchamp, der bei diesem Geschäft eine hübsche Provision einsteckte. Er hatte dabei sogar mehrere Nebengeschäfte getätigt, den Weiterverkauf seines Quecksilberanteils mit eingeschlossen. Anders als die anderen Käufer brauchte er es nicht zur Verarbeitung in eigenen Fabriken, er fungierte nur als Mittelsmann.

Als der Handel perfekt war, reichte Beauchamp Jeremiah die Hand. »Ich glaube, das sollte gefeiert werden, mein Freund.«

Mit Beginn der Verhandlungen waren die gesellschaftlichen Beziehungen abgebrochen worden. Jeremiah hatte allabendlich in seinem Hotel gegessen, eine weitere Einladung der Beauchamps war ausgeblieben, aber heute war wirklich ein Grund zum Feiern. Jeremiah wurde zusammen mit den sieben Südstaatlern und deren Frauen zum Dinner eingeladen.

»Elizabeth wird sich freuen«, kündigte Orville strahlend an. Für Jeremiah unvorstellbar, wenn er daran dachte, daß die blasse Elizabeth fünfzehn Gäste zum Dinner empfangen sollte. Aber das war Orvilles Problem und nicht seines. Die hinter ihm liegende Woche hatte ihn sehr angestrengt, er konnte es kaum erwarten, wieder nach Hause zu kommen. Zu seinem Bedauern mußte er noch drei Tage auf eine günstige Zugverbindung warten, so daß er über das Wochenende in Atlanta festgenagelt war, ohne etwas zu tun zu haben, eine Aussicht, die ihm gar nicht behagte. Er wollte schleunigst nach Hause.

Einige Male hatte er mit dem Gedanken gespielt, für ein paar Tage nach Savannah zu fahren, da er aber Amelia nicht in Verlegenheit bringen wollte, hatte er davon Abstand genommen. Das Auftauchen eines fremden Mannes in der Familie wäre für sie sicher nicht angenehm und vor allem schwer zu erklären gewesen. Nun stand er also vor dem Problem, sich in Atlanta die Zeit vertreiben zu müssen. Er hoffte inständig, dieser Abend würde die letzte Begegnung mit Orville Beauchamp bringen. Hinter ihm lag eine lange, wenngleich sehr profitable Woche.

Wieder wurde er vom Wagen um acht Uhr abgeholt. Diesmal war um Abendkleidung gebeten worden, denn Orville Beauchamp wollte ganz groß feiern. Im Haus der Beauchamps angekommen, mußte Jeremiah neidlos anerkennen, daß alles auf das schönste arrangiert worden war. Hunderte von Kerzen flammten in den Lüstern und Wandleuchtern, üppige Blumenarrangements waren großzügig verteilt, Orchideen und Azaleen, Jasmin und betäubend duftende Blüten, die Jeremiah noch nie gesehen hatte und die die Luft mit köstlichem Duft erfüllten. Und ständig trafen Gäste ein, in Samt und Seide gehüllt und über und über mit Juwelen behangen.

»Sie sehen heute wundervoll aus, Mrs. Beauchamp«, begrüßte er die Dame des Hauses und wußte sofort, daß er etwas Falsches gesagt hatte. ›Wundervoll aussehen‹ war nicht Elizabeth Beauchamps Bestreben. Sie klammerte sich an ihre Blässe und offensichtliche Schwäche.

»Danke, Mr. Thurston«, äußerte sie in der gedehnten Sprechweise des Südens, während ihr Blick bereits die nächsten eintreffenden Gäste umfaßte. Jeremiah trat beiseite, um mit einem seiner Verhandlungspartner ein Gespräch anzufangen. Es dauerte nicht lange, und Hubert gesellte sich zu ihnen, der begeistert von einem Pferd erzählte, das er sich in Tennessee ansehen wollte. Jeremiah ließ sich nun ziellos von Gruppe zu Gruppe treiben, plauderte mit den Herren und wurde ihren Gattinnen vorgestellt, zuletzt einer hübschen jungen Dame mit blondem Haar, die Hubert ihm vorstellte. Sie war eine lebhaftere, gesündere und viel hübschere Version seiner Mutter. Orville schien besonderen Gefallen an ihr zu finden und geleitete sie ins Speisezimmer. Erst jetzt fiel dem Herrn des Hauses auf, daß die Zahl der Gäste ungerade war, und er rief seiner Frau ungehalten zu: »Wo ist Camille?«

Statt der hektischen und nervösen Elizabeth antwortete Hubert mit einem Auflachen: »Wahrscheinlich irgendwo draußen mit einem Anbeter!« Weder sein Lachen noch seine Bemerkung kündeten von brüderlicher Zuneigung.

Seine Mutter beeilte sich, ihn zu schelten. »Hubert!« rügte sie in scharfem Ton, um zu ihrem Mann gewendet zu erklären: »Camille war eben noch beim Ankleiden.«

Orville redete nun offensichtlich verärgert auf seine Frau ein. Huberts Äußerung hatte sein großes Mißfallen erregt. Camille war sein Augapfel, das war allgemein bekannt. »Elizabeth, sag ihr, daß wir zu Tisch gehen wollen.«

»Ich weiß nicht, ob sie schon fertig ist ... « Mrs. Beauchamp ließ es nur ungern auf Konfrontationen mit ihrer Tochter ankommen und liebte es nicht, ihr Anweisungen zu geben, auch wenn es nicht die eigenen waren. Camille setzte stets ihren eigenen Kopf durch, und heute würde es keine Ausnahme geben.

»Sag ihr, daß wir warten.«

Die Gäste hatten gegen einen zweiten Drink vor dem Essen nichts einzuwenden. Elizabeth Beauchamp verschwand im Obergeschoß und kam kurz darauf sichtlich erleichtert wieder. Sie flüsterte ihrem Mann etwas zu. Dieser nickte befriedigt.

Das alles beeindruckte Jeremiah nur wenig. Er schlenderte zwischen den Gästen umher und schnappte da und dort Bruchstücke der Unterhaltung auf. Schließlich trat er durch eine der hohen Türen hinaus in den Garten. Tief atmete er die würzige Frühlingsluft ein, ehe er wieder ins Haus ging.

Als er diesmal die Schwelle überschritt, hielt er inne, fasziniert von dem Anblick, der sich ihm bot. Ein graziles junges Geschöpf mit rabenschwarzem Haar und einer Haut, so weiß wie die der Schneekönigin, war eingetreten. Ihre Augen waren blau wie der Sommerhimmel. Das hellblaue Taftkleid und die Halskette aus blauen Topasen unterstrichen ihre Augenfarbe. Es war das bezauberndste weibliche Wesen, das Jeremiah jemals vor Augen gekommen war, und das Erstaunlichste daran war, daß sie die vollendete Kombination ihrer beiden Eltern darstellte. Sie vereinte in sich das dunkle Haar ihres Vaters und die weiße Haut und die blauen Augen ihrer Mutter. Diese zwei ganz gewöhnlichen Menschen hatten eine kleine Göttin hervorgebracht, ein Idealbild an Schönheit, das nun zwischen ihnen hin und her schwebte, nein, tanzte, und das plauderte und lachte.

Jeremiah spürte, wie ihm das Herz bis zum Hals schlug.

Dieses Mädchen raubte einem den Atem, und ihm fiel auf, daß sie Amelia ein wenig ähnlich sah ... das dunkle Haar, die helle schimmernde Haut ... Sie hätte das Mädchen sein können, das Amelia einst gewesen war. Jetzt galt seine ganze Aufmerksamkeit Camille, die sich am Arm des von ihr sichtlich bewunderten Vaters zwischen den Gästen bewegte, sie zum Lachen brachte, mit den Herren flirtete und die Frauen neckte.

»Du bist immer noch ein ganz unmögliches Kind!« hörte Jeremiah eine Frau ausrufen, nicht ohne Gehässigkeit, aber der Wahrheit entsprechend, wie man sehen konnte. Ebenso klar ersichtlich war, daß Camille ihre Mutter nervös machte und für ihren Bruder einen Gegenstand des Hasses darstellte. Jeremiah fand ihre ungewöhnliche Art sehr amüsant. Er konnte sich vorstellen, daß sie dieses Spiel schon betrieb, seit sie laufen gelernt hatte. Daß ihr Vater sie anbetete, stand jedenfalls fest.

»Mr. Thurston?« Orville Beauchamp sprach seinen Namen aus, als wolle er ihm einen Ehrenpreis verleihen. »Darf ich Sie meiner Tochter vorstellen? Camille, das ist Mr. Thurston aus Kalifornien.«

»Miß Beauchamp, es ist mir eine Ehre.« Jeremiah küßte galant Camilles Hand. In ihren Augen sprühten Funken. Dieses eigenwillige kleine Mädchen war bezaubernd, sie erschien ihm wie eine ungezogene Elfe oder kapriziöse Feenkönigin. Noch nie war ihm ein Wesen von so verheerendem Liebreiz begegnet, und er fragte sich, wie alt sie sein mochte. Gewiß nicht älter als siebzehn. Tatsächlich war Camille im Dezember siebzehn geworden. Seither war ihr Leben eine ununterbrochene Folge von Gesellschaften und Bällen. Ihren Hauslehrer hatte man am ersten Tag des neuen Jahres entlassen, und Camille war selig gewesen.

»Guten Abend, Mr. Thurston.« Sie versank in einem graziösen Knicks und ließ ihn dabei ihre festen jungen Brüste sehen, was ihr durchaus bewußt war. Camille tat kaum etwas unbewußt. Sie war sehr klug und gewitzt und kannte ihre Wirkung auf die Menschen.

Unmittelbar nach ihrem Erscheinen ging man zu Tisch. Als Jeremiah an Mrs. Beauchamps Arm zur Tafel schritt, hatte er das Gefühl, die ganze Welt stünde kopf. Verwundert und entzückt nahm er wahr, daß man ihn zwischen Camille und einer anderen Dame plaziert hatte. Da die Dame sich in ein Gespräch mit ihrem Tischnachbarn zur Rechten vertiefte, konnte Jeremiah sich auf Camille als Gesprächspartnerin konzentrieren. Er entdeckte sehr rasch, daß die Kleine intelligent und witzig war und so flirtfreudig, wie er vermutet hatte. Mit Erstaunen stellte er weiter fest, daß aber noch mehr an ihr war. Ihre zahlreichen, sehr sachlichen Fragen, die sie ihm über seinen jüngsten Geschäftsabschluß stellte, verdeutlichten, wieviel sie vom Geschäft ihres Vaters verstand, der sie offenbar sehr ins Vertrauen zog. Jeremiah war der Meinung, daß dies ungewöhnliche Gesprächsthemen zwischen Vater und Tochter waren, die er selbst, hätte er eine Tochter gehabt, gewiß nicht mit ihr besprochen hätte.

»Das alles hat er Ihnen gesagt?« gab er seiner Verwunderung Ausdruck. Alle diese Dinge hätte eigentlich Camilles Bruder Hubert lernen müssen, der es jedoch an Lerneifer und Interesse mit Camille nicht aufnehmen konnte.

»Ja, einiges.« Jeremiahs Anerkennung ihres nicht geringen Wissens schien Camille zu freuen. »Vieles habe ich eigentlich nur zufällig mitbekommen.« Ihr unschuldiges Lächeln erheiterte Jeremiah.

»Sie haben mehr als nur zufällig gelauscht, liebes Kind. Sie haben das Gehörte verarbeitet und daraus interessante Schlüsse gezogen.« Einige ihrer Bemerkungen hatten erstaunliche Einsicht verraten. Nun war es Jeremiah nicht gewohnt, diese Dinge mit Frauen, und schon gar nicht mit so jungen, zu diskutieren. Die meisten Mädchen hätten mit Gekicher und erstaunten Blicken reagiert, hätte er auch nur versucht, ihnen ein Zehntel dessen zu erzählen, was er mit Camille besprochen hatte.

»Ach, ich interessiere mich eben für diese Dinge.« Das sagte sie so beiläufig, als hätte sie festgestellt, sie bevorzuge zum Frühstück heiße Schokolade.

»Warum?« Seine Neugierde war geweckt. »Die meisten Frauen finden diese Themen sehr langweilig.«

»Ich nicht. Ich bin anders.« Sie sah ihn offen an. »Mich interessiert, wie die Leute zu ihrem Geld kommen ...« Eine geradezu schockierende Äußerung. Jeremiah war momentan sprachlos vor Verblüffung.

»Wie kommen Sie auf solche Gedanken, Camille?« Was ging hinter diesen strahlend blauen Augen und hübschen schwarzen Löckchen vor? Sicher waren es nicht die üblichen Gedankengänge einer Siebzehnjährigen. In ihren Ansichten war Camille erstaunlich direkt, und das wirkte sehr erfrischend. Bei ihr gab es keine Ausflüchte, kein Verbergen hinter einem Spitzenfächer. Sie sprach unverblümt aus, was sie dachte, auch wenn es schockierend war.

»Mr. Thurston, ich halte Geld für sehr wichtig.« Diese in der wohlklingend gedehnten Redeweise des Südens geäußerten

Worte empfand Jeremiah wie einen Schock. »Geld verleiht den Menschen Bedeutung«, fuhr Camille unbeirrt fort. »Und wenn sie kein Geld mehr haben, dann ist es auch mit ihrer Bedeutung vorbei.«

»Das trifft nicht immer zu.«

»Doch, es ist so.« Ihr Urteil war brutal. »Nehmen Sie zum Beispiel den Vater meiner Mutter. Nachdem er sein Vermögen und seine Plantage verloren hatte, war er ein Niemand. Das wußte er und erschoß sich deshalb. Und jetzt sehen Sie sich meinen Daddy an. Er hat Geld und ist bedeutend, und wenn er noch mehr Geld hätte, wäre er noch bedeutender.« Sie blickte ihn direkt an. »Mr. Thurston, auch Sie sind ein sehr bedeutender Mann. Das sagt jedenfalls mein Daddy. Und Sie müssen eine ganze Menge Geld haben.« Das hörte sich an, als besäße er Unmengen Gold in Barren, auf der Veranda gestapelt und im Keller versteckt, eine Vorstellung, die ihn zum Lachen brachte, aus Verlegenheit und auch, weil sie ihn belustigte.

»Tatsächlich besitze ich aber mehr Land als Geld«, erwiderte er darauf.

»Ach, das läuft auf dasselbe hinaus. An manchen Orten ist es Landbesitz, anderswo Vieh ... es sind verschiedene Dinge, die an verschiedenen Orten dasselbe bedeuten.« Jeremiah wußte, wovon sie sprach, und fragte sich, ob sie es auch wußte. Wenn ja, war es beinahe beängstigend. Wie konnte sie so viel über Geschäfte, über Geld und Macht wissen?

»Damit meinen Sie wohl Macht, jene Macht, die erfolgreiche und bedeutende Menschen ausüben.« Für eine Siebzehnjährige bemerkenswerte Einsichten.

Camille nickte nachdenklich. »Sie haben recht. Genau das ist es, was ich meine. Ich liebe Macht, und ich liebe das, was Macht die Menschen tun läßt, wie sie ihr Benehmen und ihre Denkweise prägt.« Ihr Blick wanderte zu ihrer Mutter und richtete sich dann wieder auf Jeremiah. »Schwache Menschen hasse ich. Ich glaube, mein Großvater muß schwach gewesen sein, weil er sich erschossen hat.«

»Für die Südstaaten waren es schwierige Zeiten«, antwortete Jeremiah ganz leise, damit die Dame des Hauses ihn nicht hören konnte. »Die gewaltigen Veränderungen, die auf den Krieg folgten, haben viele Menschen nicht verkraftet und sind zugrunde gegangen.«

»Mein Daddy hat sie überlebt.« Sie sah ihn voller Stolz an. »Damals hat er sein Vermögen gemacht.« Das war eine Tatsache, die lieber unerwähnt geblieben wäre. Sich damit zu brüsten war sehr unklug. Aber so unvermittelt, wie sie das verpönte Thema angeschnitten hatte, ließ sie es fallen und sah Jeremiah mit ihren blauen Augen an, in denen sich ein Sommerhimmel zu spiegeln schien. Ihr strahlendes Lächeln hätte ein Herz aus Eisen zum Schmelzen gebracht. »Wie ist es bei Ihnen in Kalifornien?«

Diese abrupte Wendung entlockte ihm ein Lächeln, und er fing an, ihr vom Napa Valley zu erzählen. Eine Weile hörte sie höflich zu, dann aber konnte sie ihre Langeweile nicht mehr beherrschen. Camille war kein Mädchen, das das Landleben liebte. Viel lieber hörte sie, was er von San Franzisko zu berichten hatte. Sie selbst erzählte ihm von ihrem noch nicht lange zurückliegenden Besuch in New York, der für sie faszinierend gewesen war. Falls sie mit achtzehn noch nicht verheiratet war, würde ihr Daddy sie mit nach Europa nehmen, gestand sie Jeremiah. Orville Beauchamp hatte in Frankreich einen entfernten Vetter, und Camille verzehrte sich danach, Paris kennenzulernen. Während sie so unbefangen dahinplapperte, war sie wie ein kleines Mädchen... Auf ihre Worte hörte Jeremiah gar nicht, er starrte sie an, gänzlich gefangen von ihrer zarten Schönheit. Amelias Worte kamen ihm in den Sinn... suche dir ein junges Mädchen als Frau, setze Kinder in die Welt. Camille gehörte zu dem Typ Mädchen, nach dem reife Männer sich umdrehten und dann weiche Knie bekamen. Doch er war nach Atlanta gekommen, um Geschäfte zu machen und nicht um auf Freiersfüßen zu wandeln. Er wollte in seine normale Einfachheit zurückkehren, zu seinen Arbeitern, zu Hannah und Mary Ellen – plötzlich sah er wie eine Vision Camille vorwitzig in sein gewohntes Leben tanzen. Diese Vorstellung war wie ein Traum, so daß er seine Gedanken nur mühsam in die Gegenwart zurückzwang.

Sie plauderten, bis die Tafel aufgehoben wurde. Als im großen Salon ein Orchester zu spielen anfing, bat Jeremiah Elizabeth Beauchamp höflich um einen Tanz. Sie aber gab ihm zu verstehen, daß sie nicht tanze. Vielleicht ziehe er es vor, mit ihrer Tochter zu tanzen? Camille stand in Hörweite, es blieb ihm also nichts übrig, als ihr seinen Arm anzubieten, obwohl es ihm albern vorkam, sich mit einem Mädchen ihres Alters im Tanz zu drehen. Er fand es albern und freute sich gleichzeitig, weil er, wie er sich verlegen eingestand, geradezu überwältigend von ihr angezogen war. Er mußte sich mit aller Macht gegen ihren bezaubernden Charme wappnen, während sie über die Tanzfläche wirbelten und er Camille in die Augen sah.

»Tanzen Sie ebenso gern, wie Sie vom Geschäft plaudern?«

»O ja.« Sie lächelte, ganz Südstaaten-Schönheit mit riesengroßen Augen. »Ich tanze leidenschaftlich gern.« Es war, als hätte das Gespräch von vorhin nie stattgefunden und als hätte sie außer Tanzen nichts im Kopf.

Nur mit Mühe unterdrückte er ein Lachen und versagte es sich, Camille einen kleinen Wildfang zu nennen, ein Name, der wie für sie geschaffen schien.

»Sie tanzen wundervoll, Mr. Thurston«, äußerte sie schwärmerisch. Das Tanzen war für ihn ein angeborenes Talent, das er sehr genoß, doch machte ihn Camilles übertriebenes Lob verlegen, während es ihn gleichzeitig amüsierte. Lächelnd hielt er sie im Arm und drehte sich mit ihr im Takt der Musik. So glücklich war er schon lange nicht mehr gewesen, und er wußte nicht, warum. Jeremiah war sich nur im klaren, daß ihre Anziehungskraft ihn ein wenig ängstigte.

»Danke, Miß Beauchamp.«

Sie sah sein Augenzwinkern und lachte ihn an. Sie schaffte es, sinnlich und spitzbübisch zugleich auszusehen, und wieder mußte Jeremiah gegen seine Begierde ankämpfen. Plötzlich war alles andere vergessen... Amelia, Mary Ellen. Seine Gedanken galten einzig dem bezaubernden Wesen in seinen Armen. Fast war er erleichtert, als der Walzer endete. Er spürte die Hitze des Raumes, die Helligkeit der Kerzen, den betäubenden Blumenduft. Camille sah mit leuchtendem Blick zu ihm auf. Sie war so zierlich und fein, daß sie ihn an eine der lieblichen Blumen des Südens erinnerte, die in üppigen Arrangements den Salon schmückten.

Jeremiah lag ein Kompliment auf der Zunge, er wagte aber nicht zu äußern, wie hübsch Camille war. Sie war schließlich erst siebzehn und er mehr als doppelt so alt. Dieser beängstigende Gedanke plagte ihn noch immer, als er sie zu ihrer Mutter zurückbrachte. Kurz darauf empfahl er sich. Nur einen Augenblick hielt er ihre Hand fest. Camille sah ihn an und sprach mit einer sanften Stimme, die an seiner Seele zerrte und gleichzeitig etwas Primitives in ihm berührte.

»Werde ich Sie vor Ihrer Abreise noch einmal sehen?« Ihr flehender Ton entlockte ihm ein Lächeln. Gegenstand schwärmerischer Bewunderung eines Mädchens und Opfer ihres Zaubers zu sein würde ihn diese Reise nicht so leicht vergessen lassen. Es war höchste Zeit, daß er nach Kalifornien und in sein gewohntes Leben zurückkehrte, rief er sich mahnend ins Gedächtnis.

»Das kann ich nicht sagen. Ich werde in einigen Tagen abreisen.«

»Und was machen Sie bis dahin?« fragte sie ihn mit großen Kinderaugen. »Daddy sagte, Sie seien mit der Arbeit fertig.«

»Bin ich auch. Aber der Zug nach San Franzisko geht erst Anfang nächster Woche.«

»Ach . . . « Sie klatschte beglückt in die Hände und strahlte ihn an. »Dann haben Sie genug Zeit zum Spielen.«

Jeremiah lachte laut auf und gestattete sich einen flüchtigen Kuß auf Camilles Wange. »Gute Nacht, Kleines. Zum Spielen bin ich zu alt.«

Vor allem zu alt, um mit ihr zu spielen. Das ließ er unausgesprochen und schwang sich, nachdem er einen Händedruck mit seinem Gastgeber gewechselt hatte, in den Wagen. Auf der

Fahrt ins Hotel war er noch immer ganz erfüllt von dem glänzenden Abend und der betörenden kleinen Camille. Ein vorwitziges, keckes Kind, das mit seinen großen blauen Augen und dem scharfen Verstand alles durchsetzen konnte und von diesem Talent reichlich Gebrauch machte. Daß ihr Vater sie anbetete, war nicht zu übersehen, andererseits aber gab Camille dem alten Beauchamp sicher einige Probleme auf. Bei dem Gedanken an sie verspürte Jeremiah einen Stich. Fast machte es ihn schwindlig, als er sich vorstellte, wie er sich, Camille in den Armen, im Walzertakt gedreht hatte. Das Begehren nach einem so blutjungen Mädchen erschien ihm unmoralisch, deswegen versuchte er sie aus seinem Bewußtsein zu verdrängen und durch das Bild Amelias und Mary Ellens zu ersetzen, aber keine vermochte Camilles Platz einzunehmen. Schließlich ließ er sich atemlos in den Sitz zurücksinken. Hätte Camille neben ihm gesessen, Kind oder nicht, dann hätte er sie heftig an sich gedrückt. Sie wirkte so exotisch und betörend, daß es ihm die Sinne raubte. Gleichzeitig lag aber ständig Jeremiahs unbegreifliche Furcht auf der Lauer. Er konnte es kaum erwarten, Atlanta den Rücken zu kehren und wieder sein gewohntes Leben aufzunehmen. Denn wenn er länger blieb... wer konnte voraussehen, was passieren würde...

6

Der nächste Morgen dämmerte sonnig und warm herauf, als Jeremiah aufstand und in seinen Morgenmantel gehüllt hinaus auf die Terrasse vor seinem Zimmer trat. Entschlossen, sich mit einem Stapel von Papieren zu befassen, den er schon auf seinem Schreibtisch bereitgelegt hatte, konnte er dennoch nicht verhindern, daß seine Gedanken immer wieder zu dem verspielten Nymphchen abschweiften, das ihm am Abend zuvor begegnet war. Er war deswegen äußerst ungehalten über sich selbst. Und was das Schlimmste war – er mußte noch zweieinhalb Tage in Atlanta ausharren, bis er den Zug nach Kalifornien besteigen konnte.

Er drückte auf die Klingel, worauf ein Kellner erschien, der seine Bestellung für das Frühstück aufnahm. Eine halbe Stunde später wurde ein Tablett mit Würstchen und Eiern, Gebäck und Honig, Orangensaft und Kaffee und dazu ein Korb mit frischen Früchten gebracht. Jeremiah starrte diese Köstlichkeiten an, ohne Appetit zu verspüren. Außer einem Wiedersehen mit Camille wünschte er sich nichts. Mit einem heftigen Fausthieb auf den Tisch versuchte er diese Gedanken abzuschütteln, als es wieder an der Tür klopfte. Erstaunt öffnete er und sah den Diener der Beauchamps vor sich.

»Was gibt es?« Sein Temperamentsausbruch war ihm peinlich, obwohl der Mann unmöglich gehört haben konnte, daß er mit der Faust auf den Tisch gehauen hatte.

»Eine Nachricht für Sie, Sir.« Lächelnd überreichte der Diener ihm einen Umschlag, auf dem in zarter blumiger Handschrift Jeremiahs Name stand. Jeremiah zögerte kurz, ehe er das Schreiben in Empfang nahm. Der Diener wartete wie befohlen.

»Der Tag ist ideal für einen Spaziergang im Park«, stand in einer fast kindlich anmutenden Handschrift auf dem Billet. »Hätten Sie Lust, uns heute nachmittags Gesellschaft zu leisten? Nach Tisch wollen wir alle gemeinsam spazierengehen. Sie werden also sicher sein« – das war als Neckerei gemeint –, »und vielleicht bleiben Sie noch zum Dinner.«

Camille war keck und kapriziös. Sein Eindruck vom Vorabend hatte nicht getrogen. Jetzt war Jeremiah unschlüssig, wie er sich verhalten sollte. Die Sehnsucht nach Camille quälte ihn schmerzlich, doch war er keineswegs sicher, daß Orville Beauchamp es begrüßen würde, seine siebzehnjährige Tochter in Gesellschaft seines Geschäftspartners im Park lustwandeln zu sehen. Sein häufiges Erscheinen bei den Beauchamps wurde womöglich als aufdringlich empfunden. Und doch wollte er Camille unbedingt wiedersehen.

Innerlich unentschlossen, überflog er das Schreiben noch einmal. Dann drehte er sich um, warf das Billet auf den Tisch und griff nach Feder und Papier. Er hatte keine Ahnung, was er einem

Kind ihres Alters antworten sollte. Es gehörte nicht zu seinen Gewohnheiten, so jungen Mädchen den Hof zu machen, und doch hatte Camille nicht viel Kindhaftes mehr an sich. Sie war in jeder Hinsicht eine junge, schöne und begehrenswerte Frau.

»Wenn es Ihrer verehrten Mama recht wäre, liebe Miß Beauchamp«, schrieb er, »würde es mich sehr glücklich machen, mit Ihrer Familie und Ihren Freunden einen Spaziergang im Park zu unternehmen« – damit wollte er jeden Hinweis auf ein geheimes oder auch nur ohne Dritte stattfindendes Treffen vermeiden –, »und verbleibe bis dahin Ihr sehr ergebener Diener Jeremiah Thurston.«

Camille konnte nicht ahnen, wie sehr diese Worte zutrafen, und er auch nicht – bis er sie wiedersah und sein Herz außer Rand und Band geriet. Diesmal trug Camille ein einfaches weißes Spitzenkleid. Das schimmernde schwarze Haar tanzte in langen anmutigen Locken auf ihrem Rücken, von einem hellblauen Satinband zusammengehalten. Bei ihrem Spaziergang im Garten vor dem Essen sah sie mehr denn je wie ein verspieltes Kind aus und gleichzeitig wie eine hinreißend schöne junge Frau.

»Mr. Thurston, Sie ahnen nicht, wie glücklich ich bin, daß Sie sich zum Kommen entschließen konnten. Im Hotel muß es für Sie doch schrecklich öd und langweilig sein.«

»Ja, das ist es.« Er betonte seine Worte mit Bedacht. An Camille war jedenfalls nichts langweilig, im Gegenteil, doch er spürte gleichzeitig, daß sie etwas andeutungsweise Gefährliches an sich hatte. Allein ihre große Anziehungskraft barg schon Gefahren in sich. Zum erstenmal im Leben ahnte er in sich die Neigung zur Zügellosigkeit. Er wollte sie umfassen und in die Arme nehmen, ihren Sonnenschirm zu Boden werfen und mit den Händen in ihren Locken wühlen. Wie um seinen eigenen Gedanken zu entfliehen, wandte er sich ab und brach den Bann. Er fragte sich allen Ernstes, ob die bei Amelia geübte Zurückhaltung jetzt sein Verlangen nach Camille steigerte.

»Fühlen Sie sich nicht wohl?« Camille war seine Miene nicht entgangen, aus der sie Schmerz herauszulesen vermeinte. Besorgt legte sie eine Hand auf seinen Arm. »Hier im Süden kann die Hitze unerträglich sein. Sie sind es vielleicht nicht gewöhnt...« Sie ließ den Satz unvollendet, und er drehte sich zu ihr um. Wie unschuldig sie noch war! Die Sehnsucht nach ihr raubte ihm fast den Verstand, und die Heftigkeit seiner Gefühle erschreckte ihn. Schließlich war sie noch ein halbes Kind. Doch dieser Einwand überzeugte ihn nicht, mochte er ihn sich auch noch so oft vorsagen. Sie war mehr Frau als Kind. Das war sicher auch Orville Beauchamp bewußt.

»Nein, gar nicht, mir geht es gut«, beeilte er sich zu sagen. »In Ihrem Garten ist es herrlich.« Er richtete den Blick auf die Blumenbeete, damit er nicht ständig Camille ansehen mußte, und plötzlich mußte er laut lachen. Einfach absurd, daß ein Mann seines Alters sich von einem Mädchen, und sei es auch noch so schön, derart beeindrucken ließ.

Jeremiah sah Camille an und sprach aus, was er fühlte, in der Hoffnung, damit seiner Befangenheit Herr zu werden. »Miß Beauchamp, Sie müssen wissen, daß Sie es geschafft haben, mir den Kopf zu verdrehen.« Die Offenheit dieses Eingeständnisses half ihm tatsächlich, und seine Gefühle waren auf einmal nicht mehr schmutzig und verworfen, sondern einfach und herzlich.

Camille lachte entzückt auf. »Ach, habe ich das? Und Sie sind doch so erwachsen...« Es war genau die richtige Antwort. Beide quittierten sie mit einem offenen Lachen. Dann nahm er ihren Arm, und sie schlenderten zum Haus, da es Zeit war, zu Tisch zu gehen. Sie plauderten über das Wetter und über die Gesellschaften, die sie schon besucht hatte. Camille behauptete, die jungen Männer von Atlanta wären schrecklich albern. »Sie sind nicht...« Stirnrunzelnd sah sie zu ihm auf und suchte nach den richtigen Worten. »Sie sind nicht... bedeutend wie Sie und Daddy.«

Ihre schrankenlose Bewunderung von Macht und Einfluß setzte Jeremiah von neuem in Erstaunen. »Eines Tages werden diese jungen Männer vielleicht viel bedeutender sein, als wir es sind«, gab er ihr zu bedenken.

»Mag sein«, räumte sie ein, »aber jetzt sind sie langweilig.«

»Wie hart Sie urteilen, liebe Miß Beauchamp.« Ihre Ansichten fand er erheiternd, er wußte gar nicht, warum. Camille war sehr verwöhnt und im Grunde genommen unmöglich, und dennoch fand er sie entzückend und amüsant.

»Freundliche Menschen langweilen mich ebenso.« Sie zwinkerte ihm zu, und er brach in schallendes Gelächter aus. »Meine Mutter ist stets von gleichbleibender Freundlichkeit.«

»Schande über Sie, Camille. Freundlichkeit ist eine sehr damenhafte Tugend.«

»Dann bin ich gar nicht sicher, ob ich einmal eine Dame werden möchte!«

»Wie schockierend!« Er amüsierte sich so wie seit Jahren nicht mehr, als er neben ihr am Tisch Platz nahm. Orville Beauchamp schien sehr erfreut, daß Thurston sich mit seiner Tochter so gut verstand, und war auch gar nicht besonders überrascht, Jeremiah wieder in seinem Haus zu sehen. Camille hatte ihm in aller Eile erklärt, sie hätte Mr. Thurston zum Essen und zu einem Spaziergang im Park eingeladen. Was immer sie unternahm, fand die Zustimmung ihres Vaters. Ihre Mutter hingegen schien in ständiger nervöser Angst vor einem schrecklichen Schicksal zu schweben. Jeremiah konnte sich nicht erinnern, jemals einer so verstört wirkenden Person begegnet zu sein. Mrs. Beauchamp war das genaue Gegenteil ihrer strahlenden, selbstsicheren Tochter, deren gute Laune unerschütterlich schien. War sie aber wirklich einmal schlecht gelaunt, dann bekamen es alle in ihrer Umgebung bitter zu spüren, wie ihre Mutter aus Erfahrung wußte.

»Na, Mr. Thurston, benimmt meine Tochter sich ordentlich?« fragte Beauchamp ihn vom anderen Ende der Tafel her.

»Aber gewiß doch, Mr. Beauchamp, ich bin entzückt.« Auch Camille, die Jeremiah strahlende Blicke zuwarf, schien entzückt. Bei Tisch benahm sie sich nun tatsächlich gesitteter. Erst draußen im Park setzte sie ihm wieder so heftig zu, daß er verlegen wurde.

»Mr. Thurston, Sie glauben wohl, ich sei noch nicht alt genug, um ernst genommen zu werden?« Sie sah ihn mit schräggeneigtem Kopf an.

Jeremiah tat unbefangen. »Was meinen Sie damit, Camille?«

»Das wissen Sie genau.«

»Ich nehme Sie sehr ernst. Sie sind ein kluges Mädchen.«

»Ach was, Sie halten mich noch für ein Kind.« Camille war beleidigt. Hätte sie geahnt, wie das Blut in seinen Adern brauste, wäre sie sehr stolz gewesen.

»Camille, Sie sind ein überaus charmantes Kind«, versuchte er sich aus der Affäre zu ziehen und lächelte voller Wärme, während es in seinen Augen aufflammte.

Sie starrte ihn enttäuscht an. »Ich bin kein Kind, ich bin schon siebzehn.« Das sagte sie, als wäre sie dreiundneunzig, doch Jeremiah blieb ernst.

»Ich bin dreiundvierzig und könnte gut Ihr Vater sein, Camille. Es ist doch nicht schlimm, ein Kind zu sein. Sie werden bald älter werden und sich wünschen, jünger zu sein.«

»Aber ich bin kein Kind. Und Sie sind nicht mein Vater.«

»Ich wünschte, ich wäre es.« Das sagte er in besänftigendem Ton, doch in ihren Augen blitzte es kampflustig.

»Das stimmt nicht. Sie lügen, Jeremiah. Ich habe bemerkt, wie Sie mich beim Tanzen angesehen haben. Und heute denken Sie ständig daran, wer ich bin... nämlich Orville Beauchamps Tochter, fast noch ein Kind. Ich bin kein Kind mehr. Ich bin erwachsener, als Sie ahnen.«

Ganz spontan schmiegte sie sich an ihn und küßte ihn auf den Mund. Jeremiah war so überrascht, daß er fast einen Schritt zurückgewichen wäre, doch war er dazu nicht imstande, im Gegenteil, er rückte näher und ließ seinem Begehren freien Lauf, indem er sie an sich drückte und mit aller Leidenschaft ihren Kuß erwiderte. Und als er seine Lippen von ihr löste, war er entsetzt darüber, was er getan hatte. Es war ihm entfallen, daß die Initiative von Camille ausgegangen war.

»Camille... Miß Beauchamp... ich muß mich sehr entschuldigen...«

»Jeremiah, sei nicht albern... ich habe dich geküßt...« Camille hatte sich trotz allem ihren kühlen Kopf bewahrt. Als die anderen um die Wegbiegung kamen, wirkte sie ganz ruhig und faßte nach seinem Arm. »Wir gehen einfach weiter, als wäre nichts geschehen. Die anderen sollen nichts merken...«

Stumm ließ er zu, daß sie seinen Arm nahm. Gleich darauf mußte er lachen. So etwas war ihm noch nie passiert. Camille war wirklich das unbändigste junge Mädchen, das ihm je begegnet war.

»Wie können Sie es wagen, so etwas zu tun?«

»Sind Sie schockiert?« Ihr Anflug von Besorgnis wurde von Selbstgefälligkeit überlagert. Am liebsten wäre er stehengeblieben und hätte sie tüchtig geschüttelt und sie zum Schreien gebracht, um sie dann an sich zu drücken... statt dessen zwang er sich, ihr zuzuhören. »Sie müssen wissen, daß ich das nie zuvor getan habe.«

»Das will ich hoffen. Die Leute könnten über Sie klatschen...« Wieder mußte er lachen. Man stelle sich vor, von einer Siebzehnjährigen geküßt zu werden, mehr noch... er hatte ihren Kuß erwidert! Es war wie ein Traum.

Camille sah ihn neugierig an. »Werden Sie es weitersagen?«

»Wissen Sie, was dann passieren würde? Man würde Sie an Ihr Bett ketten, eine Woche lang oder gar ein ganzes Jahr... und mich würde Ihr Vater geteert und gefedert aus der Stadt jagen lassen.« Seine Worte ließen Camille hell auflachen. »Freut mich, daß es Ihnen Spaß macht«, fuhr er fort. »Aber eigentlich ist es nicht meine Art, auf diese Weise eine Stadt zu verlassen.«

»Dann bleiben Sie doch hier.« Fast glaubte er ein Flehen in ihrem Blick zu lesen.

»Leider muß ich fort. Ich leite ein Unternehmen in Kalifornien.« Dagegen konnte sie nichts einwenden, doch sie sah ihn bekümmert an.

»Ich wünschte, Sie müßten nicht fort. Hier gibt es niemanden Ihres Formats«, sagte sie vorwurfsvoll.

»Da bin ich anderer Meinung. Camille, Sie müssen umschwärmt sein von gutaussehenden jungen Männern, denen Ihr Anblick allein alles bedeutet.«

»Ich sagte schon, die sind ausnahmslos dumm und langweilig.« Schmollend sah sie zu ihm auf. »Sie müssen wissen, daß ich jemandem wie Ihnen noch nie begegnet bin.«

»Nett, daß Sie das sagen, Camille.« Er hätte dasselbe sagen können, wollte sie aber nicht noch ermutigen. »Ich hoffe sehr, es wird ein Wiedersehen geben.«

»Sie wollen höflich sein.« Camille schien den Tränen nahe, als sie stehenblieben und sie zu ihm aufblickte. »Ich hasse hier alles«, erklärte sie übergangslos.

»In Atlanta?« Jeremiah war wie vor den Kopf geschlagen. »Warum denn?«

Ihr Blick wanderte zu den Bäumen im Hintergrund. Sie wußte sehr wohl, warum, und sie wußte vor allem, wie sehr sich ihr Leben von dem ihrer Mutter in deren Jugend unterschied. Davon hatte sie zeit ihres Lebens zum Überdruß zu hören bekommen. »Wenn wir in Charleston oder Savannah lebten, wäre es besser, aber Atlanta ist so anders. Hier ist alles neu und häßlich. Die Menschen sind nicht so vornehm wie in anderen Gegenden des Südens, und wenn wir dort zu Besuch sind, ist man zu uns nicht so nett. Ähnlich wie meine Mutter... sie kennt den Unterschied genau und redet dauernd davon, so als wäre Daddy für sie nicht gut genug. Und ich wäre wie er, denkt sie« – sie verzog das Gesicht – »und Hubert noch schlimmer.« Jeremiah reagierte mit einem Auflachen, und Camille fuhr unbeirrt fort: »Ich hasse das Leben hier. Alle sind sich hier einig: Mama wird akzeptiert, aber über mich und Daddy und Hubert wird getuschelt. Im Norden ist das anders, und deswegen habe ich es hier satt. Mögen die Eltern auch noch so reich sein, es wird ständig über einen geklatscht... wer der Großvater war, woher das Vermögen kommt... sehen Sie sich Mama an, sie besitzt nichts außer ihrer Herkunft, und noch immer glaubt sie, sie wäre jemand und wir nichts. Können Sie sich etwas so Dummes vorstellen?«

Mit flammendem Blick sah Camille ihn an.

Jeremiah wußte genau, was sie meinte. Es war ein sehr heikles Thema, und er fand es verwunderlich, daß sie es so offen angeschnitten hatte. Wirklich, ein erstaunliches Mädchen. Nichts war für sie tabu, auch seine Arme und Küsse nicht.

»Camille, lassen Sie einige Jahre vergehen, dann wird sich auch hier kein Mensch mehr darum kümmern. Mit der Zeit wird alles akzeptiert. Das Vermögen Ihres Vaters ist...«, er suchte nach den passenden Worten, »... noch zu neu. Allmählich gerät das alles in Vergessenheit. Bis Ihre Kinder groß sind, wird man sich allein daran erinnern, wer Ihr Großvater war und wie elegant Sie sich in den vergangenen zwanzig Jahren gekleidet haben.« Jeremiah glaubte selbst nicht ganz, was er sagte, und sie auch nicht. Im Süden war wirklich alles anders.

»Das ist mir egal. Eines Tages werde ich von hier weggehen, in den Norden.«

»Dort ist es auch nicht viel besser. In Chikago oder New York denkt man ebenso snobistisch, und manchmal sogar in San Franzisko, obgleich es gerade dort diesbezüglich anders ist. Im Westen ist alles neu.«

»Im Süden ist es schrecklich. Das weiß ich.« Sie hatte nicht ganz unrecht, und wieder trafen sich ihre Blicke. »Ich wünschte, ich könnte mit Ihnen in Kalifornien leben.« Wieder eine ihrer erstaunlichen Äußerungen, so daß Jeremiah sich fragte, ob sie erneut zum Angriff vorgehen würde. Halb sehnte er es herbei.

»Camille, so benehmen Sie sich doch!« Es war das erste Mal, daß er einen strengeren Ton anschlug, doch ihr gefiel auch dies.

»Warum haben Sie noch nicht geheiratet? Haben Sie in Kalifornien eine Frau?«

Es wurde immer gefährlicher. Dieses Mädchen war nicht zu bremsen. »Was soll das nun wieder heißen?« Verärgert wandte er sich ab.

»Ich meine, eine Geliebte. Mein Vater hat eine in New Orleans. Das weiß jeder. Also, was ist, haben Sie auch eine?«

Jeremiah, dem es fast die Rede verschlug, suchte ihren Blick. »Camille, sagen Sie nicht so schockierende Dinge.«

»Es ist die Wahrheit. Auch meine Mutter weiß es.« Sie ließ sich nicht vom Thema abbringen. »Haben Sie eine Geliebte?«

»Nein.« Mary Ellen verdrängte er aus dem Bewußtsein, sie war auch keine Geliebte im herkömmlichen Sinn, und dieses Kind hatte kein Recht, davon zu wissen... überhaupt etwas zu wissen. Camille war viel zu frei in allem.

»Was wissen Sie von solchen Dingen?« Für eine Siebzehnjährige wußte sie zu viel, und das mißfiel ihm plötzlich. Doch als sie von neuem seinen Arm nahm, wurde ihm wieder warm ums Herz. »Sie sind ein richtiger Fratz, ein kleines Biest, und wenn Sie meine Tochter wären, oder meine ›Frau‹, wie Sie es nennen, dann bekämen Sie täglich eine Tracht Prügel.«

»Nein, bekäme ich nicht«, sagte sie mit melodischem Lachen. Camille durchschaute ihn sehr gut. »Sie würden mich sehr lieben, weil wir viel Spaß miteinander hätten.«

»Ach, sieh an! Und was macht Sie so sicher? Bei mir müßten Sie Böden schrubben, Unkraut jäten und in den Minen arbeiten...« Aber was redete er da? Er hatte sich wieder in ihr Spiel hineinziehen lassen. Doch wie hätte er es vermeiden können? Das Mädchen hatte etwas Unwiderstehliches an sich.

»Nein, das müßte ich nicht. Wir hätten Dienstboten.«

»Auf keinen Fall. Ich würde Sie wie eine Squaw behandeln.«

Natürlich glaubte sie kein Wort. Er merkte, daß er ihr viel zu nahe war, als sie den Park verließen, und er roch ihr zartes Parfum, hörte das Rascheln der Seide, spürte die Wärme ihres schlanken Arms, sah ihren anmutigen Nacken, die kleinen Ohren... er spürte, wie eine Woge der Lust ihn zu überwältigen drohte, und er rückte von ihr ab. Was um alles in der Welt stellte dieses Mädchen mit ihm an?

Als sie zu ihm aufblickte, glaubte er, etwas Teuflisches an ihr zu sehen. »Sie müssen wissen, daß ich Sie sehr gern mag...«

Das Abendlicht war weich wie ihre Haut.

»Ich habe Sie auch sehr gern, Camille.«

Er vermeinte, Tränen in ihren Augen zu sehen, und erschrak.

»Werde ich Sie wiedersehen?« fragte sie beklommen.

»Ich hoffe schon... eines Tages.«

Daraufhin wurde nicht mehr viel gesprochen. Arm in Arm gingen sie ins Haus. Fast empfand er das Gefühl eines Verlustes, als er sich von ihr verabschiedete und zurück ins Hotel fuhr. Und die ganze Nacht über, während er sich ruhelos in seinem Bett wälzte, mußte er gegen ihr Bild ankämpfen, das ihn bedrängte. Um so ärgerlicher war er über seine Erleichterung, als Orville Beauchamp ihm am nächsten Tag eine Einladung zum Dinner überbringen ließ. Kaum sah er Camille wieder, merkte er, wie verzweifelt sie ihm gefehlt hatte. Einfach lächerlich, ermahnte er sich immer wieder, während er mit den Blicken ihr Gesicht liebkoste.

Auch Camille schien über das Wiedersehen erleichtert, als hätte sie befürchtet, ihm nie wieder zu begegnen. Bei Tisch ließen sie einander kaum aus den Augen, so daß es ihrem Vater auffiel. Auch Hubert registrierte es und zeigte sich belustigt.

Als dann Orville Beauchamp und Jeremiah bei Brandy und Zigarren allein blieben, sah Camilles Vater ihn direkt an und kam ohne Umschweife zur Sache. Für Jeremiah war es wie ein Schlag, als er ihren Namen hörte.

»Thurston, Camille ist mein ein und alles.«

Jeremiah errötete wie ein Jüngling. »Das kann ich gut verstehen. Ein reizendes Mädchen.« Großer Gott, was hatte er getan? Wußte der Mann, daß er sie geküßt hatte? Er kam sich vor wie ein Botenjunge, der heftig gescholten wurde, doch hatte er es verdient, eine heftige, aber berechtigte Schelte über sich ergehen lassen zu müssen. Nervös wartete er auf das Kommende.

»Nun möchte ich Sie fragen« – er sah Jeremiah in die Augen – »wie reizvoll Sie Camille finden?« Orville fackelte nicht lange, und Jeremiah zuckte fast zusammen. Er hatte es nicht besser verdient. Er hatte kein Recht, mit einem Mädchen ihres Alters zu flirten, doch erstaunlich genug, ihr Vater schien deswegen nicht weiter aufgebracht.

»Ich bin nicht sicher, ob ich den Sinn Ihrer Frage verstanden habe«, wich Jeremiah aus.

»Sie haben gehört, was ich sagte. Finden Sie meine Tochter anziehend?«

Mein Gott... »Sehr anziehend natürlich. Ich muß mich entschuldigen, wenn ich Sie und Mrs. Beauchamp auf irgendeine Weise beleidigt habe... ich... es ist unverzeihlich...«

»Ach, Unsinn! In Camilles Nähe benehmen sich alle Männer wie die reinsten Narren, alte, junge, alle verlieren sie den Verstand, wenn Camille sie mit ihren schönen blauen Augen ansieht. Das Mädchen ist sich seiner Macht sehr wohl bewußt, Thurston, machen Sie sich da nichts vor. Ich habe mich über keinen Affront Ihrerseits zu beklagen und stelle Ihnen jetzt eine direkte Frage von Mann zu Mann. Vielleicht sollte ich aber zuvor erklären: Camille ist mir das Liebste auf der Welt. Müßte ich plötzlich alles aufgeben, Geschäft, Geld, Haus, Frau, und dürfte nur eines behalten, es wäre Camille. Sie ist das einzige, woran mit liegt...« Er überlegte kurz und korrigierte sich: »Fast das einzige.« Dazu grinste er, um sofort wieder ernst zu werden. »Ich möchte nicht, daß sie hier im Süden ihr ganzes Leben verbringt. Für ein intelligentes Mädchen ist es nicht die richtige Gegend. Hier gibt es nur Narren, überzüchtet, überdreht, verarmt. Und wer noch Geld hat wie ich« – er sah sein Gegenüber ernst an –, »der gehört nicht zu der Sorte Mann, die ich mir für sie wünsche. Diese Typen sind grob, ungehobelt, ohne Manieren. Die überwiegende Mehrheit kann es an Verstand ohnehin nicht mit ihr aufnehmen. Camille ist in mancher Hinsicht ein höchst bemerkenswertes Mädchen, das Beste, was zwei verschiedene Welten hervorbringen konnten, und aus diesem Grund paßt sie nicht hierher. Männer wie ihr Großvater sind arm, schwächlich und wehleidig, und die anderen sind nicht gut genug für sie. Thurston, hier gibt es keinen, der für Camille gut genug wäre. Nicht in Atlanta oder Charleston, auch nicht in Savannah oder Richmond oder anderswo im Süden. Ich hatte die Absicht, sie nächstes Jahr nach Paris mitzunehmen und in die Aristokratie einzuführen.« Jeremiah fragte sich, wie Beauchamp dies wohl angestellt hätte, doch konnte man mit Geld die erstaunlichsten Dinge erreichen. »Ich habe es ihr schon lange versprochen. Aber als Sie vorige Woche unser Haus betraten..., Thurston, da kam mir eine großartige Idee.« Jeremiah spürte Kälte am ganzen Körper. Er wußte, daß sein ganzes Leben vor einer Veränderung stand. »Sie sind für Camille der ideale Mann. Und mir scheint, sie ist von Ihnen sehr beeindruckt.« Sofort fiel Jeremiah der Kuß ein, mit dem sie ihn im Park überfallen hatte, eine Erfahrung, die alles andere als unangenehm gewesen war. »Sie sind ein guter Mensch. Das hört man von allen Seiten. Sie gefallen mir. Ich vertraue nämlich in erster Linie auf meine Instinkte, und sie sagen mir, daß Sie gut für Camille sind. Nicht jeder könnte nämlich mit Camille richtig umgehen.« Jeremiah reagierte mit einem Auflachen, wirklich eine überwältigende Vorstellung. Überrascht starrte er seinen Gastgeber an. »Na, was halten Sie davon? Wären Sie an einer Ehe mit meiner Tochter interessiert?«

Es war die unverblümteste Frage, die man ihm je gestellt hatte, nicht unähnlich einem Viehhandel, einem Land- oder Hauskauf, und dennoch verspürte er den wahnsinnigen Wunsch, ja zu sagen. Er mußte erst tief durchatmen und setzte sein Glas ab, ehe er antwortete. Die Stille türmte sich wie ein Felsblock zwischen ihnen auf.

»Ich weiß nicht, wie ich beginnen und was ich sagen soll, Beauchamp. Camille ist gewiß ein überaus reizvolles junges Mädchen, und was Sie sagten, schmeichelt mir sehr. Mir ist natürlich klar, wie sehr Sie Ihre Tochter lieben. Sie verdient die Gefühle, die ihr entgegengebracht werden.«

Jetzt spürte Jeremiah seinen Herzschlag wieder, so als hätte er seit der ersten Begegnung mit Camille nie ausgesetzt. Aber was er nun sagen würde, konnte sein ganzes Leben verändern, deshalb war es wichtig, daß er jedes Wort genau überlegte. »Ich darf Ihnen nicht verschweigen, Sir, daß ich fast dreimal so alt bin.«

»Aber sicher nicht ganz so viel ...« Orville Beauchamp ließ sich von dieser Eröffnung nicht merklich aus der Ruhe bringen.

»Ich bin dreiundvierzig. Camille ist siebzehn. Ich könnte mir vorstellen, daß dieser Altersunterschied auf Camille abstoßend wirkt. Dazu kommt, daß ich 2500 Meilen entfernt von hier lebe, an einem Ort, der nicht so zivilisiert ist wie Atlanta. Sie sprachen davon, daß Sie Camille in die französische Aristokratie einführen wollten... Ich bin nur ein Minenbesitzer, Sir, und führe ein sehr einfaches Leben in einem nahezu leeren Haus, zehn Meilen von der nächsten Stadt entfernt. Für ein junges Mädchen kein angenehmes Leben.«

»Wenn dies der einzige Hinderungsgrund ist, dann ziehen Sie eben in eine Stadt. Nach San Franzisko. Ich sehe nicht ein, warum Sie Ihren Bergbaubetrieb nicht von dort aus leiten können. Das Unternehmen muß gut etabliert sein, andernfalls könnten Sie nicht hiersein.« Jeremiah mußte zugeben, daß er recht hatte. »Sie könnten ein Haus in der Stadt bauen, und mit der Zeit würde Camille sich auch an das Landleben gewöhnen.« Beauchamp lächelte. »Es würde ihr guttun. Manchmal habe ich das Gefühl, Camille führt ein zu ausgelassenes Leben, obwohl ich gestehen muß, daß ein Gutteil der Schuld bei mir liegt. Ich will nicht, daß sie sich langweilt, deshalb führen wir sie häufig auf Bälle aus. Ja, das Leben mit Ihnen könnte sehr gut für sie sein.« Camilles Vater zog die Brauen zusammen. »Aber darum geht es nicht. Mir kommt es nur auf eines an... könnten Sie Camille lieben?«

Jeremiah spürte, wie ihm die Luft wegblieb. »Nie hätte ich gedacht, daß ich das sagen würde, aber ich glaube, ich tue das bereits. Ehrlich gesagt, bin ich mir noch nicht ganz im klaren über meine Gefühle. Seit der ersten Begegnung kämpfe ich mit mir, aus Achtung vor Ihnen, wenn schon sonst aus keinem anderen Grund. Camille ist doch noch ein Kind, ein junges Mädchen, und ich bin viel zu alt für sie. Mein Leben verläuft wie gesagt in einfachen, ruhigen Bahnen, und ich habe Träume dieser Art längst aufgegeben...« Und doch war er Amelia im Zug begegnet, und sie hatte einen Bereich seiner Seele angerührt, und davor hatte er John Hartes Sohn sterben gesehen... ganz unvermittelt wünschte er sich zum erstenmal seit fünfundzwanzig Jahren eine Frau, die er lieben konnte, ein Kind... etwas anderes als die tägliche Heimkehr zu Hannah und die Samstagnächte mit Mary Ellen Browne... und da war nun Camille wie ein Traumbild, die Verkörperung all dessen, was er nie besessen hatte oder je zu besitzen hoffte. »Während der letzten Woche ist etwas in mir vorgegangen.« Mehr konnte er nicht sagen. »Ich benötige etwas Zeit, um mir Klarheit darüber zu verschaffen.« Mit seinen Gefühlen kam er einfach nicht mehr zurecht – erst Amelia und jetzt Camille!

Orville Beauchamp zeigte sich angetan von Jeremiahs Erklärung. »Jetzt ist Camille ohnehin noch zu jung. Ich möchte nicht, daß Sie überstürzt mit ihr sprechen.«

Jeremiah erschrak. »Diese Absicht hatte ich ohnehin nicht. Ich brauche selbst Bedenkzeit, weil ich sehen möchte, was geschieht, wenn ich in meinen Alltag zurückkehre, in mein leeres Haus, zu meinen Minen.« Er seufzte. Plötzlich kam ihm das alles sehr einsam vor, so als könne er es ohne Camille dort nicht mehr aushalten. Diese Gefühle hatte er noch nie gehabt... nicht seit Jennie... eigentlich nicht einmal damals. »Ich weiß nicht, was ich für Camille empfinde. Im Moment möchte ich am liebsten auf der Stelle um sie anhalten...« Seine Stimme war tief vor Erschütterung. »Doch ich möchte sicher sein, daß ich das Richtige für uns beide tue. Wie alt ist sie jetzt?« Er konnte nicht mehr klar denken, weil er ständig ihre Augen vor sich sah, ihre Arme, ihre Lippen...

»Sie ist siebzehn.«

»Dann werde ich in einem halben Jahr wiederkommen und um Camilles Hand anhalten, wenn es mir dann noch als richtig erscheint. Wenn nicht, werde ich es Sie rechtzeitig wissen lassen. Ich möchte nach Atlanta kommen und Camille einen Antrag machen. Und ein halbes Jahr danach werde ich wiederkommen und sie endgültig mitnehmen.«

»Warum die lange Wartezeit? Warum nehmen Sie sie nicht gleich nach einem halben Jahr mit, wenn Sie zur Ehe entschlossen sind?«

»Wenn Camille meine Frau wird, dann möchte ich für sie ein anständiges Haus in der Stadt bauen. Das bin ich ihr schuldig. Seien Sie versichert, Beauchamp, ich werde Camille in jeder Hinsicht ein schönes Leben bieten, wenn sie meine Frau wird.«

Sein Blick verlieh seinen Worten Nachdruck, und Beauchamp nickte. »Das bezweifle ich nicht. Sonst hätte ich mit Ihnen gar nicht erst gesprochen. Mir ist es nämlich sehr ernst. Sie sind das Beste, was Camille widerfahren kann.«

»Ich will es hoffen.« In Jeremiahs Augen lag ein Leuchten. Er hatte das Gefühl, den günstigsten Abschluß seines Lebens hinter sich zu haben: Das Quecksilber, um das es vor einigen Tagen gegangen war, bedeutete ihm nichts mehr. Aber Camille... sie war für ihn ein wahr gewordener Traum. Er wußte sicher, daß er in sechs Monaten wiederkommen würde.

Als er mit Orville Beauchamp aus der Abgeschiedenheit des Herrenzimmers in das Speisezimmer zurückkehrte, ließ ihn dies alles Camille mit anderen Augen sehen.

»Was hat mein Vater zu Ihnen gesagt?« flüsterte sie aufgeregt. »Hat jemand beobachtet, daß wir uns küßten?« Sie schien jedoch nicht übermäßig besorgt, was Jeremiah sehr belustigte. Als er sie jetzt ansah, war er es, der sie in die Arme nehmen und küssen wollte.

»Ja.« Er sagte es im Flüsterton, um ihr angst zu machen. »Er wird Sie in ein Kloster stecken, wo Sie von Nonnen bewacht werden, bis Sie fünfundzwanzig sind.«

»Nein, das wird er nicht tun!« Sie wollte sich schier ausschütten vor Lachen. »Niemals! Ich würde ihm viel zu sehr fehlen.«

Das machte ihm klar, welches Opfer Beauchamp brachte, wenn Jeremiah sie heiratete und ihm entführte, aber in gewisser Hinsicht hatte er recht, denn im Süden würde sie nie voll akzeptiert werden, und das wußte Camille selbst am besten. Ihr Blut war durch das der Beauchamps besudelt, das würde man ihrer Familie mindestens hundert Jahre lang nicht vergeben. Ihrem Bruder schien es nichts auszumachen, aber bei Camille war es anders. Sogar ihre Mutter benahm sich, als wäre das Haus verpestet, und sprach von Savannah wie von einem für sie verlorenen Paradies, obwohl sie im Jahr mehrmals hinfuhr. Atlanta bedeutete für sie Exil.

»Eigentlich besprachen wir ein neues Geschäft.« Für jemanden, der eben sein Schicksal so gut wie besiegelt hatte, fühlte er sich bemerkenswert locker und entspannt. »Vielleicht komme ich in einem halben Jahr wieder, um die Einzelheiten auszuhandeln.«

Camilles Neugierde war geweckt. »Noch mehr Quecksilber?« Sie schien erstaunt. »Ich dachte, das Konsortium hätte sich für ein ganzes Jahr eingedeckt.« Jetzt war es an Jeremiah, erstaunt zu sein, wieviel sie wußte, mehr noch, wieviel sie verstand.

»Es ist viel komplizierter. Aber das erkläre ich Ihnen ein andermal.« Er sah auf die Uhr. »Schon so spät! Ich muß zurück ins Hotel und nachsehen, ob man meine Sachen gepackt hat. Morgen reise ich ab, Kleines.« Ganz unerwartet meldeten sich bei ihm Besitzansprüche ihr gegenüber, die er sich nicht anmerken lassen wollte. Er drehte sich um und sagte etwas zu ihrer Mutter, die ihn aber nicht weiter beachtete und davonschwebte. Jetzt war er allein mit Camille.

Sie sah mit großen traurigen Augen zu ihm auf. »Vielleicht schreibe ich Ihnen, wenn ich Zeit dazu finde.«

»Das würde mich sehr freuen.« Doch er brauchte Bedenkzeit.

Ihr Blick war sonderbar, so als wüßte sie alles. »Daddy sagte, er wolle mich heuer nach Frankreich mitnehmen. Womöglich werde ich nicht dasein, wenn Sie zurückkommen...«

Jeremiah wußte, sie würde dasein. Vielleicht war es besser, er ließ zu, daß Beauchamp sie an einen kleinen Grafen oder an einen kleinen Herzog verhökerte. Ein abstoßender Gedanke! Camille war kein Handelsobjekt, auch nicht für ihn. Sie war eine Frau, ein menschliches Wesen... ein Kind... er mußte allein sein, um sich darüber klarzuwerden, ob sie mit ihm glücklich sein würde oder nicht. Er wollte aus seinem Schlafzimmer über die sanft gewellten Hügel blicken und versuchen, sich Camille an seiner Seite vorzustellen.

»Kalifornien ist so weit...« Ihre Stimme klang klein und verloren.

Jeremiah drückte ihre Hand. »Ich komme wieder, Camille.« Es war ein Versprechen, sich und ihr gegeben, und er fragte sich, ob er es halten konnte. Sein Leben würde nie wieder so sein wie früher, und er war gar nicht sicher, was er sich wünschte. Doch als er das köstliche Geschöpf an seiner Seite ansah, sagte er die einzigen Worte, die sie hören wollte. »Camille, ich liebe dich... denk immer daran...« Dann küßte er sacht ihre Finger und ihre Wange. Nach einem festen, von einem wissenden Blick begleiteten Händedruck mit Orville Beauchamp verließ er das Haus. Sein Besuch hatte für alle eine Veränderung mit sich gebracht, für ihn aber die größte.

7

Das Schiff legte ganz früh an einem hellen Samstagmorgen in Napa an. Jeremiah wollte zur Fahrt einen Wagen mieten. Seinem Büro hatte er telegrafisch mitgeteilt, daß er Montag morgens zurück sein würde. Auf diese Weise hatte er zu Hause ein ganzes Wochenende Zeit, um die aufgelaufene Post zu sichten und auf dem Weingut nach dem Rechten zu sehen.

Auf dem Dock stehend blickte er sich um und atmete die vertraute Luft tief ein. In der Ferne waren die Hügel noch grüner als vor drei Wochen bei seiner Abreise. Während er so dastand und den Blick umherschweifen ließ, sah er plötzlich den Jungen, der ihn zum Bahnhof gebracht hatte, den Jungen, dem er Arbeit versprochen hatte, den kleinen Danny Richfield.

»Hallo, Mr. Thurston!« Der Junge winkte ihm von seinem Hochsitz auf dem Wagen zu. Lächelnd ging Jeremiah näher. Es war nett, wenn einen jemand abholte, auch wenn es ein Junge war, den man kaum kannte. Und während er auf Danny zuging, wurde ihm klar, daß der Junge nur einige Jahre jünger war als Camille. Ein merkwürdiger Gedanke. Er warf sein Gepäck hinauf und lächelte Danny zu.

»Na, was treibst du hier, mein Sohn?«

»Mein Daddy sagte, Sie kämen heute, da fragte ich, ob ich Sie mit dem Wagen abholen dürfte.«

Jeremiah schwang sich neben den Jungen auf den Kutschbock und ließ sich unterwegs alles Wissenswerte berichten. Die zweieinhalb Stunden Fahrt vergingen auf diese Weise wie im Flug. Dazu genoß Jeremiah die Landschaft und stellte fest, daß er sich jedesmal wieder neu ins Napa Valley verliebte.

»Sie scheinen glücklich zu sein, weil Sie zurück sind, Sir.«

»Bin ich.« Er lächelte dem Jungen zu. »Nichts auf der Welt kann sich mit diesem Tal messen. Laß dir ja nichts anderes einreden. Eines Tages wird dich vielleicht die Wanderlust packen, aber wenn du auch noch soviel herumkommst, wirst du sehen, daß es kein schöneres Fleckchen Erde gibt.«

Die Miene des Jungen drückte Zweifel aus. Er wußte, daß die Welt aufregendere Gegenden zu bieten hatte. Außerdem wollte er Bankangestellter werden, und was hatte das Napa Valley einem solchen zu bieten? Danny wollte mindestens nach San Franzisko ... oder St. Louis ... Chikago ... New York ... Boston.

»War es schön in Atlanta, Sir?«

»Ja, das war es.« Als Jeremiah den Jungen ansah, kam ihm wieder Camille in den Sinn. Wie mochte es ihr gehen? Wo war sie im Moment? Wie würde es ihr hier gefallen? Diese Fragen hatten ihn auf der ganzen Fahrt geplagt und wurden jetzt in Napa immer drängender. Er bemühte sich, alles mit Camilles Augen zu sehen, und stellte sich vor, was sein würde, wenn er sie zum erstenmal in diese Gegend brächte.

Als der Wagen langsam vor seinem Haus vorfuhr und anhielt, blieb Jeremiah noch sitzen und blickte um sich. Dabei fragte er sich, was sie von all dem halten würde. Irgendwie schaffte er es nicht, sie sich hier vorzustellen. Im Laufe der Jahre hatte er so vieles vernachlässigt ... den Garten, Gardinen ... Hannah hatte es längst aufgegeben, ihn mit diesen Dingen zu belasten, die ihm auf einmal so wichtig erschienen. Doch dachte er jetzt zu weit voraus. Fürs erste war es seine Absicht gewesen, sich in der gewohnten Umgebung über seine Gefühle Klarheit zu verschaffen, und nicht, seine ganze Welt nach Camilles Bedürfnissen umzuändern. Oder war es dies, was er wollte? Seine Entscheidung schien schon festzustehen. Und doch gab es hier noch etwas, das er vorher regeln mußte. Es war ihm deutlich bewußt, als er sich bei dem Jungen fürs Abholen bedankte.

Still ging er ins Haus. Er wollte hinaus zu den Minen, nachsehen, wie alles lief, und danach ... er mußte fair zu ihr sein ... zu wem? Fair zu Camille oder zu Mary Ellen Browne? Er hatte das Gefühl, nicht mehr klar denken zu können, als er Hannah bemerkte, die ihn mit ihrem üblichen Stirnrunzeln empfing.

»Na, gut siehst du aus.« Begrüßung oder Umarmung hatten Zeit.

Jeremiah lächelte. »Du kannst einen ganz schön erschrecken ... einfach so dazustehen. Wie ist es dir ergangen, als ich fort war?«

»Nicht schlecht. Und dir, mein Junge?« Für sie war er noch ein Junge und würde es immer bleiben.

»Schön, wieder zu Hause zu sein.« Es war die Wahrheit. Das Tal, seine Heimat, bedeutete ihm mehr als alles in der Welt. Auch wenn ihm nun deutlich bewußt war, daß ihm hier etwas fehlte – vielleicht nicht mehr lange. Als er aufblickte, merkte er, daß Hannah ihn nicht aus den Augen gelassen hatte.

»Na, was hast du angestellt, mein Junge? Das schlechte Gewissen steht dir ins Gesicht geschrieben.« Sie kannte ihn durch und durch und sah ihm an, daß während seiner Abwesenheit etwas in ihm vorgegangen war. »Hast du in Atlanta Unsinn gemacht?«

»Ein wenig schon.« In seinem Blick lag ein Lächeln.

»Was für Unsinn?«

Eine Erklärung war nicht ganz einfach. Jeremiah wußte nicht, wie er anfangen sollte. »Also, laß mich mal nachdenken. Zuerst habe ich einen sehr wichtigen Abschluß gemacht.« Er wollte Zeit gewinnen, doch sie ließ sich nicht hinters Licht führen.

»Das interessiert mich keinen Deut, du weißt genau, daß ich das nicht meine. Was hast du sonst noch getrieben?«

»Ich habe die Bekanntschaft einer sehr charmanten jungen Dame gemacht.« Er wollte sie nicht länger auf die Folter spannen. In den alten Augen leuchtete es auf.

»Wie charmant ist sie? Hast du bezahlt, oder war sie gratis?«

Er brüllte vor Lachen, und sie grinste dazu. »Eine sehr ungehörige Frage aus deinem Mund, Hannah. Für eine Dame ganz unmöglich«, zog er sie auf.

»Ich bin keine Dame. Und jetzt heraus mit der Sprache.«

Jetzt war es an ihm, zu grinsen. »Also, bezahlt habe ich nicht. Sie ist erst siebzehn, die Tochter des Mannes, mit dem ich ins Geschäft kam.«

»Seit wann bist du hinter halben Kindern her? Ist siebzehn nicht viel zu jung für dich?«

Er zog die Brauen zusammen. Hannah hatte recht. Genau das war der Punkt, der ihm Sorgen machte. Ohne es zu wollen, hatte sie seinen empfindlichen Nerv getroffen. Er ging in Abwehrstellung, indem er den Gedanken an Camille zu verdrängen versuchte. »Leider ist es so. Das sagte ich ihr und ihrem Vater, ehe ich ging.« In seine Züge trat ein schmerzlicher und finsterer Ausdruck, so daß Hannah ihn am Arm zurückhielt, als er hinauswollte.

»Nun lauf nicht weg wie eine aufgescheuchte Kuh, du Narr, du. Ich sage ja nicht, daß du hinter einem alten Stück wie mir her sein solltest. Vielleicht ist siebzehn gar nicht zu jung. Erzähl mir, wie sie ist.« Hannahs Instinkt sagte ihr, daß es diesmal womöglich ernst war. »Komm, Jeremiah, erzähl mir von dem Mädchen... die gefällt dir wohl sehr gut, habe ich recht?« Als ihre Blicke aufeinandertrafen, konnte sie in seinen Augen alles lesen. Ihr stockte fast der Atem. So viel Liebe hatte sie noch nie in den Augen eines Mannes gesehen, obwohl er das Mädchen noch nicht lange kennen konnte. »Warte, Jeremiah... dir ist es ernst, nicht?« Ihre Stimme war glatt wie poliertes Holz.

Er sah sie an und nickte. »Ja, gut möglich, liebe Hannah. Ich weiß es noch nicht. Ich brauche Bedenkzeit... ich bin gar nicht sicher, ob sie hier glücklich wäre. Sie ist in den Südstaaten ein ganz anderes Leben gewöhnt.«

»Wenn du mich fragst, hat das Mädel verdammtes Glück, falls du sie herbringst«, sagte Hannah darauf barsch.

Ihre Voreingenommenheit entlockte ihm ein Lächeln. »Nein,

Glück hätte ich. Sie ist ein besonderes Mädchen, intelligenter als die meisten Männer, die ich kenne, und hübscher als alle Frauen. Mehr kann man wirklich nicht verlangen.«

»Ist sie auch gut?« Eine sonderbare Frage, die etwas in seiner Seele anrührte. Gut... so gründlich kannte er Camille nicht. Jennie war gut gewesen, anständig, warmherzig und liebevoll. Mary Ellen war anständig, aber Camille? Gut? Sie war klug, amüsant, kapriziös, sinnlich, leidenschaftlich, aufregend...

»Sicher ist sie gut.« Warum auch nicht? Sie war erst siebzehn. Aber Hannah hatte ihn an ein anderes Problem erinnert, ohne es auszusprechen. Ihre Blicke trafen sich.

»Junge, was wirst du mit Mary Ellen machen?«

»Das weiß ich noch nicht. Schon im Zug wollte mir diese Frage nicht aus dem Sinn.«

»Hast du deine Entscheidung schon getroffen, was dieses Mädchen betrifft? Es hörte sich jedenfalls so an.«

»Auch in diesem Punkt bin ich unschlüssig. Ich brauche Zeit... Zeit für mich... um einen Entschluß zu fassen...« Das bedeutete, daß er von allem Abstand halten mußte. Er wußte genau, was er zu tun hatte, aber der Gedanke, es Mary Ellen sagen zu müssen, war unerträglich. Ihm klang noch in den Ohren, was sie beim letzten Beisammensein gesagt hatte: »Gib acht, daß du nicht der Frau deiner Träume in Atlanta begegnest...« Sei nicht albern, hatte er gesagt... sei nicht albern... und doch war es gekommen, wie sie vorausgesehen hatte. Wie hatte ihm das nach all den Jahren passieren können? Er stand im Begriff, sein ganzes Leben umzukrempeln, etwas, was er bislang für niemanden getan hatte und schon gar nicht für Mary Ellen. Mehr als eine Nacht wöchentlich hatte er ihr nie zugebilligt, und jetzt wollte er Camille, diesem ungebärdigen Kind, sein ganzes Leben schenken... aber für Camille empfand er etwas, was er nie zuvor empfunden hatte. Ihretwegen wäre er hunderttausend Meilen gelaufen, er hätte sie durch die Wüste geschleppt, sich für sie sein Herz herausreißen lassen... Plötzlich merkte er, wie Hannah ihn anstarrte.

»Du siehst krank aus«, bemerkte sie.

»Ich bin krank.« Dazu grinste er wieder. Es war eine Art Krankheit, ein Wahnsinn, den er noch nie verspürt hatte. »Was macht man nur, wenn es einen so heftig erwischt hat?«

»Wenn es so schlimm ist, dann hol sie dir. Aber vorher mußt du noch etwas in Ordnung bringen.«

Das wußten beide, Jeremiah hatte Angst davor. Mary Ellen war immer lieb zu ihm gewesen, und er wollte ihr nach all den Jahren nicht weh tun, nur wußte er, daß es unvermeidlich war. Er hatte gar keine andere Wahl. Langsam drehte er sich um und blickte über das Tal hinweg. Das Land war so herrlich, daß man sich nur schwer vorstellen konnte, jemand könnte hier unglücklich sein... Er wandte sich wieder Hannah zu.

»Hast du John Harte gesehen?«

Sie schüttelte den Kopf. »Er will niemanden sehen, heißt es. Hat sich eingeschlossen und eine Woche lang getrunken, und jetzt arbeitet er wieder mit seinen Leuten in der Mine. Die Epidemie hat ihm fast die Hälfte seiner Männer genommen.« Sie sah Jeremiah bekümmert an. »Wir haben auch zwei verloren, aber während du weg warst, hat es uns nicht so schwer getroffen.« Sie nannte ihm die Namen der Toten. Jeremiah war wie vor den Kopf geschlagen. Warum konnte man diese Dinge nicht verhindern? Zuweilen war das Leben sehr unfair. »John Harte soll fast den Verstand verloren haben. Er arbeitet auch die Nächte durch, schuftet tagsüber, schreit alle zusammen und läßt sich vollaufen, kaum daß er nach Hause kommt. Ich glaube, es wird eine Weile dauern, bis er sich wieder beruhigt.« Jeremiah wurde unwillkürlich an seine verstorbene Braut erinnert, und plötzlich bekam er Angst um Camille. Was, wenn sie während seiner Abwesenheit erkrankte und er sie bei seinem nächsten Besuch nicht mehr sehen konnte? Seine Angst war so groß, daß Hannah sie an seiner Miene ablas. »Dich hat es wirklich ganz schlimm erwischt, Junge«, erklärte sie kopfschüttelnd.

»Ich weiß.« Nach diesem Augenblick des Schreckens fiel ihm das Sprechen schwer.

»Hoffentlich ist sie es wert, daß sie einen guten Mann bekommt.« Hannah seufzte. »Und Mary Ellen wird den besten Mann verlieren, den sie je hatte, glaube ich.«

»Hör auf damit...« Wieder wandte er sich ab. Vielleicht war es falsch, jetzt Schluß zu machen, aber noch viel falscher wäre es gewesen, die Sache weiterlaufen zu lassen, Camille zu heiraten und schließlich... natürlich konnte er Mary Ellen vor die Wahl stellen, aber das wäre nicht fair gewesen. Mit einem tiefen Seufzer stand er auf. Er wollte baden und sich umziehen, ehe er zur Mine hinausfuhr. Und danach mußte er Mary Ellen gegenübertreten. Sonderbar, erst vor ein paar Wochen hatte er sie mit Bedauern verlassen, und nun wollte er für immer von ihr Abschied nehmen. Wie seltsam das Leben sein konnte. Lächelnd sah er seine alte Haushälterin an. »Vielleicht wird sich zu guter Letzt alles zum Besten wenden.«

»Das hoffe ich für dich.« Er lächelte ihr zu und ging nach oben. Eine halbe Stunde später saß er im Sattel, unterwegs zu den Minen.

8

Als Jeremiah abends sein Pferd an dem Baum hinter Mary Ellens Häuschen festband, sah er nirgends eine Spur von ihren Kindern. Er ging nach vorn zur Tür und klopfte, worauf ihm sofort geöffnet wurde. Mary Ellen hatte ihn schon gesehen. Sie trug ein hübsches rosa Kleid, ihr Kupferhaar glänzte. Ehe er ein Wort sagen konnte, schlang sie die Arme um seinen Nacken und küßte ihn. Einen Moment hielt er sich zurück, dann spürte er das vertraute Aufflammen der Leidenschaft und drückte sie an sich. Wie immer genoß er das Gefühl, ihren Körper in den Armen zu halten. Dann fiel ihm sein Anliegen ein, und er ließ sie abrupt los. Ihrem Blick ausweichend, ging er ihr in die Wohnstube voraus.

»Na, wie geht es, Mary Ellen?«

»Du hast mir gefehlt.«Ihr Blick suchte sein Gesicht. Sie war überglücklich, ihn wieder bei sich zu haben. Als sie sich in dem winzigen Raum niederließen, war ihr ein wenig unbehaglich zumute, weil sie sich hier selten aufhielten. Hier kam er ihr wie ein Fremder vor. Aber jedesmal nach seiner Rückkehr herrschte ein wenig Befangenheit zwischen ihnen. Sie wußte aus Erfahrung, die vertrauten Gefühle würden wiederkehren und alles würde wie früher sein, sobald sie miteinander ins Bett gingen. »Ich freue mich, daß du wieder da bist, Jeremiah.«

Ihre Worte bewirkten, daß sein Herz einen merklichen Ruck machte, verursacht aus einer Mischung von Schmerz, Bedauern und Schuldgefühl. Flehend sah sie ihn an. Jeremiah spürte ein flaues Gefühl im Magen. Ganz unvermittelt sah er Camille vor sich und hörte Amelias Worte... heirate... und sie hatte ganz recht. Aber wo blieb dabei Mary Ellen?

»Ich bin auch froh, wieder zu Hause zu sein.« Etwas anderes wollte ihm nicht einfallen. »Wie geht es den Kindern?«

»Sehr gut.« Sie lächelte schüchtern. »Für den Fall, daß du kommen würdest, habe ich sie zu meiner Mutter gebracht. Ich hörte, du würdest heute zurück erwartet.« Er kam sich vor wie das reinste Ungeheuer. Was sollte er ihr sagen? Daß es für ihn in Atlanta eine Siebzehnjährige gab?... »Du siehst müde aus, Jeremiah. Möchtest du etwas essen...?« Sie unterließ es hinzuzufügen: »Ehe wir ins Bett gehen«, aber sie hätte es ebensogut sagen können. Die Worte hingen unausgesprochen im Raum.

Jeremiah schüttelte den Kopf. »Nein, ich fühle mich wunderbar. Und du?«

»Ich auch.« Ohne ein weiteres Wort ließ sie eine Hand unter sein Hemd gleiten und küßte ihn sanft auf die Wange. »Du hast mir gefehlt.«

»Du mir auch.« Er nahm sie in die Arme und hielt sie fest, fast so, als wolle er den Schmerz lindern, den er ihr zufügen würde, und ganz plötzlich war er unsicher, ob er überhaupt Schluß machen sollte. Warum mußte er etwas sagen? Er mußte. Und er wußte es. Und ihm war, als wüßte sie es auch. »Mary Ellen...«, langsam machte er sich los. »Wir müssen etwas besprechen.«

»Nicht jetzt, Jeremiah.« Das klang ziemlich verzagt. Sein Herzklopfen war kaum auszuhalten.

»Ja, wir müssen... ich muß dir etwas sagen...«

»Warum?« Ihre Augen waren groß und traurig. Sie wußte instinktiv, was jetzt kommen würde. »Ich muß nichts wissen. Hauptsache, du bist wieder da.«

»Ja, aber...« Und auf einmal las er unverhohlene Angst in ihrem Blick. War es mehr als nur das Geständnis eines Seitensprunges auf der Reise? Mary Ellen spürte, daß er im Begriff stand, eine Veränderung in ihrem Leben vorzubereiten.

»Jeremiah...« Sie hatte es schon vor der Abreise geahnt und befürchtet. Wie immer. »Was ist passiert?« Vielleicht war es doch besser, wenn sie alles wußte.

»Ich weiß es nicht sicher.« Noch schlimmer. Sie merkte ihm an, wie konfus er war.

»Gibt es eine andere?« Diese nüchternen Worte wurden von einem traurigen Blick begleitet. Jeremiah spürte einen Stich ins Herz. Wie sollte er es ihr beibringen?

Seine Antwort fiel mürrisch aus, so befangen war er. »Ja, ich glaube schon, Mary Ellen. Ganz sicher weiß ich es nicht.« Er war verzweifelt bemüht, dabei nicht an Camille zu denken, und doch konnte er nicht verhindern, daß ihr Bild ihn ausfüllte. »Ich bin meiner Sache nicht sicher. Während der letzten drei Wochen ist mein ganzes Leben durcheinandergeraten.«

»Ach.« Sie lehnte sich auf dem schmalen Sofa zurück, Ruhe heuchelnd. »Wer ist sie?«

»Sie ist sehr jung. Viel zu jung.« Diese Worte schmerzten. »Ein halbes Kind noch. Und ich weiß gar nicht sicher, was ich für sie empfinde...« Mehr sagte er nicht.

Mary Ellen wurde plötzlich lebhaft. Sie beugte sich zu ihm und faßte nach seiner Hand. »Was macht das schon aus? Du brauchst mir das alles nicht zu sagen.« Vielleicht würde sich doch nichts ändern.

Jeremiah schüttelte den Kopf. »Doch, ich muß. Es könnte Veränderungen geben. Von ihrem Vater erbat ich mir ein halbes Jahr

Bedenkzeit. Und dann . . . dann werde ich vielleicht nach Atlanta gehen . . .«

»Für immer?« Mary Ellen war zutiefst erschrocken. Sie begriff nicht ganz, und er schüttelte abermals den Kopf.

»Nein.« Es blieb ihm nichts übrig, als die Wahrheit zu sagen. »Um sie zu holen.«

Mary Ellen zuckte zurück wie unter einem Schlag. »Du möchtest das Mädchen heiraten?«

»Vielleicht.«

Nun trat Schweigen ein, während sie wie betäubt Seite an Seite dasaßen. Schließlich sah ihn Mary Ellen mit kummervoller Miene an. »Jeremiah, warum haben wir nie geheiratet?«

»Ich glaube, weil es für keinen von uns den richtigen Zeitpunkt gab.« Es waren Worte voller Einsicht, die leise gesagt wurden. »Ich weiß es eigentlich nicht. So wie es war, so war es gut.« Mit mattem Lächeln lehnte er sich zurück. Er war erschöpft. »Mag sein, daß ich kein Mann zum Heiraten bin. Darüber möchte ich mir Klarheit verschaffen.«

»Geht es dir um Kinder? Ist es das, was du möchtest?«

»Möglich. Schon vor langer Zeit habe ich aufgehört, darüber nachzudenken, aber in letzter Zeit . . .« Er sah sie unglücklich an. »Mary Ellen, ich weiß es einfach nicht.«

»Du weißt, ich könnte es wieder versuchen – ein Kind zu bekommen, meine ich.«

Er war so tief bewegt, daß es schmerzte. »Du wärest wahnsinnig. Schon beim letztenmal hätte es dich beinahe das Leben gekostet.« Er faßte nach ihrer Hand.

»Vielleicht wäre es diesmal anders.« In ihrem Blick lag Hoffnungslosigkeit.

»Du bist inzwischen älter geworden und hast schon drei wohlgeratene Kinder.«

»Aber keines von dir.« Ihre Stimme war wie eine Liebkosung. »Ich könnte es versuchen . . . ich würde . . .«

»Ich weiß.« Weil er nichts mehr zu sagen wußte, brachte er sie mit einem langen Kuß zum Schweigen, und sie schmiegte sich an ihn, bis sie atemlos in dem kleinen stickigen Raum dalagen. Es war Jeremiah, der sich aus der Umarmung löste. »Mary Ellen, nicht –«

»Warum nicht?« Jetzt standen Tränen in ihren Augen. »Warum, zum Teufel, nicht ... ich liebe dich, weißt du das nicht?« In ihrer Stimme schwang so viel Leidenschaft mit, daß es ihn bis ins Mark traf. Auch er liebte sie mit einer Liebe, geboren aus sieben Jahren vertrauter Beziehung, in die sich Freundschaft und Mitgefühl mischten. Doch hatte er sie nie heiraten, nie mit ihr zusammenleben, bei ihr sein wollen – so wie er mit Camille zusammensein wollte. Er hielt sie umfangen und ließ sie weinen.

»Mary Ellen, bitte ...«

»Bitte was? Bitte leb wohl? Du bist gekommen, um mir das zu sagen, ist es nicht so?« Er nickte. Auch ihm standen Tränen in den Augen. »Jeremiah, es ist wahnsinnig. Du kennst das Mädchen kaum – dieses Kind. Wozu das halbe Jahr Bedenkzeit? Wenn du so lange überlegen mußt, kann es nicht die Richtige sein.« Mary Ellen kämpfte, als ginge es um ihr Leben. Dabei klang ihre Stimme eher schrill als niedergeschlagen.

Er stand auf und sah hinunter in ihr von Tränen gezeichnetes Gesicht. Wieder nahm er sie in die Arme. Zu sagen gab es nichts mehr.

Mit Mary Ellen in den Armen ging er hinauf in die Schlafkammer und legte sie aufs Bett. Dann strich er ihr besänftigend wie einem kleinen Kind übers Haar.

»Nicht doch, Mary Ellen ... es wird alles gut, du wirst schon sehen.« Ihr Blick war herzzerreißend. Für sie würde nichts mehr so wie früher sein. Wie eine lange einsame Straße erstreckten sich die öden Samstagnächte vor ihr. Und was würden die Leute tuscheln? Daß er sie weggeworfen hatte? Sie empfand es wie eine Ohrfeige, wenn sie daran dachte, was ihre Mutter sagen würde. »Das habe ich dir immer schon vorausgesagt, du kleine Hure ...« Und mehr war sie jetzt nicht. Die Samstagnacht-Hure von Jeremiah Thurston. Sieben Jahre voller Stolz und Glück, und jetzt würde er nie wieder kommen. Schon vor Jahren hätte ich ihn festhalten müssen, sagte sie sich, aber insgeheim wußte sie, daß sie diesem Ziel niemals auch nur annähernd nahe gekommen war. Beide hatten die bestehende Situation als sehr angenehm empfunden.

Während sie schluchzend auf dem Bett lag, saß er neben ihr im einzigen Sessel des Raumes. »Ich wollte nicht, daß es so endet«, schluchzte sie schließlich und sah ihn aus kummervollen Augen an.

»Ich auch nicht. Ich hätte es dir heute nicht sagen müssen, aber das wäre unrecht gewesen. Ich wollte nicht ein halbes Jahr damit warten, und außerdem brauche ich die Zeit wirklich zum Nachdenken.«

»Wozu?« Und mit einem kleinen erstickten Schluchzer setzte sie hinzu: »Wie ist sie?«

»Ich weiß es nicht genau. Sie ist sehr jung und klug«, und dann log er ihr zuliebe, »aber sie ist nicht so hübsch wie du.«

Mary Ellen lächelte. Jeremiah war immer lieb und rücksichtsvoll zu ihr gewesen. »Das kann ich nicht glauben.«

»Es ist die Wahrheit. Mary Ellen, du bist eine Schönheit. Es wird für dich andere Männer geben. Du verdienst viel mehr als nur die Samstagnächte. Dieser Meinung bin ich schon lange. Ich war sehr selbstsüchtig.«

»Es hat mir nichts ausgemacht.«

Er argwöhnte, daß es ihr sehr wohl etwas ausgemacht hatte und daß sie nur ihm zuliebe geschwiegen hatte. Und dann flossen wieder die Tränen. Es schmerzte ihn so, sie weinen zu sehen, daß er ihre Augen küßte und ihre Tränen mit den Lippen wegwischte. Langsam streckten sich ihm Mary Ellens Arme entgegen, sie zog ihn an sich, und diesmal konnte er nicht widerstehen. Er hielt sie fest, und seine Leidenschaft erwachte wie immer, als er neben ihr auf dem Bett lag. Den Kopf neben den ihren gebettet, schlief er ein, und sie lächelte und küßte ihn auf die Wange, als sie das Licht löschte.

9

»Jeremiah?« Als Mary Ellen am nächsten Morgen erwachte, war er nicht da. Von Angst getrieben, sprang sie auf. »Jeremiah!« Ihr rosa Morgenmantel wehte hinter ihr her, während sie die Treppe hinunterlief. Jeremiah drehte sich um und sah Mary Ellens lockende Formen in der Küchentür.

»Guten Morgen, Mary Ellen.« Unbefangen stellte er zwei volle Tassen auf den Tisch. »Ich habe Kaffee gekocht, damit er fertig ist, wenn du aufstehst.« Als sie ihm zunickte, stahl sich wieder ein Anflug von Angst in ihren Blick. Die Nacht über war sie ganz sicher gewesen, er hätte seine Absicht geändert, aber jetzt wurde sie wieder von Zweifeln geplagt.

»Gehen wir zur Kirche?« fragte sie leise und ängstlich. Hin und wieder besuchten sie gemeinsam den Gottesdienst. Aber jetzt war nichts mehr so wie früher.

Er nickte bedächtig, nahm einen Schluck Kaffee und setzte die Tasse ab. »Ja, wir gehen.« Nach einer bedeutungsschwangeren Pause setzte er hinzu: »Und dann gehe ich nach Hause.«

Beide wußten, daß es für immer war, aber Mary Ellen hatte den Kampf noch nicht aufgegeben. »Jeremiah...« Sie holte tief Atem. »Es braucht sich nichts zu ändern. Ich habe für alles Verständnis. Es war anständig, daß du mir alles gesagt hast... von ihr.« Sie erstickte fast an dem Wort, doch sie wollte diesen Mann unter keinen Umständen verlieren.

»Was hätte ich sonst tun sollen?« Jetzt wirkte er irgendwie härter. Daß er ihr Schmerz zufügte, ließ sich nicht mehr ändern. Er fühlte sich jetzt stärker als in der Nacht, und das machte ihr besonders angst. »Mary Ellen, du bist mir nicht gleichgültig. Ich könnte dir nichts vormachen über das, was in mir vorgeht.«

»Aber du bist deiner Sache nicht sicher.« Sie brachte es in einem unbeschreiblich jämmerlichen Ton vor.

In Jeremiahs Wange zuckte ein Muskel. »Möchtest du so lange warten, bis ich meiner Sache sicher bin? Mit mir schlafen bis zu meiner Hochzeitsnacht? Möchtest du das?« Er war aufgestanden und sprach laut und eindringlich auf sie ein. »Um Himmels willen, laß mir diesen anständigen Ausweg, mag er mir auch noch so schwerfallen.«

»Und wenn du sie doch nicht heiratest?« Es war ein mitleiderregendes Flehen.

Er schüttelte den Kopf. »Ich weiß es nicht. Stelle mir diese Frage nicht. Wenn ich sie nicht heirate – möchtest du mich dann zurückhaben?« Er wandte sich ab, und sie starrte seinen Rücken an. »Du wirst mich nach all dem hassen.«

»Jeremiah, das könnte ich nie. Du warst in den ganzen Jahren immer nur anständig zu mir.« Ihm wurde elend, als er das hörte. Mit feuchtem Blick drehte er sich um. Er nahm Mary Ellen in die Arme, um sie zu trösten.

»Es tut mir leid, ich wollte nicht, daß es so endet. Nie hätte ich gedacht, daß es soweit kommen würde.«

»Ich auch nicht.« Sie lächelte unter Tränen, während sie einander umfangen hielten. An diesem Morgen gingen sie nicht zur Kirche. Statt dessen landeten sie wieder im Bett und liebten sich bis in den Nachmittag hinein. Dann sattelte er Big Joe, saß auf und sah ein letztes Mal auf Mary Ellen hinunter, die in ihrem rosa Morgenmantel auf der Veranda stand.

»Gib auf dich acht, schönes Kind.«

Tränen strömten ihr über die Wangen. »Komm wieder ... ich werde dasein.« Sie brachte die Worte kaum heraus und hob zum Abschied die Hand, während sein Blick sie zum Abschied umfing. Dann ritt er los, ohne sie, ohne Camille, ohne eine andere. Allein wie immer.

10

In diesem Jahr brachte der Sommer im Napa Valley besondere Üppigkeit, Reife und große Hitze. Die Quecksilbersendung ging, wie im Frühling vereinbart, in den Süden ab, die Minen brachten Ertrag, die Reben gediehen, und Jeremiahs Ruhelosigkeit wuchs mit jedem Tag. Immer wieder kämpfte er mit sich, ob er Mary Ellen in Calistoga besuchen sollte, weil die Wochenendnächte einsamer waren denn je, doch er ging nicht hin. Statt dessen fuhr er mehrmals nach San Franzisko und besuchte dort sein bevorzugtes Bordell. Doch in ihm war ein Schmerz, an den niemand herankonnte.

Hannah sah sein Kommen und Gehen mit an, ohne daß sie viel gesagt hätte. Ihr entging keineswegs die Erleichterung, die er zeigte, wenn er seine Post abholte und darunter einen Brief von Camille fand.

Seit seiner Rückkehr schrieb Camille ihm humorvolle Briefe. Sie beschrieb ihm die Menschen, mit denen sie zusammenkam, die Bälle, die sie besuchte, die Gesellschaften, die ihre Eltern gaben, ein paar Reisen nach Savannah, Charleston und New Orleans und ein hoffnungslos häßliches Mädchen, das ihr Bruder Hubert kennengelernt hatte und dem er den Hof machte, weil ihr Vater die beste Pferdezucht des Südens besaß. Ihre Briefe waren ausführlich, überaus witzig und aufschlußreich. Es belustigte ihn ungemein, die Pirouetten ihrer Feder zu verfolgen, und am Ende, ganz unten, fielen immer ein paar Krumen für ihn ab, als wolle sie ihn zappeln lassen, ihm ein wenig Hoffnung schenken, ihn halten. Von echter Leidenschaft keine Spur. Sie gab ihm zu verstehen, daß er sich um sie bemühen mußte.

Im August hielt er es nicht mehr aus und ließ seine übliche Reservierung bei der Eisenbahngesellschaft vornehmen. Es waren zwar erst vier Monate vergangen, seitdem er mit ihrem Vater gesprochen hatte, doch er hatte seine Entscheidung getroffen. Auch Hannah wußte Bescheid, als er St. Helena verließ. Sie war zwar noch immer voller Mitgefühl für Mary Ellen, die sich monatelang gegrämt hatte, andererseits freute sie sich, daß Jeremiah endlich eine junge Braut ins Haus zu bringen gedachte, in dem bald Kindergeschrei und heiteres Frauenlachen ertönen würden.

Jeremiah hatte Orville Beauchamp telegrafisch von seinem Kommen verständigt, er hatte jedoch ausdrücklich darum gebeten, man möge Camille nichts sagen. Er wollte sie überraschen, wollte sehen, wie sie reagierte. Vier Monate waren im Leben eines jungen Mädchens eine lange Zeit. Gut möglich, daß sie ihren Sinn geändert hatte. Auf der langen Fahrt dachte er an nichts anderes, und diesmal leistete ihm keine Amelia Gesellschaft. Er wechselte kaum ein Wort mit anderen Mitreisenden und war bei der Ankunft nervös und erschöpft. Der Wagen der Beauchamps, der ihn ins Hotel bringen sollte, wartete bereits.

Nachdem er eine vornehme Suite bezogen hatte, sandte er den Beauchamps Nachricht, auf die er sehr rasch eine Antwort erhielt. Orville versicherte ihm, daß Camille von seiner Ankunft nichts wüßte, und erbat sich das Vergnügen seiner Gesellschaft zum Dinner. Plötzlich freute sich Jeremiah unbändig auf Camilles Staunen beim Wiedersehen... Gleichzeitig spürte er einen Anflug von Beklommenheit. Als er um acht Uhr abends die Kutsche der Beauchamps bestieg, hatte er feuchte Hände. Beim Anblick des Hauses tat sein Herz einen Sprung.

Er wurde in einen kleinen, aber überaus kostbar ausgestatteten Salon geführt, der nach vorne hinaus lag. Orville Beauchamp höchstpersönlich beeilte sich, einzutreten und ihn mit einem kräftigen Händedruck willkommen zu heißen. Schon beim Eintreffen des Telegramms von der Westküste hatte er gewußt, daß Jeremiahs Ankunft gute Nachricht verhieß.

»Wie geht es... schön, Sie hier zu sehen, Thurston!« Seine Freude schien ungeheuchelt, und Jeremiah hoffte, Camille würde sich ebenso freuen.

»Mir geht es sehr gut.«

»Ich dachte, wir würden Sie erst in zwei Monaten zu Gesicht bekommen.« Im Blick des stolzen Vaters lag eine Frage, die Jeremiah mit einem Lächeln quittierte.

»Mr. Beauchamp, weitere zwei Monate hätte ich es nicht ausgehalten.« Er sagte es leise und verhalten.

»Das dachte ich mir, das heißt, ich hoffte es...«

»Wie geht es Camille? Weiß sie noch immer nicht, daß ich da bin?«

»Nein. Sie kamen übrigens im richtigen Augenblick. Meine Frau ist zu Besuch bei Freunden in Südkarolina, Hubert ist unterwegs, um irgendeinen verdammten Gaul zu kaufen. Camille und ich, wir sind allein, und in der Stadt ist im Moment herzlich wenig los. Alle sind den Sommer über ausgeflogen, aber Camille war heuer eigensinnig und wollte nicht fort.« Er lächelte. »Sie wartet ständig auf Post und schwärmte allen Freundinnen von Ihnen vor.« Dabei verschwieg er Jeremiah lieber, daß sie von ihm als dem ›reichsten Mann des Westens, einem Freund meines Vaters‹ sprach. Das brauchte Jeremiah nicht zu erfahren, er sollte nur wissen, daß sie in ihrem Freundeskreis von ihm schwärmte.

»Womöglich ändert sie ihre Meinung, wenn sie mich wiedersieht.« Diese Frage hatte ihm unterwegs Sorgen gemacht. Schließlich war Camille blutjung und er bedeutend älter. Vielleicht würde er ihr zu alt vorkommen.

»Warum sollte sie das?« Beauchamp schien erstaunt.

»Ach, Mädchen können wankelmütig sein. Man kennt das.« Jeremiah lächelte, doch Beauchamp lachte schallend.

»Nicht Camille. Von Kindesbeinen an wußte sie, was sie wollte. Stur wie ein Maulesel und eigensinnig dazu.« Wieder lachte er vor Stolz auf seine einzige Tochter. »Das alles sollte ich Ihnen lieber nicht sagen, aber Sie werden mit ihr fertig werden. Camille ist ein gutes Mädchen, sie wird Ihnen eine gute Frau sein.« Aus zusammengekniffenen Augen warf er Jeremiah einen argwöhnischen Blick zu. »Ich nehme an, daß Sie eine Ehe im Sinn haben?« Er vermutete darin den Grund für Jeremiahs lange Reise nach Atlanta, zu Recht.

Von seiner Höhe herunter sagte Jeremiah ganz leise: »Ja, das habe ich. Und Sie haben Ihre Absichten nicht geändert?«

»Im Gegenteil. Ich bin der Meinung, es ist eine ideale Verbindung.« Er hob sein Glas dem lächelnden Jeremiah entgegen. Jetzt mußte nur noch Camille überzeugt werden.

Es vergingen zehn Minuten, ehe sie den Raum betrat. Die Tür ging auf, und herein schwebte eine Traumvision in zartgelber Seide, um den Hals eine Kette aus Topasen und Perlen. Das Haar fiel ihr in einer Lockenflut lose auf die Schultern, nur von einer vollendet schönen gelben Rose hinter dem Ohr festgehalten. Sie kam herein, den Blick auf ihren Vater gerichtet. Der nächste, zunächst geringes Interesse verratende Blick galt seinem Gast. Doch als sie Jeremiah erkannte, hielt sie plötzlich inne. Er hörte, wie sie den Atem anhielt. Ebenso plötzlich flog sie durch den Raum und warf sich ihm in die Arme, um ihr Gesicht an seiner Brust zu vergraben. Als sie sich losmachte, lächelte sie unter Tränen. Sie sah mehr denn je wie ein Kind aus, und er hielt sie mit seinem Herzen für immer fest. Ähnlich hatte er noch für keinen Menschen empfunden. Atemlos sah er sie an.

»Sie sind gekommen!« Es war ein freudiger Ausruf, den ihr Vater lauthals belachte. Camille und Jeremiah boten ein schönes Bild, der riesenhafte Mann und das grazile Mädchen, die so offenkundig verliebt ineinander waren. Der Altersunterschied schien unwichtig. Nur das Entzücken in Camilles Blick war von Bedeutung und die Liebe in seinem. Zwischen ihnen sprühte kaum gezügelte Leidenschaft.

»Natürlich bin ich zurückgekommen, Kleines. Ich sagte ja, ich würde kommen.«

»Sie sind viel früher gekommen!« Sie umtanzte ihn hochbeglückt und klatschte in die Hände, so daß die Rose aus ihrem Haar ihm zu Füßen fiel. Camille bückte sich nach der Blume, um sie ihm mit einem tiefen Knicks zu überreichen. Und diesmal war er es, der lachte. Es war ein Lachen, aus Liebesglück und Erleichterung geboren, weil er in ihrem Blick las, was sie für ihn empfand.

»Camille, Sie sind noch immer ein ungestümer Wildfang. Soll ich gehen und später wiederkommen?« Er behielt ihre Hand in der seinen, während sie ihn fassungslos anblickte.

»Wagen Sie es ja nicht! Ich lasse Sie nie wieder fort. Falls Sie gehen, dann fahre ich mit Daddy nach Frankreich und verheirate mich mit einem Herzog oder Prinzen!«

»Eine charmante Drohung.« Er schien unbesorgt. »Aber Sie wissen doch, daß ich wieder fort muß.«

»Wann?« Ihr Erschrecken ließ ihren Vater lächeln. Ja, es würde für beide eine geradezu ideale Verbindung sein. Er zweifelte nicht mehr an Thurstons Liebe, und Camille war sichtlich hingerissen von ihm. Die Aufmerksamkeit des um vieles älteren Mannes schmeichelte ihr sehr, während Thurston die Gefühle eines blutjungen Dinges genoß. Doch da war noch mehr. Zwischen ihnen loderte etwas, zu hell, um greifbar zu sein.

»Sprechen wir jetzt nicht von Abschied, Kleines. Ich bin ja eben erst gekommen.«

»Warum haben Sie uns nicht wissen lassen, daß Sie kommen?« Sie spielte die Schmollende, als zu Tisch gebeten wurde und sie sich ins Speisezimmer begaben.

»Ich kündigte meine Ankunft an.« Diese Antwort war von einem Lächeln zu Beauchamp hin begleitet, und Camille versetzte dem Arm ihres Vaters einen vorwurfsvollen Schlag mit dem Fächer. »Papa, du hast kein Wort gesagt!«

»Ich hielt es für netter, wenn Mr. Thurstons Besuch als Überraschung käme.« Er hatte recht behalten.

Camille sah beide strahlend an. »Wie lange werden Sie bleiben, Jeremiah?« In ihrem Blick lag etwas Befehlendes. Sie genoß die Macht, die sie nun über ihn hatte. Sie wußte zu gut, daß er die lange Fahrt nur ihretwegen auf sich genommen hatte, und Jeremiah war ein sehr bedeutender Mann, das hatte ihr Vater ihr immer wieder gesagt. Und sie hatte sich vor ihren Freundinnen mit ihm gebrüstet. Das bedeutete ihr sehr viel.

Jeremiah hatte zu Hause vereinbart, daß er einen Monat ausbleiben würde. Noch länger wollte er seine Reise nicht ausdehnen, aber damit blieben ihm zwei Wochen mit Camille. Wenn sie ihm ihr Jawort gab, dann mußte er schnell nach Hause und alles organisieren, denn es würde viel zu tun geben. Er hatte schon einen Plan entworfen. Hannah, die bei seiner Abreise nervös wie eine junge Katze gewesen war, hatte er versprechen müssen, sofort zu schreiben und ihr Camilles Antwort mitzuteilen. Aber seine Gedanken waren jetzt nicht bei Hannah, sondern bei dem entzückenden Mädchen an seiner Seite. Camille war in den ver-

gangenen Monaten noch schöner geworden, vor allem kam sie
ihm erwachsener vor. Sie stellte ihm Fragen über Fragen, meist
über die Minen, und sie beklagte sich, daß seine Briefe nicht genug Neuigkeiten enthalten hatten.

»Ich habe noch nicht oft an Mädchen geschrieben«, entschuldigte er sich lächelnd, und etwas später scheuchte ihr Vater sie
aus dem Raum. Der Butler servierte Brandy und Zigarren, und
Beauchamp sah seinen künftigen Schwiegersohn gespannt an.

»Wollen Sie heute um Camilles Hand anhalten?«

»Ja, das will ich, Ihr Einverständnis vorausgesetzt.«

»Sie wissen, daß Sie es haben.«

Seufzend steckte Jeremiah sich eine Zigarre an. »Ich möchte
wissen, wie ich mit ihr dran bin.«

»Sie hegen noch Zweifel?«

»Ein wenig. Vielleicht spielt sie nur mit mir, ahnungslos, daß
ich um sie anhalten möchte. Es könnte einem Mädchen ihres Alters angst machen.«

»Doch nicht Camille.« Das sagte er, als wäre sie ganz anders als andere Mädchen, doch Jeremiah war da nicht so sicher.
»Möchten Sie die Verlobung sofort bekanntgeben?«

»Ja, noch ehe ich die Rückfahrt antrete. In Kalifornien könnte
ich dann sofort meine Pläne in Angriff nehmen.«

»Und wie sehen diese Pläne aus?« Beauchamps Interesse war
hellwach. Er war neugierig, was Thurston für seine Tochter
plante.

»Ich befolge damit einen Rat, den Sie mir letztes Mal erteil-
ten.« Jeremiah drückte sich vorsichtig aus. Immerhin hatte sie
noch gar nicht ja gesagt. Aber ihm war endgültig klargeworden:
In Napa würde Camille auf die Dauer unglücklich werden, und
er konnte gut hin- und herfahren und sich um sein Unternehmen
kümmern. Deswegen plante er, für sie in San Franzisko ein Haus
zu bauen, in dem sie den Winter über wohnen und alle gesellschaftlichen Anlässe wahrnehmen konnten. Diese Pläne erläu-
terte er jetzt dem hocherfreuten Beauchamp. »Wenn das Haus
fertig ist... in fünf bis sechs Monaten etwa, komme ich zur

Hochzeit und nehme dann Camille mit nach Kalifornien. Na, wie hört sich das an?«

»Großartig. Im Dezember wird sie achtzehn. In vier Monaten also... glauben Sie, das Haus wird bis dahin fertig?«

»Hm, das wird knapp, aber es wäre immerhin denkbar. Ich dachte zwar eher an Februar oder März, aber...« Jeremiah lächelte jungenhaft, »Dezember wäre mir persönlich natürlich auch lieber.« Ohne Mary Ellen fühlte er sich sehr einsam. »Wir werden es versuchen.« Er sprang auf und durchmaß nervös den Raum.

»Machen Sie sich deswegen keine Sorgen, Thurston.« Beauchamp lächelte. Dann fiel ihm ein, daß es höchste Zeit war, Jeremiah Gelegenheit zu einem vertraulichen Gespräch mit Camille zu geben. Er stand auf und überließ es Jeremiah, Camille im Garten zu suchen. Sie hatte sich auf ihrer Lieblingsschaukel niedergelassen.

»Ihr beide habt aber lange verhandelt. Sind Sie betrunken?« empfing sie ihn, und er lachte.

»Nicht zu sehr.«

»Ich finde es albern, daß die Damen immer hinausgeschickt werden. Worüber sprechen Sie mit meinem Vater?«

»Ach, nicht viel. Über Geschäfte, über die Minen, von allem etwas.«

»Und worüber wurde heute im besonderen gesprochen?« Camille war ein kluges Mädchen. Auf der Schaukel auf und ab schwingend, ließ sie ihn nicht aus den Augen. Ihre Blicke trafen aufeinander.

»Wir sprachen von Ihnen«, sagte er mit tiefer, wohltönender Stimme, der man sein Herzklopfen nicht anmerkte.

Die Schaukel hielt inne. »Was haben Sie gesagt?« Ihre Frage drang als Flüstern durch die duftgeschwängerte Luft des Südens.

»Daß ich dich heiraten möchte.« Sekundenlang sagte niemand etwas. Camille sah ihn mit großen Kinderaugen an.

»Ach, das haben Sie?« Ihr Lächeln brachte sein Herz zum Schmelzen. »Sie machen sich über mich lustig.«

Er wurde ganz ernst. »Nein, Camille, das ist nicht der Fall. Ich bin nach Atlanta gekommen, um dich wiederzusehen und dir einen Heiratsantrag zu machen.« Sie hielt zunächst den Atem an, und dann drückte sie ganz plötzlich die Lippen auf seinen Mund wie damals im Park, doch seine Umarmung raubte ihr diesmal den Atem. Schließlich hielt er sie sanfter und sagte leise: »Camille, ich liebe dich über alles und möchte dich mit nach Kalifornien nehmen.«

»Jetzt gleich?« Sie schien benommen.

Er lächelte. »Nein, nicht gleich. In einigen Monaten, bis ich für dich ein Haus gebaut habe und du achtzehn geworden bist.« Er strich zärtlich über ihre Wange. Dann kniete er zu ihren Füßen nieder und zog ihr Gesicht zu sich herunter. »Camille, ich liebe dich aus ganzem Herzen, mehr, als du je wissen wirst.« Ein ahnungsvolles Schaudern überlief sie, und er sah sie forschend an. »Willst du meine Frau werden?«

Sie nickte stumm, ausnahmsweise um Worte verlegen. Dies alles hatte sie insgeheim erhofft, doch war es ihr stets wie ein ferner Traum erschienen. Dann schlang sie die Arme um seinen Nacken.

»Wie wird das Haus aussehen?« Unter diesen Umständen eine komische Frage, die sie lachend äußerte.

»Wie du willst, mein Liebes. Aber du hast mir noch keine Antwort gegeben, jedenfalls nicht ausdrücklich. Möchtest du mich heiraten?«

»Ja!« Sie rief es voller Entzücken und zog ihn wieder an sich, um sogleich mit besorgter Miene abzurücken. »Werde ich als deine Frau Kinder bekommen müssen?«

Eine unerwartete Frage, die ihn in nicht geringe Verlegenheit brachte und ihn stottern ließ. Das hatte sie mit ihrer Mutter zu besprechen und nicht mit ihm. Damit wurde ihm wieder vor Augen geführt, wie jung sie war, mochte sie manchmal auch sehr erwachsen wirken.

»Ich könnte mir ein oder zwei Kinder gut vorstellen.« Fast tat sie ihm leid. Sie war ja selbst noch ein Kind. »Würde es dir sehr viel ausmachen?« Kinder waren sein sehnlichster Wunsch. In den hinter ihm liegenden vier Monaten hatte er ständig an die Kinder denken müssen, die sie haben würden. Camille aber war sichtlich niedergeschmettert.

»Eine Freundin meiner Mutter ist letztes Jahr bei einer Geburt gestorben.« Eine schockierende Äußerung, die Jeremiahs Verlegenheit wachsen ließ. Das war ganz gewiß kein Thema, das er mit ihr besprechen wollte.

»Camille, jungen Mädchen passiert das nicht.« Er wußte nur zu gut, daß es sehr wohl passieren konnte. »Darüber brauchst du dir keine Sorgen zu machen, glaube mir. Zwischen Mann und Frau entwickelt sich alles ganz natürlich...«

Unbeeindruckt schnitt sie ihm das Wort ab. »Meine Mutter sagt, es sei der Preis, den die Frauen für die Erbsünde zahlen müßten. Ich halte es für ungerecht, daß Frauen allein den Preis bezahlen, ich möchte nicht unförmig werden und...«

»Camille.« Was sie da sagte, war ganz und gar ungehörig. »Liebste... bitte... ich möchte nicht, daß du dir über irgend etwas Sorgen machst.«

Kaum hatte er diese Worte ausgesprochen, als er Camille in die Arme nahm und sie alles vergessen ließ, was ihre Mutter gesagt hatte. Statt dessen sprachen sie wieder von dem Haus, das er bauen wollte, von der Hochzeit, die stattfinden würde, sobald sie achtzehn geworden war, und sie malten sich aus, wie sie die Verlobung bekanntgeben wollten, sobald ihre Mutter zurückgekehrt wäre, die Party, die ihr Vater geben würde... für Camille waren diese Dinge viel wichtiger.

Als sie an jenem Abend zu Bett ging, konnte sie vor Aufregung nicht einschlafen. Sie waren gemeinsam zu ihrem Vater gegangen und hatten ihm die gute Nachricht überbracht. Hochbefriedigt hatte Orville Beauchamp Jeremiah die Hand geschüttelt und Camille einen Kuß gegeben. Seine Tochter würde eine steinreiche und beneidenswert glückliche Frau werden. Das machte auch ihn überglücklich. Wie gut, daß er Thurston im Frühling auf diese Idee gebracht hatte.

Jeremiah konnte in der Nacht an nichts anderes denken als an die bezaubernde dunkelhaarige Schönheit, die bald in seinen Armen liegen würde. Er konnte es kaum erwarten. In letzter Zeit hatte er sich immer einsamer gefühlt, da er seine Besuche bei Mary Ellen eingestellt hatte. Auch von Amelia hatte er nichts gehört, obwohl er ihr vor einigen Wochen geschrieben und von Camille berichtet hatte. Doch im Moment hatte er an so vieles zu denken... an seine Braut und das spektakuläre Haus, das er für sie bauen wollte. Ihre Bemerkung über das Kinderkriegen machte ihm keine Sorgen mehr. Daß ein junges Mädchen sich davor ängstigte, war ganz natürlich. Sicher würde ihre Mutter vor der Hochzeitsnacht mit ihr sprechen, und das Problem würde sich von selbst lösen. Wenn man es recht bedenkt, könnte sie, von heute an gerechnet, schon in einem Jahr einem Kind das Leben schenken, sagte er sich. Mit befriedigtem Lächeln schlief er ein, um von Camille und den Kindern zu träumen, die sie haben würden. Er sah sie im Traum in Napa spielen, während er mit Camille Arm in Arm über den Rasen schlenderte...

11

Kaum hatte Elizabeth Beauchamp den Brief ihres Mannes erhalten, als sie sich beeilte, nach Atlanta zurückzukommen, ebenso Hubert, der allerdings schwieriger zu erreichen gewesen war. Die Familie war nun vollzählig versammelt, und man konnte die Einladungen an Freunde und Bekannte verschicken, um das junge Paar gebührend zu feiern. Auf der Verlobungsparty erschienen über zweihundert Gäste, sehr viele also, wenn man in Betracht zog, daß der Sommer noch nicht vorüber war und viele Leute noch nicht wieder nach Atlanta zurückgekehrt waren.

Camille hatte nie reizender ausgesehen als an jenem Abend, während sie in einem wundervoll bestickten weißen Organdykleid ihre Gäste empfing. Unzählige winzige Perlen und Steine waren über die Robe verstreut. Mit ihrer hellen Haut und dem rabenschwarzen Haar sah sie aus wie eine Märchenprinzessin. An Jeremiahs Seite begrüßte sie die Gäste mit einem strahlenden Lächeln und ließ sich um den zwölfkarätigen Verlobungsring beneiden.

»Meine Güte, der ist ja fast eigroß!« hatte ihre Mutter ausgerufen, und Camille hatte einen Freudentanz aufgeführt, was ihr Vater mit einem Lachen quittierte. »Du schlimmes Ding!« schalt ihre Mutter sie daraufhin gutgelaunt. »Ach, Camille, du wirst ja so reich sein!« Diese Worte waren von einem vorwurfsvollen Blick zu Orville hin begleitet, der es diesmal vorzog, eine Antwort schuldig zu bleiben. Seine Freude über Camilles Glück war zu groß.

»Ich weiß«, sagte Camille darauf. »Und Jeremiah baut für mich ein herrliches Haus mit sämtlichen modernen Errungenschaften und allem, was ich mir wünsche!« Sie sagte es wie eine verzogene Neunjährige, worauf ihre Mutter mahnend die Stirn runzelte.

»Kind, ich fürchte, man wird dich zu sehr verwöhnen.«

»Ich weiß.« Die Aussicht, ein Kind bekommen zu müssen, trübte ihre Freude und ließ einen Schatten über ihr Gesicht huschen, aber vielleicht war dieser Preis nicht zu hoch. Sie wollte mit ihrer Mutter darüber sprechen und sie fragen, ob es keine Möglichkeit gäbe, eine Schwangerschaft hinauszuschieben. Camille hatte andere Frauen andeutungsweise darüber sprechen hören, wollte das Thema aber im Moment nicht anschneiden. Das hatte Zeit bis zur Hochzeit.

»Weißt du auch, wieviel Glück du hast?«

»Ja, ich weiß es.« Und sie sprang davon, als das Mädchen Jeremiah meldete.

Die zwei Wochen in Atlanta vergingen wie ein Traum. Partys, Picknicks, Geschenke, Glückwünsche, dazu verstohlene Küsse, bei denen er ihre schmale Taille mit beiden Händen umfaßte. Er konnte es kaum erwarten, bis sie ihm gehören würde. Diesmal brach ihm beim Abschiedskuß fast das Herz, weil er Camille am liebsten auf der Stelle mitgenommen hätte. Doch gab es für ihn zuvor noch viel zu tun. Er mußte ein Grundstück kaufen und ein Haus bauen. Auf der Rückreise verbrachte er die Zeit im Zug damit, nach seiner Vorstellung Skizzen anzufertigen. Vor der Weiterfahrt nach Napa blieb er drei Tage in San Franzisko und besichtigte kleinere und größere Grundstücke. Dann suchte er einige Architekten auf, von denen er sich Pläne machen ließ. Am Morgen der Abreise fand Jeremiah dann genau das, was er sich wünschte. Ein ausgedehntes Grundstück von der Größe eines ganzen Straßenzuges am Südrand des Nob Hill mit Aussicht über die ganze Stadt. Mit zusammengekniffenen Augen versuchte er sich vorzustellen, wie das Haus aussehen würde. Es sollte größer werden als die Residenzen der Huntingtons oder Crockers, größer noch als die Häuser von Mark Hopkins oder den Tobins. Und als er noch am gleichen Tag seinem Architekten den Bau beschrieb und der Mann ihm in Aussicht stellte, innerhalb von zwei Jahren würde sein Traumhaus fertig sein, lachte er nur.

»Lieber Freund, es muß schneller gehen«, sagte Jeremiah. Erstaunt sah der Architekt ihn an. »Ich hatte an weniger als zwei Jahre gedacht.«

»Etwa in einem Jahr?« Der Mann wurde blaß, und Jeremiahs Lächeln wurde breiter. Der Bursche kannte Jeremiah Thurston noch nicht ... und nicht Camille. Jeremiah konnte sich nämlich gut vorstellen, daß Camille mit den Jahren ebensolche Ansprüche entwickeln würde wie er. Sie würde sich gewiß sehr rasch an das Leben als Mrs. Thurston gewöhnen, eine Vermutung, mit der er recht behalten sollte.

»Ich dachte eher an vier Monate, vielleicht fünf ... «

Der Mann schnappte nach Luft, und Jeremiah lachte aus vollem Halse. »Doch nicht im Ernst?« stieß der Architekt hervor.

»Natürlich!« Damit setzte Jeremiah sich an den Schreibtisch und schrieb einen Scheck über eine geradezu überwältigende Summe aus, bestimmt für das beste Architektenteam der Stadt, das Jeremiah von seiner Bank empfohlen worden war. Diesen Scheck übergab er dem Architekten mit der Erklärung, daß ein zweiter in dieser Höhe bei Fertigstellung des Hauses in vier, höchstens fünf Monaten folgen würde. Es handelte sich um einen Betrag, der Argumente von vornherein ausschloß. Mit diesem Geld ließ sich eine ganze Armee von Arbeitern zum Bau des Hauses auf dem Grundstück anwerben, das Jeremiah am gleichen Tag mit einem einzigen Scheck erwarb. Mit einem Partner wie Jeremiah waren Geschäftsabschlüsse einfach und problemlos.

Und als er in der Dämmerung an Bord des Schiffes nach Napa ging, war er hoch befriedigt. Hinter ihm lag ein erfolgreicher Tag. Nächste Woche sollte der Architekt nach Napa kommen und ihm die Entwürfe zeigen. Mit etwas Glück konnte man dann sofort mit dem Bau beginnen. Jeremiah wollte keinen Augenblick verlieren, damit das Haus fertig wäre, wenn er seine Braut nach Kalifornien brachte. Nach der Hochzeit im Dezember wollte er die Flitterwochen in New York verbringen. Anschließend wollte er Camille das schöne neue Haus zeigen und mit ihr auch nach Napa fahren. Die Wintermonate würden sie immer in der Stadt verbringen, um bei den ersten Anzeichen des Frühlings nach Napa zu gehen und den Sommer über zu bleiben – für Jeremiah war das das ideale Leben schlechthin.

Als der Architekt ihn in der darauffolgenden Woche in seinem Büro draußen bei den Minen aufsuchte, erschienen ihm auch die Pläne als schlechthin perfekt. Der Mann hatte gut erfaßt, welche Bedeutung das Projekt für Jeremiah hatte, für einen Mann Mitte Vierzig, der im Begriff stand, zum erstenmal zu heiraten, und zwar ein siebzehnjähriges Mädchen, das sein Herz, seine Seele und seine Träume beherrschte. Es sollte ein Haus werden, einer Prinzessin würdig, ein Haus, in dem zahlreiche Kinder aufwuchsen, ein Haus, das vielen Generationen ein Zuhause bieten würde. Er hatte einen palastartigen Bau entworfen, gekrönt von einer Kuppel aus farbigem Glas, die den Mitteltrakt über der Haupthalle zierte. Vier Erkertürme markierten die Hausecken, die strenge Fassade der Vorderfront wurde von Säulen aufgelockert. Das Haus sollte inmitten ausgedehnter parkartiger Gartenanlagen stehen, erreichbar durch ein kunstvolles Gartentor, durch das bald die vornehmsten Wagen rollen sollten. Um das ganze Anwesen war ein hoher Zaun geplant. Eigentlich war es einem Landsitz ähnlicher als einem Stadthaus, worüber sich Jeremiah ungeheuer freute. Sein besonderes Entzücken galt der Buntglaskuppel. Helle, farbige Lichtstrahlen würden auch an trüben Tagen den Eindruck von Sonnenschein erwecken, ein Camille eigens zugedachtes Geschenk, weil er ihr ein Leben voller Sonne wünschte.

Die Entwürfe entsprachen in jeder Hinsicht seiner Vorstellung, die geglückte Verbindung von Rokokoelementen und viktorianischem Stil erfreute Auge und Herz. Als der Architekt sich empfahl, um das Schiff zu erreichen, lehnte Jeremiah sich befriedigt lächelnd zurück. Er konnte es kaum erwarten, bis Camille das Haus zu sehen bekäme. Schon malte er sich aus, wie sie im Park spazierenging oder in der ausgedehnten Zimmerflucht, über deren Ausstattung er eben verhandelt hatte, der Muße pflegte. Diese Suite bestand aus einem großen gemeinsamen Schlafzimmer, einem Boudoir, einem Ankleide- und Wohnraum für sie und einem schönen getäfelten Arbeitszimmer für ihn. Auf derselben Etage lag auch das Reich der Kinder, bestehend aus Kinderzimmern, Wohnzimmer und einem Schlafraum für das Kindermädchen. Im Geschoß darüber lagen sechs weitere große, luftige Zimmer für ebendiesen Zweck. Wer konnte wissen, wie viele Kinder sie haben würden? Der große Salon zu ebener Erde war der großartigste, den der Architekt je geplant hatte. Es gab daneben noch einen kleineren, weiter eine riesige getäfelte Bibliothek, ein Speisezimmer und einen Ballsaal. Die Küchenräumlichkeiten würden die modernsten von ganz San Franzisko sein, die Dienstbotenzimmer beneidenswert geräumig und komfortabel ausgestattet. Die geplanten Stallungen hätten selbst Hubert mit Neid erfüllt. Das Haus ließ keine Wünsche offen und würde sich kostbarster Täfelungen, kunstvoller Leuchter, geschwungener Treppen und edler Teppiche rühmen können. Der Architekt hatte Jeremiah versichert, seine Mitarbeiter würden sich unverzüglich auf die Suche nach diesen Kostbarkeiten machen, Kunsttischler und Schreiner würden noch vor Fertigstellung des Baues mit der Arbeit beginnen. Von nun an wollte Jeremiah einmal wöchentlich in die Stadt fahren und sich von den Fortschritten an der Baustelle überzeugen. Es war ein Mammutprojekt für alle Beteiligten. Ständig war Jeremiah in Sorge, ob der Termin eingehalten werden konnte, denn Camille überschüttete ihn mit Briefen, in denen von nichts anderem als von Hochzeitsvorbereitungen die Rede war. Der Stoff für ihr Brautkleid stammte aus Paris und war in New Orleans gekauft worden, mehr wollte sie nicht verraten, doch sie konnte es kaum erwarten und war über ihre Ausstattung ebenso in Aufregung wie er über das Haus, von dem er ihr nur wenig mitteilen wollte. Er hatte lediglich angedeutet, daß er ein Haus in San Franzisko bauen wollte. Daß er das größte und schönste Haus plante, das die Stadt je gesehen hatte, verschwieg er ihr, auch schrieb er nicht, daß täglich Scharen von Neugierigen die Arbeiterheere bestaunten, die an der Baustelle eingesetzt wurden, damit das Haus fristgerecht fertig würde. Jeremiah hatte sogar aus den Minen Leute zur Aushilfe abgestellt und bot jenen großzügige Summen an, die gewillt waren, an den Wochenenden am Bau mitzuarbeiten.

Gleichzeitig unternahm er alles, um das Haus in St. Helena neu einzurichten. Zuvor war ihm nie aufgefallen, wie schäbig sein Schlafzimmer im Laufe von neunzehn Jahren geworden war, und plötzlich sah er auch, daß das Haus als Ganzes dürftig und leer wirkte. Es folgten umfangreiche Einkaufstouren in Napa und San Franzisko. Hannah mußte fest Hand anlegen und neue Gardinen für alle Räume nähen. Alles sollte hübsch und frisch sein, wenn Camille Einzug in Napa hielt. Ein junges Mädchen wie sie brauchte eine helle, freundliche und heitere Atmosphäre. Jeremiah ließ auch den Garten neu anlegen und das Haus frisch streichen. Ende Oktober sah alles aus wie neu. Er staunte selbst, wie hübsch sich die Neuerungen machten. Nur Hannah schien über die Veränderungen alles andere als entzückt. Jedesmal, wenn sie ihn sah, hatte sie etwas zu benörgeln, bis sie schließlich verstummte und überhaupt nichts mehr sagte. Das reichte Jeremiah. Am Ende eines langen Tages zwang er sie auf einen Stuhl, goß ihr und sich eine Tasse Kaffee ein und steckte sich trotz ihres unvermeidlichen Protestes eine Zigarre an.

»Also, Alte, jetzt wollen wir uns aussprechen. Ich weiß, die Veränderungen behagen dir nicht, und ich habe in den letzten zwei Monaten die Leute ungebührlich geschunden, aber es sieht wundervoll aus und wird Camille gefallen. Mehr noch, sie wird dir gefallen, sie ist ein bezauberndes Mädchen«, fuhr er lächelnd fort, in Gedanken bei dem Brief, den er am Morgen von ihr erhalten hatte. »Wenn ich nicht irre, hast du mir weiß Gott wie lange in den Ohren gelegen, ich solle heiraten. Das tue ich jetzt. Also, warum bist du so schlecht auf mich zu sprechen?« Hannah hatte sich standhaft geweigert, sich die Pläne des Stadthauses anzusehen. »Du wirst doch nicht auf eine Siebzehnjährige eifersüchtig sein? In meinem Leben ist für euch beide Platz. Sie weiß von dir und brennt darauf, dich kennenzulernen, Hannah.«

Seine Sorgen in dieser Hinsicht bedrückten ihn sehr, denn mit der alten Frau war in den letzten Wochen schwer auszukommen gewesen. »Was ist los mit dir? Fühlst du dich nicht wohl, oder verübelst du mir, daß ich das neue Haus nicht in Napa baue?«

Hannah konnte sich ein Lächeln nicht verkneifen. An seiner Vermutung war etwas Wahres dran. »Ich sagte schon, du brauchst gar kein neues Haus. Du verwöhnst die Kleine, noch ehe sie da ist.«

»Ganz recht. Sie wird das Kleinod eines alten Mannes sein.«

»Glückliches Mädchen!« Es waren seit einem Monat die ersten freundlichen Worte aus ihrem Mund. Jeremiah fühlte sich unendlich erleichtert. Schon hatte er befürchten müssen, sie würde zu Camille ebenso unleidlich sein wie zu ihm. Seine zarte kleine Braut aus dem Süden wäre über einen eisigen Empfang sicher entsetzt gewesen.

»Ich bin derjenige, der sich glücklich schätzen darf.« Sein Blick begegnete den alten Augen. Sie sah, wie froh er war. Sonderbar, welche Veränderungen sein Leben im letzten halben Jahr erfahren hatte, sehr sonderbar, doch es war mehr dahinter. »Ich bekomme einiges, wofür ich dankbar sein muß.« Seine Augen blickten unschuldig, als er sie ansah und Kümmernis in ihrem Blick las. »Was ist denn?«

Sie mußte ihm die Wahrheit sagen, mochte sie auch Schweigen gelobt haben. Tränen schossen ihr in die Augen, als sie sagte: »Jeremiah, ich weiß gar nicht, wie ich es dir beibringen soll.«

»Was denn?« Voller Angst dachte er an den schrecklichen Augenblick zurück, als er erfahren hatte, Jennie würde sterben. Dieses Gefühl erfüllte ihn auch jetzt, als er Hannah fragend ansah.

»Es geht um Mary Ellen«, antwortete sie.

Sein Herz drohte stillzustehen, während ihn eine Ahnung drohenden Unheils erfaßte. »Ist sie krank?«

Hannah verneinte mit bedächtigem Kopfschütteln. »Sie bekommt ein Kind, dein Kind.«

Jeremiah glaubte, einen Schlag bekommen zu haben, der ihm den Atem abdrückte. »sie kann doch nicht... sie war nicht...«

»Als ich sie in Calistoga traf, sagte ich ihr selbst, sie müsse wohl den Verstand verloren haben. Schon bei den letzten zwei Kindern ist sie fast gestorben, und jetzt ist sie kein junges Mädchen mehr. Ich mußte ihr schwören, daß ich dir nichts sage.«

Jeremiah nickte. Ihm war jämmerlich zumute, während er rasch nachrechnete. Es mußte im April passiert sein, womöglich sogar beim letzten Beisammensein. Und er wurde das sonderbare Gefühl nicht los, daß sie es gewollt hatte. Damals hatte sie ihm gesagt, sie wolle sein Kind bekommen, falls er sich Kinder wünsche. Ein Irrsinn. Schon vor Jahren hatte der Arzt ihr eingeschärft, daß noch eine Entbindung sie das Leben kosten würde. Und warum jetzt das?... Ausgerechnet jetzt? Wortlos hieb er auf den Küchentisch. Hannah sah, was in seinem Blick lag. Er stand auf und ging an die Küchentür.

»Was hast du vor, Jeremiah?«

»Ich werde mit ihr reden, wenn schon sonst nichts. Sie ist eine verdammte Närrin, und du bist die viel größere, falls du gedacht hast, ich würde nichts unternehmen.«

Von Mary Ellens dummem, hartnäckigem Stolz hatte er die Nase voll. Sieben Jahre war sie seine Geliebte gewesen. Da war es das mindeste, daß er ihr jetzt half. Aber mehr konnte er nicht für sie tun. Nichts würde etwas daran ändern, daß er seine Heiratspläne ausführte.

Nachdem er Big Joe gesattelt hatte, ritt er wutentbrannt nach Calistoga, wo er in eine Staubwolke gehüllt ankam und die Kinder Mary Ellens erschrocken auseinanderstoben. Mit großen Augen starrten sie ihn an, als er ins Haus gehen wollte. Die Älteste rief ihm zu: »Ma ist nicht da!«

Da wandte er sich mit finsterer Miene zum Gehen. Daß sie nicht da war, konnte er selbst sehen. »Wo ist sie?«

»Sie arbeitet im Kurhaus. Es wird dauern, bis sie wiederkommt.«

Jeremiah war nicht in Stimmung, auf sie zu warten, deshalb bestieg er wieder Big Joe und ritt zur Hauptstraße, an der das Kurhaus lag. Verdammtes Frauenzimmer! Wahrscheinlich wußte die ganze Stadt, daß sie von ihm ein Kind erwartete. Bei jedem Schritt verwünschte er sich, daß er damals mit ihr ins Bett gegangen war, obwohl er gar nicht gewollt hatte; doch war sie an jenem Tag so unglücklich gewesen, und er hatte sie begehrt wie immer. Wie dumm... wie unsagbar dumm...

Unwillkürlich drängte sich ihm die Frage auf, ob Camille eines Tages herausfinden würde, daß er ein außereheliches Kind hatte. Darüber machte er sich Gedanken, als er Big Joe vor dem Kurhaus festband, seine unmittelbare Sorge aber galt Mary Ellen.

Er entdeckte sie in der Eingangshalle, wo sie die Namen der Kurgäste für Behandlungstermine aufnahm. Ihr Leib war hinter einem Pult verborgen. Wenigstens war diese Arbeit für eine Schwangere nicht übermäßig anstrengend. Als Mary Ellen ihn bemerkte, erschrak sie und wollte sich ihm entziehen, er aber hielt sie am Arm fest.

»Du kommst jetzt auf der Stelle mit mir hinaus!« In seinem Blick las sie Wut und Besorgnis. Jeremiah hingegen registrierte verärgert, wie glücklich ihn das Wiedersehen machte. Sie war hübscher als je zuvor, das bißchen Angst stand ihr gut zu Gesicht.

»Jeremiah, hör auf, bitte...« Sie fürchtete eine Szene und wollte verhindern, daß er ihre Figur sah. Daß Hannah ihm alles gesagt hatte, wußte sie nicht. Ihre Verzweiflung war so mitleiderregend, daß ein Kurhausangestellter sich näherte, bereit, Jeremiah abzuwehren.

»Brauchen Sie Hilfe, Mary Ellen?« Der junge Mann ballte die Hände zu Fäusten, und sie beeilte sich abzulehnen, während ihre Augen Jeremiah stumm anflehten, er solle gehen.

»Bitte, es ist besser, wenn du... ich möchte nicht...«

»Mir egal, was du möchtest. Wenn es sein muß, schleppe ich dich mit Gewalt hier heraus. Also, steh auf und komm mit.«

Hochrot vor Verlegenheit warf sie verzweifelte Blicke um sich. In ihrer Not faßte sie sodann nach einem über der Stuhllehne hängenden Schal. Diesen legte sie sich um und folgte Jeremiah nach draußen. Der junge Mann, der ihr Beistand angeboten hatte, wollte indessen ihre Stelle einnehmen. Mary Ellen versprach, nicht lange wegzubleiben.

»Jeremiah, bitte...« Er zog sie ohne viel Umstände mit sich auf die andere Straßenseite zu einer Bank unter einer Baumgruppe. »Ich möchte nicht...« Er drückte sie auf die Bank und sah sie an.

»Laß das jetzt. Warum hast du mir nichts gesagt?«

»Ich weiß nicht, was du meinst.« Ihre Blässe und ihre nicht zu übersehende Angst stempelten sie zur Lügnerin.

»Du weißt es nur zu genau.« Angelegentlich starrte er auf ihre Leibesmitte und schob den Schal beiseite. Es war nicht zu leugnen. Sie war im sechsten Monat. »Also, warum hast du mir nichts gesagt?«

Da fing sie leise zu weinen an und tupfte sich mit einem Spitzentaschentuch, einem Geschenk Jeremiahs, die Augen ab. Jeremiah fühlte sich gleich noch elender. »Hannah hat es dir verraten. Und sie hat mir versprochen...« Mary Ellen schluchzte los. Jeremiah setzte sich neben sie und legte den Arm um ihre Schulter, obwohl alle Welt zusehen konnte. Geschämt hatte er sich ihrer Beziehung nie. Es war nur so, daß er sie nicht zur Frau haben wollte, und daran hatte sich nichts geändert. Nichts hatte sich geändert, nur war alles noch viel komplizierter, wenn sie das Kind bekommen würde.

»Mary Ellen, du dummes Mädchen, was hast du nur angestellt?«

»Ich wollte dein Kind, wenn ich schon dich nicht bekommen konnte... ich wollte...« Sie konnte vor Schluchzen nicht weiter.

»Es ist für dich lebensgefährlich. Das hast du gewußt.« Insgeheim fragte er sich, ob sie ihn mit dem Kind in eine Ehe hatte drängen wollen, doch sie beeilte sich, die unausgesprochene Frage von sich aus abzustreiten. Mary Ellen beharrte darauf, daß sie nur sein Kind haben wollte und sonst nichts. Jeremiah spürte eine Anwandlung von Jähzorn. »Von diesem Unsinn will ich nichts mehr hören. Das alles weiß ich schon seit langem. Schon vor Jahren hätte ich dir nicht mehr zuhören sollen. Die Arbeit wirst du sofort aufgeben. Dieser verdammte Stolz! Ich werde für dich und das Kind finanziell sorgen, da es auf andere Weise nicht möglich ist. Wenigstens das kann ich für dich tun, und wenn es dir nicht paßt, dann tut es mir leid. Ich will es für mein Kind tun, ist das klar?« Fast erbebte sie unter der Heftigkeit seiner Worte.

»Jeremiah, ich habe noch drei andere Kinder zu versorgen, und ich habe es noch immer geschafft.« Sie sagte es voller Stolz.

»Genug davon.« Er setzte sich wieder. Beruhigt hatte er sich noch immer nicht. Diese Angelegenheit war mit Geld allein nicht abgetan. »Warst du beim Arzt, Mary Ellen?« Sie nickte und suchte seinen Blick. Es war ihr anzusehen, daß sie ihn noch immer liebte, und Jeremiah versuchte seine Gefühle zu verbergen, als er sie anblickte. Jetzt mußte er an Camille denken. In zwei Monaten wollten sie heiraten, noch ehe dieses Kind zur Welt kommen würde. Zuweilen war das Leben wirklich nicht fair. Alles hätte anders sein können, wenn Mary Ellen sein Kind eher empfangen hätte. »Was hat der Arzt gesagt?« wollte er wissen.

»Er sagte, alles würde gutgehen.« Ihre Stimme war leise und sanft, und Jeremiahs Schuldgefühl war so heftig, daß er einen Stich in der Brust zu spüren vermeinte.

»Ich wünschte, ich könnte dir glauben.«

»Es ist wahr. Ich habe schließlich auch die drei anderen überstanden, oder nicht?«

»Ja, nur warst du damals jünger. Reiner Wahnsinn, was du getan hast.«

»Nein, war es nicht.« Aus ihrer Miene sprach Trotz. Mary Ellen bereute gar nichts.

Wieder regte sich in ihm der Zorn. »Was, zum Teufel, hat dich dazu bewogen?« Das würde er nie begreifen. Es war aus tausend verschiedenen Gründen reiner Wahnsinn.

»Es war das einzige, was mir blieb...« Ihre Worte klangen so bekümmert, daß es ihm beinahe das Herz zerriß. »Jeremiah, du bist jetzt für mich verloren, das weiß ich. Du willst doch dieses Mädchen heiraten?« Er nickte. Zwischen seinen Brauen lag eine Furche. Mary Ellen sah jetzt noch entschlossener aus. »Dann hatte ich recht, es zu tun.«

»Du spielst mit deinem Leben.«

»Es ist mein Leben, und ich kann damit anfangen, was ich will.« Sie stand auf. Nie war sie Jeremiah schöner erschienen.

Mary Ellen besaß Stolz und Mut, und sie hatte aus freien Stücken so gehandelt... nicht unähnlich Camille. Aber Camille besaß noch viel mehr Haltung und vor allem Stil, das wußte er.

Er bedauerte seine Wahl nicht, auch nicht nach diesem Wiedersehen mit Mary Ellen. Er bedauerte nur, was Mary Ellen getan hatte. Es würde ihnen allen das Leben erschweren, auch dem Kind. Früher oder später würde alles herauskommen, Camille würde es erfahren und seine Kinder mit der Zeit ebenfalls. Napa war viel zu klein, als daß ein solches Geheimnis hätte unentdeckt bleiben können. Jeremiah lag vor allem daran, daß seiner Braut eine Kränkung erspart blieb. Man stelle sich vor, sie erführe von der Geburt seines illegitimen Kindes einen Monat nach der Hochzeit! Allein der Gedanke, wieviel Schmerz ihr diese Entdeckung bereiten würde, ließ ihn zurückschrecken.

»Ich wünschte, du hättest es nicht zugelassen, Mary Ellen.«

»Tut mir leid, daß du so denkst.« Sie reckte trotzig ihr Kinn, und in ihm regte sich der Wunsch, es zu küssen. »Ich dachte immer, du wünschtest dir ein Kind.«

»Aber nicht so. Es gibt bessere Möglichkeiten.«

»Nicht für mich, Jeremiah. Jetzt nicht mehr. Mit deiner Braut wünsche ich dir viel Glück.«

Er wußte, daß sie ihm nichts dergleichen wünschte. Mary Ellen hatte inzwischen längst erfahren, daß er sein Haus in St. Helena neu ausgestattet hatte und einen Palast in der Stadt baute. Im Umkreis von hundert Meilen wußte alle Welt von dem Haus, das Camille zugedacht war.

»Was wirst du tun?« Er dachte jetzt weder an seine Braut noch an das für sie bestimmte Haus.

»Das, was ich bis jetzt auch getan habe. Ich habe den Job im Kurhaus, eine anständige Arbeit, die mich nicht zu sehr ermüdet. Und wenn das Baby erst da ist, können die Mädchen darauf achtgeben, wenn ich zur Arbeit gehe.«

»Du solltest zu Hause bei deinen Kindern bleiben.« Aus seinen Worten war eine Mißbilligung herauszuhören, die er nicht empfand. So hatte er noch nie zu ihr gesprochen, aber jetzt war eines ihrer Kinder auch das seine, und das machte den Unterschied aus. »Ich werde für euch sorgen, Mary Ellen.«

Schon morgen wollte er in seiner Bank in Napa alles in die Wege leiten. Es gab Möglichkeiten, Affären dieser Art zu regeln, und das wollte er tun. Schon vor Jahren hätte er etwas in dieser Richtung unternehmen sollen, doch es war noch nicht zu spät.

»Ich möchte es nicht, Jeremiah.«

»Ich frage dich erst gar nicht, so wie du mich in dieser Sache nicht gefragt hast. Ich treffe einfach die Entscheidung.« Insgeheim war sie enttäuscht, daß die bevorstehende Geburt seines Kindes ihn nicht mehr bewegte, aber er hatte jetzt den Kopf voll mit anderen Dingen – anderen Kindern, das wußte sie. In gewisser Hinsicht hatte sie einen Fehler begangen, auch das war ihr bewußt. Dennoch weigerte sie sich hartnäckig, ihren Entschluß zu bedauern, wie sie Hannah schon mehrmals gesagt hatte. Sie hatte es gewollt.

»Ich möchte, daß du mit der Arbeit im Kurhaus aufhörst.« Er sah sie mit geradezu väterlicher Besorgnis an.

»Das kann ich nicht.«

Jeremiah wurde ungehalten. »Entweder du kündigst selbst, oder ich tue es für dich. Dein Leben wird sich von nun an drastisch ändern. Du wirst bei deinen Kindern und bei meinem Kind zu Hause bleiben und das retten, was von deiner Gesundheit und deinen Nerven noch übrig ist. Wenn du dieses Kind mit dem Leben bezahlst, was soll dann aus den anderen Kindern werden? Hast du daran schon gedacht?« Seine Worte brachten ihre Augen zum Überfließen, und er bedauerte seine Heftigkeit. »Es tut mir leid... es ist nur... es ist für uns beide schwierig. Machen wir uns die Sache also möglichst leicht... laß zu, daß ich es für dich leichter mache. Einverstanden?«

Sie sah ihm tief in die Augen und nickte. Eigentlich wollte sie ihm sagen, daß sie ihn noch immer liebte, doch die Chance ergab sich nicht, sie mußte zurück an die Arbeit, und außerdem wurde sie von Übelkeit geplagt, weil sie ihr Korsett übermäßig eng geschnürt hatte, nur damit man ihr nichts ansah. Wenn sie wenigstens eine Zeitlang mit der Arbeit aufhören konnte, brauchte sie diese engen Mieder nicht mehr zu tragen.

»Vielleicht für eine Weile, Jeremiah.« Plötzlich war sie sehr müde. »Bis nach dem Kind.«

»Nein.« Er tätschelte ihren Arm. »Ich erledige das alles.« Sein Vertrauensmann von der Bank sollte mit ihr reden. Affären dieser Art pflegten so am diskretesten erledigt zu werden. Sie würde weinen, der Mann von der Bank würde ihr gut zureden, und sie würde in weiterer Folge monatlich einen Betrag erhalten, der für sie und die Kinder zum Unterhalt gut reichte. Diese Zuwendung würde sie bekommen, solange sie es nötig hatte. Es war das mindeste, was er für sie tun konnte. Heiraten würde er sie nicht, das stand für beide fest. Dieser Traum war längst ausgeträumt. Statt dessen baute er für das Mädchen aus Atlanta einen Palast.

Jeremiah stand auf und brachte Mary Ellen zurück zu dem hilfsbereiten jungen Mann. Unwillkürlich drängte sich ihm die Frage auf, ob hinter dessen Fürsorglichkeit mehr steckte, als auf den ersten Blick erkennbar war. Doch wenn es so war, dann wollte Jeremiah nichts darüber wissen. Er bezweifelte nicht, daß das Kind von ihm stammte, weil er ihr vertraute und weil er wußte, daß es keinen anderen für sie gegeben hatte. Und falls es jetzt jemanden gab, dann war das ihre Sache. Sie hatte ein Recht auf Trost – schließlich hatte er Camille.

»Du wirst die Arbeit aufgeben?« Sie nickte und suchte seinen Blick.

»Meinst du, daß du einmal kommen könntest – auf Besuch?« Ihre Worte rührten an sein Herz, doch eine innere Stimme riet ihm, ihr nichts zu versprechen. »Ich weiß es nicht. Ich glaube nicht, daß ich es tun sollte – es wäre uns allen gegenüber nicht recht.«

»Nicht einmal, um das Kind zu sehen?« Wieder flossen ihre Tränen. Jeremiah kam sich wie ein richtiger Schurke vor.

»Doch, ich werde dich besuchen. Und wenn du etwas brauchen solltest, dann laß es mich wissen.« Er brauchte nicht zu befürchten, daß sie ihn ausnützen würde. Das hatte Mary Ellen nie getan, auch jetzt nicht, in einer Situation, in der andere Frauen ihn skrupellos ausgenommen hätten. Sie war anständig geblieben. »Ich werde fortgehen ...«, er zögerte, plötzlich verlegen werdend, »nach dem ersten Dezember.«

Er würde am Vierundzwanzigsten in Atlanta heiraten, und diesem Datum würden zwei volle Wochen lang Partys und Empfänge vorangehen. Er hatte Camille versprochen dazusein. Und jetzt sollte Mary Ellen in Calistoga sein Kind bekommen. Wie seltsam das Leben doch spielte! Dieser Gedanke wollte ihm auf dem Ritt nach Hause nicht aus dem Kopf gehen. Ständig mußte er daran denken, wie sehr sein Leben sich im letzten halben Jahr verändert hatte. Und was das Merkwürdigste war, es bestand durchaus die Möglichkeit, daß er im Laufe des nächsten Jahres zweimal Vater werden würde. Dieser Gedanke entlockte ihm ein Lächeln, als er Big Joe in den Stall brachte... zwei Kinder, eines von Mary Ellen und vielleicht auch eines von Camille. Aber so sonderbar war das eigentlich gar nicht, wenn man alle anderen absonderlichen Vorkommnisse in Betracht zog, den Umstand eingeschlossen, daß ihn ausgerechnet heute ein Brief von Amelia Goodheart auf dem Küchentisch erwartete. Es war das erste Mal, daß er von ihr hörte, seitdem er sie auf der Fahrt nach Savannah im Zug allein gelassen hatte.

Sie schrieb ihm, sie hätte seinen Brief erhalten und freue sich für ihn über die junge Dame aus Atlanta, gleichzeitig sei sie aber auch ein wenig eifersüchtig, wie sie mit einem Lächeln eingestand, das er fast vor sich zu sehen vermeinte. Sie versicherte ihm, daß er genau das Richtige täte und daß sie hoffe, seine junge Frau bei einem Besuch in New York kennenzulernen. Ihre Tochter in San Franzisko erwartete wieder ein Kind, sie hatte die Absicht, im nächsten Jahr zu kommen und ihr Enkelkind zu begutachten.

Ihr Brief erfüllte Jeremiah mit Wärme. Er ertappte sich dabei, wie er die drei Frauen verglich. Wie verschieden sie waren! In Gedanken versunken, wärmte er sich das Essen auf, das Hannah für ihn vorbereitet hatte. Wirklich merkwürdig, was das Leben für einen bereithielt – Frauen, Kinder und Romanzen auf transkontinentalen Zügen. Und in neun Wochen würde er mit dem zarten schwarzhaarigen Mädchen mit der hellen Haut, den lockenden Lippen und sprühenden Augen verheiratet sein. Ein Schauer überlief ihn, während er in der stillen Küche saß und an das Mädchen dachte, das er in Atlanta heiraten würde.

12

Als Jeremiah am zweiten Dezember die Fahrt nach Atlanta antrat, waren die Arbeiten an seinem Haus auf dem Nob Hill schon so weit gediehen, daß er selbst es kaum fassen konnte. Er zweifelte nicht mehr daran, daß das Haus bei seiner für den fünfzehnten Januar geplanten Rückkehr fertig sein würde. An der Außenmauer hatte man bereits eine Messingtafel mit der Inschrift ›Thurston House‹ in sorgfältig eingravierten Lettern angebracht. Thurston House, und Camille wußte noch so gut wie nichts. Jeremiah hatte alles als sorgsam gehütetes Geheimnis für sich behalten und war sicher, daß sie um so begeisterter sein würde. Die Ecktürme waren bereits fertig, die Bäume gepflanzt, der Garten angelegt. Täfelungen und Leuchter waren schon geliefert worden, der Marmorboden aus eigens aus Colorado herangeschafften Steinen war gelegt. Das Haus würde alle Annehmlichkeiten modernster Art aufweisen, Hölzer, Möbel- und Gardinenstoffe und Kristall waren das Feinste, was für Geld zu haben war. Das Haus war fast ein Museum, noch ehe es bewohnt worden war. Mit befriedigtem Schmunzeln warf er einen letzten Blick auf die Arbeiten, ehe er zum Bahnhof fuhr und den Zug nach Atlanta bestieg. Um dieses Haus zu füllen, bedurfte es einer großen Kinderschar.

Diesmal zog sich die Fahrt endlos in die Länge, weil Jeremiah die Ankunft schmerzlich herbeisehnte. In seinem Gepäck befand sich das schönste Perlenkollier, das Tiffany in New York zu bieten hatte. Dazu hatte er passende Ohrgehänge und ein herrliches Armband gekauft. Die anhand von Abbildungen ausgewählten Stücke waren eben noch rechtzeitig vor seiner Abreise eingetroffen. Mrs. Beauchamp hatte er eine hübsche Rubinnadel zugedacht. Einen prachtvollen Saphirring wollte er Camille in New York zum Auftakt ihrer Flitterwochen schenken.

Jeremiah hatte an Amelia geschrieben, er hoffe, sie bei seinem

Aufenthalt in New York wiederzusehen und sie mit Camille bekannt zu machen. Sie hatte ihm darauf geantwortet, und er stellte fest, daß er die Korrespondenz mit ihr ebenso genoß, wie er die mit ihr im Zug verbrachten Stunden genossen hatte. Schließlich war er doch Amelias Rat gefolgt, und jetzt war er so stolz auf seine Braut, daß er es kaum erwarten konnte, sie allen seinen Bekannten vorzuführen.

Während der Bahnfahrt dachte er oft an Amelia. Weniger als ein Jahr war seit ihrem Kennenlernen und ihrem Abschied vergangen. Noch immer stand ihm Amelias hinreißend elegante Erscheinung deutlich vor Augen. Dabei fiel ihm wieder ein, daß sie Camille entfernt ähnelte, doch war es Camille, die jetzt in erster Linie seine Gedanken beherrschte, ihre anmutigen Arme, das kleine Gesichtchen, die edlen Hände, die zarten Gelenke, das schimmernde Haar. Er konnte es kaum erwarten, sie wieder zu umarmen und ihre Lippen zu küssen, ihr Lachen zu hören.

Diesmal erwartete sie ihn schon am Bahnhof und beklagte sich, weil der Zug vier Stunden Verspätung hatte. Ernsthaft war ihre Laune dadurch nicht beeinträchtigt. Mit einem entzückten Aufschrei warf sie sich ihm in die Arme, es folgten ein Kuß und ein fröhliches Lachen. Camilles dunkelgrünes Samtcape war wie die Kapuze und der Muff mit Hermelin besetzt. Darunter trug sie ein grünes Taftkleid, das eigentlich zur Mitgift gehörte und erst nach der Hochzeit getragen werden sollte, doch sie hatte ihn darin unbedingt empfangen wollen.

Auf der Fahrt zum Haus der Beauchamps mußte Jeremiah sich sehr zurückhalten, um Camille nicht mit seinen Umarmungen zu erdrücken. Es folgte eine Begrüßung der ganzen Familie, man prostete sich mit Champagner zu, ehe er sich im Hotel einrichtete, wo er die zwei Wochen bis zur Hochzeit wohnen wollte.

Diese zwei Wochen waren eine ununterbrochene, atemberaubende Abfolge glänzender gesellschaftlicher Ereignisse – Bälle, Empfänge, Banketts, jede nur erdenkliche Art von Festivitäten. Am Tag vor der Hochzeit gaben die Beauchamps für Camilles engsten Freundeskreis ein großes Abschiedsdinner. Es gab tränenreiche Begrüßungen und ebensolche Abschiedsszenen, und Jeremiah hatte den Eindruck, noch nie so viele hübsche junge Mädchen in einem Raum versammelt gesehen zu haben, doch das bei weitem hübscheste war seine Verlobte. Sie wirbelte in seinen Armen über die Tanzfläche und tanzte bis zum Morgengrauen durch. Müdigkeit schien sie nicht zu kennen. Am nächsten Morgen war sie frisch und munter.

Jeremiah bemerkte bei Gelegenheit lachend zu seinem künftigen Schwiegervater: »Allmählich mache ich mir Sorgen, ob ich mit Camille werde Schritt halten können. Ich hatte schon ganz vergessen, was Jugend bedeutet.«

»Camille wird Sie jung halten, Thurston.«

»Hoffen wir's.«

Ernsthafte Sorgen machte sich Jeremiah nicht, da er noch nie im Leben so glücklich gewesen war. Er freute sich sehr auf New York und auf die Rückkehr nach San Franzisko. Endlich würde er Camille das für sie erbaute Haus zeigen können. Daß in seiner Abwesenheit beim Bau alles glattging, nahm er als selbstverständlich an. Auch wenn da und dort noch nicht alles fertig sein würde, so war der Gesamteindruck jetzt schon überwältigend. Gleich nach seiner Ankunft hatte er Orville davon erzählt. Camilles Vater schien sehr befriedigt von dem Gehörten. Das Haus war ebenso ein Tribut an seine Tochter wie die überwältigenden Geschenke, in denen Camille schwelgte – ebenso wie Mrs. Beauchamp. »Ein richtiger Gentleman, so aufmerksam.« Sie glich immer mehr einem Relikt aus dem alten Süden, ganz anders als ihre Tochter, die unverblümt aussprach, wie sehr sie sich über Jeremiahs extravagante Geschenke freute. Sie prahlte damit vor allen Freundinnen. »Zwölf Karat«, brüstete sie sich immer wieder mit ihrem Ring, und als nächstes zeigte sie allen die orientalische Perlenkette, die mit ihren Perlen von achtundzwanzig Millimeter Durchmesser tatsächlich ein sehr ungewöhnliches Schmuckstück darstellte. »Sicher haben sie Jeremiah ein Vermögen gekostet«, setzte sie einmal hinzu, was ihr sofort von ihrer Mutter einen scharfen Verweis eintrug. Doch ihr Vater fand ihre Offenheit erfrischend, während Jeremiah sich dazu einer Meinung enthielt. Er hatte sich an die Art der Beauchamps gewöhnt und wußte, daß Camille nicht anders war als ihr Vater.

Die Trauung fand am Heiligen Abend um sechs Uhr in der St. Luke's Cathedral statt. Sie wurde von Reverend Charles Beckwith, einem Vetter des Bischofs, vorgenommen. Einige hundert Freunde waren anwesend, als das Paar das Ehegelübde ablegte, und einige hundert weitere waren zum Empfang in Jeremiahs Hotel geladen. Auf diese Weise war ein unauffälliger Aufbruch gewährleistet. Sie würden sich in die Suite zurückziehen, wo bereits ihr Gepäck wartete. Dort wollten sie die Nacht verbringen und am nächsten Tag mit Camilles Eltern zu Mittag essen, ehe sie am frühen Abend den Zug nach New York nahmen.

Beide waren sie erschöpft, als sie sich endlich in ihre Räume zurückzogen. Es war ein überlanger Tag gewesen, nach zwei langen Wochen voller Aufregungen und Partys. Zu Mittag hatte es sogar eine vorgezogene Weihnachtsfeier gegeben. Noch nie im Leben hatte Jeremiah so viele festliche Anlässe hintereinander erlebt.

Und jetzt lag seine kleine Braut hingesunken auf dem rosa Plüschdiwan, von ihrem wunderschönen Brautkleid aus elfenbeinfarbener Spitze wie von einem in sich zusammengesunkenen Zelt umwallt. Als er sie so daliegen sah, kam ihm wieder zu Bewußtsein, wieviel sie ihm bedeutete. Mehr als ein halbes Leben hatte er auf sie gewartet, und er bereute es nicht. Das Warten hatte sich gelohnt, auch die gebrochenen Herzen, die zahllosen Enttäuschungen, die einsamen Jahre, und schließlich wog Camille auch Mary Ellens Kummer auf. Nicht um alles in der Welt hätte er auf die Ehe mit Camille verzichtet. Er betete sie in jeder Hinsicht an und wußte, daß sie ihm mit ihrer Intelligenz, ihrem Temperament, mit ihrer Flirtfreudigkeit und Leidenschaft eine ideale Gefährtin sein würde.

Von Leidenschaft war allerdings im Moment nicht die Rede, während sie hingesunken in ihrem Brautkleid dalag und mit vor Erschöpfung glasigem Blick zu ihm aufsah. Die endlosen zwei

Wochen voller Festlichkeiten hatten nun doch ihre Spuren hinterlassen. Jeremiah hatte sich des öfteren gefragt, ob dies alles nicht zuviel für sie wäre und sie nicht gesundheitlich Schaden nehmen könne. Aber Camille sah auch jetzt nicht krank aus, nur sehr kindlich und total übermüdet.

»Geht es dir gut, meine Liebe?« Er kniete neben ihr nieder, faßte nach ihrer Hand, um einen Kuß auf die Handfläche zu drücken.

Camille lächelte. »Ich kann mich vor Müdigkeit nicht rühren.«

»Wundert mich nicht. Soll ich das Mädchen rufen?«

Ihr Blick hielt den seinen fest, und Jeremiah gefiel, was er darin las. In letzter Zeit hatte sie oft sehr unpassende Äußerungen von sich gegeben, wenn sie sich mit einem teuren Kleid ihrer Ausstattung oder mit Jeremiahs Verlobungsring großtun wollte. Doch was er jetzt in ihren Augen las, ließ sein Herz höher schlagen. Er las Liebe, Freude und Vertrauen darin. Allein die durch ihren Vater vermittelte Erziehung hatte ihren Sinn übermäßig für materielle Dinge geschärft. Jeremiah hoffte, daß sie nach einigen Monaten in Napa viel einfachere Freuden vorziehen würde, die Trauben aus seinem Weingut, die Blumen aus dem Garten, den Hannah für sie angelegt hatte, die Kinder, die sie bekommen würden... Mochte das Stadthaus auch ein kostspieliger Bau sein, so war doch das Kostbarste daran die Liebe, mit der es für sie geplant worden war... Es war ein Monument, das er ihrer Liebe setzte, und genau das wollte Jeremiah ihr zu verstehen geben, wenn sie das Haus zum erstenmal sehen würde. Zum erstenmal im Leben empfand er totale Erfüllung. Als er seine zierliche Braut reglos in ihrem Hochzeitskleid da liegen sah, hatte er das Gefühl, sein Herz müßte ihm schier vor Glück zerspringen.

»Na, Mrs. Thurston... wie hört sich das an?«

Er küßte ihr Handgelenk, und in Camille regte sich etwas, was sich in ihrem wollüstigen Lächeln spiegelte. Sie mochte zu müde sein, um sich zu rühren, aber nicht zu müde, um ihn sich ganz nahe zu wünschen. Camille wurde Jeremiahs Nähe niemals überdrüssig, und allein sein Anblick erfüllte sie mit fast schmerzli-

chem Begehren. Sie hatte nicht geahnt, daß sie dies jemals empfinden würde, und schon gar nicht bei einem Mann in Jeremiah
Thurstons Alter. Stets hatte sie sich einen umwerfenden jungen
Mann als Ehemann vorgestellt, den Abkömmling einer französischen Familie aus New Orleans vielleicht oder gar einen der
französischen Grafen, von denen ihr Vater immer sprach, eventuell einen schwerreichen Bankier aus New York mit verhange-
nem Blick, aber Jeremiah sah viel besser aus als alle Traumbilder,
die sie sich zusammenphantasiert hatte. Er hatte etwas Rauhes
und Männliches an sich, das ihr, obwohl es sie unglaublich ansprach, im Moment auch ein wenig angst machte. Sie fand ihn
in diesem Augenblick überaus anziehend und konnte sich nicht
vorstellen, daß er mit ihr etwas Abstoßendes vorhatte, trotz allem, was ihre Cousine ihr heimlich anvertraut hatte. In seinen
Augen sah sie die Lust, mit der er sie von allem Anfang an an-
geblickt und die sie immer genossen hatte. So auch jetzt, als sie
seinen Nacken küßte, dann sein Ohr und schließlich den Mund.
Sie spürte, daß sich alles in ihm spannte.

Wortlos machte er sich daran, die winzigen Knöpfchen an ihren Ärmeln aufzumachen, so daß schimmernde Haut zum Vorschein kam. Dabei küßte er sie ununterbrochen. Dann nahm er
ihr das schwere Perlencollier ab und nahm dann die unzähligen
Satinknöpfchen an der Vorderfront des Kleides in Angriff. Ihr
makelloser, nur von einem knappen Seidenhemdchen bedeck-
ter Brustansatz wurde entblößt, und schließlich sah er das Spit-
zenkorsett. Jeremiah, der große Übung darin zu haben schien,
befreite ihren hinreißenden jungen Körper von allen einengen-
den Hüllen. Unbefangen und unbekleidet stand sie vor ihm in
ihrer nackten Vollkommenheit. Einzig ihre cremefarbenen Sei-
denstrümpfe hatte sie noch an, die er ihr einen nach dem anderen abstreifte. Sodann entledigte er sich rasch seiner eigenen
Sachen, verwundert über ihre nicht vorhandene Scheu, ihre Offenheit, ihren Mut ... Er bedeckte sie mit seinen Lippen, mit den
Händen und bereitete ihr größere Wonnen, als sie je zu hoffen gewagt hatte. Ihre Cousine hatte unrecht, nur kurz dachte sie an

sie, als sie aufstöhnte ... Es war genauso, wie sie es sich erträumt hatte. Auch als er sie sanft aufs Bett legte und ihre Beine spreizte, zuerst mit der Zunge und dann mit den Fingern in sie eindrang und sie schließlich mit ungezügelter Leidenschaft in Besitz nahm, stöhnte sie wieder, nicht vor Schmerz, sondern vor Wollust. Er bereitete ihr einen köstlichen, Schmerz, und sie führte ihn zu so reinen Höhen, daß er einen Schrei unterdrückte, als er erschöpft von ihr abließ, den Kopf an ihren Busen geschmiegt.

Mit schläfrigem Blick nahm er noch wahr, daß sie fast schnurrend vor Behagen neben ihm lag. Der erwartete Schmerz war nur kurz gewesen, und Jeremiah war so geschickt, daß sie ihn kaum gespürt hatte.

Leise flüsterte er ihr zu: »Camille, du bist mein!«

Und sie sah lächelnd zu ihm auf, fraulicher als noch vor einer Stunde. Diesmal war sie es, die nach ihm verlangte, und als er sie von neuem in Besitz nahm, schrie sie vor Wonne und verging fast in seinen Armen, bis er sie losließ und sie einschlief, nur um wenige Stunden später zu erwachen und ihn um mehr anzuflehen. Nun war er es, der schrie unter ihren Händen, ihr völlig ausgeliefert, völlig in ihrem Bann. Um sie war ein Zauber, den er nicht erahnt hatte, und immer wieder, während sie sich am nächsten Morgen liebten, kamen ihm die Klugheit seiner Wahl und die Fülle seines Glücks deutlich zu Bewußtsein.

Fast mußte er sie am nächsten Tag aus dem Bett zerren, damit sie sich zum Essen mit ihren Eltern nicht verspäteten. Kichernd neckte sie ihn und versuchte, ihn wieder zu verführen, was ihr dann erst mit Hingabe und Leidenschaft im Zug gelang.

Nachdem sie sich von ihren Eltern verabschiedet hatten, kamen sie auf der Fahrt nach New York kaum einmal zu Atem. Sie fuhren in die Grand Central Station ein, ehe Jeremiah richtig zur Besinnung kam. Auf der Fahrt zum Cambridge Hotel, seiner gewohnten New Yorker Bleibe, war er überglücklich. Es gab Augenblicke, da vermeinte er in ihren Armen vor Wonne zu sterben, doch es kümmerte ihn nicht, einen angenehmeren Tod als in den Armen seiner süßen Camille konnte er sich nicht vorstellen.

Sie war wahrhaftig das Mädchen seiner Träume, und sein Leben hatte endlich seine Vollendung erlangt.

13

Am Tag nach Weihnachten trafen Jeremiah und Camille in dem unter einer Schneedecke begrabenen New York ein. Als die junge Braut aus dem Zug sprang, klatschte sie vor Entzücken in die Hände. Die kalte Luft brachte ihre Augen zum Glänzen, Hände und Gesicht waren in Zobel, Mantel und Muff, vergraben, einem Weihnachtsgeschenk Jeremiahs. Das Pelzwerk ließ sie wie eine russische Fürstin aussehen. Er hielt sie an ihrer kleinen behandschuhten Hand und staunte sie beglückt an. Camille bewunderte die schönen Dinge, die er ihr schenkte, über alle Maßen. Ständig hielt sie sich vor Augen, was für ein Glück es war, endlich Atlanta hinter sich gelassen zu haben. Jeremiah war fast so gut wie einer der Prinzen oder Herzöge, die ihr Vater ihr seit langem versprochen hatte. Sie konnte es kaum erwarten, sein Haus im Napa Valley zu sehen, das ihrer Vermutung nach größer als das Herrenhaus einer Plantage sein mußte.

Sie fuhren zum Cambridge Hotel an der Dreiunddreißigsten Straße. Eine große Halle gab es dort nicht, und Walmsby, der Mann an der Rezeption, hatte dafür gesorgt, daß die Presse ferngehalten wurde. Genau diese Qualitäten schätzte Jeremiah an diesem Haus. Er war hier ungestört, genoß die exquisit eingerichteten Räumlichkeiten, und überdies hatte Walmsby immer eine Fülle amüsanter Histörchen parat.

Camille ging ihm voraus in die Suite. Sie tat es mit einer Haltung, als hätte sie schon jahrelang Hotelzimmer mit ihm betreten. Das reizte ihn so zum Lachen, daß er sie hochhob und samt ihrem Muff und Mantel aufs Bett warf.

»Du bist ein unverschämtes kleines Ding, Camille Thurston.« Der Name klang für beide noch ungewohnt. Camille bestritt seinen Vorwurf nicht, und er verschwieg ihr, wie sehr es ihn geärgert hatte, daß sie sich zu seinem alten Freund Walmsby, dem Empfangschef, so schroff benommen hatte. Camille hatte die große Dame hervorgekehrt, und der arme Walmsby war ziemlich zerknirscht gewesen, als sie seine herzlich dargebotene Hand übersah.

»Wie ungehobelt«, hatte sie im Vorbeigehen geäußert. »Wofür hält er sich denn?«

»Für meinen Freund«, hatte Jeremiah halblaut geantwortet. Kaum aber waren sie allein, vergaß er Walmsby ganz. Beim Umkleiden fürs Dinner lächelte er bei dem Gedanken an das Haus in San Franzisko. Camille würde staunen. Seit seiner Ankunft in Atlanta hatte er kaum ein Wort darüber verloren. Auf ihre Fragen hin hatte er sie mit der Bemerkung abgespeist, es wäre ein anständiges Haus, in dem sie nach der Ankunft vielleicht noch ein paar Änderungen würde vornehmen wollen.

Im Moment allerdings galt ihr Interesse vor allem dem Programm, das er ihr in New York bieten wollte. Sie gingen einige Male ins Theater, einmal in die Oper. An ihrem ersten Abend dinierten sie bei Delmonico, am zweiten im The Brunswick, wo Jeremiah Ente und Wildhuhn bestellt hatte. Dort pflegten vor allem die Pferdeliebhaber der vornehmen Gesellschaft zu verkehren, darunter viele Briten. Und am dritten Abend hatte Jeremiah nicht ohne ein Gefühl der Erregung eine Einladung Amelias angenommen, begierig, ihr Camille vorzustellen, beglückt, sie wiederzusehen. Durch den Briefwechsel, der sich zwischen ihnen entsponnen hatte, war seine Zuneigung zur Freundschaft gediehen. Und Amelias Einladung war so herzlich gewesen, daß er mit Vergnügen zugesagt hatte; doch schon unterwegs zu ihr hatte er Ursache, es zu bereuen. Camille benahm sich immer launischer und ungezogener. Im Hotel hatte sie das Mädchen beim Umkleiden schroff angefahren. Ihre Art, sich zu geben, war für ihn immer öfter Anlaß zum Ärger.

Sie befanden sich auf dem Weg zu Amelias Haus an der Fifth Avenue, und Camille trug zu ihrem Samtmantel ihre Zobelgarnitur. An ihrer Linken funkelte der große Diamant, an der Rechten der Saphir, den er ihr eben geschenkt hatte. Unter ihrem Samtmantel aus Paris trug sie ein weißes Samtkleid mit bogenförmigem Hermelinbesatz an den Schultern und am Saum, eine exquisite Kreation, die ihren Vater ein kleines Vermögen gekostet hatte, wie er Jeremiah vor der Abreise stolz anvertraute.

»Wie eine Königin siehst du darin aus«, hatte Jeremiah beim Verlassen des Hotels gesagt. Jetzt nahm er ihre kleine behandschuhte Hand und versuchte Amelia zu beschreiben.

»Eine außergewöhnliche Frau, intelligent, achtenswert, schön ...« Die Erinnerung an ihren harmlosen Flirt im Zug entfachte ein warmes Glühen in seinem Inneren. Amelia war eine reizende Frau, die Camille mit äußerster Herzlichkeit empfangen würde. Aber Camille benahm sich unmöglich, kaum daß sie Amelias Haus betreten hatten, so als lehne sie Amelias Herkunft und Erziehung rundweg ab, ihren guten Geschmack, die erlesene Kleidung, ja sogar das liebenswürdige Auftreten. Dies alles brachte das Schlimmste in Camille zum Vorschein, was Jeremiah ungeheuer peinlich war.

Amelia verfügte über seltene Anmut und sanften Charme, Eigenschaften, die in allen, die ihr begegneten, den Wunsch erweckten, sie zu umarmen. Und Jeremiah selbst hatte fast vergessen, wie reizvoll er sie gefunden hatte. Sie besaß die durchscheinende, funkelnde Klarheit eines seltenen Diamanten. Die strahlenden Augen, die feingeschnittenen Züge, ihre Bewegungen, die diskrete Eleganz ihres kostbaren Schmuckes, ihre atemberaubenden Pariser Roben. Er kannte sie ja nur von der Zugfahrt her und hatte sie eigentlich nie in ihrer besten Verfassung gesehen, und doch war ihre Freundschaft auf der Reise entstanden, eine Freundschaft, die er nie aufgeben würde, wie er genau wußte, als er sie die Räume des großartigen Hauses durchschreiten sah, das Bernard Goodheart ihr hinterlassen hatte. Livrierte Diener überall, kostbare Leuchter, auf deren Silber das Kerzenlicht tanzte und raffinierte Marmorböden beschien, die den Eindruck erweckten, auf dem Boden wären Blumen verstreut. Mit Ausnahme des Speisezimmers und der großen Bibliothek, die rein englisch eingerichtet waren, herrschte in sämtlichen Räumen französische Eleganz vor. Und dieses Haus, das schön war wie ein Museum, durchschwebte ein Juwel von Frau. Jeremiah wurde langsam klar, warum Camille sich vor Eifersucht verzehrte. Amelias anmutsvolles Wesen war ihr sichtlich unerträglich, so wie ihr überhaupt alles unerträglich war, was die ältere Amelia sagte oder tat. Jedes Wort, jedes Lächeln, jede Bewegung erweckte Ablehnung in ihr.

»Camille, benimm dich!« ermahnte Jeremiah sie im Flüsterton, als Amelia kurz hinausging, um eine Flasche Champagner auszuwählen, die zur Feier des Tages nach dem Dinner geleert werden sollte. »Was ist los mit dir? Fühlst du dich nicht wohl?«

»Diese Person ist eine Hure!« schleuderte Camille ihm halblaut entgegen. »Und wie sie hinter dir her ist! Wenn du es nicht siehst, dann bist du mit Blindheit geschlagen.« Ihr Südstaaten-Tonfall dünkte ihm stärker als je zuvor. Dieser Anfall besitzergreifender Liebe hätte Jeremiah gerührt, wäre sie nicht so unhöflich zu Amelia gewesen. Camille betrug sich im Laufe des Abends immer unmöglicher und kommentierte alles, was Amelia sagte, mit boshaften Bemerkungen. Dennoch ließ Amelia sich nicht beirren und behandelte Camille mit der entschlossenen Gelassenheit einer im Umgang mit schwierigen Kindern versierten Mutter. Aber Camille war kein Kind mehr, und Jeremiah ließ seinem Zorn auf der Rückfahrt ins Cambridge freien Lauf.

»Was ist denn in dich gefahren ... sich so zu benehmen? Eine wahre Schande! Ich war wie vor den Kopf geschlagen!« Er schalt sie wie ein ungezogenes Kind und hätte sie am liebsten tüchtig durchgeschüttelt, als er vom Wagen ins Hotel stürmte und die Tür zu seiner Suite so lautstark zuknallte, daß die Gäste aufschreckten. »Was hast du dir dabei gedacht?«

Camille hatte sich an diesem Abend benommen, als wäre sie nicht zurechnungsfähig, aber schon seit Tagen hatte sie sich zu den verschiedensten Leuten ganz unmöglich betragen. So hatte Jeremiah sie noch nie erlebt, doch kannte er seine junge Frau ja nicht sehr gut. Unwillkürlich stellte er sich die Frage, ob er diesen Wesenszug in seiner Verliebtheit übersehen hatte. Wenn es der Fall war, dann wollte er ihn unbedingt korrigieren.

»Ich benehme mich, wie es mir paßt!« schrie sie ihn an und schockierte ihn erneut mit ihrer Heftigkeit.

»Das wirst du nicht! Vor allem wirst du dich bei meiner Freundin Mrs. Goodheart entschuldigen. Noch heute schreibst du ihr einen Brief, den ich ihr am Morgen überbringen lasse. Verstanden?«

»Ich verstehe nur, daß du den Verstand verloren hast, Jeremiah! Ich werde natürlich nichts dergleichen tun.«

Er packte ihren Arm und zwang sie mit einer einzigen abrupten Bewegung in einen Sessel. »Camille, du verstehst mich wohl nicht richtig. Ich erwarte, daß du an Amelia einen Brief schreibst, in dem du dich entschuldigst.«

»Und warum sollte ich das? Ist sie deine Geliebte?«

»Wie bitte?« Jetzt sah er sie an, als hätte sie den Verstand verloren. Amelia war viel zu korrekt und respektabel, um irgend jemandes Geliebte zu sein. Er stand schon im Begriff, es Camille klarzumachen, als er entschied, daß er damit alles nur noch schlimmer machen würde. »Camille, du hast dich ganz schlecht benommen, und du bist jetzt meine Frau und kein verwöhntes Kind mehr, das auf Biegen und Brechen seinen Kopf durchsetzt. Ist das klar?«

Da stand Camille auf und starrte, zu voller Größe aufgerichtet, ihren Mann an. »Ich bin Mrs. Jeremiah Thurston aus San Franzisko, die Frau des reichsten Mannes von Kalifornien, was sage ich ... des reichsten Mannes im ganzen Land. Ich kann machen, was ich will. Ist das klar?«

Ihre Miene war geradezu furchteinflößend. Jeremiah hatte den Eindruck, vor seinen Augen fände eine schlimme Veränderung statt, und er war entschlossen, ihr sofort Einhalt zu gebieten.

»Mit dieser Einstellung wirst du überall nur Haß und Verachtung ernten. Ich rate dir, deine unmäßigen Ansprüche zu zügeln, ehe wir nach Kalifornien kommen. Ich bewohne ein bescheidenes Haus im Napa Valley und besitze ein Weingut und Minen.

Das ist alles. Und du bist meine Frau. Wenn du nun der Meinung bist, das gäbe dir Grund, unmöglich zu unseren Freunden und Nachbarn und zu unseren Angestellten zu sein, dann irrst du dich gewaltig.«

Mit einem Auflachen faßte sie nach ihrer Zobelgarnitur. Sie hatte jetzt, was sie wollte. Sie liebte Jeremiah, sie liebte aber auch das, was er besaß und was er darstellte. Daran hatte sie jetzt Anteil, und kein Mensch würde jemals wieder wegen ihres Vaters auf sie herabsehen. War es ihrer aristokratischen Mutter nicht gelungen, die bescheidenen Anfänge Orville Beauchamps vergessen zu lassen, so hatte sie es endlich geschafft, indem sie außerhalb ihres Kreises geheiratet hatte, und zwar den reichsten Mann von Kalifornien. Niemand würde jemals wieder auf sie herabsehen. Sie besaß jetzt die mit einem großen Vermögen verknüpfte Position und konnte mehr Geld ausgeben, als sie sich je erträumt hatte. Ihr war das Geraune der Leute nicht entgangen, sie wußte, was man sich zuflüsterte, und ihr Vater hatte es ihr gesagt: Jeremiah gehörte zu den mächtigsten und bedeutendsten Männern des Landes.

»Hör auf, mir einzureden, du wärst nur ein einfacher Minenbesitzer, Jeremiah Thurston. Das ist blanker Unsinn, wie wir beide wissen. Du bist viel mehr als das und ich auch.«

Unglaublich, daß sie erst achtzehn war. Camille wirkte um vieles älter, als sie so kampflustig vor ihm stand.

»Und was ist, wenn wir alles verlieren?« wandte er ein. »Wenn die Minen ausgebeutet sind und ich mein Vermögen verliere? Was dann? Wer bist du dann, wenn du deine ganze Bedeutung von materiellen Dingen abhängig machst? Camille, du bist dann ein Niemand.«

»Du wirst nichts verlieren.«

»Camille, als kleiner Junge in New York wurde ich kaum satt, bis mein Vater in Kalifornien auf Gold stieß. Damals träumten alle von Goldfunden, vermutlich auch heute noch. Und ich hatte ebenfalls Glück. Mehr ist es nicht. Glück, viel Glück. Und harte Arbeit. Das alles kann so leicht dahin sein, wie es gekommen ist, und man muß der bleiben, der man ist, mag da kommen, was will. Ich habe ein wundervolles Mädchen geheiratet, und ich liebe dich ... jetzt darfst du nicht eine andere werden, nur weil du mich geheiratet hast. Das wäre nicht fair. Vor allem wäre es unfair dir selbst gegenüber. Du brauchst das gar nicht.«

»Warum nicht? Man hat mich lange genug ebenso behandelt, sogar Mama hat immer geringschätzig getan.« Plötzlich hatte sie Tränen in den Augen wie ein trotziges Kind. »Immer hat sie mich spüren lassen, ich wäre nicht gut genug, weil ich die Tochter meines Vaters bin, so als wäre er ein Stück Dreck. Aber sie hat ihn trotzdem geheiratet, und er war gut genug für sie und vor allem reich genug, nachdem ihr Vater sich erschossen hatte. Doch die Leute haben auf Hubert und mich immer herabgesehen. Hubert kümmert das nicht, ich mache mir um so mehr daraus und denke nicht daran, das alles weiter zu erdulden, Jeremiah. Amelia war wie alle anderen, so verdammt aristokratisch und vornehm. Ja, diese Typen kenne ich nur zu gut. Man trifft sie überall im Süden, zuerst charmant auf Teufel komm raus, und dann, ganz unvermittelt, lassen sie es dich spüren.«

Jeremiah konnte es nicht fassen. Was für ein ungerechter Angriff gegen Amelia! Und doch konnte er jetzt besser verstehen, was Camille quälte. Vorher war es ihm nicht so aufgefallen, doch jetzt wußte er Bescheid und empfand Mitleid der zahllosen kleinen Nadelstiche wegen, die sie als Heranwachsende hatte hinnehmen müssen. Jetzt erst war ihm ganz klar, was Orville gemeint hatte, als er sagte, Camille solle nicht im Süden bleiben. Das alles war für sie und ihren Vater sehr wichtig.

»Aber Amelia hat doch kein Wort gesagt, Liebling«, versuchte er Camille zu trösten.

»Ach was, sie hätte ebensogut etwas sagen können!« Camille ließ ihren Tränen freien Lauf. Jeremiah nahm sie in die Arme.

»Ich würde nie zulassen, daß du beleidigt wirst.« Wie gut, daß er das Haus in San Franzisko gebaut hatte. Vielleicht würde es ihr zu der Selbstsicherheit verhelfen, die sie so dringend nötig hatte. »Ich verspreche dir, daß dich in Kalifornien niemand schlecht behandeln wird. Und ich weiß, daß Amelia es auch nicht getan hat. Du hättest ihr eine Chance geben sollen, es dir zu beweisen.« Er hielt Camille an sich gedrückt wie ein verängstigtes Kind. »Na, vielleicht beim nächstenmal.«

Anschließend brachte er sie zu Bett und hielt sie auch weiterhin tröstend umfangen. Als der Morgen kam, wollte er sie mit seinem Drängen auf einen Entschuldigungsbrief nicht von neuem aufregen, und der Brief blieb ungeschrieben. An seiner Stelle schickte er Amelia ein riesiges Blumenarrangement aus weißem Flieder – mitten im Winter äußerst ungewöhnlich. Er wußte, daß sie sich darüber sehr freuen würde, und hoffte auf ihr Verständnis.

Den Rest der Tage in New York brachten Jeremiah und Camille mit der Auswahl und dem Kauf hübscher Dinge zu, Bilder für das neue Haus, eine schwarze Perlenkette, ein Collier aus Diamanten und Smaragden, von dem sie behauptete, ohne es nicht leben zu können, und Koffer um Koffer Stoffe, Federn und Spitzen, »nur für den Fall, daß es in Kalifornien nichts Passendes gibt«.

»Um Himmels willen, Kalifornien ist doch nicht Afrika.« Da er die Einkäufe insgeheim sehr genoß, ließ er ihr dabei freie Hand. Auf der Rückreise wurde die Hälfte des Privatwaggons von Camilles Koffern und Schachteln mit allen ihren Schätzen eingenommen. »Glaubst du, wir haben genug eingekauft, Liebes?« Belustigt zog er an seiner Zigarre, während der Zug langsam die Grand Central Station hinter sich ließ. Vor der Abreise war es ihm geglückt, noch einmal mit Amelia zu sprechen, die ihn beschworen hatte, sich durch Camilles Benehmen nicht in seiner Liebe irremachen zu lassen.

»Sie ist noch jung. Du mußt ihr Zeit geben, sich an die Rolle als deine Frau zu gewöhnen«, hatte sie ihn ermahnt.

Und diese Absicht hatte er voll und ganz. Auf der Fahrt widmeten sie die meiste Zeit der Liebe. Für ein Mädchen, das eine sehr strenge Erziehung genossen haben mußte, war sie in dieser Hinsicht wundervoll ungezügelt. Jeremiah war nie glücklicher gewesen, und Camille lernte sehr rasch seine speziellen Vorlieben. Sie war eine ungewöhnliche junge Liebende mit ausgeprägtem Sinn für Exotik.

Nach der Ankunft hielt Jeremiah es kaum aus, so gespannt war er, wie sie auf das Haus ... ihr Haus ... Thurston House in all seiner Herrlichkeit reagieren würde. Noch immer spielte er es vor ihr herunter.

»Nein, besonders groß ist es nicht, aber für uns und das erste Baby wird es reichen ... « Für die ersten zehn Babys, setzte er insgeheim schmunzelnd hinzu. Nun hieß es abwarten, bis Camille es gesehen hatte. Galant half er ihr aus dem Waggon, in dem sie sieben Tage zugebracht hatten, und führte sie zu ihrem bereitstehenden Wagen – nagelneu, braun, mit schwarzer Polsterung, von vier Rappen gezogen, die einander ähnlich waren wie ein Ei dem anderen. Er hatte den Wagen vor seiner Abreise nach Atlanta eigens für Camille gekauft.

»Was für ein wunderhübsches Gefährt!« Lachend klatschte Camille in die Hände. In ihrem Blick lag unverhohlene Bewunderung, als er sie hineinhob. Ein zweiter Wagen beförderte allein ihr Gepäck, und auf beiden prangten die Initialen JAT. Jeremiah Arbuckle Thurston. »Ist es weit bis zum Haus?« Camille blickte sich besorgt vor dem Bahnhof um. Jeremiah lachte.

»Weit genug, Kleines. Hast du befürchtet, ich würde dir hier in dieser Gegend ein Haus einrichten?« Da mußte sie über sich selbst lachen.

Sie fuhren in nördlicher Richtung durch ganz San Franzisko. Unterwegs zeigte er ihr alles Sehenswerte, das Palace Hotel, in dem er so oft gewohnt hatte, die St. Patrick's Church, den Union Square, das Münzamt, die Twin Peaks in der Ferne. Als sie schließlich den Nob Hill hinauffuhren, machte er sie auf das Haus von Mark Hopkins aufmerksam, auf die Tobin-Residenz, auf das Haus der Familie Crocker und das der Huntington Coltons. An allen diesen Häusern kamen sie auf der Fahrt vorüber. Besonders beeindruckt zeigte Camille sich von den Häusern der Crockers und Floods. Sie waren schöner als alles, was sie an Häusern in Atlanta und Savannah gesehen hatte.

»Sogar noch schöner als in New York!« Sie klatschte wieder in die Hände. San Franzisko war doch nicht so übel. Ihre Unsicherheit wich ungetrübter Freude auf das eigene Haus, Jeremiah aber dämpfte ihre Begeisterung sofort, indem er sagte, es wäre nicht sehr groß.

Endlich fuhren sie in einen kleinen Park ein, nachdem sie ein riesiges Tor passiert hatten, und die Pferde griffen schneller aus, während ein wahrer Irrgarten an Bäumen und Hecken an ihnen vorüberglitt.

»Ist das Haus etwa hier drinnen?« fragte Camille in ihrer Verwirrung. Sie sah nur Bäume und kein Haus. Vielleicht wollte er eine kleine Rundfahrt machen, ehe er sie zu ihrem Haus brachte.

Und plötzlich sah sie vor sich das größte Haus überhaupt, einen Prachtbau mit vier Ecktürmen, gekrönt von einer Kuppel. »Wem gehört das?« Camille war fasziniert. Etwas so Großartiges hatte sie noch nie gesehen. »Es sieht aus wie ein Museum oder ein Hotel.«

»Es ist weder das eine noch das andere.« Jeremiahs Miene war ganz ernst, als der Wagen anhielt. Camille kannte ihn noch nicht so gut, um den Schalk in seinem Blick zu erkennen. »Wahrscheinlich das größte Haus der Stadt. Ich wollte, daß du es dir ansiehst, ehe wir nach Hause fahren.«

»Wem gehört es?« Es war eine ehrfürchtig geflüsterte Frage. Dieses Haus war sogar größer als einige der Kirchen, an denen sie vorbeigefahren waren. »Das müssen aber reiche Leute sein.« Ihr Ton verriet größte Hochachtung.

Jeremiah lachte. »Möchtest du das Innere sehen?«

»Meinst du, das wäre möglich?« In Camille kämpften Scheu und Neugierde. »Für einen Besuch bin ich nicht passend gekleidet.« Über ihrem Tweed-Kostüm trug sie ein Pelzcape, dazu einen der modischen Hüte, die er ihr in New York gekauft hatte.

»Du siehst wunderbar aus. Schließlich sind wir hier in San Franzisko und nicht in New York. Du bist sehr elegant.«

Ehe sie etwas einwenden konnte, führte er sie an die Haustür und betätigte den großen Türklopfer. Fast augenblicklich riß ein livrierter Diener die Tür auf und starrte Jeremiah an. Das Personal war auf ihre Ankunft vorbereitet. Alle waren instruiert worden, vom sonderbaren Benehmen des Hausherrn keine Notiz zu nehmen. Jeremiah schritt einfach an dem Diener vorüber, ungeachtet Camilles Entsetzen darüber, daß er kein Wort sagte und sie ohne viel Umstände mit hineinzog.

Gemeinsam blickten sie staunend zu der Kuppel aus farbigem Glas hinauf, und wieder mußte sie tief Luft holen. Es war atemberaubend schön. Fasziniert beobachtete sie das farbige Muster, das die einfallenden Lichtstrahlen auf dem Marmorboden entstehen ließen.

»O Jeremiah... wie wunderschön...« Mit großen Augen starrte sie wieder hinauf, und er lächelte beglückt. Genauso hatte er es sich vorgestellt.

»Möchtest du alles andere auch sehen?«

»Solltest du vorher nicht melden lassen, daß wir gekommen sind?« fragte sie besorgt. So unkonventionell konnten die Leute auch in San Franzisko nicht sein, mochten sich ihre Umgangsformen von denen des Südens noch so stark unterscheiden. Camilles Eltern hätten mit Entsetzen reagiert, wenn jemand, und sei es ein Bekannter, sich einfach so im Haus herumgetrieben hätte, aber andererseits bewohnten sie keinen Palast. Sie kannte niemanden, der so prunkvoll wohnte. Sogar Jeremiahs New Yorker Freundin lebte in einem bescheideneren Haus, und dieser Gedanke bewirkte, daß Camille sich plötzlich vor Freude nicht fassen konnte. Wer auch immer hier wohnte, er hatte diese Amelia ausgestochen.

»Jeremiah...« Die Dienerschaft schien von ihnen keine Notiz zu nehmen, und Jeremiah zog sie mit sich, die breite Treppe hinauf.

»Camille, den ersten Stock mußt du dir unbedingt ansehen. Die schönste Zimmerflucht, die du dir vorstellen kannst.«

»Aber Jeremiah... bitte...« Schrecklich war das. Was würden die Besitzer sagen, wenn sie die Eindringlinge entdeckten? Aber noch ehe sie protestieren konnte, hatte er sie in das große

Schlafzimmer gezogen, in dem das vorherrschende Material rosa Seide war, die dem Raum eine unerhört exklusive Atmosphäre verlieh. Eine solche Fülle an Stoff hatte sie noch nie gesehen. Beidseits des Bettes hingen zwei schöne französische Bilder, ein drittes hing über dem Kamin, dem Bett gegenüber. Gleich darauf führte er sie in ein winziges französisches Boudoir mit handgemalten Tapeten aus Paris, an das sich ein spiegelverkleidetes Ankleidezimmer und ein riesiges Bad, ganz in rosa Marmor, anschlossen. Ein zweites Bad, vermutlich das des Hausherrn, war in dunkelgrünem Marmor gehalten. Es folgte ein getäfeltes Arbeitszimmer, ehe sie wieder im großen Schlafzimmer standen. Camille war so überwältigt vom Haus, daß sie ihr Unbehagen über das formlose Eindringen fast vergessen hatte. Es war, als könne man nicht aufhören, Schokolade zu naschen, bis die ganze Schachtel vertilgt war, und das alles, ehe die Gastgeberin wieder erschien. Für Camille war es Traum und Alptraum gleichermaßen. Hingerissen starrte sie ihren Mann an.

»Wer wohnt hier? Sag schon!« Nicht, daß ihr der Name etwas sagen würde, doch von nun an würde sie ihn sich merken. Niemals würde sie dieses Haus vergessen, die herrlichen Räume, die üppigen Stoffmengen, die überall verstreuten Kostbarkeiten. »Wie sind die Leute zu ihrem Geld gekommen?« Diese Frage flüsterte sie fast unhörbar.

»Sie machen ihr Geld mit Minen«, erwiderte er.

»Hier im Westen muß es viele ertragreiche Minen geben.« Noch immer wagte sie nur zu flüstern.

Er lächelte. »Es reicht.«

»Wie heißen die Besitzer?«

»Thurston«, flüsterte er zurück, und sie nahm es mit einem Kopfnicken hin, um sodann ruckartig innezuhalten und ihn anzustarren.

»Thurston? Sind sie mit dir verwandt?«

»Mehr oder weniger.« Und ebenso flüsternd ergänzte er: »Meine Frau wohnt hier.«

»Deine ... was?!« Das Entsetzen stand ihr ins Gesicht geschrieben. Sollte das ein Scherz sein? Camille war zu erschrocken, um loszuheulen. Hatte Jeremiah noch eine Frau? Hatte er sich mit ihnen allen einen grausamen Scherz erlaubt? Das alles las er von ihrer Miene ab und drehte Camille ganz langsam so herum, daß sie in einen der hohen Spiegel blickte. Lächelnd deutete er auf ihr Spiegelbild.

»Diese Frau, du Dummchen. Kennst du sie nicht?«

Sie drehte sich um und sah ihn fassungslos an. »Was heißt das? Ist das dein Haus?«

»Unser Haus, mein Liebling.« Er nahm sie in die Arme, alles Glück der Welt gleichzeitig empfindend. »Ich habe es für dich gebaut. Sicher gibt es hier noch ein paar Winkel, die noch nicht ganz fertig sind. Die werden wir gemeinsam einrichten.« Er hielt sie ganz fest an sich gedrückt. Camille aber machte sich los und fing nach einem Schrei des Entzückens lauthals zu lachen an.

»Du hast mich hereingelegt! Jeremiah Thurston, du hast mich richtig hereingelegt! Und ich dachte schon, du wärest nicht ganz bei Verstand, weil du in einem fremden Haus herumstöberst.«

»Du hast höchst bereitwillig mitgemacht«, zog er sie auf.

»Es ist das schönste Haus, das man sich denken kann, und ich wollte nicht eher gehen, bis ich es ganz gesehen hatte.«

»Dann werde ich dir alles übrige zeigen. Du brauchst es nie wieder zu verlassen, es gehört dir, von oben bis unten.«

Die Diener, die Zeugen dieser Szene waren, lächelten verstohlen, und eine ganze Schar Hausmädchen wartete darauf, die neue Herrin kennenzulernen. Das Personal war kurz vor Jeremiahs Abreise nach Atlanta eingestellt worden, so daß er selbst die Leute kaum kannte. Überhaupt war hier alles so neu... Er führte Camille in die Küchenräume und Vorratskammern, in die Kinderzimmer im obersten Geschoß, außerdem zeigte er ihr die Aussicht aus allen Fenstern und zum Schluß die vornehm-dezente Tafel mit der Inschrift ›Thurston House‹ an der Einfahrt. Er zeigte ihr buchstäblich alles, was ihm sehenswert erschien, so daß sie am Ende des Rundgangs lachend auf dem großen Himmelbett zusammenbrach und ihn glückstrahlend ansah.

»Jeremiah, das Haus ist einzig.«

»Und es gehört ganz dir, Liebling. Genieße es.«

»Das werde ich.« In ihrer Phantasie malte sie sich bereits die glänzenden Gesellschaften aus, die sie hier geben wollte. Sie konnte es kaum erwarten, den Ballsaal gebührend einzuweihen. »Warte nur, bis ich Daddy alles beschrieben habe!« Dies bedeutete allerhöchstes Lob, wie Jeremiah bereits wußte. In Camilles Augen war ihr Vater gottähnlich, und Jeremiah stand im Begriff, sehr rasch für sie ähnliche Bedeutung zu erlangen. Mit dem Haus hatte er sie richtig beeindruckt. Nicht einmal der Riesendiamant hatte sie so entzückt. Jetzt erst war sie vorbehaltlos hingerissen, das las er in ihrem Lächeln. »Es muß dich ein Vermögen gekostet haben. Du mußt ja noch reicher sein, als Daddy dachte!« Eine Aussicht, die sie nicht im mindesten bedrückte.

Jeremiah war entzückt von ihrer Begeisterung über das Haus und äußerte sich vage auf ihre Fragen, wieviel alles gekostet hätte. Um so größer war seine Enttäuschung über ihre Reaktion bei der Ankunft in Napa. Nach der verschwenderischen Eleganz und dem modernen Komfort ihres Hauses auf dem Nob Hill imponierte ihr das neu eingerichtete Haus in St. Helena überhaupt nicht. Sie äußerte Bedenken über die große Entfernung zur Stadt und darüber, wie lächerlich der Ort selbst war. Vor allem machte ihr die Entfernung von San Franzisko Sorgen. Per Wagen und Schiff dauerte die Fahrt immerhin einen ganzen Tag.

Das Haus selbst fand sie bedrückend. Es störte sie, daß es für eine verstorbene Liebe erbaut worden war. Nein, Camille wollte schleunigst zurück in die Pracht von Thurston House, wo sie mit ihren neuen Kleidern paradieren konnte. Die Tatsache, daß Jeremiah hier zwanzig Jahre seines Lebens verbracht hatte, interessierte sie nicht, das Tal selbst barg keinerlei Reiz für sie. Einzig die Minen und das Geld, das damit verdient wurde, erregten ihr Interesse. Täglich kam sie ihm mit einer Unzahl von Fragen, die jedoch so gezielt und berechnend waren, daß er mit seinen Antworten immer mehr auswich. Es war ihm peinlich, so eingehend über Geld zu sprechen, und außerdem wartete nach der langen Abwesenheit viel Arbeit auf ihn, so daß er mit Camille nicht viel Zeit verbringen konnte. Er brauchte einen ganzen Monat, bis alles wieder im Lot war, und Camille verabscheute jeden einzelnen Augenblick, den sie in St. Helena verbringen mußte.

Jeremiah machte sich daran, ein kompliziertes System zu entwickeln, das es ihm erlauben würde, meist in San Franzisko zu leben, wie er es ihrem Vater versprochen hatte, doch zuerst mußten die Möglichkeiten der Nachrichtenübermittlung zwischen Thurston House und den Minen verbessert werden. Er hatte Camille versprochen, daß sie von Februar bis Juni in der Stadt bleiben würden, und sie hatte sich einverstanden gezeigt, den Sommer in Napa zu verbringen. Es war ein Kompromiß, von dem er sich sehr wünschte, daß er eingehalten würde, aber daneben gab es noch andere Kompromisse, von denen er sich dies ebenso wünschte. Hannah und Camille waren sich vom ersten Augenblick an unsympathisch. Als er am zweiten Abend von den Minen nach Hause kam, fragte er sich allen Ernstes, welche von den beiden ihn empfangen würde, denn er hielt es nach Lage der Dinge für ausgeschlossen, daß beide den Tag überlebt hätten.

In Camilles Augen war Hannah unverschämt, ungehobelt und von ungeziemender Vertraulichkeit, weil sie es gewagt hatte, Camille ›Mädchen‹ zu nennen anstatt ›Mrs. Thurston‹. Schlimmer noch, sie hatte sie einen verzogenen Fratz genannt. Hannah wiederum berichtete Jeremiah aufgebracht, das kleine tückische Biest hätte ihr etwas nachgeworfen. Sie hielt als Beweis den Gegenstand in die Höhe. Es war eine kleine Hutschachtel, die Camille nach ihr geworfen hatte und der die alte Haushälterin behende ausgewichen war.

»Camille, sie ist so alt, daß ich sie nicht hinauswerfen kann«, versuchte Jeremiah Camille zu beruhigen, die am nächsten Morgen das Haupt der Alten auf einem Tablett gefordert hatte. »Es ist ganz unmöglich.« Etwas Schlimmeres konnte er sich gar nicht vorstellen.

»Dann werde ich selbst es tun.« Nie hatte sie entschlossener gewirkt, und nie war ihr Südstaatenakzent deutlicher gewesen. Jeremiah mußte Standfestigkeit an den Tag legen, wenn ihm die Situation nicht völlig entgleiten sollte.

»Nein, das wirst du nicht. Hannah bleibt. Du wirst dich an sie gewöhnen müssen. Sie gehört zu meinem gewohnten Leben in Napa.«

»Vor deiner Ehe.«

»Ja, stimmt. Aber ich kann nicht alles über Nacht ändern. Dieses Haus habe ich eigens für dich neu herrichten lassen. Vorher war es die reinste Katastrophe. Wenn nötig, werde ich mehr Personal einstellen, aber Hannah bleibt.«

»Und wenn ich dich verlasse und nach San Franzisko gehe?« Sie sah ihn herausfordernd an, worauf er sie ohne weitere Umstände auf den Schoß zog.

»Dann hole ich dich zurück und verabreiche dir eine Tracht Prügel.« Sie konnte ein Lächeln nicht unterdrücken, und er küßte sie. »So, schon besser. Das ist die Frau, die ich liebe, süß und sanft und ohne Hutschachteln, die sie nach alten Frauen wirft.«

»Sie hat mich beschimpft!« Wieder steigerte Camille sich in Wut und sah dabei so reizvoll aus, daß in ihm das Verlangen nach ihr erwachte.

»Offenbar nicht grundlos, da du ihr das Ding nachgeworfen hast. Camille, benimm dich endlich. Hier in dieser Gegend sind die Menschen ländlich und schlicht, aber es sind gute Menschen. Ich weiß, du langweilst dich hier, wenn du aber gut zu ihnen bist, werden sie dir immer Treue bewahren.« Er dachte an Mary Ellens Anhänglichkeit und fragte sich, ob sie ihr Baby schon hatte.

Schmollend erhob sich Camille und ging im Zimmer auf und ab. »Mir gefällt es in der Stadt viel besser. Und einen Ball geben möchte ich auch... möglichst bald.« Sie benahm sich wie ein weinerliches Kind, das seinen Geburtstag auf der Stelle feiern möchte.

»Alles zu seiner Zeit, Kleines. Du mußt Geduld haben. Erst habe ich hier einiges zu erledigen. Und ohne mich möchtest du doch nicht in der Stadt sein, oder?«

Sie schüttelte den Kopf, schien aber nicht zufrieden. Da küßte er sie wieder, so daß sie alles um sich herum vergaß. Gleich darauf hatte er sie neben sich im Bett, und der Fall Hannah geriet in Vergessenheit... bis zum nächsten Morgen, als sie den Versuch machte, wieder davon anzufangen, was er aber nicht zuließ. Jeremiah riet ihr, der Gesundheit zuliebe einen langen Spaziergang zu machen. Er wollte zu Mittag kommen und ihr ein wenig Gesellschaft leisten. Diese Aussicht stimmte sie nicht friedlicher, doch es blieb ihr nichts übrig, als sich zu fügen. Wenig später ging er aus dem Haus, und sie war allein mit Hannah, die kaum zwei Worte mit ihr wechselte, bis Jeremiah nach Hause kam. Dann aber schien ihr der Gesprächsstoff nicht auszugehen. Sie stellte Fragen über die Mine, klatschte über Leute in Napa, die Camille nicht kannte. Das Zuhören langweilte sie. Das ganze verdammte Napa Valley langweilte sie. Sie wollte unbedingt zurück nach San Franzisko, und das gab sie Jeremiah nach dem Essen unmißverständlich zu verstehen, als er wieder in den Sattel stieg und zur Mine wollte. Diesmal schüttelte er den Kopf und sagte ganz offen: »Wir bleiben bis zum Ende des Monats. Du mußt dich an diesen Gedanken gewöhnen. Das ist die Kehrseite unseres Lebens. Wir leben auch hier, nicht nur in Thurston House. Hier liegt ein sehr wichtiger Teil unseres Lebens. Ich sagte dir, ich bin Minenbesitzer.«

»Nein, bist du nicht. Du bist der reichste Mann von Kalifornien! Laß uns zurück nach San Franzisko gehen und so leben, wie es dir zukommt!«

Ihr Ausbruch erregte seinen Unwillen, und er versuchte, sie zur Vernunft zu bringen, vergebens, wie es sich zeigen sollte.

»Camille, ich hatte so sehr gehofft, Napa Valley würde dir gefallen. Mir bedeutet diese Gegend sehr viel.«

»Ach was, ich finde es häßlich, langweilig und dumm. Und ich hasse diese Alte, und sie haßt mich.«

»Dann lies ein Buch. Am Samstag bringe ich dich in die Bibliothek von Napa.« Damit würde er zwar seine Samstagmorgensitzung mit Danny versäumen, aber im Moment war Camilles gute

Laune wichtiger. Er wollte, daß sie sich an das Landleben ge-
wöhnte, weil er nicht ständig in San Franzisko bleiben konnte.
Und ohne sie konnte er nicht sein.

Es sollte anders kommen. Den Samstagmorgen verbrachte er
weder mit Camille noch mit Danny. Am Tag zuvor hatte es einen
Wassereinbruch in einer Mine gegeben, etwas, das jeden Winter
passierte. Sie hatten bereits sieben Mann verloren und kämpften
wie die Löwen, um dreißig andere zu retten. Jeremiah war mit
den Rettungsmannschaften vor Ort und kämpfte, von oben bis
unten mit Schlamm bedeckt, verzweifelt darum, die Leute aus
den Einschlüssen herauszuholen, wo sie sich wie Fledermäuse
festklammerten, kaum noch Luft bekamen und auf Rettung hofften. Es war eine Zeit unmenschlicher Anspannung, wie Hannah
Camille erklärte, als sie die Nachricht hörte und Jeremiah nicht
zurückkam. Sie wußte, er würde nicht kommen, ehe er nicht den
letzten Mann, tot oder lebendig, geborgen hatte . . .

Und dann würde ihn sein erster Weg zu den Witwen führen,
bevor er zu seiner eigenen Frau zurückkehrte. Camille nahm dies
in gedämpfter Stimmung auf. Als Jeremiah dann um die Mittagszeit des nächsten Tages langsam auf Big Joe dahergeritten kam,
sagte ihr ein Blick in sein Gesicht, wie schlimm es gewesen sein
mußte.

»Vierzehn Mann haben wir verloren«, waren seine ersten
Worte.

Camilles Augen füllten sich mit Tränen, als hätte sie Verständnis für den Schmerz der armen Frauen. »Es tut mir leid«, sagte
sie. Sie weinte, weil Jeremiah so stark Anteil nahm und auch aus
Mitleid mit den Witwen.

Unter den Opfern befand sich auch Dannys Vater. Dieser Verlust traf Jeremiah besonders hart. Er hatte dem Jungen die Nachricht selbst überbracht und den Weinenden in die Arme geschlossen. Bei der Beerdigung am Montag würde er einer der Sargträger sein. Es fiel ihm nicht leicht, ihr dies alles zu erklären. Das
gehörte zwar zu den Realitäten seines Lebens, doch sie war so
jung, und dies alles war für sie neu. Das einzig Wirkliche für sie

war die Pracht und die Schönheit des Hauses, das er für sie gebaut hatte. Doch es gab mehr, viel mehr als das, und sie stand im Begriff, davon zu lernen.

Hannah ließ ihm ein heißes Bad ein, und Camille brachte ihm eine Tasse heißer Brühe, die Hannah zubereitet hatte. Diese Fähigkeiten fehlten ihr, sie besaß auch nicht die Neigung, sie sich anzueignen. Doch goß sie die Suppe ein, während Hannah mit ihm allein im Bad war. Die Alte sah ihn nachdenklich an und schüttelte den Kopf.

»Ich weiß, es ist nicht der richtige Augenblick ... « Sie zögerte nur kurz. »Mary Ellen liegt seit über zwei Tagen in den Wehen. Gestern morgen habe ich es erfahren, aber es war keine Gelegenheit, es dir zu sagen. Und heute hörte ich auf dem Markt, daß sie noch immer in den Wehen liegt.« Beide wußten, was das bedeutete. Mary Ellen war in Lebensgefahr. Zahllose andere vor ihr waren bei einer Entbindung gestorben. »Ich weiß nicht, ob du deswegen etwas unternehmen möchtest.« In diesen Worten lag kein Vorwurf. Es war eine sachliche Feststellung. »Aber ich wollte es dir sagen.«

»Danke, Hannah.« Das sagte er ganz leise in dem Augenblick, als Camille mit der Suppentasse hereinkam und ihren Blick zwischen ihnen hin und her wandern ließ. Sie spürte intuitiv, daß Hannah ihm ein Geheimnis anvertraut hatte, und vermutete fälschlich, daß es sich um ihre Person handle.

»Was hat sie dir gesagt?« fragte sie, kaum daß Hannah hinausgegangen war.

»Ach, nur Klatsch aus der Stadt. Einer meiner Leute braucht Hilfe. Ich muß wieder fort, sobald ich gebadet habe.«

»Aber du mußt dich erst ausruhen.« Camille war schockiert. Jeremiah war so müde, daß er nichts mehr spürte. Die ganze Nacht hatte er in eisigem Schlamm gearbeitet, doch um der Geretteten willen hatte es sich gelohnt.

»Später, Camille. Kannst du mir noch eine Suppe bringen? Und eine Tasse Kaffee?« Sie tat es. Bei ihrem nächsten Eintreten saß er in der Wanne. Er leerte beide Tassen und stand auf.

Noch immer besaß er den kraftvollen, festen Körper seiner Jugend. Die jahrelange Arbeit in den Minen hatte ihm seine Figur erhalten. Mit vierundvierzig war er noch immer tadellos gebaut.

Sie sah ihn voller Bewunderung an.

»Jeremiah, du bist schön.«

Er lächelte. »Du auch, Kleines.« Doch er hatte es eilig mit dem Anziehen, weil er fortmußte. Camille, die ihm zusah, wurde ein unbehagliches Gefühl nicht los.

»Warum gehst du wieder?«

»Ich muß. Ich werde sehr bald wieder zurück sein.«

»Wohin gehst du?« Es war das erste Mal, daß sie ihn so hartnäckig befragte, und er hätte den Grund gern gewußt.

»Nach Calistoga.« Unbeirrt begegnete er ihrem Blick trotz seines inneren Bebens. Er würde bei der Geburt seines Kindes Beistand leisten oder zumindest zur Stelle sein, wenn Mary Ellen starb, falls sie nicht schon tot war.

»Kann ich mitkommen?«

»Diesmal nicht, Camille.«

»Aber ich möchte.« Sie schmollte, doch er schob sie zur Seite.

»Dafür ist jetzt keine Zeit. Wir sprechen später darüber.«

Und noch ehe sie ein Wort äußern konnte, war er im Sattel von Big Joe wieder unterwegs. Er trieb das Pferd in raschem Galopp über die Hügel, von dem Gedanken erfüllt, wohin er wollte.

14

Der große weiße Gaul sprengte von Jeremiah angetrieben die Straße entlang, das Tal hinauf. Jeremiahs Gedanken galten den Männern, die er in der Nacht zuvor verloren hatte, und einige Male spürte er, wie er im Sattel einnickte. Big Joe schien von allein zu wissen, wohin er wollte. Im kleinen weißen Häuschen war es still, als er Big Joe an einem Baum festband. Er klopfte vorn an der Haustür und trat ein. Zuerst war kein Geräusch hörbar, so daß er sich fragte, ob Mary Ellen zu ihrer Mutter gegangen war, um dort zu entbinden. Da vernahm er von oben ein schreckliches Stöhnen. Er hielt inne, momentan der Meinung, sie wäre allein. Leise stieg er die Treppe hinauf, unsicher, was er tun sollte, ja, warum er überhaupt gekommen war. Er wußte nur, daß er hiersein mußte. Es war sein Kind, mit dem sie kämpfte, und er hatte die ganze Zeit über befürchtet, es würde sie das Leben kosten.

Vor der Tür zur Schlafkammer blieb er stehen, bis das Stöhnen verstummte. Dann hörte man nur ein verhaltenes Wehklagen und eine leise Männerstimme. Für Jeremiah eine peinliche Situation, dazu machte sich die Erschöpfung in jeder Faser seines Körpers bemerkbar. Während er so dastand, kam er sich ziemlich dumm vor. Trotzdem klopfte er an. Vielleicht konnte er wenigstens einen Arzt holen, wenn schon sonst nichts. Doch der Arzt selbst war es, der ihm öffnete, die Ärmel aufgerollt, mit müdem Blick und blutverschmiertem Hemd, was er gar nicht zu bemerken schien.

»Entschuldigung... ich dachte, ich...« Jetzt war ihm alles noch peinlicher. Er kam sich ganz schlecht vor, weil er Mary Ellen in ihren schweren Stunden allein gelassen hatte. Ohne Umschweife fragte er den Arzt: »Wie steht es?«

Vorzustellen brauchte er sich nicht. Der Arzt wußte, wer er war. Es gab niemanden im ganzen Bezirk, der Jeremiah Thurston nicht gekannt hätte. Leise schloß er die Tür hinter sich, als er hinaus in den Flur trat, um mit Jeremiah zu sprechen.

»Nicht gut. Seit Mittwoch abend liegt sie in den Wehen, und wir können das Kind nicht herausbekommen. Sie plagt sich wie ein Tier und ist mit den Kräften am Ende.« Jeremiah nickte. Ob sie es überleben würde, wagte er nicht zu fragen. Er kannte die Antwort. »Möchten Sie hereinkommen?« fragte der Arzt. In seinem Blick lag kein Verdammungsurteil. Vielleicht würde es der Gebärenden helfen. Schaden konnte es nicht, und sie litt schon so lange unmenschlich, daß es ihr höchstwahrscheinlich gleichgültig war, wer sie jetzt sah. Außerdem war Jeremiah der Vater des Kindes.

Jeremiah zögerte. Es war unüblich, daß ein Mann bei einer Entbindung zugegen war, doch der Arzt schien nichts dabei zu finden.

»Macht es ihr nichts aus?«

Der Arzt sah Jeremiah offen an. »Sie wird Sie vielleicht gar nicht erkennen. Sie ist nicht mehr bei sich.« Er schien unschlüssig und fragte mit eindringlichem Blick: »Halten Sie es aus? Ist Ihnen der Anblick vertraut?«

Jeremiah schüttelte den Kopf. »Nur beim Vieh.«

Der Arzt nickte. Das würde reichen. Ohne ein weiteres Wort machte er die Tür auf und trat ein, gefolgt von Jeremiah. Der Raum war von einem penetranten, süßlichen Geruch nach Körper, Rosenwasser und feuchten Laken erfüllt. Die Fenster waren geschlossen.

Mary Ellen lag im Bett unter zwei Decken, von der Mitte abwärts von blutdurchtränkten Laken umgeben. Fast sah es aus, als wäre sie im Bett ermordet worden. Der hochgewölbte Leib hatte sich nach drei Tagen starker Wehen nicht verändert. Die Beine hingen schlaff wie die einer Stoffpuppe an ihr, der ganze Körper zitterte, und dann, ganz plötzlich, während er sie von Schuldbewußtsein und Angst gepeinigt ansah, wurde sie von einer Wehe gepackt. Sie stieß ein leises ungleichmäßiges Stöhnen aus, das sich langsam zu einem Schrei steigerte, während sie wild um sich schlug, die Augen verdrehte und sich die Haare raufte. Als sie etwas Unzusammenhängendes murmelte, trat der Arzt rasch an ihre Seite. Man sah, daß sie kaum mehr bei Bewußtsein war. Ein Blutschwall schoß zwischen ihren Beinen hervor, als sie wieder aufschrie. Der Arzt faßte in ihren Leib, doch als er die Hand wieder hervorzog, war kein Fortschritt festzustellen. Er wischte sich an einem blutigen Handtuch ab.

Mary Ellens Wehklagen war schrecklich. Langsam näherte Jeremiah sich dem Bett und blickte in ihr gequältes Gesicht, das er kaum wiedererkannte.

Der Arzt sprach leise auf Jeremiah ein, weil er wußte, daß sie ihn nicht hören konnte, da sie in den Wehenpausen schlief. »Sie hat schon verdammt viel Blut verloren. In ihr ist etwas gerissen, das merkt man am Blutschwall, aber ich kann die Blutung nicht zum Stillstand bringen. Dazu kommt, daß das Kind nicht richtig liegt. Es will mit der Schulter zuerst kommen. Auf diese Weise geht nichts weiter.« Der Mann war am Ende seiner Weisheit. Jeremiah sah ihn fragend an. »Beide können umkommen«, fuhr der Arzt mit einem Blick auf die erschöpfte Mary Ellen fort, »aber die Frau ganz sicher, wenn wir das Kind nicht bald herausbekommen. Viel Kraftreserven hat sie nicht mehr.«

»Und das Kind?« Schließlich war es sein Kind, aber seine ganze Sorge galt jetzt Mary Ellen. Ihm war, als hätte er sie nie verlassen und Camille nie existiert.

»Wenn ich es wenden könnte, gelingt es mir vielleicht, es herauszubekommen, aber allein schaffe ich es nicht...« Er starrte Jeremiah an. »Könnten Sie sie halten?« Jeremiah nickte, von der Angst geplagt, er könnte ihr noch mehr Schmerzen bereiten.

Mary Ellen war erwacht und schrie auf, als eine neue Wehe einsetzte. Jeremiah schien sie nicht zu erkennen. Man sah ihr an, daß sie glaubte, es wäre ein Traum.

»Ist ja gut.« Mit liebevollem Lächeln kniete er neben ihr nieder. »Ich bin da. Alles ist bald vorbei.« Er glaubte keine Sekunde, was er sagte, und er hatte in den vergangenen vierundzwanzig Stunden so vielfachen Tod mitangesehen, daß er nicht noch mehr sehen konnte. Das viele Blut, das sie verloren hatte, erschien ihm als Vorzeichen des nahenden Endes.

»Ich kann nicht... kann nicht mehr...« Sie konnte kaum mehr Atem holen, und instinktiv umfing er ihre Schultern. Mit einem Ruck fiel ihr Kopf schlaff gegen seinen Arm. Mary Ellen lag ohnmächtig da, ihr Gesicht hatte sich hellgrau verfärbt. Der Arzt fühlte ihren Puls und sah dann Jeremiah an.

»Bei der nächsten Wehe versuche ich das Kind zu wenden und herauszuziehen. Sie halten sie fest. Sie darf sich nicht rühren.«

Jeremiah befolgte die Anweisung, ununterbrochen auf Mary Ellen einredend, doch ihre Schreie waren, nachdem sie wieder zu Bewußtsein gekommen war, so laut und durchdringend, daß sie ihn nicht hören konnte. Ehe der Arzt erreicht hatte, was er wollte, wurde sie wieder ohnmächtig. Jeremiah spürte, wie ihm der Schweiß auf die Stirn trat. Wie betäubt registrierte er mit einem Blick auf seine Uhr, daß er vor vier Stunden gekommen war.

»Sie schafft es nicht länger, Doktor.«

»Ich weiß.«

Der Arzt nickte ihm zu und wartete auf die nächste Wehe. Er hatte ein bösartig aussehendes Instrument zurechtgelegt, mit dem er das Kind herausziehen wollte, nachdem er es im Mutterleib gewendet hatte. Mit der nächsten Wehe kam Mary Ellen wieder zu sich. Wild starrte sie Jeremiah an, der sie mit erbarmungsloser Heftigkeit gegen das Bett drückte. Der Arzt langte tief in sie hinein und betastete das Kind. Ihre Schreie waren so, daß Jeremiah glaubte, sie nie vergessen zu können. Es bedurfte weiterer vier Versuche, bis der Arzt das Kind zu seiner Zufriedenheit gedreht hatte, und sodann fünf Versuche mit dem gräßlichen Instrument, das er ihr zwischen die Beine schob, während sie in Jeremiahs Armen schrie. Es war ein Schreien, das nichts mehr Menschliches an sich hatte, aber plötzlich ließ der Arzt ein gewaltiges Brummen vernehmen.

Jeremiah, dem der Schweiß von der Stirn lief, sah eine Veränderung an Mary Ellens Leib. Sie versank in seinen Armen, als wolle sie absacken, graugrün im Gesicht. Der Atem kam so leise und unregelmäßig, daß man nicht sicher sein konnte, ob sie überhaupt noch Luft holte. Jeremiah, der sich verzweifelt an den Arzt wandte, sah nun, was geschehen war. Das Kind war endlich aus ihrem Leib gekommen und lag tot zwischen ihren Beinen. Sie blutete heftig. Eine schmerzliche Szene, die sich ihm bot. Wortlos durchtrennte der Arzt die Nabelschnur und wickelte das Kind in ein sauberes Tuch, gleichzeitig bemüht, Mary Ellens Blutung zu stillen.

Jeremiah erlebte ein rasch aufwallendes Gefühl der Niederlage, weil sein Erstgeborenes tot zur Welt gekommen war, doch galt seine Besorgnis der Mutter, die in seinen Armen im Sterben lag, während er selbst machtlos war. Der Arzt bemühte sich weiter um Mary Ellen. Nachdem er sie zugedeckt hatte, klopfte er Jeremiah auf die Schulter.

»Das mit dem Kind tut mir leid«, sagte er.

»Mir auch.« Es klang heiser. Jeremiah hatte in dieser und der vergangenen Nacht zu viel mit ansehen müssen, und die Gefahr war für Mary Ellen noch nicht gebannt. »Wird sie durchkommen?«

Flehentlich sah er den Arzt an, der sich nicht festlegen wollte.

»Mehr kann ich nicht tun. Ich bleibe bei ihr, aber versprechen kann ich nichts.« Jeremiah nickte und hielt Nachtwache an ihrem Bett. Erst nach mehreren Stunden rührte sie sich mit leisem Aufstöhnen, den Kopf unruhig hin und her werfend. Am Morgen schlug sie die Augen auf.

»Mary Ellen...«, flüsterte er leise. Der Arzt war auf einem Stuhl in einer Ecke eingeschlafen. »Mary Ellen...«

Sie wandte sich ihm zu, noch völlig verwirrt. »Du bist da? Ich dachte, ich hätte geträumt.« Und dann lag die Frage in ihrem Blick, die er am meisten fürchtete. »Jeremiah, was ist mit dem Kind?« Instinktiv ahnte sie die Wahrheit und wandte sich schluchzend ab.

Er hielt ihre Hand und strich ihr übers Haar. »Mary Ellen, wir sind froh, daß wir dich retten konnten.« Ihm standen Tränen in den Augen. Die Angst, auch sie würde sterben, hatte ihn noch nicht verlassen. Er wollte ihr noch sagen, wie leid es ihm um das Kind täte, doch seine Kehle war so eng, daß er kein Wort herausbrachte.

»Was war es?« Sie sah ihn an und bemerkte seine Tränen.

»Ein Junge.«

Mary Ellen nickte und schloß die Augen. Dann schlief sie ein. Als sie wieder erwachte, äußerte der Arzt, daß er zufrieden sei. Er wollte jetzt gehen und nachmittags wieder nach ihr sehen. Im Flur vertraute er Jeremiah an, daß sie es wahrscheinlich schaffen würde, wenn sie nicht wieder Blut verlor. Er persönlich glaube aber, daß sie über dem Berg sei.

»Sie ist eine harte Natur. Schon vor Jahren habe ich ihr gesagt, sie solle es ja nicht noch einmal versuchen. Es war sehr dumm von ihr.« Mit einem Achselzucken setzte er hinzu: »Ein Unfall, schätze ich.« Dann sah er Jeremiah an. »Ich schicke meine Frau rüber, damit sie bei ihr bleibt, wenn Sie fortmüssen.« Er hatte gehört, daß in St. Helena eine junge Frau auf Jeremiah wartete.

»Danke. Ich weiß es zu schätzen. Schon die Nacht zuvor war ich auf den Beinen. Wir hatten Wasser in den Minen.« Der alte Arzt nickte. Er brachte Jeremiah uneingeschränkte Hochachtung entgegen. Während der langen Nacht mit Mary Ellen war er ihm eine große Hilfe gewesen.

»Tut mir leid, daß das Kind tot ist«, sagte er noch einmal und streckte Jeremiah die Hand entgegen.

Dieser nickte. »Gottlob konnten Sie Mary Ellen retten.«

Der Arzt lächelte, gerührt von Jeremiahs Besorgtheit. Er war nicht der erste in der Gegend, der neben seiner Frau eine Geliebte und Kinder von beiden hatte. Und trotzdem war er ein anständiger Mensch.

»In einer Weile schicke ich meine Frau«, sagte er noch. Als dann die Frau kam, nahm Jeremiah Abschied von Mary Ellen.

»Morgen komme ich wieder. Du ruhst dich jetzt aus und tust, was der Doktor sagt.« Da fiel ihm etwas ein. »Ich werde dir Hannah schicken. Die kann bei dir bleiben, solange du sie brauchst.«

Mary Ellen lächelte matt und hielt seine große warme Hand fest. »Danke, daß du gekommen bist. Ohne dich wäre ich nicht mehr am Leben.« Sie war auch mit ihm nur knapp dem Tod entgangen, aber das behielt er für sich.

»Sei jetzt ein braves Mädchen.« Sie schloß die Augen und war eingeschlafen, ehe er aus der Kammer ging.

Unterwegs nach St. Helena spürte er im Sattel von Big Joe, wie jede Faser seines Körpers vor Erschöpfung nachzulassen drohte. Als er vor seinem Haus absaß, sah er aus, als hätte er einen Kampf hinter sich. Hannah kam eilig heraus, um ihn zu empfangen und auszufragen, ehe auch Camille aus dem Haus kam. Gespannt sah sie Jeremiah an, und er beeilte sich, ihr das Wichtigste zu sagen, leise und heiser. »Mary Ellen geht es gut, das Kind wurde tot geboren.« Und mit einem tiefen Seufzer setzte er hinzu: »Fast hätten wir auch sie verloren. Ich sagte ihr, du würdest noch heute zu ihr kommen und bleiben, solange man dich braucht.« Unvermittelt fragte er sich, ob er mit seinem Angebot nicht zu großzügig gewesen war, doch die alte Frau nickte.

»Das hast du gut gemacht. Ich will sofort meine Sachen holen.« Mit einem forschenden Blick fragte sie noch: »In welcher Verfassung ist sie?«

Er schüttelte verzweifelt den Kopf. Die Qual der Nacht hatte ihn noch nicht losgelassen. »Hannah, es war grauenvoll. So etwas Entsetzliches habe ich noch nie gesehen. Ich weiß gar nicht, wie Frauen sich Kinder wünschen können.« Das Erlebte hatte einen tiefen Eindruck hinterlassen, und er fragte sich, ob er selbst so viel hätte aushalten können.

»Manche Frauen wollen keine Kinder.« Hannah warf einen wissenden Blick über die Schulter, um gleich darauf beruhigend hinzuzufügen: »So schlimm ist es nicht immer, mein Junge. Und Mary Ellen wußte genau, daß sie es schwer haben würde. Schon beim letztenmal ging es auf Biegen und Brechen. Der Doktor hatte sie gewarnt.« In ihren Worten schwang ein gewisser Vorwurf mit, aber auch Mitgefühl. »Warst du bei ihr?« Auf sein Nicken hin sah sie ihn mit neuem Respekt an. »Du bist ein guter Mensch, Jeremiah Thurston.«

In diesem Augenblick kam Camille auf die Veranda und herrschte Jeremiah aufgebracht an: »Wo warst du die Nacht über?« Daß Hannah alles hörte, störte sie nicht.

»Bei einem meiner Männer, der in der Mine verletzt wurde.« Damit waren das Blut an seinem Hemd und seine Bartstoppeln erklärt. Jeremiah war nach den zwei durchwachten Nächten völlig am Ende. »Tut mir leid, daß ich nicht kommen konnte, Liebling.«

Mit einem verdrossenen Blick drehte sie sich um und verschwand türenschlagend im Haus, verfolgt von Hannahs grimmigem Blick.

169

»Das gefällt mir wieder mal«, bemerkte die alte Frau ätzend. »Typisch verständnisvolle Ehefrau.« Sie tätschelte Jeremiahs Arm und ging hinauf, um ihre Sachen zu holen. »Ich fahre gleich los. Du ruhst dich jetzt aus und machst dir keine Sorgen mehr. Auf dem Herd stehen für dich eine Suppe und ein Stew.«

»Danke, Hannah.« Leise trat er ein und füllte in der Küche eine Suppentasse, ehe er hinaufging. Er traf Camille im Schlafzimmer an.

»Wo warst du?« Sie drehte sich ruckartig um und sah ihn an.

»Das sagte ich schon.« Er hatte keine Lust, ihr weiter Rede und Antwort zu stehen. Sein Erstgeborenes war tot zur Welt gekommen, und seine langjährige Geliebte wäre fast gestorben.

»Jeremiah, ich glaube dir nicht.« In ihrem hellrosa Voilekleid sah sie so schön und makellos aus, daß er sich neben ihr um so elender und schmutziger vorkam.

»Camille, es bleibt dir nichts anderes übrig. Ich sagte schon, daß ich bei einem meiner Leute war.«

»Warum?«

»Weil er fast draufgegangen wäre, deswegen.« Diese Worte schleuderte er ihr mißmutig entgegen und ließ sich mit seinem Suppenteller am Tisch vor dem Kamin nieder. Camille durchmaß aufgebracht den Raum.

»Du hättest mir sagen können, daß du nicht kommst.«

»Es tut mir leid.« Er sah sie offen an. »Ich konnte niemanden schicken.« Mit dieser Antwort schien sie sich zufriedenzugeben und wandte sich ab. Jeremiah fand es unglaublich, daß sie instinktiv seine Lüge durchschaut hatte. Sie war klüger, als sie selbst ahnte, doch das konnte er ihr nicht sagen. Er fuhr fort, seine Suppe zu löffeln, voller Bewunderung für Camilles scharfen Verstand und ihre Intuition.

»Ich nehme an, du möchtest dich jetzt ausschlafen.« Scheinbar beruhigt ließ sie sich in einem Schaukelstuhl nieder.

»Nach dem Waschen gehe ich in die Kirche.«

»In die Kirche?« Diese Worte äußerte sie in schrillem Ton. Sie haßte die Kirche, hatte sie immer schon gehaßt. Ihre Mutter war eine eifrige Kirchgängerin gewesen, doch von ihrer Mutter hatte Camille in keiner Hinsicht etwas gehalten. »Du gehst doch sonst nie zur Kirche.«

»Ab und zu doch.« Wäre er nicht so abgespannt gewesen, ihre Reaktion hätte ihn amüsiert. »Camille, wir haben vierzehn Mann in den Minen verloren.« Vierzehn Mann und dazu sein einziges Kind. »Wenn du nicht willst, brauchst du nicht mitzugehen, aber es würde einen besseren Eindruck machen.«

Angewidert starrte sie ihn an. »Wann fahren wir zurück nach San Franzisko?«

»Sobald es mir möglich ist.« Er stand auf und kam näher. »Ich verspreche dir, daß ich mein Bestes tun werde, dich möglichst bald wieder nach San Franzisko zu bringen.«

Das schien sie so zu besänftigen, daß sie sich umzog und ihn in die Kirche begleitete. Und als sie nach dem Gottesdienst nach Hause kamen, schlief er wie tot bis Mittag, wachte nur auf, um noch einen Teller Suppe zu sich zu nehmen, und schlief dann weiter bis zum nächsten Morgen. Nun mußte er aufstehen und an der Beerdigung der in der Mine umgekommenen Männer teilnehmen. Diesmal begleitete Camille ihn nicht. Sie blieb zu Hause und beklagte sich nach seiner Rückkehr, Hannah wäre nicht gekommen. Er erklärte ihr, Hannah müsse sich um einen kranken Freund kümmern.

»Warum hat sie mir nichts davon gesagt?« Camille schäumte. »Ich bin die Herrin des Hauses. Sie arbeitet jetzt für mich.«

Jeremiah mißbilligte die Art, wie sie das vorbrachte, wollte sie aber nicht noch mehr erbittern. »Sie sagte es mir am Sonntag morgen, als ich nach Hause kam.«

»Und du hast sie gehen lassen?« Camille war außer sich.

»Ja. Ich war sicher, du würdest dafür Verständnis haben.« Er versuchte, sie mundtot zu machen, indem er sie in Verlegenheit brachte, schaffte es aber nicht. »Sie kommt in einigen Tagen wieder.«

Doch es sollte fast eine ganze Woche vergehen, ehe Hannah wieder erschien und ihm berichtete, Mary Ellen fühle sich noch immer miserabel, sei aber wieder auf den Beinen. Er nickte befriedigt. Mary Ellen wußte, daß sie sich nicht zu beeilen brauchte. Vor ein paar Tagen hatte er ihr eine Nachricht zukommen lassen, in der er ihr versicherte, daß der Tod seines Kindes nichts an den Vereinbarungen ändere. Er würde ihr die finanzielle Zuwendung lassen, die sie bereits seit einigen Monaten bekam. Seine Bank hatte er dahingehend informiert, daß es sich um einen Dauerauftrag handelte. Mary Ellen hatte er geschrieben, er hoffe, sie würde jetzt nicht mehr arbeiten. Sie konnte jetzt zu Hause bleiben, sich den Kindern widmen und sich erholen. Daraufhin hatte sie ihm schreiben und sich bedanken wollen, war aber davon abgekommen, aus Angst, der Brief könnte Camille in die Hände fallen. Statt dessen bedankte Hannah sich in ihrem Namen.

»Bist du sicher, daß es ihr einigermaßen gutgeht?« fragte er.

»Sie ist noch schwach, aber allmählich geht es bergauf.«

»Das macht deine Kochkunst.« Lächelnd berichtete er der alten Frau, daß Camille während ihrer Abwesenheit sehr ungehalten gewesen sei.

»Hat sie selbst für dich gekocht?«

»Ach, irgendwie haben wir es geschafft.« Und dann eröffnete er ihr, daß sie in wenigen Tagen nach San Franzisko zurückkehren wollten. Diese Aussicht gefiel Hannah gar nicht.

»Hier wird es wieder einsam werden, Jeremiah.«

»Ich weiß, Hannah. Ab und zu werde ich kommen und in den Minen nach dem Rechten sehen.«

»Das wird für dich nicht einfach sein.«

Er konnte nicht anders handeln. Es wäre Camille gegenüber unfair gewesen, sie zum Landleben zu verdammen, das ihr so offensichtlich mißfiel, während in der Stadt ein Palast auf sie wartete.

»Ach, irgendwie schaffe ich das schon. Und den Sommer über sind wir wieder da, vermutlich von Juni bis September oder Oktober.« Wäre es nach ihm gegangen, so wären sie schon im März aufs Land gezogen und bis November geblieben. »Wenn du etwas brauchen solltest, dann laß es mich wissen.«

»Mach' ich, Jeremiah.«

»Was war das?« Die giftige halbblaue Stimme aus dem Hintergrund überraschte beide. Jeremiah fragte sich unwillkürlich, wieviel Camille belauscht haben mochte, ehe sie sich bemerkbar machte. »Habe ich richtig gehört, und du hast ›Jeremiah‹ gesagt?« Diese Worte waren an Hannah gerichtet, und beide erschraken.

»Ja, das ist richtig.« Hannah war anzumerken, daß sie gar nicht wußte, um was es ging. Jeremiah war ebenfalls ahnungslos.

»Ich würde es begrüßen, wenn du von nun an meinen Mann mit Mister Thurston anreden würdest, er ist nicht dein ›Junge‹ oder ›Sohn‹ und auch nicht dein ›Freund‹. Er ist mein Mann und dein Boß, und er heißt Mister Thurston.« Noch nie hatte man ihr die Südstaatlerin mehr angemerkt, und nie war sie bösartiger gewesen. Jeremiah tobte innerlich vor Wut. Vor Hannah wollte er nichts sagen, doch er folgte seiner Frau sofort nach oben und stellte sie im Schlafzimmer zur Rede, nachdem er die Tür zugeknallt hatte.

»Camille, was war das eben? Mußtest du zu dieser grundanständigen alten Frau so unfreundlich sein?« Zu der alten Frau, die seine Geliebte nach der Totgeburt seines Kindes gesund gepflegt hatte. Er hatte dies alles noch nicht verwunden. Aber das wußte Camille nicht. Ihr stand jetzt eine Überraschung bevor, da sie ihn noch nie so wütend erlebt hatte. »Merke dir, daß ich das nicht mehr dulden werde.«

»Was wirst du nicht dulden? Ich erwarte Respekt von unseren Dienstboten. Die Alte benimmt sich, als wäre sie deine Mutter. Das ist sie nicht. Sie ist eine häßliche Alte mit spitzer Zunge und respektlosem Benehmen. Wenn sie dich noch einmal beim Vornamen nennen sollte, komme ich ihr mit der Peitsche.« Klein und böse stand sie vor ihm. Am liebsten hätte er sie tüchtig durchgeschüttelt und zur Besinnung gebracht. Statt dessen packte er sie am Arm und zog sie durch den halben Raum.

»Hattest du Peitsche gesagt? Camille, wir sind nicht im Süden, und die Tage der Sklaverei sind vorbei. Solltest du Hand an sie legen oder auch nur unfreundlich zu ihr sein, dann werde ich dir mit der Peitsche kommen, das merke dir. Und jetzt gehst du und entschuldigst dich auf der Stelle.«

»Was soll ich?« kreischte sie ungläubig.

»Hannah ist seit über zwanzig Jahren bei mir, sie ist treu und anständig. Ich werde nicht zulassen, daß jemand Schindluder mit ihr treibt, vor allem nicht, wenn dieser Jemand ein verwöhnter Fratz aus Atlanta ist. Du wirst dich jetzt bei ihr entschuldigen, oder es gibt eine Tracht Prügel!« Es war ihm ernst, obwohl er sich schon etwas beruhigt hatte, anders als Camille, die ihn mit Zornestränen in den Augen anfunkelte.

»Wie kannst du es wagen, Jeremiah Thurston?! Wie kannst du es wagen... Bei diesem Stück Dreck soll ich mich entschuldigen?«

Das Maß war voll. Er holte aus und schlug sie. Camille hielt im Rückwärtstaumeln die Luft an und stützte sich mit einer Hand am Kamin ab. »Wenn mein Daddy da wäre,... er würde dich totpeitschen«.

Das zischte sie in leisem, bösartigem Ton, und Jeremiah wußte sofort, daß er zu weit gegangen war.

»Camille, es reicht. Du hast dich zu einer treuen Seele unmöglich benommen, und das kann ich nicht dulden. Jetzt aber genug von Drohungen mit der Peitsche. Benimm dich, und es wird nicht wieder vorkommen.«

»Ich mich benehmen? Verdammt will ich sein, Jeremiah Thurston, verdammt, verdammt!« Damit rauschte sie hinaus und schlug die Tür hinter sich zu. Bis zur Rückkehr nach San Franzisko sprach sie kein Wort mehr mit ihm, ganz eisige Höflichkeit und Distanz, doch als sie die Schwelle ihres Prachthauses auf dem Nob Hill überschritt, raubte es ihr wieder den Atem, und sie vergaß sich und umarmte glücklich ihren Mann. Sie war so selig über die Rückkehr, daß sie ihre Wut vergaß, und Jeremiah lachte so vergnügt, daß er sie sofort ins Schlafzimmer trug und sie in Besitz nahm.

»Na, du hast den Monat in Napa tadellos überstanden, mein

Schatz.« In ihm wirkte noch die Enttäuschung darüber nach, daß sie der Gegend, die er so liebte, nichts abgewinnen konnte. »Jetzt müssen wir nur unser erstes Baby bekommen.« Der Verlust von Mary Ellens Kind schmerzte ihn noch und verstärkte seinen Wunsch nach einem Kind von Camille, möglichst bald. Er dankte Gott, daß sie jung und gesund war und hoffentlich nie solche Qualen würde leiden müssen wie Mary Ellen. Nach zwei Monaten Ehe konnte er es kaum erwarten, daß sie schwanger wurde.

»Meine Mutter sagt, daß es manchmal länger dauert, bis man schwanger wird. Denk nicht mehr daran.«

Aber Jeremiah wurde immer ungeduldiger. Sie wollte noch kein Kind. Sie war erst achtzehn, sie besaßen ein wunderbares Haus, in dem sie Gesellschaften geben wollte, anstatt unförmig zu werden, sich elend zu fühlen, immer zu Hause zu bleiben und womöglich im Kindbett zu sterben.

Während sie im Frühjahr in vollen Zügen das gesellschaftliche Leben von San Franzisko genoß, erfüllte sich Jeremiahs Wunsch noch immer nicht. Camille aber war noch nie so glücklich gewesen. Sie hatte endlich den Status erreicht, den sie immer schon angestrebt hatte. Sie veranstaltete Partys, Bälle und Dinner-Einladungen, ging in die Oper und besuchte Konzerte. Im Mai gab sie ein großes Picknick in ihrem riesigen Garten und wurde bald als strahlendste Gastgeberin von San Franzisko gerühmt. Die Bälle in ihrem Ballsaal hätten es mit jenen in Versailles aufnehmen können. Camille war hingerissen von diesem Leben, Jeremiah weniger. Er pendelte häufig zwischen Napa und San Franzisko hin und her und war die meiste Zeit über erschöpft. Als er bei einem ihrer üppigen Bankette einschlief, neckte sie ihn unbarmherzig und bestand weiterhin darauf, allabendlich auszugehen, wenn er in der Stadt war. Und war er nicht da, ging sie ohne ihn aus. Camille war in einen ununterbrochenen Wirbel gesellschaftlicher Aktivitäten geraten und legte fast Trauer an, als er ihr ins Gedächtnis zurückrief, daß sie am ersten Juni zurück nach Napa gehen würden.

»Und ich wollte so gern einen Sommerball geben!« jammerte sie. »Könnten wir die Abreise nicht auf Juli verschieben?«

»Nein, das geht nicht. Ich muß mich um die Minen kümmern, sonst ist die Finanzierung deiner Partys nicht gesichert.« Das sollte ein Scherz sein, er war immer noch der reichste Mann im Staat. Sie hatten keinerlei finanzielle Sorgen. Trotzdem wollte er sich jetzt mehr um die Minen kümmern, und im Sommer war er auch sehr gern auf seinem Weingut. Von der Stadt hatte er vorerst genug. Sie waren jetzt seit Februar in San Franzisko, und er war reif für sein Tal. Das hatte er Hannah gesagt, als er in der Woche zuvor in St. Helena übernachtet hatte.

»Und noch immer kein Baby unterwegs, Jeremiah?« hatte sie gefragt. Camille zuliebe hatte sie sich bereit erklärt, ihn Mr. Thurston zu nennen, wenn sie in Hörweite war. Waren sie aber allein, nannte sie ihn wie eh und je, daran würde sich auch in Zukunft nichts ändern.

»Noch nicht.« Auch er war enttäuscht und hoffte, Camille würde endlich schwanger werden, wenn sie die Stadt und die häufigen Partys hinter sich gelassen hätte. Sie braucht wieder eine ordentliche Portion Landluft, sagte er sich.

Hannah schürzte mißbilligend die Lippen. »Na, daß es nicht deine Schuld sein kann, wissen wir. Vielleicht kann sie keine Kinder bekommen.«

»Glaube ich nicht. Wir sind erst fünfeinhalb Monate verheiratet, laß ihr noch ein wenig Zeit.« Er lächelte der Alten zu. »Warte ab, nach einem Monat guter Luft in St. Helena wird sie schwanger sein.« Sein Blick verfinsterte sich, weil ihm Mary Ellen einfiel. »Wie geht es Mary Ellen?« fragte er Hannah unvermittelt. Seit der Entbindung hatte er sie nicht mehr besucht. Er wollte es nicht. Camilles wegen wäre es ihm nicht richtig erschienen. Sie war viel zu intuitiv, als daß er zu einer Lüge hätte Zuflucht nehmen dürfen.

»Es geht ihr gut. Aber es hat lange gedauert, bis sie sich ganz erholt hat. Jetzt ist alles in Ordnung.« Sie entschied, daß er auch alles übrige erfahren sollte. Er hatte ein Recht darauf, er war anständig zu ihr gewesen. Keiner konnte ihm nachsagen, er hätte nicht das Rechte getan. Jacob Stone von der Bank hatte überall ausposaunt, wie großzügig Jeremiah gewesen war. »Sie trifft sich mit einem Mann, der im Kurhaus arbeitet. Sieht nett aus und soll ein fleißiger Bursche sein.« Mit einem Achselzucken schloß sie: »Daß sie sich sehr nach ihm verzehrt, glaube ich nicht.«

»Na, hoffen wir, daß er ein anständiger Kerl ist«, bemerkte Jeremiah leise und sprach dann von etwas anderem. Sie wollten bald wieder nach Napa kommen, und Hannah würde alle Hände voll zu tun haben, um alles für sie vorzubereiten.

Doch als Camille mit ihrem umfangreichen Gepäck in St. Helena eintraf, zeigte es sich, daß ihr nichts paßte, was Hannah getan hatte. Die alte Frau war so verbittert über die zänkische Camille, daß sie eines Tages nicht mehr an sich halten konnte und vor ihr andeutungsweise verlauten ließ, wie schändlich es sei, daß Jeremiah sie geheiratet habe und nicht die Frau, die er immer in Calistoga besucht hatte, ehe sie in sein Leben getreten war. Das erbitterte Camille aufs äußerste, und sie begann einen richtigen Feldzug, um herauszufinden, wer diese Frau war, aber weder Jeremiah noch Hannah, die ihre Indiskretion sofort bereut hatte, wollten ihr etwas sagen oder auch nur bestätigen, daß das Gesagte wahr sei. Je mehr sie bohrte, desto weniger erfuhr sie, bis sie eines Tages mit ein paar Freundinnen aus San Franzisko, die Schlammbäder nahmen, zum Kurhaus gehen wollte. Sie hatte sich mit ihnen über Mittag im Hotel verabredet. Während sie wartete, sah sie einen Mann in der weißen Kleidung der Kurhausangestellten mit einer attraktiven Rothaarigen in einem grünen Kleid vorüberschlendern. Die Frau zog sofort Camilles Blick auf sich, weil sie so ungewöhnlich wirkte. Ihr Spitzensonnenschirm ruhte lässig auf einer Schulter, während sie ihrem Begleiter lachend in die Augen sah. Dabei wandte sie sich Camille zu, da sie ihren Blick auf sich spürte. Die Blicke der beiden trafen aufeinander, und Mary Ellen erkannte sofort, wer Camille war. Sie sah genauso aus, wie Hannah und andere, die sie kannten, sie beschrieben hatten. Gleichzeitig wußte Camille Bescheid, so als hätte es ihr jemand ins Ohr geschrien oder über Mary Ellen eine Tafel gehalten. Sie wußte sofort, wer sie war und was sie für Jeremiah bedeutet hatte. In ihrer Erregung erhob sie sich halb von ihrem Sitz, um sich sofort wieder niederzulassen, erhitzt und atemlos, während Mary Ellen sich rasch am Arm ihres Begleiters entfernte.

Den ganzen Tag wurde Camille von diesem Bild verfolgt. Mary Ellen war die attraktivste Frau, die sie bis jetzt im Napa Valley gesehen hatte. Sie wußte instinktiv, daß dies die Person sein mußte, von der Hannah in ihrer Aufwallung von Zorn gesprochen hatte. Und wer konnte wissen, ob diese Beziehung nicht noch bestand? Jeremiah war den Winter und das Frühjahr über sehr häufig zu den Minen gefahren. Auf der Heimfahrt brütete sie noch immer darüber, und als Jeremiah am Abend nach Hause kam, griff sie ihn so bösartig an, daß es ihn beunruhigte und er sich gleichzeitig nicht genug wundern konnte.

»Jeremiah, du hast mich keine Sekunde täuschen können.« Er war so überrascht, daß er zunächst an einen Scherz glaubte, leider wurde rasch klar, daß es ihr ernst war. »Diese häufigen Fahrten im Winter... ich kenne den Grund. Du bist wie mein Vater mit seiner Geliebten in New Orleans.«

Jeremiah stockte der Atem. Seit seiner Heirat hatte er keine andere angesehen, und er hatte auch nicht die Absicht, wie er ihr klarzumachen versuchte. »Ich glaube dir nicht, Jeremiah. Was ist mit der Rothaarigen in Calistoga?« Mein Gott, Mary Ellen. Er erbleichte. Wer hatte Camille etwas gesagt? Wußte sie auch von dem Kind? Camille aber bemerkte nur seinen offensichtlichen Schock. »Du weißt, wen ich meine, das sehe ich dir an!«

»Camille, bitte... seit unserer Heirat hat es keine andere gegeben. Keine Seele. Das könnte ich dir nicht antun. Dazu habe ich zu viel Achtung vor dir und unserer Ehe.«

»Also, wer ist sie?« Er hätte alles leugnen können, wagte es aber nicht, weil sie ihm ohnehin nicht geglaubt hätte.

»Jemand, den ich kannte.« Es war ihm anzusehen, daß er die Wahrheit sprach.

»Triffst du dich noch mit ihr?«

Diese Frage erboste ihn, und auch das sah man ihm an. Er war es nicht gewöhnt, von einer Achtzehnjährigen zur Rede gestellt zu werden. »Ich treffe mich nicht mit ihr und halte dies für eine sehr unpassende Frage. Überhaupt ist das kein Thema für eine Dame.« Er holte zum großen Schlag aus. »Dein Vater würde dein Benehmen gewiß nicht billigen.« Sie errötete, weil sie wußte, daß ihr Vater entsetzt sein würde, hätte er geahnt, daß sie von Jeremiahs Geliebter wußte, schlimmer noch, von ihr sprach.

»Ich habe ein Recht, es zu wissen.« Sie war puterrot geworden. Insgeheim wußte sie, daß sie zu weit gegangen war.

»Nicht alle Männer würden dir recht geben, aber zufällig bin ich deiner Meinung. Ehe wir dieses unpassende Thema abschließen, sei versichert, daß ich dir seit dem Tag unserer Ehe treu war und dir treu bleiben will bis zu meiner letzten Stunde. Ist damit deine Besorgnis aus der Welt geschafft?« Er sprach im Ton eines strengen und mißbilligenden Vaters zu ihr und brachte sie damit noch mehr in Verlegenheit. Nur noch einmal kam sie darauf zu sprechen, später, als sie im Bett lagen.

»Sie ist sehr hübsch . . .«

»Wer denn?« Er war schon fast eingeschlafen.

»Diese Frau . . . die Rothaarige in Calistoga.«

Da fuhr er auf und wies sie zornfunkelnd zurecht. »Das ist kein Thema mehr für mich.«

»Entschuldige, Jeremiah.« Kleinlaut legte sie sich wieder hin und schloß die Augen. Dann legte sie ihre Hand auf seine Schulter und besänftigte ihn mit der Leidenschaft, die ihn immer wieder gefangennahm. Es waren ekstatische sechs Monate im Ehebett gewesen, und er wußte, daß auch Camille in dieser Hinsicht glücklich war. Die einzige Enttäuschung bestand darin, daß sie noch immer nicht schwanger war.

Hannah war es, die im August neues Licht in diese Sache bringen sollte, als sie eines Tages beim Frühstück vor ihn hintrat, während Camille noch schlief.

»Jeremiah, ich muß mit dir reden.« Sie klang wie eine aufgeregte Glucke. Erstaunt sah er von seinem Teller mit Eiern und Würstchen auf.

»Ist etwas?«

»Kommt darauf an, wie man es sieht.« Dann warf sie einen Blick zur Decke. »Ist sie schon auf?«

»Nein.« Er schüttelte den Kopf. Hatte es zwischen den beiden wieder Zank gegeben? Er machte sich nichts mehr vor. Sie konnten sich nicht ausstehen, da nützte es nichts, daß er vor der einen Loblieder über die andere anstimmte – ein hoffnungsloses Unterfangen. »Also, was gibt es?«

Zuerst versperrte Hannah die Küchentür von innen, etwas, was sie noch nie getan hatte, dann ging sie wieder zu Jeremiah hin und holte aus der Schürzentasche einen Goldring, der aussah wie der Ring eines kleinen Schubladenknaufs oder wie ein Gardinenring, nur war dieser hier glatt und fein und besonders exakt gemacht. »Das habe ich gefunden.«

»Was soll das sein?« Ihr Geheimnis erschien ihm nicht sonderlich interessant. Er war verärgert, weil er so früh am Morgen schon auf ihre Schrullen eingehen mußte.

»Weißt du das nicht?« Sie schien erstaunt. Einen so guten Ring hatte sie noch nie gesehen. Sie kannte nur die einfacheren Ausführungen. Doch Jeremiah schüttelte den Kopf, verwundert und gelangweilt. Da setzte sie sich ihm gegenüber an den Tisch. »Das ist ein Ring«, sagte sie.

»Das sehe ich.«

»Du weißt schon... ein Ring...« Es war ihr unangenehm, es ihm näher erklären zu müssen. Leider war es unumgänglich. Man hatte ihn hereingelegt. »Frauen benutzen ihn, damit, damit...« Sie lief rot an, aber weitersprechen mußte sie, ihm zuliebe. »...damit sie keine Kinder bekommen.«

Es dauerte eine Weile, bis ihm die volle Bedeutung ihrer Worte aufging. Dann aber traf sie ihn mit voller Wucht. Er griff nach dem Stein des Anstoßes, bebend vor Wut. Vielleicht hatte sich die Alte das alles nur ausgedacht, um Camille eins auszuwischen. Das sah ihr zwar nicht ähnlich, aber möglich war alles, wenn man an den Haß zwischen den beiden dachte. Camille hatte mehr als einmal versucht, Hannah zu feuern.

»Woher hast du das?«

»In ihrem Schlafzimmer gefunden.«

»Woher willst du wissen, was es ist?«

»Ich sagte es schon ... ich kenne diese Ringe ... « Und wieder errötete sie, als sie fortfuhr: »Es heißt, daß sie sehr wirksam sein sollen, solange man sorgsam damit umgeht. Das Ding war in ein Taschentuch gewickelt, das ich nehmen und waschen wollte ... und da fiel es heraus.« Fast hatte sie ein wenig Angst, er würde wütend auf sie sein, aber insgeheim wußte sie es besser. »Tut mir leid, aber ich dachte, du solltest es wissen.«

Er starrte sie finster an, unfähig, seines Zorns Herr zu werden. Dazu kamen das Gefühl der erlittenen Kränkung und die Enttäuschung. »Du sollst kein Wort zu ihr sagen. Ist das klar?« Sein barscher Ton duldete keinen Widerspruch, und Hannah nickte.

Jeremiah ging an die Tür, sperrte sie auf und lief hinaus, um Big Joe zu satteln. Gleich darauf war er im Galopp zu den Minen unterwegs. Das Beweisstück trug er in der Tasche.

15

Was Jeremiah am Morgen von Hannah erfahren hatte, verfolgte ihn den ganzen Tag so hartnäckig, daß er sich keinen Augenblick auf seine Arbeit konzentrieren konnte. Er hatte das Gefühl, der Ring in seiner Tasche brenne, so daß er es bis ins Herz spüren konnte. Mitten am Nachmittag hielt er es nicht mehr aus. Er brach auf und ritt zu dem Arzt, der Mary Ellen entbunden hatte. Er zeigte ihm den Ring und ließ sich seine Funktion erklären. Und als der alte Mann ihm alles erläutert hatte, überlief ihn ein Schaudern.

»Ich habe ihr selbst einen gegeben. Hat sie es Ihnen nicht gesagt?« Der Arzt schien erstaunt, und Jeremiah erlitt wieder einen Schock.

»Meiner Frau?«

Jetzt war der Arzt entsetzt, denn er hatte nicht gehört, daß Jeremiah und Mary Ellen geheiratet hatten, aber bei reichen Männern wußte man ja nie, wie man dran war. Die machten, was ihnen beliebte, und waren oft schnell von Entschluß.

»Wußte gar nicht, daß Sie Mary Ellen geheiratet haben ...«
Weiter sprach er nicht, und Jeremiah begriff endlich.

»Nein ... « Er erklärte es dem alten Mann. »Das Ding war im Bad meiner Frau Camille Thurston.«

»Ist sie jetzt schwanger?«

»Nein.«

Langsam dämmerte es dem Arzt. »Verstehe. Und Sie wollten, daß sie schwanger wird.« Jeremiah nickte. »Also, mit dem Ring ist eine Schwangerschaft nicht sehr wahrscheinlich.« Er sah Jeremiah eindringlich an. »In bestimmten Fällen, wie beispielsweise bei Mary Ellen, ist die Anwendung sinnvoll. Ihr bleibt gar nichts anderes übrig, als ihn zu benutzen oder sich gleich einen Kopfschuß zu geben, falls sie wieder schwanger werden sollte. Das habe ich ihr gesagt.« Jeremiah nickte wortlos. Das war nicht mehr sein Problem, aber das sagte er dem Arzt nicht. Sein Interesse galt einzig Camille. »Hat Ihre Frau Ihnen gesagt, daß sie den Ring benutzt?« Das Interesse des Doktors war geweckt.

»Nein.«

Das mußte der Arzt erst verarbeiten, und es trat Stille ein, während Jeremiah seinen Gedanken nachhing. »Hm, nicht sehr nett von ihr«, sagte schließlich der Doktor, und Jeremiah nickte und stand auf.

»Nein, das war nicht nett.«

Er verabschiedete sich mit einem Händedruck und ritt zurück nach St. Helena. Dort fand er Camille in Hemd und Höschen im Schlafzimmer sitzend vor und sich Kühlung zufächeln. Ohne ein Wort zu verlieren, warf er ihr den goldenen Ring in den Schoß. Sie sah hin, in der Hoffnung, es wäre wieder ein Schmuckstück, doch als sie sah, was es war, zuckte sie zurück wie vor einer Natter und erbleichte. Seit Tagen hatte sie den Ring gesucht und befürchtete schon, sie hätte ihn verloren. Es war einer der Ringe, die sie aus Atlanta mitgebracht hatte. Der Arzt ihrer Cousine hatte ihn ihr verschafft.

»Wo hast du das gefunden?«

Er blickte von seiner Höhe auf sie hinunter, und diesmal lag kein Funken Liebe in seinem Blick. »Sagen wir lieber, wo hast du ihn gefunden, Camille? Und warum habe ich nichts davon erfahren?« Er wußte also, wozu der Ring diente und daß er ihr gehörte. Leugnen hatte keinen Sinn, das war ihr klar.

»Es tut mir leid . . . ich . . .« Ihre Augen flossen über, sie wandte sich ab . . . Sosehr er sich wünschte, ihr zu zürnen, er brachte es nicht fertig. Jeremiah kniete neben ihr nieder und zwang sie, ihn anzusehen.

»Warum hast du das getan? Ich dachte mir schon, etwas sei nicht in Ordnung, weil wir nicht . . .«

Sie schüttelte den Kopf, während ihre Tränen immer reichlicher flossen. Schließlich schlug sie die Hände vors Gesicht. »Ich wollte jetzt auf keinen Fall ein Kind. Ich möchte nicht dick werden und . . . Lucy Anne sagt, daß es entsetzlich schmerzhaft ist . . . « Die Erinnerung an Mary Ellen trat ihm vor Augen, und er verdrängte sie rasch. »Ich kann nicht . . . « Er sah jetzt, daß sie selbst noch ein Kind war, aber sie war auch Frau, seine Frau, und er wurde nicht jünger. Fünf oder zehn Jahre konnte er nicht mehr warten, das sagte er ihr in sanftem Ton und schalt sie, weil sie sich geschützt hatte, ohne ihm etwas davon zu sagen. »Ich konnte nicht anders . . . ich hatte solche Angst, und ich wußte, du würdest böse sein.«

»Das war ich. Und auch gekränkt. Ich wollte immer, daß du aufrichtig bist.«

»Ich will es versuchen.« Ein Versprechen gab sie nicht.

»Also, hast du noch mehr von dieser Sorte?« Sie wollte den Kopf schütteln, bejahte dann aber, zu Tode erschrocken. »Wo?« Sie führte ihn ins Bad und zeigte ihm ein sorgsam verborgenes Schächtelchen, in dem zwei Ringe lagen. Diese nahm er an sich.

»Was willst du damit machen?« Camille geriet in Panik, Jeremiah aber blieb unnachgiebig. Mit seinen großen Händen zerdrückte er die drei Ringe und machte sie unbrauchbar, indem er sie zerbrach und in den Papierkorb warf. Sie fing zu weinen an. »Das kannst du nicht machen...!« Sie trommelte mit den Fäusten gegen seine Brust, und er hielt sie fest und ließ sie weinen. Dann führte er sie zum Bett, legte sie hin und überließ sie ihrem Kummer. Indessen unternahm er einen Spaziergang im Garten. Das Gefühl, hintergangen worden zu sein, wurde er nicht los.

Abends zogen sich beide stumm ins Schlafzimmer zurück. Jeremiah litt noch immer unter der Entdeckung des verräterischen Ringes, und Camille löschte wortlos das Licht und beschränkte sich auf ihre Seite des Bettes, ein für sie ungewohntes Verhalten. Meist war sie es gewesen, die Annäherungsversuche begonnen hatte. Der Ring hatte ihr die Freiheit verliehen, sich mit ihm nach Belieben im Bett zu vergnügen. Jetzt hielt sie in ihrer großen Angst Distanz. Diesmal war es Jeremiah, der Kontakt suchte, der sie an sich ziehen wollte. Zitternd versuchte sie sich zu befreien. »Nein... nicht...« Er zeigte sich unerbittlich, teils aus Wut, weil sie ihn hintergangen hatte, teils weil er ein Recht auf sie hatte. Gewaltsam zwang er ihr die Beine auseinander, und in dieser Nacht stöhnte sie nicht lustvoll, sondern schluchzte verhalten, und als ihr Weinen verstummt war, nahm er sie von neuem und am nächsten Morgen wieder.

16

Im September kehrte Jeremiah mit Camille wie versprochen nach San Franzisko zurück, und Camille nahm sofort ihr gesellschaftliches Leben wieder auf. In der zweiten Septemberwoche traf Jeremiah sie eines Morgens wachsbleich in ihrem Ankleidezimmer sitzend an. Sie hielt ihre Haarbürste in der Hand, als er eintrat und sie begrüßte.

»Was ist denn?« fragte er besorgt, als er ihre ins Grünliche spielende Blässe bemerkte.

»Ach, gar nichts.«

Es war ihr anzusehen, daß sie sich miserabel fühlte. Nach zwei weiteren Wochen glaubte Jeremiah den Grund für ihr Unwohlsein zu ahnen, wie auch Camille selbst, die alles andere als glücklich war, als sie ihm gestand, sie glaube, guter Hoffnung zu sein. Jeremiah, der es vermutet hatte, war entzückt. Auf diese Eröffnung hatte er schon mit großer Spannung gewartet. Als er an jenem Nachmittag nach Thurston House heimkehrte, hatte er ein ledernes Schmucketui bei sich. Aber auch sein Geschenk vermochte nicht Camilles Interesse zu wecken und Glanz in ihre Augen zu zaubern. Sie fühlte sich zu elend. In den nächsten zwei Monaten war sie kaum imstande auszugehen und gab selbst auch keine Einladungen. Es war so anders, als sie sich die ›Saison‹ in San Franzisko vorgestellt hatte.

Im Oktober kam Amelia zu ihrer Tochter, und Jeremiah konnte ihr das bevorstehende freudige Ereignis ankündigen. Sie freute sich für ihn und eröffnete ihm, daß ihre Tochter im Frühjahr das dritte Kind erwartete. Unter vier Augen gestand Camille Jeremiah, daß sie das widerwärtig fände. Die Ärmste würde damit drei Kinder in drei Jahren bekommen haben, und diese Absicht hatte Camille keinesfalls. Insgeheim trauerte sie den kostbaren Ringen nach, die er vernichtet hatte. Bei Gelegenheit hielt sie ihm sogar vor, sie wäre nicht in diese mißliche Lage geraten, wenn diese alte Hexe in Napa ihm nichts gesagt hätte.

»Also so siehst du das?« fragte er bekümmert und bedauerte, von Hannahs Entdeckung erzählt zu haben. Da er sich so auf das Kind freute, betrübte es ihn um so mehr, daß sie selbst darüber nicht glücklich war. Er hoffte inständig, ihre Gefühle würden sich ändern, sobald sie das Kleine in den Armen hielte. Verständlich, daß sie ihrer Mutterschaft mit gemischten Gefühlen entgegensah, da sie sich so elend fühlte.

Es ging Camille unbestritten sehr schlecht. Sie mußte häufig erbrechen und litt ständig unter Übelkeit, mehrmals war sie sogar in Ohnmacht gefallen, als er mit ihr ausgegangen war. Ungeachtet ihrer Proteste weigerte er sich, sie noch einmal in die

Oper auszuführen. Und plötzlich wollte ihr keines ihrer Kleider mehr passen, und die Änderungen, die gemacht werden mußten, fand sie abscheulich. Wie beneidete sie die Frauen, die behaupteten, man hätte ihnen bis zum siebten oder achten Monat fast nichts angesehen. Ihre zierliche Gestalt war schuld daran, daß sie nicht zu diesen Glücklichen gehörte. Zu Weihnachten, als Jeremiah ihr zu Ehren eine kleine Geburtstagsparty veranstaltete, war ihre Schwangerschaft nicht mehr zu übersehen. Er schenkte ihr einen neuen Zobelmantel, der ihren Umfang verbergen half, und eine kleine Uhr, mit Diamanten besetzt.

»Wenn alles vorbei ist, mein Schatz, dann fahren wir nach New York und kaufen dort viele schöne Kleider für dich. Und anschließend machen wir einen Besuch in Atlanta.«

Sie konnte es kaum erwarten. Eine Schwangerschaft war ja noch ärger, als sie befürchtet hatte. Das Dickerwerden fand sie abstoßend, sie haßte die Übelkeit, sie fand alles widerwärtig, und am abscheulichsten fand sie ihren Mann, der sie in diese Lage gebracht hatte. Im Februar brachte er sie noch heftiger gegen sich auf, als er ihr ankündigte, er wollte sie für den Rest der Schwangerschaft nach Napa bringen.

»Aber das dauert dann bis Mai!« Mit Zornestränen in den Augen schrie sie ihn an. »Ich will das Kind in San Franzisko zur Welt bringen!«

Er schüttelte den Kopf. Seine Pläne sahen anders aus. Camille sollte auf dem Land zur Ruhe kommen und nicht von einem geselligen Anlaß zum anderen hetzen, ihre Kräfte verbrauchen, ständig über ihr Unwohlsein jammern und in der Öffentlichkeit in Ohnmacht fallen. Das Landleben würde sie beruhigen. Ihre Eltern würden seine Ansicht teilen, versicherte er ihr. Ruhe, frische Luft und keine Hektik, das war es, was sie jetzt am dringendsten brauchte. Camille aber war fest davon überzeugt, daß er sie nur quälen wollte. »Ich hasse dich!« schrie sie ihn das eine über das andere Mal an und ließ die Tür im Hinausgehen zuknallen.

Vom allerersten Tag ihrer Schwangerschaft an war sie überempfindlich und ausfällig gewesen, und Jeremiah fragte sich schon, ob es nicht besser gewesen wäre, ihr die Ringe zu lassen. Dagegen sprach, daß er Kinder wollte und sich nicht mehr unbegrenzt Zeit lassen konnte. Letzten Endes war er doch sicher, daß er richtig gehandelt hatte.

Als er Camille mitten in der Winter-Regenzeit nach St. Helena brachte, war ihre Stimmung auf den Nullpunkt gesunken. Die Hügel begannen sich grün zu färben, das Gras stand frisch und leuchtend auf den welligen Hügeln. Für Camille gab es nichts Bedrückenderes, als die verregneten Nachmittage abzusitzen, mit der verhaßten Hannah als einziger Gesprächspartnerin.

In dem Bestreben, sie ein wenig aufzuheitern, kam Jeremiah früher nach Hause, berichtete ihr von seiner Arbeit, von seinen Leuten und brachte ihr oft Kleinigkeiten mit, die ihr Freude machen sollten. Es nützte nichts, sie fühlte sich schlecht, war unglücklich und langweilte sich. Da war es für sie nur ein schwacher Trost, daß sie nach Aussage des Arztes in Napa gesund war. Jeremiah hatte ihn ausersehen, Camille bei der Geburt beizustehen, weil ihm der Mann empfohlen worden war. Camille hingegen behauptete beharrlich, er ginge grob mit ihr um und rieche nach Alkohol. Im achten Monat war sie meist in Tränen aufgelöst und verlangte dringend, nach Atlanta gebracht zu werden.

»Sobald das Kleine da ist, Liebes, das verspreche ich dir. Den Sommer über wirst du dich hier erholen, und im September fahren wir nach New York und Atlanta.«

»Im September!« Wie einen Sprengkörper schleuderte sie ihm das Wort entgegen. »Es war nie die Rede davon gewesen, daß ich den ganzen Sommer hier sein müßte!« Wieder brach sie in Tränen aus und funkelte ihn zornig an.

»Camille, wir waren auch vergangenen Sommer hier. San Franzisko ist in der heißen Jahreszeit unerträglich, und du wirst nach der Geburt Ruhe brauchen.«

»Werde ich nicht! Ich war den ganzen Winter über hier begraben. Ich hasse diese Gegend.« Sie warf eine Vase zu Boden, die klirrend zerbrach, und stürmte hinaus. Hannah half ihm, die Scherben aufzulesen.

»Na, Kinderkriegen bekommt ihr nicht sonderlich«, bemerkte Hannah trocken. Seit dem Tag ihrer Ankunft war Camille unerträglich gewesen, und im April trieb sie die beiden fast in den Wahnsinn. Das Wetter hatte sich gebessert. Es war ein ungewöhnlich schöner Frühling, von dem Camille aber nichts mitzubekommen schien, da sie sich mißlaunig und wehklagend auf das Haus beschränkte. Nicht einmal die Ausstattung des Kinderzimmers machte ihr besondere Freude. Sie bestickte ein paar Hemdchen und kaufte Material für die Gardinen, aber alles übrige mußte Hannah machen, die emsig strickte und nähte und für das Baby einen wunderhübschen Stubenwagen vorbereitete. Für Jeremiah bedeutete es ein besonderes Entzücken, wenn er allabendlich das Kinderzimmer betrat und die winzigen Söckchen und Hemdchen begutachtete und verwundert den Fortschritt registrierte.

Doch je näher der Geburtstermin rückte, desto öfter wurde er von der Erinnerung an Mary Ellen heimgesucht. Er litt an der unausgesprochenen Angst, auch dieses Kind könnte tot geboren werden. Camille bereitete ihm zusätzliche Foltern, weil sie prompt alles das unternahm, was er sie bat zu vermeiden. Sie unternahm auf eigene Faust Spaziergänge den Bach entlang und benutzte die alte Schaukel an dem Baum hinter dem Haus. Drei Wochen vor dem Entbindungstermin jagte sie Hannah große Angst ein, als sie wütend aus dem Haus lief und das Maultier sattelte, das aus den Minen stammte und bei Jeremiah sein Gnadenbrot bekam. Camille unternahm einen Ausritt in die benachbarten Weinberge, weil sie unter Langeweile litt und nicht zu Fuß laufen wollte. Hannah war so außer sich, daß sie es Jeremiah gleich brühwarm erzählte, als er kam. Er lief sofort hinauf, um Camille auszuschelten, doch in ihrem Zimmer war ihm klar, daß es sinnlos war. Sie lag sonderbar blaß und apathisch auf dem Bett. Er bemerkte, daß sie wie unter einem Krampf zusammenzuckte, und als er ihr einen Kuß geben wollte, biß sie die Zähne zusammen.

»Geht es dir nicht gut, Liebling?« Sofort war seine Sorge erwacht. Camille sah gar nicht gut aus. Der Schweiß stand ihr auf der Stirn.

»Mir geht es gut.« Ihr Aussehen strafte sie Lügen. Starrsinnig bestand sie darauf, unten mit ihnen zu essen, doch nahm sie bei Tisch kaum etwas zu sich. Hannah und Jeremiah ließen sie nicht aus den Augen. Nach dem Essen schickte er sie hinauf, damit sie sich wieder hinlegen konnte, und diesmal widersprach sie nicht, sondern schien froh über die Aussicht zu sein. Sie hatte die Treppe zur Hälfte geschafft, als sie innehielt und mit einem leisen Aufstöhnen in die Knie sank. Mit wenigen Sätzen war er bei ihr, nahm sie in die Arme, gefolgt von Hannah, die hinter ihm die Treppe hinaufgelaufen war.

»Jeremiah, die Wehen sind da. Das merkte ich schon nachmittags. Aber als ich sie fragte, behauptete sie, sie hätte keine Schmerzen. Sicher ist dieser Ausritt auf dem alten Maultier schuld.«

»Ach, du halte gefälligst den Mund ...«, fuhr Camille Hannah an, wobei sie ihren gewohnten Kampfgeist vermissen ließ. Jeremiah war fast sicher, daß Hannah sich nicht geirrt hatte. Er legte Camille aufs Bett und sah sie prüfend an. Sie war totenbleich und hielt die Hände zu Fäusten geballt. Ihr Gesichtsausdruck war ihm fremd und so, als litte sie Schmerzen und wollte es nicht zugeben. Sie versuchte sogar aufzustehen, um es ihnen zu zeigen, kaum aber hatten ihre Füße den Boden berührt, als die Knie unter ihr nachgaben. Mit einem Aufschrei streckte sie die Arme nach Jeremiah aus, der sie umfing und wieder hinlegte.

Zu Hannah sagte er hastig: »Reite mit Big Joe hinüber zu Danny. Er hat mir versprochen, er würde den Arzt aus Napa holen.«

Jetzt bereute es Jeremiah, daß er sich für einen Arzt entschieden hatte, der so weit entfernt war. Mochte er auch noch so geschickt sein – wenn er nicht rechtzeitig zur Stelle war, nützte er ihnen nichts. Nie wäre er auf den Gedanken gekommen, sie könnten ihn ganz schnell brauchen.

Hannah entfernte sich eilig. Nach einer halben Stunde war sie zurück und berichtete, Danny wäre unterwegs. Das bedeutete, daß der Arzt in fünf bis sechs Stunden dasein würde. Sie ging in die Küche, um Wasser abzukochen und saubere Tücher bereitzulegen. Außerdem brauchten sie und Jeremiah starken Kaffee. Mit Camille hatte sie kein Mitleid. Sie war jung und würde es überstehen, mochte es auch noch so qualvoll sein.

Die Atmosphäre war voll gespannter Erwartung. Das von Jeremiah so sehnsüchtig erwartete Baby würde bald dasein. Auch Jeremiah schien diese Erregung zu spüren. Mit zärtlichem Lächeln sah er auf Camille nieder, die verzweifelt seinen Arm umklammerte.

»Geh nicht fort...« Sie keuchte, und ihr Gesicht war vor Schmerzen verzerrt, wenn eine Wehe sie überfiel. »Laß mich nicht mit Hannah allein... sie haßt mich.« Camille schrie auf.

Sie konnte ihrer Angst nicht mehr Herr werden. Es war anders als damals bei Mary Ellens Schmerzenslager, aber Mary Ellen hatte vorher schon drei Entbindungen durchgestanden und war viel älter gewesen. Camille sah aus wie ein Kind, wenn sie sich bei jeder Wehe vor Schmerzen wand. »Das soll aufhören, ich kann nicht...«

Liebevoll legte er ihr feuchte Tücher auf die Stirn, bis sie diese von sich schleuderte und sich wieder an ihn klammerte. Seit Dannys Aufbruch waren vier Stunden vergangen. Jeremiah betete darum, daß der Arzt bald eintreffen würde. Es sah so aus, als würde es nicht mehr lange dauern. Und plötzlich fiel ihm mit Schrecken Mary Ellen ein, die drei Tage in den Wehen gelegen hatte. Aber das wurde Camille nicht passieren. Er würde es nicht zulassen. Er sah in regelmäßigen Abständen auf die Uhr. Camille faßte mit einer Hand nach seinem Arm, mit der anderen umklammerte sie das Messinggestell des Bettes und schrie bei jeder der dicht aufeinanderfolgenden Wehen auf. Als Hannah ihm frischen Kaffee brachte, schien Camille sie nicht zu bemerken.

»Soll ich bei ihr bleiben?« flüsterte Hannah. »Du solltest eigentlich nicht zugegen sein.« Aus ihrer Miene sprach Mißbilligung.

Doch Jeremiah hatte Camille versprochen, bei ihr zu bleiben, bis der Arzt da war, damit sie nicht mit Hannah allein sein mußte. Und er wollte dabeisein. Es war für ihn leichter, bei ihr zu sein und zu wissen, was vorging. Hätte er vor der Tür warten müssen, er wäre verrückt geworden. Als Danny drei Stunden später zurückkam, sah man Jeremiah die Anspannung an.

»Der Doc ist in San Franzisko«, berichtete Danny finster. Camille umklammerte indessen Hannahs Hände und schrie, sie könne es keinen Augenblick länger aushalten. »Seine Frau sagte, das Baby käme zu früh.«

»Ich weiß«, fuhr Jeremiah Danny an. »Was treibt der Kerl nur in San Franzisko?«

Achselzucken. »Meine Mutter hat nach dem Arzt in St. Helena geschickt, der aber ist in Napa bei einer Geburt.«

»Um Gottes willen... gibt es denn niemanden, der helfen könnte?« Da fiel ihm der Arzt in Calistoga ein, und er schickte Danny wieder los, aber das konnte eine weitere Stunde dauern. Jeremiah lief die Treppe wieder hinauf, Camilles Schreie im Ohr.

Es waren grauenhafte, kehlige Schmerzenslaute wie von einem wehklagenden verwundeten Tier. Er riß die Tür auf und sah Hannah wild an.

»Wo ist der Doktor?« flüsterte sie. In ihrem Blick lag Besorgnis.

»Er kommt nicht. Der Junge ist nach Calistoga, um den anderen Arzt zu holen. Hoffen wir, daß er zu Hause ist.« Hannah nickte nur... Camille schrie wieder auf. Sie schlug um sich und zerrte an ihrem Nachthemd. Es war eine warme Nacht, und alle waren in Schweiß gebadet.

»Jeremiah, ich glaube, da stimmt etwas nicht. So stark, wie die Wehen jetzt sind, müßte das Kind kommen. Aber da ist noch nichts, ich habe nachgesehen.«

Jeremiah sah Camille verzweifelt um sich schlagen. Ärztliche Hilfe war im Moment nicht zu erwarten, es blieb ihm keine andere Wahl, er mußte ihr zu Hilfe kommen. Zwischen zwei Wehen spreizte er vorsichtig ihre Beine, wogegen sie sich heftig zur Wehr setzte, doch sie vergaß seine Gegenwart sofort, als die nächste Wehe kam. Er sah nach, in der Erwartung, den Kopf des Kindes zu sehen. Ihm stockte der Atem, als er statt des Kopfes eine winzige Hand herausragen sah. Das Kind lag falsch wie Mary Ellens Kind und war vielleicht schon tot oder würde bald tot sein, wenn er nicht schnell etwas unternahm. Er wußte noch, was der Arzt damals gemacht hatte, und gab Hannah genaue Anweisungen. Bei der nächsten Wehe hielt sie Camille fest, als diese wie in Todesnot aufschrie. Jeremiah hatte das Gefühl, er würde sie töten, und doch mußte er alles tun, um das Kind zu retten. Langsam, ganz langsam schob er das Kind zurück, tastete nach seinem Kopf und drehte es herum. Die kleinen Schultern waren gegen die Geburtsöffnung gedrückt worden. Jetzt spürte er, wie der Kopf auf ihn zukam. Das Bett war blutdurchtränkt und Camille schon zu schwach, um zu schreien, doch sie stöhnte noch einmal kurz auf, als das Kind sich zwischen ihren Beinen hervorschob, in die Hände seines Vaters hinein, und dabei ein herzhaftes Geschrei ertönen ließ.

Das Kind war von einem Gewirr Nabelschnur umgeben, so daß Jeremiah zunächst nicht sehen konnte, ob er einen Sohn oder eine Tochter hatte. Und dann sah er es mit Tränen in den Augen.

»Ein Mädchen!« rief er Camille zu, die matt den Kopf hob und in Tränen ausbrach, nicht aus Zärtlichkeit für das Kind, sondern aus Entsetzen über das Erlittene. Sie klagte auch noch, als Hannah sie zu säubern versuchte, und sie weigerte sich, das Kind in den Arm zu nehmen. Als der Arzt wenig später eintraf, war er voll des Lobes für Jeremiah und sagte ihm, daß er gute Arbeit geleistet hätte. Camille bekam ein Schlafmittel, und Hannah nahm sich des Neugeborenen an.

»Na, die Ringe sind Sie losgeworden«, meinte der Arzt mit leisem Auflachen zu Jeremiah, ehe er ging. Der stolze Vater bedankte sich freudestrahlend und drückte ihm eine Goldmünze in die Hand. Eigentlich war sie für den Arzt in Napa bestimmt gewesen, aber der alte Arzt aus Calistoga hatte sie sich nach der

Totgeburt und auch jetzt redlich verdient. Dank seiner Erfahrung bei Mary Ellens Entbindung hatte Jeremiah gewußt, wie man die Kindslage im Mutterleib ändert. Der Doktor versicherte ihm noch, daß er dadurch seinem Kind das Leben gerettet hatte, wenn auch die Prozedur für die Gebärende schrecklich war, wie er zugeben mußte. Aber das ließ sich nicht ändern, und Jeremiah versuchte es Camille klarzumachen, als er sie nach dem Erwachen beruhigte. Sie war noch immer in einem an Hysterie grenzenden Zustand und wollte das Kind nicht in den Arm nehmen. Jeremiah schob ihr einen großen, von einem Saphir gekrönten Ring an den Finger. Er hatte sich ihn eigens für diese Gelegenheit aufgespart. Sodann führte er ihr die gesamte dazu passende Garnitur – Collier, Ohrringe und Brosche – vor, ohne daß Camille Interesse gezeigt hätte. Sie wollte einzig und allein sein Versprechen, daß sie das alles nie wieder würde durchmachen müssen. Die Entbindung war die schrecklichste Erfahrung ihres ganzen bisherigen Lebens gewesen. Schluchzend hielt sie ihm vor, daß es nie passiert wäre, wenn er sie nicht vergewaltigt hätte. Ihre Reaktion enttäuschte ihn, doch er hoffte, daß sie nach einigen Tagen zur Vernunft kommen würde.

Hannah war in diesem Punkt nicht sicher. Noch nie hatte sie eine Mutter gesehen, die sich geweigert hätte, ihr Kind zu halten. Ihr Töchterchen war vier Tage alt, ehe Camille es sich in den Arm legen ließ. In der Stadt mußte eine Amme aufgetrieben werden, weil Camille sich hartnäckig weigerte, das Baby zu stillen.

»Wie wollen wir sie nennen, Liebes?« fragte Jeremiah sie.

»Ich weiß nicht.« Das klang völlig gleichgültig. Was er auch sagen mochte, nichts konnte sie aus ihrer trüben Stimmung reißen. Camille beteiligte sich nicht an der Auswahl des Namens und nahm das Kind nie in den Arm. Jeremiah, dem das Baby leid tat, trug die Kleine fast ständig herum. Er bedauerte keinen Augenblick, daß es kein Sohn geworden war. Sie war sein Kind, sein Fleisch und Blut, das Kind, auf das er so lange hatte warten müssen. Jetzt wußte er, was Amelia gemeint hatte, als sie ihn drängte, zu heiraten und Kinder in die Welt zu setzen. Es war das Wichtigste in seinem Leben, und er betete das kleine Bündel an, das er so oft wie möglich in den Armen wiegte und dabei fasziniert beobachtete. Er konnte nicht aufhören, über die winzigen Händchen und das kleine Gesichtchen zu staunen. Wem sie ähnlich sah, konnte er nicht erkennen. Aber noch ehe sie eine Woche alt war, wußte er, daß er sie Sabrina nennen wollte, und Camille machte keine Einwände. In St. Helena wurde das Baby auf den Namen Sabrina Lydia Thurston getauft. Es war Camilles erster Ausgang, zu dem sie ein grünes Sommerkleid trug. An ihrer Hand funkelte der Saphir. Sie war noch immer schwach auf den Beinen und zudem wütend, daß sie in die meisten Kleider noch nicht hineinpaßte. Hannah sagte ihr, daß es dazu eine gewisse Zeit brauche. Dies war als Trost gemeint, aber Camille tat die Worte unwillig ab und schickte Hannah hinaus, nicht ohne ihr aufzutragen, sie solle das Kind mitnehmen.

In jenem Sommer war die dicke Luft mit dem Messer zu schneiden. Camille benahm sich in St. Helena wie eine Tigerin im Käfig. Jeremiah, der sich ausgemalt hatte, wie sie ihrem Kind Wiegenlieder vorsingen würde, wurde von der Wirklichkeit herb enttäuscht. Camille war noch immer ein junges Mädchen, das nervös darauf wartete, sich wieder in den Trubel des städtischen Lebens zu stürzen. Die Wochen auf dem Land saß sie nur widerwillig und mißlaunig ab. Die seit langem versprochene Fahrt nach New York und Atlanta mußte vorerst aufgeschoben werden. Camilles Mutter erkrankte im Juli, und ihr Vater schlug vor, sie sollten mit dem Besuch bis Weihnachten warten. Camille, die es sich zur Gewohnheit gemacht hatte, mit einem Wutausbruch zu reagieren, wenn ihr etwas gegen den Strich ging, warf eine Lampe zu Boden, ehe sie aus dem Zimmer lief und die Tür zuknallte. Sie haßte alles und jeden, das Haus, das Land, die Leute, Hannah, das Kind. Für alle war es eine große Erleichterung, als im September gepackt wurde. Endlich kehrten sie in die Stadt zurück, die Camille so schrecklich gefehlt hatte. Sie hatte das Gefühl, einem Kerker entronnen zu sein.

»Sieben Monate!« stieß sie ganz außer Atem hervor, als sie die Eingangshalle des Stadthauses betraten. »Sieben Monate!«

»Du hast uns so gefehlt!« wurde sie von ihren Freundinnen empfangen.

»Es war die schrecklichste Zeit meines Lebens«, pflegte sie darauf zu antworten. »Ein wahrer Alptraum.« Ohne Jeremiahs Wissen suchte sie einen Arzt auf und ließ sich neue Ringe geben, dazu eine Spülung und einen Vorrat eines pflanzlichen Mittels, das auch ein wirksames Verhütungsmittel war. Nie wieder würde sie diese Maßnahmen aufgeben, da mochte Jeremiah sagen, was er wollte.

Seit Sabrinas Geburt hatte sie das Eheleben nicht wiederaufgenommen. Sie hatte es nicht eilig damit. Die Kleine war jetzt vier Monate alt, hübsch und gut entwickelt, mit weichen Löckchen und großen blauen Augen wie Camille und Jeremiah, winzigen gepolsterten Händen und kräftig zupackenden Fingerchen. Camilles Besuche im Kinderzimmer waren eine Seltenheit. Sie hatte darauf gedrungen, das Kind im Dachgeschoß unterzubringen. Damit blieb das hübsche Kinderzimmer im ersten Stock unbenutzt.

»Sie macht zuviel Lärm«, hatte sie Jeremiah erklärt, der darüber enttäuscht war, daß er das Kind nicht näher bei sich hatte. Das hinderte ihn aber nicht daran, oft hinaufzulaufen und die Kleine anzusehen. Er machte gar kein Hehl daraus, daß er seine Tochter anbetete. Die einzige, die sich im Kinderzimmer kaum blicken ließ, war Camille. Sobald Jeremiah sie daraufhin ansprach, schnitt sie ihm unwillig das Wort ab. Als die Kleine ein halbes Jahr alt war, fing er an, sich ernstlich Sorgen zu machen. Camille hatte keine Beziehung zu ihrem Kind entwickelt, das mit der Zeit sehr darunter leiden würde. Es war unnatürlich, daß eine Mutter so wenig Herz für ihr Kind zeigte, aber sie schien nicht das geringste für Sabrina zu empfinden. Ihr einziges Interesse galt Verabredungen mit Freundinnen, Partys, die sie gaben, kleinen Festlichkeiten, die sie selbst veranstaltete, wenn Jeremiah in Napa war. Er hatte ihr längst zu verstehen gegeben, wie wenig er sich aus ihrem Freundeskreis machte, deswegen traf sie sich allein mit ihren Bekannten. Seit ihrer Schwangerschaft hatten sich ihre Gefühle für ihn auffallend abgekühlt. Manchmal fragte er sich, ob sie ihm wohl je verzeihen würde.

»Du mußt ihr Zeit lassen«, riet Amelia ihm, als er ihr bei ihrem nächsten Besuch seine Besorgnis eingestand. Sie hielt liebevoll Sabrina im Arm und koste und schäkerte mit ihr. Der Gegensatz zwischen den beiden Frauen traf Jeremiah wie ein Schlag. »Vielleicht hat sie Angst vor kleinen Kindern«, meinte Amelia, die seinen Blick bemerkte. »Schließlich habe ich schon drei Enkelkinder.« Das dritte war ein Junge, worüber in der Familie ihrer Tochter eitel Freude herrschte. Dennoch fand sie Zeit für einen Besuch bei Jeremiah und Camille. Leider war Camille außer Haus. Die Zeit, die sie bei Mann und Tochter verbrachte, wurde immer knapper. Zu Hause war sie eigentlich nur, wenn sie eine Party oder einen Ball veranstaltete. Langsam bekam Jeremiah diesen Zustand satt. Camille genoß es sehr, in der Öffentlichkeit als Mrs. Jeremiah Thurston aufzutreten, und schätzte die damit zusammenhängenden Privilegien, ohne sich jedoch um ihre Privatpflichten zu kümmern. Jeremiah hatte es vor allem satt, auf ein Eheleben verzichten zu müssen. Mit der Behauptung, sie fühle sich noch immer nicht ganz wohl, schlief sie seit ihrer Rückkehr aus Napa in ihrem Ankleidezimmer. Sie fühlte sich aber immer wohl genug, um auszugehen. Jeremiah wagte es gar nicht, Amelia alles zu sagen, sie erahnte es aber. Voller Mitleid küßte sie ihn zum Abschied. Er hatte etwas Besseres verdient... und sie wäre überglücklich gewesen, ihm Besseres zu bieten, hätten sich die Dinge anders entwickelt. Doch sie war für ihn zu alt gewesen oder hatte es sich eingebildet. Jetzt freute sie sich für ihn, daß er Sabrina hatte.

Zu Weihnachten zog Jeremiah einen Schlußstrich. Camille hatte ihm schon im November mitgeteilt, daß sie um die Weihnachtszeit einen großen Ball für sechs- bis siebenhundert Gäste geben wollte, »... den größten Ball, den San Franzisco je gesehen hat«, wie sie frohgemut erklärte.

Er schüttelte den Kopf. »Nein, daraus wird nichts.«

»Warum nicht?« In ihrem Blick wetterleuchtete es. Sie war Mrs. Jeremiah Thurston, und sie wollte alles haben, was diese Position mit sich brachte.

»Über Weihnachten fahren wir nach Napa.« Ihrer Mutter ging es noch immer nicht besser, so daß ihr Vater einen Besuch in Atlanta nicht für ratsam hielt. Camille schien nicht übermäßig besorgt um ihre Mutter. Aus ihrer Abneigung hatte sie nie ein Geheimnis gemacht. Sie hätte allerdings nichts dagegen gehabt, nach Atlanta zu gehen, dort die große Dame zu spielen und es allen tüchtig zu zeigen.

»Nach Napa?« rief sie entsetzt aus. »Über Weihnachten? Nur über meine Leiche!« Nun gab es mittlerweile etliche, die sie lieber tot als lebendig gesehen hätten, aber Jeremiah gehörte noch nicht zu ihnen.

»Ich muß draußen bei den Minen sein, es hat wieder Wassereinbrüche gegeben...« Vor kurzem hatte John Harte zweiundzwanzig seiner hundertsechs Leute verloren, und Jeremiah war ihm zu Hilfe geeilt. Harte, der endlich doch zugänglicher geworden war, hatte sich sehr dankbar gezeigt.

Sie schnitt ihm das Wort ab. »Dann geh du nach Napa. Ich bleibe hier.«

»Über Weihnachten?« Er war richtig erschrocken. »Ich möchte, daß wir drei zusammen sind.«

»Wer denn? Du, ich und Hannah? Mich laß bitte aus dem Spiel.«

»Ich meine unsere Tochter...« In einer für ihn ungewohnten Weise zeigte er seine Enttäuschung. »Oder hast du vergessen, daß wir ein Kind haben?«

»Eine unnötige Bemerkung. Ich habe sie täglich vor Augen.«

»Wann, wenn ich fragen darf? Wenn du aus dem Haus gehst und sie aus dem Garten hereingebracht wird?«

»Ich bin kein Kindermädchen.« Trotz ihrer Zierlichkeit wirkte sie hochmütig und anmaßend. Diesmal brach der Damm in Jeremiah.

»Du bist auch keine Mutter. Und keine Ehefrau, wenn wir schon davon sprechen. Was bist du eigentlich?«

Da holte sie aus und schlug ihm ins Gesicht. Jeremiah stand da und ließ es zu. Keiner der beiden rührte sich nach dem Schlag. Es war der Anfang vom Ende ihrer Ehe, das war beiden bewußt. Camille fand als erste wieder Worte, aber nicht um sich bei ihrem Mann zu entschuldigen. In ihr war schon vor Monaten etwas zersprungen, als sie das Kind bekam oder als sie in Napa in der Falle saß, wie es sich aus ihrer Sicht darbot. In Wahrheit konnte sie es ihm nicht verzeihen, daß er ihr Sabrina praktisch aufgezwungen hatte. Es steckte aber noch mehr dahinter. Sie hatte sich vorgestellt, Einblick in die Unternehmensführung, die sie so interessierte, zu bekommen. Zu ihrem Leidwesen hatte sie erfahren müssen, daß es für sie in den Minen von Napa keinen Platz gab. Es war eine ausschließlich männliche Welt, von der er ihr nichts erzählte. Als Ausgleich hätte sie sich eine Teilnahme an der ununterbrochenen Abfolge von geselligen Anlässen gewünscht, und auch in diesem Punkt ließ er sie im Stich. Vor dem gesellschaftlichen Leben hatte er immer Scheu gehabt, dazu kam, daß es ihm widerstrebte, sich mit seiner jungen Frau in aller Öffentlichkeit zu brüsten. Es hatte sich gezeigt, daß alle ihre Wünsche unerfüllt geblieben waren – bis auf Thurston House mit seiner Pracht und allem, was es ihr bedeutete.

»Jeremiah, ich werde nicht nach Napa gehen. Wenn du Weihnachten dort verbringen willst, dann wirst du dort allein sein.« Sie hatte für ihr ganzes Leben genug von St. Helena, das sie an die schrecklichsten Augenblicke ihres Lebens erinnerte.

»Nein, allein werde ich nicht sein.« Er lächelte traurig. »Ich werde meine Tochter mitnehmen.« Und er sollte Wort halten. Am achtzehnten Dezember fuhr er mit Sabrina und ihrem Kindermädchen nach Napa. In St. Helena wurde ihnen von Hannah ein herzlicher Empfang bereitet. Es sollten zwei Tage vergehen, bis sie auf Camilles Abwesenheit zu sprechen kam. Jeremiah stellte sofort klar, daß er darüber nicht sprechen wollte.

Jeremiah kränkte sich sehr über Camilles Verhalten, hätte er jedoch alles gewußt, hätte er sich noch viel mehr gekränkt. Sie hatte tatsächlich einen Vorstoß gewagt und den angekündigten Ball veranstaltet. Die Einladungen waren ohne sein Wissen hinausgegangen. Zwei Tage nach dem Ball las er darüber in der Zeitung. Er nahm ganz richtig an, daß sie sämtliche Rechnungen von seinem Geld bezahlte. Anstatt Weihnachten mit Mann und Kind zu verbringen, hatte sie sich entschlossen, das Fest im Kreis ihrer Freunde zu feiern, der vornehmen Elite, der Neureichen und Protzer. Es waren Menschen, in deren Gesellschaft Jeremiah sich nicht wohl gefühlt hätte, aber Camille war in ihrem Element und spielte mit zwanzig Jahren die ›grande dame‹ von Thurston House, wobei sie zu vergessen versuchte, daß sie in Atlanta alles andere als aristokratisch gegolten hatte, daß sie gezwungenermaßen ein Kind bekommen hatte und ebenso unter Zwang hatte in Napa leben müssen, das sie haßte. Sollte Jeremiah sie jemals wieder in eine Schwangerschaft zwingen, dann würde sie sich eher selbst töten, als das Kind zur Welt zu bringen. Ihrer Meinung nach hatte sie sich alles, was sie jetzt besaß, redlich verdient, weil er ihr so grauenvolle Schmerzen zugemutet hatte. Für sie war eine Schwangerschaft der schlimmste aller Alpträume und eine Geburt eine Tortur, die sich jeder Beschreibung entzog. Immer wenn sie Jeremiah sah, trat ihr jeder einzelne qualvolle Augenblick ins Gedächtnis, besonders wenn es den Anschein hatte, er wolle sich ihr nähern. Sabrina war für sie nur die lebendige Erinnerung an eine monatelange Hölle. Da war es einfacher, ihr aus dem Weg zu gehen. Und das tat sie und verschloß ihr Herz gegen alle Gefühle, die sie einst für Jeremiah empfunden hatte, und ebenso gegen alles, was sie mit der Zeit vielleicht für ihr Kind empfunden hätte.

17

Jeremiah kam nicht unmittelbar nach Weihnachten zurück, wie Camille vermutet hatte. In einem Brief nannte er sie eine Angeberin und kündigte an, er würde erst Mitte nächsten Monats kommen und würde sich glücklich schätzen, sie in Napa zu sehen. Schon beim Lesen regte sich ihr Ärger. Sie hatte nicht die Absicht, jetzt nach Napa zu gehen und sämtliche gesellschaftlichen Anlässe in der Stadt zu versäumen. Ihren Freunden erklärte sie seine Abwesenheit mit lässigem Gleichmut und nahm weiterhin an jeder Party in der Stadt teil, auch an einer, die von einem Paar gegeben wurde, das Jeremiah besonders verabscheute, von zwei Neureichen, die im Vorjahr aus dem Osten gekommen waren und für ihre mehr als nur leicht unanständigen Abende berüchtigt waren. Wenn Jeremiah da war, hatte Camille nie hingehen dürfen, deswegen ergriff sie die Gelegenheit, den von dem Pärchen veranstalteten Silvesterball zu besuchen. Camille war auf das angenehmste überrascht von den Menschen, die sie dort kennenlernte. Es war ein amüsanter Haufen, viel ausgelassener jedenfalls als die Menschen, die Jeremiah und sie meist sahen. Besonders einer hatte es ihr angetan, ein französischer Graf, der erst vor kurzem in dieser Runde aufgetaucht war. Er hieß Thibaut de Pré und verkörperte all das, was sie sich unter dekadent, europäisch und aristokratisch vorstellte. Wäre sie mit ihrem Vater nach Paris gegangen, hätte sie erwartet, genau diesen Typ Mann kennenzulernen. Er war groß und sah fabelhaft aus – grüne Augen, helle Haut, breite Schultern, schmale Hüften. Dazu sein köstlicher Akzent und seine unglaubliche Wortgewandtheit. Den ganzen Silvesterabend brachte er damit zu, Camilles Nacken zu küssen, was auf dieser Party kein Mensch schockierend fand. Er sprach Englisch so gut wie Französisch und besaß ein Château in Nordfrankreich und einen Palazzo in Venedig, oder er behauptete es zumindest. Über die Einzelheiten wahrte er bemerkenswerte Zurückhaltung.

Gleich von Anfang an kam er auf Camille zu und wich den ganzen Abend nicht mehr von ihrer Seite. Er hatte von ihrem prachtvollen Haus gehört, für das er größtes Interesse zeigte, natürlich nur, um es mit seinen eigenen Besitzungen zu vergleichen. Die Amerikaner hätten so ganz andere Vorstellungen von Architektur, behauptete er, während er mit ihr über die Tanzfläche wirbelte, den Arm fest um ihre Mitte gelegt, den Blick unverwandt in ihre Augen versenkt. Thibaut war ein umwerfend hübscher Mann mit sehr viel Charme und einem einnehmenden Wesen. Was konnte es schaden, wenn sie ihm am nächsten Tag das Haus zeigte? Camille fand so lange nichts dabei, bis er sie an sich drückte und sie in ihrem Boudoir küßte, in das sie ihn nur geführt hatte, um ihm die handgemalte französische Tapete zu zeigen.

Unter seiner Berührung stand ihr Körper sofort in Flammen. Sie spürte die Wirkung ihrer langen Enthaltsamkeit. Ganz plötzlich erwachte in ihr die Leidenschaft für den schmachtenden französischen Grafen, der auf ihrem Körper wie auf einer Harfe zu spielen verstand und sie innerhalb weniger Augenblicke dazu brachte, ihn so gut wie anzuflehen, er möge sie nehmen. Als sie dann zur Besinnung kam, bat sie ihn aufzuhören, doch ihr Mund wurde von seinen Lippen zum Schweigen gebracht, ihre Worte erstickt, verstümmelt. Er fuhr fort, sie zu küssen, von der Gewißheit erfüllt, sie hätte seine Absichten sofort durchschaut, als er gebeten hatte, ihr Haus sehen zu dürfen.

Aber jetzt machte sie sich los und ersuchte ihn im Befehlston, mit ihr hinunter ins Erdgeschoß zu gehen. Mit ihren glühenden Augen, den sinnlichen Lippen und dem rabenschwarzen Haar fand er sie sehr attraktiv und amüsant.

In den folgenden Wochen überschüttete er sie mit Geschenken, kleinen Schmuckstücken und Blumen und lud sie zum Lunch ein, um nachher mit ihr Ausfahrten zu unternehmen. Und die ganze Zeit über blieb Jeremiah in Napa. Sie behauptete immer wieder, de Prés Verhalten gliche einem Affront, doch sie brachte es in ihrem klangvollen Südstaatenakzent vor, und er sprach französisch zu ihr und bot ihr mehr Vergnügen, als sie seit Monaten gehabt hatte. Jeremiah war immer so ernst, und sie hatte es satt, ständig von Wassereinbrüchen in den Minen zu hören. Er war in Napa deswegen aufgehalten worden. Diesmal waren vier Leute in einem überfluteten Stollen ertrunken. Thibaut sprach mit ihr über ganz andere Dinge. Er sagte ihr, wie schön sie sei und wie bemerkenswert er es finde, daß sie ein Kind bekommen hatte. Und sie gestand ihm, wie sehr sie das alles gehaßt hatte. Durch die Inbrunst seiner Worte gewann er vollends ihr Herz.

»Meiner Meinung nach ist es grausam, von den Frauen zu verlangen, sie sollten Kinder bekommen. Einfach barbarisch!« Er steigerte sich richtig hinein. »Niemals würde ich das von der Frau, die ich liebe, verlangen.« Sie errötete unter seinem vielsagenden Blick.

»Ich würde es nie wieder über mich ergehen lassen«, gestand sie. »Eher würde ich sterben.« Und dann sagte er ihr zu Gefallen noch, aus Kindern habe er sich nie viel gemacht.

»Scheußliche kleine Rangen... und wie sie riechen!«

Camille lachte, und wieder küßte er sie. Hinterher war ihr unklar, wie es möglich gewesen war, doch er liebte sie auf dem Diwan ihres Ankleidezimmers, nachdem sie fast eine ganze Flasche Champagner aus Jeremiahs Keller geleert hatten. Camille war sehr froh, daß sie wieder einen Ring eingesetzt hatte, gleich nach Silvester, nur um zu prüfen, ob er paßte, wie sie sich einredete. Sie hatte den Ring drinnen gelassen für den Fall, daß Jeremiah zurückkäme, wie sie sich selbst vormachte. Aber mit Jeremiah hatte das alles nichts zu tun. Es hatte vielmehr mit Thibaut de Pré zu tun.

Die heimliche Affäre dauerte schon sechs Wochen, als Jeremiah endlich zurückkam. De Pré pflegte Camille in Thurston House zu besuchen, und sie kam in sein Hotel, ein schockierendes Vorgehen, wie sie sehr wohl wußte, doch war es weniger gefährlich, als ihn ins Haus einzulassen, was sie nur spät am Abend wagte. Kichernd und auf Zehenspitzen schlichen die beiden hinauf, zogen sich in Camilles Räume zurück und verbrachten die Nacht mit Champagner und Liebe. Bei Thibaut fand sie die Leidenschaft, die sie vor Sabrinas Geburt gekannt hatte. Seine französische Herkunft machte ihn viel exotischer und aufregender als Jeremiah. Er war erst zweiunddreißig, wirkte aber viel jünger, jünger sogar als Camille mit ihren zwanzig Jahren. Er wollte immer nur tändeln und spielen und hätte am liebsten von früh bis spät nur der Liebe gefrönt. Und er wollte nicht, daß sie ein Kind bekäme. Über ihren Ring zeigte er sich entzückt und beschrieb ihr sogar die viel ausgefalleneren Methoden, die in Frankreich praktiziert wurden. Und er sprach davon, sie nach Europa mitzunehmen.

»Du könntest mit mir nach Südfrankreich gehen, meine Freunde besuchen... Gesellschaften, die bis zum Morgengrauen dauern...« Er versengte ihr fast die Ohren mit seinen Andeutungen darüber, was man dort trieb... noch besser, er zeigte es ihr, und während der Tag verging, spürte sie, wie etwas Merkwürdiges mit ihr vorging, so als hätte sie eine Droge entdeckt und könnte ohne ihn nicht mehr leben. Fast bekam sie das Gefühl, nach ihm süchtig zu sein. Tag und Nacht sehnte sie sich nach seiner Berührung, verzehrte sich nach seinen Gliedern, verlangte danach, daß er ihre Seele ausfülle. Fast empfand sie Schmerz, sich von seinem Fleisch zu lösen, wenn sie das Bett verließ. Sie brauchte seinen Körper auf dem ihren, seine Hände, seine Lippen, seine Zunge... allem, was er tat, haftete etwas Berauschendes an, und sie entdeckte, daß sie ständig mehr von ihm brauchte und verlangte.

Wenn sie an Jeremiahs Rückkehr dachte, wurde sie von Verzweiflung erfaßt. Und als er dann wirklich kam, glückte es ihr nur ganz knapp, de Pré rechtzeitig hinauszuschmuggeln. Während Jeremiah nach oben ging und das Kind versorgen ließ, entdeckte sie eine leere Champagnerflasche unter dem Bett und versteckte diese hastig in ihrem Boudoir. Sie kam sich schlampig, verwahrlost und befleckt vor. Bei Jeremiahs Anblick brach sie in Tränen aus, eine Reaktion, die er als Erleichterung über seine Heimkehr auslegte. Und einen Augenblick lang, ganz kurz, erhaschte sie einen Blick auf das Leben, das sie noch hätte führen können, in Wahrheit aber längst aufgegeben hatte. Es hätte ein Leben mit Jeremiah und Sabrina sein können, und plötzlich bereute sie heftig, daß sie mit ihm nicht nach Napa gegangen war. Dort wäre sie in Sicherheit gewesen. Statt dessen hatte sie sich fortgeworfen. Sie hatte sich im Garten Eden verirrt und konnte sich an den Weg hinaus nicht mehr erinnern, ja, sie wollte ihn gar nicht mehr finden.

In der Nacht lag sie ganz still neben Jeremiah, gequält von ihren Gedanken, und als er eine Hand auf ihren Schenkel legte, erbebte sie. Als besonders unangenehm empfand sie, daß sie ihn nicht mehr begehrte. Sie sehnte sich nach Thibaut, mit dem sie sich am nächsten Morgen heimlich in seinem Hotelzimmer traf. Wieder zu Hause, hatte sie das Gefühl, Verstand und Seele seien auf nahezu dämonische Weise von ihm in Besitz genommen worden. Dabei konnte sie sich nicht annähernd vorstellen, was ihr Vater von Thibaut halten würde. Zum erstenmal im Leben war ihr die Meinung ihres Vaters gleichgültig, auch die Jeremiahs oder eines anderen.

Jeremiah wollte jetzt einige Monate in San Franzisko bleiben, und Camille wußte, daß die Verwirrung der Gefühle sie bis dahin in den Wahnsinn treiben würde – wenn nicht schon früher. Sie wußte schon nicht mehr, was sie mit Jeremiah abends sprechen sollte, deswegen zog sie sich immer früher in ihr Ankleidezimmer zurück. Für einen Besuch bei Sabrina hatte sie jetzt noch weniger Zeit als früher, und wenn sie mit Jeremiah ausging, hielt sie verstohlen überall nach ihrem Grafen Ausschau, der in Gesellschaft dastand und sie hungrig anstarrte. Einmal wagte er sogar, ihre Brust zu berühren, als sie an ihm vorüberging und ein Restaurant betrat. Ihr ganzer Körper bebte vor Wollust. Und Jeremiah hielt sie für gefühlskalt! Ihr wurde ganz übel vor Schuldbewußtsein.

Noch immer sprach Thibaut davon, sie nach Frankreich mitzunehmen.

»Aber ich kann nicht mitkommen! Verstehst du das nicht?!«

Er machte sie schier wahnsinnig mit seinem leidenschaftlichen

Blick und der geschmeidigen Zunge. »Ich bin verheiratet und habe eine kleine Tochter!« Sie würde noch mehr aufgeben müssen – eine Lebensart, Sicherheit, Thurston House. Hier war sie eine Person von einiger Bedeutung. Das alles ließ man nicht einfach im Stich.

»Dein Mann langweilt dich zu Tode, und an deinem Kind liegt dir so gut wie nichts. Was hast du hier sonst noch? Möchtest du nicht lieber auf einem französischen Château meine Gräfin sein?«

»Doch, das möchte ich...« schluchzte sie, von Ratlosigkeit übermannt. Indem er sie ständig in Versuchung führte, machte er sie fast wahnsinnig. Ihre Konfusion war so total, daß sie wirklich nicht mehr aus noch ein wußte. Nach ein paar Wochen fiel Jeremiah ihr schlechtes Aussehen auf, das er noch immer als Folge von Sabrinas Geburt ansah. Er drängte sie, einen Arzt aufzusuchen, doch sie wimmelte ihn Tag für Tag ab. Sie hatte anderes zu tun. Camille traf sich heimlich mit de Pré in dessen Hotelzimmer und ließ sich von seinem Besitz vorschwärmen, von seiner Familie, seinen Freunden – Marquis, Grafen, Fürsten und Herzöge. Sie ließ sich mitreißen und träumte von den Bällen auf den Schlössern seiner Freunde in ganz Frankreich. Es war wie der von ihrem Vater versprochene Traum, ehe Jeremiah aufgetaucht war. Wenn sie wollte, konnte sie jetzt Gräfin werden. Sie mußte nur ihr bisheriges Leben aufgeben. Das flüsterte Thibaut zwischen ihren Liebesakten, und sie glaubte, den Verstand zu verlieren...

»Ich halte es nicht mehr aus«, klagte sie einmal. »Ich bin völlig ratlos.«

Das kümmerte ihn wenig. So wie sie süchtig nach ihm war, war er süchtig nach ihr. Er wollte immer mehr, wollte sie ganz für sich, und ließ nicht locker, bis sie endlich nachgab. Dabei ging er von der Annahme aus, wenigstens ein Teil des Vermögens, das sie freigebig zur Schau stellte, gehöre ihr.

Tagtäglich mußte Jeremiah mitansehen, wie sie ihm immer mehr entglitt. Wohin, das wußte er nicht, bis ihm im April ein Freund sagte, was er beobachtet hatte. Camille war mit einem hochgewachsenen blonden Mann aus dem Palace Hotel gekommen. Die beiden hatten einander geküßt, ehe der Mann eine Droschke für sie rief. Jeremiah spürte sein Herz wie einen Stein absacken. Er wollte nicht glauben, was man ihm zugetragen hatte, doch während er sie Tag für Tag beobachtete, wuchs in ihm der Verdacht, die Beobachtung seines Freundes beruhe auf Tatsachen. In Camilles Blick lag etwas Entrücktes, wenn er mit ihr sprach, und sie bestand darauf, daß sie allabendlich ausgingen. Und immer wenn er sie verließ, um zu seinen Minen zu fahren, schien sie erleichtert. Kein einziges Mal konnte er sie dazu bewegen, mit ihm zu schlafen.

Mit dem Fortschreiten des Frühlings wuchs seine Niedergeschlagenheit. Mit Bangen sah er dem Zeitpunkt entgegen, wenn er versuchen würde, sie den Sommer über nach Napa mitzunehmen. Aus Angst, sie könne völlig außer sich geraten, scheute er eine Konfrontation. Doch es sollte sich zeigen, daß das Schicksal an seiner Stelle die Initiative ergriff.

Eines Nachmittags verließ er verspätet den Klub seines Bankiers, mit dem er eine geschäftliche Besprechung gehabt hatte. Da rollte ein Wagen vorüber, in dem er Camille in den Armen eines blonden jungen Mannes sah. Jeremiah blieb wie angewurzelt stehen. Er hatte das Gefühl, seine Welt sei um ihn herum in Trümmer gegangen. Am Abend stellte er sie in ihrem Ankleidezimmer zur Rede ... ganz ruhig zunächst.

»Camille, ich weiß nicht, wie es so weit kommen konnte.« In seinen Worten schwangen ungeweinte Tränen mit, die er eisern zurückhielt. »Und ich möchte es gar nicht wissen. Man hat dich schon vor einiger Zeit mit einem Mann beobachtet. Wie gern hätte ich geglaubt, daß es nicht stimmt. Leider muß ich jetzt davon ausgehen, daß es wahr ist.« Er konnte nicht verhindern, daß seine Augen feucht wurden. Er liebte Camille so sehr und fürchtete, sie an den Mann zu verlieren, der sie in der Droschke geküßt hatte. Wenn sie jetzt sofort Schluß machte, würde er ihr nichts nachtragen. An ihr lag es, zu retten, was sie gemeinsam besessen hatten, nicht an ihm. Er war gewillt, ihr zu verzeihen und mit ihr weiterzuleben. Er hatte ja keine Ahnung, in welchem Widerstreit der Gefühle Camille sich befand.

»Woher willst du wissen, daß ich es war?« Traurig sah sie ihn an, ihrer gewohnten Kampflust beraubt. Beide wußten, daß kein Zweifel möglich war.

»Welchen Sinn hat es, darüber zu streiten? Es geht jetzt allein darum, daß die Affäre aufhört.« Seine Stimme war sanft wie seine Liebe. »Camille, es muß Schluß sein. Nächste Woche möchte ich mit dir nach Napa. Vielleicht glückt es uns, die Scherben zu kitten – dank Sabrina.« Sie sah seine Tränen und schloß die Augen. Hätte Jeremiah gedroht, sie zu ertränken, es hätte sie viel weniger erschüttert als die Ankündigung, nächste Woche nach Napa zu gehen. Der Gedanke war ihr unerträglich. Sie konnte Thibaut noch nicht aufgeben. Noch nicht. Sie brauchte ihn. Jeremiahs nächste Worte waren nur ein Flüstern, das aus tiefstem Herzen kam. »Bitte, mach Schluß...«

Sie schlug die Augen auf. »Ich werde sehen...« Sie hatte das Gefühl, eine Hand drücke ihr die Kehle zu.

Im Schutz der Dunkelheit schlich sie hinaus, nur um Thibaut auf der Straße auf ein paar Worte und einen Kuß zu treffen. Jeremiah war der Meinung, sie sei unten und hätte mit der Köchin etwas zu besprechen. Er sollte nie die Wahrheit erfahren. Camille stand jenseits der Gartenmauer auf der Straße und flüsterte mit de Pré, der sie anflehte, zu ihm ins Hotel zu kommen. Er war durch und durch unmoralisch und gewissenlos, ein Mensch, der alles unternehmen würde, damit sie mit ihm käme. Warum auch nicht? Camille war schön und sinnlich, mittlerweile fast so lasterhaft wie er, eine Expertin der Liebeskunst trotz ihrer knapp zwanzig Jahre. Alle Welt behauptete, sie sei eine schwerreiche Frau, und genau das brauchte de Pré. Er hatte gehört, sie besäße eigenes Vermögen. Dazu gesellten sich noch die Geschenke Thurstons, die, nach Schmuck und Pelzen zu schließen, stets sehr großzügig ausgefallen sein mußten.

Am nächsten Tag traf sie sich tatsächlich mit Thibaut in dessen Hotelzimmer. Schluchzend eröffnete sie ihm, es sei endgültig

Schluß. Sie hätte sich alles genau überlegt. Seinetwegen wollte sie nicht aufgeben, was sie besaß.

»Habe ich etwas falsch gemacht?« fragte er erschrocken. Daß es unmoralisch war, was er verlangte, war ihm nie in den Sinn gekommen. Affären dieser Art betrieb er schon seit Jahren. Immer war er hinter den Frauen anderer hergejagt. Sie waren angenehme Partnerinnen, und Camille war bei weitem die beste. Er hatte nicht die Absicht, sie aufzugeben, sie am allerwenigsten. Sie war zu aufregend, zu süß. Und sie war sein. Das spürte er.

»Nein, ich habe etwas falsch gemacht«, erklärte sie. »Ich konnte nicht anders, aber jetzt muß Schluß sein. Mein Mann weiß alles.« Sie hatte bei ihm Fassungslosigkeit erwartet und war nun erschrocken, als er nicht wie erwartet reagierte. Er schien nur besorgt.

»Hat er dich geschlagen, mon amour?«

»Nein. Aber er möchte, daß ich mit ihm nach Napa gehe.« Die Vorstellung war so bedrückend, daß sie kaum weitersprechen konnte. »Wir werden vier Monate dort bleiben.« Sie brach in Tränen aus. »Und wenn wir zurückkommen, wirst du nicht mehr dasein.«

»Könnte ich nicht auch nach Napa kommen und in der Nähe in einem Hotel wohnen?« Ein schockierender Gedanke, doch sie schalt ihn deswegen nicht, sie begehrte ihn zu verzweifelt.

»Nein, das ist nicht möglich«, sagte sie.

Er strich sich über die Augen. »Dann mußt du eben mit mir kommen. Du mußt dich entscheiden. Auf der Stelle.« Er schien entschlossen. »Wir müssen nach Frankreich. Es ist ohnehin höchste Zeit, daß ich nach Hause komme. Den Sommer verbringen wir in meinem Château im Süden« – falls sein Vater ihn bei sich aufnehmen würde –, »und wir könnten die Sommerfeste in Venedig mitmachen« – das wenigstens entsprach der Wahrheit – »und im Herbst nach Paris gehen.« Das alles erschien ihr natürlich weitaus verlockender als St. Helena. Gleichzeitig wußte sie, daß sie kein Recht darauf hatte. Sie war Jeremiahs Frau, der Mittelpunkt ihres Lebens lag hier in Kalifornien.

Außerdem brachte dies auch viele Vorteile mit sich.

»Ich kann nicht mit dir gehen.« Sie brachte die Worte kaum über die Lippen.

»Warum nicht? Du würdest meine Gräfin sein, ma chérie. Denk daran!« Das tat sie, und es zerriß ihr fast das Herz. Ihr Daddy hatte ihr immer einen Grafen oder Herzog versprochen.

»Und mein Mann? Mein Kind?«

»Die sind dir völlig gleichgültig. Das wissen wir beide.«

»Es ist nicht wahr...« Aber sie hatte sich so benommen, daß er zu dieser Meinung gelangen mußte, und das Leben, das Thibaut ihr als Lockmittel vorgaukelte, erschien ihr so viel erregender. Sie wollte keine Kinder mehr, sie hatte es satt, ehrbare Ehefrau zu sein... aber am wichtigsten für sie war, daß sie kein Kind mehr wollte. Sie hatte überhaupt nie eins haben wollen. Das einzige, was sie noch an Jeremiah fesselte, war Thurston House, und Thibaut bot ihr zwei Schlösser. Entsetzt schreckte sie vor diesen Gedankengängen zurück. Lief denn alles nur auf das hinaus... wer von beiden das größere Haus besaß? Plötzlich erschrak sie vor sich selbst. War das alles? Camille hatte das Gefühl, in zwei Hälften zerrissen zu werden.

»Ich weiß wirklich nicht, was ich tun soll.« Schluchzend ließ sie sich in einen Sessel fallen.

Er schenkte ihr ein Glas Champagner ein. »Du mußt dich entscheiden, meine Liebe. Ich rate dir zu einer klugen Wahl. Wenn du den Rest deines Lebens in Napa versauerst, wirst du den versäumten Gelegenheiten nachtrauern... wenn er dich vergewaltigt und du wieder schwanger wirst...« Der Gedanke daran ließ sie schaudern. »Denk daran! Das werde ich nie von dir verlangen.«

Camille wußte, daß Jeremiah früher oder später einen Sohn von ihr erwartete. Aber ihn deswegen zu verlassen war unrecht... sie war seine Frau. Unter Tränen trank sie den Champagner. Thibaut nahm sie in die Arme, sie liebten sich, und als sie abends nach Hause kam, ging sie als erstes hinauf ins Kinderzimmer und sah ihrem Kind eine Weile beim Spielen zu. Sabrina war jetzt ein Jahr alt und fing schon an zu laufen. Im Leben ihres Kindes spielte Camille keine Rolle. Sie hatte sich anders entschieden. Jetzt hätte sie am liebsten die Hände vors Gesicht geschlagen und geweint. Sie wußte nicht aus noch ein.

Als Jeremiah sie daran erinnerte, daß die Abreise in fünf Tagen bevorstand, glaubte sie ihren Verstand zu verlieren. Am nächsten Tag kam es wieder zu einem Treffen mit Thibaut in dessen Hotelzimmer. Diesmal traf er die Entscheidung für sie – er steckte ihr eine große Diamantbrosche an, ein Familienerbstück, wie er sagte, und erklärte sie für verlobt, ehe sie sich wieder hemmungslos der Liebe hingaben.

Niedergeschlagen traf sie zu Hause ein. Camille wußte jetzt, daß sie nicht mit Jeremiah nach Napa gehen konnte, mochte er sie noch so drängen. Sie konnte ihm nicht noch ein Kind schenken und konnte sich nicht einmal dem Kind widmen, das sie schon hatten. Es war ihr nicht gegeben. Thibaut hatte ihr dies vor Augen geführt, nicht durch sein Geschenk, sondern durch seine Überredungskunst. Sie würde mit ihm nach Paris gehen und dort als Gräfin leben. Gut möglich, daß darin ihre eigentliche Bestimmung lag.

Fassungslos hörte Jeremiah ihre Erklärung, und als sie ihm alles gesagt hatte, ging er zu Sabrina, auf Zehenspitzen, um das Kindermädchen nicht zu wecken.

Für ihn war es unvorstellbar, daß Camille ihr Kind verlassen wollte, und noch schmerzlicher empfand er es, daß sie ihn verließ. Sein Schmerz war so groß, daß er ihn nicht in Worte fassen konnte. Er dachte an die Qualen, unter denen sie ihr Kind geboren hatte, und ihm war, als müsse er jetzt ähnliches erdulden. Er hatte noch deutlich in Erinnerung, wir John Harte vor einigen Jahren Frau und Kinder verloren hatte. Jetzt hatte er eine Vorstellung davon, was der Mann gelitten haben mußte. Nie hatte Jeremiah größeren Schmerz empfunden, und er fragte sich, ob Mary Ellen ähnliches mitgemacht hatte, als er sie verließ. Vielleicht war Camilles Verlust die Vergeltung für begangene Sünden. Den Kopf in die Hände gestützt, weinte er verhalten, ehe er das schlafende Kind allein ließ und in die Einsamkeit seines Schlafzimmers zurückkehrte.

Camille brauchte zwei Tage zum Packen. Ein Bahrtuch schien sich über das ganze Haus zu legen, als das Personal merkte, was vor sich ging. Jeremiah sagte zu niemandem ein Wort. Am Morgen vor ihrem Aufbruch zog er sie noch einmal unter Tränen an sich.

»Camille, das kannst du nicht tun. Du bist ein törichtes Kind. Sehr bald wirst du aufwachen und dich fragen, was du getan hast. Denk nicht an mich, aber denk an Sabrina... du kannst doch das Kind nicht verlassen. Dein Leben lang wirst du es bereuen. Und wofür? Wegen einem dahergelaufenen Taugenichts mit einem Château? Du hast doch schon eines.« Seine Geste umfaßte Thurston House, doch Camille schüttelte den Kopf.

»Ich hätte nie hierherkommen sollen... hätte dich nie heiraten dürfen.« Sie unterdrückte ein Schluchzen. »Ich bin für dich nicht gut genug.« Es war die erste freundliche Bemerkung, die sie machte.

»Natürlich bist du gut genug für mich.« Er hielt sie fest an sich gedrückt. »Ich liebe dich, geh nicht fort, bitte...«

Aber Camille schüttelte nur den Kopf. Sie lief aus dem Haus, rannte mit wehendem Kleid durch den Garten. Mit tränenblinden Augen sah Jeremiah als letzten Eindruck eine Vision aus blau-weißer Seide und langem schwarzem Haar.

Am Gartenportal wurde sie von Thibaut mit einem Wagen erwartet. Am Abend kam der Kutscher und holte ihr Gepäck ab. Jeremiah fand bei ihrem Schmuck eine Nachricht vor. »Für Sabrina, für später.« Und einen weiteren Zettel in seinem Ankleidezimmer: »Adieu.« Als Camille den Schmuck zurückließ, konnte sie nicht ahnen, daß Thibaut außer sich vor Wut und Enttäuschung sein würde.

Wie ein zum Tode Verurteilter durchwanderte Jeremiah an jenem Abend die Räume. Er konnte es noch immer nicht fassen. Was Camille getan hatte, war reiner Wahnsinn. Sie würde ihre Absicht rasch ändern, würde schon von New York aus kabeln und ihm ihre Rückkehr ankündigen. Aus dieser Hoffnung heraus verschob er seine Abreise nach Napa um drei Wochen. Doch Camille kam nicht zurück. Sie sollte niemals wiederkommen und sich niemals melden. Außer in seinen Träumen sollte er sie nie mehr wiedersehen. Schließlich entschloß Jeremiah sich, an ihren Vater zu schreiben und ihm alles zu erklären. Orville Beauchamp schrieb zurück, daß Camille ein mißratenes Kind sei, das von nun an für die Familie gestorben wäre, so wie sie für ihn, Jeremiah, tot sein müsse. Das war zwar sehr hart, aber was blieb ihm denn übrig? Sie war mit einem Fremden nach Frankreich gegangen und damit aus seinem Leben verschwunden, ohne sich jemals wieder zu melden.

Camilles Vater hatte für sie keinen Funken Mitgefühl übrig, obwohl er für das Geschehene zumindest einen Teil der Verantwortung trug. Er hatte sie gelehrt, in ihren Wünschen unmäßig zu sein und materielle Werte hoch zu schätzen. Und er hatte ihr den Verstand mit Träumen von Prinzen und Herzögen vernebelt. Für Camilles Vater allerdings sprach der Umstand, daß er in Jeremiah sofort eine ideale Partie für seine Tochter erkannt und entsprechend gehandelt hatte. Camille war in ihrer Unmäßigkeit zu weit gegangen, so daß ihr Vater ihr nicht vergeben konnte. Als sie ihm schließlich doch einen Brief schrieb, antwortete er ihr nur, daß sie für ihn gestorben sei. Von ihm oder ihrer Mutter, die zu krank war, um ihr zu schreiben, würde sie keinen Penny erben. Blieb also nur ihr Bruder Hubert, doch dessen Selbstsucht war ebenso ausgeprägt wie die seiner Schwester, und außerdem hatte er für Camille nie viel übrig gehabt.

In Kalifornien verbreitete Jeremiah unter seinen Bekannten und Freunden, Camille sei der noch immer sehr gefürchteten Grippe erlegen. Es hatte erst jüngst eine Epidemie gegeben, und Camille war gottlob in aller Stille verschwunden. Kein Mensch wußte, was wirklich passiert war. Thibaut de Pré, der im Palace Hotel eine gewaltige Rechnung unbezahlt hinterließ, hatte über seinen künftigen Aufenthalt nichts verlauten lassen. Und er hatte niemandem gesagt, daß er Camille Thurston mitnehmen würde. Die beiden verschwanden einfach von der Bildfläche. Über eine Woche lang verbreitete Jeremiah in der Stadt, seine Frau wäre erkrankt. Als dann der Türklopfer mit schwarzem Crêpe umhüllt wurde, zeigte sich alle Welt tief betroffen. In der Presse erschien eine kleine Notiz, das Haus wurde geschlossen, fest versiegelt, und Jeremiah fuhr nach Napa. Auch dort war alles der Meinung, Camille wäre gestorben. Er erklärte, ihre sterbliche Hülle wäre zur Beisetzung im Familiengrab nach Atlanta überführt worden. An dem Gedächtnisgottesdienst in St. Helena nahmen erschreckend wenige teil. Es kannte sie fast niemand, und wer sie kennengelernt hatte, war verständlicherweise von ihr nicht sonderlich eingenommen. Hannah erschien, merkwürdig steif in ihrem schwarzen Kleid, sodann ein paar Leute aus den Minen, die Jeremiah damit ihre Hochachtung bekunden wollten. Jeremiah war bewegt, als er sah, daß auch John Harte gekommen war. Harte hatte nie vergessen, daß Jeremiah für ihn dagewesen war, als ihm Frau und Kinder gestorben waren. Er hatte nicht wieder geheiratet und fürchtete noch immer die allabendliche Heimkehr in das leere Haus auf dem Hügel. Mit einem Ausdruck des Mitgefühls schüttelte er Jeremiah die Hand.

»Sie können froh sein, daß Ihnen die Kleine geblieben ist.«

»Bin ich.« Jeremiah begegnete seinem Blick. John Harte war jetzt neunundzwanzig, wirkte aber älter und erfahrener, als es seinen Jahren entsprach. Auf ihm lastete große Verantwortung, die er sehr gut zu tragen verstand. In mancher Hinsicht mochte Jeremiah ihn sehr. Bewegt darüber, daß er gekommen war, schüttelte er ihm mit großer Herzlichkeit die Hand, ehe er ging. Und dann mußte er nach Hause zu Sabrina, die nun keine Mutter mehr hatte. Noch immer konnte er nicht fassen, was Camille getan hatte. Ihre Beweggründe waren ihm unbegreiflich. Wie hatte sie nur mit diesem Tunichtgut durchbrennen können?

Eines jedenfalls stand für ihn fest – zu einer Scheidung würde es nicht kommen. Er wollte nicht, daß jemand davon etwas wußte. Beweise gab es nicht. Er gedachte, zeit seines Lebens die

Version von ihrem Tod aufrechtzuerhalten, vor allem vor seinem Kind. Camille Beauchamp Thurston war für die Welt gestorben. Das Personal von Thurston House war entlassen worden, das Haus für immer geschlossen. Vielleicht würde er es eines Tages verkaufen oder aber für Sabrina behalten. Wohnen würde er niemals wieder darin. Es hingen noch einige von Camilles Kleidern, die sie nicht hatte mitnehmen wollen, in den Schränken. Alle teuren Sachen, die Abendroben und Pelze, hatte sie eingepackt. Nur ein paar alte und nicht mehr modische Sachen hatten keine Gnade mehr vor ihren Augen gefunden. Camille war mit prallgefüllten Koffern verschwunden. Sollte sie sich jemals zu einer Rückkehr entschließen, würde sie entdecken, daß sie noch immer mit ihm verheiratet war. Sabrina sollte in dem Glauben aufwachsen, ihre Mutter sei wie so viele andere der Grippeepidemie zum Opfer gefallen. Sie würde nichts finden, was dieser Version widersprach, kein Anzeichen, das auf die Wahrheit hindeuten würde. Keinen Brief, keine Erklärung, keine Scheidung. Nichts von alldem. Camille Beauchamp Thurston war dahingegangen. Sie ruhe in Frieden. In alle Ewigkeit.

ZWEITES BUCH

Sabrina Thurston Harte

18

Kurz vor der Mittagsstunde fuhr der Wagen bei den Minen vor, und ein zierliches junges Mädchen, dessen seidiges schwarzes Haar mit einer blauen Seidenschleife fein säuberlich zurückgebunden war, sprang heraus. Der blaßblaue Leinenrock und die Matrosenbluse ließen es noch jünger erscheinen als dreizehn. Es lief über den Hof vor dem Bergwerk und winkte dem Mann zu, der eben aus dem Verwaltungsgebäude getreten war. Er hielt einen Moment inne und schirmte kopfschüttelnd die Augen gegen die Sonne ab. Ein Lächeln umspielte seinen Mund. Erst letzte Woche hatte er seiner Tochter untersagt, auf seinen besten Pferden in wildem Ungestüm über die Hügel zu sprengen. Deswegen war sie diesmal mit dem Wagen gekommen und hatte selbst kutschiert. Er wußte nun nicht, ob er sich belustigt zeigen oder verärgert sein sollte, eine Entscheidung, die ihm im allgemeinen leichtfiel. Sabrina war kein Kind, das sich leicht lenken ließ, sie war es nie gewesen. Da sie allein mit ihm aufgewachsen war, hatte sie sich gewisse Eigentümlichkeiten angewöhnt. Sie liebte den Duft seiner Zigarren, kannte alle seine Launen und Bedürfnisse und reagierte entsprechend darauf, sie ritt seine Pferde so geschickt wie er und kannte alle Leute in seinen drei Minen mit Namen. Vom Weinbau verstand sie sogar mehr als er. Und das alles gefiel ihm an ihr. Jeremiah Thurston war stolz auf sein einziges Kind, stolzer als sie wissen sollte, aber insgeheim ahnte sie es. Nicht ein einziges Mal hatte er sie bestraft, ihr in den vergangenen dreizehn Jahren auch nicht einen Klaps gegeben. Er lehrte sie alles, was er wußte, und hatte sie ständig um sich. Als sie noch ganz klein war, war er aus St. Helena kaum fortgekommen, war immer bei ihr geblieben, hatte ihr vor dem Zubettgehen Geschichten vorgelesen, sie beruhigt, wenn sie krank war, sie in die Arme genommen, wenn sie traurig war, und hatte sich selbst um sie gekümmert, anstatt sie Hannah oder den Mädchen, die er engagiert hatte, zu überlassen.

»Jeremiah, das ist nicht üblich«, hatte Hannah ihn oft in den früheren Jahren gescholten. »Sie ist ein Mädchen, kaum mehr als ein Baby, überlaß sie mir und den anderen Frauen.« Doch er hatte es nicht übers Herz gebracht, weil er es nicht ertragen konnte, sie länger nicht zu sehen. »Ein Wunder, daß du noch täglich zu den Minen gehst«, hatte Hannah gesagt.

Nach einer gewissen Zeit fing er an, sie mitzunehmen. Er packte ein paar Spielsachen ein, eine warme Decke, eine Jacke, zuweilen auch ein Kissen, und Sabrina spielte dann in einer Ecke seines Büros. Wenn sie an den Nachmittagen schläfrig wurde, lag sie faul auf der Decke vor dem Feuer. Für manche war das schockierend, die meisten aber fanden es rührend. Und nicht einmal die Hartherzigsten konnten dem rosa Gesichtchen widerstehen, das unter der Decke hervorlugte, den schwarzen Löckchen auf dem Kissen. Fast immer erwachte sie mit einem Lächeln und einem kleinen Gähnen und kam dann zu ihrem Vater gelaufen, um ihm einen Kuß zu geben. Es war eine Liebe, die manchen erschreckend vorkam, aber die meisten sahen sie voller Neid. Es war eine der seltenen Zuneigungen, ein inniges Verständnis füreinander. In dreizehn Jahren war sie ihm nie Anlaß zur Sorge gewesen, im Gegenteil, sie hatte ihm nur Freude, Sonnenschein und Liebe gegeben. Und seine überreich gespendete Liebe verhinderte, daß sie den Verlust der Mutter schmerzlich empfand. Eines Tages hatte er Sabrina einfach erklärt, ihre Mutter wäre gestorben, als sie noch ein Baby war.

»War sie hübsch?« fragte sie.

Sein Herz krampfte sich zusammen. »Ja, sehr. So wie du, Liebes.« Er lächelte, aber in Wahrheit sah Sabrina ihm ähnlicher als ihrer Mutter. Sie hatte die markant geschnittenen Züge Jeremiahs, und es trat früh zutage, daß sie seine Körpergröße geerbt hatte. Wenn sie überhaupt etwas von ihrer Mutter hatte, dann das Gefühl für Spitzbübereien. Hin und wieder spielte sie Jeremiah einen Streich und war immer in Necklaune. Das alles aber war nur Spaß. Die verwöhnte schmollende Natur ihrer Mutter hatte sie nie gezeigt. Und in all den Jahren hatte niemand auch nur eine Andeutung gemacht, daß ihre Mutter nicht gestorben war, sondern ihre Familie im Stich gelassen hatte. Es gab keinen Grund, es ihr zu sagen. Es hätte sie nur verwirrt und verletzt, wie Jeremiah es vor langer Zeit Hannah erklärte. In dreizehn Jahren hatte Sabrina nur Freude im Leben gehabt. Sie war eine glückliche heitere Natur und begleitete ihren Vater, der sie anbetete, überallhin. Als sie alt genug für einen Hauslehrer war, ließ sie geduldig die Stunden über sich ergehen und heuchelte Interesse für die Lektionen, nur um dann schnell zu den Minen zu eilen und den Rest des Tages dort mit dem Vater zu verbringen. Dort lernte sie alles, was sie wissen wollte.

»Ich möchte später einmal für dich arbeiten, Papa.«

»Sei nicht töricht, Sabrina.« Insgeheim aber wünschte er sich, sie könnte es. Sie war für ihn Tochter und Sohn in einem und besaß einen guten Geschäftsverstand. Aber daß sie jemals in der Geschäftsführung arbeitete, würde unmöglich sein. Damit wäre sie überall auf Unverständnis gestoßen.

»Dan Richfield hat als Junge für dich arbeiten dürfen. Das hat er mir selbst gesagt.« Jetzt war Dan neunundzwanzig, verheiratet und hatte fünf Kinder. Wie lange war das her, daß er an den Samstagvormittagen für Jeremiah zu arbeiten begonnen hatte!

»Das war etwas anderes. Er war ein Junge. Du bist eine junge Dame.«

»Bin ich nicht!« In jenen ganz seltenen Augenblicken, wenn sie schmollte, erinnerte sie ihn an ihre Mutter. Jeremiah pflegte sich immer umzudrehen, um die Ähnlichkeit nicht sehen zu müssen. »Papa, dreh mir nicht den Rücken! Von deinen Minen verstehe ich so viel wie jeder Mann!«

Daraufhin pflegte er sich zu setzen und ihre Hand zu nehmen. »Das ist richtig, aber dazu bedarf es mehr. Es bedarf der Hand eines Mannes, der Kraft eines Mannes, der Entschlußkraft eines

Mannes. Das alles wirst du nie haben.« Er tätschelte ihre Wange. »Wir werden dir einen hübschen Ehemann suchen müssen.«

»Ich will keinen!« Schon mit zehn hatte sie die Vorstellung empörend gefunden, und mit dreizehn war sie ebensowenig daran interessiert. »Ich möchte immer bei dir bleiben!« In gewisser Hinsicht war er froh darüber. Er war jetzt achtundfünfzig, noch immer lebensvoll, kräftig und voller Ideen, wie die Minen und sein Weingut zu führen waren. Doch der Schmerz, den Camille ihm zugefügt hatte, forderte immer mehr seinen Tribut. Seit Jahren schon fühlte er sich nicht mehr jung, sondern alt, abgespannt und müde. Es gab einen Teil in ihm, den er für immer geschlossen halten würde wie das palastartige Haus in der Stadt.

Im Laufe der Jahre hatte er zahlreiche Kaufangebote für das Haus bekommen, sogar von einem Interessenten, der es in ein Hotel umwandeln wollte. Aber Jeremiah hatte kein Verlangen, es zu verkaufen. Er hatte niemals wieder den Fuß hineingesetzt und würde es wahrscheinlich auch nie wieder tun. Es wäre zu schmerzlich gewesen, die Räume zu sehen, die er für Camille eingerichtet hatte, das Heim, das er mit einem halben Dutzend Kinder zu füllen gehofft hatte. Er wollte es Sabrina überlassen, wenn sie einmal heiratete. Es sollte ihr gehören. Das schien ihm ein passendes Ende für ein Haus, das er mit liebevollen Absichten erbaut hatte.

»Papa!« rief sie, als sie über den Hof auf ihn zulief, den Wagen sicher angebunden hinter sich lassend. Von Minen, Pferden und Wagen verstand sie mehr als die meisten Männer. Und doch hatte ihre Weiblichkeit nicht darunter gelitten, als wären ihr hundert Jahre damenhafter Südstaatentradition so in Fleisch und Blut übergegangen, daß sie immer Teil von ihr sein würde. Sie war weiblich bis in die Zehenspitzen, aber auf eine sanfte, liebevolle Weise, die ihrer Mutter gefehlt hatte. »Ich bin gekommen, so schnell es ging.« Atemlos kam sie auf ihn zu, warf die langen Locken über die Schulter.

Er lachte und schüttelte in gespielter Verzweiflung den Kopf.

»Das sehe ich, mein Kind. Als es hieß, du wolltest nachmittags nach dem Unterricht vorbeikommen, hatte ich nicht erwartet, du würdest meinen besten Wagen nehmen.«

Plötzlich warf sie einen reuigen Blick über die Schulter.

»Bist du wirklich böse, Papa? Ich bin sehr vorsichtig gefahren.«

»Davon bin ich überzeugt. Nicht das hat mir Sorgen gemacht. Aber du machst aus einer Fahrt mit dem Wagen immer ein Theater, mein Kind. Hannah wird uns beide versohlen wollen. Und wenn du so etwas in San Franzisko machst, jagt man dich aus der Stadt, weil du zu schnell warst und dich unziemlich benommen hast.« Er zog sie damit nur auf, und sie reagierte mit einem gleichgültigen Achselzucken.

»Wie albern! Ich kutschiere besser als du, Papa.«

Diesmal runzelte er in gespielter Empörung seine Stirn. »Sabrina, das ist eine Frechheit. Ich bin noch nicht ganz so vergreist ...«

»Ich weiß, ich weiß.« Sie errötete andeutungsweise. »Ich meinte nur ...« »Einerlei. Beim nächsten Mal reitest du deinen Rotfuchs. Das ist weniger auffällig.«

»Aber du sagtest, ich solle nicht wie der Teufel über die Hügel reiten, sondern in einem Wagen kommen wie eine Dame.«

Da beugte er sich zu ihr hinunter, um ihr zuzuflüstern: »Damen führen nicht selbst die Zügel.«

Da fing sie zu lachen an. Die Fahrt hatte ihr diebischen Spaß gemacht. Und in St. Helena gab es für sie nicht viel. Sie kannte keine gleichaltrigen Kinder, hatte weder Geschwister noch Cousins und verbrachte ihre gesamte Zeit mit ihrem Vater. Deswegen heckte sie Streiche aus, wenn sie sich langweilte, oder trieb sich bei den Minen herum. Dann und wann nahm er sie nach San Franzisko mit. Sie stiegen dort immer im Palace Hotel ab, wo sie ein Zimmer neben seiner Suite bewohnte. Früher, als sie noch jünger war, hatte er Hannah immer mitgenommen, die war aber jetzt von der Arthritis verkrüppelt und machte kein Hehl daraus, daß sie die Stadt haßte. Sabrina war mittlerweile auch alt genug, um allein mit ihrem Vater zu fahren.

Oft waren sie an Thurston House vorübergefahren, und einmal hatte er das Tor aufgesperrt, und sie waren gemeinsam durch die Gartenanlagen geschlendert. Aber kein einziges Mal hatte er sie ins Haus geführt, und sie ahnte, warum. Seit dem Tod ihrer Mutter war es zu schmerzvoll für ihn. Sabrinas Neugierde aber ließ sich nicht mehr unterdrücken. Sie hatte Hannah ausfragen wollen und war sehr enttäuscht gewesen, als sie erfuhr, daß die alte Frau das Haus niemals von innen gesehen hatte. Sie bedrängte Hannah auch, ihr von der Mutter zu erzählen, aber viel war dabei nicht herausgekommen, was Sabrina sehr früh zu dem Schluß verleitete, daß Hannah für ihre Mutter nicht viel übrig gehabt hatte. Über den Grund war sie sich nicht im klaren, wagte aber nicht, ihren Vater danach zu fragen. Wenn der Name ihrer Mutter fiel, stahl sich etwas in seinen Blick, das so verheerend traurig und zornig war, daß sie es vorzog, ihn nicht noch mit Fragen zu quälen. Deswegen gab es Geheimnisse und Lücken in ihrem Leben, ein Haus, das sie nie gesehen, eine Mutter, die sie nie gekannt hatte ... und einen Vater, der sie anbetete.

»Bist du mit deiner Arbeit fertig, Papa?« fragte sie, während sie Arm in Arm zur Kutsche gingen. Er hatte sich schließlich einverstanden gezeigt, daß sie ihn nach Hause kutschierte. Sein Pferd wollten sie hinten an den Wagen anbinden und darauf pfeifen, was die Leute, die sie sahen, von ihnen denken mochten.

»Ja, ich bin fertig, du Schlingel. Ein ungebärdiges Kind bist du, weißt du das?« Er versuchte finster auszusehen, als er sich neben sie setzte. »Wenn uns jemand sieht, hält er mich für verrückt, weil ich dir das alles erlaube.«

»Keine Sorge, Papa.« Sie tätschelte fürsorglich seine Hand. »Ich bin eine gute Fahrerin.«

»Und ein kleines freches Ding, du Göre.« Bei alledem war klar, wie sehr er sie liebte. Im nächsten Augenblick wiederholte sie ihre Frage wegen seiner Arbeit. Sie hatte dabei, wie er wußte, ein Ziel vor Augen. »Ja, ich bin fertig, und ich weiß, warum du fragst. Ja, wir fahren morgen nach San Franzisko. Bist du jetzt zufrieden?«

»O ja, Papa.« Sie strahlte ihn an und fuhr um eine Kurve, ohne nach vorne zu schauen. Dabei kippte der Wagen fast um, und ihr Vater wollte ihr erschrocken in die Zügel fallen, sie aber korrigierte den Fehler rasch und energisch selbst und lächelte ihn geziert an, während er vor Lachen brüllte.

»So oder so, du bist mein Tod.« Das war etwas, was sie ungern hörte, auch wenn es nur im Spaß gesagt wurde. Ihre Miene bewölkte sich, und das tat ihm leid.

»Papa, das finde ich gar nicht komisch. Du bist mein ein und alles, das weißt du ...« Er bereute es hinterher immer, wenn er etwas in dieser Art zu ihr gesagt hatte, und versuchte, dem Gespräch eine freundlichere Wendung zu geben.

»Dann versuche bitte, mich mit deinen Fahrkünsten nicht ins Grab zu bringen.«

»Du weißt sehr gut, daß ich selten einen Fehler mache.« Sie fuhr wieder um eine Kurve, diesmal mit geradezu chirurgischer Präzision. Schadenfroh sah sie ihn an. »Das war besser.«

»Sabrina Thurston, du bist ein kleines Ungeheuer.«

Sie vollführte im Sitzen eine höfliche Verbeugung. »Genau wie mein Vater.« Aber gelegentlich fragte sie sich, ob sie nicht ihrer Mutter ähnlicher war. Wie war sie gewesen? Wie hatte sie ausgesehen? Warum war sie so früh gestorben? Sie wurde von unzähligen unbeantworteten Fragen über diese Frau gequält. Im Haus existierte kein einziges Porträt, keine Miniatur, keine Skizze, keine Fotografie, nichts. Ihr Vater hatte nur gesagt, ihre Mutter wäre an Grippe gestorben, als Sabrina ein Jahr alt gewesen war. Punktum. Ende der Geschichte. Er hatte auch gesagt, daß er sie sehr geliebt hätte und daß sie am Weihnachtsabend 1886 in Atlanta, Georgia, geheiratet hatten. Sabrina war eineinhalb Jahre darauf im Mai 1888 geboren worden. Ein Jahr später war ihre Mutter gestorben, und er blieb gebrochen zurück. Er erklärte ihr auch, daß er Thurston House vor der Heirat gebaut hatte, und jetzt, gut fünfzehn Jahre später, wußte sie, daß es noch immer das größte Haus in San Franzisko war, doch war es jetzt ein Relikt, eine Gruft, ein Ort, den sie ›eines Tages‹ betreten würde, aber nicht jetzt und nicht mit ihm ... Und manchmal, wenn sie durch San Franzisco fuhren, wurde sie von ihrer Neugierde beinahe überwältigt. Das ging so weit, daß sie einen Plan ausgeheckt hatte. Beim nächsten Besuch in der Stadt wollte sie ihn ausprobieren.

»Bleibt es dabei, daß wir morgen in die Stadt fahren, Papa?«

»Ja, du kleiner Wildfang, wir fahren. Aber ich habe den ganzen Tag über Besprechungen mit der Nevada Bank, du mußt dir also selbst die Zeit vertreiben. Eigentlich habe ich zu Hannah gesagt, du solltest meiner Meinung nach diesmal nicht mitkommen« – aber Sabrina machte Einwände, noch ehe er seinen Satz zu Ende gesprochen hatte, so daß er sie mit einer Handbewegung zum Schweigen brachte –, »aber ich wußte, daß du genau das antworten würdest, deshalb sagte ich auch, daß ich dich doch mitnehme, nur damit ich meine Ruhe habe. Du wirst die verlorene Zeit nächste Woche mit deinem Hauslehrer nachholen müssen. Ich lasse nicht zu, daß du deinen Unterricht vernachlässigst, während du dich mit mir in der Welt herumtreibst.« Sabrina war immer eine sehr gute Schülerin gewesen. Beide wußten, daß sie durch das ständige Beisammensein mit ihm oft mehr als in den Schulstunden lernte. Normalerweise hätte er sie sogar zur Bank mitgenommen, aber ein ganzer Tag voller Besprechungen war zuviel für sie. »Nimm ein paar Bücher mit. Du kannst im Hotel lernen, und wenn ich dann komme, gehen wir aus. Es gibt da ein neues Theaterstück, das dir gefallen könnte. Die Sekretärin des Bankpräsidenten wird für uns Karten besorgen.« Sabrina klatschte in die Hände und faßte wieder nach den Zügeln, als sie in die eigene Zufahrt einbogen und die Pferde den Schritt verlangsamten.

»Wunderbar, Papa.« Sie wußte genau, was sie tun würde, während er seine Besprechungen hatte. »Du kannst dich nicht beklagen, ich habe dich sicher nach Hause gebracht.«

Er sah sie finster an und zog an seiner Zigarre. »Wenn du nächstes Mal meinen schönsten Wagen nehmen möchtest, dann wäre ich dir sehr verbunden, wenn du mich fragst.« Leichtfüßig sprang sie hinunter. Der würzige Geruch seiner Zigarre behagte ihr.

»Jawohl, Sir.« Damit lief sie ins Haus, begrüßte Hannah mit einem lauten Ausruf und dem Bericht, daß sie am darauffolgenden Tag in die Stadt fahren würden.

»Ich weiß, ich weiß ...« Hannah hielt sich die Ohren zu. »Leiser, Sabrina. Was bist du doch laut, Kind. Dein Vater könnte sich seine Telegramme sparen. Dich hört man noch weiß Gott wo.«

»Danke, Hannah.« Sie versank in einem übertriebenen Knicks, drückte der Alten einen Kuß auf die runzelige Wange und lief hinauf, um sich vor dem Essen die Hände zu waschen. Sabrina war stets makellos sauber und zog sich gut an, ohne daß man je etwas zu ihr sagen mußte. Sie hatte doch etwas von Camille Beauchamp mitbekommen. Hannah sah ihr nach und meinte zu Jeremiah:

»In ein paar Jahren wirst du mit ihr alle Hände voll zu tun haben.«

Er lächelte ihr zu und hängte seinen Mantel auf. »Sie behauptet, sie wolle immer mit mir leben und für mich arbeiten.«

»Na, das sind ja damenhafte Aussichten.«

»Das sagte ich auch.« Seufzend folgte er Hannah in die Küche. Noch immer zog er sie gern ins Gespräch. Sie waren jetzt über dreißig Jahre befreundet, in gewisser Weise war sie seine beste Freundin und er ihr bester Freund. Und Hannah liebte Sabrina über alles.

»In Wahrheit würde sie den Betrieb der Minen sehr gut bewältigen. Schade, daß sie kein Junge ist.« Das sagte er nur ganz selten.

»Na, vielleicht heiratet sie einen tadellosen jungen Mann, dem du alles beibringen kannst. Dann kannst du alles deinen Enkeln überlassen.«

»Vielleicht.« Er war noch nicht bereit, sich darüber den Kopf zu zerbrechen, und es würde Jahre dauern, bis Sabrina heiratete.

Aber andererseits wurde er auch nicht jünger, und im Jahr zuvor hatte er Probleme mit dem Herzen gehabt. Sabrina war zu Tode erschrocken, als sie ihn bewußtlos in seinem Ankleidezimmer gefunden hatte, doch er hatte sich gut erholt, und sie hatten das Geschehene zu vergessen versucht. Der Arzt ermahnte ihn immer wieder, kürzer zu treten, ein Rat, der Jeremiah ein Lächeln entlockte. Er fragte sich allen Ernstes, wer wohl schwindende Kräfte durch gesteigertes Arbeitstempo wettzumachen versuche.

»Du wirst alt, Jeremiah. Am besten, du denkst mal an deine Zukunft« – Hannah wies mit dem Kopf zur Treppe und zu Sabrinas Zimmer – »und an die ihre. Du hältst doch immer noch am Stadthaus fest, oder?«

Er lächelte andeutungsweise. »Ja. Ich weiß, du hältst mich für verrückt – hast mich immer dafür gehalten. Aber ich habe es mit Liebe gebaut und werde es Sabrina mit Liebe übergeben. Wenn sie möchte, kann sie es verkaufen. Ich will aber nicht, daß sie jemals zu mir sagt: ›Papa, warum hast du es nicht für mich behalten?‹«

»Was wird sie denn damit anfangen? Mit einem Haus, zehnmal größer als eine Scheune und obendrein noch in San Franzisko?«

»Das weiß man nie. Ich bin hier glücklich. Aber vielleicht wird sie in der Stadt leben wollen, wenn sie groß ist. Sie kann sich dann entscheiden.«

Er verfiel in Schweigen, und beide dachten an Camille. Sie hatte die Liebe, die er ihr bewiesen hatte, nicht verdient, und er hatte nie wieder etwas von ihr gehört, kein Wort, kein Lebenszeichen, kein Brief. Aber vor dem Gesetz war er noch immer mit ihr verheiratet. Ihr Vater hatte ihm einige Male geschrieben. Offenbar hatte sie eine Zeitlang in Venedig gelebt und war dann nach Paris gegangen. Sie war bei dem Mann geblieben, mit dem sie geflohen war, nannte sich Gräfin und gab vor, seine Frau zu sein. Sie besaßen kein Geld, Frankreich machte schlechte Zeiten durch, und Orville Beauchamp hatte seinen Entschluß umgestoßen und war nach Europa gefahren, um sie zu besuchen. Seine Frau war gestorben, Hubert hatte ein Mädchen aus Kentucky geheiratet. Jeremiah war entschlossen zu verhindern, daß Sabrina ihn jemals sah. Er wollte keine Erinnerungen, es sollte niemand Sabrina womöglich etwas anderes erzählen als das, was er ihr jahrelang eingeredet hatte. Orville Beauchamp hatte niemanden mehr. Er war nach Paris gegangen, wo seine Tochter unter ärmlichen Verhältnissen in einem Haus außerhalb der Stadt ihr Leben fristete. Sie hatte einen Sohn tot geboren, und als er versuchte, sie zu einer Rückkehr in die Staaten zu bewegen, weigerte sie sich. Beauchamp schrieb: »Besessen von einer unbegreiflichen Leidenschaft, klammert sie sich an ihren nichtswürdigen Liebhaber und will nicht von ihm lassen.« Zwischen den Zeilen las Jeremiah heraus, daß sie trank, dem Absinth reichlich zusprach, aber das waren Probleme, die ihn nichts mehr angingen. Orville Beauchamp war einige Jahre darauf gestorben, und Camille war niemals zurückgekehrt. Danach hatte Jeremiah nichts mehr von ihr erfahren, und es war ihm recht so. Er wollte keinen Kontakt mit ihr, der womöglich Sabrinas Leben berührt hätte, keine Möglichkeit, daß sie von jemandem erfuhr, ihre Mutter sei doch nicht der Grippe zum Opfer gefallen. Für Jeremiah und Sabrina war die Tür ins Schloß gefallen, und Camille würde sie niemals durchschreiten.

Es hatte in seinem Leben nie wieder jemanden wie sie gegeben, nie wieder hatte er so viel empfunden oder hatte sich so töricht benommen, bis auf Sabrina natürlich. Sie war jetzt die Liebe seines Lebens, der Sinn seiner Existenz. Daneben gab es andere, die seine Sinne am Leben hielten, wenn ihm danach war. Wenn Sabrina ihn nicht begleitete, besuchte er ein gewisses Haus in San Franzisko, außerdem gab es in St. Helena eine Lehrerin, die er gelegentlich zum Essen einlud. Mary Ellen hatte geheiratet und war nach Santa Rosa gezogen. Wenn Amelia Goodheart ihre Tochter besuchte, freuten sich Jeremiah und Sabrina jedesmal auf ihr Kommen. Sie war so wundervoll wie immer, und Sabrina liebte sie über alles.

Amelia, welche die Fünfzig hinter sich hatte, war die hinreißendste Person, die Sabrina je gesehen hatte. Einmal im Jahr kam sie nach San Franzisko, um Tochter und Enkel zu besuchen. Die Enkelschar war auf sechs angewachsen, und sie hatte sie einmal alle nach St. Helena mitgebracht. Für Sabrina war sie die liebenswerteste Frau überhaupt. Sie besaß so viel Sanftheit und Wärme und gleichzeitig Brillanz und Stil, Eigenschaften, die Sabrina entzückten. Auch war sie immer sehr elegant gekleidet und führte atemberaubenden Schmuck mit sich.

»Sie ist die wunderbarste Frau der Welt, nicht wahr, Papa?« hatte Sabrina bewundernd festgestellt, und ihr Vater lächelte. Er war ebenfalls dieser Meinung, und manchmal bedauerte er es, daß er im Zug nach Atlanta nicht darauf bestanden hatte, sie zu heiraten. Es wäre Wahnsinn gewesen, aber, wie es sich dann zeigte, auch nicht wahnsinniger, als Camille Beauchamp in Atlanta zur Frau zu nehmen. Tatsächlich hatte er Jahre nach Camilles Verschwinden während eines Besuches mit Sabrina in New York um Amelia angehalten, und sie hatte seinen Antrag charmant abgewiesen.

»Wie könnte ich, Jeremiah? Ich bin zu alt ...« Damals war sie fünfzig gewesen. »Ich lebe in festgefahrenen Bahnen, habe mein Zuhause in New York...« Amelia zuliebe hätte er Thurston House wieder aufgesperrt, und das sagte er ihr, aber ihr Entschluß, unverheiratet zu bleiben, stand fest. Alles in allem mußte er ihr recht geben. Beide hatten ihr eigenes Leben, ihre Kinder, ihr Zuhause. Es war zu spät, das alles unter einen Hut zu bringen, und Amelia hätte sich so weit weg von New York nie wohl gefühlt. Dort lag der Mittelpunkt ihres Lebens. Aber er sah sie Jahr für Jahr, wenn sie auf Besuch nach San Franzisko kam, und ein- oder zweimal im Jahr, wenn er geschäftlich in New York zu tun hatte. Beim letztenmal war er sogar bei ihr geblieben, eine Tatsache, von der Sabrina nichts wußte.

»Was ist in unserem Alter schon dabei, Jeremiah? Wer wird schlecht von uns sprechen, es sei denn voller Bewunderung flüstern, daß wir noch so viel Leidenschaft in uns haben«, hatte sie gekichert wie ein Mädchen. »Und außerdem kannst du mich nicht schwängern.«

Es waren herrliche zwei Wochen in ihrem Haus gewesen, die glücklichsten seines Lebens, und als er Abschied nahm, schenkte er ihr eine erlesene Saphirbrosche und ein Halsband mit Diamantverschluß, auf dessen Rückseite ›Für Amelia, voller Leidenschaft. J.T.‹ eingraviert war.

»Was werden meine Kinder sagen, wenn sie den Schmuck unter sich aufteilen?«

»Daß du offenbar eine sehr leidenschaftliche Frau warst.«

»Hm, nicht das Schlechteste.« Sie hatte ihn zum Zug begleitet, und diesmal stand sie auf dem Bahnsteig und winkte ihm mit einem großen Zobelmuff nach, als der Zug sich langsam in Bewegung setzte. In ihrem erstklassig geschnittenen, mit Zobelfell besetzten roten Mantel und mit dem darauf abgestimmten Hut sah sie bildschön aus. Wäre er ihr abermals im Zug begegnet, hätte er sich ebenso für sie begeistert wie damals, ehe er Camille begegnet war. »... wenn ich doch noch die Kraft dazu hätte ...« sagte er ihr vor dem Abschied, aber beide wußten, daß er sie hatte. Er hatte es ihr Nacht für Nacht während seines Besuches in New York bewiesen und kehrte wie neugeboren und in ungewöhnlich guter Stimmung nach San Franzisko zurück.

»Was gibt es zu lächeln, Jeremiah?« Er hatte beim Kaffee an Amelia gedacht. Hannah war dabei, das Abendessen zu kochen. »Sicher ist es wegen der Frau in New York. Da gehe ich jede Wette ein.«

»Du würdest sie gewinnen.« Er lächelte Hannah zu. Er dachte sehr oft an Amelia, und vor ihren Besuchen war er aufgeregt wie ein Schuljunge. Aber sie würde erst wieder in einem halben Jahr nach San Franzisko kommen, und bis zu seinem nächsten Besuch in New York würden drei oder vier Monate vergehen. Die Wartezeit war lang.

»Sie ist eine schöne Frau, das steht fest.« Bemerkenswerterweise billigte Hannah Amelia nicht nur, sie brachte ihr Sympathie entgegen. Amelia hatte ihr Herz gewonnen, als sie ihr half, für Jeremiah, Sabrina und ihre sechs Enkel das Essen zu kochen. Tatsächlich hatte Amelia das Essen fast zur Gänze allein zubereitet, und es hatte besser geschmeckt, als Hannah zugeben mochte ... dabei hatten ihre Diamanten geblitzt, während sie behende hantierte, angetan mit einer Schürze über ihrem schicken

New Yorker Kleid, »und es hat ihr nicht einmal was ausgemacht, als ihr vorne das Fett übers Kleid lief«. Sie hatte Hannahs immerwährende Bewunderung errungen.

»Sie ist mehr als das, Hannah. Sie ist ein ganz besonderer Mensch.«

»Du hättest sie heiraten sollen.« Vorwurfsvoll sah sie ihn vom Herd her an, und er zog die Schultern hoch.

»Vielleicht. Dafür ist es jetzt zu spät. Jeder führt sein eigenes Leben, hat seine Kinder. Uns gefällt es so.« Hannah nickte. Da war etwas Wahres dran. Die Zeit der Torheiten war vorüber. Jetzt war Sabrina an der Reihe oder würde es sehr bald sein. Man konnte nur hoffen, daß sie eine kluge Wahl treffen würde, eine klügere jedenfalls als ihr Vater.

»Steht es fest, daß du morgen in die Stadt fährst?«

Er nickte: »Nur für zwei Tage.«

»Gib acht, daß Sabrina keinen Unsinn macht, während du beschäftigt bist.« Sie hielt daran fest, daß das Mädchen in St. Helena besser aufgehoben war.

»Das sagte ich ihr schon. Aber du kennst ja Sabrina.« Er erwartete tatsächlich, sie eines schönen Tages in einer geliehenen Kutsche peitschenschwingend und ihm mit strahlendem Lächeln zuwinkend die Market Street entlangfahren zu sehen. Dieses Phantasiebild brachte ihn noch zum Lachen, als er sich vor dem Essen die Hände waschen ging.

19

Jeremiah und Sabrina fuhren am nächsten Morgen ganz früh los. Wie immer in letzter Zeit nahmen sie den Zug nach Napa und von dort das Dampfschiff, das Sabrina so liebte. Es war ihr immer wie ein Abenteuer erschienen, per Schiff nach San Franzisko zu fahren. Unterwegs neckte sie ihren Vater und trieb ihre Späße mit ihm, bis sie bei Einbruch der Dunkelheit in der Stadt ankamen. Die Fahrt war viel kürzer als vor Jahren. Sie nahmen im Speisesaal des Palace Hotel ein spätes Dinner ein, bei dem Jeremiah sie immer wieder heimlich beobachtete.

Sabrina würde eines Tages ein schönes Mädchen sein. Schon mit dreizehn war sie so groß wie die meisten erwachsenen Frauen im Raum... Doch hatte sie noch immer etwas Kindliches an sich, außer wenn sie ihre hübsche Stirn runzelte und sich mit ihm übers Geschäft unterhielt. Hätte man nur gehört und nicht gesehen, wer Jeremiahs Begleitung war, dann hätte man meinen können, er spräche mit einer Geschäftspartnerin. Im Moment machte Sabrina sich Sorgen wegen eines Schädlings, der die Rebstöcke in seinen Weingärten bedrohte. Ihre Ernsthaftigkeit amüsierte ihn, deswegen hörte er sich ihre Theorien an. Aber dem Weingut hatte nie seine Sorge gegolten, die Minen verlangten viel mehr Aufmerksamkeit. Sabrina schalt ihn deshalb aus.

»Papa, das Weingut ist für uns ebenso wichtig. Eines Tages wird es so viel bringen wie deine Minen, denk daran.« Dasselbe hatte sie Dan Richfield im vorigen Monat gesagt, und er hatte sie ausgelacht. Im Tal gab es tatsächlich Weinbaubetriebe, die sich lohnend entwickelten, aber der Profit ließ sich mit dem aus dem Bergbau nicht vergleichen, das war allgemein bekannt, und Jeremiah erinnerte sie daran. »Mit der Zeit könnte sich das ändern. Sieh dir die erlesenen Weine an, die in Frankreich produziert werden. Alle unsere Rebsorten kommen von dort«, gab sie darauf zur Antwort.

»Gib acht, daß aus dir keine kleine Trinkerin wird, mein Kind. Du scheinst dich ja mächtig für die Trauben zu interessieren.« Er wollte sie necken, aber sie fand das gar nicht komisch und funkelte ihn mit der ganzen Ernsthaftigkeit ihrer dreizehn Jahre an.

»Du solltest mehr Interesse dafür zeigen.«

»Das überlasse ich dir, da dir der Weinbau so am Herzen liegt.« Der Weinbau war nicht ganz so unpassend wie ihr Interesse für den Bergbau, obwohl es schade war, daß er sie nicht auch daran teilnehmen lassen konnte. Sabrina verfügte über ausgeprägten Geschäftsverstand.

Daran sollte er am nächsten Tag erinnert werden, als sie gemeinsam in seinem Zimmer frühstückten, ehe er zu seiner Besprechung mit dem Präsidenten der Nevada Bank ging. Die ganze Zeit über quälte sie ihn mit Fragen über das anstehende Geschäft. Er spürte, wie gern sie mitgegangen wäre, doch schien sie nicht so darauf erpicht wie sonst.

»Und was hast du heute vor, Kleines?«

»Ach, ich weiß nicht.« Nachdenklich blickte sie aus dem Fenster, so daß er ihre Augen nicht sehen konnte. Er kannte sie zu gut und hätte sofort irgendeinen bevorstehenden Unfug vermutet. »Ich habe ein paar Bücher mitgenommen. Ich dachte, ich könnte nachmittags lesen.«

Er sah sie an, dann blickte er auf die Uhr. »Hätte ich Zeit, darüber nachzudenken, dann würde ich mir wahrscheinlich Sorgen machen, mein Kind. Entweder bist du krank, oder du lügst mich an. Aber du hast Glück. Ich bin spät dran und muß gehen.« Sie lächelte süß und küßte ihn auf die Wange.

»Also, bis abends, Papa.«

»Sei schön brav.« Er klopfte ihr auf die Schulter und drückte sie sanft. »Mach keinen Unfug, Sabrina Thurston.«

»Papa!« rief sie schockiert aus und begleitete ihn zur Tür. »Ich mache nie Unfug!«

»Daß ich nicht lache!« antwortete er und ging hinaus.

Sabrina wirbelte um ihre eigene Achse und lächelte. Sie hatte den ganzen Tag frei und wußte genau, was sie tun wollte. Etwas Geld hatte sie aus Napa bei sich, und ihr Vater gab ihr immer zusätzlich etwas, damit sie sich ein Mittagessen leisten und etwas anfangen konnte, wenn er fort war. Jetzt stopfte sie ihre Börse in die Tasche ihres grauen Rockes und wechselte die alte Matrosenbluse gegen eine rosa Bluse. Dazu zog sie ein Paar alte, derbe Stiefel an, die strapaziert werden konnten. Eine halbe Stunde später saß sie in einem Wagen, unterwegs nach Nob Hill. Sie hatte dem Fahrer die Adresse von Thurston House angegeben. Am Ziel angekommen, bezahlte sie ihn und blieb atemlos vor dem großen Gartentor stehen. Ihr Herz schlug bis zum Hals. Es war fast zu aufregend, um wahr zu sein. Monate, nein Jahre hatte sie auf diesen Augenblick gewartet. Was sie tun würde, sobald sie das Tor überstiegen hatte, wußte sie nicht. Sie hatte nicht wirklich die Absicht, in das Gebäude hineinzugehen. Es reichte ihr, wenn sie sich auf dem Grundstück umsehen konnte, doch wurde sie unwiderstehlich von dem Haus angezogen, das ihr Vater für ihre Mutter erbaut hatte.

Schweigend ragte Thurston House auf, halb verborgen in seinem Park. Sabrina stand lange da und starrte es an. Dann nahm sie ihren ganzen Mut zusammen und kletterte an dem Tor an einer Stelle hoch, an der ihre Bemühungen von einem hohen Baum etwas verborgen wurden. Beim Klettern betete sie darum, daß kein Passant oder Nachbar sie der Polizei melden würde. Sie war noch immer sehr geschickt im Erklettern von Toren und Bäumen, so daß sie sich Sekunden später auf der anderen Seite hinuntergleiten ließ, wobei ihr Herz noch heftiger pochte als vorher. Das letzte Stückchen ließ sie sich zu Boden fallen. Dann blieb sie stehen und genoß ihren Triumph. Sie befand sich auf dem geheiligten Grundstück von Thurston House und beeilte sich, rasch tiefer in die Gartenanlage vorzudringen, damit man sie von der Straße aus nicht bemerkte. Sträucher und Bäume waren so dicht angewachsen, daß man sich wie in einem Dschungel vorkam. Wie von einem Magnet angezogen, ging sie die Zufahrt zum Haus entlang und war so eventuellen Blicken von der Straße aus verborgen.

Dabei beschäftigten sich ihre Gedanken unwillkürlich mit ihrer Mutter. Wie sehr mußte er sie geliebt haben, daß er ihr ein solches Haus baute, und wie glücklich mußte sie hier gewesen sein! Sabrina fragte sich, was sich ihre Mutter wohl gedacht haben mochte, als sie das Haus zum erstenmal sah. Sie wußte, daß ihr Vater ihr damit eine Überraschung hatte bereiten wollen. Etwas Schöneres konnte sie sich nicht vorstellen. Bekümmert sah sie, daß die großen Türklopfer so fleckig geworden waren, daß man sie kaum als solche erkannte. Die Fenster waren hinter Läden verborgen, das zwischen den Stufen wuchernde Unkraut war hoch gewachsen.

Das Haus stand seit zwölf Jahren leer und bot sich Sabrina in einem beklagenswerten Zustand dar. Wie gern hätte sie die Nase an ein Fenster gedrückt und hineingespäht in die Räume, in denen ihre Eltern sich einst bewegt, in denen sie getanzt und gelebt hatten. Fast war ihr zumute, als wäre sie gekommen, um ihre Mutter hier zu sehen, als könne sie hier eher eine Vorstellung davon bekommen, wie diese Frau gewesen war. Ihr Vater war in diesem Punkt so gar nicht mitteilsam, und auch Hannah schwieg sich eisern über dieses Thema aus. Plötzlich war Sabrina gierig auf das kleinste Krümelchen, auf ein Stückchen Wissen vom Wesen Camille Beauchamp Thurstons.

Langsam und ohne richtig zu überlegen, schlich Sabrina um das Haus herum, spähte zu den Fensterläden hoch, wich dem Unkraut aus. Man konnte noch unterscheiden, wo einst Blumenbeete gewesen waren. Hinter dem Haus sah sie eine hübsche Frauenstatue italienischer Herkunft mit einem Kind im Arm. Dort stand auch eine Marmorbank, auf die Sabrina sich setzte und sich fragte, ob ihre Eltern auch da gesessen hatten, Hand in Hand, oder ob ihre Mutter sich hier an sonnigen Tagen mit ihr als Baby aufgehalten hatte. Aus irgendeinem Grunde bekam sie hier eine viel deutlichere Vorstellung von ihrer Mutter als in Napa. Das Haus in St. Helena war irgendwie mehr Teil ihres Vaters. Sie wußte, daß er vor seiner Ehe lange darin gelebt hatte. Hier aber war alles anders. Das Haus war ein für ihre Mutter geschaffener Palast der Liebe. Der Gedanke brachte sie zum Lachen, während sie ihre verstohlene und gewundene Wanderung fortsetzte. Dabei empfand sie leichte Enttäuschung. Sie hatte eigentlich erwartet, mehr zu sehen. Zwar war es aufregend genug, in den Garten eingedrungen zu sein, aber ohne einen Blick durch ein Fenster ins Innere würde Enttäuschung zurückbleiben. Ganz plötzlich, als sie wieder zu der Frauenfigur mit dem Kind zurückwollte, blieb ihr Blick an einem Fensterladen hängen, der nicht mehr intakt war. Ein Teil hing schief in den Angeln. Die ideale Gelegenheit, nach der sie insgeheim Ausschau gehalten hatte! Sie zwängte sich durch das Strauchwerk, bis sie ihr Gesicht ans Fenster drücken konnte. Doch das Fenster führte nur in einen dunklen Gang, und sie konnte nichts sehen. Da machte sie sich an dem Brett zu schaffen und riß es los, ohne richtig zu wissen, warum sie es tat. Dann aber entdeckte sie, daß sie beide Flügel des Fensterladens öffnen konnte. Sie zog instinktiv auch am Fensterflügel, der zu ihrer Verwunderung unter ihrem Gewicht nachgab. Mit einem scharfen Ruck schwang das Fenster aus den Angeln. Wie betäubt stand sie da, den Flügel in der Hand. Das dauerte nur einen Augenblick. Ohne zu zaudern, kletterte sie aufs Fensterbrett und sprang hinein. Der Gang sah nicht mehr ganz so dunkel aus wie von außen, dennoch blieb sie voller Furcht in der Dämmerung stehen. Sie befand sich im Inneren des Hauses, das ihre Träume und Gedanken ihr Leben lang beherrscht hatte. Thurston House. Sie war endlich da.

Sabrina, die sofort merkte, daß sie sich in einer Art Wirtschaftsraum befand, wußte nicht, ob es nach links oder rechts weiterging. Alles war zwar sauber und ordentlich, doch sehr finster, weil die Läden geschlossen waren. Sie wußte, daß zwölf Jahre niemand im Haus gewesen war. Da es dicht abgeschlossen war, hatte sich erstaunlich wenig Staub gebildet. Sie hatte befürchtet, es würde wie ein Geisterhaus aussehen, doch es wirkte nur leer und verlassen. Jetzt gab es kein Zurück. Sie hatte zu lange auf diesen Augenblick gewartet.

Verstohlen tastete sie sich bis ans Ende des Ganges weiter, drehte den Türknauf und öffnete unter atemloser Spannung die Tür. Was sie jetzt über sich sah, war für Sabrina wie das Tor zum Himmel. Sie hatte die Haupthalle betreten, und über ihr befand sich die spektakuläre Kuppel aus farbigem Glas. Die Regenbogenfarben und das komplizierte Muster ließen Myriaden strahlend farbiger Lichter zu ihren Füßen schimmern, während sie entzückt und beklommen hinaufblickte. Von hier aus ging sie die große Treppe hinauf zu den Schlafräumen. Sie entdeckte ihr ehemaliges Kinderzimmer, das leer war. Die Einrichtung war nach Napa geschafft worden. Im großen Hauptschlafzimmer ließ sie sich auf einem Stuhl nieder und sah sich genauer um. Dabei hatte sie das Gefühl, der zwölf Jahre zurückliegende Gram ihres Vaters drohe sie zu überwältigen. Der Raum war ganz so, wie ihre Mutter gewesen sein mußte, so weiblich und lieblich. Die rosa Seidenstoffe waren mit den Jahren verblichen, aber noch immer wirkte das Zimmer wie ein üppiges Blumenbeet an einem Frühlingstag. An den Draperien hing ein Parfum, mit Staubgeruch vermengt, aber immer noch spürbar. Richtig überwältigt war Sabrina, als sie das Ankleidezimmer ihrer Mutter betrat und alle Schränke öffnete. Ihr Vater hatte beim Verlassen des Hauses nichts weggeworfen. Da waren kleine, zierliche Ziegenlederschuhe, rote Abendpumps aus Satin für die Oper, ein altes Pelzcape und Reihe um Reihe Kleider. Sabrina holte sie heraus, befühlte die teuren Materialien und sog das Parfum ein, das sie nun schon erkannte. Es war wie ein Besuch bei ihrer Mutter, die sie nie gekannt hatte. Jetzt erst wurde ihr deutlich bewußt, daß sie für immer verloren war. Der Gedanke ließ ihre Augen feucht werden. Doch während sie in dem schönen, mit rosa Seide tapezierten Raum stand, wußte sie, daß sie deswegen gekommen war – um die Frau kennenzulernen, die ihre Mutter gewesen, ein Stück des Puzzles, ein Fragment ihres Wesens zu finden. Seit sie selbst immer mehr zur Frau herangewachsen war, hatte sie sich ein Stück ihrer Mutter gewünscht, an das sie sich halten konnte. Und jetzt war sie überwältigt, daß sie frei in dem Haus umherschweifen konnte, in dem ihre Mutter gelebt hatte, in dem Haus, in das sie mit vier Monaten gekommen war und das sie nach dem Tod ihrer Mutter mit einem Jahr verlassen hatte, um nicht wiederzukehren.

Sabrina betrat auch das Herrenzimmer ihres Vaters. Sie setzte sich an seinen Schreibtisch, drehte sich in seinem Stuhl und war verwundert, daß er nichts von den Sachen vermißte, die er hiergelassen hatte. An den Wänden hingen hübsche Bilder, der Schreibtisch war mit interessanten Ornamenten geschmückt. Im Erdgeschoß standen Reihe um Reihe schönster Kristallgläser, Porzellan, Silber. Das alles hatte ihr Vater zurückgelassen, das Haus abgeschlossen und war nach Napa gegangen, ohne jemals wieder zurückzukommen. Wie oft hatte er gesagt, das Haus würde eines Tages ihr gehören. Sie hatte sich ein Haus mit alten Möbeln unter Schutzhüllen vorgestellt und hatte sich nie träumen lassen, daß es so wäre, ein Haus, das den Eindruck machte, als wäre es von seinen Bewohnern in aller Eile verlassen worden, worauf der Tod sie ereilte, ehe sie zurückkommen und ihre Sachen in Ordnung bringen konnten. Auf dem Nachttischchen ihrer Mutter lagen sogar noch Bücher, und in einem Schubfach fand sie einen Stapel Spitzentaschentücher. Er hatte nichts weggeworfen, und Sabrina sah alles.

Sie verspürte den dringenden Wunsch, die Läden aufzustoßen und Sonne hereinzulassen, wagte es aber nicht. Irgendwie hatte sie das Gefühl, in eine Privatsphäre eingedrungen zu sein, in den ganz privaten Schmerz eines Menschen, und sie verstand jetzt, warum ihr Vater nie hierher zurückgekehrt war. Es wäre wie ein Besuch in der Gruft seiner Frau gewesen. Alles lag viel zu lange zurück, um jetzt daran anzuknüpfen. Hier hätte er ihre Kleider sehen müssen, ihre Gegenwart gefühlt, ihr Parfum gerochen, er wäre an den Todesschmerz, an die Freuden und Leiden des Zusammenlebens und an den Kummer bei ihrem Tod erinnert worden. Der Gedanke an ihren Vater entlockte ihr Tränen in den letzten Augenblicken, bevor sie die Räume verließ und würdig und gemessen die Treppe hinunterschritt. Das Haus erweckte in ihr noch größere Zärtlichkeit für ihn und ein neues Gefühl für die Zartheit und Schönheit ihrer Mutter. Wie in Napa, so gab es auch hier keine Porträts ihrer Mutter, dafür aber war etwas viel Großartigeres da, ein Gefühl dafür, in welcher Umgebung sie gelebt hatte. Als Sabrina wieder in der Halle unter der Kuppel aus farbigem Glas stand, hatte sie die Empfindung, daß Jahre zuvor ihre Mutter an dieser Stelle gestanden und vielleicht auch zur Kuppel hinaufgeblickt hatte. Dieselben Türknäufe waren von ihrer Mutter berührt worden, aus denselben Fenstern hatte sie geblickt. Eine geradezu beängstigende Vorstellung – wie eine Reise in die Vergangenheit. Man spürte die Hände derjenigen, die vor

einem dagewesen waren. Es waren gute Geister, doch sie stellten eine sehr fühlbare Anwesenheit dar. Sabrina war beinahe erleichtert, als sie das Fenster in dem rückwärtigen Gang wieder
aufstieß, hinauskletterte, das Fenster schloß und den zerbroche-
nen Fensterladen zurechtschob. Sie war an einem Ort gewesen,
an den sie nicht hingehörte, und doch war sie froh, daß sie gekommen war.

Nachdenklich wanderte sie durch den verwilderten Garten,
diesmal ganz langsam. Ein- oder zweimal drehte sie sich um und
warf einen Blick zurück auf das Haus. Es war ein großartiger
Bau, den sie zu gern in seinem früheren Zustand gesehen hätte,
umgeben von gepflegten Rasenflächen, mit dem eben vorgefah-
renen Wagen ihrer Mutter vor der Haustür. Ein erregender Gedanke, daß sie selbst hier gewesen war, Anteil hatte am Leben
ihrer Eltern und der Schönheit des Hauses. Eines Tages würde
es ihr gehören, es würde aber nie mehr ganz so sein wie früher... und das schöne Mädchen aus Atlanta war schon längst
vergangen, und der Mann, der es über alles geliebt hatte, würde
es ebenso sein. Nie wäre es so wie früher. Dieser Gedanke betrübte sie, als sie wieder über das Tor kletterte und auf ihren Füßen landete. Als Sabrina an sich heruntersah, stellte sie fest, daß
sie schrecklich aussah. Sie hatte ihren Rock zerrissen, ihre Bluse
war fleckig, das Haar durcheinander, die Hände schmutzig, und
am Arm sah man einen blutigen Kratzer, entweder vom Klettern
oder vom Hantieren mit dem Fensterladen. Doch auf dem Weg
ins Palace Hotel empfand sie auch nicht eine Spur von Reue. Es
war keine große Entfernung, und nach dem langen Tag in dem
staubigen Haus brauchte sie frische Luft. Fast hatte sie das Gefühl, zuviel gesehen zu haben, und war doch froh darüber.

Verstohlen betrat sie das Hotel und lief hinauf, um ein Bad zu
nehmen, ehe ihr Vater von der Besprechung zurückkäme.

Am Abend bewies Sabrina einen Bärenhunger, da sie den ganzen Tag über nichts gegessen hatte. Jeremiah führte sie zu Delmonico, wo beide Steaks bestellten. Trotz ihres herzhaften Appetits
war sie merkwürdig still.

»Ist etwas mit dir?«

»Nein.« Sie lächelte, schien aber in Gedanken weit fort. Hätte sie ihm in die Augen gesehen, so wäre sie haltlos in Tränen ausgebrochen.

Der traurige Eindruck des leeren Hauses und der vielen Sachen ihrer Mutter, die er an Ort und Stelle gelassen hatte, ließ sie nicht los. Wie sehr mußte ihr Vater sie geliebt haben! Sie sah ihn vor sich, einen gebrochenen Mann, der mit seinem kleinen Kind nach Napa geflohen war, nicht imstande, den Tod seiner jungen Frau zu verwinden. Sie war viel zu früh gestorben, und er hatte sie aus ganzem Herzen geliebt.

»Sabrina, was bedrückt dich?« fragte er, denn er kannte sie zu gut; doch sie schüttelte nur den Kopf und zwang sich zu einem Lächeln, indem sie die traurigen Gedanken energisch verdrängte. Den ganzen Abend über war sie nicht wie sonst. Ehe sie zu Bett ging, klopfte sie leise bei ihrem Vater an, und er bat sie herein. »Gute Nacht, Kleines.« Er gab ihr einen Kuß und sah ihren umwölkten Blick, der ihm den ganzen Abend Sorgen gemacht hatte. Da lud er sie ein, sich zu setzen, und sie war erleichtert. Sie war gekommen, um ein Geständnis abzulegen. Noch nie hatte sie ihn belogen und wollte es auch jetzt nicht tun. Deswegen hatte sie sich entschieden, reinen Tisch zu machen. »Na, was ist, Sabrina?«

»Papa, ich muß dir etwas sagen.« Wie sie in Nachthemd und Morgenmantel dasaß und ihre rosa Füße unter dem Spitzensaum hervorlugten, sah sie nicht älter aus als fünf. »Ich habe heute etwas gemacht.« Sie sagte nicht »etwas Schlechtes gemacht«, weil sie nicht dieser Meinung war, obwohl sie wußte, daß er sehr ungehalten sein würde. Gleichzeitig wußte sie aber, daß sie es ihm sagen mußte. Ihr Vater hätte es vermutlich nie herausgefunden, aber sie hatten einander so lange vertraut, daß sie jetzt nicht mit Lügen anfangen wollte. In dieser Hinsicht war sie ganz anders als ihre Mutter.

»Was ist denn?« fragte er liebevoll, sie nicht aus den Augen lassend. Was immer geschehen war, es hatte Sabrina sehr aufgewühlt. Er wollte jetzt unbedingt wissen, was passiert war, und sah ihrer Erklärung mit einiger Besorgnis entgegen.

»Ich war...« Sie schluckte schwer und bedauerte fast, daß sie das Geständnis begonnen hatte, konnte aber nicht mehr zurück. »Ich war in... Thurston House.« Es war ein kaum hörbares Flüstern. Unwillkürlich stellte Jeremiah sie sich vor, wie sie dagestanden und zu dem aufragenden Tor hinaufgesehen hatte. Sabrinas Geständnis entlockte ihm ein Lächeln. Er strich ihr zärtlich über das säuberlich geflochtene Haar. »Das ist keine Sünde, Kleines. Es war einmal ein schönes Haus.« Er setzte sich neben sie, in Gedanken bei dem Herrenhaus, das er vor so vielen Jahren hatte bauen lassen. »Es war wunderschön.«

»Es ist noch immer schön.«

Jeremiah lächelte bekümmert. »Leider wird es ziemlich vernachlässigt sein. Aber eines Tages, ehe ich es dir und deinem Zukünftigen übergebe, lasse ich alles instand setzen.«

»Es ist tadellos in Ordnung.« Das sagte Sabrina mit merkwürdiger Gewißheit, die bewirkte, daß er sie aufmerksam ansah.

»Wahrscheinlich ist drinnen alles verblaßt und verstaubt, Lämmchen. Seit zwölf Jahren hat kein Mensch mehr das Haus betreten. Der Staub muß überall fingerdick liegen.« Sie schüttelte den Kopf, ohne den Blick von ihm zu wenden, und er wunderte sich. »Hast du hineingeguckt?« Und schon drängender fragte er: »War das Tor offen?« Wenn ja, dann mußte er sich darum kümmern. Er wollte nicht, daß Neugierige sich auf dem Grundstück herumtrieben oder, schlimmer noch, daß eingebrochen wurde. Es befanden sich noch immer viele Kostbarkeiten im Haus. Zwar ließ er das Haus von einer Wachmannschaft überwachen, und es hatte wunderbarerweise nie Ärger gegeben.

Sabrina holte tief Luft. »Ich bin über den Zaun geklettert.« Also deswegen die zerknirschte Miene! Gottlob hatte das Kind ein ausgeprägtes Gewissen und beichtete alles.

Er sah sie ernst an. »Sabrina, das ist nicht sehr damenhaft.«

»Ich weiß, Papa.« Und dann gestand sie ihm alles übrige. »Ein Fensterladen war kaputt...« Sie wurde ganz blaß und flüsterte ängstlich: »Ich konnte das Fenster aufmachen, bin eingestiegen... und habe mich überall umgesehen...« Ihre Augen flossen über. »Papa, das Haus ist wunderschön. Du mußt sie sehr liebgehabt haben ...« Sie fing zu schluchzen an und schlug die Hände vors Gesicht, als er den Arm um sie legte. Ihr Geständnis hatte er wie versteinert angehört.

»Aber warum? Warum bist du hineingegangen?« Er fragte es voller Besorgnis. Was hatte das Kind an dem Haus so angezogen? Er konnte es nicht begreifen. Sabrina konnte sich nicht an die Zeit erinnern, als sie darin gelebt hatte, deswegen war es keine Rückkehr in eine vertraute Umgebung gewesen. Es mußte mehr dahinterstecken als nur Abenteuerlust. Er wollte unbedingt eine Erklärung von ihr. »Sag es mir... du brauchst keine Angst zu haben. Du warst tapfer, daß du mir alles gestanden hast, und ich bin froh darüber.« Er gab ihr einen Kuß und faßte nach ihrer Hand. Daß er nicht verstimmt war, wunderte ihn selbst, das minderte aber nicht seine Besorgnis.

»Papa, ich weiß es nicht. Ich wollte es immer schon sehen... damit ich endlich weiß, wo ihr gelebt habt... wie sie war... ich dachte, es gäbe dort ein Bild...« Sie hielt inne aus Angst, ihn zu verletzen, doch er verstand und beendete den Satz an ihrer Stelle.

»... ein Bild deiner Mutter?« Es betrübte ihn, daß Sabrina so viel an Camille dachte. Camille war es nicht wert. Aber das würde er Sabrina nie sagen können. »Mein armes Kleines...« Er nahm sie in die Arme und hielt sie fest, während sie heiße Tränen vergoß. »Du hättest nicht hineinklettern sollen.«

»Aber Papa... es ist so schön ... diese Kuppel...« Bange sah sie ihn an, und er lächelte. An die Kuppel hatte er schon sehr lange nicht mehr gedacht. Sabrina hatte recht. Die Kuppel war ungewöhnlich, und irgendwie freute es ihn, daß sie ihr aufgefallen war.

»Seinerzeit war es ein schönes Haus, Sabrina.«

Daraufhin sagte sie etwas, das ihn erschreckte. »Ich wünschte, wir würden darin wohnen.«

»Gefällt es dir in St. Helena nicht?« Während er sie ansah, fragte er sich, ob sie mit der Zeit Napa hassen würde wie ihre Mutter. War es doch immer ihre Heimat gewesen.

»Ja, es gefällt mir, aber Thurston House ist ... es ist so wunderschön. Man kann hier sehr elegant leben.« Sie sprach das so aus, daß er lachen mußte. Sabrina lächelte unter Tränen.

»Wenn du älter bist, kannst du hier leben. Das habe ich dir schon gesagt.« Aber jetzt war es etwas anderes. Sie wußte nun, wie das Haus aussah. Und seine Worte bekümmerten sie.

»Du weißt, daß ich nicht heiraten möchte, Papa.«

Da kam ihm ein Gedanke. »Dann könnten wir dich ja aus irgendeinem anderen Grund hierherbringen.«

Wirklich, Papa? Wann denn?« Das Kaminfeuer ließ ihre Augen ricsengroß erscheinen.

»An deinem achtzehnten Geburtstag könnten wir einen Ball veranstalten. Dein Leben lang habe ich dich draußen auf dem Land festgehalten, und das wird auch noch ein paar Jahre dauern. Vielleicht hilft es sogar mit, dich von gröberem Unfug fernzuhalten.« Jeremiah drohte ihr scherzhaft mit dem Finger. »Aber wenn du achtzehn bist, sollst du in San Franzisko die richtigen Leute kennenlernen.«

»Warum?« Sie schien erstaunt.

»Weil du dich vielleicht dafür entscheiden wirst, deinen Horizont zu erweitern.« Von einer Ehe sprach er nicht mehr, sie war ohnehin noch zu jung für solche Überlegungen, aber ein Ball in einigen Jahren war genau richtig. Er hatte noch nie daran gedacht, aber die Idee gefiel ihm immer besser. Dabei fiel ihm ein, daß sie dann so alt wie Camille sein würde, als er sie geheiratet hatte. Und er würde ihr stolzer Vater sein.

Er zwang seine Gedanken wieder zurück zu seiner Tochter. »Weißt du, das ist keine schlechte Idee. Wir könnten nach San Franzisko kommen und Thurston House für dich öffnen. Was hältst du davon?« Sie schien wie betäubt. Ein Ball nur für sie? Eine eventuelle Öffnung des Hauses hatte sie sich schon ausgemalt... »Wir könnten den Ball im eigenen Ballsaal geben.«

Sie hatte den Ballsaal gesehen. Unwillkürlich schloß sie die Augen und versuchte sich vorzustellen, wie ihre Eltern darin getanzt hatten, ihr Vater, vierzehn Jahre jünger, und in seinen Armen die zarte Schönheit aus den Südstaaten.

»Wie war sie eigentlich, Papa?« Sie hatte den Ball vergessen und war mit ihren Gedanken wieder bei ihrer Mutter. Mit einem stillen Seufzer blickte er auf Sabrina nieder. Es gab einige Gründe, warum er gewünscht hätte, sie wäre nicht ins Haus eingedrungen. Wer konnte wissen, was sie dort vorgefunden hatte und wie intensiv sie nach Spuren der Vergangenheit, seiner und Camilles und ihrer eigenen, gesucht hatte?

»Sie war sehr hübsch.« Dann entschloß er sich, ihr einen kleinen Teil der Wahrheit zu sagen. »Und sie war sehr verwöhnt. Wie so viele Mädchen aus dem Süden. Ihr Vater hat ihr alle Wünsche erfüllt.«

»Hat er das Haus gesehen?«

Jeremiah schüttelte den Kopf. »Ihre Eltern waren nie hier zu Besuch. Ihre Mutter wurde kurz nach unserer Heirat krank und ist bald ... nach dem Tod deiner Mutter gestorben.«

»Sicher wären sie hingerissen gewesen von dem Haus.« Mit kindlicher Bewunderung sah sie zu ihm auf. »Sie muß es auch gewesen sein.«

»Ich glaube schon.« Plötzlich fielen ihm die ständigen Partys ein. »Sie hat gern Gäste um sich gehabt.« Er dachte an den Ball, den zu geben er ihr verboten hatte, und an die Gesellschaften, die sie mit de Pré besucht haben mußte, wenn er selbst in Napa war. »Sie ist auch sehr viel ausgegangen.«

»Ja, sie hatte so viele hübsche Kleider.«

Er runzelte die Stirn. »Woher weißt du das?«

Seine Frage brachte sie in Verlegenheit. »Papa, ich habe heute ihre Sachen gesehen. Sie sind alle noch da.« Davon konnte keine Rede sein, aber das konnte sie nicht wissen, und er sagte nichts.

Wieder seufzte er. »Ich glaube, ich hätte mit diesen Dingen reinen Tisch machen sollen, als sie ... als sie starb.« Sabrina fiel auf, daß er immer Schwierigkeiten hatte, diese Worte auszusprechen, als seien sie noch zu schmerzhaft für ihn. Er sah seine Tochter an. »Sabrina, du hättest nicht hingehen sollen.«

»Tut mir leid, Papa. Es war nur ... ich hatte es mir schon so lange vorgestellt.«

»Warum denn? Wir führen doch in St. Helena ein schönes Leben.«

»Ich weiß.« Sabrina ließ den Kopf hängen, während sie wieder an das schöne Haus dachte. Als sie ihren Vater ansah, lag Hoffnung in ihrem Blick. »Wirst du wirklich einen Ball für mich geben? Können wir in Thurston House wohnen?«

»Ich sagte es schon.« Lächelnd zog er sie an ihren langen Locken. »Wenn es dich glücklich macht, Prinzeßchen, dann verspreche ich es dir für deinen achtzehnten Geburtstag.«

»Das wäre wundervoll.« Ihre Augen glänzten im Licht.

»Also, dann ist es ein Versprechen.« Beide wußten, daß er seine Versprechen stets einhielt.

Am nächsten Tag war nicht mehr die Rede von ihrem Eindringen ins Stadthaus, doch er sprach mit seinem Freund von der Nevada Bank und bat ihn, ein paar Leute hinzuschicken, die sich um die Fensterläden kümmern und, wenn nötig, das Haus besser absichern sollten. Auf der Rückfahrt nach Napa rang er Sabrina ein Versprechen ab.

»Kleines, ich möchte nicht, daß du noch einmal hingehst. Ist das klar?«

»Ja, Papa.« Es wunderte sie, daß er nicht mit größerem Unwillen auf ihre Eskapade reagiert hatte. »Könnten wir nicht einmal gemeinsam hingehen?«

Er schüttelte den Kopf. »Für mich gibt es keinen Grund dafür.« Er lächelte. »Bis zu dem Ball an deinem achtzehnten Geburtstag. Ich habe dir ein Versprechen gegeben, und das werde ich halten, wie du weißt. Wenn dir daran liegt, werden wir alljährlich im Frühjahr eine gewisse Zeit in San Franzisko verleben. Aber bis dahin wirst du nie wieder Zäune überklettern und durch Fenster einsteigen, um alte Schränke mit fremden Sachen zu durchstöbern.«

Sie lief rot an vor Verlegenheit. In Wahrheit war es das, was ihm die größten Sorgen bereitet hatte, daß sie sich nämlich nach einem Blick auf Camille verzehrt hatte, auch wenn dies nur durch die Kleider in ihren Schränken zu bewerkstelligen war. Er fragte sich, ob das der einzige Grund für ihren Ausflug gewesen sein mochte, und das brachte ihn so auf, daß seine nächsten Worte barscher ausfielen. »Du hättest stürzen und dich verletzen können, und kein Mensch hätte dich gefunden. Was du gemacht hast, war sehr dumm.« Stirnrunzelnd starrte er aus dem Zugfenster, und Sabrina ließ kein Wort mehr laut werden, bis sie auf dem Bahnhof von St. Helena einfuhren.

20

»Also Hannah, gib während unserer Abwesenheit schön acht auf das Haus.«

Die Alte, die sich hinkend und unter Schmerzen die Treppe hinuntergeschleppt hatte, trat mit ihnen vors Haus. Es sah aus, als ob sich auf dem Wagen ihre gesamten Habseligkeiten auftürmten, in Wahrheit waren es nur Sabrinas neue Kleider. Jeremiah lächelte seiner alten Haushälterin zu. Mit aller Entschiedenheit hatte sie sich ihm widersetzt und fuhr nicht mit. In ihrem Alter hatte sie ein Recht, sich frei zu entscheiden, obwohl er sie gern bei sich gehabt hätte. Sie hielt das ganze Unternehmen für ausgemachten Unsinn.

»Es ist ja nur für zwei Monate«, tröstete er sie. Und er hatte es Sabrina schon vor Jahren versprochen, ein Versprechen, von dem er nicht sicher war, ob Sabrina auf seine Einlösung drängen würde. Doch als er vor einigen Monaten wieder davon angefangen hatte, war sie ganz begeistert gewesen. Es ging darum, Thurston House für sie wieder zu eröffnen und an ihrem achtzehnten Geburtstag einen Ball zu geben.

»Vielleicht steckt doch etwas von ihrer Mutter in ihr«, hatte er scherzhaft zu Amelia gemeint, als diese zu Besuch gekommen war. Auch Amelia hatte es für eine gute Idee gehalten, und sie hatte sehr bedauert, daß sie nicht nach San Franzisko kommen konnte. In diesem Jahr war sie bereits zweimal dagewesen, einmal zur Hochzeit ihrer ältesten Enkeltochter, die einen Flood heiratete, und dann, um ihre Tochter nach dem Tod ihres Mannes zu trösten. Ein drittes Mal konnte sie nicht kommen. Da sie außerdem offiziell noch Trauer hatte, wäre ein Ballbesuch höchst unpassend gewesen. Dafür hatte sie Jeremiah mit guten Ratschlägen versorgt.

Als das Haus zum erstenmal nach so langer Zeit wieder betreten wurde, war sie sogar mit ihm gegangen, und sie hatte gespürt, wie ihn ein Schauer überlief. Voller Mitgefühl hatte sie sich ihm zugewandt und nach seinem Arm gefaßt.

»Du mußt es nicht tun. Das Fairmont ist bis dahin sicher schon fertig, und du könntest den Ball dort geben.« Oft hatte sie sich gewundert, daß das Haus nicht verkauft worden war, da es doch so schmerzliche Erinnerungen in ihm wachrief. Aber er hatte es Sabrinas wegen nicht aufgeben wollen.

»Der Ball soll hier stattfinden.« Amelia war nicht entgangen, wie sich seine Kiefermuskeln strafften. Gemeinsam gingen sie durch das Haus, gefolgt von einer Schar neuer Dienstboten. Obwohl noch sehr viel zu tun war und vieles neu aufgehängt, gesäubert und frisch gestrichen werden mußte, präsentierte sich das Haus in erstaunlich gutem Zustand.

Besonders leid tat ihr Jeremiah, als sie die große Schlafzimmersuite betraten. Hier waren die Erinnerungen für ihn besonders schmerzhaft, worauf Amelia ihn drängte, in einem anderen Raum zu schlafen. Jeremiah war ihr dankbar für diesen Vorschlag.

Als er den Schrank in Camilles Ankleidezimmer öffnete, stand sie neben ihm. Sie wollte ihm schon raten, er solle alles wegwerfen, als er die Dienstboten anwies, alles in Kisten zu packen und in den Keller zu schaffen.

»Warum willst du die Sachen behalten? Sie hat sie nur zurückgelassen, weil sie sie nicht haben wollte«, meinte Amelia erstaunt, als sie wieder hinuntergingen. Das Haus bis zu Sabrinas Ball instand zu setzen war ein Mammutprojekt, in Amelias Augen aber höchst aufregend.

»Vielleicht wird Sabrina eines Tages die Sachen ihrer Mutter wollen.« Bei dieser Gelegenheit berichtete er ihr von der nun fünf Jahre zurückliegenden Eskapade, als Sabrina mit dreizehn den Zaun überklettert hatte und durch ein hinteres Fenster eingedrungen war. »Damals wurde mir klar, daß ihrem Wesen ein Teil fehlt, weil sie Camille nie kannte und ich ihr nie viel erzählt habe. Ich glaube, Sabrina spürt, daß das Thema für mich tabu ist, und sie meint, ich trauere noch immer.«

Seufzend sah er Amelia an. Sie kannten sich jetzt nahezu zwanzig Jahre, und er freute sich auf jedes Beisammensein. Amelia war immer sprühend lebendig und liebenswert. Jede Begegnung mit ihr war ein Vergnügen. Noch mit sechzig war sie eine schöne Frau, und das sagte er ihr jedesmal, wenn sie zusammenkamen.

»Was für ungeheuerliche Lügen du verbreitest, Jeremiah! Und wie froh bin ich, daß du es tust!« Sie lachte, und er küßte sie. Sie hatte Sabrina ein schönes Perlen-Collier für den Ball geschenkt und wiederholt, wie leid es ihr täte, nicht dabeisein zu können.

»Du wirst uns auch fehlen, Tante Amelia.« Sabrina hatte sie sehr herzlich geküßt und versprochen, die Perlen für den Ball anzulegen. Amelia hatte ihr geholfen, die Balltoilette auszuwählen, ein erlesenes weißes Satinkleid mit Perlenstickerei. Es war ein spektakuläres Kleid, gleichzeitig hatte Amelia sie beim Entwerfen und Bestellen dreier weiterer Roben beraten, bestimmt für weitere Partys, die sie mit ihrem Vater besuchen wollte. Ein Kleid erregte Sabrinas besondere Begeisterung. Es war eleganter als alles, was sie bislang an Kleidern besessen hatte, und sie hatte mit Amelia sehr ausgiebig darüber gesprochen. Aus schmiegsamem goldglänzenden Stoff paßte es geradezu ideal zu ihrer hellen Haut und dem schwarzen Haar. Gemeinsam kamen sie zu der Einsicht, daß es mit raffiniert einfachem Schnitt am vollkommensten zur Geltung kommen würde, das Dekolleté hielt sich deswegen in Grenzen. Als das Kleid in St. Helena ankam, war Sabrina außer sich gewesen vor Entzücken und wollte nicht zulassen, daß Jeremiah es zu Gesicht bekäme, ehe sie es zum erstenmal offiziell trug. Sie wollte es bei einem gemeinsamen Opernbesuch in San Franzisko tragen. Die New Yorker Metropolitan Opera gab ein Gastspiel. Ihr Vater wollte sie in ›Carmen‹ mit Caruso und der Fremstadt führen. Sabrina freute sich sehr auf die Oper und auf ihr Kleid.

Das Kleid befand sich in ihrem Gepäck, als der Wagen auf das Gelände von Thurston House rollte. Einen Moment dachte sie an ihren ersten Besuch vor Jahren, als sie den Zaun überklettert hatte. Und jetzt war sie wieder da und fuhr in großem Stil im neuen Wagen ihres Vaters vor. Die letzte halbe Stunde hatten sie über die Schädlinge diskutiert, die seit einigen Jahren die Rebstöcke im Napa Valley ruinierten, doch plötzlich konnte sie an nichts anderes mehr denken als an den Einzug in das elegante Haus. In der Eingangshalle blieb sie unter der prachtvollen Kuppel stehen und dachte wieder an jenes erste Mal zurück, als sie heimlich hier eingedrungen war. Jetzt war nichts Heimliches an ihrem Besuch, das Haus war tadellos instand gesetzt, überall standen frische Blumen, das Silber war blank, das Messing schimmerte. Als sie sich glückstrahlend ihrem Vater zuwandte, spürte er einen Stich im Herzen. Sabrina sah ihrer Mutter in diesem Augenblick sehr ähnlich. Er dachte daran, wie er Camille das erste Mal hierhergebracht hatte, an ihr unverhohlenes Entzücken, als sie erfuhr, daß das Haus ihnen gehörte. Jeremiah hatte angeordnet, daß Sabrina die große Schlafzimmersuite beziehen sollte. Er selbst wollte dort nicht wohnen. Die neu dekorierten, wieder ganz in Rosa gehaltenen Räume waren für sie die ideale Umgebung. Sie war genau in dem Alter wie ihre Mutter, als diese die Räume bewohnt hatte, nur war Sabrina keine verheiratete Frau, sondern ein junges Mädchen und überhaupt ganz anders als Camille Beauchamp.

»Papa, alles sieht entzückend aus!« Sie wußte gar nicht, wohin sie zuerst sehen sollte. Er und Amelia hatten mit neuen Gardinen und Möbelüberzügen nicht gespart. Der Ballsaal war frisch ausgemalt, das ganze Haus blitzte vor Sauberkeit. Bis zum Ball waren es noch drei Wochen, und sie konnte es kaum erwarten, doch gab es in der Zwischenzeit viel für sie zu tun. In zwei Tagen stand der Opernbesuch bevor, und in der nächsten Woche waren sie bei den Crockers, den Floods und den Tobins zum Dinner geladen. Ihr Vater hatte jahrelang vernachlässigte Freundschaften wiederaufleben lassen, nur um Sabrina allen seinen Bekannten präsentieren zu können. Er wollte, daß sie zwei glänzende Monate in San Franzisko verbrachte, ehe sie für den Sommer nach St. Helena zurückkehrten. Von Oktober bis Weihnachten würden sie wieder in die Stadt ziehen, ähnlich wie seinerzeit mit ihrer Mutter. Trotzdem konnte man Sabrina mit Camille nicht vergleichen. Sabrina war dankbar für jeden Augenblick in der Stadt und ebenso dankbar, wieder nach St. Helena zurückkehren zu können. Sie hatte aktives Interesse an den Minen und war verzweifelt über die katastrophale Situation des Weingutes. Die Tatsache, daß der Schädling in erster Linie die europäischen Rebsorten befallen hatte, gab ihr sehr zu denken. Sabrina hatte eine Theorie entwickelt, derzufolge einheimische Reben überleben und gegen den Schädling mit der Zeit resistent werden würden. Ihr Vater gestand ihr zu, daß sie jetzt weitaus mehr vom Weinbau verstünde als er. Das Weingut war seit Jahren ihre Leidenschaft, doch zeigte sie auch großes Interesse an den Vorgängen in den Minen. Oft sagte er im Scherz, sie würde nach seinem Tod sehr gut auf eigene Faust weitermachen können.

»Etwas so Schreckliches darfst du nicht sagen, Papa«, schalt sie ihn immer aus, weil sie nicht gern an seinen Tod erinnert werden wollte. Mit seinen dreiundsechzig Jahren erfreute er sich noch relativ guter Gesundheit, obwohl ihm ab und zu sein Herz ein wenig Schwierigkeiten machte. Sabrina und Hannah pflegten ihn so gut, wie er es zuließ, und der Arzt versicherte ihm immer wieder, er würde noch mindestens zwanzig Jahre leben. »Und du wirst so lange leben müssen, wenn du mich verheiraten und mich als Mutter von einem Dutzend Kinder sehen willst.«

Sie neckte ihn zu gern, doch es stand einwandfrei fest, daß sie von seinen Geschäften sehr viel verstand. Sie hatte ihr Leben an seiner Seite zugebracht, ihm zugesehen und ihm aufmerksam gelauscht, und sie war immer schon ein ungewöhnlich kluges Mädchen gewesen. Er wollte aber nicht, daß sie jetzt daran dachte. Er wollte, daß sie sich amüsierte und ihre ›erste Saison‹ genoß. Das war für sie etwas Besonderes, und Jeremiah wollte, daß alles vollkommen war.

In ihrem Zimmer erwarteten sie rosa Rosen in hohen Vasen, und am nächsten Tag fühlte sie sich bereits wie zu Hause. In ihrem Bett liegend hatte sie einen Augenblick daran gedacht, daß ihre Mutter einst hier geschlafen, daß sie zur Zimmerdecke emporgeschaut, aus denselben Fenstern geblickt und in derselben Badewanne gebadet hatte. Sie lächelte. Das Hiersein verlieh ihr ein Gefühl der Verbundenheit mit der Mutter, die sie nie gekannt hatte. Im Verlauf der letzten Monate war sie einige Male mit ihrem Vater im Haus gewesen, um die nötigen Veränderungen zu besprechen. Es waren verschiedene Modernisierungen nötig geworden. In den zwanzig Jahren, die seit der Errichtung vergangen waren, hatte sich vieles geändert. Thurston House mochte noch immer eines der größten Herrenhäuser in der Stadt sein, das modernste war es gewiß nicht mehr. Es ließ sich aber sehr gut darin wohnen, überlegte Sabrina, als sie sich für den Opernbesuch ankleidete.

Das Goldkleid lag ausgebreitet auf dem Bett. Sie besaß passende Schuhe aus demselben feinen, metalldurchwirkten Material. Dazu wollte sie die Perlen, Amelias Geschenk, tragen und die Perl-Diamant-Ohrringe, die sie von ihrem Vater zu Weihnachten bekommen hatte. Nach dem Bad machte sie ihr Haar sorgfältig zurecht und trug einen Hauch Rouge und Puder auf, ehe sie vorsichtig den Lippenstift benutzte. Das alles diente nur dazu, die hinreißende Vollkommenheit von Teint und Gesichtszügen hervorzuheben. Dann zog sie vorsichtig und mit Hilfe eines der neuen Mädchen das goldene Kleid an. Einen Augenblick hatte Sabrina das Gefühl, als sähe ihre Mutter zu, und unwillkürlich fragte sie sich, ob diese ihre Erscheinung billigen würde.

Daß ihre Mutter eine große Schönheit gewesen war, daran zweifelte sie nicht. Zu gern hätte sie gewußt, was ihre Mutter von ihr halten würde. Die Antwort darauf konnte sie nie erfahren, doch wußte sie sofort, was ihr Vater dachte, als sie langsam die breite Treppe unter der bunten Glaskuppel heruntergeschritten kam. Sprachlos und mit feuchten Augen sah er ihr entgegen.

»Woher hast du nur dieses Kleid, Kleines?« Seine zärtlichen Worte entlockten ihr ein Lächeln. Klein war sie jetzt wahrhaftig nicht mehr. Sie war groß für eine Frau, aber nicht zu groß, weil sie rechtzeitig zu wachsen aufgehört hatte. Dazu kamen ein langer anmutiger Hals und wohlgeformte Arme, die durch das elegante Kleid fabelhaft zur Geltung gebracht wurden. »Mein Wort, du siehst göttlich aus, Kind.«

Sie erglühte in der Wärme seiner Liebe und sah lächelnd zu ihm auf. »Schön, daß es dir gefällt. Amelia hat mir geholfen, das Material zu finden. Ich habe es eigens für den Opernbesuch machen lassen, Papa.«

In der Mission Street vor dem Opernhaus angekommen, fand sie ihren Geschmack bestätigt. Metallisierende Materialien und Perlenstickerei in aller Farbenpracht waren die große Mode. Sabrinas Kleid war feiner als die meisten und wurde von keinem anderen übertroffen. Für diesen besonderen Anlaß überbot sich die Damenwelt San Franziskos mit Juwelen, Kleidern und Federgestecken. Die Oper war am Tag zuvor eröffnet worden, aber das große gesellschaftliche Ereignis fand an diesem Abend mit Carusos Auftreten in ›Carmen‹ statt. Im Anschluß daran sollten Bälle im Palace, im St. Francis und bei Delmonico stattfinden. Die Thurstons beabsichtigten, mit Freunden ins St. Francis zu gehen. Sabrina war jetzt schon aufgeregt, als sie die Scharen eleganter Damen hineingehen und später in der Pause promenieren sah. Das stille Leben in St. Helena lag weit hinter ihr, und ihr wurde klar, daß sie hier sehr aufregende Monate erleben würde. Sie war außer sich vor Entzücken, daß sie nach San Franzisko gekommen waren.

Als sie einige Stunden später die Oper verließen, drückte sie liebevoll den Arm ihres Vaters. Er sah besorgt auf sie hinunter, weil er fürchtete, es wäre etwas passiert, statt dessen strahlte sie ihn an. Wie eine Märchenprinzessin sah sie dabei aus.

»Danke, Papa.«

»Wofür?« Sie waren vor ihrem Wagen angelangt.

»Für alles. Ich weiß, daß du nicht in die Stadt ziehen und das Haus wieder bewohnen wolltest. Du hast es meinetwegen getan, und ich genieße jede einzelne Minute.«

»Dann soll es mich freuen.« Das Komische daran war, daß er wirklich glücklich war. Es war schön, wieder draußen in der Welt zu sein. Jeremiah hatte schon vergessen, wie angenehm das hin und wieder sein konnte, wenn man nur nicht über die Stränge schlug, und er fand es herrlich, sein einziges Kind der Welt zu präsentieren. Sabrina verfügte über Anmut, Intelligenz, ein liebes Wesen, Haltung und Schönheit ... Sie war unbeschreiblich reizvoll.

Auf der Fahrt ins St. Francis Hotel starrte sie fasziniert aus dem Fenster. Der Ball, den sie anschließend besuchten, war ein glänzender Abschluß des Abends. Alle Welt war da, sogar Caruso persönlich war erschienen. Über der ganzen Stadt lag festliche Stimmung, während die Menschen von einem Ball zum anderen fuhren und anschließend kleinere Partys besuchten. Die Operneröffnung war ein ganz besonderes gesellschaftliches Ereignis gewesen. Sabrina war froh, daß ihr eigener Ball erst in drei Wochen stattfinden würde. Das würde den Leuten Zeit geben, sich zu beruhigen und sich auf ein weiteres glänzendes Ereignis einzustellen. Mit dem Glanz des Gastspiels von ›Carmen‹ konnte man nicht konkurrieren.

Erst um drei Uhr morgens kamen sie nach Hause, Sabrina konnte ein Gähnen nicht unterdrücken, als sie mit ihrem Vater die große Treppe von Thurston House hinaufging.

»Was für ein herrlicher Abend, Papa ...« Er mußte ihr recht geben, da kicherte Sabrina los. »Wenn Hannah uns sehen könnte ... erst um drei Uhr zu Hause.« Beide lachten, wenn sie an Hannahs Miene und ihr Geschimpfe dachten. Für sie waren Vergnügungen dieser Art dekadent und unanständig. Wieder lachte Sabrina. »Und sie hätte mir gesagt, ich wäre ganz wie meine Mutter. Immer wenn sie mit mir nicht einverstanden ist, sagt sie das. Die beiden müssen einander ganz schön gehaßt haben.« Sabrina grinste, und auch Jeremiah konnte ein Lächeln nicht unterdrücken. Jetzt erschien es ihm komisch, aber damals war es anders gewesen. Camille hatte sehr wenig Komisches angestellt.

»Sie haben einander gehaßt. Als ich deine Mutter nach Napa brachte, gab es sofort ein paar häßliche Zänkereien.« Und zum erstenmal seit zwanzig Jahren dachte er an den Ring, den Hannah entdeckt hatte. Gott sei Dank hatte sie ihn gefunden, weil es andernfalls keine Sabrina gegeben hätte. Aber wie so vieles andere war auch das keine Geschichte, die er jemals seiner Tochter erzählen würde. Er war dankbar, daß auch Hannah kein Wort verraten hatte. Sie war eine anständige Frau, seit langer Zeit seine beste und treueste Freundin.

Vor der großen Schlafzimmersuite, die jetzt Sabrina gehörte, trennten sich Vater und Tochter mit einem Kuß. Von ihrem Schlafzimmerfenster aus warf Sabrina einen Blick auf den wieder sorgfältig gepflegten Garten. Wie anders hatte alles ausgesehen, als sie vor fünf Jahren über die Einzäunung geklettert war! Damals war der Garten zu einem richtigen Dschungel verwildert. Sie dachte an ihre Mutter, die auch nachts aus dem Fenster geblickt haben mochte, wenn sie nach einem Ball oder einer Party spät nach Hause gekommen war. Sie glaubte zu spüren, wie das Haus um sie herum lebte wie vor fast zwanzig Jahren. Es erschien ihr richtig, daß sie da war, richtig, daß dieses schöne Haus wieder zum Leben erwacht war. Damals vor fünf Jahren war es ihr leer und bedrückend erschienen.

Als sie Amelias Perlen abnahm und das golddurchwirkte Kleid auszog, das ihr so wundervoll stand, lächelte sie ihrem Spiegelbild zu. Ein Blick auf die Emailuhr auf dem Nachttisch zeigte ihr, daß es inzwischen fast vier Uhr geworden war. Ein leiser Schauer überlief sie. So lange war sie noch nie aufgeblieben, mit

Ausnahme eines einzigen Males, als es in der Mine einen Wassereinbruch gegeben hatte und ihr Vater erst morgens heimgekom-
men war. Nie zum Vergnügen jedenfalls. Und hinter ihr lag der
amüsanteste Abend ihres Lebens. Sabrina konnte jetzt ihren eigenen Ball kaum erwarten. Mit diesem Gedanken ging sie zu Bett
und löschte das Licht.

Fast eine Stunde lang bemühte sie sich einzuschlafen, war aber
viel zu erregt von allem, was sie gesehen hatte. Ob ihr Vater
noch wach war? Schließlich stand sie auf und ging in ihr kleines Ankleidezimmer. Ins Bett wollte sie nicht mehr, lieber wollte
sie wach bleiben und zusehen, wie der Tag heraufdämmerte. Sie
wollte nichts versäumen und fühlte sich lebendiger als je zuvor.
Als sie in ihren Morgenrock aus weißem Satin schlüpfte und nach
ihren Pantöffelchen suchte, bekam sie Lust auf ein Glas Milch,
das sie sich von unten holen wollte.

Auf halber Höhe der Treppe überkam Sabrina ein merkwürdig schwankendes Gefühl, als befände sie sich auf einem Ozean-
dampfer, der eben von einer großen Woge hochgehoben worden
war. Das Haus schien sich zu heben und zu senken, bewegte sich
endlos lange. Schlagartig wurde ihr klar, was los war. Ein Erdbeben. Und als sie die Treppe hinunterstürzte, auf die Haustür zu,
zerbarst die ganze Glaskuppel. Ein Schauer von bunten Scherben
und Splittern ergoß sich auf den Boden darunter. Sabrina, die nur
knapp dem Verderben entgangen war, stand ratlos in der Tür. Ihr
Vater hatte oft von den Erdbeben der Jahre 1865 und 1868 gesprochen. Sie hatte sich davon nur gemerkt, daß man sich unter
eine Tür stellen sollte. Jetzt stand sie in der offenen Tür und zitterte in der frischen Aprilluft, als das Haus wieder zu zittern begann. Diesmal war das Beben rascher vorüber. Plötzlich schien
im Haus alles verschoben und nicht am Platz, Tischchen waren
umgestürzt. Glas zerbrochen, Silber war auf den Boden gefallen. Jetzt erst merkte sie, daß ihr Arm von einer Glasscherbe des
Fensters neben ihr verletzt war. Ein dunkler Blutfleck, der rasch
größer wurde, war auf der Schulter ihres Nachthemdes sichtbar.
Da hörte sie, wie oben die Tür geöffnet wurde. Ihr Vater rief in

der Dunkelheit nach ihr, er hatte sie in ihrem Zimmer gesucht und nicht gefunden.

»Sabrina? Sabrina, bist du da?

Da sah er sie im offenen Eingang stehen und kam die Treppe heruntergelaufen, während oben die Dienstboten aus ihren Zimmern unter dem Dach flüchteten. Zwei Frauen kreischten hysterisch, zwei andere weinten, und auch die Männer verloren ihre Fassung, als ein dritter Stoß kam. Diemal wurden alle von Panik übermannt.

Von der Straße drang Getöse herein, Menschen schrien, und dazu hörte man Geräusche, als fielen Teile von Häusern auf die Straße. Später sollte Sabrina sehen, daß viele gemauerte Kamine eingestürzt waren. Als sie sich eine Stunde darauf, nachdem ihr Vater sie verbunden hatte, mit ihm auf die Straße wagte, sah sie Tote auf den Straßen, die von den Trümmern der einstürzenden Kamine erschlagen worden waren. Es war das erste Mal, daß sie den Tod sah, und sie war schockiert über den Anblick. Menschen drängten sich in den Straßen, überall gab es Verletze. Das Erdbeben hatte großen Schäden verursacht. Aber das größte Problem waren die Brände, wie sich am Morgen herausstellen sollte. Die Wasserleitungen waren geborsten, so daß die Feuerwehr machtlos war. Schlimmer noch, das Alarmsystem war ausgefallen, und der Chef der Feuerwehr war selbst in einem einstürzenden Feuerwehrdepot ums Leben gekommen. Es lag Panik in der Luft, doch hofften alle, daß man die Brände bald unter Kontrolle bringen würde. Am ärgsten sah es südlich des Market aus, jenseits des Palace Hotels. Das Hotel selbst verfügte über einen eigenen Brunnen und konnte die Brände, die es bedrohten, gut löschen.

Die schwarzen Rauchsäulen, die an jenem Mittwochnachmittag die Stadt in Qualm hüllten, erfüllten ganz San Franzisko mit Angst und Schrecken. Bürgermeister Schmitz mußte bei General Funston um Hilfe bitten. Bis zum Abend war die Armee im Großeinsatz. Eine allgemeine Ausgangssperre wurde verhängt, niemand durfte in der Dunkelheit auf die Straße, auch war es strikt verboten, im Haus zu kochen.

Auf dem Nob Hill hatten Jeremiah und Sabrina die Gartentore geöffnet und jedermann gestattet, auf ihrem Grundstück zu campieren, das Haus zu benutzen und in einem dafür bestimmten Bereich zu kochen. Jeremiah selbst nahm im Gerichtsgebäude an den Sitzungen des ›Komitees der Fünfzig‹ teil, welches das Überleben der Stadt nach der Katastrophe zu organisieren versuchte. Am nächsten Tag schon wurde das Komitee aus seiner Bleibe vertrieben und mußte an den Portsmouth Square übersiedeln. Diesmal bestand Sabrina darauf, mitzugehen.

»Du bleibst hier!«

»Auf keinen Fall.« Aus ihrem Blick sprach Entschlossenheit. »Ich komme mit. Ich will bei dir sein, Papa.« Sie ließ sich nicht davon abbringen, so daß er schließlich nachgab und sie mitkommen durfte. Im Komitee waren auch Frauen tätig. Gemeinsam wurde alles getan, um der sterbenden Stadt zu helfen.

Es war ein gespenstischer Augenblick in der Geschichte San Franziskos. Jeremiah war jedesmal fassungslos, wenn er durch die Stadt fuhr.

An jenem Tag sollte er später erfahren, daß auf der einen Seite von Van Ness sämtliche Herrensitze in dem Bemühen gesprengt worden waren, den Westen der Stadt zu retten. Er konnte es kaum glauben. Schlimmer noch, auch die Räumlichkeiten am Portsmouth Square mußten aufgegeben werden, das Komitee der Fünfzig verlegte sein Hauptquartier in das vor der Fertigstellung stehende Fairmont Hotel, wo es bleiben konnte, bis die Brände Nob Hill erreichten. Man konnte gerade noch rechtzeitig aus dem Hotel flüchten, als schon die Flammen auf den Bau übergriffen und als nächstes das Haus der Floods erfaßten. Da drängte Jeremiah das Komitee, sich in Thurston House niederzulassen, wo eine letzte Sitzung stattfand, ehe man Nob Hill gänzlich aufgeben mußte. Der ganze Hügel schien in Flammen zu stehen. Das Feuer sprang willkürlich über, vernichtete viele Häuser, ließ andere unversehrt, brannte manche bis auf die Grundmauern nieder und beschränkte sich bei manchen auf das Innere.

Als das Komitee am Ende des dritten Tages das Haus verließ,

war Thurston House selbst noch intakt. Die Gärten waren verkohlt, die Bäume an der Vorderfront des Besitzes umgestürzt, doch die Fassade selbst war von den Flammen kaum berührt worden. Die Schäden im Hausinnern waren den Erdstößen zuzuschreiben und nicht dem Feuer.

Als Sabrina vom Eingang aus die Verwüstungen sah, konnte sie es kaum fassen, daß dies noch vor drei Tagen ihr schönes Haus gewesen war. Es war ein nicht enden wollender Alptraum seit dem Augenblick, als sie auf der Treppe den ersten Stoß gespürt hatte. Ein Blick auf die leere Stelle, die einst die Kuppel eingenommen hatte, zeigte ihr einen rauchverdunkelten Himmel. Erstaunt registrierte sie, daß es Abend war. Welcher Tag es war, konnte sie nicht mit Sicherheit sagen, sie wußte nur, daß die Brände schon tagelang tobten. Auf den Straßen wurde geschrien und gerufen, überall lagen Tote und Sterbende. Sie hatte Hunderte von Armen und Beinen verbunden, hatte umherirrende Kinder in Notquatiere geführt, Frauen bei der Suche nach Kindern geholfen, die unauffindbar blieben, und jetzt sank sie an der Treppe von Thurston House mit einen Seufzer der Erschöpfung nieder. Die Dienstboten hatten die flucht ergriffen, entweder um zu helfen oder um nach Angehörigen und Freunden zu suchen. Sie wußte, daß ihr Vater oben war. Jedesmal wenn sie ihn gesehen hatte, war er ihr erschöpfter vorgekommen. Jetzt wollte sie nachsehen, wie es ihm ging. Vielleicht brauchte er einen Brandy, oder aber sie konnte ihm aus den Gemeinschaftsküchen auf dem Russian Hill etwas zum Essen holen. Er war nicht mehr der Jüngste, und die letzten Tage waren für alle eine unglaubliche Anstrengung gewesen.

»Papa!« rief sie auf der Treppe. Ihre Beine waren steif wie Holz, als sie hinaufstolperte und vor Ermattung fast zusammenbrach. Noch immer hörte man von draußen Schreie. Die Brände auf dem Nob Hill waren noch nicht gelöscht. Unwillkürlich stellte sie sich die Frage, ob man es je schaffen würde.

»Papa ...!«

Sie fand ihn in seinem Wohnraum zusammengesunken in einem Sessel. Obwohl er ihr den Rücken zuwandte, sah sie ihm an, daß er ebenso mitgenommen war wie sie. Seit der letzten Überflutung der Minen hatte sie ihn nicht so gesehen. Leise ging sie zu ihm und gab ihm einen Kuß auf die Stirn. »Hallo, Papa.«

Mit einem tiefen Seufzer ließ sie sich zu seinen Füßen nieder und faßte still nach seiner Hand. Wieviel hatten sie in jener Nacht durchgemacht, und wieviel war ihnen in gewisser Hinsicht auch erspart geblieben! Sie waren unverletzt, das Haus war zwar beschädigt, stand aber noch. Wenn man bedachte, daß der große Leuchter in der Oper im Parkett zerschellt sein sollte ...

»Papa, möchtest du etwas essen?«

Als sie unvermittelt zu ihm aufsah, erstarrte sie. Er sah sie mit blicklosen Augen an. Eine eiskalte Schreckenshand, die sie noch nie gespürt hatte, schien sich um ihre Kehle zu legen. Sofort war sie auf den Knien und berührte sein Gesicht.

»Papa, sag ein Wort!«

Doch es gab keinen Laut, keine Stimme, kein Wort, kein Leben mehr. Er war von der Sitzung des Komitees der Fünfzig im Fairmont Hotel gekommen, hatte die Sitzungsteilnehmer in sein Haus geführt, und als man sich trennte, war er nach oben gegangen ...

»Papa ...!« Verzweifelt hallte der Schrei durch das leere, schweigende Haus. Sie schüttelte ihn. Der Körper glitt langsam zu Boden und blieb liegen. Sie hielt ihn an sich gedrückt, überwältigt von Tränen, so wie die Stadt von den Flammen überwältigt worden war. Er war tot ... Leise und geräuschlos hatte er sich in sein Zimmer zurückgezogen, in seinen Sessel, hatte sich gesetzt ... und war gestorben, mit dreiundsechzig Jahren. Er ließ Sabrina zweieinhalb Wochen vor ihrem achtzehnten Geburtstag völlig allein und verwaist zurück.

Bis in die Nacht saß sie da und starrte ihn schreckerfüllt an. Das Feuer hörte nicht auf zu toben und brannte fast alles nieder. Wie durch ein Wunder blieb Thurston House verschont. Sabrina wollte ihren Vater nicht im Stich lassen. Sie saß da, hielt seine Hand und schluchzte bis tief in die Nacht, während die Flammen bis vor die Haustür rasten und dann plötzlich die Richtung änderten. Als der Morgen kam, saß sie noch immer da und hielt die Hand des Mannes, der ihr Vater gewesen war.

Die Brände in der Stadt waren inzwischen größtenteils gelöscht worden, das Erdbeben war vorbei. Aber für Sabrina würde das Leben ohne Vater nie wieder dasselbe sein.

21

Sabrina brachte die sterbliche Hülle ihres Vaters mit dem Schiff nach Napa und in einem ernsten düsteren Leichenzug weiter nach St. Helena. Am Pier wartete der Wagen des Minenunternehmens, begleitet von einigen Arbeitern mit ernsten Gesichtern. Jeder trug den einzigen Anzug, den er besaß. Erst als sie die Zufahrt zu Jeremiahs Haus erreichten, überblickte Sabrina alle, fünfhundert Mann, die, fünf und zehn Reihen tief, den Weg säumten. Still warteten sie auf den Mann, den sie geliebt und für den sie hart gearbeitet hatten. Jahrelang hatte er für sie gekämpft, hatte sie bei Wassereinbrüchen ausgegraben, bei Bränden aus den Minen geholt, mit ihnen geweint ... und jetzt weinten sie um ihn. Viele ließen ihre Tränen offen fließen. Als der Wagen langsam an ihnen vorüberrollte, nahmen alle ihre Mützen ab.

Hannah stand auf der Veranda. Ihr wettergegerbtes Gesicht schwamm in Tränen, ihre Augen waren blind vor Kummer, als der Sarg vom Wagen gehoben wurde. Acht Männer trugen ihn in die Diele und weiter in den Raum, in dem er vor seiner Ehe jahrelang geschlafen hatte.

Wortlos ging Sabrina zu Hannah und nahm sie in die Arme.

Die alte Frau weinte an ihrer Schulter. Dann ging Sabrina hinaus, schüttelte einigen Männern die Hand und bedankte sich für ihr Kommen. Sie hatten wenig zu sagen, und es fehlten ihnen die Worte, um ihre Gefühle auszudrücken. Die Leute standen einfach da, drehten sich schließlich um und gingen, in großen, schweigenden Gruppen. Mit dem Mann, den sie geachtet und geliebt hatten, würde auch ein Teil ihrer Herzen begraben. Einen wie ihn würde es nie wieder geben.

Sabrina ging zurück ins Haus. Die Kehle wurde ihr eng, als sie einen Blick auf den Mahagonisarg warf, der im Zimmer ihres Vaters stand. Hannah hatte aus den Wiesenblumen, die er so geliebt hatte, ein Bahrtuch gewoben. Dieses breiteten sie vorsichtig über den Sarg, als Sabrina es plötzlich nicht mehr aushielt, sich umdrehte und die Hände vors Gesicht schlug. Zu ihrer Verwunderung spürte sie, wie sie von einem Paar starker Arme umfangen wurde. Sie blickte auf und sah Dan Richfield. Er war seit Jahren in der Leitung des Unternehmens tätig, für ihren Vater ein Mitarbeiter von unschätzbarem Wert.

»Sabrina, für uns alle ist es schrecklich. Sie sollen wissen, daß wir alles menschenmögliche für Sie tun werden.« Er war ebenso erschüttert wie sie und machte keinen Versuch, aus seinen Tränen ein Hehl zu machen. Wieder nahm er sie in die Arme und hielt sie fest. Sie machte sich los und starrte hinaus über das Tal, das Jeremiah so geliebt hatte. Der Duft der wilden Blumen hing betäubend in der Luft, und aus der Küche hörte man Hannahs Schluchzen, als Sabrina wie im Selbstgespräch sagte: »Dan, wir hätten niemals nach San Franzisko gehen sollen.«

Sie wandte ihm den Rücken zu, und er nahm ihre hübsche Figur sehr bewußt wahr. »Quälen Sie sich bloß nicht. Er wollte, daß Sie in die Stadt kommen.«

»Ich hätte es nicht zulassen sollen.« Sie drehte sich um und sah den Mann an, der ihrem Vater fast wie ein Sohn gewesen war. Dan war vierunddreißig. Seit dreiundzwanzig Jahren arbeitete er für die Thurston-Minen. Ihrem Vater verdankte er alles. Ohne ihn hätte Dan jetzt irgendwo primitive Arbeiten verrichtet, dank Jeremiah war er bei der Leitung des größten Minenbetriebs von Kalifornien beschäftigt und trug die Verantwortung für fünfhundert Mann. Er machte seine Sache gut, wie ihr Vater oft erwähnt hatte.

»Er hat hierhergehört wie ich.« Wieder klang ein Beben in ihrer Stimme. Seit sie ihn tot aufgefunden hatte, litt sie an Schuldgefühlen. »Nie hätte ich zulassen dürfen, daß er mich in die Stadt bringt. Wäre ich nicht einverstanden gewesen, dann würde er noch leben . . . « Ihr Schluchzen drohte sie zu ersticken, und Dan beeilte sich, sie zu trösten; aber jedesmal wenn er sie an sich drückte, bekam sie das Gefühl, als brauche sie Luft. Er hielt sie zu fest, obwohl sie wußte, daß er es gut meinte.

Vielleicht war es sein Kummer, der sich so auf sie übertrug. »O Gott . . . « Sie ging im Raum hin und her und sah Dan mit einem Blick an, aus dem ihr gebrochenes Herz sprach. »Was soll ich ohne ihn tun?«

»Sie haben Zeit, sich das zu überlegen. Warum ruhen Sie sich jetzt nicht aus?« Seit zwei Tagen hatte sie nicht geschlafen, und man sah es ihr an. Der Kummer hatte Spuren in ihrem Gesicht hinterlassen, ihre Augen waren voll abgrundtiefer Trauer. »Sie sollten hinaufgehen und etwas schlafen. Hannah soll Ihnen etwas zum Essen bringen.«

Sabrina schüttelte den Kopf und wischte sich mit einer Hand die Tränen von den Wangen. »Ich muß mich um sie kümmern, sie ist in schlimmerer Verfassung als ich, zudem bin ich jünger.«

»Sie müssen auf sich selbst achtgeben.« Er hielt inne und sah sie lange an. Ihre Blicke begegneten einander. Es gab vieles, was er sie fragen wollte, aber das hatte Zeit. Jetzt war es zu früh dafür. Ihr Vater lag aufgebahrt im Haus. »Kommen Sie, soll ich Sie hinaufbringen?« Er sagte es leise, und Sabrina schüttelte mit mattem Lächeln den Kopf. Sie konnte kaum sprechen, so heftig litt sie unter ihren Gefühlen. Ein Leben ohne ihren Vater war für sie unvorstellbar.

»Es geht schon wieder, Dan. Warum gehen Sie nicht nach Hause?« Er hatte an Frau und Kinder zu denken, und hier konnte er ohnehin nichts ausrichten. Für die Beerdigung am nächsten Tag waren schon alle Vorbereitungen getroffen. Sabrina wollte ihren Vater möglichst rasch begraben. Das war ganz in seinem Sinn, kein Aufsehen, eine einfache Zeremonie. Er wäre gerührt gewesen über die Anteilnahme der Männer, die bei der Ankunft des Sarges die Straße gesäumt hatten, abends einzeln kamen, nur um

vor dem schweren Mahagonisarg im vorderen Zimmer stehenzubleiben und mit feuchten Augen den Kopf zu senken. Immer
wieder mußte Sabrina herunterkommen, um Hände zu schütteln, und sich bedanken. Hannah hielt eine große Kaffeekanne
auf dem Herd warm und sorgte für Nachschub an belegten Bro-
ten. Sie hatte gewußt, daß die Leute kommen würden, und war
froh, daß es so war. Jeremiah Thurston war der beste Mensch,
den es je gegeben hatte, und sie waren ihm die Ehrerbietung
schuldig, die sie ihm jetzt bezeugten.

Es war schon nach neun Uhr abends, als ein Mann in dunklem
Anzug und Schlips die Treppe zum Eingang heraufkam, grauhaa-
rig, mit dunklen Augen. Das zerfurchte Gesicht wies markante
Züge auf. Vor dem Eintreten zögerte er, und Hannah fiel etwas
Befehlsgewohntes an ihm auf. Plötzlich fiel ihr ein, wer das war,
und sie ging zu Sabrina und sagte es ihr.

»John Harte ist da.«

Er war der Erzrivale ihres Vaters geblieben, ohne daß es zwischen ihnen Bitterkeit gegeben hätte. John Harte hielt Abstand
zu allen, das war so seine Art. Niemals verlor er den Umstand
aus den Augen, daß er sich in ständigem Wettbewerb mit den
Thurston-Minen befand, aber er hatte auch Jeremiahs Güte nicht
vergessen. Die beiden waren sich selten begegnet, und jedesmal
wurde kaum mehr als ein wortloser Blick gewechselt. Doch gab
es in einer der Minen ein Unglück, kam der andere oder schickte
seine Leute, um zu helfen. John Harte trug Jeremiah Thurston
nichts nach. Tatsächlich bewunderte er ihn mehr, als man wußte.
Und er betrauerte seinen Tod. Im Laufe der Jahre war er Sabrina
nur einige Male begegnet, doch kannte er sie. Sie kam jetzt auf
ihn zu. Das schwarze Kleid ließ sie noch größer und schlanker
aussehen, vor allem viel älter als achtzehn. Das Haar hatte sie
in einem straffen Knoten zusammengefaßt, ihre Augen blickten
groß aus dem bleichen Antlitz. Als Harte ihr die Hand schüttelte,
war sie mehr Frau als Mädchen.

»Miß Thurston, ich bin gekommen, um Ihrem Vater die letzte
Ehre zu erweisen.« Seine Stimme war tief und weich, und ihre

Blicke tauchten lange ineinander. Seine eigene Tochter wäre jetzt um ein weniges älter gewesen, wenn sie überlebt hätte. Als sie zwei Jahre vor Sabrinas Geburt starb, war sie drei gewesen. John Harte hatte nie wieder geheiratet, aber alle Welt wußte, daß er seit zehn Jahren mit ein und derselben Frau zusammenlebte. Sie wohnte mit ihm auf dem Minengelände, eine Indianerin vom Stamme der Mayakma. Jemand hatte Sabrina einmal die sehr exotisch aussehende Frau gezeigt. Sie war etwa sechsundzwanzig und hatte zwei Kinder, keines von ihm. John Harte wollte keine Kinder und keine Ehefrau mehr. Diesen Bereich seines Lebens hatte er ein für allemal abgeschlossen. Sabrina vermeinte noch eine Andeutung des alten Schmerzes in seinem Blick zu lesen, so als brächte die Begegnung mit ihr ihm alles wieder in Erinnerung. Als sie Seite an Seite vor Jeremiahs Sarg standen, sprach er im Flüsterton zu ihr. Die Szene rief schmerzliche Erinnerungen in ihm wach, und er spürte eine Enge in der Kehle. »Er war bei mir ... als mein Junge starb...« Er warf Sabrina einen Blick zu und fragte sich, ob ihr Vater ihr jemals etwas davon erzählt hatte. Natürlich wußte es Sabrina.

»Ich weiß ... er hat es mir gesagt ... es hat ihn damals sehr erschüttert.« Ihre Stimme war sacht wie ein Wind, und er sah in ihre Augen. Was er sah, gefiel ihm. Vor ihm stand ein kraftvolles, intelligentes Mädchen, anspruchslos und aufmerksam. Er hatte das Gefühl, sie könne seine Gedanken lesen, als er überlegte, wie alt sie sein mochte. Nicht älter als achtzehn, so viel konnte er sich ausrechnen. Er glaubte sich zu erinnern, daß Thurston noch ledig gewesen war, als Matilda und die Kinder gestorben waren, und das war in diesem Frühjahr vor zwanzig Jahren gewesen.

»Ich habe ihm nie vergessen, daß er bei mir war... damals kannte ich ihn kaum.« Er seufzte. »Wir haben einander nie sehr gut kennengelernt. Aber ich habe ihn bewundert. Und seine Leute haben ihn sehr geschätzt. Die Menschen im Tal wissen über Jeremiah Thurston nur Gutes zu sagen.« Seine Worte zerrissen ihr das Herz. Sie drehte sich um und wischte sich die Tränen ab.

»Entschuldigen Sie, ich hätte nicht...«

»Keine Ursache...« Sie lächelte unter Tränen und holte tief Luft. Es war nicht zu fassen, daß ihr Vater tot sein sollte. Sie hatte ihn so liebgehabt... wieder mußte sie ein Aufschluchzen unterdrücken und sich ermahnen, daß sie nicht allein war. Sie blickte zu John Harte hoch, der fast so groß war wie ihr Vater, und sein Haar war ebenso dunkel wie einst Jeremiahs, obwohl sich auch bei ihm schon Grau eingeschlichen hatte. Er war sechsundvierzig und sah noch immer gut aus, so wie Jeremiah bis zu seinem Ende... dem Ende... die Worte waren ihr unerträglich.

»Möchten Sie Kaffee, Mr. Harte? Hannah hat ihn in der Küche.« Sie deutete auf die Tür.

»Nein, ich will Sie zur Ruhe kommen lassen. Sie sind erst heute von San Franzisko gekommen. Ist es wirklich so schlimm, wie man hört?«

»Schlimmer noch. Die Menschen stehen Schlange um Brot, auf den Straßen liegen Schutt, umgestürzte Kamine, überall verkohlte Mauern...« Wieder spürte sie einen Kloß in der Kehle, sie konnte nicht weitersprechen. »Es war grauenhaft. Und mein Vater...« Sie zwang sich weiterzusprechen, während John Harte sie ansah und zu seiner großen Verwunderung sich magnetisch von ihr angezogen fühlte. »...er war im Komitee der Fünfzig, um die Stadt zu retten... es war zuviel für ihn... sein Herz...« Sie wußte gar nicht, warum sie ihm das alles sagte, aber sie mußte es jemandem anvertrauen, dabei kannte sie den Mann kaum. »Tut mir leid...«

Er hielt ihre Schultern mit seinen kräftigen Bergmannshänden fest. »Sie brauchen Ruhe. Ich weiß, was Sie mitgemacht haben. Damals lief ich herum und tobte und blieb auf den Beinen, bis ich fast den Verstand verlor. Damit wird alles nur noch schlimmer, Miß Thurston, glauben Sie mir. Ruhen Sie sich aus. Morgen brauchen Sie Kraft.«

Sie nickte, und die Tränen liefen ihr ungehindert über die Wangen. Sie konnte die Flut nicht mehr zurückhalten. Er hatte recht. Sie war erschöpft und halb wahnsinnig vor Kummer. Noch immer konnte sie nicht fassen, daß ihr Vater tot war, aber wenn sie John Harte in die Augen sah, dann las sie darin etwas Tröstliches. Er war ein netter Mann, mochten die Leute auch von ihm behaupten, er sei abweisend und stolz und so etwas wie ein Wüstling, weil er mit seiner indianischen Geliebten zusammenlebte. Vielleicht hatte ihr Vater sich deshalb so selten mit ihm getroffen. Sabrina vermutete ganz richtig, daß ihr Vater John Hartes Gefährtin nicht gebilligt hatte.

»Tut mir leid, Mr. Harte. Ich fürchte, Sie haben recht. Die letzten Tage waren ganz schrecklich.« Und sie würde ihre ganze Kraft für die Beerdigung am nächsten Tag brauchen.

»Kann ich etwas für Sie tun?«

»Nein, danke. Unser Manager wird mich zur Beerdigung fahren.«

»Ein guter Mann. Ich kenne Dan Richfield sehr gut.«

»Ohne ihn wäre mein Vater verloren gewesen, das behauptete er jedenfalls. Dan hat seit seinem elften Jahr für ihn gearbeitet.«

John Harte lächelte betrübt. Für sie würde sich jetzt vieles ändern. Er mußte mit ihr darüber reden, wollte aber nichts überstürzen. Dan gegenüber hatte er schon davon gesprochen, und sie waren sich einig gewesen, daß er eine Woche oder zwei warten sollte. Sie stand noch zu stark unter Schockwirkung, um an die Minen zu denken, und Richfield konnte diese in der Zwischenzeit für sie führen. »Wenn ich etwas für Sie tun kann, Miß Thurston ...«

»Danke, Mr. Harte.« Wieder schüttelte Sabrina ihm die Hand, und er ritt auf seinem schwarzen Hengst zu seiner Mine und seiner exotischen indianischen Geliebten zurück.

Nachdem er fort war, ertappte sich Sabrina dabei, daß sie an ihn dachte und auch daran, wie seine Geliebte sein mochte. Sie konnte sich nur an ein Mädchen mit kohlschwarzem Haar und einem feingezeichneten dunklen Gesicht erinnern; sie war ihr irgendwo letzten Winter begegnet. Sabrina war damals neugierig geworden, doch ihr Vater war schnell weitergefahren und hatte John Harte nur ganz flüchtig gegrüßt und die Indianerin in ihrem weißen Pelzwerk total ignoriert. Sabrina konnte sich noch an ihre Fragen erinnern. »Wer ist das, Daddy?«

»Niemand ... irgendeine Squaw ...«

»Wie schön sie ist ...« Sabrina war von ihr fasziniert gewesen, als hätte sie schon damals gewußt, daß es sich um eine heimliche und anstößige Verbindung handelte, wenn auch John Harte neun Jahre lang kein Geheimnis daraus gemacht hatte. Seiner Meinung nach war er niemandem etwas schuldig und hatte ein Recht, zu tun, was er wollte. Das hatte er immer getan. Er war kein Mensch, der etwas beschönigte oder seine indianische Squaw irgendwo versteckt hielt. »Sie war so hübsch, Daddy ...«

»Ist mir gar nicht aufgefallen.«

»Doch, ich habe gesehen, wie du sie angestarrt hast.«

»Sabrina!« Er tat, als wäre er verärgert, aber Sabrina kannte ihn besser.

»Ich habe es gesehen. Und sie ist sehr schön. Was ist so schlimm daran?«

»Zweierlei, mein Kind, wenn ich das so unumwunden sagen darf. Sie sind nicht verheiratet, und sie ist keine Weiße. Deswegen sollten wir so tun, als gäbe es sie nicht, oder falls es sie doch gibt, als wäre sie kein hübscher Anblick. Tatsache aber ist, daß sie es ist. Sie ist ein verdammt hübsches Mädchen, und wenn sie zu John Harte paßt, dann um so besser für ihn. Was geht es mich an, mit wem er schläft.«

»Würdest du die beiden zu uns einladen?« Sabrinas Neugierde war geweckt. Er hatte sie nie eingeladen, denn der Kontakt zwischen John Harte und ihrem Vater war kaum eng gewesen.

»Das würde ich nicht.« Das klang sehr bestimmt.

»Warum nicht?« Sie begriff es nicht.

»Deinetwegen, Kleines. Das ist der Grund. Es wäre nicht anständig. Wenn ich allein lebte, wäre es möglich, weil ich Harte immer gern mochte. Er ist ein guter Mensch und betreibt eine gute Mine – nicht so gut wie unsere natürlich«, hatte er mit einem Lächeln hinzugefügt, und sie hatte gelacht. »Aber trotzdem eine gute Mine!«

»Hältst du sie für klug?« Sabrina war noch immer fasziniert von der Indianerin.

»Keine Ahnung.« Plötzlich mußte er über die Unschuld seiner Tochter lachen, und er tätschelte ihr die Wange, als er sagte: »Ich nehme nicht an, daß er sie wegen ihrer Klugheit liebt. Nicht alle Frauen sind klug. Nicht alle müssen es sein.«

»Meinst du nicht auch, sie sollten es wenigstens versuchen?« Sabrinas Ernsthaftigkeit war rührend.

»Ja, das glaube ich.«

Sie hatte doch etwas von Camille mitbekommen. Camille war so verdammt klug gewesen, so interessiert an männlichen Belangen, besonders an Geschäften ... Sie hätte zu gern mehr von seinen Minen gewußt, hätte er es nur zugelassen. Aber es wäre ihm unschicklich erschienen, wenn seine Frau sich mit geschäftlichen Angelegenheiten abgegeben hätte. Und doch war bei Sabrina alles so anders. Er lehrte sie alles und zeigte ihr alles, was er machte, wie einem Sohn und Nachfolger. Er war stolz, daß sie so viel vom Weinbau verstand, von den Minen, von den Geschäften, die er im Osten abschloß. Sie schien alles zu verstehen, und es verging kein Tag, an dem er nicht mit ihr darüber sprach. Aber die Zeiten hatten sich geändert, er war alt geworden, und ohne Camille war er sehr einsam gewesen. Sabrina war achtzehn Jahre lang seine Gefährtin gewesen und jetzt ... jetzt war sie allein ... dachte an die Vergangenheit ... hörte seine Stimme. Am Abend in ihrem Bett konnte sie es noch immer nicht fassen, daß er tot war. Wie konnte das möglich sein? Und doch war es so.

Am nächsten Tag wurde es für sie zur Gewißheit. Die Sargträger trugen den Sarg zum Grab, und alle standen da in der Frühlingssonne, als er in die Erde versenkt wurde. Alle fünfhundertsechs Bergarbeiter und mehr als hundert Freunde kamen und warfen ihm ein Häufchen Erde nach. Sogar Mary Ellen war gekommen und stand leise schluchzend ganz hinten. Schließlich stand Sabrina da und blickte auf den Sarg hinunter. Mit geradem Rücken und hocherhobenem Haupt stand sie da, das Gesicht tränennaß. Einen Moment schloß sie die Augen, als sie Dan Richfields Hand drückte und eine Handvoll Erde auf das Grab ihres Vaters warf. Dann wandte sie sich um und ging. Alle sahen ihr nach, als sie nach Hause fuhr.

In tiefer Trauer ging sie langsam die Eingangsstufen ihres Hauses hinauf und setzte sich in der Küche auf den Lieblingsstuhl ihres Vaters. Sie fühlte sich wie betäubt, und Dan Richfield ließ sie nicht aus den Augen. Seine Frau war nicht zur Beerdigung erschienen, sie war wieder in anderen Umständen. Sabrina bekam sie nur selten zu Gesicht, sie gehörte zu den unscheinbaren, blassen Frauen, die Jahr für Jahr ein Kind bekamen. Sabrina hatte nie den Eindruck gehabt, daß sie sehr an Dan hing. Die beiden setzten nur immer wieder Kinder in die Welt und lebten zusammen, ohne füreinander viel übrig zu haben.

Sabrina sah ihn an. »Ich kann noch immer nicht fassen, daß er tot sein soll, Dan. Immer wieder lausche ich auf seine Schritte draußen auf der Veranda . . . glaube sein Pferd zu hören . . .« Mit trockenen Augen starrte sie ihn an, ohne ihn richtig zu sehen. »Nicht zu fassen, daß ich ihn nie wiedersehen werde.« »Sie werden ihn wiedersehen. Vor Ihrem geistigen Auge. Er ist so sehr Teil von uns, daß er nie wirklich tot sein wird.« Das war nett gesagt, so daß Sabrina mit einem kleinen zaghaften Lächeln nach seiner Hand faßte.

»Danke, Dan. Für alles.«

»Ich habe nicht genug getan. In nächster Zeit müssen wir uns ausführlich unterhalten, aber jetzt ist nicht der geeignete Zeitpunkt.« Es war immer noch zu früh, das wußte er. Sie aber schien erstaunt über seine Worte.

»Klappt in den Minen etwas nicht? Ich meine, war letzte Woche etwas Besonderes los? Ich habe mich um nichts gekümmert, seit . . .« Sabrina brachte die Worte nicht über die Lippen, doch er wußte, was sie meinte.

»Nein, natürlich nicht. Nichts ist passiert, bis auf die Tatsache, daß es ein paar Veränderungen geben muß. Sie werden mir sagen müssen, was Sie sich vorstellen.«

Natürlich nahm er an, man würde ihm die Leitung übertragen,

es sei denn, sie dachte an Verkauf. Er hatte sich bereits abgesichert, indem er darüber mit John Harte gesprochen hatte. Was immer passieren sollte, er würde die Thurston-Minen führen, ob John Harte sie kaufte oder nicht. Wenn sie Eigentümerin bleiben wollte, würde er sie natürlich für sie führen, persönlich war er jedoch der Meinung, sie sollte verkaufen. Für ihn würde es jetzt endlich besser werden. Jeremiah war in den Minen nicht nur Leitfigur gewesen, sondern ständig gegenwärtig. Eigentlich hatte er dem gesamten Imperium selbst vorgestanden, aber Dan hatte sehr eng mit ihm zusammengearbeitet. Er war jetzt zur Übernahme bereit, um das Unternehmen für sie zu führen. Er war voll ausgebildet, und zwar vom besten Lehrmeister, ebenso wie Sabrina. Ihm fiel auf, wie sie ihn jetzt ansah.

»Dan, an welche Veränderungen dachten Sie?« Ihre Stimme war sanft, ihr Blick hart. Das war eine Kombination, die er an ihrem Vater oft gesehen hatte. Jetzt entlockte sie ihm ein Lächeln.

»Sie sehen aus wie Ihr Vater, wenn Sie einen so angucken.« Da lächelte sie, doch der Blick wurde nicht weicher, nur der Mund. »Ich meinte, wir müßten uns früher oder später darüber unterhalten, was Sie vorhaben ... ob Sie die Minen behalten oder verkaufen wollen.«

Aus ihrem Blick sprach Fassungslosigkeit. Mit einem Ruck straffte sie ihren Rücken. »Was, zum Teufel, bringt Sie auf den Gedanken, ich könne einen Verkauf in Betracht ziehen? Natürlich behalte ich die Minen.«

»Schon gut, schon gut.« Er versuchte sie zu besänftigen, denn ihr Blick gefiel ihm gar nicht. »Ich kann ja Ihre Gefühle verstehen. Es ist für eine Entscheidung auch zu früh.« Das, was hinter seinen Worten lag, wollte ihr nicht gefallen. Plötzlich sah sie ihn aus argwöhnisch zusammengekniffenen Augen an.

»Dan, was stellen Sie sich vor? Daß ich die Minen verkaufe ... womöglich an Sie?« In ihren Augen loderte es. Er beeilte sich zu verneinen.

»Teufel, nein, ich könnte mir den Kaufpreis nie leisten. Das wissen Sie genau.«

»Haben Sie sich mit jemandem abgesprochen?« Ihr Blick durchbohrte ihn unbarmherzig. Wieder schüttelte er den Kopf.

»Natürlich nicht. Großer Gott, Ihr Vater ist erst seit zwei Tagen tot, wie könnte... «

»Das spielt keine Rolle. Aasgeier können manchmal sehr rasch zur Stelle sein. Ich wollte nur sicher sein, daß Sie nicht zu ihnen gehören.« Sie wirkte sonderbar erwachsen, als sie ihm die Worte entgegenschleuderte, und sie sah viel älter aus, als sie aufstand, auf und ab lief und angestrengt nachdachte. Dann sah sie wieder ihn an. »Ich möchte Ihnen etwas ganz klarmachen. Ich werde die Minen meines Vaters nicht verkaufen. Niemals. Verstanden? Und ich werde die Geschäftsführung selbst übernehmen von nun an, wie er.« Dan sah aus, als würde er vor Schreck in Ohnmacht fallen. In ihrem Gesichtsausdruck änderte sich nichts. »Montag werde ich kommen und alles durchsehen. Er hat mich jahrelang darauf vorbereitet. Fast so, als hätte er gewußt, daß ich eines Tages die Leitung übernehmen müßte.« Sie hatte die Hände in die Hüften gestützt. Dan sah sie an wie eine Wahnsinnige.

»Haben Sie den Verstand verloren? Sie werden erst achtzehn, praktisch noch ein Kind... ein kleines Mädchen... und Sie wollen die Leitung der Minen übernehmen? Die Thurston-Minen sind die größten Quecksilberminen in diesem Staat, und Ihr Vater wollte, daß es so bleibt. Die Kunden werden Sie auslachen. Es wird kein Jahr dauern, und Sie werden alles zerstört haben, was er aufbaute, Sabrina. Sie sind verrückt. Verkaufen Sie alles, um Himmels willen! Nehmen Sie das Geld, tragen Sie es auf die Bank, suchen Sie sich irgendwo einen Mann, und bekommen Sie Kinder, aber machen Sie sich nicht vor, Sie könnten das Unternehmen Ihres Vaters leiten, weil Sie es doch nicht schaffen. Ich habe dreiundzwanzig Jahre gebraucht, um alles zu lernen. Überlassen Sie mir die Leitung.« Sie wußte, daß er genau darauf abzielte, und sie brauchte seine Hilfe.

»Ich kann nicht, Dan. Ich brauche Ihre Hilfe, aber ich muß es allein schaffen; dazu wurde ich geboren.«

Er sah sie mit einem Ausdruck an, den sie noch nie an ihm

gesehen hatte. Es war Wut, aus Eifersucht und einem vereitelten Plan geboren. Er trat auf sie zu und schüttelte die Faust vor ihrem Gesicht, hielt ihr die Faust unter die Nase. »Sie wurden geboren, damit Sie die Beine für Ihren Mann breit machen und zu sonst gar nichts! Verstanden!«

Ihre Augen wurden zu Geschossen, die ihn auf der Stelle hätten töten können. »Sprechen Sie niemals wieder in diesem Ton mit mir! Und jetzt verlassen Sie mein Haus. Ich will vergessen, was gesagt wurde. Montag sehen wir uns im Büro.« Zitternd starrte sie ihn an. Sie wußte, wie enttäuscht er sein mußte, aber sie mußte Stehvermögen beweisen. Sie durfte sich nicht herumschubsen lassen. Und er zögerte einen Sekundenbruchteil zu lange. »Und wenn Sie jemals wieder die Kontrolle über sich verlieren, müssen Sie sich in einer anderen Mine Arbeit suchen, Dan.«

Nach einem wutentbrannten Blick ging er zur Tür. »Ich glaube, das werde ich in jedem Fall tun. Geschieht Ihnen ganz recht.« Er knallte die Tür hinter sich zu.

Zum erstenmal im Leben goß Sabrina sich ein Glas ein. Sie nahm einen Schuß Brandy pur und schüttete ihn hinunter. Danach fühlte sie sich besser und ging langsam hinauf in ihr Zimmer, wo sie sich wieder hinsetzte. Jetzt wußte sie, was ihr bevorstand. »Sie wurden geboren, um Ihre Beine für Ihren Mann breit zu machen« ... War das die herrschende Meinung? Würden das alle denken? ... ... John Harte ... die Männer, die jetzt für sie arbeiteten ... Jetzt wußte sie, wie hart es werden würde, oder vielmehr glaubte es zu wissen.

Montag morgens ritt sie um sechs hinaus zu den Minen. Ehe sie zu den Männern sprach, brauchte sie Zeit für sich allein. Sie studierte alles auf dem Schreibtisch ihres Vaters, war aber ohnehin so auf dem laufenden, daß sie nur wenig Überraschungen vorfand. Die einzige Überraschung war ein ungeöffneter Brief von einem Mädchen aus einem ›Haus‹ im Chinesenviertel von San Franzisko. Sie bedankte sich bei Jeremiah für das großzügige Geschenk, das er ihr bei seinem letzten Besuch gemacht hatte. Sabrina war nicht schockiert. Er hatte ein Recht zu tun, was ihm beliebte. Und im Betrieb hatte er alles geordnet zurückgelassen. Sein Anwalt hatte ihr am Tag zuvor sein Testament vorgelesen, ein sehr simples Dokument, in dem er alles seinem einzigen Kind Sabrina Lydia Thurston hinterließ: seine Wertpapiere, seine Immobilien, seine Häuser, sein Land, seine Minen. Er hatte eigens betont, daß keine andere Person ein Recht auf seine Besitzungen oder sein Vermögen hatte. Alles hatte er ihr hinterlassen, und die Heftigkeit der Formulierung berührte Sabrina sehr sonderbar. Wer hätte wohl versuchen sollen, etwas von dem Erbe zu bekommen? Außer ihr, seiner Tochter, hatte er niemanden. Er hatte Hannah und Dan ansehnliche Legate vermacht, und die beiden hatten sich sehr gefreut. Sie hoffte, Dan würde soweit besänftigt sein, daß er sich heute anständig aufführte. Sie brauchte seine Unterstützung, denn sie konnte sich gut vorstellen, was für ein Schock es für die Männer sein würde, wenn sie erfuhren, daß sie den Platz ihres Vaters einzunehmen gedachte. Sie wußte, daß sie es schaffen konnte, denn er hatte sie in den vergangenen Jahren sehr viel gelehrt. Ihr Selbstvertrauen war ungebrochen. Aber davon mußte sie die Leute erst überzeugen. Sie wußte, daß es für diese sonderbar sein mußte, für eine Frau, zudem für eine so junge, zu arbeiten.

Sie war sich jedenfalls klar, was ihr bevorstand, oder glaubte es zu wissen. Doch die Reaktion war weitaus schlimmer als befürchtet, als sie die große Bergwerksglocke läutete und eine Mitteilung vor dem Betriebsgebäude ankündigte. Dreimal Läuten bedeutete einen Unfall in einer Mine. Viermal einen Brand. Fünfmal einen Wassereinbruch. Sechsmal einen Todesfall. Aber sie läutete nur einmal und blieb dann ruhig auf der Veranda vor dem Büro stehen und wartete. Sie mußte so lange warten, daß sie ein zweites Mal läutete.

Schließlich kamen sie in einzelnen Gruppen, schwatzend und gestikulierend, mit Äxten und Werkzeugen. Trotz der frühen Stunde waren sie bereits von Kopf bis Fuß verdreckt, wie schwerarbeitende Männer eben. Es waren über fünfhundert, die jetzt dastanden und ihr zuhörten, ein atemberaubender Anblick, diese Männer, die jetzt für sie arbeiteten. Unwillkürlich jagte ihr ein Schauer über den Rücken. Das Reich war jetzt ihr Eigentum ... Die Thurston-Minen ...

»Guten Morgen, Leute.« Jetzt stand sie an der Spitze. Sie arbeiteten für sie, und sie würde für sie einstehen wie ihr Vater. Sabrina wurde von einer Woge der Wärme erfaßt. Sie wollte alles menschenmögliche für diese Männer tun und sie nie enttäuschen. Und das wollte sie ihnen jetzt sagen. »Ich muß euch ein paar Dinge sagen.«

Sabrina hielt das Sprachrohr in der Hand, das auch ihr Vater verwendet hatte, und die Leute drängten sich näher heran, um sie besser zu verstehen. Dan Richfield blieb abseits stehen und beobachtete die Arbeiter. Er wußte, wie sie reagieren würden. Sie würden ihren Dreck nicht fressen, zumindest hoffte er das. Er rechnete damit, daß sie ihm in die Hand spielten.

»Ich möchte euch danken, daß ihr gekommen seid, als ich meinen Vater heimführte. Es hätte ihm sehr viel bedeutet.« Sabrina mußte innehalten und gegen Tränen ankämpfen. »Ihr alle habt ihm viel bedeutet, und er hätte für euch alles getan.« Sie nickten zustimmend. »Und jetzt möchte ich euch etwas sagen, das euch vielleicht überraschen wird.« Auf den Gesichtern der näher Stehenden las sie Besorgnis, und ihr war sofort klar, was sie glaubten. Einer rief ihr zu: »Sie wollen die Minen verkaufen!« Sie schüttelte den Kopf. »Nein, ich verkaufe nicht.« Sie sah ihnen an, daß sie befriedigt waren. Sie liebten ihre Arbeit und waren in den Thurston-Minen zufrieden. In den letzten Tagen hatte es in den Bars in der Stadt viel Gerede gegeben, sogar Wetten waren abgeschlossen worden. Alle warteten gespannt, was Sabrina ihnen jetzt zu sagen hatte. »Die Minen werden genauso weitergeführt wie bis jetzt, meine Herren. Für Sie wird sich nichts ändern. Dafür werde ich sorgen, ja, ich verspreche es Ihnen.« Hurrarufe ertönten, sie spürte bewundernde Blicke. Es lief besser als befürchtet. »Ich werde die Leitung selbst übernehmen. Mit Hilfe Dan Richfields, der mir zur Seite stehen wird, wie er meinem

Vater zur Seite stand. Ich werde dieselbe Geschäftspolitik beibehalten ...« Jetzt hörte ihr niemand mehr zu. Schmährufe und Gelächter wurden laut.

»Die Minen leiten? Glauben Sie, wir sind Huren?«

» ... für ein Weibsbild arbeiten ...? Die hat wohl nicht alle... ist doch noch ein halbes Kind!« ... Die Rufe steigerten sich zum Tumult und übertönten die Selbstsicherheit ihrer Worte. Sie kämpfte jetzt darum, die Masse im Zaum zu halten.

»Hört mir bitte zu ... mein Vater hat mir alles beigebracht ...«

Jetzt wurde sie offen ausgelacht. Nur wenige hörten ihr zu, mehr ungläubig als respektvoll. »Ich verspreche euch...« Wieder läutete sie die Glocke, doch der Teufel war los. Dan Richfield stand jetzt mitten in der Menge. Sie blickte die Leute verzweifelt an, und nachdem sie sich eine weitere Viertelstunde abgemüht hatte, gab sie es auf und ging hinein. Mit Tränen in den Augen setzte sie sich an den Schreibtisch ihres Vaters.

»Ich gebe nicht auf ... niemals... verdammt ...« flüsterte sie vor sich hin. Und sie würde sich von ihnen nicht kleinkriegen lassen, auch wenn alle kündigten.

Am nächsten Tag taten die meisten genau das. Sie warfen Pickel und anderes Werkzeug durch die Fenster des Raumes, in dem sie arbeitete. Ihr Schreibtisch war von einem Müllhaufen umgeben. Auf einem Blatt mit den Worten: ›Wir kündigen, für ein Mädchen arbeiten wir nicht‹, standen die Unterschriften. Danach verblieben ihr 184 Leute für drei Minen, eine völlig unzulängliche Zahl. Damit konnte man eine einzige Mine betreiben. Die anderen mußten vorübergehend geschlossen werden, aber wenn es nötig war, würde sie es tun. Die Leute würden zurückkommen, und wenn nicht, würden andere an ihrer Stelle eingestellt. Trotzdem eine furchteinflößende Aussicht.

Sie rief fünf Leute herein, die aufräumen sollten. Den ganzen Tag wurde sie von Männern belagert, die sich um ihren letzten Lohn anstellten, ehe sie gingen. Ein Beginn wie ein Alptraum, dennoch dachte sie nicht ans Aufgeben. Dieser Typ war sie nicht, sie war vielmehr das Kind ihres Vaters. An ihrer Stelle hätte er auch nicht aufgegeben, obwohl sie argwöhnte, daß er sich über sie sehr gewundert hätte. Und das wußte auch Dan. Um sechs kam er und baute sich mit verschränkten Armen und angewidertem Blick vor ihr auf.

»Gut, daß Ihr Vater nicht mehr miterlebt, was Sie anstellen.«

»Er wäre stolz auf mich.« Zumindest hoffte sie das. Aber das war ein strittiger Punkt. Wäre ihr Vater noch am Leben gewesen, wäre das alles nicht passiert. »Ich tue mein Bestes, Dan.«

»Und das ist nicht schlecht. Ich dachte, Sie würden länger brauchen, um den Betrieb zugrunde zu richten. Statt dessen haben Sie ganze zwei Tage gebraucht. Sabrina, was bilden Sie sich ein? Was wollen Sie mit hundertvierundachtzig Mann anfangen?«

»Im Moment schließe ich zwei Minen. Aber bald werden wir wieder mehr Leute haben, die hier um Arbeit betteln.« Sie sagte es voller Nervosität, aber unerschrocken. Sie war ein tapferes Mädchen, mehr noch, sie hatte Macht. Ihr Vater wäre stolz auf sie gewesen.

»Meine Glückwünsche, Kindchen. Sie haben es geschafft, den größten Minenbetrieb im ganzen Westen zum kleinsten in der Stadt zu machen. Wissen Sie denn, welche Arbeiter geblieben sind? Ein paar alte Männer, die Jeremiah nur aus Mitleid behalten hat, aber er konnte es sich auch leisten, er hatte Hunderte andere, die das ausglichen. Außerdem ein paar halbe Kinder, Jungen, die von der Sache so wenig verstehen wie Sie, und ein paar Feiglinge, die es sich nicht leisten können wegzugehen, weil sie zu viele Mäuler zu stopfen haben ...«

Sie sah ihn unverwandt an. »Gehören Sie dazu, Dan?« Das hatte gesessen. »Warum sind Sie geblieben? Vielleicht sollten Sie sich darüber aussprechen.«

Er wurde puterrot und funkelte sie wütend an. »Ich bin Ihrem alten Herrn etwas schuldig.«

»Dann wollen wir die Schuld als beglichen betrachten. Sie haben dreiundzwanzig Jahre für ihn gearbeitet. Damit ist jede Schuld getilgt. Ich gebe Ihnen die Freiheit so wie Lincoln den

Sklaven. Möchten Sie gehen? Sie können durch diese Türe marschieren und brauchen nie wiederzukommen« – sie wartete wortlos und in absoluter Stille –, »aber wenn Sie bleiben, erwarte ich, daß Sie mir zur Seite stehen und mir helfen, die zwei Minen wieder zu öffnen. Ich möchte nicht auch gegen Sie den Kampf aufnehmen müssen.«

Er kam sofort zur Sache. Es hatte jetzt keinen Zweck mehr, Verstecken zu spielen. Sie würde ihm nie die Leitung überlassen, das sah er jetzt ganz klar. Sie war eine verdammte Törin und ebenso eigensinnig und machthungrig wie ihr Vater, zumindest sah er sie so. Die letzten zwei Tage hatten ihm die Augen geöffnet. Über zwanzig Jahre hatte er hier gerackert und hatte ausgeharrt, damit er eines Tages an der Spitze stand. Innerhalb zweier Tage hatte sie alle Pläne zunichte gemacht. Und jetzt mußte sie verkaufen. Dafür würde John Harte ihm die Leitung überlassen. Das hatte er Dan versprochen, falls es diesem gelänge, sie zum Verkauf zu überreden. Dafür wollte er jetzt sorgen. »Verkaufen Sie an John Harte, Sabrina. Man wird nie zulassen, daß Sie hier das Sagen haben. Sie werden Ihren gesamten Besitz verlieren.«

»Nein, das werde ich nicht. Mein Vater hat mir mehr beigebracht, als Ihnen lieb sein kann. Es tut mir leid, daß alles so gekommen ist. Ich dachte, wir beide könnten zusammenarbeiten – so wie Sie mit meinem Vater zusammengearbeitet haben.«

»Und warum wohl habe ich das getan, Sie kleines dummes Ding? Weil ich ihn so sehr liebte? Nein, weil ich dachte, ich würde eines schönen Tages hier an der Spitze stehen und nicht Sie.« Er redete nicht um den heißen Brei herum und machte aus seinem Haß kein Hehl. Er hätte Thurstons Erbe sein sollen und nicht dieses verdammte Mädchen. Wer war sie denn schon? Die Tochter dieser Hure, die Thurston vor siebzehn Jahren davongelaufen war – wenigstens glaubte er, daß sie durchgebrannt war. Es hieß zwar, sie sei gestorben, aber er hatte das nie geglaubt. Es hatte vor Jahren Gerüchte über einen Liebhaber in der Stadt gegeben, aber damals war er selbst noch ein Kind gewesen, und außerdem kümmerte es ihn nicht. Jetzt sah er Sabrina haßerfüllt an.

»Es tut mir leid, daß Sie dieser Meinung sind, Dan.«

»Sie sind eine Närrin. Verkaufen Sie an John Harte.«

»Das haben Sie schon einmal gesagt, und Sie wissen, daß ich es nicht tun werde. Ich werde an niemanden verkaufen. Ich werde die Minen leiten, und wenn ich selbst in die Grube runter müßte. Ich werde bis zum Umfallen arbeiten, aber ich werde behalten, was mein Vater geschaffen hat, und ich werde zu den Leuten so gut sein wie er. Den Betrieb wird es in hundert Jahren noch geben, falls genug Quecksilber da ist. Ich werde nicht zulassen, daß mich einer wie Sie hinausekelt. Und ich werde nicht an Harte verkaufen oder nachgeben, nur weil ein paar Feiglinge gekündigt haben. Machen Sie, was Sie wollen, Dan, aber ich bleibe.«

Sie war genauso wie ihr alter Herr. Plötzlich hatte er das Verlangen, ihr ins Gesicht zu schlagen. Er hatte Ruhe bewahren, sie behutsam zum Verkauf drängen wollen, aber sie hatte ihm den Teppich unter den Füßen weggezogen. Sie hatte die Leitung übernommen, ihm öffentlich die Ehre abgeschnitten, sie hatte ihm vor allen gezeigt, daß er nicht mehr war als ein Angestellter, und das konnte er sich nicht gefallen lassen. Als er sie so in dem stillen Raum, in dem schon dämmriges Halbdunkel herrschte, vor sich stehen sah, streckte er die Hand aus und packte sie an den Haaren, plötzlich jede Fassung verlierend. Er schüttelte sie, bis ihre Zähne zusammenschlugen, doch sie schrie nicht. Indem er den Haarschopf verdrehte, ging sie in die Knie. »Du kleine Hure ... du Dreckstück ... du hast keine Ahnung, wie es hier läuft ...« Damit faßte er nach ihrer Kehle, und plötzlich wurde ihm klar, was er eigentlich wollte. Er faßte an den Halsausschnitt ihrer Bluse und riß sie am Rücken herunter, so daß Sabrina oben nur mit dem Korsett bekleidet war. Unverwandt hielt sie den Blick auf ihn gerichtet, während er sie lüstern ansah. Mit einer Hand strich er über ihre Brust, mit der anderen hielt er sie unerbittlich an ihrem langen, dunklen Haar fest.

»Dan, lassen Sie mich los!« Das hörte sich viel ruhiger an, als es ihrer tatsächlichen Stimmung entsprach. Sabrina stand Todesängste aus. Jetzt war niemand mehr in der Nähe, der ihr zu

Hilfe kommen könnte. Sie waren allein auf dem Minengelände. Die letzten Männer waren längst gegangen, der Nachtwächter war zu weit entfernt, als daß er ihre Schreie hätte hören können, außerdem wollte sie von niemandem in dieser Situation gesehen werden. Sie mußte die Achtung der Leute gewinnen, und wenn man sah, wie sie von Dan vergewaltigt wurde, war für sie alles verloren. »Wenn Sie Hand an mich legen, landen Sie für den Rest Ihres Lebens hinter Gittern... wenn Sie mich töten, werden Sie hängen.«

»Werden Sie es weitersagen, wenn ich mich an Ihnen vergreife, teuerste Sabrina?« In seinem Blick lag Wahnsinn, und seine Stimme dröhnte in ihrem Ohr. Er wußte, was sie dachte. Wie konnte sie eingestehen, daß er sie vergewaltigt hatte? Man würde jegliche Achtung vor ihr verlieren... man würde ihr die Schuld geben... und Gott mochte wissen, wer es dann als nächster versuchte... der Gedanke allein war schrecklich, und plötzlich riß sie sich mit aller Kraft von ihm los, lief durch den Raum und zog die Schreibtischlade auf. Sie wußte, was ihr Vater dort aufbewahrt hatte, und Dan wußte es ebenso. Er kämpfte mit ihr um die kleine Pistole, die sie in der Hand hielt. Ein Schuß löste sich und ging in den Boden. Beide standen da, als wäre ihnen jetzt erst klargeworden, was geschehen war. Entsetzt starrte er sie an, während sie seinen Blick voller Ekel und Abscheu erwiderte. Fast hätte er sie vergewaltigt, und noch vor einer Woche war er ihr Freund gewesen, ihr Freund und der ihres Vaters. Wieder begegneten sich ihre Blicke, und die Hand zitterte, mit der sie die Pistole auf ihn richtete.

»Sie gehen jetzt und kommen nie wieder. Sie sind entlassen.«

Einen Moment schien er wie erstarrt, als wäre ihm jetzt erst klar, was er angerichtet hatte. Dann ging er zur Tür. Er wollte ihr helfen, sich wieder anzuziehen, wagte es aber nicht. Alles war nur passiert, weil sie seinen zwei Jahrzehnte lang gehegten Wunschtraum zerstört hatte. Aber das war keine Entschuldigung. Er wußte gar nicht mehr, was oder warum er es getan hatte.

»Es tut mir leid, Sabrina. Wirklich, ich...« Verzweifelt sah er sie an, von Übelkeit erfaßt. Und dennoch hielt er für falsch, daß sie die Leitung übernehmen wollte. In diesem Punkt ließ er sich nicht beirren. »Sie wissen, daß Sie verkaufen müssen. So etwas wie eben jetzt wird immer wieder vorkommen. Wenn nicht mit mir, dann mit anderen. Und ein anderer wird vielleicht nicht rechtzeitig zur Besinnung kommen.«

Sie wandte sich ihm zu, unbesorgt darum, wie sie mit wirrem Haar und nackten Schultern aussah. »Dan, ich werde nie verkaufen. Niemals. Das können Sie auch Ihrem Freund John Harte mitteilen.«

»Sagen Sie es ihm selbst. Sicher haben Sie bald die Möglichkeit.«

»Ich habe niemandem etwas zu sagen. Und ich nehme von seinen Leuten, wen ich kriegen kann.«

Sie wußte, daß Dan wahrscheinlich bei Harte Arbeit finden würde. Es kümmerte sie nicht. Sie wollte Dan Richfield nicht mehr sehen. Er war ein böser Mensch. Ihr Vater hätte ihn für das getötet, was er beinahe getan hatte. Zum Glück war er rechtzeitig zur Besinnung gekommen. Ein letztes Mal sah er sie an, wie sie in dem halbdunklen Raum dastand, bemerkenswert schön mit dem seidigen Haar, das ihr Gesicht umrahmte, und mit den großen traurigen Augen. Es waren schlimme Umstände, die sie mündig gemacht hatten.

Nachdem er gegangen war, zog sie ihre zerrissene Bluse hoch, legte die Pistole zurück in den Schreibtisch und räumte auf. Dann löschte sie die Lichter und verließ das Gelände. Erleichtert spürte sie die kühle Nachtluft auf ihrem Gesicht. Jetzt erst wurde sie gewahr, daß sie am ganzen Leib zitterte. Fast wäre sie von einem Mann, den sie ihr Leben lang kannte, vergewaltigt worden. Sie konnte jetzt nicht einmal die Strecke bis zu der Stelle, wo sie ihr Pferd angebunden hatte, schaffen und mußte sich auf der Veranda hinsetzen, eine halbe Stunde lang, bis die Beine sie wieder trugen. Und als sie sich schließlich in den Damensattel hinaufgezogen hatte und auf dem Ritt nach Hause den Wind in ihren

Haaren spürte, entrang sich ihr ein lauter Seufzer wie der Flügel-
schlag eines großen Vogels, und sie stieß einen gellenden Schrei
in die Nacht hinaus.

Zum erstenmal grollte sie ihrem Vater. Wie hatte er sie verlassen können? Am liebsten wäre sie so schnell und lang und weit
geritten wie nur möglich, aber ihr getreues Tier brachte sie nach
Hause. Sie ritt direkt in den Stall zur Box ihres Pferdes, glitt herunter und schmiegte das Gesicht an den Pferdehals. Wie konnte
ihr Vater sie so allein lassen, wenn sie ihn doch so sehr brauchte?

»Dan Richfield hat recht.« Die vertraute Stimme ließ sie auf-
schrecken. Hannah hatte sie in den Stall reiten sehen und war ihr
nachgegangen. »Du hast den Verstand verloren.«

»Danke.« Sabrina drehte sich um, damit die Alte ihre Tränen
nicht sehen konnte. Sie hatte an diesem Tag schon genug mitgemacht. »Genau das habe ich jetzt gebraucht.«

»Dein Vater hatte nie beabsichtigt, daß du die Minen übernimmst.«

»Dann hätte er für einen Nachfolger sorgen sollen. Da er das
nicht getan hat, gibt es nur mich.« Sie sah Hannah offen an.
Mehr Unsinn war sie nicht gewillt sich anzuhören.

»Du hast Dan.«

»Nicht mehr.«

»Hat er gekündigt?« Hannah war erschrocken.

»Ich habe ihn gefeuert.« Daß sie beinahe vergewaltigt worden
war, verschwieg sie, ihre zerfetzte Bluse wurde von der Jacke
verdeckt.

»Dann bist du noch törichter, als ich dachte.«

»Und jetzt laß dir eines gesagt sein.« Sabrina tat den Sattel an
den dafür bestimmten Platz und sah die Alte, die sie aufgezogen
hatte, ernst an: »Du kümmerst dich ums Haus und ich um den
Betrieb. Das hat bei Daddy und dir gut geklappt. Warum versuchen wir es nicht auch so?«

»Weil er kein achtzehnjähriges Mädchen war. Mein Gott, was
werden die Leute denken, wenn du im Unternehmen die Leitung
übernimmst?«

»Ich weiß es nicht, und es ist mir einerlei. Fragen werde ich sie bestimmt nicht.« Damit löschte sie das Licht im Stall und ging zielbewußt auf das Haus zu.

22

Am nächsten Tag, als Sabrina eintraf, lag über dem Minengelände gespenstische Stille. Der Verlust von dreihundertzweiundzwanzig Mann machte sich bemerkbar. Am Vormittag läutete sie die Glocke und kündigte die Schließung der zwei kleineren Minen an. Sie teilte alle Leute zur Arbeit im größten Schachtsystem der größten Mine ein und sagte ihnen genau, was sie von ihnen erwartete. Plötzlich hatte sie etwas Schroffes an sich, das vorher nicht dagewesen war, und sie sahen in ihrem Blick etwas anderes als tags zuvor.

Einer der Männer sprach davon, als sie sich an die Arbeit machten, und die anderen reagierten mit Achselzucken. Wie die Leute, die auf dem Weingut arbeiteten, kümmerte es sie keinen Deut, was in Sabrinas Kopf vorging, solange sie pünktlich ihre Löhne ausbezahlt erhielten. Deswegen waren sie geblieben. Sie waren ihr nichts schuldig, aber sie brauchten die Arbeit und verdienten gut bei ihr. Alles übrige kümmerte sie nicht, obwohl sie sich Sorgen zu machen begannen, als sich herumsprach, daß auch Dan Richfield gegangen war.

»Glaubt ihr, sie weiß, wie es hier läuft?«

»Kann sie einen Scheck ausschreiben?«

»Denke schon.« Die Männer grinsten.

»Dann bleibe ich. Sie zahlt besser als John Harte, zumindest hat ihr Alter es getan.« Und von einer Verringerung der Löhne war nicht die Rede gewesen. Tatsächlich plante sie, die Löhne ab nächster Woche anzuheben. Ihr Vater hatte es für das Frühjahr ohnehin beabsichtigt, und sie konnte sich die Erhöhung leisten, da zwei Drittel der Leute gekündigt hatten. Sie mußte sich jetzt darauf konzentrieren, neue Leute anzuwerben, und sie machte sich eben einige Notizen darüber, als die Tür zu ihrem Arbeitsraum zuschlug. Sie blickte auf und sah John Harte. Sabrina blieb sitzen, und er trat ohne die Andeutung eines Lächelns vor ihren Schreibtisch.

»Wenn Sie nicht gekommen sind, um von mir Quecksilber zu kaufen, Mr. Harte, verschwenden Sie Ihre und meine Zeit.«

»Das gehört zu den Dingen, die mir an Ihnen so gefallen.« Er schien nicht gekränkt. »Schon bei unserer ersten Begegnung ist mir an Ihnen so etwas Herzliches und Einladendes aufgefallen.« Unwillkürlich lächelte sie und lehnte sich zurück. Mit einer Handbewegung bot sie ihm Platz in einem Stuhl auf der anderen Seite ihres Schreibtisches an.

»Tut mir leid, die letzten Tage waren schwer. Nehmen Sie Platz.«

»Danke.« Er setzte sich, zog eine Zigarre aus seiner Rauhlederjacke, und dabei fiel ihr plötzlich die Indianerin ein. Ob er noch immer mit dem Mädchen zusammenlebte? Es konnte ihr gleichgültig sein. Aber die hübsche Indianersquaw war ihr im Gedächtnis geblieben. Sie wirkte so zart und sinnlich, daß man eine merkwürdige Einsicht in das Wesen dieses schroffen, fast abweisenden Mannes gewann. »Wie ich hörte, liegt hinter Ihnen eine interessante Woche. Darf ich rauchen?« Eine fast überflüssige Frage. Sie hier als Dame zu behandeln war unsinnig. Sie bewegte sich in einer Männerwelt. Halb erwartete er, sie würde sich selbst eine Zigarre anstecken, obwohl sie ein bemerkenswert hübsches Mädchen war. Sie hatte sich in eine sehr schwierige Position gebracht, aus der er ihr einen Ausweg bieten wollte.

»Es macht mir nichts aus. Ja, die letzten Tage waren in der Tat sehr interessant.«

»Zwei Drittel Ihrer Leute sollen gekündigt haben.« Er kam ohne Verzug zur Sache. Sie lächelte matt.

»Sieht so aus. Ich könnte mir denken, daß der Großteil jetzt für Sie arbeitet.« Obwohl seine Mine viel kleiner war.

»Einige. Alle konnte ich nicht brauchen, aber ich habe genommen, was ging. Es waren gute Leute.«

»Offenbar nicht.« Sie sah ihn trotzig an, und er bewunderte ihren Mut.

»Miß Thurston, Sie haben sich vorgenommen, einen verdammt wilden Gaul zu zähmen.«

»Das weiß ich. Aber er gehörte meinem Vater, und jetzt gehört er mir, und ich werde ihn zähmen, auch wenn er mich töten sollte, Mr. Harte.« Und es war ihr ernst.

»Ist es denn die Sache wert?« Sein Blick war gütig, aber Güte war das letzte, was sie wollte. Sie hatte vor, ihren Kampf auszufechten ohne die Dan Richfields oder John Hartes dieser Welt oder irgend jemanden sonst. Sie war jetzt ganz allein. Und sie würde es allein schaffen, mochte es auch noch so ungewöhnlich sein.

»Mir ist es die Sache wert, Mr. Harte. Ich denke nicht ans Aufgeben.«

»Dann hatten Sie recht.« Er lächelte und seufzte.

»Recht womit?«

»Daß ich nur meine Zeit vergeude.« John Harte legte die Zigarre hin und beugte sich zu ihr hinüber, bemüht, ihr zu helfen, die Dinge vernünftig zu sehen. Er wollte ihr nichts wegnehmen, aber sie mußte Vernunft annehmen. Was sie da machte, war falsch. Auch ihr Vater wäre damit nicht einverstanden gewesen, und John Harte hatte die Absicht, ihr das zu sagen. »Miß Thurston, Sie sind ein hochintelligentes, anständiges, charmantes junges Mädchen, und soviel ich weiß, waren Sie der Augapfel Ihres Vaters.«

Sie runzelte die Stirn. »Sie vergeuden Ihre Zeit...«

»Lassen Sie mich ausreden!« Das klang schon viel barscher. »Sie wissen, was ich will. Ich möchte das ganze Unternehmen aufkaufen, alles, alle drei Minen, das wissen wir beide, und ich bin bereit, Ihnen einen anständigen Preis zu zahlen. Lehnen Sie ab, dann werde ich es überleben. Ich habe genug anderes zu tun und mache viel Geld mit meiner Mine dort drüben, deswegen ist es mir nicht ganz so wichtig, aber ich kann Vergeudung nicht mitansehen. Indem Sie sich an dieses Unternehmen klammern, richten Sie es zugrunde. Zwei Minen mußten Sie bereits schlie-ßen. Aber wichtiger als das, Sie vergeuden sich selbst. Sie sind ein junges Mädchen.« Er sah sich in dem kargen Raum um. »Was, zum Teufel, wollen Sie hier? Wollen Sie nicht mehr aus Ihrem Leben machen? Sie sind kein Mann, sondern ein Mädchen. Was wollen Sie denn beweisen?« Kopfschüttelnd lehnte er sich wie-der zurück. »Gut habe ich ihn zwar nicht gekannt, aber soviel ist klar – Ihr Vater hätte sich für Sie etwas anderes gewünscht. Das würde jeder Ihnen wünschen. Das hier ist ein einsames, häßli-ches, dreckiges Leben, ständig buddeln, Tote aus den Minen aus-graben, gegen Brände ankämpfen, gegen Wassereinbrüche, Be-trunkene zur Räson bringen. Wie wollen Sie das alles schaffen, noch dazu ohne Dan Richfield?« Er schien aufrichtig besorgt, aber sie hatte es satt. Sie hatte alle satt.

»Woher wissen Sie das?« Dan war erst am Abend zuvor ge-gangen.

Er blieb bei der Wahrheit. »Ich habe ihn heute angestellt. Er ist ein guter Mann.«

Sie lächelte verächtlich. »Na, wenigstens wird er nicht Hand an Sie legen.« Plötzliche Stille trat ein, und in seinem Blick loderte es auf.

»Das hat er getan?«

Nach kurzem Zögern nickte sie. Sie hatte keine Ursache, Dan zu schützen, und sie wußte auch, John Harte würde so etwas nie tun. Er war nicht der Typ, und außerdem hatte er die India-nerin. »Ja, das hat er. Zum Glück kam er noch rechtzeitig zur Besinnung.«

John Harte schüttelte den Kopf und strich sich über die Augen, ehe er sie wieder ansah. »Wenn Sie meine Tochter wären, würde ich ihn deswegen töten.« Dankbar lächelte sie, ehe ihr einfiel, wen sie vor sich hatte. »Ich bin es nicht, und mein Vater ist tot, und es sieht aus, als hätten Sie einen neuen Vormann in Ihrer Mine.« Sie war gegen alle hart geworden. Jetzt stand sie auf und streckte ihm die Hand entgegen. Sie wollte nichts mehr hören. »Vielen Dank dafür, daß Sie mir Ihr Vertrauen ausgesprochen und Interesse für meine Minen gezeigt haben. Sollte ich mich je zum Verkauf entschließen, werde ich es Sie wissen lassen.«

»Tun Sie sich das alles nicht an.« Dabei sah er ihr tief in die Augen. Er meinte es aufrichtig. »Es wird Ihnen das Herz brechen und Ihr ganzes Leben aufzehren.« Sie fragte sich, ob ihm das selbst widerfahren war. Er sprach wie ein sehr trauriger Mensch. Aber das war nicht ihr Problem, sie hatte genug eigene.

»Mr. Harte, bitte kommen Sie nicht mehr. Sie haben hier nichts zu tun.« Unhöflich wollte sie nicht sein, aber gleichzeitig wollte sie verhindern, daß er wiederkäme. Noch immer mußte sie daran denken, wie er vergangene Woche gekommen war, um ihrem Vater die letzte Ehre zu erweisen... war das erst eine Woche her?... Kaum zu glauben, als sie ihn jetzt ansah. »Meine Minen stehen nicht zum Verkauf, für sehr lange Zeit nicht.«

»Dann geben Sie von vornherein Ehe und Familie auf.« Er bedrängte sie hart. Sie mußte ihn loswerden.

»Das geht Sie nichts an.« In ihren Augen blitzte es.

»Beides können Sie nicht haben.«

»Ich werde tun, was mir beliebt!« Ihre Stimme war wie ein Peitschenschlag. In ihrer Erregung kam sie hinter dem Schreibtisch hervor. »Und jetzt gehen Sie, Mr. Harte!«

»Ja, Madame.« Er vollführte eine Bewegung mit seinem Hut und ging zur Tür. Mumm hatte sie, das mußte man ihr lassen, aber er war immer noch der Meinung, daß sie das Falsche tat. Er bedauerte, daß sie nicht verkaufen wollte. Zu gern hätte er die Thurston-Minen mit den seinen vereinigt. Aber was ihn am meisten bekümmerte, war die Sache mit Dan. Wenigstens wird er nicht mehr Hand an sie legen... hatte er versucht, sie zu vergewaltigen? Der verdammte Narr... er mußte Frühlingsmond, seine Geliebte, vor ihm warnen. Er wollte nicht, daß Dan in ihrer Nähe war, aber es gefiel ihm auch nicht, daß er bei Sabrina Thurston handgreiflich geworden war. Mochte das Mädchen auch verrückt und eigensinnig sein, weil sie die Minen nicht aufgeben wollte, so war es doch im höchsten Maße unfair, ihre Situation auszunutzen.

Als Harte am Nachmittag in sein Büro zurückkam, war er besonders schroff zu Dan, was ihn sehr verwunderte. Er konnte sich nicht denken, womit er den Unwillen seines Chefs so rasch erregt haben konnte. Für jemanden arbeiten zu müssen war die Hölle, und in ihm krampfte sich alles beim Gedanken an Sabrina zusammen. Wäre sie nicht gewesen, dann hätte er jetzt die Leitung der Thurston-Minen innegehabt.

John Harte hätte ihm gern gesagt, er solle sich nie wieder Sabrina nähern, aber er wollte nicht eingestehen, daß er von dem Vorfall wußte. Statt dessen warnte er Frühlingsmond, die ihn nur auslachte.

»Ich fürchte mich nicht vor ihm, John Harte.« Sie nannte ihn immer so und entlockte ihm damit meist ein Lächeln. Diesmal aber nicht.

»Verdammt noch mal, hör auf das, was ich sage. Er hat zu Hause ein bleiches häßliches Weib und einen Haufen Kinder... vielleicht hat er Lust auf einen leckeren Happen wie dich. Ich weiß nicht, wer oder was der Kerl ist, ich weiß nur, daß er dreiundzwanzig Jahre lang für Thurston geschuftet hat. Ich möchte nicht, daß er dich belästigt. Ist das klar? Also gib acht, Frühlingsmond.«

»Ich fürchte mich nicht.« Sie lächelte und ließ mit einer geschmeidigen Bewegung ein langes scharfes Messer aus dem Ärmel gleiten, mit dem sie so rasch ausholte, daß man kaum die Klinge sehen konnte. John Harte grinste.

»Manchmal vergesse ich, wie geschickt du bist, meine Schöne.« Er küßte sie auf den Nacken und ging zurück zur Arbeit. Dabei war er in Gedanken nicht bei seiner Geliebten. Er dachte an das Mädchen, das fast noch ein Kind war und versuchte, das Unternehmen seines Vaters mit einer Rumpfmannschaft zu führen. Fast tat es ihm leid, daß er ihr nicht an die Hand gehen konnte. Aber das war nicht der Plan, den er verfolgte. Dan und er hatten sich einige Male darüber unterhalten. Er wollte abwarten, bis sie am Ende war, und dann das Unternehmen kaufen. Beide wußten, daß es nicht lange dauern konnte, mochte sie auch noch so fest der Meinung sein, sie wüßte alles über die Minen. Sie war ja doch nur ein Mädchen.

Zwei Wochen danach wurde sie achtzehn. Sabrina, die den Leuten die versprochene Lohnerhöhung gegeben hatte und ganz selten, wenn überhaupt, mit ihnen sprach, beobachtete in einem der Schächte die Männer bei der Arbeit. Die zwei kleineren Minen waren geschlossen, dafür wurde in der großen mit voller Kraft gearbeitet. Einem der neueren Männer hatte sie Dans Stellung als Vormann gegeben. Er war ihr nicht gewogener als die anderen, doch ihm gefiel die Bezahlung, und das gefiel ihr an ihm. Sie spielte wie auf einer Violine mit ihm, versprach ihm Lohnerhöhungen, die ihn schwindeln machten, wenn es ihm gelänge, Arbeiter für sie aufzutreiben, damit die zweite Mine wieder geöffnet werden konnte. Im November war es geschafft, gerade rechtzeitig, damit ein Wassereinbruch fünf ihrer neuen Leute töten konnte. Sabrina war im strömenden Regen zur Stelle, half bei den Rettungsarbeiten, kniete neben den Toten und schloß ihnen die Augen, ritt durchnäßt und todmüde zu den Frauen, um ihnen die schreckliche Nachricht zu überbringen, half bei der Beerdigung wie ihr Vater und öffnete im Frühjahr die dritte Mine. Ein Jahr hatte sie gebraucht, um sich von dem Schlag zu erholen, den der Verlust von über dreihundert Mann bedeutet hatte, aber jetzt wurde wieder mit ganzer Kraft und vollem Profit gearbeitet. Dan Richfield wurde jedesmal übel, wenn er daran dachte.

»Dan, eines muß man ihr lassen. Sie ist so beinhart wie ihr Alter und doppelt so klug.« John Harte konnte kaum glauben, daß sie es geschafft hatte.

»Die kleine Hure...« Mehr sagte Dan nicht, als er die Tür hinter sich zuknallte. Harte sah ihm nach. Dan hatte bei Thurston im Laufe der Jahre viel gelernt, doch war nichts Nettes oder Liebenswertes an ihm. John konnte sich nur wundern, daß Thurston ihn so lange behalten hatte. Vielleicht aber war Dan damals vorsichtiger gewesen. Damals hatte er auf ein profitables Ziel hingearbeitet, das jetzt unerreichbar war. Doch John Harte hielt es nicht für unerreichbar und unternahm bei Sabrina einen zweiten Vorstoß.

Eines Tages betrat er zu ihrer Überraschung wieder ihr Büro. Das ganze vergangene Jahr hatte sie keinen Gedanken an ihn verschwendet. Sie war stolz auf das, was sie im Unternehmen erreicht hatte. Daß ihre Männer sie nicht mochten und wahrscheinlich nie mögen würden, wußte sie, aber sie arbeiteten schwer für sie und um gutes Geld.

»Sind Sie gekommen, um mir die Hand zu schütteln, Mr. Harte, oder um in meinen Minen zu arbeiten?« Ihre Augen lachten ihn an, als er an den Schreibtisch herantrat.

»Weder noch. Ich bin viel kühner. So wie Sie.« Er bewunderte sie mehr, als sie ahnte. Jetzt sah er, daß sie mit sich zufrieden war. Mit Recht. Der Kampf war noch nicht vorüber, aber die erste Schlacht hatte sie gewonnen. In allen drei Minen wurde wieder gearbeitet; ob sie es durchhalten würde, war eine andere Frage. Er hatte seine Zweifel und Dan ebenso. Vielleicht war es nicht richtig, ihr so rasch wieder ein Angebot zu machen. Er hätte warten können, bis sie sich auf dem Abstieg befand, aber das wollte er nicht. Er wollte sich in diesem Jahr vergrößern und plante, eine Mine – vielleicht auch zwei, von ihr zu kaufen. »Verkaufen Sie mir die kleinste Mine?«

Sie sah ihn an wie eine bißbereite Schlange. »Nein, auch nicht eine. Nichts. Im Gegenteil«, sie lächelte sparsam, »ich würde gern Ihre Mine kaufen, Mr. Harte.« Sabrina war vor kurzem neunzehn geworden und sah jetzt viel weiblicher aus. Das hinter ihr liegende Jahr war für sie lang und mühevoll gewesen, und der tägliche Kampf ging weiter. Es gab niemanden, der es ihr etwas leichter gemacht hätte. »Ja, ich würde gern Ihre Mine kaufen. Haben Sie schon einmal daran gedacht?«

Er lächelte. Was für eine Kühnheit. »Leider nein.«

»Dann steht es unentschieden.«

»Sie sind ein halsstarriges kleines Ding. Waren Sie zu Lebzeiten Ihres Vaters auch so?«

»Ich denke schon.« Sie lächelte in Gedanken an das Jahr zuvor, das ihr ein Lebensalter entfernt schien. »Aber vielleicht hatte ich weniger Grund, so zu sein.« Im letzten Jahr hatte sie Tag für Tag ums Überleben gekämpft, und kein Mensch hatte sie unterstützt. Und wenn sie abends nach Hause kam, hatte sie sich noch Hannahs Vorwürfe anhören müssen. Am liebsten wäre sie gar nicht mehr nach Hause gekommen, aber sie hatte nach all den Jahren nicht das Herz, Hannah fortzuschicken, deswegen blieb sie jeden Abend lange im Betrieb. Das alles hatte sehr an ihr gezehrt. Es fiel sogar John Harte auf, doch er sagte nichts. Sie tat ihm nur leid. Sie wäre gut beraten gewesen, wenn sie an ihn verkauft hätte.

»Es ist schade, daß Sie heuer Ihre Ansicht nicht geändert haben.«

»Ich sagte schon, daß ich sie nie ändern werde. Die Thurston-Minen kommen erst nach meinem Tod zum Verkauf und nicht eher. Wenn ich das laut genug ausposaune, wird es sicher Leute geben, die Ihnen den Gefallen tun.« Eine traurige Feststellung, die aber die Wahrheit ausdrückte. Sie besaß hier keine Freunde, ein paar Leute hatten sie schätzengelernt, aber das waren nur wenige. Es arbeiteten wieder über fünfhundert Männer für sie, aber nur eine Handvoll davon hätte es gekümmert, ob sie lebte oder tot war. Es waren diejenigen, die neben ihr bei der Überflutung gearbeitet und auch gesehen hatten, wie sie sich in den Minen abrackerte, um alle Aspekte der Arbeit kennenzulernen. Aber sie empfanden keine Liebe für sie – Liebe, wie sie sie vor einem oder zwei Jahren Jeremiah entgegengebracht hatten. Sabrina sah John Harte ohne Illusionen. Sie war erwachsen geworden. Seiner Meinung nach hatte sie dafür einen hohen Preis bezahlen müssen. Das tat ihm leid. Er streckte ihr die Hand entgegen, die sie ergriff, doch in ihrem Blick lag keine Herzlichkeit. Zu viele hatten sie im vergangenen Jahr verletzt, zu viele hatten versucht, ihr Schaden zuzufügen, Dan als erster. Harte war mit ihm nicht sehr zufrieden. Dans Frau war im Jahr zuvor im Kindbett gestorben. Und seither war er Abend für Abend unterwegs, während er seine Kinder hungrig, verdreckt und zerlumpt zu Hause ließ.

John hatte Frühlingsmond wiederholt vor Dan gewarnt, sie aber hatte nur gelacht und ihr Messer aufblitzen lassen.

»Tut mir leid, wenn Sie das glauben.« Er zögerte, ehe er sich zum Gehen wandte. »Ich kann mir nicht helfen, aber ich bin immer noch der Meinung, Sie wären ohne diese Last besser dran.« In ihren Ohren klang das nur wie Schmeichelei, um sie zum Verkauf zu beschwatzen. Sie sah, wie er mit müdem Blick zur Tür sah. »Ich verstehe.« Sabrina fragte sich, ob er wirklich begriff, aber das war wenig wahrscheinlich. Er konnte nicht wissen, wie verzweifelt sie um den Bestand des Unternehmens kämpfen würde. Sie würde die Minen niemals aufgeben. Niemals.

Auch die Weinanbauflächen gediehen. Sabrina war im vergangenen Jahr der Winzergenossenschaft beigetreten und war entschlossen, den Mitgliedern bei der Verbesserung ihres Lebens und der Qualitätssteigerung des Weines zu helfen. Auch hier wurde sie von den Männern, mit denen sie es zu tun hatte, kaum geduldet. Aber daran hatte sie sich inzwischen gewöhnt. Sie war es gewöhnt, überall unwillkommen zu sein, selten in ein Gespräch gezogen zu werden, dafür aber Schmähungen und Beleidigungen anhören zu müssen und die erste zu sein, auf die die anderen Besitzer ihre Wut abluden. Doch sie schlug zurück, wann immer es nötig war. Im vergangenen Jahr hatte sie ein hübsches Temperament entwickelt, geboren aus ständiger Anstrengung, und John Harte sah es ihr an. Sie war noch schöner als im Jahr zuvor. Jetzt hatte sie etwas an sich, das in ihm den Wunsch weckte, sie in die Arme zu nehmen.... Aber das war sinnlos. Sie war eine Frau, die von niemandem Hilfe wollte. Sie wollte den Berg allein besteigen, und eines Tages würde sie einsam auf dem Gipfel sitzen. Das machte ihn um ihretwillen traurig, und in gewisser Hinsicht hatte sie für sich dasselbe Schicksal erwählt wie ihr Vater und er selbst. Er und Jeremiah hatten nie wieder geheiratet, und sie hatten ihre Unternehmen allein geführt. Er mit Frühlingsmond, der Indianersquaw, an seiner Seite und Jeremiah mit seiner Tochter. Aber Sabrina hatte niemanden. Dieser Gedanke quälte ihn noch, als er zurück zu seiner Mine ritt und ständig an Sabrina dachte. Diese hingegen verschwendete keinen Gedanken an ihn, sie mußte arbeiten. Sie hatte es sich längst abgewöhnt, ihren Gedanken freien Lauf zu lassen. Ihr Leben war ein ständiger Überlebenskampf. Es war kein Zufall, daß sie die zwei aufgegebenen Minen wieder eröffnen konnte. Sie hatte es mit harter Arbeit geschafft, mit endlosen Stunden bis tief in die Nacht, mit monatelanger Plackerei. Und jetzt rackerte sie genauso hart weiter, damit das Unternehmen gedieh. Sie hatte eben siebenhundert Flaschen Quecksilber an eine Firma im Osten verkauft und ihren Leuten einen Bonus versprochen, wenn die Flaschen rechtzeitig verschickt würden. Sie wußte, wie ihr Vater sein Unternehmen geführt hatte, das alles war für sie kein Geheimnis, und dazu gehörte seine Philosophie, die Männer am Gewinn zu beteiligen, wenn sie gute Arbeit geleistet hatten. Brachten sie ihr auch keine Sympathie entgegen, so wußten sie wenigstens, daß sie anständig zu ihnen war. Mehr verlangten sie nicht, und mehr verlangte auch sie nicht, doch sie bekam es nicht immer, obwohl sie jetzt mehr erwartete. Nahm sich einer ihrer Leute gegen sie etwas heraus, dann war er seinen Job in einer Stunde, wenn nicht schon eher, los. Sie konnte es sich jetzt leisten, härter mit ihnen umzuspringen, und man achtete sie deswegen.

»Sie ist ein richtiges Biest, dieses dreiste kleine Ding«, lästerte Dan Richfield eines Nachts in einer Bar vor ein paar ihrer Leute, als John Harte eintrat. Dan bemerkte ihn nicht, da er am Ende der Bar stehengeblieben war. »Die glaubt wohl, wenn sie lange genug Hosen anhat, wird ihr ein Schwanz wachsen.« Die Männer grölten. Da hörte man John Harte vom Ende der Bar sagen: »Hast du den gesucht, als du sie letztes Jahr vergewaltigen wolltest?« Nun trat atemlose Stille ein. Dan erbleichte und drehte sich um, erschrocken, seinen Boß zu sehen, und noch mehr erschrocken, weil Harte wußte, was damals passiert war.

»Was soll das heißen?«

»Ich glaube, du solltest dir über Sabrina Thurston nicht so das Maul zerreißen. Sie schuftet wie wir alle, und wenn ich nicht irre, arbeiten diese Männer hier für sie.«

Einigen sah man an, daß sie sich schämten. John Harte war kein Freund Sabrinas, aber er hatte recht. Sie arbeitete verdammt hart, das mußte man ihr lassen. Die Männer verzogen sich, und Dan Richfield blieb mit funkelnden Augen und geballten Fäusten stehen, wagte aber nicht, einen Kampf anzufangen. Statt dessen trank er seinen Whisky aus, den Blick wütend auf John geheftet. Eigentlich war es Sabrina, an der er gern sein Mütchen gekühlt hätte. Sie hatte seine Träume zunichte gemacht. Und jetzt, da seine Frau tot war, hätte er ein Weib wie sie gut gebrauchen können.

Dieser Gedanke verfolgte ihn tagelang und auch die Frage, was sie John gesagt hatte. Spätabends am folgenden Montag, als er sich in derselben Bar vollaufen ließ, entschloß er sich, hinaus zu den Thurston-Minen zu reiten. Er blieb stehen, als er Sabrinas Pferd sah. Es war neun Uhr abends. Er machte sein eigenes Reittier fest, stieg leise die Stufen hoch und erschrak, als er Sabrina durch das Fenster sah. Sie saß mit gebeugtem Kopf am Schreibtisch, das dunkle Haar war zurückgekämmt, ihre Feder flog über das Papier. Jeden Abend blieb sie bis Mitternacht. Jetzt war es also noch früh für sie. Der Anblick ließ ihn grinsen. Es war ihm bewußt, daß er gekommen war, um zu einem Ende zu bringen, was er im Jahr zuvor offengelassen hatte, als sie ihn feuerte. Doch als er über die Veranda schlich, ächzte ein Dielenbrett. Ohne den Kopf zu heben, zog Sabrina die Lade auf und hielt die Pistole in der Hand, ehe er an der Tür war. Der erste Schuß ging durch die Fensterscheibe und pfiff an seinem Arm vorbei. Er war wie angewurzelt stehengeblieben und starrte sie geschockt an, während sie gelassen aufblickte und so laut sagte, daß er es hören konnte:

»Wenn Sie durch diese Tür kommen, sind Sie ein toter Mann.« Ihr Ton ließ erkennen, daß es ihr ernst war. Sie wirkte weder überrascht noch verängstigt. Furchtlos und auf alles gefaßt stand sie auf und richtete die Pistole auf seinen Kopf. Wortlos machte er kehrt und ging. Sie läutete die Glocke nach den Wachposten, die eigentlich die Aufgabe hatten, die Minen zu bewachen. Sie selbst brauchte in ihrem Büro keine Bewacher, doch sie wies sie jetzt an, das Gelände abzusuchen und sich zu vergewissern, ob Dan sich nicht irgendwo versteckt hielt.

Am nächsten Tag schickte sie John Harte eine Warnung, er solle seine Leute besser im Auge behalten. Sollte sie jemals wieder einen auf ihrem Gelände antreffen, würde sie annehmen, Harte selbst hätte ihn geschickt, um ihr Angst einzujagen und sie zum Verkauf zu bewegen. Sie würde in Zukunft auf der Stelle jeden töten. Außerdem teilte sie Harte mit, daß sie Richfield diesmal verschont hätte, nächstes Mal aber Ernst machen würde.

John Harte war nicht entzückt zu erfahren, daß Dan sie wieder belästigt hatte. Noch am gleichen Tag warnte er ihn, und Richfield mußte es sich zähneknirschend gefallen lassen, ohne ein Wort zu sagen. Hinterher lachte John vor sich hin. Sabrina war Frühlingsmond nicht unähnlich, die auf ihre Klinge vertraute. Sie konnte offenbar gut mit Schußwaffen umgehen. Es tat ihm leid, daß sie es nötig hatte, doch lebte sie freiwillig in einer Männerwelt.

In diesem Jahr machte John Harte ihr kein Angebot mehr.

23

»Na, Mädchen, jetzt bist du einundzwanzig. Was hast du vor?« Hannah warf ihr über die Torte hinweg, die sie gebacken hatte, einen Blick zu. Beim Anblick von Sabrinas Gesicht hätte sie am liebsten geheult. Sabrina war jetzt eine erwachsene Frau, noch dazu eine schöne Frau, doch gleichzeitig war sie steinhart. Sie leitete ein Minenunternehmen mit annähernd sechshundert Arbeitern und war voll und ganz in die Fußstapfen ihres Vaters getreten, aber wofür? Reich war Sabrina auch vorher gewesen. Jetzt führte sie ein einsames Leben, arbeitete täglich bis Mitternacht, kommandierte ihre Männer herum und feuerte sie auf der Stelle, wenn sie auch nur irgendwie aus der Reihe tanzten. Und wozu? Sie hatte ihre sanfte Art abgelegt, und Hannah argwöhnte, daß dieses Leben sie mit der Zeit zerstören würde. Amelia hatte ähnliche Befürchtungen geäußert, als sie im Vorjahr zu Besuch gekommen war, ihr aber war klar, daß Sabrina ihre Haltung nicht ändern würde. Sie hatte Hannah geraten, sich mit ihren Ratschlägen zurückzuhalten und Sabrina Zeit zu lassen.

»Mit der Zeit wird sie es satt bekommen«, hatte die lebenskluge Amelia lächelnd prophezeit. »Vielleicht wird sie sich verlieben.« Aber in wen? In ihr Pferd etwa? Sie war schon in ihre Arbeit verliebt, und wenn sie sich nicht in der Minenverwaltung abrackerte, war sie in der Weinbaugenossenschaft und lag im Kampf mit einer anderen verschworenen Männerclique.

»Ich weiß gar nicht, warum du so geworden bist.« Hannah sah Sabrina mit einem Ausdruck der Verzweiflung an. »Nicht einmal dein Daddy hat sich so auf sein Unternehmen gestürzt. Er hat sich mehr mit dir beschäftigt.«

»Und deswegen stehe ich in seiner Schuld.« Das hatte Sabrina sich in den Kopf gesetzt. Kopfschüttelnd bot ihr Hannah ein Stück der üppigen Schokoladentorte an, der Geburtstagstorte, die sie seit zwanzig Jahren für sie backte. Da lächelte Sabrina ihrer alten Vertrauten zu. »Hannah, du bist so gut zu mir.«

»Ich wünschte, du wärest zur Abwechslung mal selbst gut zu dir. Du arbeitest ja noch härter als dein Vater. Er ist wenigstens zu dir nach Hause gekommen. Warum verkaufst du nicht die Minen und heiratest?«

Dazu lachte Sabrina nur. Wen hätte sie heiraten sollen? Einen aus den Minen? Den neuen Vorarbeiter, den sie eingestellt hatte, nachdem der erste gegangen war? Oder den Bankier aus der Stadt? Es interessierte sie niemand, und außerdem hatte sie zu viel anderes im Kopf.

»Vielleicht bin ich Daddy ähnlicher, als du denkst.« Sie lächelte. Zu Amelia hatte sie auch so etwas gesagt. »Er hat auch erst mit vierundvierzig geheiratet.«

»So lange kannst du nicht warten«, grollte Hannah.

»Warum nicht?«

»Ja, möchtest du denn eines Tages keine Kinder haben?«

Sabrina zog die Schultern hoch... Kinder... komischer Gedanke... ihre Gedanken galten vielmehr den siebenhundert Flaschen Quecksilber, die in zwei Wochen an einen Abnehmer im Osten verfrachtet werden mußten, und den zweihundertfünfzig, die in den Süden geliefert wurden, dem Papierkram, der auf Erledigung wartete, den Leuten, die sie entlassen und im Zaum halten mußte... Kinder? Wie sollten die sich in ihr Leben einfügen? Sie paßten jetzt nicht hinein und würden auch in Zukunft nicht hineinpassen. Das war in ihren Augen kein Nachteil. Sie war nicht imstande, sich selbst mit einem Kind vorzustellen. Nicht mehr jedenfalls. Sie hatte zu viele andere Dinge im Kopf. Kaum war das Tortenstück aufgegessen, als sie hinaufging, um zu packen. Hannah wußte schon, daß Sabrina für einige Tage nach San Franzisko mußte.

»Allein?« Hannah fragte immer dasselbe.

»Wen sollte ich denn mitnehmen? Ein halbes Dutzend Leute von den Minen, die auf dem Schiff Anstandsdame spielen sollen?«

»Mädchen, nur nicht keck werden!«

»Ach, schon gut...« Unzählige Male hatte sie es gesagt. »Dann werde ich eben dich mitnehmen.«

»Du weißt, daß das verdammte Schiff mich krank macht.«

»Dann muß ich wohl oder übel allein fahren – oder nicht?«

In Wahrheit machte es Sabrina überhaupt nichts aus. Auf der Fahrt nach San Franzisko hatte sie Zeit zum Nachdenken und in der Stadt selbst Gelegenheit, Thurston House einen Besuch abzustatten. Noch immer war es sehr schmerzlich für sie, den Raum zu betreten, in dem ihr Vater den Tod gefunden hatte, doch war es ein schönes Haus, so schön, daß es betrüblich gewesen wäre, wenn sie es nie wieder betreten hätte. Sie hielt kein Personal im Haus und versorgte sich während der kurzen Zeit, die sie dort verbrachte, immer selbst.

»Hannah, überleg doch mal, jetzt hält mich alle Welt für sonderbar, aber es wird nicht lange dauern, und ich werde als akzeptabel gelten. Ich werde die schrullige Person sein, die schon seit Jahren den Minenbetrieb leitet. Dann wird niemand etwas dabei finden, wenn ich allein verreise, ein Schiff nehme oder ohne Begleitung in die Stadt gehe. Ich werde alles tun können, wonach mir der Sinn steht.« Sie lachte wie ein junges Mädchen. »Ich kann es kaum erwarten.«

»Na, lange wird es ohnehin nicht mehr dauern.« Hannah sah sie bekümmert an. Für das Kind, das sie mit viel Liebe großgezogen hatte, hätte sie sich etwas anderes gewünscht. »Bald wirst du in die Jahre kommen und hast die kostbarste Zeit vertan.«

Für Sabrina war es keine vergeudete Zeit. Sie fühlte sich siegreich und war zufrieden mit dem Erreichten. Nur von ihrer Umgebung wurde ihr selten Beifall oder Zustimmung zuteil. Sie galt allgemein als übertrieben ehrgeizig, strebsam, viel zu unabhängig und vor allem sehr sonderbar, aber inzwischen hatte sie sich daran gewöhnt. Sie trug ihr Kinn höher als vorher, und ihre Zunge war schärfer geworden. Mit einer Antwort war sie rascher zur Hand, und die kleine silberne Pistole war schnell gezogen. In ihrem Innersten wußte sie, daß sie ihre Sache gut gemacht hatte, und war glücklich. Sicher wäre ihr Vater zufrieden mit ihr gewesen. Es mochte vielleicht nicht das sein, was er sich für sie vorgestellt hatte, aber es hätte ihm gewiß Achtung abgenötigt, wie weit sie es in den drei langen, harten Jahren gebracht hatte. Sabrina fand es erstaunlich, wieviel Zeit vergangen war. Daran dachte sie auch, als sie mit der Tasche herunterkam, den Mantel über dem Arm.

»In drei Tagen bin ich wieder da.« Sie küßte Hannah auf die Wange, bedankte sich für die Geburtstagstorte und startete, von Hannah mit Tränen in den Augen beobachtet, ihr Auto. Das Mädchen hatte ja keine Ahnung, was ihm entging, denn trotz ihrer Stärke und Unabhängigkeit gab es in ihrem Leben eine riesengroße Lücke. Sie tat Hannah deswegen sehr leid. Das war kein Leben für ein junges Mädchen, schon seit drei Jahren nicht mehr.

Sabrina fuhr die Strecke nach Napa selbst und ließ den Wagen wie immer bei den Stallngen in der Nähe der Docks stehen. In Napa hatte sie zu den ersten gehört, die sich ein Auto zulegten, und wie alles, was sie machte, hatte auch das monatelang die Gemüter erregt. Aber das war ihr gleichgültig. Der Wagen stellte für sie eine große Bequemlichkeit dar. Zu den Minen ritt sie nach wie vor auf ihrem alten Pferd, für weitere Strecken nahm sie aber gern den neuen Wagen – besonders wenn sie nach Napa fuhr und das Schiff erreichen wollte, ersparte sie sich viel Zeit.

Die vier Stunden an Bord verbrachte sie in ihrer Kabine mit der Durchsicht mitgebrachter Papiere. Sie wollte mit ihrer Bank über einen geplanten Landankauf verhandeln und wußte schon im voraus, daß sie sich die üblichen Ratschläge würde anhören müssen – nämlich, daß sie am besten daran täte, das Weingut und die Minen zu verkaufen oder jemanden einzustellen, der die Leitung übernähme. Niemals kam jemandem der Gedanke, daß es nur wenige Männer gab, die hätten leisten können, was sie leistete, und überdies war Sabrina an diese Art Ratschläge gewöhnt. Stets pflegte sie sich alles mit höflichem Lächeln anzuhören, um dann in der vorliegenden Angelegenheit fortzufahren, und immer wieder war man überrascht, daß ihre Vorschläge Hand und Fuß hatten. »Wer hat Ihnen dazu geraten?« lautete dann die unvermeidliche Frage oder: »Haben Sie die Ideen von Ihrem Vorarbeiter?« Es war nutzlos, ihnen erklären zu wollen, daß es ihr eigener Einfall war. Sabrina wußte jetzt schon, daß es bei der Besprechung am kommenden Tag wieder so ablaufen würde. Aber irgendwie würde sie alles hinter sich bringen, und sie würde bekommen, was sie wollte. In den drei letzten Jahren hatte man gelernt, ihr zu vertrauen, wie die Leute in den Minen ihr vertrauten, obwohl man selten verstand, was oder warum sie etwas machte. Das alles hatte ihr Jeremiah beigebracht.

Als sie spürte, wie das Schiff gegen das Dock stieß, klappte sie den Aktenkoffer zu. Diesmal war sie während der Überfahrt in der Kabine geblieben. Nach Hannahs großem Geburtstagsessen hatte sie keinen Hunger gehabt, und außerdem gab es so viel zu tun. Jetzt sehnte sie sich nach Entspannung in einem heißen Bad in Thurston House. Bis das Wasser aufgeheizt war, würde es zwar eine Weile dauern, inzwischen hatte sie Zeit, sich zu vergewissern, daß im Haus alles in Ordnung war. Sie war mehrere Monate nicht mehr in der Stadt gewesen. Ihre Bank war ermächtigt, von Zeit zu Zeit im Haus nachzusehen, dafür hatte Sabrina eigens einen Schlüsselbund auf der Bank deponiert.

Sie schob den eigenen Schlüssel ins Schloß, nachdem sie aus der Droschke ausgestiegen war. Schon am Gartentor hatte sie aussteigen und aufsperren müssen, dann war der Wagen die Zufahrt entlanggefahren und hatte vor dem Haus angehalten. Alles war dunkel. Beim Eintreten mußte sie erst nach dem Licht tasten. Dann schaffte sie ihre Reisetasche herein und schloß die Tür.

Sabrina war sehr müde, und als sie dastand und um sich blickte, kamen ihr zum erstenmal nach langer Zeit die Tränen. Sie war einundzwanzig und hatte niemanden, der das alles mit ihr teilen konnte. Dies war das Haus, in dem ihr Vater gestorben war – irgendwie erschien es ihr sehr traurig, die Nacht hier allein zubringen zu müssen. Ihr Vater fehlte ihr in diesem Augenblick mehr als seit Jahren. Fast bereute sie es, daß sie gekommen war.

Später am Abend, während sie in der tiefen Badewanne saß, ließ sie die vergangenen drei Jahre Revue passieren. Sie waren sehr schwierig gewesen, viele Menschen hatten ihr unrecht getan, hatten ihr Böses gewünscht und ihr Schmerzen bereitet. Sogar Hannah war oft schroff und lieblos gewesen. Niemand verstand die Beweggründe, die sie veranlaßten, das Unternehmen weiterzuführen – in erster Linie ausgeprägtes Pflichtgefühl. Statt dessen wartete alles auf ihr Versagen, oder man unternahm Versuche, ihr alles wegzunehmen. John Harte hatte wenigstens aufgegeben, ihr die Minen abzukaufen, was sie als Erleichterung empfand. Oft fragte sie sich, ob Dan Richfield noch bei ihm arbeitete; vermutlich war es der Fall, denn vor einem halben Jahr war er noch bei ihm gewesen. In diesem Zusammenhang mußte sie daran denken, welche Enttäuschung sie mit ihm erlebt hatte. Gottlob hatte er sie nie wieder belästigt, nicht seit damals, als sie durch das Fenster auf ihn geschossen hatte. Ihr Blick wanderte hinüber zu dem rosa Marmorbecken, auf dem sie ihre kleine Pistole gelassen hatte. Sie hielt sie stets in Griffweite, und wenn sie schlief, lag die Waffe auf dem Nachttischchen. Unter das Kopfkissen konnte sie die Pistole nicht legen, da der Abzug zu empfindlich reagierte, wie Dan Richfield hatte erfahren müssen. In gewisser Hinsicht war es ein Leben unter ständiger Anspannung, doch war es ihr zur Gewohnheit geworden. Nur wenn sie in San Franzisko war, konnte sie diesem Leben entgehen. Die Stadt war so großstädtisch und kosmopolitisch, hier gab es auch kaum jemanden, der wußte, wer sie war. Hier flüsterte niemand hinter ihr her oder nahm Haltung an wie in Napa oder Calistoga oder St. Helena... seht, das ist die Frau, der die Minen gehören... die verrückte Thurston... führt das Unternehmen auf eigene Faust... beinhart ist diese Person... und durchtrieben.... Es gab unzählige Ausdrücke, sie nachteilig und geringschätzig zu beschreiben, und Sabrina hatte das Gefühl, sie alle gehört zu haben.

Aber hier in der Stadt kümmerte sich niemand um sie. Sie konnte sogar so tun, als wäre sie nicht Sabrina Thurston, wenn sie die Market Street entlangbummelte, auf dem Union Square schlenderte oder sich in einem Blumenladen eine Rose für den Jackenaufschlag oder ein weißes Veilchensträußchen fürs Haar kaufte. Hier konnte es ihr einerlei sein, was die Leute denken mochten – anders als draußen bei den Minen. Fast konnte sie hier so tun, als wäre sie irgendein junges Mädchen.

Und genau das tat sie, nachdem ihre Angelegenheit auf der Bank erledigt war. Sie spazierte gemächlich nach Hause und kaufte sich unterwegs Blüten für ihr Haar und einen duftenden Blumenstrauß, den sie in ihr Zimmer stellen wollte. Auf dem Weg zog sie mit einer spontanen Bewegung sämtliche Nadeln aus dem Haar und ließ ihre Locken frei im Wind wehen. Ein Lächeln lag auf ihren Zügen, als sie weiter nach Hause ging. Hier ist das Leben für mich viel einfacher, dachte sie. Ihre ganze Liebe galt noch immer Thurston House, trotz der Tragödie, die sich darin abgespielt hatte. Während sie in Richtung Nob Hill wanderte, summte sie unbeschwert vor sich hin. Sabrina war glücklicher als seit langem. Plötzlich bemerkte sie, daß vor ihr ein Wagen anhielt. Der Fahrer starrte sie an, dann lachte er. »Großer Gott, Miß Thurston, Sie hätte ich kaum erkannt. Sind Sie es wirklich?« Es war John Harte am Steuer seines Autos. Auch er schien ausnehmend guter Laune.

»Ich bin es. Haben Sie diesen Wagen gestohlen, Mr. Harte?«

»Ja, habe ich. Möchten Sie mitfahren?«

Sie befanden sich auf neutralem Boden, deswegen schob sie unbekümmert alle Bedenken beiseite. Sollte er ihr wieder ein Kaufangebot machen, konnte sie immer noch aussteigen und zu Fuß weitergehen. Entführen würde er sie gewiß nicht, zudem hätte kein Mensch für sie Lösegeld bezahlt.

»Gern.« Sabrina fand es amüsant, daß Harte sich ein Auto gekauft hatte. Auch ein Modell T, wie sie es seit zwei Jahren besaß, nur war sein Wagen neuer und etwas luxuriöser ausgestattet. »Wie gefällt Ihnen das Auto?«

»Ich bin verliebt in die Karre.« Sein Blick glitt über das Armaturenbrett und schweifte hinaus zur Motorhaube, ehe er wieder Sabrina ansah. »Hübsch, nicht?«

Sabrina lachte, sie konnte der Versuchung nicht widerstehen, ihn aufzuziehen. »Fast so hübsch wie meines.« Erst sah er sie erstaunt an, dann lachte er.

»Ach, Sie haben auch ein Auto?«

Sabrina stimmte in sein Lachen ein. »Ja. In St. Helena benutze ich es nicht sehr häufig. Mein alter Rotschimmel paßt besser in die Gegend.« Den Hengst ihres Vaters hatte sie verkauft. Sie hatte ihn nie geritten, zudem war er schon bejahrt gewesen. »Für längere Strecken nehme ich natürlich das Auto.«

Er bedachte sie mit einem Blick, als sähe er sie zum erstenmal. »Sie sind ein bemerkenswertes Mädchen. Ein Jammer, daß wir Erzfeinde sind – in gewisser Hinsicht. Wäre das nicht der Fall, könnten wir Freunde sein.«

»Dem stünde nichts entgegen, wenn Sie mir nicht bei jeder Begegnung Angebote für meine Minen machten.« Ob seine Geliebte wohl etwas gegen eine solche Freundschaft einzuwenden hätte, ging es ihr durch den Kopf, doch das ließ sie lieber unausgesprochen.

»Sie wollen noch immer nicht verkaufen?« Er lächelte unbefangen.

Sie reagierte mit einem heftigen Kopfschütteln. »Das sagte ich schon. Die Thurston-Minen werden erst nach meinem Tod zu haben sein.«

»Und was ist mit dem Weingut?« Seine Neugierde war geweckt. Der Glanz in ihren Augen und das lose fallende Haar gefielen ihm, und plötzlich sah er auch die duftenden Blumen in ihrer Haarflut. Diese Sabrina war ein bemerkenswert hübsches Mädchen, was ihm noch nie so deutlich aufgefallen war, und sie konnte es zudem an Geschäftsverstand mit jedem Mann aufnehmen. Das wußte er seit geraumer Zeit. Diese Eigenschaft mußte für sie manchmal ein Handikap darstellen. Was sie wohl treiben mochte, wenn sie nicht draußen in den Minen zu tun hatte? Sein Blick ließ sie nicht los, als sie ihm antwortete.

»Auch mein Weingut nehme ich mit ins Grab.«

»An eventuelle Erben denken Sie wohl nicht?«

Sie zog die Schultern hoch. »Alles kann man nicht haben, Mr. Harte, und ich habe, was ich möchte... die Minen, den Wein, das Land. Mein Vater hat das alles sehr geliebt. Mir erschiene es als Treulosigkeit, wenn ich es aufgebe. Es war ihm das Teuerste auf der Welt. Wenn ich etwas verkaufen würde, hätte ich das Gefühl, ich trenne mich von einem Teil von ihm.«

Das also steckte hinter ihrer Halsstarrigkeit! Hätte er das geahnt, wäre ihm schon früher klar gewesen, wie gering seine Aussichten waren, ihr etwas abzukaufen.

»Sie müssen sehr an Ihrem Vater gehangen haben.«

Sabrina sah ihn lächelnd an. Inzwischen waren sie am Nob Hill angelangt. »Ja, das habe ich. Und er war unbeschreiblich lieb und gut zu mir. Da ist es nur recht und billig, daß ich an seiner Stelle weitermache.«

»Was für eine schmerzliche Last das alles manchmal für Sie sein muß«, sagte er mit mitfühlendem Blick.

Sie nickte nachdenklich. Ganz plötzlich meldete sich das Bedürfnis, jemandem aufrichtig alles einzugestehen. »Ja, ab und zu schon. Zuweilen ist es wirklich sehr schwierig.« Sie seufzte tief und sah ins Leere. »Aber ich habe es überstanden, und ich habe Erfolg gehabt. Das erscheint mir wie ein Sieg. Das erste Jahr war wirklich arg ...« Die Erinnerung ließ ihre Stimme weich klingen. »Als viele Leute kündigten und Dan Richfield ging ...« Wieder ein Achselzucken. Dann sah sie ihn an. »Das ist drei Jahre her, und jetzt ist alles in Ordnung.« In ihren Augen lag ein Lächeln. »Schlagen Sie sich getrost alle Kaufpläne aus dem Kopf.«

»Vielleicht versuche ich es ein anderes Mal doch wieder. Das gehört nun mal zur Raubtiernatur.« Beide mußten lachen, und Sabrina zeigte ihm den Weg zu Thurston House.

»Dann müssen Sie sich wieder auf eine Abfuhr gefaßt machen«, erwiderte sie.

»Ach, daran habe ich mich mittlerweile gewöhnen können.«

»Um so besser. Da wären wir. Sie können mich hier absetzen. Es ist nicht mehr weit.« Sabrina deutete auf das Tor, das immer verschlossen war, und sprang aus dem Wagen, um aufzuschließen. Dann kam sie zum Wagen zurück. Eine merkwürdige Begegnung, dachte sie, ihm in die Augen sehend. Hier in San Franzisko war allem die Schärfe genommen. Hier waren sie nicht Rivalen, sondern zwei Menschen, die sich harmlos ihres Lebens freuten. Sie trug Blumen im Haar, und er genoß sein neues Auto. Fast war ihr zumute, als wären sie ganz neue Menschen. Sabrina war leicht ums Herz, als sie ihn ansah.

»Warum darf ich Sie in meinem neuen Auto nicht bis vors Haus bringen, Miß Thurston?« Seine Galanterie war ein Element, das sie bislang noch nicht an ihm gekannt hatte. In den letzten drei Jahren waren sie in erster Linie Gegner gewesen, und außerdem waren sie einander längere Zeit nicht begegnet. Und ganz plötzlich war John Harte wieder in ihr Blickfeld getreten, die Situation war völlig entspannt und Sabrina nicht in der Stimmung, ungehalten zu sein oder überhaupt einen Gedanken an die Minen zu verschwenden. Napa war weit, sie war einundzwanzig und freute sich des Lebens.

»Meinetwegen, wenn Sie darauf bestehen, Mr. Harte.« Sie ließ sich von ihm bis zur Haustür bringen und wandte sich ihm dann mit dem Anflug eines Lächelns zu. »Wenn Sie mir hoch und heilig versprechen, daß Sie auch nicht ein einziges Mal von meinen Minen sprechen und mir kein Angebot machen, lade ich Sie gern auf eine Tasse Tee oder ein Glas Port ein. Aber zuerst das Versprechen!« Das sollte ein Scherz sein, und beide lachten, als er es ihr feierlich gelobte und ihr ins Haus folgte.

John Harte war nicht darauf gefaßt, was er jetzt zu sehen bekam. Es war das prächtigste Haus, das er kannte, und im Laufe seiner neunundvierzig Jahre war er viel herumgekommen. Thurston House stellte eine echte Sehenswürdigkeit dar. Wie alle, die es zum erstenmal betraten, blieb er beeindruckt unter der Kuppel stehen. Vor drei Jahren hatte Sabrina die Kuppel neu machen lassen, damals, als sie alle vom Erdbeben verursachten Schäden reparieren ließ. Sogar die Haustür hatte ersetzt werden müssen; sie hatte durch das Feuer sehr gelitten, das sich wie durch ein Wunder im Eingang gedreht hatte und in eine andere Richtung gerast war.

»Großer Gott, wie bringen Sie es übers Herz, anderswo zu leben?«

Sabrina lächelte. Sie hatten einander versprochen, die Minen unerwähnt zu lassen, und sie war entschlossen, sich daran zu halten. »Ich habe noch andere Eisen im Feuer.«

Ihre Antwort erregte seine Heiterkeit. »Allerdings. Aber ich glaube, ich würde alles liegen und stehen lassen, wenn ich so ein Haus hätte.«

In gespielter Enttäuschung sah sie ihn an. Sabrina war in ungewöhnlich guter Stimmung. »Wollen Sie Ihr Versprechen brechen und mir ein Angebot machen?«

»Nein, keineswegs. Dennoch – etwas so Schönes wie dieses Haus habe ich noch nie gesehen. Wann wurde es erbaut?« Er konnte sich undeutlich erinnern, davon gehört zu haben, gesehen hatte er es nie. Sabrina zeigte ihm alles Sehenswerte, während sie die Geschichte des Hauses erzählte.

»Mein Vater hat es 1886 erbauen lassen, zwei Jahre vor meiner Geburt.«

John Harte starrte sie so verblüfft an, daß sie ihn verwundert fragte: »Ist etwas?«

Er schüttelte den Kopf. »Nein... ich wußte es ohnehin, aber wenn ich Sie das so sagen höre... können Sie sich eigentlich vorstellen, was es für einen Mann meines Alters bedeutet, wenn seine Erzrivalin, seine größte Konkurrentin, erst einundzwanzig ist? Sie sind doch einundzwanzig, Sabrina?«

»Seit gestern«, entgegnete sie lächelnd. Nie war sie ihm anmutiger und schöner erschienen.

»Herzlichen Glückwunsch.« Er sagte es ganz leise und sanft. Es hörte sich an, als wäre der Kampf zwischen ihnen beendet. »Danke.« Sie führte ihn in den großen Salon zurück. Sie setzten sich und nippten an ihren Sherry-Gläsern. Etwas Stärkeres als Sherry hatte sie nicht, aber John Harte schien damit zufrieden zu sein. Er machte einen vollkommen glücklichen Eindruck, glücklicher als seit Jahren – so wie Sabrina.

»Und was haben Sie an Ihrem Geburtstag unternommen?« fragte er mit einem interessiertem Blick. Dieses Mädchen war sehr vielschichtig. Neben ihrer Kraft und den vielfältigen ungewöhnlichen Eigenschaften verfügte sie über eine innere Tiefe, die er jetzt ganz klar sah, obwohl sie ihm zuvor nie aufgefallen war.

»Nicht viel. Ich bin nach San Franzisko gefahren.« Ihre Worte wurden von einem abschätzigen Achselzucken begleitet. »Haben Sie erwartet, die Männer im Betrieb würden mir einen Geburtstagskuchen präsentieren?«

John Harte mußte lachen, obwohl er Mitleid mit ihr empfand. Dieses Mädchen hatte niemanden, von den Leuten abgesehen, die für sie arbeiteten, und von denen wußte er, daß sie Sabrina nach wie vor ablehnten. Daran würde sich auch in Zukunft nicht viel ändern. Um sich die Wertschätzung der Minenarbeiter zu erringen, hätte sie den Heldentod bei einem Grubenbrand sterben müssen. Alles andere hätte nichts vermocht.

John Harte sah sie eindringlich an. »Sie sind zu jung, um sich so viel aufzuhalsen, Miß Thurston. Haben Sie nie das Verlangen, einfach wegzulaufen?«

In ihrem Blick lag völlige Offenheit. »Ja, das ist auch der Grund, warum ich so gern nach San Franzisko komme. Aber Sie kennen dieses Gefühl sicher auch, Mr. Harte.«

Er nickte. Sein Leben war jedoch viel erfüllter als ihres, und er war älter. Ihm erschien es unfair, daß sie in ihren Minen wie in einer Falle saß und sich deswegen auch noch gegen alle möglichen Widerwärtigkeiten zur Wehr setzen mußte. Diese Dinge hörte er von seinen eigenen Leuten und dann und wann von jemandem, den sie gefeuert oder nicht eingestellt hatte und der dann zu ihm kam. Immer versuchten sie es zuerst bei den Thurston-Minen, weil sie so gut zahlte. Geringere Löhne konnte sie sich nicht leisten, da die Leute für sie nur ungern arbeiteten. Dahinter steckte kein persönlicher Groll, es war einfach unter der Würde der Bergleute, für eine Frau, schlimmer noch, für ein junges Mädchen, zu arbeiten. Wie vorhin verspürte er plötzlich das Verlangen, sie zu beschützen, obwohl sie hier in ihrem großen, schönen Haus in Sicherheit war. Sabrina Thurston besaß ein Stadthaus, ein Weingut, sie hatte alles und doch nichts. Seine kleine Indianersquaw Frühlingsmond besaß mehr. Sie hatte Frieden, Achtung, Sicherheit und nicht zuletzt ihn.

»Eigentlich komisch, daß wir Konkurrenten sind, nicht?«

Sie tat die Bemerkung mit einem gleichgültigen Achselzucken ab. »Vermutlich ist alles im Leben so... zufällig, unerwartet, komisch eben. So wie unsere Begegnung heute.«

»Beinahe hätte ich Sie mit dem offenen Haar nicht erkannt.«

Sabrina lachte hell auf. »Wissen Sie, draußen bei den Minen könnte ich die Haare nicht so tragen – man würde mir dann die Hölle erst richtig heiß machen. Stellen Sie sich mal vor, mit welchen Namen man mich belegen würde.« Wieder lachte sie, und diesmal stimmte er mit ein. Manchmal war sie einfach ein junges, unkompliziertes Mädchen, anspruchslos und im Grunde genommen nüchtern. Eine aus einem Dutzend verschiedener Charaktere zusammengesetzte Persönlichkeit und doch so simpel und direkt. Das war verwirrend und entzückend gleichermaßen, und John Harte war bezaubert.

»Sabrina, so gefallen Sie mir sehr gut.« Lächelnd streckte er die Hand aus und berührte ihr Haar. In Napa hätte er sich das nie herausgenommen, hier aber war sie ein ganz anderes Mädchen, und er fand nichts dabei. In diesem Augenblick war für ihn sogar Frühlingsmond vergessen.

»Danke.« Seine Worte hatten sie erröten lassen. Als seine Hand vom Haar zur Wange glitt, wich sie unvermittelt zurück. Jemandem so nahe zu sein war ihr ungewohnt, seit dem Tod des Vaters jedenfalls. Johns Nähe erschreckte sie. Sie stand auf, um ihm nachzuschenken, doch sein Blick wich nicht von ihrem Gesicht, und als sie sich wieder setzte, sagte er verhalten: »Erschrecken wollte ich Sie nicht.«

»Schon gut ... es ist unwichtig.« Sabrina hielt den Blick ernsthaft auf ihn gerichtet. »Es ist nicht einfach, wenn man zwei Personen gleichzeitig verkörpert. Ich glaubte, ich müßte sehr hart sein, um die Minen weiterführen zu können. Dabei vergaß ich, daß ich meinem Wesen nach eine andere bin. Und kurz vorher war ich noch ein Kind.«

Sie war auch jetzt noch ein halbes Kind, das merkte er ganz deutlich, und daneben spürte er noch etwas: Sie war vertrauensselig und naiv. Er hatte das undeutliche Gefühl, daß sie sich allein im Haus befanden, denn er hatte keine Dienstboten gesehen. Sabrina war einerseits übertrieben mißtrauisch und stets auf der Hut, andererseits hatte sie ihm blind vertraut, was sie eigentlich nicht hätte tun dürfen. Er sah sie väterlich besorgt an und runzelte die Stirn.

»Wohnen Sie hier allein, Miß Thurston?«

Sabrina lächelte. Seit dem Tod ihres Vaters war sie hier immer allein gewesen. »Ich habe keine Angst. Hier bin ich gern allein.«

Ein merkwürdiges Mädchen, eine richtige Einzelgängerin ... und trotzdem, in diesem Punkt war sie töricht.

»Hier sind Sie nicht auf dem Land. Mir erscheint es nicht ungefährlich, hier allein zu wohnen.«

»Ich kann mich gut verteidigen.«

John Harte teilte ihre Überzeugung nicht. »Darauf würde ich mich nicht verlassen. Was ist, wenn Sie Ihre Pistole nicht zur

Hand haben?« Von dem Schuß auf Dan Richfield hatte er gerüchteweise gehört.

»Mr. Harte, die ist immer in Griffweite.«

»Sehr beruhigend.« John Harte lächelte, und sie lachte wieder. »Entschuldigen Sie ... ich wollte damit nicht sagen ... «

»Warum nicht?« Er war wieder ganz ernst. »Auch mir hätten Sie nicht vertrauen sollen.«

Sie sah ihn groß an. »Mr. Harte, einige Male war ich ziemlich wütend auf Sie, aber Sie haben sich mir gegenüber nie ungebührlich benommen.« Sie mußte an seinen Besuch nach dem Tod ihres Vaters denken. Damals war er sehr nett und mitfühlend gewesen. »Ich glaube, inzwischen habe ich einige Menschenkenntnis erwerben können.«

»Darauf würde ich mich nicht unbedingt verlassen. Warum nehmen Sie Ihre alte Haushälterin nicht mit in die Stadt?«

»Ach, Hannah wird leicht seekrank, und außerdem brauche ich sie nicht. Wenn ich draußen bei den Minen täglich bis Mitternacht sicher bin, was soll mir dann hier zustoßen?«

Jetzt war er besorgt. »Wissen die Leute von Ihrer Nachtarbeit?«

Achselzucken. »Einige wissen es sicher. Ich habe immer bis spät in die Nacht gearbeitet, wie mein Vater auch. Es fällt jeden Tag viel an, und ich mag es nicht, wenn ich im Rückstand bin.« Auch John Harte arbeitete nach diesem Prinzip, doch bei Sabrina lag der Fall anders. Für sie konnte es gefährlich werden, wenn sie abends allein im Büro war. Kein Wunder, daß Dan gekommen war und sie belästigt hatte. Sie hatte Glück gehabt, er war nicht wiederaufgetaucht, zumindest nahm Harte das an. Fragen wollte er sie nicht.

»Glauben Sie mir, Sie müssen vorsichtiger sein. Nehmen Sie doch lieber Arbeit mit nach Hause.«

Seine Besorgtheit rührte sie. Von Hannahs im Schimpfton vorgetragenen Vorhaltungen abgesehen, hatte sie so etwas lange nicht mehr erlebt, und das sagte sie ihm auch. »Ach, mir passiert schon nichts. Aber ich weiß Ihre Fürsorge sehr zu schätzen.«

»Viel einfacher wäre es, wenn Sie zuließen, daß ich Ihnen eines Tages die Minen abkaufe.« Als eine Unmutswolke ihre Augen verdunkelte, hob er beschwichtigend die Hand. »Das war kein Angebot, sondern eine Feststellung. Ein Verkauf wäre für Sie die einfachste Lösung, das wissen Sie selbst. Aber Sie wollen es nicht einfacher haben.« John Harte erhob sich mit einer kleinen Verbeugung, und ihr Zorn war verraucht. »Ich beuge mich Ihren Wünschen.«

Sie lächelte spitzbübisch. »Schlimm, daß Sie nicht schon eher daran gedacht haben, Mr. Harte.«

»Aber, aber, Miß Thurston, einen Versuch müssen Sie mir schon zubilligen. Aber jetzt ziehe ich das Angebot zurück.« Sabrina war nicht sicher, ob sie ihm trauen konnte. »Vielleicht können wir jetzt Freunde sein.«

»Das wäre schön.« Er erwiderte ihr Lächeln mit einem ernsten Blick. Das war der Mann, dessen Kind in den Armen ihres Vaters gestorben war, rief sie sich ins Gedächtnis. John Harte war nicht einfach irgendein habgieriger Minenbesitzer, der ihr alles nehmen wollte. Und ihr Vater hatte von ihm eine gute Meinung gehabt, zu Recht vermutlich. Sie selbst war nicht sicher, was sie von ihm halten sollte, brachte ihm aber Achtung entgegen. Er war ein intelligenter Mann, der sein Unternehmen anständig und erfolgreich führte.

»Ich würde gern Ihr Freund sein, Miß Thurston.«

Sabrina nickte mit traurigem Blick. Sie war mit niemandem befreundet gewesen, wenn man von ihren kleinen Schulfreundinnen in St. Helena absah. Die aber waren inzwischen längst verheiratet, hatten selbst Kinder und würdigten sie keines Wortes mehr. Seit sie das Unternehmen ihres Vaters leitete, galt ihr Verhalten als empörend. Und sie brauchte einen Freund, jemanden, mit dem sie alles besprechen konnte. Aber was würde seine Indianerin sich denken, wenn sie gelegentlich zu den Harte-Minen hinüberritt und sich mit ihm aussprach? Sie überlegte, während er sie beobachtete.

»Das würde mir gefallen, Mr. Harte«, sagte sie schließlich mit wachsamem Blick. »Ich frage mich nur, ob das draußen bei den Minen möglich sein wird.«

»Nun, es ist einen Versuch wert. Ich werde Sie besuchen kommen. Wäre Ihnen das recht?«

Fragen konnte Sabrina niemanden, weder Vater noch Mutter, Tante oder Anstandsdame. John Harte erbat sich von ihr etwas, das sie nicht ganz durchschaute. Nicht einmal er selbst war sich zur Gänze klar, was da im Spiel war, doch er war hingerissen, seitdem er ihr überraschend auf der Straße begegnet war. Und jetzt hatten sie zwei Stunden dagesessen wie zwei Menschen, die sich nicht kannten, und er war so in ihrem Bann, daß er sie nie wieder verlieren wollte, gleichgültig, wie sie sein würde, sobald sie wieder draußen bei den Minen war. Er wußte jetzt, daß immer irgendwo dieses Mädchen in ihr versteckt sein würde, und wollte nie vergessen, wie sie heute gewesen war. Was sie gesprochen hatte, war nicht ungewöhnlich, und doch hatte der Ausdruck in ihren Augen ihn bis ins Innerste getroffen. Matilda hatte eine gewisse Ähnlichkeit mit ihr besessen, hätte es aber an Schönheit und Verstand nicht mit ihr aufnehmen können. Während er mit ihr dasaß und plauderte, fand er es um so bemerkenswerter, daß diese Einundzwanzigjährige einen der größten Minenbetriebe des Staates leitete. Ja, Sabrina war ungewöhnlich in vielfacher Hinsicht. Beim Abschied konnte er sich kaum losreißen.

Als Sabrina die Tür schloß und seinen Wagen losfahren hörte, spürte sie eine nie gekannte Seelenregung. Unentwegt mußte sie an seinen Blick denken, an das, was er gesagt hatte, und er verfolgte sie noch am nächsten Tag, als sie im Garten sitzend an seinen Besuch zurückdachte.

Am Abend nahm sie das Schiff nach Napa. Lächerlich, daß sie plötzlich von ihm so eingenommen war. Sie war ihm oft begegnet, schon als Kind, und drei Jahre lang hatte sie ihn widerwärtig gefunden, und jetzt auf einmal... es gelang ihr kaum, ihn aus dem Bewußtsein zu verdrängen. John Harte verfügte über eine stille, ganz subtile Kraft, eine Stärke und Wärme, die bewirkte, daß man sich in seiner Nähe behütet fühlte. Jetzt erst wurde ihr klar, daß sie das schon früher gespürt hatte, doch war sie so verbohrt gewesen in ihre Abneigung, daß sie ihm keine weitere Beachtung schenkte. Daß sie jetzt aber unentwegt an ihn denken mußte, war schlichtweg lächerlich. Den ganzen Nachmittag machte er ihr zu schaffen, dann auf dem Schiff und ebenso während der Autofahrt. Auch noch am nächsten Tag, als sie unterwegs zu den Minen war, dachte sie an ihn und er an sie.

In seinem Betrieb angekommen, erfuhr John Harte von Dan Richfield die Hiobsbotschaft. Sabrina sollte sie erfahren, als sie ihr Büro betrat. Die Zahl der Opfer war mit Kreide auf eine Tafel geschrieben, die auf ihrem Schreibtisch lag. Schlagartig wurde ihr klar, daß sie es gleich im Moment ihrer Ankunft hätte merken müssen. Tief unten in der Mine war es zu einer Explosion gekommen, die über dreißig Menschenleben gefordert hatte, obwohl der angerichtete Schaden im Schacht selbst minimal war. Es waren einunddreißig Opfer, um genau zu sein. Das teilte sie John Harte mit, der gleich am nächsten Tag herüberkam. Mit verdunkelten Augen sah sie zu ihm auf.

»Man hätte mir wenigstens ein Telegramm schicken können. Aber so war ich ahnungslos und saß da mit Blumen im Haar . . . « Sie war wütend auf sich. Ihre rotgeränderten Augen sprachen Bände.

»Sabrina, Sie haben ein Recht auf mehr im Leben. Auch die anderen schalten ab und gehen abends nach Hause. Sie haben Frau und Kinder und lassen sich vollaufen. Und was tun Sie?« Es wollte ihm nicht gefallen, daß sie so hart mit sich ins Gericht ging.

»Ich bin für alle verantwortlich«, rief sie aufgebracht.

John Harte packte ihren Arm. »Aber auch für Sie selbst, verdammt noch mal, Sabrina.« Es gefiel ihr, ihren Namen aus seinem Mund zu hören. »Sie sind sich selbst mehr schuldig als diesem Dreckhaufen. Begreifen Sie das denn nicht, Sie eigensinniges kleines Biest?«

Seine Worte entlockten ihr ein Lächeln. Als sie in Thurston

House beisammengesessen hatten, war ihnen etwas Seltsames widerfahren. Nach all den Jahren waren sie Freunde geworden.

»Einunddreißig meiner Leute sind verunglückt. Und ich war nicht da.« Aus ihrem Blick sprach tiefe Betroffenheit.

»Und wenn Sie dagewesen waren . . . . hätte das etwas an den Tatsachen geändert?«

»Nicht an den Tatsachen, aber vielleicht an den Gefühlen der anderen.« Insgeheim wußte sie, daß es nicht stimmte. An diesen Gefühlen würde sich nie etwas ändern.

Anstatt es ihr zu sagen, schüttelte er nur den Kopf. »Sie haben den Leuten schon genug gegeben, nämlich drei Jahre Ihres Lebens. Das ist mehr, als man erwarten kann. Ich habe es in meinem Betrieb ähnlich gehalten, und ich weiß, daß man keinen Dank erntet. Und selbst wenn Sie tot umfielen, würde es die Leute nicht kümmern.« Aber Sabrina wußte, daß dies nicht ganz stimmte. Sie mußte daran denken, wie die Leute damals, als sie ihren toten Vater nach Hause gebracht hatte, die Straße gesäumt hatten.

Ganz leise sagte sie: »Es wäre ihnen nicht gleichgültig.«

Ihre Blicke trafen aufeinander. »Dann wird es aber zu spät sein. Wen kümmert es dann? Ihr Vater hatte auch nichts mehr davon.« Er wußte, woran sie dachte. »Ihm hat es nichts mehr bedeutet. Wissen Sie, was ihm am wichtigsten war? Sie, Sabrina. Das sollten Sie bedenken. Sie haben ihm alles bedeutet, so wie mir meine Kinder alles bedeuteten.« Er spürte, wie seine Kehle eng wurde.

Sabrina ahnte seinen Schmerz. »Haben Sie deshalb nie wieder geheiratet?«

Er leugnete es nicht und wollte aufrichtig sein, weil ihm so viel an ihr lag. »Ja.« Über Frühlingsmond wollte er nicht mit ihr sprechen, obwohl er wußte, daß sie von ihr gehört haben mußte. Es war ein unpassendes Thema, und er achtete Sabrina zu hoch. »Ich wollte mich niemals wieder mit solchen Gefühlen belasten, wollte leben, ohne zu leiden. Den Verlust eines geliebten Menschen könnte ich niemals wieder ertragen.« Die Erinnerung trieb

John Harte Tränen in die Augen. Seitdem er Matilda, Jane und Barnaby verloren hatte, waren mehr als zwanzig Jahre vergangen.

»Ich glaube, meinem Vater ging es mit seiner ersten Liebe ähnlich. Hannah hat es mir gesagt. Es hat achtzehn Jahre gedauert, bis er sich zur Ehe entschloß.«

»Ich kann mir nicht vorstellen, daß ich jemals wieder heirate« – er sah sie eindringlich an –, »aber ich hatte wenigstens einmal eine Familie. Sie haben keine und werden nie eine haben, wenn Sie sich in Ihrer Sturheit hier vergraben.«

Wieder flammte Jähzorn in ihr auf. »Wollen Sie mir die Minen ausreden?«

»Nein, will ich nicht. Ich versuche nur, Ihnen klarzumachen, was wichtig für Sie ist oder sein sollte, Sabrina. Sie dürfen diesen Leuten hier nicht alles geben, weil Sie es nicht zurückbekommen. Geben Sie es lieber jemandem, der es verdient...«

Wieder spürte er den Klumpen in der Kehle und wußte nicht, warum. »Geben Sie es jemandem, den Sie lieben... Suchen Sie sich einen Menschen, den Sie lieben können. Gehen Sie, und genießen Sie das schöne Haus in San Franzisko. Leben Sie Ihr Leben. Vergeuden Sie es nicht hier. Das hätte Ihr Vater sicher nicht gewollt, Kleines. Es ist nicht fair Ihnen selbst gegenüber.«

Sein Blick bewegte sie so wie seine Worte. Sabrina nickte nachdenklich; dann ging sie, um sich um ihre Leute zu kümmern, während ihr das Gesagte noch in den Ohren klang.

24

Im August 1909 wurden die Harte-Minen von den ärgsten Grubenbränden in mehr als fünfzig Jahren Bergbaugeschichte heimgesucht. Die Verwüstungen, die das fünf Tage lang tobende Feuer anrichtete, waren unbeschreiblich. Die Toten, die man bergen konnte, waren total verkohlt, eine Möglichkeit, die Leute zu retten, gab es nicht. Der Gasbrand entwickelte derartige Temperaturen, daß die Rettungsmannschaften jeden Versuch, die Eingeschlossenen herauszuholen, aufgeben mußten. Fünf Tage lang kämpfte John Harte mit allen Mitteln um das Leben seiner Leute. Beide Arme und sein Rücken trugen schwere Verbrennungen davon, doch er schaffte es, über zwanzig Mann lebend zu bergen.

Sabrina Thurston war am zweiten Tag zur Stelle. Sie arbeitete mit Hartes Leuten und den Rettungsmannschaften aus zwei Nachbarorten zusammen. Sogar aus Napa waren Ärzte gekommen, um Hilfe zu leisten, während Frühlingsmond mit ihren Salben und Kräutern Brandwunden behandelte. Es waren schreckliche, endlose und todbringende fünf Tage. Als endlich die letzten Flammen erstickt waren, taumelten alle vor Übermüdung. Die Feldküchen für die Rettungsmannschaften packten zusammen, die letzten Verwundeten wurden fortgeschafft, ebenso die Toten.

Sabrina hatte sich auf einem verkohlten Balken niedergelassen. Ihr Gesicht war rußgeschwärzt, an einer Hand hatte sie Verbrennungen, weil sie versucht hatte, die Flammen auf dem Rücken eines Minenarbeiters zu löschen. Erschöpft sah sie John Harte entgegen, der auf sie zukam. Seine Augen waren so stark gerötet, daß er kaum etwas sehen konnte, doch Sabrinas Lächeln bemerkte er. Sein Gesicht war so geschwärzt wie ihres.

Ich kann Ihnen gar nicht genug danken, Sabrina.«

»John, Sie hätten für mich sicher dasselbe getan, oder?«

Er nickte. Beide wußten, daß er ihr zu Hilfe geeilt wäre. Sabrina hatte ihm Hunderte ihrer Leute geschickt, und sie waren ohne Grollen und Proteste gekommen. Immer bereit, ihren Brüdern im Katastrophenfall zu helfen, waren sie Sabrinas Aufruf unverzüglich gefolgt. Scharenweise waren sie gekommen und packten jetzt mit allen anderen Helfern ihre Sachen.

»Ihre Leute waren wunderbar.« So wunderbar wie Frühlingsmond, die mit den Arbeitern sanft und verständnisvoll umzugehen verstand. Während sie sich zwischen den Verwundeten bewegte, hatte sie mehr als einen Blick mit Sabrina gewechselt, und ihr war nicht entgangen, daß zwischen John und Sabrina etwas im Entstehen war, für beide noch unbewußt. Aber Frühlingsmond hatte gesehen, wie die beiden einander immer wieder voller Mitgefühl und Zärtlichkeit ansahen. Es waren Gefühle, in denen Frühlingsmond die ersten Keime der Liebe erkannte, und sie stellte sich die bange Frage, wie lange es dauern würde, bis die Saat aufging.

Es war nicht Frühlingsmond, der Johns Gedanken im Moment galten. Er wandte sich mit besorgtem Blick Sabrina zu. »Sie müssen nach Hause und sich ausruhen. Ich komme später, um nach Ihnen zu sehen, weil ich sicher sein möchte, daß mit Ihrer Hand alles in Ordnung ist.« Er warf einen Blick auf ihre Brandwunde. Sabrina lächelte matt. John Hartes Energien schienen unerschöpflich. Nicht ein einziges Mal in fünf Tagen hatte er sich eine Ruhepause gegönnt. Sie selbst war einmal nach Hause gefahren, um sich umzuziehen, weil sie den Ruß und die Asche loswerden wollte. Und jetzt rochen ihre Sachen wieder nach Qualm, und ihr Haar war rußverklebt. Sie konnte es kaum erwarten, endlich baden zu können, und die Aussicht, sich in ihrem Bett zwischen sauberen Laken ausstrecken zu können, war unwiderstehlich. Auf ihrer Rotschimmelstute konnte sie sich unterwegs kaum mehr wach halten. Trotz ihrer Müdigkeit dachte sie unentwegt an John Harte, der in ihren Augen ein höchst bemerkenswerter Mensch war. Dazu kam, daß er mit seinen neunundvierzig Jahren einer der stattlichsten Männer war, die sie kannte. Als sie sich, zu Hause angekommen, endlich auf ihr Bett sinken ließ, verspürte sie plötzlich Neid. Ja, sie beneidete Frühlingsmond, die Indianerin. Auch nach Sonnenuntergang, als Hannah bei ihr anklopfte, träumte sie noch von John Harte. Erschrocken fuhr sie auf und sah ihre Haushälterin mit verschlafenen Augen an.

»Was ist? Brennt es wieder?« Sabrina hatte vom Feuer, von John Harte, von Frühlingsmond und den Verwundeten geträumt.

Hannah schüttelte den Kopf. Auch sie war müde. Seit Tagen schon kochte sie für die Leute und war nicht zum Schlafen gekommen, weil sie ständig zu den Harte-Minen und zurück unterwegs war.

»John Harte ist unten. Er möchte wissen, wie es um deine Hand steht. Ich sagte ihm, du schliefest. Da wollte er, daß ich nach dir sehe.« Sie warf einen Blick auf Sabrinas Hand, die ihr nicht weiter gefährdet erschien. Sehr merkwürdig, daß Harte wegen einer kleinen Verbrennung so viel Aufhebens machte. Seine eigenen Brandwunden sahen viel schlimmer aus. Plötzlich war Hannahs Neugierde geweckt. Viel hielt sie ja nicht von ihm, nicht zuletzt, weil er seit Jahren mit dieser Indianerin zusammenlebte. Solange sie noch etwas zu sagen hatte, würde er Sabrina nicht neben dieser Wilden halten. Aber das alles war womöglich nur ein neuer Trick, um Sabrina zum Verkauf der Minen zu bewegen. »Soll ich ihm sagen, daß alles in Ordnung ist?«

Mit einem Kopfschütteln sprang Sabrina aus dem Bett, packte ihren Morgenmantel, der über einem Stuhl lag, und lief hinunter zu John Harte, der im vorderen Zimmer wartete. Er wirkte total erschöpft und rang sich ein Lächeln ab, als er sie sah.

»Na, wie fühlen Sie sich, Sabrina?«

»Tadellos. Möchten Sie eine Tasse Tee?«

Er wollte ablehnend den Kopf schütteln, besann sich dann aber anders. »Lieber etwas Stärkeres, damit ich wieder Rückgrat bekomme.«

Sabrina goß ihm ein Glas Whisky ein. »Sie sollten lieber schlafen, als Ihr Rückgrat zu stärken.«

»Es gibt zuviel zu tun.« Das war für beide ein wohlbekannter Spruch.

»Und wer wird das alles tun, wenn Sie umkippen, Sie Narr?«

Er grinste. »Hört sich an wie eine meiner Standpauken.«

»Ja, nicht wahr?« Sie lächelte und wurde sofort wieder ernst, als ihr die Männer einfielen, die ums Leben gekommen waren. Es war die schlimmste Katastrophe, die sie miterlebt hatte, aber viele hatten gerettet werden können. »Ich wünschte, wir hätten noch mehr retten können.«

»Unmöglich, Sabrina«, sagte er kopfschüttelnd. »Wir haben alles versucht ... wir alle zusammen ...« Aber die Umstände waren gegen sie gewesen, ständig waren die Rettungsmannschaften

Gefahr gelaufen, selbst einer Gasexplosion zum Opfer zu fallen. Die Explosionen waren von unglaublicher Heftigkeit gewesen. »Wir haben Glück, daß wir nicht noch mehr verloren haben. Dafür bin ich dankbar.«

Trotzdem tat er ihr sehr leid. Ihr Mitgefühl konnte aber nicht verhindern, daß ihr etwas Komisches einfiel. »John, Sie haben jetzt genug Probleme gehabt. Warum verkaufen Sie nicht an mich?« Natürlich wollte sie ihn damit nur aufziehen. Ein Jahr zuvor hatte er ihr einen ähnlich lautenden Vorschlag gemacht. »Ich habe eine viel bessere Idee«, antwortete er mit undeutbarem Lächeln. »Warum heiratest du mich nicht?«

Sabrina sah ihn an und glaubte, ihr Herz stünde still. Er mußte sich einen Spaß mit ihr erlaubt haben, das war ihr klar. Nur seltsam, daß er diese Worte ausgesprochen hatte... und noch ehe sie etwas sagen konnte, küßte er sie sachte auf die Lippen. Noch nie hatte ein Mann sie geküßt. Sabrina glaubte dahinzuschmelzen, als er sie in die Arme nahm. Eine ganze Ewigkeit schien zu vergehen, ehe er sie wieder losließ. Fassungslos sah sie ihn an, doch er lächelte nur und küßte sie wieder. Diesmal schob sie ihn sanft von sich, damit sie zu Atem kommen und ihn ansehen konnte.

»Haben dir die giftigen Dämpfe zugesetzt?«

»Muß wohl so sein.« Er lachte und küßte sie von neuem, aber Sabrina sprang so ungestüm auf, daß der Morgenmantel ihre hübschen Fesseln und anmutigen Füße frei ließ.

»Was tust du da, John Harte?« Hatte er den Verstand verloren? Er lebte mit seiner indianischen Geliebten zusammen und wagte es, ihr einen Antrag zu machen? Das mußte ein Scherz sein; sein Blick aber sagte ihr, daß er es ernst meinte. Wie immer war Sabrina ganz offen.

»Und was wird aus Frühlingsmond?«

Er zögerte nur kurz, ihrem Blick aber unverwandt standhaltend. Seit Tagen schon hatte er sich darüber Gedanken gemacht. Frühlingsmond ahnte, was in ihm vorging. »Es tut mir leid, daß du darüber Bescheid weißt. Das ist eine Sache, die ich mit dir lieber nicht erörtert hätte. Aber ich glaube, du hast ein Recht, es zu wissen. Nach unserer Begegnung in San Franzisko und nachdem ich anfing, dich öfter zu besuchen« – Sabrina starrte ihn überrascht an, so hatte sie das nicht aufgefaßt –, »bat ich Frühlingsmond vor zwei Monaten, auszuziehen. Seither hat sie in einer eigenen Hütte bei den Minen gewohnt. Sie wird Ende des Monats zu ihrem Stamm nach Süd-Dakota zurückkehren. Eigentlich wollte ich bis dahin warten und dich dann erst fragen, aber ich konnte es nicht mehr aushalten, nachdem wir fünf Tage Seite an Seite gearbeitet haben. Ich wollte nichts mehr als dich in den Armen halten und dich behüten. Ich kann ohne dich nicht mehr leben.« Seine Augen waren feucht, und sie fragte sich, ob der Rauch daran schuld war. »Nie hätte ich gedacht, daß ich mich jemals wieder dazu entschließen könnte. Nach Matildas Tod wollte ich mein Herz nie wieder verschenken.« Die Erinnerung an die verlorene Familie stand zwischen ihnen. »Das liegt nun viele Jahre zurück«, sagte er leise. »Ich kann mich deswegen nicht für immer verschließen. Frühlingsmond war all die Jahre gut für mich, doch das Leben sollte mehr bieten.« Genau das hatte Jeremiah vor dreiundzwanzig Jahren festgestellt, als er Camilles wegen Mary Ellen verließ. Aber Sabrina hatte John Harte noch immer keine Antwort gegeben. Ungläubig starrte sie ihn an. »Sie hat Verständnis«, schloß er.

Ehe er zu Sabrina gekommen war, um ihr seinen Antrag zu machen, hatte es zwischen ihnen eine lange, traurige und offene Aussprache gegeben. Er wußte die mit Frühlingsmond verbrachten Jahre zu schätzen und wollte, daß sie es als erste erfuhr. Beide hatten sie geweint, doch er spürte, daß er für Sabrina viel, viel mehr empfand... und Frühlingsmond wußte es auch. Sie liebte ihn so sehr, daß sie nur das Beste für ihn wollte und sich mit Anstand aus der Affäre zurückzog.

»Warum willst du mich heiraten?« Sabrina war noch erstaunter als Frühlingsmond. Ihr waren die Mine eingefallen... jetzt, da sein Betrieb nach dem Brand verheert war... doch sie verdrängte den Gedanken rasch wieder. »Ich weiß gar nicht, was ich sagen soll... wie könnte ich... was ist, wenn...« Er konnte sich gut vorstellen, welche Fragen ihr durch den Kopf gehen mochten. Liebevoll zog er sie an sich.

»Ich könnte dein Unternehmen für dich führen, oder aber du machst weiter wie bisher, wenn es dir lieber ist. Ich werde dir nicht im Wege stehen und will dir nichts wegnehmen. Die Thurston-Minen gehören dir bis an dein Lebensende, wie du es wolltest. Daran werde ich nichts zu ändern versuchen. Ich möchte etwas viel Wichtigeres als deine Minen, Sabrina.« Er sah von seiner stattlichen Höhe auf sie nieder und hielt sie fest. Beide hatten noch Brandgeruch an sich, es störte sie nicht. »Ich möchte dich, Geliebte... mehr will ich nicht, und das für den Rest des Lebens. Vielleicht bin ich noch nicht zu alt für dich. Ich weiß wohl, du verdienst mehr als das, aber alles, was ich habe, ist dein, Sabrina Thurston, mein Land, mein Herz, meine Mine, meine Seele, mein Leben...« Ihr kamen die Tränen. Plötzlich erwiderte sie seinen Kuß und merkte, daß sein Bart nach Rauch schmeckte. Unvermittelt fing sie zu lachen an, und als er sie erstaunt ansah, brachte sie die Worte kaum heraus.

»Ich habe in dir lange Zeit den Gegner gesehen, und jetzt... sieh uns an...« Wieder küßte er sie und hob sie in ihrem Morgenrock in dem Augenblick hoch, als Hannah mit Tee und Bäckereien hereinkam.

»Ich würde es begrüßen, wenn ihr beide euch in diesem Haus anständig benehmen könntet«, schnaubte sie, den Finger drohend erhoben. »Meinetwegen kannst du ein Unternehmen mit fünfhundert Mann leiten, aber in diesem Haus wirst du dich wie eine Dame benehmen und auf deinen Ruf achten.«

»Sehr wohl, Madam. Gilt das auch noch, wenn ich verheiratet bin?« Sabrina sah ihre alte Kinderfrau mit Engelsmiene an, und die Alte ging ihr auf den Leim.

»Wenn du erst verheiratet bist, kannst du machen, was du willst, vorausgesetzt...« Sie hielt inne und sah die beiden an. »Was?« Hannah starrte John an, der überglücklich nickte. Da stieß sie einen langgezogenen, ohrenbetäubend lauten Schrei aus, während Sabrina ihre Arme um sie schlang und John Harte beide gleichzeitig umarmte. »Moment mal!« Hannah stemmte die Hände in die Hüften und sah ihn mit flammendem Blick an. »Und was ist mit der Indianerin?«

John lief rot an und lachte. »Wie bin ich froh, daß alle so diskret sind.«

»Von wegen diskret. Wenn Sie glauben, Sie könnten diese Person behalten und mein Mädchen heiraten...« Sabrina war gerührt von Hannahs Worten und antwortete lachend an Johns Stelle.

»Sie geht nächste Woche in ihre Heimat.«

»Keinen Augenblick zu früh. Zehn Jahre zu spät, wenn ihr mich fragt.« Noch immer die Hände in die Hüften gestützt, lächelte Hannah. »Nie hätte ich gedacht, ich würde diesen Tag jemals erleben. Als du mit der Mine anfingst, habe ich jede Hoffnung aufgegeben.«

»Jetzt wird sie auch meine Mine leiten.« John grinste voller Schadenfreude, und Sabrina lachte, als Hannah aufschrie.

»Das wird sie nicht! Sie wird bei mir zu Hause bleiben und deine Kinder aufziehen, John Harte. Von dem Minen-Unsinn möchte ich hier nichts mehr hören.«

»Was sagst du dazu?« flüsterte John seiner zukünftigen Frau zu, und sie flüsterte zurück:

»Mal sehen. Vielleicht könntest du wirklich meinen Betrieb für mich führen.« Eine überraschende Kehrtwendung, Sabrina war ihrer Sache auch nicht ganz sicher. »Dann hätte ich endlich mehr Zeit für mein Weingut.« Aber eigentlich gefiel ihr Hannahs Idee am besten... zu Hause bleiben und seine Söhne erziehen. Ein verlockender Gedanke. Er bemerkte ihren Blick und beugte sich über sie, um sie zu küssen.

»Alles zu seiner Zeit, meine Liebe... alles zu seiner Zeit.«

25

Es gab niemanden, bei dem John um ihre Hand hätte anhalten können. Nachdem er gegangen war, plauderten Sabrina und Hannah noch stundenlang miteinander wie Schwestern. Die alte Frau war zu Tränen gerührt und umarmte Sabrina immer wieder. Jeremiah hätte sich unbändig gefreut, seine Tochter verlobt zu sehen. Und noch mehr hätte er sich über John Harte gefreut.

»Mädchen, ich hatte die Hoffnung schon ganz aufgegeben... nie hätte ich gedacht, diesen Tag zu erleben.«

Sabrina lächelte. »Ich hätte auch nicht gedacht, daß du ihn erlebst.« Sie war überglücklich, obwohl bei ihr ein Rest von Ungewißheit geblieben war. Hoffentlich tat sie das Richtige. Sie war ihrer Sache fast sicher... und doch war es ein gewaltiger Schritt, der viele Entscheidungen erforderte, in erster Linie natürlich hinsichtlich der Minen. Die Möglichkeit einer Fusion schied aus. Sabrina wollte, daß Johns Unternehmen von ihrem getrennt weitergeführt würde. Sie würde ihn heiraten, wollte aber die Besitzverhältnisse unangetastet lassen. Der Vorteil einer neuen Regelung lag darin, daß sie mehr Zeit für ihr Weingut haben würde, sobald John die Führung ihres Unternehmens übernahm. Das hatte Sabrina sich schon lange gewünscht.

»Und nur zu Hause bleiben und nähen und stricken möchtest du nicht?« neckte er sie einmal, als sie zusammen auf der Veranda saßen. Er hatte sie schon in ihrem Zuhause erwartet, als sie auf ihrem alten Pferd ankam. »Und wo wollen wir unser Zuhause einrichten?«

Darüber hatte Sabrina sich auch schon den Kopf zerbrochen. John war nicht darauf erpicht, in dem Haus zu leben, in dem seine Frau und die Kinder gestorben waren und er mehr als ein Jahrzehnt mit Frühlingsmond gelebt hatte. Frühlingsmond sollte in wenigen Tagen für immer den Ort verlassen, und Sabrina war bedacht, sie nicht zu erwähnen. Sie wollte nicht taktlos sein. Es war schlimm genug, daß sie überhaupt von der Sache wußte.

Aber das Problem ihrer künftigen Wohnung war nicht gelöst. Sie war nicht sicher, was John davon halten würde, in ihr Haus zu ziehen.

»Wie wär's, wenn wir uns hier niederließen?«

Nachdenklich strich er sich über den Bart und überlegte. »Um im Haus eines anderen Mannes zu wohnen, bin ich schon zu alt«, sagte er dann ohne Umschweife. »Ich würde es immer als das Haus deines Vaters ansehen.« Sabrina nickte verständnisvoll. Damit war das Problem aber nicht gelöst. Johns jungenhaftes Lächeln ließ ihn viel jünger erscheinen, so daß ihr der Altersunterschied von achtundzwanzig Jahren unwahrscheinlich vorkam. »Was hältst du davon, in Thurston House zu leben? Wäre das nicht schön?« Sein spitzbübischer Blick brachte sie zum Lachen. Es war ihr Haus, doch war es so lange unbewohnt gewesen, daß es niemandem zu gehören schien.

»Ja, schön wäre es schon. Aber was würde dann aus den Minen?« Ganz zu schweigen vom Weingut.

»Ich denke, da ließe sich etwas arrangieren. Wir müssen ja nicht ständig in der Stadt leben. Aber zur Abwechslung wäre es für uns beide sehr angenehm, sobald ich deine Minen ordentlich in Schwung gebracht habe, versteht sich. Ich möchte nicht wissen, wie du sie heruntergewirtschaftet hast.«

Sie drohte ihm scherzhaft mit der Faust, und er lachte. John hatte nach einem ersten Blick in ihre Bücher erstaunt festgestellt, daß alles mit äußerster Exaktheit geführt worden war. Immer wieder stellte er sich die Frage, wo sie sich das ganze Wissen erworben hatte. Ein paar Dinge hätte er sogar von ihr lernen können, obwohl er nach dreiundzwanzig Jahren in diesem Geschäft alles im kleinen Finger zu haben glaubte. Er war jedenfalls sehr beeindruckt von ihren Fähigkeiten. »Du bist nicht eben das, was man unter einer Durchschnittsfrau versteht, Kleines.« Nach einem Kuß auf die Wange faßte er nach ihrer Hand, und Sabrina lehnte sich an ihn. In all den Jahren hätte sie sich nie träumen lassen, ihn zu lieben, und plötzlich war er da, und sie hatte das Gefühl, einzig für ihn geschaffen worden zu sein.

Später, als sie bei Tisch saßen, schnitt sie das Thema Dan Richfield an.

»Unlängst dachte ich selbst daran«, meinte John mit gerunzelter Stirn. »Seine Arbeit macht er gut, das muß man ihm lassen. Aber ich möchte nicht, daß er jemals wieder in deine Nähe kommt.« Man sah ihm an, daß ihm das Thema unangenehm war.

»Wie wichtig ist er dir, John?«

»Du bist für mich viel wichtiger, meine Liebe.« Zärtlich sah er sie an. Es war seltsam, wie tief seine Gefühle für sie gingen. Nach all den Jahren war es für ihn ganz unvermutet gekommen. Und er war so sicher gewesen, daß ihm etwas Ähnliches nicht wieder passieren würde. »Ich werde ihn gehen lassen«, sagte er nach kurzer Überlegung.

»Bist du sicher, daß du das möchtest?«

»Ja.« Er sagte es mit Entschiedenheit. »Erklärungen sind nicht nötig, schließlich war er nicht so lange bei mir.« Es waren erst drei Jahre vergangen, seitdem Dan die Thurston-Minen verlassen hatte. An seiner Arbeit war nichts auszusetzen, aber bleiben durfte er nicht. Je länger John darüber nachdachte, desto sicherer war er einer Sache. »Nächste Woche werde ich ihm kündigen.«

Sabrina hatte Bedenken. »Das ist für ihn eine große Härte.«

»Er hätte das schon vor geraumer Zeit bedenken sollen, damals, als er dich belästigte.«

Sabrina lachte auf. »Komisch, damit fing alles an. Er wollte mich zu einem Verkauf an dich drängen, und jetzt heirate ich dich.« Was nicht dasselbe war, wie sie wußten. »Dan wollte immer schon Daddys Minen in Eigenregie führen, ohne Daddy oder mich.« Sie lächelte in Gedanken.

»Nun, ich habe ihm auch nicht soviel freie Hand gelassen, wie er sich das vielleicht vorgestellt hat. Ich bin erstens nicht der Typ, und zweitens habe ich die Mine zu lange ganz allein geführt.«

Dafür hatte sie vollstes Verständnis. Sie war in diesem Punkt ähnlich und hatte ihr Unternehmen doch nur drei Jahre geleitet.

Sie machte alles gern auf ihre Art, es würde sehr schwierig sein, die Zügel an John zu übergeben. Das war ihr wohl bewußt, doch sie vertraute ihm, und dieses Vertrauen würde mit der Zeit noch wachsen. Sie waren übereingekommen, daß sie das erste halbe Jahr weitermachen würde wie bisher. Sie wollte stundenweise arbeiten, um John in das von ihr angewandte System einzuführen und ihn mit den Leuten bekannt zu machen. Sabrina wollte nicht alles zu Beginn aus den Händen geben. Dazu war sie nicht imstande. John mußte daher anfangs zwischen ihren und seinen Minen pendeln. Er war überzeugt, daß es klappen würde.

»Und trotz der vielen Arbeit, die auf dich zukommt, möchtest du in Thurston House wohnen?« Sie konnte sich beim besten Willen nicht vorstellen, wie sie Zeit finden würden, überhaupt von Napa fortzugehen. John aber war seiner Sache sicher. Und als er sie an jenem Abend zum Abschied küßte, war auch sie überzeugt, daß er alles schaffen würde.

Um die Brandschäden in den Minen zu beseitigen, brauchte man mehrere Wochen, in denen die Arbeiter Überstunden machen mußten. Sogar Frühlingsmond war gezwungen, ihre Pläne zu ändern und ihre Abreise für ein paar Wochen zu verschieben. Mit ihrem Alleinsein schien sie sich abgefunden zu haben, da sie wußte, daß ihre Beziehung zu John Harte endgültig zu Ende war. Bei zufälligen Begegnungen mit Sabrina sprach sie diese nicht an, doch ihr Blick schien sie zu berühren und festzuhalten. Sabrina spürte darin keine Feindseligkeit, im Gegenteil, zwischen ihnen herrschte eine gewisse Faszination, und jede mußte dagegen ankämpfen, die andere anzustarren. Diese Begegnungen fanden immer ein Ende, wenn John auftauchte und Sabrina einfach mitnahm. Er mochte es nicht, wenn sie einander auf seinem Grund und Boden zu nahe kamen.

»Ich möchte, daß du dich von ihr fernhältst«, schalt er Sabrina bei Gelegenheit.

Mit einer gewissen Scheu gab sie zurück: »Sie ist so schön. Seit jeher habe ich sie bewundert, und ich glaube, meinem Vater ging es ähnlich.«

John fuhr auf. »Hat er etwas gesagt?«

Sie lachte. »Nein. Einmal versuchte ich zwar, ihn auszufragen, aber er wollte nichts sagen. Er meinte, es sei kein Thema, das er mit mir besprechen wolle.«

»Nun, das will ich hoffen.« John war bis zu den Haarwurzeln errötet. Und dann sagte er etwas, was er nicht hätte sagen sollen, wie er sich wohl bewußt war. Er wollte über Frühlingsmond überhaupt nicht sprechen, und schon gar nicht mit Sabrina. »Du bist viel schöner als sie, Kleines.«

»Wie kannst du das sagen?« Sabrina war richtig erschrocken. »Sie ist das reizvollste weibliche Wesen, das ich je gesehen habe.«

John trat kopfschüttelnd näher. »Nein, du bist schöner.« Mit ihrem schwarzen Haar und den großen blauen Augen war Sabrina auch schöner als seine erste Frau. Als sie ihn jetzt ansah, spürte er, wie sein Innerstes dahinschmolz. Sie waren ein imposantes Paar, Sabrina und der breitschultrige Mann mit dem offenen Blick, dessen markante Züge durch das dunkle Haar und den Bart noch betont wurden. Mit Stolz sah er auf sie nieder. Er konnte den Hochzeitstag kaum erwarten. Ihre Bekannten hatten es von ihnen in den letzten Tagen erfahren, und Hannah hatte dafür gesorgt, daß es in der Stadt bekannt wurde. Schließlich hatten seine Arbeiter die Neuigkeit vernommen und dann die ihren. Ihre bevorstehende Heirat wurde damit zum Hauptgesprächsthema in den Minen, besonders in den Thurston-Minen, wo man sich besorgt fragte, welche Auswirkungen diese Verbindung mit sich bringen würde.

Noch einen gab es, der sich Gedanken machte, als er von der Verlobung erfuhr. Und er haderte mit dem Schicksal, als John ihm eröffnete, daß er nicht bleiben könne. John ließ sich nicht näher über seine Beweggründe aus, aber Dan Richfield zweifelte keine Sekunde daran, daß er Bescheid wußte. Wieder einmal hatte sie ihm eins ausgewischt, aber diesmal würde sie ihm nicht entkommen.

John Harte hatte ihm zwei Wochen Zeit gelassen. Dan wußte, daß er seine Sachen packen und die Stadt verlassen mußte, denn es gab hier in der Nähe nur die Thurston- und die Harte-Minen. Die Silberminen von Napa waren schon seit langem stillgelegt, schon seit Jeremiahs Zeiten. Dan hatte hier also keine Möglichkeiten mehr. Er war siebenunddreißig, seine Kinder halb erwachsen. Da er sie nicht mitnehmen wollte, erwog er, sie in St. Helena bei Freunden zurückzulassen.

Aber nicht seine Kinder waren es, an die er dachte, während er in den Bars hockte und sich vollaufen ließ, ehe er sich in die nächste Kneipe schleppte, um den anderen Minenarbeitern mit angeblichen Gerüchten in den Ohren zu liegen. »Sie hurt schon lange mit ihm herum ... die treiben es zu dritt mit der Indianerin, ihr seht ja, daß die noch immer da ist ...« Und als die Woche um war, schwirrte es in den Minen vor schmutzigen Gerüchten, die er verbreitet hatte.

»Sie haben Gerede über meine zukünftige Frau verbreitet?«

John Harte stellte Dan eines Tages, als er das Büro verließ, zur Rede, indem er ihn einfach am Kragen packte. Sabrina hatte in ihrem eigenen Unternehmen zu tun. Mehr als sonst, weil sie in zwei Monaten heiraten wollten und sie dann die Zügel John überlassen würde. Das war der Grund, warum er sie jetzt kaum zu sehen bekam.

Dan Richfield starrte ihn nur an. Sein Atem roch nach Whisky. Unerschrocken hielt er dem Blick des größeren und breiteren Mannes stand.

»Nichts, was Sie nicht wüßten, Mr. Harte. Man kann ja nicht behaupten, daß sie zu mir sehr nett war.«

»Das ist nicht das, was ich hörte.«

»Oder was Sie glauben würden.« Dan Richfield versuchte es mit Dreistigkeit, und einen Augenblick lang war er unsicher, was John Harte mit ihm vorhatte. Mit einer plötzlichen Bewegung ließ John ihn los.

»Dan, machen Sie, daß Sie hier fortkommen. Meines Wissens haben Sie nur mehr zwei Tage Zeit.«

»Bis dahin bin ich fort.«

Niemand würde ihm nachtrauern, John am allerwenigsten.

Jetzt war er froh, daß er ihn gefeuert hatte. Bis vor kurzem hatte er nicht gewußt, daß Dan so viel trank.

»Wohin wollen Sie, Dan?«

»Runter nach Texas, denke ich. Dort lebt ein Freund, der eine Ranch und ein paar Ölquellen hat. Nach diesen dreckigen Minen eine nette Abwechslung, dachte ich mir.« Er warf einen Blick zurück. Über drei Jahre hatte er hier gearbeitet. Dann sah er wieder John an.

»Nehmen Sie die Kinder mit?« fragte dieser, worauf Dan unschlüssig die Schultern hochzog. John sah ihn finster an. »Also, verschwinden Sie rechtzeitig.«

Er hegte für Dan keine freundlichen Gefühle mehr. Dan haßte Sabrina, das war klar, deswegen wollte John ihn nicht mehr in der Nähe haben. Höchste Zeit, daß der Kerl verschwand. Er verdrängte ihn energisch aus seinem Bewußtsein, als er zurück in sein Büro ging, um noch etliches zu erledigen. Die Arbeit wollte kein Ende nehmen.

Ebenso emsig arbeitete Sabrina in den Thurston-Minen. Sie arbeitete an jenem Abend bis kurz vor sieben, um dann erschrocken auf die Uhr zu sehen. Sie hatte John versprochen, hinüberzureiten und mit ihm zu Abend zu essen. Manchmal mutete es sie sehr seltsam an, wie stark ihr Leben sich verändert hatte. Am Ende des Tages wurde sie von jemandem erwartet. Sie hatte jetzt jemanden, mit dem sie ihre Sorgen besprechen konnte, mit dem sie ihre Erfolge teilte, jemanden, der sie umsorgte, wenn sie müde war, der ihr den Nacken massierte und zärtlich zu ihr war. Und sie hörte ihm gern zu, wenn er ihr von seinem Tag berichtete. Sie konnte sich jetzt nicht genug wundern, warum sie sich so lange gegen diese Vorstellung gesträubt hatte. An eine Ehe hatte sie ohnehin nicht gedacht, und John war sie aus dem Weg gegangen, weil sie geglaubt hatte, er hätte es nur auf ihre Minen abgesehen. Und jetzt würde er ihr Unternehmen leiten, das aber ihr Eigentum bleiben sollte. Von einer Fusion redete John nicht mehr, weil er ihre Einstellung kannte. Vielleicht würde sie mit der Zeit ihre Meinung ändern. Wenn nicht, sollte es ihm auch recht sein. Sabrina bedeutete ihm sehr viel mehr, und das wußte sie.

Als sie sich in den Sattel schwang, war sie in Gedanken schon bei ihm. Sie trieb ihr Pferd an, immer den kürzesten Weg einschlagend. An ihrem eigenen Haus ritt sie vorüber, in die Nacht hinein. Schon lagen die Harte-Minen in Sichtweite. Als sie am Hauptschacht vorüberritt, verlor ihr Pferd ein Hufeisen.

»Verdammt!« Sie hatte sich verspätet und mußte jetzt absitzen, weil ihre Stute lahmte. Zunächst dachte sie daran, das Tier an einen Baum gebunden zurückzulassen, aber man konnte nie wissen, wer vorüberkam. Da war es sicherer, sie lief das Stück bis zu Johns Büro zu Fuß und machte das Pferd dort fest. John konnte sie in seinem Auto nach Hause bringen oder ihr ein Pferd borgen. Sie ritt sehr gern in seiner Gesellschaft. Ihr gefiel einfach alles an dem gemeinsamen Leben, das sich zwischen ihnen entwickelt hatte.

»Na, brauchen Sie ein Pferd?« Sabrina erschrak zu Tode, als sie die hinter einem Baum hervorkommende Stimme hörte. Gleich darauf trat der angetrunkene Dan Richfield in ihr Blickfeld und sah sie lüstern an. »Oder soll ich das Pferd für Sie tragen?« Das war eine krampfhaft witzige Bemerkung, auf die sie nicht eingehen wollte, weil sie sich mit ihm überhaupt nicht einzulassen gedachte. In ein, zwei Tagen mußte er gehen, und sie war ihm bisher erfolgreich ausgewichen. Sich jetzt auf Diskussionen einzulassen hatte keinen Sinn.

»Hallo, Dan«, gab sie sich gleichmütig.

»Laß deine Redensarten, du Hure.« Wenigstens tat er erst gar nicht so, als hätte er seine Meinung über sie geändert. Sabrina bedachte ihn mit einem vernichtenden Blick und ging weiter, ihr Pferd am Zügel hinter sich führend. Dan folgte ihr. Sie sah, daß er weder Pferd noch Wagen dabei hatte. Wahrscheinlich hatte er dagesessen und sich hinter einem Baum vollaufen lassen.

»Warum gehen Sie nicht weiter, Dan? Wir haben uns nichts zu sagen.« Eigentlich merkwürdig, wenn man bedachte, daß sie ihn ihr Leben lang gekannt hatte. Gottlob hatte ihr Vater sein übles und unloyales Verhalten nicht mehr erleben müssen. Mit diesem Gedanken drehte sie sich nach ihm um, weil sie ihn im Auge behalten wollte.

»Jetzt hast du mich auch noch um den zweiten Job gebracht, du gemeines Biest.«

»Ich habe Sie um gar nichts gebracht.« Sie war nicht mehr das junge Mädchen von einst, und ihr Ton war hart, wie so oft, wenn sie mit ihren Arbeitern sprach. Sabrina hatte ihre Lektion vor langer Zeit gelernt, als so viele sie im Stich gelassen hatten. Nie wieder würde es ihr einfallen, die Leute als Freunde zu behandeln. Es waren Bergleute, die für sie arbeiteten, und nicht mehr. Sie bezahlte sie gut und hielt sich an ihre Verantwortung ihnen gegenüber. Aber wenn sie mit ihnen zu tun hatte, ging sie immer mit einer gewissen Härte mit ihnen um, einer Härte, die von ihrem empfindsamen Wesen Lügen gestraft wurde. Aber diese Seite an ihr kannte nur John allein. Dan hatte sie nie kennengelernt. Er hatte sie nur als Kind näher gekannt. Jetzt war sie eine erwachsene Frau. Und es war die Frau, die sich jetzt umdrehte und ihn verächtlich ansah. »Dan, Sie haben sich selbst um alles gebracht. Und wenn Sie nicht bald mit dem Trinken Schluß machen, werden Sie auch weiterhin immer auf der Verliererseite stehen.«

»Bockmist. Das hat doch nichts damit zu tun, daß Harte mich rausgeworfen hat. Und das wissen Sie so gut wie ich.« Als er stolperte, scheute ihr Pferd, und Sabrina, die es am Zügel hielt, geriet aus dem Gleichgewicht. Sie faßte sich, und Dan richtete sich auf und folgte ihr weiter. Jetzt hatte sie die ersten Hütten erreicht, aber niemand bemerkte sie, und bis zu Johns Haus war es noch ein ganzes Stück. Sie wünschte sich sehnlichst, John würde auftauchen und Dan Beine machen, aber niemand zeigte sich. Dan keuchte atemlos hinter ihr her. »Ihretwegen wirft er mich raus.«

»Davon weiß ich nichts.« Angestrengt spähte sie nach vorne. Da griff er nach ihrem Arm und brachte sie fast zum Fallen.

»Zum Teufel, ich weiß, daß Sie schon länger mit ihm herumgehurt haben ... und mit seiner indianischen Nutte ... Kann mir

gut vorstellen, wie das ist... ihr zu dritt...« Dans Worte ent-
setzten sie so, daß ihr buchstäblich der Mund offenblieb. Trotz
allem war Sabrina noch sehr jung und unerfahren.

»Wie können Sie es wagen! Wie abscheulich...«

Er lachte nur. »Was schenkt er dir zur Hochzeit, Hure? Etwa
Frühlingsmond?«

»Schluß jetzt!« Ihre Stimme bebte. »Sprechen Sie nicht so von
John Harte! Sie hatten großes Glück, daß er Sie nahm, als ich Sie
rauswarf.« Empört funkelte sie ihn an. Er schien befriedigt. Drei
Jahre hatte er darauf gewartet.

»Nicht Sie haben mich gefeuert, sondern ich habe gekündigt.
Oder haben Sie das vergessen? Mit mir sind damals dreihundert
Mann gegangen.«

»Das mag sein. Soviel ich weiß, haben Sie sich damals sehr
dumm benommen.« Daran brauchte sie ihn nicht zu erinnern.
Als er sie jetzt ansah, lag nicht die Spur von Reue in seinem Blick.
»Warum verschwinden Sie nicht, Dan? Das alles hat keinen Sinn
mehr.« Sie wollte nicht mit ihm streiten. Mit Dan waren zu viele
sehr unangenehme Erinnerungen verknüpft, und ihr war schon
ganz elend zumute. Aber er ließ nicht locker.

»Keinen Sinn? Warum nicht? Haben Sie Angst?« Die Vorstellung schien ihm zu behagen. Er vertrat ihr den Weg. Sein Atem
stank so stark nach Whisky, daß ihr fast übel wurde.

»Warum sollte ich Angst haben?« Sabrina war entschlossen,
Ruhe zu bewahren, obwohl sie sich an einer besonders dunklen
Stelle des Weges befanden. Kein Mensch war zu sehen, und ihr
war gar nicht wohl zumute. Ausgerechnet diesmal hatte sie ihre
Pistole nicht dabei, weil sie überstürzt aufgebrochen war.

»Warum nicht? Wie kommt es, daß du keine Angst hast, kleine
Hure? Oder hast du das gern?« Er griff nach seinem Gürtel, als
wolle er ihn abziehen. In den Bäumen zur Rechten hörte sie ein
leises Rascheln wie von einem Tier. Ihr Pferd wurde unruhig,
doch Sabrina hielt den Blick unverwandt auf Dan gerichtet.

»Dan, Sie können mir keine Angst einjagen. Und wenn Sie
nicht sofort ausweichen, renne ich Sie um.« Sie unterdrückte ein

Lächeln. Sie hatte auf ihn geschossen, und daran würde er denken. Daß sie jetzt keine Waffe bei sich hatte, konnte er nicht wissen. Sie griff in ihre Rocktasche, als wollte sie ihre Pistole herausholen. Sein Blick folgte ihrer Bewegung.

»Ich habe auch keine Angst. Sie haben nicht den Mumm, mich aus der Nähe umzulegen, stimmt's? Nein, niemals!«

Lachend riß er an ihrem Arm und zog ihn aus der Tasche. Da sah er, daß sie unbewaffnet war. Sofort stieß er sie zurück, um sie an einen Baum zu drücken. Sein Gesicht kam näher, sie spürte seinen Körper. In ihren Ohren dröhnte es. Verzweifelt versuchte sie, ihm ein Knie zwischen die Beine zu rammen, Dan aber kam ihr zuvor und faßte sie an der Bluse, als er sie zu Boden warf. Im nächsten Augenblick war er über ihr, zerriß den Stoff und faßte mit einer Hand nach ihren Brüsten, während er mit der anderen ihren Rock hochzerrte. Als Sabrina zu schreien anfing, brachte er sie mit einem Schlag ins Gesicht zum Schweigen. Blut lief ihr über die Wange. Sie starrte ihn haßerfüllt an, als sie seine Hand zwischen den Beinen spürte. Sie versuchte sich wegzurollen, doch er hatte sie unbarmherzig im Griff.

»Schon vor Jahren hätte ich das tun sollen, du kleine Hure. Alles hast du mir genommen, alles, was ich mir gewünscht habe, und das werde ich dir heimzahlen... jahrelang habe ich für deinen Vater, diesen elenden Dreckskerl, gearbeitet, seit meiner Kindheit, und was habe ich davon... dich, du Biest, und mit dir mache ich jetzt, was ich will.« Er heulte beinahe, als er ihren Rock zerriß, unter dem die von Hannah genähten Kniehosen zum Vorschein kamen. Sabrina kroch schreiend durch den Schlamm. Niemand hörte sie, und Dan drückte sie wieder zu Boden. Es war unfaßbar... ein betrunkener Wahnsinniger wollte ihr auf dem Gelände der Harte-Minen Gewalt antun, und kein Mensch kam ihr zu Hilfe.

Inzwischen war es ihm geglückt, ihr die Bluse und das Korsett vom Leibe zu reißen, und sie fror im Wind. Ihre Brustwarzen waren starr, als er an ihren Brüsten zerrte. Wieder kämpfte sie sich auf die Knie. Diesmal packte Dan sie an den Haaren wie schon einmal und drückte ihr das Gesicht in den Schlamm. Dabei versuchte er, ihr die Hose herunterzuziehen und gleichzeitig seinen Gürtel aufzumachen.

Mitten in der Bewegung hielt er inne, als hätte er sich anders besonnen. Seine Hand ließ ihr Haar los, die andere Hand glitt vom Gürtel, während er sie unverwandt anstarrte. Fassungslos sah Sabrina, daß er langsam mit dem Gesicht voran zu Boden sank. Und als ihr der Grund für sein plötzliches Innehalten klar wurde, erschrak sie zu Tode. Aus Dans Rücken ragte ein langes Messer. Der Griff trug kunstvolles Schnitzwerk. Hinter Dan stand Frühlingsmond und sah sie wortlos an.

»Oh!« Ihre Brüste mit einer Hand bedeckend, kam Sabrina auf die Beine. Dan war tot. Sie erkannte es an seinem Gesichtsausdruck. Jetzt stand sie vor der Indianerin, die sie so oft von weitem gesehen hatte, halbnackt, in zerfetzten Kleidern, mit nur einem Schuh, verheult und mit blutigem Gesicht. Frühlingsmond winkte sie zu sich heran. Sie kam nicht näher und vermied eine Berührung mit der zitternden Sabrina, der das Schluchzen in der Kehle steckenblieb. Sprechen konnte sie auch nicht. Einzig ein paar angsterfüllte Seufzer entrangen sich ihr. Da hob Frühlingsmond ihre Sachen aus dem Schmutz und reichte sie ihr, damit sie sich bedecken konnte. Dann nahm sie die Zügel des Pferdes und winkte ihr wieder.

»Komm hier ist es kalt. Ich bringe dich zu John.«

Sabrina folgte ihr taumelnd. Was sollte mit Dan geschehen, der im Schlamm liegenblieb? Was sollten sie jetzt tun? Sie war unfähig, an das Geschehene und vor allem an Frühlingsmonds unerwartetes Eingreifen zu denken. Ein glücklicher Zufall hatte sie auf diesen Weg geführt und verhindert, daß sie schon vor einer Woche für immer fortgegangen war. Sabrina wußte jetzt, daß es die Indianerin gewesen sein mußte, die sie hinter dem Baum gehört hatte, und kein Tier. Das einzige Tier war Dan gewesen. Sie zitterte am ganzen Leibe, als Frühlingsmond an einer dunklen Stelle stehenblieb und sich ihr zuwandte.

»Ich gehe zu John Harte und hole ihn. Du bleibst hier.« Sabrinas Zittern wurde heftiger, sie erstickte fast an den eigenen Tränen.

»Laß mich nicht allein... ich kann nicht... bitte...« Aus ihrem Blick flehten Unschuld und Fassungslosigkeit.

Frühlingsmond deutete mit ihrer schmalen Hand auf das nur wenige Meter entfernte Haus. »Er ist dort.« Sie wagte nicht, Sabrina an den Arbeitern vorüberzuführen. Sie wollte lieber John holen, um dann sofort zu verschwinden. Diskretion gehörte zu Frühlingsmonds besten Eigenschaften. »Falls jemand sich dir nähern sollte, kannst du schreien, und man wird dich hören. Du bist in Sicherheit.«

Ihre Miene war sanft, ihre Stimme weich. Sabrina konnte den Blick nicht von ihr wenden. Sie wollte von den glatten braunen Armen gehalten und gewiegt werden. Jetzt begriff sie, wieviel Trost John bei Frühlingsmond gefunden hatte, und dann fielen ihr die Dinge ein, die Dan Richfield behauptet hatte, und sie fragte sich, ob andere auch auf diese Ideen gekommen waren.

Wieder kamen ihr die Tränen. Plötzlich war sie keine erwachsene Frau mehr, sondern ein verschrecktes Kind. Sie wollte nicht, daß John sie so zu sehen bekäme. Verzweifelt sank sie auf die Knie und zog den Rock um sich.

Frühlingsmond kniete an ihrer Seite nieder. »Du bist in Sicherheit. Bei ihm wirst du immer sicher sein.« Es waren Worte, von denen Kraft ausging und die Sabrina dankbar zu ihr aufblicken ließen. Sie wußte, daß es die Wahrheit war, aber diese Worte machten ihr bewußt, was Frühlingsmond aufgeben mußte. Die Trennung von John hatte ihrem inneren Frieden nichts anhaben können. »Du mußt immer gut zu ihm sein«, setzte Frühlingsmond hinzu.

Sabrina sah sie mit großen Augen an und nickte. »Ich schwöre es.« Weiter konnte sie nicht sprechen. Es war der schrecklichste Abend ihres Lebens, wenn man von dem absah, als sie ihren Vater tot aufgefunden hatte. »Ich werde gut zu ihm sein. Es tut mir leid, daß du gehen mußt.«

Da gebot ihr Frühlingsmond mit einer Handbewegung, zu

schweigen. »Für mich ist es Zeit. Ich war nie seine Frau, nur seine Freundin. Du wirst seine Frau sein. Er braucht dich sehr, Kleines.« So nannte auch John sie. »Du wirst ihm eine gute Frau sein. Ich rufe ihn jetzt.« Und ehe Sabrina sie aufhalten konnte, war sie verschwunden. Gleich darauf hörte man laute Schritte und dann einen Ruf, so laut, daß Sabrina wieder erschrak.

»Stehenbleiben! Alles halt!« Sie erkannte Johns Stimme, ein paar verstümmelte Worte und dann: »Wo? Also, alles zurück... o mein Gott!«

Wieder schwere Schritte, und dann stand er vor ihr und sah auf sie hinunter. Zitternd kauerte sie sich unter ihrem Rock zusammen. John hatte eine Decke dabei, die Frühlingsmond ihm rasch gegeben hatte, ehe sie mit den Männern losgezogen war. Sie hatte ihnen gesagt, wo Dan Richfield mit dem Messer im Rücken lag. Jetzt gingen sie ihn holen.

»Mein Gott...« John sagte es ganz leise, und sie senkte den Blick, weil sie es nicht fertigbrachte, ihn anzusehen.

»Nein... nicht... bitte...« Sie wollte ihm sagen, er solle sie nicht ansehen, brachte die Worte aber nicht über die Lippen. Sie konnte nur schluchzen und sich an seine Beine klammern. Das Entsetzen über das Geschehene brach sich hemmungslos Bahn. Die Tränen wuschen ihr das Blut von der Wange.

John hüllte sie wie ein kleines Kind in die Decke und nahm sie in die Arme. Dabei redete er ununterbrochen beruhigend auf sie ein wie vor langer, langer Zeit auf seine kleine Tochter. Er brachte sie in sein Haus und setzte sie auf das Ledersofa im Wohnzimmer. Dann untersuchte er die Wunde in ihrem Gesicht. Ihr Blick sagte ihm alles. Wäre Frühlingsmond ihm nicht zuvorgekommen, er hätte Dan Richfield getötet. Aber Frühlingsmond hatte ihm unverblümt gesagt, Sabrina sei nicht vergewaltigt worden, und dafür war er dankbar. Hätte ihr Messer sein Ziel verfehlt oder hätte sie eine Sekunde später zugestochen... der Gedanke ließ ihn schaudern. Er kniete neben dem Sofa nieder.

»Wie konnte ich das nur zulassen! Ich verspreche dir, daß du nie wieder allein unterwegs sein wirst. Ich werde dir überallhin einen Leibwächter mitgeben, was heißt... ich selbst werde dein Leibwächter sein. Es wird nie wieder vorkommen...« Es würde nie wieder vorkommen, weil Dan Richfield tot war. Das Messer hatte sein Herz durchbohrt, er war auf der Stelle tot gewesen. John wußte, daß Frühlingsmond die Klinge ungewöhnlich geschickt zu handhaben verstand.

»Wäre sie nicht gewesen...« Sabrina hielt den Atem an und nahm einen Schluck von dem mit viel Whisky versetzten Tee, den er ihr einzuflößen versuchte. Sie wollte gar nicht daran denken, wie sie aussah. Noch immer versteckte sie sich unter der Decke, die er ihr gebracht hatte. Frühlingsmond war gegangen, um ihre Kleider zu holen, und brachte sie John, ehe sie wieder verschwand. Ihm war anzusehen, was für ein Schock das alles für ihn war. Fast hätte er das Liebste auf der Welt verloren. Was, wenn Dan sie getötet hätte? Der Gedanke war unerträglich und trieb ihm Tränen in die Augen.

»Ich werde nicht zulassen, daß dir jemals wieder etwas passiert. Niemals. Verstehst du? Ich lasse dich nicht mehr aus den Augen...«

Sie streckte eine Hand nach ihm aus. »Es war nicht deine Schuld, sondern meine eigene.« Langsam kehrte ihre Fassung wieder. Ans Aufstehen war noch nicht zu denken, ihre Beine hätten sie nicht getragen. »Dan wollte mit mir eine alte Rechnung begleichen. Das hätte überall passieren können. Ein Wunder, daß er mir nicht schon längst bei den Minen aufgelauert hat. Er hat mich mit tödlichem Haß verfolgt... und du weißt, daß das alles schon einmal beinahe passiert wäre. Schon damals hatte ich Glück, und heute noch mehr, weil Frühlingsmond zufällig zur Stelle war.« Sie sah John fragend an. Eben waren einige Männer gekommen, die mit ihm an der Tür ein paar Worte gewechselt hatten. »Ist er tot?«

John nickte. »Ja, das Messer traf ihn ins Herz.«

»Wird ihr etwas passieren?« Sabrina wußte, daß diese Möglichkeit bestand. Frühlingsmond hatte zwar zu ihrer Verteidigung zugestochen, doch da sie Indianerin war, würde das Gericht die

Sache womöglich in einem anderen Licht sehen. John hatte noch eher daran gedacht als Sabrina.

»Noch heute nimmt sie den Zug nach Süd-Dakota. Und erst morgen wird man den Toten finden. Beliebt war er ohnehin nicht...« Das hörte sich recht überzeugend an. John würde man nicht verhören, das wußte Sabrina. Man würde sich auf sein Wort verlassen, und das Messer würde bis dahin verschwunden sein. »Mach dir also keine Sorgen.« Das klang zuversichtlich und gelassen. Noch nie war sie sich so sicher und behütet vorgekommen. »Und sie braucht sich auch keine Sorgen zu machen. Ihr beide seid sicher, und Dan Richfield geschieht es ganz recht. Ich bedaure nur, daß ich ihm einmal vertraut habe.«

»Ich auch.« Ungezählte Erinnerungen huschten durch ihr Bewußtsein, gefolgt von dem schrecklichen Bild, als er ihr Gewalt antun wollte. Sie schloß die Augen und unterdrückte ein Schluchzen, als John sie wieder in die Arme nahm.

»Jetzt bringe ich dich nach Hause.« Die Decke, in die er sie eingehüllt hatte, ließ er ihr. So trug er sie hinaus zum Wagen, fuhr sie nach Hause und trug sie dort hinauf auf ihr Zimmer. Hannah erwartete sie bereits mit verkniffenem Mund. Die Gardinenpredigt blieb ihr im Hals stecken, als sie die beiden sah.

»Was ist passiert?« fragte sie erregt wie eine aufgescheuchte Glucke.

»Gar nichts ist passiert.« John berichtete von Dan. Jetzt war Hannah erst recht entsetzt.

»Dieser elende Bastard! Hoffentlich wird er dafür hängen!« John verschwieg ihr, daß Dan tot war. Sie würde es früh genug erfahren. »Gottlob hat ihn rechtzeitig jemand daran gehindert. Sie haben gute Leute, Mr. Harte.«

»Und gute Freunde.« Eine andere Frau hätte an Frühlingsmonds Stelle womöglich zugelassen, daß Sabrina vergewaltigt wurde. Aber Frühlingsmond, die im Begriff stand, ihren Mann zu verlieren, den sie seit vielen Jahren liebte, hatte seine Verlobte wie ein eigenes Kind geschützt. Deswegen schuldete er ihr Dank. Er nahm sich vor, ihr ein besonders schönes Geschenk mitzugeben, zusätzlich zu dem, das er ihr bereits gemacht hatte. Und er wollte sie abends persönlich zum Zug bringen. Das bedeutete, daß er im Morgengrauen losfahren mußte, um den Zug zu erreichen, doch es war ungeheuer wichtig, daß sie nicht mehr in der Stadt war, falls jemand seinen Mund nicht halten konnte. War sie einmal außer Reichweite, dann konnte nicht mehr viel passieren.

Er blickte auf Hannah hinunter und strich beruhigend über ihren Arm. »Gib schön acht auf meine Kleine.« Sie würde für ihn immer die Kleine sein. Da Sabrina achtundzwanzig Jahre jünger war, kam sie ihm vor wie ein Kind. Gleichzeitig war ihm bewußt, wieviel Kraft sie besaß und welche Fähigkeiten. Sicher würde sie bald ihr seelisches Gleichgewicht wiedergefunden haben, und er wollte dafür sorgen, daß sie für den Rest ihres Lebens in Sicherheit war. Das hatte er sich und ihr gelobt.

Dieses Versprechen erneuerte er zwei Monate später am Tag ihrer Hochzeit, als sie in der Kirche von St. Helena stand und ihn glückstrahlend ansah, während die Minenarbeiter, etwa achthundert an der Zahl, sich wie Sardinen vor und in der Kirche drängten, in den Bänken, auf den Querstreben der Empore, während die vielen, die keinen Einlaß mehr gefunden hatten, der Trauungszeremonie durch die geöffneten Fenster folgten. Auch diejenigen, die Sabrina vor Jahren im Stich gelassen hatten, waren gekommen, wenn schon nicht aus Zuneigung zu ihr, dann aus Sympathie für John. Hannah ließ ihren Tränen freien Lauf, und auch das Hochzeitspaar war während der Trauung immer wieder den Tränen nahe.

Auf dem Gelände der Thurston-Mine war unter freiem Himmel ein großes Fest geplant. Nirgendwo sonst hätten alle Platz gefunden, da Sabrina darauf bestanden hatte, auch die Frauen und Kinder der Arbeiter einzuladen.

»Man heiratet nur einmal.« Das traf zwar auf John nicht zu, aber das hatte sie beim Pläneschmieden nicht gestört. Sie konnte sich kaum vorstellen, daß er schon einmal verheiratet gewesen war. Sabrina hatte Matilda nicht gekannt, die zwei Jahre vor ihrer Geburt gestorben war. Seltsam, daß John eine Frau und zwei Kinder gehabt hatte. Fast erschien es Sabrina, als wäre er damals ein anderer Mensch gewesen. Da fiel es ihr viel leichter, sich ihn mit Frühlingsmond vorzustellen, da sie die beiden im Lauf der Jahre oft zusammen gesehen hatte. Aber auch daran wurde die Erinnerung immer undeutlicher. Sabrina hatte das Gefühl, er hätte niemals einer anderen gehört.

Auf dem Schiff nach San Franzisko nahm er lächelnd ihre Hand. »Womit habe ich es verdient, ein Kind wie dich an meiner Seite zu sehen, Sabrina Harte?«

Ihr gefiel der Klang des neuen Namens. »Ich bin die Glückliche, John Harte«, erwiderte sie lächelnd.

»Das weiß ich besser.«

John hatte ihr eine Hochzeitsreise an ein Ziel ihrer Wahl angeboten, sie aber hatte ihn mit der Eröffnung überrascht, sie wolle mit ihm die Flitterwochen in Thurston House verbringen, und so hielten sie es auch. Er hatte alles so eingerichtet, daß er mit ihr einen Monat in San Franzisko bleiben konnte. Sie würden erst nach Weihnachten wieder nach Napa zurückkehren und sich ihren Unternehmen widmen.

Doch als sie lange nach Mitternacht Thurston House erreichten, dachten sie nicht an Geschäfte. Sabrina hatte in ihrer Bank veranlaßt, daß vorübergehend ein paar Dienstboten eingestellt wurden, deshalb war das Haus bei ihrer Ankunft strahlend hell erleuchtet.

Als John ihr hinauf in die Schlafzimmer folgte, fanden sie das große Himmelbett mit zurückgeschlagener Decke vor. Im Kamin flackerte ein Feuer, Kerzen brannten, überall standen Blumen in hohen Vasen. Nie war das Haus ihr schöner erschienen, und als sie das Bett sah, das vor langer Zeit ihrer Mutter gehört hatte, wurde ihr bewußt, daß es ihr Brautbett sein würde. Mit scheuem Blick wandte sie sich an John.

»Willkommen daheim.« Ihre Worte kamen in einem sanften Flüsterton.

John nahm sie an der Hand und führte sie wieder hinunter.

Vor dem Kamin im Salon tranken sie Champagner. Als er bemerkte, wie Sabrina verstohlen ein Gähnen unterdrückte, trug er sie hinauf und legte sie aufs Bett. Sie hatte ihm bereits den ihm zugedachten Teil der Zimmerflucht gezeigt, seine Koffer waren ausgepackt. Nach einer Weile erschien er wieder, bereits im Schlafrock. Sabrina sah in ihrem hellrosa Negligé wie eine Märchenprinzessin aus. Als ihr die hauchdünne Hülle von den Schultern glitt und neben das Bett fiel, hob sich ihr langes Haar wie Ebenholz von den elfenbeinweißen Schultern ab. John blies die Kerzen aus, so daß einzig das Kaminfeuer den Raum in sanftes Licht tauchte.

»Kommt es dir seltsam vor, mit mir hierzusein?« fragte er offen, als sie ins Bett glitten.

»Ja, ein wenig schon. Ich bin so daran gewöhnt, hier allein zu sein...« Das war nicht der einzige Grund. Sabrina hatte keine Erfahrung mit Männern, und ihre Erfahrungen mit John beschränkten sich auf Küsse. Der einzige, der sich ihr jemals genähert hatte, war Dan. Und jetzt war sie Johns Frau, und die Hochzeitsnacht stand bevor. All ihre Eigenschaften, die ihr bei der Leitung des Unternehmens von Nutzen gewesen waren, nämlich Ernsthaftigkeit, Kraft und Geschick, bedeuteten jetzt nichts mehr. Sie war zart und verletzlich und bangte vor dem Kommenden. John wußte, daß Hannah ihre einzige Vertraute war und daß sie wahrscheinlich völlig ahnungslos in die Ehe ging. Diese Erkenntnis berührte ihn bis ins Innerste, so daß er sie wie ein Kind in die Arme nahm. Das Begehren, das er dabei empfand, war aber kein Gefühl, das man einem Kind entgegenbrachte.

»Sabrina...« Zunächst wußte er nicht, wie er seine Frage formulieren sollte. Frühlingsmond war so weise gewesen, als sie zu ihm gekommen war, und vor ihr hatte es andere Frauen gegeben, aber keine jungen Mädchen. Matilda war damals natürlich Jungfrau gewesen, beide waren sie bei der Heirat erst achtzehn, und jetzt lag er neben diesem Kind, diesem Mädchen... und es gehörte ihm. Zärtlich sah er sie an. »Hat man dir etwas gesagt?«

Als sie lächelte, verwandelte der Feuerschein ihr Antlitz in eine blasse Rose. »Ich glaube zu wissen . . . « Sie vertraute ihm völlig und würde ihm stets vertrauen. Schon vor Jahren hätte sie ihm Vertrauen schenken sollen.

»Hat es dir niemand erklärt?« Auf ihr Kopfschütteln hin küßte er sie, ihre Lippen, die Augen und wieder die Lippen. Er mußte sich zügeln, denn Sabrina brachte in ihm etwas zum Vorschein, das ihm selbst fremd war. »Sabrina, ich liebe dich so sehr.« Er flüsterte diese Worte in ihr Haar, und sie wölbte ihren Körper dem seinen entgegen.

»Mehr brauche ich nicht zu wissen.«

Zärtlich nahm er ihre Hand und küßte ihre Handfläche, ihre Arme, bis er schließlich die Brust erreichte, auf ihrer seidigen Haut abwärts glitt bis zur Innenseite ihrer Schenkel und wieder zurück. Als sie am Morgen Seite an Seite im großen Schlafzimmer von Thurston House lagen, hatte er sie alles gelehrt, was sie von der Liebe wissen mußte.

26

Am Neujahrstag kehrten sie nach St. Helena zurück. Inzwischen hatten sich sich entschieden, wo sie in Zukunft wohnen wollten, wenn sie nicht in San Franzisko waren. Es war am einfachsten, das Haus zu beziehen, das Jeremiah vor so langer Zeit für seine verstorbene Braut gebaut hatte. Die Zimmer im obersten Stock eigneten sich ideal für eine größere Kinderschar. Sabrina wollte unbedingt zwei, drei oder mehr Kinder. John stöhnte bei dem Gedanken und lachte sie zärtlich aus.

»In meinem Alter? Man wird mich für den Großvater meiner Kinder halten. Wie soll ich nur mit ihnen Schritt halten?«

Sabrina lächelte vielsagend und liebkoste mit den Lippen sein Ohr. »Vergangene Nacht hattest du keine Mühe mit dem Schritthalten.«

»Darum geht es nicht.« Er sah sie verzaubert an. Sabrina war ein wahrgewordener Traum, in jeder Hinsicht.

»Da bin ich anderer Ansicht.«

Sie lachten viel miteinander, und die vielen gemeinsamen Interessen boten ausgiebigen Gesprächsstoff. Sabrina zeigte ihm alles, was an den Thurston-Minen bemerkenswert war, und machte ihn mit allen Arbeitern bekannt. Die Hälfte der Woche verbrachten sie dort, die andere Hälfte waren sie in seinen Minen. John hatte einen tüchtigen neuen Vorarbeiter in seinem Unternehmen eingestellt, weil ihm im Moment vor allem daran gelegen war, ihren Betrieb in den Griff zu bekommen. Er hatte die Absicht, auch in den Thurston-Minen einen fähigen Mann als Vorarbeiter einzusetzen, damit er sich in beiden Unternehmen auf die Oberaufsicht beschränken konnte.

»Und mit der Zeit wird es uns vielleicht sogar glücken, die meiste Zeit in der Stadt zu leben.« Diese Vorstellung schien ihm sehr zuzusagen und ihr ebenso. Sabrina lockte dabei nicht so sehr das gesellschaftliche Leben, das sich ihnen dort bot, ihr ging es vielmehr um die künstlerische Szene. In den Flitterwochen waren sie in der Oper gewesen, sie hatten sich das Gastspiel einer Ballettgruppe und einige Theaterstücke angesehen. Und beide genossen die Pracht des großartigen Hauses, das ihr Vater erbaut hatte.

»Ich fand es immer sehr traurig, daß er das Haus einzig für meine Mutter baute, die nach zweieinhalb Jahren sterben mußte«, gestand sie ihm eines Nachts. »Seither hat das Haus leer gestanden. Irgendwie ungerecht, finde ich.«

John nickte in Gedanken an die ferne Vergangenheit. »Dein Vater war mir eine große Hilfe, als Matilda und die Kinder starben.« Die Erinnerung schmerzte längst nicht mehr so heftig, es war seither so viel Zeit vergangen. Jetzt hatte er Sabrina, und eines Tages würden sie auch Kinder bekommen. Das hofften beide sehnlichst. »Als ich vom Tod seiner Frau erfuhr, konnte ich mich gut in seine Lage versetzen, er aber wollte niemanden sehen. Auch dafür hatte ich Verständnis, es war für ihn noch zu schmerzlich.« John lächelte in Erinnerung an seine Jugend. »Damals war ich zu ihm meist ziemlich abweisend, obwohl dein Vater ein grundanständiger Mensch war, freundlich, klug und ungewöhnlich bescheiden, trotz seines großen Vermögens.« Diese Eigenschaften hatte er seiner Tochter vererbt, wie John erfreut festgestellt hatte, doch das hatte er schon vor der Ehe gewußt. »Ich war so fest entschlossen, es allein zu schaffen, daß ich unbedingt Abstand wahren wollte. Jammerschade, denn in Wahrheit hatte ich noch sehr viel zu lernen.«

»Ich glaube, er hat dich sehr geschätzt.« Sie lächelte. »In gewisser Hinsicht bist du wie er.« Es war ihr schon vor der Heirat aufgefallen, jetzt sah sie es aber noch viel deutlicher – seine Geduld, seine Empfindsamkeit, das behutsame Wesen in Verbindung mit einem scharfen Verstand.

Die Besuche im Unternehmen des anderen stellten für beide interessante Erfahrungen dar. Sabrina versuchte sogar, ihn für ihr Weingut zu begeistern, für das er leider wenig Zeit hatte. So gern er den Wein trank – das Gut lieferte immer weniger Ertrag. Wieder hatten die Reben unter Schädlingsbefall gelitten. Mehr als die Hälfte der Ernte hatte Sabrina eingebüßt, andere Winzer hatten noch größere Schäden zu beklagen.

»Ein verdammtes Pech«, hatte Sabrina geklagt, war aber daneben zu stark beschäftigt, um sich lange aufzuregen. Das Haus in St. Helena mußte für John hergerichtet werden, in den Minen standen Veränderungen bevor, Thurston House mußte geöffnet und mit einem kleinen Stab von Dienstboten bewirtschaftet werden, damit sie jederzeit dort wohnen konnten. Und nicht zuletzt mußten sie sich an das Eheleben gewöhnen. Beide fanden es erstaunlich, wie rasch sie sich einander angepaßt hatten. Die einzige Enttäuschung stellte der Umstand dar, daß im darauffolgenden Sommer noch immer kein Baby unterwegs war, mochten sie sich auch noch so oft und leidenschaftlich lieben.

Eines Tages überraschte Hannah Sabrina mit der unverblümten Frage: »Du verwendest doch nichts dagegen, oder?«

»Was meinst du?« Sabrina war ratlos. Auch in der Ehe mit John hatte sie sich ihre Unschuld bewahrt. Sie wußte nur, was er ihr gesagt hatte. Außer mit ihm hatte sie mit niemandem über diese Dinge gesprochen. Amelia wäre die Person gewesen, die am ehesten dafür in Frage gekommen wäre, aber Sabrina hatte sie seit zwei Jahren nicht mehr gesehen. Zur Hochzeit war ein herrliches Geschenk, begleitet von Glückwünschen, gekommen. Sabrina hatte also keine Ahnung, was Hannah meinte.

»Du verhinderst doch nicht, daß du schwanger wirst?«

»Ja, kann man das?« Sie war wie versteinert, und Hannah kniff argwöhnisch die Augen zusammen. Nein, das Mädchen hatte wirklich keine Ahnung. Sehr schön. Sabrina war ein anständiges Mädchen, ganz anders als seinerzeit ihre Mutter. Hannah konnte sich noch gut erinnern, wie sie die Ringe gefunden hatte. »Ich wußte nicht... kann man...« Aber sie hatte sich immer schon gewundert, wie gewisse Frauen, die es berufsmäßig mit Männern trieben, Schwangerschaften vermieden. »Was macht man da?« Sie wollte es aus purer Neugierde wissen und hatte keineswegs die Absicht, etwas zu verhindern. Im Gegenteil, sie und John wollten unbedingt Kinder.

»Manche nehmen Kräuterextrakte wie die Mädchen hier in der Gegend, es gibt aber auch modernere Mittel.« Sabrina fand das ziemlich abstoßend. Kräuterextrakte? Sie schnitt eine Grimasse, worauf Hannah lachte. »Wer es sich leisten kann, nimmt goldene Ringe.« Unwillkürlich zügelte sie sich und überlegte kurz. Zum Teufel mit der Diskretion, Sabrina war jetzt erwachsen. »Wie deine Mutter.«

»Meine Mutter? Wann?« Sabrina fragte es voller Verblüffung.

»Bevor sie dich bekommen hat. Dein Daddy war der Meinung, sie wünschte sich ebensosehr ein Kind wie er, aber er war viel älter als sie.« Der Altersunterschied zwischen ihr und John war noch viel größer. »Sie redete ihm ein, sie wüßte nicht, was mit ihr los sei. Damals waren sie schon über ein Jahr verheiratet, und eines schönen Morgens fand ich die Goldringe in ihrem Badezimmer und gab sie ihm.« Ihr Lächeln hatte etwas Bösartiges an sich. »Nachher bist du ziemlich pünktlich gekommen. Als sie in die Stadt zurückgingen, war ihr ständig elend.«

Sabrina fühlte sich von Hannahs Worten unangenehm berührt. Das alles hörte sich so roh an. Als hätte man ihre Mutter in eine Falle gelockt, damit sie schwanger wurde. In ihr regte sich Mitgefühl.

»Was hat mein Vater gesagt?«

»Er war wütend, aber gesagt hat er nicht viel. Er gab sich zufrieden, als er merkte, daß du unterwegs warst.«

Hannah schien stolz auf ihre Tat, und der Gedanke an die arme Camille, deren Betrug aufgedeckt worden war, erweckte in Sabrina Haß auf die Alte, die sie ertappt hatte. Es war unfair. Man hätte ihr erlauben sollen zu warten, wenn sie noch kein Kind haben wollte. Aber vielleicht hatte das Schicksal es gut gemeint, da sie so bald darauf gestorben war... und trotzdem empfand ihre Tochter nach so vielen Jahren Mitleid mit Camille.

»Was hat meine Mutter gemacht?«

»Gegrollt und geschmollt...« Hannah wußte nur zu gut, daß Camille Jeremiah nie verziehen hatte, aber das verschwieg sie Sabrina. »Sie war sehr jung und töricht. Er hat sie trotzdem geheiratet, und er hatte ein Recht auf Kinder... er zerbrach die verdammten Ringe und warf sie weg. Sie heulte wie ein Kind...« Sabrina spürte, wie sich ihr das Herz im Leibe umdrehte. Armes Mädchen. Und am Abend berichtete sie John die Geschichte.

»Es kommt mir ungeheuer brutal vor. Und von Hannah war es falsch, daß sie sich eingemischt hat. Sie hätte meinem Vater nichts sagen sollen. Sie hätte sich vielmehr an meine Mutter wenden und es ihr überlassen sollen, zu ihm zu gehen.«

»Vielleicht hat sie die Ringe verwendet, ohne daß er es wußte.«

»Ja, Hannah ist auch dieser Meinung, aber ich weiß nicht, ob man das glauben soll. Hannah hat mir gelegentlich sehr negative Dinge von meiner Mutter erzählt. Zwischen den beiden muß große Eifersucht geherrscht haben. Hannah hatte schon achtzehn Jahre für meinen Vater gearbeitet, ehe meine Mutter auf der Bildfläche auftauchte. Das mag der Grund gewesen sein.«

»Na, ich bin jedenfalls froh, daß sie die Ringe gefunden hat.« Er lächelte seiner Frau zu. »Und warum hat sie dir das erzählt?«

Sabrina errötete tief. »Sie fragte mich, ob ich etwas verwende, um... nun, ich wußte gar nicht, daß es so etwas gibt.« Ihre Verlegenheit ließ nach. Es gab nichts, was sie ihm nicht anvertraut hätte. John war ihr bester und einziger Freund. »Du hast es mir nie gesagt.«

»Ich hatte keine Ahnung, daß du es wissen wolltest.« Er schien erstaunt.

»Ich finde es interessant.«

Da lachte er und kniff sie in die Wange. »Meine kleine Unschuld. Möchtest du noch etwas wissen?«

»Ja.« Sie sah ihn bekümmert an. »Aber du weißt die Antwort darauf leider auch nicht.« Sie wußten, daß es nicht sein Problem sein konnte, da er zwei Kinder gehabt hatte. »Ich frage mich nur, warum es bis jetzt nicht passiert ist.«

»Geduld, meine Liebe, mit der Zeit wird alles kommen. Wir sind doch erst neun Monate verheiratet.«

Sie sah ihn vorwurfsvoll an. »Ich könnte jetzt schon ein Kind haben.«

»Du hast ja mich«, meinte er lächelnd. »Reicht das nicht fürs erste?«

»Für immer, Liebster.«

Er nahm sie wieder in die Arme, und ihre Lippen trafen sich, Sabrina vergaß alles, was Hannah ihr gesagt hatte.

Im nächsten halben Jahr mußte sie einige Male daran denken, denn es sollte noch länger dauern, bis sie schwanger wurde. Es war ihr zweiter gemeinsamer Juli, als sie eines Tages aufstand und fast augenblicklich von Übelkeit überwältigt wurde. Sie waren inzwischen neunzehn Monate verheiratet, Sabrina war vor kurzem dreiundzwanzig geworden. Es war ungewöhnlich heiß, und sie war am Tag zuvor mit ihm im Betrieb gewesen.

Noch immer war sie gegen eine Fusionierung der beiden Bergbaubetriebe und hatte ihm das auch am Abend zuvor gesagt, worauf eine ihrer sehr seltenen Auseinandersetzungen gefolgt war. Sie hatte daraufhin kaum geschlafen und war bei drückender Hitze erwacht.

»Alles in Ordnung?« Er warf ihr einen besorgten Blick zu, als sie sich aus dem Bett kämpfte.

»Na ja, mehr oder weniger.« Es herrschte noch immer frostige Stimmung zwischen ihnen. Langsam drehte sie sich zu ihm um, aber noch ehe sie etwas sagen konnte, sank sie langsam zu Boden. John sprang aus dem Bett und sah sie bewußtlos auf dem Boden liegen.

»Sabrina... Liebling...« Er war zu Tode erschrocken, weil er noch immer das Gespenst der schrecklichen Seuche fürchtete. Er ließ sofort den Arzt kommen, der jedoch keine besorgniserregenden Symptome entdecken konnte.

»Vielleicht ist Ihre Frau erschöpft oder überarbeitet.«

John las ihr abends gehörig die Leviten. Höchste Zeit, daß sie den neuen Vormann allein seine Arbeit tun ließ. Er wollte ihn selbst im Auge behalten, während sie sich mit ihren Rebstöcken die Zeit vertreiben konnte, obwohl das im Moment wahrlich kein Vergnügen war. Immer mehr Anbauflächen fielen dem Schädling zum Opfer. Aber Sabrina hörte ihm gar nicht richtig zu. Sie stocherte lustlos in ihrem Essen und schlief sofort ein, als sie es sich auf der Schaukel bequem machten. Er trug sie zu Bett, ohne daß sie aufwachte. Ihr Aussehen machte ihm große Sorgen, die am nächsten Tag neue Nahrung erhielten, als sie erneut in Ohnmacht fiel. Diesmal brachte er sie direkt nach Napa und buchte eine Kabine auf dem Dampfer nach San Franzisko. Im Krankenhaus mußte ein ganzes Team die Untersuchung vornehmen, während John draußen unruhig auf und ab lief.

»Na, was ist?« fragte John den ersten, der aus dem Untersuchungsraum kam.

Der Arzt lächelte. »Ich würde auf März tippen, obwohl ein Kollege für Februar ist.« Zunächst begriff John nicht, doch das verschmitzte Lächeln des Mannes sprach Bände.

»Sie meinen...«

»Ja, ich meine. Sie ist in anderen Umständen, mein Lieber.«

John machte seiner Freude lautstark Luft und beschenkte Sabrina mit einem riesigen Diamantring, den er ihr am Abend in Thurston House überreichte. Sie hatten bereits entschieden, daß das Kind hier zur Welt kommen sollte. John wollte, daß sie ihre Ärzte in der Nähe hatte. Bis dahin war zwar noch ausreichend Zeit, sie konnten bis Dezember in Napa bleiben, hatte man ihnen gesagt.

Die zwei Glücklichen verbrachten die Nacht mit Pläneschmieden, suchten Namen für einen Sohn aus, für ein Mädchen, malten sich aus, wie sie das Kinderzimmer einrichten wollten, und immer wieder schlang sie die Arme um ihn. »Ich bin die glücklichste Frau der Welt.«

John lächelte. »Mit dem glücklichsten Mann der Welt verheiratet.«

Auch Hannah war außer sich vor Freude, als sie am nächsten Tag nach ihrer Rückkehr die frohe Nachricht erfuhr. Und von diesem Tag an tat Sabrina genau das, was man ihr sagte. Sie fuhr kaum mehr hinaus zu den Minen und borgte ihr Pferd jemandem, der es reiten konnte. Sie verbrachte lange Nachmittage auf dem Bett liegend und erwartete John abends in der Schaukel.

Als der Herbst kam, konnte man es ihr bereits ansehen, und John legte jede Nacht den Kopf an ihren Leib, in der Hoffnung, eine Bewegung zu spüren, obwohl es dazu noch viel zu früh war. Die erste Bewegung spürte Sabrina, als die Blätter fielen, und John hatte davon noch überhaupt nichts bemerken können, als eines Nachts einer seiner Leute an die Tür hämmerte.

»Feuer in den Minen!« Unheilvoll hallten die Worte durch die Nacht. Sabrina, die ihn zuerst hörte, besaß so viel Geistesgegenwart, aus dem Fenster zu sehen und zu fragen: »In welcher Mine?«

»In Ihrer!« rief die dunkle Gestalt ihr zu. Sie fuhr so rasch in ihre Sachen wie John. Er legte mit Nachdruck seine Hand auf ihren Arm.

»Sabrina, du bleibst hier. Spar dir jedes weitere Wort. Mit dem Brand werde ich schon allein fertig.«

»Ich muß mit.« Wenn man sie gebraucht hatte, war sie noch nie zu Hause geblieben. Sie konnte sich um die Verletzten kümmern oder zumindest zur Stelle sein, aber John blieb fest.

»Nein, du bleibst hier!«

Ohne ein weiteres Wort und nach einem nur flüchtigen Kuß verließ er sie. Die nächsten sechs Stunden verbrachte Sabrina in größter Unruhe in ihrem Zimmer auf und ab laufend. Als der Morgen heraufdämmerte, war der Himmel mit dunklem Qualm verhangen. Eine Nachricht über die Situation war nicht gekommen, so daß Sabrina es nicht mehr aushielt, den Wagen nahm, mit dem sie umgehen konnte, und losfuhr. Hannah rief ihr von der Veranda aus zu: »Das ist reiner Selbstmord! Denk an das Kleine!«

Aber Sabrina dachte an John. Sie mußte sich vergewissern, daß ihm nichts passiert war. Schließlich handelte es sich um ihre Mine und ihren Verantwortungsbereich. Als sie ankam, sah sie, welche Verwüstungen der Brand verursacht hatte. John war nirgends zu sehen. Der Vormann sagte ihr, er versuche mit einem Rettungstrupp in einem Schacht die Eingeschlossenen zu bergen, seit einer Stunde schon. Von Panik erfaßt wartete sie, als eine neue Explosion alles erbeben ließ, ohne daß jemand aus dem Schacht gekommen wäre. Da hielt sie es nicht mehr aus, lief in die Mine hinein, sah die hilflos Eingeschlossenen und holte Hilfe. Ein gutes Dutzend Männer bahnte sich den Weg bis ins Innere und schaffte die Gruppe heraus. Sabrina konnte kaum atmen, so viel Rauch war in ihre Lungen geraten. Endlich sah sie John herauskommen. Sie sank dankbar in die Knie, kaum imstande, noch einen Atemzug zu tun. Sie wurde in den Büroraum geschafft, in dem sie mehr als drei Jahre lang gearbeitet hatte. Der Arzt war sofort zur Stelle. Nach einer Weile hatte sie sich einigermaßen erholt, und John machte ihr heftige Vorwürfe, ehe er sie nach Hause bringen ließ. Am Abend kam er dann selbst, über und über rußverschmiert und nach beißendem Rauch riechend. Hannah empfing ihn verheult und in gedrückter Stimmung. Er stürzte ins Schlafzimmer und fand Sabrina in Tränen aufgelöst vor. Verzweifelt klammerte sie sich an ihn und gestand ihm, daß sie vor einer Stunde ihr Kind verloren hatte. »Ich weiß, ich werde nie wieder eines bekommen.« Ihre Verzweiflung war grenzenlos.

John drückte sie an sich, ungeachtet seines Schmutzes, und ihre Tränen vermengten sich.

»Hat der Arzt dir das gesagt?« Sie schüttelte den Kopf. »Dann darfst du nicht so denken. Wir werden eines bekommen.« Er sah sie liebevoll an. sage.«

Er wollte ihr keine Vorwürfe machen, sie fühlte sich ohnehin sehr schuldig. Es sollte zwei Monate dauern, bis sie wieder ganz hergestellt war und wieder lachen konnte und der Ausdruck des Kummers, der sie wie ein unentrinnbarer Schmerz plagte, aus ihrem Blick verschwunden war.

Für beide wurden es schwierige Weihnachten. Im Januar nahm John sie mit nach New York, wo sie sich einige Male mit Amelia trafen. Auf dem Rückweg machten sie Station in Chicago, um Freunde von John zu besuchen. Es war das erste Mal, daß John sie wieder glücklich sah, und er war erleichtert. Gleichzeitig war er mit ihr enttäuscht, daß es diesmal wieder so lange bis zur Empfängnis dauerte. Zwei Jahre vergingen, ehe er sie wieder seltsam verändert sah... bleich und irgendwie ungesund, ohne daß sie sich krank gefühlt hätte. Sie hatten längst aufgehört davon zu sprechen, und Sabrina hatte insgeheim jede Hoffnung aufgegeben. Sie waren jetzt genau vier Jahre verheiratet. An ihrem Hochzeitstag kam sie ihm verändert vor, und als er ihr ein Glas Champagner anbot, verfärbte sie sich und lehnte ab.

»Ich glaube, ich habe etwas Verkehrtes gegessen...« Mit einem gequälten Blick lief sie hinaus. Bei einer Auseinandersetzung am nächsten Tag brach sie in Tränen aus, lief türenschlagend hinaus und schlief bereits fest, als er nach Hause kam. Das alles kam ihm bekannt vor, und nach ein paar Tagen war er seiner Sache ganz sicher, lange, ehe sie es wußte, oder vielmehr lange, ehe sie sich Hoffnung gestattete. Als es für ihn zweifelsfrei feststand, sprach er mit ihr darüber.

»Ich glaube, du irrst dich.« Sie versuchte, die Sache abzutun, und vertiefte sich wieder in die Berichte, die er von der Mine gebracht hatte. Sie langweilte sich in letzter Zeit. John hatte die Führung in ihrer Mine übernommen, und das Unternehmen lief gut.

»Nein, es ist kein Irrtum.« Er schien mit sich und ihr zufrieden, und er war sicher, daß er allen Grund dazu hatte.

»Aber ich fühle mich wunderbar.« Verärgert sah sie ihn an und stolzierte hinaus. Erst als sie zu Bett gingen, fing er wieder davon an.

»Sei nicht so ängstlich, Kleines. Warum verschaffen wir uns nicht Gewißheit? Ich werde mitkommen.«

Unter Tränen schüttelte sie den Kopf. »Ich will es nicht wissen.«

»Warum nicht?« Er hielt sie umfangen. Was sie sagen würde, wußte er im voraus.

»Ich möchte nicht wieder um eine Hoffnung betrogen werden. Was ist, wenn . . .« Sie erstickte an den Worten, und ihre Tränen benetzten seinen Arm. »O John . . .

»Komm, Liebling. Wir müssen es wissen. Diesmal wird alles gutgehen«, versuchte er sie zu beruhigen.

Am nächsten Tag brachte er sie wieder ins Krankenhaus. Seine Vermutung bestätigte sich. Das Baby sollte im Juli kommen. Beide waren außer sich und konnten ihr Glück nicht fassen.

Diesmal verbannte John sie von Anfang an ins Bett, und Sabrina ließ es sich gefallen. Da sie kein Risiko eingehen wollten, packte er sie praktisch in Watte.

Im Januar fuhren sie zurück nach Napa, aber schon im April brachte John sie für die letzten drei Monate wieder nach San Franzisko, damit sie die Ärzte in der Nähe hatten. Sabrina blieb in Thurston House, wo sie sich sehr wohl fühlte, während er jede Woche für ein paar Tage zu den Minen fuhr. Für Sabrina schaffte er einen Düsenberg an und stellte einen Chauffeur ein, damit sie Bewegungsfreiheit hatte. Daß sie selbst am Steuer saß, wollte er nicht.

Sabrina verfolgte die Ereignisse in Europa voller Interesse. Beide waren beunruhigt wegen der drohenden Kriegsgefahr und der angespannten Lage, aber John war überzeugt, daß sich alles wieder beruhigen würde.

»Und wenn nicht?« Sabrina sah ihn über die Zeitung hinweg an. Es war ein Morgen im Juni, und sie lag in ihrem riesigen Bett. John lächelte nur. Sabrina sah mittlerweile aus wie ein großer Ballon. Er legte oft die Hand auf ihren Leib und spürte die Bewegungen. Diesmal war es ein sehr aktives Baby. Barnaby war vor zweiunddreißig Jahren ähnlich gewesen, er konnte sich noch gut daran erinnern. Doch über dieses Kind freute er sich noch mehr. Da fiel es ihm schwer, ernst zu bleiben und die Fragen zu beantworten, die ihm seine Frau über Politik stellte. »Was ist, wenn es zum Krieg kommt?«

»Dazu kommt es nicht. Nicht für uns jedenfalls.« Wieder lächelte er. »Jetzt lernst du die Vorteile kennen, die eine Ehe mit einem alten Mann mit sich bringt. Mich nimmt man nicht mehr. Ich brauche mir keine Sorgen mehr zu machen.«

»Sehr gut. Ich möchte dich hier bei mir und unserem Sohn haben.«

»Warum glaubst du, daß es ein Sohn wird?« John grinste sie an... Er selbst hatte auch das Gefühl, daß sie einen Jungen bekommen würden. Beide wünschten sich einen Sohn, zumindest beim erstenmal. Als nächstes sollte ein Mädchen kommen, falls es ein nächstes geben würde. Aber trotz ihrer Befürchtungen verlief die Schwangerschaft erstaunlich problemlos. Sabrina war ja auch noch jung, vor kurzem war sie sechsundzwanzig geworden. Wenngleich sie sich selbst ein altes Weib nannte, war sie jung genug, um leicht zu gebären, und John hoffte es inständig. Er hatte sie gedrängt, ins Krankenhaus zu gehen, sie aber bestand darauf, das Kind zu Hause zu bekommen. Er war nicht sicher, ob er in diesem Punkt nachgeben sollte. Gutgelaunt wiederholte er seine Frage: »Warum glaubst du an einen Jungen?«

»Es hat so große Füße.« Sie deutete auf die Auswölbung an der rechten Seite der gewaltigen Kugel, zu der sich ihr Leib entwickelt hatte. »Manchmal frage ich mich, ob er es bis zum Schluß hier drinnen aushält. Ein ungeduldiger Bursche, wie mir scheint.«

Doch als mit dem einundzwanzigsten Juli der errechnete Geburtstermin gekommen war und vorüberging, sollte es sich zeigen, daß sie sich mit ihrer Annahme geirrt hatte. Jetzt war es an ihr, ungeduldig zu werden. Sie wollte endlich ihr Kind sehen.

»Warum läßt er sich Zeit?« Sie unternahmen einen Abendspaziergang im Garten. »Jetzt hat er sich schon um sechs Tage verspätet.«

»Vielleicht ist es ein Mädchen. Damen sind fast nie pünktlich.« Beruhigend tätschelte John ihr Hand. Ihm fiel wohl auf, daß ihre Schritte langsamer als gewöhnlich waren, und als sie die Treppe hinaufging, geriet sie stärker außer Atem als sonst. Mit jedem Tag wurde sie unförmiger, und er fing langsam an, sich Sorgen zu machen.

»Was ist, wenn das Kind zu groß wird?« hatte er in der Woche zuvor den Arzt unter vier Augen gefragt.

»Dann holen wir es mit einem Kaiserschnitt. Heutzutage kein Problem.«

John war auf eine Schnittentbindung gefaßt, hoffte aber immer noch, es würde nicht dazu kommen. Das Kind kam ihm nur im Vergleich zu Sabrinas Zartheit viel zu groß vor. Sabrina hatte schmale Hüften und einen schmalen Rücken. Der Gedanke, das Kind könnte sie beim Hinausdrängen verletzen, war ihm schrecklich. Matilda hatte es damals sehr schwer gehabt, und sie war ein großes, kräftiges Mädchen vom Land gewesen. Sabrina kam ihm viel zarter vor, außerdem war er selbst älter und erfahrener. Er war vierundfünfzig und liebte seine Frau über alles. Deswegen machte er sich Sorgen um alles und jedes. »Kann ich dir etwas zu trinken holen?« Später, als sie im Bett saß und las, bemerkte er, daß sie sich hin und wieder wie unter einem Krampf krümmte. Den ganzen Tag über war sie ruhelos gewesen. Es war sehr warm, die Sterne standen klar am Himmel. Ein Wunder, daß der Himmel nicht dunstverhangen war.

Sie sah ihn an und seufzte. »Langsam habe ich alles satt.« Sie deutete auf die Wölbung, die sie jetzt anstelle ihrer Taille hatte, und er berührte sanft ihren Leib, um sofort einen sehr herzhaften Stoß zu spüren.

»Na, wenigstens ist er heute gut in Form.«

»Was ich von mir nicht behaupten kann. Mein Rücken schmerzt, ebenso die Beine, ich kann nicht sitzen, nicht liegen, nicht atmen.«

Er entsann sich, das alles vor einem Menschenalter schon einmal gehört zu haben. Sabrina sah wirklich mitleiderregend aus, als er ihr den Rücken massierte, ehe sie das Licht löschte.

Die meisten Männer hätten in diesem Stadium längst nicht mehr das Bett mit ihren Frauen geteilt, doch er wollte nicht von ihr getrennt sein, und sie behauptete, es störe sie nicht, ihn an ihrer Seite zu haben.

»Glaubst du, die Leute wären sehr schockiert, wenn sie uns so sehen könnten?« Er hielt sie umschlungen, ihr Kopf lag an seiner Brust. Es war für sie ungemein tröstlich.

»Na wenn schon. Ich bin glücklich. Du nicht?«

»Ja.«

Sie lag in der Dunkelheit da und sah hinaus zu den Sternen. Es war eine herrliche Nacht, diese Nacht zum siebenundzwanzigsten Juli 1914. Kaum war Sabrina unbequem auf der Seite liegend und John zugewandt eingeschlafen, als sie einen heftigen Stoß verspürte und gleich darauf ein langanhaltendes, sehr unangenehmes Ziehen. Sie schlug die Augen auf, sah zu dem leise schnarchenden und friedlich schlafenden John hinüber und schmiegte sich enger an ihn. Die Rückenschmerzen waren stärker geworden. Als sie versuchte, ihr Gewicht zu verlagern, spürte sie wieder ein Ziehen. Und nach einer Stunde hatte sie das Gefühl, sie hätte jene Krämpfe, die seit Monaten bei ihr ausgeblieben waren. Sie setzte sich auf, um leichter atmen zu können, und spürte plötzlich einen feuchten Schwall zwischen den Beinen, der das Bett durchnäßte. John erwachte, machte Licht und fand Sabrina starr vor Schreck neben ihm im Bett sitzend vor.

»Hast du etwas verschüttet?« Ein zweiter Blick zeigte ihm, was wirklich los war. Er brauchte gar nicht ihr Kopfschütteln und ihr Erröten zu sehen. Liebevoll deckte er die zutiefst verlegene Sabrina zu und zog sie an sich. »Keine Angst, alles wird jetzt

gut.« Er strahlte geradezu, als er aufstand und mit einem Arm
voller Handtücher wiederkam. Dann zog er seinen blauen Sei-
denschlafrock an und läutete nach dem Mädchen. »Mary wird
das Bett frisch machen. Setz dich inzwischen hierher.« Er half
ihr in einen Sessel und behielt ängstlich ihr Gesicht im Auge, als
wieder ein Krampf einsetzte. »Wie fühlst du dich?«

Wieder errötete Sabrina. John war so unbefangen und offen,
daß er ihr mehr Vertrauen einflößte als sogar ihr Arzt. Dennoch
erschien es ihr sonderbar, mit ihm über diese Dinge zu sprechen.

»Ich habe Krämpfe«, sagte sie.

»Ist das normal?« Matilda hatte sich nie offen ausgesprochen,
und er hatte ständig Sabrinas erstes Kind vor Augen, das sie verloren hatte, aber davon konnte jetzt wohl nicht mehr die Rede
sein.

»Keine Ahnung. Ich bin meiner Sache nicht sicher. Der Arzt
sagte nur, man soll ihn verständigen, wenn die Wehen einsetzen. Glaubst du, das sind sie?« Er warf einen Blick auf das über-
schwemmte Bett.

»Ich würde sagen, es ist soweit. Stell dir vor« – er versuchte
sie von dem Schmerz abzulenken, der ihre Stirn furchte –, »in ein
paar Stunden wirst du unser Kind in den Armen halten.«

Ein wundervoller Gedanke. Dann kam Mary, um die Laken zu
wechseln, und er ging, um den Arzt zu rufen. Wenig später kam
er mit einer Tasse Tee wieder. Der Arzt schickte ihnen die zwei
Schwestern, die er für sie engagiert hatte. Er hatte John geraten,
auf Sabrina beruhigend einzuwirken, sie flach zu betten und ihr
nichts zu essen zu geben.

Von Essen konnte ohnehin nicht die Rede sein. Sie lehnte matt
in einem Sessel und hielt sich mit beiden Händen den Leib, während sie krampfhaft die Zähne zusammenbiß.

»Der Doktor ist unterwegs. Wir schaffen dich jetzt wieder ins
Bett.«

Sabrina legte sich nur zu gern wieder hin. Sie war froh, daß
sie das Kind zu Hause bekommen konnte. Es bedeutete ihr sehr
viel, deswegen hatte John nachgegeben. Sollte es sich als nötig

erweisen, konnte er sie schnell ins Krankenhaus schaffen. Doch als noch vor Ablauf einer Stunde die zwei Schwestern kamen, stellten sie fest, daß alles gutging, und scheuchten John aus dem Zimmer.

Sabrina vergoß deswegen bittere Tränen. »Warum kannst du nicht bleiben?« Sie vertraute ihm und wollte ihn bei sich haben, schließlich befand sie sich in ihrem eigenen Haus. Aber die Schwestern wollten nichts davon hören.

»Ich glaube, es geht wirklich nicht.« Er blickte liebevoll auf sie nieder. Ihr Gesicht war schweißnaß, die Augen schon glasig. Er hatte den Eindruck, daß die Wehen jetzt schon in sehr kurzen Abständen kamen. Als er hinausging, hörte er sie aufschreien. Ruhelos begann er draußen seine Wanderung, ständig auf Geräusche lauschend. Nach einer Stunde hörte er sie wieder laut aufschreien und blieb wie angewurzelt stehen. Auf sein nervöses Anklopfen hin wurde er prompt von der älteren der beiden Schwestern gescholten.

»Sie braucht absolute Ruhe!« flüsterte sie ihm unter ihrer gestärkten Schwesternhaube hervor streng zu.

»Warum denn? Ihre Ohren sind in Ordnung.«

Da hörte er wieder ihr Stöhnen. John hielt es nicht mehr aus und bahnte sich den Weg hinein. Sabrina lag da, das Nachthemd hochgeschoben, so daß ihr gewölbter Leib unbedeckt war. Für ihn war es kein schockierender Anblick. Er faßte nach ihrer Hand und sprach beruhigend auf Sabrina ein, als die nächste Wehe sie erfaßte. Die Schwestern waren entsetzt, und in diesem Augenblick traf der Arzt ein, der nicht wenig erschrocken war, John bei der Gebärenden vorzufinden.

»Na, wen haben wir denn da?« versuchte er seine Mißbilligung herunterzuspielen, doch war es ganz klar, daß er John nicht dabeihaben wollte. Aber dieser dachte nicht daran zu gehen, da Sabrina sich verzweifelt an ihn klammerte. Es kümmerte sie nicht, daß sie nur mit einem dünnen Laken bedeckt war, das ihr immer wieder verrutschte, wenn sie sich in einer Wehe krümmte. Sie schien um sich herum nichts mehr wahrzunehmen. Ihr Gesichtsausdruck hatte etwas Gehetztes an sich, und bei jeder Wehe keuchte sie entsetzlich. Plötzlich fuhr sie ruckartig auf, versuchte sich aufzusetzen, wobei sich ihr Gesicht verzerrte. Die Schwestern drückten sie nieder, und der Arzt zog ungeachtet Johns Anwesenheit das Laken zurück und warf einen Blick auf die Geburtsöffnung. Sabrina rief Johns Namen und stieß einen gräßlichen Schrei aus, als der Arzt sie untersuchte.

John Harte erlebte das alles mit schweißnassem Gesicht. Er wollte sie an sich drücken und konnte doch nichts tun, als sie sich vor Schmerzen krümmte. Schließlich bedeutete der Arzt ihm, er wolle ihn sprechen, und sie gingen hinaus. Da brach Sabrina völlig zusammen, und John wartete die nächste Wehe ab, ehe er zu dem Arzt hinaus auf den Gang ging. Er wollte wissen, wie es voranging.

Der Arzt sprach leise. »Mr. Harte, alles geht ganz gut, aber Sie müssen uns Ihre Frau jetzt allein überlassen. Für Sie wird der Anblick zuviel. Das kann ich nicht zulassen, Ihnen und Ihrer Frau zuliebe nicht. Sie müssen uns die Arbeit überlassen.«

»Was heißt Arbeit?« John war außer sich. »Sie leistet die ganze Arbeit, und ihr macht es nichts aus, wenn ich bei ihr bin. Sie können es nicht verstehen... sie hat nur mich... und sie bedeutet mir alles. Ich stamme vom Land und weiß, wie Kälber und Fohlen geboren werden.«

Der Arzt war schockiert. »Es geht um Ihre Frau, Mr. Harte.«

»Das ist mir klar, Dr. Snowe. Ich will sie nicht im Stich lassen.«

»Überlassen Sie sie uns. Dazu haben Sie uns engagiert.«

John war unschlüssig. Er wollte bei Sabrina sein, wenn sie ihn um sich haben wollte, aber nicht, wenn es ihr peinlich war. Was die Leute von ihm denken mochten, war ihm gleichgültig. Er war zu alt, um sich darüber Gedanken zu machen. Zum Teufel mit Dr. Snowe. Er sah den Arzt an. »Wenn sie nach mir verlangt, dann komme ich. Das ist mein Haus und meine Frau, und es ist mein Kind, das zur Welt kommt.« Der Arzt war empört, um seinen Mund lag ein verkniffener Zug.

»Sehr wohl.«

»Geht es gut voran?«

»Ich würde sagen ja, doch wird es noch dauern. Sie muß mit ihren Kräften haushalten. Die Nacht könnte lang werden« – ein Blick aus dem Fenster zeigte ihm bereits die aufgehende Sonne, was ihn zu der Andeutung eines Lächelns veranlaßte –, »vielmehr der Tag, fürchte ich. Ich glaube nicht, daß das Kind vor Abend kommt.« Er sah auf seine Taschenuhr. Aus dem Zimmer vernahm man Unruhe.

»Wieso können Sie das behaupten?«

»Weil ich weiß, wie alles steht. Und ich weiß, wie eine Geburt verläuft.« Und du nicht, hing unausgesprochen im Raum.

»Aber es sieht aus, als wäre sie schon sehr weit...« John wurde wieder von Besorgnis erfaßt.

»Leider nein.«

Als der Arzt wieder im Zimmer verschwand, wäre John am liebsten mit dem Kopf gegen die Wand gerannt. In den nächsten fünf Stunden glaubte er sich dem Wahnsinn nahe, während er auf dem Gang auf und ab lief, dann die Treppe hinauf und hinunter, von einem Stockwerk ins andere. Schließlich genehmigte er sich zwei Brandy und einen Scotch und wünschte, er hätte ihr einen geben können. Aber das hätte wahrscheinlich einen Aufruhr verursacht.

Um zwei Uhr saß er verloren auf der Treppe unter der Buntglaskuppel, den Kopf gesenkt, in Gedanken bei Sabrina. Die Schwestern waren mehrmals herausgekommen und hatten ihm gesagt, daß alles gutginge, daß es aber noch eine Weile dauern würde. Um vier Uhr nachmittags glaubte John Sabrinas Stimme zu hören. Sie äußerte etwas in einem lauten, scharfen Ton, dann stöhnte sie schrecklich auf, und er lief zur Schlafzimmertür. Als er lauschend davor stand, hörte er wieder ein Ächzen und dann einen erstickten Aufschrei.

John wollte an die Tür schlagen und ihren Namen rufen, unterließ es aber aus Angst, es würde sie erschrecken. Mehr noch wünschte er sich, sie in den Armen zu halten. Da vernahm er wieder ihre Stimme, und diesmal war es ein Schrei, den sie nicht unterdrückte. Da hielt er es nicht mehr aus. Er trat so leise ein, daß ihn zunächst niemand bemerkte.

Die geschlossenen Fensterläden und zugezogenen Vorhänge verdunkelten den Raum ganz. Auf dem Nachttisch neben ihrem Bett brannte ein helles Licht, ein zweites auf dem Tisch zu ihren Füßen. Es war drückend heiß. Sabrina lag mit gespreizten Beinen auf dem Bett, ein Laken über sich, das Gesicht schweißgebadet. Das feuchte Haar klebte ihr am Kopf. Sabrina verdrehte die Augen und krallte sich in den Laken fest, wenn eine Wehe sie packte. Dazu steigerte sich ihre Stimme zu einem grauenhaften Aufschrei. Der Arzt hob das Laken, und plötzlich sah John Haare auf einem runden Köpfchen. Fassungslos und wie gebannt sah er zu. Er wollte sie anfeuern, als sie instinktiv preßte. Blut schoß zwischen ihren Beinen hervor, aber das kümmerte John nicht, er dachte nur an den kleinen Kopf und an die wunderbare Frau, die ihn herauspreßte. Und wieder schrie sie auf, während die Schwestern ihr zuredeten weiterzumachen. Der Arzt faßte zu und drehte die Schultern des Kindes. Der Vater war den Tränen nahe, und dann war das Kind da... ein gesunder kleiner Junge, der blutig und feucht in den Armen seiner Mutter lag. John ging hin und umfing beide.

Zunächst war der Arzt schockiert, doch als er die glücklichen Eltern mit ihrem Kind sah, legte sich seine Empörung. Es war die ungewöhnlichste Entbindung, die er je geleitet hatte, aber vielleicht machten es die beiden gar nicht so falsch. Das ihrer Liebe entsprungene Kind war in ihre Herzen und Hände hineingeboren, und jetzt hielten sie den Kleinen, der herzhaft brüllte. Es war fünf Uhr vierzehn am Nachmittag des achtundzwanzigsten Juli 1914, als Europa in den Krieg zog.

27

Mɪᴛ sechs Monaten wurde Jonathan Thurston Harte im
Januar 1915 in der Old Saint Mary's Church an der Califor-
nia Street getauft, während in Europa schon heftig der Krieg
tobte. Seine Eltern gaben für ihre Freunde einen kleinen Empfang in Thurston House. Es kamen die Crockers und die Floods,
die Tobins und die Devines, eine kleine, erlesene Gesellschaft, die
mit Champagner auf das Wohl des Täuflings anstieß. Am Abend
tranken Mutter und Vater dem Kleinen noch einmal in aller Stille
zu, in dem Raum, in dem das Kind geboren worden war.

John lächelte seiner Frau zu. »Wie glücklich wir sind, Kleines.«

»Ja, das sind wir.« Mehr wollte Sabrina nicht vom Leben. Sie
hatte einen Mann, den sie liebte, ein Kind, vor dem sie kniete, die
beiden Unternehmen liefen gut, obwohl sie einer Fusion nach
wie vor ablehnend gegenüberstand und dies damit begründete,
daß jedes Unternehmen über eine eigene Identität verfügte. Eine
Änderung dieses Zustands könnte sich ungünstig auswirken.

»Alle Welt weiß, daß wir verheiratet sind und daß ich beide
Firmen leite. Welchen Unterschied sollte eine Fusionierung ausmachen?« pflegte John darauf einzuwenden.

»Für mich macht es einen Riesenunterschied aus.« Sie allein
gehörte John und nicht die Minen, und aus einem tiefsitzen-
den, für sie selbst unerklärlichen Gefühl heraus wollte sie es
dabei belassen, obwohl John seine Sache großartig machte.
Sie konnte sich also wirklich nicht beklagen und zeigte selbst
nur mehr geringes Interesse für die Minen, seit sie den kleinen
Jon hatte. Sogar der Schädlingsbefall auf ihren Rebstöcken erschien ihr nicht mehr als Tragödie. Nichts mehr zählte. Ihr Sohn
füllte sie ganz aus, und immer wieder behauptete sie, mit seinem dunklen Haar und den veilchenblauen Augen sähe er John
ähnlich, aber in Wahrheit sah er keinem von beiden ähnlich. Allein Hannah wußte, wem er ähnelte. Jon war Camilles Ebenbild,
eine Tatsache, die sie lieber für sich behielt.

Das Frühjahr verbrachten sie zum größten Teil in Napa und feierten ihren siebenundzwanzigsten Geburtstag, indem sie am Grange Dance teilnahmen. Der darauf folgende Sommer war der schönste, an den sie sich erinnern konnte. John wurde fünfundfünfzig. Ihr Glück wurde nur durch die Nachricht von Frühlingsmonds Tod getrübt. Die Indianerin war beim Sturz von einer Brücke mit dem Kopf auf einen Felsen geprallt. Sie war auf der Stelle tot gewesen. Ihr Bruder hatte John durch einen des Schreibens Kundigen die Nachricht zukommen lassen, weil er das Gefühl hatte, er solle es wissen. John war sehr bewegt. Frühlingsmond hatte ihm viel Liebe geschenkt. Als Sabrina es erfuhr, war sie zutiefst bekümmert. Sechs Jahre war es nun her, daß Frühlingsmond ihr Leben und Jungfräulichkeit gerettet hatte. Unglaublich, wie die Zeit verging; gleichzeitig konnte sie sich jetzt ein Leben ohne John Harte nicht mehr vorstellen. Sie hatte das Gefühl, als hätte sie ihr ganzes Leben mit ihm verbracht.

Sabrinas Befürchtungen hatten sich erfüllt. Am Tag von Jonathans Geburt war in Europa der Krieg ausgebrochen, doch sah es noch nicht nach einem Kriegseintritt Amerikas aus. Auch als Jon zwei Jahre alt wurde, schien die Gefahr noch nicht bedrohlich, daß die Vereinigten Staaten sich hineinziehen lassen würden, zumindest behaupteten dies die Politiker, doch Sabrina wollte deren Beteuerungen wieder keinen Glauben schenken.

»John, wie können wir uns da heraushalten? In Europa stirbt man tausendfachen Tod. Glaubst du wirklich, wir können ihnen auf Dauer unsere Hilfe versagen? Die Entscheidung ist schwierig: Wenn wir ihnen zu Hilfe kommen, sind wir Narren, wenn nicht, dann sind wir herzlos. Ich weiß wirklich nicht, was ich denken soll.«

»Du zerbrichst dir zu sehr den Kopf über diese Dinge. Das ist ja der Jammer mit euch berufstätigen Frauen. Zu Hause wißt ihr mit euch nichts anzufangen.« John zog sie stets wegen ihrer unbezähmbaren Wißbegierde auf. Andererseits gab ihr der kleine Jon so viel zu tun, daß sie auf eine Reise mit John verzichtete, obwohl sie sehr gern mitgefahren wäre. Er hatte geschäftlich in Detroit zu tun und mußte sich um ein paar Investitionen in New York kümmern. »Wenn du möchtest, könnten wir auf der Rückfahrt durch die Südstaaten bummeln«, hatte er ihr vorgeschlagen. Er wollte sie damit locken, weil er ungern allein fuhr. Ihr Zusammenleben war so intensiv, daß er nicht mehr ohne sie sein konnte.

»Wie lange würden wir ausbleiben?«

John überlegte, um dann den Kopf zu schütteln. »Kannst du dir vorstellen, mit Jon zehn Tage im Zug zu sein?«

Sie stöhnte geplagt auf, und beide lachten. »Das kann ich, dafür kann ich mir nicht vorstellen, je wieder dem Wahnsinn zu entrinnen.« Der Kleine war mit seinen zwei Jahren sehr beweglich und hatte seine Finger überall... ein lebhaftes, gesundes und glückliches Kind. Sabrina bedauerte aufrichtig, daß sie noch nicht wieder schwanger geworden war. Seit seiner Geburt hatte sie darauf gehofft, doch war ihr Wunsch unerfüllt geblieben. Da sie Jon hatte, war alles halb so schlimm. Aus irgendeinem Grund, den auch der Arzt nicht kannte, dauerte es bei ihr immer sehr lange, bis es zu einer Empfängnis kam. Das hinderte Sabrina und John nicht, sich an ihrem Söhnchen uneingeschränkt zu freuen.

»Ich lasse dich sehr ungern allein fahren, vor allem für so lange.«

»Ich bin auch nicht begeistert.« Man konnte es ihm ansehen. »Bist du sicher, daß du Jon nicht bei Hannah lassen und mitkommen möchtest?«

»Das geht nicht. Der Kleine ist zu lebhaft für sie.« Und in Thurston House gab es unter den Angestellten niemanden, dem sie ihn anvertraut hätte, obwohl sie dort jetzt ständiges Personal hatten. »Diesmal geht es wirklich nicht.«

»Schade.« John arbeitete alles fertig aus, und am neunzehnten September begleitete sie ihn mit Jon zum Bahnhof. Sie küßte ihn zum Abschied, und er winkte ihnen von seinem Privatwagen aus zu, den er für die Fahrt gemietet hatte. Der Zug fuhr in Richtung Osten, während Jon und Sabrina sich auf den Heimweg machten. Jetzt begann die lange Wartezeit, für die sich Sabrina viel vorgenommen hatte. Sie mußte auf der Bank einiges erledigen, außerdem wollte sie neue Gardinen, neue Möbelüberzüge und Teppiche für Thurston House bestellen, da sie sich sehr viel dort aufhielten. Sie hatte also während Johns Abwesenheit ausreichend zu tun, doch kam sie sich ohne ihn schrecklich einsam vor. Sie machte sich mit Feuereifer in dem Riesenhaus zu schaffen, begierig auf Nachricht von John und noch begieriger auf seine Rückkehr, aber das würde noch dauern. Die Beschäftigung mit Jon, mit dem sie im Garten spielte, brachte etwas Ablenkung. Gleich am nächsten Tag fuhr sie ins Stadtzentrum, um die Stoffe fürs Haus auszusuchen. Und immer wieder stellte sie sich die Frage, wo John jetzt sein mochte. Auf der Straße blieb sie unwillkürlich stehen und sah einem Zeitungsjungen zu, der seine neueste Ausgabe unter die Leute zu bringen versuchte, und plötzlich drohte ihr Herz auszusetzen. ›Eisenbahnunglück auf der Pacific Line – Hunderte Tote‹, lautete die Schlagzeile. Wie betäubt arbeitete sie sich zu dem Jungen durch, um besser sehen zu können. Sie riß ihm die Zeitung aus der Hand, in die sie eine Dollarnote drückte, und blieb am ganzen Leib zitternd stehen... Keine Namen, keine Liste der Opfer, doch es war der Zug, den John genommen hatte. Das Unglück hatte sich im Echoe Canyon, östlich von Ogden, Utah, ereignet. Wie versteinert stand sie zunächst da, ging dann zur Bank, ohne zu wissen, wie sie es bis dorthin geschafft hatte. Wieder blieb sie stehen, benommen und verweint, bis jemand sie erkannte und ansprach.

»Mrs. Harte, was können wir für Sie tun?« Sie wurde ins Büro des Bankpräsidenten geführt, dem sie die Zeitung reichte.

»John ist gestern mit diesem Zug losgefahren. Gibt es eine Möglichkeit herauszufinden...« Sie wagte es nicht auszusprechen. Immerhin bestand die Möglichkeit, daß er nur verletzt oder gar unverletzt geblieben war. Wenn ja, dann wollte sie sofort zu ihm. Jonathan mußte in Thurston House bei den Angestellten bleiben, das ließ sich nicht ändern. In Gedanken plante sie voraus, während sie den Bankpräsidenten flehentlich ansah. »Können Sie es feststellen?«

Er nickte ernst. »Wir kabeln an unsere Partnerbank nach Ogden und bitten um Informationen.« Der Zug hatte gar nicht weiterfahren können, weil die Schäden zu groß waren. Ein Ersatzzug war von San Franzisko aus losgeschickt worden, der die Überlebenden aufnehmen sollte.

»Könnte man nicht die Eisenbahngesellschaft anrufen? Dort müßte eine Liste der Toten und Verletzten aufliegen.«

Wieder nickte der Mann. »Wir werden alles in unserer Macht Stehende unternehmen, Mrs. Harte. Wo sind Sie zu erreichen?«

»Ich warte zu Hause oder soll ich lieber hierbleiben?«

»Nein, ich lasse Sie von einem meiner Leute nach Hause bringen. Sollten wir etwas erfahren, lasse ich es Sie wissen.«

Der Mann war aufrichtig betroffen. Die Hartes gehörten zu seinen wichtigsten Klienten wie seinerzeit Mrs. Hartes Vater. Er konnte nur hoffen, daß John Harte den Unfall unversehrt überstanden hatte.

Nachdem er Sabrina in den Wagen seines Stellvertreters geholfen hatte, machte er sich schleunigst daran, die entsprechenden Anordnungen zu erteilen. Ein Telegramm ging an die Central Pacific mit der Bitte um sofortige Antwort, sodann wurde ein Bote zum Bahnhofsvorstand geschickt. Und dann hieß es warten.

Als dann die Nachricht kam, war sie nicht gut ... John Harte stand auf der Liste der Todesopfer. Er hatte sich in einem der sechs vollständig zertrümmerten Waggons befunden. Der Zug hatte sich wie ein Klappmesser zusammengeschoben, ehe er in eine tiefe Schlucht stürzte. Erst vor wenigen Stunden war Hartes Leichnam aus dem Canyon geborgen worden. Seine Identität hatte zunächst nicht festgestellt werden können. Erst jetzt stand zweifelsfrei fest, um wen es sich handelte. Die Partnerbank bedauerte die schlechte Nachricht und schloß mit Beileidswünschen für die Familie. Das alles drückte zusätzlich auf die Stimmung des Bankpräsidenten und zerrte an seinen Nerven, als er am Spätnachmittag das Tor von Thurston House passierte und ernst und gemessen den Türklopfer betätigte. Ein Mädchen öffnete; er bat, Mrs. Harte sprechen zu dürfen.

Sie kam sofort, als sie erfuhr, wer gekommen war, und ließ Jon mit einem Mädchen oben. Mit hoffnungsvoller Miene eilte sie hinunter. Sicher hatte es sich herausgestellt, daß John unversehrt war und bei den Rettungsarbeiten aushalf. Die zahlreichen Katastrophen in den Minen hatten ihn im Laufe der Jahre so abgehärtet, daß er sich in Notlagen fabelhaft bewährte. Sie sah dem Mann mit nervösem Lächeln entgegen, doch als sie den Gesichtsausdruck ihres Besuchers sah, blieb sie wie angewurzelt auf der Treppe stehen.

»John...?« Es war kaum mehr als ein Flüstern unter der großen Kuppel. »Er... er ist doch unversehrt?« Sie tat ein paar Schritte und blieb wieder stehen, als der Mann den Kopf schüttelte. Dann stürzte sie in ihrer Verzweiflung auf ihn zu. »Er ist nicht...«

Er hatte inständig gehofft, es ihr anders beibringen zu können, im Sitzen womöglich, damit sie nicht in seinen Armen in Ohnmacht fiele. Am liebsten wäre es ihm gewesen, er hätte ihr die Nachricht überhaupt nicht mitteilen müssen, doch blieb ihm jetzt nichts anderes übrig. Die Aufgabe war ihm zugefallen, und er entledigte sich ihrer voll aufrichtigen Mitgefühls. Es war unrecht, daß Menschen wie diese von einem Unglück betroffen wurden, Menschen, die sich so liebten, die so anständig lebten und sich nach so langer Zeit gefunden hatten.

»Es tut mir ja so leid, Mrs. Harte... Wir haben es eben erfahren...« Er mußte tief Atem holen. Leichter konnte es nicht werden, nur schwieriger, für sie jedenfalls. »Er ist bei dem Unglück ums Leben gekommen. Er wurde heute tot aus einer Schlucht geborgen.« Er brachte die Einzelheiten kaum über die Lippen.

Sabrina reagierte mit einem fast tierhaften Schmerzenslaut wie seinerzeit bei Jons Geburt, nur war jetzt alles viel schlimmer. Sie wurde am Ende nicht mit einem Baby belohnt. Jetzt gab es keinen John mehr. Als sie zu dem Bankpräsidenten aufblickte, lag unvorstellbarer Schmerz in diesem Blick. Ihm fehlten die Worte, als sie auf der Treppe von Thurston House standen, unter der Kuppel, die ihr Vater sich gewünscht hatte und die sie nach dem

Erdbeben hatte wiederherstellen lassen. Keiner der beiden hatte Augen für die Kuppel. Stumm blickten sie einander an. Sabrina hatte Tränen in den Augen. Langsam begleitete sie ihn zur Tür. Sie schrie nicht, sie weinte nicht, sie fiel nicht in Ohnmacht und wurde nicht hysterisch. Sie ging einfach mit ihm zur Tür, mit einer Miene, als wäre der Weltuntergang gekommen. Für Sabrina Harte war tatsächlich eine Welt untergegangen.

DRITTES BUCH

Sabrina
Die späten Jahre

28

Dem zweijährigen Jonathan Harte konnte man nicht erklä-
ren, daß sein Daddy tot war, da er noch nicht sprechen konnte.
Er hätte es nicht begriffen. Dafür wußten es alle anderen. Als
Johns sterbliche Hülle nach San Franzisko gebracht wurde, gab
es einen Gedächtnisgottesdienst in der Old Saint Mary's Church.
Die Beerdigung sollte in Napa stattfinden.

Sabrina hatte das Gefühl, mit John gestorben zu sein. Als der
Leichnam kam, ließ sie den Sarg öffnen und saß allein mit ihm in
der Bibliothek von Thurston House. Sie sah ihn an, sah die Prel-
lungen, den gebrochenen Hals, die Sandkörner im Gesicht. Sie
saß da, wischte den Sand ab und wartete, daß er bei ihrer Berührung aufwachte und ihr sagte, alles wäre nur ein Irrtum. Es war
kein Irrtum. John Harte lag reglos da, ihr kurzes gemeinsames
Leben hatte ein Ende gefunden. Nur sieben Jahre waren sie verheiratet gewesen. Wie es ohne ihn weitergehen sollte, konnte sie
sich nicht vorstellen.

Sie war so verheerend getroffen wie noch nie im Leben. Stundenlang saß sie vor sich hin starrend auf der Veranda, bis dann
die uralte Hannah kam, sie am Arm berührte und sie an eine
Arbeit erinnerte oder an Jon. Es war, als hätte ihr Verstand mit
Johns Tod ausgesetzt. Sie fühlte nichts, sah nichts, sprach mit niemandem und war nicht imstande, ihrem Kind etwas zu geben.

Man hatte sie schon mehrfach gemahnt, daß sie sich in beiden
Unternehmen um vieles kümmern müsse. Aber Sabrina brachte
es nicht über sich hinzugehen, weder zu seinen Minen noch zu ihren eigenen. Auf einmal war es ihr unbegreiflich, warum sie sich
so hartnäckig gegen die von ihm angestrebte Fusionierung gesträubt hatte. Warum hatte sie sich dagegen gewehrt? Was hatte

sie damit beweisen wollen? Sie wußte es nicht mehr und war auch nicht fähig, die für die Abwicklung von Geschäften notwendige Energie aufzubringen.

»Mrs. Harte, Sie müssen hinauskommen«, bat ihr eigener Vormann wiederholt, der sie eigens in St. Helena aufsuchte. Sabrina nickte, doch sie kam nicht... am nächsten Tag nicht und auch nicht am übernächsten. Ein ganzer Monat verstrich, und schließlich kamen in ihrer Verzweiflung beide Vormänner. Diesmal wußte sie, daß sie sich nicht mehr drücken konnte. Sie stieg in Johns Wagen und fuhr zuerst in ihren eigenen Betrieb.

Beim Betreten des Büros, das so lange ihr eigenes gewesen war, hatte sie das Gefühl, einen Schritt in die Vergangenheit zu tun. Die Erinnerung an den ersten Tag nach dem Tod ihres Vaters kam wieder, als sie mit dem Sprachrohr die tapfere Ansprache gehalten hatte und die Männer scharenweise davongelaufen waren... die häßliche Szene mit Dan... und plötzlich fühlte sie sich so verlassen wie damals. Der Schmerz schien jener von gestern zu sein und nicht fast ein Jahrzehnt zurückzuliegen.

Sie sah die zwei Männer in ihrer Begleitung an. Mit ihrer Fassung war es vorbei. Sie brach in Tränen aus, bis sie vom Schluchzen geschüttelt wurde. Ihr Vormann wollte sie unbeholfen in die Arme nehmen.

»Mrs. Harte, ich weiß ja, daß es für Sie schmerzlich sein muß, hierherzukommen...«

»Nein, nein.« Verzweifelt schüttelte sie den Kopf. »Sie verstehen nicht. Ich schaffe es nicht mehr... ich kann nicht. Ich habe nicht mehr die Kraft wie damals.« Nein, der Mann begriff nicht, was sie meinte, und sie versuchte sich seufzend zu fassen. Schließlich setzte sie sich auf den Stuhl, auf dem John so oft gesessen hatte. »Ich kann diese Minen nicht mehr leiten. Ich muß mich meinem Sohn widmen.«

Beide wußten, daß sie es schon einmal geschafft hatte, was an sich schon bemerkenswert war, mehr noch, sie hatte es fabelhaft gemacht. Das erwartete jetzt niemand mehr von ihr.

»Mrs. Harte, daran dachten wir gar nicht.«

Erstaunt und erleichtert stellte sie fest, daß dies der Augenblick war, den sie den ganzen letzten Monat gefürchtet hatte, nämlich die Minen ohne John zu sehen. Ohne ihn war hier alles so leer. Der Gedanke war ihr so unerträglich, daß sie aufstand.

»Ich möchte, daß Sie beide weitermachen wie bisher. Ich werde mich regelmäßig mit Ihnen besprechen und möchte über alles informiert werden.« Und dann kam die große Überraschung. »Ich möchte sämtliche Minen in einem Unternehmen vereinigen.« Das hätte schon zu Johns Lebzeiten geschehen sollen. Ihr hartnäckiges Sträuben erschien ihr jetzt als Mangel an Vertrauen, und deswegen spürte sie Schuldgefühle. Der Gedanke an einen Zusammenschluß war ihr zwar noch immer nicht ganz geheuer, doch ihr Entschluß war unumstößlich. »Alle Welt weiß, daß die Unternehmen in einer Hand sind. Sie sollen Thurston-Harte-Minen heißen.«

»Ja, Ma'am.« Es würde eine gewisse Zeit dauern, bis alles unter Dach und Fach war, aber ein Anfang war immerhin gemacht.

Als Sabrina einige Punkte notierte und ihnen die Unterlagen aushändigte, wurde eine Andeutung ihres früheren energischen Wesens sichtbar. »Im übrigen möchte ich, daß alles so gemacht wird wie bis jetzt. Setzen Sie fort, was mein Mann begonnen hat. Ich möchte in keinem der Unternehmen eine Veränderung der Geschäftsgepflogenheiten.«

In den folgenden Monaten mußte sie zu ihrem Leidwesen entdecken, daß es in beiden Unternehmen, vor allem aber in seinen Minen, große Probleme gab. In den letzten Jahren waren die Profite drastisch zurückgegangen. Nicht ein einziges Mal hatte sich John bei ihr beklagt, und er hatte geradezu blödsinnigen Anstand bewiesen, indem er niemals ihre Gewinne zum Ausgleichen seiner Verluste benutzt hatte. Sie hatte also noch mehr Grund zur Dankbarkeit, als sie vor seinem Tod gewußt hatte, und bedauerte den Kummer, den ihm seine eigenen Minen gemacht haben mußten. John hatte nie ein Wort darüber verloren.

Ihre Sorgen bezüglich der ehemaligen Harte-Minen fanden beim Kriegseintritt der Vereinigten Staaten 1917 schlagartig ein Ende. Plötzlich schuf der Bedarf an Geschossen und Munition eine enorme Nachfrage an Quecksilbererz, und alle ihre Minen erlebten einen ungeahnten Aufschwung. Sie waren mittlerweile allgemein als Thurston-Harte-Minen bekannt, und Sabrina scheffelte Geld, obwohl es ihr nicht viel bedeutete.

Ihr ein und alles war ihr Sohn Jon. Der Verlust ihres über alles geliebten Mannes war noch nicht überwunden. Als sie anfing, mehrere Tage pro Woche im Betrieb zu arbeiten, war es, als suche sie einen verlorenen Teil von ihm. Die Arbeit bot ihr vor allem Ablenkung, und als Jonathan in die Schule kam, hatte sie während seiner Abwesenheit eine Beschäftigung. Mit der Zeit blieb sie täglich länger draußen, weil die Anforderungen stiegen, bis sie schließlich wie früher bis tief in die Nacht arbeitete und zu Hause zu müde war, um sich ihrem Sohn zu widmen.

Nach San Franzisco kam sie nur sehr selten. Thurston House mußte wieder geschlossen werden. Von Zeit zu Zeit fuhr sie mit Jon für ein paar Tage hin und hauste dort allein wie in ihrer Mädchenzeit. Auch ein Weihnachtsfest wurde hier gefeiert, das jedoch für sie unerträglich mit Erinnerungen an die mit John verbrachte Zeit und Jons Geburt befrachtet war. Sabrina wußte, wie heftig ihr Vater den Tod ihrer Mutter betrauert hatte; und sie war mit John viel länger beisammengewesen als er mit Camille. Das Leben in Thurston House war auf Dauer nicht zu ertragen, deswegen kehrte sie mit Jon immer schleunigst wieder nach Napa zurück, um sich in ihre Arbeit zu vergraben.

Erst mit den Jahren sollte sie merken, wie sehr Jon ihre Arbeit ablehnte.

»Nie bist du hier! Ständig arbeitest du draußen in diesen dummen Minen!«

Da wußte sie, daß er ihr die ständige Abwesenheit sehr übelnahm, aber mittlerweile war das Jahr 1926 gekommen, und es tauchten wieder Probleme auf, diesmal mit beiden Unternehmen. Der Bedarf an Quecksilbererz war zurückgegangen, sie mußte Leute entlassen und zu guter Letzt die Schächte schließen, die ursprünglich ihr gehört hatten.

Seit sieben Jahren herrschte Prohibition in den Vereinigten Staaten, und ihr Weingut war damit praktisch wertlos. Zum erstenmal im Leben mußte sie sich Sorgen um ihre finanzielle Lage machen. Jons wegen lag ihr daran, alles zu erhalten. Er war erst zwölf, und sie war bestrebt, ihm alles das zu geben, was sie selbst gehabt hatte. In mancher Hinsicht war er ein sehr schwieriges Kind, das nicht nur die harte Arbeit in einem Männerberuf und die langen Stunden ihrer Abwesenheit ablehnte, sondern ihr auch die Schuld am Tod seines Vaters anlastete.

»Jon, es ist nicht meine Schuld!« Unzählige Male hatte sie es beteuert, wenn er ihr diese Anklage entgegengeschleudert hatte. Das Schwierige daran war, daß sie sich tatsächlich an Johns Tod irgendwie schuldig fühlte, so als hätte sie lieber mit ihm fahren und mit ihm den Tod finden sollen. Aber hätte sie es getan, wo wäre dann der kleine Jon geblieben?

»Alle meine Freunde sagen, du seist übergeschnappt. Du arbeitest härter als ihre Väter.«

»Dafür kann ich nichts. Ich trage doch die volle Verantwortung, und die Zeiten sind schwer.«

1928 war sie gezwungen, Johns Minen zu verkaufen, obwohl ihr fast das Herz brach. Den gesamten Erlös legte sie in Aktien an, in der Hoffnung, eines Tages Jon ein Vermögen hinterlassen zu können. Am 29. Oktober 1929, einem Dienstag, wurde dieser Traum zum Alptraum, als sie jeden Penny aus dem Verkauf von Johns Minen beim Börsenkrach verlor. Ihre Schuldgefühle wuchsen und drohten sie zu überwältigen.

In weiteren drei Jahren sollte Jon auf die Universität, eine Aussicht, der sie mit Schrecken entgegensah. Dennoch verschwieg sie ihm die großen Verluste. Er redete ständig von Princeton oder Harvard, wollte mit ihr nach Europa fahren und wünschte sich vorher einen Wagen. Immer wieder stellte er Forderungen, ohne zu ahnen, wie schwierig das alles für seine Mutter geworden war. Jon war immer schon ein anspruchsvolles Kind gewesen, und Sabrina hatte nichts dagegen unternommen und ihm alles gegeben, wie um eine Schuld gutzumachen... nämlich die Tatsache, daß sie zuviel arbeiten mußte und daß er mit zwei Jahren den Vater verloren hatte. Aber indem sie Jon verwöhnte, erweckte sie seinen Vater nicht zum Leben. Mit dem Näherrücken der Universitätszeit wurde die Lage immer angespannter, und vollends verzweifelt wurde sie, als Jon in Harvard, Princeton und Yale angenommen wurde.

»Na, wohin möchtest du?« Sie stellte diese Frage mit angehaltenem Atem und gespieltem Gleichmut, damit ihr Sohn ihr die Angst nicht ansah.

Darin hatte sie es seit zweieinhalb Jahren, seit dem großen Börsenkrach, zur Meisterschaft gebracht. Und wie soll ich das bezahlen? fragte sie sich bang. Ihr Unternehmen brachte praktisch überhaupt nichts mehr ein, so daß sie schon seit längerem einen Verkauf des Hauses in St. Helena plante. Seit Jon mit der Vorbereitung auf die Universität begonnen hatte, waren sie für ständig nach San Franzisko gezogen, und Hannah hatte gegen ihren Willen mitkommen müssen. Inzwischen war sie wieder in Napa, weil sie sich dort wohler fühlte, und Sabrina war darüber nicht sehr glücklich, weil sie Hannah, die nahezu ihr ganzes langes Leben dort verbracht hatte, mit einem Verkauf des Hauses sozusagen den Boden unter den Füßen wegzog. Leider würde ihr nichts anderes übrigbleiben. Sie war gezwungen, das Haus in Napa zu verkaufen, um Jon im Herbst auf eine Universität schicken zu können, einerlei, für welche er sich entschied.

»Ich glaube, es wird Harvard, Mom.« Er grinste selbstzufrieden, was sie erheiternd fand.

»Du bist wohl sehr zufrieden mit dir, nicht?« Trotz allem war er ein anständiger Junge, und wenn er verwöhnt war, so war es ihre eigene Schuld, wie sie wußte. »Aber ich muß sagen, daß ich mit dir auch sehr zufrieden bin. Du hast es dir redlich verdient, daß dich alle Universitäten aufnehmen wollen. Meinst du wirklich, Harvard wäre richtig für dich?«

»Ich denke schon.« Nachdenklich runzelte er die Stirn. Beinahe wäre seine Wahl auf Yale gefallen, aber New Haven klang fast so widerlich kleinkariert wie St. Helena. Er brauchte Leben um sich, und Boston galt allgemein als sagenhaft in dieser Hinsicht. Cambridge, wo sich die Harvard University befand, war praktisch ein Vorort von Boston. Jon war an geselligen Aktivitäten ebenso interessiert wie am akademischen Leben, bei einem Jungen von achtzehn nicht verwunderlich und auch nicht unvernünftig. Unvernünftig war nur die Forderung, die er kurz vor Schulschluß an Sabrina stellte. Er war jetzt fast achtzehn und Sabrina vierundvierzig, in seinen Augen aber hätte sie ebensogut hundert sein können. Er hielt sie für alt und verknöchert und schrieb ihre häufige Zerstreutheit, deren wahren Grund er nicht kannte, ihren Jahren zu. »Es ist dir doch recht, wenn ich mir einen Wagen zulege und ihn per Bahn an die Ostküste schaffen lasse? In Cambridge werde ich ihn ständig brauchen.« Er lächelte wie ein Engel. Daß seine Mutter einmal nein sagen könnte, diese Idee kam ihm gar nicht. Sie verweigerte ihm sehr selten etwas, auch wenn sie sich selbst etwas versagen mußte, was immer öfter der Fall war. Doch an einen Wagen war im Moment nicht zu denken. Das Haus in St. Helena war noch nicht verkauft, und Sabrinas Verzweiflung wuchs. Das Studiengeld für das kommende Jahr war Anfang Juli fällig. Wenn bis dahin das Haus nicht verkauft war, war sie am Ende ihrer Weisheit. Aber Jon ließ sich nicht beirren. »Ich denke an ein kleines Modell A mit Klappsitz. Der ideale Wagen, und wenn es zu kalt wird . . . «

Ihre abwehrende Geste war von einem Blick begleitet, mit dem sie ihn noch nie angesehen hatte. Ihm fiel er gar nicht auf. Jon dachte nur an sich, während Sabrina an ihre schwindenden Mittel dachte. Sie waren sich völlig fremd geworden. Sie hatte im Laufe der Zeit zuviel von ihm ferngehalten.

»Jon, ich glaube nicht, daß in Zeiten wie diesen ein Auto eine gute Idee ist.«

»Warum nicht?« Er sah seine Mutter erstaunt an. »Ich brauche eines.«

Tief im Inneren spürte sie die Hemmung, die sie daran hinderte, ihm endlich die Wahrheit zu sagen. Vielleicht war es nur Stolz. »Anfangs kommst du sicher ohne Wagen aus. Du wirst doch erst im Juli achtzehn, und wer fängt gleich im ersten Semester mit einem nagelneuen Modell A an?« Die Nervosität schärfte ihren Ton.

Jon erschrak. »Jede Wette, daß die meisten mit irgendeiner Karre daherkommen. Wie stellst du dir das vor ... wie soll ich mich dort fortbewegen?«

»Du könntest radfahren«, sie schluckte sichtbar, »oder laufen. Nächstes Jahr können wir dann vielleicht an ein Auto denken.«

Daß es dann draußen bei den Minen wieder besser laufen würde, konnte sie sich zwar beim besten Willen nicht vorstellen, und ihr Weingut war seit dreizehn Jahren wertlos. Sie hatte den Weinanbau so gut wie aufgegeben und dachte sogar daran, Land zu verkaufen. Eines aber wollte sie nie verkaufen, Thurston House, und auch von ihrem Landbesitz gedachte sie möglichst wenig zu veräußern. Sie wußte, wieviel das Land ihrem Vater bedeutet hatte, als er vor langer Zeit sein Imperium geschaffen hatte. Sie wollte den Besitz möglichst ungeschmälert an Jon weitergeben.

»Ich weiß wirklich nicht, wie du dir das vorstellst.« Er warf ihr finstere Blicke zu, während er erregt auf und ab lief. »Was glaubst du, wie ich auf einem Fahrrad aussehe? Alle werden mich auslachen.«

»Das ist doch lächerlich!« Sabrina war versucht, ihm zu sagen, wie es um ihr Vermögen stand, aber insgeheim wußte sie, daß sie es nie tun würde. Sie wollte ihn nicht ängstigen, und außerdem war sie zu stolz. »Jon, das halbe Land ist arbeitslos. Die Leute sparen an allen Ecken und Enden. Niemand wird schockiert sein, wenn man selbst Sparsamkeit an den Tag legt. Tatsächlich wäre es viel schockierender, wenn man als Erstsemestler mit einem neuen Auto vorfährt. Wir leben in einer Zeit der Depression. Du wirst doch nicht den protzigen Angeber aus dem Westen spielen wollen!«

»Jetzt bist du lächerlich, und wen kümmert schon die Depression? Uns hat sie doch nicht getroffen, oder? Also, was soll's?«

Seine Worte machten ihr einmal mehr klar, wie falsch es gewesen war, ihm immer ein rosiges Bild zu entwerfen. Er war unrealistisch und herzlos geworden. Wenn er jetzt für ihre Not kein Verständnis hatte, war es allein ihre eigene Schuld. Wie konnte er auch das alles verstehen? Sie hatte ihm nie etwas gesagt. Und jetzt wollte sie ihm auch nichts sagen. Sie hatte das trügerische Spiel so lange durchgehalten, daß sie jetzt nicht Schluß machen konnte.

»Jon, was für eine verantwortungslose Einstellung! Es darf uns nicht gleichgültig sein.«

Er schnitt ihr das Wort ab. »Es ist mir egal, verdammt. Mich interessiert nur mein Auto.«

Als sie ihn zum Zug brachte, grollte er noch immer. Wie immer auf dem Bahnhof schnürte es ihr die Kehle zu, weil sie an Johns Tod denken mußte. Am liebsten wäre sie mitgefahren, doch gab es momentan für sie zuviel zu tun. Zum Glück hatte sie das Haus in Napa im letzten Moment doch noch verkaufen können. Das Geld war rechtzeitig gekommen, und Jons erste Jahre in Harvard waren gesichert. Sie konnte nur darum beten, das sich ihre finanzielle Lage besserte, bis das Geld verbraucht war und sie sich wieder dieser Situation gegenübersah.

Der Verkauf des Hauses hatte ihr fast das Herz gebrochen. Über sechzig Jahre lang hatte es sich im Besitz der Familie befunden. Es war das Haus, das Jeremiah für seine verstorbene Verlobte gebaut hatte, das Haus, in das er – neben Thurston House natürlich – die junge Camille gebracht hatte, und vor allem war es Sabrinas Geburtshaus. Jonathan schien den Verlust nicht zu empfinden, er hatte sich in St. Helena immer nur gelangweilt. Sabrina war im nachhinein froh, daß Hannah inzwischen gestorben war und nicht hatte mitansehen müssen, wie das Haus, an dem sie so hing, in fremde Hände überging. Hannah hatte von Thurston House nie viel gehalten, sie hatte allein das Haus in St. Helena geliebt. Und jetzt wurde es von Fremden bewohnt... das tat Sabrina weh, doch konnte sie es Jon nicht anlasten. Sie wollte ihm die bestmögliche Ausbildung ermöglichen – Depression oder nicht. Das war auch der Grund, warum sie wütend wurde, als sie zum Halbjahr seine Zensuren sah. Er hatte in allen Fächern versagt und besuchte die Vorlesungen nur sporadisch. Als er am Thanksgiving Day anrief, las sie ihm gehörig die Leviten. Amelia hatte ihn über den Feiertag eingeladen, er war aber lieber mit seinen Freunden in Cambridge geblieben.

Amelia war inzwischen sechsundachtzig, in Sabrinas Augen noch immer eine Frau von bemerkenswerter Haltung und Eleganz. Aber Jon fand Amelia unerträglich.

»Sie ist uralt, Mom«, erklärte er seine Ablehnung.

Das war nicht zu bestreiten, aber es war so viel mehr an Amelia. Sabrina bedauerte lebhaft, daß Jon zu jung war, um es zu sehen, aber eine Debatte war zwecklos. Die führte sie mit ihm lieber über seine schlechten Zensuren.

»Jon, wenn du dich nicht mit mehr Ernst deinem Studium widmest, sperre ich dir deinen Unterhalt.« Für sie wäre es finanziell eine große Erleichterung gewesen, für ihn war es ein wirkungsvoller Schreckschuß. Sie wußte genau, daß er sie wegen des Wagens weiter bearbeiten wollte, es aber unter diesen Umständen nicht wagte. »Sieh zu, daß du von nun an alle Vorlesungen pünktlich besuchst. Wenn nicht, mußt du zurückkommen und mit mir draußen im Betrieb arbeiten.« Für Jon war das ein Schicksal schlimmer als der Tod. Er haßte alles, was mit den Minen zusammenhing, nur nicht das Geld, das sie lieferten, damit er sich die Dinge verschaffen konnte, die ihm das Gefühl von Bedeutung und Sicherheit verliehen. Sabrina wußte, daß dies der eigentliche Grund seines Drängens auf einen Wagen war. Aber diesmal konnte sie ihm nicht entgegenkommen. Jon wollte den Wagen nur, damit er mit den anderen mithalten konnte, schließlich hatte er keinen Vater. Aber wie lange sollte sie sich deswegen noch Vorwürfe machen? Sie hatte es über viele Jahre hinweg getan, doch das hatte ihr John nicht wiedergebracht... »Ich möchte, daß du dich ernsthaft hinter dein Studium klemmst. Wir werden sehen, wie deine Zensuren aussehen, wenn du nach Hause kommst, junger Mann.« Über Weihnachten wollte sie ihn nach Hause kommen lassen, was nicht eben wirtschaftlich war, aber über die Feiertage sollte er nicht allein sein, und außerdem hatte sie Sehnsucht nach ihm.

Sie hatte nichts mehr im Leben außer Jonathan und dazu die ausweglose niederdrückende Realität, daß sie die Minen nicht mehr viel länger würde halten können. Wenn sie jetzt ein Angebot auf ihr Weingut bekommen hätte, wäre sie darauf eingegangen und hätte verkauft. Aber wer wollte Weinland kaufen? Es war völlig wertloses Land. Zeitweilig hatte sie Pflaumen und Walnüsse angepflanzt, damit aber keine Gewinne gemacht, sodann Äpfel, Tafeltrauben... und dabei hatte sie immer nur Weintrauben zum Keltern ziehen wollen. Immer schon hatte sie davon geträumt, erlesenen Wein zu produzieren, doch der Traum hatte sich nie verwirklichen lassen. Und jetzt fragte sie sich, ob sie überhaupt jemals wieder Wein anbauen würde.

Beim Wiedersehen mit Jon im Dezember traf sie wie ein Schlag der Eindruck, daß er irgendwann und irgendwie in den vergangenen Monaten ein Mann geworden war. Er sah plötzlich so erwachsen aus und wirkte im Gespräch erstaunlich reif. Alles an ihm war männlich, einschließlich seines Geschmacks für Mädchen. Sie merkte, daß er bei seinen Ausgängen mit Freunden immer sehr spät nach Hause kam. Seine sonstigen Ansichten waren unverändert geblieben. Immer noch erwartete er von ihr, daß sie sämtliche Bedürfnisse und Wünsche erfüllte, alle Vergnügungen und Freuden. Die Mädchen waren das einzige, was er sich selbst verschaffte.

Seine Zensuren hatten sich gebessert, worüber Sabrina sehr erleichtert war, wenngleich sie jetzt wieder das Thema fürchten mußte, das ihm am meisten am Herzen lag. Zwei Tage nach der Ankunft fing er bereits an, ihr zuzusetzen, und er hätte es bereits früher getan, wenn er nicht so beschäftigt gewesen wäre. »Na, Mom, was ist jetzt mit dem Auto?«

»Die Schlüssel liegen unten, Liebling«, sagte sie darauf, gelassen lächelnd. Sie hatte nichts dagegen, daß er ihren Wagen fuhr, sie hatte nie etwas dagegen gehabt. Aber die Miene, die diese Antwort bei ihm hervorrief, jagte ihr Angst ein.

»Doch nicht dieser Wagen. Ich meine einen neuen für mich.«

Ihr Herz sank klaftertief. Erst vor kurzem hatte sie sich die Bilanzen der Minen angesehen. Die Lage war aussichtslos. Um aus der Klemme zu kommen, hätte es eines Krieges bedurft, dachte sie, ein Gedanke, den sie sofort schuldbewußt unterdrückte, aber genau das war es, was das ganze Land brauchte. Eine ungewöhnliche Überlegung für eine Frau, wie sie sich selbst eingestehen mußte, doch waren ihr die wirtschaftlichen Zusammenhänge zu vertraut. Schon seit längerer Zeit dachte sie ernsthaft an eine Schließung der Minen. Das Unternehmen zehrte bereits am Verkaufserlös des Hauses in Napa, und den Rest brauchte sie für Jons Schulgeld im kommenden Jahr. Für sich selbst benötigte sie so gut wie nichts. Sie kaufte sich nichts Neues, hatte bis auf ein Auto alle anderen verkauft, hielt in Thurston House keine Dienstboten und klammerte sich an ihr altes Weingut, an die anderen Grundstücke und an die Minen, als hinge davon ihr Leben ab. Sämtliche anderen Werte hatte sie im Börsenkrach von 1929 verloren.

»Ich glaube nicht, daß du gerade jetzt ein Auto brauchst.« Es war gar nicht daran zu denken.

»Warum nicht?« Er funkelte sie erbost an, achtzehneinhalb Jahr alt und überzeugt, ein ganzer Mann zu sein.

»Müssen wir das jetzt diskutieren? Hat das nicht Zeit?«

»Warum denn? Läufst du wieder zu deiner Arbeit?«

Sabrina hatte tatsächlich nach St. Helena fahren wollen, um ein wichtiges Gespräch zu führen. Ihr Vormann nahm ihr viel ab, und doch war sie oft draußen und versuchte, selbst das Unternehmen auf den richtigen Kurs zu bringen. Diese Verantwortung konnte sie auf niemanden abwälzen.

Sie sah Jon betroffen an. »Das ist nicht sehr nett von dir. Wenn du mich gebraucht hast, war ich immer da.«

»So? Wann denn? Wenn ich geschlafen habe? Wenn du zu müde warst, um mit mir zu sprechen?« Diese Anschuldigung war für sie ein richtiger Schock.

Für den Rest der Ferien sollte Jon sie mit dem Auto plagen,

vergeblich. Als er wieder wegfuhr, war sie völlig zermürbt von seinen Angriffen und litt noch mehr unter Schuldgefühlen, weil sie ihm tatsächlich manches schuldig geblieben war. Seine Rache bestand darin, daß er ihr schrieb, er würde erst im Juli wiederkommen. Einer der ›Männer‹, die auf der Uni seine Freunde geworden waren, hatte ihn nach Atlanta eingeladen. Den Namen des Jungen verschwieg er ihr und ließ auch nichts über die Familie verlauten. Sabrina wußte genau, was er damit bezweckte. Er wollte sie bestrafen, weil sie ihm nicht das ersehnte Spielzeug verschafft hatte.

Jon kam im Juli nach Hause, und diesmal gab es für sie keine Sommerferien. Das Haus in Napa war verkauft. Nur Thurston House war ihnen geblieben. Sabrina machte ihm den Vorschlag, zusammen mit ihr an den Lake Tahoe zu fahren, doch er war so mißlaunig, als er entdeckte, daß sie noch immer nicht gewillt war, das Auto zu kaufen, daß er allein mit Freunden an den See fuhr. Schließlich war er neunzehn, und sie konnte ihm nicht überallhin nachlaufen. Trotzdem war sie enttäuscht, daß sie nicht mehr von ihm zu sehen bekam. Als er dann wieder wegfuhr und sie allein in Thurston House blieb, kam es ihr vor, als wären nur Augenblicke seit seiner Ankunft vergangen.

Sie sollte nicht lange allein bleiben. Im Winter verschlechterte sich ihre Lage drastisch. Aus den Minen waren keine Profite zu erwarten, aus denen ihre und Jons Ausgaben zu bestreiten gewesen wären. Das Unternehmen war endgültig in die roten Zahlen geraten. Bis auf einen Schacht waren alle geschlossen.

Als Jon zu Weihnachten nach Hause kam, mußte er entdecken, daß vier Fremde in Thurston House wohnten. Sabrina hatte Untermieter aufnehmen müssen, Grund genug für ihn, außer Rand und Band zu geraten.

»Bist du total übergeschnappt?« schrie er sie an. »Was werden die Leute denken?« Sie zuckte unter seinen Worten zusammen.

Ihre Lage war so verzweifelt, daß sie gar keine andere Wahl gehabt hatte, als Zimmer zu vermieten. Für das zum Verkauf ausgeschriebene Weingut hatte sich bislang kein Käufer gefunden. Alle ihre Einkommensquellen waren versiegt. Es war höchste Zeit, daß er die Wahrheit erfuhr.

»Jon, ich kann es nicht ändern. Die Mine wirft nichts mehr ab und ist so gut wie geschlossen. Ich mußte etwas unternehmen, um zu Geld zu kommen. Das weißt du selbst. Und deine Ausgaben sind immer noch erheblich höher als meine.«

Jons Leben in Cambridge verlief wie eine einzige ausgelassene Party mit seinen schicken Freunden. Sabrina hatte sich darüber noch nie beklagt, doch mußte sie jetzt den Preis dafür bezahlen.

»Ist dir klar, daß ich meine Freunde nicht hierher einladen kann? Großer Gott, es sieht hier aus wie in einem Bordell!«

Das ging entschieden zu weit. »Angesichts der Unsummen, die du verbrauchst, muß ich annehmen, daß du Etablissements dieser Art sehr gut von innen kennst.«

»Keine Moralpredigten!« schrie er sie zu später Stunde an. »Du selbst bist zur Madame von Thurston House geworden!«

Daraufhin war ihr die Hand ausgerutscht, und sie hatte ihn geohrfeigt. Es wurde ihr übel, wenn sie daran dachte, aber die Situation zwischen ihnen hätte nicht schlimmer sein können.

Fast war sie erleichtert, als er ihr im darauffolgenden Sommer ankündigte, er würde überhaupt nicht nach Hause kommen. Statt dessen wollte er zu ›Freunden‹ nach Atlanta. Sie hoffte, daß es nette Freunde waren, und war doch ein wenig enttäuscht, weil sie ihn so lange nicht sehen würde; doch hatte sie so drückende Sorgen, daß sie seinen Aufenthalt ohnehin nicht genossen hätte. Außerdem hätte sie es diesmal nicht ausgehalten, wenn er wieder angefangen hätte, sie wegen des Autos zu bearbeiten.

Der Verkauf der Minen war nun beschlossene Sache, auch wenn ihr dabei fast das Herz brach. Und was das Schlimmste war: Sie waren fast wertlos. Sabrina konnte sie nur um den reinen Grundstückspreis losschlagen, aber damit war wenigstens Jons Studium abgedeckt, wenn auch nur für das nächste Jahr. Sie konnte jetzt auf die Mieter verzichten, so daß dieses Problem nicht mehr zwischen ihnen stand, als Jon über die Weihnachtsferien nach Hause kam.

Diesmal verlief alles friedlicher, nur schien er ihr nun völlig entwachsen zu sein. Vom Auto war nicht mehr die Rede, dafür hatte er andere Pläne, die für sie ein ebenso großes Problem darstellten. Jon wollte im Juni mit ein paar Freunden nach Europa, und Sabrina hatte wieder einmal keine Ahnung, wie sie das Geld dafür aufbringen sollte. Bis auf den Schmuck ihrer Mutter, den sie eigens für Jons letztes Studienjahr aufbewahrt hatte und nicht für andere Zwecke verwenden wollte, hatte sie nichts mehr zu verkaufen. Diese Reise schien aber für Jon ungewöhnliche Bedeutung zu haben.

Es blieb ihr nichts übrig, als sich eines Abends mit ihm zusammenzusetzen und die Sache zu besprechen.

»Wer fährt eigentlich mit?« fragte sie als erstes. Mit ihr wollte er nichts mehr unternehmen, er war einundzwanzig, und man konnte es ihm eigentlich nicht verdenken. Aber manchmal machte es sie sehr nervös, daß sie so gar nichts von den Leuten wußte, mit denen er seine Zeit verbrachte. Sie konnte nur hoffen, daß es sich um anständige junge Leute handelte. Es gab ja so vieles, was sie nicht von ihm wußte, Dinge, die sein Vater mit Sicherheit aus ihm herausbekommen hätte, aber Sabrina war nicht sicher, wie weit sie gehen konnte, vor allem wollte sie nicht ungebührlich in seine Privatsphäre eindringen. Außerdem war er an ernsthaften Gesprächen mit ihr nicht interessiert. Es waren sehr schwierige Jahre für beide. Wenn es um seine Wünsche ging, zeigte er sich unerbittlich und wollte immer alles sofort.... Jedes Wort zwischen ihnen drehte sich um Bedürfnisse und Forderungen. Seit Jahren schon hatte er kein liebes Wort, keine Zärtlichkeit für sie übrig. Dieser Teil von ihm fehlte ihr sehr, der kleine Junge, der einmal auf ihren Schoß geklettert war und sich an sie geklammert hatte. Daran mußte sie denken, als sie einander in der Bibliothek gegenübersaßen.

»Also, was ist, kann ich fahren?«

»Wohin?« Sabrina war so müde, daß sie vergessen hatte, um was es ging. Die ständige Anspannung machte sich bemerkbar. Es war ihr nichts geblieben, nur das Haus, in dem sie saßen, das

Weingut und Camilles Schmuck. Sie hatte kein Einkommen und keine Aussicht auf eine bessere Zukunft. Schon seit einiger Zeit dachte sie daran, sich Arbeit zu suchen. Daneben verfolgte sie noch einen Plan. Einige Bauunternehmer, die das riesige Gelände um Thurston House kaufen wollten, waren an sie herangetreten. Vielleicht war das die Antwort auf ihre Notlage. Entschieden hatte sie sich noch nicht.

Jonathan sah sie mußmutig an. Großer Gott, mit ihren siebenundvierzig Jahren konnte sie doch nicht so senil sein!

»Nach Europa, Mom.«

»Du hast mir nie gesagt, mit wem.«

»Na und? Dir sind die Namen ohnehin kein Begriff.«

»Wieso nicht?« Vielleicht kannte Amelia die Leute. Sie verfügte über ein sagenhaftes Gedächtnis und kannte an der Ostküste und darüber hinaus Gott und die Welt, jeden, der etwas darstellte oder dargestellt hatte. »Warum sagst du mir nicht, wer deine Freunde sind?«

»Weil ich kein zehnjähriges Kind mehr bin.« Unwillig sprang er auf. »Läßt du mich nun fahren oder nicht? Ich habe dieses Spiel längst satt!«

»Welches Spiel denn?« Sie sagte es ruhig wie immer. Kein Wort von ihren Sorgen und der Anspannung der letzten Jahre. Nie ließ sie sich etwas anmerken, doch der Schmerz war da, in ihren Augen, in ihrem Herzen, in ihrer Seele, wenn man sich die Mühe machte, genau hinzusehen. Amelia hatte ihn beim letzten Besuch gesehen, und sie hatte Sabrina bemitleidet. Seit John Hartes Tod vor neunzehn Jahren hatte es in ihrem Leben keinen Mann mehr gegeben, weil es keiner mit John aufnehmen konnte, und daran würde sich auch in Zukunft nichts ändern. Das glaubte jedenfalls Sabrina.

Sie sah zu Jon auf. Er war in allem so ganz anders. Er sah weder seinem Vater noch ihrem Vater ähnlich und auch ihr nicht. Und es fehlte ihm die Disziplin, die Leidenschaft für harte Arbeit. Er spielte gern herum und zog es vor, sich alles auf die leichte Tour zu verschaffen. Das machte Sabrina manchmal große Sorgen. Jon mußte endlich lernen, sich alles selbst zu verdienen. Jetzt war vielleicht der günstigste Zeitpunkt gekommen. Daran dachte sie, als sie ihn beobachtete, wie er unglücklich den Raum durchmaß.

»Jon, wenn du dir diese Europareise so sehnlichst wünschst, könntest du dir ja vorübergehend Arbeit suchen.«

Er sah sie zunächst erstaunt, dann mit unverhohlenem Zorn an. »Warum suchst du dir nicht selbst Arbeit, anstatt mir ständig damit in den Ohren zu liegen, wie arm du bist?«

»Tue ich das?« Tränen stiegen ihr in die Augen. Mit seinem Vorwurf hatte er sie bis ins Innerste getroffen. Sie hatte sich so sehr bemüht, nicht zu klagen, doch Jon wußte genau, wie er sie am tiefsten treffen konnte. Müde raffte sie sich auf. Der Tag war lang gewesen, viel zu lang, und Jon hatte vielleicht recht. Vermutlich sollte sie sich Arbeit suchen. Sie hatte oft genug daran gedacht. »Es tut mir leid, wenn du diesen Eindruck gewonnen hast«, sagte sie leise. »Mag sein, daß du recht hast. Wir sollten uns beide Arbeit suchen. Es sind schwere Zeiten für alle.«

»Auf der Universität habe ich diesen Eindruck nicht.« Also wieder das Auto. Alles andere hatte sie ihm finanziert, und daneben hatte er ausreichend Geld für die laufenden Ausgaben. Aber er hatte kein Auto... und jetzt die Europareise... sie mußte wirklich dafür sorgen, daß sie irgendwie zu Geld kam...

»Ich werde sehen, was sich machen läßt.«

Kaum war er wieder fort, zermarterte sie sich den Kopf, wie sie ihre finanzielle Lage verbessern konnte. Arbeit zu bekommen war fast unmöglich. Man schrieb das Jahr 1935, die Wirtschaft lag seit Jahren darnieder. Schlimmer noch, Sabrina konnte weder tippen noch ein Diktat aufnehmen, noch verfügte sie über andere Fähigkeiten, die ihr zu einem Job als Sekretärin verholfen hätten, und Jobs als Leiter einer Quecksilbermine fielen nicht vom Himmel, sagte sie sich lachend, um nicht aus Verzweiflung loszuheulen. Sie hatte ja nie etwas anderes gemacht.

Im März kam ein Brief von Amelia in deren mittlerweile zittrig gewordenen Handschrift, in dem sie ankündigte, ein Freund wolle nach Kalifornien kommen und dort Land kaufen, ein

Mann namens Vernay... de Vernay, um genau zu sein, und Sabrina belächelte unwillkürlich Amelias Sinn fürs Detail. Dieser de Vernay produzierte die edelsten Weine Frankreichs, und jetzt, nach Aufhebung der Prohibition, wollte er einige Rebsorten nach Kalifornien verpflanzen und es da mit dem Weinbau versuchen. Amelia entschuldigte sich bei Sabrina für die Belästigung, da sie aber in der Gegend so gut Bescheid wüßte, würde es ihr vielleicht nicht allzuviel ausmachen, ihn zu beraten.

Sabrina machte es überhaupt nichts aus. Im Gegenteil, sie fragte sich sofort, ob dieser de Vernay ihr vielleicht das Weingut abkaufen würde, mit dem sie nichts mehr anfangen konnte. Die Anbauflächen waren total verwildert, so daß sie ohne Hilfe damit gar nicht mehr fertig würde. Die Prohibition hatte zu lange gedauert. Diese vierzehn Jahre hatten ihren alten Traum, eines Tages eigene Spitzenweine zu produzieren, zunichte gemacht. Die Idee war verrückt gewesen, auch John hatte sie damit immer aufgezogen, obwohl er einmal zugegeben hatte, daß ihr Wein gut war. Seinerzeit hatte sie etwas davon verstanden, aber jetzt war alles vergessen. Ihre Kenntnisse beschränkten sich auf Quecksilbergewinnung, und damit ließ sich nicht viel anfangen. Ab und zu gestattete sie sich Erinnerungen an früher... als sie die Thurston-Minen übernommen hatte... als die Leute ihr weggelaufen waren... als sie alles wieder aufbauen mußte... sie schalt sich dieser Erinnerungen wegen. Sie war zu jung, um so in der Vergangenheit zu leben. Im Frühjahr würde sie ihren achtundvierzigsten Geburtstag feiern. Trotz ihres an Arbeit und Sorgen reichen Lebens sah man ihr die Jahre nicht an.

Dafür spüre ich aber jedes einzelne Jahr, dachte sie bei sich, als sie eines Tages im Garten mit einer Riesenschere die Hecken schnitt und einen hochgewachsenen grauhaarigen Mann am Gartentor bemerkte, als sie zufällig hinsah. Der Mann schien ihr ein Zeichen zu geben. Wahrscheinlich ein Lieferant. Sie ging näher, mit der im Gartenhandschuh steckenden Hand die Augen gegen die Sonne abschirmend. Jetzt erst sah sie, daß er gut gekleidet war, was sie von sich nicht behaupten konnte. Sie sah schrecklich aus in ihrer groben, von Jon geborgten Arbeitskluft. Die Hosenbeine hatte sie hochgerollt und eine alte Jacke übergezogen. Das Haar war am Hinterkopf zu einem Knoten aufgetürmt, aus dem sich lange Strähnen selbständig gemacht hatten. Als sie den grauhaarigen Mann in dem gutgeschnittenen Anzug aus der Nähe sah, fragte sie sich, was ihn hierhergeführt haben mochte. Wahrscheinlich will er nach dem Weg fragen, ging es ihr durch den Kopf, als sie öffnete.

»Was kann ich für Sie tun?« Sie fragte es lächelnd, und er sah sie an, erstaunt, wie ihr schien, und dann sichtlich amüsiert.

»Mrs. Harte?« Er sprach mit französischem Akzent, und sie nickte. »Ich bin André de Vernay, ein Freund von Mrs. Goodheart in New York. Wenn ich mich nicht irre, hat sie Ihnen geschrieben.«

Momentan war Sabrina ratlos, dann fiel ihr der vor einigen Wochen angekommene Brief Amelias ein, und sie sah ihrem Besucher lachend in die Augen, deren Farbe den ihren glich.

»Bitte, kommen Sie herein.« Sie hielt ihm das Tor auf, und er trat ein. Mit einem Blick erfaßte er, wie großzügig die Gartenanlage war, in deren Mitte das Haus stand. »Beinahe hätte ich vergessen ... der Brief liegt schon Wochen zurück ...«

»Ich wurde in Frankreich aufgehalten.« Er war überaus höflich und elegant und gepflegt. Unterwegs zum Haus entschuldigte er sich, daß er seinen Besuch nicht telefonisch angekündigt hatte. Und dann konnte er sich die Frage nicht versagen: »Schaffen Sie das hier alles allein?«

Seine ungläubige Miene entlockte ihr ein Lächeln. »Ja, alles.« In ihrer Antwort schwang ein Anflug von Stolz mit, obwohl sie sich insgeheim nach der Zeit zurücksehnte, in der sie nicht alles allein hatte machen müssen. »Es schadet nicht und stählt den Charakter«, sagte sie und ließ im Spaß die Oberarmmuskeln spielen. »Auch den Bizeps. Aber ich könnte auf beides verzichten.« Er lachte dazu.

Im Haus ließ sie ihre Jacke auf einen Sessel fallen und sah an ihrer lächerlichen Hose hinunter. »Es wäre wirklich besser gewesen, wenn Sie angerufen hätten.« Wieder stimmte er in ihr Lachen mit ein. »Möchten Sie eine Tasse Tee?«

»Ja... nein... das heißt...« Sein Blick schien sie zu durchdringen, und sie hatte das Gefühl, er sei den ganzen Weg herauf nur gekommen, um mit ihr zu plaudern, und sie fand ihn sehr amüsant. Er sprühte geradezu vor Intensität und Ideenreichtum und war so offensichtlich gewillt, sie an allem teilnehmen zu lassen. Während sie den Tee machte, setzte er sich auf einen Küchenstuhl. »Madame, eigentlich bin ich gekommen, weil ich Ihren Rat brauche. Madame Goodheart sagte mir, Sie wüßten im Napa Valley besser Bescheid als jeder andere.« Er sprach den Namen aus, als läge Napa in Frankreich.

»Ja, das ist richtig«, entgegnete sie lächelnd.

»Ich möchte dort die edelsten französischen Rebsorten anbauen.«

Sabrina goß ihm Tee ein und ließ sich ihm gegenüber nieder. »Das wollte ich auch einmal.«

»Und warum haben Sie diese Absicht nicht verwirklicht?« Sein Interesse war ungewöhnlich, und Sabrina fragte sich schon, aus welchem Grund Amelia ihr diesen Mann ins Haus geschickt hatte. Ein ungewöhnlicher Mann, stattlich, gutaussehend, von vornehmer Herkunft, intelligent, und doch hatte er etwas Seltsames an sich, als er in der Küche mit ihr Tee trank, so als gäbe es einen Grund für sein Kommen, den er ihr verschwieg. Sie versuchte im Gespräch dahinterzukommen.

»Ich habe sie nicht verwirklicht, weil ich anderes zu tun hatte. Vor etlichen Jahren hatten wir im Tal argen Schädlingsbefall, der die Rebstöcke fast zur Gänze vernichtete, und dann kam die Prohibition, die alle Weinbaupläne vierzehn Jahre lang zunichte machte, und jetzt... mein Weingut ist im Laufe der Jahre so verwildert... und ich weiß nicht, irgendwie ist es für mich jetzt zu spät. Aber Ihnen wünsche ich viel Glück.« Sie sah ihn an. »Amelia schrieb mir, Sie wollten Land kaufen. Eigentlich sollte ich versuchen, Ihnen mein Weinland zu verkaufen.« Als er interessiert eine Braue hochzog und die Tasse absetzte, trat sie sofort den

Rückzug an. »Ich würde es nicht kaufen. Es ist so verwildert, daß man es mit Dynamit säubern müßte. Jahrelang galt mein Hauptinteresse den Minen. Darunter litt mein Weingut. Nie hatte ich Zeit, das zu tun, was ich eigentlich wollte. Gewiß, mir sind seinerzeit ein paar nette kleine Weine geglückt, mehr nicht.«

»Und jetzt?« Der Mann verfügte über so viel Dynamik, daß er diese Energie bei anderen einfach voraussetzte.

Sie zog die Schultern hoch. »Die Minen habe ich verkauft, das Kapitel ist abgeschlossen.«

»Was für Minen waren es?« Seine Neugierde war nicht zu bremsen. Amelia hatte ihm einiges über Sabrina erzählt, aber nicht genug. Fast hatte sie ein Geheimnis daraus gemacht, als sie von Sabrina sprach. »Ein großartiges Mädchen. Sie weiß alles, was man nur über Napa wissen kann. Sprich mit ihr, André. Laß sie dir nicht entwischen!« Sonderbar, so etwas zu sagen, doch hatte er jetzt tatsächlich das Gefühl, als wolle Sabrina ihm ausweichen und sich zurückziehen. »Was haben Sie in den Minen gefördert, Mrs. Harte?« Er ließ nicht locker.

»Quecksilbererz.«

»Ach, davon verstehe ich herzlich wenig«, antwortete er mit einem Lächeln. »Hatten Sie jemanden, dem Sie den Betrieb überlassen konnten?« Etwas anderes konnte er sich nicht vorstellen. Sabrina schüttelte nur den Kopf und sah dabei plötzlich ganz jung aus. Mrs. Harte war eine ausnehmend hübsche Frau, auch in ihrer Garten-Kluft. Ihr Alter war schwer zu schätzen. Er ahnte nicht, daß Sabrina eben dasselbe dachte. Auch er war altersmäßig schwer einzuordnen.

»Nein, einige Jahre habe ich sie selbst geführt. Das war nach dem Tod meines Vaters.« André de Vernay war beeindruckt. Für eine Frau keine Kleinigkeit. Amelia hatte recht. Eine großartige Frau, die ein großartiges Mädchen gewesen sein mußte. Das spürte man. »Dann hat mein Mann die Geschäfte geführt«, ein Schatten legte sich über ihre Stimme..., »bis auch er starb und ich wieder alles am Hals hatte, meine und seine Minen. Vor einigen Jahren habe ich sie verkaufen müssen.«

»Sicher fehlt Ihnen die Arbeit.«

Das Eingeständnis fiel ihr nicht schwer. »Ja.«

Er trank einen Schluck Tee. »Wann werden Sie mir Ihr Land zeigen, Mrs. Harte?«

Lachend verneinte sie. »Das kann ich Ihnen nicht antun. Aber ich werde Ihnen gern sagen, an wen Sie sich wenden müssen, wenn Sie gutes Weinland kaufen wollen. Ich glaube, dort steht jetzt einiges zum Verkauf. Den Leuten geht es nicht gut.« Sie war ernst geworden.

»Überall steht es schlecht, Mrs. Harte.« In Frankreich sah es nicht besser aus. Einzig Deutschland hatte unter dem Hitler-Regime wirtschaftlich einen Aufschwung genommen, aber Gott allein mochte wissen, was dieser Wahnsinnige noch vorhatte. André traute ihm nicht, niemand traute ihm, wenn auch in Amerika die Meinung vorherrschte, Hitler wäre harmlos. »Seit Jahren schon habe ich hier seßhaft werden wollen. Und jetzt ist der Zeitpunkt gekommen. Meinen Besitz in Frankreich habe ich verkauft. Ich möchte hier neu anfangen.«

»Warum?« Ihr Interesse für die Hintergründe dieses bemerkenswerten Entschlusses war geweckt.

»Mir ist Europa nicht mehr geheuer. Ich halte Hitler für eine echte Bedrohung, obwohl ich mit meiner Meinung ziemlich allein stehe. Ich glaube, wir steuern auf einen Krieg zu, deshalb lasse ich mich lieber in Kalifornien nieder.«

»Und wenn kein Krieg kommt? Gehen Sie dann zurück?«

»Vielleicht, vielleicht auch nicht. Jedenfalls möchte ich, daß mein Sohn hierher nachkommt.«

»Wo ist er jetzt?«

»Beim Wintersport in der Schweiz.« Er lachte. »Was für ein schweres Leben die Jugend doch führt!«

Sabrina stimmte in sein Lachen mit ein. »Wie alt ist er?«

»Vierundzwanzig. Er geht mir schon seit Jahren beim Weinbau an die Hand. Erst war er auf der Sorbonne, dann kam er zurück nach Bordeaux und arbeitet seither mit mir zusammen. Er heißt Antoine.« Der offensichtliche Stolz auf seinen Sohn rührte sie.

»Sie sind sehr glücklich, Monsieur. Mein Sohn wird heuer einundzwanzig. Er studiert in Harvard, und ich frage mich schon, ob er je wieder nach San Franzisko kommen wird. Ich glaube, er wird im Osten ansässig.«

»Erst war Antoine auch begeistert von Paris, und jetzt behauptet er, Paris wäre schrecklich und er sei viel glücklicher in Bordeaux. So provinziell ist er geworden, daß er mich nicht einmal nach New York begleiten wollte. In der Jugend hat man so seinen eigenen Kopf.« Er lächelte ihr zu. »Aber mit der Zeit werden sie alle wieder mehr oder weniger menschlich. Mein Vater pflegte zu sagen, daß er an seinen Kindern viel Freude gehabt habe... nach ihrem fünfunddreißigsten Geburtstag. Aber bis dahin vergeht ja bei uns noch einige Zeit.«

Lachend schenkte Sabrina ihm Tee nach. Da kam ihr eine Idee. Sie warf einen Blick zu der Küchenuhr hin. Er bemerkte es und fragte besorgt: »Halte ich Sie auf, Mrs. Harte?«

»Sabrina, wenn ich bitten darf. Nein, Sie halten mich nicht auf. Mir fiel nur eben ein, daß wir jetzt gleich nach Napa fahren könnten. Ich möchte Ihnen einige Fleckchen gern selbst zeigen. Wie sieht Ihr Zeitplan für heute aus?«

Er schien überrascht. »Das wäre natürlich wunderbar, aber sicher halte ich Sie von etwas anderem ab.«

»Nur vom Heckenschneiden. Ich war schon sehr lange nicht mehr in Napa und würde zu gern mit Ihnen hinausfahren.« Es war das wenigste, was sie für die alte Freundin ihres Vaters tun konnte. »Wie geht es übrigens Amelia?« Sabrina stellte die Tassen in die Spüle und ging mit André hinaus in die Halle.

»Sehr gut. Sie wird natürlich älter und immer gebrechlicher, aber für ihre Jahre ist sie immer noch bemerkenswert gut erhalten. Und ihr Verstand ist messerscharf wie eh und je«, berichtete er. »Ich streite mich gern mit ihr, obwohl ich dabei stets den kürzeren ziehe, aber es stellt eine angenehme Herausforderung dar. Was die Politik betrifft, sind wir grundsätzlich entgegengesetzter Meinung.« Wieder sah er Sabrina lächelnd an... und errötete.

»Ich glaube, mein Vater war immer schon heimlich in sie verliebt. Und ich habe sie schon als Kind sehr geschätzt. In mancher Hinsicht war sie für mich wie eine Mutter ... meine eigene Mutter starb, als ich ein Jahr war, müssen Sie wissen ... «

Er nickte aufmerksam, und Sabrina entschuldigte sich und lief hinauf, um sich umzuziehen. Als sie wieder herunterkam, trug sie ein hübsches graublaues Tweedkostüm, dazu einen Pulli in ihrer Augenfarbe und bequeme flache Schuhe. Das Haar hatte sie glatt aus dem Gesicht gestrichen. André fiel sofort auf, daß sie über Stil verfügte. Sie sah jetzt ganz anders aus als noch vor wenigen Minuten, und die Bezeichnung ›großartiges Mädchen‹ fiel ihm wieder ein. Amelia hatte recht. Wie immer und in allem ... mit Ausnahme der Politik, wie er sich amüsiert in Erinnerung rief, während er Sabrina hinaus folgte. Die Garage war neben dem Gartentor hinter Bäumen und Hecken versteckt. Sie fuhr einen sechs Jahre alten blauen Ford heraus, öffnete ihm die Tür und versperrte das große Gartentor, nachdem sie durchgefahren war.

Auf dem Weg nach Norden warf sie ihm einen belustigten Blick zu. »Und ich dachte, heute hätte ich endlich Zeit für meine Hecken.« Statt dessen freute sie sich wie ein Kind, mit ihm nach Napa zu fahren.

29

Endlich kamen sie in Napa an. Sabrina atmete die frische Luft tief ein und sah mit Wonne das satte Grün der Hügel. Sie fühlte sich so jung wie lange nicht mehr. Seit sie das Haus und die Minen verkauft hatte, war sie nicht mehr hier gewesen. Jetzt merkte sie, wie sehr das Land Teil von ihr war und wie sehr sie es genoß, wieder hier zu sein. Als sie André de Vernays Blick auf sich spürte, wandte sie sich ihm mit einem Aufseufzen zu. Worte waren überflüssig, er wußte genau, was sie empfand.

»Ich weiß, wie Ihnen zumute ist, Sabrina. Diese Gefühle habe ich für Bordeaux ... für das Médoc ... « Auch ihm bedeutete die Heimat alles, ebensoviel wie ihr das Napa Valley.

Das Land hatte lange Zeit eine sehr wichtige Rolle in ihrem Leben gespielt. Es war ihr jetzt eine Freude, einfach dahinzufahren und ihm alles zu zeigen... Oakville... Rutherford... einige der neueren Weingüter. Sie wies auch auf die Hügel, in denen ihre ehemaligen Minen lagen. Nachdem sie in den Silverado Trail eingebogen waren, hielt sie an und deutete auf eine ausgedehnte Landfläche. Das Gelände war zu dichtem Gestrüpp verwachsen, seit Jahren war hier nichts zurückgeschnitten oder frisch gesetzt worden. Das Schild ›Zum Verkauf‹ war umgefallen. Sie hatte sich um den Verkauf nicht weiter gekümmert und war ratlos, was sie mit dem Land anfangen sollte. Mit den hochfliegenden Träumen, die sie für ihr Weingut gehabt hatte, war es vorbei. Sie drehte sich um und blickte in Andrés tiefblaue Augen.

»Früher war hier alles tadellos in Ordnung«, sagte sie entschuldigend, ehe sie ihm die verschiedenen Rebsorten aufzählte und mit ausgestrecktem Arm zeigte, wo sie standen. Sie erzählte ihm von den Schädlingen, von der Prohibition, die das Ende für den Weinbau bedeutet hatte. »Ich kann mir nicht denken, daß man jetzt noch etwas damit anfangen kann.« Hier gehörten ihr zweitausend Morgen, ein Stück weiter hatte sie noch ein paar Parzellen. André zeigte sich zunächst zurückhaltend. Sie zwängten sich zwischen den Rebstöcken hindurch, streiften die Zweige beiseite, die ihnen ins Gesicht schlugen, und drangen immer weiter auf das Gelände vor, während er alles genau prüfte, sich immer wieder bückte und eine Handvoll Erde aufhob. So ging es eine Weile, bis er sich zu ihr umdrehte und sie ernst ansah.

»Mrs. Harte, hier haben Sie eine Goldmine.« Das klang so typisch französisch, daß sie lachen mußte, obwohl es ihm ernst war.

»Das mag früher der Fall gewesen sein, jetzt trifft es nicht mehr zu«, erklärte sie mit einem Kopfschütteln. »Wie alles andere hat das Land jetzt nicht mehr den Wert, den es einst hatte.«

Dabei dachte sie an die Minen, die sie hatte schließen müssen. Seinerzeit waren diese Weinanbauflächen gepflegt gewesen, jetzt war kaum mehr zu erkennen, daß hier Rebstöcke standen. Die Erinnerung an das Einst betrübte sie. Sie merkte jetzt, daß dieser Ausflug eine zweischneidige Sache war. Einerseits spürte sie das Verlangen, zu dem Land zurückzukehren, das sie und ihr Vater so geliebt hatten, andererseits wurde dabei die Erinnerung an die Vergangenheit schmerzlich wach. Ihr Vater ... John ... und nun war auch Jon ihr schon fast entrückt. Während sie langsam zurück zum Wagen gingen, spürte sie das Gewicht der verlorenen Jugend. Mit einemmal bedauerte sie, daß sie gekommen waren. Wozu eigentlich? Welchen Sinn hatte es, zurückzukommen und über die Vergangenheit Tränen zu vergießen?

»Ich sollte das alles schleunigst verkaufen, weil ich viel zu selten herauskomme und das Land nur brachliegt«, sagte sie in die Stille hinein.

»Ich würde es Ihnen abkaufen« – er hielt ihr die Wagentür auf –, »aber das wäre so, als würde man einem unwissenden Kind etwas wegnehmen. Ich glaube, Ihnen ist nicht klar, was für ein kostbares Stück Land Sie besitzen, liebe Freundin.« Das Erdreich ähnelte der üppigen Erde des Médoc, dazu kamen das milde Klima und das Aussehen der verwachsenen Rebstöcke ... das alles zusammen sagte ihm, daß er hier wahre Wunder wirken konnte. »Ich möchte hier Land kaufen, Sabrina ...« Mit zusammengekniffenen Augen blickte er über die Hügel. Bordeaux war es nicht, aber es war schön, und er konnte sich vorstellen, hier glücklich zu sein. Mit Antoine und einigen ihrer besten Leute ließen sich hier Höchstleistungen zustande bringen. Aber als erstes mußte er geeignetes Land kaufen.

»Ist es Ihnen ernst damit?« Die Frage war überflüssig, sie sah es ihm an, und sie hatte ihm Hilfe angeboten. Er drängte sie nicht, ihm ihr Land zu verkaufen, und sie kannte in der Gegend jedermann.

Sabrina brachte ihn mit einem der renommiertesten Makler für landwirtschaftliche Objekte zusammen, dieser setzte sich mit einigen Leuten in Verbindung und stellte fest, daß anschließend an Sabrinas Weingut dreitausend Morgen zu einem annehmbaren Preis zum Verkauf standen. Das Vorhaben würde sehr viel Arbeit kosten, dennoch konnte André es kaum erwarten, sich das Gelände noch vor Einbruch der Dunkelheit anzusehen. Sabrina brachte ihn hin. Sie waren schon vorübergefahren, als sie ihr Land besichtigt hatten, ahnungslos, daß dieser Teil zu haben war.

André stieg aus und ging auf das Feld, meilenweit, wie ihr vorkam. Dabei sah er sich prüfend um, befühlte die Erde, brach Reben ab, faßte Blätter an... fast hatte Sabrina den Eindruck, er wolle auch den Geruch der Luft prüfen. Sie fand es amüsant, ihn zu beobachten. André war so intensiv, so still und ernsthaft, doch wenn man mit ihm redete, dann lag fast etwas Spitzbübisches in seinem Blick... nicht aber, wenn es um Weinbau ging, um sein *récolte* oder das Land, auf dem sie standen.

Sie fuhren sofort wieder zurück zum Makler. Andrés Erregung, die sich in seinen lebhaften Augen spiegelte, wirkte ansteckend. Sichtlich glücklich drehte er sich im Büro des Maklers zu ihr um.

»Was würden Sie dazu sagen, Sabrina, wenn ich Ihnen den Vorschlag machte, mir Ihr Land zu verkaufen?«

»Statt des Geländes, das wir eben besichtigt haben?«

»Nein, zusätzlich dazu. Aber ich hätte noch eine bessere Idee.« Jetzt war Sabrina sehr gespannt. »Sie und ich, wir könnten als Partner zusammenarbeiten. Ich würde Ihr Land für Sie bebauen. Damit hätten wir zusammen eine lohnende Anbaufläche.« In Sabrinas Augen flammte es auf. Das hatte sie sich immer schon gewünscht. Aber jetzt?

»Im Ernst?«

»Natürlich.«

In diesem Augenblick kam der Makler, und im Nu hatte André die Provision ausgehandelt und das Geschäft abgeschlossen, sehr zur Erleichterung des Mannes, dessen Familie davon für längere Zeit satt wurde. Er hatte zu Hause vier Kinder.

André wandte sich wieder an Sabrina. »Na, was halten Sie davon?«

Nun trat eine längere Pause ein, während beide den Atem anhielten. Sabrina spürte eine Erregung wie schon lange nicht mehr. Die Erregung, die das Geschäftemachen mit sich bringt, die Industrie, das Kaufen und Verkaufen.

»Nein, ich verkaufe nicht«, sagte sie schließlich ernst.

André hatte eigentlich nichts anderes erwartet. »Dann überlassen Sie mir das Land als Pächter. Könnten wir nicht Partner werden?« Zusammen würden sie sechstausend Morgen haben, eine sehr ansehnliche Fläche. Sabrina nickte mit glänzenden Augen.

»Ja, damit bin ich einverstanden.« Er reichte ihr die Hand, und sie wechselten unter den Augen des Maklers einen Händedruck. Der Mann hatte das Gefühl, Zeuge eines nahezu historischen Augenblicks geworden zu sein, und er traf nicht weit daneben. Gleich darauf schrieb André ihm einen Scheck als Anzahlung aus. Erst jetzt fiel ihm ein, daß er auch ein Dach über dem Kopf brauchen würde.

Daran hatte er bislang nicht gedacht. Verblüfft sah er Sabrina an. Ja, er brauchte ein Haus für sich und seinen Sohn, nichts Großes. Er wollte in der Nähe ein kleines Haus mieten. An sein elegantes Château in Frankreich durfte er jetzt nicht denken. Damit war es vorbei. Er spürte es mit jeder Faser seines Herzens, daß es mit der Alten Welt bergab ging. Das hier war ein faszinierendes Land, eine neue Welt und eine Gelegenheit für einen Anfang. Und dieses kommende Leben war viel erregender als die Aussicht auf einen baldigen Ruhestand in gewohnter Umgebung. Auch für Antoine war der Neuanfang eine große Chance.

Kurz nach acht kehrten sie in einer an der Straße gelegenen Kneipe ein und stürzten sich hungrig auf die bestellten Hamburger, die sie mit Bier hinunterspülten. Beim Essen erzählte Sabrina ihm vom Napa Valley von einst, so wie sie es in Erinnerung hatte.

»Ich wurde hier in St. Helena im Haus meines Vaters geboren.«

»Ist es noch in Ihrem Besitz?«

»Ich mußte es leider verkaufen.« Sie sah ihn offen an, zu verbergen hatte sie nichts. »Damals mußte ich für das Studium meines Sohnes irgendwie Geld beschaffen. Beim Börsenkrach von 1929 war der Junge fünfzehn, drei Jahre später ging er nach Harvard. Mein Vermögen war verloren, auch die Minen mußten mit der Zeit verkauft werden, und das Haus in St. Helena brauchte ich nicht mehr, weil wir schon seit Jahren in der Stadt lebten.«

Sie war nicht zu stolz, mit ihm über ihre Probleme zu sprechen. Er war im Grunde genommen ein einfacher Mensch, und seit sie einen Händedruck gewechselt hatten, mit dem ihr Geschäft besiegelt wurde, spürte sie eine besondere Bindung. Ihr war, als wären sie auf der Stelle Freunde geworden, nicht zuletzt, weil auch Amelia ihm vertraute.

»Ein weiteres Jahr muß ich noch für das Studium aufkommen, und dann«, sie stieß einen Seufzer aus, »werde ich die Genugtuung haben, daß ich ihm das Bestmögliche gegeben habe.«

»Und was gibt er Ihnen?«

Sabrina wollte schon sagen ›Liebe‹, doch war sie dessen nicht ganz sicher. Jon gab ihr etwas, wenn er nach Hause kam... vermutlich ein tröstliches Gefühl, daß es auf der Welt jemanden gab, der etwas für sie empfand, aber Jon selbst hätte es nie so formuliert. Er selbst war viel mehr daran interessiert, was sie ihm geben konnte.

»Ich weiß es nicht genau. Ich bin nämlich gar nicht sicher, ob Kinder einem etwas geben... bis auf die Freude zu wissen, daß man sie hat.«

»Aha.« Er nickte und wirkte dabei wieder sehr französisch. Mit einem Lächeln setzte er sein Glas ab. »Lassen Sie Ihrem Sohn ein paar Jahre Zeit.« Sie lachte in Erinnerung an die Auseinandersetzungen, die zwischen ihr und Jon stattgefunden hatten.

»So lange wird es mindestens dauern. Also, was haben Sie mit dem Land vor?« Die Ernsthaftigkeit, mit der er an die Sache heranging, faszinierte sie immer mehr. Er war also wirklich entschlossen, Bordeaux zu verlassen und nach Kalifornien zu kommen. »Glauben Sie tatsächlich, daß die Lage in Frankreich sich so zuspitzen wird?«

»Schlimmer noch. Ich sehe eine Katastrophe voraus. Mit Amelia hatte ich deswegen einen richtigen Streit. Sie behauptet, die Franzosen wären zu klug, um sich überrollen zu lassen, aber diesmal irrt sie sich. Politisch sind wir krank, wirtschaftlich stehen wir auf schwachen Beinen, und an unserer Grenze im Osten steht dieser Wahnwitzige und schwenkt seine Hakenkreuzfahne. Ich glaube, es ist höchste Zeit zu gehen... wenigstens für eine gewisse Zeitspanne.«

Sie fragte sich, ob er nicht zu pessimistisch war. Vielleicht lag es an seinem Alter. Er hatte beiläufig erwähnt, daß er fünfundfünfzig war. John war in diesem Alter in seinen Ansichten auch konservativer geworden und hatte sich mehr Sorgen um die politische Lage gemacht als vorher. Damals hatte er, obwohl er sie immer beruhigte, überall Unheil und Untergang gewittert. Sie konnte sich auch noch erinnern, daß ihr Vater ähnlich gewesen war, deswegen maß sie Andrés Voraussagen nicht übermäßige Bedeutung bei.

Er sah sie nachdenklich an und kam beim Kaffee zögernd zur Sache. »Ich weiß, Sie müssen mich für verrückt halten, aber mir geht das Weinland nicht aus dem Sinn. Ihres und meines. Es ist ideal für meine Pläne geeignet, und Sie sagten, Sie hätten sich früher auch für Weinbau interessiert. Wären Sie bereit, aktiv als Partnerin mitzumachen und das Unternehmen gemeinsam mit mir zu gründen, anstatt mir den Grund nur zur Nutzung zu überlassen?«

»Monsieur, ich glaube, diese Zeiten sind für mich vorbei. Ich bin keine Geschäftsfrau mehr.« Und sie hatte seinerzeit für ihre Arbeit einen hohen Preis bezahlt, weil ihr Sohn es ihr nie verziehen hatte.

»Ach, das möchte ich nicht sagen. Ich könnte mir vorstellen, daß Sie sich sehr rasch wieder hineinfinden. Na, klingt das sehr verrückt?«

»Ein wenig schon.« Sie hielt inne, da die Kellnerin kam und frischen Kaffee brachte. André trank Unmengen davon, obwohl er feststellte, daß er sich von dem Kaffee in seiner Heimat beträchtlich unterschied, eine taktvolle Untertreibung, die Sabrina belustigte. Sie war sehr neugierig, wie er sich ihre Partnerschaft vorstellte. »Was haben Sie sich ausgedacht?«

Nach einem tiefen Atemholen setzte er die Tasse ab. »Was würden Sie davon halten, wenn Sie von dem zum Verkauf stehenden Land so viel kaufen, daß jeder von uns gleich viel Anbaufläche hätte? Dann wären wir Partner fifty-fifty.«

Sabrina belachte laut den amerikanischen Ausdruck. »Mit Ihnen zusammen soll ich das Land kaufen? André, Sie müssen mich mißverstanden haben. Ich kann kaum das Geld für das letzte Studienjahr meines Sohnes aufbringen. Bis auf das Stadthaus und das Stück Wildnis in Napa, das Sie gesehen haben, besitze ich nichts mehr. Woher sollte ich Geld für einen Landkauf nehmen?« Es waren achthundert Morgen – für sie unerschwinglich.

André schien enttäuscht, gab sich aber noch nicht geschlagen. »Ich wußte nicht.... ich dachte nur...« In seinen blauen Augen lag etwas Gewisses, etwas typisch Französisches, und wieder mußte sie sich eingestehen, daß der Mann ihr sehr gefiel... in vielfacher Hinsicht. Er sah gut aus, war schlank und geschmeidig und wirkte jünger, als er war. Man konnte sich vorstellen, wie er vor zwanzig Jahren ausgesehen hatte. »Verfügen Sie über keinerlei andere Mittel?« Das war eine sehr direkte Frage, die aber nicht der Indiskretion entsprang. Er legte größten Wert darauf, mit ihr gemeinsam anzufangen. Vom ersten Augenblick ihrer Bekanntschaft an hatte er sich von ihr angezogen gefühlt. Amelia hatte sie als ungewöhnliche Frau geschildert... allein der Umstand, daß sie jahrelang allein die Minen geleitet und viel Verstand bewiesen hatte, war höchst bemerkenswert. Wahrscheinlich hatte sie es nur ihrem Geschäftssinn zu verdanken, daß sie nicht alles verloren hatte. Irgendwie spürte André, daß sie, wenn sie nur wollte, einen Weg finden würde, das Land zusammen mit ihm zu kaufen. Zudem verstand sie mehr vom Weinbau, als sie zugeben wollte.

»André, seit Jahren habe ich mich nicht mehr damit beschäftigt. In meiner Jugend habe ich davon geträumt, hier edlen französischen Wein zu produzieren, aber das ist lange her.« Sie lächelte voller Wehmut. »Zwanzig oder gar fünfundzwanzig Jahre sind seither vergangen. Jetzt wäre ich Ihnen nicht mehr von Nutzen.« Sie fand es erstaunlich, daß er ihr eine Partnerschaft vorgeschlagen hatte, mußte sich jedoch eingestehen, daß der Gedanke sie reizte. Seine Idee gefiel ihr viel besser als der Vorschlag, ihm das Land nur zu verpachten. »Wissen Sie, fast wäre ich geneigt, trotzdem einzusteigen. Aber in Wahrheit sollte ich mein Land lieber verkaufen, anstatt noch mehr dazuzukaufen.« Der Gedanke entlockte ihr einen Seufzer. In den nächsten Monaten wurde wieder das Schulgeld für ein Jahr Harvard fällig, und als Wertobjekte besaß sie nur mehr das Land in Napa, das Gelände rings um Thurston House und den Schmuck ihrer Mutter, den sie ohnehin nie trug. Diese Überlegungen ließen sie auch nicht los, als sie abends im Bett lag. André wollte am nächsten Tag wieder nach Napa, allein, um sich das Gelände, das er gekauft hatte, gründlicher anzusehen und sich mit dem vorigen Eigentümer darüber zu unterhalten. Außerdem mußte er ein Haus suchen.

Je länger Sabrina nachdachte, desto deutlicher wurde ihr klar, daß ihr der Mann gefiel. Sie konnte nur hoffen, sein Weingut würde ein Erfolg werden. Daß ein Mann seines Alters seiner Heimat den Rücken kehrte, wo es ihm gutgegangen war, und seinen gesamten Besitz veräußerte, um Tausende Meilen entfernt ein neues Leben anzufangen, fand sie bewundernswert. Dazu gehörte mehr als nur Mut.

Sie bewunderte André fast so sehr wie er sie. Er hatte sofort gespürt, über wieviel innere Kraft sie verfügte; da hätte es Amelias Andeutung gar nicht bedurft, die ihm zu verstehen gegeben hatte, daß Sabrina es auch jetzt nicht leicht hatte. Sie selbst hatte ihre Lage nur erwähnt, als er ihr anbot, das Land gemeinsam zu kaufen.

Sabrina grübelte noch immer über seinen Vorschlag nach, voller Bedauern, daß sie darauf nicht eingehen konnte, als sie plötzlich mit einem Ruck im Bett auffuhr. Es war unterdessen Morgen geworden... Wenn sie das Gartengelände um Thurston House an die Baugesellschaft verkaufte, hatte sie nicht nur genug für Jons letztes Studienjahr, es würde noch eine Menge übrigbleiben. Ursprünglich hatte sie geplant, im Falle eines Verkaufs das übrige Geld für sich abzuzweigen oder anzulegen, aber gab es eine bessere Anlage als Landbesitz? Das hatte ihr schon ihr Vater gepredigt. Stieg sie nun bei André ein und kaufte Land, würde nicht ein Penny für sie persönlich übrigbleiben, doch wenn er sein Geschäft verstand, würden sie mit der Zeit Gewinne machen. Eine riskante Sache, wenn man die allgemeine wirtschaftliche Lage in Betracht zog, aber allein der Gedanke an das Projekt ließ ihr Herz höher schlagen, wie vor Jahren, als sie den Minenbetrieb vergrößert hatte. Dazu kam, daß der Weinbau ihr schon von Jugend an am Herzen gelegen hatte. Schon als junges Mädchen hatte sie sich für den Wein mehr interessiert als für den Bergbau.

Die Sache ging ihr den ganzen Tag über nicht aus dem Kopf, und sie fragte sich dauernd, was André inzwischen in Napa ausgerichtet haben mochte. Schließlich führte sie ein paar Telefongespräche wegen des Gartengeländes, und als André sie abends anrief, war sie so aufgeregt, daß er sie kaum verstehen konnte.

»André, stellen Sie sich vor, ich schaffe es!«

Der Makler, mit dem sie gesprochen hatte, war überzeugt, daß er ihr schon am nächsten Tag ein Angebot vorlegen konnte. Zwei Bauunternehmer lagen schon seit Jahren auf der Lauer und waren gewillt, einen anständigen Preis zu zahlen. Das bedeutete zwangsläufig, daß sie eine Zeitlang inmitten von lauter Bautätigkeit leben mußte und daß ihre Ruhe und Abgeschiedenheit in Thurston House für immer dahin waren, aber das kümmerte sie nicht. Wenn Sie mit André mitmachen konnte...

Er konnte sie immer noch nicht verstehen und wurde immer verwirrter. »Wie bitte? Was?... Langsam bitte...« Er stimmte in ihr Lachen mit ein, in der Gewißheit, daß etwas Wundervolles passiert war, ohne zu wissen, was.

»Entschuldigen Sie, bitte. Also, wie ist es heute gelaufen?«

»Sehr gut, danke.« Auch er war aufgeregt. »Mir ist nämlich et-

was eingefallen. Ich kaufe das Land, verkaufe Ihnen sofort achthundert Morgen, und Sie können sich mit der Bezahlung beliebig
lange Zeit lassen. Meinetwegen fünf Jahre. Bis dahin werden wir
beide mit unseren Weinen längst reich geworden sein.« Er lachte,
und Sabrina strahlte.

»Das wird nicht nötig sein, ich habe nämlich auch eine Idee.«

Sie wollte ihm rasch alles erklären, besann sich dann aber eines Besseren. »Möchten Sie auf einen Brandy kommen? Dann
können wir alles besprechen.«

»Aha ...« Er war sehr gespannt und fand die Idee fabelhaft.
»Ist es nicht schon zu spät? Es ist zehn Uhr vorbei.«

Aber Sabrina wollte nicht bis zum nächsten Morgen warten.
Den ganzen Nachmittag hatte sie sich gefühlt wie ein aufgeregtes
Kind. André wollte ein Taxi nehmen und gleich kommen.

Fünf Minuten später wurde an die Haustür gepocht, und Sabrina flog geradezu die Treppe hinunter und öffnete. Vor dem
Feuer in der Bibliothek standen der Brandy und Kognakschwen-
ker. Sichtlich hochgestimmt lief sie neben ihm die Treppe hinauf,
so daß er sie mit gutmütigem Lachen fragte: »Na, was haben Sie
ausgebrütet, Sabrina?« Er sprach ihren Namen sehr hübsch mit
französischem Akzent aus. Sie bot ihm Platz an und beeilte sich,
das Glas zu füllen.

»Mir ist etwas eingefallen ... es geht um den Besitz in Napa.«

Sie sah ihn mit blitzenden Augen an, und er wagte kaum zu
hoffen. War das der Grund, warum sie ihn hatte kommen lassen? Vielleicht hatte sie ein Wunder zustande gebracht. »Sabrina,
spannen Sie mich nicht auf die Folter.«

André sagte diese Worte im Flüsterton, und sie sah ihn an
und wußte instinktiv, daß ihr Leben an einer Wende angelangt
war wie nur wenige Male zuvor ... wie beim Tod ihres Vaters,
als sie die Minen übernahm ... dann bei der Heirat mit John
und bei der Geburt Jonathans ... und nun war ihr Leben wieder im Begriff, eine dramatische Wendung zu nehmen. Sie hatte
geglaubt, die Zeit der Aktivität sei zu Ende, jetzt wußte sie, daß
sie wieder etwas anfangen konnte. Sie wollte ein gemeinsames

Unternehmen mit diesem Mann beginnen, das stand für sie im Vordergrund. Ebenso wußte sie, daß an diesem Mann etwas Besonderes war, das sagte ihr nicht nur ihr geschäftliches Gespür. André de Vernay war überraschend in ihr Leben getreten, und jetzt wollte sie etwas Neues mit ihm wagen. Seine lange Freundschaft mit Amelia bot ihr Gewähr, daß sie ihm vertrauen konnte. »Ich möchte das Land zusammen mit Ihnen kaufen.«

Ihre Blicke trafen aufeinander. »Werden Sie das schaffen? Ich dachte . . . «

»Die ganze Nacht habe ich mir den Kopf zermartert, und gleich am Morgen hängte ich mich ans Telefon . . . es geht um den Verkauf des Geländes um Thurston House. Das Geld brauche ich für das nächste Studienjahr meines Sohnes.« Sie war geradezu schmerzhaft offen, doch sah sie keinen Grund, etwas vor ihm zu verbergen. Wenn sie mit ihm gemeinsame Sache machen wollte, mußte sie ganz offen zu ihm sein. »Für diese Grundstücke bekomme ich so viel Geld, daß es vielleicht ausreicht, um einen Teil des Landes in Napa zusammen mit Ihnen zu kaufen. Wir könnten von Anfang an als gleichberechtigte Partner zusammenarbeiten.« Ihre Augen glänzten. Andrés Blick verriet, daß ihm die Bedeutung dieses gemeinsamen Neubeginns klar war. Sabrina sah ihn mit zusammengekniffenen Augen an. »Ich kann alles genau vor mir sehen.« Sie war auf einmal so voller Optimismus wie damals, als sie die Minen übernommen hatte.

»Ich sehe es auch.« André hob sein Glas. »Auf unseren Erfolg, Madame Harte.« In seinem Blick lag jene Ernsthaftigkeit, die sie an ihm schon kannte. Sie hob ihm ihr Glas entgegen und trank ihm zu, um sogleich mit besorgt gerunzelter Stirn zu fragen: »Wer wird die Flächen bearbeiten? Holen Sie Leute aus Frankreich herüber?« Sie wußte, daß eine Unmenge Arbeit vor ihnen lag, doch diese Aussicht beflügelte sie geradezu.

»Ja, drei meiner Leute und dazu meinen Sohn. Zu fünft dürften wir alles ganz gut schaffen, und außerdem können wir hier zusätzliche Arbeitskräfte anstellen, falls es nötig sein sollte.

Warum fragen Sie? Wollen Sie Ihre Hilfe zur Weinlese anbieten?« Er faßte nach ihrer Hand. »Ist es Ihnen mit allem ernst?«

»Wie noch nie. Ich habe das Gefühl, endlich wieder zum Leben zu erwachen.« Die stehenden Gewässer ihres Lebens waren wieder in Fluß geraten. Jetzt erst merkte sie richtig, wie sehr sie die Arbeit vermißt hatte, die Führung ihres Betriebes, das Gefühl, etwas bewirken zu können. In den letzten Jahren hatte sie sich darauf beschränken müssen zuzusehen, wie ein Stück nach dem anderen davontrieb. Und jetzt war sie dank André wieder mittendrin. »Wenn alles klappt, stehe ich tief in Ihrer Schuld, André.«

»Ah non!« Er schüttelte entrüstet den Kopf. »Da irren Sie gewaltig, Sabrina. Ich bin es, der zu Dank verpflichtet ist, und zwar ein Leben lang.« Er sah nachdenklich vor sich hin, im Geiste schon Jahre voraus. »Eines Tages wird das Unternehmen ein großer Erfolg werden... ich habe es im Gefühl. Wir werden erlesene Tropfen produzieren, besser noch als die französischen Spitzenweine. Vielleicht sogar eine oder zwei Champagnersorten...« Seine Worte machten sie so glücklich, daß sie den Tränen nahe war. Das war es, was sie seit Jahren unbewußt herbeigesehnt hatte, und er bot es ihr an. Amelia hatte als Werkzeug der Vorsehung fungiert, als sie ihr André ins Haus schickte, der sie wieder zum Leben erweckte.

In den nächsten drei Tagen entfalteten sie schier wahnsinnige Energien. Sabrina hatte Termine bei ihren Banken. Sie mußte Grundstücke verkaufen, andere wiederum besichtigen, mit den Eigentümern sprechen, dann wieder mit den Banken und schließlich mit den Bauunternehmern, die ihren Garten kaufen wollten. Ein Wunder geschah, und innerhalb einer Woche waren beide Transaktionen abgeschlossen. Sie hatte auf dem Nob Hill bis auf Thurston House und einen kleinen Garten direkt hinter dem Haus alles verkauft. In Napa hatten sie gemeinsam dreitausendachthundert Morgen Weinland gekauft, das an ihre ursprünglichen zweitausendeinhundert Morgen grenzte. Zusammen gehörten ihnen fast sechstausend Morgen Anbaufläche, von denen jeder rechtmäßig die Hälfte besaß. Sabrinas Anwälte waren tagelang sehr beschäftigt gewesen, und ihre Bank hatte darauf bestanden, Erkundigungen über André einzuholen, Telegramme waren hin und her gegangen, sie hatte Amelia zweimal angerufen und sich für alles bedankt. Es war die hektischste Woche, die Sabrina je erlebt hatte. Am Wochenende begleitete sie André zum Zug, der ihn nach New York bringen sollte. Sie wechselten einen Händedruck, und André küßte sie auf beide Wangen.

»Sie wissen hoffentlich, daß wir beide total verrückt sind?« Sie fühlte sich wieder wie ein junges Mädchen und wirkte auch so, und auch André sah besser aus als zuvor, nachdem er einige Nachmittage lang in der kalifornischen Sonne seinen Besitz abgeschritten hatte. Aber Sabrina war so freudig erregt über das Erreichte, daß sie diese Seite an ihm im Moment gar nicht bemerkte. Sie mußte jetzt noch ein Haus finden, das ihm und Antoine Platz bot, und außerdem eine Unterkunft für die drei Arbeitskräfte, die er aus Frankreich mitbringen wollte. »Wann kommen Sie zurück?«

Er hatte versprochen, sie von New York und von Bordeaux aus anzurufen. Obwohl er in Frankreich noch viel zu erledigen hatte, hoffte er, in einem Monat wieder zurück zu sein. »In vier Wochen, höchstens fünf.«

»Bis dahin habe ich sicher ein Haus gefunden, und schlimmstenfalls können Sie in Thurston House bleiben.«

»Ja, das wäre allerdings hübsch.« Die Vorstellung, seine Leute aus dem Médoc würden das elegante Haus am Nob Hill beziehen, reizte ihn zum Lachen. »Wir würden es sehr schnell in ein Bauernhaus verwandeln.«

»Das soll mir nur recht sein.« Sie winkte ihm nach und wünschte ihm viel Glück, als der Zug losfuhr. Bei dem Gedanken an den Zug, der vor neunzehn Jahren losgefahren war und Detroit nicht erreicht hatte, drohte ihr Herz stillzustehen. Aber so grausam konnte das Leben kein zweites Mal sein, und diesmal lief tatsächlich alles anders.

Auf den Tag genau nach fünf Wochen stand Sabrina wieder

am Perron, um André, Antoine und die drei Arbeiter abzuholen. Sie hatte auf dem an das Weingut angrenzenden Grundstück ein kleines einfaches Haus ausfindig gemacht, das sie mieten konnten. Mit der Zeit konnten er und Antoine sich ein Haus nach ihrem Geschmack bauen, doch war das im Moment Nebensache.

Gemeinsam fuhren sie direkt nach Napa. Als die Männer sahen, was André und Sabrina gekauft hatten, folgte ein aufgeregter Wortwechsel auf französisch. Sabrina konnte nicht genug staunen, wie charmant der große, schlaksige Antoine war, der die blauen Augen seines Vaters geerbt hatte. Der dichte blonde Haarschopf und die feingeschnittenen Züge, auf denen ein sympathisches Lächeln lag, machten ihn zu einem auffallend hübschen jungen Mann. Vom Wesen her war er eher still, aber sehr liebenswürdig. Trotz seines mangelhaften Englisch schaffte er es, Sabrina ein paar Artigkeiten zu sagen, und am Ende des zweiten Tages, an dem sie gemeinsam die Rebstöcke begutachtet hatten, spürte sie, daß sie Freunde geworden waren. Antoine war so anders als Jon, was sie mit seiner größeren Reife erklärte. Seine auffallendsten Eigenschaften waren seine Liebenswürdigkeit und sein zuvorkommendes Wesen. Immer war er hilfsbereit und bei den häufig auftretenden Spannungen zwischen den Männern mit ihrem französischen Temperament stets auf Ausgleich bedacht. Er genoß das Zusammensein mit seinem Vater und benahm sich Sabrina gegenüber mit ausgesuchter Höflichkeit und gleichzeitig sehr ungezwungen und lustig. Sie fragte sich schon, wie er mit Jon auskommen würde, wenn dieser sich wieder zu Hause zeigte. Ihr war sehr daran gelegen, daß die beiden gut miteinander auskämen.

Aber Jon kam erst im Juni wieder nach Hause. Seit Andrés und Antoines Ankunft waren schon sechs Wochen vergangen. Die beiden waren für einige Tage bei ihr in Thurston House, weil sie einige Bankangelegenheiten zu erledigen hatten, bei denen es um Darlehen ging. Der Baulärm war unerträglich, es wurden im Garten bereits die Gruben für die geplanten Häuser ausgehoben.

Der kleine Garten hinter dem Haus, den Sabrina behalten hatte, war völlig wertlos. Über allem lagen Zement- und Staubwolken, Bäume wurden gefällt und von Kränen fortbewegt. Für Sabrina war es ein schmerzlicher Anblick, den sie vergebens zu ignorieren versuchte. Die Veränderungen waren zu traurig, doch jetzt gab es kein Zurück mehr, und außerdem lag das aufregende neue Projekt mit André und Antoine vor ihr. Sie hatte Jons Schulgeld bezahlen können und war darüber sehr erleichtert. Jetzt besaß sie keinen Penny mehr. Alles war für das Weinland draufgegangen. Mehrmals wöchentlich fuhr sie nach Napa und besichtigte voller Freude ihren Besitz. Und André kam mindestens einmal pro Woche in die Stadt und bezog die Gästesuite in Thurston House.

Er und Antoine waren im Haus, als Jon ankam und die beiden mit unverhohlener Feindseligkeit musterte, kaum daß er sein Gepäck in der Halle abgestellt hatte.

»Wieder Untermieter, liebe Mutter?« Sein Ton war so unverschämt, daß sie ihn am liebsten tüchtig geschüttelt hätte. »Wohl kaum, Jon. Das sind André und Antoine de Vernay. Ich habe dir von den Weingärten berichtet, die wir in Napa gekauft haben.«

»Meiner Meinung nach der reinste Unsinn.« Jon war das genaue Gegenteil von Antoine, der sie so offen und ungezwungen in sein Leben einbezogen hatte. Es war klar, daß Jon sich von den Eindringlingen bedroht fühlte. Seine Mutter liebäugelte wieder mit dem Geschäftsleben, und damit wurde er an seine Kindheit erinnert, als er ihre Arbeit voller Eifersucht und Haß hatte dulden müssen.

Antoine streckte Jon spontan die Hand entgegen, die der Jüngere achtlos schüttelte. Er hatte jetzt in San Franzisko ganz andere Kontakte. Nächste Woche sollten zwei Freunde von Harvard kommen, mit denen er zum Lake Tahoe und dann nach La Jolla wollte, da aus seinen ursprünglichen Plänen für den Sommer nichts geworden war. Viel lieber wäre er natürlich mit seinem Freund Dewey Smith nach Europa gegangen, aber seine Mutter hatte darauf bestanden, daß er nach Hause kam. Er wollte es ihr heimzahlen, indem er sie nächstes Jahr nach der

Graduierung zwingen würde, ihm eine Europareise zu finanzie-
ren. Schließlich hatte er sich die große Reise redlich verdient, und
alle anderen fuhren dauernd hinüber nach Europa. Ausgerechnet er sollte den Sommer über zu Hause hocken? Jon dachte gar
nicht daran. Nein, er wollte nach deren Stapellauf auf der ›Normandie‹ seine Europareise antreten. Das war ihm seine Mutter
schuldig. Man schloß nicht alle Tage ein Studium an der Harvard University ab. Doch hütete er sich, ihr seine Pläne jetzt
schon zu offenbaren, dazu war noch genug Zeit. Im Moment
war ihm ein Auto viel wichtiger, weil er seine Freunde erwartete. »Jon, du kannst meinen Wagen nehmen, wenn ich da bin.
Ich fahre mit der Straßenbahn.«

André hörte mit einem Ohr mit, während er von der Bibliothek
aus Anrufe erledigte. Ihre unerschütterliche Geduld mit dem Jungen wunderte ihn, aber Jon war ihr einziger Sohn, das erklärte
viel. Dazu kam, daß der Junge seinen Vater mit zwei Jahren verloren hatte. Sabrina hatte André im Verlauf eines ihrer abendli-
chen Gespräche anvertraut, daß sie sich Jon gegen über schuldig
fühlte, weil sie ihn wegen ihrer Arbeit vernachlässigt hatte.

»Unsinn, Sabrina«, hatte er sie beruhigt. »Sie haben doch für
ihn gearbeitet und alles für ihn geleistet. Nach Eugenies Tod hatte
ich ähnliche Probleme mit Antoine. Er mußte Verständnis dafür
aufbringen, daß ich allein ihm nicht die Mutter ersetzen konnte.
Und Sie hatten damals auch eine enorme Verantwortung zu tragen. Dafür müßte er zumindest jetzt Verständnis haben.«

»Wenn es ihm in seinen Kram paßt.« Sie hatte ihrem Partner und Freund zugelächelt. Sie kannte Jon sehr gut und wußte,
wie verwöhnt er war, ein Umstand, der sie oft in Verlegenheit
brachte. Besonders peinlich war es ihr, daß er sie nun auch in
Andrés Gegenwart mit dem Auto quälte.

»Können wir denn keinen zweiten Wagen kaufen?«

»Du weißt, daß ich mir das momentan nicht leisten kann.«

Sabrina war um einen ruhigen Ton bemüht, was Jon nicht
kümmerte, der sie laut anherrschte: »Warum nicht? Du kaufst ja
alles mögliche, Land in Napa, ein Weingut und Gott weiß was.«

Wie ungerecht er war. Seit Jahren hatte sie nichts mehr für sich angeschafft. Alle ihre Kleider, denen man ihre Qualität zwar noch ansah, waren längst unmodern geworden, wie André bemerkt hatte. Er ahnte, daß sie viele Opfer hatte bringen müssen. Nach dem Verkauf des Gartengrundstücks, dessen Erlös sie in Jons Studium und das Stück Weinland investiert hatte, war kein Geld für irgendwelche Extravaganzen da. Damit wollte Jon sich jedoch nicht abfinden und hörte nicht auf, Sabrina zu drängeln.

»Jon, jetzt nimm doch Vernunft an und begnüge dich mit meinem Wagen«, ermahnte sie ihn. Ihr Auto stand seit kurzem in einer Garage auf der anderen Straßenseite. Sie hatte sie von Freunden gemietet, da ihre eigene Garage im Zuge der Bauarbeiten abgerissen worden war.

»Wie sollen wir es bei diesem Lärm hier lange aushalten?« Jon schrie es ihr entgegen. Aber erst abends, nach Arbeitsschluß, merkte sie selbst, wie laut es wirklich geworden war. In den hinter ihr liegenden Wochen hatte sie sich an den Baulärm gewöhnt, und wenn man den Auskünften trauen wollte, würde sie sich ein ganzes Jahr lang damit abfinden müssen.

»Tut mir leid, Jon, aber es wird nicht ewig dauern. Und du bist die meiste Zeit ohnehin nicht da.« Sie sah ihn liebevoll an. »Wenn du nächstes Jahr nach der Graduierung kommst, wird alles fertig sein.«

Er stieß einen ungehaltenen Seufzer aus. »Das will ich hoffen. Also, was ist mit dem Wagen? Kann ich ihn nachmittags haben?«

»Aber sicher.« Sie wußte, daß er ein Mädchen ausführen wollte, die Freundin eines Freundes, Erstsemester am Mills College. »Wirst du mit uns zu Abend essen?« Sie speiste abends oft mit André und Antoine zusammen und hätte es gern gesehen, wenn Jon die beiden näher kennengelernt hätte. Er schüttelte den Kopf, da er andere Pläne hatte. »Tut mir leid, es geht nicht.« Und dann wanderte sein Blick zu dem neuen Freund seiner Mutter. André telefonierte noch immer, und Jon war der Meinung, er könne ihn nicht hören. »Ist das deine neue Liebe?« Er sah seine Mutter mit einem anzüglichen Lächeln an, und Sabrina errötete. Um ihren Mund zeigte sich ein Zug, der ihm sagte, daß sie über seine Bemerkung alles andere als erbaut war.

»Wo denkst du hin, Jon! Er ist mein Geschäftspartner. Ich lege Wert darauf, daß du mit ihm und seinem Sohn näher bekannt wirst.«

Jonathan reagierte mit einem gleichgültigen Achselzucken. Für ihn waren die beiden nur zwei Bauern aus Frankreich, uninteressante Leute. Ihr offenkundiges Interesse für Weinbau und die Tatsache, daß sie aus Bordeaux kamen und sich in Kleidung und Auftreten sehr einfach gaben, hatten in ihm diesen Eindruck entstehen lassen. Daß sie Aristokraten waren, war ihm entgangen, und von dem kürzlich verkauften Château wurde nicht gesprochen. Jon hatte andere Dinge im Kopf, besonders jetzt, weil er den Wagen seiner Mutter zur Verfügung hatte. Eine halbe Stunde später war er wieder fort und sollte erst ganz spät in der Nacht wiederkommen.

Am nächsten Morgen verließ Sabrina kurz nach Tagesanbruch mit André und Antoine das Haus. Diesmal war sie es, die erst spät am Abend zurückkam. Langsam bekam sie das Gefühl, ihre gesamte Zeit im Auto zu verbringen und ständig zwischen Thurston House und dem Weingut unterwegs zu sein. Aber es gab für sie draußen so viel zu tun.

»Warum hast du dich auf diesen Irrsinn eingelassen?« fragte Jon sie zum wiederholten Mal, als sie am Abend zusammentrafen. Sabrina las eine Anklage in seinem Blick, als hätte sie etwas Unrechtes getan oder ihn wieder im Stich gelassen, weil sie so häufig außer Haus war wie damals, als sie noch die Minen hatte. Aber Jon war jetzt einundzwanzig und verbrachte die meiste Zeit Tausende Meilen weit entfernt auf der Universität. Sie hatte keineswegs die Absicht, unter ihr Leben einen Schlußstrich zu ziehen, nur weil sie in die Jahre kam und einen erwachsenen Sohn hatte. Das neue Vorhaben war das Beste, was ihr hatte passieren können, auf Jon aber wirkte es irgendwie bedrohlich. Wenn die Sprache darauf kam, wurde er immer sehr unangenehm, als hätte er das Gefühl, sie wolle ihm etwas wegnehmen.

»Jon, ich verspreche dir, daß es ein Erfolg wird. Wir werden den besten Wein in den Staaten produzieren.«

Wieder hatte er nur ein Achselzucken für sie übrig. »Na, wenn schon. Ich trinke lieber Scotch.«

Sabrina mußte sehr an sich halten. Manchmal war er wirklich unmöglich. »Ein Glück, daß nicht jeder deine Meinung teilt.«

Da fiel Jon etwas ein, und er drehte sich betont nonchalant um und sagte: »Ach, ehe ich es vergesse, nächste Woche kommt jemand auf der Durchreise vorbei.«

Sabrina runzelte die Stirn. »Aber du wolltest doch an den Lake Tahoe?«

»Ja, schon, aber ich dachte, sie könnte vorbeikommen und dich begrüßen.« Es war das erste Mal, daß von seiner Seite ein solcher Vorschlag kam. Sabrina fragte sich, ob es sich um ein Mädchen handelte, in das er verliebt war.

»Ist es jemand, der dir etwas bedeutet?« fragte sie fast schüchtern.

»Ja.« Gleich darauf, als er merkte, welchen Schluß sie daraus zog, schüttelte er den Kopf. »Nein, nicht das, was du denkst... nur eine Freundin... na, einerlei, du wirst ja sehen...«

Einen Moment glaubte sie die Andeutung von Schuld in seinem Blick zu lesen, konnte aber ihrer Sache nicht sicher sein.

»Wie heißt sie?« rief ihm Sabrina nach, da er schon hinausgegangen war.

»De Pré«, antwortete er.

Der Name sagte ihr nichts, und sie vergaß, ihn noch einmal zu fragen, ehe er in der darauffolgenden Woche an den Lake Tahoe fuhr.

30

Als Jon fortgefahren war, verbrachte Sabrina wieder die meiste Zeit in Napa mit André, Antoine und den französischen Arbeitern, weil es ungeheuer viel zu tun gab. Das neue Land mußte gerodet und bepflanzt werden, auf ihren alten Anbauflächen mußten die Rebstöcke zurückgeschnitten und entrindet werden, und die von André aus Frankreich mitgebrachten Rebstöcke bedurften besonders sorgfältiger Pflege. Es würde ein Jahr dauern, bis die Bodenbeschaffenheit annähernd seinen Anforderungen entsprach... wenn überhaupt, doch dieses Risiko war einkalkuliert. Trotz aller dieser Schwierigkeiten nahm das Projekt langsam Gestalt an. Sogar die Bezeichnung für die Weine stand schon fest. Die Landweinsorten wollten sie unter dem Namen ›Harte-Vernay‹ auf den Markt bringen, während für die Spitzenweine der Markenname ›Château de Vernay‹ vorgesehen war.

Sabrina machte das alles sehr viel Freude. Nach einer Woche unter der sengenden Sonne Napas kam sie braungebrannt nach San Franzisko zurück. Ihre Augen wirkten in dem sonnenbraunen Gesicht wie hellblaue Himmelsflecken, das Haar fiel ihr lose auf den Rücken. An den Füßen trug sie die Espadrillos, die André ihr aus Frankreich gebracht hatte, und dazu lässige Hosen. Sie war eben dabei, in Thurston House ihre Post durchzusehen, als sie durch das Telefon gestört wurde. Eine unbekannte Frauenstimme wollte sie sprechen.

»Ich bin am Apparat.« Die Stimme hatte ihre Neugierde geweckt, ohne ihr Interesse von dem Stapel Rechnungen in ihrer Hand ganz abzulenken. Aus den Rechnungen konnte sie ersehen, daß Jon sich auch in den letzten Wochen nichts versagt hatte... drei Restaurantbesuche... sein Klub... sein bevorzugter Schneider.

»Ich bin die Comtesse de Pré. Ihr Sohn meinte, ich solle anrufen...«

Sabrina überlegte kurz. Dann fiel ihr alles wieder ein. De Pré, ganz recht... aber von einer Comtesse war nicht die Rede gewesen. Nun, vielleicht handelte es sich um die Mutter eines Mädchens, das ihm etwas bedeutete. Sabrina seufzte, unhörbar für das Telefon. Sie war nicht in Stimmung, und schon gar nicht für eine Frau, die sich auf diese Weise vorstellte. Der Sprache nach

Amerikanerin, vermutlich aus dem Süden, doch der Name war eindeutig französisch. Zu dumm, daß André und Antoine nicht da waren, aber das ließ sich jetzt nicht ändern. Sie hatte Jon versprochen, sich um die Dame zu kümmern.

»Vielleicht hat Jonathan Ihnen gesagt, daß ich anrufen würde.«

»Ja, das hat er.« Sabrina bemühte sich, mehr Herzlichkeit erkennen zu lassen, während sie weiter die Rechnungen durchsah.

»Ein reizender Junge.«

»Danke. Sind Sie zu Besuch in San Franzisko?« Sabrina war mit ihrer Weisheit am Ende. Sie hatte keine Ahnung, was die Person wollte.

»Ja.«

»Leider ist Jon nicht da. Er ist mit Freunden in den Bergen.«

»Wie schön. Nun, vielleicht sehe ich ihn, wenn er wiederkommt.«

»Ja...« Sabrina riß sich zusammen. Sie wußte, was sich gehörte. »Hätten Sie Lust, diese Woche irgendwann zum Tee zu kommen?« Es war das allerletzte, was sie sich zusätzlich zu der vielen Arbeit wünschte, doch blieb ihr nichts anderes übrig. Jon hatte sie darauf vorbereitet, und die Frau hatte angerufen.

»Ja, das wäre nett. Ich möchte Sie kennenlernen, Mrs. Harte.« Sie schien Sabrinas Namen nach einem kleinen, sonderbaren Zögern auszusprechen.

»Vielleicht gleich heute nachmittag?« Am besten, man brachte die Sache rasch hinter sich.

»Wundervoll, meine Liebe.«

»Ich freue mich sehr«, log Sabrina, aber das war ihr nicht anzumerken. »Wir wohnen...«

Aus dem Hörer drang eine charmante Lachkaskade. »Ach, nicht nötig...« Und dann: »Jon hat mir die Adresse schon vor längerer Zeit gegeben.«

Sabrina konnte sich nicht vorstellen, ob die Frau alt oder jung war, eine Dame oder ein junges Mädchen oder einfach eine Frau aus Jons Bekanntenkreis. Es war ihr richtig unangenehm, und als

André sie später anrief und sie bat, für ihn auf der Bank etwas zu erledigen, mußte sie ihm sagen, daß es ihr unmöglich war.

»Zu dumm, Jon hat mir eine seiner Bekannten aufgehalst. Sie ist auf der Durchreise, und ich mußte sie zum Tee einladen.« Sie sah auf die Uhr. Der Teetisch war gedeckt, sie trug ein graues Flanellkleid mit Samtkragen und eine Perlenkette, die sie als junges Mädchen von ihrem Vater bekommen hatte. »Sie hätte schon vor zehn Minuten dasein sollen... so, wie sie sich anhört, habe ich nicht den Eindruck, daß es bei einem kurzen Besuch bleibt und ich nachher noch wegkönnte. Tut mir leid, André.«

»Schon gut, es hat ja Zeit.« Er sah sie vor sich, wie sie sich am Tag zuvor den Weg durch die dschungelähnliche Wildnis auf ihrem Weingut gebahnt hatte, mit wirrem Haar, sonnverbranntem Gesicht und Augen, deren Blau ihn an das Mittelmeer erinnerte. Er fand es erheiternd, sich auszumalen, wie sie Tee servierte. Auf sein Lachen hin schnitt sie ein Gesicht.

»Ich kann mir nicht vorstellen, was sie will, aber Jon legt offenbar großen Wert auf ihren Besuch, also muß ich mich korrekt verhalten. Ehrlich, ich wäre viel lieber oben bei euch. Wie läuft alles?«

»Sehr gut.« Aber noch ehe er mehr sagen konnte, hörte sie den Türklopfer und dann die Klingel.

»Verdammt, das ist sie. Ich muß Schluß machen. Rufen Sie mich an, wenn sich etwas Besonderes tut.«

»Mach' ich. Wann wollen Sie morgen kommen?«

Sabrina wollte draußen mit ihnen weitermachen, und Jon wollte erst in einer Woche zurückkommen. »Morgen abend, denke ich. Kann ich bei Ihnen im Haus bleiben?« Sie war dort die einzige Frau und bewies viel Kameradschaftsgeist, indem sie sämtliche Unbequemlichkeiten und Härten des ländlichen Lebens mit ihnen teilte. Abends half sie beim Kochen, obwohl das nicht zu ihren Stärken gehörte. »Mit einem Bergbaubetrieb kann ich besser umgehen als mit dem Kochlöffel«, hatte sie sich entschuldigt, als ihr sämtliche Spiegeleier verkohlten, ehe die Männer an die Arbeit gingen. Von da an übernahmen die anderen das Kochen, und sie tat Männerarbeit wie immer. Damit hatte sie sich Andrés Bewunderung endgültig gesichert. Er bewunderte sie in vielfacher Hinsicht.

»Natürlich können Sie hierbleiben. Ich glaube, wir müssen bald an den Bau eines anständigen Hauses denken.« Sie planten ein kleines Haus für die Arbeiter und ein ansehnlicheres auf einem Hügel für sich selbst. Aber das alles hatte Zeit. Es gab im Moment Wichtigeres. »Wir sehen uns also morgen. Fahren Sie vorsichtig.«

»Mach' ich.« Sabrina legte auf und lief die Treppe hinunter, um zu öffnen. Sie machte die Tür auf und sah vor sich eine Frau, die sie auffallend anstarrte. Sie trug ein schwarzes figurbetontes Kostüm. Ihr noch immer hübsches Gesicht war von tiefschwarzen und, wie Sabrina vermutete, gefärbten Haaren umgeben. Die strahlend blauen Augen nahmen Sabrina Zoll für Zoll unter die Lupe, ehe die Frau eintrat und sofort zur Kuppel hinaufblickte, als wüßte sie von deren Vorhandensein.

»Guten Tag. Wie ich sehe, hat Jon Ihnen von der Kuppel erzählt«, sagte Sabrina einleitend.

»Nein.« Die Frau sah Sabrina an, und diese hatte plötzlich ein merkwürdiges, nicht näher zu definierendes Gefühl. Fast war ihr, als hätte sie die Frau schon gesehen, nur wußte sie nicht, wo. »Sie können sich nicht an mich erinnern?« Ihr Blick war unverwandt auf Sabrina gerichtet. Sie schüttelte den Kopf. »Woher auch!« Wieder hörte Sabrina deutlich den Südstaatenakzent heraus. »Ich dachte nur, Sie hätten vielleicht ein Foto gesehen … irgendein Bild … «

Sabrina spürte, wie es ihr eiskalt über den Rücken lief, während sie nur dastand und die Frau halblaut fortfuhr: »Mein Name ist Camille de Pré … früher Camille Beauchamp … « Jetzt bekam es Sabrina mit der Angst zu tun, doch die Frau sprach weiter: »Camille Thurston, aber das ist lange her … «

Nicht zu fassen. Sabrina stand wie angewurzelt da und starrte die Frau an. Ein Scherz. Es mußte ein Scherz sein. Ihre Mutter war tot. Jetzt wich Sabrina zurück wie unter einem Schlag.

»Gehen Sie...« Sie hatte das Gefühl, jemand drücke ihr die Kehle zu, und ihre Stimme bebte. Wieder war sie nicht imstande, sich von der Stelle zu bewegen. Camille stand da, ohne sie aus den Augen zu lassen, nicht imstande, Sabrinas Gefühle nachzuempfinden oder auch nur annähernd zu erfassen, was für einen Schlag sie ihr versetzt hatte. Es war so, als wäre sie von den Toten auferstanden. Dank der Umsicht ihres Vaters hatte Sabrina nie ein Bild ihrer Mutter zu Gesicht bekommen. Jetzt erkannte sie mit einem Blick, wem Jon so ähnlich sah. Er war das Ebenbild seiner Großmutter... Haare... Gesicht... Augen... Mund... Lippen... Sabrina unterdrückte einen Schrei und wich noch einen Schritt zurück.

»Das ist ein sehr grausamer Scherz. Meine Mutter ist tot...« Sie war ganz außer Atem, aber irgend etwas hielt sie davon ab, dieser Person einfach die Tür zu weisen, eine gewisse Faszination, die sie nicht leugnen konnte. Ihr Leben lang hatte sie sich gefragt, wie ihre Mutter ausgesehen haben mochte, und jetzt... vielleicht war es möglich... damals hatte sie so dringend eine Mutter gebraucht, und plötzlich war diese Frau aufgetaucht. Wie war das nur möglich? Camille Beauchamp de Pré sah seelenruhig zu, wie Sabrina sich verzweifelt in einen Sessel fallen ließ. Die Wirkung, die sie mit ihrem Erscheinen erzielt hatte, behagte ihr.

»Ich bin nicht tot, Sabrina.« Sie sagte es mit fester Stimme, und ohne den Blick von ihr zu wenden. »Jon sagte mir, daß Jeremiah dich in dem Glauben ließ, ich wäre tot. Das war nicht richtig.«

»Was hätte er denn sagen sollen?« Sabrina konnte den Blick nicht von ihr wenden. Unfaßbar, was sich eben ereignet hatte. Ihre Mutter war aus dem Grab direkt in ihr Leben getreten und stand vor ihr. »Ich verstehe das nicht.«

Camille tat so, als sei die Situation für sie alltäglich. Langsam tat sie ein paar Schritte, bis sie unter der Kuppel stand, während sie Sabrina, die sie noch immer fassungslos anstarrte, alles zu erklären versuchte. »Dein Vater und ich hatten vor langer Zeit ein Zerwürfnis.« Dazu lächelte sie beschönigend, fast charmant, aber Sabrina war zu gewitzt, um sich von ihrem Charme gefangennehmen zu lassen. »Du mußt wissen, daß ich hier eigentlich nie glücklich war, und schon gar nicht in dem anderen Haus.« Die Erinnerung an St. Helena ließ sie unmerklich zusammenfahren. »Napa war nie mein Fall« – die Untertreibung der letzten fünfzig Jahre –, »und als dann meine Mutter erkrankte, ging ich zurück nach Atlanta.« Sabrina wollte ihren Ohren nicht trauen. Diese Geschichte hörte sie heute zum erstenmal, und das erschien ihr verdächtig. Warum hätte ihr Vater sie belügen sollen? »Es gab einen häßlichen Streit, weil ich fortwollte, und er schrieb mir nach Atlanta, ich sollte nie mehr zurückkommen. Damals entdeckte ich, daß er hier in der Stadt eine Geliebte hatte.« Sabrinas Augen weiteten sich. Ob das alles stimmte? »Er erlaubte mir nicht mehr, nach Hause zu kommen oder dich wiederzusehen ...« Camille brach in Tränen aus. »Dich ... mein einziges Kind. Mir brach das Herz ... da bot sich mir die Chance, nach Frankreich zu gehen.« Schnüffelnd wandte sie sich unter Sabrinas argwöhnischem Blick ab. Wenn diese Person log, dann machte sie es sehr geschickt. Sie hätte jeden von der Echtheit ihres Schmerzes überzeugt. »Es hat Jahre gedauert, bis ich mich von diesem Schock erholte, und seither ziehe ich ziellos durch die Welt.« Tatsächlich war sie nach dem Tod Thibaut de Prés in das Haus ihres Bruders Hubert ›gezogen‹ und hatte seither dort gelebt, viel besser als jemals mit de Pré. Und dann hatte das Schicksal Jonathan in ihr Leben treten lassen.

Der Name Beauchamp hatte für Jon keine Bedeutung gehabt. Er wußte zwar, daß seine Großmutter so geheißen hatte, doch war diese schon lange tot – das hatte er jedenfalls geglaubt. Als er während seines ersten Studienjahres einmal mit Huberts Enkel nach Atlanta gefahren war, hatte er entdeckt, daß seine Großmutter in dessen Elternhaus lebte. Zwei Jahre lang hatten sie beraten, ob es sinnvoll war, sie mit Sabrina zusammenzubringen. Zuerst war er der Meinung gewesen, seine Mutter würde sich freuen, dann aber hatte sein Instinkt sich gemeldet und ihm gesagt, das Gegenteil könnte der Fall sein. Und doch drängte ihn etwas, für die Überraschung die Weichen zu stellen, etwas, wogegen er lange ankämpfte. Schließlich hatte er diesem Verlangen nachgegeben, aus Wut über seine Mutter, die ihm immer größere Schwierigkeiten machte, Forderungen an ihn stellte und ihm den ersehnten Wagen verweigerte. Er war ihr keinerlei Rücksicht schuldig, hatte er sich eingeredet, und schließlich hatte er Camille zu verstehen gegeben, die Zeit wäre reif. Sabrina verdiente einen bösen Schock, weil sie ihn so viel allein gelassen und die Arbeit in ihrem Unternehmen vorgezogen hatte. Jon wußte genau, was Camille plante. Sie hatte ihm versprochen, er dürfe in dem Haus wohnen, solange er wolle, wenn sie sich als Besitzerin darin etabliert hätte. Schließlich war es ihr Haus und nicht das der Sabrina Harte ... doch das sagte sie ihrer Tochter noch nicht. Als Draufgabe hatte Camille Jon auch das ersehnte Auto versprochen, aber zuvor galt es an andere Dinge zu denken.

»Warum hätte mein Vater mich belügen sollen?« wiederholte Sabrina argwöhnisch.

»Hättest du ihn auch geliebt, wenn er bei der Wahrheit geblieben wäre und dir gesagt hätte, daß er deine Mutter aus dem Haus jagte? Er wollte dich für sich, Sabrina, dich und die alte Hexe, die dich aufgezogen hat.« Jon hatte ihr gesagt, daß die verhaßte Hannah im Haus geblieben war, inzwischen aber nicht mehr lebte. »Und er wollte nicht, daß ich ihm bei seinen Affären in die Quere käme. Du mußt wissen, daß er auch eine Geliebte in Calistoga hatte.« Da fiel Sabrina ein, was sie einmal über ihn und Mary Ellen Browne gehört hatte, aber das war lange her. Vermutlich hatte sich das alles vor seiner Heirat abgespielt, auch das mit dem Kind, das sie angeblich gehabt hatten. Sabrina hatte den Gerüchten nie wirklich Glauben geschenkt. »Und in New York hatte er noch eine.« Diese Behauptung klang Sabrina nicht so unwahrscheinlich in den Ohren, wenn sie an Amelia dachte, aber daß ihr Vater tatsächlich eine Affäre mit seiner alten Freundin gehabt hatte, erschien ihr doch sehr zweifelhaft ... wenn überhaupt, dann erst in späteren Jahren, aber nicht eher. Ihre Beziehung war Sabrina immer so anständig erschienen, so voller Herzlichkeit und Freundschaft.

»Ich weiß nicht, was ich glauben soll.« Aus Sabrinas Blick sprach völlige Ratlosigkeit. »Warum sind Sie jetzt aufgetaucht? Ausgerechnet jetzt?«

»Es hat so lange gedauert, dich zu finden.«

»Ach? Ich habe immer hier gelebt. Ich bewohne noch immer das Haus, das er seinerzeit für Sie gebaut hat.« Darin lag eine gewisse Anklage, von der Camille, die mit allen Wassern gewaschen war, keine Notiz nahm. »Sie hätten mich längst finden können.«

»Ich wußte ja nicht einmal, ob du noch am Leben bist. Außerdem hätte mich Jeremiah niemals zu dir gelassen.«

Sabrina lächelte spöttisch. »Ich bin jetzt achtundvierzig. Sie hätten mit mir Kontakt aufnehmen können, wenn Ihnen ernsthaft daran gelegen gewesen wäre, ob mein Vater noch gelebt hätte oder nicht.« Jeremiah wäre in diesem Jahr zweiundneunzig geworden und hätte für niemanden mehr eine Bedrohung dargestellt, und ganz gewiß nicht für diese unverschämte Person, die vor ihr stand. Außer Mißtrauen regte sich nichts in Sabrina. Warum hatte Jon ihr Camille ohne jede Vorwarnung zugeführt? Dieser Punkt vor allem gab ihr Rätsel auf. Warum hatte er nichts gesagt? War sein Haß so groß? Oder hielt er das alles für einen gelungenen Witz? Sie wollte der Sache auf den Grund kommen, möglichst rasch.

»Sabrina, du bist mein einziges Kind... Liebling.« Camille standen wieder Tränen in den Augen.

»Das sagten Sie schon. Außerdem bin ich kein Kind mehr.«

Mit dem bezaubernden Lächeln einer jugendlichen Naiven drapierte Camille sich auf einen Sessel. »Ich wußte nicht mehr, wohin ich gehen sollte.«

»Wo haben Sie bis jetzt gelebt?«

»Bei meinem Bruder, der kürzlich verstorben ist. Deswegen zog ich zu seinem Sohn, dem Vater des Freundes unseres Jonathan.« Das ›Unser‹ ließ Sabrina zusammenzucken. »Dort hat sich alles für mich sehr ungemütlich entwickelt. Eigentlich hatte ich kein richtiges Zuhause mehr seit dem Tod meines Mannes... hm, besser gesagt meines Lebensgefährten.« Errötend versuchte sie die Panne wiedergutzumachen. Sabrina ließ sich diese Chance nicht entgehen.

»Sie haben sich wieder verheiratet, Madame de Pré?« Sie sprach den Namen mit übertriebener Betonung aus und wartete mit hochgezogenen Brauen auf Antwort. Eine innere Stimme sagte ihr, daß sie von nun an nur Unangenehmes aus dem Mund der Frau erfahren würde.

Wieder schaffte Camille es, sie zu überrumpeln. »Meine Liebe, ist dir denn nicht klar, daß dein Vater und ich uns nie scheiden ließen? Ich bin noch immer seine Frau und war es auch zum Zeitpunkt seines Todes.« Jonathan hatte Camille versichert, daß Jeremiah seines Wissens nie wieder geheiratet hatte. Gekannt hatte er seinen Großvater nicht, der acht Jahre vor seiner Geburt gestorben war. »Vor dem Gesetz bin ich die Eigentümerin dieses Hauses.« Aus ihrem Lächeln sprach unverhüllte Bösartigkeit.

»Was?« Sabrina sprang auf wie elektrisiert.

»Doch, es stimmt. Wir waren bis zum Schluß verheiratet, und daß er das Haus eigens für mich bauen ließ, weißt du ja.«

»Um Himmels willen, wie können Sie so etwas behaupten?« Sabrina hätte am liebsten Hand an diese Person gelegt. Nach allem, was sie durchgemacht hatte, kam dieses Weib und wollte ihr alles wegnehmen! »Wo waren Sie, als ich Sie brauchte? Mit fünf Jahren oder mit zehn Jahren? Wo waren Sie, als mein Vater starb und ich an seiner Stelle den Betrieb führen mußte? ... Als ...« Sie brachte momentan kein Wort mehr heraus, weil sie zu ersticken glaubte. »Wie können Sie es wagen, hier einfach hereinzuschneien? Nächtelang lag ich als junges Mädchen wach und malte mir aus, wie meine Mutter ausgesehen haben mochte. Der Gedanke an ihren Tod erschütterte mich zutiefst, und ich weiß, daß mein Vater seinen Schmerz nie verwunden hat ... und jetzt kommen Sie und wollen mir weismachen, Sie hätten Ihre Mutter gepflegt und er hätte sie dann nicht mehr nach Hause zurückkehren lassen! Ich glaube Ihnen kein Wort, hören Sie? Nicht ein einziges Wort! Und dieses Haus gehört nicht Ihnen, es ist mein Eigentum, und nach mir wird es Jonathan gehören. So wie mein

Vater es mir hinterlassen hat, werde ich es meinem Sohn übergeben. Das alles hat mit Ihnen nichts zu tun.« Sabrina, die unter der Kuppel stand, brach in Tränen aus, von Camille genau
beobachtet. »So begreifen Sie doch endlich! Das ist mein Haus
und nicht Ihres, verdammt! Und wagen Sie es ja nicht noch einmal, meinen Vater in diesem Haus schlechtzumachen. Hier ist er
vor fast dreißig Jahren gestorben, es war für ihn ein geheiligter
Ort... Sie haben recht, er hat es für Sie erbaut, aber aus irgendeinem mir nicht bekannten Grund sind Sie verschwunden. Für
eine Rückkehr ist es zu spät, lassen Sie sich das gesagt sein.«

Nach fast fünfzig Jahren in der Versenkung war Camille plötzlich wieder auf der Bildfläche aufgetaucht, ein Umstand, den sie
selbst inszeniert hatte, obwohl Sabrinas Reaktion, die sie nicht
ganz unerwartet traf, in ihrer Heftigkeit doch beängstigend war.

»Hoffentlich ist dir klar, daß du mich nicht vor die Tür setzen
kannst?« Mit honigsüßem Lächeln sah sie die Frau an, die sie als
ihr Kind beanspruchte.

Da ließ sich Sabrina vom Jähzorn hinreißen. »Das werden wir
sehen, verdammt noch mal!« Sie trat energisch auf Camille zu.
»Wenn Sie nicht freiwillig verschwinden, rufe ich die Polizei!«
»Gute Idee, dann kann ich den Leuten diese Heiratsurkunde zeigen und noch ein paar Dokumente dazu. Ich bin die Witwe Jeremiah Thurstons, ob es dir nun paßt oder nicht. Jonathan und ich
werden sein Testament anfechten. Und danach wirst du mich fragen müssen, ob du hier bleiben darfst. Bis dahin kannst du mich
nicht zum Verlassen des Hauses zwingen.«

»Das kann nicht Ihr Ernst sein!«

»Er ist es! Und wenn du mich anrührst, rufe ich die Polizei.«

»Und welcher Plan steckt dahinter? Wollen Sie die nächsten
fünfzig Jahre hier verbringen?«

Der Sarkasmus, der aus Sabrinas Worten sprach, störte Camille nicht. Sie war es gewohnt, ihren Willen durchzusetzen,
und hatte darin ungewöhnliches Talent entwickelt. Ihr Vorgehen hatte sie mit Jonathan von langer Hand geplant. Er hatte
sehr lange gezögert, aber schließlich war der richtige Moment

gekommen. Sie hatte es gewußt, immer schon, und hatte geduldig gewartet. Sabrina würde sie nicht so leicht wieder loswerden. »Ich werde hier wohnen, solange es mir beliebt.«

Sie hatte nicht einmal Jonathan ihren ganzen Plan enthüllt. Zunächst wollte sie Sabrina hier das Leben so unangenehm wie möglich machen – und das ohne die geringsten Gewissensbisse. Sabrina war für sie eine Fremde, wozu also Rücksicht nehmen? Sie beabsichtigte, einige Monate zu bleiben, lange genug, um das Haus zu übernehmen und Sabrina die Hölle zu bereiten. Als Folge davon würde es hernach vielleicht zu einer vorteilhaften kleinen Einigung kommen, die es ihr ermöglichte, als Siegerin und in aller Würde in den Süden zurückzukehren, wo sie sich ein eigenes Haus zu kaufen gedachte, nicht aus Sehnsucht nach den Südstaaten, sondern weil es für ihre Zwecke im Moment am günstigsten war. Camille fühlte sich völlig im Recht. Ihre Nachforschungen hatten ihr bewiesen, daß Jeremiah nie eine Scheidung angestrebt hatte. Die Ehe hatte mithin auch zum Zeitpunkt seines Todes bestanden. Wenn sie jetzt erst sein Testament anfocht, würde es natürlich eine Weile dauern, bis eine Einigung zustande käme. Lange genug, um Sabrina ihren Standpunkt klarzumachen.

»Sie können hier nicht einziehen.« Sabrina starrte sie erschrocken an. »Das werde ich nicht zulassen.«

Sie hatte kaum ausgesprochen, als Camille an die Tür ging und jemandem, der draußen gewartet hatte, ein Zeichen gab. Ein junger Mann trat eilig ein, beladen mit einem halben Dutzend Gepäckstücken. Zwei große Koffer blieben indessen noch vor der Tür. Sabrina vertrat ihm den Weg. »Hinaus mit dem Dreck!« Damit waren Camille und ihre Sachen gemeint. Sie deutete zur Tür. »Sofort!« Diesen Ton hatte sie bei ihren Minenarbeitern angeschlagen, aber bei diesem Menschen wirkte das nicht. Er fürchtete Camille viel mehr. »Haben Sie mich verstanden, junger Mann?!«

»Ich kann nicht... tut mir leid, Ma'am.« Sichtlich eingeschüchtert ließ er sich von Camille die Treppe hinaufdirigieren.

Sie wußte genau, wo sich die einzelnen Räumlichkeiten befanden ... die große Schlafzimmersuite. Jeremiahs Bibliothek, ihr Boudoir. Sie führte den Jungen in ihr Ankleidezimmer, wo er die Gepäckstücke abstellte, die Sabrina sofort packte und hinausschleppte. Das trug ihr einen strafenden Blick Camilles ein.

»Das nützt dir gar nichts. Ich bleibe. Ich bin deine Mutter, ob es dir nun paßt oder nicht.«

Das also war die Mutter, von der sie so lange liebevolle Träume geträumt hatte! Das war der absolute Gipfel! Sie kam sich vor wie ein kleines Kind, als sie heiße Zornestränen aufsteigen spürte und sich völlig hilflos fühlte. Sie konnte es noch immer nicht fassen, was da über sie hereingebrochen war. Kein Wunder, daß ihr Vater dieser Person nicht erlaubt hatte zurückzukommen. Camille Beauchamp war ein böser Geist, ein Ungeheuer, aber wie sollte sie sie jetzt rasch loswerden? Sie ging in die Bibliothek ihres Vaters und rief von dort André an, dem sie in aller Eile ihre Notlage schilderte.

»Ist die Frau wahnsinnig?« war seine erste Reaktion.

»Keine Ahnung«, schluchzte Sabrina ins Telefon. »Es ist einfach unglaublich. Sie hat sich in meinem Haus festgesetzt und tut so, als wäre sie nur kurz verreist gewesen.« Sie mußte sich die Nase putzen. André bedauerte lebhaft, daß er nicht bei ihr sein und sie trösten konnte. »Mein Vater hat mir auch nicht andeutungsweise etwas gesagt ...« Ihr Schluchzen wurde lauter. »Ich kann das nicht verstehen ... er behauptete immer, sie wäre gestorben, als ich ein Jahr alt war.«

»Vielleicht ist sie ihm durchgebrannt. Das wird sich feststellen lassen. Es muß jemanden geben, der es weiß.« Beiden fiel die Lösung gleichzeitig ein, und André sprach den Namen als erster aus. »Amelia! Rufen Sie sofort Amelia in New York an. Sie wird den Fall klären. Inzwischen werfen Sie die Person hinaus.«

»Wie denn? Mit eigenen Händen? André, sie hat sich in meinem Ankleidezimmer häuslich eingerichtet.«

»Dann sperren Sie sie darin ein. Sie kann doch nicht einfach Ihr Haus beanspruchen.« Plötzlich schien er angesteckt von ihrer Nervosität, und Sabrina hatte es eilig, aufzulegen und sofort Amelia anzurufen. Sie wollte ganz schnell erfahren, was zwischen ihrem Vater und dieser Frau, die behauptete, bis zum Schluß mit ihm verheiratet gewesen zu sein, vorgefallen war. »Soll ich kommen?« fragte André besorgt, ehe er auflegte. Seit Eröffnung der neuen Brücke war die Fahrt erheblich kürzer, aber er wäre auch gekommen, hätte es die Brücke nicht gegeben. In seiner Abwesenheit konnte sich Antoine um alles kümmern.

»Nein, im Moment nicht. Ich melde mich wieder. Erst möchte ich Amelia anrufen und dann meinen Anwalt.«

Die zwei Anrufe erwiesen sich als ergebnislos. Amelia litt nach Aussage ihrer Haushälterin an starker Heiserkeit und konnte nicht ans Telefon kommen. Sabrina wollte ihr nicht angst machen, indem sie eingestand, in welch verzweifelter Lage sie sich befand. Sodann erfuhr sie, daß ihr Anwalt Urlaub machte. »In einem Monat kommt er wieder«, erklärte seine Sekretärin in unbeteiligtem Ton.

Als Sabrina wieder Camille gegenüberstand, bekam sie fast einen hysterischen Anfall. »Madame de Pré ... Comtesse... wer immer Sie sind, hier können Sie nicht bleiben. Sollten Sie tatsächlich Ansprüche auf den Besitz meines Vaters geltend machen können, dann werden wir die Angelegenheit meinem Anwalt übergeben, der erst in einem Monat erreichbar ist. Bis dahin müssen Sie in ein Hotel ziehen.«

Camille, die eben ihre Kleider in den Schrank hängte, warf ihrer Tochter über die Schulter einen Blick zu. Sabrinas Sachen hatte sie aus dem Schrank geholt und kurzerhand auf einen Sessel geworfen. Wieder verspürte Sabrina das Verlangen, auf die Person mit den Fäusten loszugehen. Sie packte ihre eigenen Kleider, schob Camilles Kleider beiseite und warf sie auf den Boden, während sie Camille anherrschte: »Jetzt aber raus hier! Das ist immer noch mein Haus!«

Doch Camille sah sie an wie ein unartiges Kind. »Ich weiß, es ist für dich nicht leicht. Wir haben uns so lange nicht gesehen. Aber du mußt dich zusammennehmen, liebe Sabrina. Wenn Jon kommt, möchte er uns glücklich und einträchtig sehen. Er liebt uns beide und braucht ein friedliches Zuhause.«

»Ich glaube einfach nicht, daß Sie das alles wirklich vorhaben.« Sabrina starrte sie fassungslos an. Nur selten im Leben hatte sie sich so hilflos gefühlt. Sie war mit ihren Problemen immer noch irgendwie fertig geworden, jetzt aber sah sie unüberwindliche Schwierigkeiten vor sich. »Sie müssen gehen«, unternahm sie noch einen Vorstoß.

»Warum denn? Was macht es schon aus, wenn ich bleibe? Das große Haus bietet genug Platz für uns alle.« Die Angriffslust in Sabrinas Blick bewog sie zur Mäßigung und zu einem klugen Schachzug. »Meinetwegen, ich werde mich auf die Gästesuite beschränken. Du wirst meine Anwesenheit kaum bemerken, liebes Kind.« Mit anmutigem Lächeln raffte sie ihre Sachen zusammen, und der junge Mann, den Sabrina in ihrer Aufregung ganz vergessen hatte, lief mit dem Gepäck hinter ihr her. Camilles Gedächtnis war wirklich ausgezeichnet. Sie wies ihm sofort die richtige Tür, und wenig später verschwand er aus dem Haus.

Als André Sabrina später wieder anrief, hatte sich an ihrer Verfassung nicht viel geändert. »Was hat Amelia gesagt?« fragte er.

»Sie konnte nicht ans Telefon, weil sie Fieber hat und vor Heiserkeit kein Wort herausbringt.«

»O Gott, ausgerechnet jetzt... ist es Ihnen geglückt, das Frauenzimmer hinauszuwerfen? Mir ist eingefallen, daß sie eine Hochstaplerin sein könnte.«

Sabrina schüttelte den Kopf. »Das glaube ich nicht. Sie kennt sich in diesem Haus gut aus, auch nach dieser langen Zeit.«

»Vielleicht wurde sie genau instruiert... von einem ehemaligen Angestellten, der sich rächen möchte.« Er konnte nicht wissen, daß es einen Grund gab, der in Sabrina die Meinung festigte, es handle sich tatsächlich um Camille Beauchamp, ihre Mutter. Es war die nicht zu übersehende Tatsache, daß sie und Jon sich unglaublich ähnlich sahen. Das sagte sie nun André. »Und warum ist sie Ihrer Meinung nach jetzt zurückgekehrt?« fragte er daraufhin besorgt.

»Sie hat kein Geheimnis daraus gemacht.« Wieder stiegen Sabrina Tränen in die Augen. »Sie will das Haus.«

»Thurston House?« Er war entsetzt. In der kurzen Zeit der Bekanntschaft mit Sabrina hatte er erfahren, wieviel das Haus ihr bedeutete, und er konnte es ihr nachfühlen. »Das ist ungeheuerlich!«

»Ich kann nur hoffen, daß das Gericht auch so denkt. Leider ist mein Anwalt einen Monat lang unerreichbar. Was, in Gottes Namen, soll ich tun? Sie ist störrisch wie ein Maulesel und hat die Gästesuite so selbstverständlich bezogen, als hätte ich sie eingeladen.« Wäre das alles nicht so schrecklich gewesen, sie hätte am liebsten laut gelacht. »Wie kann sie so etwas tun?«

»Offenbar ganz einfach.« Und dann stellte er ihr eine Frage, die ihm Unbehagen bereitete. »Welche Rolle spielt Jon dabei?« Das wußte Sabrina selbst nicht, und sie wollte vor André ihren Sohn nicht fälschlich beschuldigen, doch aus dem wenigen, das sie von Camille gehört hatte, war zu entnehmen, daß ihr etwas sehr Häßliches bevorstand. »Ich weiß es noch nicht«, gab sie zur Antwort. Er merkte, daß sie sich nicht weiter äußern wollte.

»Kann ich etwas für Sie tun?«

»Ja.« Sabrina lächelte unter Tränen. »Sie so wirkungsvoll hinauswerfen und zum Verschwinden bringen, daß sie niemals wiederkommt.«

»Ich wünschte, das könnte ich wirklich.«

Nach einer kleinen Pause sagte Sabrina mit einigem Zögern: »Jahrelang habe ich von ihr geträumt... habe mir ausgemalt, wie sie aussieht... einmal bin ich sogar in dieses Haus heimlich eingedrungen, mit zwölf oder dreizehn, und stöberte Sachen von ihr auf, die ich voller Neugierde ansah... und jetzt taucht sie auf und entpuppt sich als bösartige, eiskalte Person, einzig darauf aus, sich zu verschaffen, was sie sich in den Kopf gesetzt hat... ich wünschte, ich hätte sie nie gesehen, wenn sie wirklich die sein sollte, als die sie sich ausgibt.«

»Hoffentlich ist sie es nicht.«

Aber vielleicht würde ihr Auftauchen endlich das alte Gespenst endgültig zur Ruhe bringen, unter dem Sabrina gelitten hatte. Das ließ sich schwer vorhersehen. Und außerdem wäre es zu spät. Sie war da und dachte nicht daran, gewonnenes Terrain aufzugeben. Sabrina war klar, daß sie sich etwas einfallen lassen mußte. Sie verbrachte die ganze Nacht schlaflos in ihrem Zimmer und überlegte krampfhaft. Am liebsten wäre sie ins Gästezimmer gelaufen und hatte die Frau aus dem Bett geworfen.

Die nächste Begegnung sollte am nächsten Morgen in der Küche beim Frühstück stattfinden. Sabrina mußte zugeben, daß Camille für eine Frau ihres Alters immer noch fabelhaft aussah. Fünfzig Jahre zuvor, bei ihrer Hochzeit, mußte sie eine blendende Schönheit gewesen sein... fünfzig Jahre... Erstaunlich, wenn man es recht bedachte. Sabrina saß da, sah sie an und fragte sich, was damals passiert war. Warum war sie verschwunden, ohne jemals wieder zurückzukommen? Wer war dieser de Pré? War dieser Mann der Schlüssel zu allen Ereignissen von damals?

Von alledem sagte sie kein Wort zu Camille. Sie trank ihren Tee, den Blick auf die Tischplatte gerichtet. Unglaublich, daß so etwas überhaupt passieren konnte. Es war wie damals bei Johns Tod, als sie das Gefühl hatte, die ganze Welt sei aus den Fugen geraten.

Camille schwebte ganz selig durch die Küche, scheinbar überglücklich, ›wieder zu Hause‹ zu sein. Sabrina sah es mit ungläubigem Staunen. Schließlich setzte sich Camille, und die zwei Frauen blickten einander an, Mutter und Tochter, die nach langer Zeit durch die Umstände oder durch Habgier zusammengeführt worden waren. Bei der letzten Begegnung war Sabrina ein Jahr alt gewesen. Wie Camille damals gewesen sein mochte? fragte sie sich, und in diesem Zusammenhang fiel ihr etwas ein, was Hannah ihr vor Jahren anvertraut hatte, etwas von Goldringen, die Camille als Verhütungsmittel verwendet hatte und auf die Hannah gestoßen war... ihr Vater war außer sich gewesen... und dann war Sabrina geboren worden. Plötzlich verspürte sie das Verlangen, Camille zu fragen, ob sie ein erwünschtes Kind gewesen war, aber sie kannte die Antwort darauf ohnehin. Und welche Rolle spielte es schon? Sie war siebenundvierzig, hatte einen erwachsenen Sohn und war von ihrem Vater über alles geliebt worden, und ihre Mutter ... ihre Mutter war tot, das hatte sie geglaubt. Aber sie war gar nicht tot. Sie war nur verschwunden.

»Warum haben Sie ihn verlassen?« Diese Worte entschlüpften Sabrina fast gegen ihren Willen. »Sagen Sie mir die Wahrheit.«

»Das habe ich schon.« Camille wich Sabrinas Blick aus. »Meine Mutter erkrankte. Kurz danach ist sie gestorben.« Camille legte keinen Wert darauf, weitere Einzelheiten preiszugeben.

»Waren Sie bei ihr, als sie starb?«

»Nein, damals war ich schon in Frankreich.« Warum hätte sie Zuflucht zu einer Lüge nehmen sollen? Sie hatte ihr Ziel beinahe erreicht, sie war im Haus, sie war Jeremiah Thurstons Witwe, und Sabrina stand Todesängste aus. Jon hatte ganz recht gehabt. Camille war zäher als Sabrina. Die Festung war erstürmt worden und hatte sich fast kampflos ergeben. Camille war stolz auf sich. Es war besser gelaufen, als vorauszusehen war, und wenn erst Jon zur Stelle war, würde alles noch viel leichter sein. Ein Verbündeter konnte sehr nützlich werden, und er hatte ihr vorbehaltlose Unterstützung zugesagt.

»Haben Sie lange in Frankreich gelebt?«

»Vierunddreißig Jahre.«

»Hm, beachtlich. Haben Sie wieder geheiratet?«

Camille belächelte die Falle, die Sabrina ihr stellte. »Nein, geheiratet habe ich nicht, obwohl ich einen anderen Namen benutze.«

»Sie sind keine Gräfin von Geburt und nennen sich de Pré ...«

Ein kühler Blick traf Sabrina. »De Pré war in Frankreich mein Gönner.«

»Ich verstehe, Sie waren seine Geliebte.« Sabrina lächelte boshaft. »Ich frage mich, ob das Ihre Forderungen nicht erheblich beeinträchtigen dürfte. Vierunddreißig Jahre sind eine lange Zeit.«

»Eine Zeit, in der ich mit Jeremiah Thurston verheiratet war. Ich bin seine Witwe. Diese Tatsache kannst du nicht so einfach aus der Welt schaffen, auch wenn du es noch so verzweifelt versuchst.«

»Ich finde es interessant, daß Sie so lange mit ihrem ›Gönner‹ zusammengelebt haben...« Das Wort ›Gönner‹ sprach sie mit besonderem Unterton aus, in der Hoffnung, Camille in Verlegenheit zu bringen – ein hoffnungsloses Unterfangen, wie sich zeigte. »Und jetzt kommen Sie und wollen das Haus haben. Haben Sie schon Pläne für den Thanksgiving Day? Wollen Sie alles renovieren? Warum Zeit verlieren?« Sabrina sagte das alles in einem für sie untypischen verbitterten Ton.

Kurz vor zwölf kam André, und er wurde von Camille, die die Treppe herunterschwebte, lächelnd empfangen. Ein ungewöhnlich gutaussehender Mann und noch dazu Franzose... sie war entzückt.

Ihre anfängliche Begeisterung legte sich etwas, als sie merkte, daß er auf Sabrinas Seite stand, fest entschlossen, alles zu unternehmen, um Camille hinauszudrängen. Sie versuchte es mit einem Gespräch über Frankreich und gab vor, in Paris ein glänzendes Leben geführt zu haben, obwohl sie in Wahrheit nur kurz dort gelebt hatte und die meiste Zeit in einer Kleinstadt im Süden verbracht hatte. André durchschaute sie sofort als Lügnerin und wimmelte sie ab. Er wollte mit Sabrina unter vier Augen sprechen.

»Haben Sie Silber und Schmuck weggeschlossen? Die Frau könnte eine ganz gewöhnliche Diebin sein, die mit besonderer Raffinesse vorgeht.«

Sabrina lachte. »Die einzigen Juwelen, die ich habe, gehörten ihr... die meisten jedenfalls. Nach ihrer bisherigen Vorgangsweise zu schließen, wird sie den Schmuck sehr bald zurückverlangen.«

»Sie dürfen ihr die Sachen keinesfalls aushändigen. Am besten, Sie schalten jetzt die Polizei ein.«

Sabrinas Aussehen machte ihm Sorgen. Doch als er selbst ans

Telefon ging und die Polizei anrief und alles zu erklären versuchte, erhielt er die Auskunft, daß die Polizei bei Familienangelegenheiten nicht eingreife. Ein Anruf bei einem zweiten Anwalt war auch nicht gerade ermutigend. Er gab ihnen die Auskunft, seiner Ansicht nach müsse die Sache vor Gericht ausgekämpft werden. Da die Frau schon im Haus sei, könne man sie nicht mehr loswerden, es sei denn, man warf sie handgreiflich hinaus, worauf sie Anzeige erstatten konnte.

»Sie hätten sie gestern gar nicht einlassen sollen«, stellte André nüchtern fest, nachdem er aufgelegt hatte.

Sie sah ihn entgeistert an. »Sind Sie verrückt? Woher hätte ich das wissen sollen? Sie ist hier wie eine ganze Panzerdivision eingefallen. Bis ich einigermaßen zur Besinnung kam, hatte sie meine Sachen aus dem Schrank geworfen. Ich kann von Glück reden, daß sie sich mit den Gästezimmern begnügt, sonst müßte ich selbst dort schlafen.«

»Was?« Er versuchte vergeblich, einen leichten Ton anzuschlagen. »Diese Frau schläft in meinem Zimmer? Das ist die Höhe.«

Sabrina lachte, obwohl sie den Tränen nahe war. »Ich kann es noch immer nicht fassen.« Der Schock saß tief. »Warum hat mein Vater mir nichts gesagt?«

»Wer weiß, was zwischen den beiden vorgefallen ist. So wie sie aussieht und sich gibt, ist sie beinhart, aber die Geschichte, die sie Ihnen auftischte, glaube ich nicht. Ein Jammer, daß Amelia nicht ans Telefon kommen konnte.«

Als er selbst versuchte, Amelia zu erreichen, kam sie an den Apparat, noch immer heiser und über ihren Zustand Klage führend, aber wenigstens konnte sie Auskunft geben. Sie sagte ihnen klipp und klar, was damals vorgefallen war. Camille hatte eine Affäre mit de Pré gehabt und war mit ihm durchgebrannt.

»Ich finde es ungeheuerlich, daß sie jetzt aufgetaucht ist und dir arg zusetzt«, tröstete Amelia die deprimierte Sabrina. »Sie war damals ein selbstsüchtiges, kaltherziges junges Ding, und ich könnte mir denken, daß sie sich mit den Jahren nicht zu ihrem Vorteil verändert hat.«

Die Worte ihrer Freundin zauberten ein trauriges Lächeln auf Sabrinas Züge. »Nein, das hat sie nicht.« Sie dachte an das, was sie eben über die Umstände von Camilles Flucht gehört hatte. »Meinem Vater muß das Herz gebrochen sein.« Jetzt verstand sie, warum er darüber nie gesprochen hatte. Er hatte den Verlust nie überwunden.

»Ja, er war tief getroffen. Aber er hatte dich.« Amelia lächelte in Erinnerung an die Vergangenheit. »Du warst sein Lebensinhalt. Ich glaube, in seinen späteren Jahren vermißte er sie nicht mehr. Das Leben war weitergegangen. Aber anfangs... ja, da war es sicher hart für ihn.«

Sabrina entschloß sich, eine Frage zu klären, die ihr am Herzen lag. »Stimmt es, daß er eine Geliebte hatte, die der Grund für Camilles Verhalten gewesen sein könnte?«

»Wo denkst du hin!« Amelia war empört über diese Unterstellung. »Ich lege die Hand dafür ins Feuer, daß er Camille treu war. Und er war außer sich, daß es so lange dauerte, bis du endlich zur Welt kamst.« Von Camilles Ringen wollte sie nichts sagen. Sie wußte ja nicht, daß Sabrina darüber informiert war. »Es stellte sich heraus, daß Camille dabei ihre Hand im Spiel hatte, was deinen Vater sehr erbitterte, aber das wollen wir lieber nicht erörtern, meine Liebe. Sei ein braves Mädchen, reg dich nicht weiter auf und wirf sie einfach hinaus.«

»Wenn das so einfach wäre! Es sieht aus, als müßten wir erst vor Gericht gehen.«

»Armes Kind, das wird für dich eine schwere Prüfung.« Sabrina, mit siebenundvierzig wahrhaftig kein Kind mehr, war von Amelias teilnehmenden Worten sehr gerührt. »Diese Frau sollte man doch glatt erschießen. Das hätte Jeremiah schon damals machen sollen. Er hätte dir damit viele Schwierigkeiten erspart.«

»Ja, das hätte er. Ich werde dir berichten, wie alles ausgegangen ist.«

»Ja, tu das. Wie geht es übrigens André? Wenn ich nicht irre, wollt ihr beide die Welt verändern und dank eurer Weine mit Betrunkenen füllen.«

»Es sieht fast so aus.« Sabrina lachte, nun schon viel besser gestimmt. »Und dir geht es gut?«

»Bis auf meinen Hals sehr gut. Ich bin wohl dazu verurteilt, ewig zu leben, obwohl ich das gar nicht möchte.«

»Um so besser. Du wirst noch gebraucht, Amelia.«

»Mag sein, aber diese Camille braucht kein Mensch ... du auch nicht. Hast sie nie gebraucht. Wirf sie schleunigst hinaus.«

»Amen.«

Sabrina bedankte sich und legte auf. In diesem Augenblick schwebte Camille in einem weißen Chiffongewand durch den Raum. Die Diamantohrgehänge, die sie trug, schätzte Sabrina auf den ersten Blick als unecht ein.

»Was soll ich wirklich tun?« wandte Sabrina sich verzweifelt an André. Bis die Sache vor Gericht kam, waren ihr praktisch die Hände gebunden. Die Aussicht, mit Camille solange unter einem Dach leben zu müssen, machte sie wahnsinnig, und Jons Rückkehr am nächsten Tag war nicht dazu angetan, die Lage zu entschärfen, ganz im Gegenteil.

Jon begrüßte Camille als langvermißte Freundin, über alles geliebte Großmutter und sehnlich erwarteten Gast. Sabrina folgte ihm sofort auf sein Zimmer und schloß die Tür. Jon, der sich aufs Bett warf, schien nicht in redseliger Stimmung, doch sie ließ ihm keine Wahl und nahm vor ihm Aufstellung.

»Jon, ich muß mit dir sprechen.«

»Worüber?« Er wußte genau, um was es ging, und wollte sie reizen. Befriedigt war er erst, wenn sie richtig in Wut geriet. Warum auch nicht, verdammt noch mal? Sie gab ihm schon lange nicht mehr, was er haben wollte, keine große Europareise, kein Auto, obwohl er seit drei Jahren darum bettelte. Ständig jammerte sie ihm von ihrer Geldknappheit und von Thurston House vor, an dem ihr so viel lag. Nun, Großmutter würde ihr das Haus abnehmen. Sie konnte dann ständig in Napa mit ihrem französischen Bauern leben, mit dem sie so eifrig Reben pflanzte. Er wollte mit Großmutter in großem Stil in Thurston House leben. Sie hatte ihm sogar einen Wagen versprochen, sobald sie alles bekommen hätte. Ja, das war ein Leben, wie es ihm gefiel, und er konnte es kaum erwarten. Wenn alles rechtzeitig klappte und er sein Auto bekam, konnte das letzte Studienjahr noch amüsant werden. Anschließend würde die Europareise kommen, das Graduierungsgeschenk, wie Großmutter sagte, und danach wollte er sich ohnehin in New York einen Job suchen. Dann konnte es ihm egal sein, wer in Thurston House lebte – er bestimmt nicht, jedenfalls nicht über längere Zeiträume. San Franzisko war in seinen Augen mitleiderregend provinziell, eine Kleinstadt. Nach drei Jahren Cambridge war er reif für New York, obwohl man überall angenehme Leute treffen konnte, auch in Boston... Atlanta... Philadelphia... Washington.

»Ich möchte eine Erklärung von dir.« Seine Mutter, die ihn wutentbrannt ansah, riß ihn aus seinen Tagträumen. Sie bebte vor Wut. Jetzt gab es kein Entrinnen mehr. Doch im Moment konnte sie ihm nichts antun. Großmutter war schon im Haus, und sie hatte es allein geschafft. Ursprünglich hatte sie verlangt, Jon solle sie während Sabrinas Abwesenheit einlassen, aber das war selbst ihm zu weit gegangen. Aus diesem Grund hatte sie sich entschlossen, alles selbst in die Hand zu nehmen. Er wußte, daß sie dazu durchaus imstande war. Sie war noch härter als Sabrina, doch was den Charakter betraf, hatte sie mehr Ähnlichkeit mit Jon. Sie dachten in ähnlichen Bahnen, wie Sabrina jetzt befürchten mußte. Auch das war ein Punkt, den sie mit ihm besprechen wollte. »Welche Rolle spielst du dabei?« Unbarmherzig durchbohrte ihn ihr Blick.

»Was meinst du?«

»Spiel jetzt nicht den Unschuldigen. Sie sagte mir, daß ihr euch seit Jahren kennt. Warum hast du nie ein Wort gesagt?«

»Ach, ich dachte, es würde dich nur aufregen.« Er wich ihrem Blick verlegen aus. Da holte Sabrina aus und gab ihm eine Ohrfeige.

»Sag mir die Wahrheit!«

Er schien erschrocken. So hatte sie ihn noch nie angesehen. Ihr Blick schmerzte viel mehr als ihre Hand. Sabrina war sich noch nie derart betrogen vorgekommen, und je länger sie darüber nachdachte, desto wütender wurde sie.

»Verdammt, ist doch egal, wen ich kenne! Muß ich dir alles brühwarm berichten?«

»Sie ist meine Mutter, und du kennst sie seit Jahren. Warum hast du ihr bei diesem Plan geholfen?«

»Hab' ich gar nicht.« Er sah sie an, die Schultern hochgezogen. »Vielleicht hat sie ebenso ein Recht auf das Haus wie du. Sie sagt, sie war mit Großvater zum Zeitpunkt seines Todes verheiratet.«

»Meinst du nicht auch, daß du mich hättest warnen können?« Darauf blieb er ihr die Antwort schuldig, und sie wiederholte laut: »Meinst du nicht? Weißt du, was an der Sache so schlimm ist? Das, was du mir angetan hast. Diese Frau war mir nie eine Mutter, aber du bist mein Sohn und hast das alles nicht nur zugelassen, du hast ihr bei der Planung geholfen. Na, wie kommst du dir jetzt vor?«

Er blickte ihr direkt in die Augen, abwehrend und feindselig, und in ihrem Inneren starb etwas ab. »Ich fühle mich tadellos«, antwortete er.

»Dann kannst du mir nur leid tun.«

»Von dir brauche ich nichts mehr.« Das rief er ihr nach, als sie hinausging. Sie konnte sich nicht mehr beherrschen, und vor allem war ihr unerträglich, was sie jetzt in ihm erkannte. Er war genau wie Camille. Jahrelang hatte sie sich gewundert, wem Jon nachgeraten war. Er war anders als ihr Vater, anders als sein Vater, anders als sie selbst, doch jetzt wußte sie, wem er sein Aussehen und seine Anlagen zu verdanken hatte. Er war in allem Camilles Ebenbild, verdorben bis ins Mark. Nach allem, was sie für ihn getan hatte, besaß er für Sabrina keinen Funken von Loyalität. Im Laufe der Zeit war in seinem Inneren etwas verdreht und nie wieder geradegebogen worden. Jetzt war es zu spät, besorders da Camille in seiner Nähe war und das Schlimmste in ihm zum Vorschein brachte.

In den nächsten Tagen konnte Sabrina beobachten, wie die beiden einander in die Hände spielten, wie sie sich verbündeten, flüsterten und miteinander ausgingen. Sie fühlte sich von ihrem Sohn total im Stich gelassen. Camille und Jon hatten sich gegen sie verschworen. Aber Sabrina hatte zum Glück noch anderes zu tun, wenngleich ihre Konzentration sehr unter allem litt. Sie wagte auch nicht, aus dem Haus zu gehen und nach Napa zu fahren, so gern sie André wiedergesehen und die Fortschritte begutachtet hätte, weil sie befürchten mußte, die beiden würden in ihrer Abwesenheit noch weitergehen und das Haus ausplündern oder sogar die Schlösser auswechseln, so daß sie ausgesperrt blieb.

»Sabrina, Sie können doch nicht monatelang untätig im Haus herumsitzen«, ermahnte André sie, der sich aufrichtige Sorgen um sie machte.

»Glauben Sie, daß es so lange dauern wird?«

»Möglich wäre es. Sie wissen, was der Anwalt sagte.«

»Ich glaube, bis dahin habe ich längst den Verstand verloren.«

»Aber vorher kommen Sie nach Napa und treffen ein paar Entscheidungen bezüglich der Weine.« Da fiel ihm etwas ein. »Hören Sie, ich hätte eine gute Idee. Wie wär's, wenn ich Antoine nach San Franzisko schicke, damit er das Haus bewacht, während Sie hier sind. Wenn Sie zurückfahren, ist seine Mission beendet.«

Ein ausgeklügeltes System, das gut funktionierte und zwei Monate lang erfolgreich von ihnen angewendet wurde. Unterdessen war Sabrinas Anwalt aus dem Urlaub zurück und hatte die Sache in die Hand genommen. Auch er war der Meinung, daß der Fall gerichtlich entschieden werden mußte, und das würde weitere zwei Monate dauern. Schon vorher mußte Jon zurück nach Harvard, und als er sich empfahl, hatte sich am frostigen Verhältnis zwischen ihm und seiner Mutter nichts geändert. Am Tag vor einer Abreise führte er Camille zum Dinner aus, während Sabrina den Abend mit André und Antoine verbrachte. Die Kluft zwischen Mutter und Sohn war so gut wie unüberbrückbar. Manchmal hatte Sabrina das Gefühl, ihren Sohn für immer verloren zu haben. Und in gewisser Hinsicht hatte sie ihn wirklich an Camille verloren. Bis auf diesen Teilsieg aber hatte Camille noch nichts erreicht. Sie versprach zwar Jon das Blaue vom Himmel für die Zeit, wenn sie Sabrina aus dem Haus verdrängt hätte. Jon wiederum übte Vergeltung dafür, daß er vaterlos aufgewachsen war und sie ihn wegen der Arbeit vernachlässigt hatte. Das würde er ihr nie vergeben, und er stellte die Weichen dafür, daß er es den Rest ihres Lebens büßen würde. Das alles offenbarte sie André, als sie eines Tages einen Rundgang auf dem Weingut machten.

»Ich muß bei Jon schrecklich versagt haben«, seufzte sie. »Wäre sein Vater am Leben geblieben, hätte ich natürlich nicht wieder gearbeitet. Ich war ohnehin nie den ganzen Tag draußen bei den Minen, aber Jon wollte immer mehr, als ich geben konnte.«

»Gut möglich, daß er zu den Menschen gehört, die immer Unerfüllbares fordern. Daran wird sich nichts ändern lassen.«

»Mein Bestreben geht dahin, ihn vor Camille zu retten. Jetzt durchschaut er sie noch nicht; wenn er aber erkennt, wie sie wirklich ist, wird es für ihn eine große Enttäuschung bedeuten.«

Und damit wäre Jon ganz recht geschehen, er verdiente für seine Falschheit nichts anderes. Diese Meinung behielt André jedoch für sich. Er hielt Jon für einen durch und durch verdorbenen Menschen, dem er von Anfang an nicht viel Sympathie entgegengebracht hatte, obwohl er Sabrinas einziger Sohn war, an dem sie trotz seiner Fehler sehr hing. In dieser Situation war ihr besonders Antoine ein Trost geworden, der sich ihrer mit besonderer Aufmerksamkeit annahm, da er wußte, was sie durchzumachen hatte. Immer wieder überraschte er sie mit kleinen Aufmerksamkeiten, mit Blumen oder einem Korb voller Früchte. Das bedeutete ihr sehr viel, und sie erwähnte es vor André und sagte ihm, was für einen wunderbaren Sohn er hatte. Er war sehr stolz auf ihn. Sabrina beneidete die beiden um ihr herzliches Verhältnis. Sie hatte die Hoffnung nicht aufgegeben, Jon würde in einigen Jahren ähnlich gereift sein und sich ihr gegenüber liebevoller benehmen, doch eine innere Stimme sagte ihr, daß es nie der Fall sein würde.

Sie konnte von Glück reden, daß sie noch an andere Dinge zu denken hatte, an das Weingut in Napa und an den Prozeß gegen Camille. Camille wußte, daß das Datum unerbittlich näher rückte, schien aber unbewegt von dieser Aussicht. Sie spielte ihre Karten sparsam und mit Geschick aus und klopfte erst eine Woche vor dem Prozeßtermin an Sabrinas Tür. Es war der neunte Dezember, am sechzehnten würden sie einander vor Gericht gegenüberstehen.

»Ja?« Sabrina stand barfuß und im Schlafrock da. Camilles Anwesenheit erschien ihr auch jetzt noch, nach fünf Monaten, unglaublich. Alles war wie ein Alptraum ohne Ende, aus dem es kein Erwachen gab. Camille war ständig im Haus und bewegte sich in allen Räumen mit besitzergreifendem Gehabe. Wenn sie in die Stadt ging, trat sie ungeachtet ihrer billigen Fähnchen und schäbigen Pelze dreist und großspurig auf. Der Klatsch hatte es Sabrina zugetragen. Hin und wieder verschwand ein kostbarer Gegenstand aus dem Haus, worauf Camille immer wieder ihre Unschuld beteuerte, aber Sabrina wußte es besser. Sie hatte nur keine Handhabe, Camille zu bremsen, und konnte sie auch nicht ständig im Auge behalten. Wie vorauszusehen, hatte Camille den Versuch gemacht, ihren Schmuck zurückzufordern. Sabrina hatte kategorisch abgelehnt, auch nur ein Stück herauszugeben. Sie hatte es einer Laune des Schicksals zu verdanken, daß sie diese Frau unter ihrem Dach dulden mußte, aber darüber hinaus ließ sie sich auf nichts ein. Auch als ihr Rechnungen für Camilles und Jons Ausgaben ins Haus geschickt wurden, zeigte sie sich unnachgiebig und bezahlte sie nicht. Die beiden hatten es tatsächlich darauf angelegt, sie zu ruinieren, und es wäre ihnen auch geglückt, hätte sie sich verleiten lassen, die Rechnungen zu bezahlen. Aber Sabrina ließ Camilles Rechnungsstapel anwachsen, ohne ihn anzurühren, während sie Jon seine Rechnungen nachschickte. Dazu teilte sie ihm mit, daß er, falls er diesen Lebensstil beizubehalten gedächte, selbst dafür aufzukommen hätte. Es war klar, daß ihm seine Großmutter versichert hatte, sie würde sich um alles kümmern, sobald Sabrina aus dem Haus wäre. Deshalb ließ er sämtliche Rechnungen unbezahlt in der Schreibtischlade liegen. Er wollte sie beim nächsten Wiedersehen Großmutter geben, so wie er sie immer Sabrina gegeben hatte, wenn er nach Hause gekommen war. Diese Zeiten waren endgültig vorüber, wie seine Mutter nicht aufhörte, ihm einzuschärfen. Zum Glück war er dreitausend Meilen von ihr entfernt und brauchte sich das nicht allzu oft anzuhören.

Camille und Sabrina aber waren nur einen Meter voneinander entfernt, als Sabrina die Tür öffnete. »Was gibt es?«

»Ich dachte, es wäre Zeit für eine Aussprache.« Wenn Camille etwas im Schilde führte, kehrte sie die Südstaatlerin hervor. Dieser Stimme galt Sabrinas Haß vor allem. Ihr Leben lang würde sie ihr im Gedächtnis bleiben, ebenso wie Camilles Gesicht, und immer wieder würde sie sich fragen, ob sie ihr im Aussehen, im Reden oder Handeln ähnlich war... auch nur eine einzige ähnliche Geste hätte sie als abstoßend empfunden, aber viel schlimmer noch war die Erkenntnis, wie stark Jon Camille glich.

Nichts davon spiegelte sich in ihrem Blick, als sie antwortete: »Aussprache? Ich habe nichts zu sagen.«

»Möchtest du nicht lieber mit mir reden, als vor Gericht zu gehen?«

»Nicht unbedingt.« Sabrina bluffte eiskalt. Warum auch nicht? Ihr Anwalt hatte ihr eröffnet, je länger er sich mit der Sache befasse, desto geringer erschienen ihm Camilles Chancen. Jeremiahs Testament war so abgefaßt, daß er sie ausdrücklich von der Erbfolge ausschloß, ohne ihren Namen zu nennen. »... alle Personen, mit denen ich verheiratet gewesen war... Sabrina wußte noch, wie sonderbar ihr diese Formulierung bei der Testamentseröffnung erschienen war. Damals war sie so durcheinander gewesen, daß sie keine Überlegung daran verschwendet hatte. Und jetzt mußte der Fall vors Gericht, egal, wie die Chancen stehen mochten, es sei denn, Camille trat den Rückzug an und verschwand wieder, was sehr unwahrscheinlich war, nachdem sie sich so lange behauptet hatte. »Ich habe nichts dagegen, wenn es zum Prozeß kommt.«

Camille sah sie lächelnd an. »Mein Kind, ich möchte dir das Haus ja gar nicht wegnehmen.« Sabrina mußte sich sehr zurückhalten, um nicht handgreiflich zu werden. Nach Monaten der Quälerei, nachdem sie brutal in ihr Leben eingedrungen war und ihr Jon weggenommen hatte, behauptete Camille, das Haus gar nicht zu wollen? Und sie wagte, Sabrina ›mein Kind‹ zu nennen?

»Ich bin fast fünfzig und bin nicht Ihr ›Kind‹. Ich war es nie. Mit Ihnen habe ich nichts zu schaffen. Sie machen mich ganz krank. Ginge es nach mir, würde ich Sie noch heute hinauswerfen«

»Ich werde gehen, noch diese Woche« – ihre Stimme war zu einem boshaften Flüstern herabgesunken –, »wenn du meinen Preis zahlst.«

Wortlos schlug Sabrina die Tür zu und drehte den Schlüssel herum.

Für André war es sehr schmerzlich, mitansehen zu müssen, was Sabrina in diesen Monaten durchmachen mußte. Als der 16. Dezember kam, ging er mit ihr zum Gericht. Es war das erste Mal, daß sie Camille blaß und ängstlich sahen. Daß sie zu weit gegangen war, merkte sie sofort, als sie versuchte, den Richter für sich einzunehmen, der sich von ihrer Geschichte schockiert zeigte und die Dreistigkeit anprangerte, mit der sie sich zum Haus Zutritt verschafft hatte, um Sabrina, die sie als kleines Kind verlassen hatte, monatelang zu quälen. Amelia hatte ihre Aussage bei Gericht hinterlegt. Ihr Gedächtnis funktionierte trotz ihres hohen Alters noch tadellos, und sie hatte sich über die Jahre zurückliegenden Ereignisse unmißverständlich und detailliert geäußert.

Als sie sich im Gerichtssaal allein gelassen sah, war es um Camilles Fassung geschehen. Sie hatte eine Dummheit gemacht. Nie war es ihre Absicht gewesen, die Sache so auf die Spitze zu treiben. Sie hatte geglaubt, Sabrina würde sich erpressen lassen, und jetzt war auf einmal die Rede von Schadenersatzzahlungen ihrerseits und von der Miete für ein halbes Jahr. Ihre Rechnungen kamen zur Sprache und die Tatsache, daß sie Jon zum Schuldenmachen ermuntert hatte. Camille konnte von Glück reden, daß sie mit einer eindringlichen Strafpredigt des Richters davonkam. Er drohte doch tatsächlich, sie hinter Gitter zu bringen, wenn sie nicht auf der Stelle Thurston House verließ. Sie hatte genau eine halbe Stunde Zeit zum Packen. Ein Hilfssheriff würde ihren Auszug überwachen.

Sabrina konnte es zunächst nicht fassen, daß der Alptraum ein Ende gefunden hatte, als sie Camille ein letztes Mal die Treppe herunterschreiten und unter der Kuppel innehalten sah. Sie empfand keinen Haß mehr. In den letzten Monaten hatte sie zuviel verloren, um für Camille noch irgend etwas zu empfinden. Sie hatte ihren Seelenfrieden verloren, und – noch viel betrüblicher – sie hatte ihren Sohn verloren.

»Ich dachte, wir könnten Freundinnen sein, wenn alles vorüber ist.« Camille sagte es zögernd und sichtlich nervös. Sie hatte sich zu weit vorgewagt und sich die Finger verbrannt. Und jetzt mußte sie wie ein geprügelter Hund zurück nach Atlanta, zurück zu dem jungen Hubert, mit dem sie bei ihrem Auszug ziemlich hochfahrend umgesprungen war, in der Meinung, ihn nie wieder zu brauchen. Sie hatte sich gründlich geirrt, wie sich jetzt zeigte.

Sabrina sprach mit klarer, lauter Stimme, und der Hilfssheriff hörte mit. »Ich möchte Sie weder wiedersehen noch von Ihnen hören. Sollten Sie sich je wieder blicken lassen, dann rufe ich die Polizei und wende mich wieder ans Gericht. Ist das klar?« Camille nickte stumm. »Und lassen Sie in Zukunft meinen Sohn in Frieden.«

Aber dieses Gefecht hatte sie verloren, denn als sie Jon am nächsten Tag anrief, nachdem sie sich halbwegs beruhigt hatte und wieder einen klaren Gedanken fassen konnte, teilte er ihr mit, daß er über Weihnachten nicht nach Hause zu kommen gedenke. Anstatt wie geplant am 18. Dezember mit dem Zug zu kommen, wollte er nach Atlanta. »Gestern habe ich mit Großmutter gesprochen. Sie sagte, du hättest den Richter gekauft«, brachte er in anklagendem Ton vor.

Sabrina war wie vor den Kopf geschlagen. Zum erstenmal seit

dem Urteilsspruch kamen ihr die Tränen. War er seiner Großmutter so ähnlich?

»Jon, ich habe nichts dergleichen getan«, antwortete sie, sich
mit aller Gewalt zur Ruhe zwingend. »Ich kann mir nicht denken, daß es überhaupt möglich wäre. Der Richter war ein ehrenwerter Mann, der Camille gründlich durchschaut hat.«

»Sie ist eine alte Frau auf der Suche nach einem Dach über dem
Kopf. Gott allein mag wissen, wo sie jetzt hingehen wird.«

»Wo war sie denn vorher?«

»Sie hat von der Großzügigkeit anderer, also praktisch von
der Hand in den Mund gelebt. Jetzt muß sie wieder in das Haus
ihres Neffen ziehen.«

»Das kann ich nicht ändern.«

»Es läßt dich völlig kalt.«

»Ja. Sie hat mir Thurston House wegnehmen wollen.«

Jon blieb unbelehrbar. Er hängte auf, nachdem er sie ein herzloses Ungeheuer genannt hatte. In der Nacht lag sie schlaflos da.
Das Haus gehörte wieder ihr, doch sie wußte, daß sie nichts gewonnen hatte. Camille Beauchamp war Siegerin geblieben. Sie
hatte Sabrina Jon genommen.

31

Für Sabrina wäre es ohne Jon ein sehr einsames Weihnachtsfest geworden, hätten André und Antoine nicht dafür
gesorgt, daß sie nicht allein blieb. Mit einem Weihnachtsbaum
und einem von Antoine selbstgemachten Eierpunsch standen
sie überraschend auf der Schwelle von Thurston House, um ihr
mit ihren gutgemeinten Neckereien und Späßen einen vergnügten Abend zu bereiten. Gemeinsam ging es anschließend zur
Weihnachtsmette. Weihnachtslieder wurden gesungen, die Sabrina die Tränen in die Augen trieben, so daß André ihr tröstend
einen Arm um die Schulter legte und ihr zulächelte. Zu dritt verbrachten sie einen angenehmen Abend, und dafür war sie den

beiden sehr dankbar. Ohne sie hätte sie mutterseelenallein im Haus gesessen, das Elend beweinend, das Camille über sie gebracht hatte. Doch in Gesellschaft der beiden Franzosen konnte man nicht lange Trübsal blasen.

Am zweiten Weihnachtsfeiertag hatte sie ihre gute Laune wiedergefunden, und Antoine konnte zurück nach Napa zu seinen Leuten. André blieb bei ihr, weil sie am nächsten Tag zur Bank wollten. Es ging um ein neues Darlehen zum Ankauf von Maschinen, und sie bekamen das Geld. Sabrina wußte, daß André die beiden Weingüter mit großer Umsicht bewirtschaftete. Ihre alte Anbaufläche war inzwischen so bearbeitet worden, daß wieder mit Ertrag zu rechnen war.

»Jetzt sieht sogar mein Dschungel wieder tadellos aus«, lobte sie mit scherzendem Unterton. »Ich erkenne das Land kaum wieder.«

»Warten Sie, bis Sie den Wein gekostet haben!« Mitgebracht hatte er ihr allerdings eine Flasche Moet & Chandon.

Nachdem Antoine sich verabschiedet hatte, saßen sie da und erfreuten sich am Weihnachtsbaum. André warf Sabrina immer wieder bewundernde Blicke zu. Er mußte Amelia recht geben: Sabrina war von besonderer Wesensart, hart im Nehmen, dabei sanft und warmherzig und mit mehr Kraftreserven ausgestattet als jede andere Frau, die er kannte. In dieser Hinsicht war sie sogar Amelia überlegen. Sabrina wäre sehr verblüfft gewesen, dies zu hören, denn Amelia war so, wie sie sich ihre Mutter gewünscht hätte. Aber diesbezüglich konnte sie sich nichts mehr vormachen. Sie wußte, wie ihre Mutter war ... ein gemeines Biest und eine gewissenlose Person, die auf verbrecherische Weise versucht hatte, sie auszuplündern. Bei ihrem Auszug hatte Camille in ihrem Koffer sogar ein kleines Gemälde mitgehen lassen. Sabrina hatte richtig aufgeatmet, als sie endlich verschwunden war. Daran dachte sie, während sie dasaß und den Baum betrachtete.

»Ein bemerkenswertes Jahr, finden Sie nicht?«

»Ja, das kann man sagen.« Er lachte über die Worte, die sie gebrauchte, und über ihre verwunderte Miene.

»Es war gut und schlecht gleichermaßen. Sie und Antoine gehören zu den guten Gaben.« Davon abgesehen hatte sie von André einen schicken roten Kaschmirpullover und einen darauf abgestimmten Hut geschenkt bekommen. Sie hatte sich mit einer Jacke und Handschuhen revanchiert. »Ich kann mich nicht beklagen.«

»Das hoffe ich.« Aber beide wußten, daß sie Jons wegen sehr bedrückt war, obwohl sie das Thema nie berührte. Es war zu schmerzlich für sie, darüber zu sprechen, und sie verbarg ihren Kummer, indem sie mit André ausgelassen scherzte.

Nach dem Termin auf der Bank fuhr sie am folgenden Tag mit ihm nach Napa und blieb dort für den Rest der Woche. Thurston House konnte jetzt unbewacht zurückbleiben, weil sie noch am Tag von Camilles Auszug sämtliche Türschlösser hatte auswechseln lassen. Nicht einmal Jon besaß Schlüssel zum Haus. In dem Farmhaus, das André acht Monate zuvor gemietet hatte, war ihr ein eigenes Zimmer eingeräumt worden. Der Bau eines neuen Hauses war geplant, doch im Moment mußte man sich mit dieser Art des Wohnens begnügen. Sabrina war dort mit ihnen sehr glücklich. Sie kam sehr gut mit den Männern aus und fing sogar an, sich in holprigem Französisch mit ihnen zu unterhalten.

Nach Neujahr brachte André sie nach San Franzisko. Sie benutzten die Bay Bridge, fuhren dann den Broadway entlang, schließlich in südlicher Richtung auf den Nob Hill. Auf der Straße vor Thurston House ließ er das Auto stehen und trug das Gepäck hinein. Er wollte ein paar Tage in der Stadt bleiben, weil er gemeinsam mit Sabrina einiges zu erledigen hatte. Abends saßen sie lange in der Bibliothek und machten Büroarbeiten. In diesem Punkt teilten sie sich die Verantwortung. Sabrina fühlte sich an die Zeit mit den Minen erinnert, nur wäre sie dankbar gewesen, damals einen André an ihrer Seite gehabt zu haben.

»Es muß für Sie sehr schwer gewesen sein«, sagte André auf eine entsprechende Bemerkung Sabrinas hin.

»Ja, das war es. Aber ich habe viel daraus gelernt.«

»Das sehe ich. Nur ist es nicht der leichteste Weg, etwas zu lernen.«

»Wer weiß, vielleicht ist es mir nicht bestimmt, auf die leichte Tour zu lernen.« Wieder mußte sie an Jon und Camille denken und an die Enttäuschung, die sie mit ihrem Sohn erlebt hatte. André entging ihr Blick nicht. Das bewog ihn, Sabrina eine Frage zu stellen, die ihm schon lange auf der Seele gelegen hatte. Es gab Dinge, die zwischen ihnen unerwähnt blieben, obwohl sie in den Monaten ihrer Bekanntschaft gute Freunde geworden waren. Sie sprach kaum von John Harte, und André erwähnte seine Frau sehr selten, die gestorben war, als Antoine erst fünf gewesen war. Es waren für ihn Jahre der Einsamkeit gefolgt, bis er wieder jemanden gefunden hatte. Auch diese Beziehung war beendet. Seine Freundin war nicht gewillt, ihm in sein neues Leben zu folgen, und hatte ihm geschrieben, daß sie sich anderweitig gebunden hätte. Da er dies schon bei seinem Abschied in Frankreich geahnt hatte, war ihm jetzt nicht das Herz gebrochen. Nun wollte André mehr über Sabrinas Leben erfahren und glaubte, genügend vertraut mit ihr zu sein, um die Frage zu wagen.

»Wie war eigentlich Ihr Mann?«

»Wunderbar«, antwortete sie mit einem Lächeln. »Anfangs waren wir einander alles andere als sympathisch.« Sie lachte in der Erinnerung. »John war nur darauf aus, meine Minen zu kaufen. Ihm gehörte nämlich der Konkurrenzbetrieb.« André konnte sich lebhaft vorstellen, wie die Funken zwischen ihnen gesprüht hatten. »Aber mit der Zeit...«, ihr Lächeln wurde von Wehmut getönt, »nun, wir haben geheiratet.« Sie wurde ganz ernst. »Auch später habe ich nicht zugelassen, daß unsere Unternehmen zusammengelegt wurden. Das hat mir am Ende sehr leid getan. Ich habe ihm so große Schwierigkeiten gemacht... und wozu?« Sie sah André in die Augen. »Nach seinem Tod machte ich ein einziges Unternehmen daraus. Es war sehr dumm, daß ich mich nicht schon eher dazu entschloß.«

»Und warum nicht?«

»Vermutlich wollte ich ihm beweisen, daß ich unabhängig geblieben und kein Teil von ihm geworden war. Und John machte mir zuliebe alles, wie ich es wollte, obwohl er ja wissen mußte, daß es viel umständlicher war. Er war so geduldig.« Wieder sah sie André an. »Was ich von ihm lernte, hat mich im vergangenen Jahr zu einem besseren Partner für Sie werden lassen.«

»Sie waren wundervoll.« Da fiel ihm etwas ein, und er lachte laut auf. »Nur Ihre Kochkünste und Ihr Französisch lassen noch zu wünschen übrig.«

»Wie können Sie so etwas sagen!« Sabrina spielte die Empörte. »Letzte Woche ist mir für jeden ein Omelette geglückt.« Sie war sehr stolz auf ihre Kochkünste gewesen. Und jetzt lachten sie um ein Uhr morgens in der Bibliothek, ziemlich erschöpft, aber gemütlich Seite an Seite sitzend.

»Ist Ihnen entgangen, wie übel anschließend allen wurde?« Um sie zu necken, zog er leicht an einem der Zöpfe, zu denen sie ihr Haar geflochten hatte. Sie kam ihm wie ein ganz junges Mädchen vor. Wer sie nicht kannte, hätte sie mindestens zehn Jahre jünger eingeschätzt. »Sabrina, so sehen Sie aus wie eine Indianersquaw.« Seine Worte riefen in ihr die Erinnerung an Frühlingsmond wach, und sie erzählte ihm, wie fasziniert sie von der Indianerin gewesen war. Sie verschwieg auch nicht, daß Frühlingsmond sie davor bewahrt hatte, von Dan vergewaltigt zu werden.

»Ich muß sagen, Ihr Leben ist nicht in allzu ruhigen Bahnen verlaufen. Sind Sie sicher, daß der Weinbau für Sie nicht zu zahm ist?«

»Nein, absolut nicht. Ich glaube nicht, daß ich diese Aufregungen jetzt noch überstehen könnte. Stellen Sie sich vor, damals sind mir gleich am ersten Tag dreihundert Leute davongelaufen. So etwas möchte ich nie wieder erleben.«

»Das wird auch nicht der Fall sein. Ihr Leben wird von jetzt an friedlich verlaufen, das verspreche ich.« Das hatte sie sich verdient.

»Ich wünschte, das könnten Sie uns allen versprechen.« Der Gedanke an Jon ließ sie wehmütig lächeln. »Und was ist mit Ihnen, André? Was erwarten Sie sich vom Leben, abgesehen von unserem Erfolg mit den edlen Tropfen?« Sie zog ihn vertraulich am Ohr, und er faßte wieder nach ihrem Zopf.

»Sie sind vorwitzig, ma chérie... was ich mir erwarte?« Er hätte eine gute Antwort zur Hand gehabt, wagte aber nicht, sie auszusprechen. »Ich weiß es nicht. Ich glaube, ich habe alles, was man sich wünschen kann. Hier fehlt mir eigentlich nur eines.« Sabrina staunte, denn André war ihr immer so zufrieden vorgekommen.

»Und das wäre?«

»Partnerschaft. Mir fehlt eine nahe menschliche Beziehung. Antoine kann mir nicht genügen, weil unsere enge Beziehung sich naturgemäß lockern wird. Er wird sicher nicht ständig mit mir leben, und er soll es auch nicht. Aber geht es Ihnen nicht ähnlich? Fehlt Ihnen nichts?«

Bei André lag die letzte Beziehung noch nicht lange zurück, ein Jahr nur. Sabrina überlegte. Natürlich fehlte ihr John, doch hatte sie sich im Laufe der Jahre an ihr Alleinsein gewöhnt, seit langem schon. Seit Johns Tod hatte es in ihrem Leben keinen Mann mehr gegeben, das hatte sie André schon einmal anvertraut. Er fand diese Tatsache bemerkenswert, ohne sich übermäßig zu wundern. »Das habe ich vermutet.« Sie kannten einander jetzt so gut, daß er gewußt hätte, wenn es jemanden in ihrem Leben gegeben hätte. »Wie haben Sie es nur geschafft, so lange allein zu bleiben?« Er war beeindruckt. Er selbst hatte zwei Jahre nach dem Tod seiner Frau eine ernste Affäre gehabt, und in den Jahren seither waren einige gefolgt, ohne daß er sich fest gebunden hätte. Doch er genoß das Zusammenleben mit einer Frau und vermißte es jetzt in seiner neuen Umgebung. »Finden Sie das Alleinsein nicht unerträglich?« Es drängte ihn, ihr diese Frage zu stellen.

Sabrina lachte. »Nein, gar nicht. Manchmal empfinde ich es als einfacher und angenehmer. Natürlich gibt es auch Einsamkeit, aber nach einer gewissen Zeit denkt man nicht mehr daran. Mir geht's so ähnlich wie einer Nonne«, schloß sie scherzend.

»Was für eine Vergeudung!« André wirkte sehr französisch, als er diese Worte ausrief. »Wirklich, Sie sind eine wundervolle Frau und noch jung.«

»Das würde ich nicht unbedingt sagen, mein Freund. Im Mai werde ich neunundvierzig. Ein junges Mädchen bin ich nicht mehr.«

»Sie stehen in der Blüte Ihrer Jahre.«

»Jetzt weiß ich, daß Sie verrückt sind, André.«

»Bin ich nicht.« Seine in Frankreich zurückgebliebene Liebe war älter als Sabrina gewesen und nicht annähernd so schön. Sabrina wäre ein Gottesgeschenk für jeden Mann, eine ganz besondere Frau. Er hätte nie gewagt, sich ihr leichtfertig zu nähern. Sie bedeutete ihm zuviel.

In jener Nacht trennten sie sich erst um zwei Uhr morgens und trafen am nächsten Morgen beim Frühstück wieder zusammen, korrekt gekleidet und sachlich, doch waren sie sich bei ihrem nächtlichen Gespräch unbestreitbar nähergekommen. Sabrina fiel es nun viel leichter, zu ihm von Jon zu sprechen, und er erzählte ihr von seinen Freundinnen. Es war, als wollten sie einander gegenseitig unbewußt ausloten.

Zu Sabrinas nicht geringer Verwunderung fuhr André nicht wie geplant am Freitag abend nach Napa zurück, sondern lud sie zum Dinner ein.

»Gibt es denn einen Grund zum Feiern?« Sie war nach der anstrengenden Woche müde, vor allem aber spürte sie noch immer die Nachwirkungen des Prozesses, den sie mit weichen Knien überstanden hatte. Seither war sie nicht viel ausgegangen. Aber André war der Meinung, es würde ihr guttun.

»Warum kann man nicht einfach so ausgehen?«

»Wie dekadent!« rief sie aus, obwohl ihr sein Vorschlag nicht übel gefiel und sie sich freute, sich wieder einmal hübsch zurechtzumachen. Als sie sich nach dem Umkleiden in der Halle unter der Kuppel trafen, trug sie ein schwarzes Kleid, das André noch nicht kannte.

»Wie elegant Sie sind, Madame!« Er sagte es mit charmantem

Lächeln, und Sabrina fiel wieder auf, wie fabelhaft er aussah. Sie nahm sein Aussehen selten wahr, weil sie einander so gewöhnt waren und weil sie nur Freundschaft verband, aber an diesem Abend kam sie sich unter seinem Blick sehr weiblich und verführerisch vor.

André führte sie in ein Restaurant, in dem sie zunächst einen Drink an der Bar nahmen. Später nahmen sie Platz an ihrem Tisch und verbrachten einen sehr unterhaltsamen Abend. Er erzählte ihr von seinem Leben in Frankreich, während sie ihm von den Minen berichtete und natürlich auch von sich selbst. Wieder in Thurston House, lud sie ihn auf einen Drink in ihren kleinen Salon ein. Für gewöhnlich ließen sie sich immer in der Bibliothek nieder, doch war der kleine Salon anheimelnder und intimer. Sabrina machte Feuer im Kamin, während er hinunterging und Drinks für sie holte. Sie tranken den Brandy vor dem Kamin, den Blick in die Flammen gerichtet, als das Holz endlich Feuer gefangen hatte. Dann sah sie ihn an. »Danke für den Abend, André ... danke für alles. Sie waren gut für mich und gut zu mir.«

Gerührt faßte er nach ihrer Hand. »Sabrina, für Sie würde ich alles tun. Das wissen Sie hoffentlich.«

»Sie haben es schon getan.«

Für beide nicht unerwartet, beugte er sich über sie und küßte sie. Das war so zwanglos, daß es nicht erschreckend war. Seite an Seite saßen sie vor dem Feuer, hielten einander an den Händen und küßten sich. Sie lachte verhalten auf. »Es ist, als wäre man wieder ein Kind.«

»Sind wir nicht Kinder?«

»Na, ich weiß nicht...« Er erstickte ihre Worte mit seinen Lippen, und sie fühlte ein Verlangen nach ihm aufsteigen, von dem sie zuvor nichts geahnt hatte. Da nahm er sie in die Arme, und als sie vor dem Feuer lagen, spürte sie seinen Körper warm neben sich. Seine Hände glitten über ihre Haut. Erstaunt über sich selbst, ließ sie es geschehen. Beide waren reif für das, was nun folgen würde. Liebevoll sah er auf sie hinunter und flüsterte ihr zu, er wolle nichts tun, was beide bereuen müßten oder was sie bereuen würde. Sie bedeutete ihm als Mensch und als gute Freundin zuviel. »Soll ich lieber gehen, Sabrina?«

»Ich weiß nicht.« Sie lächelte.

»Ich glaube, ich bin in dich verliebt.« Sabrina nahm es fast als selbstverständlich hin, denn ihr war jetzt klar, daß sie selbst schon lange in ihn verliebt war, vom Beginn ihrer Bekanntschaft an vielleicht. Gemeinsam hatten sie etwas Schönes geschaffen, mit ihren Herzen und Händen, voller Mut und Energie. André hatte sie wieder dem Leben zugeführt, und das, was jetzt geschah, war nur eine natürliche Weiterentwicklung. Als sie die Arme nach ihm ausstreckte, trug er sie in ihr Schlafzimmer zu ihrem Bett, auf dem sie sich liebten, als hätten sie es schon immer getan. Schließlich lagen sie ermattet da, engumschlungen, und er streichelte ihr seidiges Haar, bis sie einschliefen.

Am nächsten Tag beim Erwachen sah er erleichtert, daß in ihrem Blick kein Bedauern lag. Und wieder küßte er sie auf die Augen, den Mund ... auf die Nasenspitze, und sie kicherte, und wieder liebten sie sich. Alles war so selbstverständlich wie in den Flitterwochen, so natürlich. Sabrina wunderte sich über die Leichtigkeit, mit der alles gekommen war. Zwanzig Jahre waren seit ihrem letzten Beisammensein mit einem Mann vergangen, und doch war sie unbeschreiblich glücklich mit André, dem es ähnlich zu ergehen schien. Er hatte das Gefühl, in ihm hätten sich alle Schleusen geöffnet, und er wünschte sich nichts sehnlicher, als sie sein Leben lang mit seiner Liebe zu umgeben.

»Was ist mit uns passiert?« Ermattet sah sie ihn an, nachdem sie voneinander abgelassen hatten. Es war Samstag, sie hatten nichts vor. Sie waren allein, glücklich und sehr verliebt.

»Womöglich haben wir gestern etwas zu uns genommen ...«

»Vielleicht der Champagner ... wir wollen unseren eigenen ähnlich machen.« Lächelnd schlief sie ein und erwachte erst zu Mittag, als er mit einem beladenen Tablett im Schlafzimmer auftauchte.

»Damit du bei Kräften bleibst, meine Liebe.«

Daran dachte sie, als er sie nach dem Frühstück wieder beanspruchte. »Großer Gott, André!« lachte sie überglücklich. »Bist du immer so?«

»Nein.« Er sagte es aufrichtig und schmiegte sich an sie. Nach einem Jahr des Wartens hatte er das Gefühl, plötzlich alles in einen Tag pressen zu müssen, deswegen konnte er nicht genug von ihr bekommen. »Du übst eine sagenhafte Wirkung auf mich aus.«

»Darf ich das Kompliment erwidern?«

Schlaf und Liebe wechselten sich den ganzen Nachmittag ab. Um sechs Uhr abends standen sie endlich auf, badeten und zogen sich an, um auszugehen. Diesmal ins ›Bal Tabaria‹ an der Columbus Avenue. Sie fühlten sich wie in den Flitterwochen.

»Wie konnte uns das nur passieren?« Sie hatten eben eine Flasche Champagner zum Dessert bestellt.

»Ich weiß es nicht.« In seinem Blick lag tiefer Ernst. »Ich glaube, wir haben es uns verdient, Liebling. Das ganze Jahr über haben wir uns abgerackert.«

»Was für eine herrliche Belohnung!«

Er dachte ähnlich, als sie wieder im Bett landeten und alles von neuem anfing. Diesmal brannte das Feuer im Kamin des Schlafzimmers. Es war der Raum, in dem vor einundzwanzig Jahren Jonathan zur Welt gekommen war, aber daran dachte Sabrina jetzt nicht. Sie dachte nur an André, als sie engumschlungen einschliefen. Bei Tagesanbruch erwachten sie, sahen einander an, tauschten Küsse, wurden leidenschaftlich und schliefen wieder ein, um sich nach dem nächsten Erwachen wieder in den Armen zu liegen. Da ertappte André sie bei einem nachdenklichen Blick. Er selbst hatte am Tag zuvor daran gedacht und es dann vergessen.

»Ist es ungehörig, wenn ich dich frage, ob du an Verhütung gedacht hast?« Sabrina schien unbesorgt.

»Bis ich schwanger werde, bin ich längst achtzig. Um es deutlich auszudrücken: Ich empfange nicht leicht. Jedesmal brauchte ich zwei Jahre. Ich bin die ungefährlichste Frau, die man sich denken kann. Schon gar in meinem Alter.«

»Na, dann ist es ja gut. Bist du sicher?«

448

»Ganz sicher. Vermutlich kann ich gar nicht mehr schwanger werden.« Die Wechseljahre hatten sich bei ihr noch nicht eingestellt, doch hatten im Vorjahr gewisse Anzeichen darauf hingewiesen, daß sie bevorstanden.

»Sicher kannst du nicht sein.«

»Sei beruhigt, nächste Woche werde ich etwas unternehmen. Und in der Zwischenzeit ...«

Aber André hatte seine Bedenken längst vergessen, und am Sonntag abend waren sie so glücklich, daß sie sich entschlossen, noch eine Nacht in Thurston House zu verbringen, ehe sie wieder nach Napa fuhren. Keiner hatte es eilig, den unvorhergesehenen Honigmond zu beenden. In nur zwei Tagen hatte sich ihrer beider Leben völlig verändert, und keiner bereute es. Es war eine neue Dimension hinzugekommen.

Auf der Fahrt nach Napa am nächsten Tag fing Sabrina unvermittelt zu lachen an. Das lange Haar fiel ihr lose auf die Schultern, ihre blauen Augen strahlten wie bei einem jungen Mädchen. Zu einer grauen Flanellhose trug sie die rote Kaschmirjacke, die André ihr geschenkt hatte. »André, wie wird es Napa weitergehen? Alle werden schockiert sein.« Ihre Beziehung ging niemanden etwas an, doch war sie der Meinung, Antoine sollte es vorläufig nicht erfahren.

»Mir scheint, ich muß mich mit dem Hausbau beeilen. Morgen rufe ich den Architekten an.« Beide lachten herzlich, und in der folgenden Nacht schlich er auf Zehenspitzen in ihr Zimmer, um sich im Morgengrauen wieder in sein eigenes zu stehlen, glücklich wie noch nie im Leben – und das mit fünfundfünfzig!

32

In den nächsten Wochen blieb es bei Heimlichkeiten, doch mindestens einmal wöchentlich gönnten sie sich einen Ausflug in die Stadt. Die meiste Zeit aber verbrachte Sabrina mit André und Antoine in Napa. Es waren andere Blicke, die nun zwischen

André und Sabrina gewechselt wurden, Blicke, die eine heimliche, nur von ihnen verstandene Botschaft enthielten. Einmal ertappte sie Antoine, wie er sie verstohlen beobachtete und sich dann hastig abwandte, um nicht den unwillkommenen Beobachter zu spielen. Später glaubte sie, ein heimliches Lächeln an ihm zu bemerken.

»Glaubst du, er weiß es?« fragte sie André tief in der Nacht, als sie in ihrem Bett im Farmhaus lagen. Inzwischen verhandelte André bereits mit einem Architekten, und mit dem Hausbau konnte im Frühjahr begonnen werden. Bis das Haus fertig sein würde, mußten sie noch einige Zeit verstohlen zwischen ihren Zimmern hin und her schleichen.

»Keine Ahnung.« André lächelte ihr im Mondschein zu und strich ihr zärtlich über die Wange. Noch nie hatte er eine Frau so geliebt wie sie, und Sabrinas Gefühle für ihn waren so, daß sie manchmal glaubte, nicht einmal für John so tief empfunden zu haben. Aber damals war sie noch so jung gewesen. Mit den Jahren war auch ihre Liebesfähigkeit gereift. »Wenn er es wüßte, würde er sich für uns freuen. Gestern hätte ich es ihm beinahe gesagt.«

Sabrina nickte. Jon ins Vertrauen zu ziehen, konnte sie sich beim besten Willen nicht vorstellen. Er hatte ihr schon vor einiger Zeit vorgeworfen, sie hätte eine Affäre mit André. Ein Eingeständnis wäre ihr jetzt sehr unangenehm gewesen, obwohl es in ihrem Leben seit Johns Tod keinen Mann mehr gegeben hatte. Jon würde sie nicht verstehen, das wußte sie. Seit einem Monat war sie ohne Nachricht von ihm und von Camille, die sich nach Atlanta zurückgezogen hatte. Aber von ihr wollte Sabrina ohnehin nichts wissen.

Sie verdrängte diese Gedanken und sagte zu André: »Du glaubst also nicht, er wäre schockiert?« Antoine war so ganz anders als Jon. Durch sein liebes Wesen war er ihr richtig ans Herz gewachsen.

Wieder lächelte André. »Warum sollte er? Im Gegenteil, er würde sich freuen.«

Insgeheim hatte Sabrina auch diesen Eindruck gewonnen. Antoine war in letzter Zeit noch zuvorkommender als sonst, half ihr draußen auf dem Feld, wenn sie Seite an Seite arbeiteten. Es war Antoine, der bei ihr war, als ihr ein paar Wochen später nach einem Arbeitstag in der prallen Sonne schwindlig wurde. Unversehens geriet sie ins Taumeln und wurde in Antoines Armen fast ohnmächtig. Beide waren zu Tode erschrocken, als sie nebeneinander auf der Erde saßen. Mit Hilfe eines Taschentuchs, das er mit Wasser aus einem Kanister befeuchtete, machte er ihr eine kühle Kompresse.

»Du hättest einen Hut aufsetzen sollen«, rügte er sie, während Sabrina ihn jämmerlich ansah. Um sie herum drehte sich alles, und ihr Magen rebellierte, doch sie nahm sich zusammen, so daß sie es schaffte, nach einer Weile mit ihm zurück zum Haus zu gehen.

»Antoine, versprich mir, daß du deinem Vater nichts sagst... bitte.« Ein flehender Blick begleitete ihre Bitte.

Antoine runzelte die Stirn. »Warum nicht? Ich glaube, er sollte es wissen.« Und plötzlich bekam er es mit der Angst zu tun. Seine Mutter war an Krebs gestorben, als er fünf Jahre alt war. Er konnte sich noch an sie erinnern und vor allem an den Kummer seines Vaters. Besorgt sah er Sabrina an. »Ich werde den Mund halten, wenn du versprichst, sofort zu einem Arzt zu gehen.«

Sabrina zögerte, und er wurde drängender, getrieben von einer tiefverwurzelten Angst. »Sabrina, du gehst zum Arzt... oder ich erzähle es ihm sofort.«

»Ach, schon gut, es war ja nur die Sonne.«

Aber Antoine fand, daß sie elend aussah, und in den nächsten Tagen fiel ihm auf, wie wenig sie aß. Als er sie fragte, ob sie beim Arzt gewesen sei, wich sie aus. »Antoine, mir fehlt doch nichts, wirklich nicht.«

»Dein Aussehen sagt das Gegenteil.« Das schleuderte er ihr entgegen, und doch war der Ton anders als bei den Auseinandersetzungen mit Jon; Antoines Heftigkeit entsprang seiner Besorgnis um sie, und Sabrina war gerührt.

Auch beim zweiten Schwindelanfall war er zur Stelle und schleppte sie zurück ins Haus. Zum Glück war André bei seinem Architekten. »Also rufst du jetzt den Arzt an, oder soll ich es tun?« lautete Antoines Frage, als sie sich ein wenig erholt hatte.

»Um Himmels willen . . . « Das alles war ihr sehr peinlich, und am unangenehmsten war, daß Antoine nicht lockerließ. Er ging selbst an den Apparat und sah sie so drohend an, daß sie lachen mußte. »Nur gut, daß du nicht mein Sohn bist. Gegen dich hätte ich keine Chance.« Das war scherzhaft gemeint, denn im Grunde war sie ihm für sein Drängen dankbar, als sie ans Telefon ging. Es tat gut zu wissen, daß es ihm naheging. Jetzt gab es zwei Menschen, denen sie etwas bedeutete, André und seinem Sohn.

Sie rief ihren Arzt an und ließ sich für den nächsten Nachmittag einen Termin geben. »Weißt du, was er sagen wird?«

»Ja.« Antoine zeigte sich unnachgiebig. »Er wird sagen, daß du überarbeitet bist. Sieh dir Papa an, er arbeitet auch viel, hält aber täglich seinen Mittagsschlaf.« Eine Gewohnheit, die er aus Frankreich mitgebracht hatte. La sieste . . . deshalb sah er so jung und gesund aus.

»Dazu fehlt mir die Geduld.«

»Du mußt sie aufbringen.« Antoine war wenigstens zufrieden, daß sie den Arzt aufsuchen wollte. So viel hatte er erreicht. »Soll ich dich morgen in die Stadt fahren?«

»Nicht nötig. Ich habe in San Franzisko ohnehin einiges zu erledigen.« Vor allem wollte sie nicht zuviel Aufhebens davon machen, damit André nicht mißtrauisch wurde.

»Du wirst mir doch sagen, was er feststellt?« Er sah sie so ängstlich an wie ein kleiner Junge. Da erwachten in Sabrina Beschützerinstinkte, obwohl Antoine ein gutes Stück größer war als sie. Sie trat vor ihn hin und sah ihn an.

»Antoine, es ist nichts, glaube mir. Ich bin kerngesund und fühle mich wohl. Sicher sind das die Folgen der Aufregung, die das Auftauchen meiner Mutter und der Prozeß mit sich brachten.« Sie hätte auch ihren Sohn Jon als eine der Ursachen nennen können. »Das alles hat mich sehr beansprucht, und dafür büße ich jetzt.«

»Es hat mir sehr leid getan, daß die beiden sich so unverschämt benommen haben.« Er sah sie an, als würde sie Mutterstelle an ihm vertreten.

»Ja, das war schlimm. Aber ein Gutes hatte die Affäre... jetzt sind wenigstens die Fronten klar.« Und doch war es ihr unerträglich, daß sie durch Camille ihren Sohn endgültig verloren hatte. »Und jetzt hör auf, dir Sorgen zu machen. Ich verspreche dir, daß ich dir getreulich berichten werde, was der Arzt feststellt.«

Doch als sie am nächsten Tag ihrem Arzt gegenübersaß, wußte sie, daß sie ihr Antoine gegebenes Versprechen nicht halten konnte. Fassungslos starrte sie den ihr seit Jahren bekannten alten Herrn an. »Das ist unmöglich... ganz ausgeschlossen... letztes Mal dauerte es... und ich dachte, inzwischen...« Sie war wie vor den Kopf geschlagen. Nicht zu fassen.

Der Arzt lächelte. »Es stimmt, Sabrina. Der Test lügt nicht, und schon gar nicht, wenn er positiv ausfällt. Und er war positiv. Sie sind schwanger, meine Liebe.«

»Das kann nicht sein. Letztes Jahr bemerkte ich erste Anzeichen der Wechseljahre. Meine Periode ist ausgeblieben seit...« Sie rechnete nach, und ihr Herz sank. »O nein...« Es lag genau zwei Monate zurück. Der Arzt hatte recht. Sie hatte das Ausbleiben der Periode nicht mit André in Verbindung gebracht. Sie war nur erleichtert gewesen, daß sie von der monatlichen Unpäßlichkeit verschont blieb. »Nie hätte ich gedacht... Du lieber Himmel, wenn ich vorgestern nicht auf dem Feld zusammengebrochen wäre...« Es hätte Monate gedauert, bis sie ihren Zustand entdeckt hätte. Aber noch immer war sie nicht ganz überzeugt. »Bei meinen vorhergehenden Schwangerschaften hat es Jahre bis zur Empfängnis gedauert.«

Der Arzt faßte über den Schreibtisch nach ihrer Hand. »So ist es eben nicht immer. Und außerdem könnte John daran schuld gewesen sein.«

»Mein Gott ...«

Ihre Betroffenheit ließ in dem Arzt einen Verdacht wach werden. »Sie wissen doch hoffentlich, wer der Vater ist?«

»Natürlich!« Sie war schockiert. »Aber ich habe keine Ahnung, was er dazu sagen wird. Wir sind Geschäftspartner und Freunde, aber ... in unserem Alter ... eigentlich hatten wir nicht geplant ... « Sie konnte die Tränen nicht mehr zurückhalten. Wie grausam das Schicksal sein konnte! Warum hatte sie André nicht fünfzehn Jahre früher begegnen können ...

»Was soll ich nur machen?« Sie weinte ungehemmt in das Taschentuch, das er ihr fürsorglich reichte. Nachdem sie sich entschlossen die Nase geputzt hatte, sah sie ihn an. »Können Sie sich der Sache annehmen?« Eine unmögliche Frage. Es war ungesetzlich, doch Sabrina wußte nicht, an wen sie sich hätte wenden können. Mit Ausnahme des alten Arztes in St. Helena, der vor Jahren ihr Hausarzt gewesen war, kannte sie keinen anderen.

»Sabrina, Sie wissen genau, daß ich das nicht tun darf.«

»Ich bin fast fünfzig. Kein Mensch kann erwarten, daß ich dieses Kind austrage. Ich bin mit dem Mann gar nicht verheiratet.«

»Lieben Sie ihn?« Sie nickte und putzte sich wieder die Nase. »Warum heiraten Sie ihn nicht und bekommen das Kind?«

»Das kann ich nicht. Wir haben erwachsene Söhne. Wir würden uns zum Gespött der Leute machen. Mein Partner ist fünfundfünfzig, bei ihm wäre eigener Nachwuchs noch vorstellbar. Er sieht auch viel jünger aus. Aber ich bin im Großmutteralter.«

»Na und? Andere Frauen haben es auch geschafft. Vor zwei Jahren hatte ich eine Patientin von zweiundfünfzig Jahren, der dasselbe passiert war, nur war sie verheiratet. Sie und ihre Tochter bekamen fast gleichzeitig ein Kind. Sabrina, Sie sind wirklich nicht die erste.«

»Ich käme mir so lächerlich vor. Und ich möchte ihn nicht zur Ehe zwingen ... « Sie lächelte unter Tränen. »Es ist so albern ... in meinem Alter wegen einer Schwangerschaft heiraten zu müssen.« Sie fing wieder zu schluchzen an. »Sie müssen entschuldigen, daß ich so durcheinander bin.«

»Das ist doch ganz verständlich. Eine Eröffnung von solcher Tragweite stellt für jeden einen Schock dar. Und ich gebe zu, daß Ihr Fall besonders schwierig ist. Na, ist Ihr Freund wenigstens ein netter Mensch? Könnten Sie mit ihm glücklich werden?«

»Ja, das könnte ich.« Von einer Ehe war zwischen ihnen noch nie die Rede gewesen. André hatte keine Ursache, sie zu heiraten. Ihre Beziehung behagte ihnen beiden so, wie sie war. »Aber trotzdem... ein Kind in unserem Alter...« Sie dachte an Jon und an ihr erstes Kind, das sie verloren hatte, ein Mädchen. Wieder sah sie den Arzt an. »Könnten Sie mir nicht wenigstens einen Arzt nennen, der einen Abbruch ausführt? Ich stehe die Schwangerschaft nicht durch.«

»Sabrina, das können Sie gar nicht beurteilen.« Er ließ Unwillen erkennen. »Wenn es nun mal passiert ist, soll man sich fügen. Vielleicht werden Sie eines Tages feststellen, daß dieses Kind das größte Glück war, das Ihnen widerfahren konnte.«

Ohne ihr einen Arzt zu nennen, stand er auf, um anzudeuten, daß er das Gespräch für beendet hielt. »Sabrina, in drei Wochen möchte ich Sie wieder hier sehen. Schonen Sie sich, so gut es geht. Ich sehe keinen Grund, warum Sie nicht auch in Ihrem Alter ein gesundes Kind zur Welt bringen können, nur müssen Sie vorsichtiger sein als vor zwanzig Jahren.«

Vor zwanzig Jahren... wie lächerlich, daß ihr das jetzt passieren mußte. Plötzlich war sie wütend auf den Arzt, auf sich selbst und André, weil sie in diese Lage geraten war. Verdammt, sie war schwanger und fast fünfzig!

Sie verließ die Praxis und fuhr nach Hause, verfolgt von den Worten des Arztes... über das Kind und André ... daß es sich eines Tages als größtes Glück ihres Lebens erweisen konnte, aber daran wollte sie gar nicht denken. Sie mußte rasch einen Arzt ausfindig machen, der ihr half. Sie hatte nur wenige Wochen Zeit, ehe eine Unterbrechung für sie gefährlich werden konnte.

Wen sollte sie fragen? Wie fand man einen Abtreiber? Noch nie hatte sie sich darüber den Kopf zerbrochen. Um so intensiver überlegte sie jetzt und wurde dabei von der Erinnerung an jenes erste Kind verfolgt, das sie verloren hatte. Sie wußte noch, wie betroffen sie und John gewesen waren. Wie konnte sie jetzt nur daran denken, ein Kind zu töten, denn darauf lief eine Abtreibung hinaus. Wie aber sollte sie es vermeiden? Als sie sich aufs Bett legte, weil ihr übel war, dachte sie weiter darüber nach. Da schrillte das Telefon. Antoine.

»Na, was hat der Arzt gesagt?« Den ganzen Tag hatte er an sie gedacht. Kaum war sein Vater weggefahren, um Einkäufe zu machen, stürzte er ans Telefon.

»Beruhige dich, ich bin gesund. Ich sagte ja, es war nur die Anspannung der letzten Zeit.« Sabrina empfand selbst deutlich, wie unnatürlich das klang.

Antoine ließ sich nicht so leicht überzeugen. »Bist du sicher?«

»Ganz sicher.« Sie mußte zu einer Lüge Zuflucht nehmen, sie hatte keine andere Wahl. »Morgen oder übermorgen bin ich wieder bei euch.«

»Ich dachte, du wolltest schon heute kommen.« Wieder schwang Besorgnis in seinen Worten mit, als wäre sie seine Mutter. Sabrina war gerührt. Sie mußte sich sehr zusammennehmen, daß man es ihr nicht anmerkte, dabei war sie den Tränen nahe.

»Es hat sich hier überraschend Arbeit für mich gefunden.«

»Ach so.« Dann berichtete er ihr, was sie den ganzen Tag gemacht hatten. »Bei dir ist also alles in Ordnung?« Ein wenig erleichtert war er doch. Zumindest handelte es sich nicht um Krebs. Er war besessen von Angst vor dieser Krankheit.

»Ganz in Ordnung.« Das genaue Gegenteil war der Fall. Sie lächelte wehmütig, während sie weiter mit ihm sprach. Dann kam André zurück und übernahm den Hörer.

»Was treibst du in San Franzisko, m' amie?« Manchmal nannte er sie so, meine Freundin. Nur nicht im Bett, da nannte er sie ›chérie‹ oder ›mon amour‹, mein Schatz oder meine Liebe.

»Ach, nicht viel. Ich habe Post vorgefunden, die ich rasch erledigen möchte. Ich muß mir da etwas einfallen lassen. Vielleicht lasse ich mir die Post nachschicken, wenn ich längere Zeit in Napa bleibe.«

»Gute Idee.« Allein seine Stimme zu hören war eine Erleichterung. Es drängte sie, ihm zu sagen, was sie vom Arzt erfahren hatte, und doch brachte sie es nicht fertig. Sie wollte ihn nicht unter Druck setzen. Womöglich fühlte er sich dann bemüßigt, sie zu heiraten. Damit wäre zwischen ihnen alles ausgewesen. Da war es besser, gar nichts zu sagen. Sie würde alles allein durchstehen. André sollte nie etwas erfahren. »Wann kommst du zurück?« Das klang so drängend, daß sie unwillkürlich lächelte. An ihrer Liebe hatte sich nichts geändert, sie bedauerte nur, daß es nicht vor fünfzehn Jahren passiert war. Damals hätte sie es ihm sagen können, sie hätten geheiratet, und das Baby wäre zur Welt gekommen. Aber nicht jetzt.

»Ich komme morgen oder übermorgen, sobald ich alles erledigt habe.«

»Kannst du die Sachen nicht mitbringen?« Es war ungewöhnlich, daß sie länger in der Stadt blieb. »Sabrina, ist etwas?« Nach einem Jahr Freundschaft und zwei Monaten, in denen sie das Bett teilten, kannte er sie zu gut... bis in die Tiefen ihrer Seele. In gewisser Hinsicht kannte er sie besser als jeder andere. Sie waren Seelenfreunde geworden.

»Nein, alles ist in Ordnung.« Sie belog ihn, wie sie Antoine belogen hatte. »Ehrlich.« Wieder mußte sie gegen Tränen ankämpfen.

»Hast du Nachricht von Jon?«

»Nein, noch nicht. Ich nehme an, sein Studium nimmt ihn sehr in Anspruch. Es geht auf das Ende seines letzten Jahres zu...« Immer hatte sie für Jons Verhalten Entschuldigungen parat.

André fragte es nur ungern, und auch nur, weil ihr Ton ihm sonderbar vorkam: »Etwas Neues von Camille?«

»Nein, gottlob nicht.« Wieder lächelte sie. André fehlte ihr so sehr, obwohl es erst einige Stunden her war, seitdem sie ihn zuletzt gesehen hatte. Fast hatte sie das Gefühl, daß sie ihn jetzt noch mehr brauchte, doch durfte sie sich das nicht anmerken lassen.

»Na, dann beeil dich und komm bald.« Er hatte im Moment

zuviel zu tun, um sie in der Stadt zu besuchen. »Du fehlst mir sehr«, flüsterte er zum Abschied ins Telefon.

»Du mir auch.« Sabrina kämpfte um ihre Selbstbeherrschung. In der Nacht lag sie lange wach, hin- und hergerissen zwischen Tränen und eiserner Entschlossenheit. Am nächsten Morgen nahm sie sich ein Telefonbuch vor und suchte die Adresse eines Arztes in einem ärmeren Stadtteil heraus. Sie entschied sich für eine Praxis am Rande des Tenderloin. Als sie dort zu Mittag mit einem Taxi ankam, schliefen zwei Betrunkene auf der Straße ihren Rausch aus. Zaghaft betrat sie das nach Urin und Kohl riechende Haus und stieg die knarrende Treppe hinauf. Erleichtert sah sie, daß das Wartezimmer vor Sauberkeit blitzte. Eine uralte Sprechstundenhilfe bat sie hinein. Im Sprechzimmer sah Sabrina sich einem kleinen, rundlichen Mann mit Glatze gegenüber, der in einem makellosen weißen Mantel sehr vertrauenerweckend wirkte. Trotz seines beruhigenden Lächelns mußte sie erst tief Luft holen, ehe sie mit ihrem Anliegen herausrückte.

»Herr Doktor, ich muß mich im voraus entschuldigen, wenn Sie mein Anliegen als Zumutung auffassen...« Sie sah ihn mit feuchten Augen an. »Ich bin gekommen, weil ich in einer verzweifelten Lage bin.«

Er sah sie in Erwartung ihrer Eröffnung ruhig an. In den vergangenen vierzig Jahren hatte er in seiner Praxis alles erlebt, was nur möglich war. »Ja? Nun, ich werde tun, was ich kann.«

»Es geht um einen Schwangerschaftsabbruch. Ihren Namen habe ich aus dem Telefonbuch... ich weiß nicht, wen ich fragen soll, wohin ich gehen soll...« Jetzt war es um ihre Fassung geschehen. Jeden Augenblick erwartete sie, er würde aufspringen und ihr die Tür weisen. Statt dessen sah er sie mitfühlend an und schien seine Worte genau abzuwägen.

»Das tut mir leid. Ja, es tut mir leid, daß Sie der Meinung sind, das Kind nicht bekommen zu können, Mrs. Smith.« Bei Nennung dieses Namens fiel ihr ein, daß sie den Termin unter diesem Namen bekommen hatte. »Sind Sie sicher, daß Sie das Kind unmöglich austragen können?«

Eine ausdrückliche Weigerung war nicht über seine Lippen gekommen, so daß sie schon Hoffnung faßte. Vielleicht war sie doch an die richtige Adresse geraten. Sie beeilte sich, ihm ihre Gründe zu erklären. »Ich bin neunundvierzig, verwitwet und habe einen erwachsenen Sohn, der sein Studium beendet.« Das waren für sie ausreichende Gründe, nicht aber für den Arzt.

»Und der Vater des Kindes?«

»Mein Geschäftspartner. Wir sind gute Freunde«, sie errötete, »er ist sechs Jahre älter als ich, sein Sohn älter als mein Sohn. Heiraten wollen wir nicht... das ist ganz ausgeschlossen.«

»Haben Sie es ihm schon gesagt?«

Nach kurzem Zögern schüttelte sie den Kopf. »Ich weiß es selbst erst seit gestern. Unter Druck setzen will ich ihn nicht. Ich möchte die Sache hinter mich bringen und nach Hause fahren, als wäre nichts geschehen.«

»Sie leben in San Franzisco?«

»Zeitweise.« Deutlicher wurde sie nicht, weil sie ihre Identität nicht preisgeben wollte. Aus diesem Grund hatte sie sich ›Mrs. Smith‹ genannt, denn ihr wirklicher Name wäre ihm sicher bekannt gewesen.

»Meinen Sie nicht, Sie wären es ihm zumindest schuldig, seine Meinung anzuhören?« Sabrina schüttelte entschlossen den Kopf. Aus dem Blick des Arztes sprachen Verständnis und Güte. Es war nicht das erste Mal, daß er um Hilfe dieser Art gebeten wurde, und es würde nicht das letzte Mal sein. »Ich glaube, Sie machen einen Fehler, Mrs. Smith. Er hat ein Recht, es zu erfahren. Und was Ihr Alter betrifft, so sehe ich darin keinen Hinderungsgrund. Andere Frauen Ihres Alters haben auch Kinder bekommen. Sicher, das Risiko ist etwas größer, aber es ist ja nicht Ihre erste Schwangerschaft, und damit vermindert sich das Risiko wieder. Meiner Meinung nach sollten Sie sich die Sache gründlich überlegen. Im wievielten Monat sind Sie?« »Im zweiten.« Weiter konnte sie nicht sein, weil ihr erstes Beisammensein mit André etwas mehr als acht Wochen zurücklag. Am Abend zuvor hatte sie sorgfältig nachgezählt.

Der Arzt nickte. »Dann haben Sie nicht mehr viel Zeit.«

»Werden Sie mir helfen?«

Der Arzt war unschlüssig. Er selbst machte es schon lange nicht mehr, weil ein junges Mädchen nach dem Eingriff fast gestorben wäre. Damals hatte er sich geschworen, es nie wieder zu tun, und hatte sich daran gehalten. Aus irgendeinem Grund spürte er, daß es nicht richtig gewesen wäre, es für diese Frau zu tun. »Ich kann es nicht, Mrs. Smith.«

Sabrina blieb vor Enttäuschung fast die Luft weg. »Warum haben Sie dann ... ich dachte, als Sie mir zuhörten ...«

»Ich wollte Sie überzeugen, daß Sie das Kind austragen ...«

»Ich will es nicht!« Sie sprang auf. »Wenn Sie es nicht machen, tue ich es selbst.« Sie konnte die Tränen nicht zurückhalten. Einen Augenblick lang glaubte er, sie wäre dazu wirklich imstande, und bekam es mit der Angst zu tun.

»Ich kann Ihnen nicht helfen ... meinet- und Ihretwegen.« Er würde Gefahr laufen, seinen Beruf nicht mehr ausüben zu dürfen und hinter Gittern zu landen. Eine Möglichkeit allerdings gab es. Er hatte diesen Namen schon anderen Patientinnen gegeben, die ihn darum gebeten hatten. Seufzend zog er Rezeptblock und Stift heran. Er nahm ein leeres Blatt ohne Namen und Adresse und schrieb einen Namen samt Telefonnummer auf. Den Zettel händigte er Sabrina aus. »Rufen Sie diesen Mann an.«

»Wird er es tun?« Sie sah ihn mit flammendem Blick an.

Der Arzt nickte ernst. »Ja, er wird es tun. Seine Praxis ist in Chinatown. Er war ein bekannter Chirurg, den man dabei erwischt hat. Schon einmal habe ich ihm jemanden geschickt ...« Er sah Sabrina vorwurfsvoll an und machte kein Hehl aus seiner Meinung. »Sie sollten das Kind bekommen. Anders wäre es, wenn Sie bettelarm oder krank wären, wenn man Sie vergewaltigt hätte oder wenn Sie süchtig wären ... aber Sie machen auf mich den Eindruck, eine anständige Frau zu sein. Vermutlich ist Ihr Partner auch ein anständiger Mensch. Sie könnten diesem Kind ein Heim und Liebe geben.« Ihm war der feine Wollstoff ihres Kostüms aufgefallen, das zwar nicht der neuesten Mode entsprach, aber einmal sehr teuer gewesen sein mußte. Mochten ihre Mittel auch jetzt begrenzt sein, so würde eine Frau wie sie sicher einen Ausweg finden. »Überlegen Sie sich die Sache, Mrs. Smith. Eine Gelegenheit wie diese wird vielleicht niemals wiederkehren, und es ist gut möglich, daß Sie Ihr Leben lang bedauern, dieses Kind nicht bekommen zu haben. Denken Sie daran, lange und gründlich, ehe Sie diesen Namen anrufen.« Er wies auf das Stück Papier, das sie in den zitternden Händen hielt. »Ein Zurück gibt es dann nicht mehr. Auch wenn Sie nachher noch einmal ein Kind bekommen sollten, werden Sie den Verlust dieses Kindes immer betrauern.«

Seine Worte riefen in ihr die Erinnerung an ihr verlorenes erstes Kind wach. Diese Leere hatte nicht einmal Jon ausfüllen können. Es war ein für immer verlorener Traum, wie dieses Kind jetzt... aber solche Überlegungen konnte sie sich nicht leisten. Sie hatte keine andere Wahl. Sabrina reichte dem Arzt die Hand.

»Danke für Ihre Hilfe.« Sie war sehr erleichtert. Wenigstens wußte sie jetzt, an wen sie sich wenden konnte.

»Überlegen Sie sich die Sache sehr gut.«

Seine Worte klangen in ihr noch lange nach. Und als sie sich zu Hause an den Schreibtisch setzte, saß sie lange da, ohne zum Telefonhörer zu greifen, so elend fühlte sie sich. Dreimal mußte sie ansetzen, ehe sie die Nummer richtig gewählt hatte. Dann klappte es endlich, und es meldete sich eine Frauenstimme mit Akzent.

»Ich möchte einen Termin«, sagte Sabrina ohne Einleitung.

»Woher haben Sie die Nummer?« fragte die Stimme mißtrauisch.

Sabrina, die mit zitternder Hand den Hörer hielt, mußte sich erst fassen, ehe sie den Namen des Arztes nannte, den sie eben aufgesucht hatte. Nun trat Stille ein, als müsse am anderen Ende der Leitung erst rückgefragt werden. Dann kam die Antwort: »Sie können nächste Woche kommen.«

»Wann?«

Wieder eine Pause. »Mittwoch abends.« Sabrina fand das sonderbar, andererseits handelte es sich um keinen gewöhnlichen Arztbesuch in einer Praxis im Zentrum. »Um sechs«, fuhr die Stimme fort. »Warten Sie an der Hintertür, klopfen Sie erst zweimal, dann noch einmal. Und vergessen Sie nicht, fünfhundert Dollar in bar mitzubringen.« Die Stimme war so schroff wie die Worte. Sabrina verschlug es die Rede, nicht wegen des Betrages, sondern wegen der Vorstellung, die sich ihr unwillkürlich aufdrängte.

»Wird er es machen?« Es hatte keinen Sinn, sich etwas vorzumachen. Beide wußten, was sie von dem Arzt wollte. Vielleicht waren diese Eingriffe das einzige, was er machte. Aber warum abends? Na, wenn schon, beruhigte sie sich. Sie fragte sich nur, wie lange so ein Eingriff dauern mochte.

»Ja, er macht es. Und wenn sich nachher Komplikationen einstellen sollten, dann rufen Sie uns nicht an. Er würde Ihnen nicht helfen.« Unverfrorener konnte man es nicht sagen. An wen sollte sie sich im Notfall wenden? Etwa an den Arzt, der ihr die Adresse gegeben hatte? Ihren eigenen Arzt konnte sie nicht anrufen... oder doch? Diese Fragen schossen ihr durch den Kopf, als sie auflegte. Sie war so durcheinander, daß ein Anfall von würgender Übelkeit sie ins Badezimmer trieb. Ihr war hundeelend, als sie auf dem Boden kauerte und an den Termin bei dem Arzt dachte. Mittwoch um sechs. Bis dahin waren es sechs Tage. Sie hatte Angst. Aber es gab kein Zurück.

Bei der Ankunft in Napa gab sie sich locker wie immer. Sie plauderte mit allen, überanstrengte sich bei der Arbeit und machte sich sogar erbötig zu kochen, was ihr Neckereien und Gelächter eintrug. Die Männer hatten sich angewöhnt, für Sabrina zu kochen. Doch als das Essen auf dem Tisch stand, rührte sie kaum etwas an, auch am nächsten Tag nicht. Sie fühlte Antoines heimliche Blicke auf sich, mit Fragen über den Arztbesuch verschonte er sie aber. André schien völlig unbesorgt. Sie liebten sich täglich, bis auf Dienstag nacht, als Sabrina sich abwandte und schlafend stellte. Er war wirklich der Meinung, sie wäre eingeschlafen. Beim Erwachen am nächsten Morgen sah er, daß sie verschwunden war. Er traf sie noch in der Dämmerung unten an, wie sie dasaß und auf die Wälder und Hügel hinausstarrte, tief in Gedanken versunken. Auf Zehenspitzen ging er näher und setzte sich neben sie. Erschrocken drehte sie sich um.

»Warum bist du so früh auf, André?«

»Das wollte ich dich fragen, m' amie.« Er nannte sie zu Recht so... beinahe. Sie waren Freunde. Aber nicht in dieser Sache. Sie warf einen Blick auf die Küchenuhr hinter André. In zwölf Stunden würde sie in Chinatown fünfhundert Dollar auf den Tisch legen, damit sein Kind getötet würde... der Gedanke verursachte ihr Schwindel und Übelkeit, obwohl Sabrina saß. »Was ist los?« André führte ihre Finger zärtlich an seine Lippen. »Glaubst du, mir ist nicht aufgefallen, daß du seit Tagen ganz durcheinander bist? Ich wollte nicht in dich dringen, ehe du nicht von selbst mit einer Erklärung herausrückst.« Jetzt sah sie noch elender aus als während der ganzen vergangenen Woche. Ihr Gesicht war aschfahl. »Was ist denn, Liebling? Quält dich diese Frau wieder?« Er befürchtete Camille, mache ihr wieder zu schaffen.

Sabrina schüttelte den Kopf, unschlüssig, was sie sagen sollte, und ständig gegen Tränen ankämpfend. Anlügen wollte sie ihn nicht, andererseits konnte sie auch nicht mit der Wahrheit herausrücken.

»André, es gibt hin und wieder Dinge, die man allein durchstehen muß. Und im Moment geht es um eines dieser Dinge.« Es war das erste Mal, daß sie ihn so ausschloß. Er nickte verständnisvoll, obwohl er tief getroffen war.

»Es gibt nichts, wofür ich nicht Verständnis hätte. Ich würde alles tun, um dir nach Möglichkeit zu helfen. Geht es um Jon?« Sie schüttelte den Kopf. »Wieder finanzielle Probleme?« Darunter hatten beide zu leiden, doch sie schüttelte abermals den Kopf.

»Ich muß allein damit fertig werden.« Seufzend richtete sie sich auf, seinem Blick ausweichend. »Ich muß für einige Tage nach San Franzisko.«

André bekam es mit der Angst zu tun. »Handelt es sich um uns beide? Wenn es so wäre, dann mußt du es mir sagen.« Er liebte sie über alles. Er wollte alles von ihr wissen, denn er war zu alt, als daß er noch einen Verlust ertragen hätte. »Tut es dir leid, daß wir ...« Sie beeilte sich, seine Ängste mit einem Kuß aus der Welt zu schaffen, mit einem zärtlichen Lächeln und einem sanften Streicheln.

»Niemals. Das ist es nicht. Es geht nur mich etwas an.«

»Das gibt es nicht. Wir sollten alles miteinander teilen.«

»In diesem Fall nicht.« Bekümmert schüttelte sie den Kopf.

»Bist du krank?« Wieder ein Kopfschütteln.

»Nein, ich bin ein wenig durcheinander, aber das kommt wieder in Ordnung. Am Samstag bin ich wieder da.« Sie hoffte, daß drei Tage zur Erholung ausreichten. Drei Tage, um das Kind zu beweinen, das um fünfhundert Dollar ausgelöscht worden war.

»Warum mußt du so lange wegbleiben?«

»Weil ich mir einen Bart wachsen lasse und den Kopf kahl rasiere«, zog sie ihn auf. Der Himmel färbte sich langsam grau, dann violett, als die Sonne aufging.

»Willst du dich nicht lieber aussprechen und mir sagen, um was es geht?«

»Nein, ich muß die Sache allein durchstehen.«

»Warum? Es gibt nichts, was ich nicht mit dir teilen würde.«

Sabrina nickte langsam. Dieses Gefühl hatte sie auch – aber nicht in diesem Fall. Sie verbannte die Worte des Arztes aus ihrem Bewußtsein ... er hat ein Recht, es zu erfahren ... fragen Sie ihn, sagen Sie es ihm ... geben Sie ihm eine Chance ... »André, überlaß die Sache mir. Samstag bin ich wieder zurück, und wir können weitermachen wie bisher.«

Unwillkürlich drängte sich ihr die Frage auf, ob die Angelegenheit nicht für immer zwischen ihnen stehen würde. Sie bedauerte, daß sein Argwohn geweckt worden war, weil sie so bemüht gewesen war, sich nach außen nichts anmerken zu lassen. Aber André kannte sie zu gut.

In diesem Augenblick kamen zwei der Arbeiter herunter, und Sabrina mußte sich fertigmachen. Danach ergab sich ein kleines Problem mit einer Maschine, und kurz darauf wurde eine der bestellten neuen Maschinen geliefert. Antoine brauchte dringend Andrés Hilfe, und ehe sie noch ein Wort miteinander wechseln konnten, war Sabrina fahrbereit. Sie wollte rechtzeitig in der Stadt sein, um noch ein Bad nehmen und sich umziehen zu können, bevor sie nach Chinatown fuhr. Als sie sich bei Antoine und André mit einem Kuß verabschiedete, legte sie übertriebene Munterkeit an den Tag, die niemanden zu täuschen vermochte.

»Also dann bis Samstag, und bleibt schön brav...«

»Abends rufe ich dich an...«, rief André ihr nach. Ihm war die Sache nicht geheuer. Der Tag hatte schlecht begonnen, und sie hatte nichts getan, um die Spannung zu entschärfen. Sabrina haßte sich dafür, daß sie André Sorgen bereitete.

Kaum war Sabrina losgefahren, als André wie im Selbstgespräch sagte: »Ich möchte wetten, daß da etwas nicht stimmt.«

Jetzt reichte es Antoine. »Ich glaube, sie ist krank«, enthüllte er seinem Vater.

André fuhr herum: »Wie kommst du darauf?«

»Vor einer Woche wurde sie draußen auf dem Feld fast ohnmächtig, so daß ich sie auffangen mußte.«

»Das sagst du erst jetzt?« stellte er Antoine gereizt zur Rede. Dennoch war er erleichtert, endlich mit jemandem darüber sprechen zu können. Beide waren seit Tagen in Sorge um Sabrina, deren auffallend munteres Gehabe alles nur noch ärger gemacht hatte.

»Ich mußte hoch und heilig versprechen, dir nichts zu sagen. Aber ich bestand darauf, daß sie zum Arzt ging, andernfalls wäre ich mit ihr gegangen.«

»Gott sei Dank! Und was...?«

»Sie behauptete, alles wäre in Ordnung.« Aber sehr überzeugt wirkte Antoine nicht, und schließlich rückte er mit dem heraus, was ihn seit Tagen bedrückte, obwohl es ihm schwerfiel. Stockend sagte er: »Ich glaube ihr nicht. Einige Male habe ich gehört, wie sie erbrechen mußte, und gestern ist sie beinahe wieder ohnmächtig geworden.«

»Merde!« André erbleichte und schüttelte die Fäuste. »Weißt du, wohin sie jetzt fährt?«

Antoine schüttelte den Kopf. »Vielleicht läßt sie Tests machen? Oder sie will wieder zum Arzt... keine Ahnung. Sie hat mir gesagt, es wäre alles in Ordnung.«

»Menteuse.« Lügnerin. »Man sieht ihr an, daß es nicht stimmt. Die ganze Woche über war sie niedergeschlagen und wollte mir den Grund nicht sagen.« Er sah seinen Sohn an und wußte plötzlich, was er zu tun hatte. Er ließ das Werkzeug fallen, das er in der Hand hielt, und ging zu seinem Wagen.

»Où vas-tu?« Wohin willst du? Antoine rief es ihm nach, obwohl er die Antwort kannte.

»Ihr nach.« André startete den Wagen mit erdigen Händen. Das war jetzt unwichtig. Wichtig war nur die Frau, die er liebte. Er mußte sie unbedingt einholen.

»Vas-y, Papa... fahr los...« Antoine winkte ihm nach. Er war ungeheuer erleichtert. Sabrinas Vorsprung betrug nur zwanzig Minuten. Auf seinen Vater war Verlaß, er würde dahinterkommen, was eigentlich los war.

Auf der gesamten Strecke in die Stadt nahm André kaum den Fuß vom Gaspedal. Einmal mußte er in einem Stau anhalten, weil ein Laster mit einer Reifenpanne liegengeblieben war, aber dann ging es in raschem Tempo weiter über die Bay Bridge – eine große Zeitersparnis, weil das Warten auf die Fähre wegfiel. Als er den Nob Hill hinauffuhr und endlich Sabrinas Wagen vor Thurston House stehen sah, atmete er auf. Sie war da, und er konnte der Sache auf den Grund gehen. Doch kaum daß er in die Straße eingebogen war und ihren Wagen gesehen hatte, sah er auch schon Sabrina einsteigen. Sie war dunkel gekleidet, mit Kopftuch und Mantel. Dazu trug sie flache Schuhe. Sein Instinkt riet ihm, ihr zu folgen.

Er wartete, bis sie losgefahren war und in die Jackson Street einbog. Als er ihr in gehörigem Abstand folgte, sah er, daß sie in östlicher Richtung weiterfuhr, immer weiter, bis sie Chinatown erreichten. Was sie hier wollte, konnte er sich beim besten Willen nicht vorstellen. Es war fast Dinnerzeit. Kurz flammte in ihm der Verdacht auf, sie könnte sich mit einem anderen treffen, doch ihre Aufmachung war nicht danach, sie hatte sich betont unauffällig, um nicht zu sagen schäbig gekleidet.

Sabrina hielt an, stieg aus und lief über die Straße, um an einer Haustür anzuklopfen. Nach kurzem Zögern klopfte sie noch einmal. Die Tür wurde geöffnet, es folgte ein kurzer Wortwechsel, dann händigte sie jemandem hinter der Tür einen Umschlag aus. Sogar aus dieser Entfernung konnte André erkennen, wie blaß sie war. Er erfaßte instinktiv, daß sie sich in Gefahr begab. Vielleicht wurde sie erpreßt. Entschlossen sprang er aus dem Wagen und ließ ihn stehen, obwohl er auf einem Fußgängerübergang angehalten hatte. Er lief zu der Tür, hinter der Sabrina verschwunden war. Dabei kümmerte es ihn nicht, daß er Gefahr lief, sich zu blamieren, falls die Sache harmlos war. Er wollte verhindern, daß ihr etwas passierte. Sie hatte in ihrem Leben schon genug mitgemacht.

André klopfte an, einmal, zweimal, ohne daß eine Reaktion erfolgte. Da fing er an, mit aller Kraft gegen die Tür zu hämmern, um sich mit Gewalt Eintritt zu verschaffen. Jetzt bereute er, Antoine nicht mitgenommen zu haben. Der Gedanke war kaum zu Ende gedacht, als die Tür einen Spaltbreit geöffnet wurde.

»Danke«, rief er und jagte der Frau auf der anderen Seite einen gehörigen Schrecken ein, als er ihr beim Eintreten die Tür fast ins Gesicht knallte. Vor ihm lagen ein dunkler Gang und eine enge Treppe.

Die Frau warf sich ihm in den Weg. »Hier können Sie nicht herein.«

»Meine Frau ist eben gekommen«, log er die Frau an. »Ich werde erwartet.« Er konnte sich beim besten Willen nicht vorstellen, was Sabrina hier wollte, falls nicht seine Vermutung zutraf und sie sich mit einem Erpresser traf. »Wo ist Mrs. Harte?«

»Ich weiß nicht... es ist niemand da... Sie irren sich...«

Ohne ein weiteres Wort zu verlieren, drückte André die Frau an die Wand. »Wo ist sie? Los!« herrschte er sie an, und ihr Blick flog unwillkürlich zum oberen Treppenabsatz. Das genügte, André lief los. Laut protestierend blieb die Frau ihm auf den Fersen und wollte ihn hindern, die erste Tür im ersten Stock zu öffnen, was ihm die Sache erleichterte, weil er nicht lange suchen mußte. Er bahnte sich seinen Weg an ihr vorbei und stand sodann in einem Raum von wenig mehr als Zellengröße mit einem länglichen, schmutzigen und abgenutzten Tisch in der Mitte, neben dem ein kleines Instrumententischchen stand. In einer Ecke sah er Sabrina, halb ausgezogen. Ein großer, schmierig aussehender Kerl faßte nach einem Revolver. Sabrina und die Frau schrien auf. André rührte sich nicht von der Stelle. Er warf Sabrina einen Blick zu, während der Arzt die Waffe auf ihn richtete.

»Alles in Ordnung?« fragte André, und Sabrina nickte. Er richtete den Blick wieder auf den Mann mit der Waffe. »Warum ist sie da?« fragte er ihn. Eine überflüssige Frage, da er den Grund ahnte.

»Sie kam aus freien Stücken. Sind Sie von der Polizei?« Die Waffe geriet kurz ins Schwanken, um sich dann wieder unbeirrt auf André zu richten. Sabrina stockte der Atem.

»Nein.« Andrés Stimme war von trügerischer Ruhe. »Sie ist meine Frau und braucht Ihre Hilfe nicht. Es war ein Irrtum. Das Geld können Sie behalten, meine Frau nehme ich mit.«

Fr sprach wie mit einem Kind, weil er annahm, daß der Mann betrunken war. Nicht auszudenken, wenn der Kerl wirklich ausgeführt hätte, was er zu tun im Begriffe war, ehe André kam.

André wandte sich an Sabrina. »Zieh dich an.« Zu ihr war er schroffer als zu dem Arzt. Ihm war klar, mit welcher Absicht sie gekommen war. In seiner Jugend hatte er in Paris eine Praxis dieser Art kennengelernt. Damals war er einundzwanzig und sehr verliebt in sein Mädchen gewesen. Sie hatte den Eingriff überlebt, er aber hatte sich geschworen, niemals wieder einer Frau, die er liebte, so etwas zuzumuten, und er hatte sich daran gehalten.

Aus dem Augenwinkel nahm er wahr, daß Sabrina sich fertig angezogen hatte. Er winkte sie zu sich heran, den Blick unverwandt auf den Arzt heftend. »Ich kenne Ihren Namen nicht und will ihn auch nicht wissen. Wir werden keinem Menschen jemals verraten, daß wir hier waren.« Daraufhin schob er Sabrina zur Tür hinaus. Zögernd senkte der Arzt die Waffe, ohne den Blick von André zu wenden. Dessen Mut nötigte ihm Bewunderung ab, und er war noch immer gewillt, ihnen zu helfen.

»Wenn Sie wollen, mache ich es, während Sie draußen warten. Es geht ganz rasch.«

André, der ein Würgen im Hals spürte, bedankte sich höflich. Wortlos zog er Sabrina mit sich die Treppe hinunter. Er riß die Haustür auf und zerrte sie ins Freie. Aus dem Haus, das sie eben verlassen hatten, drang kein Laut nach draußen. Nach einem erleichterten Aufatmen zog André sie weiter zu seinem Wagen, der noch dort stand, wo er ihn vorschriftswidrig geparkt hatte. Die ganze Episode hatte nur ein paar Minuten gedauert, aber er durfte nicht daran denken, was passiert wäre, wenn er nur fünf oder zehn Minuten später gekommen wäre... die Vorstellung jagte ihm Schauer über den Rücken. Ohne Sabrina anzusehen, öffnete er die Autotür und schob sie hinein.

»André ...« Ihre Stimme bebte, so wie seine gebebt hätte, wenn ihm ein einziges Wort ausgekommen wäre. »Ich habe mein Auto da... ich kann...«

Er war totenblaß, als er sich zu ihr umdrehte. »Kein Wort mehr!« Das klang angespannt. Sabrina war so eingeschüchtert, daß ihre Tränen auf der Fahrt nach Hause versiegten.

Ihre Hände zitterten so unkontrolliert, daß sie nicht imstande war, die Haustür aufzusperren. André nahm ihr die Schlüssel ab, schloß auf und trat ein. Er wartete, bis sie nachgekommen war und er die Tür wieder geschlossen hatte. Unter der Kuppel stehend machte er seiner Empörung Luft.

»Was hast du dir dabei gedacht, um Himmels willen?« Es gab keine Worte, die auszudrücken vermochten, was er empfand. »Weißt du, daß du auf dem Tisch in diesem dreckigen Loch hättest sterben können? Ist dir das klar?... Hör zu...« Mit beiden Händen umfaßte er ihre Schultern und schüttelte Sabrina, daß ihre Zähne aufeinanderschlugen.

»Laß mich!« Schluchzend riß sie sich los. »Was ist mir denn anderes übriggeblieben? Was hätte ich machen sollen? Es selbst erledigen? Auch daran dachte ich, das kannst du mir glauben! Ich weiß nicht, wie...« Sie sank in die Knie, den Kopf gesenkt. Die volle Bedeutung dessen, was sie beinahe getan hätte, traf sie wie ein Keulenschlag. Als sie hilflos zu ihm aufsah, vor Schluchzen kaum imstande, ein Wort herauszubringen, bückte er sich, nahm sie in die Arme und drückte sie an sich. Auch er konnte die Tränen nicht zurückhalten, als er sie festhielt, die Hände in ihrem Haar vergraben.

»Wie konntest du so etwas tun? Warum hast du mir kein Wort gesagt?« Also das war es... er war so verzweifelt, weil sie ihm nicht genügend vertraut hatte. »Warum hast du es mir verschwiegen? Seit wann weißt du es?« Er zog sie zu einem Sessel und setzte sie sich auf den Schoß wie ein kleines Kind. Sabrina sah aus, als würde sie in seinen Armen ohnmächtig werden, und er fühlte sich nicht viel besser als sie.

»Ich weiß es erst seit voriger Woche.« Er spürte, daß sie wieder am ganzen Leib zitterte. Indessen fragte Sabrina sich, ob sie jemals wieder so sein würde wie früher, und sie fragte sich auch, ob sie den Eingriff überlebt hätte, wenn André nicht eingeschritten wäre ... jetzt wußte sie, daß sie falsch gehandelt hatte ... »Ich wollte das Problem allein lösen, weil du nicht das Gefühl haben solltest, ich setze dich irgendwie unter Druck...« Wieder liefen ihr Tränen über die Wangen.

»Es ist auch mein Kind. Meinst du nicht, ich hätte ein Recht gehabt, davon zu wissen?«

Sie nickte, völlig außer sich und kaum der Worte fähig. »Es tut mir ja so leid...« Er mußte sie festhalten, weil sie von Schluchzen geschüttelt wurde. »Es ist nur... ich bin zu alt für ein Kind... wir sind nicht verheiratet... ich wollte vermeiden, daß du das Gefühl bekämest...«

Da löste er sich von ihr und sah sie an.

»Was glaubst du, warum ich dieses Haus baue? Für Antoine etwa? Na, warum wohl?«

Ungläubig starrte sie ihn an. »Aber du hast nichts gesagt...«
André schickte einen verzweifelten Blick zur Decke. »Ich hätte nicht gedacht, daß du so schwer von Begriff sein könntest... natürlich möchte ich dich heiraten. Aber ich dachte, wir könnten uns Zeit lassen und uns irgendwann im Laufe des Jahres trauen lassen. Ich nahm an, das wüßtest du.«

»Und woher hätte ich das wissen sollen?« Fast erstickte sie an ihren Worten. »Du hast kein Wort gesagt.«

»Merde alors«, entfuhr es ihm. »Du bist die klügste Frau, die ich kenne, und hin und wieder auch die dümmste.«

Sabrina lächelte ernst. Beide hätten die vergangene Stunde am liebsten vergessen, weil alles so schrecklich gewesen war. Beinahe hätten sie ein Menschenleben preisgegeben, ein Leben, das ihnen sehr teuer war, und Sabrina selbst wäre seelisch und körperlich niemals wieder dieselbe gewesen, davon war sie jetzt überzeugt.

André schauderte. »Sag mir eines... wolltest du es wirklich so dringend loswerden?« Am besten, sie stellten sich diesem Problem sofort. Sie mußte sich verzweifelt gewünscht haben, das Kind loszuwerden, weil sie dies alles auf sich genommen hatte. Ein wahrgewordener Alptraum.

Zu seiner großen Verwunderung schüttelte sie den Kopf. »Nein, gar nicht, aber ich hatte das Gefühl, ich wäre es dir schuldig...« Das entsprach der Wahrheit. Sogar ihr Alter hatte zum Schluß keine so große Rolle mehr gespielt wie noch vor einer Woche. Nach langem Hin und Her hatte sie sich seinetwegen dazu entschlossen, um nicht sein Leben durcheinanderzubringen und ihn nicht in eine Ehe zu zwingen.

»Du hast es für mich tun wollen?« André war so entsetzt, daß er zu zittern begann. »Ist dir klar, daß du dabei dein Leben aufs Spiel gesetzt hast? Ganz zu schweigen von unserem Kind, das getötet worden wäre?«

»Hör auf.« Tränen quollen unter ihren geschlossenen Lidern hervor. »Ich dachte nur...« Da gebot er ihr Schweigen.

»Du hast dich geirrt. Möchtest du unser Kind?« So wie er es fragte, war ein ›Nein‹ ausgeschlossen.

Sabrina nickte, ohne den Blick von ihm zu wenden. »Ja. Und du glaubst nicht, daß es in meinem Alter lächerlich ist?« Sie lächelte verlegen, und André lachte sie aus.

»Ich bin noch älter und fühle mich gar nicht lächerlich. Ganz im Gegenteil.« Er küßte ihren Nacken. »Ich fühle mich jung und voller Kraft.« Sie küßten sich.

»Möchtest du das Baby, André?«

»Das fragst du noch? Aber wenn wir schon bei diesem Thema sind... warum warst du so sicher, daß eine Schwangerschaft bei dir ausgeschlossen ist... wenn ich mich recht erinnere, hast du behauptet, es wäre ganz unmöglich«, zog er sie auf. Der Alptraum aus Chinatown verblaßte allmählich.

»Es war ein Irrtum.« Sie lächelte.

»Offensichtlich. Ich möchte wetten, daß du aus allen Wolken gefallen bist. Geschieht dir ganz recht.«

Sie verdrehte die Augen. »Du ahnst nicht, wie...« Die Erinnerung ernüchterte beide, und André war wieder ganz ernst, als er sagte: »Was immer in deinem Leben noch geschieht, mag es häßlich, erschreckend, schmutzig oder traurig sein, ich möchte es erfahren. Es gibt nichts, was du vor mir verbergen müßtest. Gar nichts. Ist das klar?«

»Ja, es tut mir leid...« Wieder brach sie in Tränen aus, und er umschlang sie fester. »Es war ganz knapp.« Sie zitterte, und er wiegte sie in den Armen wie ein Kind.

»Denk jetzt nicht mehr daran. Wir hatten großes Glück. Ich bin dir vom Haus aus nachgefahren.« Sabrina hörte es wie betäubt. »Ich weiß gar nicht, warum. Gleich nach deiner Abfahrt sprang ich in den Wagen, nur weil ich ein ungutes Gefühl hatte. Und ich hatte recht. Aber das ist jetzt vorbei.« Liebevoll sah er sie an. »Wir bekommen ein Baby, meine Liebe. Bist du nicht stolz?«

»Das bin ich, obwohl ich mir gleichzeitig ein wenig albern vorkomme. Ich fühle mich eher wie eine Großmutter.«

»Du bist aber keine.«

Da fiel ihr etwas ein. »Glaubst du nicht, Jon und Antoine werden entsetzt sein?«

André argwöhnte, daß dies auf Jon tatsächlich zutreffen würde, nicht aber auf Antoine, obwohl er nicht ganz sicher war. Besonders kümmerte es ihn nicht. Sein Interesse galt jetzt in erster Linie Sabrina und dem gemeinsamen Kind.

»Wenn ja, dann ›tant pis‹ für beide«, sagte er gleichmütig. »Es ist unser Leben und unser Kind. Beide sind erwachsene Menschen und führen ein eigenes Leben. Wenn sie einmal Kinder bekommen, werden sie uns auch nicht um unsere Meinung fragen, also fragen wir sie auch nicht.« Seine simple Meinung brachte Sabrina zum Lachen.

»Du machst es dir sehr einfach. Glaubst du, damit wären alle Probleme gelöst?«

»Nicht ganz. Du vergißt eine Einzelheit, eine winzige, wie ich zugeben muß, aber immerhin... vielleicht sollten wir unserem Kind den Gefallen tun, es ehelich zur Welt kommen zu lassen. Sabrina, mein Liebling, willst du mich heiraten?«

»Ist es dir ernst?«

Da lachte er auf und deutete auf den noch flachen Leib Sabrinas. »Ist es dir damit ernst?«

»Ja.« Sie war jetzt heiter und entspannt, obwohl ihre Augen noch vom Weinen gerötet waren. »Ja, ganz ernst.«

»Mir auch. Na?«

Sie schlang die Arme um seinen Nacken. »Ja, ja, ja!«

Er küßte sie hart auf den Mund und trug sie hinauf auf ihr Bett, wo er sie sanft auf die Seite legte, auf der sie zu schlafen pflegte. In diesem Bett war Jon geboren worden, doch bei dem kommenden Baby war aus Rücksicht auf Sabrina eine Hausentbindung nicht möglich, das stand für beide unausgesprochen fest. Jetzt aber stand nicht die Geburt, sondern die Hochzeit im Vordergrund ihrer Überlegungen.

»Wann möchtest du heiraten, Sabrina?« Mit verschränkten Armen stand er da und sah sie lächelnd an. Nie war er ihr attraktiver und stattlicher erschienen.

»Ich weiß nicht... sollten wir nicht auf Jons Ferien im Frühjahr warten? Wäre doch nett, wenn er dabeisein könnte.«

André lachte laut auf und deutete auf ihren Leib. »Ich glaube, du vergißt schon wieder etwas.«

Sie stimmte in sein Lachen ein. »Ja ... vielleicht hast du recht, wir sollten uns beeilen.«

Da fiel ihm etwas ein. »Wann soll das Baby kommen?«

»Im Oktober, sagte der Arzt.« Bis dahin waren es noch sieben Monate, sie hatten noch die Möglichkeit, das Kind als Frühgeburt auszugeben, in Sabrinas Alter nicht weiter ungewöhnlich.

»Was hältst du vom kommenden Samstag?«

Sie lehnte sich entspannt in ihre Kissen zurück und lächelte glücklich. André hatte sie nie schöner gesehen. »Hört sich wunderbar an ... bist du deiner Sache auch ganz sicher?«

»Seit dem Tag unserer ersten Begegnung. Ich bedaure nur, daß wir so lange gewartet haben ... und daß wir uns nicht schon vor zwanzig Jahren begegnet sind.« Sabrina war dieser Gedanke auch schon mehrfach gekommen. Sie hatten viel Zeit verloren, aber vielleicht war auch das Bestimmung. »Ich kann den Samstag kaum erwarten.«

»Sollen wir Antoine anrufen?«

»Ich will ihn heute noch anrufen und ihm nur sagen, daß alles in Ordnung ist, aber zuerst«, er sah sie besorgt an, »mußt du zur Ruhe kommen. Der heutige Tag war für eine werdende Mutter sehr anstrengend. Jetzt werde ich mich um dich kümmern. Klar?« Er sah auf die Uhr. Es war nach acht. »Als erstes mache ich dir etwas zu essen zurecht. Du mußt jetzt für zwei essen.« Er beugte sich über sie, um ihr einen Kuß zu geben. Dann lief er hinunter und bereitete Omelettes à la française zu, die Sabrina sehr liebte. Aber als er wieder ins Schlafzimmer kam, konnte sie nicht einmal für eine Person essen. Die Aufregungen des Tages und das werdende Leben in ihr hatten bewirkt, daß sie fest eingeschlafen war.

33

Als Sabrina und André Donnerstag nachmittag zurück nach Napa fuhren, ließen sie Sabrinas Wagen in der Stadt. André hatte ihn in Chinatown abgeholt und in der gemieteten Garage gegenüber Thurston House eingestellt. Sie fuhren in seinem Auto aufs Land, und Antoine sah sie von weitem, als er auf das Haus zuging. Es war ein schöner, sonniger Tag, und Sabrina kam Antoine wie ein glückliches junges Mädchen entgegen. Unglaublich, daß dies die Frau sein sollte, die voller Unruhe und niedergeschlagen am Tag zuvor weggefahren war. Aber Antoine hatte schon gemerkt, daß alles in Ordnung war, als sein Vater ihn am Abend sehr erleichtert angerufen hatte. Nähere Erklärungen hatte er ihm nicht abgegeben, aber Antoine wußte sofort, daß wieder alles stimmte. Und jetzt sah er es mit eigenen Augen. Am Abend, als André seinem Sohn ein Glas Champagner einschenkte, eröffneten sie ihm die große Neuigkeit.

»Wir müssen dir etwas sagen«, fing André an, und Antoine amüsierte sich sehr über dessen feierlichen Tonfall. Die beiden kamen ihm vor wie kleine Kinder. Er ahnte ohnehin, was jetzt kommen würde... oder zumindest ahnte er es teilweise. Von dem Kind wollten sie ihm jetzt noch nichts sagen.

»Soll ich raten?« neckte er sie. »Also...« Sabrina kicherte wie ein Teenager, und André lächelte breit.

»Schon gut, du Schlaumeier, das kannst du dir sparen... wir wollen am Samstag heiraten.«

»So bald schon?« Die Eile war das einzige, was ihn an der Sache wunderte. Er hatte geglaubt, sie wollten ihm die Verlobung mitteilen: Aber langsam dämmerte ihm etwas. Verstohlen warf er einen Blick zu Sabrina hin, konnte aber keine Anzeichen entdecken. Vielleicht ist es noch zu früh, dachte er. Wenn es stimmte, dann freute er sich mit ihnen. Sabrinas Schwächeanfall mit einer Schwangerschaft in Verbindung zu bringen war ihm damals nicht eingefallen.

Ein strahlender Antoine küßte beide auf die Wangen. André bat ihn, als Trauzeuge zu fungieren, und als der Samstag gekommen war, stand Antoine in der kleinen Kirche im Städtchen neben André, während Sabrina allein zum Traualtar schritt. Ihre drei Arbeiter waren da und sonst niemand, während der Geistliche die feierlichen Worte sprach, mit denen sie André angetraut wurde. Sabrina war zu Tränen gerührt. Nach der Trauung ließen sie sich zu einem üppigen Hochzeitsmahl nieder, das die Männer selbst zubereitet hatten. Dazu wurde eine Menge Champagner getrunken, von dem Sabrina sich nur ein Glas genehmigte.

Antoine nahm sie beiseite und umarmte sie noch einmal. »Ich bin ja so glücklich für dich und Papa. Du bist für ihn die ideale Ergänzung.«

»Nein, ich bin die Glückliche, weil ich euch beide habe.« Sie hätte sich gewünscht, Jonathan wäre ebenso lieb zu ihr gewesen. Als sie ihm die Neuigkeit am Telefon mitgeteilt hatte, war längeres Schweigen eingetreten, auf das ein paar dürre Worte folgten.

»Warum so eilig?« Das würde er noch früh genug erfahren.

»Ach, wir dachten nur . . . Mein Schatz, es tut mir leid, daß du nicht hier bei uns sein kannst . . . « Ihre Enttäuschung war aufrichtig. Der Schmerz, den er ihr mit Camille zugefügt hatte, war vergessen.

»Mir nicht. Warum, zum Teufel, mußt du auch ausgerechnet diesen Bauern heiraten?«

»Jon, das ist aber nicht sehr nett.« Seine Worte hatten die beabsichtigte Wirkung getan, Sabrina war gekränkt.

»Na, trotzdem viel Glück.«

»Danke. Möchtest du über Ostern kommen?« Sie hätte ihm das Fahrgeld gern geschickt.

»Nein, vielen Dank. Ich fahre mit Freunden nach New York. Aber wenn du möchtest, könntest du mich im Juni nach Paris schicken.«

»Das ist doch etwas anderes! Ich dachte, du würdest uns alle gern mal wiedersehen.«

476

»Viel lieber möchte ich Frankreich sehen. Nach der Graduierung geht ein ganzer Haufen von uns auf Europareise. Was sagst du dazu?« Ihre Heirat war für ihn schon erledigt. Jon dachte wieder an sich.

»Das besprechen wir ein anderes Mal.«

»Warum nicht gleich jetzt? Wenn ich mitfahren möchte, muß ich alles sehr bald regeln.«

»Ich lasse mich nicht drängen. Wir wollen es später besprechen.«

»Menschenskind...«

»Nach dem Studium solltest du dir Arbeit suchen. Wie wäre es zur Abwechslung damit?« Setzte er sie unter Druck, dann übte sie Gegendruck aus. Ein durchaus legitimer Schachzug, wenngleich sie diese Methode bei ihm viel zu selten angewendet hatte. Aber seine lieblose Bemerkung über André empörte sie... ein Bauer aus Frankreich... was bildete sich dieser kleine Gernegroß eigentlich ein?

»Ich bin ziemlich sicher, daß der Alte von meinem Freund Johnson mir einen Job in New York verschafft.« Sabrina, die ohnehin nichts anderes erwartet hatte, empfand dennoch Enttäuschung. »Wir wollen uns zu fünft ein Stadthaus mieten.«

»Das dürfte teuer werden. Wirst du dir das leisten können?«

»Warum nicht? Du hast ja auch Thurston House.«

»Ich zahle keine Miete.« Hätten er und Camille mit ihrer Intrige Erfolg gehabt, dann hätte sie jetzt wahrscheinlich Miete zahlen müssen. »Was macht übrigens deine charmante Großmama?«

»Es geht ihr gut. Letzte Woche kam ein Brief von ihr.« Sabrina seufzte heimlich und ersparte sich eine Antwort darauf. Es kränkte sie sehr, daß Jon die Verbindung mit Camille aufrechterhielt und sich zu ihr so hingezogen fühlte.

»Na, dann sehen wir uns also bei deiner Graduierung.« Sie hoffte nur, daß Camille nicht anwesend sein würde, weil sie ein Wiedersehen vermeiden wollte; aber sie mußte mit der Möglichkeit rechnen, da ihr Großneffe ebenfalls sein Diplom bekam. Sa-

477

brina unterließ es, Jon danach zu fragen, und er drängte sie noch einmal wegen der Europareise. »Ich werde es mir überlegen und dir Bescheid geben«, zog sie sich aus der Affäre.

Jon, der glaubte, sie wolle Andrés Meinung dazu einholen, wollte eine rasche Entscheidung. »Überleg es dir schnell.«

»Und wenn ich nein sage?«

»Dann werde ich andere Mittel und Wege finden müssen.«

»Sehr vernünftig.« Das sagte sie ganz ruhig. Die Fehler, die sie bei ihm gemacht hatte, sah sie jetzt überdeutlich, und sie war gewillt, diese bei ihrem zweiten Kind zu vermeiden. Diese Vorstellung erwärmte ihr Herz... sie erwartete ein Baby... ein zweites Kind, und sie fragte sich, wie es sein würde... wem es nachgeraten würde. Sie lächelte nachdenklich.

»Verdammt, Mutter, diese Reise brauche ich.«

»Irrtum, mein Lieber. Du wünschst sie dir. Das ist ein großer Unterschied.«

An diesem Punkt legte er auf, ohne ihr noch einmal Glück zu wünschen oder ihr Grüße für André aufzutragen. Einen ganzen Monat lang hörte sie daraufhin nichts von ihm. Dann rief er sie an, um sie von neuem wegen der Reise unter Druck zu setzen, und diesmal besprach sie die Sache mit André, der ihr unverblümt seine Meinung sagte, wohl wissend, daß er damit bei Jon wenig Anklang finden würde.

»Möchtest du wirklich hören, was ich davon halte?« Bis zu diesem Augenblick hatte er sich zurückgehalten, weil er der Meinung war, es sei Sabrinas Sache, wie sie mit ihrem Sohn umging. Er war diesem Problem bislang aus dem Weg gegangen.

»Ja, das möchte ich. Jon tut, als sei ich es ihm schuldig. Ich frage mich ernsthaft, ob es gut wäre, wenn ich ihm die Reise schenke. Andererseits geht er von Harvard ab, und es wäre ein schönes Geschenk zur Graduierung...« Hilflos sah sie André an.

»Ein viel zu schönes Geschenk, wenn du mich fragst. Wenn er sich die Reise wirklich so sehnlich wünscht, dann hätte er schon längst beginnen sollen, darauf zu sparen. Er verschwendet keinen

Gedanken daran, wie schwierig es für dich ist, seine Wünsche zu erfüllen. Er ist überzeugt, er hätte ein Recht auf alles. Eine sehr gefährliche Einstellung. Früher oder später wird er mit einer harten Wirklichkeit konfrontiert werden. Du wirst nicht immer dasein und ihm das Geld auf die flache Hand blättern. Sobald er das Studium hinter sich hat, sollte er sich auf eigene Füße stellen.«

»Ja, du hast recht.« Langsam wuchs ihr Widerstand gegen Jons ständige Forderungen. Er war das typische verwöhnte Kind, das sein Leben lang alles bekommen hatte.

»Ich würde nicht so großzügig sein.«

Sie seufzte. »Ich bin deiner Ansicht, scheue mich aber, es ihm zu sagen.«

André nickte verständnisvoll. Er wußte ja, wie Jon ihr immer zusetzte. Sabrina tat ihm in dieser Hinsicht sehr leid, denn an der Tatsache, daß aus Jon ein rücksichtsloser Egoist geworden war, trug nicht allein die jahrelange Verwöhnung schuld. Da steckte mehr dahinter. Diese Eigenschaften waren ihm angeboren ... Camille hatte sie ihm vererbt.

Jon war so ganz anders als Antoine, der zu Sabrina gar nicht liebevoller hätte sein können. Er war jetzt sechsundzwanzig und in ein Mädchen aus dem Städtchen sehr verliebt. Jedesmal wenn er Sabrina jetzt ansah, fragte er sich, ob er mit seiner Vermutung recht behalten hatte; da aber keiner der beiden ein Wort sagte, wollte er nicht indiskret sein. Eines Tages im Mai siegte seine Neugierde.

»Darf ich dich etwas fragen?«

»Nur zu.« Sie erwiderte sein Lächeln. Inzwischen war Antoine ihr ans Herz gewachsen wie ein Sohn, und im Grunde war er liebenswerter als Jon, der mit einem Wutausbruch reagiert hatte, als sie ihm die Reise endgültig abgeschlagen hatte. Die Kluft zwischen ihnen schien unüberbrückbar. Einen Monat lang hatte sie kein Wort mehr von ihm gehört, war aber noch immer gewillt, im Juni zu seiner Abschlußfeier zu fahren.

»Eigentlich eine unmögliche Frage ...« Antoine errötete unter seiner Bräune, und wieder fiel ihr auf, wie phantastisch er aussah. Sie hätte gern gewußt, wie ernst es ihm mit dem Mädchen war und ob er deswegen so verlegen war. Aber seine Frage überrumpelte sie total. »Bist du ... ich meine, bekomme ich womöglich ein Geschwisterchen?« Endlich hatte er seiner Spannung Luft gemacht. Sabrina errötete, und als sie nickte, nahm er sie schwungvoll in die Arme. »Und wann ist es soweit?«

Erst wollte sie ihm sagen, was sie mit André vereinbart hatte und was sie allen sagen wollten, überlegte es sich dann aber anders, nicht zuletzt deswegen, weil er damals auf dem Feld ihren Schwächeanfall miterlebt hatte und sich ohnehin alles selbst ausrechnen konnte. Sie wollte nur verhindern, daß Außenstehende es erfuhren.

»Im Oktober«, sagte sie. »Aber offiziell behaupten wir, daß es erst zwei Monate später soweit sein wird.«

Er grinste. Ihre Aufrichtigkeit imponierte ihm. »Ich dachte es mir ohnehin.« Und in seinem Herzen wußte er, daß sein Vater sie in jedem Fall geheiratet hätte. »Weiß Jon es schon?«

»Noch nicht. Er soll es erfahren, wenn wir zu ihm fahren.«

»Papa jedenfalls ist entzückt, das sieht man ihm an. Seit eurer Rückkehr stolziert er mit stolzgeschwellter Brust herum.«

Er fragte nicht danach, was sich damals in San Franzisko zugetragen hatte, wußte aber, daß es ein Wendepunkt gewesen war. Seither hatte sich alles verändert, und zwar zum Besseren. Es war, als wüßten sie jetzt erst richtig, was sie füreinander bedeuteten. Und darum beneidete er Sabrina und seinen Vater. Er hätte zu gern ein Mädchen gefunden, das er so lieben konnte wie sein Vater Sabrina, aber bislang war es ihm nicht geglückt. Das Mädchen, mit dem er sich traf, war zwar recht hübsch und amüsant, trotzdem wußte er jetzt schon, daß die Beziehung nicht von Dauer sein würde. Die Kleine war nicht intelligent genug, und – was für ihn sehr wichtig war – sie konnte nicht über dieselben Dinge lachen wie er.

Er sah Sabrina offen an. »Ich freue mich sehr für euch.« Und dann setzte er hinzu: »Hoffentlich wird es ein Mädchen.«

Als sie Hand in Hand zurück zum Haus gingen, flüsterte sie ihm zu: »Ich hoffe es auch.« In den Hosen, die sie auf dem Land trug, sah man es ihr schon ein wenig an. Das neue Haus sollte in zwei Monaten fertig sein, die Entbindung sollte jedoch in San Franzisko stattfinden. André hatte darauf bestanden, weil er die bestmögliche Betreuung für sie wollte, obwohl sie mit der Schwangerschaft bisher kaum Probleme gehabt hatte. Sabrina sah auch der Zugfahrt an die Ostküste nach Harvard mit Gelassenheit entgegen.

Kaum aber war sie mit Jon zusammen, als die Atmosphäre sofort wieder gespannt war. Jon ignorierte André völlig und begegnete seiner Mutter mit offener Feindseligkeit.

»Vermutlich warst du außer dir vor Freude über die Nachricht«, äußerte er, ohne Zeit zu verlieren.

»Welche Nachricht?« Sie sah ihn entgeistert an.

»Letzte Woche habe ich dir geschrieben.«

»Der Brief muß nach unserer Abfahrt angekommen sein.«

Sabrina war wie vor den Kopf geschlagen, als er nun mit Tränen in den Augen sagte: »Großmama wurde vorige Woche von einem Bus überfahren. Sie war auf der Stelle tot.« Es dauerte einen Augenblick, ehe ihr klar wurde, daß es sich um Camille handelte. Seine offensichtliche Betroffenheit überraschte sie. Bis auf ein entfernt an Erleichterung gemahnendes Gefühl empfand sie selbst nichts.

»Das zu hören tut mir leid, Jon.«

»Nein, tut es nicht. Du hast sie gehaßt.« Wieder führte er sich auf wie ein kleines Kind. André, der sich auf dem Fensterbrett in Jons Zimmer niedergelassen hatte, beobachtete ihn. Sabrina saß auf dem Bett. Sie war in letzter Zeit sichtlich aufgeblüht und hatte bereits so zugenommen, daß sie ihre alten Sachen nicht mehr tragen konnte. Das lockere blaue Kleid aus Seide war eine Neuanschaffung. Es hatte genau die Farbe ihrer Augen, und André fand sie hübscher als je zuvor.

»Jon, ich habe sie nicht gehaßt. Ich kannte sie ja kaum. Aber was ich von ihr kannte, war mir nicht sympathisch. Du mußt zugeben, daß sie sich unmöglich benommen hat. Nachdem sie mich als Kind im Stich gelassen hatte und sich die ganzen Jahre nicht blicken ließ, wollte sie mich aus dem Haus drängen.«

Diese schwer zu widerlegende Anschuldigung tat er mit einem Achselzucken ab. Jetzt erst sah er Sabrina richtig an. »Du bist aber mollig geworden. Die Ehe scheint dir zu bekommen.« Keine sehr taktvolle Bemerkung, die Sabrina jedoch mit Lachen quittierte.

»Sie bekommt mir, aber nicht deswegen habe ich zugenommen.« Einmal mußte er es erfahren, und die Gelegenheit war denkbar günstig. »Sicher wird es dich überraschen, was ich dir zu sagen habe, und, ehrlich gesagt, wir waren selbst überrascht.« Nach einem tiefen Atemholen fuhr sie fort: »Zu Weihnachten bekommen wir ein Baby.«

»Wie bitte?« Jon sprang auf, sichtlich fassungslos. »Das darf nicht wahr sein!« Er hätte nicht entsetzter sein können.

»Doch, Jon.« Sabrina blieb ruhig sitzen und blickte von André zu ihrem Sohn und wieder zurück. »Ich weiß, zunächst ist es ein Schock, aber ... «

»Wie kannst du uns so lächerlich machen? O Gott ... wie stehe ich jetzt da? Ich werde zum allgemeinen Gespött, warte nur! Du bist fast fünfzig, und Gott weiß, wie alt er ist ... «

Er benahm sich unmöglich, aber Sabrina fand sein Verhalten eher lächerlich als empörend. In seiner blinden Wut sah er aus wie ein kleiner Junge. Es lagen Welten zwischen seiner Reaktion und der Antoines, der es eilig gehabt hatte, dem Baby den ersten Teddybären zu kaufen und ihnen einzuhämmern: »Vergeßt ja nicht, ihr zu sagen, daß der Bär von mir ist!« Er ließ sich nicht von dem Glauben abbringen, daß es ein Mädchen sein würde. Dem wütend im Zimmer auf und ab gehenden Jon war das Kind selbst sichtlich egal.

»Es passiert öfter, als man meint, mein Junge«, versuchte André ihn zu besänftigen. Er bedauerte, daß Jon sich so benahm, aber eine Überraschung war es nicht. Der Bursche war unreif und verwöhnt und stand ständig auf Kriegsfuß mit seiner

Mutter. »Du wirst dich mit der Zeit an den Gedanken gewöhnen. Uns ging es ähnlich und Antoine auch. Und er ist vier Jahre älter als du.«

»Ach, was weiß der denn schon! Was macht er denn anderes als seine Rebstöcke hegen und pflegen. Aber ich bin ein Mann, um Himmels willen!«

André stand auf. Jetzt konnte er sich nicht mehr beherrschen. »Mein Sohn ist nicht weniger Mann als du. Er ist jetzt dein Stiefbruder, und ich wäre dir dankbar, wenn du von ihm mit mehr Respekt sprächest, Jonathan.«

Die beiden Männer wechselten einen langen Blick, und Jon gab nach. Er war nicht auf den Kopf gefallen und spürte, daß es André mit seinen Worten ernst war. Jons Miene gab Sabrina zu verstehen, daß es Zeit zum Gehen war. Er hatte für den Abend etwas vor. Sie würden ihn erst bei der Feier am nächsten Tag wiedersehen und anschließend mit ihm und einem Freund essen. Und am Tag darauf hatten sie vor, mit ihm nach New York zu fahren, wo er sich auf der ›Normandie‹ nach Europa einschiffen würde. Das Geld für die Reise hatte er schließlich doch noch zusammengebracht, eine stattliche Summe, und Sabrina hatte sich beeindruckt gezeigt. In New York wollten sie die Gelegenheit zu einem Wiedersehen mit Amelia nutzen.

»Also wir sehen uns dann morgen«, sagte sie. Als sie ihm einen Kuß geben wollte, wich Jon aus, und während sie hinausgingen, wandte er ihnen den Rücken zu.

»Schade, daß er es so schlecht aufgenommen hat«, sagte sie im Taxi, das sie ins Hotel brachte, zu André.

»Hast du etwas anderes erwartet? Er ist eben noch sehr jung.« André faßte nach ihrer Hand. »In diesem Alter machen vier Jahre eine Menge aus. Antoine ist schon ein Mann, Jon noch nicht ganz. Das wird noch kommen. Und außerdem stellt die Nachricht für ihn eine gewisse Bedrohung dar … sein Erbe wird geschmälert, das Haus, das Land in Napa …« Daran hatte Sabrina nicht gedacht. Sie nickte und fragte sich, ob Jon diesen Aspekt im Sinn gehabt haben mochte.

»Du magst recht haben. Sonderbar, die Sache mit Camille, findest du nicht auch?«

André sah sie an. »Es ist besser so. Sie war eine böse, habgierige Person, die niemandem von Nutzen war und schon vor Jahren das Zeitliche hätte segnen sollen, wie dein Vater behauptete.« Er hatte Camille nicht verziehen, was sie Sabrina angetan hatte. Monatelang hatte sie Sabrina gequält, die hilflos den Prozeßtermin abwarten mußte, um sich zur Wehr setzen zu können.

»Merkwürdig. Ich empfinde gar nichts.« Ein seltsames Eingeständnis. Die Nachricht vom Tod ihrer Mutter berührte sie überhaupt nicht. »Bei Jon ist das offenbar anders.«

»Er kennt sie seit vier Jahren, und die beiden hatten offenbar ›atomes crochus‹.« Sabrina fand diese Wendung sehr passend: ineinander verhakte Atome oder viele Gemeinsamkeiten. Zu ihrem großen Bedauern hatte er recht. Jon und Camille hatten wirklich viel gemeinsam.

Die Feier am nächsten Tag verlief glatt. Sabrina vergoß Tränen, als sie Jon unter den Absolventen sah. Mochte er auch noch so schwierig sein, sie war stolz auf ihn, stolz darauf, daß sie ihm die Ausbildung ermöglicht hatte, indem sie die Minen verkaufte, das Haus in Napa, das Gelände um Thurston House... sie hatte es geschafft und er auch. Es gab so viel, worauf sie stolz sein und das sie feiern konnten. Am Abend gingen sie zum Dinner aus. Jon trank mehr als nur ein wenig über den Durst, aber Sabrina und André zeigten Verständnis, da er viel netter als sonst war, viel netter auch als am nächsten Tag im Zug nach New York. Es war ihm unangenehm, sich in ihrer Gesellschaft zu zeigen.

»Herrjeh, was werden die Leute denken?« flüsterte er. Sabrina flüsterte zurück: »Sag einfach, ich bin so verfressen.«

Dann fragten sie ihn nach seinem Job aus. Im September nach seiner Rückkehr wollte er zu arbeiten anfangen. Der Vater eines Freundes hatte ihm eine Stelle angeboten. Der Junge hieß William Blake. Als sie Jon zum Schiff brachten, machte er Sabrina mit Bill bekannt, der in Gesellschaft eines bildhübschen blutjungen Mädchens gekommen war. Es war Bills achtzehnjährige Schwester, die den Blick nicht von Jon losreißen konnte. Offenbar schwärmte sie für ihn. Als die Kleine merkte, wen sie vor sich hatte, stellte sie sich vor.

»Hallo, ich bin Arden Blake.« Sie reichte Sabrina und André die Hand, streifte Sabrinas Kleid mit einem flüchtigen Blick und fing sofort an, ihnen von Jon vorzuschwärmen, der sich ihr gegenüber jedoch völlig gleichgültig zeigte. »Daddy meint, Jon würde sich fabelhaft machen, deswegen schickt er ihn mit Bill nach Europa, sozusagen als Bonus im voraus, ehe er anfängt ... «

Sabrina ließ sich nicht anmerken, wie erbittert sie war. Ihr hatte Jon weisgemacht, er hätte das Geld selbst irgendwie aufgebracht. Kein Wort davon, daß er als Gast eines anderen erster Klasse auf der ›Normandie‹ fuhr, ganz abgesehen von den Hotelkosten, denn es war anzunehmen, daß sie immer sehr nobel wohnen würden. Sie wußte natürlich, wer William Blake der Ältere war, das wußte jeder ... der größte Finanzmann New Yorks, mit dem sie nach dem Verkauf von Johns Minen vor Jahren zu tun gehabt hatte. Damals war es darum gegangen, den Verkaufserlös gut zu investieren.

Als sie jetzt ihren Sohn ansah, hätte sie ihm am liebsten eine Tracht Prügel verpaßt, für eine Debatte aber war es jetzt, kurz vor dem Auslaufen, zu spät. Statt dessen fuhr sie fort, sich mit Arden Blake locker und ungezwungen zu unterhalten. Dabei kam ihr zu Bewußtsein, daß sie in Ardens Alter die Minen ihres Vaters geführt hatte. Eigentlich unglaublich, wenn sie dieses entzückende unschuldige Mädchen vor sich sah, das verrückt nach Jon war.

»Mami und Daddy wollen nächsten Monat rüberfahren. Wir treffen uns mit Bill und Jon in Südfrankreich.« Die Vorfreude strahlte Arden aus den Augen, und Sabrina lächelte.

»Geben Sie bloß acht, daß er sich anständig benimmt«, warnte sie die hübsche zierliche Blondine mit den grünen Augen. »Meinem Sohn würde ich nicht über den Weg trauen.«

»Meine Mutter sagt, er wäre der netteste Junge, den sie kennt. Auf meiner Debütantinnen-Party im Dezember wird Jon mein Kavalier sein.«

Sie glühte vor Begeisterung, und als das Signal ertönte, das ihnen das Zeichen gab, von Bord zu gehen, sah Sabrina, wie Jon Arden auf den Mund küßte und gleich darauf drei andere Mädchen. Sie fuhren zu viert nach Europa, Studienkollegen und Harvard-Absolventen allesamt. Sabrina durfte gar nicht an den Unfug denken, den sie unterwegs anstellen würden. Noch unangenehmer war ihr nur der Gedanke, daß Jon sich das Geld für die Reise bei jemand anderem erbettelt hatte. Auf diese Weise war sie von ihm sehr wirksam unter Druck gesetzt worden. Sie war nun gezwungen, William Blake einen ansehnlichen Scheck zu schicken, der die Reisekosten abdeckte. Daß Jon als Gast der Blakes nach Europa fuhr, durfte sie nicht zulassen. Wer konnte wissen, was für rührselige Geschichten er ihnen aufgetischt hatte?

»Nach deiner Rückkehr haben wir einiges zu besprechen«, sagte sie mit einem vielsagenden Blick, als sie ihm einen Umschlag überreichte, der als Geschenk gedacht gewesen war. Sie war so stolz gewesen, daß er sich die Reise aus eigener Tasche bezahlte, und hatte ihm tausend Dollar als Taschengeld mitgeben wollen. Jetzt war das Geld nur eine zusätzliche Ausgabe und ihre Freude wie weggeblasen. »Sei nett zu Arden Blake«, flüsterte sie ihm verstohlen zu. »Sie ist ein liebes Mädchen.« Sabrina wurde das Gefühl nicht los, daß er Arden irgendwie ausnützen würde.

»Sie ist mein Schlüssel zum Erfolg«, erwiderte er augenzwinkernd im Flüsterton, und Sabrina wurde ganz übel. Später sah sie Arden vom Pier aus lebhaft winken, von ihrer Mutter aufmerksam beobachtet. Am liebsten hätte Sabrina sie vor Jon gewarnt, aber durfte man das? Er stand auf dem Deck vor seiner Suite, lächelte zu ihnen herunter, hübscher als je zuvor. Ein großer schlanker Junge mit lebhaftem Blick, blauäugig und dunkelhaarig wie Camille, mit Zügen ausgestattet, um die ihn jede Frau beneidet hätte. Fast schmerzte es, ihn anzusehen. Mit einem Seufzer wandte Sabrina sich André zu, und sie gingen. Sie vertraute ihm an, was Jon ihr über Arden Blake gesagt hatte, und verschwieg auch nicht, von welcher Seite seine Reise finanziert worden war.

»Wenigstens kannst du beruhigt sein, daß er nie verhungern wird. Dazu ist er zu gewitzt.«

»Gewitzter, als ihm guttut.«

»Manchmal wünschte ich, Antoine wäre ein wenig so. Mein Sohn ist so unpraktisch, daß er sich nie durchsetzen wird. Ständig hat er seine Prinzipien und Ideale im Kopf und seinen ganzen intellektuellen Unsinn.«

Sabrina hörte es mit einem Lächeln. André hatte nicht ganz unrecht, aber Antoine war ein zu lieber Junge. Hochintelligent, den praktischen Seiten des Lebens aber nicht immer gewachsen. Für die Philosophie hätte er aufs Essen verzichtet, und das Grübeln über einer abstrakten Idee lag ihm mehr als das Bewältigen alltäglicher banaler Probleme. In gewisser Hinsicht war er ein Träumer, allerdings ein brillanter.

»Er ist ein reizender Junge, André. Du solltest stolz auf ihn sein.«

»Ich bin es, das weißt du.« Als er ihr ins Taxi half, sah er lächelnd auf ihre Leibesmitte nieder. »Na, wie geht es unserem Baby?« Seit einigen Wochen waren die Bewegungen schon zu spüren, und sie wurden immer lebhafter. André war entzückt, daß er sie auch fühlen konnte. »Hüpft es sehr?«

»Ich glaube, sie wird Ballerina, weil sie gar so beweglich ist.« Mehr als Jonathan oder das Baby, das sie verloren hatte.

»Oder Fußballspieler«, meinte André vergnügt. An diesem Nachmittag machten sie einen Besuch bei ihrer Freundin Amelia, die sich sehr mit ihnen freute. In ihren Augen war es blanker Unsinn, daß sich Sabrina wegen des Alters Gedanken machte.

»Wenn ich könnte, würde ich noch jetzt eines bekommen!« Amelia war neunzig und sehr gebrechlich, wie Sabrina voller Bedauern feststellte. »Genießt jeden Augenblick dieses Zustandes... er ist das größte Geschenk. Das Geschenk des Lebens.«

Amelia hatte recht, das wußten beide, als sie die Neunzigjährige ansahen. Sie hatte ein wundervolles reiches Leben gelebt, indem sie viel gegeben und empfangen hatte. Es konnte geradezu als Musterbeispiel eines erfüllten Lebens gelten... das genaue

Gegenteil von Camille. Sabrina scheute sich nicht, mit Amelia über Camille zu sprechen. Sie gingen erst, als Amelias Pflegerin kam, weil es Zeit für ein Nickerchen war. Man sah der alten Dame die Müdigkeit an. Beim Abschiedskuß blickte sie Sabrina tief in die Augen.

»Du bist genau wie seinerzeit dein Vater. Ein wunderbarer Mensch. Von ihr hast du nichts mitbekommen.«

Aber Jon hatte viel von Camille. Sabrina wußte es, und sie bedauerte es zutiefst. Davon sagte sie Amelia aber kein Wort.

»Sei dankbar für dieses Kind«, sagte Amelia mit zärtlichem Lächeln. »Sie möge euch viel Freude bereiten.« Mit einem Auflachen fügte sie hinzu: »Es wird sicher ein Mädchen.« Sie legte eine Hand auf Sabrinas Leib und küßte beide noch einmal.

Am nächsten Tag bestiegen sie den Zug, der sie nach Hause bringen sollte. Den Sommer über blieb Sabrina in Napa, und im August konnten sie ihr neues Haus beziehen. Im darauffolgenden Monat übersiedelten sie in die Stadt, damit Sabrina das Krankenhaus in der Nähe hatte. Als Jon aus Europa zurückkam, riefen sie ihn an und erfuhren, daß er sich in Europa glänzend amüsiert hatte. Einige Male fiel der Name Arden Blake. Er hatte seine Stelle bereits angetreten, die dank Mr. Blake das reinste Kinderspiel zu sein schien. Sabrina hatte dem alten Blake tatsächlich einen großzügigen Scheck geschickt und sich sehr bedankt. Der Scheck war einige Male hin und her gewandert, aber schließlich hatte Blake ihn doch angenommen. Er hatte ihr auch gesagt, daß er Jon sehr schätzte, wie übrigens die ganze Familie Blake, und daß auch Jon sich bei ihnen wohl zu fühlen schien.

»Über die Feiertage fahre ich mit den Blakes nach Palm Beach«, eröffnete er ihr überraschend, und Sabrina war sehr enttäuscht.

»Ich dachte, du würdest nach Hause kommen, dann wird das Kleine schon dasein . . .«

Das interessierte Jon nicht. »Leider habe ich nur zwei Wochen Zeit. Vielleicht im nächsten Sommer. Die Blakes wollen ein Haus in Malibu mieten, eine Zeitlang werde ich sicher dort sein.«

»Mußt du nicht arbeiten?«

»Nicht mehr als Bill. Ich bekomme so viel Urlaub wie er, das ist abgemacht.«

»Na, das hört sich ja sehr gemütlich an.«

»Warum nicht? Ich arbeite so viel wie er.«

»Bill steht der Firmenleitung nahe, vorsichtig ausgedrückt.«

»Ich vielleicht auch.« Jon gab sich sehr selbstbewußt. »Arden ist verrückt nach mir, und Mr. Blake findet mich großartig.«

»Sieht aus, als hättest du einen Haupttreffer gelandet.«

Natürlich hatte er das. Als sie den Versuch machte, mit ihm über die hinterhältige Finanzierungsweise seiner Reise zu sprechen, tat er sie ab.

»Du hättest nichts bezahlen müssen. Mr. Blake sagte, er würde dafür aufkommen.«

»Das konnte ich nicht zulassen. Und du hättest es auch nicht zulassen sollen.«

»Um Himmels willen, wenn du mir eine Moralpredigt halten willst, lege ich gleich auf.«

»Vielleicht solltest du mehr an Moral denken, besonders im Zusammenhang mit Arden Blake. Nütze das Mädchen nicht aus, Jon. Sie ist ein reizendes unschuldiges Ding.«

»Ach was, sie ist achtzehn.«

»Du weißt genau, was ich meine.« Er wußte es, würde es aber nie zugeben.

»Mach dir keine Gedanken darüber. Ich vergewaltige niemanden.«

»Es gibt verschieden Arten, das zu tun.«

Sabrina machte sich Jons wegen große Sorgen, obwohl er, nach den Postkarten zu schließen, die sie hin und wieder von ihm bekamen, in New York sehr glücklich zu sein schien. Und mit dem Herannahen des Oktobers verlor Sabrina das Interesse an allem außer an ihrem Zustand, da das Kind sehr groß wurde und sie sich immer unbehaglicher fühlte. Als der Geburtstermin da war, konnte sie sich kaum mehr die Treppe von Thurston House hinaufschleppen. Aber der große Tag kam und verging, und das

Kind hatte sich noch immer nicht gesenkt. Aus diesem Grund fing sie an, mit André ausgedehnte Spaziergänge zu machen.

»Es muß ihr bei mir gut gefallen«, meinte sie seufzend. »Ich habe das Gefühl, sie will überhaupt nicht kommen.« Sie warf André einen mitleiderregenden Blick zu, und er lachte. Das Gehen fiel ihr so schwer, daß sie sich nach wenigen Schritten wieder hinsetzen mußte. Sie behauptete, sie fühle sich hundert Jahre alt und dreihundert Pfund schwer. Trotz allem war sie aber sehr guter Dinge.

»Und was gedenkst du zu tun, wenn es ein Junge wird? Du sprichst immer nur von einer ›Sie‹.«

»Daran wird er sich gewöhnen müssen, der Ärmste.« Der errechnete Termin war drei Tage überschritten, als sie André aus tiefstem Schlaf weckte. »Jetzt ist es soweit, mein Lieber«, sagte sie mit einem zufriedenen Lächeln.

»Woher willst du das wissen?« Er war noch nicht ganz wach und hoffte auf einen Aufschub bis zum nächsten Tag. Oder zumindest bis zum Morgen.

»Verlaß dich darauf, ich weiß es.«

»Na gut.« Er kämpfte sich mühsam hoch und war schlagartig wach, als er sah, wie sie sich plötzlich zusammenkrümmte. Da sprang er aus dem Bett und nahm sie in die Arme, um sie behutsam zu einem Stuhl zu führen. Sabrina sah ihn ziemlich verzweifelt an.

»Vielleicht habe ich zu lange gewartet...« Sie keuchte und litt sichtlich große Schmerzen. »Aber ich wollte dich nicht wecken... außerdem war ich nicht sicher... o Gott...« Sie faßte nach seinem Arm. André bekam es jetzt richtig mit der Angst zu tun.

»Mein Gott... hast du schon den Arzt verständigt?«

»Nein... das machst du... André ... ruf...«

»Was ist los?« Zu Tode erschrocken geleitete er sie zurück zum Bett und griff nach dem Hörer. »Was soll ich ihm sagen?«

Aufstöhnend fiel sie aufs Bett. »Sag ihm, daß ich schon den Kopf spüre...« Sie lag schweratmend da, während er mit zitternden Fingern die Nummer wählte. Plötzlich stieß sie einen kleinen Schrei aus. André hatte eine solche Situation nie miterlebt. Bei Antoines Geburt hatte er stundenlang geduldig auf dem Krankenhausflur gewartet. Seine Frau hatte er in den Wehen nicht gesehen.

Als der Arzt abhob, schilderte André ihm hastig die Lage.

»Spürt sie, daß es kommt?« fragte der Arzt rasch.

André versuchte Sabrina zu fragen, die aber nicht mehr ansprechbar war und mit schmerzverzerrtem Gesicht nach seinem Arm faßte. Alles war so schnell gegangen, daß er nicht mehr aus noch ein wußte. »Sabrina, hör zu ... er möchte wissen ... bitte ...«

Das alles hörte der Arzt mit an, auch Sabrinas Stöhnen, was ihn veranlaßte, ins Telefon zu schreien: »Ich komme sofort.«

André war entsetzt, doch es blieb ihm keine Zeit, einen Gedanken zu fassen. Sabrina krümmte sich ächzend auf dem Bett.

»O Gott ... André ... bitte ...«

»Was kann ich tun?«

»Hilf mir ... bitte ...«

»Liebling ...« Ihm standen Tränen in den Augen. So verzweifelt war er noch nie gewesen. Sie in letzter Minute aus den Fängen des Abtreibers zu retten war viel einfacher gewesen. Es hatte nur einer Spur Kaltblütigkeit und Mut bedurft. Aber jetzt waren Fähigkeiten gefordert, über die er nicht verfügte Doch als sie sich an ihn wandte und ihn hilflos ansah, während sie sich vor Schmerzen krümmte, vergaß er alle Unkenntnis, faßte instinktiv nach ihr, hielt ihre Hände und redete beruhigend auf sie ein. Fürs Krankenhaus war es zu spät, das war ihm jetzt klar. Sie hatte ihn zu spät geweckt, und die Geburt war zu weit fortgeschritten.

Sabrina, die sich ausgezogen hatte, lag nur mit einem Laken bedeckt da, genauso wie vor vielen Jahren. Die Situation war ihr irgendwie vertraut. Erst hatte sie geglaubt, sie hätte alles vergessen, doch jetzt kam ihr alles wieder zu Bewußtsein wie ein ferner Traum. Sie sah André an, und zum erstenmal seit einer Stunde zeigte sie die Andeutung eines Lächelns. Ihr Gesicht war feucht, die Augen verdunkelt, und auf einmal preßte sie mit aller Kraft. Er hielt sie dabei an den Schultern fest. Als sie innehielt, sah sie zu ihm auf, und diesmal war es ein richtiges Lächeln. »Ich sagte ja... ich wollte, daß das Kind hier im Haus zur Welt kommt...« Kaum hatte sie die Worte ausgesprochen, als sie wieder pressen mußte, und wieder hielt er sie fest. Er hielt sie an den Schultern, so daß er aus dieser Perspektive nicht sehen konnte, was vorging. Er spürte nur, daß ihr ganzer Körper unter gewaltiger Anspannung stand, während sie preßte. Und dann fing sie zu schreien an. Es war ein verhaltener tiefer Urschrei. Er selbst war gespannt wie eine Feder, als sie sich aufrichtete.

»O André, o Gott... o nein...« Es war ein nicht enden wollendes Wehklagen, während er sie mit sinnlosem Gestammel zu beruhigen versuchte, sie in den Armen hielt und seinen Tränen freien Lauf ließ. Dann stieß sie eine Folge von spitzen Schreien aus, und jedesmal, wenn die Wehe verebbte, ließ Sabrina sich gegen ihn fallen, um sich sofort wieder anzuspannen. Und plötzlich spürte er, wie sich der Vorgang beschleunigte. Er wußte es... er wußte... es war, als fühlte er mit ihr mit, was sie machte, und er redete auf sie ein.

»Los, weiter... du schaffst es...«

»Ich kann nicht mehr!« Sie schrie auf, so daß er ihr am liebsten das Kind aus dem Leib gerissen hätte, um der Qual ein Ende zu machen.

»Du kannst es!«

»O Gott... nein...« Sie riß das Laken herunter, faßte nach ihm, nach dem Bett, preßte, bis ihr die Luft ausging und sie sich nicht mehr rühren und auch nicht mehr schreien konnte. Und während er hinsah, bahnte sich ein rundes Köpfchen seinen Weg, und er schrie mit ihr auf.

»Mein Gott... Sabrina!« Er war fassungslos. Das Gesichtchen war ihm zugewandt. So als hätte er immer schon gewußt, was zu tun war, ging er ans andere Ende des Bettes und hielt den Kopf des Kindes, während sie wieder preßte. Diesmal kamen die Schultern, und das Baby stieß seinen ersten Schrei aus.

Sanft half er ihm aus dem Mutterleib, während er gemeinsam mit ihr Tränen vergoß. Sabrina lachte und weinte, und er drängte sie, weiter zu pressen. Gleich darauf lag das Neugeborene in seinen Händen. André sah seine Frau an, als wäre er Zeuge eines Wunders geworden. Er hielt das Kind in die Höhe. »Ein Mädchen!« Er schämte sich seiner Tränen nicht. Sein Kind, das er in den Händen hielt, und die Frau, die er liebte, erschienen ihm als die größten Wunder. Wieder umfing er Sabrinas Schultern, bedeckte die vor Erschöpfung Zitternde mit dem Laken und legte ihr das Kind in die Arme. »Sie ist so wunderschön wie du . . .«

»Ich liebe dich so sehr.« Die Nabelschnur pulsierte zwischen den beiden. Sabrina machte ein Gesicht wie nach der Erstürmung eines Gipfels. Mit neuerwachter Liebe sah sie André an, und er küßte erst die Mutter und dann das Kind.

»Du bist fabelhaft!« Es war ein Erlebnis, das beide nie vergessen würden. Gleichzeitig wußte er, daß er sie nie mehr so lieben würde wie in diesem Augenblick. Sabrina mit dem Kind in den Armen . . . etwas Schöneres hatte er nie gesehen!

Noch immer zitternd, aber unendlich glücklich lächelte sie. »Nicht so übel für ein altes Mädchen wie mich, findest du nicht?« André konnte es noch immer nicht fassen, und als der Arzt mit dem Krankenwagen zehn Minuten nach der Geburt ankam, öffnete ihm André mit breitem Lächeln. »Guten Abend, meine Herren.«

Sie wußten sofort, daß sie zu spät gekommen waren, so stolz und glücklich sah er aus. Der Arzt raste die Treppe hinauf und traf Sabrina an, wie sie eben ihr Neugeborenes stillte.

»Es ist ein Mädchen!« verkündete sie entzückt. Vater und Arzt lachten. Dann schloß der Arzt die Tür, sah sich Mutter und Kind an und schnitt die Nabelschnur durch. Darauf vergewisserte er sich, daß mit Sabrina alles in Ordnung war.

»Also ich muß schon sagen, daß ich das nicht von Ihnen erwartet hätte, meine Liebe«, erklärte er mit unverhohlener Bewunderung.

»Ich auch nicht.« Sabrina lachte beide an und faßte nach

Andrés Hand. In ihrem Blick lag Dankbarkeit, als sie sagte: »Ohne dich hätte ich es nie geschafft.«

Dieses unverdiente Lob erstaunte ihn. »Ich war doch nur Zuschauer. Du hast alles gemacht.«

Sabrina sah das friedlich an ihrer Seite schlafende Kind an. »Eigentlich hat sie alles allein gemacht.« Wie ein kleines Wunder lag das Baby da.

Der Arzt war mit Sabrina und dem Kind zufrieden. Er schätzte das Baby auf gut siebeneinhalb Pfund, Mutter und Kind waren wohlauf. »Ich sollte Sie eigentlich ins Krankenhaus schaffen, damit Sie sich dort richtig erholen können ... «, andererseits sah er aber keinen Grund, sie aus ihrer gewohnten Umgebung zu reißen. Die Geburt war ganz normal verlaufen. »Was meinen Sie?«

Sabrina wollte nichts davon hören. »Ich bleibe hier.«

»Das dachte ich mir.« Der Arzt zeigte sich nicht weiter verwundert. »Na dann ... « Er sah Mutter und Kind an. »Meinetwegen.« Sabrina strahlte. »Sollten sich aber Probleme ergeben, ein Unwohlsein oder gar Fieber, dann rufen Sie mich sofort.« Er drohte Sabrina mit erhobenem Zeigefinger. »Und warten Sie nicht wieder, bis es zu spät ist.«

Sabrina nahm es mit einem Lächeln auf. »Ich dachte, ich hätte noch viel Zeit. Mitten in der Nacht wollte ich niemanden unnötig wecken.« André und der Arzt lachten. Nun hatte sie alle doch geweckt, viel dramatischer sogar. Es war erst Viertel nach fünf, draußen war es noch finster. Dominique Amelie de Vernay hatte ihren Eintritt in die Welt geschafft. Für den Namen Dominique hatten sie sich nach langem Suchen entschieden, während der zweite Name längst festgestanden hatte.

Nachdem Arzt und Krankenwagen abgefahren waren, brachte André Sabrina eine Tasse Tee. Das Mädchen, das geduldig den Arztbesuch abgewartet hatte, kam nun, um die Kleine zu baden. Dann brachte sie das Baby sofort wieder zurück. Als nächstes kam Sabrina an die Reihe und wurde gebadet und wieder in das frisch gemachte Bett gelegt. Und als sie dalag, Tee trank und ihre Tochter in den Armen hielt, war André überwältigt vor Glück.

494

Der Himmel wurde allmählich heller, die Sonne ging auf, und er sagte gutgelaunt: »Na, was fangen wir mit dem heutigen Tag an, Liebling?« Beide lachten befreit. Sie hatten so lange und gespannt gewartet, und dann war alles so schnell gegangen. Vor dem Einschlafen huschte vage die Erinnerung an die gräßliche Szene in Chinatown durch ihr Bewußtsein... André, der auf den bewaffneten Arzt einredete... dann waren sie die Treppe hinuntergelaufen... und jetzt war sie hier, mit der schlafenden Dominique an ihrer Seite.

Nach Sabrinas Erwachen riefen sie Antoine an. Er war eben im Begriff gewesen, zu den Weinbergen zu gehen, und antwortete zunächst ungeduldig. André verlor keine Zeit. »Es ist ein Mädchen, stell dir vor.«

»Was, schon? Wie wundervoll!« Antoine war entzückt.

»Sie heißt Dominique, ist bildhübsch und ganze zwei Stunden und«, er schaute auf die Uhr, »vierzehn Minuten alt.« André strahlte, und Antoine wußte sich vor Freude nicht zu fassen.

»Wie schön... c'est formidable! Wie geht es Sabrina? Ist sie im Krankenhaus?«

André lachte auf. »Nein. Es geht ihr sehr gut, und sie ist nicht im Krankenhaus. Das Baby wurde zu Hause geboren.« Sabrina hörte ihm stolz zu. Nie würde sie vergessen, daß er sie gehalten hatte und bei ihr gewesen war. Daß sie alles mit ihm geteilt hatte, bedeutete ihr unendlich viel.

»Wie bitte? Zu Hause? Ich dachte...« Antoine wußte nicht, was er davon halten sollte.

»Das dachte ich auch. Aber deine Stiefmutter hat mich überrumpelt. Sie wollte meinen Schlaf nicht stören und hat mich zu spät geweckt. Und... voilà, Mademoiselle Dominique traf zwanzig Minuten nach meinem Erwachen ein. Zehn Minuten später war der Arzt da.«

»Unglaublich!«

André war noch immer wie in einem Traum gefangen, als er mit Tränen in den Augen sagte: »Ja, mon fils, es ist unglaublich. Es war ein einmaliges Erlebnis.« Er wünschte Antoine für später etwas Ähnliches. Eine Frau, die er so liebte wie André Sabrina, und die Geburt des ersehnten Kindes, die nach Möglichkeit gemeinsam erlebt werden sollte. Er war überglücklich, daß er bei ihr gewesen war und daß sich alles so gut entwickelt hatte. Es war schwieriger und gleichzeitig leichter gewesen, als er angenommen hatte. Es war eine größere Mühsal, als ihm klargewesen war, schmerzhafter, furchteinflößender, schöner. Daneben war André aber auch klar, daß Sabrina Glück gehabt hatte. Bei Antoines Geburt hatte dessen Mutter mehr als zwei Tage in den Wehen gelegen.

»Du machst das fabelhaft«, zog André sie auf, als sie nachmittags Seite an Seite im Bett lagen. Sie nahm ihr Mittagessen zu sich, während Dominique friedlich in ihrem mit frischem weißen Organdy und weißen Satinbändern geschmückten Körbchen lag. »Vielleicht sollten wir an eine Wiederholung denken«, zog er sie auf und handelte sich einen erstaunten Blick Sabrinas ein.

»Moment ... so einfach war es auch wieder nicht ... « Sie hatte natürlich noch Schmerzen, aber keines der Gefahrensignale, vor denen der Arzt gewarnt hatte, stellte sich ein. »Ich glaube nicht, daß ich das alles noch einmal durchmachen möchte.« Beide wußten, daß es in ihrem Alter sehr unwahrscheinlich war. Um so dankbarer waren sie für dieses Kind.

Als sie Jon zu erreichen versuchten, mußten sie enttäuscht feststellen, daß er zum Essen ausgegangen war. Bei der Sekretärin, die er sich mit dem jungen Blake teilte, hinterließen sie eine Nachricht.

Später rief er zurück, ein wenig angeheitert, wie es schien, und zunächst nicht sehr interessiert, warum sie angerufen hätten. Tödliche Stille trat ein, als er die Neuigkeit hörte. Sabrina glaubte schon, sie wären unterbrochen worden.

»Jon? ... Jon? ... verdammt, André ... ich glaube ...«

Da meldete er sich wieder. »Ich kann gar nicht fassen, daß du das alles durchgestanden hast.« Er hatte sie seit vier Monaten nicht mehr gesehen. »Irgendwie war ich der Meinung, du würdest rechtzeitig zur Besinnung kommen. Mom, ich glaube, jetzt hängst du wieder mittendrin.« Sabrina ärgerte sich über sein beschwipstes Lachen.

»Deine Schwester heißt Dominique, ist winzig und allerliebst. Wir hoffen, daß du sie bald kennenlernen wirst.« Sie tat so, als freue er sich ebenso wie sie. Jon, der an den Fingern die Monate abzählte, ging ein Licht auf.

»Wenn ich nicht irre, hätte die Kleine erst im Dezember kommen sollen, habe ich recht? Ihr habt doch erst im April geheiratet . . .« Der Junge war nicht auf den Kopf gefallen.

»Ja, so ungefähr. Sie ist ein Siebenmonatskind.«

»Hat er dir das Kind also schon vorher gemacht? Na, kein Wunder daß ihr beide überrascht wart, wie du dich im Juni ausgedrückt hast. Kann ich mir gut vorstellen, diese Überraschung . . .« Jetzt lachte er ungeniert, und wieder war Sabrina wütend auf ihn.

»Komm bald, Jon, und sieh dir deine kleine Schwester an.«

»Mach ich, Mom. Also . . . herzliche Glückwünsche euch beiden . . .« Am Telefon war er immer so zynisch. Ganz anders als Antoine, der vor Freude außer sich gewesen war und sich seiner Tränen nicht geschämt hatte. Jon aber gab ihr in seiner boshaften Art zu verstehen, er wüßte, daß das Kind vor der Ehe gezeugt worden war. Die Enttäuschung war sehr groß. Sie sah André mit feuchten Augen an.

»Er war nicht sehr nett«, sagte sie mit einem zärtlichen Blick zu dem Baby hin.

André nahm ihre Hand und küßte sie auf die Wange. »Jon ist eifersüchtig. Er war lange ein Einzelkind.« Immer fand er ihr zuliebe Entschuldigungen für ihn. Aber immer häufiger konnte sie ihm nicht recht geben.

»Antoine war auch allein. Nein, Jon ist ein egoistisches Ungeheuer und wird eines Tages dafür büßen müssen. Man kann nicht sein Leben lang die Menschen behandeln, wie er es tut, und ungestraft davonkommen.« In diesem Zusammenhang fiel ihr Arden Blake ein. Sie hoffte inständig, Jon würde dem Mädchen nicht weh tun.

Sie sollten ihn erst im nächsten Jahr wiedersehen. Er kam im Juni, als Dominique acht Monate alt war. Jon würdigte sein Schwesterchen kaum eines Blickes, als er in Thurston House eintraf, und trat auf, als wäre er der Herr im Haus. Seine Mutter registrierte es genau. Jon sah noch besser aus als bei seiner Graduierung vor einem Jahr. In einem Monat würde er dreiundzwanzig sein. Er gab sich sehr blasiert und war mit seiner großen schlanken Figur so elegant, daß es fast dekadent wirkte. Sabrina legte die Arme um ihn und sah ihm lächelnd in die Augen. Ein Jahr war vergangen, seit sie ihn zur ›Normandie‹ gebracht hatte, und sie war überglücklich, ihn wiederzusehen. Jon schien das krähende Baby gar nicht zu bemerken.

»Na, was hältst du von der Kleinen?« Sabrina sah stolz von ihrem Töchterchen zu ihrem hübschen erwachsenen Sohn.

»Von wem? Oh... das...« Er begutachtete das Baby betont beiläufig und ließ jedes Anzeichen von Freude vermissen.

»Na, spiel nicht den Erhabenen«, tadelte ihn Sabrina. »Ich kann mich an dich in diesem Alter gut erinnern... so lange ist das gar nicht her.«

Jon lächelte, diesmal mit mehr Wärme. »Schon gut... schon gut... sie ist entzückend, aber leider nicht in dem Alter, in dem mir Mädchen am liebsten sind.«

»Und welches Alter wäre das?« neckte sie ihn beim Hinaufgehen. Jon sah auf den ersten Blick, daß sich in seinem Zimmer nichts geändert hatte. Es wurde in Ordnung gehalten, mochte er auch noch so selten nach Hause kommen.

»Ach, so zwischen einundzwanzig und fünfundzwanzig, würde ich sagen.«

»Na, damit wäre Arden Blake aus dem Rennen.« Sabrina hatte das Mädchen nicht vergessen, ebensowenig wie sie Jons Bemerkung vergessen hatte, Arden wäre sein Garantieschein für den Erfolg, eine Äußerung, die sie empörend gefunden hatte. »Sie kann nicht älter als neunzehn sein.«

»Alle Achtung, du hast ein gutes Gedächtnis. Ja, sie ist neunzehn. In ihrem Fall mache ich gelegentlich eine Ausnahme.«

»Armes Kind.« Sabrina sandte einen vielsagenden Blick zum Himmel.

»Ach, hör auf. Sie und Bill kommen nächste Woche. Können sie hier wohnen?«

»Wenn ihr euch benehmt. Ihr könnt sogar nach Napa kommen, wenn du mit Bill ein Zimmer teilst. Wir haben dort zwei sehr hübsche Gästezimmer, die ihr bewohnen könnt.« Es war schön, Jon wieder zu Hause zu haben, auch wenn er sich manchmal wirklich unmöglich aufführte.

»Ich nehme an, ihr wohnt nicht mehr in dieser Bruchbude?«

»Jon!«

»Mehr war es nicht.«

»Eine provisorische Lösung. Nein, André hat ein hübsches Haus gebaut und daneben für Antoine ein etwas kleineres.«

»Ach, der ist auch noch da?« Er schien verärgert.

»Er führt mit André das Weingut, das sich in letzter Zeit sehr gewinnbringend entwickelt. André könnte die Arbeit ohne ihn nicht schaffen, die Anbaufläche ist sehr groß.« Sie wußte noch, daß Jon André als ›Bauern‹ bezeichnet hatte. Jetzt unterließ er eine abschätzige Bemerkung.

»Wenn uns Zeit bleibt, kommen wir vielleicht für ein paar Tage hinaus. Die Blakes wollten eigentlich die meiste Zeit hier verbringen.«

»Ja, hier gibt es viel zu sehen. Aber vielleicht wird ihnen Napa auch zusagen.«

Als die beiden Blakes dann nach Napa kamen, waren sie begeistert. Jon gab sich unverändert blasiert und gelangweilt, aber Bill war fasziniert von den riesigen Weinanbauflächen. Er erzählte ihnen, daß sein Vater in Frankreich viel Geld in Weinbau investiert und damit ein Vermögen gemacht hätte.

»Ich weiß«, bemerkte André lächelnd. »Ihr Vater und ich haben ein gutes Geschäft gemacht.« Bill war begeistert, als er erfuhr, wen er vor sich hatte. Zu Jon gewendet erklärte er, sein Vater und André seien alte Bekannte. Bill Blake senior war damals nicht zum Schiff gekommen, um seinen Sohn zu verabschieden, und bei der Graduierung in Harvard hatte André ihn nicht gesehen. »Wenn ich nächstes Mal nach New York komme, werde ich ihn anrufen. In der Zwischenzeit richten Sie ihm bitte Grüße aus.«

»Mach' ich.«

Jons Interesse für André wuchs schlagartig, während er Antoine nach wie vor links liegenließ. Sabrina und Arden unternahmen einen stundenlangen Spaziergang auf Wegen, die Sabrina schon als Kind gekannt hatte. Dominique wurde dabei in einem Wägelchen geschoben. Als sie wiederkamen, lagen die vier Männer um den Swimmingpool. Arden wechselte einen Händedruck mit André und Antoine, die sie noch nicht kannte. Sabrina entging dabei nicht, daß Antoine fast die Augen aus dem Kopf fielen. Den ganzen Nachmittag konnte er den Blick nicht von ihr wenden, und abends unterhielt er sich stundenlang mit ihr, während Bill und Jon zum Billard in die Stadt fuhren. Die beiden ließen Arden fast immer zu Hause, ohne sich etwas dabei zu denken. Bill hatte Antoine gefragt, ob er mitkommen wolle, doch dieser schützte Arbeiten vor, die sofort vergessen waren, als die beiden sich empfohlen hatten.

Sabrina erzählte es André abends, nachdem sie die Kleine zu Bett gebracht hatte. Antoine und Arden saßen in der Dunkelheit auf der Veranda, in ein ernstes Gespräch vertieft. »Er ist von ihr sehr beeindruckt. Ist es dir aufgefallen?«

»Ja.« André überlegte kurz. »Ob Jon etwas dagegen hat? Ich dachte, er hätte eine Schwäche für Arden.«

»Da bin ich nicht so sicher.« Sabrina setzte sich aufs Bett. »Vergangenes Jahr bat er etwas gesagt, was mir gar nicht gefiel. Arden sei sein Garantieschein zum Erfolg, so drückte er sich aus. Hoffentlich war das nur als Scherz gemeint. Eine Ehe mit Arden würde ihm sicher einen Dauerplatz in Bill Blakes Bank verschaffen, aber ich möchte nicht, daß er sie ausnützt.« Leider hatten ihre Vorhaltungen auf ihn nicht den geringsten Einfluß, wie sie sehr wohl wußte. André nahm die Bemerkung nicht weiter ernst.

»Er hat es sicher nicht ernst gemeint. Wahrscheinlich hält er diesen Ausdruck einfach für witzig.«

»Na, ich will es hoffen. Er scheint sich für Arden nicht besonders zu interessieren.« Er und Bill hatten es sehr eilig gehabt, zu ihrem Billard zu kommen.

»Das kann ich von Antoine nicht behaupten«, stellte André fest. Antoine hatte mit dem Mädchen in der Stadt gebrochen und war in letzter Zeit sehr einsam gewesen, nicht aber heute in Gesellschaft von Arden Blake. Beide hatten sich lange mit dem Baby befaßt, hatten mit ihm geschäkert, gelacht und es im Arm gehalten. Antoine schien bezaubert von Dominique, ganz anders als Jon.

Am nächsten Tag nahm Arden die Kleine mit sich in den Pool und spielte vorsichtig mit ihr im Wasser, und als Antoine von einer Besprechung mit ein paar Weingroßhändlern zurückkam, mit denen er sich im Städtchen getroffen hatte, schlüpfte er sofort in seine Badehose und leistete Arden im Wasser Gesellschaft. Sie plauderten angeregt und beschäftigten sich ununterbrochen mit der Kleinen. Dann gaben sie das Kind Sabrina zurück, um sich endlos weiter zu unterhalten, während Sabrina sie beobachtete. Beim Spielen mit dem Kind hatten sie fast wie ein Ehepaar ausgesehen. Alt genug waren sie, dazu reif und ruhig und von natürlicher Herzlichkeit. Antoine und Arden waren wie aus einem Guß, sogar der Blondton ihres Haares stimmte überein. Ein ideales Paar, was sogar Jon aufzufallen schien, obwohl niemand eine Bemerkung machte. Er sprang nämlich sofort ins Wasser, als das Baby herausgehoben wurde, und drängte sich zwischen Antoine und Arden. Und am Abend nahmen Bill und Jon Arden ins Kino mit, ohne Antoine ebenfalls einzuladen. Sabrina traf ihn allein in Gedanken versunken auf der Veranda an, rauchend, ein Glas vom eigenen Wein neben sich.

»Mußt du unbedingt dieses Gesöff trinken?« neckte sie ihn, als sie sich in dem Schaukelstuhl neben ihm niederließ. »Ist auch alles in Ordnung?« Ständig war sie besorgt um ihn, weil er so still und in sich gekehrt war. Man wußte nie, ob ihn etwas quälte oder ob er nur in Gedanken versunken war. Er wollte anderen nicht zur Last fallen und lud sich zuviel Verantwortung auf. Das machte ihn zu einem unentbehrlichen Mitarbeiter für André und zu einer großen Hilfe für beide.

»Danke, mir geht es gut.« Seinen französischen Akzent hatte er nicht abgelegt. »Ça va.«

»Sie ist hübsch, nicht?« Beide wußten, daß Arden Blake gemeint war.

»Mehr als nur hübsch.« Er sagte es ganz leise. »Arden ist für ihr Alter sehr ungewöhnlich. Sie verfügt über viel Mitgefühl und Tiefe. Wußtest du, daß sie voriges Jahr sechs Monate mit einem Missionar in Peru zusammengearbeitet hat? Ihrem Vater hatte sie gedroht, sie würde durchbrennen, wenn er es ihr nicht erlaubte. Er gab nach. Sie spricht perfekt Französisch und Spanisch.« Er lächelte Sabrina zu. »In ihrem hübschen Köpfchen geht allerhand vor. Mehr, als Jon vermutlich ahnt.«

»Ich kann mir nicht denken, daß er wirklich an ihr interessiert ist.« Sabrina war noch immer dieser Meinung, aber Antoine wußte es besser.

»Du irrst dich. Ich glaube, er wartet ab, bis die Zeit reif ist. Im Moment möchte er noch seine Freiheit haben, außerdem ist sie noch sehr jung.« In Antoines Blick lag ein Hauch von Alter und Weisheit, etwas, das ihr nie aufgefallen war, und das stimmte sie traurig. »Eines Tages wird er sie heiraten, da bin ich fast sicher. Sie weiß es noch nicht. Jon wird sie bis dahin auf Eis legen, und wenn ihr jemand zu nahe kommt...« Beide dachten daran, wie Jon sie einfach mitgenommen hatte, obwohl er sie eigentlich nicht dabeihaben wollte. Aber Arden hatte sich seiner Meinung nach wahrscheinlich zuviel mit Antoine abgegeben. »Ich weiß, daß ich recht habe.«

Sabrina versuchte es mit unverblümter Offenheit. »Wenn er sie heiratet, dann aus den falschen Gründen.«

»Das weiß ich.« Er lächelte melancholisch. »Schon sonderbar, wenn man so in die Zukunft sehen kann. Manchmal ist es einfach, vorauszusehen, was andere Menschen tun werden. Man möchte sie aufhalten, schafft es aber nicht.«

»In diesem Fall könntest du es sehr wohl, Antoine.« Dieses

eine Mal sollte er sich vom Leben nehmen, was er wollte, ohne Rücksicht auf andere. Er war Jon nichts schuldig, denn dieser war zu ihm nie nett gewesen. Und aus irgendeinem unerklärlichen Grund wollte sie nicht, daß Jon Arden Blake bekam. Dem Mädchen zuliebe und nicht Jons wegen. Sie wußte, daß es für beide falsch gewesen wäre. »Bemüh dich um sie, wenn sie dir gefällt.«

»Sie ist zu jung.« Er seufzte. »Und sie ist verrückt nach Jon, seit sie fünfzehn war. Dagegen kann kein Mensch an. Sie muß aus der Sache herauswachsen und hat es noch nicht geschafft.«

»Mit der Zeit wird sie es schaffen. Er ist nicht sehr charmant zu ihr.«

»Das macht die Sache noch schlimmer. Mädchen dieses Alters neigen zu Masochismus.« Für seine Jahre war Antoine sehr klug.

Sabrina sah ihn an. »Warum bist du nicht mit ihr zusammen?«

»Wir waren heute sehr viel zusammen. Außerdem wird sie nicht sehr lange bleiben, glaube ich.«

Da kam Sabrina ein Gedanke, den sie vor dem Zubettgehen mit André weiter ausspann.

»Solltest du Antoine nicht nach New York schicken, damit er sich dort um den Vertrieb kümmert?«

André starrte sie an. »Warum? Ich dachte, wir wollten im Herbst selbst hinfahren?«

»Warum nicht Antoine?«

»Möchtest du nicht nach New York?«

»Wir können ein anderes Mal hinfahren.«

Da warf er ihr einen sonderbaren Blick zu und grinste. »Bist du wieder schwanger?«

Sie lachte. »Nein, ich dachte nur, es würde Antoine guttun.«

»Ach komm, da steckt doch mehr dahinter. Du kannst mich nicht hinters Licht führen. Na, was führst du im Schilde, du Hexe?« Er kam zu ihr und nahm sie in die Arme. Da war es um ihre Ruhe geschehen.

»Hör auf, ich meine es ganz ernst!«

»Ich weiß. Um was geht es?«

»Schon gut, schon gut . . . .« Sie erzählte ihm von Antoines Interesse für Arden Blake.

»Warum überläßt du es ihm nicht, die Sache selbst durchzukämpfen? Er ist alt genug und kann für sich selbst einstehen. Wenn er nach New York fahren möchte, kann er es sich von seinem Gehalt leisten.« Antoine bezog ein sehr großzügiges Gehalt, aber das spielte in diesem Zusammenhang keine Rolle.

»Dann wird er nicht fahren. Er ist zu sehr Gentleman und möchte Jon nicht ausstechen.«

»Vielleicht tut er gut daran. Solltest du dich nicht lieber heraushalten?« Er machte sich Sorgen, aber das kümmerte Sabrina nicht.

»André , sie ist wie geschaffen für ihn.«

»Dann soll er die Sache selbst in die Hand nehmen.«

»Ach, du bist ganz unmöglich.«

Aber André hatte jedes Wort behalten. Als sich am nächsten Tag eine günstige Gelegenheit ergab, sprach er mit Antoine über Arden und erhob keine Einwände, als Antoine nachmittags einfach von der Bildfläche verschwand, um Stunden später sonnverbrannt und glücklich nach einem Picknick am Bach wiederzukehren. Er hatte Arden mit den verschiedenen Weinsorten bekannt gemacht, hatte sie wahrscheinlich ein – oder zweimal geküßt und unternahm am Abend mit ihr einen beschaulichen Spaziergang, während Bill und Jon in der Stadt Jagd auf ein paar Revuemädchen machten, die gerade sehr im Gespräch waren. Ehe Arden mit Bill wieder nach Malibu zurückfuhr, gab sie offen ihrer Hoffnung Ausdruck, Antoine wiederzusehen. Jon blieb nur ein paar Tage länger und fuhr den beiden nach. Von Los Angeles aus ging es dann gemeinsam mit Bill mit dem Zug zurück nach New York. Da entdeckte Antoine plötzlich, daß er in Malibu etwas zu erledigen hatte, und besuchte Arden bei dieser Gelegenheit, ehe sie und ihre Mutter ebenfalls abfuhren. Sabrina und André erfuhren von ihm sehr wenig über diesen Besuch.

»Also schickst du ihn nach New York?« Sabrina genoß ihre kleine Intrige ungeheuer, und André lächelte geheimnisvoll.

»Ja, aber nur, weil er mich selbst darum gebeten hat. Er braucht einen Vorwand, um nach New York zu fahren und sie wiedersehen zu können, obwohl er es natürlich nicht ausgesprochen hat.«

Beim nächsten Anruf Jons erfuhren sie, daß er sehr häufig mit Arden zusammen war, und das hörte sich an, als wäre er sehr an ihr interessiert. Sie waren auf Partys und ins Theater gegangen. Sabrina wußte, daß er mit dem Mädchen nur spielte. Antoine hatte ganz recht gehabt: Jon wollte sie für sich, und sie war so jung, daß sie auf ihn hereinfiel. Aber immerhin fuhr Antoine nach New York, um sie zu sehen.... ein Unternehmen, das sich als Fehlschlag entpuppte, denn bei seiner Rückkehr war Antoine sehr niedergeschlagen.

»Was ist los? Hat er zu dir etwas gesagt?« bedrängte Sabrina André, nachdem Vater und Sohn miteinander gesprochen hatten.

»Ja. Er sagt, Arden sei verliebt in Jon.«

»Das kann nicht sein. Ich hatte hier den Eindruck, sie fühle sich sehr zu Antoine hingezogen.«

»Seit damals macht Jon so viel Aufhebens um sie, daß Arden sogar an eine Verlobung denkt. Sie hielt es für unfair, es Antoine nicht zu sagen. Diesmal wagte sie nicht einmal, ihm einen Kuß zu geben, aber wehe dir, wenn du dir anmerken läßt, daß ich es dir erzählt habe.«

»Wo denkst du hin.« Sie war nun ebenso niedergeschlagen wie Antoine. »Verdammtes Pech! Dieser berechnende kleine Schuft.«

»Na, na, du sprichst nicht sehr nett von deinem Sohn. Ich rate dir nur, halte dich da heraus. Die Sache geht nur die drei Beteiligten etwas an. Wenn Antoine sie wirklich liebt, wird er um sie kämpfen. Wenn Jon nur mit ihr spielt, wird er das Spiel verlieren. Und wenn Arden nur einen Funken Verstand hat, nimmt sie den, den sie möchte. Am besten, du läßt die drei in Ruhe.«

»Ich halte diese Spannung nicht mehr aus.« Sie stimmte in sein Lachen mit ein. Und sie wußte, daß er recht hatte.

Antoine erwähnte Arden nicht mehr, und Sabrina sah keine

Briefe von ihr kommen, obwohl immer die Möglichkeit bestand, daß während ihrer Abwesenheit Post gekommen war. Als sie zu Weihnachten mit Jon am Telefon sprach, hätte sie ihn wieder am liebsten tüchtig versohlt.

»Wie geht es Arden, mein Lieber?«

»Wem?«

»Arden Blake.« Das Mädchen, das du so eifrig gegen Antoine abgeschirmt hast, du Esel. Äußerlich bewahrte sie Ruhe. »Bills Schwester, deine Freundin.«

»Ach die. Ja, der geht's gut. Ich treffe mich derzeit mehr mit einer gewissen Christine.«

»Woher kommt die?«

Er lachte. »Aus Manchester, glaube ich. Sie arbeitet in New York als Fotomodell und ist sehr englisch, sehr groß, sehr sexy und sehr blond.« Der dunkelhaarige Jon hatte eine ausgeprägte Schwäche für blonde Mädchen.

»Ist sie nett?« fragte André lachend, als er Jon aus dem Hintergrund begrüßte, und Sabrina lachte mit. »Ach, einerlei.« Sie war erleichtert, daß er Arden wieder fallengelassen hatte, und sie wollte diese Information weitergeben. »Triffst du dich mit Arden noch?«

»Hin und wieder. Ich werde sie sehen, wenn ich mich mit den Blakes diese Woche in Palm Beach treffe.«

»Und wann kommst du wieder zu uns?«

»Nächsten Sommer vermutlich. Kann sein, daß ich Christine mitbringe.« Das hörte sich für Antoines Romanze sehr vielversprechend an. Sabrina war insgeheim entzückt.

»Klingt ja großartig. Richte ihr meine Grüße aus.«

André war außer sich, als sie auflegte. »Auf wessen Seite stehst du eigentlich?«

»Na, was glaubst du?« Sie lächelte zufrieden. Antoine sollte bekommen, was er wollte. Das war ohnehin nur selten der Fall bei ihm, im Gegensatz zu Jon, der sich alles zu verschaffen verstand. Höchste Zeit, daß Antoine es auch lernte. Tief in ihrem Inneren wußte sie, daß es Jon nichts ausmachen würde. Daß ihm weh getan wurde, wollte sie natürlich nicht, aber ebensowenig wollte sie, daß Jon jemandem weh tat, was im Falle Arden Blake mit Sicherheit der Fall sein würde, wenn sich die Möglichkeit bot. Am nächsten Tag erwähnte sie vor Antoine beiläufig Jons neue Freundin.

»Wie schön für ihn.« Er schien gar nicht richtig hinzuhören.

»Antoine . . . « Sie suchte verzweifelt nach einem Weg, ihn wissen zu lassen, daß Arden frei war. Schließlich ging sie geradewegs auf ihr Ziel los. »Er trifft sich nicht mehr mit Arden.«

»Auch das ist schön.« Seinem Lächeln fehlte die freudige Erregung.

»Liegt dir denn nichts mehr an ihr?« Diese Kinder! Wirklich sonderbare Wesen. Verständnislos sah sie Antoine an, der sie auf die Wange küßte.

»Mir liegt sehr viel an Arden, liebe Mutter.« Er nannte sie schon seit langem Mutter. »Aber sie ist sehr jung und ist sich über sich selbst noch nicht im klaren. Außerdem möchte ich nicht hineingezogen werden.«

»Warum nicht?«

Er sah sie offen an. »Weil ich nicht verletzt werden möchte.«

»Na und?« Sie war geschockt. »So ist das Leben. Was man haben will, muß man sich erkämpfen.« Sie war richtig wütend auf Antoine, er aber rückte von seiner Meinung nicht ab.

»Nein, in diesem Fall kann ich nicht gewinnen, glaube mir. Ich weiß es. Arden ist blind für seine Fehler.« Er sah sie um Nachsicht heischend an, doch sie nahm ihm seine Worte ohnehin nicht übel. Sie kannte ihren Sohn besser als jeder andere. »Je mehr ich mich um sie bemühe, desto unbeirrter wird sie ihm nachlaufen.«

Sabrina, der dieser Gedanke unerträglich war, wußte, daß Antoine recht hatte. »Kann sie so dumm sein?«

»Sehr dumm. Das nennt sich Jugend. Aber sie wird erwachsen werden.«

»Und dann?«

Er nahm es philosophisch und zog gelassen die Schultern hoch. »Wahrscheinlich wird sie Jon heiraten. So geht das manchmal.«

»Und dir macht es nichts aus?«

»Natürlich tut es das. Aber ich bin machtlos. Das wurde mir in New York richtig klar. Deswegen war ich nachher wochenlang richtig niedergeschlagen und ließ den Kopf hängen.« Er lächelte verlegen. Sabrina fand seine Offenheit rührend. »Ich kann wirklich nichts machen. Ich muß mich geschlagen geben, Jon ist ein sehr überzeugend wirkender und trickreicher junger Mann. Sie glaubt ihm jedes Wort, oberflächlich gesehen jedenfalls. In Wahrheit wird sie von Zweifeln geplagt und macht sich Vorwürfe, auch jetzt schon. Ständig belügt er sie wegen anderer Mädchen, und Arden macht sich selbst vor, daß sie ihm glaubt. Vermutlich ist ein Teil ihres Wesens nie überzeugt. Sie ist auch noch nicht alt genug, um sich auf ihr Gefühl zu verlassen und auf ihre innere Stimme zu hören. Das wird noch kommen.« Er sah Sabrina bedauernd an. »Wahrscheinlich erst, wenn die beiden längst verheiratet sind und mindestens zwei Kinder haben. Ja, so spielt das Leben manchmal.«

»Und was ist mit dir?« Ihre Hauptsorge galt Antoine. Wenn Arden so dumm war, dann geschah ihr recht. Und Jon konnte sehr gut selbst auf sich aufpassen. Aber Antoine... »Was bleibt dir?«

»Eine kleine Narbe«, meinte er lächelnd, »und eine sehr wertvolle Lehre. Außerdem habe ich andere Eisen im Feuer. Wir haben hier ein Unternehmen, und ich möchte im Frühjahr nach Europa.«

Aber nach der Europareise war er noch bedrückter nach Hause gekommen. Er war überzeugt, daß es in Europa zum Krieg kommen würde. Hitler wurde immer stärker, und die Unruhe auf dem alten Kontinent wuchs. Antoine und André diskutierten über die politische Lage noch wochenlang nach Antoines Rückkehr, und André teilte die Befürchtungen seines Sohnes.

»Weißt du, was ich am meisten fürchte?« gestand er Sabrina einmal spätabends. »Ich habe Angst um Antoine. In seinem jugendlichen Ungestüm ist er imstande und meldet sich sofort freiwillig, überzeugt, daß er edel und patriotisch handelt... und all diesen Unsinn. Und wenn er fällt ... « Allein der Gedanke ließ ihm fast das Herz stillstehen.

»Glaubst du wirklich, er würde gehen?«

»Ohne Zweifel. Er hat es mir selbst gesagt.«

»O Gott ... nein ... « Sie dachte an Jon. Ihn konnte sie sich als Soldat gar nicht vorstellen. Als sie mit Antoine darüber sprach, tat er nichts, um ihre Befürchtungen zu zerstreuen.

»Frankreich ist noch immer meine Heimat und wird es immer sein, und wenn ich jahrelang hier lebe. Wenn Frankreich angegriffen wird, dann werde ich gehen. So einfach ist das.«

Von einfach konnte nicht die Rede sein. Immer wenn sie Nachrichten hörten, spürten Sabrina und André die Bedrohung. Jammerschade, daß er Arden Blake aufgegeben hatte, denn wenn aus ihnen ein Paar geworden wäre, hätte Antoine nicht einfach alles im Stich lassen können. Seine Voraussagen schienen sich zu erfüllen, und der Krieg schien immer unvermeidlicher. Man konnte nur hoffen, daß bis dahin noch einige Zeit vergehen möge und Antoine seine Absicht änderte. Vielleicht würde er sich von ihnen überzeugen lassen, daß er hier unbedingt gebraucht wurde. Aber Sabrina argwöhnte, daß er auf jeden Fall gehen würde, und André teilte ihre Meinung.

Zur Ablenkung und Zerstreuung gab André zu Sabrinas Geburtstag in Thurston House eine Riesenparty. Es kamen vierhundert Gäste, Menschen, die sie liebte, Menschen, die sie gut kannte, andere wiederum, die sie kaum kannte. Es war ein großartiges Fest. Sogar die kleine Dominique durfte in Begleitung ihres Kindermädchens dabeisein und sah in ihrem rosa Organdykleidchen und den blonden, von rosa Schleifchen geschmückten Locken allerliebst aus. Den großen blauen Augen und dem engelhaften Lächeln konnte niemand widerstehen. Die Kleine war wirklich die große Freude ihrer Eltern, von denen sie über alles geliebt wurde. Auch Antoine war verliebt in seine kleine Schwester. Zu Sabrinas Party kam er in Gesellschaft einer englischen Medizinstudentin, die ein Studienjahr in San Franzisko verbrachte. Dem sehr ernst wirkenden und hübschen Mädchen fehlten leider Ardens Witz und spontane Herzlichkeit. Sabrina fragte sich unwillkürlich, wie es Arden gehen mochte. Jon war nicht gekommen, im Sommer hatte er aber von Arden gesprochen. Angeblich traf er sich wieder öfter mit ihr, daneben aber auch mit Christine und mit einem französischen Fotomodell sowie mit einer blendend aussehenden Deutschen jüdischer Herkunft, die er vor kurzem kennengelernt hatte. Ihr war es geglückt, Deutschland zu verlassen, ehe die Verhältnisse unerträglich wurden. Er und Antoine hatten am Abend vor Jons Abreise eine überaus hitzige politische Debatte ausgefochten. Jon hatte behauptet, Hitler hätte für Deutschland Großes geleistet und würde für ganz Europa Großes tun, wenn die anderen stillhielten, eine Ansicht, die Antoine so aufbrachte, daß er zwei Gläser und eine Tasse zerbrach. Sabrina war entsetzt, als sie die Schmähungen hörte, die sie einander an den Kopf warfen.

»Ach, laß doch die beiden«, hatte André sie zurückgehalten, als sie ins Wohnzimmer wollte. »Das tut ihnen gut. Beide sind erwachsene Männer.« Manchmal fiel es einem schwer, sie als solche zu sehen.

»Sie sind betrunken, alle beide. Womöglich bringen sie einander noch um.«

»Das werden sie nicht.«

Schließlich kam Antoine aufgebracht heraus, während Jon im Zimmer blieb und auf der Couch einschlief. Am nächsten Tag schieden sie fast als Freunde, herzlicher jedenfalls als sonst. Antoine hatte sogar versprochen, Jon in der Bank anzurufen, falls er nach New York käme, etwas, was er noch nie vorgeschlagen hatte. Sabrina hatte sich nicht genug wundern können. Sie hatte André recht geben müssen.

»Männer sind sonderbare Wesen.« Sie hatte sich von ihrer Verwunderung noch nicht erholt, als sie vom Bahnhof zurückkamen. »Gestern dachte ich, sie würden einander umbringen.«

Der Sommer wurde sehr betriebsam. Der Wein gedieh prächtig, und Antoine und André beaufsichtigten im Herbst voller Stolz die Weinlese. Kurz danach feierte Dominique ihren zweiten

Geburtstag. Dann kam Weihnachten, und Jon verbrachte die Feiertage wieder mit den Blakes in Palm Beach. Antoine erwähnte Arden nicht ein einziges Mal mehr, und plötzlich war es Frühjahr und wieder Sommer. Im Juli rief Jon an, um seinen Besuch für den nächsten Monat anzukündigen. Er wollte um den achtzehnten August kommen. Warum er nicht so recht mit der Sprache herauswollte, konnte Sabrina nicht verstehen, bis er dann aus dem Zug stieg und sie hinter ihm eine hinreißende blonde Schönheit sah. Beim Näherkommen erlebte sie einen zweiten Schock. Es war die nunmehr erwachsene einundzwanzigjährige Arden Blake, die Sabrina seit zwei Jahren nicht mehr gesehen hatte. Diese zwei Jahre hatten Arden völlig verändert. Sie war atemberaubend schön, hatte eine elegante, anspruchsvolle Frisur und war perfekt zurechtgemacht, viel schlanker als früher und in diesem Punkt jetzt Jon ähnlicher. Seite an Seite waren sie ein auffallendes Paar. Im Wesen war Arden so reizend wie früher.

»Na, was sagst du zu meiner Überraschung?« Beim Dinner in Thurston House blickte Jon lächelnd von seiner Mutter zu Arden. Sogar Antoine war nach San Franzisko mitgekommen, und Sabrina hatte bemerkt, daß er Arden mehr als einmal mit einem forschenden Blick bedachte. Bei Tisch gab er sich sehr reserviert. Sicher war der Abend für ihn nicht ganz einfach.

»Ich freue mich sehr. Wir haben Arden hier leider viel zuwenig zu Gast gehabt.« Sie sah das Mädchen voller Wärme an, und Arden errötete, ein Zeichen der Unschuld, das ganz im Gegensatz zu ihrem betont verführerischen schwarzen Kleid stand, das von ihren weißen Brüsten gerade so viel frei ließ, daß es nicht anstößig wirkte. Antoine machte ihre Anwesenheit schwer zu schaffen, während Jon von alldem nichts zu bemerken schien. Sabrina hoffte inständig, daß er nicht mit Arden schlief, obwohl sie nicht zu sagen gewußt hätte, warum.

»Mutter, wir haben noch eine Überraschung für euch.« Jon grinste, und Arden sah ihn atemlos an, während Sabrina fast das Herz stillstand. Plötzlich wußte sie, was kommen würde, und sie warf verstohlen einen Blick zu Antoine hin, von dem verzweifelten Verlangen getrieben, ihn zu schützen. Jon bemerkte ihren Blick und fuhr fort: »Wir wollen nächsten Juni heiraten. Eben haben wir uns verlobt.« Sabrinas Blick wanderte zu Ardens linker Hand. Arden drehte wortlos einen wunderschönen Saphir- und Diamantring, den sie innen an der Handfläche getragen hatte, nach außen. Bis zu Jons Ankündigung hatte sie ihn versteckt. Jetzt strahlte sie. »Seid ihr einverstanden?« hörte man Jon fragen.

Sabrinas Schweigen dauerte einen Sekundenbruchteil zu lange. Sie wußte nicht, was sie sagen sollte. André sprang in die Bresche. »Natürlich sind wir einverstanden. Wir freuen uns mit euch.« Bei der Hochzeit würde sie zweiundzwanzig und Jon siebenundzwanzig sein. Antoine war endgültig aus dem Rennen. Er ließ sich nichts anmerken, als er ihnen zutrank. Er war es, der eine Flasche edlen Champagners aus eigenen Lagen holte.

»Ich wünsche euch Glück und ein langes Leben mit ewiger Liebe... gute gemeinsame Jahre...«

»Wir schließen uns den Glückwünschen an!« sekundierte André dem gewandten Trinkspruch seines Sohnes, und Sabrina bemühte sich, ihre Panne gutzumachen, doch der Abend entwickelte sich für sie zu einer großen Kraftprobe. Sie war erleichtert, als sich alle endlich auf ihre Zimmer zurückzogen und sie mit André allein war. Jetzt konnte sie offen sagen, was sie von der Sache hielt.

»Antoine hatte recht.« Genau das hatte er vorausgesehen. Ebenso hatte er eine Scheidung in spätestens fünf Jahren prophezeit, und Sabrina befürchtete, daß er auch in diesem Punkt recht behalten würde. Auch wenn die beiden rein äußerlich ein ideales Paar abgaben, wußte Sabrina, daß ihre Verbindung ein Irrtum war, und das sagte sie André. »Er liebt sie nicht, das weiß ich. Ich lese es in seinen Augen.«

»Sabrina, du kannst dagegen nichts unternehmen.« Er sah sie eindringlich an. »Am vernünftigsten ist es, wenn man dem Schicksal seinen Lauf läßt. Wenn es ein Irrtum ist, sollen sie es selbst herausfinden. Außerdem heiraten sie erst in zehn Monaten. Das ist der Sinn einer Verlobung. Und mit zurückgegebenen Verlobungsringen könnte man Straßen pflastern.«

»Hoffentlich gehen ihr rechtzeitig die Augen auf, und sie gibt ihm den Ring zurück.«

Sie hoffte es noch inständiger, als sie wenig später hörte, Jon wäre wieder mit Tänzerinnen ausgegangen. Es war sinnlos, wenn sie ihm Vorhaltungen deswegen machte. Er hatte ihr gesagt, er wolle mit ein paar alten Freunden ausgehen. Arden hatte zu Hause bleiben müssen. Aber Sabrina billigte sein Verhalten nicht. Er hatte sich nicht geändert. Auch Antoine und dessen Gefühle für Jons Verlobte waren unverändert. Wenn er sie ansah, flammte etwas in seinen Augen auf, und es sah so aus, als wüßte sie Bescheid. Ihre Blicke trafen sich, hielten einander fest, und sie mußte sich losreißen. Der größte Schock kam am dritten September, dem Tag vor Ardens Rückkehr nach New York. Antoine brachte die Nachricht nach Hause. Er war bei einer Besprechung in der Stadt gewesen und hatte auf der Rückfahrt im Auto Radio gehört. In Europa war Krieg. Als er Thurston House betrat, stand Sabrina wie angewurzelt da. Sie hatte es auch eben gehört.

»Antoine...« Ohne daß er ein Wort gesagt hätte, fing sie zu weinen an, und als André hinter seinem Sohn das Haus betrat, tat er es mit finsterer Miene.

»Habt ihr es schon gehört?« Eine überflüssige Frage. Beide nickten und starrten ihn in Erwartung des Entsetzlichen an.

André sorgte für eine Überraschung, als er seinen Sohn bat: »Bitte, geh nicht.« Er sagte es mit brüchiger Stimme und voller Angst. Er war zu Tode erschrocken, als er die Nachricht hörte, und hatte sich beeilt, nach Hause zu kommen, um seinen Sohn zurückzuhalten. Er konnte ihn nicht in den Krieg ziehen lassen... seinen Jungen... Er blickte ihn aus tränenverhangenen Augen an, und Antoine umarmte ihn. Da kam Arden leise die Treppe herunter. Antoine bemerkte sie als einziger. Sabrina wußte nachher nicht mehr, wem seine Worte galten:

»Ich muß gehen. Ich muß einfach... wie könnte ich hierbleiben und wissen, was drüben vor sich geht?«

»Warum nicht? Hier ist ebenso deine Heimat«, wandte Sabrina ein.

»Aber Frankreich ist mein Vaterland. Dort wurde ich geboren.«

»Du wurdest mir geboren.« Es war ein angsterfülltes Flehen. Zum erstenmal, seit sie ihn kannte, kam André Sabrina alt vor. »Mon fils...« Ungehemmt liefen ihm Tränen übers Gesicht. Auch Arden weinte, wie Sabrina bemerkte. Ihre Augen hingen an Antoine, der auf sie zuging und ihr Gesicht berührte.

»Eines Tages werde ich dich wiedersehen.« Seufzend wandte er sich an André und Sabrina. »Das Konsulat habe ich schon angerufen. Man sagte, daß ich schon heute abend mit einem Zug nach New York fahren könne. Von dort nehme ich ein Schiff. Andere sind auch schon unterwegs.« Und mit einem Blick zu seinem Vater setzte er hinzu: »Je n'ai pas le choix, Papa.« Ich habe keine andere Wahl. Es ging um seine Selbstachtung. Das ging allein auf Andrés Schuldkonto, weil er ihn zu idealistisch erzogen hatte, ihm zuviel Integrität und Stolz beigebracht hatte. Antoine wäre es nie eingefallen, sich hier bei ihnen zu verkriechen, sechstausend Meilen von der Heimat entfernt, die ihn brauchte.

Von da an wurde alles zu einem Alptraum. Abends brachten sie ihn an den Zug, nachdem er eilig gepackt hatte. Zwei Stunden lang besprach er mit André die geschäftlichen Belange, die er ihm nun übergeben mußte, und entschuldigte sich dabei ständig, daß er ihn im Stich ließ, doch war er nicht gewillt, auch nur einen einzigen Tag länger zu warten. Jon, der das für dumm hielt, machte aus seiner Meinung kein Hehl.

»Warum wartest du nicht bis morgen und fährst mit uns in einem anständigen Zug? Was verlierst du denn dabei?«

»Zeit. Man braucht mich jetzt und nicht, nachdem ich mich vier Tage lang vollgefressen und im Salonwagen Karten gespielt habe. Mein Land befindet sich im Krieg.«

Das brachte ihm einen ironischen Blick Jons ein. »Die werden warten können. Man wird den Krieg nicht beenden, nur weil du eine Woche später kommst.«

Aber Antoine fand das keineswegs witzig und die anderen auch nicht, als sie ihn um zwei Uhr morgens an den Zug brachten und zusahen, wie er mit einem Häufchen Gleichgesinnter einstieg. Man hörte viel Französisch, sah ein Meer von Gesichtern und viele Tränen. Und als sie ihm Lebwohl sagten, lag plötzlich Arden in Antoines Armen. Er küßte sie auf die Wange und schenkte ihr einen tiefen Blick.

»Sois sage, mon amie.« Diese Worte ließen sich mit ›sei gut‹ oder ›sei klug‹ übersetzen, für Arden ein interessanter Rat angesichts der Entscheidung, vor die sie sehr bald gestellt sein würde. Verzweifelt sah sie ihm nach und rief seinen Namen, als der Zug sich in Bewegung setzte. Jon nahm ihren Arm und zog sie mit sich zum Wagen. André blieb stehen und weinte sich in Sabrinas Armen aus. Dominique hatten sie zu Hause gelassen. Mit ihren drei Jahren hätte sie das alles ohnehin nicht verstanden.

»Nie hätte ich gedacht, daß er wirklich gehen würde, obwohl er ständig davon redete...« André war untröstlich und weinte sich die ganze Nacht in ihren Armen aus. Und am nächsten Tag, als Jon sich verabschiedete, gab es wieder Abschiedsschmerz. Es war, als würde die Familie an einem einzigen Tag zerschlagen. Als Sabrina Arden zum Abschied küßte, weinten beide, ohne zu wissen, warum. Sie weinten um Antoine, Worte waren überflüssig. Und dann küßte Sabrina Jon.

»Gebt acht auf euch und kommt bald wieder...« André ging nicht mit auf den Bahnhof. Es wäre für ihn zuviel gewesen. Als sie abends zurück nach Napa fuhren, saß Sabrina am Steuer, und André äußerte auf der ganzen Fahrt kein einziges Wort.

Am Abend vor seiner Einschiffung rief Antoine sie aus New York an. Dann hörten sie vier Monate lang nichts mehr von ihm. Erst im Januar kam Nachricht – es gehe ihm gut und er sei nicht in Gefahr, weil er vorübergehend der RAF in London zugeteilt war. Seine Bewunderung für General de Gaulle, von dem er in schwärmerischem Ton schrieb, kannte keine Grenzen. Sabrina lief täglich zum Postkasten, Dominique hinter sich, die sich an ihre Röcke klammerte. War ein Brief von Antoine gekommen, dann liefen sie doppelt so schnell wieder ins Haus zu André. Solange Briefe von ihm kamen, war alles in Ordnung. Und doch lebten sie in ständiger Angst.

Dagegen verblaßte sogar Jons und Ardens Hochzeit in New York, an der André und Sabrina natürlich teilnahmen. Bill Blake fungierte als Trauzeuge, Dominique war Blumenmädchen. Es war eine sehr elegante Hochzeit mit zwölf Brautjungfern samt Kavalieren und fünfhundert Gästen. Es war der erste Sonntag im Juni, die Trauung fand in der St. Patricks Cathedral statt, aber Sabrina war während der ganzen Zeremonie nicht bei der Sache. Sie war in Gedanken bei Antoine, voller Sorge, wie es ihm gehen mochte und wo er im Moment stationiert war. Sie hatte das Gefühl, es wären schon Jahre seit dem Abschied vergangen.

Als dann ein Brief kam, in dem er schrieb, er würde in drei Monaten auf Urlaub kommen, ließ sich Sabrina in einen Sessel fallen und weinte vor Erleichterung. Seit dreizehn Monaten war er fort, und er hatte überlebt. Jetzt war er mit de Gaulle in Nordafrika, es bestand eine echte Chance, daß er nach Hause kommen konnte, leider nur für einige Tage. Mit etwas Glück würde er zu Dominiques viertem Geburtstag zurechtkommen.

Er schaffte es tatsächlich. Die Freude war groß, und irgendwie war der Abschied diesmal nicht mehr so schlimm, weil auch André nicht mehr so niedergeschlagen war. Sie hatten das Gefühl, daß sie noch lange nach Antoines Abschied von seiner Aura umgeben waren. Während seines Besuches war viel von geschäftlichen Angelegenheiten gesprochen worden, er hatte mit Dominique ständig herumgeschäkert und gespielt und ihnen vom Krieg erzählt und von seiner Verehrung für de Gaulle.

»Ihr werdet sehen, sehr bald werden die Amerikaner auch im Krieg sein«, prophezeite er.

»Roosevelt behauptet etwas anderes«, wandte Sabrina ein.

»Er lügt. Roosevelt rüstet für den Krieg, du wirst schon sehen.«

Sie lächelte. »Noch immer ganz groß im Voraussagen, Antoine?«

»Ja, aber nicht alle bewahrheiten sich«, erwiderte er ihr. »Aber in diesem Fall behalte ich recht.«

Er fragte auch nach Arden und Jon, ohne daß sie seiner Miene etwas hätten entnehmen können. Der Krieg, de Gaulle und alles, was damit zusammenhing, füllte ihn total aus. Sie sagte ihm, wie schön die Hochzeit gewesen sei, die allein der Umstand getrübt hätte, daß diesmal der gewohnte Besuch bei Amelia ausgefallen war. Amelia war einige Monate nach Dominiques Geburt im gesegneten Alter von zweiundneunzig nach einem langen, erfüllten und glücklichen Leben gestorben. Sabrina fehlte die alte Freundin sehr.

Auf der Rückfahrt beabsichtigte Antoine, Arden und Jon in New York zu besuchen, es zeigte sich aber, daß die Zeit zu knapp war. Sein Urlaub wurde überraschend verkürzt, er mußte sich drei Tage früher als geplant einschiffen, in der Nacht, auf einem Truppentransporter. So kam es, daß er nur für einen Anruf Zeit hatte, bei dem er mit Arden sprach, da Jon nicht zu Hause war.

»Er ist mit Bill bei einem Geschäftsessen. Er wird sehr bedauern, daß er deinen Anruf versäumt hat.« Sie verspürte den Wunsch, ihm zu sagen, wie sehr sie sich über seinen Anruf freute, aber als verheiratete Frau mußte sie auf ihre Worte achten. »Gib schön acht auf dich. Wie geht es Sabrina und André?«

»Danke, sehr gut. Sie stecken bis über beide Ohren in Arbeit, wie du dir denken kannst. Aber das Wiedersehen war wunderbar. Dominique ist übrigens sehr gewachsen.« Er lachte, während er sich Ardens Gesicht vorstellte, und sie schloß die Augen, dankbar, daß er noch am Leben war.

Sie dachte sehr oft an ihn, obwohl sie mit Jon glücklich war, überzeugt, die richtige Wahl getroffen zu haben. Die Hochzeit lag nun vier Monate zurück, und Arden hoffte inständig, bald schwanger zu werden.

»Du hättest Dominique bei der Hochzeit sehen sollen. Sie war zu niedlich.« Der Gedanke an Ardens Hochzeit schmerzte Antoine noch immer. Er mußte das Gespräch beenden, da andere vor der in der Nähe des Schiffes installierten Telefonzelle warteten.

»Sag Jon, ich hätte angerufen.«

»Mach' ich... gib acht...« Nachdem er aufgelegt hatte, saß sie lange da und starrte den Apparat an. Am liebsten wäre sie aufgeblieben und hätte auf Jon gewartet, aber wie immer, wenn er mit ihrem Bruder aus war, würde er nicht vor drei Uhr morgens kommen.

Am nächsten Tag berichtete sie ihm von Antoines Anruf, doch er hörte ihr gar nicht richtig zu, da er schreckliche Kopfschmerzen hatte. »Der Kerl ist verrückt, daß er sich in diese Position gebracht hat«, lautete sein einziger Kommentar. »Gottlob ist unsere Regierung nicht so dumm.«

»Frankreich hatte wohl keine Wahl.« Arden ärgerte sich, weil er dummes Zeug redete.

»Mag sein, aber unser Land hat eine Wahl. Wir werden klüger sein als diese Franzosen.« Diese Ansicht äußerte er auch im darauffolgenden Jahr in Napa. Sabrina hätte ihm am liebsten richtig den Kopf gewaschen.

»Jon, mach dir lieber nichts vor. Meiner Meinung nach hat Roosevelt den Kopf voller Mist, und falls der Krieg nicht in einem Jahr beendet ist, stecken wir mittendrin.«

»Ach, den Teufel werden wir.« Er hatte dem Wein stark zugesprochen. Es war der alljährliche Besuch, und Jon war diesmal sehr froh, daß er gekommen war. Arden, die im Juni eine Fehlgeburt gehabt hatte, litt unter Depressionen und tat, als wäre die Welt untergegangen. »Es war doch nur ein Baby... eigentlich nicht einmal das.« Aber Arden hatte sich nicht trösten lassen. Sabrina konnte ihr gut nachfühlen, wie ihr zumute war. Sie wußte noch, wie sie sich nach der Fehlgeburt gefühlt hatte. Und es hatte vorher und nachher sehr lange gedauert, bis sie wieder schwanger wurde.

»Du wirst darüber hinwegkommen... sieh mich an, ich hatte nachher noch Jon und Dominique.« Arden und Sabrina tauschten ein Lächeln und sahen zu der Kleinen hin, die mit einem jungen Hund auf dem Rasen herumtollte. Dominique war fast fünf, das ein und alles ihrer Eltern. Wie vorausgesagt, war sie die große

Freude ihres Lebens geworden. »Du wirst sicher bald ein Baby bekommen. Aber anfangs ist es schwer, das weiß ich. Warum verschaffst du dir nicht eine Betätigung?«

Arden reagierte mit einem Achselzucken. Ständig war sie den Tränen nahe. Sie wollte keine Beschäftigung, sie wollte nichts weiter als wieder schwanger werden, aber Jon war so selten zu Hause, und wenn, dann war er entweder betrunken oder müde. Daß er daneben alles andere als mitfühlend und hilfreich war, wollte sie seiner Mutter nicht sagen.

»Du mußt Geduld haben. Bei mir hat es bis zur nächsten Schwangerschaft zwei Jahre gedauert. Bei dir geht es rascher.«

Arden zwang sich zu einem Lächeln, überzeugt war sie nicht. Noch immer sah sie aus, als wäre die Welt für sie untergegangen. Jon ließ sie regelmäßig in Napa, wenn er nach San Franzisko fuhr, um Freunde zu besuchen. Sabrina fand das schändlich.

»Macht er das oft?« fragte sie Arden einmal ganz offen. Diese nickte nach kurzem Zögern. Sie war noch hübscher und schlanker geworden, zu schlank beinahe. Aber viel hübscher als die Fotomodelle, hinter denen Jon her war.

»Er geht mit Bill sehr oft aus. Mein Vater hat sich Bill deswegen vorgeknöpft. Er glaubt wohl, wenn Bill nicht ausginge, würde Jon sich benehmen«, sie sah ihre Schwiegermutter um Entschuldigung heischend an, aber Sabrina drängte sie weiterzusprechen, »aber die beiden sind schon so lange befreundet, daß man sie nicht mal für einen einzigen Abend auseinanderbringen kann. Wenn Bill sich zur Ehe entschließen könnte, wäre es sicher einfacher, aber er sagt, er würde nie heiraten.« Sie lächelte Sabrina zu. »So wie er es treibt, stimmt es wahrscheinlich.«

»Der Unterschied liegt darin, daß Jon verheiratet ist. Hat ihm das noch niemand klarmachen können?« äußerte sie sich abends zu André, er aber wollte sich nicht hineinziehen lassen.

»Er ist erwachsen, Sabrina, erwachsen und verheiratet. Schon als Junge hat er es vehement abgelehnt, wenn ich mich einmischte. Jetzt wäre es noch viel weniger angebracht, daß ich zu ihm etwas sage.«

»Dann werde ich es tun.«

»Das ist deine Sache.«

Als sie sich dazu aufraffte, war Jon außer sich. »Hat Arden dir etwas vorgejammert? Eine richtige Landplage ist sie. Ihr Bruder hat recht. Sie ist ein verwöhnter, wehleidiger Fratz.« Jon war wütend und litt zudem an einem Kater.

»Sie ist ein warmherziges, anständiges und liebes Mädchen, und sie ist deine Frau.«

»Das weiß ich, glaube mir.«

»Ach? Und wann pflegst du nachts nach Hause zu kommen?«

»Was soll das? Willst du über mich den Stab brechen? Was geht dich das alles an?«

»Ich mag Arden sehr gern, darum geht es. Und du bist mein Sohn, und ich weiß, was für ein Ekel du sein kannst, du mit deiner Vergnügungssucht, deiner ewigen Jagd auf Mädchen. Du bist jetzt verheiratet. Benimm dich endlich entsprechend. Vor ein paar Monaten warst du nahe daran, Vater zu werden ... «

Er unterbrach sie. »Das war nicht meine Idee. Es war Ardens Fehler.«

»Du wolltest das Kind nicht?« Das sagte sie ganz ruhig und mit einem Anflug von Traurigkeit. Ob Antoine recht behalten sollte? Die Ehe entwickelte sich nicht sehr vielversprechend.

»Nein. Ein Kind wünsche ich mir so dringend wie einen lahmen Gaul. Großer Gott, ich bin erst siebenundzwanzig, wir haben noch massenhaft Zeit.« In gewisser Weise war das richtig, aber Arden sehnte sich nach einem Kind. Und plötzlich konnte Sabrina mit der Frage nicht zurückhalten, die sie bedrückte.

»Bist du glücklich mit Arden?«

Jon sah seine Mutter argwöhnisch an. »Hat sie dich gedrängt, mich zu fragen?«

»Nein, warum?«

»Ach, es hört sich an wie ihre ewige Fragerei. Immer will sie so dämliche Sachen wissen. Glücklich ... was weiß ich? Ich bin mit ihr verheiratet. Genügt das nicht?«

»Vielleicht will sie mehr. Eine Ehe ist nicht nur eine Formalität. Es gehören dazu Zuneigung, Verständnis, Geduld und Zeit. Wieviel Zeit verbringst du mit ihr?«

Er zog die Schultern hoch. »Nicht sehr viel. Ich habe auch noch anderes zu tun.«

»Was denn? Andere Mädchen?«

In seinem Blick lag Aufsässigkeit. »Vielleicht, und wenn schon. Es tut ihr nicht weh. Für Arden bleibt genug übrig. Schließlich habe ich sie geschwängert, oder nicht?« Seine Einstellung verursachte ihr Übelkeit.

»Warum hast du sie geheiratet?«

»Das habe ich dir schon vor langer Zeit erklärt.« Er sah Sabrina jetzt ohne Wimpernzucken an. »Sie war mein Garantieschein für den Erfolg. Solange ich mit Arden verheiratet bin, ist mir eine Lebensstellung sicher.«

Seine Worte brachten sie fast zum Heulen. »Ist das deine wahre Meinung?«

Achselzuckend wandte er sich ab. »Arden ist ganz nett. Und sie war immer schon verrückt nach mir, das weiß ich.«

»Und welche Gefühle bringst du ihr entgegen?«

»Dieselben wie jedem anderen Mädchen, mal mehr, mal weniger.«

»Das also ist es?« Sie starrte ihn an, von der Frage bewegt, wer das war, der vor ihr stand? Dieser grauenhafte, gefühllose, selbstsüchtige, rücksichtslose Mensch, den sie einmal in ihrem Leib getragen hatte? Wer war er jetzt?... Er ist Camille, sagte eine innere Stimme... aber er war auch ein Teil Sabrinas... und doch, er hatte kein Herz. »Du hast einen großen Fehler gemacht«, sagte sie leise. »Arden verdient etwas Besseres.«

»Ach was, sie ist glücklich genug.«

»Nein, ist sie nicht. Sie ist einsam und traurig. Vermutlich weiß sie, daß sie dir nicht mehr bedeutet als ein Paar alter Schuhe.«

Er senkte den Blick, um sie dann wieder anzusehen. Was gab es dazu zu sagen? »Also, was soll ich tun? So tun als ob? Sie hat mich gut gekannt, als sie mich zum Mann nahm.«

»Sie war ein törichtes Ding. Dafür zahlt sie einen hohen Preis.«

»So ist das Leben, Mutter.« Mit einem schiefen Grinsen stand er auf. Einmal mehr fiel Sabrina auf, was für ein gutaussehender Mann Jon war. Aber das genügte nicht, und sie bedauerte Arden jetzt noch mehr als zuvor. Als sie die beiden an den Zug brachte, hielt sie Arden zum Abschied lange umfangen.

»Ruf mich an, wenn du mich brauchst...« Sie sah ihr in die Augen. »Denk daran, daß ich immer für dich da bin. Du kannst immer zu mir kommen.«

Ihre Aussprache mit Jon hatte ihr so zu denken gegeben, daß sie die beiden drängte, über Weihnachten zu kommen. Aber Jon zog es vor, nach Palm Beach zu gehen, dort war es amüsanter, und vor allem hatte er dort Bill als getreuen Kumpan für alle Vergnügungen zur Verfügung. San Franzisko war ihm schon lange stinklangweilig. Nach Boston, Paris, Palm Beach und New York erschien es ihm reichlich provinziell. Aber Arden, die alle diese Orte sehr gut kannte, wäre viel lieber mit Sabrina, André und Dominique zusammengewesen.

»Wir werden sehen.« Arden klammerte sich an Sabrina, während ihr die Tränen über die Wangen liefen. Und dann fuhr der Zug los, und Sabrina spürte noch lange eine drückende Last auf der Brust, wenn sie an das Gespräch mit Jon dachte. Es mußte einige Zeit vergehen, ehe sie André ihre Ängste eingestand. Er war sehr erschrocken.

»Antoine hatte recht«, sagte sie verbittert.

»Das habe ich befürchtet. Er hätte um sie kämpfen sollen.«

»Vielleicht hatte er auch in diesem Punkt recht. Er wäre unterlegen. Sie war verrückt nach Jon.«

»Dieser Irrtum wird ihr ganzes Leben ruinieren.« Es war schlimm, wenn eine Mutter so etwas sagen mußte, doch war es das, was sie fühlte. »Ich kann nur hoffen, daß sie nicht wieder schwanger wird. Es wäre besser für sie. Wenn sie dann eines Tages ihren Irrtum erkennt, kann sie ohne Kind von neuem beginnen.«

Es war traurig, sich zu wünschen, die Schwiegertochter möge sich vom eigenen Sohn trennen, aber so war es eben. Als Antoine wieder auf Urlaub kam, sagte sie kein Wort von Ardens Problemen. Diesmal versäumte er Dominiques Geburtstag ganz knapp. Er kam Ende November und blieb eine Woche. Auf der Fahrt zum Bahnhof hörten sie übers Autoradio vom Überfall auf Pearl Harbor.

»Mein Gott ... « Sie hielt an und starrte Antoine an. Sie waren allein im Auto. André begleitete ihn nicht mehr zum Zug, es war zu schmerzlich für ihn. »Mein Gott ... was bedeutet das?« Sie wußte es ohnehin. Es bedeutete Krieg, und für sie bedeutete es Jon. Antoine sah sie traurig an.

»Es tut mir leid, Maman ... « Von Tränen gewürgt nickte sie und startete wieder. Antoine durfte den Zug nicht verpassen, obwohl sie es sich insgeheim mehr als alles andere wünschte. Wohin steuerte diese Welt? Die ganze verdammte Welt führte Krieg, und sie hatte zwei Söhne, denen ihre Sorge galt, einen in Nordafrika mit de Gaulle, und Gott mochte wissen, wo Jon landen würde.

Nach wenigen Tagen wußten sie es. Nachdem sie sich am Tag des Angriffs betrunken hatten, war er mit Bill Blake hingegangen und hatte sich freiwillig gemeldet. Jon war außer sich gewesen. Bill kam in das nur wenige Meilen entfernte Fort Dix, während Jon in San Franzisko landete und dort auf den weiteren Marschbefehl warten mußte. Er brachte Arden mit, die bei Sabrina und André blieb, während er schon auf der Basis stationiert war.

»Wenigstens können wir Weihnachten diesmal zusammen verbringen.« Doch Jon schien diese Aussicht nicht zu behagen. Er war bei seiner Ankunft sehr mißmutig, verärgert über alles. Sein Freund Bill fehlte ihm. Das alles ließ er an seiner Frau aus, sogar am Weihnachtsabend, den sie in Thurston House verbrachten. Er benahm sich so unmöglich, daß Arden in Tränen aufgelöst vom Tisch aufstand und er aufgebracht seine Serviette zu Boden warf. »Sie macht mich noch ganz krank!« Aber nicht mehr lange, denn vier Tage später war sein Marschbefehl da, und am Tag darauf lief sein Schiff aus.

Sabrina, Arden, André und Dominique standen am Pier inmitten einer dichtgedrängten Menschenmenge in Abschiedsstimmung. Tränen flossen, man hörte Schluchzen, Taschentücher und Wimpel wurden geschwenkt, eine Musikkapelle spielte. Alles war irgendwie unwirklich... wie ein Spiel... ›Laßt uns so tun als ob‹, aber dieses Vortäuschen hatte ein Ende, als sie ihn zum Abschied küßten.

Sabrina hielt seinen Arm fest. »Jon, ich hab' dich lieb.« Das hatte sie sehr lange nicht gesagt, und er war kein Mensch, bei dem einem diese Worte leichtfielen, aber trotz allem wollte sie, daß er es wußte.

»Ich hab' dich auch lieb, Mom.« In seinen Augen standen Tränen, und dann sah er seine junge Frau mit unwiderstehlich schiefem Lächeln an. »Gib acht auf dich, Kindchen. Ich schreibe dir auch ab und zu.«

Sie lächelte unter Tränen und hielt ihn fest. Es schien ihnen unglaublich, daß er von ihnen gehen sollte, aber dann sahen sie, wie das Schiff ablegte. Arden schluchzte hemmungslos in Sabrinas Armen. André, der Dominique auf den Armen trug, sah auf die beiden Frauen nieder. In Gedanken war er bei seinem Sohn, der so fern war. Schreckliche Zeiten für alle. Er konnte nur hoffen und darum beten, daß beide unversehrt zurückkämen.

»Kommt, wir wollen nach Hause«, mahnte er sie. Arden hatte sich entschlossen, eine Zeitlang bei ihnen zu bleiben. Wieder in Thurston House, kamen sie sich vor wie in einer Gruft, so daß sie noch am selben Tag nach Napa fuhren. Dort war das Leben erträglicher. Die Landschaft war so lieblich, das Gras so frisch und der Himmel so blau, daß man sich hier kaum vorstellen konnte, daß es mit der Welt nicht zum Besten stand.

Hier war es auch, wo sie fünf Wochen nach Jons Abschied das Telegramm bekamen. Ein Mann in Uniform klopfte an die Haustür und übergab es André. Dieser spürte, wie sein Herz auszusetzen drohte. Dennoch riß er es auf, von Tränen geblendet, so daß er den Namen nicht lesen konnte. »Jonathan Thurston Harte... wir bedauern zutiefst, Ihnen mitteilen zu müssen, daß Ihr Sohn gefallen ist...« Der Laut, den Sabrina ausstieß, war ein tierischer Aufschrei, ähnlich dem Schrei, den sie bei Jons Geburt vor siebenundzwanzig Jahren ausgestoßen hatte. Jon verließ diese Welt, wie er gekommen war, mitten durch das Herz seiner Mutter, die durchdringend aufschrie und bei André Halt suchte. Arden stand wie versteinert da, bis Sabrina zu ihr ging und sie in die Arme nahm. Die drei hielten einander lange umfangen. Auch Dominique weinte. Sie verstand schon alles. Ihr Bruder war tot und würde nie wiederkommen.

»Welcher Bruder?« fragte sie André, weil sie nicht wußte, welcher der beiden gemeint war.

»Jon, mein Liebling . . . . dein Bruder Jon.« André nahm sie auf den Schoß und tröstete die Kleine. Er fühlte sich von Schuldgefühlen bedrückt, weil es Jon getroffen hatte und nicht Antoine und weil er erleichtert war, daß es nicht ihn getroffen hatte. Den ganzen Tag über konnte er Sabrina nicht ansehen, so elend fühlte er sich, aber sie las es in seinem Blick, da sie ihn gut kannte.

»Sieh mich nicht so an.« Ihr Gesicht war vom stundenlangen Weinen zur Unkenntlichkeit entstellt. »Nicht du hast die Entscheidung getroffen. Das hat Gott getan.«

Auf diese Worte hin kam er weinend zu ihr und betete darum, daß Gott nicht noch einmal eine Entscheidung träfe. Den Verlust Antoines hätte er nicht ertragen. Vielleicht hatte es Jon getroffen, weil Sabrina stärker war als er. Aber wie immer man es drehte und wendete, es war sinnlos. Der Herr gab, der Herr nahm, und er gab und nahm immer wieder, scheinbar ohne Zweck und Ziel.

34

»Was hast du für heute vor?« Sabrina warf Arden, die mit Dominique spielte, einen Blick über die Schulter zu. Arden hatte sich entschlossen zu bleiben. Sie war einfach nicht mehr nach Hause gefahren. Jetzt war sie schon fünf Monate bei ihnen in Napa. Es war Juni 1942, und Antoine wurde im Juli erwartet. Er hatte nach einer leichten Verwundung am linken Arm Urlaub bekommen. Sie alle waren erleichtert, daß er jetzt de Gaulles Stab zugeteilt und damit nicht mehr unmittelbarer Gefahr ausgesetzt war. »Kommst du mit nach San Franzisko, oder bleibst du lieber hier?«

Arden überlegte. »Ich komme mit.« Sie lächelte ihrer Schwiegermutter zu, mit der sie eine große Zuneigung verband. »Was hast du dort vor?«

»Ach, einiges im Haus ...« Sie wollte sie jetzt nicht aufregen, weil Arden sich recht gut erholt hatte. Nach Jons Tod hatte sie entdeckt, daß sie schwanger war. Diesmal war die Fehlgeburt fast unmittelbar danach erfolgt. »Vielleicht hat es nicht sein sollen.« Schwierige Worte ... schwierig, sie anzuhören und auszusprechen. Sabrina hätte sich über Jons Kind gefreut ... ihr Enkelkind, aber zum Weinen war es zu spät. Langsam erholten sie sich alle von dem Schlag. Noch immer ging die Sonne täglich auf, die Hügel waren grün, die Trauben reiften prächtig, das Leben nahm seinen gewohnten Gang. Nach einer gewissen Zeit ließ der Schmerz nach. Sehr lange hatte Sabrina das Gefühl gehabt, nur dahinzutaumeln, aber André hatte ihr geholfen, und dann hatte sie Dominique, die ihr Freude und Liebe schenkte, und ebenso Arden.

»Nachricht von Antoine?« Arden fragte es gleichmütig auf der Fahrt in die Stadt. Sie hielt die schlafende Dominique auf dem Schoß. Die Kleine liebte Autofahrten, und ganz besonders liebte sie Tante Arden, wie sie sie zu nennen pflegte.

»Nicht viel. Es geht ihm gut. Ein paar Episoden mit de Gaulle«, sie zog die Brauen zusammen, »aber das habe ich dir ohnehin gezeigt. Er kommt wie geplant.«

Arden sah hinaus auf die vorübergleitende Landschaft und dann wieder auf das schlafende Kind in ihrem Arm. »Er ist ein ganz besonderer Mensch.« Es war das erste Mal seit Jons Tod, daß sie von Antoine sprach. Sabrina hatte sich schon gefragt, ob sie unter Schuldgefühlen litt. Jon war sehr gemein zu ihr gewesen, das war nicht zu leugnen. Vielleicht hatte sie ihm einige Male sogar den Tod gewünscht. Und als er dann gefallen war, hatte sie es bitter bereut... »Es ist lange her, da hätte ich mich in Antoine fast verliebt.«

Sabrina lächelte unmerklich. »Ich weiß.« Und dann wagte sie sich auf ein heikles Gebiet vor. »Ich glaube, Antoine war damals auch in dich verliebt.«

Arden nickte. »Ja. Aber ich war so verrückt nach Jon.«

»Antoine hatte dafür Verständnis. Er sagte voraus, daß du Jon heiraten würdest – lange ehe es dazu kam.«

»Ach?« Arden staunte. »Woher wollte er das wissen?«

Sabrina mußte lachen. »Du sagst selbst, daß er ein besonderer Mensch ist.« Die beiden Frauen tauschten ein Lächeln. Sie fuhren über die neue Brücke in die Stadt. Sabrina liebte die Golden Gate Bridge. Sie dachte an die Tage der Dampfschiffe und Züge... wie schnell die Zeit vergangen war... Worauf lief alles hinaus? Und warum so schnell? Warum hatte man nicht mehr Zeit? Aber diese Gedanken führten sie wieder zu Jon. Er war auch der Grund für ihre Fahrt in die Stadt. Sie wollte das Anbringen der Tafel überwachen.

Seitlich an der Hausmauer befand sich eine kleine Nische, die schon ihr Vater hatte einfügen lassen. Er hatte ihr gesagt, was er plante, und sie hatte es für ihn getan und für John Harte... und jetzt für Jon... für alle, die in Thurston House gelebt hatten, damit niemand in Vergessenheit geriet.

Die Handwerker erwarteten sie bereits, als sie eintraf. Sabrina zeigte Arden die schöne, nicht sehr große Bronzetafel. Gemeinsam gingen sie hinaus in den einst so ausgedehnten und jetzt klein gewordenen Garten. Sabrina hielt den Blick auf ihre Pflanzen gerichtet, auf die vielen farbenprächtigen Blumen, während die Männer in der Mauer bohrten und dann die Tafel anbrachten. Jetzt waren es ihrer drei... Jeremiah Arbuckle Thurston... John Williamson Harte... Jonathan Thurston Harte... Es stimmte sie traurig, ihre Namen auf der Tafel zu lesen, mit den Lebensdaten, die sie einrahmten.

»Warum hast du das gemacht?« Arden sah sie aus großen traurigen Augen an.

»Damit sie nicht vergessen werden.«

»Ich werde dich nie vergessen.« Die Arbeiter waren schon fort. Arden sah Sabrina an. »Für mich wirst du immer Teil dieses Hauses sein.«

Lächelnd strich Sabrina über Ardens Wange. Dann warf sie einen Blick auf die Tafel mit den Namen der Männer, die sie geliebt hatte. »So wie sie ... mein Vater ... John ... Jonathan ...« Ihre Worte brachten ihr die Gesichter der Genannten in Erinnerung ... beinahe schienen sie zum Leben zu erwachen. Sabrina sah Arden an. »Eines Tages wird auch mein Name hier stehen ... und Andrés Name ... deiner und Antoines ...

Nur Camille war hier nicht aufgeführt. Für sie gab es keine Inschrift. Sie hatte es vorgezogen zu verschwinden und war aus dem Gedächtnis aller gelöscht. »Die Vergangenheit ist sehr wichtig. Für mich, für dieses Haus ... seine Entstehungsgeschichte ...« Sie dachte an ihren Vater ... »wer es liebte, wer es von der Vergangenheit in die Gegenwart brachte. Aber auch die Gegenwart ist wichtig. Sie gehört dir und vielleicht Antoine« – sie wagte ihre Hoffnungen auszusprechen –, »vielleicht wirst du eines Tages in Thurston House leben ...« Und dann fiel ihr Blick auf Dominique, die im Garten zwischen den Beeten spielte und plötzlich innehielt, als wüßte sie, daß von ihr die Rede war. »Und die Zukunft gehört ihr. Thurston House wird eines Tages zu ihr gehören. Ich hoffe, es wird ihr soviel bedeuten wie uns. Sie wurde in diesem Haus geboren.« Die Erinnerung an die Geburt mit André an ihrer Seite ließ sie lächeln. »Mein Vater ist hier gestorben.« Sie blickte zum Haus auf, zu den geliebten und vertrauten Räumen, und dann sah sie wieder Dominique zu. Thurston House war ihr Vermächtnis an sie, das Vermächtnis von Menschen, die vor ihr gewesen waren und damit ein Zeichen hinterlassen hatten, als Teil ihres Lebens und ihrer Liebe.

Es zählt nur die Liebe

Aus dem Amerikanischen
von Ingrid Hoffmann

Für Alex Haley,
meinen Bruder,
meinen Freund,
mit viel, viel Liebe.

Für Isabella Grant,
in Liebe und Bewunderung
und in grenzenloser Dankbarkeit.

Und in besonderer Liebe
und Dankbarkeit
für Lou Blau.

Und immer,
immer,
für John,
von ganzem Herzen
und in Liebe.

D. S.

TEIL I

Die frühen Jahre

I

Am Nachmittag des 11. Dezember 1941, einem Donnerstag, war das Land noch immer wie betäubt. Die Verlustliste war fertiggestellt, und die Namen der Gefallenen wurden veröffentlicht; ganz langsam war während der letzten Tage in den Herzen aller das Ungeheuer Rache zum Leben erwacht. Fast jeder Amerikaner wurde von einem Gefühl beseelt, das bis dahin unbekannt schien. Dieses Gefühl hatte sich schließlich auch der Zivilisten zu Hause bemächtigt; es war nicht mehr nur eine Angelegenheit des Kongresses, den Krieg zu erklären. Der schreckliche Vorfall bedeutete sehr viel mehr. Die ganze Nation war schockiert, aufgebracht und plötzlich von Angst erfaßt, daß die Kämpfe sich im eigenen Land fortsetzen könnten. Täglich konnten japanische Kampfflugzeuge über ihren Köpfen auftauchen, über Städten wie Chicago oder Los Angeles, Omaha, Boston, New York... und sie bombardieren... ein entsetzlicher Gedanke. Der Schauplatz des Krieges war nicht mehr nur in der Ferne, bei den »anderen«, er spielte sich *hier* ab.

Als Andy Roberts im frostigen Wind ostwärts eilte, den Mantelkragen hochgeschlagen, überlegte er, was Jean sagen würde. Er hatte sich bereits vor zwei Tagen entschlossen. Als er unterzeichnet hatte, war er sich absolut sicher, daß seine Entscheidung die richtige war. Zu Hause jedoch, als er in ihr Gesicht sah, waren ihm die Worte in der Kehle steckengeblieben. Aber nun gab es kein Zurück mehr. An diesem Abend mußte er ihr seinen Entschluß mitteilen, denn in drei Tagen sollte er nach San Diego aufbrechen.

Die Third-Avenue-Hochbahn brauste über seinen Kopf hinweg, als er die Treppe zu dem engen, braunen Sandsteinhaus hinaufstieg, in dem er mit Jean lebte. Sie waren erst vor einem knappen Jahr dort hingezogen, doch sie hatten sich an den Lärm der Bahn bereits gewöhnt. Anfangs hatten sie ihn als sehr lästig empfunden, und nachts, wenn sie einander in den Armen lagen, mußten sie darüber lachen, daß sogar die Lampenschirme wackelten, wenn die Hochbahn vorbeidonnerte. Dennoch liebte Andy die winzige Wohnung, und Jean gab sich große Mühe, sie in Ordnung zu halten. Manchmal stand sie schon um fünf Uhr morgens auf, um ihm Heidelbeerkuchen zu backen und gründlich aufzuräumen und sauberzumachen, ehe sie zur Arbeit aufbrach. Sie war eine wunderbare Frau, das hatte er von Anfang an gewußt, aber sie überraschte ihn immer wieder. Lächelnd steckte Andy den Schlüssel ins Schloß. Durch das Treppenhaus pfiff der Wind, und zwei Lampen waren durchgebrannt. Kaum betrat Andy jedoch die Wohnung, umgab ihn eine leuchtende und helle Atmosphäre. An den Fenstern hingen gestärkte, weiße Organdy-Vorhänge, die Jean selbst genäht hatte, auf dem Boden lag ein kleiner, blauer Teppich, und die Sessel hatte Jean mit einem hübschen Stoff bezogen. Die Möbel waren zwar aus zweiter Hand, glänzten jedoch durch die liebevolle Pflege wie neu. Der Gedanke, Jean eröffnen zu müssen, daß er in drei Tagen New York verlassen und in den Krieg ziehen würde, bereitete ihm geradezu körperliche Schmerzen. Er wußte ja nicht einmal, wann er zurückkehren würde... wann... oder ob überhaupt... Tränen schossen ihm in die Augen. Zum Teufel damit, daran durfte er gar nicht denken, wenn alle Amerikaner Angst hätten, wer würde dann gegen die Japaner kämpfen? Man mußte ihnen eine Lehre erteilen, sonst würden sie noch eines Tages mit ihren Kampfflugzeugen über New York auftauchen und es dem Erdboden gleichmachen... New York bombardieren... vielleicht dieses Haus... und Jean.

Er ließ sich in den Sessel fallen, den Jean mit einem sattgrünen Leinen überzogen hatte, und verlor sich in seinen Gedanken... San Diego... Japan... Weihnachten...

Er wußte nicht, wie lange er so dagesessen hatte, als er hochfuhr, weil er einen Schlüssel im Schloß hörte. Die Tür flog weit auf, und Jean kam, die Arme voll brauner Tüten von A & P, herein. Anfangs bemerkte sie ihn gar nicht; erst als sie Licht machte, zuckte sie zusammen. Lächelnd sah er sie an, eine blonde Haarsträhne, wie immer, über einem Auge, die grünen Augen offen und warm. Er war noch ebenso hübsch wie damals, als sie sich kennenlernten. Er war siebzehn gewesen, sie fünfzehn... sechs Jahre war das her...

»Hallo, Liebling, was tust du denn schon hier?«

»Ich bin da, weil ich mit dir zusammensein will!« Er sprang auf, um ihr die Tüten abzunehmen, und sie blickte aus großen, dunkelbraunen Augen ehrfürchtig zu ihm auf, wie sie es stets tat. Schon immer hatte er sie tief beeindruckt. Als sie sich kennenlernten, war er schon zwei Jahre auf dem College, hatte einen Abendkurs besucht, im Leichtathletik-Team mitgemacht und nicht nur in der Football-Mannschaft gespielt, sondern er war auch zum Basketball-Star des Colleges avanciert, bis er eine Verletzung am Knie erlitt. Für sie war er heute noch ein Held wie damals. Sie war ungeheuer stolz auf ihn. Er hatte eine gute Stellung als Verkäufer von Buicks bei einem der größten Händler New Yorks bekommen. Früher oder später würde er dort Geschäftsführer werden, das stand für sie fest... oder vielleicht studierte er noch einmal, davon war auch schon die Rede gewesen. Im Augenblick jedenfalls verdiente er ganz gut, und mit dem Gehalt, das sie nach Hause brachte, konnten sie ganz gut leben.

Sie mußte schon frühzeitig lernen, jeden Dollar zu strecken, soweit es nur ging, denn ihre Eltern waren beide, als sie gerade achtzehn war, bei einem Autounfall ums Leben gekommen, und seit jenem Tage sorgte sie allein für sich. Glücklicherweise hatte sie beim Tod ihrer Eltern gerade ihre Sekretärinnenschule beendet und, da sie ein aufgewecktes Mädchen war, gleich eine Stelle bei einer Anwaltskanzlei gefunden, für die sie inzwischen schon seit fast drei Jahren arbeitete. Andy war stolz auf sie. In ihren selbstgeschneiderten, ausgezeichnet sitzenden Kostümen sah sie immer reizend aus, wenn sie zum Büro aufbrach. Sie trug Hüte und Handschuhe, die sie erst einzukaufen pflegte, nachdem sie die Modeseiten der Zeitschriften eingehend studiert und sich mit ihm beraten hatte, damit sie auch ganz sicher war, daß alles zusammenpaßte.

Er lächelte wieder, während sie die Handschuhe auszog und ihren schwarzen Filzhut auf den Sessel warf. «Hast du einen schönen Tag gehabt, mein Liebes?» Er liebte es, sie stürmisch an sich zu drücken, sein Gesicht an ihrem Hals zu vergraben, sie zu necken und ihr mit Vergewaltigung zu drohen.

Zu Hause benahm sie sich so ganz anders als im Büro. In der Kanzlei wirkte sie immer sehr gesittet, und wenn Andy gelegentlich einmal vorbeikam und guten Tag sagte, so fürchtete er sich fast, weil sie sich so ernst und gesetzt gab. Doch so war sie eigentlich schon immer gewesen, allerdings hatte sie sich seit ihrer Heirat positiv verändert – sie war fröhlicher geworden. Ihre inneren Spannungen begannen sich zu lösen.

Andy küßte sie auf den Nacken, und ein Schauer rieselte ihr über den Rücken.

»Warte, bis ich die Lebensmittel verstaut habe!« Sie lächelte geheimnisvoll und versuchte, ihm eine der Tüten aus der Hand zu nehmen. Er stellte ihre Einkäufe beiseite und fuhr fort, sie zu küssen.

»Wieso warten?«

»Andy ... laß das!« Er öffnete ihren dicken Mantel, knöpfte ihre Kostümjacke auf, und seine Hände tasteten sich verlangend über ihren Körper. Sie standen eng aneinandergeschmiegt, und ihre Lippen preßten sich in einem leidenschaftlichen Kuß aufeinander, bis Jean sich schließlich aus der Umarmung befreite, um tief Luft zu holen. Sie kicherte, aber Andy ließ sich nicht davon abhalten, sie weiter mit seinen Händen zu liebkosen.

»Andy, was ist denn nur los mit dir?«

Er grinste verschmitzt, zog es jedoch vor zu schweigen, aus Angst, seine Worte könnten sie erschrecken. Schließlich murmelte er nur: »Frag bitte nicht!« und brachte sie mit einem weiteren Kuß zum Schweigen. Mit einer Hand befreite er sie von

Mantel, Jacke, Bluse, und schließlich fiel auch ihr Rock zu Boden und enthüllte den weißen Strumpfhalter mit Spitze, das dazu passende Höschen und die Naht-Seidenstrümpfe – und außerdem ein Paar sensationeller Beine. Andy ließ seine Finger langsam über ihren Rücken nach unten gleiten und preßte sich fest an ihren Körper. Jean wehrte sich nicht, als er sie neben sich auf die Couch zog, statt dessen half sie ihm, sich seiner Kleidungsstücke zu entledigen, als plötzlich die Hochbahn vorbeidonnerte und beide lachten. »Dieses blöde Ding . . . «, murmelte er und öffnete ihren Büstenhalter mit einer Hand. Sie lächelte.

»Weißt du, inzwischen mag ich dieses Geräusch irgendwie.« Diesmal war es Jean, die ihn küßte. Und dann verschmolzen ihre Körper ineinander . . . und Stunden schienen zu verstreichen, bis einer von ihnen etwas sagte.

Die Küchenlampe, nicht weit von der Wohnungstür entfernt, brannte noch; doch weder im Wohnzimmer, in dem sie lagen, noch in dem winzigen Schlafzimmer dahinter war Licht, und trotz der Dunkelheit spürte Andy, daß Jean ihn musterte.

»Irgend etwas ist los, nicht wahr?« Schon die ganze Woche fühlte sich ihr Magen an, als hätte sie einen Stein verschluckt. Sie kannte ihren Mann zu gut und spürte, wenn irgend etwas nicht stimmte.

»Andy?«

Noch immer fand er nicht die passenden Worte, ihr zu gestehen, was er vorhatte. Es war jetzt nicht leichter, als es vor zwei Tagen gewesen wäre, aber er war sich darüber im klaren, daß er einer Aussprache nicht mehr ausweichen durfte. Er mußte es ihr sagen – er wünschte sich nur, daß es nicht gerade jetzt sein müßte. In diesem Moment zweifelte er daran, die richtige Entscheidung getroffen zu haben.

»Ich weiß nicht, wie ich es sagen soll.«

Instinktiv hatte sie bereits erfaßt, um was es ging, und mit einemmal wurde ihr schwer ums Herz, als sie ihn im Dunkel aus weit aufgerissenen Augen, mit traurigem Gesichtsausdruck ansah. Sie war so anders als er; seine Augen blitzten immer schalkhaft, immer war er zu Späßen aufgelegt und fröhlich, immer lächelte er lebenslustig. Zu ihm war das Leben gut gewesen, zu Jean nicht. Sie war ständig innerlich angespannt, wie ein Mensch, der schon in der Kindheit viel leiden mußte.

Jeans Eltern waren Alkoholiker gewesen, ihre Schwester Epileptikerin; sie war mit dreizehn Jahren neben der neunjährigen Jean im Bett gestorben. Mit achtzehn hatte Jean ihre Eltern verloren. Das Leben war von Anfang an ein Kampf für sie gewesen; aber tief in ihr schlummerte eine gewisse Lebensfreude, die nur lange genug gehegt und gepflegt werden mußte, um eines Tages zum Ausbruch zu kommen. Andy wußte das und umsorgte und verwöhnte sie, wann immer er konnte. Aber gerade jetzt würde er ihr weh tun müssen, und der kummervolle Ausdruck, der ihm schon bei ihrer ersten Begegnung aufgefallen war, trat wieder in ihre Augen.

»Du gehst in den Krieg, nicht wahr?«

Er nickte, und Tränen traten in ihre dunklen Augen; sie lehnte den Kopf zurück auf die Couch, auf der sie sich einen Augenblick zuvor noch geliebt hatten.

»Sei nicht traurig, Liebes, bitte . . . « Er fühlte sich schäbig, und plötzlich konnte er ihre schmerzvolle Miene nicht mehr ertragen. Er sprang auf, durchquerte den Raum, fischte ein Päckchen Zigaretten aus seinem Jackett, klopfte sich nervös eine heraus und ließ sich, nachdem er sie angezündet hatte, in dem grünen Sessel gegenüber der Couch nieder.

Sie weinte jetzt leise und versuchte nicht, ihre Tränen zurückzuhalten, sie fühlte sich verlassen, obwohl sie über seinen Entschluß nicht erstaunt war.

»Ich wußte es!«

»Ich muß es tun, Liebling!«

Sie nickte. Sie verstand, doch den Schmerz linderte das nicht. Es schien endlos zu dauern, bis sie den Mut aufbrachte, die einzige Frage zu stellen, die sie interessierte. »Wann fährst du?« Andy schluckte hart. Es war das Schrecklichste, was er je hatte aussprechen müssen. »In drei Tagen.«

Sie zuckte zusammen, schloß die Augen und nickte, während ihr die Tränen über die Wangen rollten.

In den folgenden drei Tagen nahm nichts mehr seinen gewohnten Lauf. Sie ging nicht ins Büro und bereitete in fieberhaftem Eifer alles für seine Abreise vor; sie tat, was sie nur für ihn tun konnte – wusch seine Wäsche, rollte seine Socken auf, backte Plätzchen als Proviant für die Zugreise. Ihre Hände waren ständig in Bewegung, vielleicht mußte sie sich beschäftigen, damit sie ihre Selbstbeherrschung nicht verlor – auch um Andys willen. Aber ihr Treiben war so sinnlos. Und am Samstagabend zwang er sie aufzuhören, nichts mehr einzupacken, was er nicht brauchte, keine Plätzchen zu backen, die er nie verzehren würde. Er nahm sie in die Arme, und sie verlor die Fassung.

»O mein Gott, Andy... ich kann nicht... ich weiß nicht, wie ich ohne dich leben soll!«

Ihm drehte sich der Magen um, als er in ihre Augen sah – sah, was er ihr angetan hatte. Doch was blieb ihm anderes übrig?... Er hatte ja gar keine Wahl... Er war ein Mann, mußte kämpfen, sein Land retten... Immerhin war Krieg...

Und was das Schlimmste war, wenn er nicht gerade an Jeans Kummer dachte, empfand er sogar einen merkwürdigen, neuen, nie gekannten Nervenkitzel. Die Vorstellung, in den Krieg zu ziehen, erregte ihn, er hatte das Gefühl, daß dies eine einmalige Gelegenheit sei, die er beim Schopf ergreifen mußte – fast wie ein mystisches Ritual, dem er sich unterziehen mußte, um ein richtiger Mann zu werden. Und gleichzeitig quälte ihn sein Gewissen wegen dieser Regungen.

Am späten Samstagabend wußte er nicht mehr ein noch aus. Er hatte das Verlangen, Jeans kleinen, sich an ihn klammernden Händen nachzugeben, und wußte doch, daß er das nicht durfte. Er wünschte sich, den Abschied schon hinter sich zu haben, schon im Zug zu sitzen und nach Westen zu fahren, und andererseits wollte er den Augenblick der Trennung hinauszögern. Um fünf Uhr morgens mußte Andy sich am Grand-Central-Bahnhof melden. Als er sich schließlich aus dem Bett erhob und sich nach Jean umwandte, wirkte sie ruhiger, weinte nicht mehr; ihre Augen waren zwar geschwollen und rot, aber sie schien sich bis zu einem gewissen Grad mit ihrem Schicksal abgefunden zu haben.

Jean erlebte noch einmal die schreckliche Einsamkeit, die sie damals, als sie ihre Schwester und ihre Eltern verlor, empfunden hatte. Es war ein beängstigendes, furchterregendes Gefühl. Andy war alles, was sie hatte, und lieber hätte sie selbst ihr Leben gegeben, als ihn zu verlieren. Doch nun verließ er sie.

»Du kommst doch zurecht, nicht wahr, Liebling?« Er saß auf der Bettkante und blickte sie, verzweifelt nach ihrer Bestätigung heischend, an. Traurig lächelnd streckte sie die Hand nach seiner aus.

»Es bleibt mir ja nichts anderes übrig, nicht wahr?« Und dann lächelte sie wieder, diesmal eher geheimnisvoll. »Weißt du, was ich mir wünsche?«

Ja, natürlich wußte er das – daß er bei ihr bliebe.

Sie schien seine Gedanken zu lesen und küßte seine Fingerspitzen. »Nein, abgesehen davon... ich hoffe, daß ich in der vergangenen Woche schwanger geworden bin... «

In der Aufregung der letzten Tage waren sie ziemlich unvorsichtig gewesen. Andy hatte das zwar bemerkt, doch es gab jetzt so viele Dinge, die auf sie einstürmten, daß er hoffte, Jean hätte nicht gerade ihre »gefährlichen« Tage. Jetzt, da er ihren Gesichtsausdruck gewahrte, zweifelte er daran. Sie waren sich bis jetzt immer einig gewesen, daß sie noch keine Kinder haben wollten, bis ihre Zukunft gesicherter wäre oder Andy sein zweites Studium abgeschlossen hätte. Sie hatten es nicht eilig, sie waren ja beide noch so jung... aber nun waren in der vergangenen Woche ihr ganzes Leben und ihre Pläne durcheinandergeraten...

»Hin und wieder habe ich in den letzten Tagen daran gedacht, daß etwas passieren könnte... glaubst du etwa, wir könnten...?« Er sah sie besorgt an, das hatte er bestimmt nicht gewollt. Sie sollte, wenn ein Kind unterwegs war, doch nicht allein sein... während er im Krieg war... irgendwo!

»Ja, könnte sein.« Sie zuckte mit den Achseln und lächelte. Dann setzte sie sich im Bett auf. »Ich werde es dich wissen lassen, sobald ich sicher bin!«

»Na, großartig! Das hätte uns gerade noch gefehlt!« rief er mit finsterer Miene aus, aber dann fiel sein Blick auf die Uhr. Es war zehn nach vier – Zeit aufzubrechen.

»Vielleicht fehlt uns das wirklich.« Und als müsse sie ihn das vor der Abreise unbedingt noch wissen lassen, fügte sie hinzu: »Wirklich, Andy, ich meine, was ich da eben gesagt habe! Ich würde wirklich gern ein Kind von dir haben.«

»Ausgerechnet jetzt?« Er blickte sie fassungslos an.

Sie nickte und flüsterte leise: »Ja, gerade jetzt.«

2

Die Hochbahn brauste an den Fenstern von Jean Roberts' Wohnung vorüber und brachte den einzigen Luftzug mit sich, den Jean seit Tagen verspürte. Sie saß unbeweglich vor den offenen Fenstern. Ihr war, als hätte sich das ganze Gebäude in eine glühendheiße Hölle verwandelt. Die drückende Augusthitze stieg von den Gehwegen auf und schien sich in die Mauern des Sandsteingebäudes einzubrennen. Nachts verließ sie ein paarmal ihr Bett, um sich auf die Veranda zu setzen und den Luftzug des vorbeirasenden Zuges zu spüren. Oder sie setzte sich, eingewickelt in ein nasses Laken, ins Badezimmer.

Es schien nichts zu geben, was sie abkühlte, und das Baby machte die Hitze noch unerträglicher. Jean hatte das Gefühl, als würde ihr Körper jeden Augenblick explodieren, und je heißer es wurde, desto mehr strampelte das Baby in ihrem Bauch, als leide es auch unter der Hitze, als bekomme es auch fast keine Luft.

Jean lächelte. Sie konnte es kaum noch erwarten, ihr Kind zu sehen ... nur noch vier Wochen ... vier Wochen, bis sie ihr Baby in den Armen halten würde ... Hoffentlich würde es Andy ähnlich sehen.

Er befand sich augenblicklich im Pazifischen Ozean und tat das, was er hatte tun wollen – er »kämpfte gegen die Japsen«, wie er in seinen Briefen schrieb. Diese Worte schmerzten Jean, denn eines der Mädchen in der Rechtsanwaltskanzlei, in der sie gearbeitet hatte, war Japanerin, und sie war so nett zu Jean gewesen, als sie erfuhr, daß sie schwanger war. Die Japanerin erledigte sogar heimlich für sie einige Arbeiten, als sich Jean am Anfang der Schwangerschaft vor Übelkeit kaum rühren konnte. Sie schleppte sich mühsam zur Arbeit, saß dann da und starrte auf ihre Schreibmaschine und hoffte, daß sie noch rechtzeitig die Toilette erreichte, bevor sie sich übergeben mußte. Man hatte Jean die ersten sechs Monate in der Kanzlei behalten, was sie anständig fand; die meisten Firmen hätten sie nicht mehr so lange beschäftigt. In einem ihrer Briefe an Andy vermutete sie, daß ihre Arbeitgeber sehr patriotisch eingestellt waren und sie nur deshalb so lange für sie arbeiten durfte, weil ihr Mann im Krieg war. Sie schrieb beinahe täglich an ihn, obwohl sie von ihm meistens nur einmal im Monat hörte. Er war oft viel zu müde zum Schreiben, und seine Briefe brauchten auch eine halbe Ewigkeit, bis sie bei ihr eintrafen. Seine Beschäftigung im Pazifik sei ganz anders als das Verkaufen von Buicks in New York, berichtete er in einem Brief, indem er so amüsant über das schlechte Essen und seine Kameraden schrieb, daß sie lachen mußte. Irgendwie schaffte er es immer wieder, sie durch seine Briefe zum Lachen zu bringen. Bei ihm hörte sich alles viel positiver an, als es tatsächlich war, und nachdem sie die erste Nachricht von ihm erhalten hatte, machte sie sich nicht mehr so große Sorgen wie anfangs. Kurz nach seiner Abreise hatte sie unter schrecklicher Angst gelitten, besonders als sie sich so krank fühlte. Nachdem sie dann sicher wußte, daß sie schwanger war, quälten sie die widersprüchlichsten Gefühle. Damals, in den letzten Tagen vor Andys Abreise, hatte sie es sich wunderschön vorgestellt, sein Kind zu bekommen, doch während der ersten Wochen der Schwangerschaft kamen ihr entsetzliche Zweifel, und sie geriet in Panik. Ein Baby bedeutete, daß sie ihre Stelle aufgeben mußte, sie würde allein sein, und wie sollte sie sich und das Kind ernähren? Besonders fürchtete sie sich vor Andys Reaktion, doch als sie seine begeisterte Antwort erhielt, beruhigte sie sich wieder und freute sich schließlich sehr über das Baby. Seit dieser Zeit waren nun mehr als fünf Monate vergangen, und ihre Nervosität hatte sich längst gelegt.

Sie bereitete mit großer Freude alles für die Geburt des Kindes vor und richtete das Schlafzimmer als Kinderzimmer ein. Sie nähte Vorhänge und Kissenbezüge aus weißem Batist und verzierte sie mit gelber Borte und strickte winzige Mützen, Babyschuhe und -jacken. Als allerdings Jeans Nachbarin bemerkte, daß die werdende Mutter auf eine Leiter stieg, um Bilder und Muster an die Wände und weiße Wolken an die Decke des Kinderzimmers zu malen, erhielt Jean eine lange Standpauke. Aber sie hatte nun, da sie nicht mehr ins Büro ging, ohnehin nichts weiter zu tun. Sie legte jeden Penny auf die Seite und leistete sich nicht einmal mehr einen Kinobesuch, aus Angst, diese Ersparnisse anzugreifen. Sie erhielt einen Teil von Andys Sold, und sie würde alles, was sie besaß, für das Baby brauchen. Die ersten paar Monate nach der Geburt würde sie, falls irgend möglich, zu Hause bleiben, sich dann aber einen Babysitter suchen und wieder arbeiten; sie hoffte, daß Mrs. Weissman, eine ältere Dame, die im dritten Stock wohnte, tagsüber auf das Kind aufpassen würde. Mrs. Weissman war eine warmherzige, großmütterliche Frau, die seit vielen Jahren im Haus wohnte und sich sehr über die Nachricht, daß Jean ein Baby erwartete, gefreut hatte. Tagtäglich sah sie nach Jean und besuchte sie manchmal sogar am Spätabend, wenn sie selbst wegen der Hitze nicht schlafen konnte und unter Jeans Tür noch einen Lichtschein sah.

An diesem Abend hatte Jean allerdings kein Licht angezündet. Sie saß in der Dunkelheit da, fühlte sich matt und atemlos in der brütenden Hitze, lauschte auf die Züge, bis sie nicht mehr fuhren. Sie saß noch immer auf der Terrasse, als kurz vor Tagesanbruch die erste Hochbahn vorbeibrauste und einige Zeit später die Sonne aufging. Sie fragte sich, ob sie je wieder imstande sein würde, normal zu atmen oder sich hinzulegen, ohne das Gefühl, zu ersticken. Die Schwangerschaft strengte Jean sehr an, und die drückende Hochsommerluft war unerträglich.

Es war fast acht Uhr morgens, als es an der Wohnungstür klopfte. In der Annahme, es sei Mrs. Weissman, zog sie sich ihren rosa Bademantel über und trottete barfuß und mit einem müden Seufzer zur Tür. Gott sei Dank, nur noch vier Wochen... Sie konnte es kaum mehr erwarten, und allmählich kamen ihr Zweifel, ob sie die Zeit bis zur Geburt würde überstehen können.

»Guten Morgen...« Sie öffnete müde lächelnd die Tür und erwartete, Mrs. Weissman zu sehen. Jean errötete, als sie vor sich das Gesicht eines völlig Fremden erblickte, eines Fremden in brauner Uniform, mit einer Mütze und senffarbenen Tressen, der ihr einen gelben Umschlag überreichte.

Sie sah ihn erstaunt an und wollte nicht verstehen – im Grunde ihres Herzens wußte sie nur zu gut, was dies bedeutete, und der Mann beobachtete sie aus den Augenwinkeln. Sein Gesicht schien verzerrt, als sie vor Entsetzen und Müdigkeit wankte. Sie riß ihm den Umschlag aus der Hand und öffnete ihn hastig, ohne ein Wort zu sagen. Da war es – o Gott, wie hatte sie diese Situation gefürchtet –, wieder einmal starrte sie auf eine Todesnachricht. Die Schrift verschwamm vor ihren Augen, während sich ihr Mund zu einem Schrei formte. Sie sank langsam vor den Füßen des Fremden zu Boden. Der Soldat beobachtete staunend das Geschehen, bis er entsetzt um Hilfe rief. Er war erst sechzehn Jahre alt und noch nie in der Nähe einer schwangeren Frau gewesen.

Auf der anderen Seite des Hausflures wurden zwei Türen aufgerissen, und hastige Schritte ertönten auf der Treppe. Einen Augenblick später legte Mrs. Weissman feuchte Tücher auf Jeans Stirn. Der junge Mann wich langsam zurück und flüchtete die Stufen hinunter. Er hatte es plötzlich sehr eilig, aus dem stickigen kleinen Haus zu kommen.

Jean stöhnte, und Mrs. Weissman und zwei Nachbarinnen trugen sie zur Couch, auf der sie jetzt immer schlief. Dieselbe Couch, auf der sie das Kind empfangen hatte, auf der sie Andy geliebt hatte... Andy... Andy... Andy...

»Wir bedauern, Ihnen mitteilen zu müssen... Ihr Gatte ist für das Vaterland gestorben... bei der Schlacht um Guadalcanal gefallen... gefallen... gefallen...« Der ganze Raum um sie herum schien sich zu drehen, und die Gesichter, die sich über sie beugten, nahm sie nur verschwommen wahr.

»Jean...? Jean...?« Immer wieder riefen die Frauen ihren Namen, und sie beobachteten besorgt Jeans teilnahmslosen Gesichtsausdruck. Helen Weissman hatte das Telegramm gelesen und es schnell den anderen gezeigt, bedeutungsvoll sahen sie einander an.

»Jean...« Langsam kam sie zu sich, kaum imstande, Luft zu holen. Sie halfen ihr, sich aufzusetzen, und zwangen sie, ein Glas Wasser zu trinken. Jean blickte Mrs. Weissman ausdruckslos an. Dann plötzlich erinnerte sie sich, der Kummer und die Tränen schnürten ihr den Hals zu, sie rang nach Atem. Sie konnte sich nicht wieder beruhigen, sie weinte und weinte, klammerte sich an Mrs. Weissman, die sie in den Armen hielt... er war tot... wie all die anderen... wie Mutter und Vater, wie Ruthie... fort... von ihr gegangen... sie würde ihn nie mehr sehen... Sie wimmerte wie ein kleines Kind. Eine Zentnerlast schien auf ihr Herz zu drücken. Nie zuvor hatte sie sich so verlassen gefühlt.

»Schon gut, mein Kind, schon gut...« Aber alle im Raum wußten, daß nichts gut war und daß es auch nie wieder gut werden würde, schon gar nicht für den armen Andy.

Die Nachbarinnen zogen sich wenig später in ihre Wohnungen zurück, nur Helen Weissman blieb. Jeans glasiger Blick und die Art, wie sie dasaß und vor sich hin starrte und dann auf einmal wieder in Schluchzen ausbrach, gefielen ihr ganz und gar nicht. Besorgt vernahm sie das endlose Weinen, als sie Jean schließlich an diesem Abend verließ, und kehrte wenig später zurück, um wie schon den ganzen Tag über bei ihr zu sitzen. Mrs. Weissman hatte Jeans Arzt angerufen, bevor er seine Praxis verließ. Er ließ Jean ausrichten, wie leid es ihm tue, daß Andy gefallen sei, und warnte Mrs. Weissman, daß Jean infolge des Schocks vorzeitig Wehen bekommen könne. Genau das hatte Helen befürchtet, und als sie beobachtete, wie Jean mehrmals die Fäuste in den Rücken stemmte und unruhig in der winzigen Wohnung auf und ab lief, als wäre sie ihr in den vergangenen Stunden zu klein geworden, vermutete Helen schon, daß die Wehen einsetzen würden.

Die gesamte Welt war über Jean zusammengebrochen, und sie wußte nicht mehr, was sie tun sollte. Es gab nicht einmal einen Leichnam, den man bestatten konnte... nur die Erinnerung an einen großen, hübschen blonden Jungen... und das Kind in ihrem Bauch.

»Alles in Ordnung?« Beim Klang von Helen Weissmans Akzent mußte Jean unwillkürlich lächeln. Helen war bereits seit vierzig Jahren in Amerika, trotzdem sprach sie noch immer mit einem starken deutschen Akzent. Sie war eine kluge, warmherzige Frau, und sie hatte Jean in ihr Herz geschlossen. Sie selbst hatte ihren Mann vor dreißig Jahren verloren und nie wieder geheiratet. Drei ihrer Kinder lebten in New York und besuchten sie von Zeit zu Zeit, meistens nur, um ihre Kinder bei ihr abzuliefern, damit sie auf sie aufpaßte; und einer ihrer Söhne wohnte in Chicago, wo er eine gute Stelle hatte.

»Haben Sie irgendwelche Beschwerden?« Ihre Blicke suchten Jeans Augen, und Jean schüttelte den Kopf. Ihr ganzer Körper schmerzte nach dem vielen Weinen, und doch fühlte sie sich innerlich wie betäubt. Sie wußte nicht, was sie wirklich empfand, nur tat ihr irgendwie alles weh, und ihr war heiß, und sie war unruhig. Sie richtete sich auf, als müsse sie den Rücken strecken.

»Es geht schon. Warum gehen Sie nicht schlafen, Mrs. Weissman?« Ihre Stimme war heiser vom vielen Weinen. Sie warf einen Blick auf die Küchenuhr und stellte fest, daß seit dem Eintreffen der Nachricht von Andys Tod fünfzehn Stunden vergangen waren... fünfzehn Stunden... sie fühlte sich, als ob fünfzehn Jahre vergangen seien... tausend Jahre... wieder ging Jean im Zimmer umher, und Helen Weissman beobachtete sie.

»Möchten Sie hinausgehen?« Der Zug sauste nahe vorbei, und

Jean schüttelte den Kopf. Es war zu heiß, um spazierenzugehen, selbst in der Nacht um elf Uhr. Und mit einemmal wurde ihr noch heißer.

»Ich werde mir etwas Kaltes zu trinken holen.« Sie nahm einen Krug mit Limonade aus dem Eisschrank und schenkte sich ein Glas ein. Als sie die Flüssigkeit hinunterschlucken wollte, wurde ihr entsetzlich übel. Sie rannte ins Badezimmer, übergab sich und mußte heftig würgen. Nach einer Weile kam sie, fahlbleich im Gesicht, ins Wohnzimmer zurück.

»Sie sollten sich hinlegen.« Erschöpft willigte Jean ein, merkte jedoch bald, daß das Liegen ihr noch mehr Beschwerden verursachte. Es war leichter zu sitzen, deshalb versuchte sie, es sich in dem alten grünen Sessel bequem zu machen; aber nach wenigen Minuten hielt sie auch das nicht mehr aus. Sie verspürte quälende Schmerzen im unteren Rücken und hatte ein unbestimmtes Gefühl im Magen.

Nach Mitternacht ließ Helen Weissman Jean wieder allein, jedoch nicht, ohne ihr eingetrichtert zu haben, daß sie ihr sofort Bescheid sagen müsse, falls während der Nacht irgendwelche Schwierigkeiten eintreten sollten. Doch Jean war sicher, daß sie keine Hilfe mehr benötigte. Sie knipste das Licht aus und saß allein in der stillen Wohnung und dachte an ihren Mann ... Andy ... an die großen grünen Augen und das glatte blonde Haar ... Leichtathletikstar ... Football-Held ... ihre erste und einzige Liebe ... der Junge, in den sie sich schon bei ihrer ersten Begegnung unsterblich verliebt hatte. Während sie so in Gedanken versunken war, fuhr ein plötzlicher Schmerz wie ein Pfeil durch ihren Körper, vom Bauch bis zum Rücken, und noch einmal ... und noch einmal. Und wieder und wieder, der Schmerz nahm ihr fast den Atem. Schwankend stand sie auf; die Übelkeit schien sie zu überwältigen, doch entschlossen bahnte sie sich einen Weg zum Badezimmer. Fast eine Stunde hockte Jean vor der Toilette, unsägliche Schmerzen peinigten ihren Körper, und der Brechreiz war so stark, daß sie das Gefühl hatte, sie würde sich die Seele aus dem Leib würgen. Schließlich begann sie, erschöpft nach Andy zu rufen.

So fand Helen Weissman sie um halb zwei Uhr morgens. Sie hatte beschlossen, noch einmal nach Jean zu sehen, bevor sie zu Bett ging. Die Hitze, die in dieser Nacht niemanden schlafen ließ, hatte bewirkt, daß Helen zu dieser ungewöhnlichen Zeit noch wach war, und als sie Jean in dem schrecklichen Zustand vorfand, dankte sie Gott dafür. Sie rannte in ihre Wohnung zurück, um Jeans Arzt und die Polizei anzurufen, die ihr versprach, gleich einen Krankenwagen zu schicken. Helen warf sich ein Hauskleid über, griff nach ihrer Handtasche, behielt die Sandalen an den Füßen, die sie sonst nur zu Hause trug, und eilte zu Jean zurück. Sie hängte ihr einen Bademantel um die Schultern, und zehn Minuten später war die Sirene des Krankenwagens zu hören. Jean schien gar nichts um sich herum wahrzunehmen, sie würgte und wimmerte leise vor sich hin, obwohl Helen sich Mühe gab, sie zu beruhigen.

Jean krümmte sich vor Schmerzen und rief immer wieder Andys Namen, während sie das New York Hospital erreichten.

Die Krankenschwestern konnten Jean gerade noch auf einer Trage in ein Zimmer schieben, für irgendwelche Vorbereitungen blieb ihnen gar keine Zeit mehr, denn das fünf Pfund schwere Mädchen mit pechschwarzem Haar und fest geballten Fäusten erblickte ein paar Minuten später laut brüllend das Licht der Welt.

Helen Weissman konnte die beiden eine knappe Stunde darauf besuchen. Jean hatte endlich ein Mittel bekommen und schlief fest, und das Baby döste zufrieden.

Als Helen in dieser Nacht nach Hause zurückkehrte, dachte sie an die einsamen Jahre, die vor Jean Roberts lagen, in denen sie ihre Tochter ganz allein aufziehen mußte, eine Witwe mit zweiundzwanzig Jahren. Helen wischte sich die Tränen von den Wangen, und in diesem Moment, um halb fünf Uhr morgens, brauste die erste Hochbahn des Tages vorüber. Sie wußte, wieviel Aufopferung es kostete, ein Kind allein großzuziehen, welch selbstlose Liebe nötig war, um diesem Kind den Vater zu ersetzen, den es niemals kennenlernen würde.

Jean bestaunte am Morgen ihr Baby, als es ihr gebracht wurde, damit sie ihm die Brust gab. Sie blickte hinab auf das winzige Gesicht, das dunkle seidige Haar, das, wie die Schwestern meinten, nach und nach ausfallen würde. Und instinktiv wußte Jean, was sie für ihre Tochter zu tun hatte. Sie fürchtete sich nicht; das war es ja, was sie gewollt hatte – Andys Kind. Dies war sein letztes Geschenk an sie, und sie würde diese Tochter mit ihrem Leben beschützen, alles für sie tun, ihr nur das Beste geben. Sie würde nur für sie leben und atmen und arbeiten und dem Kind all ihre Liebe schenken.

Der kleine rosige Mund bewegte sich eifrig, während sie stillte, und Jean lächelte über dieses neuartige Gefühl. Sie konnte kaum glauben, daß sie erst vor vierundzwanzig Stunden von Andys Tod erfahren hatte.

Eine Schwester kam herein, um nach Mutter und Kind zu sehen.

Beide machten einen zufriedenstellenden Eindruck, und obwohl das kleine Mädchen beinahe vier Wochen zu früh geboren war, schien es kräftig genug und gesund zu sein.

»Ihr Baby hat aber einen guten Appetit!« Die Frau in der gestärkten weißen Tracht mit der weißen Haube warf den beiden einen Blick zu. »Hat der Vater sie schon gesehen?« Sie konnten es ja nicht wissen... keiner konnte es wissen... außer Jean und Helen Weissman. Jeans Augen füllten sich mit Tränen, traurig schüttelte sie den Kopf. Die Schwester streichelte ihr tröstend über den Arm, ohne zu verstehen. Nein, der Vater hatte sein Kind noch nicht gesehen, und er würde es auch nie sehen. »Wie werden Sie das Mädchen nennen?«

Andy und Jean hatten das in ihren Briefen erörtert und sich schließlich auf einen Namen für ein Mädchen geeinigt, obgleich sie sich im Grunde einen Jungen gewünscht hatten. Merkwürdig - - obwohl Jean im ersten Moment überrascht und fast sogar ein wenig enttäuscht war, fand sie es jetzt so selbstverständlich, eine Tochter zu haben, als hätte sie die ganze Zeit über nichts anderes erwartet. Die Natur schaffte es immer wieder, die Dinge ins richtige Lot zu bringen. Wäre es ein Sohn geworden, hätte Jean ihn nach seinem Vater genannt. Doch sie hatte einen Mädchennamen gefunden, der ihr sehr gefiel, und sie probierte seinen Klang jetzt aus, während sie ihre Tochter stolz in den Armen hielt. »Ihr Name ist Tana Andrea Roberts. Tana ... « Es klang wunderbar.

Die Schwester lächelte und nahm ihr das winzige satte Bündel ab. Sie strich die Decke fachmännisch mit einer Hand glatt und sah Jean an. »Ruhen Sie sich jetzt etwas aus, Mrs. Roberts! Ich bringe Ihnen Tana zurück, wenn sie ausgeschlafen und fertig gewickelt ist.« Die Tür schloß sich, und Jean lehnte ihren Kopf zurück in die Kissen. Mit geschlossenen Augen lag sie da und gab sich Mühe, nicht an Andy zu denken, nur an ihr Baby ... sie wollte nicht darüber nachdenken, wie er gestorben sein mochte, was man ihm angetan hatte ... ob er noch ihren Namen gerufen hatte ... Ein leiser Schluchzer entfuhr ihr, als sie sich im Bett umdrehte und zum erstenmal seit Monaten auf dem Bauch lag, das Gesicht in die Kissen vergraben. Sie lag da und weinte lange, bis sie schließlich einschlief und von dem blonden Jungen träumte, den sie geliebt hatte ... und von dem Baby, das er ihr zurückgelassen hatte ... Tana ... Tana ...

3

Das Telefon auf Jean Roberts' Schreibtisch hatte nur einmal geklingelt, als sie den Hörer abhob. Sie hatte sich in den vielen Jahren, in denen sie nun diesen Job ausübte, eine flinke und effektive Arbeitsweise angeeignet. Vor zwölf Jahren war ihr dieser Posten geradezu in den Schoß gefallen. Sie war damals achtundzwanzig, Tana sechs, und sie hatte das Gefühl, zu platzen, wenn sie noch einen einzigen Tag in einer Rechtsanwaltskanzlei hätte verbringen müssen. In sechs Jahren hatte sie für drei verschiedene Anwaltsfirmen gearbeitet; eine Stelle war langweiliger als die andere gewesen, aber sie hatte ein gutes Gehalt, und sie mußte an Tana denken.

Tana kam immer zuerst, sie war ihr ein und alles.

»Um Himmels willen, lassen Sie dem Kind doch Luft zum Atmen!« ermahnte sie einmal eine ihrer Kolleginnen, und Jean war daraufhin sehr zurückhaltend ihr gegenüber. Sie wußte genau, was sie tat. Sie ging mit ihrer Tochter ins Theater, ins Ballett, in Museen, Bibliotheken, Kunstgalerien und Konzerte, wann immer sie es sich leisten konnte, damit Tana jede Art Kultur kennenlernte. Fast jeder Cent, den sie verdiente, wurde für Tanas Erziehung, Lebensunterhalt und Vergnügen aufgewendet. Und Jean hatte die gesamte Rente von Andy gespart. Das Kind war nicht verzogen, ganz bestimmt nicht. Doch Jean wollte, daß ihre Tochter die schönen Dinge des Lebens, auf die sie selbst so oft hatte verzichten müssen und die ihrer Meinung nach so wichtig waren, genießen konnte. Es fiel ihr schwer, sich objektiv vorzustellen, was für ein Leben sie führen würden, wenn Andy noch bei ihnen gewesen wäre. Wahrscheinlich hätte er ein Boot gemietet und wäre mit seiner Familie in der Meerenge von Long Island gesegelt, vielleicht hätte er Tana schon früh Schwimmen beigebracht, mit ihr Muscheln gesammelt, oder er wäre mit ihr im Park spazierengegangen oder radgefahren ... Er hätte dieses süße blonde Mädchen, das ihm so ähnlich sah, angebetet. Tana war hochgewachsen, schlank, blond, grünäugig und hatte das gleiche bezaubernde Lächeln wie ihr Vater. Die Schwestern damals im Krankenhaus hatten recht behalten – das seidige schwarze Haar war ausgefallen, und an seine Stelle war ein blasser, pfirsichgoldener Flaum getreten, der sich, als Tana heranwuchs, in glattes, weizengoldenes Haar verwandelte. Sie war ein wirklich hübsches Mädchen, und Jean war immer sehr stolz auf sie. Jean hatte es sogar fertiggebracht, Tana im Alter von neun Jahren aus der öffentlichen Schule zu nehmen und in Miß Lawsons Privatschule zu schicken. Jean fand das sehr wichtig, und für Tana bedeutete es eine wunderbare Chance. Arthur Durning hatte Jean bei diesem Vorhaben unterstützt und ihr geholfen, was jedoch, wie er meinte, nur ein kleiner Gefallen sei. Er wußte selbst, wie wichtig eine gute Schule für ein Kind war; auch er hatte zwei Kinder, die allerdings zwei und vier Jahre älter als Tana waren und die vornehme Cathedral-Schule und Williams-Schule in Greenwich besuchten.

Ihre neue Arbeitsstelle bekam Jean beinahe zufällig, als Arthur sie in der Rechtsanwaltskanzlei sah, in der sie über einer Reihe langatmiger Vorbereitungen für eine Besprechung ihres Seniorchefs Martin Pope saß. Zu diesem Zeitpunkt war sie schon zwei Jahre bei Pope, Madison und Watson angestellt und langweilte sich fürchterlich; doch die Bezahlung war besser, als sie sich je erhofft hatte, und außerdem konnte sie es sich nicht leisten, umherzulaufen und nach einem interessanteren Job zu suchen, sie mußte ja an Tana denken. Ihr ganzes Leben drehte sich um ihre Tochter, wie sie Arthur erklärte, als er sie, nach fast zwei Monaten, in denen er sie während seiner Konferenzen mit Martin Pope regelmäßig traf, zu einem Drink einlud.

Arthur und Marie lebten zu diesem Zeitpunkt getrennt; Marie hielt sich in New England in einem »Privatsanatorium« auf. Arthur schien nicht darüber reden zu wollen, und Jean drängte ihn nicht. Jean hatte ihre eigenen Probleme und Verpflichtungen, und sie weinte sich schließlich auch nicht an den Schultern anderer Menschen darüber aus, daß sie ihren Mann verloren hatte, daß sie ihr Kind ganz allein erziehen und allein mit der Verantwortung, den Schwierigkeiten des Alltags und ihren Ängsten fertig werden mußte. Sie wußte genau, welche Zukunft sie sich für Tana wünschte, wie die Umgebung, in der sie lebte, aussehen mußte, welche Ausbildung die beste war und was für Freunde Tana brauchte. Sie würde ihr Geborgenheit geben, was auch passierte. Tana sollte so leben, wie sie selbst es sich immer nur erträumt hatte. Und ohne daß Jean viel Worte darüber verloren hatte, schien Arthur Durning sie zu verstehen. Er war der Chef einer der größten Firmenketten des Landes, die Plastik, Glas und Lebensmittelverpackungen vertrieb; seine Gesellschaft besaß sogar enorme Ölbestände im Mittleren Osten. Arthur war ein außerordentlich reicher Mann und hatte doch eine sehr bescheidene, ruhige Art, die Jean gefiel.

Arthur Durning wirkte auf sie so anziehend, daß sie ohne Bedenken seine Einladung zum Abendessen, ein paar Tage nach ihrem ersten gemeinsamen Drink, annahm. Und sie ließ sich wieder von ihm einladen – einen Monat später waren sie ein Liebespaar. Arthur war der aufregendste Mann, den Jean Roberts je gekannt hatte. Er strahlte auf seine stille Art eine gewisse Kraft und Energie aus und war doch auch sehr empfindsam. Jean wußte, daß er während seiner Ehe sehr viel durchgemacht hatte. Eines Tages erzählte er ihr von Marie. Sie hatte, kurz nach der Geburt ihres zweiten Kindes, zu trinken angefangen, und Jean verstand nur zu gut, was es hieß, mitzuerleben, wie jemand, der einem nahesteht, dem Alkohol verfällt. Sie selbst kannte den Kummer, denn ihre Eltern hatten jahrelang getrunken und mußten schließlich wegen des Alkohols ihr Leben lassen. Ihr Vater hatte an einem Silvesterabend auf einer vereisten Straße in betrunkenem Zustand die Gewalt über ihren Wagen verloren. Marie Durning hatte ebenfalls einen Autounfall verursacht, als sie die Freundinnen ihrer Tochter eines Abends nach Hause fuhr. Ann war damals zehn gewesen, und eines der Mädchen wäre infolge des Unfalls beinahe ums Leben gekommen. Danach hatte sich Marie Durning einverstanden erklärt, in ein Sanatorium zu gehen, während sich Arthur allerdings von Anfang an nicht allzu großen Erfolg von einer Entziehungskur versprochen hatte. Mittlerweile war sie fünfunddreißig und trank seit zehn Jahren, und Arthur hatte es satt – satt genug, um von Jean hingerissen zu sein. Jean wirkte, obwohl sie erst achtundzwanzig Jahre alt war, außergewöhnlich würdevoll, und das gefiel ihm. Ihre Augen blickten sanft und freundlich, und sie schien sich für alles zu interessieren, ganz besonders war sie natürlich um das Wohlergehen ihrer Tochter bemüht. Ihn beeindruckte Jeans Herzenswärme, die er gerade jetzt so sehr brauchte. Anfangs hatte er nicht gewußt, wie er sich ihr gegenüber verhalten sollte, und war sich über seine Gefühle, die er ihr entgegenbrachte, nicht im klaren. Er war ein zweiundvierzigjähriger Mann und seit sechzehn Jahren verheiratet. Er wußte nicht, was aus seinen Kindern, aus seinem Zuhause ... seinem

Dasein... aus Marie werden sollte. Im letzten Jahr war sein Leben vollkommen durcheinandergeraten, und er konnte sich nicht an diese Situation gewöhnen.

Zu Beginn ihrer Beziehung nahm er Jean nicht mit zu sich nach Hause, weil er befürchtete, seine Kinder könnten aus der Fassung geraten, doch nach einer gewissen Zeit trafen die beiden sich fast jeden Abend, und Jean fing an, sich um Arthurs Haushalt zu kümmern. Sie stellte zwei neue Dienstmädchen und einen Gärtner ein, sie bereitete einige der kleinen Geschäftsessen, die er öfter gab, vor, plante eine Weihnachtsfeier für die Kinder und half ihm, einen neuen Wagen auszusuchen. Sie nahm sich sogar manchmal ein paar Tage frei, um ihn auf seinen Geschäftsreisen zu begleiten. Mit einemmal war es, als organisierte sie sein ganzes Leben und als könnte er ohne sie nicht mehr auskommen. Immer wieder grübelte Jean darüber nach, was das zu bedeuten habe – tief in ihrem Herzen allerdings wußte sie die Antwort schon längst: Sie liebte ihn, und er liebte sie, und sobald es Marie wieder so gutginge, daß sie diese Veränderung verkraften konnte, würde er sich scheiden lassen und Jean heiraten...

Abgesehen von diesen Plänen bot Arthur Jean nach sechs Monaten eine Stelle in seiner Firma an. Sie wußte nicht, ob sie das Angebot annehmen sollte, denn eigentlich wollte sie nicht mit ihm zusammenarbeiten; sie war in ihn verliebt, und er war wundervoll zu ihr. Als er jedoch den Posten beschrieb, hatte sie plötzlich das Gefühl, vor ihr öffne sich ein Fenster mit einem neuen, herrlichen Ausblick, nach dem sie sich so lange, lange Jahre gesehnt hatte.

Sie würde genau das tun, was sie in den vergangenen sechs Monaten für ihn getan hatte, einfach als Freundin. Feiern organisieren, Hilfskräfte einstellen, sicherstellen, daß die Kinder die passende Kleidung trugen, die richtigen Freunde und die richtigen Kindermädchen hätten. Er fand, daß Jean einen großartigen Geschmack besaß, und er ahnte nicht, daß sie alles, was sie und Tana trugen, selbst nähte. Sogar die Möbel in ihrer kleinen Wohnung hatte sie aufgepolstert. Sie lebten noch immer in dem engen braunen Sandsteinhaus, in der Nähe der früheren Third-Avenue-Hochbahn, und Helen Weissman paßte noch immer auf Tana auf, wenn Jean arbeitete. Wenn sie die Stelle, die Arthur ihr anbot, annahm, so konnte sie Tana in eine anständige Schule schicken; Arthur würde ihr sicher dabei helfen, dort einen Platz für ihre Tochter zu erhalten. Sie würden in eine größere Wohnung ziehen können, die in der Upper East Side lag; zwar handle es sich nicht um die Park Avenue, hatte er lächelnd eingeworfen, doch sei es dort viel hübscher als in ihrer momentanen Umgebung. Als er dann noch die Höhe des Gehaltes erwähnte, das er sich vorstellte, wäre sie beinahe umgefallen vor Begeisterung. Und die Arbeit würde ihr bestimmt ganz leichtfallen. Wäre Tana nicht gewesen, so hätte sie vielleicht abgelehnt. Es war leichter, Arthur nichts zu schulden; aber es war auch eine herrliche Gelegenheit, immer an seiner Seite zu sein. Und wenn Marie erst wieder wohlauf war...

In Arthurs Vorzimmer saß bereits eine Sekretärin vonbei Durning International, doch gleich hinter dem Konferenzraum befand sich ein kleiner, abgelegener Raum, der an Arthurs hübsches, mit Holz getäfeltes Büro grenzte. Sie würde ihn jeden Tag sehen können und immer in seiner Nähe sein. Bald würde sie für ihn noch unentbehrlicher sein.

»Es bleibt eigentlich genauso, wie es bis jetzt gewesen ist«, erklärte er und bat sie erneut, das Angebot anzunehmen, er bot ihr sogar noch mehr Vorteile und ein noch höheres Gehalt. Er sei ohnehin schon von ihr abhängig, behauptete er, er brauchte sie, und auch seine Kinder brauchten sie indirekt, obwohl sie sie noch nicht einmal kannten. Sie wäre der erste Mensch seit Jahren, dem er vertrauen könnte. Fast zwanzig Jahre hatten sich alle auf ihn verlassen, und da wäre plötzlich sie in sein Leben getreten – jemand, an den er sich wenden könnte, der ihn nie im Stich ließe. Er hätte die Angelegenheit ausgiebig überdacht und wollte sie immer in seiner Nähe haben, sagte er an jenem Abend im Bett, nachdem er sie wieder gedrängt hatte, sein Angebot anzunehmen.

Schließlich fiel Jean die Entscheidung trotz der inneren Konflikte gar nicht so schwer, und ihr ganzes Leben verwandelte sich in einen Traum. Sie ging täglich zur Arbeit, manchmal nach einer gemeinsamen Nacht mit Arthur. Seine Kinder waren es gewöhnt, daß er einige Nächte in der Woche in der Stadt blieb, und jetzt, da er in seinem Haus in Greenwich genügend Angestellte hatte, sorgte er sich auch nicht mehr so sehr um die Kinder. Für Ann und Billy war die Zeit nach Maries Abreise sehr schwer, doch inzwischen schienen sie sich wieder beruhigt zu haben. Und als sie Jean kennenlernten, schlossen sie schnell Freundschaft miteinander. Sie ging mit Ann, Billy und Tana ins Kino, schenkte ihnen Spielsachen, kaufte mit ihnen Kleider, fuhr ihre Freunde und Freundinnen nach Hause, ging in die Schule, um mit den Lehrern zu sprechen und sich die Theateraufführungen anzusehen, wenn Arthur nicht in der Stadt war. Und um ihn kümmerte sie sich sogar noch mehr. Er erinnerte an einen wohlgenährten Kater, der genüßlich vor dem Feuer kauert und seine Pfoten putzt. Er lächelte zufrieden, wenn er in Jeans neuer Wohnung, die er ihr besorgt hatte, saß. Das Apartment war zwar nicht luxuriös, bot jedoch genügend Platz für Tana und Jean. Beide hatten ihr eigenes Schlafzimmer, die Küche war praktisch eingerichtet und lag direkt neben dem Eßraum. Vom Wohnzimmerfenster aus hatte man einen herrlichen Blick auf den East River. Die schön angelegte, saubere Wohnanlage, in der Jean nun lebte, bot einen krassen Gegensatz zu dem alten Mietshaus neben der lärmenden Hochbahn, in dem sie so viele Jahre verbracht hatte.

»Weißt du«, sagte Jean lächelnd zu Arthur, »ich bin noch nie so glücklich gewesen.«

»Ich auch nicht.«

Doch wenige Tage später versuchte Marie Durning, sich das Leben zu nehmen. Irgend jemand hatte ihr zugetragen, daß Arthur ein Verhältnis mit einer anderen Frau habe, obgleich die Person verschwieg, mit wem. Ab diesem Zeitpunkt hing alles an einem seidenen Faden. Sechs Monate später sprachen die Ärzte davon, Marie zu entlassen. Mittlerweile arbeitete Jean über ein

Jahr für Arthur. Tana war glücklich in ihrer neuen Schule, ihrem neuen Zuhause, ihrem neuen Leben, ebenso wie Jean selbst. Und plötzlich schien alles zum Stillstand zu kommen. Als Arthur von einem Besuch bei Marie heimkehrte, wirkte er verärgert.

»Was hat sie gesagt?« Jean blickte ihn aus weit aufgerissenen, ängstlichen Augen an. Sie war jetzt dreißig Jahre und sehnte sich nach Sicherheit, Stabilität, sie wollte nicht ihr ganzes Leben lang ein heimliches Verhältnis mit einem verheirateten Mann haben. Aber sie hatte sich nie über ihr Los beklagt, da sie wußte, wie schrecklich krank Marie Durning war und wie sehr Arthur das belastete. Eine Woche zuvor hatte er mit Jean über Heirat gesprochen, und nun blickte er sie mit einem traurigen Ausdruck an, den sie nicht an ihm kannte, als habe er all seine Hoffnungen und Träume begraben.

»Sie droht damit, daß sie noch einmal versuchen würde, sich das Leben zu nehmen, wenn ich mich von ihr trenne.«

»Aber das kann sie dir doch nicht antun! Sie kann dich doch nicht dein ganzes Leben lang damit erpressen!« Jean hätte vor Wut am liebsten laut geschrien. Und das Schlimmste an dieser Situation war, daß niemand etwas gegen diese Drohungen unternehmen konnte – Marie wußte das und nutzte dieses Wissen aus.

Drei Monate nach diesem Gespräch war Marie bereits zu Hause. Sie war jedoch viel zu labil, um sich beherrschen zu können, deshalb mußte sie schon das darauffolgende Weihnachtsfest wieder in der Klinik verbringen. Im nächsten Frühjahr kam sie erneut nach Hause und blieb diesmal bis zum Herbst. Bei den Bridge-Zusammenkünften mit ihren Freundinnen begann sie wieder stark zu trinken. Dieses unerträgliche Hin und Her dauerte sieben Jahre.

Als Marie die Klinik zum erstenmal verließ, war Arthur so aufgeregt, daß er Jean tatsächlich bat, ihr zu helfen. »Sie ist so schrecklich unselbständig, das kann man sich gar nicht vorstellen... ganz anders als du, Liebling. Sie kann allein nicht alles schaffen, sie kann ja kaum denken.«

Und aus Liebe zu Arthur begab sich Jean in die nicht beneidenswerte Lage, für die Ehefrau ihres Geliebten zu sorgen. Zwei oder drei Tage in der Woche verbrachte sie in Greenwich bei Marie und versuchte, sie bei der Führung des Haushalts zu unterstützen. Marie wehrte sich vehement gegen diese Hilfe. Alle wußten, daß sie noch immer nicht vom Alkohol lassen konnte, auch die Kinder. Zuerst waren die beiden über den Zustand ihrer Mutter verzweifelt, dann hatten sie nichts mehr als Verachtung für sie übrig. Ann haßte Marie am meisten; Billy weinte, wenn sie betrunken war. Die Situation war alptraumhaft, und schon nach wenigen Monaten bemerkte Jean, daß sie ebensowenig wie Arthur in der Lage war, Marie sich selbst zu überlassen; das wäre fast so gewesen, als hätte sie ihre Eltern damals im Stich gelassen. Jean war fest davon überzeugt, daß trotz aller Schwierigkeiten noch alles ins Lot kommen würde. Dieser Hoffnung wurde ein jähes Ende gesetzt. Marie kam auf die gleiche Weise ums Leben wie Jeans Eltern. Sie fuhr in die Stadt, um sich dort mit Arthur zu treffen und mit ihm eine Ballettaufführung zu besuchen, und Jean hätte schwören können, daß sie bei ihrem Aufbruch von Greenwich nüchtern gewesen war. Die Vermutung lag nahe, daß Marie eine Flasche bei sich gehabt hatte. Auf einem vereisten Stück des Merritt Parkway, auf halbem Wege nach New York, verlor sie die Gewalt über ihr Fahrzeug und starb noch am Unfallort.

Jetzt waren Jean und Arthur sehr froh, daß Marie niemals erfahren hatte, daß Jean es war, die mit ihrem Mann ein Verhältnis hatte. Jean empfand Maries Tod als besonders schmerzlich, denn sie hatte sie im Laufe der Jahre ins Herz geschlossen. Bei dem Begräbnis weinte Jean mehr als die Kinder, und es vergingen Wochen, bis sie wieder in der Lage war, mit Arthur eine Nacht zu verbringen. Ihre Beziehung dauerte nun schon mehr als acht Jahre, und trotzdem fragte sich Arthur, wie seine Kinder auf eine Heirat reagieren würden. »Auf jeden Fall muß ich noch ein Jahr warten.«

Jean widersprach ihm nicht, er verbrachte ja ohnehin einen

großen Teil seiner Zeit mit ihr, und er war aufmerksam und rücksichtsvoll. Jean hatte noch nie Grund gehabt, sich zu beklagen. Die einzige Bedingung, die sie stellte, war, daß Tana von ihrem Verhältnis mit Arthur nichts erfuhr. Ungefähr ein Jahr nach Maries Tod mußte sie jedoch feststellen, daß es ihnen nicht gelungen war, Tana ihre Beziehung zu verheimlichen.

»Ich bin doch nicht dumm, Mama«, sagte Tana eines Tages. »Ich merke doch, was hier vor sich geht!« Tana war rank und schlank und so hübsch wie Andy, und ihre Augen leuchteten ebenso schelmisch wie seine, als wäre sie ständig im Begriff zu lachen; doch in diesem Moment war das Funkeln aus ihren Augen verschwunden. Zu lange hatte sie unter der Situation gelitten; und als sie Jean jetzt anblickte, kochte sie fast vor Wut. »Er behandelt dich wie den letzten Dreck, und zwar seit Jahren! Warum heiratet er dich nicht, statt sich mitten in der Nacht hereinzuschleichen, um in aller Herrgottsfrühe wieder wegzugehen?«

Jean versetzte ihr eine Ohrfeige, aber Tana schien das nicht zu beeindrucken. Sie hatte zu viele Thanksgivings, die sie zu zweit verbracht hatten, zu viele Weihnachten mit kostspieligen Geschenken aus teuren Geschäften erlebt. Arthur war an den Festtagen niemals bei ihnen, er verbrachte solche Tage auf dem Lande, mit seinen Freunden, selbst dann, wenn Ann und Billy bei ihren Großeltern waren. »Er ist nie bei dir, wenn es wirklich wichtig für dich ist!

Siehst du das denn nicht, Mama?« Dicke Tränen rannen ihr die Wangen hinunter, und sie schluchzte laut. Jean mußte sich abwenden, und als sie versuchte, für Arthur einzutreten, klang ihre Stimme heiser.

»Das stimmt nicht.«

»Doch, es stimmt! Er läßt dich immer allein! Und er behandelt dich wie ein Dienstmädchen! Du führst seinen Haushalt, fährst seine Kinder spazieren, der einzige Unterschied ist, daß er dich mit diamantbesetzten Uhren und goldenen Armbändern, Taschen, Geldbörsen und Parfüm belohnt. Und wo ist *er*? Das ist doch wichtig, oder etwa nicht?«

Was sollte sie darauf erwidern? Sollte sie ihr eigenes Kind belügen? Es brach ihr fast das Herz, daß Tana soviel mitbekommen hatte. »Er tut, was er tun muß.«

»Da irrst du dich. Er tut, was er tun will.« Tana hatte ein für ein fünfzehnjähriges Mädchen ungewöhnlich klares Urteilsvermögen. »Er möchte in Greenwich mit seinen Freunden zusammensein, Sommerurlaub in Bal Harbour machen und den Winter in Palm Beach verbringen. Auf eine langweilige Geschäftsreise nach Dallas darfst du ihn begleiten, da braucht er dich, aber hast du je die Ferien in Palm Beach mit ihm verbracht? Hat er uns irgendwann zu einem Wochenende eingeladen? Zeigt er Ann und Billy gegenüber, was du ihm bedeutest? Nein! Alles, was er tut, ist, bei Nacht und Nebel zu dir zu schleichen, damit ich nicht merke, was los ist, aber, verdammt noch mal, ich weiß, was vor sich geht... ich weiß es ...« Sie bebte am ganzen Körper vor Zorn, zu oft hatte sie den Kummer in Jeans Blick gesehen. Das Schreckliche war, daß Tana, obwohl Jean es noch immer bezweifelte, recht hatte. Tatsächlich war dieses Arrangement für Arthur sehr bequem, und er war nicht entschlossen genug, mit seinen Kindern die Konflikte, die eine Heirat mit sich bringen würde, auszufechten. Er fürchtete sich davor, daß Ann und Billy eine Verbindung mit Jean nicht gutheißen würden. Obwohl er in geschäftlichen Angelegenheiten sehr konsequent und unnachgiebig sein konnte, war er nicht in der Lage, seine privaten Probleme in den Griff zu bekommen. Er hatte schon damals nicht den Mut gehabt, Maries Selbstmorddrohungen in den Wind zu schlagen und sie zu verlassen, im Gegenteil, er hatte ihre alkoholischen Exzesse bis zum Schluß geduldet. Und nun schonte er auf ähnliche Weise seine Kinder, aber Jean bereitete seine Unentschlossenheit große Probleme. Sie konnte nicht glauben, daß Tanas Urteil über Arthur zutraf, und sie versuchte an diesem Abend mit ihm über das Benehmen ihrer Tochter zu sprechen. Er hatte jedoch nur ein müdes Lächeln für sie übrig. Sein Tag war sehr anstrengend gewesen, und jetzt wollte er sich entspannen, außerdem machten ihm seine eigenen Kinder schon genug Ärger.

»In diesem Alter sind alle schwierig. Zum Teufel, schau dir meine zwei an.«

Billy war siebzehn und in diesem Jahr bereits zweimal wegen Trunkenheit am Steuer auf der Polizeiwache festgehalten worden, und Ann war gerade im zweiten Collegejahr, im Alter von neunzehn Jahren, aus Wellesley hinausgeworfen worden. Jetzt wollte sie mit ihren Freundinnen nach Europa fahren, obwohl Arthur der Meinung war, daß sie besser eine Weile zu Hause verbringen sollte. Sogar Jean hatte versucht, Ann bei einem gemeinsamen Essen zur Vernunft zu bringen; aber sie hatte Jean abblitzen lassen und ihr gesagt, daß sie bis zum Ende des Jahres schon noch erreichen würde, was sie wollte.

Und sie hielt Wort. Den nächsten Sommer verbrachte sie im Süden Frankreichs. Dort lernte sie einen siebenunddreißigjährigen Playboy kennen, den sie kurz darauf in Rom heiratete. Sie wurde schwanger, hatte eine Fehlgeburt und kehrte mit dunklen Ringen unter den Augen und einer Vorliebe für Tabletten nach New York zurück. Ihre Heirat war natürlich durch die internationale Presse gegangen, und Arthur war angewidert gewesen, als er den »jungen Mann« kennenlernte. Es kostete Arthur ein Vermögen, ihn wieder loszuwerden. Ann blieb in Palm Beach, um sich zu erholen, wie Arthur behauptete. Sie geriet jedoch auch dort wieder in Schwierigkeiten und verbrachte die Nächte feiernd und trinkend mit gleichaltrigen Jungen oder sogar mit deren Vätern, wenn es die Situation ergab. Sie war auf eine Weise ungestüm, die Jean nicht billigte, aber Ann war inzwischen einundzwanzig, und Arthur konnte ihr kaum noch etwas vorschreiben. Sie hatte ein enormes Vermögen von ihrer Mutter geerbt und verfügte über die Mittel, um ein ausgelassenes Leben führen zu können. Noch ehe sie zweiundzwanzig war, reiste sie bereits wieder nach Europa und tobte sich dort aus. Und das einzige, was Arthur etwas aufmunterte, war, daß Billy in diesem Jahr in Princeton bleiben konnte, obwohl ihm schon mit der Entlassung gedroht wurde, weil er auch dort schon sehr viel angestellt hatte.

»Ich muß sagen, viel Seelenfrieden lassen einem die Kinder

nicht gerade, nicht wahr, Liebes?« Sie verbrachten jetzt ruhige gemeinsame Abende in Greenwich, doch Jean bestand jedesmal darauf, nach Hause zurückzukehren, ganz gleich, wie spät es wurde. Seine Kinder waren zwar nicht mehr da, doch Tana lebte noch bei ihr, und Jean wäre niemals über Nacht fortgeblieben, es sei denn, Tana besuchte eine Freundin oder fuhr über das Wochenende zum Skilaufen. Jean hatte bestimmte Prinzipien, an die sie sich stets hielt, und Arthur gefiel das. »Weißt du, am Ende tun Kinder doch, was sie wollen, Jean – ganz gleich, mit welch gutem Beispiel du auch vorangehst.« Gewissermaßen hatte er recht, trotzdem kritisierte er nie Jeans Verhaltensweisen und bat sie auch nie sehr eindringlich, zu bleiben. Er war es gewöhnt, seine Nächte allein zu verbringen, und wenn sie einmal wirklich bei ihm übernachtete, genossen sie es um so mehr. Sehr leidenschaftlich verlief ihre Beziehung zwar nicht mehr, doch sie war angenehm und bequem für beide, besonders für ihn. Sie bat ihn nicht um mehr, als er bereit war zu geben, und er wußte, wie dankbar sie für alles war, was er für sie in den Jahren getan hatte. Er hatte ihr eine Sicherheit gegeben, die sie ohne ihn möglicherweise nie gehabt hätte, außerdem eine herrliche Stelle angeboten und ihr geholfen, für ihre Tochter eine gute Schule zu finden. Oft machte er ihr Juwelen oder Pelze zum Geschenk oder nahm sie mit auf eine Geschäftsreise. Arthur konnte sich solche Geschenke leisten, und Jean war froh, daß sie nicht mehr alles selbst machen mußte. Obwohl sie noch immer ausgezeichnet mit Nadel und Faden umgehen konnte, hatte sie es jetzt dank Arthurs Großzügigkeit nicht mehr nötig, Möbel, die sie aus zweiter Hand erstanden hatte, selbst zu beziehen oder ihre und Tanas Kleider selbst zu schneidern. Sie hatte eine Putzfrau, die zweimal in der Woche das Apartment saubermachte, ein gemütliches Heim, und Arthur wußte, daß sie ihn liebte. Auch er liebte sie, aber er hatte sich sehr an den Zustand ihrer Beziehung gewöhnt, und seit Jahren war zwischen ihnen nicht mehr die Rede von einer Heirat. Dazu bestand nun kein Anlaß mehr. Ihre Kinder waren erwachsen, Arthur war vierundfünfzig Jahre alt, sein Firmenreich blühte, und Jean war noch immer attraktiv und fast jugendlich, obgleich sie seit ein paar Jahren etwas gesetzter aussah, was sie für ihn nur noch anziehender machte. Kaum vorstellbar, daß sie sich schon zwölf Jahre kannten! Arthur hatte Jean zu ihrem vierzigsten Geburtstag im letzten Frühjahr eine einwöchige Reise nach Paris geschenkt, von der beide begeistert zurückkehrten. Jean brachte Dutzende kleiner Kostbarkeiten für Tana mit und bezauberte sie mit endlosen Erzählungen, auch darüber, wie sie im »Maxim« an ihrem Geburtstag gespeist hatten. Es war traurig für Jean, nach einer solchen Reise nach Hause zu kommen, morgens allein aufzuwachen, nachts die Hand nach Arthur auszustrecken und ihn nicht zu finden, aber sie lebte bereits so lange auf diese Weise, daß es sie nicht mehr störte. Zumindest redete sie sich das ein. Und Tana hatte ihr, nach ihrem Gemütsausbruch vor drei Jahren, nie wieder Vorwürfe gemacht. Sie hatte sich später deswegen geschämt; ihre Mutter war immer so gut zu ihr gewesen. »Ich will doch nur das Beste für dich, das ist alles. Ich will, daß du glücklich bist... daß du nicht dauernd allein bist... «

»Das bin ich ja nicht, mein Liebling, ich habe ja dich.« Tränen standen in Jeans Augen.

»Das ist aber nicht dasselbe.« Sie hatte ihre Mutter in die Arme geschlossen, und dieses Thema war nie wieder angeschnitten worden. Jean ärgerte sich oft, daß zwischen Arthur und Tana nicht gerade ein herzliches Verhältnis herrschte. Tatsächlich hätte sie jetzt große Bedenken, wenn er darauf bestanden hätte, sie zu heiraten, weil Tana ihn ablehnte. Sie fand, daß Arthur ihre Mutter in den letzten zwölf Jahren ausgenutzt hatte, ohne ihr wirklich etwas für ihre Hilfsbereitschaft zu geben.

»Wie kannst du so etwas sagen? Wir haben ihm so viel zu verdanken!« Jean erinnerte sich noch gut an das Leben in der Wohnung neben der Hochbahn – an Tanas magere Wangen, an die Abende, an denen sie dem Kind nicht einmal Fleisch zum Essen vorsetzen konnte, oder an die Tage, an denen sie ein Lammkotelett oder ein kleines Steak für ihre Tochter kaufte und selbst drei oder vier Tage lang Makkaroni aß. Tana hatte all diese Entbehrungen bereits vergessen.

»Was haben wir ihm zu verdanken? Daß wir hier in dieser Wohnung wohnen? Na und? Du arbeitest doch, Mama, und wir könnten uns genauso eine Wohnung wie die hier leisten! Du könntest überhaupt auch ohne ihn eine ganze Menge für uns tun!« Jean war davon nicht überzeugt. Sie hätte niemals den Mut gehabt, Arthur zu verlassen: Den Arbeitsplatz bei Durning International zu verlieren – nicht mehr seine Angelegenheiten regeln zu können – oder aus der Wohnung ausziehen zu müssen, dieser Gedanke ängstigte sie sehr. Sie würde all ihre Sicherheit verlieren und auf vieles, was ihr inzwischen schon selbstverständlich geworden war, verzichten müssen. Sie hätte keinen Wagen mehr, den er ihr alle zwei Jahre zur Verfügung stellte, damit sie nach Greenwich kommen konnte, wann immer sie wollte... Es war nicht so, daß ihr so unsagbar viel an den teuren Geschenken gelegen hätte – nein, ihr ging es um mehr als das. Jean war froh zu wissen, daß Arthur da war, wenn sie ihn brauchte, und sie wäre sehr verunsichert, wenn sie ohne ihn leben müßte – sie waren nun schon so lange zusammen. Tana mochte glauben, was sie wollte – Jean konnte das alles nicht aufgeben.

»Und was passiert, wenn er stirbt?« hatte Tana sie einmal unverblümt gefragt. »Dann bist du ganz allein, ohne Stelle, ohne alles.

Wenn er dich liebt, warum heiratet er dich dann nicht, Mama?«

»Na ja, so wie es jetzt ist, ist es uns beiden angenehm.«

Tanas Augen waren groß und funkelten kalt, wie Andys Augen früher, wenn er einmal nicht einer Meinung mit ihr war. »Das reicht aber nicht, Mama. Er ist dir mehr als das schuldig. Es ist so verdammt einfach für ihn!«

»Für mich ist es das aber auch, Tana.« Sie war an diesem Abend nicht imstande, mit ihr zu streiten. »So muß ich mich nicht an seinen Alltag gewöhnen. Ich lebe so, wie es mir gefällt, ganz nach meinen Vorstellungen, und wenn ich Lust dazu habe, kann ich mit ihm nach Paris oder London oder Los Angeles fahren. Das ist doch kein schlechtes Leben.« Sowohl Tana als auch Jean wußten, daß das nicht so ganz der Wahrheit entsprach, das Leben war nicht so herrlich und problemlos, wie Jean es darstellte, aber es war zu spät für eine Veränderung.

Während Jean jetzt die Papiere auf ihrem Schreibtisch ordnete, spürte sie auf einmal Arthurs Gegenwart im Zimmer. Irgendwie wußte sie immer, wann er in ihrer Nähe war, als ob man ihr vor Jahren eine Art Radar eingesetzt hätte, der nur dazu bestimmt war, ihn aufzuspüren. Er hatte ihr Arbeitszimmer ganz leise betreten, beobachtete sie und wartete, daß sie den Kopf hob.

»Hallo!« Sie lächelte dieses besondere Lächeln, das sie ihm seit zwölf Jahren schenkte, und ihm wurde warm ums Herz. »Wie war dein Tag?«

»Ganz gut.« Seit mittags hatten sie einander nicht mehr gesehen, das kam höchst selten vor. Sie pflegten sich immer zwischendurch zu treffen, um vormittags zusammen Kaffee zu trinken oder gemeinsam zum Mittagessen zu gehen. In all den Jahren hatte es immer wieder Klatsch in der Firma über sie gegeben, besonders kurz nach Maries Tod. Doch nach und nach hatte sich das Gerede gelegt, wohl weil man annahm, sich getäuscht zu haben, und weil es schien, daß Jean und Arthur lediglich Freunde wären. Vielleicht war es im Laufe der Zeit auch langweilig geworden, über eine Beziehung zu mutmaßen, die die Betroffenen so streng vertraulich behandelten und niemandem preisgaben.

Arthur ließ sich in seinen Lieblingssessel vor ihrem Schreibtisch nieder und zündete sich eine Pfeife an. Sie liebte den Geruch des Tabaks, er gehörte zu Arthur. Überall, in sämtlichen Räumen, die er betreten hatte, selbst in ihrem Schlafzimmer, hing dieser Duft.

»Wie wäre es, wenn wir morgen zusammen den Tag in Greenwich verbringen würden, Jean? Warum schwänzen wir nicht zur Abwechslung einmal?« Er tat so etwas nur selten, aber in den vergangenen sieben Wochen hatte er hart an einer Firmenfusionierung gearbeitet, und bestimmt würde ihm ein freier Tag guttun, und sie wünschte, er würde sich öfter freinehmen. Diesmal allerdings schüttelte sie mit einem bedauernden Lächeln den Kopf.

»Ich würde sehr gern einmal faulenzen, aber morgen bin ich anderweitig beschäftigt, es ist doch unser großer Tag.« Solche Dinge vergaß er oft, aber sie hatte auch nicht damit gerechnet, daß er an Tanas Abschlußfeier denken würde. Er blickte sie verständnislos an, und Jean lächelte glücklich, als sie nur »Tana« sagte.

»Ach ja, natürlich! Wie dumm von mir! Es ist gut, daß du dich auf mich nicht so verläßt wie ich mich auf dich! Das würde dir oft nur Probleme bringen!«

»Das bezweifle ich.« Sie lächelte liebevoll. Oft hatten sie das Gefühl, gar keine Worte mehr miteinander wechseln zu müssen, so gut verstanden sie sich. Jean Roberts hatte, trotz der Dinge, die ihre Tochter ihr gelegentlich vorwarf oder beanstandete, alles, was sie sich wünschte. Wenn sie so dasaß, zusammen mit dem Mann, den sie schon so lange liebte, wurde ihr bewußt, daß sie nichts entbehrte.

»Ist Tana schon sehr aufgeregt wegen der Feier?« Er lächelte Jean an. Sie war auf ihre Art noch immer eine sehr anziehende Frau, mit dem von grauen Strähnen durchzogenen Haar, den großen, wunderschönen, dunklen Augen, den feinen Gesichtszügen. Tana war größer und schmaler als sie, fast etwas staksig wie ein Fohlen, und doch von einer Schönheit, die in den kommenden Jahren viele Männer auf der Straße veranlassen würde, sich nach ihr umzudrehen.

Das junge Mädchen hatte beschlossen, das Green-Hill-College im Süden zu besuchen, und es sogar geschafft, dort angenommen zu werden. Zwar war diese Wahl für ein New Yorker Mädchen ungewöhnlich, denn hauptsächlich studierten dort südliche Schönheiten, aber das College war bekannt für sein ausgezeichnetes Sprachprogramm und seine hervorragenden Laboratorien, außerdem legte man in Green Hill großen Wert auf das Studium der schönen Künste. Tana hatte ihre Entscheidung getroffen und aufgrund ihrer guten Noten ein Vollstipendium bewilligt bekommen.

Und jetzt war sie bereit, ihr neues Leben anzutreten. Den Sommer über wollte sie in New England in einem Ferienlager arbeiten, und im Herbst würde sie dann nach Green Hill ziehen. Und morgen stand ein ganz besonderer Tag bevor, die Abschlußfeier.

»Falls die Lautstärke ihres Plattenspielers etwas über ihre Gefühle auszusagen vermag«, lächelte Jean, »so muß sie hysterisch sein.«

»Ach, da fällt mir ein ... Billy und vier Freunde kommen nächste Woche zu Besuch. Fast hätte ich vergessen, es dir zu erzählen! Sie wollen im Teichhaus wohnen – hoffentlich stecken sie es nicht in Brand! Er rief gestern abend an. Ein Glück, daß sie nur zwei Wochen bleiben!«

Billy Durning war mittlerweile zwanzig und wilder denn je, den Briefen nach zu urteilen, die aus dem College eintrafen. Jean wußte, daß ihn der Tod seiner Mutter aus der Bahn geworfen hatte, er war, als der Unfall passierte, gerade erst sechzehn Jahre alt gewesen und hatte ohnehin genug eigene Probleme gehabt. Der Verlust seiner Mutter hatte ihn hart getroffen, aber er war dabei, all das Schreckliche allmählich zu überwinden.

»Er gibt nächste Woche übrigens eine Party, am Samstagabend, soweit ich weiß. Er ›informierte‹ mich darüber und bat, ich möchte es an dich weitergeben.«

Sie lächelte. »Ich werde es mir vormerken. Irgendwelche besonderen Wünsche?«

Arthur grinste. Wie gut Jean sie doch alle kannte! »Ja, er will eine Musikkapelle. Außerdem sollen wir uns auf zwei- bis dreihundert Gäste gefaßt machen. Ach ja, und dann lad Tana doch bitte ein, vielleicht hat sie Lust hinzukommen! Einer von Billys Freunden kann sie ja mit dem Auto abholen.«

»Gern, ich sage es ihr. Sie wird sich sicher freuen.« Doch Jean wußte, daß das nicht zutraf. Tana hatte Billy Durning noch nie gemocht, doch Jean konnte von ihr verlangen, daß sie höflich zu ihm war, wenn sie zusammentrafen. Und auch diesmal würde

Jean darauf bestehen, daß Tana Billys Einladung annahm, nicht zuletzt um sich für alles, was sein Vater für sie getan hatte, dankbar zu erweisen. Jean ließ Tana das niemals vergessen.

» . . . ich gehe nicht dahin!« Störrisch funkelte Tana Jean an, während aus ihrem Zimmer ohrenbetäubende Musik dröhnte. Paul Anka sang schmalzig »Put Your Head on My Shoulder«, und zu Jeans Leidwesen bereits zum siebtenmal.

»Wenn er so nett ist, dich einzuladen, dann könntest du wirklich hingehen und wenigstens eine kurze Weile bleiben!« Derartige Diskussionen waren nichts Neues, doch Jean war fest entschlossen, sich durchzusetzen. Sie duldete keine Unhöflichkeit gegenüber den Durnings.

»Wie stellst du dir das vor – eine kurze Weile? Ich brauche ja schon eine Stunde, um hinzufahren, und ebenso lange, bis ich wieder zu Hause bin. Soll ich also zehn Minuten bleiben?« Mit einer wütenden Geste warf sie ihr langes weizenblondes Haar über die Schulter. Sie wußte genau, wie unnachgiebig ihre Mutter in derartigen Fragen war. »Mein Gott, Mama, wir sind doch keine kleinen Kinder mehr! Wieso zwingst du mich, eine Einladung anzunehmen, wenn ich keine Lust dazu habe? Wieso kann ich nicht einfach ›nein‹ sagen? Was ist denn daran so unhöflich? Es kann ja sein, daß ich schon etwas anderes vorhabe. In zwei Wochen bin ich sowieso fort... und ich will mich vorher noch mit allen meinen Freunden treffen... Wir sehen einander vermutlich nie wieder...« Sie wirkte unglücklich, und Jean mußte lächeln.

»Gut, Tana, laß uns ein anderes Mal darüber sprechen.« Doch Tana wußte bereits, welches Ergebnis eine solche Diskussion bringen würde. Am liebsten hätte sie laut gestöhnt. Ihre Mutter würde niemals nachgeben, sie würde darauf bestehen, daß sie diese verfluchte Party besuchte! Ausgerechnet bei diesem schmierigen Typen! Sie konnte ihn nicht ausstehen und seine Schwester Ann noch weniger. Die war eingebildet, hochnäsig und außerdem eine Schlampe – ganz gleich, wie fein sie sich auch in Jeans Anwesenheit gab. Tana ahnte, daß Ann sich oft mit Männern einließ, sie hatte sie ja auch bei Billys früheren Festen erlebt, wenn sie zuviel getrunken hatte. Hinzu kam, daß Ann Jean auf so eine gönnerhafte Weise behandelte, daß Tana sie manchmal am liebsten geohrfeigt hätte.

Tana wußte, daß sie ihrer Mutter niemals erzählen durfte, was sie über die Durnings dachte, ja sie durfte es nicht einmal andeuten, sonst würde unweigerlich wieder Krieg zwischen ihnen ausbrechen – es wäre nicht das erste Mal. An diesem Abend jedoch war sie nun ganz gewiß nicht dazu aufgelegt, sich zu streiten.

»Ich möchte nur gleich klarstellen, Mutter, daß ich nicht beabsichtige, zu der Party zu gehen!«

»Du hast ja noch eine Woche Zeit, du mußt dich also nicht gleich heute entscheiden.«

»Ich wollte es dir nur schon mal sagen.« Die grünen Augen blitzten Jean stürmisch und unheilvoll an, und wenn ihre Tochter in solch einer Verfassung war, zog Jean es vor, ihr nicht zu widersprechen.

»Was gibt es denn heute zum Abendessen?«

Diese Ausweichtaktik war Tana nur zu gut bekannt. Darin war ihre Mutter eine wahre Meisterin, und im Augenblick war es Tana lieber, darauf einzugehen, sie folgte Jean in die Küche.

»Ich habe für dich ein Steak aus der Tiefkühltruhe herausgenommen. Ich gehe heute mit Freunden aus.« Sie sah Jean schüchtern an. Sosehr sich Tana auch danach sehnte, ihr eigenes Leben führen zu können, so sehr haßte sie es auch, ihre Mutter allein zu lassen. Sie war sich bewußt, wieviel sie ihrer Mutter verdankte, wieviel sie für sie geopfert hatte. Ja, sie verdankte ihr alles – und nicht Arthur Durning oder seinen egoistischen, verzogenen Kindern. »Macht es dir etwas aus, Mama? Wenn ja, bleibe ich hier bei dir.« Ihre Stimme klang sanft. Jean wandte sich zu ihr um; ihre Tochter wirkte älter als achtzehn in diesem Moment. Sie hatten eine ganz besondere Beziehung zueinander, weil sie so lange allein gelebt, so viel Leid und Freude miteinander geteilt hatten. Jean hatte ihre Tochter nie enttäuscht, und Tana war ein einfühlsames, rücksichtsvolles Kind.

Jean lächelte. »Nein, ich möchte, daß du mit deinen Freunden ausgehst, Liebling. Morgen ist ja ein ganz besonderer Tag für dich.«

Sie hatten beschlossen, am nächsten Tag im »21« zu Abend zu essen. Jean ging sonst nur mit Arthur dorthin, da es ein sehr teures Lokal war, doch zu einem solchen Anlaß konnten sie sich es leisten, einmal dort auf eigene Rechnung zu essen. Jean brauchte schon lange nicht mehr jeden Cent umzudrehen, da sie im Vergleich zu früher ein ansehnliches Gehalt von Durning International bezog. Trotzdem hatte sie die ihr eigene Sparsamkeit und Vorsicht nicht abgelegt und ging mit ihren Mitteln nicht verschwenderisch um. Seit Andys Tod hatte sie sich oft genug Sorgen machen müssen, und manchmal hatte sie zu Tana gesagt, daß ihre Vorsicht der Grund dafür wäre, daß es ihnen jetzt so gutgehe. Sie hatte ihr Leben nie leichtgenommen, ganz im Gegensatz zu Andy, der nie etwas als besonders tragisch empfunden hatte. Und Tana ähnelte ihm sehr. Sie war fröhlicher als ihre Mutter, ausgelassener, lebenslustiger; aber sie war ja auch nie in wirklichen Schwierigkeiten, da Jean sie vor allem bewahrte.

»Ich freue mich schon auf morgen abend.« Tana war tief gerührt gewesen, als Jean ihr eröffnete, daß sie sie ins »21« ausführen wolle.

»Ich mich auch. Wohin geht ihr denn heute abend?«

»Ins ›Villa‹, zum Pizzaessen.«

»Paß gut auf dich auf!« Jean runzelte die Stirn. Sie sorgte sich immer um ihre Tochter, wenn sie fortging.

»Ja, das tue ich sowieso.«

»Sind da auch Jungen dabei, die euch beschützen?« Sie mußte über ihre eigenen Worte lächeln. Manchmal wußte man nicht, ob die jungen Männer einen Schutz oder eine Bedrohung darstellten, manchmal waren sie beides zugleich. Tana erriet ihre Gedanken und nickte lachend.

»Ja! Wirst du dir nun noch mehr Sorgen machen?«

»Ja, natürlich.«

»Das ist wirklich albern von dir! Aber ich liebe dich!« Sie warf

Jean die Arme um den Hals, küßte sie und verschwand in ihrem Zimmer, um die Musik noch lauter zu machen. Jean fuhr zusammen, ertappte sich dann aber dabei, daß sie mitsang. Oft genug hatte sie dieses Lied ja schließlich gehört.

Nach einer Weile stellte Tana den Plattenspieler ab und kam, in einem weißen Kleid mit großen, schwarzen Tupfen, einem breiten, schwarzen Lackledergürtel und schwarz-weißen Schuhen, aus ihrem Zimmer. Wie wunderbar still es auf einmal ist, durchzuckte es Jean. Und dann fiel ihr ein, daß es in Zukunft immer sehr still in der Wohnung sein würde, wenn Tana erst fort war. Viel zu still, wie auf einem Friedhof.

»Viel Spaß!«

»Ja, danke. Ich werde nicht spät heimkommen.«

»Na, damit rechne ich lieber nicht zu fest.« Jean lächelte. Da Tana achtzehn war, durfte sie entscheiden, wann sie abends nach Hause kam. Jean wollte ihr in dieser Beziehung keine Vorschriften mehr machen, und meistens benahm Tana sich auch vernünftig. Um halb zwölf Uhr hörte Jean ihre Tochter nach Hause kommen. Sie klopfte leise an Jeans Tür, flüsterte: »Ich bin wieder da«, und zog sich in ihr Zimmer zurück. Jean drehte sich um und schlief ein.

Den folgenden Tag würde Jean wohl niemals mehr vergessen, auch nicht den Anblick dieser jungen, so unschuldig wirkenden Mädchen in einer Reihe, die mit Kränzen aus Gänseblümchen geschmückt waren. Die jungen Männer standen mit feierlicher Miene dahinter. Alle sangen aus voller Kehle und sahen dabei so jung, so kraftvoll aus; so neu und frisch, als würden sie eben erst in diese Welt geboren, eine Welt voller Politik, Lügen und Leid.

Kaum traten sie ins Leben, würden Schwierigkeiten und Kummer auf sie einstürmen. Vorbei war es mit dem unbeschwerten Leben ihrer Kindheit. Tränen der Rührung liefen Jean die Wangen hinunter, als die Schulabgänger der Reihe nach langsam aus dem Auditorium marschierten und ein letztes Mal gemeinsam ein Lied sangen. Jean schämte sich, als ihr ein Schluchzer entfuhr, doch war sie nicht die einzige, selbst einige Väter weinten. Auf einmal brach ein Höllenlärm aus, und die ehemaligen Schüler jubelten und schrien in der Halle durcheinander, küßten und umarmten sich und machten einander Versprechungen, die sie wohl niemals einhalten würden. Sie wollten gemeinsam verreisen, einander nie vergessen, sich immer wieder treffen ... nächstes Jahr ... eines Tages ... Jean beobachtete sie still, ganz besonders natürlich Tana, die über das ganze Gesicht strahlte, und alle waren so aufgeregt, so glücklich, so rein.

Tana war auch noch entsetzlich aufgeregt, als sie an diesem Abend ins »21« gingen, wo sie vorzüglich speisten und Jean sie mit einer Flasche Champagner überraschte. Eigentlich wollte sie nicht, daß Tana Alkohol trank. Ihre Erfahrungen mit ihren Eltern und mit Marie Durning hatten sie vorsichtig gemacht, und außerdem war Tana noch so jung; aber an einem so wichtigen Tag konnte man schon mal eine Ausnahme machen. Als die Sektgläser leer waren, überreichte Jean ihrer Tochter die kleine Geschenkschachtel von Arthur. Er hatte Jean gebeten, etwas für Tana zu besorgen. Er kaufte niemals selbst irgendwelche Geschenke, selbst nicht die für seine Kinder. In der Schachtel befand sich ein wunderschöner goldener Armreif, den sich Tana vorsichtig über das Handgelenk streifte.

»Das ist wirklich nett von ihm, Mama.« Allzu erfreut schien sie jedoch nicht zu sein. Sie kannten beide den Grund, aber Tana schwieg. Sie wollte ihre Mutter nicht verärgern.

Am Ende der Woche hatte Tana eine wichtige Schlacht gegen ihre Mutter verloren. Sie konnte es nicht länger ertragen, dauernd bedrängt zu werden, und hatte schließlich eingewilligt, Billy Durnings Party zu besuchen. »Aber das ist das letzte Mal, daß ich zu einer dieser Partys gehe! Okay?«

»Warum mußt du so dickköpfig sein, Tana? Es ist doch nett von Billy, dich einzuladen.«

»Warum?« Tanas Augen funkelten wütend, und sie verlor die Beherrschung. »Weil ich die Tochter einer Angestellten bin? Heißt das, daß das eine besondere Gunst der allmächtigen Durnings ist? So, als ob man das Dienstmädchen zu sich einlädt?«

Tränen traten in Jeans Augen, und Tana lief in ihr Zimmer, wütend auf sich selbst, weil sie die Beherrschung verloren hatte. Sie konnte es einfach nicht ertragen, wie ihre Mutter über die Durnings dachte, nicht nur über Arthur, sondern auch über Ann und Billy. Es widerte sie an, daß ihre Mutter tat, als wäre jedes Wort, jede kleine Geste von ihnen ein Riesengefallen, für den man dankbar sein müßte. Und Tana wußte nur zu gut, wie Billys Feste verliefen. Sie hatte schon mehrere miterlebt und mühsam durchgestanden. Es wurde zuviel getrunken, zuviel geknutscht, alle wurden beschwipst und schließlich betrunken. Sie haßte diese Partys, und sie war sicher, daß dieser Abend nicht anders verlaufen würde, als sie es voraussah.

Billys Freund, der nicht weit von Tana wohnte, holte sie in einer roten Corvette, die er von seinem Vater bekommen hatte, ab. Er raste mit einhundertunddreißig Stundenkilometern nach Greenwich, um Tana zu beeindrucken, er hatte jedoch absolut keinen Erfolg. Tana kam ebenso schlecht gelaunt in Greenwich an, wie sie von zu Hause weggefahren war. Sie trug ein weißes Seidenkleid, dazu flache weiße Schuhe, und ihre langen schlanken Beine wirkten auffällig anmutig, als sie aus dem niedrigen Wagen stieg. Sie warf ihr Haar über die Schulter und sah sich um; wahrscheinlich kannte sie hier kaum jemanden. Als sie noch jünger war, war es ihr noch unangenehmer gewesen, auf die Feste der Durnings zu gehen. Doch heute war es leichter für sie. Drei Jungen in Madras-Jacketts stürmten auf sie zu und boten an, einen Drink für sie zu holen. Sie antwortete nur vage und mischte sich eilig unter die Menge, um den schrecklichen jungen Mann, der sie nach Greenwich gefahren hatte, loszuwerden. Sie schlenderte eine halbe Stunde im Garten umher und wünschte, sie wäre nicht gekommen, beobachtete Gruppen kichernder Mädchen, die Bier oder Gin- Tonic tranken, begafft von den männlichen Anwesenden. Nach einiger Zeit ertönte laute Musik, und Paare fanden sich zum Tanzen zusammen. Eine halbe Stunde später brannte nur noch spärlich Licht, und Körper drängten sich eng aneinander. Tana bemerkte mehrere Paare, die sich im Garten amüsierten. Erst jetzt erblickte sie Billy Durning. Bei ihrer Ankunft hatte er sich nicht sehen lassen. Er kam auf sie zu und schien sie abschätzend zu betrachten.

Obwohl sie sich oft schon gesehen hatten, schien sie Billy immer wieder so zu taxieren, als ob er sie kaufen wollte, und Tana reagierte wie jedesmal: Auch heute wurde sie entsetzlich wütend.

»Guten Abend, Billy.«

»Hallo! O Gott, du bist ganz schön groß!« Keine sonderlich großartige Art, jemanden zu begrüßen, und außerdem war Billy beträchtlich größer als sie. Also was sollte das? Als nächstes starrte er auf ihre Brüste, und sie hätte ihn am liebsten vor das Schienbein getreten. Doch sie biß die Zähne aufeinander und beschloß, noch einen Versuch zu machen, sich anständig zu benehmen, ihrer Mutter zuliebe.

»Danke, daß du mich eingeladen hast!« Ihre Augen straften ihre Worte Lügen.

»Wir können immer ein paar zusätzliche Mädchen gebrauchen.« Wie Vieh! So viele Köpfe... Brüste... Beine...

»Danke.«

Er zuckte lachend die Achseln. »Hast du Lust hinauszugehen?« Sie wollte schon ablehnen, besann sich dann aber eines besseren. Warum nicht? Er war zwar zwei Jahre älter als sie, benahm sich jedoch, bis auf seine Trinkerei, meistens wie ein Zehnjähriger.

Er ergriff ihren Arm und führte sie an lauter unbekannten Gesichtern vorbei, bis sie den kunstvoll angelegten Garten erreichten. An seinem Ende befand sich das Teichhaus, in dem Billy und seine Freunde ihr Lager aufgeschlagen hatten. Am Abend zuvor hatten sie bereits einen Tisch und zwei Stühle verbrannt, und Billy hatte seine Kumpane warnen müssen, es nicht so wild zu treiben, sein alter Herr bringe sonst alle um. Arthur hatte es allerdings vorgezogen, sich für eine Woche aufs Land zurückzuziehen, da er Billys Nähe und seine Frechheiten nicht ertragen konnte. »Du solltest mal sehen, wie hoch es bei uns hergeht!«

Billy deutete grinsend auf das Teichhaus in der Ferne. Wütend dachte Tana daran, daß ihre Mutter diejenige sein würde, die alles, was diese Kerle kaputtmachten, später wieder in Ordnung bringen und dazu auch noch Arthur beruhigen mußte, wenn er nach Hause zurückkehrte und die Spuren der Verwüstungen entdeckte.

»Warum versucht ihr nicht einmal, euch nicht wie die Tiere zu benehmen?« Sie blickte ihn treuherzig an, und einen Augenblick schien er aus der Fassung zu geraten. Dann plötzlich blitzte es böse in seinen Augen.

»Diese Bemerkung war wirklich ziemlich blöde, aber du bist wahrscheinlich schon immer so doof gewesen, oder? Hätte mein alter Herr nicht dafür bezahlt, daß du diese Schule in New York besuchen konntest, wärst du wohl in irgend so einem öffentlichen Schul-Freudenhaus auf der West Side gelandet und hättest es mit deinem Lehrer getrieben!«

Tana war so schockiert, daß ihr der Atem stockte und sie Billy nur anstarren konnte. Dann drehte sie sich wortlos um und ging davon. Sein Gelächter verfolgte sie. Was für ein mieser Schweinehund er doch ist, dachte sie, während sie sich einen Weg durch die Menge ins Haus bahnte.

Sie entdeckte den jungen Mann, der sie hergebracht hatte. Sein Hosenschlitz war offen, seine Augen hatten sich gerötet, und das Hemd hing ihm über die Hose. Die Hände seiner Begleiterin glitten wild über seinen Körper, und sie leerten gemeinsam eine Flasche Scotch. Tana war entsetzt, mit diesem Jungen würde sie bestimmt nicht mehr in die Stadt zurückfahren können. Wenn jemand so betrunken war, fuhr sie grundsätzlich nicht mit. Was bedeutete, daß sie entweder den Zug nehmen oder jemanden finden mußte, der noch nüchtern war. Letzteres erschien ihr allerdings ziemlich aussichtslos.

»Willst du tanzen?« Sie wandte sich um, überrascht, Billy zu sehen. Er stand da, blickte sie gierig aus seinen inzwischen noch mehr geröteten Augen an, starrte auf ihren Busen und war offenbar kaum imstande, seine Aufmerksamkeit davon abzuwenden. Als er schließlich doch in ihr Gesicht sah, schüttelte sie den Kopf.

»Nein, danke.«

»Die bumsen da im Pavillon. Willst du zusehen?« Ihr Magen drehte sich bei diesem Vorschlag um, und wäre er nicht so abstoßend gewesen, hätte sie gelacht. Es war unfaßbar, wie blind ihre Mutter den ach so heiligen Durnings gegenüber war!

»Nein, danke.«

»Was ist los? Noch Jungfrau?« Schon allein sein Anblick verursachte ihr Übelkeit, doch sie wollte nicht, daß er merkte, daß seine Bemerkung zutraf. Sie zog es vor, ihn spüren zu lassen, wie abstoßend sie ihn fand.

»Mir liegt es nicht, zuzusehen.«

»Scheiße, warum nicht? Gibt doch nichts Besseres!«

Sie wandte sich ab und versuchte, ihn in der Menge loszuwerden, doch aus irgendeinem Grunde folgte er ihr heute abend immer wieder, und allmählich fühlte sie sich sehr unbehaglich. Sie blickte sich erneut im Raum um, und merkte, daß er verschwunden war, vermutlich war er zu seinen Freunden in den Pavillon gegangen, um sich zu vergnügen. Tana beschloß, daß sie lange genug auf der Party gewesen war. Sie brauchte nur ein Taxi zu bestellen, zum Bahnhof zu fahren und mit dem Zug nach New York zurückzukehren. Das war zwar nicht gerade angenehm, aber wenigstens nicht weiter schwierig. Sie warf einen Blick über die Schulter, um sich zu vergewissern, daß ihr niemand folgte, und schlich auf Zehenspitzen eine kleine Treppe zum hinteren Teil des Hauses hinauf, wo sie, wie sie wußte, ein Telefon finden würde. Es war ganz einfach; sie rief die Auskunft an, ließ sich die Nummer der Taxizentrale geben und bestellte dann einen Wagen. Innerhalb der nächsten Viertelstunde sollte er hier sein, so daß ihr genügend Zeit bis zum letzten Zug nach New York blieb. Zum erstenmal an diesem Abend war sie erleichtert, weil sie sich von all den betrunkenen und widerlichen Menschen da unten hatte entfernen können. Langsam schlenderte sie in die mit dicken Teppichen ausgelegte Halle, sah sich die Fotos von Arthur und Marie an, von Ann und Billy als Kinder. Irgendwie hatte sie das Gefühl, daß dort eigentlich ein Bild von Jean fehlte. Jean gehörte irgendwie auch zur Familie, sie hatte in so hohem Maße für ihr Wohlergehen gesorgt, es war ungerecht, daß sie immer nur im Hintergrund blieb. Mit einemmal öffnete Tana, ohne nachzudenken, eine Tür. Sie wußte, daß die Tür in einen Raum führte, den ihre Mutter, wenn sie in Greenwich war, oft als Büro benutzte. Die Wände in diesem Raum waren ebenfalls mit Fotografien bedeckt, doch an diesem Abend nahm sie sie nicht wahr. Als sie die Tür öffnete, hörte sie ein nervöses Schreien, ein »Scheiße...! Hey...!«, sah ein weißes Hinterteil in die Höhe fahren und bemerkte eine hastige Bewegung. Schnell schloß sie die Tür wieder und fuhr zusammen, weil jemand direkt hinter ihr lachte.

Sie drehte sich um und sah Billy, der lüstern grinste. »Verdammt noch mal...« Sie hätte schwören können, daß er bei seinen Freunden war.

»Und ich dachte, du hältst nichts vom Zusehen, Fräulein Saubermann!«

»Ich bin nur umhergewandert, und da bin ich zufällig in...« Sie errötete bis unter die Haarwurzeln, und er verzog das Gesicht.

»Ja, natürlich... wieso bist du hier heraufgekommen, Tan?« Er hatte gehört, daß ihre Mutter sie manchmal so nannte, doch es ärgerte sie, von ihm diesen Namen zu hören, nur Freunde durften sie so anreden, und er war nie ihr Freund gewesen.

»Meine Mutter arbeitet gewöhnlich in diesem Zimmer.«

»Nee!« Er schüttelte den Kopf auf eine Art, als wundere er sich über ihren Irrtum. »Nicht da drin.«

»Doch!« Tana war sich dessen sicher. Sie warf einen schnellen Blick auf ihre Armbanduhr, sie durfte das Taxi nicht verpassen, aber sie hatte bis jetzt auch noch kein Hupen gehört.

»Ich zeige dir, wo sie arbeitet, wenn du willst.« Er schlenderte in die andere Richtung des Flures, und sie war unsicher, ob sie ihm folgen sollte oder nicht. Sie wollte nicht mit ihm streiten, und immerhin war dies sein Haus. Sie kam sich ziemlich dumm vor, wie sie so dastand, besonders, als ein Stöhnen aus dem Raum vor ihr drang. In ein paar Minuten mußte das Taxi kommen, und da sie ohnehin nichts Besseres zu tun hatte, folgte sie Billy den Flur entlang. Bald hielten sie vor einer anderen Tür, und er öffnete sie.

»Hier ist es!« Tana trat ein und sah sich um. Nein, hier war nicht das Arbeitszimmer ihrer Mutter. Ein riesiges Bett, auf dem eine graue Seidendecke lag, nahm fast den ganzen Raum ein. Auf einer kleinen Chaiselongue lag eine graue Chinchilladecke, die Teppiche waren ebenfalls grau, und an den Wänden hingen Stiche.

Tana wandte sich ärgerlich zu Billy um.

»Sehr komisch! Das ist das Schlafzimmer deines Vaters, oder?«

»Ja. Und hier arbeitet deine alte Dame! Eine ganze Menge hat sie hier zu tun, die gute Jean!«

Tana hätte ihn am liebsten an den Haaren gepackt und geohrfeigt; doch sie zwang sich zu schweigen und wollte schon das Zimmer verlassen, als Billy auf einmal ihren Arm packte, sie zurückriß und die Tür mit dem Fuß zustieß.

»Nimm deine Finger von mir, du Miststück!« Tana versuchte, sich loszureißen, doch Billy war stärker, als sie angenommen hatte. Er ergriff ihre beiden Arme und schob sie gegen die Wand, bis sie kaum noch Luft bekam.

»Willst du mir zeigen, was für eine Arbeit deine Mama macht, du kleines Biest?« Sie keuchte, ihre Arme schmerzten, und mit einemmal traten ihr Tränen des Zorns in die Augen.

»Ich gehe jetzt!« Sie versuchte erneut, sich zu befreien, doch er stieß sie rücksichtslos gegen die Wand, so daß ihr Kopf dagegenprallte. Sie sah ihm in die Augen, und plötzlich bekam sie Angst. Sein Gesicht war das eines Irren, und er grinste sie gehässig an.

»Du tust mir weh!« Ihre Stimme zitterte vor Angst, weil sie den Wahnsinn und die Gier in seinen Augen wahrnahm.

Sein Blick war wild, und mit festem Griff – Tana hätte nie geahnt, daß er so stark war – hielt er mit der einen Hand ihre beiden Handgelenke fest, mit der anderen nestelte er an seiner Hose herum, knöpfte sie auf und versuchte ihre Hand zu seinem Penis zu führen. »Pack ihn an, du kleine Nutte!« Ihr Gesicht war vor Angst kreidebleich geworden, und in wilder Verzweiflung unternahm sie noch einen Versuch, ihm zu entkommen, aber er drängte sich nur noch näher an sie und preßte ihren Körper gegen die Wand. Plötzlich begriff sie, was er vorhatte. Sie spürte, wie sein vorher noch schlaffes Glied hart wurde, wie er es an ihr rieb – es war grauenvoll und ekelerregend. Billy stieß Tana wieder und wieder gegen die Wand, zerrte plötzlich an ihrem Kleid, bis es schließlich an einer Seite aufriß. Seine Hände glitten über ihren Bauch, ihren Busen, ihre Schenkel, er drängte sich an sie, überwältigte sie, fuhr mit der Zunge über ihr Gesicht. Billy hielt sie so fest, daß sie sich nicht mehr rühren konnte, und stieß ihr die Finger zwischen die Beine. Sie schrie auf, biß ihn ins Genick, doch er schien das nicht einmal zu bemerken. Er wickelte eine Strähne ihres langen blonden Haares so fest um seine Hand, bis sie das Gefühl hatte, daß er es ihr ausreißen würde, und biß sie dann ins Gesicht. Sie schlug auf ihn ein, versuchte, ihn zu treten. Sie konnte kaum noch atmen, sie kämpfte nicht mehr nur um ihre Unschuld, sondern um ihr Leben. Als sie schluchzend nach Luft rang, schleuderte er sie plötzlich auf den dicken, grauen Teppich und riß ihr Kleid vom Kragen bis zum Saum auf, so daß ihr Körper enthüllt wurde. Er zerfetzte auch ihr weißes Spitzenhöschen, bis sie schließlich völlig nackt dalag. Sie flehte ihn jetzt an, weinte, knirschte mit den Zähnen und war nahe dran, hysterisch zusammenzubrechen. Unbeeindruckt von ihrem Zustand zog er sich die Hose ganz aus und warf sich mit seinem ganzen Gewicht auf Tana. Zwischendurch ließ Billy ihr gerade so viel Spielraum, um wieder hochzukommen, dann preßte er sich erneut auf sie und bohrte seine Finger noch tiefer in sie. Er saugte an ihrer Haut, und sie schrie und heulte. Und jedesmal, wenn sie sich unter ihm wegschieben wollte, wälzte er sich erneut auf sie und stieß sie wieder zu Boden.

Schließlich, als sie kaum mehr bei Bewußtsein war, drang er mit aller Kraft in sie ein, bis Blut auf den Teppich strömte. Billy gebärdete sich immer wilder, bewegte sich schneller und schneller, bis er schließlich erschöpft über ihr zusammensackte. Tana weinte kaum noch, ihr Atem kam stoßweise, ihre Augen blickten glasig, Blut rann ihr aus Mund und Nase. Billy Durning erhob sich und lachte, griff sich die Hose vom Boden und bemerkte gar nicht, daß Tana vollkommen bewegungslos dalag, als wäre jedes Leben aus ihrem Körper gewichen.

»Danke!«

In diesem Moment öffnete sich die Tür, und einer von Billys Freunden kam herein. »Mein Gott, was hast du mit ihr gemacht?« Tana rührte sich noch immer nicht, obgleich sie wie aus weiter Ferne die Stimmen der beiden vernahm.

»Nichts weiter.« Billy zuckte die Achseln. »Ihre alte Dame ist die bezahlte Hure meines Vaters.«

Der andere Junge lachte. »Sieht so aus, als hätte zumindest einer von euch Spaß gehabt.« Der große Blutfleck auf dem grauen Teppich war nicht zu übersehen. »Hat sie ihre Periode?«

»Vermutlich.« Billy machte sich offenbar keine Sorgen; er knöpfte in aller Ruhe seine Hose zu, während Tana noch immer mit gespreizten Beinen und schlaff wie eine Stoffpuppe dalag, den Blicken von Billys Freund preisgegeben. Billy beugte sich über Tana und schlug ihr ins Gesicht. »Komm schon, Tan, steh auf!« Sie rührte sich nicht. Billy ging ins Badezimmer, machte ein Handtuch naß und warf es ihr zu, als würde sie schon wissen, was damit zu tun sei. Es dauerte jedoch noch einmal zehn Minuten, bis Tana sich endlich langsam aus der Blutlache zur Seite rollte, sie mußte sich übergeben. Billy packte sie erneut beim Haar, während der andere Junge die Szene beobachtete. »Du verdammtes Schwein!« fluchte Billy und zerrte Tana brutal auf die Beine und dann ins Badezimmer, wo sie lange starr vor der Toilette kauerte, bis sie schließlich die Hand ausstreckte und die Tür zuschlug. Es schienen Stunden zu vergehen, bevor sie das Bewußtsein wieder vollends erlangte und erbärmlich zu weinen begann. Das Taxi war längst fort, und den letzten Zug hatte sie auch verpaßt. Und was noch viel schlimmer war – etwas Abscheuliches war ihr zugestoßen, an das sie ihr ganzes Leben denken würde. Sie war vergewaltigt worden! Sie zitterte heftig am ganzen Körper, ihre Zähne schlugen aufeinander, ihr Mund war wie ausgedörrt, und rasende Kopfschmerzen quälten sie. Tana konnte sich nicht vorstellen, wie sie dieses Haus je wieder verlassen sollte. Ihr Kleid war zerrissen, ihre Schuhe waren blutverschmiert. Plötzlich öffnete sich die Badezimmertür, und Billy warf ihr ein paar Anziehsachen zu. Er sah Tana aus verschleierten Augen an, und sie merkte, wie betrunken er war. »Zieh dich an! Ich fahre dich nach Hause!«

»Und dann?« Plötzlich schrie sie ihn an. »Wie willst du das hier deinem Vater erklären?« Sie gebärdete sich hysterisch, und er warf einen Blick hinter sich in das Zimmer.

»Die Schweinerei auf dem Teppich?« Er wirkte jetzt nervös, und Tana verlor total die Beherrschung. »Die Schweinerei, die du *mir* angetan hast!«

»Das war nicht meine Schuld, du kleines Luder!«

Seine Worte bereiteten ihr noch größere Übelkeit, und plötzlich wollte sie nur noch fort. Fort aus diesem Haus, und wenn sie zu Fuß nach New York gehen müßte! Sie drängte sich an ihm vorbei, preßte die Kleider an sich und stürmte in das Zimmer, in dem sie vergewaltigt worden war. Sie blickte wild um sich, ihr Haar war zerzaust, das Gesicht tränenüberströmt, und sie floh nackt aus dem Schlafzimmer und prallte direkt gegen Billys Freund, der nervös auflachte.

»Ihr habt es ganz schön getrieben, du und Billy, nicht wahr?« Er grinste sie an, und Tana rannte mit weit aufgerissenen Augen an ihm vorüber, in ein Badezimmer, das sie kannte. Sie zog sich hastig die Kleider an, die Billy ihr gebracht hatte, und eilte die Treppe hinab. Es war zu spät für den Zug, und es hatte keinen Sinn mehr, ein Taxi zu rufen. Sie bemerkte, daß die Musiker bereits gegangen waren, und rannte die Auffahrt hinunter, ließ ihr zerrissenes Kleid und ihre Handtasche zurück. Es war ihr egal, sie mußte nur schnell fort von hier. Sie würde auch per Anhalter fahren, wenn nötig, oder einen Polizeiwagen aufhalten ... irgend etwas ... Die Tränen waren auf ihren Wangen getrocknet, und sie atmete heftig, als sie zu laufen begann.

Plötzlich wurde sie von hellen Scheinwerfern angestrahlt. Sie rannte noch schneller, sie spürte instinktiv, daß Billy ihr nachfuhr. Sie vernahm das Geräusch von Reifen auf dem Kiesweg und sprang immer wieder, leise vor sich hin weinend, zwischen die Bäume. Billy hupte und hupte und brüllte ihr zu.

»Komm schon, ich bringe dich nach Hause!«

Sie gab keine Antwort, lief einfach weiter, so schnell sie konnte, doch er gab nicht auf. Er folgte ihr langsam, im Zickzack, die verlassene Straße entlang, bis sie sich schließlich umdrehte und ihn hysterisch ankreischte. »Laß mich in Ruhe!« Sie stand vornübergebeugt auf der Straße und weinte und schluchzte. Langsam stieg er aus dem Wagen und ging auf sie zu. Die Nachtluft ernüchterte ihn allmählich, und er sah anders aus als vorher, nicht mehr so verrückt, aber düster und grimmig; und er hatte seinen Freund mitgebracht, der Tana schweigend vom Beifahrersitz des Sportwagens aus beobachtete.

»Ich fahre dich nach Hause!« Er stand da, mit gespreizten Beinen. Die Scheinwerfer hinter ihm leuchteten grell und gespenstisch. »Komm schon, Tan!«

»Nenn mich nicht so!« Sie wirkte wie ein verängstigtes kleines Mädchen. Er war noch nie ihr Freund gewesen, und jetzt... jetzt... Sie wollte losbrüllen, wenn sie nur daran dachte, doch sie hatte nicht einmal mehr die Kraft zu schreien, und sie war auch nicht mehr in der Lage, vor ihm davonzulaufen. Jede Faser ihres Körpers schmerzte, und sie hatte das Gefühl, als ob ihr Schädel zerspringen müßte. Das Blut auf dem Gesicht und ihren Schenkeln bildete eine harte Kruste. Sie starrte ihn ausdruckslos an und stolperte die Straße entlang. Während er versuchte, ihren Arm zu ergreifen, schrie sie laut los und sprang wieder zur Seite.

Billy blieb einen Moment unbeweglich stehen und starrte ihr nach, dann stieg er wieder ins Auto und fuhr davon. Er hatte ihr angeboten, sie nach Hause zu fahren – wenn sie nicht wollte, zum Teufel mit ihr! Tana schleppte sich weiter und versuchte die rasenden Schmerzen, die sie peinigten, zu ignorieren.

Weniger als zwanzig Minuten später kehrte Billy zurück. Er hielt mit kreischenden Reifen neben ihr, sprang heraus und packte sie beim Arm. Sie sah, daß der andere Junge nicht mehr im Wagen saß, und sie fragte sich, ob er sie noch einmal vergewaltigen wollte. Der Schreck fuhr ihr durch alle Glieder, als er sie zum Wagen zerrte. Sie versuchte sich loszureißen. Doch diesmal hielt er sie fest wie ein Schraubstock, schüttelte sie und schrie: »Verflucht noch mal, ich habe dir gesagt, ich fahre dich nach Hause! Jetzt steig endlich in den Wagen!« Er warf sie fast auf den Sitz, und sie merkte, daß es keinen Zweck hatte, sich gegen ihn zu wehren. Sein Atem stank nach Whisky. Tana war allein mit ihm, und Billy würde mit ihr machen, was er wollte. Das hatte sie ja bereits erfahren. Sie saß stumm neben ihm, und er brauste in die Nacht hinein. Sie wartete, bis er sie wieder irgendwohin bringen würde, um sie ein zweites Mal zu mißhandeln, ihre Situation war so hoffnungslos...

Doch er bog auf den Highway und trat das Gaspedal bis zum Boden durch, und der Fahrtwind, der durch das geöffnete Wagenfenster peitschte, schien beide zu ernüchtern. Billy warf ihr mehrere Blicke zu und deutete auf eine Schachtel mit Papiertüchern auf dem Boden. »Du solltest dich lieber saubermachen, bevor du nach Hause kommst.«

»Wieso?« Sie blickte reglos geradeaus auf die leere Straße. Es war nach zwei Uhr, und sogar ihre Augen waren wie erstarrt. Billys Wagen zischte an ein paar Lastwagen vorüber.

»So kannst du dich doch zu Hause nicht sehen lassen.« Sie erwiderte nichts und wandte auch nicht den Kopf, um in sein Gesicht zu sehen. Noch immer rechnete sie damit, daß er anhalten und versuchen würde, sie zu vergewaltigen. Diesmal aber war sie darauf gefaßt, sie würde all ihren Mut zusammennehmen und über die Landstraße laufen, vielleicht würde einer der Lastwagen anhalten. Noch immer konnte sie nicht fassen, was er ihr angetan hatte, und inzwischen fragte sie sich, ob sie vielleicht doch irgendwie auch an allem schuld haben könnte. Hatte sie sich nicht genug gewehrt? Hatte sie ihn auf irgendeine Weise ermutigt...?

Abscheulicher Gedanke... Plötzlich schlingerte der Sportwagen hin und her. O Gott, Billy war am Lenkrad eingeschlafen. Heftig rüttelte sie ihn, und er fuhr zusammen. »Warum tust du das? Fast hättest du einen Unfall verursacht!« Nichts hätte sie ihm mehr gewünscht, als tot am Straßenrand zu liegen.

»Du warst eingeschlafen. Du bist betrunken!«

»Ja. Und?« Er klang jetzt eher müde als grob. Eine Weile schien er sich wieder auf das Fahren zu konzentrieren, dann geriet der Wagen erneut außer Kontrolle. Diesmal hatte sie jedoch keine Zeit mehr, ihn zu packen und wachzurütteln. Ein riesiger Lastwagen mit Anhänger raste vorbei, und der Sportwagen geriet ins Schleudern, Bremsen quietschten, und im selben Moment klappte der Lastwagen wie ein Taschenmesser zusammen und kippte um. Wie durch ein Wunder sauste Billys Auto am Führerhaus vorbei und kam zum Stehen, als es gegen einen Baum prallte.

Tana wurde mit voller Wucht an die Windschutzscheibe geschleudert. Sie wußte nicht mehr, wie lange sie dagesessen und vor sich hin gestarrt hatte, als sie auf einmal neben sich ein leises Stöhnen vernahm. Billys Gesicht war blutüberströmt, doch sie rührte sich nicht. Sie blickte reglos in die Nacht, und dann plötzlich öffnete sich die Beifahrertür, und eine starke Hand legte sich auf ihren Arm. Sie begann zu schreien. Die Ereignisse dieser endlosen Nacht forderten jetzt ihren Tribut, und Tana verlor vollkommen die Fassung. Sie schluchzte und versuchte, vom Wagen wegzulaufen. Zwei vorbeifahrende Lastwagen hielten an, und die Fahrer hielten sie mühsam fest, bis die Polizei eintreffen würde. Tana blickte die Fernfahrer wild und verständnislos an, als sie versuchten, die Blutung an Billys Kopf zum Stillstand zu bringen; er hatte eine riesige, klaffende Wunde über einem Auge.

Wenig später traf die Polizei ein. Dann folgte ein Krankenwagen, und alle drei Unfallopfer wurden in das Hospital Medical Center von New Rochelle, das in der Nähe lag, transportiert. Der Lastwagenfahrer wurde wenig später wieder entlassen. Rätselhafterweise hatte sein Wagen mehr Schaden genommen als er selbst. Billys Wunde wurde genäht; außerdem stellte man bei einer Blutprobe fest, daß er den Wagen unter Alkoholeinfluß gesteuert hatte, was ihn, da es bereits das dritte Mal war, für ein Jahr den Führerschein kosten würde. Das schien ihm bedeutend mehr Kummer zu bereiten als die Wunde über seinem Auge.

Tana schien am ganzen Körper zu bluten, doch den Schwestern und Ärzten fiel auf, daß das meiste Blut bereits geronnen war. Sie konnten Tana nicht dazu bewegen, von den Ereignissen der Nacht zu berichten, denn jedesmal, wenn sie versuchte, darüber zu sprechen, schüttelten sie heftige Weinkrämpfe und Schweißausbrüche. Eine nette junge Schwester wischte ihr die Stirn ab, während Tana auf dem Untersuchungstisch lag und weinte. Ein Arzt injizierte dem Mädchen ein Beruhigungsmittel, und als um vier Uhr ihre Mutter eintraf, befand Tana sich in einer Art Dämmerzustand.

»Großer Gott! Was ist passiert...?« Jean bemerkte den Verband an Billys Auge. »Billy, wie geht es dir?«

»Geht schon.« Er lächelte einfältig, und Jean fiel wieder einmal auf, was für ein hübscher Junge er war, er ähnelte mehr Marie als Arthur. Das Lächeln verschwand aus Billys Gesicht, und ein angstvoller Blick trat an seine Stelle. »Haben Sie Vater angerufen?«

Jean Roberts schüttelte den Kopf. »Ich wollte ihm keine Angst einjagen. Man sagte mir, daß euch nichts Schlimmes passiert wäre, als man mich verständigte, und ich wollte mir euch beide erst einmal selbst ansehen.«

»Danke!« Er warf einen Blick hinüber auf die dösende Tana und zuckte dann fast nervös die Achseln. »Es tut mir leid, daß ich... wir haben den Wagen zu Schrott gefahren...«

»Hauptsache, keinem von euch beiden ist etwas Ernsthaftes passiert!« Sie runzelte die Stirn, als sie Tanas wirres blondes Haar sah, nirgends war mehr eine Spur von Blut zu sehen. Die Schwester berichtete, wie außer sich Tana gewesen war.

»Wir haben ihr ein Beruhigungsmittel gegeben. Sie wird wohl eine Weile schlafen.«

»Hatte sie Alkohol im Blut?« fragte Jean Roberts unmutig.

Daß Billy viel getrunken hatte, wußte sie, doch sie wäre empört gewesen, hätte Tana sich auch betrunken. Die junge Schwester schüttelte den Kopf.

»Nein, ich glaube nicht. Sie hatte nur schreckliche Angst, denke ich. Sie hat sich den Kopf ziemlich angestoßen, aber mehr auch nicht. Wir konnten keinerlei Anzeichen für eine Gehirnerschütterung feststellen, aber Sie sollten sie genau beobachten.«

Und während sie das sagte, wachte Tana von dem Gerede um sie herum auf. Sie sah ihre Mutter an, als erkenne sie sie nicht, und fing dann leise zu weinen an. Jean schloß sie in die Arme und redete sanft und beschwichtigend auf sie ein.

»Schon gut, mein Kind ... schon gut ...«

Sie schüttelte heftig den Kopf, holte tief Luft. »Nein, nichts ist gut ... gar nichts ... er ...« Billy stand da und funkelte sie aus bösen Augen an, und Tana brachte die Worte nicht über die Lippen. Billy wirkte so bedrohlich, als wollte er sie wieder schlagen, und Tana wandte sich ab, schluchzte heftig, noch immer seinen Blick auf sich spürend. Sie konnte ihn nicht mehr ansehen ... seinen Anblick nicht mehr ertragen ... wollte ihm nie wieder begegnen.

Sie lag auf dem Rücksitz des Mercedes, mit dem ihre Mutter gekommen war, und sie brachten Billy nach Hause. Und Jean blieb lange Zeit im Haus, ehe sie zum Wagen zurückkehrte. Sie warf die restlichen Gäste hinaus, holte ein halbes Dutzend weiterer junger Leute aus dem Teich, beförderte zwei Paare aus Anns Bett hinaus und befahl der Gruppe im Teichhaus, sich schlafen zu legen.

Als Jean zum Auto zurückging, wußte sie, daß in der nächsten Woche eine ganze Menge zu erledigen war. Die Partygäste hatten das halbe Mobiliar beschädigt, einige der Pflanzen angebrannt, die Polster beschmutzt und befleckt, auf den Teppichen Flecke hinterlassen, und im Teich lag alles mögliche, von Plastikbechern bis zu einer ganzen Ananas. Sie wollte nicht, daß Arthur auch nur einen Fuß in sein Zuhause setzte, bevor sie alles wieder in Ordnung gebracht hatte. Sie stieg mit einem tiefen, müden Seufzer in den Wagen und warf einen Blick auf die still daliegende Tana, die jetzt sehr ruhig erschien. Das Schlafmittel wirkte.

»Gott sei Dank, daß niemand in Arthurs Zimmer gewesen ist!« murmelte Jean und ließ den Motor an; Tana schüttelte den Kopf, brachte jedoch keinen Einwand über die Lippen. »Alles soweit in Ordnung, Kind?« Das war das einzige, was wirklich zählte; Tana hätte ja ebensogut tot sein können – ein Wunder, daß der Unfall so glimpflich ausgegangen war. Nur das war Jean durch den Kopf gegangen, als um drei Uhr morgens das Telefon geläutet hatte. Sie hatte sich bereits seit Stunden schreckliche Sorgen um Tana gemacht, und beim Klingeln des Telefons wußte sie instinktiv, daß etwas passiert war. Sie hatte gleich nach dem ersten Läuten den Hörer abgenommen.

»Wie geht es dir?«

Tana konnte ihre Mutter nur anstarren und den Kopf schütteln. »Ich will nach Hause.« Tränen rollten ihr über die Wangen, und Jean fragte sich wieder, ob sie vielleicht doch betrunken sei. Bei der Party war es offensichtlich recht wild zugegangen, und immerhin war Tana auch dabeigewesen. Außerdem fiel ihr auf, daß sie ein anderes Kleid trug als das, in dem sie von zu Hause weggefahren war.

»Warst du schwimmen?« Tana setzte sich auf, alles drehte sich um sie, und schüttelte den Kopf. Ihre Mutter warf einen Blick in den Rückspiegel und sah den seltsamen Ausdruck in Tanas Augen. »Was ist mit deinem Kleid passiert?«

Tanas Stimme klang so kalt, so hart, daß sie sogar Jean fremd vorkam. »Billy hat es zerrissen!«

»Was?« Jean war fassungslos. Dann aber lächelte sie. »Hat er dich in den Teich geworfen?« Na ja, er war ja betrunken gewesen, da konnte so etwas schon mal passieren. Anders konnte es ja nicht gewesen sein. Was für ein Glück, daß die beiden den Lastwagen nicht gerammt haben! Eine gute Lektion für die Kinder. »Ich hoffe, ihr beide habt heute nacht etwas gelernt, Tan!«

Als sie den Kosenamen hörte, den Billy so schändlich benutzt hatte, brach Tana erneut in Weinen aus. Schließlich hielt Jean am Straßenrand, drehte sich zu ihrer Tochter um und sah sie forschend an. »Was ist los mit dir? Bist du betrunken? Hast du Drogen genommen?« Jeans Stimme klang vorwurfsvoll, und ihre Augen blickten das Mädchen anklagend an.

Auf dem Weg nach Greenwich, als Billy noch im Wagen saß, hatte Jean nicht so gesprochen. Wie ungerecht doch das Leben war! Nein, der liebe kleine Billy konnte nichts Unanständiges getan haben, das wollte ihre Mutter nicht wahrhaben. Tana sah Jean fest in die Augen.

»Billy hat mich im Zimmer seines Vaters vergewaltigt!«

»*Tana!*« Jean Roberts war zu Tode erschrocken. »Wie kannst du so etwas sagen! Er würde niemals etwas Derartiges tun!« Sie war empört, jedoch über ihre Tochter, nicht über den Sohn ihres Geliebten. Nein, der gute Billy tat ja so etwas nicht!

»Wirklich, Tana, so etwas zu behaupten ist schrecklich!« Ja... es war schrecklich... so etwas zu tun...

Tränen rollten Tana erbarmungslos die Wangen hinab. »Aber er hat es getan!« Ihr Gesicht verzog sich schmerzhaft, als sie sich daran erinnerte. »Ich... schwöre es...!« Wieder wurde sie von einem Weinkrampf geschüttelt. Jean wandte sich um und ließ den Motor an, und diesmal sah sie nicht mehr nach hinten. »Ich will aus deinem Munde nie wieder so etwas hören – über niemanden!« Und schon gar nicht über jemanden, den sie gut kannten ... ein harmloser Junge ... Jean machte sich nicht einmal die Mühe, darüber nachzugrübeln, was Tana zu solch einer Behauptung veranlaßte... Eifersucht vielleicht... auf Billy oder auf Ann oder auf Arthur... »Du darfst so etwas nie wieder sagen, hörst du?«

Tana antwortete nicht. Sie saß da und stierte leeren Blickes vor sich hin. Nein, sie würde so etwas nie mehr sagen. In ihrem Innern war soeben etwas zerbrochen.

4

Nach diesem Erlebnis ging der Sommer schnell an Tana
vorüber. Sie verbrachte noch zwei Wochen in New York, um sich
zu erholen, während ihre Mutter täglich zur Arbeit ging. Jean
sorgte sich sehr um Tana, denn das Mädchen benahm sich äußerst merkwürdig. Eigentlich schien Tana nichts zu fehlen, aber
oft saß sie da und starrte vor sich hin, hörte auf nichts, besuchte
keine Freunde mehr. Sie ging nicht ans Telefon, wenn Jean oder
jemand anderer anrief.

Jean sprach sogar mit Arthur darüber, als die erste Woche zu
Ende ging. Das Haus in Greenwich hatte sie fast wiederherge-
stellt, und Billy und seine Freunde waren weitergefahren nach
Malibu, wo sie andere Freunde besuchen wollten. Das Teichhaus
hatten sie übel zugerichtet; doch den schlimmsten Schaden hatte
der Teppich in Arthurs Zimmer genommen; dort fehlte ein Stück,
das die Jungen offensichtlich mit einem Messer herausgeschnit-
ten hatten. Und Arthur hatte dazu eine ganze Menge zu seinem
Sohn zu sagen gehabt.

»Seid ihr Wilde, oder wie? Ich sollte dich nach West Point
schicken statt nach Princeton, damit du lernst, dich zu benehmen! Mein Gott, als ich jung war, wäre niemand auf die Idee
genommen, solchen Unsinn zu machen! Hast du den Teppich gesehen? Irgend jemand hat einfach ein Loch hineingeschnitten!«
Billy reagierte entrüstet und war sich doch auch seiner Schuld
bewußt.

»Tut mir leid, Daddy. Die Party ist etwas außer Kontrolle geraten.«

»Etwas?! Es ist ein Wunder, daß ihr, du und das Roberts-
Mädchen, nicht ums Leben gekommen seid.«

Großen Schaden hatte Billy bei dem Unfall nicht genommen;
sein Auge verursachte ihm zwar, als er abfuhr, noch ein wenig Beschwerden, aber die Fäden waren bereits gezogen worden. Und er war weiterhin jeden Abend auf Achse, bis er nach

Malibu aufbrach. »Diese verrückten Kinder ...«, hatte Arthur in Jeans Gegenwart geknurrt. »Wie geht es Tana jetzt?« Jean hatte verschiedene Male Tanas seltsames Verhalten erwähnt, und sie fragte sich tatsächlich, ob der Aufprall am Kopf nicht doch schlimmer gewesen sein könnte, als die Ärzte annahmen.

»Weißt du, in jener Nacht redete sie irres Zeug ... ja, wenn ich es recht bedenke, phantasierte sie sogar ... « Sie erinnerte sich noch an diese alberne Geschichte über Billy, die Tana ihr aufgetischt hatte. Das Mädchen war wirklich geistig nicht ganz dagewesen und wirkte auch jetzt noch manchmal richtig abwesend, auch Arthur fand das offenbar beunruhigend.

»Laß sie noch einmal untersuchen!« Doch als Jean Tana zum Arzt schicken wollte, weigerte sie sich. Jean war sich nicht einmal mehr sicher, ob Tana überhaupt in der Verfassung war, nach New England zu fahren und dort den Sommer über zu arbeiten. Am Abend vor ihrer Abreise jedoch packte sie ruhig ihre Sachen, und am nächsten Morgen kam sie mit blassem, erschöpftem Gesicht an den Frühstückstisch. Doch zum erstenmal seit zwei Wochen lächelte sie, als Jean ihr ein Glas Orangensaft reichte, und Jean wäre vor Freude beinahe in Tränen ausgebrochen. Die Wohnung war seit dem Unfall wie ein Grab gewesen – keine Geräusche, keine Musik, kein Lachen, kein Kichern am Telefon, keine Stimmen, nur Totenstille überall – und Tanas ausdruckslose Augen.

»Dieses Lächeln habe ich vermißt, Tan.« Beim Klang dieses vertrauten Namens füllten sich Tanas Augen mit Tränen. Sie nickte, nicht imstande, ein Wort hervorzubringen. Sie hatte nichts mehr zu sagen, zu niemandem. Sie fühlte sich, als ob ihr Leben vorüber sei. Sie wollte nie wieder von einem Mann berührt werden, und sie wußte, daß sie auch keiner mehr berühren würde. Keinem würde sie je wieder die Möglichkeit bieten, sie so zu behandeln wie Billy Durning an jenem entsetzlichen Abend. Am meisten machte Tana zu schaffen, daß Jean ihr nicht glaubte und schon allein den Gedanken, Tana könnte die Wahrheit gesagt haben, nicht ertragen konnte. In ihrer Vorstellung war ein solches Ereignis unmöglich, und deshalb durfte es auch nicht passiert sein, aber es war geschehen. »Meinst du wirklich, daß du dich kräftig genug fühlst, um in das Lager zu fahren?«

Tana hatte sich das selbst auch schon gefragt; sie wußte, daß sie eine wichtige Entscheidung in dieser Sache treffen mußte. Sie konnte sich entweder bis an ihr Lebensende hier in ihrer Wohnung verkriechen, sich verstecken wie ein Krüppel, wie ein Opfer, wie jemand, der gebrochen und nicht mehr da ist – oder sie konnte anfangen, sich wieder mit Menschen zu treffen. Und sie hatte beschlossen, letzteres zu tun. »Doch, doch, mir geht es gut genug.«

»Sicher?« Tana wirkte so still, so gedämpft, sie war plötzlich erwachsen geworden. Der Aufprall bei dem Autounfall schien ihr die Jugend und Unbekümmertheit genommen zu haben. Vielleicht hatte die Angst diese Verwandlung bewirkt! Jean hatte eine so einschneidende Veränderung in solch kurzer Zeitspanne noch nie erlebt. Arthur berichtete, daß Billy zwar immer noch schuldbewußt wirkte, aber im Grunde wieder wohlauf und fast wieder der alte war. Von Tana ließ sich das absolut nicht behaupten. »Schau, Liebling, wenn es dir zuviel wird, komm einfach wieder nach Hause. Wenn du im Herbst mit dem College anfängst, mußt du bei Kräften sein.«

»Ja, das werde ich tun.« Sie sprach bis zu ihrer Abreise nicht mehr viel. Sie bestieg den Bus nach Vermont, den sie schon zweimal zuvor benutzt hatte, ihre Tasche fest an die Brust gedrückt. Sie hatte diesen Sommerjob immer sehr gern gehabt, doch in diesem Jahr war es anders. Und das fiel auch den anderen auf. Tana war stiller, wollte oft allein sein und schien nicht mehr zu lachen. Wenn sie überhaupt sprach, dann nur mit den Lagerbewohnern. Sie tat den jungen Leuten, die sie schon aus den Jahren zuvor kannten, leid. »Bei ihr zu Hause muß irgend etwas nicht in Ordnung sein . . . « – »Ist sie krank . . . ?« – »Mein Gott, sie ist ja völlig durcheinander . . . « Alle bemerkten die Veränderung, aber niemand wußte, was ihr wirklich fehlte.

Am Ende des Sommers stieg sie in den Bus und fuhr wieder

nach Hause. Sie hatte in diesem Jahr keine neuen Freundschaften geschlossen, außer mit Kindern, und selbst bei denen war sie nicht so beliebt gewesen wie sonst. Sie war sogar noch hübscher als in den Jahren zuvor, aber alle Kinder waren sich einig, daß »Tante Tana diesmal komisch war«. Und sie wußte es selbst.

Sie verbrachte zwei Tage zu Hause bei Jean, vermied es, mit ihren alten Freunden zusammenzukommen, packte ihre Koffer für das College und stieg mit einem Gefühl der Erleichterung in den Zug. Mit einemmall wollte sie weit, weit fort von zu Hause sein... von Arthur... von Jean... von Billy... von allen... sogar von ihren Schulfreunden. Sie war nicht mehr dasselbe sorglose Mädchen, das vor drei Monaten den Schulabschluß gemacht hatte. Sie war anders geworden, wie jemand, dessen Seele große Wunden davongetragen hatte. Während sie im Zug saß und in Richtung Süden rollte, fing sie an, sich allmählich wieder als Mensch zu fühlen. Es war, als triebe es sie weit, weit weg von ihrer Vergangenheit, von den Lügen und Täuschungen, von den Dingen, die ihre Mitmenschen nicht sehen konnten oder zu glauben sich weigerten. Tana wollte dieses betrügerische Spiel nicht mehr mitspielen. Sie fühlte sich, als würde sie niemand mehr wirklich kennen, seit Billy Durning in sie gedrungen war. Die echte Tana existierte nicht mehr, da Billys Sünden allen anderen verborgen geblieben waren... aber das betraf nur Jean, sagte sie sich. Aber wer sonst war da noch? Wenn ihre eigene Mutter ihr nicht glaubte... sie wollte nicht mehr darüber nachdenken, sie wollte nie wieder an diese Dinge erinnert werden. Sie würde fortgehen, so weit sie nur konnte, und vielleicht würde sie nie wieder nach Hause zurückkehren – obwohl sie wußte, daß auch dies eine Lüge war. Die letzten Worte ihrer Mutter waren gewesen: »Du kommst doch zum Thanksgiving Day nach Hause, nicht wahr, Tan?« Es war, als hätte ihre Mutter jetzt Angst, als hätte sie etwas in den Augen ihrer Tochter entdeckt, was sie nicht ertragen konnte – eine Art offenen Schmerzes, gegen den Jean nichts tun konnte und den sie ganz gewiß auch nicht dort haben wollte.

Tana hatte nicht den Wunsch, zu Thanksgiving nach Hause zu fahren, sie wollte nie mehr nach Hause. Sie war diesem niederträchtigen Leben entflohen... der Heuchelei... Billy und seinen barbarischen Freunden... und sie hatte auch all die Jahre hinter sich gelassen, in denen sie mit ansehen mußte, wie Arthur Jeans Hilfsbereitschaft ausgenutzt hatte, in denen er seine Ehefrau betrogen hatte... sie wollte nicht mehr erleben, daß Jean sich selbst etwas vormachte... Tana konnte all das plötzlich nicht mehr ertragen. Sie konnte nicht weit genug von zu Hause weg sein. Vielleicht würde sie wirklich nie zurückkehren... niemals.

Sie genoß das Geräusch des dahinrollenden Zuges, und sie bedauerte es, als der Zug in Yolan hielt. Das Green-Hill- College lag drei Kilometer entfernt, und man hatte einen schwerfälligen, alten Kombiwagen geschickt, um Tana abzuholen, den ein alter, farbiger Mann mit weißem Haar chauffierte. Er begrüßte sie mit einem herzlichen Lächeln, doch sie sah ihn mißtrauisch an, als er ihr half, die Koffer im Wagen zu verstauen.

»Sind Sie lange gefahren, Miß?«

»Dreizehn Stunden.« Sie sprach kaum mit ihm auf der kurzen Fahrt zum College, und hätte sie unterwegs auch nur einen Moment angenommen, er wolle anhalten, so wäre sie hinausgesprungen und hätte laut geschrien. Doch er spürte ihre Ängstlichkeit und zwang sie nicht zu einem Gespräch. Er pfiff einen Teil des Weges, und als er des Pfeifens überdrüssig war, sang er Lieder aus dem tiefen Süden, die Tana noch nie gehört hatte. Und als sie ankamen, lächelte sie ihn unwillkürlich an.

»Danke, daß Sie mich abgeholt haben!«

»Es war mir ein Vergnügen, Miß. Kommen Sie einfach ins Büro und fragen Sie nach Sam, wenn Sie mich wieder einmal brauchen. Ich fahre Sie, wohin Sie wollen.« Und dann lachte er auf diese warme, herzliche Art, wie es nur die Schwarzen können. »Allerdings gibt es hier nicht allzu viele Orte, die man besuchen könnte.«

Er sprach mit einem südländischen Akzent. Tana war, seit

sie aus dem Zug gestiegen war, aufgefallen, wie hübsch alles um sie herum war. Die hohen, majestätisch wirkenden Bäume, die hellen Blumen überall, das saftige Gras, und dazu die stille, warme Luft. Man wurde plötzlich von dem Verlangen gepackt, irgendwo in aller Ruhe spazierenzugehen, und als Tana das College selbst sah, stand sie nur da und lächelte. Es war genauso, wie sie es sich vorgestellt hatte; sie hatte im Winter zuvor herkommen und es sich ansehen wollen, dann aber nicht die Zeit dazu gehabt. Statt dessen hatte sie sich in New York beraten lassen und sich anhand von Prospekten informiert. Sie wußte, daß Green Hill, vom akademischen Standpunkt aus, zu den besten Colleges gehörte, aber sie hatte mehr wissen wollen und schließlich erfahren, daß Green Hill eine wunderschöne alte Schule sei, zwar etwas altmodisch, aber genau das wirkte auf sie sogar anziehend. Und als sie jetzt die hübschen weißen, guterhaltenen Gebäude sah, mit den hohen Pfeilern und wunderschönen großen Glastüren, durch die ein kleiner See zu sehen war, war ihr fast, als komme sie nach Hause.

Sie meldete sich im Empfangsraum, füllte ein paar Formulare aus, schrieb ihren Namen in eine lange Liste, fand heraus, in welchem Gebäude sie wohnen würde; und wenig später lud Sam ihr gesamtes Gepäck auf einen kleinen Handwagen. An diesem Ort zu sein war fast, als habe jemand die Zeit zurückgedreht, und zum erstenmal seit Monaten empfand Tana so etwas wie inneren Frieden. Hier würde sie nicht ihrer Mutter gegenübertreten müssen, würde ihr nicht erklären müssen, wie sie über dies oder jenes dachte, würde den verhaßten Namen Durning nicht hören und im Gesicht ihrer Mutter nicht den Schmerz sehen müssen, den ihr Arthurs Verhalten zufügte und von dem sie selbst nicht einmal wußte, daß er ihr Gesicht zeichnete ... Hier würde niemand Billy je erwähnen. Nur in einer Stadt mit ihnen zu leben, hatte sie schon fast ersticken lassen, und in den ersten Monaten nach der Vergewaltigung hatte sie nur einen Gedanken gehabt – wegzulaufen. Es hatte sie all ihren Mut gekostet, in das Lager zu fahren, und jeder Tag war für sie ein Kampf gewesen. Jedesmal, wenn ihr jemand zu nahe kam, wollte sie zurückweichen; besonders Männer, aber auch Jungen jagten ihr jctzt Angst ein.

Hier zumindest mußte sie sich deswegen keine Sorgen machen. Das College war nur für Mädchen, und an Bällen oder anderen Tanzveranstaltungen mußte sie ja nicht teilnehmen, auch nicht zu Football-Spielen in der Umgebung gehen. Früher war sie sehr gern in Gesellschaft gewesen und oft ausgegangen, aber jetzt war sie froh, wenn sie allein sein konnte. Nichts interessierte sie mehr... oder zumindest hatte sie in den letzten drei Monaten an nichts mehr Spaß gehabt... aber jetzt... mit einemmal... sogar die Luft hier roch gut... Und während Sam den Gepäckkarren hinter sich herzog, sah sie ihn mit einem zaghaften Lächeln an, und er grinste zurück.

»Es ist weit von New York hierher.« Seine Augen schienen zu tanzen, und das lockige, weiße Haar war seidenweich.

»Ja. Oh, es ist wirklich wunderschön hier.« Sie blickte auf den See, dann wieder auf die Gebäude, die sich fächerförmig ausbreiteten und vor denen noch kleinere Gebäude standen. Die ganze Anlage wirkte beinahe wie ein Palast, alles war so gcpflegt, so tadellos ordentlich. Fast tat es ihr leid, daß Jean cs nicht sehen konnte, aber vielleicht würde sie sie ja eines Tages besuchen.

»Das hier war früher einmal eine Plantage.« Sam erklärte das jedes Jahr den vielen Neuankömmlingen, und er liebte es, ihnen von dieser Zeit zu erzählen. Sein Großvater war hier Sklave gewesen, genau in dieser Plantage, brüstete er sich immer. Und dann sahen ihn die Mädchen stets aus großen Augen an. Sie waren so jung und so zart; seine Tochter, die allerdings inzwischen erwachsen war und eigene Kinder hatte, war auch einmal so gewesen. Und auch diese Mädchen würden bald heiraten und Kinder bekommen. Er wußte, daß jedes Jahr im Frühling Mädchen von überall zurückkehrten, um sich in der wunderschönen Kirche des Colleges trauen zu lassen. Nach den Examensfeierlichkeiten gab es jedesmal mindestens ein Dutzend, die sich in den darauffolgenden Tagen verheirateten.

Sam warf Tana, die neben ihm dahinschlenderte, einen Seiten-

blick zu und überlegte, wie lange es wohl bei ihr dauern würde ...
Sie war eines der hübschesten Mädchen, das er je gesehen hatte,
mit langen, wohlgeformten Beinen und diesem reizenden Gesicht, den dichten goldenen Haaren und großen grünen Augen.
Hätte er sie schon eine Weile gekannt, so hätte er sie gehänselt
und verkündet, sie sehe aus wie ein Filmstar; doch sie war reser-
vierter als die meisten anderen, ja – ungewöhnlich schüchtern sogar. »Sind Sie schon mal hiergewesen?« Sie schüttelte den Kopf
und betrachtete das Haus, vor dem Sam mit dem Karren halt-
gemacht hatte. »Dies ist eines der schönsten Gebäude hier, das
Jasmin-Haus. Ich habe heute bereits fünf Mädchen herbegleitet.
Es sollten alles in allem ungefähr fünfundzwanzig sein, die hier
wohnen, und es gibt eine Hausmutter, die auf sie alle aufpaßt.«
Er strahlte. »Obschon ich sicher bin, daß keines von ihnen eine
Aufsicht braucht.« Er lachte wieder sein tiefes, wohlklingendes,
fast melodiöses Lachen. Tana lächelte und half ihm mit ihrem
Gepäck. Sie folgte ihm ins Innere des Hauses und stand auf einmal in einem hübsch eingerichteten Wohnzimmer. Das Mobiliar
war fast ausschließlich antik, englisch und frühamerikanisch, die
Bezüge waren hell und geblümt, und in großen, stattlichen Kri-
stallvasen auf einem Schreibtisch und den kleinen Tischen standen große Blumensträuße. Eine gemütliche Atmosphäre, dachte
Tana, als sie in die Mitte des Raumes ging und sich umsah. Alles wirkte geschmackvoll und so vornehm, als müßte man hier
einen Hut und weiße Handschuhe tragen.

Sie sah an sich hinunter und schämte sich ein wenig ihres
Schottenrocks, der Kniestrümpfe und derben Schuhe, dann ging
sie lächelnd auf die Frau in dem adretten, grauen Kostüm zu, die
in diesem Moment hereinkam. Sie hatte weißes Haar und blaue
Augen und war, wie Tana gleich darauf erfuhr, ihre Hausmutter.
Sie war seit über zwanzig Jahren Hausmutter im Jasmin-Haus,
sprach mit einem leicht gedehnten Akzent wie alle Südländer,
und als ihre Jacke aufging, bemerkte Tana eine einreihige Perlenkette um ihren Hals. Sie sah wie eine liebenswerte Tante aus,
und um die Augen hatte sie tiefe Lachfältchen.

»Willkommen im Jasmin-Haus, meine Liebe! Es gibt noch elf weitere, sehr ähnliche Häuser auf dem Campus, aber wir behaupten immer, daß das Jasmin-Haus das schönste ist.« Sie strahlte Tana an und fragte sie, ob sie eine Tasse Tee möchte. Sam trug inzwischen die Koffer die Treppe hinauf. Tana nahm die geblümte Tasse mit dem Silberlöffel entgegen, lehnte jedoch die ihr angebotenen Plätzchen ab und setzte sich. Sie blickte hinaus auf den See und dachte daran, wie seltsam das Leben doch war. Ihr war, als wäre sie in einem anderen Universum gelandet. Hier war alles so ganz anders als in New York... mit einemmal befand sie sich hier, weit entfernt von allen, die sie kannte, trank Tee und plauderte mit dieser Frau mit den blauen Augen... wo sie doch erst drei Monate zuvor auf Arthur Durnings Schlafzimmerboden gelegen hatte und von seinem Sohn geschlagen und mißhandelt worden war. »... finden Sie nicht auch, Miß Roberts?« Tana blickte die Hausmutter verständnislos an, unsicher, was diese gerade gesagt haben mochte, und nickte dann mit dem Kopf. Plötzlich verspürte sie Müdigkeit, es war anstrengend, so viel Neues auf einmal aufzunehmen.

»Ja... ja..., das finde ich auch...« Sie wußte nicht einmal, womit sie soeben übereinstimmte. Sie wollte sich jetzt nur noch in ihr Zimmer zurückziehen. Schließlich beendeten sie die Teestunde, stellten ihre Tassen nieder, und Tana wäre beinahe in Lachen ausgebrochen, als es ihr durch den Kopf zuckte, welche Mengen von Tee diese arme Frau wohl an diesem Tage hatte trinken müssen. Als spüre sie Tanas Ungeduld, in ihr neues Zimmer zu kommen, erhob sie sich und führte Tana nach oben. Man mußte zwei hübsche Wendeltreppen hinaufsteigen, um zu dem Raum zu gelangen, und dann bis zum Ende eines langen Flures gehen, an dessen Wänden Blumendrucke und Fotografien von ehemaligen Studentinnen hingen. Tanas Zimmer hatte blaßrosa Wände, und die Bettdecken waren aus buntbedrucktem Kattun. Es standen zwei schmale Betten dort, zwei sehr alte Kommoden, zwei Stühle, und in einer Ecke war ein winziges Waschbecken angebracht. Ein komisches, altmodisches Zimmer. Und unmittelbar über den Betten begann die Schräge der Decke. Die Hausmutter beobachtete das Mädchen und schien zufrieden, als Tana sich ihr lächelnd zuwandte. »Das ist ein sehr hübsches Zimmer.«

»Jedes Zimmer im Jasmin-Haus ist hübsch.«

Kurz darauf verließ die Hausmutter das Zimmer. Tana saß da und starrte auf ihre Koffer, ohne zu wissen, was sie nun mit sich anfangen sollte. Dann legte sie sich auf das Bett und sah hinaus auf die Bäume. Sie überlegte, ob sie auf die Ankunft ihrer Zimmergenossin warten sollte, bevor sie eine der Kommoden für sich beanspruchte und eine Hälfte des Wandschrankes. Sie hatte eigentlich keine große Lust, schon ihre Sachen auszupacken. Gerade fragte sie sich, ob sie um den See herumgehen sollte, als es an der Tür klopfte und der alte Sam erschien. Sie setzte sich hastig auf den Bettrand, und er betrat das Zimmer mit zwei Reisetaschen und einem seltsamen Ausdruck im Gesicht. Er blickte Tana nur an und schien leicht die Schultern zu zucken.

»Eins zu null für uns, denke ich.« Was? Tana blickte ihn verwirrt an, doch er zuckte nur noch einmal die Schultern und verschwand. Tana betrachtete die Reisetaschen, fand an ihnen jedoch weiter nichts Bemerkenswertes; zwei große, marineblaugrün- karierte Taschen mit Reiseanhänger-Kärtchen, ein Kosmetikköfferchen und eine runde Hutschachtel. Sie wanderte langsam durch das Zimmer, in der Erwartung, eine Weile auf ihre Zimmergenossin warten zu müssen, da sie sicherlich das Tee- Ritual auch mitmachte. Sie erschien jedoch überraschend schnell.

Zuerst klopfte die Hausmutter, blickte Tana unheilvoll in die Augen und trat dann beiseite, während Sharon Blake ins Zimmer geschwebt kam. Sie war eines der auffallendsten Mädchen, die Tana je gesehen hatte, mit pechschwarzem Haar, das sie fest im Nacken zusammengebunden trug, leuchtenden, onyxfarbenen Augen, Zähnen weißer als Elfenbein und einem zartkakaofarbenem Gesicht, das so fein geschnitten war, daß es wie unecht wirkte. Ihre Schönheit war so ausgeprägt, ihre Bewegungen waren so anmutig, ihr Auftreten so sicher, daß Tana förmlich der Atem stockte. Sie trug einen hellroten Mantel und einen kleinen Hut, was sie beides geschickt auf einen der beiden Stühle warf. Ein enganliegendes graues Wollkleid, in haargenau demselben Farbton wie ihre modisch geschnittenen Schuhe, kam zum Vorschein. Das Mädchen erinnerte mehr an ein Mannequin als an eine College-Studentin, und Tana seufzte leise, als sie an die eigenen Kleidungsstücke dachte, die sich noch in ihren Koffern befanden: Schottenröcke und bequeme Hosen, alte Wollröcke, aus denen sie sich eigentlich nichts machte, eine Menge schlichter Blusen, Pullover mit V-Ausschnitt und zwei Kleider, die ihre Mutter ihr vor ihrer Abreise bei Saks gekauft hatte.

»Tana, das ist Sharon Blake«, stellte die Hausmutter den Neuankömmling äußerst ernst vor. »Sie stammt auch aus dem Norden, obgleich nicht so weit aus dem Norden wie Sie. Sie kommt aus Washington, D.C. . . .«

»Guten Tag.« Tana sah sie schüchtern an, und Sharon schenkte ihr ein strahlendes Lächeln und streckte die Hand aus.

»Guten Tag!«

»Ich lasse Sie beide allein.« Die Hausmutter schien Sharon beinahe mit einem schmerzlichen Blick und Tana mit unermeßlichem Mitgefühl anzusehen. Es tat ihr bis in die Seele leid, Tana das anzutun, doch irgend jemand mußte das Zimmer mit diesem Mädchen teilen, und Tana war immerhin eine Stipendiatin, da war es nur gerecht. Sie mußte sich mit dem, was sie vorfand, zufriedengeben. Sie schloß leise die Tür und ging energischen Schrittes die Treppe hinab. So etwas passierte zum erstenmal im Jasmin-Haus, überhaupt in ganz Green Hill, und Julia Jones, die Hausmutter, hätte eigentlich etwas Stärkeres als Tee an diesem Nachmittag gebraucht; denn dieser Vorfall strapazierte ihre Nerven doch sehr.

Oben, in ihrem Zimmer, jedoch lachte Sharon nur, während sie sich auf einen der unbequemen Stühle warf, und begutachtete Tanas glänzendes, blondes Haar. Sie stellten ein auffallend kontrastreiches Paar dar – die eine so blond, die andere so schwarz. Neugierig sahen sie einander an, und Tana lächelte und fragte sich, wieso Sharon in Green Hill war. Sie hätte doch viel leichter ein College im Norden besuchen können, als hierherzukommen. Doch sie kannte Sharon Blake noch nicht. Das Mädchen war wunderschön, daran bestand kein Zweifel, und sie war teuer gekleidet – das fiel Tana erneut auf, als Sharon ihre Schuhe von sich schleuderte.

»Nun, wie gefällt dir das Jasmin-Haus?« Das feine, dunkle Gesicht lächelte wieder strahlend.

»Es ist hübsch hier, nicht wahr?« Tana fühlte sich noch immer befangen, obgleich sie Sharon sehr sympathisch fand. In ihrem Gesicht spiegelten sich Mut und Kühnheit wider.

»Sie haben uns das häßlichste Zimmer gegeben.«

Tana war schockiert. »Woher weißt du das?« »Als wir den Flur entlanggingen, habe ich einen Blick in die anderen geworfen.« Sie seufzte und nahm vorsichtig den Hut ab. »Das habe ich erwartet.«

Und dann sah sie Tana abschätzend an. »Und welche Sünde hast du begangen, daß du mit mir ein Zimmer teilen mußt?« Sie lächelte sanft. Sie wußte, warum sie gerade dieses Zimmer bekommen hatte, sie war die einzige schwarze Schülerin, die man in Green Hill akzeptierte, und sie war natürlich auch etwas Außergewöhnliches. Ihr Vater war ein berühmter Schriftsteller, Gewinner des Nationalen Buchpreises und des Pulitzer-Preises; ihre Mutter war Juristin, gegenwärtig in der Regierung tätig. Also unterschied sie sich bestimmt von den meisten Farbigen... zumindest nahm man das von ihr an... obgleich man sich da nie sicher sein konnte... Miriam Blake hatte ihre älteste Tochter vor die Wahl gestellt, bevor sie nach Green Hill ging. Sharon hätte irgendwohin in den Norden gehen können, nach Columbia in New York beispielsweise, ihre Noten waren gut genug, oder nach Georgetown, was ihrer Heimat näher lag, auf die UCLA, falls sie ernsthaft an eine Karriere als Schauspielerin dachte... zu diesen Überlegungen fügte Sharons Mutter noch bedeutungsvoll hinzu: «Du könntest aber auch etwas sehr Wichtiges tun, etwas, das eines Tages für andere Mädchen von großer Bedeutung sein wird, Sharon.« Sharon hatte sie fragend angesehen. »Du könntest nach Green Hill gehen.«

»In den Süden?« Sharon hatte sie entsetzt angesehen. »Die würden mich nicht annehmen!«

Miriam hatte sie wütend angefunkelt. »Du verstehst wohl noch immer nicht, Kind, was? Dein Vater ist Freeman Blake! Er hat Bücher geschrieben, die die Menschen auf der ganzen Welt gelesen haben. Glaubst du wirklich, sie würden es wagen, dich nicht anzunehmen?«

Sharon hatte nervös gegrinst. »Ja doch, Mutter. Die würden mich in Stücke zerreißen, bevor ich überhaupt dazu käme, meine Koffer auszupacken.« Die Vorstellung allein jagte ihr Angst ein. Sie wußte, was sich drei Jahre zuvor in Little Rock zugetragen hatte, sie hatte die Zeitungen gelesen. Panzer und die Nationalgarde hatten anrücken müssen, um dafür zu sorgen, daß schwarze Kinder in einer weißen Schule bleiben durften. Und dies war nicht irgendeine altmodische kleine Schule, von der ihre Mutter sprach. Es war Green Hill, das exklusivste Junior-College für Mädchen im Süden, das Töchter von Mitgliedern des Repräsentantenhauses und von Senatoren besuchten, wo die Gouverneure von Texas, Süd-Carolina und Georgia ihre Töchter hinschickten, damit sie sich zwei Jahre lang bildeten, ehe sie sich mit einem jungen Mann ihres Standes verheirateten. »Mama, das ist doch absurd!«

»Wenn jedes schwarze Mädchen in diesem Land so denkt, Sharon Blake, dann werden wir in hundert Jahren noch immer in Hotels für Schwarze schlafen, im hinteren Teil des Busses fahren und aus Springbrunnen trinken, die nach der Pisse weißer Jungen stinken.« Ihre Mutter hatte sie angefunkelt, und Sharon war zusammengezuckt. Miriam Blake hatte schon immer so gedacht. Sie hatte mit einem Stipendium in Radcliffe studiert, und seit jener Zeit kämpfte sie hart für das, an was sie glaubte – für den Unterdrückten, den Mann auf der Straße, und nun kämpfte sie für ihre Rasse. Selbst ihr Ehemann bewunderte sie. Sie hatte mehr Mut als alle Menschen, die er je gekannt hatte, und sie würde nie zu kämpfen aufhören. Doch Sharon ängstigte ihre Entschlossenheit manchmal. Sie hatte ganz schön gezittert, als sie sich in Green Hill bewarb.

»Und was, wenn sie mich annehmen?« Davor hatte sie sich am meisten gefürchtet. Sie hatte sich ihrem Vater anvertraut. »Ich bin nicht wie sie... ich will kein Beispiel sein... nur deshalb hingehen... ich will Freundinnen haben, Spaß haben... was sie von mir erwartet, ist zu viel...« Tränen waren ihr über die Wangen gerollt, und er hatte sie verstanden. Aber er konnte weder Miriam beeinflussen, die von ihnen allen so viel verlangte, noch konnte er seine unbeschwerte, lebenslustige, wunderschöne Tochter ändern, die mehr ihm als Miriam ähnelte. Sie wollte eines Tages Schauspielerin am Broadway werden und deshalb an die UCLA gehen.

»Dort kannst du ja später auch noch zwei Jahre studieren, Shar«, hatte ihre Mutter Sharons Einwand abgetan, »nachdem du deinen Pflichten nachgekommen bist.«

»Wieso muß ich überhaupt irgendwelchen Pflichten nachkommen?« hatte sie geschrien. »Wieso schulde ich irgend jemandem zwei Jahre meines Lebens?«

»Weil du hier, im Hause deines Vaters, lebst. Du schläfst in deinem schönen warmen Bett, dank uns, und du hast nie in deinem Leben Kummer und Leid kennengelernt.«

»Dann schlagt mich eben, behandelt mich wie eine Sklavin! Aber laßt mich tun, was ich will!«

»Gut!« Die Augen ihrer Mutter hatten leidenschaftlich geglüht. »Tu, was du willst! Aber du wirst nie stolz sein, Kind, nicht, wenn du nur an dich selbst denkst. Glaubst du etwa, daß die Schwarzen in Little Rock nur für sich selbst gekämpft haben und daß es ihnen Spaß gemacht hat? Bei jedem Schritt, den sie taten, waren Gewehre auf ihre Köpfe gerichtet, und es juckte die bewaffneten Männer nur so in den Fingern, sie umzulegen. Und weißt du, für wen die Schwarzen das taten, Sharon? Sie taten es für dich! Und für wen wirst du etwas tun, Sharon Blake?«

»Für mich!« hatte sie gebrüllt, dann war sie die Treppe zu ihrem Zimmer hinaufgerannt und hatte die Tür hinter sich zugeschlagen. Doch die Worte ihrer Mutter hatten sie verfolgt, wie immer. Es war nicht leicht, mit ihrer Mutter zusammenzuleben, sie zu kennen, sie zu lieben. Sie machte es niemandem leicht; aber auf lange Sicht gesehen erreichte sie mit ihrer Entschlossenheit und Härte, daß alle Dinge für die Menschen ein wenig leichter wurden.

Freeman Blake hatte an diesem Abend versucht, seine Frau zum Einlenken zu bewegen. Er wußte, wie Sharon fühlte, wie sehr sie sich danach sehnte, zu der Schule im Westen zu gehen. »Warum läßt du sie zur Abwechslung nicht einmal tun, was sie will?«

»Weil sie eine Verantwortung trägt. Genau wie ich, genau wie du.«

»Denkst du denn nie an etwas anderes? Sie ist jung, gib ihr eine Chance! Vielleicht will sie nicht für eine gute Sache leiden. Vielleicht tust du das für uns alle mit.« Doch beide wußten, daß das nicht ganz stimmte. Sharons Bruder Dick war erst fünfzehn, jedoch durch und durch wie seine Mutter; er teilte die meisten ihrer Ansichten, abgesehen davon, daß er in vielen Angelegenheiten noch radikaler war. Von niemandem würde er sich je unterkriegen lassen, und Freeman war stolz auf ihn, aber er war sich auch bewußt, daß Sharon anders war. »Laß sie doch einfach!«

Sie hatten sie gelassen, und schließlich hatte ihr Schuldgefühl die Oberhand gewonnen, wie sie Tana an diesem Abend erzählte.

»Und so bin ich jetzt hier!« Sie hatten zusammen im Hauptspeisesaal gegessen und waren in ihr Zimmer zurückgekehrt. Sharon saß da, in einem rosafarbenen Nylonnachthemd, das ihr ihre beste Freundin zum Abschied geschenkt hatte, und Tana in einem blauen Flanellnachthemd, das Haar zu einem langen, blonden Pferdeschwanz gebunden. Tana beobachtete ihre neue Freundin.

»Ich werde wohl, wenn ich hier fertig bin, auf die UCLA gehen.« Sharon seufzte und blickte auf den rosa Lack, den sie sich soeben auf die Zehennägel gestrichen hatte, dann wieder zu Tana. »Meine Mutter erwartet so verdammt viel von mir!« Und alles, was Sharon sich wünschte, war hübsch und klug und eines Tages eine Schauspielerin zu sein. Das genügte. Nur Miriam Blake genügte es nicht.

Tana lächelte. »Meine Mutter erwartet auch viel von mir. Sie hat ihr ganzes Leben damit verbracht, alles nur Mögliche für mich zu tun, und sie stellt sich vor, daß ich ein paar Jahre hier studiere und dann einen ›netten jungen Mann‹ heirate.« Sie verzog das Gesicht, um anzudeuten, wie wenig aufregend sie diese Vorstellung fand, und Sharon lachte.

»Insgeheim wünschen sich das alle Mütter, sogar meine – solange ich ihr verspreche, auch nach der Heirat den Märtyrer zu spielen. Was sagt denn dein Vater? Ich bin froh, daß ich meinen Vater habe! Er kommt mir zu Hilfe, wo er nur kann. Er findet auch, daß Mutters Ansichten einem manchmal ganz schön auf die Nerven gehen!«

»Mein Vater starb noch vor meiner Geburt. Deshalb macht meine Mutter sich immer so schreckliche Sorgen. Sie hat immer Angst, daß alles schiefgehen könnte, und so klammert sie sich an jegliche vermeintliche Sicherheit, die sie finden kann, und erwartet dasselbe von mir.« Tana sah Sharon sonderbar an. »Weißt du, deine Mutter scheint mehr mein Typ zu sein!«

Beide lachten, und es dauerte noch zwei Stunden, ehe sie das Licht ausknipsten. Und als sich die erste Woche in Green Hill ihrem Ende zuneigte, hatten sie sich eng miteinander befreundet. Sie hatten fast den gleichen Stundenplan, trafen sich zum Mittagessen, gingen gemeinsam zur Bibliothek, schlenderten gemächlich um den See herum und plauderten über das Leben, über Jungen, Eltern und Freunde.

Tana erzählte Sharon von der Beziehung ihrer Mutter zu Arthur, die sie sogar schon während seiner Ehe mit Marie gehabt hatte, und was sie von ihm hielt. Von der Scheinheiligkeit, dem engen Horizont, dem stereotypen Leben in Greenwich, mit Kindern und Freunden und Teilhabern, die alle zuviel tranken, in einem Haus, das nur zum Vorzeigen diente. Während ihre Mutter Tag und Nacht für ihn schuftete, zu ihm lief, wenn er sie brauchte, und nach zwölf Jahren dafür nichts bekommen hatte. »Weißt du, Shar, das macht mich wirklich fertig! Und das Schlimmste daran ist...«, ihre Augen glühten wie feurige grüne Felsstücke, als sie ihre Freundin ansah, »...sie akzeptiert das einfach alles, was er ihr erzählt und von ihr erwartet! Für sie ist das alles in Ordnung. Sie würde ihn nie im Stich lassen, und sie würde nie mehr von ihm verlangen. Sie wird einfach bis ans Ende ihres Lebens dasitzen, dankbar sein für all die niedrigen Dienste, die sie ihm erweisen durfte, und dabei merkt sie überhaupt nicht, daß er für sie eigentlich nichts tut – im Gegenteil, sie betont immer wieder, daß sie ihm ja alles verdankt. Und was? Sie hat wie ein Tier ihr ganzes Leben lang für das geschuftet, was sie hat, und er behandelt sie wie ein Stück Möbel...« *... eine bezahlte Hure...* Billys Worte gingen ihr durch den Kopf, doch sie zwang sich zum zehntausendsten Male, nicht daran zu denken. »Ich weiß nicht, sie sieht die Dinge ganz anders, aber es macht mich verrückt. Ich kann doch nicht bis an mein Lebensende den Staub zu seinen Füßen küssen! Meiner Mutter verdanke ich viel, aber Arthur Durning verdanke ich überhaupt nichts – und sie auch nicht, aber das kann sie einfach nicht begreifen. Sie ist so besorgt, immer... ich frage mich, ob sie schon so war, als mein Vater noch lebte...« Jean hatte ihr oft erzählt, daß sie ihm sehr ähnele. Tanas Miene hellte sich auf.

»Ich mag meinen Vater mehr als meine Mutter.« Sharon war immer sehr ehrlich, besonders zu Tana. Als der erste Monat vorüber war, hatten sie einander zahlreiche Geheimnisse anvertraut, nur die Vergewaltigung hatte Tana für sich behalten. Irgendwie brachte sie es noch nicht über sich, darüber zu sprechen, und sie sagte sich, daß das auch weiter keine Rolle spielte.

Einige Tage vor der ersten Tanzveranstaltung am Halloweens-Tag, zu dem Jungen aus einem benachbarten College eingeladen waren, lag Sharon auf dem Bett und verdrehte die Augen. »So, und was tue ich nun? Soll ich als schwarze Katze gehen oder in einem weißen Leinentuch als Mitglied des Klan?« Die Mädchen konnten ohne Begleitung allein auf den Ball gehen, da er in Green Hill stattfand; das war ein Glück, weil weder Sharon noch Tana sich je mit Jungen verabredet hatten, und die anderen Mädchen kannten sie gar nicht richtig. Die Studentinnen verhielten sich Sharon gegenüber sehr reserviert, wenn auch höflich, und seit einiger Zeit starrten sie sie auch nicht mehr an. Auch die Lehrer behandelten Sharon sehr zurückhaltend, als würde sie und mit ihr auch ein großes Problem verschwinden, wenn man sie gar nicht beachtete. Ihre einzige Freundin war Tana; die beiden hockten ständig zusammen, und demzufolge hatte Tana auch keine anderen Freundschaften geschlossen. Auch ihr gegenüber bewahrte man Abstand. Wenn sie sich mit einer Farbigen einlassen wollte, so mußte sie eben auf die anderen verzichten. Sharon hatte sie deswegen mehr als einmal angebrüllt. »Warum, zum Teufel, beschäftigst du dich nicht mit deinen eigenen Leuten?« Sie hatte sich Mühe gegeben, schroff zu klingen, doch Tana hatte sie immer durchschaut.

»Laß mich in Ruhe!«

»Du bist ein Vollidiot!«

»Gut, dann passen wir ja zusammen! Deshalb kommen wir auch so gut miteinander aus!«

»Nein«, grinste Sharon sie dann an, »wir kommen miteinander gut aus, weil du dich wie eine Schlampe kleiden würdest, wenn du nicht meine Garderobe und meinen Expertenrat zur Verfügung hättest. Du würdest wie eine Lumpensammlerin rumlaufen!«

»Genau!« Tana grinste entzückt. »Aber kannst du mir auch das Tanzen beibringen?« Sie ließen sich dann, brüllend vor Lachen, auf ihre Betten fallen, und man konnte sie fast jeden Abend bis hinaus in den Flur lachen hören. Sharon hatte so viel Energie, Schwung und Temperament, daß Tana wieder zu neuem Leben erwachte; und manchmal saßen sie nur da und erzählten einander Witze und lachten, bis ihnen Tränen die Wangen hinabrollten. Sharon hatte außerdem einen Sinn für Mode, den Tana in diesem Ausmaß noch nie bei jemandem erlebt hatte, und sie besaß die hübschesten, schicksten Kleider, die man sich vorstellen konnte. Die beiden Mädchen waren etwa gleich groß, so daß sie nach einiger Zeit einfach alles in denselben Schubladen verstauten und anzogen, was ihnen gerade in die Hände fiel.

»Als was willst du dich zu Halloween verkleiden, Tan?« Sharon lackierte sich diesmal die Nägel in einem hellen Orangeton, das einen aufregenden Kontrast zu ihrer dunklen Haut bildete. Sie besah sich den noch feuchten Lack und wandte sich dann ihrer Freundin zu, doch Tana zuckte gleichgültig die Schultern. »Ich weiß nicht genau ... ich werde sehen ...«

»Was soll denn das heißen?« Sharon bemerkte den seltsamen Klang in Tanas Stimme, einen fremden Unterton, der ihr erst ein- oder zweimal aufgefallen war, wenn sie eine ihrer schwachen Seiten angesprochen hatte. »Du gehst doch wohl hin, oder nicht?«

Tana erhob sich, streckte sich und wandte den Blick ab. »Nein, ich gehe nicht hin.«

»Warum nicht?« Sharon war verdutzt. Tana war doch sonst so lebenslustig und humorvoll. Sie war hübsch und jung und eine angenehme Gesellschaft. »Magst du Halloween nicht?«

»Doch, doch ... für Kinder ist es ganz nett.« Nie hatte Sharon Tana so erlebt.

»Sei doch kein Partymuffel, Tana! Komm schon! Ich werde dir ein Kostüm aussuchen.« Sharon begann, in ihrem gemeinsamen Kleiderschrank herumzuwühlen, zerrte ein paar Kleidungsstücke heraus und warf sie auf das Bett, aber das machte Tana auch nicht fröhlicher. Als die Mädchen an diesem Abend im Bett lagen und das Licht gelöscht war, versuchte Sharon es noch einmal.«Wieso willst du nicht zu dem Halloween-Ball, Tan?« Gewiß, Tana war noch nie mit einem Jungen in Green Hill ausgegangen, doch Sharon ja auch nicht. Nun ja, für eine Schwarze war das ohnehin ziemlich hoffnungslos, damit hatte sie sich ja bereits abgefunden, ehe sie nach Green Hill kam. Sie hatten beide hier noch keine neuen Bekanntschaften geschlossen, aber auch nur wenige der anderen Studentinnen hatten Freunde, mit denen sie ausgingen. Bei dem bevorstehenden Ball, zu dem Tana nicht gehen wollte, würden sie bestimmt eine ganze Schar junger Männer kennenlernen. Und Sharon sehnte sich danach auszugehen. »Hast du einen festen Freund zu Hause?« Tana hatte davon bis jetzt nichts erwähnt, und Sharon wäre überrascht gewesen, hätte sie ihr so etwas vorenthalten, obgleich es noch ein paar Dinge gab, die sie voneinander nicht wußten. Die Frage, ob sie noch Jungfrauen waren, hatten sie gemieden, was, wie Sharon wußte, im Jasmin-Haus ungewöhnlich war. Alle anderen schienen nichts wichtiger zu finden, als dieses Thema eingehend zu erörtern, aber Sharon hatte Tanas Zurückhaltung diesbezüglich gespürt und war selbst auch nicht gerade scharf darauf, über diese Dinge zu reden. Sie stützte sich auf einen Ellbogen und sah Tana im mondhellen Zimmer fragend an. »Tan...?«

»Nein, nein... nichts Derartiges ... ich habe einfach keine Lust auf Gesellschaft.«

»Gibt es irgendeinen besonderen Grund dafür? Bist du allergisch gegen Männer? Wird dir in hohen Absätzen schwindlig? Verwandelst du dich um zwölf Uhr nachts in einen Vampir? Obwohl das zu Halloween eigentlich ein prima Trick wäre!« Sharon grinste schelmisch.

Tana mußte lachen. »Red nicht so einen Quatsch! Ich will einfach nicht ausgehen, das ist alles, aber für dich spielt das doch keine Rolle. Du gehst auf jeden Fall hin! Verlieb dich nur in einen weißen Jungen, und du wirst sehen, deine Eltern drehen durch!« Sie kicherten.

»Verdammt, man würde mich vermutlich aus dem College feuern! Wenn die alte Mrs. Jones so etwas zu entscheiden hätte, wäre ich schon längst mit dem alten Sam verkuppelt!« Die Hausmutter hatte Sharon mehrmals gönnerhaft angesehen und dann einen Blick auf Sam geworfen, als bestünde zwischen ihnen so eine Art Blutsverwandtschaft.

»Weiß sie, wer dein Vater ist?« Freeman Blake hatte gerade ein zweites Mal den Pulitzer-Preis gewonnen, und jedermann im

Lande kannte seinen Namen, ob man seine Bücher nun gelesen hatte oder nicht.

»Ich glaube nicht, daß sie lesen kann!«

»Schenk ihr ein Buch mit Autogramm, wenn du aus den Ferien zurückkehrst!« Tana grinste, und Sharon lachte schallend.

»Das würde sie nicht überleben!« Doch das Problem des Halloween-Balles war noch nicht gelöst. Am Ende ging Sharon als attraktive schwarze Katze, in einem schwarzen Katzengewand, aus dem ihr erhitztes, kakaofarbenes Gesicht, ihre riesigen Augen und ihre Beine, die fast endlos waren, hervorsahen. Nach den ersten aufregenden Minuten forderte sie jemand zum Tanz auf, und dann tanzte sie den ganzen Abend hindurch. Sie amüsierte sich herrlich, auch wenn keines der Mädchen mit ihr plauderte. Als sie kurz nach ein Uhr heimkehrte, lag Tana schon längst im Bett und schlief fest.

»Tan? ... Tana? ... Tan? ...«

Sie bewegte sich etwas, hob den Kopf und öffnete seufzend ein Auge. »Ist es schön gewesen?«

»Herrlich! Ich habe den ganzen Abend getanzt!« Sharon war versessen darauf, ihr alles zu berichten, aber Tana hatte sich schon wieder abgewandt. »Das freut mich ... Gute Nacht!«

Sharon betrachtete Tanas Rücken und überlegte, aus welchem Grund sie nicht mitgekommen sein mochte. Als sie jedoch am folgenden Tag versuchte, das Thema noch einmal anzuschneiden, ging Tana nicht darauf ein.

Die anderen Mädchen fingen nach dem Ball an, sich mit jungen Männern zu verabreden. Das Telefon im unteren Flur klingelte fast ununterbrochen, und ein Junge rief Sharon Blake an. Er lud sie ins Kino ein, und sie nahm an. Als sie jedoch am Kino eintrafen, ließ der Karten-Kontrolleur sie nicht ein. »Wir sind hier nicht in Chikago, Freunde!« Er starrte Sharon an, und der Junge errötete gequält. »Ihr seid hier im Süden!« Er wandte sich an den jungen Mann. »Geh nach Hause und such dir ein anständiges Mädchen, mein Sohn!«

Als sie gingen, beteuerte Sharon: »Ich hatte sowieso keine

große Lust, den Film zu sehen. Wirklich, Tom, das macht nichts.«
Doch die Stille im Wagen, während er sie nach Hause fuhr, war
bedrückend. Und als sie das Jasmin-Haus erreichten, wandte sie
sich ihm zu. Ihre Stimme war leidenschaftlich und sanft, ihre Augen blickten freundlich, ihre Hand fühlte sich wie Samt an, als
sie ihn berührte. »Es ist wirklich in Ordnung, Tom. Ich verstehe
das. Ich bin daran gewöhnt.« Sie holte tief Luft. »Deswegen bin
ich nach Green Hill gekommen.« Er sah sie fragend an. Sie war
das erste schwarze Mädchen, mit dem er ausging, und sie war
das exotischste Geschöpf, das er je gesehen hatte.

»Du bist hergekommen, um dich von so einem Dreckskerl in
einem Kino dieses Kuhdorfs beleidigen zu lassen?« Er war noch
immer außer sich vor Wut, selbst wenn ihr dieser Vorfall gleichgültig war.

»Nein«, erwiderte sie sanft und dachte an die Worte ihrer Mutter. »Ich bin hergekommen, damit sich hier die Dinge ändern.
Einer fängt eben immer an, und dann ziehen andere nach, und
schließlich kümmert es niemanden mehr – schwarze Mädchen
und weiße Jungen gehen zusammen ins Kino, fahren zusammen
Auto, bummeln zusammen die Straßen entlang, essen Hamburger, wo sie wollen. So ist es in New York. Warum also sollte es
hier nicht auch so werden? Manche Leute mißbilligen so etwas
vielleicht auch in New York, aber niemand wirft einen dort aus
einem Kino raus. Und der einzige Weg, das zu erreichen, ist, klein
anzufangen, wie heute abend.« Der junge Mann sah sie nachdenklich an, fragte sich auf einmal, ob sie ihn nur dazu benutzt
habe.

Aber nein – Sharon Blake war nicht so, und außerdem hatte
er bereits erfahren, wer ihr Vater war. Von solch einem Menschen mußte man einfach beeindruckt sein, und nach ihren letzten Worten bewunderte er sie um so mehr. Es verwirrte ihn ein
wenig, aber er wußte, daß ihre Worte ein Quentchen Wahrheit
enthielten.

»Tut mir leid, daß sie uns nicht hineingelassen haben! Warum
probieren wir es nicht nächste Woche noch mal?«

Sie lachte. »Ich meine nicht, daß wir gleich alles auf einmal umkrempeln sollten!« Aber es gefiel ihr, daß er so mutig war. Er hatte verstanden, worum es ging. Vielleicht hatte ihre Mutter doch nicht unrecht gehabt, vielleicht war es doch in Ordnung, für eine gute Sache einzutreten.

»Warum nicht? Früher oder später hat dieser Typ es satt, uns hinauszuwerfen. Wir können ja auch in das Café gehen, das Restaurant am Ende des Ortes . . . « Es gab unendlich viele Möglichkeiten, und Sharon lachte ihn an, während er ihr aus dem Wagen half und sie bis zum Jasmin-Haus begleitete. Sie lud ihn zu einer Tasse Tee ein, und sie hätten einige Zeit im Wohnzimmer gesessen, hätten die anderen Paare, die sich dort unterhielten, sie nicht dauernd mit unheilvollen Blicken bedacht. Sharon brachte Tom zur Haustür, und einen Moment sah sie traurig aus. Es wäre soviel einfacher in der UCLA gewesen . . . oder irgendwo anders im Norden . . . irgendwo, nur nicht hier . . . Tom spürte, in welcher Verfassung sie war, und er flüsterte ihr zu, als er in der Türöffnung stand: »Vergiß nicht . . . es passiert nichts von heute auf morgen!«

Er berührte ihre Wange und war auch schon verschwunden. Sie sah ihm nach . . . natürlich, er hatte recht . . . eine Veränderung von heute auf morgen durfte man nicht erwarten . . . Als Sharon die Treppe hinaufstieg, kam sie zu dem Schluß, daß der Abend doch nicht ganz umsonst gewesen war. Sie mochte Tom. Ob er sie wohl wieder anrief?

»Na? Hat er dir einen Heiratsantrag gemacht?« Tana lag grinsend im Bett, als sie eintrat.

»Ja, zweimal!« stöhnte Sharon.

»Das ist aber nett von ihm. Wie war der Film?«

Sharon lächelte. »Da mußt du jemand anders fragen!«

»Hast du ihn nicht gesehen?« Tana war überrascht.

»Sie haben uns nicht hineingelassen . . . du weißt schon . . . weißer Junge . . . schwarzes Mädchen . . . ›Such dir ein anständiges Mädchen, mein Sohn‹ . . . « Sie tat, als amüsiere sie sich, doch Tana bemerkte den gequälten Ausdruck in ihren Augen.

»Unverschämtheit! Was hat Tom dazu gesagt?«

»Er war nett. Wir haben noch ein Weilchen unten im Wohnzimmer gesessen, aber das war noch schlimmer. Das da unten sind wohl nur Schneeweißchen mit ihren Prinzen – alle haben uns angeglotzt.« Seufzend setzte sich Sharon auf ihr Bett. »Verflucht... meine Mutter und ihre großartigen Ideen... Ungefähr eine Minute fühlte ich mich vor dem Kino sehr mutig und nobel und rein. Aber als wir hierher zurückkehrten, wurde mir klar, daß die ganze Sache ein ganz schöner Mist ist. Verflixt, wir können nicht einmal einen Hamburger essen gehen! Ich würde in diesem Dorf hier verhungern!«

»Aber nicht, wenn du mit mir zusammen weggehst, darauf wette ich!« Sie waren bis dahin noch nicht zusammen weggegangen, da sie sich im Jasmin-Haus wohl fühlten und das Essen in der Schule überraschend gut war. Beide hatten schon drei oder vier Pfund zugenommen, zu Sharons großem Ärger.

»Sei dir da nicht so sicher, Tan! Die werden bestimmt auch einen Mordskrach schlagen, wenn ich mit dir irgendwohin gehen will.

Schwarz ist schwarz, und Weiß ist weiß, das läßt sich nicht ändern.«

»Wieso versuchen wir es nicht mal?« Die Vorstellung fesselte Tana, und am nächsten Abend brachen sie auf. Sie schlenderten langsam in den Ort, betraten eine Snackbar, und die Bedienung sah sie lange giftig an und ging davon, ohne sie zu bedienen. Tana war schockiert. Sie machte ihr erneut ein Zeichen, doch die Frau tat, als sähe sie es nicht, bis Tana schließlich zu ihr ging und fragte, ob sie jetzt ihr Essen bestellen könnten. Die Kellnerin machte ein verdrießliches Gesicht.

»Tut mir leid, mein Kind, Ihre Freundin kann ich nicht bedienen. Ich hoffte, Sie beide würden das von selbst merken.« Sie hatte leise gesprochen, damit Sharon sie nicht hörte.

»Wieso nicht? Sie kommt aus Washington.« Als würde das einen Unterschied machen. »Ihre Mutter ist Juristin, und ihr Vater hat zum zweitenmal den Pulitzer-Preis gewonnen...«

»Das spielt hier überhaupt keine Rolle. Wir sind hier nicht in Washington, sondern in Yolan!« Yolan, Süd-Carolina, nahe bei Green Hill.

»Gibt es irgendein Restaurant im Ort, in dem wir essen können?«

Nervös sah die Kellnerin das blonde, große Mädchen an. Seine Stimme klang so aggressiv, daß sie es fast mit der Angst bekam. »Am Ende der Straße gibt es ein Lokal für Ihre Freundin, und Sie können hier essen.«

»Ich meine ein Restaurant, in dem wir zusammen essen können!« Tanas Augen waren hart wie Stahl, und sie verspürte plötzlich das Verlangen, jemanden zu schlagen. Ein neues Gefühl war in ihr aufgekeimt – eine blinde, hilflose Wut. »Gibt es hier im Ort irgendein Restaurant, in dem wir gemeinsam essen können, oder müssen wir erst den Zug nach New York nehmen, um gemeinsam an einem Tisch bedient zu werden?« Sie funkelte die Kellnerin zornig an. Die schüttelte langsam den Kopf, doch Tana rührte sich nicht vom Fleck. »Gut, dann bestelle ich zwei Cheeseburger und zwei Cokes!«

»Nein.« Aus der Küche tauchte plötzlich ein Mann auf. »Geht ihr nur zurück in dieses verdammte, vornehme College!« Offensichtlich wußten die Bewohner Yolans, woher sie kamen – was bei Sharons Kleidung allerdings nicht weiter verwunderte. Sie trug einen Rock und einen Pullover, die von Bonwit Teller in New York stammten. »Da könnt ihr essen, was ihr wollt! Ich weiß zwar nicht, was in die in Green Hill gefahren ist, aber wenn sie jetzt schon Nigger in ihre Schule lassen, dann sollen sie sie gefälligst auch selbst durchfüttern! Wir jedenfalls tun das nicht!« Er bedachte erst Tana, dann Sharon mit einem bohrenden Blick, und plötzlich hing etwas Unheilvolles in der Luft. Tana befürchtete bereits, er würde sie jeden Augenblick packen und vor die Tür setzen. Sie wurde von einem Gefühl der Panik ergriffen, wie sie es seit der Vergewaltigung nicht mehr erlebt hatte, und sie war wütend. Auf einmal erhob sich Sharon gelassen und anmutig. »Komm, Tan!« sagte sie mit aufreizend-säuselnder Stimme,

615

und Tana merkte, wie der Mann sie förmlich mit den Augen verschlang. Es erinnerte sie an etwas, an das sie nicht mehr erinnert werden wollte. Dann folgte sie Sharon nach draußen.

»Dieser Scheißkerl...« Tana kochte vor Wut, als sie langsam zur Schule zurückkehrten, doch Sharon war erstaunlich ruhig. Es war das gleiche Gefühl wie am Vorabend, als man sie und Tom nicht ins Kino gelassen hatte. Anfangs hatte sie sich stark gefühlt und war völlig gelassen; sie hatte gewußt, warum sie da war, und dann war sie niedergeschlagen, heute jedoch blieb sie ganz ruhig.

»Das Leben ist doch seltsam, nicht wahr? Wenn wir hier in New York oder Los Angeles wären, wäre alles schnurzegal. Hier aber ist es von ungeheurer Wichtigkeit, daß ich farbig bin und du eine Weiße bist. Möglicherweise hat meine Mutter recht, vielleicht ist es wirklich an der Zeit für einen Kreuzzug. Ich weiß nicht, irgendwie dachte ich immer, solange es mir gutgeht, würde es keine Rolle spielen, wenn anderen so etwas zustößt. Und auf einmal bin ich selbst jemand, dem etwas passiert.« Sie begriff jetzt, warum ihre Mutter darauf bestanden hatte, daß sie in Greenwich studierte, und zum erstenmal zog sie es ernsthaft in Betracht, daß sie recht gehabt haben könnte. Vielleicht war ihr Platz tatsächlich hier, vielleicht schuldete sie das jemand anderem für all die Zeit, in der sie ein behagliches Leben geführt hatte. »Ich weiß nicht, was ich denken soll, Tan...«

»Ich auch nicht.« Sie trotteten Seite an Seite in den Campus zurück. »Ich glaube, ich war noch nie so hilflos und bin noch nie so außer mir vor Wut gewesen...« Und auf einmal sah sie im Geiste Billy Durning vor sich, und sie zuckte sichtlich zusammen. »Höchstens einmal vielleicht...«

Plötzlich waren sie einander näher als je zuvor. Tana hätte fast den Arm um Sharon gelegt, um sie zu beschützen, und Sharon blickte sie sanft lächelnd an. »Wann war das, Tana?«

»Ach, das ist lange her...« Sie gab sich Mühe zu lächeln, »...fünf Monate etwa...«

»Ja, wirklich eine *sehr* lange Zeit...« Sie lächelten einander zu und marschierten weiter, und ein Wagen brauste an ihnen vorüber, doch niemand belästigte sie, und Tana hatte auch keine Angst.

Niemand würde ihr je wieder antun, was Billy Durning ihr angetan hatte – vorher würde sie ihn umbringen. Sharon bemerkte einen fremden, häßlichen Ausdruck in Tanas Augen. »Muß ja ganz schön schlimm gewesen sein.«

»Ja, war es auch.«

»Möchtest du darüber sprechen?« Sharons Stimme klang sanft wie die dunkle Nacht, und sie gingen eine Weile schweigend nebeneinander her, und Tana dachte nach. Sie hatte noch nie jemandem dieses Geheimnis anvertraut, nicht, seit sie versucht hatte, ihrer Mutter davon zu erzählen.

»Ich weiß nicht.«

Sharon nickte, als verstehe sie. Jeder hatte irgend etwas, was er anderen nicht mitteilen wollte. Sie hatte selbst so ein Geheimnis. »Schon in Ordnung, Tan.« Doch in diesem Moment sah Tana sie an, und plötzlich sprudelten ihr die Worte wie von selbst über die Lippen.

»Ja, doch ...« Und dann: »Ich weiß nicht ... wie spricht man über so etwas?« Sie ging schneller, fast, als wollte sie fortlaufen, und Sharon folgte ihr auf ihren langen, anmutigen Beinen. Tana fuhr sich nervös mit der Hand durch das Haar, sah zur Seite und atmete schwerer als vorher. »Da gibt es nicht viel zu sagen ... ich ging zu einer Party nach meinem Schulabschluß im Juni ... im Hause des Chefs meiner Mutter ... er hat einen widerlichen Sohn ... und ich sagte meiner Mutter, ich wollte nicht hin ...« Sie atmete stoßweise und heftig, was sie jedoch selbst nicht bemerkte. Sharon wußte, daß es, was immer es sein mochte, Tana quälte und daß es besser war, wenn sie es einmal los wurde. »Jedenfalls sagte sie, ich müsse dorthin ... das sagt sie immer ... so ist sie nun mal, jedenfalls was Arthur Durning anbelangt und seine Kinder ... sie ist blind ihnen gegenüber und ...« Tana stockte, und sie eilten weiter, schneller und schneller, als würde Tana noch immer verfolgt. Sharon hielt Schritt mit ihr und beobachtete sie, wie sie mit den Erinnerungen kämpfte und dann wieder weitersprach. »Na ja, jedenfalls holte mich so ein blöder Kerl ab, und wir kamen da an ... bei der Party, meine ich ... und alle betranken sich ... und dieser blöde Kerl, der mich mitgenommen hatte, besoff sich auch und verschwand, und ich lief im Haus umher ... und Billy, Arthurs Sohn, fragte, ob ich das Zimmer sehen wolle, wo meine Mutter arbeitete, und ich wußte, wo es lag ... «

Tränen liefen ihr die Wangen hinab, doch sie spürte sie nicht, da der Wind sie gleich trocknete. Ihre Freundin schwieg. »Und statt dessen führte er mich in Arthurs Schlafzimmer, da war alles grau ... grauer Samt, graue Seide ... graue Felle ... selbst der Teppich war grau ... « Sie mußte immer wieder daran denken: dieses endlose graue Feld und ihr Blut auf dem Boden und Billys Gesicht und dann der Unfall. Sie konnte kaum noch atmen bei dem Gedanken daran, und sie zerrte an ihrem Kragen und begann, schluchzend loszurennen, Sharon blieb ihr dicht auf den Fersen. Tana war nicht mehr allein, sie hatte eine Freundin, die mit ihr durch den Alptraum lief, und es war, als spüre sie das, als sie fortfuhr: »... und Billy schlug mich plötzlich und stieß mich zu Boden ... und alles, was ich tat ... « Sie verspürte wieder diese Hilflosigkeit, diese Hoffnungslosigkeit, und plötzlich schrie sie auf, und dann blieb sie abrupt stehen und vergrub ihr Gesicht in den Händen. »... und ich konnte mich nicht wehren ... ich konnte nicht ... « Sie zitterte jetzt am ganzen Körper. Sharon nahm sie schweigend in die Arme und hielt sie fest. »... und er vergewaltigte mich ... und er ließ mich da liegen, mit Blut bedeckt ... an den Beinen, im Gesicht ... und dann übergab ich mich ... und später verfolgte er mich die Straße entlang und zwang mich, in seinen Wagen zu steigen, und dann wäre er fast in einen Lastwagen gefahren ... « Die Worte sprudelten nur so aus Tana hervor, und sie weinte, und Sharon weinte mit ihr. »Und wir fuhren gegen einen Baum, und er hatte eine Platzwunde am Kopf und war über und über mit Blut verschmiert, und sie brachten uns ins Krankenhaus, und dann kam meine

Mutter…« Plötzlich brach der Redeschwall ab. Tanas Gesicht verzerrte sich, als sie ihre Mutter wieder vor sich sah. »… und als ich versuchte, es ihr zu erzählen, wollte sie es mir nicht glauben… sie meinte, Billy Durning würde so etwas nie tun.« Ihre Schluchzer kamen jetzt laut und kurz hintereinander, und Sharon hielt sie fest.

»Ich glaube dir, Tan.«

Tana nickte, sie wirkte wie ein hilfloses kleines Kind. »Ich lasse mich nie wieder von einem Mann berühren!«

Sharon konnte Tana das gut nachfühlen, jedoch nicht aus den gleichen Gründen wie sie. Sie war nicht vergewaltigt worden, hatte dem Jungen, den sie liebte, gern ihre Unschuld geopfert.

»Meine Mutter hat mir kein einziges Wort geglaubt«, fügte Tana hinzu. »Und sie wird es auch nie glauben. Die Durnings sind Halbgötter für sie.«

»Alles, was zählt, ist, daß du ein prima Mädchen bist, Tan!« Sie führte sie zu einem Baumstumpf, und sie ließen sich darauf nieder. Sharon bot ihr eine Zigarette an, und dieses eine Mal nahm Tana einen Zug. »Und du bist wirklich in Ordnung, weißt du – viel mehr, als du selbst glaubst!« Sharon lächelte ihrer Freundin sanft zu, tief gerührt durch ihr Vertrauen, und wischte sich die Tränen von den Wangen. Tana lächelte zurück.

»Du findest mich nicht abstoßend deswegen?«

»So eine dumme Frage, Tan! Das besagt doch nichts über dich!«

»Ich weiß nicht… manchmal denke ich, doch… vielleicht hätte ich ihn abwehren können, wenn ich es stark genug versucht hätte.« Es tat ihr gut, das einmal auszusprechen. Dieser Gedanke hatte sie seit Monaten nicht in Ruhe gelassen.

»Glaubst du das wirklich, Tan? Denkst du tatsächlich, du hättest ihn abwehren können? Sag mir die Wahrheit!«

Tana dachte lange nach, dann schüttelte sie den Kopf. »Nein.«

»Dann quäl dich nicht! Es ist passiert. Es war entsetzlich, mehr noch – vermutlich war es das Schlimmste, was dir in deinem ganzen Leben je passieren wird, doch keiner wird dir das je wieder antun. Aber es war nicht wirklich du, die er mißhandelt hat! Dein wahres Ich konnte er nicht anrühren, Tan, ganz gleich, was er auch getan hat. Schließ es einfach für dich ab, wirf die Erinnerung weg! Und schau auf die Zukunft!«

»Das ist leicht gesagt.« Tana lächelte matt. »Aber wie kann man so etwas vergessen?«

»Du schmiedest dir dein eigenes Glück. Laß nicht zu, daß dich so etwas unterkriegt, Tan! Das ist das einzige Mal, daß ein Typ wie der gewinnt. Der ist krank – *du* nicht! Mach dich nicht verrückt wegen dem, was er getan hat! Auch wenn es noch so schlimm war, schieb es von dir und leb dein Leben weiter!«

»Ach, Sharon...« Tana seufzte und stand auf, blickte hinab auf ihre Freundin. Es war eine wunderschöne Nacht. »Wieso bist du so gescheit, in deinem Alter?«

Sharon lächelte, doch ihre Augen sahen Tana ernst, beinahe traurig an. »Ich habe auch meine Geheimnisse.«

»Ja? Welche denn?« Tana fühlte sich jetzt ruhiger als seit langer Zeit. Es war, als hätte jemand sie von einem Ungeheuer befreit. Endlich verspürte sie wieder inneren Frieden. Ihre Mutter hatte das, was dieses Mädchen hier für sie getan hatte, nicht fertiggebracht, und Tana wußte, daß sie und Sharon immer Freunde sein würden, was auch geschehen mochte.

»Was ist dir denn zugestoßen?« Tana sah sie forschend an, irgend etwas bedrückte offensichtlich auch Sharon. Als Sharon den Kopf hob, war Tana sich dessen sicher. Sharon hatte sich noch keinem Fremden anvertraut, jedoch oft genug unter ihren Erinnerungen gelitten, und eines Abends, ehe sie nach Green Hill aufbrach, hatten sie und ihr Vater darüber gesprochen. Er hatte ihr das geraten, was sie eben Tana gesagt hatte – daß sie nicht zulassen dürfe, daß irgend etwas ihr Leben ruiniere. Es war nun einmal passiert, und damit müßte sie sich abfinden und weiterleben, auch wenn sie manchmal bezweifelte, daß sie das konnte.

»Ich habe dieses Jahr ein Baby bekommen!«

Einen Augenblick hielt Tana die Luft an und machte ein entsetztes Gesicht. »Wirklich?«

»Ja. Ich war, seit ich fünfzehn war, mit einem Jungen befreundet, und als ich sechzehn war, schenkte er mir seinen Ring... weißt du, Tan, es schien alles so wunderbar... er sieht aus wie ein afrikanischer Gott, und er ist unheimlich klug, und er tanzt...« Sie wirkte ganz besonders jung und anziehend, als sie jetzt an ihn dachte. »Er studiert jetzt in Harvard.« Ihre Augen nahmen einen traurigen Ausdruck an. »Und ich habe seit fast einem Jahr nicht mehr mit ihm gesprochen. Ich wurde schwanger, sagte es ihm, und er ist in Panik geraten. Er verlangte von mir, das Kind abtreiben zu lassen, von so einem Arzt, den sein Cousin kannte, aber ich weigerte mich... mein Gott, ich hatte von Mädchen gehört, die dabei gestorben waren!« Ihre Augen füllten sich mit Tränen, als sie daran dachte, und sie vergaß ganz, daß Tana neben ihr stand und sie ansah. »Ich wollte es meiner Mutter sagen, aber ich brachte es einfach nicht fertig... ich habe es meinem Vater erzählt... und er hat es ihr dann beigebracht... und alle drehten durch... und sie riefen die Eltern des Jungen an, und alle heulten und brüllten... meine Mutter nannte ihn einen Nigger... und sein Vater mich eine Nutte... es war der schrecklichste Abend meines Lebens, und als er vorbei war, stellten mich meine Eltern vor die Wahl. Ich konnte entweder bei einem Arzt, den meine Mutter kannte, eine Abtreibung machen lassen, oder ich konnte das Kind austragen und es dann adoptieren lassen. Sie meinten« – Sharon holte tief Luft, als komme jetzt der schlimmste Teil –, »sie meinten, ich dürfe es nicht behalten... daß es mein Leben ruinieren würde, mit siebzehn ein Kind zu haben... und ich weiß nicht, warum, aber ich beschloß, das Kind zur Welt zu bringen. Vielleicht dachte ich, Danny würde es sich noch anders überlegen... oder meine Eltern würden es sich anders überlegen... oder ein Wunder würde geschehen... aber nichts dergleichen passierte. Ich lebte fünf Monate in einem Heim und arbeitete weiter für mein letztes Schuljahr... und am neunzehnten April wurde das Baby geboren... ein kleiner Junge...« Sie zitterte, und Tana streckte wortlos die Hand aus und nahm ihre. »Ich sollte ihn gar nicht erst zu Gesicht bekommen ... aber einmal sah ich ihn doch ... er war so winzig ... ich hatte neunzehn Stunden lang Wehen, es war fürchterlich, und er wog nur fünfeinhalb Pfund ...« Ihre Augen blickten in die Ferne, und sie dachte an den kleinen Jungen, den sie nie wiedersehen würde. »Er ist weg, Tan!« Sie sah ihre Freundin an. Ihre Stimme war fast nur noch ein Wimmern. »Vor drei Wochen habe ich die letzten Papiere unterschrieben. Meine Mutter setzte sie auf ... mein Sohn wurde von einer Familie in New York adoptiert ...« Sie schluchzte unkontrolliert. »Mein Gott, Tan, ich hoffe, daß sie gut zu ihm sind! Ich hätte ihn nie weglassen dürfen ... und wofür? Um an diese blöde Schule hier zu kommen?« Sie sah Tana wütend an. »Um ein Vorkämpfer zu sein, damit andere farbige Mädchen eines Tages herkommen können? Ja und?«

»Die Adoption hatte doch hiermit nichts zu tun. Deine Eltern wollten, daß du wieder neu anfangen konntest, mit einem Mann und einer Familie zur richtigen Zeit.«

»Sie haben sich geirrt, und ich mich auch! Ich kann dir gar nicht sagen, was ich empfand ... diese Leere, als ich wieder nach Hause kam ... ganz allein ... ohne Baby ... nichts kann mir das je wieder ersetzen!« Sie holte tief Luft. »Ich habe Danny nicht mehr gesehen, seit ich in das Heim in Maryland zog ... und ich werde nie wissen, wo das Baby ist ... Ich machte mit meiner Klasse zusammen den Schulabschluß – mit einem Herzen schwer wie Blei –, und niemand wußte, was ich fühlte ...«

Tana schüttelte den Kopf. Sie waren beide auf grausame Weise gezwungen worden, erwachsen zu werden, beide hatten durch die harten Lehren, die das Leben ihnen erteilt hatte, tiefe Wunden davongetragen, und man konnte noch nicht sagen, ob diese Wunden mit der Zeit vernarben würden, aber eines stand für beide fest – sie waren mit ihren Problemen nicht mehr allein. Tana zog Sharon vom Baumstumpf hoch, und sie nahmen einander in die Arme, und fühlten beide den Schmerz der anderen.

»Ich liebe dich, Shar.« Tana lächelte, und Sharon trocknete sich die Augen.

»Ja... ich dich auch!«

Arm in Arm gingen sie durch die stille Nacht nach Hause, kleideten sich aus und krochen gedankenverloren in ihre Betten.

»Tan?« Sharons Stimme ertönte in der Dunkelheit.

»Ja?«

»Danke!«

»Wofür? Für das Zuhören? Dafür sind Freunde doch da... ich brauche dich ja auch!«

»Mein Vater hat recht, weißt du – man muß einfach sein Leben weiterleben.«

»Ja, vermutlich.« Aber wie? »Hat er irgendwelche Vorschläge gemacht, wie man das am besten anstellt?«

Sharon lachte. »Danach muß ich ihn noch fragen!« Und plötzlich hatte sie einen Einfall. »Wieso fragst du ihn das nicht selbst? Warum kommst du zu Thanksgiving nicht zu mir nach Hause?«

Tana dachte nach, und ein Lächeln glitt über ihr Gesicht. Ihr gefiel die Idee. »Ich weiß nicht, was meine Mutter dazu sagt.« Doch mit einemmal bezweifelte Tana, daß ihr Jeans Meinung viel bedeutete, und falls doch, so bestimmt weniger als vor sechs Monaten. Vielleicht war es einmal an der Zeit, das Leben selbst in die Hand zu nehmen und zu tun, was man wollte. »Ich werde sie morgen abend anrufen.«

»Gut.« Müde lächelte Sharon und drehte sich in ihrem Bett herum. »Gute Nacht, Tan!« Und einen Augenblick später schliefen beide fest, mit einer inneren Ruhe, die sie seit Monaten nicht verspürt hatten. Tana hatte wie ein Kind eine Hand über das blonde Haar gebreitet, und Sharon hatte sich zu einem kleinen, schwarzen Knäuel zusammengerollt und erinnerte an ein kleines, friedlich schlafendes Kätzchen.

5

Jean Roberts war enttäuscht, als sie von Tana erfuhr, daß sie zu Thanksgiving nicht nach Hause kommen würde.

»Ist das schon sicher?« Gewiß, Jean wollte nicht darauf bestehen, doch lieber hätte sie Tana bei sich gehabt. »Du kennst dieses Mädchen doch noch nicht so gut...«

»Mutter, immerhin lebe ich mit ihr zusammen. Wir wohnen in demselben Zimmer. Ich kenne sie besser als sonst irgend jemanden!«

»Und du meinst, es macht ihren Eltern nichts aus?«

»Bestimmt nicht. Sie hat sie heute nachmittag angerufen, und sie haben genug Platz, und außerdem sind sie offensichtlich begeistert, daß Sharon eine Freundin mitbringt.« Natürlich waren sie begeistert; denn, wie Sharon meinte, beweise das nur Miriams Theorie, daß sie sogar als einzige Farbige in Green Hill glücklich sein konnte. Nun würde sie sogar eine Freundin von dort mitbringen, ein endgültiger Beweis also, daß sie sich sehr gut im College eingelebt hatte. Sie hatten ja keine Ahnung, daß Tana Sharons einzige Freundin war, daß sie nirgends in Yolan zusammen essen gehen konnten, daß sie dort noch nicht ein einziges Mal hatten ins Kino gehen können und daß die anderen Studentinnen sie sogar in der College-Cafeteria mieden. Doch hätte Miriam Blake das gewußt, so hätte dies ihr wiederum bewiesen, wie wichtig es war, daß Sharon sich im Süden durchschlug; daß sie gebraucht wurde, damit Farbige dort auch eines Tages akzeptiert und geachtet würden. Und Sharon tat es sicherlich auch gut, gefordert zu werden, nach allem, was sie im letzten Jahr erlebt hatte. So kam sie wenigstens nicht dazu, über sich selbst nachzugrübeln – davon jedenfalls war Miriam überzeugt.

»Wirklich, Mama, sie sind einverstanden!«

»Also gut. Dann mußt du deine Freundin aber auch für die Weihnachtsferien zu uns einladen.« Jean lächelte. »Ich habe nämlich eine kleine Überraschung für dich. Arthur und ich wollten es dir eigentlich zu Thanksgiving eröffnen...« Tana hatte das Gefühl, ihr Herz bleibe stehen. Wollte er sie etwa nun doch noch heiraten? »Arthur hat einen kleinen ›Debütball‹ für dich ermöglicht... na ja, keinen richtigen, nur so eine Feier zur Einführung in die Gesellschaft. Arthur hat dich in die Liste eingetragen, du hast ja immerhin Miß Lawsons Schule besucht... Du wirst in die New Yorker Gesellschaft eingeführt werden, Schatz, ist das nicht wunderbar?«

Tana wußte nicht, was sie darauf erwidern sollte. Sie fand es absolut nicht wunderbar, und ihre Mutter würde einmal mehr Arthur Durnings Füße küssen. Und sie dachte schon für einen Augenblick, er würde sie heiraten! So ein Witz! Wie konnte sie das auch nur eine Sekunde annehmen... der doch nicht... »Kotillon«... so ein Quatsch! »Warum lädst du deine neue Freundin nicht auch dazu ein?« Tana schluckte. *Weil meine Freundin eine Schwarze ist, Mama!*

»Ich werde sie fragen, aber ich glaube, sie verreist über Weihnachten.« Verdammter Mist – eine Einführung in die Gesellschaft New Yorks! Und wer bitte sollte dabei ihr Begleiter sein? Etwa der liebe Billy Durning?

»Du hörst dich ja nicht gerade begeistert an, Liebling!« Jean Roberts' Stimme klang enttäuscht, einerseits, weil Tana nicht nach Hause kam, und andererseits, weil sie nicht über den Ball, den Arthur für sie arrangiert hatte, jubilierte. Arthur wußte, wieviel Jean ein solches gesellschaftliches Ereignis bedeutete. Ann war vier Jahre zuvor in die Gesellschaft eingeführt worden, beim Internationalen Ball natürlich, nicht bei einem Ball im kleinen Rahmen. Trotzdem würde es für Tana ein herrliches Erlebnis sein – davon war zumindest Jean überzeugt.

»Tut mir leid, Mama, es kommt nur etwas überraschend.«

»Es ist eine schöne Überraschung, nicht wahr?« Nein. Es war Tana völlig gleichgültig. Derartige Dinge interessierten sie nicht, sie hatte noch nie Wert auf so etwas gelegt. All dieser gesellschaftliche Blödsinn der Durnings bedeutete ihr nichts, ihrer Mutter jedoch sehr viel. Schon immer - seit dem Tage, an dem sie sich in Arthur verliebt hatte. »Du mußt dir mal überlegen, wer als für den Ball in Frage kommt. Ich hatte gehofft, Billy könnte dein Partner sein –« Tanas Herz klopfte wild, und ihr war, als legte sich ein Ring um ihre Brust, »doch er fährt nach Europa zum Skilaufen mit Freunden – nach St. Moritz, der Glückliche!« ... der Glückliche ... *Er hat mich vergewaltigt, Mama* ... »Du mußt dir jemand anderen aussuchen – natürlich jemanden, der zu dir paßt.« Natürlich. *Wie viele andere Vergewaltigter kennen wir denn noch?*

»Schade, daß ich nicht allein hingehen kann!« Tanas Stimme klang stumpf.

»Sag doch nicht so etwas Albernes!« Jean war ärgerlich. »Na ja, vergiß jedenfalls nicht, deine Freundin einzuladen... die, mit der du zu Thanksgiving nach Hause fährst.«

Nein, bestimmt nicht. Tana lächelte. Wenn ihre Mutter wüßte! Sie wäre gestorben, wenn sie eine Farbige zu der kleinen »Debütfeier« eingeladen hätte, die Arthur arrangiert hatte. Die Vorstellung amüsierte Tana schon fast, doch sie hätte Sharon niemals zu so etwas benutzt. Bei den Leuten, die dort sein würden... Und ihre Mutter war auch nicht auf eine solche Überraschung gefaßt. »Was wirst du zu Thanksgiving tun, Mama? Ich hoffe, daß du auch etwas unternimmst?«

»Ja, mach dir keine Gedanken um mich! Arthur hatte uns bereits für den Tag nach Greenwich eingeladen.«

»Vielleicht kannst du jetzt, wo ich nicht mitkomme, auch die Nacht dort verbringen?« Es wurde still in der Leitung, und Tana bedauerte sofort, was sie gesagt hatte. »Entschuldigung, ich habe es nicht so gemeint!«

»Doch, das hast du.«

»Und was macht das schon für einen Unterschied? Ich bin jetzt achtzehn. Es ist doch kein Geheimnis mehr... « Tana dachte voller Ekel an das endlose graue Zimmer... »Es tut mir wirklich leid, Mama.«

»Paß gut auf dich auf!« Jean nahm sich zusammen. Sie hätte ihre Tochter so gern in den Ferien bei sich gehabt, aber sie hatte augenblicklich genug zu tun, und in einem Monat würde Tana ohnehin nach Hause kommen. »Und vergiß nicht, deiner Freundin für die Einladung zu danken!«

Tana lächelte, es war, als wäre sie wieder sieben Jahre alt. Vielleicht würde es immer so sein.

»Ja, das werde ich. Einen schönen Feiertag dann also!«

»Ja, wird schon schön werden. Und ich werde Arthur in deinem Namen danken.« Die Worte klangen spitz, und Tana war verblüfft.

»Wofür?«

»Für den Ball, Tana, für den Ball... Ich weiß nicht, ob dir das klar ist, aber etwas Derartiges ist sehr wichtig für ein junges Mädchen, und *ich* könnte dir so etwas nicht bieten.« Wichtig? Für wen? »Du kannst dir nicht vorstellen, was so etwas wirklich bedeutet.« Tränen brannten Jean Roberts in den Augen. Für sie war es, als erfülle sich ein langer Traum. Andys und Jeans kleines Mädchen, das Baby, das Andy nie gesehen hatte, würde in die New Yorker Gesellschaft eingeführt, und selbst wenn es sich nur am Rande abspielte, so war es doch ein bedeutsames Ereignis... für Tana... und besonders für Jean... es würde der großartigste Moment ihres Lebens werden. Sie erinnerte sich noch an den Ball, bei dem Ann in die New Yorker Gesellschaft eingeführt wurde. Sie selbst hatte jedes winzige Detail geplant und hätte sich niemals erhofft, daß eines Tages auch Tana solch eine Freude zuteil würde.

»Es tut mir leid, Mama.«

»Das hoffe ich. Und ich finde, du solltest einen netten Brief an Arthur schreiben. Schreib ihm, wieviel es dir bedeutet!« Am liebsten hätte Tana ins Telefon gebrüllt. Was, zum Teufel, bedeutete es denn? Daß sie eines Tages einen reichen Mann finden würde, um ihn dann voller Stolz auf ihrer Ahnentafel verzeichnen zu können? Na und? Was für eine großartige Sache sollte das sein – bei so einem Ball zu knicksen, von einem Haufen Betrunkener angegafft zu werden? Sie wußte ja nicht einmal, wen sie als Begleiter mitnehmen sollte, und allein bei diesem Gedanken schauderte sie. Während ihrer letzten zwei Schuljahre war sie mit einem halben Dutzend verschiedener Jungen ausgegangen, aber mit keinem von ihnen hatte sie ein ernsthaftes Gefühl verbunden. Und nach dem, was sich im Juni in Greenwich ereignet hatte, wollte sie überhaupt mit niemandem ausgehen.

»Mama, ich muß aufhören.« Plötzlich wollte sie nur noch den Hörer auflegen und weg vom Telefon. Und als sie in ihr Zimmer zurückkehrte, wirkte sie deprimiert. Sharon sah auf. Sie war gerade wieder dabei, ihre Nägel anzumalen, damit war ständig irgendeine von beiden beschäftigt.

»Hat deine Mutter nein gesagt?«

»Sie hat ja gesagt.«

»Und?«

»Ja, fast so fühle ich mich auch.« Tana ließ sich auf ihr Bett fallen. »Mist! Sie hat ihren gottverdammten Freund dazu gebracht, mich für so einen blöden Ball einzutragen, damit ich in die Gesellschaft eingeführt werde! Mein Gott, Shar, ich komme mir vor wie ein Idiot!«

Sharon brach in Lachen aus. »Du meinst, du wirst in die New Yorker Gesellschaft eingeführt?«

»Ja, so was in der Art.« Tana wirkte betreten und seufzte laut auf. »Wie konnte sie mir so etwas antun?«

»Vielleicht ist es ganz lustig.«

»Für wen? Und was soll das überhaupt? Es ist wie eine riesige Fleischbeschau. Sie schieben dich, mit einem weißen Kleid angetan, durch die Gegend und führen dich einem Haufen Besoffener vor, und dann sollst du in diesem Haufen irgendwo einen Ehemann finden. Wirklich nett, nicht wahr?« Sie sah ihre Freundin angewidert an, und Sharon stellte ihren Nagellack beiseite.

»Wen nimmst du mit?«

»Frag mich nicht! Sie wollte natürlich, daß Billy Durning mich begleitet, doch Gott sei Dank ist er zu der Zeit nicht da!«

»Sei dankbar dafür!« Sharons Stimme klang bedeutungsvoll.

»Ja, bin ich auch. Aber das Ganze hört sich wie eine einzige Farce an.«

628

»So ist das oft im Leben.«

»Sei nicht so zynisch, Shar!«

»Stell dich nicht so an, Tan! Es wird dir guttun!«

»Wer sagt das?«

»Ich!« Sharon trat auf sie zu und bedachte sie mit einem durchbohrenden Blick. »Du lebst hier wie eine Nonne.«

»Du ja auch. Und?«

»Mir bleibt nichts anderes übrig.« Tom hatte sie nicht mehr angerufen, offensichtlich konnte oder wollte er doch keine Schwierigkeiten wegen eines farbigen Mädchens auf sich nehmen, und Sharon verstand das auch. Sie hatte eigentlich nichts anderes erwartet. Trotzdem, ihr Leben in Green Hill wurde dadurch nicht gerade interessanter. »Aber du hast die Wahl.«

»Ist mir egal.«

»Du mußt mal anfangen auszugehen.« »Nein, muß ich nicht.« Tana sah ihr in die Augen. »Ich muß überhaupt nichts tun, was ich nicht tun will! Ich bin achtzehn Jahre alt und frei wie ein Vogel.«

»Wie eine lahme Ente.« Sharon warf einen eindringlichen Blick in Tanas Richtung. »Komm aus deinem Schneckenhaus raus, Tan!« Tana schwieg. Sie ging ins Badezimmer, das sie mit dem nächsten Zimmer teilten, verschloß die Tür, ließ Badewasser ein und kam erst nach einer Stunde wieder zum Vorschein.

»Ich habe es ernst gemeint!« Sharons Stimme klang heiser. Sie lagen beide im dunklen Zimmer in ihren Betten.

»Was?«

»Du solltest dich wieder in Gesellschaft begeben, wenigstens ab und zu.«

»Und du?«

»Ich werde hoffentlich in nächster Zeit die Gelegenheit dazu haben.« Sharon seufzte. »Vielleicht in den Ferien, wenn ich zu Hause bin. Hier gibt es niemanden, mit dem ich ausgehen könnte, und vor allem nicht, wohin ich gehen könnte.« Und dann lachte sie. »Zum Teufel noch mal, Tan! Ich weiß gar nicht, wieso ich mich beklage. Schließlich habe ich ja dich!«

Tana lächelte, und sie plauderten noch einige Minuten und schliefen dann ein.

In der darauffolgenden Woche fuhr Tana mit Sharon nach Washington, zu ihren Eltern. Sharons Vater, Freeman Blake, holte sie vom Bahnhof ab, und Tana war tief beeindruckt, wie groß und gutaussehend er war. Er strahlte Würde aus, mit seinem stolzen, gut geschnittenen, beinahe mahagonifarbenen Gesicht, den breiten Schultern und den endlos langen Beinen, die Sharon von ihm geerbt hatte. Sein Lächeln war herzlich und zeigte seine leuchtendweißen Zähne, und er schloß seine Tochter spontan in die Arme und drückte sie an sich. Er wußte, was sie im letzten Jahr alles durchgemacht hatte, und sie bewältigte ihre Probleme meisterhaft, wie er es von ihr nicht anders erwartete – er war schrecklich stolz auf sie.

»Hallo, Baby! Wie geht es in der Schule?« Sie rollte die Augen und sah sich schnell nach ihrer Tana um.

»Tana, das ist mein Vater, Freeman Blake. Daddy, das ist Tana Roberts, meine Zimmergenossin in Green Hill.« Er schüttelte Tanas Hand kräftig, und sie war fasziniert von seinen Augen und dem Klang seiner Stimme. Während sie zu den Blakes nach Hause fuhren, erzählte er Sharon sämtliche Neuigkeiten aus ihrer Heimatstadt: daß ihre Mutter eine noch einflußreichere Stellung bekommen habe, ihr Bruder Dick sich schwer verliebt habe, das Haus umgebaut wurde und die Nachbarn wieder ein Baby bekommen hatten. Er sprach auch über seine Arbeit. Es war ein herzliches, freundliches Plaudern, das Tana rührte, und sie beneidete Sharon um das Leben, das sie führte.

Und an diesem Abend, beim Essen in dem hübschen, im Kolonialstil eingerichteten Speisezimmer, bewunderte Tana das wunderschöne Haus. Es war von einem großen Garten umgeben, und drei Wagen standen in der Garage, einer davon war ein Cadillac, mit dem fuhr Freeman, trotz der frechen Bemerkungen seiner Freunde. Er gab bereitwillig zu, daß er sich schon immer ein Cadillac-Cabriolet gewünscht hätte, und nun, nach all den Jahren, besitze er endlich eines. Die Blakes hielten zusammen, das merkte man. Miriam Blake wirkte auf Tana ziemlich überwältigend. Sie war so intelligent und so direkt, daß einem die Luft förmlich wegblieb. Man war nie sicher vor ihren Fragen, ihren Forderungen, ihrem prüfenden Blick.

»Siehst du, was ich meine?« fragte Sharon, als sie allein oben in ihrem Zimmer waren. »Nur mit ihr zusammen zu essen ist schon so, als befinde man sich im Zeugenstand.« Sie hatte sich nach allem erkundigt, was Sharon in den vergangenen zwei Monaten getan hatte, hatte sich sowohl für den Zwischenfall mit Tom im Kino als auch für den mit Tana in der Snackbar interessiert.

»Sie macht sich eben über alles Gedanken, Shar – über wirklich alles.«

»Ja, ich weiß. Und es macht mich verrückt. Daddy ist doch, verdammt noch mal, genauso klug wie sie, aber er geht so viel sanfter mit allem um.« Ja, das stimmte. Er erzählte köstliche Geschichten, brachte alle zum Lachen und hatte eine Art, es allen behaglich zu machen, sie eng zusammenzubringen und unwiderrufliche Bande zu knüpfen. Tana hatte das den ganzen Abend beobachtet, und sie hielt ihn für den bemerkenswertesten Mann, der ihr je begegnet war.

»Er ist ein phantastischer Mann, Shar.«

»Ich weiß.«

»Ich habe letztes Jahr eines seiner Bücher gelesen. Ich werde diesmal, wenn ich nach Hause fahre, alle lesen.«

»Ich gebe sie dir.«

»Nur, wenn ich sie mit Widmung bekomme!« Sie lachten, und gleich darauf klopfte Miriam an die Tür, um zu fragen, ob es ihnen an nichts fehle.

»Habt ihr alles, was ihr braucht?« Tana lächelte fast schüchtern.

»Ja, vielen Dank, Mrs. Blake.«

»Tana, wir haben uns so gefreut, daß du mitkommen konntest.« Ihr Lächeln war sogar noch strahlender als Shars, und ihre Augen wirkten allwissend, beinahe furchteinflößend, so tief und fest sahen sie einen an. »Wie gefällt es dir in Green Hill?«

»Gut. Sehr gut. Die Vorlesungen dort sind wirklich interessant.« Doch in ihrer Stimme fehlte so ganz die Begeisterung, was Miriam nicht entging.

»Aber?«

Tana lächelte. Diese Frau war auf Draht, sie beobachtete unheimlich scharf.

»Die Atmosphäre dort ist nicht so herzlich, wie ich anfangs dachte.«

»Warum?«

»Ich weiß nicht genau. Die Mädchen bleiben immer in Cliquen zusammen.«

»Und ihr zwei?«

»Wir sind meistens zusammen.« Sharon sah Tana lächelnd an, und Miriam schien angetan. Sie hielt Tana für ein aufgewecktes Mädchen. In ihr schlummerten große Möglichkeiten, viel größer, als Tana selbst ahnte. Sie war flink, klug, manchmal lustig, jedoch auch vorsichtig und schüchtern. Eines Tages würde sie sich entfalten, und die Persönlichkeit, die dann zum Vorschein kommen würde, konnte man nur erahnen.

»Vielleicht ist das genau euer Problem, Mädchen. Tana, wie viele andere Freunde hast du in Green Hill?«

»Nur Shar. Wir haben meistens zusammen Unterricht, und wir leben in einem Zimmer miteinander.«

»Und vermutlich bestraft man euch dafür. Das könnt ihr euch doch selbst ausmalen. Wenn deine engste Freundin das einzige Mädchen ist, das farbig ist, so wirst du dafür benachteiligt.«

»Wieso?«

»Das müßtest du eigentlich selbst wissen!«

»Sei doch nicht so zynisch, Mama!« Sharon klang verärgert.

»Vielleicht ist es an der Zeit, daß ihr beide erwachsen werdet!«

»Was, zum Teufel, soll denn das heißen?« herrschte Sharon sie an. »Ich bin jetzt seit neun Stunden wieder zu Hause, und du bringst mich schon wieder mit deinen Ansprachen und Kreuzzügen auf die Palme!«

»Ich halte keine Ansprachen. Ich meine nur, daß ihr den Tatsachen ins Auge sehen solltet!« Sie sah beide eindringlich an. »Ihr könnt euch nicht vor der Wahrheit verstecken, Kinder. Es ist nicht leicht heutzutage, eine Schwarze zu sein ... oder die Freundin einer Schwarzen. Das müßt ihr beide kapieren und bereit sein, den Preis dafür zu zahlen, wenn ihr wollt, daß eure Freundschaft hält.«

»Kannst du denn gar nichts tun, ohne es gleich zu einem politischen Feldzug zu machen, Mama?«

Miriam blickte erst sie, dann Tana an. »Ich möchte, daß ihr etwas für mich tut, bevor ihr Sonntag abend wieder zurück zur Schule fahrt. Ein Mann, den ich kenne, spricht an diesem Sonntag in Washington. Er ist einer der außergewöhnlichsten Menschen, die ich kenne, Martin Luther King. Und ich möchte gern, daß ihr mitkommt und ihm auch zuhört.«

»Warum?« Sharon funkelte sie noch immer an.

»Weil diese Rede keine von euch beiden je wieder vergessen wird.«

Und als sie am Sonntag wieder im Zug nach Süd-Carolina saßen, dachte Tana an Miriams Worte. Sie hatte recht behalten. Martin Luther King war der eindrucksvollste Mensch, dem Tana je zugehört hatte. Alle anderen erschienen in seiner Gegenwart dumm und blind. Und es dauerte Stunden, bis sie auch nur über das, was er gesagt hatte, sprechen konnte. Seine Worte waren so einfach und einleuchtend gewesen, als er darlegte, was es bedeutete, schwarz oder ein Freund eines Schwarzen zu sein, und über Bürgerrechte und die Gleichheit aller gesprochen hatte. Zum Schluß der Versammlung hatten alle gemeinsam ein Lied gesungen, sich untergehakt oder bei den Händen gehalten. Erst eine Stunde nach der Abreise brach Tana das Schweigen.

»Er war einmalig, nicht wahr?«

Sharon nickte und dachte über seine Worte nach. »Weißt du, ich komme mir dumm vor, einfach wieder ins College zurückzukehren, als wäre nichts geschehen. Ich habe das Gefühl, ich sollte etwas ganz anderes tun.« Sie lehnte den Kopf zurück und schloß die Augen. Tana blickte in die dunkle Nacht, während der Zug weiter nach Süden rollte. Dr. Kings Worte hatten sich besonders an den Süden gerichtet – dort, wo die größten Ungerechtigkeiten passierten, wo Menschen verletzt, ignoriert, grausam behandelt wurden.

Mit einemmal mußte sie an ihre Mutter und diesen Einführungsball denken. Wie absurd doch alles war. Jean nahm ein gesellschaftliches Ereignis so wichtig, und es gab immer noch Menschen, die schlecht behandelt wurden, nur weil sie eine andere Hautfarbe hatten.

Sharon öffnete die Augen, und Tana sah sie fragend an. »Was wirst du tun?« Irgend etwas mußte man einfach unternehmen, wenn man Dr. Kings Worte gehört hatte. Es blieb einem keine Wahl, sogar Freeman Blake hatte das zugegeben.

»Ich weiß noch nicht.« Sharon wirkte müde. Dieselbe Frage hatte sie sich seit ihrer Abreise aus Washington gestellt. Wie konnte sie helfen ... in Yolan ... in Green Hill ...? »Und du?«

»Ich weiß es auch nicht.« Tana seufzte. »Ich werde tun, was ich kann. Aber nachdem ich Dr. King gehört habe, weiß ich eines – dieser Ball, zu dem meine Mutter mich zwingt, ist das Albernste, was ich je erlebt habe!«

Sharon lächelte. Gewiß, da hatte Tana nicht unrecht. Allerdings hatte der Ball noch eine andere, eine gute Seite, die sehr menschlich war. »Es wird dir bestimmt sehr guttun, zu dem Ball zu gehen, Tan.«

»Das bezweifle ich.« Sie lächelten sich zu.

Als sie in Yolan eintrafen, nahmen sie eines der zwei Taxis des Ortes und fuhren nach Green Hill.

6

Der Zug rauschte in die Pennsylvania Station, kurz nach zwei Uhr nachmittags, am einundzwanzigsten Dezember, und Tana sah, daß es leicht schneite. Alles wirkte weihnachtlich, fast wie im Märchen. Und doch spürte sie, während sie ihr Gepäck aufhob, sich durch die Menge am Bahnhof kämpfte und hinaustrat, um ein Taxi herbeizuwinken, wie sehr es sie deprimierte, nach Hause zu kommen. Augenblicklich wurde sie von Gewissensbissen geplagt, nein, sie war nicht fair ihrer Mutter gegenüber. Aber sie hätte ihre Ferien lieber irgendwo anders verbracht als hier, wo sie dieser Gesellschaftsball erwartete. Ihre Mutter war sicherlich schon furchtbar aufgeregt. In den vergangenen zwei Wochen hatte sie Tana fast jeden Abend angerufen, wegen der Gäste, der Blumen, des Tischschmuckes, ihres Partners, ihres Kleides. Sie hatte selbst das Kleid für Tana ausgesucht, ein entzückendes weißes Seidenkleid mit weißem Satinbesatz und winzigen weißen Perlen, die in Blumenmustern am Saum entlang aufgestickt waren. Es hatte ein halbes Vermögen gekostet, doch Arthur wollte, daß Jean es auf seine Rechnung setzen ließ.

»Er ist so gut zu uns, Liebling ... « Auf der Heimfahrt im Taxi schloß Tana die Augen und stellte sich den Gesichtsausdruck ihrer Mutter vor, wenn sie das sagte. Warum, warum nur war sie ihm immer und ewig dankbar? Was, um Himmels willen, tat er denn für sie, abgesehen davon, daß sie sich für ihn die Finger wundarbeitete und damals, als Marie noch lebte, oftmals vergeblich auf ihn hatte warten müssen. Und auch jetzt noch schien Arthur immer an erster Stelle zu stehen. Wenn er Jean so liebte, wieso heiratete er sie dann nicht? Es deprimierte sie, auch nur daran zu denken. Das Ganze war wie eine einzige verdammte Farce. Und dann dieser schreckliche Ball, der schon morgen stattfand und den sie leider nicht schwänzen konnte. Sie hatte einen jungen Mann eingeladen, den sie seit Jahren kannte, jedoch nicht besonders mochte; aber er – Chandler George der Dritte – war die passende Begleitung für solch einen Anlaß. Sie wußte, daß es langweilig in seiner Gegenwart war, da sie schon früher einmal mit ihm ausgegangen war. Zumindest würde er ihrer Mutter gefallen. Der ganze Abend würde eine einzige Qual für Tana werden, daran ließ sich nichts mehr ändern. Wenigstens war Chandler harmlos und zuvorkommend und ganz sicherlich nicht der Typ, der aufdringlich wurde.

Die Wohnung war dunkel. Jean war offenbar noch im Büro. Tana blickte sich um. Alles war noch wie früher, nur wirkte es irgendwie kleiner und öder, als Tana es in Erinnerung gehabt hatte. Nein, es war ungerecht, so etwas auch nur zu denken. Jean hatte sich immer solche Mühe gegeben, ein gemütliches Heim für sie zu schaffen, und das war ihr auch gelungen. Jetzt aber erschien es Tana, als hätte sich unmerklich vieles geändert, als würde sie selbst nicht mehr hierher passen. Sie ertappte sich bei dem Gedanken an das behagliche Haus der Blakes in Washington und an die herrlichen Tage, die sie dort verbracht hatte. Gewiß, das Haus der Blakes wirkte auch irgendwie protzig wie das der Durnings, doch es war gleichzeitig gemütlich und hübsch. Ja, sie vermißte auch die Blakes, ganz besonders Sharon. Als sie den Zug verließ, hatte Tana ihr nachgesehen. Es war ein Gefühl gewesen, als verliere sie ihre beste Freundin. Sharon hatte sich noch einmal nach ihr umgewandt, sie angestrahlt und ihr zugewinkt, ehe sie verschwunden und der Zug weitergefahren war. Nun befand sich Tana hier, und ihr war nach Weinen zumute, als sie die Koffer in ihr Zimmer trug.

»Bist du da, Liebling?« Die Wohnungstür fiel ins Schloß, und Tana drehte sich mit angstvoller Miene um. Hoffentlich merkte ihre Mutter ihr nicht an, was sie empfand, wie unbehaglich sie sich fühlte! Doch Jean bemerkte nichts. Alles, was sie sah, war das Mädchen, das sie so sehr liebte. Sie drückte Tana kurz an sich und trat dann einen Schritt zurück, um sie anzusehen. »Du siehst ja fabelhaft aus!« Jean sah ebenfalls sehr gut aus. Sie hatte rosige Wangen von der Kälte draußen, einen glitzernden Frosthauch auf den Haarspitzen, und ihre Augen leuchteten. Vor lauter Aufregung nahm sie sich nicht einmal die Zeit, ihren Mantel auszuziehen, sondern eilte gleich in ihr Zimmer, um mit Tanas Ballkleid wieder herauszukommen. Es war wirklich hinreißend, ein Traum von einem Kleid – wie es da auf dem gepolsterten Satinbügel hing, der zu dem Kleid geliefert worden war. Wie ein Hochzeitskleid.

Tana sagte verschmitzt: »Wo bleibt der Schleier?«

Ihre Mutter lächelte. »Man kann nie wissen – vielleicht beim nächstenmal.«

Tana schüttelte lächelnd den Kopf. »Nur keine Eile, ich bin erst achtzehn!«

»Das hat doch nichts zu sagen, Kind. Vielleicht lernst du morgen abend den Mann deiner Träume kennen. Und danach - - wer weiß?« Tana starrte sie ungläubig an. Es war nicht zu übersehen, daß Jean nicht scherzte.

»Meinst du das ernst, Mama?«

Jean Roberts lächelte erneut. Wie wunderbar es war, Tana wieder zu Hause zu haben! Jetzt, da sie das Kleid neben sie hielt, war sie überzeugt davon, daß sie darin entzückend aussehen würde. Sie war so sicher, daß der Ball ein Erfolg wurde. »Du bist ein hübsches Mädchen, Tana. Und der Mann, der dich einmal zur Frau bekommt, hat wirklich Glück!«

»Aber würdest du denn nicht entsetzt sein, wenn ich ihn jetzt kennenlernte?«

»Warum denn?« Sie schien nicht zu verstehen, und Tana war verblüfft.

»Aber ich bin doch erst achtzehn! Willst du denn nicht, daß ich das College beende und einen Beruf ergreife?«

»Du bist doch auf dem Wege dazu.«

»Aber das ist doch erst der Anfang, Mama! Wenn ich die zwei Jahre in Green Hill beendet habe, will ich doch weiterstudieren und eine richtige Ausbildung machen.«

Jean runzelte die Stirn. »Es ist nichts Verkehrtes daran, zu heiraten und Kinder zu bekommen.«

»Dreht sich etwa alles nur darum?« Mit einemmal fühlte Tana sich unbehaglich. »Dieser blöde Ball . . . das ist so eine Art Sklavenversteigerung, nicht wahr?«

Jean Roberts sah sie bestürzt an. »Tana, wie kannst du so etwas Schreckliches sagen!«

»Es ist aber die Wahrheit, oder etwa nicht? All diese jungen Mädchen, die sich in einer Reihe aufstellen und knicksen wie dumme Gänse, und ein Haufen Männer, die sie mustern wie Vieh auf einer Auktion.« Tana kniff die Augen zusammen, als könnte sie bereits jetzt den Aufmarsch der Mädchen vor sich sehen.

» ... mal schauen, ich nehme... die da drüben!« Sie öffnete die Augen wieder und funkelte Jean wütend an. »Mein Gott, es muß doch noch was Wichtigeres im Leben geben als so etwas Lächerliches!«

»Wenn du so redest, hört es sich freilich schlimm an, aber so ist es ja gar nicht! So ein Ball ist eine wunderschöne Tradition, die allen viel bedeutet.« Nein, Mama, mir nicht... nur dir... doch sie brachte es nicht über sich, das auszusprechen. Jean war unglücklich. »Warum machst du aus dieser Sache ein solches Problem? Ann Durning wurde vor vier Jahren in die Gesellschaft eingeführt, und sie hat es sehr genossen.«

»Gut für sie. Aber ich bin nicht Ann.« Ann war außerdem mit so einem Playboy in Italien durchgebrannt, den Arthur Durning dann nur gegen Bezahlung einer großen Summe wieder loswurde, soweit Tana sich erinnerte.

Jean ließ sich seufzend auf einem Stuhl nieder. Drei Monate lang hatten sie sich nicht gesehen, und schon in den ersten Minuten hatten sie eine Auseinandersetzung. »Warum entspannst du dich nicht einfach und amüsierst dich, Tana? Du kannst nie wissen – vielleicht lernst du jemanden kennen, der dir gefällt.«

»Ich will niemanden kennenlernen, ›der mir gefällt‹! Ich will mich auch gar nicht zur Schau stellen, Mama!«

In Jeans Augen standen Tränen, und Tana mußte sich abwenden, sie konnte es nicht ertragen, ihre Mutter so zu sehen. »Ach, Mama, ich wollte doch nur... ich wollte doch nur, daß du...« Tana kniete sich neben sie und nahm sie in die Arme. »Es tut mir leid, Mama, wirklich! Es tut mir leid... ich weiß, es wird ein wunderschöner Abend werden.«

Jean lächelte unter Tränen und küßte Tana auf die Wange. »Eines steht fest: Du wirst wunderschön aussehen, mein Liebling.«

»In dem Kleid bestimmt! Es muß ein Vermögen gekostet haben.« Sie war tief gerührt, obgleich sie es eigentlich als Verschwendung ansah. Lieber hätte ihre Mutter ihr ordentliche

Kleidung fürs College kaufen sollen, damit sie sich nicht so oft Sharons Kleider ausleihen mußte.

Jean lächelte. »Es ist ein Geschenk von Arthur.« Tana war, als habe sie einen Knoten im Magen. Also wieder ein Grund, ihm dankbar zu sein! Sie hatte Arthur und seine Geschenke satt.

»Das hätte er nicht tun sollen.« Jean sah ihr an, daß sie nicht gerade entzückt war. Sie verstand Tana nicht. Gewiß, sie war zwar schon immer auf Arthur eifersüchtig gewesen, aber trotzdem... »Er wollte gern, daß du ein besonders schönes Kleid hast.« Schön war das Kleid wirklich. Als Tana am nächsten Abend vor dem Spiegel stand, das golden glänzende Haar im Nacken zusammengebunden und hochgesteckt, wie Jean es in der *Vogue* bei Jackie Kennedy gesehen hatte, in dem reizenden Seidenkleid, wirkte sie wie eine Märchenprinzessin. Schon bei ihrem Anblick füllten sich Jeans Augen mit Tränen der Rührung. Kurz nachdem sie fertig angezogen war, traf Chandler George ein, um Tana und Jean abzuholen. Arthur würde versuchen, auch noch zu ihnen zu kommen, doch er hatte noch eine geschäftliche Besprechung bei einem Essen und wußte nicht, wie lange es dauerte. Auf alle Fälle wollte er sein »möglichstes« tun. Tana verkniff sich eine Bemerkung, sie kannte diesen Spruch bereits zur Genüge – wie oft hatte er das schon gesagt und war dann nicht erschienen – zu Weihnachten, zu Thanksgiving, zu Jeans Geburtstag. Immer wieder dasselbe, dieselbe Ausrede. Er schickte dann statt dessen Blumen, ein Telegramm oder einen kurzen Brief. Wie gut sie sich noch an das niedergeschlagene Gesicht ihrer Mutter erinnerte, wenn Arthur wieder einmal ein Treffen abgesagt hatte. An diesem Abend war Jean Roberts jedoch viel zu aufgeregt, um sich Gedanken um Arthur zu machen. Sie hielt sich, wie eine Glucke bei ihrem Küken, immer nahe bei Tana auf und plauderte mit anderen Müttern. Auch die Väter hatten sich zusammengefunden, und dann waren da noch Gratulanten und Freunde der anwesenden Familien. Die meisten Gäste waren allerdings junge Leute, Leute in Tanas Alter. Die Mädchen waren in Rosa, Rot oder Hellgrün geklei-

det, nur wenige trugen Weiß, jedoch alle teure Modelle, die ihre
Eltern ihnen zu diesem Anlaß gekauft hatten. Ein buntgewür-
felter Haufen Heranwachsender. Die meisten Mädchen hatten
runde, pausbäckige Gesichter und füllige Taillen. Mädchen dieser Altersgruppe ähnelten einander auf eine bestimmte Art –
Tana stach allerdings aus der Masse hervor; sie war schlank und
hochgewachsen und hatte einen schmalen Kopf.

Jean betrachtete sie stolz von der anderen Seite des Raumes, als
plötzlich ein Trommelwirbel erscholl – der große Moment war
gekommen. Jedes Mädchen wurde am Arm ihres Vaters vorgestellt, um vor den Gästen einen tiefen Knicks zu machen. Jeans
Herz schlug höher. Wie sehr hätte sie sich jetzt gewünscht, Arthur wäre dabei... ja, sie hatte sogar zu hoffen gewagt, daß er
Tana an seinem Arm hinausführen würde... Aber er war wohl
noch immer beschäftigt... er hatte ja auch schon so viel für sie
getan... sie durfte nicht immer noch mehr von ihm erwarten...

Tana wurde von Chandler George vorgeführt, sie wirkte nervös und hatte gerötete Wangen. Sie knickste hübsch, senkte den
Blick und verschwand dann mit Chandler zwischen den anderen Paaren. Wenig später setzte die Musik wieder ein – Tana war
offiziell in die Gesellschaft eingeführt worden. Sie sah sich im
Raum um und kam sich fürchterlich albern vor. Sie empfand
weder Aufregung noch Heiterkeit, noch fühlte sie ein romanti-
sches Prickeln den Rücken hinauf- und hinunterrieseln. Sie hatte
diese Komödie ihrer Mutter zuliebe mitgespielt, und nun war
alles vorüber. Sie war froh, daß gerade in diesem Moment im
Saal ein ziemliches Gedränge entstand, so konnte sie sich aus
der Menge flüchten. Chandler machte den Eindruck, als habe er
sich Hals über Kopf in ein pausbäckiges, rothaariges Mädchen
verliebt. Sie trug ein hellgrünes, kunstvoll gearbeitetes Samtkleid
und hatte ein süßes Lächeln. Tana zog sich diskret zurück, damit er ungestört seiner Beute nachjagen konnte. Sie schlenderte in
eine Nische, sank in einen Sessel, lehnte den Kopf zurück, schloß
die Augen und seufzte. Gott sei Dank – weg von allem, von der
Musik, den Leuten, Chandler, den sie nicht ausstehen konnte,

und von dem sehnsüchtigen und stolzen Blick ihrer Mutter. Sie holte tief Luft, als sie nur daran dachte. Auf einmal zuckte sie zusammen, da neben ihr jemand gesprochen hatte.

»Na na, so schlimm wird es doch nicht sein!« Tana öffnete die Augen, und vor ihr stand ein kräftig gebauter, dunkelhaariger junger Mann mit ebenso grünen Augen, wie sie selbst sie hatte. Er wirkte trotz seiner schwarzen Krawatte irgendwie ungezwungen, wie er so dastand, in einer Hand ein Glas, und auf sie herabsah. Er lächelte ironisch, und eine dunkle Haarsträhne fiel über sein Auge. »Langweilen Sie sich, meine Teure?« Seine Stimme hatte einen sarkastischen und zugleich belustigten Unterton, und Tana nickte erst verlegen, mußte dann aber lachen.

»Erraten!« Sie sah ihm in die Augen. Er kam ihr bekannt vor, aber sie wußte nicht, wo sie ihn schon einmal gesehen hatte. »Was soll ich sagen? Ich langweile mich wirklich!«

»Ja, mir geht es ebenso. Diese Fleischbeschau! Ich mache sie jedes Jahr mit.« Er sah nicht so aus, als tue er das schon lange; denn trotz der weltoffenen Aura, mit der er sich umgab, konnte er kaum älter als Tana sein.

»Wie oft waren Sie schon dabei?«

Er grinste jungenhaft. »Dieses Jahr zum zweitenmal. Eigentlich hätte dieses Jahr das erste Mal sein sollen, doch ich wurde in der letzten Saison versehentlich schon zu einem Ball und dann zu allen anderen eingeladen, und so ging ich hin. Sie haben recht, sehr abwechslungsreich sind diese Feste nicht!« Er sah sie abschätzend an und nahm einen Schluck Scotch. »Und wie sind Sie hierhergekommen?«

»Mit dem Taxi.« Sie lächelte unschuldig, und er grinste.

»Reizender Partner, den Sie da haben!« Seine Worte trieften vor Sarkasmus. »Schon verlobt mit ihm?«

»Nein, danke!«

»Zumindest deutet das auf ein Minimum an gutem Geschmack Ihrerseits hin.« Er hatte eine träge, knappe Art, sich auszudrücken, und sprach mit der für die obere Schicht typischen Betonung; gleichzeitig machte er sich offensichtlich über die Gesellschaft und die Traditionen lustig, und das amüsierte Tana. Auch wenn er noch so teuer gekleidet war und sich noch so korrekt benahm, wirkte er irgendwie unverschämt. Durch die seriöse Fassade schimmerte eine schockierende Respektlosigkeit hindurch. Er drückte genau das aus, was Tana empfand. »Kennen Sie Chandler?«

Der junge Mann lächelte. »Wir waren zwei Jahre zusammen auf demselben Internat. Er ist ein großartiger Squashspieler, spielt miserabel Bridge, kommt einigermaßen auf dem Tennisplatz zu recht, ist in Mathematik, Geschichte und Biologie durchgefallen – und hat absolut keinen Grips im Kopf.«

Tana mußte lachen. Ja, diese Beschreibung traf ziemlich genau auf Chandler zu, obgleich sie herzlos klang, aber Tana mochte ihn nun mal nicht. »Hört sich ziemlich treffend an – nicht sehr nett, aber wirklich zutreffend.«

»Ich werde ja nicht dafür bezahlt, nett zu sein.« Er blickte sie boshaft an und nahm noch einen Schluck aus seinem Glas. Dann betrachtete er eingehend ihren Busen und ihre schmale Taille.

»Bezahlt man Sie dafür, irgend etwas zu tun?«

»Nein, eigentlich nicht.« Er lächelte wohlwollend. »Und mit etwas Glück wird das auch nie der Fall sein.«

»Wo studieren Sie?«

Er runzelte die Stirn, als wäre ihm etwas entfallen, und sah sie dann mit ausdrucksloser Miene an. »Wissen Sie, ich kann mich momentan einfach nicht erinnern.« Sie fragte sich, was das bedeuten sollte. Vielleicht ging er wirklich nicht aufs College, aber das konnte sie sich nicht vorstellen, danach sah er nicht aus. »Und Sie?«

»In Green Hill.«

Das boshafte Lächeln tauchte wieder auf. Er zog eine Augenbraue hoch. »Oh, wie damenhaft! Was ist denn Ihr Hauptfach in Green Hill? Vielleicht die Leitung von Plantagen im Süden? Oder wie man graziös Tee einschenkt?«

»Beides.« Sie erhob sich grinsend. »Wenigstens studiere ich.«

»Zumindest für zwei Jahre – und dann, Prinzessin? Oder ist

der Grund, warum Sie heute hier sind, die Jagd auf Ehemann Nummer eins?« Er hielt die Hände um den Mund und tat, als spreche er in ein Megaphon. »Bitte alle Kandidaten an der gegenüberliegenden Wand aufstellen! Alle gesunden, jungen weißen Männer mit Ahnentafel... haben ihre Väter ihre Kontoauszüge dabei? Wir würden auch gerne wissen, wo Sie studieren, Ihre Blutgruppe, ob Sie Auto fahren können, wie hoch das gesamte Vermögen ist, über das Sie selbst verfügen, und welche Summe Sie monatlich zur Verfügung haben.« Er senkte die Stimme: »Haben Sie schon einen Anwärter entdeckt? Oder sind Sie zu sehr in Chandler George verliebt?«

»Ja, sehr.« Sie stand auf und ging in Richtung Ballsaal, und er folgte ihr. Sie konnten gerade beobachten, wie Chandler das rothaarige Mädchen auf der anderen Seite des Raumes küßte.

Der dunkelhaarige junge Mann wandte sich mit finsterer Miene Tana zu. »Ich habe schlechte Nachrichten für Sie. Ich glaube, er ist soeben im Begriff, Sie sitzenzulassen, Prinzessin.«

Tana zuckte die Achseln und blickte in die grünen Augen, die den ihren so ähnelten. »Geben wir ihnen eine Chance!« Ihre Augen glitzerten schelmisch. Chandler George war ihr gleichgültig.

»Möchten Sie tanzen?«

»Gern.«

Er wirbelte sie gewandt über den Tanzboden. Er strahlte etwas Kühnes, Weltoffenes aus, das zu seiner Jugend nicht zu passen schien. Man bekam den Eindruck, daß er schon ziemlich weit in der Welt herumgekommen war. Tana hatte keine Ahnung, wer er war oder was er trieb. Das klärte sich jedoch nach dem ersten Tanz auf.

»Übrigens, wie heißen Sie, Prinzessin?«

»Tana Roberts.«

»Ich heiße Harry.« Er lächelte wieder auf seine gewinnende, jungenhafte Art und verneigte sich dann auf einmal tief vor ihr. »Harrison Winslow der Vierte eigentlich, aber Harry genügt.«

»Sollte mich das beeindrucken?« Sie war beeindruckt, doch sie wollte ihm nicht die Genugtuung verschaffen, es ihm zu zeigen.

»Das sind Sie, wenn Sie regelmäßig die Prominentenspalten lesen. Harrison Winslow der Dritte, mein alter Herr, macht sich gewöhnlich zum Gespött der Leute in Hauptstädten rund um den Erdball ... meistens in Paris und London, manchmal in Rom, wenn er Zeit hat ... Gstaad, St. Moritz ... München, Berlin – und auch in New York –, wenn er nicht gerade etwas Besseres vorhat und sich mit den Treuhändern herumschlagen muß, die seine Mutter mit der Verwaltung ihres ansehnlichen Besitzes beauftragt hat. Aber er liebt die Staaten nicht sonderlich und seinen Sohn auch nicht, wenn ich es mir recht überlege.«

Er sprach mit flacher, monotoner Stimme, und Tana sah ihn an und überlegte, was in ihm vor sich gehen mochte, doch er verbarg seine wahren Empfindungen sehr gut. »Meine Mutter starb, als ich vier war. Ich erinnere mich praktisch nicht mehr an sie ... nur gelegentlich kommt plötzlich etwas wie so eine kurze Einblende ... der Duft eines Parfüms oder ein Geräusch, ihr Lachen auf der Treppe, bevor sie ausging ... ein Kleid, das mich an sie erinnert, aber das ist eigentlich unmöglich. Sie hat sich das Leben genommen. ›Sehr unausgeglichen‹, wie meine Großmutter zu sagen pflegte, ›aber ein hübsches Ding.‹ Und mein armer Herr Papa ist seitdem damit beschäftigt, sich darüber hinwegzutrösten ... ich vergaß Monaco und Cap d'Antibes zu erwähnen ... auch dort tröstet er sich, natürlich nicht allein, versteht sich. Er hat eine Freundin, die den größten Teil des Jahres in London lebt, außerdem eine besonders hübsche in Paris ... eine zum Skilaufen ... eine Chinesin in Hongkong. Früher nahm er mich immer mit, wenn ich nicht in die Schule mußte, aber mit der Zeit wurde ich ihm zu lästig, und er verreiste allein. Das und ...« Die grünen Augen schweiften in die Ferne ab. »... und anderes. Auf alle Fälle ...« Wieder funkelte er Tana spöttisch an. »... das ist Harrison Winslow – zumindest einer aus diesem edlen Geschlecht.«

»Und Sie selbst?« Tanas Stimme klang sanft, und er sah sie traurig an. Er hatte mehr von sich preisgegeben, als er eigentlich wollte. Kein Wunder, nach dem vierten Glas Scotch! Beim Tanzen hatte ihn das zwar nicht beeinträchtigt, doch offenbar hatte der Alkohol seine Zunge gelöst. Aber egal ... in New York wußte ohnehin jeder, wer Harry Winslow war, man kannte den Vater und auch den Sohn. »Sind Sie ihm ähnlich?« Tana bezweifelte es. Auf alle Fälle war er noch nicht alt genug, um ein Leben wie sein Vater zu führen.

Er zuckte unbekümmert die Achseln. »Ich arbeite daran.« Und dann lächelte er wieder. »Seien Sie auf der Hut, schöne Frau, seien Sie auf der Hut!« Und damit umfaßte er erneut ihre Taille und glitt mit ihr über die Tanzfläche. Tana sah, daß ihre Mutter sie beobachtete, und zwar lange. Schließlich schien sie sich erkundigt zu haben, wer der junge Mann war, und stellte, als sie eine Antwort erhalten hatte, eine zufriedene Miene zur Schau.

»Sehen Sie Ihren Vater oft?« Tana mußte noch immer an Harrys Worte denken, während sie über den Tanzboden schwebte. Nach seiner Schilderung zu urteilen führte er ein einsames Leben: Internate ... seine Mutter hatte Selbstmord begangen, als er vier war ... der Vater bummelte meistens irgendwo in der Weltgeschichte umher und war offenbar ein gefühlloser Kerl.

»Nein. Er hat keine Zeit für mich.« Einen Augenblick lang wirkte er wie ein kleiner Junge, und Tana bedauerte ihn. Dann aber faßte er sich schnell wieder und ging zum Angriff über. »Und Sie? Was ist Ihre Geschichte, Tana Roberts? Abgesehen von Ihrem beklagenswerten Geschmack, was Männer anbelangt.« Er warf einen bedeutsamen Blick auf Chandler George, der die kleine Rothaarige fest an sich drückte. Beide lachten.

»Ich bin ledig, achtzehn, und studiere in Green Hill.«

»O Gott! Wie langweilig! Und was noch? Irgendwelche großen Lieben?«

Plötzlich wurde ihre Miene abweisend und verschlossen. »Nein.«

»Regen Sie sich nur nicht auf! Ich meinte natürlich andere als Chandler George.«

Sie entspannte sich etwas. »Obgleich ich zugeben muß, daß er unübertrefflich ist.« Der arme Kerl, sie sprachen nicht gerade freundlich von ihm, aber Chandler war nun mal der langweilig-

645

ste junge Mann, den Tana kannte, und er bot tatsächlich genügend Angriffsflächen, er war fast immer eine Zielscheibe ihres Spottes. »Mal sehen, was es sonst noch in Erfahrung zu bringen gibt. Eltern? Uneheliche Kinder? Hunde? Freunde? Hobbys? Warten Sie –« Er klopfte auf seine Taschen, als suche er etwas. »Irgendwo muß doch ein Formular sein . . . « Sie lachten. »Haben Sie irgend etwas der oben genannten Objekte zu bieten? Oder etwa gar nichts?«

»Eine Mutter, keine Hunde, keine unehelichen Kinder.«

Er zog eine Grimasse. »Ich bin enttäuscht. Ich hatte mehr von Ihnen erwartet.« Die Musik wurde leiser, und Harry sah sich um. »Was für eine langweilige Gesellschaft. Haben Sie Lust, irgendwohin zu gehen und einen Hamburger zu essen oder etwas zu trinken?«

Sie lächelte. »Ja, gern, aber müssen wir dann nicht Chandler mitnehmen?« Harry verneigte sich.

»Überlassen Sie das nur mir!« Er verschwand und kehrte mit einem unverschämten Grinsen auf den Lippen zurück.

»Großer Gott, was haben Sie angestellt?«

»Ich sagte ihm, daß Sie darüber empört wären, daß er sich den ganzen Abend mit dieser rothaarigen Biene abgegeben hat und daß ich Sie bei Ihrem Psychiater absetzen werde . . . «

»Nein, das haben Sie nicht gesagt!«

»Doch!« Er tat unschuldig, dann lachte er. »Nein, ich habe ihm nur gesagt, daß Ihnen ein Licht aufgegangen sei und Sie jetzt mich bevorzugen. Er gratulierte Ihnen zu Ihrem guten Geschmack und lief mit seiner pausbäckigen kleinen Freundin davon.« Was immer Harry gesagt haben mochte – Chandler winkte ihnen glücklich zu und verließ den Ball mit seiner neuen Liebe. Harry hatte ihn gewiß nicht vor den Kopf gestoßen.

»Ich muß meiner Mutter erst noch Bescheid sagen, bevor wir gehen. Macht es Ihnen etwas aus, ihr guten Tag zu sagen?«

»Nein, ganz und gar nicht. Na ja, eigentlich macht es mir schon etwas aus, aber mir bleibt ja keine andere Wahl!« Er benahm sich äußerst gesittet, als Tana ihn mit Jean bekannt machte.

Und Jean war sehr angetan von ihm. Tana und Harry verließen zusammen den Ball. Jean kehrte nach Hause zurück und dachte daran, wie schade es war, daß Arthur das nicht miterlebt hatte. Es war ein herrlicher Abend gewesen, und Tana hatte ihn offensichtlich auch genossen. Und nun ging sie sogar mit Harry Winslow dem Vierten fort. Jean wußte, wer das war, oder zumindest war ihr der Name geläufig.

»Was ist mit Ihrem alten Herrn?« Er streckte die Beine im Taxi von sich, nachdem er dem Fahrer die Adresse des »21« angegeben hatte. Dort hielt er sich gern auf, wenn er in der Stadt war, und Tana war beeindruckt. Auf alle Fälle würde ihr Harrys Gesellschaft mehr Spaß machen als Chandler Georges. Und es war schon so lange her, daß sie mit jemandem ausgegangen war, daß sie gar nicht mehr recht wußte, wie man sich dabei fühlte. Außerdem hatte sie noch nie eine Verabredung wie diese gehabt. Normalerweise war sie gemeinsam mit einer Gruppe zum Pizza-Essen in die Second Avenue gegangen. Das war vor ihrem Schulabschluß gewesen... vor Billy Durning.

»Mein Vater fiel im Krieg, bevor ich auf die Welt kam.«

»Das war wirklich rücksichtsvoll von ihm. Es ist weniger schmerzhaft, wenn man sie gar nicht erst kennt.« Warum hatte sich seine Mutter wohl umgebracht? Tana wagte nicht, ihn danach zu fragen. »Hat Ihre Mutter wieder geheiratet?«

»Nein.« Tana schüttelte zögernd den Kopf, dann fügte sie hinzu: »Sie hat einen Freund.« Harry war ein Mensch, dem man solche Dinge erzählen konnte. In seinen Augen lag etwas... etwas, das sofort Vertrauen einflößte und das einen veranlaßte, ihn gleich gern zu haben.

Er zog wieder boshaft eine Augenbraue hoch. »Ist ihr Freund verheiratet?« Er hatte außerdem noch ein gutes Gespür. Tanas Gesicht lief tiefrot an, was er in dem dunklen Wagen jedoch nicht sah.

»Wieso fragen Sie das?«

»Wahrscheinlich einfach nur, um witzig zu sein.« Er war so unverschämt, daß man, wäre er nicht so jungenhaft und sympathisch gewesen, ihm am liebsten ein paar runtergehauen hätte. Trotz seiner Keckheit war er irgendwie offen und warmherzig, so daß man ihm nicht böse sein konnte. »Hatte ich recht?«

Eigentlich hätte sie es niemandem gegenüber zugegeben, doch diesmal tat sie es. »Ja, oder zumindest war er das sehr lange. Er ist zwar jetzt seit vier Jahren Witwer, aber er hat meine Mutter noch immer nicht geheiratet. Er ist ein verdammt egoistischer Mistkerl!« Noch nie, nicht einmal Sharon gegenüber, hatte sie Arthur so bezeichnet.

Harry schien absolut nicht irritiert zu sein. »Die meisten Männer sind so. Sie sollten meinen alten Herrn mal kennenlernen! Er läßt jede Frau mindestens viermal die Woche am Straßenrand mit blutendem Herzen zurück, nur um sie unter Kontrolle zu behalten.«

»Hört sich ja nett an.«

»Nett ist er nicht.« Harrys Augen blickten hart. »Er ist nur an einem interessiert – an sich selbst. Kein Wunder, daß Mutter sich umgebracht hat!« Er hatte seinem Vater das nie verziehen, und Tana empfand Mitgefühl für ihn. In diesem Moment hielt das Taxi vor dem »21«, Harry bezahlte, und sie stiegen aus. Gleich darauf wurden sie von der allgemeinen Stimmung in dem exklusiven Restaurant erfaßt. Tana war nur wenige Male dort gewesen, nach ihrem Schulabschluß das letzte Mal. Ihr gefielen die kleinen Andenken, die über der Bar hingen, die gutgekleideten Leute, die sich dicht an dicht drängten. Sogar zwei Filmstars waren anwesend, die sie gleich erkannte. Und der Oberkellner stürzte sich frohlockend auf Harry, offensichtlich entzückt, ihn wiederzusehen. Es lag auf der Hand, daß dies sein Lieblingslokal war und er es oft besuchte. Sie nahmen einen Drink an der Bar, dann setzten sich sich an einen Tisch. Harry bestellte sich Steak Tartare und Tana Eier Benedict.

Tana nippte an dem Champagner, den Harry bestellt hatte, und ganz plötzlich konnte er beobachten, wie Tanas Gesicht sich mit einer Eiseskälte überzog. Sie starrte quer durch den Raum auf einen Tisch mit Leuten, die sich gut zu amüsieren schienen. In dieser Runde saß ein älterer Herr, der den Arm um ein ziemlich junges Mädchen gelegt hatte. Harry beobachtete Tanas Mienenspiel, ihre Augen, schließlich tätschelte er ihre Hand. »Lassen Sie mich raten ... eine alte Liebe?« Es überraschte ihn, daß sie offensichtlich eine Schwäche für ältere Herren hatte, danach sah sie eigentlich nicht aus.

»Nein, jedenfalls nicht von mir.« Harry begriff sofort.

»Der Freund deiner Mutter?«

»Er sagte ihr, er hätte heute abend ein Geschäftsessen.«

»Vielleicht hat er das auch.«

»Es sieht mir jedenfalls nicht danach aus.« Ihr Blick war hart und unnachgiebig, als sie sich wieder Harry zuwandte. »Was mich am allermeisten ärgert, ist, daß er in den Augen meiner Mutter so unfehlbar und vollkommen ist, immer wieder findet sie Entschuldigungen für ihn. Sie sitzt da und wartet auf ihn und ist ihm so verdammt dankbar!«

»Wie lange sind sie schon zusammen?«

»Seit zwölf Jahren.«

Er verzog das Gesicht. »Mein Gott, das ist wirklich eine lange Zeit!«

»Ja.« Tana sah wieder feindselig in Arthurs Richtung. »Und die Beziehung scheint seinen Lebensstil nicht gerade einzuengen.« Sie mußte auch an Billy denken und wandte sich ab, als könnte sie dadurch die Gedanken vertreiben. Harry war der aufflackernde Kummer in ihrem Gesicht jedoch nicht entgangen.

»Nimm es nicht so schwer, Prinzessin.« Seine Stimme klang sehr sanft, unwillkürlich benutzte er jetzt das vertrautere Du.

»Es ist ihr Leben, nicht meines.«

»Das stimmt. Vergiß das nicht! Du kannst für dein Leben deine eigenen Entscheidungen treffen.« Er lächelte. »Und das erinnert mich daran, daß du meine frechen Fragen von vorhin alle noch nicht beantwortet hast. Was hast du nach der Zeit in Green Hill vor?«

»Keine Ahnung. Vielleicht gehe ich nach Columbia. Ich bin nicht sicher. Ich möchte auf alle Fälle weiterstudieren.«

»Nicht heiraten und Kinder bekommen?« Sie lachten beide.

»In der nächsten Zeit bestimmt noch nicht. Obgleich genau das der sehnlichste Traum meiner Mutter ist.« Sie sah ihn mit einemmal neugierig an. »Und was ist mit dir? Wo studierst du?«

Seufzend stellte er sein Glas auf den Tisch. »In Harvard. Das hört sich abscheulich an, nicht wahr?« Deshalb hatte er es ihr anfangs auch nicht verraten.

»Stimmt das?«

»Ja, leider ja.« Er grinste. »Doch es besteht immer noch Hoffnung. Ich werde vielleicht noch vor Jahresende rausfliegen. Ich arbeite fleißig daran.«

»So schlecht kannst du doch nicht sein, sonst hätte man dich doch nicht zugelassen.«

»Einen Winslow nicht zulassen? Das glaubst du doch wohl selbst nicht! Wir werden immer zugelassen. Wir haben Harvard ja praktisch mitbegründet.«

»Ach so...« Sie war beeindruckt. »Ich verstehe. Und du wolltest nicht dorthin?«

»Nein, eigentlich nicht. Ich wollte irgendwo im Westen studieren. Ich dachte an Stanford oder UC, doch Vater bekam, als er das hörte, einen Anfall, und es hatte keinen Zweck, mit ihm zu streiten... da bin ich also, benehme mich unmöglich und sorge dafür, daß es allen leid tut, mich angenommen zu haben.«

»Du mußt ja wirklich ein besonderes Vergnügen für deine Lehrer sein.« Tana lachte. Jetzt fiel ihr auf, daß Arthur Durning und seine Begleiter gegangen waren. Er hatte sie nicht bemerkt, und sie war sich nicht sicher, ob ihr das besonders lieb war.

»Du mußt mich dort mal besuchen, vielleicht in den Frühjahrsferien.«

Sie lachte und schüttelte den Kopf. »Ich glaube nicht.«

»Vertraust du mir nicht?« Er wirkte belustigt und stellte eine für einen achtzehnjährigen Jungen ungewöhnliche Gelassenheit zur Schau.

»Um ehrlich zu sein, nein.« Tana nahm noch einen Schluck Champagner, und beide lachten. Sie war ausgelassen und gelöst, und sie genoß das Zusammensein mit Harry. Er war der erste Junge seit langer Zeit, der ihr sympathisch genug war, um mit ihm Freundschaft zu schließen. Mit ihm amüsierte sie sich, und sie hatte ihm sogar Dinge anvertraut, die sie bis jetzt nur Sharon anvertraut hatte. Plötzlich hatte sie einen Einfall. »Ich komme vielleicht, wenn ich noch eine Freundin mitbringen darf.«

»Was für eine Freundin?« fragte er argwöhnisch.

»Meine Zimmergenossin aus Green Hill.« Sie verblüffte Harry mit ihrer Beschreibung von Sharon Blake.

»Die Tochter von Freeman Blake? Das ist einmal etwas! Ist sie tatsächlich so wundervoll, wie du sagst?«

»Noch wundervoller.« Sie berichtete ihm von ihrem Erlebnis mit Sharon in der Snackbar, in der man sie nicht bedient hatte, und schwärmte von dem Vortrag Martin Luther Kings, und Harry schien von allem fasziniert zu sein.

»Ich würde sie gern einmal kennenlernen. Glaubst du wirklich, daß du im Frühjahr mit ihr nach Cambridge kommen könntest?«

»Vielleicht. Ich muß sie mal fragen.«

»Was seid ihr beide – siamesische Zwillinge?« Sein Blick wanderte begutachtend über Tana. Sie war eines der hübschesten Mädchen, das er kannte, und es würde sich lohnen, ihre Freundin mit einzuladen, nur um sie wiederzusehen.

»Fast. Ich habe ihre Familie zu Thanksgiving besucht, und ich möchte wieder hin.«

»Warum hast du Sharon nicht mit hergebracht?«

Es entstand eine lange Pause, und dann sah Tana ihn an. »Meine Mutter würde durchdrehen, wenn sie wüßte, daß Sharon eine Farbige ist. Ich habe ihr alles erzählt, nur das nicht.«

»Na prima.« Harry lächelte. »Ich habe dir doch schon gebeichtet, daß meine Großmutter mütterlicherseits eine Schwarze war, oder?« Einen Moment wirkte er so ernsthaft, daß sie ihm fast geglaubt hätte. Dann brach er in Lachen aus, und sie verzog das Gesicht.

»So ein Unsinn... Ich glaube, ich sollte meiner Mutter von dir erzählen.«

»Aber bitte doch!«

Und das tat sie auch am nächsten Tag, nachdem er sie angerufen hatte, um sie für nach den Weihnachtstagen zum Mittagessen einzuladen.

»Ist das nicht der Junge, den du gestern abend kennengelernt hast?« Es war Samstag vormittag, und Jean hatte es sich mit einem Buch im Wohnzimmer bequem gemacht. Sie hatte seit dem Vortag nichts von Arthur gehört und konnte es kaum erwarten, ihm von dem Ball zu berichten, doch sie wollte ihn nicht stören. Meistens geduldete sie sich, bis er anrief, das hatte sie sich schon in der Zeit angewöhnt, als er mit Marie verheiratet war. Außerdem war Weihnachten, da war er bestimmt mit Billy und Ann beschäftigt.

»Ja«, erwiderte Tana und erzählte von Harrys Einladung.

»Er macht einen guten Eindruck.«

»Er ist sehr nett.« Tana war sich darüber im klaren, daß Jean sich von dieser Freundschaft sehr viel erhoffte und daß sie Harry wahrscheinlich nicht mehr ganz so sympathisch gefunden hätte, hätte sie ihn besser gekannt. Er war respektlos und vorwitzig, trank zuviel und war außerdem sehr verwöhnt. Als er Tana am Vorabend nach Hause begleitete, benahm er sich allerdings völlig korrekt, und es hatte beim Abschied keine lästigen Diskussionen gegeben. Tanas Angst davor, daß Harry aufdringlich werden könnte, war vollkommen überflüssig.

Als Harry Tana zwei Tage später zum Essen abholte, trug er einen Blazer, eine Krawatte und eine graue Hose. Kaum hatten sie das Haus verlassen, schnallte er sich jedoch Rollschuhe an, setzte sich einen unmöglichen Hut auf und spielte auf ihrem Weg in die Stadt vollkommen verrückt. Tana lachte. »Harry Winslow, du hast nicht alle Tassen im Schrank! Weißt du das eigentlich?«

»Ja, Madam!« Er zog eine Grimasse und schielte sie an. Er bestand darauf, mit Rollschuhen ins »Oak Room« zu fahren, wo sie zu Mittag essen wollten. Der Oberkellner schien nicht gerade angetan, doch er kannte Harry und wagte es nicht, ihn hinauszuwerfen. Harry bestellte eine Flasche Champagner und trank ein

Glas in einem Zug leer, sobald die Flasche entkorkt war. Dann stellte er das Glas ab und lächelte Tana zu. »Ich glaube, ich bin abhängig von diesem Zeug.«

»Du meinst, du bist ein Säufer.«

»Genau!« Er sagte das voller Stolz und bestellte für beide das Mittagessen. Nach dem Essen spazierten sie durch den Central Park, blieben bei Wollman Rink stehen, um die Schlittschuhläufer zu beobachten, und plauderten über das Leben. Harry spürte, daß Tana auffallend zurückhaltend war, was die romantische Seite des Lebens anbelangte. Sie war vorsichtig und verschlossen, und andererseits doch offen und herzlich. Sie interessierte sich für die Menschen und ihre Probleme, war aber nicht bereit, zu viel von sich preiszugeben, und sie machte auch keine Anstalten, Harry zu ermuntern, ihr näherzukommen. Er wußte, daß er in ihr einen neuen Freund gewonnen hatte, aber nicht mehr, das merkte er deutlich an ihrem Verhalten und auch an verschiedenen Bemerkungen. Das jedoch weckte seine Neugier. »Hast du eine Beziehung mit jemandem in der Nähe von Green Hill?«

Sie schüttelte den Kopf, und ihre Blicke trafen sich. »Nein, nichts dergleichen. Ich möchte im Augenblick mit niemandem eine Beziehung haben.« Ihre Ehrlichkeit überraschte ihn und forderte ihn gleichzeitig dazu heraus, Genaueres über sie zu erfahren.

»Warum nicht? Hast du Angst, so verletzt zu werden wie deine Mutter?« So hatte sie es nie gesehen. Harry hatte ihr anvertraut, daß er selbst keine Kinder wollte, weil er niemandem so weh tun wollte, wie man ihm weh getan hatte, und Tana hatte ihm berichtet, daß Arthur ihre Mutter in diesem Jahr zu Weihnachten wieder versetzt hatte.

»Ich weiß nicht – vielleicht. Das, und außerdem kommen noch andere Dinge hinzu.«

»Was für andere Dinge?«

»Nichts, worüber ich sprechen möchte.« Sie wandte den Blick rasch ab. Er fragte sich unwillkürlich, welches Erlebnis bei ihr solche Spuren hinterlassen haben könnte. Sie hielt einen Sicherheitsabstand zwischen sich und ihm, und selbst wenn sie lachten und alberten, sandte sie Botschaften aus, die besagten: »Komm mir bloß nicht zu nahe!« Er hoffte nur, daß sie nicht irgendwelche abnormen sexuellen Neigungen hatte, aber das konnte er sich bei ihr nicht vorstellen. Eher schien sie sich innerlich abzukapseln, aber er verstand nicht, weshalb. Irgend jemand hatte sie dazu getrieben, doch wer? Er wollte es herausfinden.

»Hat es in deinem Leben schon einmal jemanden gegeben, der dir sehr nahe stand?«

»Nein.« Sie sah ihm offen ins Gesicht. »Ich möchte darüber nicht sprechen!« Ihre Miene brachte ihn augenblicklich dazu, nachzugeben. Ihr Blick war unendlich gequält. Und dann lag noch ein unbestimmter Zug um ihre Lippen – etwas Hartes oder Drohendes; das erschreckte ihn, und er gehörte bestimmt nicht zu denen, die sich leicht einschüchtern ließen. Diesmal hatte er verstanden.

»Tut mir leid.« Sie wechselten das Thema und plauderten wieder über angenehmere Dinge. Er hatte sie gern, und sie trafen sich verschiedene Male in diesen Weihnachtsferien. Sie gingen zusammen essen, zum Schlittschuhlaufen im Park, ins Kino, und sie lud ihn sogar eines Abends zum Essen zu sich nach Hause ein – was allerdings ein Fehler war, wie ihr sehr schnell bewußt wurde. Jean unterzog Harry einem strengen Verhör, als wäre er tatsächlich ein Heiratskandidat. Sie fragte ihn nach seinen Zukunftsplänen, seinen Eltern, seinen Karrierevorstellungen, seinen Noten. Tana konnte es kaum erwarten, daß er aufbrach, und als er fort war, schrie sie Jean an: »Warum hast du ihm das angetan? Er ist zum Essen hergekommen, nicht um um meine Hand anzuhalten!«

»Du bist achtzehn Jahre alt, du mußt allmählich anfangen, an solche Dinge zu denken.«

»Wicso?« Tana war aufgebracht. »Er ist nichts weiter als ein Freund, verflucht noch mal! Tu nicht so, als müßte ich bis nächste Woche verheiratet sein!«

»Wann gedenkst du denn zu heiraten, Tana?«

»Niemals, verdammt! Warum, zum Teufel, soll ich überhaupt heiraten?«

»Wie stellst du dir denn dein weiteres Leben vor?«

Die Blicke ihrer Mutter verfolgten Tana, trieben sie in die Enge, setzten ihr zu, und Tana haßte sie dafür.

»Ich weiß nicht, was ich tun werde. Muß ich mir das denn jetzt alles überlegen? Heute abend noch? Diese Woche? Verdammt!«

»Sprich nicht so mit mir!« Jetzt wurde auch Jean zornig.

»Warum nicht? Was, zum Teufel, verlangst du denn von mir?«

»Ich möchte, daß du eine gewisse Sicherheit anstrebst, Tana. Ich will nicht, daß du mit Vierzig in der gleichen Lage bist wie ich. Du verdienst mehr als das!«

»Du auch! Hast du dir das jemals überlegt? Für mich ist es grauenvoll, dich so erleben zu müssen, immer auf Arthur wartend, wie seine Sklavin. Das ist alles, was du all die Jahre für ihn gewesen bist, Mutter: Arthur Durnings Konkubine!« Sie war versucht, ihr zu erzählen, daß sie ihren Geliebten im »21« mit einer anderen Frau gesehen hatte, aber das durfte sie ihr nicht antun. Solch ein Leid wollte sie ihr nicht zufügen, denn gewiß wäre das für sie besonders schmerzlich gewesen. Tana verkniff sich eine Bemerkung, aber Jean war auch ohnedies schon wütend genug.

»Das ist nicht gerecht, und es stimmt nicht!«

»Warum willst du dann nicht, daß ich lebe wie du?« Jean drehte ihr den Rücken zu, damit sie ihre Tränen nicht sah. Gleich darauf wandte sie sich abrupt wieder um, und zwölf Jahre des Kummers waren in ihren Augen zu lesen oder eigentlich ein ganzes Leben voller Leid.

»Ich will, daß du das bekommst, was ich nicht haben konnte. Ist das denn so abwegig?«

Jean tat Tana plötzlich leid, und ihr Zorn legte sich. Sie sprach jetzt sanfter. »Vielleicht will ich das, was du dir immer gewünscht hast, gar nicht.«

»So abwegig sind meine Sehnsüchte ja nicht. Einen Ehemann, Sicherheit, ein Zuhause, Kinder zu haben – was ist denn daran falsch?« Sie schien brüskiert zu sein.

»Nichts. Aber ich bin noch zu jung, um mir um all diese Dinge Gedanken zu machen. Was ist, wenn ich einen Beruf erlernen will?«

Jean Roberts war noch verwirrter. »Was für einen Beruf?«

»Ich weiß es nicht. Ich meinte das nur rein theoretisch.«

»Das ist ein einsames Leben, Tana.« Auf Jeans Gesicht zeigte sich ein sorgenvoller Ausdruck. »Es wäre besser für dich, dir einen Mann zu suchen und eine Familie zu gründen.«

Für Tana wäre so etwas jedoch einem Aufgeben gleichgekommen. Als sie wieder im Zug nach Yolan saß, dachte sie darüber nach. Sie sprach auch mit Sharon darüber, während sie später, in der Dunkelheit, in ihren Betten im Jasmin-Haus lagen.

»Mein Gott, Tan, sie hört sich genau wie meine Mutter an... mit anderen Vorstellungen zwar, aber sie wünschen sich alle für uns, was sie selbst gern gehabt hätten, egal, wer wir sind oder wie sehr wir uns von ihnen unterscheiden oder was wir denken und fühlen und wollen. Mein Vater versteht mich, aber meine Mama... alles, wovon sie spricht, ist, daß ich Jura studieren, Sit-ins machen, ›Verantwortung‹ als Schwarze tragen muß. Ich habe die Nase voll davon, Verantwortung zu tragen – ich könnte laut schreien! Wegen der Verantwortung bin ich ja nur hierher nach Green Hill gekommen. Eigentlich wollte ich auf ein anderes College, in dem andere Schwarze sind. Zum Teufel noch mal, hier kann ich mich nicht einmal mit einem Jungen verabreden! Und meine Mutter ist der Meinung, daß dafür noch genügend Zeit bleibt! Wann denn? Ich will jetzt ausgehen, ich will Spaß haben, ich will in Restaurants, ins Kino und zu Football-Spielen!« Das erinnerte Tana an etwas, und sie lächelte in der Dunkelheit.

»Hast du Lust, in den Frühjahrsferien mit mir nach Harvard zu fahren?«

»Wieso?« Sharon stützte sich aufgeregt auf den Ellbogen.

Tana erzählte ihr von Harry Winslow. »Hört sich nach einem netten Menschen an. Hast du dich in ihn verknallt?«

»Nein.«

»Warum nicht?«

Es herrschte Schweigen, aber beide verstanden. »Du weißt, warum.«

»Du kannst dich doch deswegen nicht für den Rest deines Lebens selbst einsperren, Tana!«

»Jetzt hörst du dich wie meine Mutter an! Sie hätte am liebsten, daß ich bis nächste Woche mit irgend jemandem verlobt bin, solange er nur bereit ist, mich zu heiraten, mir ein Haus zu kaufen und mir Kinder zu machen.«

»Diese Perspektive ist immer noch besser, als an Sit-ins teilzunehmen und sich rohe Eier an den Kopf schmeißen zu lassen! Hört sich das aufregender für dich an?«

Tana lächelte. »Nicht sehr.«

»Deinen Erzählungen nach zu schließen, ist dein Freund aus Harvard sehr nett.«

»Er ist wirklich in Ordnung.« Tana lächelte. »Ich mag ihn sehr als Freund. Er ist der aufrichtigste, geradeste Mensch, der mir je begegnet ist.«

Der Anruf, den sie noch in dieser Woche von ihm erhielt, machte ihr noch bewußter, warum sie ihn so gern hatte. Er machte ihr vor, der Inhaber eines Laboratoriums in Yolan zu sein und daß er auf der Suche nach jungen Damen sei, die an einem Experiment teilnehmen würden: »Wir wollen herausfinden, ob junge Damen so intelligent wie junge Männer sind«, erklärte er mit verstellter Stimme. »Natürlich wissen wir bereits, daß sie es nicht sind, trotzdem...«, und kurz bevor sie vor Wut platzte, erkannte sie seine Stimme.

»Du Mistkerl!«

»Hallo, Tan! Wie ist das Leben im tiefen Süden?«

»Es geht.« Sie plauderten eine ganze Weile, und dann ließ sie ihn mit Sharon sprechen. Beide Mädchen standen am Telefon und reichten den Hörer hin und her, bis Sharon sich schließlich nach oben zurückzog und sich Tana noch mehrere Stunden mit ihm weiter unterhielt. Zwar gab es keinerlei romantische Saiten, die angeschlagen wurden, wenn sie miteinander redeten, denn er war für sie fast wie ein Bruder. Nach zwei Monaten, in denen er sie oft anrief, war er ihr ein ebenso enger Freund wie Sharon. Harry wollte Tana im Frühjahr unbedingt sehen, und sie versuchte, Sharon dazu zu bewegen, sie zu begleiten. Sie hatte sich dazu durchgerungen, ihrer Mutter zu trotzen und Sharon, obwohl sie wußte, daß Jean schockiert sein würde, mit nach Hause zu bringen. Aber Miriam Blake hatte andere Pläne mit ihrer Tochter, sie rief fast jeden Abend bei ihrer Tochter an, um von einer großen Kundgebung in Washington am Osterwochenende zu berichten, bei der Farbige für ihre Bürgerrechte eintreten wollten. Miriam bestand darauf, daß Sharon teilnahm; sie hielt diesen Tag für einen der wichtigsten in ihrer aller Leben, und deshalb wollte sie nicht erlauben, daß Sharon die Ferien nicht zu Hause verbrachte. Sharon war sehr niedergeschlagen, als die Ferien anbrachen.

»Du hättest nur nein zu sagen brauchen, Shar!«

»So wie du damals, als du zu diesem Einführungsball solltest, nicht wahr?«

Beide schwiegen einen Moment, bis Tana nickte. Sharon hatte recht, manchmal war es einfach nicht möglich, gegen die Beschlüsse und Pläne der Eltern anzukämpfen. Sie grinste einfältig. »Okay, du hast gewonnen! Tut mir leid, Shar. Auf alle Fälle werde ich dich in New York vermissen.«

»Du wirst mir auch fehlen.« Sie strahlte Tana an, und sie plauderten und spielten Karten, bis der Zug Washington erreichte. Sharon stieg aus, und Tana fuhr weiter bis New York.

Es war mildes, warmes Wetter, als sie den New Yorker Bahnhof verließ. Sie fuhr mit dem Taxi nach Hause. Die Wohnung wirkte eigentlich wie sonst auch, aber aus irgendeinem Grund deprimierte es sie, wieder zu Hause zu sein. Es war immer gleich hier, nichts veränderte sich – keine neuen Vorhänge, keine frischen oder exotischen Blumen oder sonst etwas Aufregendes. Dasselbe Leben, dieselbe abgewetzte Couch, dieselben trostlos wirkenden Pflanzen, Jahr für Jahr. Damals, als sie dort tagtäglich lebte, war ihr diese Eintönigkeit gar nicht zu Bewußtsein gekommen. Jetzt fiel ihr plötzlich jede Kleinigkeit auf, vermutlich weil sie inzwischen mehr Abstand zu Jean und ihrem Leben hatte. Alles kam ihr schäbiger denn je vor, und überhaupt schien die ganze Wohnung zusammengeschrumpft zu sein.

Jean war noch nicht zu Hause. Tana ließ ihr Gepäck auf den Boden ihres Zimmers fallen, und im selben Augenblick klingelte das Telefon. Sie eilte ins Wohnzimmer, nahm den Hörer ab und blickte sich noch einmal um.

»Hallo?«

»Winslow hier. Wie geht es dir, Tana?«

Sie lächelte. Es war, als wehe plötzlich ein frischer Wind in den faden, muffigen Raum. »Harry!«

»Wann bist du heimgekehrt?«

»Vor ungefähr vier Sekunden. Und du?«

»Ich bin gestern abend mit ein paar von den Jungs hergefahren.

Und...« Er sah sich träge in der Wohnung um, die sein Vater im Pierre besaß. »...da bin ich! Dieselbe alte Bude, dieselbe alte Stadt.« Seine Stimme klang jedoch schelmisch, und Tana war ganz aufgeregt, weil sie ihn jetzt bald wiedersehen würde. In den vergangenen vier Monaten hatten sie am Telefon so viel voneinander erfahren, daß ihr schien, als würden sie sich schon viele Jahre kennen. »Hast du Lust, auf einen Drink vorbeizukommen?«

»Klar. Wo wohnst du?«

»Im Pierre.« Er schien wenig auf seinen Aufenthaltsort zu geben.

Tana grinste. »Nicht schlecht!«

»Na ja, es geht. Mein Vater ließ die Wohnung letztes Jahr von einem Innenarchitekten neu einrichten. Sie sieht jetzt aus wie eine Schwulen-Bude, aber wenigstens kann ich hier umsonst wohnen, wenn ich in New York bin.«

»Ist dein Vater auch da?« fragte sie verblüfft.

Harry lachte spöttisch. »Mach keine Witze! Ich glaube, diese Woche hält er sich in München auf, er verbringt Ostern gern dort. Die Deutschen sind so rührselig, was christliche Feste anbelangt. Und zum Oktoberfest ist er natürlich auch oft da.« Er hörte sich herablassend an. »Egal – komm vorbei, und wir machen den Zimmerservice hier verrückt! Was willst du? Ich bestelle schon mal etwas, es dauert sowieso zwei Stunden, bis es kommt.«

Sie war beeindruckt. »Ich weiß nicht... einen Hamburger vielleicht und eine Coke? Geht das?« Der Gedanke, vom Zimmerservice im Pierre einen Hamburger serviert zu bekommen, faszinierte Tana, auch wenn Harry sich noch solche Mühe gab, seine Umgebung herunterzuspielen. Als sie in seiner Wohnung eintraf, lag er in Jeans und barfuß auf der Couch und sah sich im Fernsehen ein Football-Spiel an. Er sprang auf, stürzte sich auf sie, wirbelte sie herum und drückte sie stürmisch an sich. Er freute sich wahnsinnig über das Wiedersehen, sogar noch mehr, als sie ahnte. Sein ganzer Körper prickelte, als er mit einem flüchtigen Kuß Tanas Wange streifte. Einen Augenblick lang schien es fast peinlich zu sein, daß sie sich nach den unzähligen Telefongesprächen, bei denen sie sich so viel zu sagen gehabt hatten, nun von Angesicht zu Angesicht gegenüber standen. Doch gegen Ende des Nachmittags fühlten sie sich beide in der Gegenwart des anderen wieder so gelöst wie zuvor, und die Vertrautheit, die sich in den letzten Monaten entwickelt hatte, war noch größer geworden. Tana graute davor, nach Hause zu fahren.

»Bleib doch einfach hier! Ich ziehe mir Schuhe an, und dann gehen wir ins ›21‹!«

Sie sah an sich herab und deutete auf den Faltenrock, die Wollstrümpfe und ihre Schuhe und schüttelte den Kopf. »So wie ich angezogen bin, kann ich nicht mit dir ausgehen, ich muß außerdem unbedingt nach Hause. Ich habe meine Mutter seit vier Monaten nicht gesehen.«

»An solche feierlichen Augenblicke denke ich nie.« Seine Stimme klang matt, und in diesem Augenblick sah Harry noch besser aus als je zuvor, aber in Tanas Herz regte sich kein neues Gefühl, sie empfand nur Freundschaft für ihn, die seit ihrer ersten Begegnung immer tiefer geworden war. Tana zweifelte nicht daran, daß Harry auch nichts weiter als platonische Gefühle ihr gegenüber hegte.

Sie wandte sich um und nahm ihren Regenmantel vom Stuhl. »Siehst du deinen Vater denn nie, Harry?« fragte sie sanft, ihre Augen drückten Mitleid aus. Sie wußte, wie einsam er sich fühlte. Er verbrachte die Ferien allein wie immer, traf hin und wieder ein paar Freunde oder langweilte sich in leeren Hotelzimmern. Wenn Harry von seinem Vater sprach, dann nur, um seine unstete Lebensweise, seine Frauen und Freunde zu verspotten.

»Natürlich sehe ich ihn gelegentlich. Etwa ein- bis zweimal im Jahr begegnen wir uns zufällig, meistens hier oder in Südfrankreich.« Obwohl das großartig klang, merkte Tana doch, wie allein Harry im Grunde war und daß er sich deshalb ihr gegenüber so offen zeigte; tief in seinem Innern sehnte er sich danach, für andere dazusein und geliebt zu werden. Auch in ihr schlummerte diese Sehnsucht. Sie hatte immer nur ihre Mutter gehabt und sich einen Vater, Brüder, Schwestern, eine richtige Familie gewünscht... etwas mehr Leben um sich zu haben als eine einsame Frau, die ihre Zeit damit verbrachte, auf einen Mann zu warten, der sie nicht zu schätzen wußte. Und Harry hatte noch nicht einmal das. Tana haßte seinen Vater, wenn sie nur an ihn dachte.

»Wie ist er?«

Harry zuckte die Achseln. »Sieht ganz gut aus, nehme ich an – das sagen zumindest seine Freundinnen. Geistreich... und kalt.« Er sah Tana gerade in die Augen. »Er hat meine Mutter auf dem Gewissen – wie glaubst du, muß man da sein?« Etwas in ihr verkrampfte sich, als sie den Schmerz in Harrys Augen sah. Sie wußte nicht, was sie erwidern sollte. Sie bereute, daß sie ihn nach seinem Vater gefragt hatte. Doch Harry legte ihr den Arm um die Schulter und führte sie zur Tür. »Laß dich dadurch nicht aus der Fassung bringen, Tan! Das ist alles schon lange her.«

Trotzdem fühlte sie mit ihm. Er war so lustig und unterhaltsam und nett - es war einfach ungerecht, daß er so einsam war, vielleicht benahm er sich deshalb manchmal so streitlustig, hemmungslos und schelmisch. Als der erste Zimmerkellner heraufkam, hatte er einen britischen Akzent angenommen, für den zweiten hatte er vorgegeben, Franzose zu sein. Tana und er hatten sich vor Lachen gekrümmt.

Als Tana im Bus saß, um nach Hause zu fahren, bedrückte sie der Gedanke an die kleine Wohnung, die sie mit Jean teilte, nicht mehr. Es war immer noch besser, in ein kleines, aber behagliches Zuhause zu kommen, als in der kühlen unpersönlichen Atmosphäre der Winslow-Suite leben zu müssen. Obwohl die Räume sehr groß, geschmackvoll und teuer eingerichtet waren, hatte man in all dem Chrom und Glas nicht das Gefühl, wirklich geborgen zu sein. Auf dem Boden lagen zwei wunderschöne weiße Fellteppiche, an den Wänden hingen wertvolle Gemälde, und andere unbezahlbare Wertgegenstände schmückten die Wohnung, doch das war auch schon alles. Niemand erwartete Harry, wenn er in den Ferien heimkam, und er hatte keine Gesellschaft, weder an diesem Abend noch am nächsten. Es gab nur Harry und einen Eisschrank voller alkoholischer Getränke und Coke, einen Kleiderschrank voll teurer Kleidung und einen Fernsehapparat.

»Hallo... ich bin wieder zu Hause...!« rief Tana laut, als sie die Wohnung betrat. Jean kam angerannt und drückte ihre Tochter strahlend an sich.

»Ach, Liebling, du siehst gut aus!« Tana mußte wieder an Harry denken und an alles, was er nicht hatte, trotz seines Vermögens und seiner Häuser und seines vornehmen Namens... das hier hatte er nicht. Und irgendwie verspürte sie das Verlangen, es ihm zu ersetzen. Jean sah sie an, und ihre Augen drückten eine solche Wiedersehensfreude aus, daß Tana es auf einmal genoß, zu Hause zu sein. »Ich habe dein Gepäck hier gesehen. Wo warst du denn?«

»Ich habe einen Freund in der Stadt besucht. Ich dachte, daß du noch eine Weile im Büro verbringen müßtest.«

»Ich bin heute zeitig weggegangen, weil ich dachte, daß du schon hier bist.«

»Tut mir leid, Mama.«

»Wen hast du denn besucht?« Jean wollte immer wissen, was sie unternahm, mit wem sie sich traf; doch Tana war diese Fragen nicht mehr so gewohnt wie früher, und sie zögerte einen Moment, ehe sie lächelnd antwortete.

»Ich habe Harry Winslow im Pierre besucht. Ich weiß nicht, ob du dich noch an ihn erinnerst.«

»Aber natürlich.« Jeans Augen leuchteten hell auf. »Ist er in der Stadt?«

»Er hat hier eine Wohnung.«

Jean schien Tanas Worte mit gemischten Gefühlen aufzunehmen. Gewiß, es war gut, daß er so vermögend war, daß er seine eigene Wohnung hatte, doch gleichzeitig war es auch gefährlich für ein junges Mädchen, ihn dort zu besuchen.

»Warst du allein bei ihm?« Jeans Blick war besorgt.

Diesmal lachte Tana. »Ja. Wir haben einen Hamburger gegessen und ferngesehen – alles war vollkommen harmlos, Mama.«

»Trotzdem... ich finde, du solltest nicht zu einem Mann in die Wohnung gehen.« Sie beobachtete, wie sich Tanas Gesicht anspannte.

»Er ist mein Freund, Mama.«

»Aber er ist ein junger Mann, und man weiß nie, was in einer solchen Situation passieren könnte.«

»Doch, ich weiß es genau.« Ihre Miene wurde schlagartig hart und abweisend. Sie wußte es nur zu gut, was passieren konnte, wenn man mit einem Mann zusammen war. Nur hatte nicht Harry ihr ein Leid zugefügt, sondern der zauberhafte Billy Durning, über den ihre Mutter nichts kommen ließ. Sie brauchte dazu auch nicht mit ihm allein zu sein, er hatte keine Hemmungen gehabt, sie im Schlafzimmer seines Vaters zu vergewaltigen, während er Hunderte von Gästen hatte. »Ich weiß, wem ich trauen kann.«

»Du bist noch zu jung, um derartige Dinge beurteilen zu können, Tan.«

»Das glaubst du!« Tanas Gesicht war unbeweglich wie Stein.

Ihr schreckliches Erlebnis mit Billy hatte ihr ganzes Leben verändert, sie wußte genug über diese Dinge, um selbst urteilen zu können. Und hätte sie von Harry irgend etwas zu befürchten gehabt, so wäre sie niemals zu ihm ins Hotel gegangen oder dort geblieben. Sie spürte, daß er ihr Freund war und sie durch seine Hände kein Leid erfahren würde. »Harry und ich sind einfach Freunde.«

»Du bist naiv, Tan. Zwischen Jungen und Mädchen gibt es so etwas nicht. Männer und Frauen können nicht einfach nur Freunde sein.«

Tana riß die Augen weit auf. Sie konnte es nicht fassen, daß ihre Mutter etwas Derartiges sagte. »Wie kannst du das so einfach behaupten, Mama?«

»Weil es die Wahrheit ist. Und wenn Harry dich in sein Hotel einlädt, dann hat er etwas Bestimmtes im Sinn, ob du es nun merkst oder nicht! Vielleicht wartet er nur den rechten Augenblick ab.« Und dann lächelte sie. »Glaubst du, er könnte es ernst mit dir meinen, Tana?«

»Ernst?« Tana sah aus, als würde sie jeden Augenblick explodieren. »*Ernst?* Ich sagte dir doch gerade, daß wir einzig und allein Freunde sind!«

»Und ich sagte dir, daß ich das nicht glaube.« Ihr Lächeln wirkte fast ein wenig einschmeichelnd. »Weißt du, Tan, er wäre ein sehr guter Fang.«

Tana konnte sich nicht länger beherrschen, sie sprang auf und blickte geringschätzig auf ihre Mutter. »Bei dir hört sich das an, als wäre er ein Beutetier, verdammt noch mal! Ich will keinen ›Fang‹! Ich will nicht heiraten! Ich will mit niemandem ins Bett gehen! Alles, was ich will, ist, ein paar Freunde haben und studieren! Kannst du das denn nicht verstehen?« Tränen glitzerten in Tanas Augen, und in Jeans ebenfalls.

»Warum bist du, was dieses Thema anbelangt, so empfindlich? Du bist doch früher nicht so gewesen, Tan!« Jeans Stimme klang so traurig, daß es Tana weh tat, aber sie konnte an ihren Empfindungen nichts ändern und wollte auch nicht ständig daran erinnert werden, was ihre Mutter von ihr erwartete.

»Du hast mich früher auch nicht dauernd gedrängt.«

»Wann dränge ich dich denn?« Jean war empört. »Ich sehe dich ja so selten! Wir waren zweimal in sechs Monaten zusammen und haben auch nur zweimal über deine Zukunft gesprochen, nennst du das Drängen?«

»Zu diesem ›Debütball‹ in den Weihnachtsferien hast du mich gezwungen, und die Art, wie du über Harry sprichst, wenn du ihn einen guten ›Fang‹ nennst und sofort über Heirat und Kinder nachdenkst, setzt mich auch unter Druck. Um Himmels willen, Mama, ich bin doch erst achtzehn!«

»Fast neunzehn. Ich frage mich, wann du bereit sein wirst, an deine Zukunft zu denken, und wann du vorhast, dich nach einem Mann umzusehen, Tan.«

»Ich weiß das auch nicht, Mama. Vielleicht nie, wie wäre das denn? Vielleicht werde ich nie heiraten – wäre das so eine Katastrophe? Wenn ich trotzdem glücklich bin, ist das doch egal!«

»Mir ist es nicht egal. Ich möchte, daß du verheiratet bist, mit einem netten Mann, süße Kinder hast, in einem hübschen Haus wohnst...« Jean konnte die Tränen nicht mehr zurückhalten. Das alles hatte sie sich immer für sich selbst gewünscht... und doch war sie ein Leben lang allein... ein paarmal die Woche traf sie sich mit dem Mann, den sie liebte... und sie hatte eine Tochter, die fast nie mehr zu Hause war... Sie senkte den Kopf und schluchzte, und Tana trat neben sie und nahm sie in die Arme.

»Komm, Mama, hör auf... ich weiß, daß du nur das Beste für mich willst... aber laß mich bitte selbst entscheiden, wie ich leben will!«

Ihre Mutter sah sie aus großen, traurigen, dunklen Augen an. »Ist dir klar, wer und was Harry Winslow ist?«

»Ja. Er ist mein Freund.«

»Sein Vater ist einer der reichsten Leute in den Vereinigten Staaten. Verglichen mit ihm ist sogar Arthur Durning arm.« Arthur Durning – der Maßstab für Jeans gesamtes Leben!

»Und was bedeutet das deiner Meinung nach für mich?«

»Ist dir klar, was für ein Leben du führen würdest?«

Tana blickte sie traurig an, Jean tat ihr leid. Und dann bedauerte sie sich auf einmal selbst. Ihre Mutter begriff gar nichts, und vermutlich war das schon immer so gewesen. Aber Jean hatte für Tana so vieles geopfert, daß Tana nun wiederum das Gefühl hatte, ihrer Mutter eine ganze Menge schuldig zu sein. Trotzdem sah sie ihre Mutter kaum während der zwei Wochen, die sie in New York verbrachte. Sie war fast jeden Tag mit Harry zusammen, verheimlichte es ihrer Mutter allerdings, denn Tana war noch immer wütend wegen ihrer Worte: *Ist dir klar, wer und was er ist?* Als würde sein Reichtum irgendeine Bedeutung für Tana haben. Sie fragte sich, wie viele Leute ihn nur nach seinem Geld und seiner Herkunft beurteilten – eine abscheuliche Vorstellung, aufgrund seines Familiennamens eingeschätzt zu werden!

Vorsichtig schnitt sie das Thema Harry gegenüber an, als sie eines Tages im Central Park Picknick machten. »Geht dir das nicht auf die Nerven, Harry? Ich meine, daß Leute dich kennenlernen wollen, weil du Harry Winslow bist?« Sie fand diesen Gedanken noch immer entsetzlich, aber er zuckte nur die Achseln und verzehrte schmatzend seinen Apfel, während er im Gras lag.

»So sind die Leute nun einmal. Das verschafft ihnen eine Art Nervenkitzel. Ich habe früher ständig miterlebt, wie sich die Leute um meinen Vater scharten, nur weil er bekannt und reich war.« »Stört ihn das denn nicht?«

»Ich glaube nicht, daß ihm das etwas ausmacht.« Harry lächelte sie an. »Er ist so unsensibel, ich glaube, daß er gar keine Gefühle hat.« Tana beobachtete Harrys Augen.

»Ist er wirklich so schlimm?«

»Schlimmer, als man ihn beschreiben kann.«

»Wie kommt es dann, daß du so nett bist?«

Er lachte. »Purer Zufall, denke ich. Oder ich habe viel von meiner Mutter geerbt.«

»Erinnerst du dich noch an sie?« Sie fragte ihn zum erstenmal danach, und er wandte sich zur Seite.

»Manchmal... ein bißchen... ich weiß nicht, Tan.« Er sah sie wieder an. »Manchmal, als ich noch ein Kind war, tat ich so, als wäre sie noch am Leben, und erzählte meinen Freunden, daß sie gerade beim Einkaufen oder so wäre, wenn sie zu mir zum Spielen kamen. Ich wollte genauso sein wie sie; doch sie fanden es immer heraus. Ihre Eltern oder sonst jemand verriet mich immer, und dann glaubten meine Spielkameraden, ich wäre ein bißchen sonderbar, aber mir war das egal. Es fühlte sich gut an, nur für ein paar Stunden wie alle anderen zu sein. Ich sprach einfach von meiner Mutter, als wäre sie gerade oben im Haus... oder auf einen Sprung weggegangen...« Tana sah Tränen in seinen Augen glitzern, dann aber wurde sein Ausdruck grimmig. »Ziemlich blöd, nicht, an einer Mutter zu hängen, die man nicht einmal wirklich gekannt hat?«

»Wahrscheinlich würde es mir nicht anders gehen.« Ihre Worte klangen sanft und mitfühlend.

Er zuckte mit den Schultern, und wenig später gingen sie spazieren und plauderten über andere Dinge – über Freeman Blake, Sharon, Tanas Studium in Green Hill. Nach einer Weile, wie aus heiterem Himmel, faßte Harry ihre Hand. »Danke für das, was du vorhin gesagt hast!« Sie wußte sofort, wovon er sprach. Von Anfang an hatten sie einander schon ohne viele Worte verstanden.

»Schon gut.« Sie drückte seine Hand, und sie bummelten weiter. Es war verblüffend, wie gelöst sie in seiner Gegenwart war. Er drängte sie nicht, fragte sie nicht mehr, warum sie mit niemandem ausging, schien sie, so wie sie war, zu akzeptieren, und sie war dankbar dafür. Sie war ihm überhaupt für vieles dankbar, für seine Art, das Leben zu betrachten, den Spaß, den sie zusammen hatten, seinen Humor, der sie immer wieder zum Lachen brachte. Es war herrlich, jemanden zu haben, dem sie ihre Gedanken mitteilen konnte.

Es war fast so, als blickte sie in einen seelischen Spiegel, wenn sie mit ihm sprach. Und als sie nach Green Hill zurückgekehrt war, dachte sie mit Zuneigung und Dankbarkeit an Harry.

Sharon schien wie ausgewechselt, als hätte ihre Familie statt ihrer eine andere ins College geschickt. Ihre sonst so gemäßigten politischen Ansichten hatten sich in nichts aufgelöst und einer ausgesprochenen Entschlossenheit Platz gemacht. Sie hatte an einer Reihe von Kundgebungen und Sit-ins mit ihrer Mutter und Freunden teilgenommen und war nun fast ebenso fanatisch wie Miriam Blake. Tana konnte diese Veränderung nicht fassen, und schließlich, nachdem sie zwei Tage lang Sharons neue Glaubensbekenntnisse über sich hatte ergehen lassen, brüllte sie sie an: »Verdammt noch mal, Shar, was ist denn nur los mit dir? Dieses Zimmer ist, seit wir zurück sind, nichts anderes als ein politischer Kundgebungsort geworden. Komm doch endlich von deinem Podest wieder herunter, Mädchen! Was, zum Teufel, ist denn in dich gefahren?«

Sharon saß nur da und starrte sie an. Mit einemmal strömten Tränen über ihre Wangen, sie senkte den Kopf, schluchzte herzzerreißend, und ihre Schultern zuckten. Es dauerte fast eine halbe Stunde, ehe sie wieder sprechen konnte. Tana beobachtete sie verblüfft. Irgend etwas Entsetzliches mußte Sharon zugestoßen sein, doch sie hatte keine Ahnung, was. Sie hielt sie in den Armen und wiegte sie hin und her, und schließlich redete Sharon.

»Sie haben Dick am Abend vor Ostern getötet, Tan... sie haben ihn umgebracht... er war erst fünfzehn ... er wurde gehängt...« Tana wurde übel. Nein, das konnte nicht sein. So etwas passierte doch nicht Leuten, die man kannte... niemandem... auch keinem Farbigen... Doch beim Anblick ihrer verzweifelten Freundin wußte sie, daß es stimmte.

Abends rief Harry an, und Tana weinte am Telefon. »O mein Gott... ich habe davon in der Schule gehört... daß der Sohn eines bedeutenden Farbigen umgekommen sei... aber es hat bei mir nicht klick gemacht... Mist!« Es war Sharons Bruder, und er war fast noch ein Kind gewesen.

»Ja.« Tanas Herz war schwer wie Blei.

Und sie war noch niedergeschlagen, als ihre Mutter ein paar Tage später anrief.

»Was ist los, Liebling? Hast du dich mit Harry gestritten?« Sie probierte eine neue Taktik, sie wollte sich und Tana gegenüber so tun, als wäre es eine Romanze, vielleicht würde dann eines Tages der Funken überspringen. Tana hatte jedoch keinen Sinn dafür und kam gleich zur Sache.

»Der Bruder meiner Zimmergenossin ist tot!«

»Ach, mein Gott, wie schrecklich...« Jean war erschrocken. »Ein Unfall?«

Es entstand eine lange Pause, in der Tana ihre Worte abwog... *Nein, Mama, er wurde gehängt, weißt du, er ist ein Schwarzer.* »So ähnlich.« War der Tod nicht immer ein Unfall – ein unglücklicher Zufall? Wer erwartete ihn schon?

»Sag ihr, wie leid es mir tut! Das sind die Leute, bei denen du zu Thanksgiving warst, nicht wahr?«

»Ja.« Tanas Stimme klang flach und tonlos.

»Das ist wirklich entsetzlich.«

Tana konnte es nicht länger ertragen, mit Jean zu reden. »Ich muß wieder aufhören, Mama.«

»Ruf mich in ein paar Tagen an.«

»Ich werde es versuchen.« Sie schnitt ihr das Wort ab und legte auf. Sie wollte mit niemandem sprechen, außer mit Sharon. Und das taten sie bis in die tiefe Nacht hinein. Sharons Leben hatte sich drastisch verändert. Sie hatte sogar Kontakte zu der Kirche der Farbigen in Yolan geknüpft und half dabei, an den Wochenenden Sit-ins zu organisieren.

»Meinst du, daß du das Richtige tust, Shar?«

Sharon sah sie wütend an. »Habe ich denn noch eine Wahl? Ich glaube, es bleibt mir nichts anderes übrig, als zu kämpfen!« Ihr Herz war erfüllt von Zorn, den keine Liebe besänftigen konnte. Man hatte den Jungen umgebracht, mit dem sie aufgewachsen war.

»Dick war oft solch eine Nervensäge!« Sie lachte unter Tränen, als sie sich eines Abends in ihren Betten unterhielten. »Er war genau wie meine Mama... und jetzt... und jetzt...« Sie schluckte, und Tana setzte sich zu ihr aufs Bett. Die beiden Mädchen diskutierten jeden Abend. Immer drehte sich die Unterhaltung um Kundgebungen in anderen Teilen des Südens oder um

Sit-ins in Yolan oder um Dr. Martin Luther King. Beim Studium schien Sharon nicht mehr bei der Sache zu sein, und als die Prüfungen bevorstanden, geriet sie in Panik. Sie hatte überhaupt nichts mehr für die Schule getan. Sie war zwar ein intelligentes Mädchen, doch jetzt hatte sie schreckliche Angst durchzufallen. Tana half ihr, wo sie nur konnte, stellte ihr ihre Aufzeichnungen zur Verfügung, unterstrich für sie in Büchern besonders wichtige Stellen; aber sie hatte keine großen Hoffnungen. Sharon war mit ihren Gedanken bei dem Sit-in, das sie für die folgende Woche in Yolan organisiert hatte. Die Leute aus dem Ort hatten sich bereits zweimal über sie beim Direktor von Green Hill beschwert. Angesichts dessen, daß sie Freeman Blakes Tochter war, hatte er sie zu sich gerufen und sie lediglich verwarnt. Er verstünde ja, daß sie unter großer seelischer Anspannung stehe, nach dem... hm... so tragischen »Unfall« ihres Bruders; trotzdem erwarte er von ihr, daß sie sich anständig benehme und in Yolan keinen Ärger mehr verursache.

»Du solltest lieber aufhören, Shar. Die werfen dich aus der Schule hinaus, wenn du so weitermachst!« Tana hatte sie mehr als einmal gewarnt; doch irgend etwas trieb Sharon voran. Sie konnte sich nicht dagegen wehren, sie mußte aktiv sein.

Am Abend vor dem großen Sit-in in Yolan wandte sie sich, kurz bevor sie das Licht löschte, noch einmal an Tana und sah sie so eindringlich an, daß Tana es mit der Angst zu tun bekam und fragte: »Stimmt etwas nicht?«

»Ich möchte dich um einen Gefallen bitten, aber wenn du nein sagst, nehme ich es dir überhaupt nicht übel, das verspreche ich dir; also tu, was immer du für richtig hältst. Okay?«

»Gut. Was gibt es?« Tana betete, daß sie nicht von ihr verlangen möge, bei der Prüfung zu mogeln.

»Reverend Clarke und ich sprachen heute in der Kirche miteinander, und wir kamen zu dem Ergebnis, daß wir eine große Wirkung erzielen würden, wenn morgen bei dem Sit-in in Yolan Weiße mitmachten. Wir werden in die Kirche der Weißen gehen.«

»Heiliger Strohsack!«

»Ja, könnte man sagen!« Die beiden Mädchen lächelten einander an. »Reverend Clarke wird sehen, wen er mobilisieren kann, und ich... ich weiß nicht, vielleicht ist es falsch... aber ich wollte dich fragen, ob du mitmachst. Doch wenn du nicht willst, Tan, dann mußt du nicht!«

»Wieso sollten die Weißen sich aufregen, wenn ich ihre Kirche betrete? Ich bin doch schließlich weiß!«

»Nicht, wenn du mit uns dorthin gehst. Dann bist du höchstens noch weißer Abschaum. Wenn du da hineingehst und meine Hand hältst und zwischen mir und Reverend Clarke oder einem anderen Schwarzen stehst... dann bist du anders als die anderen Weißen, dann gehörst du zu uns.«

»Ja.« Sie verspürte ein stechendes Angstgefühl in ihrem Bauch. »Ja, ich glaube, ich verstehe.«

»Wie denkst du über meine Bitte?« Sharon sah ihr gerade in die Augen, und Tana erwiderte den Blick.

»Wenn ich ehrlich bin, habe ich Angst.«

»Ich auch. Ich habe immer Angst.« Und dann fügte Sharon leise hinzu: »Dick hat auch immer Angst gehabt, aber er machte mit. Und ich werde auch kämpfen. Ich werde jetzt bis ans Ende meines Lebens alles dafür tun, daß die Verhältnisse sich ändern. Aber es ist mein Kampf, Tana, nicht deiner. Du mußt wissen, daß, egal, wie du dich auch entscheidest, unsere Freundschaft nicht darunter leiden wird, ich liebe dich, auch wenn du unsere Bewegung nicht unterstützt.«

»Danke. Kann ich mir die Sache bis morgen früh überlegen?« Tana wußte, daß die Teilnahme an einer politischen Demonstration nicht ohne Folgen bleiben würde, wenn die Leitung des Colleges davon erfuhr, und sie wollte ihr Stipendium für das nächste Jahr nicht aufs Spiel setzen.

Sie versuchte noch spät am Abend, Harry zu erreichen, und wollte ihn um Rat fragen, aber er war nicht zu Hause. Sie wachte am nächsten Morgen bei Tagesanbruch auf und erinnerte sich daran, wie sie als kleines Mädchen in die Kirche gegangen war und ihre Mutter gesagt hatte, daß vor Gottes Augen alle Menschen gleich seien – die Reichen, die Armen, die Weißen, die Schwarzen, alle. Und dann dachte sie an Sharons Bruder Dick, ein fünfzehnjähriges Kind – aufgehängt! Und als Sharon sich im Bett umdrehte und die Sonne aufging, war Tana schon hellwach.

»Gut geschlafen?«

»Mehr oder weniger.« Tana setzte sich auf die Bettkante und streckte sich.

»Stehst du schon auf?« Tana mußte lachen, als Sharon diese harmlose Frage stellte, die eigentlich soviel mehr bedeutete.

»Ja. Wir gehen doch heute in die Kirche, oder nicht?« Sharon grinste ihre Freundin breit an, hüpfte aus dem Bett, drückte sie an sich und gab ihr triumphierend einen Kuß. »Ich bin so froh, Tan!«

»Ich weiß nicht, ob ich froh bin, aber ich denke, ich tue das Richtige.«

»Ja, bestimmt.« Der heutige Tag war nur der Anfang eines langen, gefährlichen Kampfes. Sharon würde mitkämpfen, und Tana diesmal auch. Tana zog sich ein einfaches himmelblaues Hemdkleid aus Baumwolle an, bürstete ihr langes blondes Haar, band es mit einer Spange zu einem geschmeidigen Pferdeschwanz zusammen und zog sich bequeme Schuhe an. Dann gingen die beiden Mädchen, Seite an Seite, nach Yolan.

»Geht ihr in die Kirche, Mädchen?« Die Hausmutter hatte gelächelt, und sie bejahten diese Frage. Natürlich war sie der Meinung, daß sie in verschiedene Kirchen gehen würden, doch Tana begleitete Sharon in die Kirche der Schwarzen, in der sie sich mit Dr. Clarke und einer Gruppe von fünfundneunzig weiteren Schwarzen und elf Weißen trafen. Sie wurden angewiesen, ruhig zu bleiben, zu lächeln, wenn es angebracht schien, jedoch nicht wenn es jemanden provozieren könnte, und zu schweigen, was auch immer zu ihnen gesagt wurde. Sie sollten sich an den Händen halten und die Kirche feierlich und respektvoll betreten, in Gruppen zu jeweils fünf Leuten. Sharon und Tana wurden derselben Gruppe zugeteilt; außerdem gehörten noch ein weißes Mädchen und zwei farbige, stämmige, große Männer dazu, die Tana auf dem Wege zur anderen Kirche erzählten, daß sie in der Mühle arbeiteten. Sie waren kaum älter als sie, jedoch beide verheiratet, einer von ihnen hatte drei Kinder, der andere vier. Und sie schienen es völlig in Ordnung zu finden, daß Tana sich an der Aktion beteiligte. Sie nannten sie »Schwester«. Kurz bevor sie die Kirche betraten, lächelten sie alle einander nervös zu und gingen dann ins Innere der Kirche. Die kleine presbyterianische Kirche lag im Villenviertel des Ortes und war sonntags gut besucht; zu ihr gehörte auch eine angesehene Sonntagsschule. Als sich die Farbigen unter die Kirchgänger mischten, drehten sich alle zu ihnen um. Schockierte Gesichter blickten ihnen entgegen, die Orgel hörte auf zu spielen, eine Frau wurde ohnmächtig, eine andere schrie, und innerhalb weniger Minuten brach die Hölle los. Der Pfarrer fing an zu brüllen, jemand rannte los, um die Polizei zu holen, und nur Dr. Clarkes Gruppe verhielt sich still, stand feierlich an der Hinterwand aufgereiht und bewahrte Ruhe, während die Leute sich umdrehten und sie verspotteten, ihnen Beleidigungen ins Gesicht schleuderten, obwohl sie sich in einer Kirche befanden. Innerhalb kürzester Zeit erschien das kleine Polizeikommando des Ortes, das für Krawalle zuständig war. Die Polizisten waren speziell dafür ausgebildet worden, Demonstrationen und Sit-ins, die seit neuestem auch im Süden Mode waren, aufzulösen. Ursprünglich hatten sie nie etwas anderes zu tun gehabt, als die Landstraße auf und ab zu patrouillieren. Nun begannen sie, die Schwarzen, die zwar keinen Widerstand leisteten, sich jedoch auch nicht selbst bewegten, aus der Kirche zu schieben und zu zerren. Mit einemmal begriff Tana die Vorgänge. Sie war dabei, dies geschah nicht irgendwelchen Leuten in der Ferne, nein, es passierte »uns«, ihr selbst, und plötzlich türmten sich zwei riesige Polizisten vor ihr auf, packten sie grob an beiden Armen und fuchtelten mit ihren Stöcken vor ihrem Gesicht herum.

»Du solltest dich wirklich schämen ... du weißer Abschaum!« Sie sah sie aus großen Augen an, während sie von ihnen fortgezogen wurde, und alles in ihr verlangte danach, um sich zu schlagen und zu beißen und zu treten. Sie dachte an Richard Blake und daran, wie er umgebracht worden war, aber sie traute sich nicht, sich zu wehren. Die Polizisten schleuderten sie in den hinteren Teil des großen Polizeiwagens, wo sich bereits ein großer Teil von Dr. Clarkes Leuten befand. Eine halbe Stunde später nahm man ihre Fingerabdrücke ab und sperrte sie ins Gefängnis. Sie brachte den restlichen Tag in einer Zelle zu, zusammen mit fünfzehn farbigen Mädchen. Von ihrem Platz aus konnte sie Sharon in einer anderen Zelle sehen. Man hatte jedem von ihnen gestattet, einen Anruf zu tätigen. Den Weißen zumindest – die Farbigen würden, wie die Polizisten meinten, noch immer »verhört«. Sharon rief Tana zu, sie solle Miriam anrufen, und Tana sprach mit ihr. Miriam Blake traf um Mitternacht in Yolan ein und sorgte dafür, daß man Sharon und Tana auf der Stelle freiließ. Sie beglückwünschte sie beide. Tana merkte, daß sie härter und angespannter wirkte als sechs Monate zuvor, doch sie schien hocherfreut über die Aktion der beiden Mädchen zu sein. Sogar als Sharon ihr am folgenden Tag eröffnete, daß sie mit sofortiger Wirkung aus der Schule geworfen worden sei, schien sie das nicht aufzuregen. Die Hausmutter vom Jasmin-Haus hatte bereits Sharons Sachen gepackt, und sie wurde angewiesen, noch vor zwölf Uhr mittags das College-Gelände zu verlassen.

Tana war entsetzt, als sie davon erfuhr, und sie wußte, was sie selbst zu erwarten hatte, als man sie in das Büro des Direktors führte. Und dann geschah genau das, was sie sich bereits ausgemalt hatte – sie wurde aufgefordert, Green Hill ebenfalls zu verlassen. Sie würde nicht nur im folgenden Jahr kein Stipendium mehr erhalten, sondern gar keinen Studienplatz in Green Hill mehr belegen können. Wie für Sharon, so war es auch für Tana vorbei mit dem College. Tana hatte lediglich die Chance, bis zu den Sommerferien die Vorlesungen zu besuchen und die Abschlußprüfungen für dieses Schuljahr abzulegen, damit sie sich bei einem anderen College bewerben konnte. Aber wo sollte sie hin? Tana war fassungslos. Miriam Blake hatte Sharon mit nach Washington genommen, und die beiden hatten schon Pläne geschmiedet, daß sich Sharon eventuell bei Martin Luther King als Assistentin melden sollte.

»Ich weiß, Daddy wird außer sich sein, denn er will, daß ich studiere; aber weißt du, Tan, wenn ich ehrlich bin, hängt mir das Studium zum Hals heraus.« Sie hatte Tana bekümmert angesehen.

»Aber was wird aus dir?« Sie war niedergeschmettert, daß ihre Freundin für das Sit-in einen solch hohen Preis bezahlen mußte. Sie war nie zuvor in Haft gewesen, und obgleich Reverend Clarke seine Gruppe vor dem Kirchen-Sit-in gewarnt und ihnen nicht verheimlicht hatte, daß die Polizei eingreifen und alle Beteiligten festnehmen könnte, hatte Tana nicht daran geglaubt.

»Vielleicht hat das auch seine guten Seiten.« Tana war bemüht, Sharon aufzuheitern. Kaum war Sharon jedoch fort, verließ sie der Mut, und sie saß allein in ihrem Zimmer, bis es dunkel wurde, und wußte sich keinen Rat mehr. Sie wußte, daß sie für den Rest des Schuljahrs allein im Jasmin-Haus essen, abends in ihrem Zimmer bleiben und sich von allen gesellschaftlichen Anlässen fernhalten mußte; sie durfte auch nicht am Abschlußball teilnehmen. Sie war eine Ausgestoßene, aber sie tröstete sich damit, daß in drei Wochen alles vorbei war und die Sommerferien begannen.

Am meisten belastete Tana, daß die College-Direktion Jean über den Vorfall informierte. Schon am folgenden Abend schluchzte Jean außer sich vor Entrüstung ins Telefon: »Warum hast du mir nicht gesagt, daß dieses kleine Biest schwarz ist?«

»Was spielt das für eine Rolle, welche Hautfarbe sie hat? Sie ist meine beste Freundin!« Tanas Augen füllten sich mit Tränen, die Ereignisse der vergangenen Tage überwältigten sie plötzlich. Jeder im College sah sie an, als hätte sie jemanden umgebracht, und Sharon war fort. Sie wußte nicht, wo sie im nächsten Jahr weiterstudieren sollte, und ihre Mutter beschimpfte sie am Telefon... sie fühlte sich, als wäre sie noch einmal fünf Jahre alt und würde von jemandem für etwas getadelt und bestraft, was sie selbst gar nicht so schlimm fand.

»Du nennst das eine Freundin?« Jean lachte bitter. »Sie hat dich dein Stipendium gekostet, und wegen ihr wurdest du aus dem College geworfen! Und glaubst du etwa, daß man dich noch irgendwo anders annimmt?«

»Natürlich wird man das, du Dummkopf!« versicherte ihr Harry am folgenden Tag, während sie schluchzend mit ihm telefonierte. »Mein Gott, an der BU gibt es Tausende von Radikalen!«

»Ich bin keine Radikale!« Sie weinte erneut.

»Ich weiß. Alles, was du getan hast, war, zu einem Sit-in zu gehen. Es war dein eigener Fehler, auf dieses vornehme, konservative College zu gehen. Ich meine, verdammt noch mal, du bist da unten ja nicht einmal in der zivilisierten Welt! Warum, zum Teufel, gehst du nicht hier aufs College?«

»Meinst du wirklich, daß die mich annehmen würden?«

»Bei deinen Noten, sei nicht albern! Die würden dich sogar den Laden hier schmeißen lassen!«

»Du willst ja nur, daß ich mich besser fühle!« Sie brach wieder in Tränen aus.

»Zum Teufel mit deinem Selbstmitleid, du gehst mir wirklich auf die Nerven, Tan! Warum läßt du mich nicht einfach für dich ein Anmeldeformular besorgen? Du füllst es aus und wartest dann einfach ab.«

Das Ergebnis erstaunte Tana sehr, sie erhielt tatsächlich einen Studienplatz in Boston, sehr zum Leidwesen ihrer Mutter.

»Die Bostoner Universität? Und was für eine Universität ist das?«

»Eine der besten im Lande, und sie haben mir sogar ein Stipendium gewährt!« Harry hatte das Anmeldeformular selbst ins Sekretariat getragen und für sie ein gutes Wort eingelegt. Harry war wirklich ein verrückter Kerl, aber Tana war sehr gerührt, daß er sie so unterstützte, und immerhin hatte er erreicht, daß sie ab Herbst auf der Bostoner Universität studieren durfte.

Sie war noch immer wie betäubt von den Ereignissen der letzten Monate. Ihre Mutter ließ ihr auch keine Ruhe, immer wieder versuchte sie, Tanas Pläne umzuwerfen.

»Ich finde, du solltest eine Weile arbeiten, Tan. Du kannst doch nicht den Rest deines Lebens in irgendwelchen Schulen herumhängen!«

Tana war entsetzt. »Ich will in drei Jahren meinen Abschluß machen.«

»Und dann? Was wirst du dann tun, Tan, das du jetzt nicht tun kannst?«

»Ich werde dann eine anständige Ausbildung haben und mich für eine entsprechende Stelle bewerben.«

»Du könntest jetzt schon für Durning International arbeiten. Ich habe letzte Woche mit Arthur darüber gesprochen...«

Tana brüllte los, jede Unterhaltung endete jetzt im Zorn und mit Geschrei, aber es war unmöglich, Jean klarzumachen, was Tana vorhatte und wie sie ihr Leben gestalten wollte.

»Großer Gott, Mama, du kannst doch nicht wirklich wollen, daß ich mich damit zufriedengebe, du willst mich tatsächlich zu einem solchen Leben verdammen?«

»Verdammen? Verdammen? Wie kannst du so etwas sagen? Du wirst eingesperrt, aus dem College geworfen, und du meinst, du kannst immer noch tun, was immer du willst! Du kannst dich glücklich schätzen, daß ein Mann wie Arthur Durning dich anstellen würde!«

»Er kann sich glücklich schätzen, daß ich seinen Sohn letztes Jahr nicht verklagt habe!« Die Worte sprudelten ihr unwillkürlich über die Lippen, und Jean Roberts blickte sie fassungslos an.

»Wie kannst du so etwas sagen?«

Tanas Stimme klang ruhig und traurig. »Ich hätte wirklich Grund genug dazu gehabt, Mama, und das ist die Wahrheit.«

Jean drehte ihrer Tochter den Rücken zu, als wolle sie nicht in ihr Gesicht sehen, als wolle sie nichts hören. »Ich dulde nicht, daß du mir solche Lügen auftischst!« Tana verließ schweigend das Zimmer, und wenige Tage darauf war sie verschwunden.

Sie fuhr zu Harry und wohnte bei ihm in der Wohnung seines Vaters in Cape Cod. Sie spielten Tennis und segelten, gingen schwimmen, besuchten seine Freunde, und Tana fühlte sich nicht ein einziges Mal von ihm bedroht. Ihre Beziehung war, was sie anbetraf, rein platonisch, und daher genoß sie sie. Harry empfand anders, doch er verbarg seine Gefühle vor ihr. Sie schrieb einige Male an Sharon, aber die Antwortbriefe waren kurz, verworren und offensichtlich in aller Hast geschrieben. Sie sei noch nie in ihrem Leben so beschäftigt und so glücklich gewesen wie jetzt. Ihre Mutter habe recht gehabt, und die Zusammenarbeit mit Dr. Martin Luther King genieße sie. Es war unglaublich, wie sich ihr eigenes und das Leben von Sharon in einem Jahr verändert hatten.

Als Tana ihr Studium an der Bostoner Universität aufnahm, war sie überrascht, wie anders dort alles war als in Green Hill, wie offen, wie interessant, wie fortschrittlich. Sie mochte es, zusammen mit jungen Männern Vorlesungen und Übungen zu besuchen. Ständig wurden neue interessante Themen besprochen, und in allen Fächern, die sie belegte, kam sie gut mit.

Auch Jean war insgeheim stolz auf sie, obgleich ihr Verhältnis zu Tana nicht mehr so gut war wie früher. Sie beruhigte sich, daß dies nur eine vorübergehende Phase sei.

Als Tanas erstes Jahr an der Universität in Boston zu Ende ging, stand Ann Durning kurz vor ihrer zweiten Heirat. Die Trauung sollte in großem Stil in der Christ-Episcopal-Kirche in Greenwich, Connecticut, vollzogen werden, und anschließend würde im Haus der Durnings ein großer Empfang stattfinden, den Jean vorbereitete. Auf ihrem Schreibtisch stapelten sich Listen, Fotos, Lieferantenaufstellungen, und Ann rief täglich mindestens zehnmal bei ihr an. Es war fast so, als heirate ihre eigene Tochter, aber nach vierzehn Jahren als Geliebte und rechte Hand Arthur Durnings hatte sie ohnehin das Gefühl, die Kinder gehörten irgendwie auch zu ihr. Und sie war besonders angetan davon, welch gute Wahl Ann getroffen hatte. Der zukünftige Ehemann war ein äußerst gut aussehender Mann von zweiunddreißig Jahren, der auch schon eine Ehe hinter sich hatte, und ein Kompagnon der Rechtsanwaltskanzlei Sherman and Sterlin in New York. Es hieß, daß er ein vielversprechender junger Anwalt sei und außerdem über beträchtliche Mittel verfüge. Arthur freute sich ebenso über Anns Wahl, und er schenkte Jean ein kostbares goldenes Armband von Cartier, um sich bei ihr für all die Arbeit zu bedanken, die sie auf sich genommen hatte, um Anns Hochzeit erfolgreich werden zu lassen.

»Du bist wirklich eine wundervolle Frau!« Er saß in ihrem Wohnzimmer, trank einen Scotch, sah sie an und fragte sich, warum er sie eigentlich nie geheiratet hatte. Gelegentlich bekam er solche Anwandlungen, aber meistens war er ganz zufrieden mit dem, was er hatte. Er hatte sich an dieses Leben gewöhnt.

»Danke, Arthur.« Sie reichte ihm einen kleinen Teller mit seiner Lieblingsvorspeise, Lachs aus Nova Scotia auf Scheibchen norwegischem Pumpernickel und kleine Tatarkugeln auf hellem Toast, Macadamia-Nüsse, die sie immer für ihn bereithielt, ebenso wie seinen Lieblingsscotch, seine Lieblingskekse... Seife... Eau de Cologne... alles, was er gern hatte, besorgte sie immer auf Vorrat. Nun, da Tana nicht mehr bei ihr wohnte, war es leichter, auf seinen Besuch vorbereitet zu sein. Gewissermaßen hatte Tanas Abwesenheit für ihre Beziehung Vorteile gebracht, in anderer Hinsicht aber auch Nachteile. Sie war jetzt ungebundener, stand jederzeit zur Verfügung, wann immer er mit ihr zusammensein wollte. Trotzdem war sie ohne Tana viel einsamer und sehnte sich noch mehr nach seiner Gesellschaft. Es machte sie unersättlicher und weniger verständnisvoll, wenn zwei Wochen vergingen, ohne daß er eine Nacht bei ihr verbracht hatte. Natürlich mußte sie ihm dafür dankbar sein, daß er ihr überhaupt so vieles erleichtert hatte; aber sie wünschte sich soviel mehr von ihm, seit dem Tag, an dem sie sich zum erstenmal begegnet waren.

»Tana kommt doch zur Hochzeit, nicht wahr?« Er nahm sich noch ein Tatarkügelchen, und Jean bemühte sich, ihn ungezwungen anzusehen. Erst vor wenigen Tagen war die Hochzeit Thema eines Telefongesprächs mit Tana gewesen. Tana hatte auf Anns schriftliche Einladung noch nicht geantwortet, und Jean war deshalb natürlich wütend geworden und hatte sie getadelt, daß sie unhöflich und ihr Boston-Universitäts-Benehmen in diesem Fall unangebracht sei. Diese Bemerkung war wieder ein Anlaß zum Streit. »Ich werde antworten, sobald ich dazu komme, Mama. Ich habe momentan gerade Prüfungen. Außerdem kam die Einladung erst letzte Woche.«

»Man braucht ja nur eine Minute, um auf eine Einladung zu antworten.«

Jeans Ton ärgerte Tana, wie immer, und ihre Antwort fiel kurz und knapp aus: »Gut. Dann sag Ann, daß ich nicht komme!«

»Das werde ich nicht tun. Du wirst die Einladung schriftlich beantworten. Und ich finde, du solltest hingehen.«

»Nun, das überrascht mich nicht. Wir müssen natürlich die Befehle des Durning-Clans ausführen. Wann sind wir soweit, daß wir einmal ›nein‹ zu ihnen sagen?« Tana drehte sich noch immer der Magen um, wenn sie sich Billys Gesicht vorstellte. »Ich denke, ich werde ohnehin keine Zeit haben.«

»Du könntest dir wenigstens mir zuliebe die Zeit nehmen.«

»Du kannst den Durnings ja erzählen, daß ich ungehorsam und unmöglich bin, daß ich den Mount Everest besteigen will – sag ihnen, was immer du ihnen sagen willst!«

»Du kommst also wirklich nicht?« Jean hörte sich an, als könnte sie es nicht glauben.

»Bis jetzt habe ich überhaupt noch nicht über diese Einladung nachgedacht, aber wenn schon die Rede darauf kommt, kann ich gleich sagen, daß ich sie nicht annehmen werde.«

»Das wußtest du schon die ganze Zeit.«

»Mein Gott, verflixt noch mal... Ich kann weder Ann noch Billy leiden, begreif das doch! Ann mag ich nicht, und Billy hasse ich. Arthur ist deine Affäre, wenn du mir den Ausdruck verzeihst. Warum mußt du mich in diese Sache hineinziehen? Ich bin jetzt erwachsen, Ann und Billy auch, und wir sind noch nie Freunde gewesen.«

»Es ist Anns Hochzeit, und sie möchte, daß du dabei bist.«

»Quatsch! Sie lädt vermutlich jeden ein, den sie kennt, und mich lädt sie nur dir zuliebe ein.«

»Das stimmt nicht.« Doch sie wußten beide, daß es zutraf.

Tana wurde immer unabhängiger und selbstbewußter, gewissermaßen war das auch auf Harrys Einfluß zurückzuführen. Er hatte sich zu allem eine eigene Meinung gebildet, die er auch konsequent vertrat. Tana imponierte das sehr. Wenn sie zusammen waren, half Harry ihr, ihre Gefühle und Gedanken zu den verschiedensten Dingen genauer unter die Lupe zu nehmen. Ihre Beziehung zueinander war so eng wie immer. Harry hatte auch recht gehabt mit dem, was er über die Bostoner Universität gesagt hatte. Sie fühlte sich in Boston wirklich viel wohler als in Green Hill. Ihr Selbstbewußtsein war im vergangenen Jahr viel größer geworden. Inzwischen war sie fast zwanzig.

»Tana, ich kann einfach nicht begreifen, warum du dich so benimmst!« Das Gespräch ging wieder einmal um die Hochzeit, und Jean machte Tana allmählich verrückt damit.

»Mama, können wir vielleicht einmal über etwas anderes reden? Wie geht es *dir*?«

»Mir geht es gut, aber ich wäre froh, wenn ich wüßte, daß du es dir zumindest einmal überlegst...«

»Also gut!« Tana brüllte in den Telefonhörer. »Ich werde es mir überlegen! Kann ich einen Freund mitbringen?« Möglicherweise ließ es sich leichter ertragen, wenn Harry mitkam.

»Aber natürlich. Warum laßt ihr, du und der Winslow-Junge, euch Anns und Johns Hochzeit nicht ein Beispiel sein und verlobt euch?«

»Weil wir uns nicht liehen. Das ist der beste Grund dafür.«

»Mir fällt es schwer, das nach all dieser Zeit zu glauben.«

»Die Wahrheit geht manchmal über jedes Vorstellungsvermögen, Mama.« Mit ihrer Mutter zu sprechen machte Tana jedesmal halb wahnsinnig, und genau darüber versuchte sie am folgenden Tag mit Harry zu sprechen. »Mir kommt es manchmal so vor, als würde sie den ganzen Tag damit zubringen, sich zu überlegen, was mich auf die Palme bringt, und dann ruft sie an und schafft es tatsächlich, mich bei jedem Gespräch wütend zu machen. Sie trifft den Nagel jedesmal wieder auf den Kopf.«

»Mein Vater kennt den gleichen Trick. Er ist eine Vorbedingung.«

»Wofür?«

»Dafür, Kinder zu haben. Man muß eine Prüfung ablegen – wenn du nicht genügend ärgern kannst, mußt du so lange üben, bis du diese Kunst beherrschst. Dann, nachdem das Kind geboren ist, müssen sie alle paar Jahre die Prüfung erneut ablegen, damit sie dann, nach fünfzehn oder zwanzig Jahren, wahre Meister darin sind.« Tana lachte und betrachtete ihren Freund. Er war sogar noch hübscher als damals, als sie sich kennenlernten, und die Mädchen waren verrückt nach ihm. Es gab immer ein halbes Dutzend gleichzeitig, mit denen er herumjonglierte, doch er nahm sich trotzdem immer Zeit für Tana. Sie kam zuerst, sie war seine Freundin – ja, sie bedeutete ihm eigentlich viel mehr als das, doch Tana hatte das immer noch nicht begriffen. »Du wirst lange da sein, Tan, die anderen sind nächste Woche wieder fort.« Er nahm keines der Mädchen ernst, ganz gleich, wie sehr sie an ihm hingen. Er führte niemanden hinters Licht, paßte auf, daß er niemandem weh tat, und war vernünftig, was Empfängnisverhütung anbetraf. »Keine unvorhergesehenen Ereignisse, dank meiner Umsicht, Tan. Das Leben ist zu kurz für so etwas, und es gibt ohnehin schon genügend Probleme, da muß man seinen Freunden nicht auch noch welche bereiten.« Er täuschte auch nichts vor; Harry Winslow wollte sich amüsieren und sonst nichts weiter. Keine Liebeserklärungen, keine Eheringe, keine schmachtenden Blicke – nur lustige Stunden, eine Menge Bier, Spaß – wenn möglich im Bett. Sein Herz hatte er einer anderen geschenkt, wenn auch heimlich, doch andere interessante Teile an ihm waren nicht vergeben.

»Wollen die Mädchen denn nicht mehr als das?«

»Natürlich. Sie haben solche Mütter, wie du eine hast. Nur daß die meisten von ihnen mehr auf ihre Mütter hören, als du es tust.

Sie wollen alle heiraten und so schnell wie möglich das Studium hinwerfen. Aber ich sage ihnen, sie sollen dabei nicht auf mich zählen. Und wenn sie mir nicht glauben, so finden sie es sehr schnell heraus.« Er grinste frech, und Tana lachte. Sie wußte, daß die Mädchen allein bei seinem Anblick schon umfielen. Sie und Harry waren seit einem Jahr unzertrennlich, und alle ihre Freundinnen beneideten sie. Sie konnten es nicht glauben, daß sich zwischen ihnen beiden nichts abspielte, es verwirrte die Mädchen ebensosehr wie Jean, ihre Freundschaft blieb jedoch platonisch. Harry hatte inzwischen verstanden, was in ihr vorging, und er hätte es nicht gewagt, die Mauer zu erklimmen, die sie um sich aufgebaut hatte. Ein paarmal hatte er versucht, sie mit einem seiner Freunde zusammenzubringen, aber sie wollte davon nichts wissen. Harrys Zimmergenosse hatte sich sogar bei ihm erkundigt, ob sie lesbisch sei, aber Harry wußte, daß das nicht so sein konnte. Er hatte das Gefühl, daß sie durch irgendein Erlebnis, über das sie nicht einmal mit ihm sprechen wollte, einen seelischen Schaden davongetragen hatte. Und er drängte sie nicht. Sie ging mit Harry oder ihren Freundinnen von der Universität aus, oder ganz allein, aber es gab keine Männer in ihrem Leben, jedenfalls nicht im romantischen Sinn. Da war er ganz sicher.

»Es ist wirklich eine Verschwendung, weißt du, Tan.« Er versuchte, mit ihr auf humorvolle Art darüber zu sprechen, doch sie wimmelte ihn wie immer ab.

»Du bist für uns beide zusammen aktiv.«

»Das bringt dir aber nicht viel.«

Sie lachte. »Ich hebe es mir für meine Hochzeitsnacht auf.«

»Ein edler Entschluß.« Er verbeugte sich tief vor ihr, und sie lachten beide. Die Leute in Harvard und der Bostoner Universität waren es gewöhnt, die beiden zusammen zu sehen, wie sie alles auf den Kopf stellten, umhersprangen und sich gegenseitig und ihren Freunden Streiche spielten. Harry erstand eines Tages, bei einem Wochenend-Sonderverkauf in einem Autohof, ein Tandem, und sie radelten darauf durch Cambridge, Harry mit einer riesigen Waschbärmütze auf dem Kopf, die er, als es wärmer wurde, gegen einen steifen Strohhut eintauschte.

»Hast du Lust, mit mir zu Ann Durnings Hochzeit zu gehen?«

Sie schlenderten über den Hof in Harvard, an dem Tag, nachdem ihre Mutter sie deswegen am Telefon so gequält hatte.

»Keine besondere. Könnte es nett dort werden?«

»Nein, auf keinen Fall.« Tana lächelte engelhaft. »Meine Mutter meint, ich müßte dorthin gehen.«

»Das kommt sicher nicht überraschend für dich.«

»Sie meint auch, daß wir uns verloben sollten.«

»Ich unterstütze das.«

»Gut. Dann laß uns doch eine Doppelhochzeit feiern. Also mal im Ernst: Möchtest du mitkommen?«

»Warum?« Sie blickte nervös hin und her, und er bemühte sich, sie genauer zu erforschen. Er kannte sie gut, doch ab und zu verbarg sie etwas vor ihm, wenn auch nur mit halbem Erfolg.

»Ich will nicht allein hin. Ich finde die Leute dort alle schrecklich. Ann ist ein total verzogenes Biest, und sie war auch schon mal verheiratet, doch ihr Papa macht scheinbar einen riesigen Spektakel wegen dieser Hochzeit. Vermutlich hat sie es diesmal richtig getroffen.«

»Was heißt das?«

»Was meinst du denn? Es heißt, daß der Typ, den sie heiratet, viel Geld hat.«

»Wie gefühlvoll.« Harry lächelte einfältig, und Tana lachte.

»Es ist angenehm zu wissen, worin die Werte einer Person liegen, nicht wahr? Jedenfalls ist die Hochzeit gleich zu Beginn der Ferien in Connecticut.«

»Ich wollte eigentlich in der Woche nach Südfrankreich fahren, Tan, aber ich könnte die Reise um ein paar Tage verschieben, wenn es dir hilft.«

»Das wäre dir nicht zu lästig?«

»Doch.« Er lächelte sie aufrichtig an. »Aber für dich tue ich alles.« Er verneigte sich tief, sie lachte, und er versetzte ihr einen Klaps auf das Hinterteil. Sie stiegen wieder auf ihr Tandem. Harry setzte sie an ihrem Studentenwohnheim der Bostoner Universität ab. Er hatte an diesem Abend eine besondere Verabredung. Das Mädchen hatte er schon viermal zum Essen ausgeführt, und seiner Berechnung nach mußte er sie an diesem Abend »herumkriegen«.

»Wie kannst du nur so reden!« Tana tadelte ihn lachend, während sie noch vor ihrem Wohnheim standen.

»Ich kann sie doch nicht immer nur zum Essen einladen, verdammt noch mal, ohne dafür etwas zu bekommen! Außerdem ißt sie auch noch diese riesigen Steaks und Hummerschwänze. Mein Einkommen leidet ganz schön darunter, aber...«, er lächelte, als er an ihre Brüste dachte, »... ich werde dich wissen lassen, wie es ausgegangen ist.«

»Ich glaube nicht, daß es mich interessiert.«

»Ach ja... die Ohren einer Jungfrau... na ja...« Er fuhr winkend auf dem Tandem davon.

An diesem Abend schrieb sie einen Brief an Sharon und wusch sich die Haare. Am nächsten Tag gingen sie und Harry zum Brunch.

Er hatte bei dem Mädchen – der »Esserin«, wie er sie nannte – nichts erreicht. Sie hatte nicht nur ihr Steak, sondern auch den größten Teil seines Steaks verschlungen, sowohl ihren Hummer wie auch seinen, und ihm dann eröffnet, daß sie sich nicht gut fühle und nach Hause gehen müsse, um für ihre Prüfung zu lernen. Er hatte für all seine Mühe nichts bekommen, außer einer ansehnlichen Rechnung im Restaurant und einer Nacht ruhigen, tiefen Schlafes, allein in seinem Bett: »Für die mache ich keinen Finger mehr krumm! Was man heutzutage für Umstände hat, wenn man mit einer Frau ins Bett will!« Soweit Tana jedoch wußte, schien er sonst damit keine großen Probleme zu haben.

Im Juni, auf der Fahrt nach New York, spöttelte sie deswegen die ganze Zeit. Harry brachte Tana nach Hause und fuhr weiter ins Pierre. Als er sie am folgenden Tag zur Hochzeit abholte, war sie fasziniert, wie gut er aussah. Er trug beige Flanellhosen, einen blauen Kaschmir-Blazer, dazu ein cremefarbenes Seidenhemd, das ihm sein Vater im Vorjahr in London hatte schneidern lassen, und eine marineblau-rote Krawatte.

»Mensch, Harry, wenn die Braut auch nur einen Funken Verstand hätte, würde sie ihren Bräutigam fallenlassen und mit dir durchbrennen!«

»Danke, darauf kann ich verzichten! Aber du siehst auch phantastisch aus, Tan.« Sie trug ein grünes Seidenkleid, fast in derselben Farbe wie ihre Augen; ihr Haar hing lang und glatt über ihren Rücken, und sie hatte es gebürstet, bis es glänzte – wie ihre Augen, wenn sie Harry nur ansah.

»Danke, daß du mitkommst! Es wird schrecklich langweilig sein, und ich weiß es zu schätzen, daß du mich trotzdem begleitest.«

»Sei nicht albern! Ich hatte ohnehin nichts weiter zu tun. Ich fahre erst morgen abend nach Nizza.« Und von dort aus nach Monaco, wo er seinen Vater auf der Jacht eines Freundes traf, um zwei Wochen mit ihm zu verbringen. Danach würde sein Vater ihn in ihrem Haus am Cap Ferrat absetzen und mit Freunden weiterfahren, so daß Harry wieder allein war. »Ich könnte mir Schlimmeres als diese Reise vorstellen, Tan.« Er wollte andeuten, daß er sich in Südfrankreich ein schönes Leben machen, sich austoben, den jungen Damen nachstellen wolle; aber es klang nach einem einsamen Leben. Keiner wäre ständig bei ihm, mit dem er plaudern könnte, der sich um ihn kümmerte. Und doch... ihr Sommer würde nicht so angenehm sein, sie würde ihn bei Jean verbringen, von ihr gedrängt und gequält werden. In einem schwachen Moment, als das schlechte Gewissen sie plagte, wegen ihrer so hart erkämpften Selbständigkeit, hatte sie eingewilligt, den Sommer über bei Durning International zu arbeiten. Und ihre Mutter war entzückt gewesen.

»Ich könnte mich umbringen, wenn ich nur daran denke!« Sie stöhnte, wann immer die Sprache darauf kam. »Ich muß verrückt gewesen sein! Aber meine Mutter tut mir manchmal so leid. Sie ist so allein jetzt, wo ich nicht mehr bei ihr wohne. Und ich dachte mir, daß es richtig wäre, etwas für sie zu tun; aber, zum Teufel, Harry... was habe ich mir da nur eingebrockt?«

»So schlimm wird es schon nicht werden, Tan!«

Wollen wir wetten? Sie hatte für das folgende Jahr ihr Stipendium bewilligt bekommen und wollte sich noch etwas Taschengeld verdienen, das zumindest würde sie bei Durning International bekommen. Doch es deprimierte sie unsagbar, sich auszumalen, den ganzen Sommer in New York bei Jean zu verbringen und zu erleben, wie sie tagtäglich im Büro Arthur die Füße küßte. Nur dieser Gedanke ekelte sie schon an.

»Wir fahren, wenn ich zurück bin, für eine Woche ans Kap.«

»Ein Glück!« Beide lächelten. Sie waren unterwegs nach Connecticut, und wenig später drängten sie sich, zusammen mit anderen Hochzeitsgästen, schwitzend in der stickigen Episcopal-Kirche. Nach der Trauung fuhren alle zum Haus der Durnings. Harry beobachtete Tanas Gesicht, als sie in die breite Auffahrt einbogen. Es war das erste Mal, daß sie wieder dorthin zurückkam seit jener alptraumhaften Nacht vor zwei Jahren, ja, sogar vor genau zwei Jahren. Auf ihrer Oberlippe sammelte sich ein dünner Schweißfilm, als sie daran dachte.

»Du fühlst dich hier wirklich nicht wohl, nicht wahr, Tan?«

»Nein, überhaupt nicht.« Sie blickte aus dem Fenster und gab sich einen unbeschwerten Anschein. Doch er spürte, daß sie sich innerlich anspannte, und es wurde schlimmer, als sie den Wagen parkten und ausstiegen. Tana stellte Harry Arthur und Ann und dem Bräutigam vor, und dann sah sie Billys Augen auf sich gerichtet, als sie sich gerade einen Drink bestellte. Er stierte sie an. Und als sie davongingen, drehte sich Harry mehrmals nach ihm um. Tana war danach wie betäubt. Sie tanzte ein paarmal mit Harry, dann mit einigen Männern, die sie nicht kannte, und plauderte zwischendurch mit ihrer Mutter. Plötzlich, in einer Pause, sah sie sich Billy unmittelbar gegenüber.

»Hallo! Ich fragte mich schon, ob du kommen würdest.« Sie hätte ihn am liebsten ins Gesicht geschlagen, wandte sich jedoch ab. Sie konnte nicht atmen, wenn sie ihn nur sah. Sie hatte ihn seit jener Nacht nicht wiedergesehen, und er wirkte noch genauso abstoßend wie damals, genauso gemein und verzogen. Sie erinnerte sich daran, wie er sie geschlagen hatte, und dann...

»Laß mich in Ruhe!« Ihre Stimme war kaum zu hören.

»Sei doch nicht so bissig! Dies ist immerhin der Hochzeitstag meiner Schwester. Ein romantischer Anlaß.« Sie merkte, daß er ziemlich betrunken war. Wie sie wußte, hatte er wenige Tage zuvor in Princeton das Examen abgelegt, und bestimmt trank er seitdem ohne Pause. Er würde nun bald in die Firma eintreten... wo er ungestört den Sekretärinnen nachstellen konnte. Sie wollte ihn schon fragen, wen er denn zuletzt vergewaltigt habe, doch sie zog es dann vor, einfach davonzugehen. Er packte ihren Arm. »Das ist aber ganz schön unhöflich von dir!«

Sie drehte sich mit wild funkelnden Augen und zusammengebissenen Zähnen zu ihm um. »Laß sofort meinen Arm los, oder ich schütte dir diesen Drink ins Gesicht!« Sie zischte wie eine Schlange, und mit einemmal tauchte Harry neben ihr auf. In ihrem Gesicht bemerkte er etwas, was er nie zuvor dort gesehen hatte, und ihm entging auch der Ausdruck in Billys Augen nicht.

Billy Durning flüsterte ein Wort: »Hure!« Er sah sie gehässig an. Harry packte unvermittelt seinen Arm und drehte ihn nach hinten, bis Billy vor Schmerz stöhnte und versuchte, sich loszuwinden. Harry wollte keine Szene machen, und so flüsterte er Billy nur, während er seinen Schlips so fest zusammenhielt, daß er beinahe erstickte, ins Ohr: »Hast du kapiert, Freundchen? Gut! Warum haust du jetzt nicht auf der Stelle ab?« Billy kämpfte sich den Arm frei und ging ohne ein weiteres Wort davon. Harry sah Tana an, die am ganzen Körper zitterte. »Alles in Ordnung?« Sie nickte, aber es beruhigte ihn nicht. Sie war kreidebleich, und trotz der Hitze klapperten ihre Zähne. »Was war denn da los? Ein alter Freund von dir?«

»Mr. Durnings liebenswerter Sohn.«

»Ihr zwei kennt euch wohl schon?«

Sie nickte. »Ja, und nicht von der besten Seite.« Sie blieben nach diesem Vorfall noch eine Weile. Tana sehnte sich jedoch danach, aufzubrechen, deshalb schlug Harry bald vor zu gehen.

Er schwieg eine Zeitlang, während sie zurück in die Stadt fuhren. Man konnte förmlich zusehen, wie sie sich allmählich, je weiter sie sich vom Haus der Durnings entfernten, entspannte.

Nun mußte er sie fragen. Sie hatte vorhin einen so verzweifelt- aggressiven Eindruck gemacht, daß er sich um sie sorgte. »Worum ging es denn eigentlich bei eurer Auseinandersetzung, Tan?«

»Nichts Besonderes – ein alter Haß, das ist alles.«

»Und worauf beruht der?«

»Er ist ein Schwein, das ist alles.« Ihre Worte klangen sehr hart, und Harry war überrascht, sie aus ihrem Munde zu hören, und in ihrer Stimme lag absolut nichts Humorvolles. »Ein kaputter, mieser, kleiner Scheißkerl.« Tränen brannten in ihren Augen, und ihre Hände zitterten, als sie sich eine Zigarette anzündete, was sie nur selten tat.

»Ich dachte mir, daß ihr nicht gerade gute Freunde seid.« Harry lächelte, doch sie erwiderte sein Lächeln nicht. »Was hat er dir angetan, daß du ihn so haßt, Tan?« Er mußte es erfahren, um ihretwillen und um seiner selbst willen.

»Das spielt jetzt keine Rolle mehr.«

»Doch.«

»Nein!« Sie schrie ihn an. Tränen liefen ihr über die Wangen. Ihre Wunden waren in den vergangenen zwei Jahren nicht geheilt, weil sie kein bißchen Luft daran gelassen hatte. Sie hatte es bis jetzt nur Sharon erzählt, hatte sich nicht verliebt, hatte sich nicht verabredet. »Es spielt keine Rolle mehr.«

Er wartete einen Moment. »Versuchst du, *mich* davon zu überzeugen oder dich selbst?« Er reichte ihr sein Taschentuch, und sie putzte sich die Nase, während die Tränen weiterliefen.

»Tut mir leid, Harry!«

»Soll es aber nicht. Vergiß nicht, ich bin dein Freund.« Sie lächelte durch den Tränenschleier hindurch und tätschelte seine Wange. Die Erinnerung an jene schreckliche Nacht verfolgte sie erneut.

»Du bist der beste Freund, den ich habe.«

»Ich will, daß du mir erzählst, was er dir angetan hat!«

»Wieso?«

Er lächelte. »Damit ich zurückfahren und ihn umbringen kann, wenn du willst.«

»Gut. Tu das!« Sie lachte zum erstenmal seit Stunden.

»Wirklich, ich finde, du solltest es dir von der Leber reden.«

»Nein, sollte ich nicht.« Das jagte ihr mehr Angst ein, als damit zu leben. Sie wollte jetzt nicht einmal mehr darüber nachdenken.

»Er hat bei dir Annäherungsversuche gemacht, nicht wahr?«

»Mehr oder weniger.« Sie sah wieder aus dem Fenster.

»Tana . . . rede mit mir . . . «

Sie wandte sich mit einem frostigen Lächeln zu ihm um. »Warum?«

»Weil du mir nicht gleichgültig bist!« Harry fuhr an den Straßenrand, stellte den Motor ab und sah sie an. Plötzlich wußte er, daß er kurz davor war, ein Tor zu öffnen, das fest verschlossen gewesen war, und um ihretwillen mußte er es öffnen. »Sag mir, was er dir angetan hat!«

Sie starrte leeren Blickes in die Ferne und versuchte noch einmal, ihm auszuweichen; aber er ließ es nicht zu und nahm ihre Hand in seine, während sie endlich die Worte aussprach: »Er hat mich vor zwei Jahren vergewaltigt. Genau gesagt, morgen abend vor zwei Jahren. Welch herrlicher Jahrestag!« Harry wurde übel.

»Was meinst du damit, daß er dich vergewaltigt hat – bist du mit ihm gegangen?«

Sie schüttelte den Kopf. »Nein.« Ihre Stimme war anfangs nur ein Flüstern. »Meine Mutter bestand darauf, daß ich zu einer seiner Partys in dieses Haus in Greenwich ging. Einer seiner Freunde holte mich ab, betrank sich dann aber und verschwand, und Billy stellte mir nach, als ich im Haus umherging. Er fragte mich, ob ich das Zimmer sehen wolle, in dem meine Mutter arbeitet, und ich sagte ›ja‹, blöd wie ich war! Dann zerrte er mich plötzlich in das Schlafzimmer seines Vaters, warf mich zu Boden und schlug auf mich ein. Er vergewaltigte mich und schlug mich, danach fuhr er mich nach Hause und baute einen Unfall.« Sie schluchzte langsam, brachte nur stockend die Worte hervor, die sie so lange nicht hatte aussprechen können. »Ich war hysterisch im Krankenhaus . . . nachdem die Polizei gekommen war . . . meine Mutter kam zu uns ... sie glaubte mir nicht, sie dachte, ich wäre betrunken ... der liebe, kleine Billy konnte in ihren Augen nichts Böses getan haben ... Ich habe nur noch einmal versucht, mit ihr darüber zu sprechen ...« Sie vergrub ihr Gesicht in den Händen, und Harry zog sie in seine Arme und redete leise beschwichtigend auf sie ein, so wie es bei ihm nie jemand getan hatte. Aber es brach ihm fast das Herz, ihr zuzuhören. Deshalb also war sie nie mit jemandem ausgegangen, auch nicht mit ihm, deshalb war sie so verschlossen und ängstlich tief im Innern.

»Armes Kind ... arme Tan ...« Sie fuhren zurück in die Stadt, und er führte sie in ein ruhiges Lokal zum Essen aus. Anschließend fuhren sie ins Pierre und plauderten stundenlang miteinander. Sie wußte, daß ihre Mutter an diesem Abend wieder in Greenwich bleiben würde; sie hatte die ganze Woche dort verbracht, um dafür zu sorgen, daß alles gut verlief.

Nachdem Harry Tana zu Hause abgesetzt hatte, fragte er sich, ob sich für Tana nun etwas ändern oder ob sich vielleicht sogar ihre Beziehung wandeln würde. Sie war das außergewöhnlichste Mädchen, das er je gekannt hatte, und hätte er sich nicht so beherrscht, wäre er Hals über Kopf in sie verliebt gewesen. Er hatte es zwei Jahre lang vorgezogen, sich zusammenzunehmen, und wollte es vorerst auch dabei belassen. Er wollte das, was sie hatten, nicht kaputtmachen – wofür auch? Für eine Nacht im Bett? Davon hatte er genug, Tana bedeutete ihm mehr als das. Es würde gewiß noch lange dauern, bis die Wunde verheilte, falls sie überhaupt heilte. Harry konnte ihr dabei als Freund am besten helfen, und er würde viel zerstören, wenn er versuchte, seine Bedürfnisse bei ihr zu stillen und mit ihr ins Bett zu gehen.

Er rief sie am nächsten Tag an, bevor er nach Südfrankreich aufbrach, und am darauffolgenden Tag ließ er ihr Blumen schicken, mit einer kurzen Nachricht: »Vergiß die Vergangenheit! Genieß die Gegenwart! In Liebe, Harry.« Und er rief sie aus Europa an, wann immer er daran dachte und Zeit dazu hatte. Sein Sommer verlief um einiges interessanter als ihrer, und als er eine Woche vor Labor Day zurückkehrte und sie ihren Job beendete und mit ihm nach Cape Cod fuhr, tauschten sie ihre Erfahrungen aus. Sie war erleichtert, endlich wieder Durning International verlassen zu haben. Es war ein Fehler gewesen, dort zu arbeiten, doch sie hatte bis zum Ende durchgehalten.

»Irgendwelche großen Liebesgeschichten, seit ich weg war?«

»Nein. Du weißt doch – ich spare es mir für meine Hochzeitsnacht auf!« Sie wußten beide, warum. Sie litt noch immer unter den seelischen Folgen der Vergewaltigung, und sie mußte erst darüber hinwegkommen. Nachdem sie sich ihm vor seiner Abreise anvertraut hatte, erschien ihr diese Erfahrung etwas weniger schmerzhaft. Endlich hatte die Wunde zu heilen begonnen.

»Es wird gar keine Hochzeitsnacht geben, wenn du nie ausgehst, du Pflaume!«

»Du hörst dich wieder mal wie meine Mutter an.« Sie lächelte. Es war so gut, ihn wiederzusehen.

»Wie geht es deiner Mutter übrigens?«

»So wie immer – sie ist Arthur Durnings ergebene Sklavin. Es macht mich krank, das zu sehen. Ich möchte niemals mit jemandem so ein Verhältnis haben.«

Er schnippte mit den Fingern und sah sie gespielt enttäuscht an. »Mist... und ich dachte...« Sie brachen in Gelächter aus.

Die Woche verflog viel zu schnell, wie immer, wenn sie sich amüsierten. Es war zauberhaft, mit Harry zusammen in Cape Cod zu sein. Trotz seiner verborgenen Gefühle für sie blieb ihre Freundschaft, wie sie war.

Sie kehrten für ihr drittes Studienjahr an die Universität zurück, und dieses Jahr verging wie im Fluge. Im nächsten Sommer blieb Tana in Boston und jobbte dort während der Ferien, und Harry flog wieder nach Europa. Nach seiner Rückkehr verbrachten sie wieder einige Zeit in Cape Cod, und dann war die unbeschwerte Zeit auch schon bald vorbei – nur noch ein Jahr, und der Ernst des Lebens würde erst richtig beginnen. Bis dahin versuchten beide, die Augen vor der Realität zu verschließen.

Was wirst du tun? fragte Tana Harry eines Abends melancholisch. Sie hatte sich schließlich einverstanden erklärt, sich mit einem seiner Freunde näher einzulassen, aber es verlief alles sehr zäh, und Tana war eigentlich auch überhaupt nicht interessiert. Insgeheim freute Harry sich darüber; doch er war der Überzeugung, daß ihr ein paar oberflächliche Beziehungen guttäten.

»Er ist einfach nicht mein Typ.«

»Wie, zum Teufel, willst du das beurteilen können? Du bist doch seit drei Jahren mit niemandem mehr ausgegangen!«

»Soweit ich sehen kann, ist das auch kein Verlust.«

»Hexe!« Er grinste.

»Ich meine es ernst. Was werden wir denn nun nächstes Jahr anfangen? Hast du dir überlegt, ob du promovieren willst?«

»Um Himmels willen, nein! Ich brauche wirklich kein Studium mehr! Ich habe genug davon. Ich höre auf!«

»Und was tust du dann?« Tana hatte sich in den vergangenen zwei Monaten selbst mit diesem Gedanken herumgequält.

»Keine Ahnung. Vielleicht werde ich eine Weile in unserem Haus in London verbringen. Mein Vater scheint zur Zeit dauernd in Südafrika zu sein, so daß es ihn nicht stören würde. Vielleicht gehe ich auch nach Paris ... Rom ... dann komme ich wieder her. Ich will mir einfach ein angenehmes Leben machen, Tan.« Harry lief vor etwas davon, nach dem er sich sehnte und von dem er doch wußte, daß er es nicht haben konnte. Jedenfalls jetzt noch nicht.

»Willst du denn nicht arbeiten?« Sie wirkte schockiert, und er lachte schallend.

»Warum?« – »Das ist ja ekelhaft!«

»Was ist daran ekelhaft? Die Männer meiner Familie haben seit Jahren nicht mehr gearbeitet. Wie könnte ich eine solche Tradition unterbrechen? Das wäre ein Frevel!«

»Wie kannst du so etwas zugeben?«

»Weil es die Wahrheit ist. Meine Familie ist ein Haufen reicher, fauler Nichtsnutze. Wie mein alter Herr auch.« Doch sie waren mehr als das, besonders Harry. Viel, viel mehr.

»Möchtest du, daß deine Kinder das auch einmal von dir sagen?« Sie sah ihn fassungslos an.

»Klar – falls ich je so dumm sein sollte, welche zu haben, was ich bezweifle.«

»Jetzt klingst du wie ich.«

»Um Himmels willen!«

»Also jetzt mal im Ernst: Willst du nicht wenigstens so tun, als würdest du arbeiten?«

»Warum denn?«

»Hör auf, das zu fragen!«

»Wen interessiert es, ob ich arbeite, Tan? Dich? Mich? Meinen alten Herrn? Die Klatschspaltenschreiber?«

»Warum hast du dann studiert?«

»Ich hatte nichts Besseres zu tun, und es war lustig in Harvard.«

»Blödsinn! Du hast wie verrückt für das Examen gearbeitet!« Sie warf ihre goldene Mähne über die Schulter und sah ihn eindringlich an. »Du bist ein guter Student gewesen. Wozu?«

»Für mich. Und du? Wofür tust du es?«

»Auch für mich. Aber jetzt weiß ich nicht, was ich anfangen soll!«

Zwei Wochen vor Weihnachten hatte sie jedoch ihre Wahl getroffen. Sharon Blake rief sie an und fragte, ob sie bereit wäre, an einer Demonstration mit Dr. King teilzunehmen. Tana überlegte es sich bis zum folgenden Tag und rief dann Sharon mit einem müden Lächeln zurück. »Du hast mich wieder rumgekriegt, Mädchen!«

»Hurra! Ich wußte, du würdest mitmachen!« Sie klärte Tana über die Einzelheiten der Demonstration auf. Sie würde drei Tage vor Weihnachten in Alabama stattfinden, und das Risiko dabei würde relativ gering sein. Es hörte sich alles ganz akzeptabel an, und die beiden Mädchen plauderten miteinander wie in alten Zeiten. Sharon hatte nie weiterstudiert, zum Leidwesen ihres Vaters, und sie liebte jetzt einen jungen farbigen Rechtsanwalt. Es war die Rede davon, daß sie im Frühjahr heiraten wollten. Und Tana freute sich für sie. Am folgenden Nachmittag erzählte sie Harry von der Demonstration.

»Deine Mutter wird einen Anfall bekommen!«

»Ich muß ihr doch davon nichts sagen! Sie muß wirklich nicht alles wissen, was ich tue.«

»Sie wird es erfahren, wenn du wieder eingesperrt wirst.«

»Ich werde dich anrufen, und du kannst dann kommen und mich gegen Kaution da rausholen.« Sie meinte es ernst, doch er schüttelte den Kopf.

»Kann ich nicht. Ich werde in Gstaad sein.«

»Mist!«

»Ich finde, du solltest nicht hingehen.«

»Ich habe dich nicht nach deiner Meinung gefragt!«

Als es jedoch soweit war, lag sie mit neununddreißig Grad Fieber und einer ansteckenden Grippe im Bett. Sie versuchte, am Vorabend aufzustehen und zu packen, doch sie war einfach zu schwach. So rief sie Sharon in Washington an, und Freeman Blake kam ans Telefon.

»Du hast es also schon gehört...« Seine Stimme klang, als käme sie aus dem Grund eines Brunnens, voller Schwermut.

»Was denn?«

Er konnte die Worte nicht einmal aussprechen. Er saß nur da und weinte, und ohne zu wissen, warum, fing auch Tana zu weinen an. »Sie ist tot... sie haben sie gestern abend umgebracht... sie haben sie erschossen... mein Kind... mein kleines Mädchen...« Er war völlig aufgelöst, und Tana schluchzte mit ihm, von Angst und Hysterie gepackt. Schließlich kam Miriam Blake ans Telefon. Sie klang bestürzt, jedoch ruhiger als ihr Mann. Sie sagte Tana, wann die Beerdigung stattfinden sollte. Und am Morgen des Heiligen Abends flog Tana, trotz Fieber und Grippe, nach Washington.

Es hatte so lange gedauert, den Leichnam zu überführen, und Martin Luther King hatte sein Kommen angekündigt, um bei der Beisetzungszeremonie zu sprechen.

Die Presse bereitete sich auf die Berichterstattung vor; Journalisten drängten sich in der Kirche, Blitzlichter blendeten alle, und Freeman Blake war völlig verzweifelt. Er hatte nun beide Kinder für dieselbe Sache verloren. Nach der Beerdigung verbrachte Tana ein paar stille Stunden mit den Blakes und einigen engen Familienfreunden in ihrem Haus.

»Fang etwas Sinnvolles mit deinem Leben an, Kind.« Freeman Blake sah sie traurig an. »Heirate, bekomme Kinder. Tu nicht, was Sharon getan hat!« Er brach erneut in Tränen aus, bis Dr. King und ein Freund ihn schließlich hinaufbrachten. Miriam setzte sich zu Tana. Alle hatten den ganzen Tag geweint, und die Tage zuvor, und Tana fühlte sich wie ausgelaugt von Trauer und Fieber.

»Es tut mir so leid, Mrs. Blake.«

»Ja, mir auch . . . « Ihre Augen sahen unendlich traurig aus. Miriam hatte alles mit angesehen, aber sie stand noch fest auf den Beinen und würde auch nicht umfallen. Sie war eine so starke Frau, und Tana bewunderte sie gewissermaßen. »Was wirst du jetzt anfangen, Tana?«

Tana war nicht sicher, worauf Miriam hinauswollte. »Nach Hause fahren, denke ich.« Sie würde noch an diesem Abend mit einem Spätflug zurückkehren, um Weihnachten bei Jean zu verbringen. Wie gewöhnlich war Arthur mit Freunden verreist, und sie saß allein da.

»Ich meine, wenn du das Studium beendet hast.«

»Ich weiß es noch nicht.«

»Hast du je daran gedacht, bei der Regierung zu arbeiten? Leute wie dich braucht dieses Land.« Tana lächelte; es war fast, als würde Sharon zu ihr sprechen. Miriams Tochter war gerade erst gestorben, und Miriam war in Gedanken bereits wieder bei ihrem Kreuzzug. Irgendwie beängstigend und doch auch bewundernswert. »Du könntest Jura studieren, könntest Dinge verändern – du bist der richtige Typ dafür.«

»Da bin ich mir nicht so sicher.«

»Doch, das bist du. Du hast Mut. Sharon war auch mutig gewesen, aber sie hatte nicht deine Entschlußkraft. Gewissermaßen bist du mir ähnlich.« Ein schrecklicher Gedanke, denn Tana hatte sie immer als kalt empfunden und wollte nicht wie sie sein.

»Ja, wirklich?« Sie war verblüfft.

»Du weißt, was du willst, und du stehst dafür ein.«

Tana lächelte. »Manchmal, ja.«

»Du hast dich, als man dich aus Green Hill hinauswarf, nicht eine Sekunde von deinem Ziel abbringen lassen.«

»Da hatte ich nur Glück, weil mir ein Freund die Bostoner Universität vorschlug.«

»Hätte er es nicht, so wärst du trotzdem wieder auf die Füße gefallen.« Miriam erhob sich mit einem leisen Seufzer. »Denk auf alle Fälle mal darüber nach! Es gibt nicht viele Anwälte, wie du einer sein könntest, Tan. Du bist jemand, den dieses Land braucht.«

Es war gewagt, so etwas zu einem einundzwanzigjährigen Mädchen zu sagen, und auf dem Flug nach Hause hallten Miriams Worte in Tanas Kopf wider... und sie sah im Geiste Freemans Gesicht vor sich, hörte ihn weinen... erinnerte sich an Dinge, die Sharon zu ihr in Green Hill gesagt hatte... wenn sie zusammen nach Yolan gegangen waren... die Erinnerungen brachen über Tana herein, und sie trocknete sich die Augen immer wieder. Sie ertappte sich verschiedene Male dabei, wie sie an das Baby dachte, das Sharon vier Jahre zuvor hatte aufgeben müssen, wie sie sich fragte, was mit ihm passiert sei, wo sich das Kind wohl aufhielt. Ob Freeman auch an dieses Kind gedacht hatte? Sie hatten ja jetzt niemanden mehr.

Und dann wieder fielen ihr Miriams Worte ein. *Dieses Land braucht jemanden wie dich* ... Sie erzählte ihrer Mutter davon, bevor sie New York wieder verließ, und Jean war entsetzt.

»Ein Jurastudium? Hast du denn nicht lange genug studiert? Willst du bis ans Ende deines Lebens studieren?«

»Nur, wenn es mir guttut.«

»Wieso suchst du dir nicht eine Arbeit? Auf diese Weise lernst du vielleicht jemanden kennen.«

»Ach, mein Gott, schon gut...« Es war das einzige, woran Jean dachte... jemanden kennenlernen... heiraten... Kinder bekommen.

Harry allerdings begeisterte die Vorstellung, daß sie Jura studierte, nicht mehr als ihre Mutter.

»Wie kommst du denn darauf?«

»Wieso nicht? Es könnte interessant sein, und vielleicht liegt es mir.« Diese Idee faszinierte sie von Tag zu Tag mehr, und mit einemmal war sie sicher, daß es das Richtige für sie war. Es erfüllte einen Zweck, verlieh ihrem Leben einen Sinn. »Ich werde mich an der Boalt-Universität in Berkeley bewerben.« Sie hatte sich bereits entschlossen; es gab noch zwei weitere Universitäten, an denen sie sich bewerben wollte, doch Boalt interessierte sie am meisten.

Harry starrte sie an. »Du meinst das ernst?«

»Ja.«

»Ich glaube, du bist verrückt!«

»Hast du Lust mitzukommen?«

»Nein, bestimmt nicht!« Er grinste. »Ich sagte dir doch, ich werde mich herumtreiben.«

»Das ist vergeudete Zeit.«

»Ich kann es kaum erwarten.«

Und Tana konnte es auch nicht erwarten. Im Mai bekam sie die Nachricht, daß man sie in Boalt angenommen habe. Ihr wurde ein Teilstipendium gewährt, und den Rest, den sie benötigte, hatte sie bereits zusammengespart.

»Ich bin schon fast weg!« Sie grinste, während sie mit Harry auf dem Rasen vor ihrem Wohnheim saß.

»Tan, bist du sicher, daß du das Richtige tust?«

»Ich bin mir noch nie so sicher gewesen.« Sie lächelten einander lange an. Bald würden sich ihre Wege trennen.

Im Juni nahm sie an seiner Schlußfeier in Harvard teil und weinte ausgiebig, um ihn, um sich selbst, um Sharon Blake, die es nicht mehr gab, um John F. Kennedy, der sieben Monate zuvor umgebracht worden war, um die Leute, die sie kennengelernt hatte, und die, die sie nie kennenlernen würde. Eine Ära ging zu Ende, für Harry und Tana. Und auch bei ihrer eigenen Schlußfeier weinte sie, Jean Roberts weinte ebenfalls. Sogar Ar-

thur Durning war mitgekommen. In einer der Hinterreihen saß
Harry und tat, als machte er Eroberungen unter den Studienan-
fängerinnen.

Doch seine Augen waren auf Tana gerichtet, sein Herz hüpfte
vor Stolz und wurde dann schwer, als er daran dachte, daß ihre
Trennung bevorstand. Er wußte, daß ihre Wege unausweichlich
wieder zusammenführen würden, dafür würde er schon sorgen.
Harry wünschte Tana von ganzem Herzen Erfolg und daß es ihr
in Kalifornien gut ergehe. Es machte ihn nervös, wenn er sich
vorstellte, daß sie bald so weit weg war. Aber er mußte sie gehen
lassen... für den Moment... Tränen füllten seine Augen, als er
sie die Treppe, mit ihrem Diplom in der Hand, herunterkommen
sah. Sie wirkte so jung, mit diesen großen, grünen Augen, dem
blonden, glänzenden Haar... den Lippen, die zu küssen er sich
so sehnte, er sich seit fast vier Jahren sehnte... Dieselben Lippen
streiften seine Wange, als er ihr gratulierte, und einen Augenblick
hielt sie ihn fest, und ihm stockte fast der Atem.

»Danke, Harry!« In ihren Augen standen Tränen.

»Wofür?« Er mußte selbst gegen die Tränen kämpfen.

»Für alles!«

Und dann drängten sich die anderen vor, und der glückselige
Moment war vorüber. Ab jetzt würden sie weit voneinander entfernt leben müssen, und Harry hatte das Gefühl, als entreiße man
ihm einen Teil seiner selbst.

TEIL II

Das Leben beginnt

7

Die Fahrt zum Flughafen kam Tana diesmal endlos vor. Sie nahm sich ein Taxi, und Jean bestand darauf, sie zu begleiten. Auf der Fahrt schwiegen sie zuerst beide, dann plötzlich sprudelten die Worte aus Jean hervor wie bei einem Wasserfall, bis sie schließlich wieder in gequältes Schweigen verfiel. Als sie den Flughafen erreichten, wollte Jean unbedingt das Taxi bezahlen, als wäre dies die allerletzte Gelegenheit, etwas für ihr kleines Mädchen zu tun. Es entging Tana nicht, daß Jean den Tränen nahe war, während Tana am Schalter ihr Gepäck aufgab.

»Ist das alles, was du bei dir hast, Liebling?« Jean sah Tana nervös an, und die nickte lächelnd. Auch für sie war dieser Morgen nicht leicht gewesen. Dieses Mal konnten beide nicht mehr so tun, als würden sie bald wieder zusammenleben. Es würde einige Zeit dauern, bis sie sich wiedersahen, und dann auch nur für wenige Tage. Tana würde jedoch nie wieder bei ihrer Mutter leben, vorausgesetzt, sie hielt das Studium in Boalt durch. Als sie in Green Hill anfing und danach an der Bostoner Universität weiterstudierte, war es anders gewesen als jetzt, nicht so endgültig.

Doch Tana war bereit, ihr eigenes Leben selbständig zu führen. Sie litt nur, wenn sie die panische Angst in den Augen ihrer Mutter sah; dieselbe Angst, die Jean, als Andy Roberts dreiundzwanzig Jahre zuvor in den Krieg zog, empfunden hatte, das Wissen darum, daß sich ab nun alles ändern würde.

»Du rufst mich auch bestimmt heute abend an, Liebling?«

»Ja, bestimmt, Mutter. Aber danach kann ich dann nicht mehr viel versprechen.« Sie lächelte. »Wenn das, was ich so von Boalt gehört habe, stimmt, werde ich in den nächsten sechs Monaten nicht einmal mehr zum Luftholen kommen.« Sie hatte Jean auch bereits davon unterrichtet, daß sie plante, in diesem Jahr zu Weihnachten nicht nach Hause zu kommen. Der Flug war ohnehin zu teuer, und Jean hatte sich damit abgefunden. Sie hoffte, Arthur würde ihr vielleicht ein Flugticket nach Kalifornien spendieren, was allerdings bedeutete, daß sie Weihnachten nicht mit ihm verbringen konnte. Das Leben war manchmal nicht leicht, für manche war es das nie.

Sie tranken beide eine Tasse Tee und sahen den Flugzeugen beim Start zu, während Tana auf den Aufruf für ihre Maschine wartete. Mehr als einmal fiel ihr auf, daß ihre Mutter sie nachdenklich ansah. All die Jahre hatte sie sich um ihre Tochter gekümmert, und nun war das zu Ende, und es fiel ihnen beiden nicht leicht. Auf einmal nahm Jean Tanas Hand und blickte ihr in die Augen. »Ist es denn wirklich das, was du möchtest, Tan?«

»Ja, Mama, das ist es.« Ihre Antwort klang ruhig.

»Bist du ganz sicher?«

Tana lächelte. »Ja. Ich weiß, daß es dir seltsam erscheint, aber es ist wirklich das, was ich will. Ich bin mir meiner Sache noch nie so sicher gewesen, auch wenn das Studium noch so schwierig sein mag.«

Jean runzelte die Stirn, schüttelte langsam den Kopf und sah Tana dann erneut an. Es war merkwürdig, so kurz vor ihrem Abflug und an diesem Ort, mit Tausenden von Leuten um sie herum, darüber zu reden; aber sie waren nun einmal hier, und dieser Gedanke beschäftigte Jean mehr als alles andere. »Es sieht eher nach einer Karriere für einen Mann aus. Ich hätte einfach nie gedacht...«

»Ich weiß.« Tana sah traurig aus. »Du wolltest gern, daß ich wie Ann werde.« Ann lebte nun in Greenwich, nicht weit von ihrem Vater, und hatte gerade ihr erstes Kind zur Welt gebracht. Ihr Ehemann war ein sehr erfolgreicher Anwalt bei Sherman and Sterling, und er fuhr einen Porsche und sie eine Mercedes-Limousine. Ein solcher Schwiegersohn war der Traum jeder Mutter.

»Ich bin einfach nicht so, Mama, bin es nie gewesen.«

»Aber wieso nicht?« Jean verstand es nicht. Vielleicht hatte sie in irgendeiner Hinsicht versagt, vielleicht war diese Entwicklung ihre Schuld. Tana schüttelte ruhig den Kopf.

»Ich möchte irgendwie mehr als das, ich möchte selbst einiges erreichen, nicht nur einen Mann haben, der erfolgreich ist. Ich glaube nicht, daß ich in einem Leben, wie Ann es führt, glücklich sein könnte.«

»Ich glaube, Harry Winslow liebt dich, Tan.« Doch Tana wollte davon nichts wissen.

»Du irrst dich, Mama.« Immer dieses leidige Thema! »Wir mögen uns sehr und sind Freunde; aber er liebt mich nicht als Frau, und ich liebe ihn nicht als Mann.« Ein Mann war nicht das, was sie wollte; sie wollte Harry als Bruder, als besten Freund.

Jean nickte schweigend. In diesem Moment wurde Tanas Maschine aufgerufen. Es war, als versuchte Jean ein letztes Mal, Tana umzustimmen, obgleich sie ihr kaum etwas als Ersatz bieten konnte – keinen großartigen Lebensstil, keinen Ehemann, der in Frage kam, kein überwältigendes Geschenk. Doch Tana hätte ohnehin nichts umgestimmt. Sie sah ihrer Mutter in die Augen, nahm sie in die Arme und drückte sie lange an sich. Dann flüsterte sie: »Mama, es ist wirklich genau das, was ich will, ich bin mir ganz sicher, ich schwöre es dir.« Es war wie ein Aufbruch nach Afrika, als sie sich verabschiedeten, als fliege sie in eine andere Welt, in ein anderes Leben – was gewissermaßen zutraf. Ihre Mutter wirkte so kummervoll und verzweifelt, daß es Tana fast das Herz brach. Jean konnte die Tränen nicht mehr zurückhalten, als sie Tana zuwinkte, und Tana rief, als sie ins Flugzeug stieg, noch: »Ich rufe dich heute abend an!«

»Aber es wird nie wieder so wie früher sein«, flüsterte Jean leise, während sie zusah, wie sich die Türen schlossen, die Gangway zurückgezogen wurde und der Riesenvogel sich die Startbahn entlangschob und schließlich in die Lüfte erhob. Nach einer Weile war er nur noch ein kleiner Fleck am Himmel. Jean verließ den Flughafen mit dem Gefühl, sehr klein und sehr allein zu sein, winkte ein Taxi herbei und fuhr zurück in ihr Büro, wo Arthur Durning sie brauchte. Wenigstens gab es noch jemanden, der sie brauchte; aber sie fürchtete sich jetzt schon davor, an diesem Abend und an allen anderen Abenden, die noch kommen würden, nach Hause zu gehen.

8

Tana hatte einen Flug zum Flughafen in Oakland genommen. Es schien ein kleiner, freundlicher Ort zu sein, kleiner als Boston und New York, jedoch um einiges größer als Yolan, wo es gar keinen Flughafen gab. Sie nahm sich ein Taxi zum Campus in Berkeley. Dort ließ sie sich ihr Zimmer zeigen, das für sie reserviert war, packte aus und blickte sich um. Alles kam ihr neu und fremd vor. Draußen war herrliches Sonnenwetter, und die Leute, die dort umherwanderten, wirkten heiter und entspannt. Sie waren in Blue jeans, Cordhosen oder flatternde Gewänder gekleidet. Sie entdeckte einige Kaftans, eine Menge Shorts und T-Shirts, Sandalen, Turnschuhe, Halbschuhe, bloße Füße. Von reichen jüdischen Mädchen aus New York, die in der Bostoner Universität in teure Woll- und Kaschmirgewänder von Bergdorf gekleidet herumliefen, war hier nichts zu sehen. In Berkeley schien das Motto zu lauten: Kommt, wie ihr seid! Hier ging es kunterbunt und ungeordnet zu, und das fand Tana sehr reizvoll. Ihre Begeisterung hielt auch nach Beginn des Studiums an, als sie von einer Vorlesung oder Übung in die andere hastete, danach in ihr Zimmer, um den ganzen Nachmittag und Abend zu lernen. Sonst besuchte sie nur noch die Bibliothek. Sie aß meistens im Laufen und während des Lernens und verlor fünfeinhalb Pfund in einem Monat. Das Gute an diesem überfüllten Stundenplan war, daß sie Harry dabei nicht ganz so sehr vermißte, wie sie befürchtet hatte. Drei Jahre lang waren sie unzertrennlich gewesen, auch wenn sie verschiedene Universitäten besucht hatten, und nun auf einmal war er nicht da. Er hatte ihr allerdings versprochen, sie anzurufen, wenn sie keine Vorlesungen hatte. Am fünften Oktober saß sie in ihrem Zimmer, als jemand an die Tür klopfte und ihr zurief, daß jemand sie am Telefon verlangte. Bestimmt wieder einmal Jean.

Tana hatte keine Lust hinunterzugehen, da sie am nächsten Tag eine Prüfung in Vertragsrecht hatte und ein Referat in einem anderen Kurs halten mußte.

»Frag bitte, wer es ist und ob ich zurückrufen kann!«

»Gut, Moment!« Gleich darauf ertönte die Stimme wieder. »Es ist jemand aus New York!«

Ihre Mutter. »Ich rufe zurück.«

»Er meinte, das ginge nicht.« Er? Harry? Tana lächelte. Für ihn unterbrach sie ihre Arbeit gern.

»Ich komme sofort!« Sie nahm ein Paar zerknitterte Jeans von einer Stuhllehne, zog sie über und hastete zum Telefon. »Hallo?«

»Was, zum Teufel, tust du denn so lange? Hast du es mit einem Typen im vierzehnten Stock getrieben? Ich warte jetzt eine Stunde, Tan!« Harry hörte sich ärgerlich an – und betrunken, das entging ihrem geübten Ohr nicht. Sie kannte ihn gut genug.

»Tut mir leid. Ich war in meinem Zimmer und habe gelernt, und ich dachte, es wäre meine Mutter.«

»Pech gehabt.« Er klang merkwürdig ernst.

»Bist du in New York?« Sie lächelte, glücklich darüber, wieder von ihm zu hören.

»Ja.«

»Ich dachte, du wolltest erst nächsten Monat zurückkommen.«

»Das hatte ich auch vorgehabt. Ich bin aber schon hier, weil ich meinen Onkel besuchen muß. Er meint offenbar, daß er ohne meine Hilfe nicht auskommen kann.«

»Welcher Onkel?« Tana war verwirrt. Harry hatte noch nie einen Onkel erwähnt.

»Mein Onkel Sam. Erinnerst du dich – der Mann auf den Posters mit dem albernen rot-blauen Anzug und dem langen, weißen Bart?« Er war offensichtlich betrunken, und sie war im Begriff zu lachen, als ihr das Lachen auf einmal im Hals erstarb. Er meinte es ernst. *O mein Gott...*

»Was, zum Teufel, meinst du?«

»Ich bin eingezogen worden, Tan!«

»Oh, Scheiße!« Sie schloß die Augen. Davon war ja dauernd die Rede. Vietnam... Vietnam... Vietnam... jeder hatte irgend etwas dazu zu sagen... haltet euch da raus... denkt daran, wie es den Franzosen erging... geht hin... bleibt zu Hause... Polizeieinsatz... Krieg... es war unmöglich zu erfahren, was wirklich vor sich ging; aber was immer es war, es war nichts Gutes. »Warum, zum Teufel, bist du zurückgekommen? Warum bist du nicht dort geblieben?«

»Das wollte ich nicht. Mein Vater bot mir sogar an, mich freizukaufen, falls das möglich ist, was ich bezweifle. Es gibt ein paar Dinge, die er trotz seines Winslow-Geldes nicht kaufen kann. Aber das ist auch nicht meine Art, Tan. Ich weiß nicht, vielleicht wollte ich insgeheim dorthin, um mich eine Weile nützlich zu machen.«

»Du spinnst! Mein Gott... Spinnen ist gar kein Ausdruck! Du kannst dabei dein Leben lassen – ist dir das nicht klar? Harry, kehr nach Frankreich zurück!« Sie brüllte ihn jetzt an. »Warum, um Himmels willen, gehst du nicht nach Kanada oder schießt dich in den Fuß... tu irgend etwas, damit du nicht eingezogen wirst! Wir haben das Jahr 1964, nicht 1941. Sei nicht so heroisch. Es gibt nichts, wofür du dich opfern mußt, du Idiot! Geh wieder nach Frankreich!« Mit einemmal standen Tränen in ihren Augen, und Tana hatte Angst zu fragen, was sie wissen wollte. Doch sie mußte es wissen. »Wohin schicken sie dich?«

»Nach San Francisco.« Ihr wurde schlagartig leichter ums Herz. »Zuerst – für ungefähr fünf Stunden. Willst du mich am Flughafen treffen, Tan? Wir könnten zusammen essen oder so. Ich muß um zehn Uhr abends an einem Ort namens Fort Ord sein, und ich komme um drei Uhr an. Und jemand sagte mir, daß es von San Francisco aus ungefähr zwei Stunden mit dem Auto sei...« Seine Stimme stockte. Sie dachten beide das gleiche.

»Und dann was?«

»Vietnam, denke ich. Hübsch, nicht wahr?«

Sie wurde noch aufgebrachter. »Nein, nicht hübsch, du hirnverbrannter Kerl! Du hättest mit mir zusammen hier studieren sollen! Statt dessen wolltest du dich herumtreiben und jedes Hurenhaus in Frankreich unsicher machen. Und jetzt sieh dich an! Du gehst nach Vietnam, um dich zum Krüppel schießen zu lassen . . . « Tränen liefen ihr über die Wangen, und keiner wagte es, im Flur an ihr vorbeizugehen.

»Das hört sich eigentlich aufregend an.«

»Du bist wirklich verrückt!«

»Und was gibt es bei dir Neues? Hast du dich schon verliebt?«

»Woher soll ich die Zeit nehmen? Ich lese dauernd. Wann kommt dein Flugzeug an?«

»Morgen um drei Uhr.«

»Ich werde am Flughafen sein.«

»Danke.« In diesem Moment klang er wieder jung und unbeschwert. Als sie ihn jedoch am nächsten Tag traf, kam er ihr blaß und müde vor. Er sah nicht so gut aus wie im Juni, und ihr kurzes Zusammentreffen verlief nervös und gezwungen. Tana wußte nicht, was sie mit ihm anfangen sollte, fünf Stunden war ja nicht gerade lange. Sie nahm ihn mit in ihr Zimmer in Berkeley. Dann fuhren sie zum Mittagessen ins Zentrum, nach Chinatown, wanderten umher, und Harry sah immer wieder auf die Uhr, da er pünktlich am Bus sein mußte. Er hatte beschlossen, sich keinen Wagen zu mieten, um nach Fort Ord zu fahren, obwohl er dadurch weniger Zeit mit Tana verbringen konnte. Sie lachten nicht soviel wie sonst und waren beide irgendwie durcheinander.

»Harry, warum tust du das? Du hättest dich freikaufen können!«

»Das ist nicht meine Art, Tan, das mußt du doch inzwischen kapiert haben. Vielleicht ist es so eine Eingebung von mir, ich denke, ich tue das Richtige. In mir schlummert etwas Patriotisches, von dem ich vorher gar nichts ahnte.«

Tanas Mut sank. »Das ist doch kein Patriotismus, verflixt noch mal! Es ist doch nicht unser Krieg!« Sie war entsetzt, daß er eine Möglichkeit hatte, dem zu entrinnen, sie aber nicht nutzte. Es war eine völlig neue Seite an ihm. Der sonst so unbeschwerte Harry war erwachsen geworden, ein beharrlicher, innerlich starker Mann, mit dem sie sich erst vertraut machen mußte. Obgleich ihm sein Vorhaben Angst einjagte, ließ er sich nicht davon abbringen.

»Ich glaube, daß es bald unser Krieg sein wird, Tan.«

»Aber wieso gerade du?« Sie saßen lange schweigend da, und der Tag verflog viel zu schnell. Sie hielt ihn fest, als sie sich verabschiedeten, und sie ließ sich von ihm versprechen, ihr Nachricht zu geben, wann immer er konnte. Aber es vergingen sechs Monate bis dahin, und mittlerweile hatte er seine Grundausbildung beendet.

Er hatte geplant, nach San Francisco zurückzukehren und Tana zu besuchen, doch er wurde nicht nach Norden, sondern nach Süden geschickt. »Ich breche heute abend nach San Diego auf.« Es war Samstag. »Und Anfang der Woche geht es weiter nach Honolulu.« Und Tana hatte Zwischenprüfung, so daß sie nicht einfach für ein oder zwei Tage nach San Diego fliegen konnte.

»Mist! Wirst du eine Weile in Honolulu bleiben?«

»Ich glaube nicht.« Sie spürte sofort, daß er ihr nicht verriet, was sie wissen wollte.

»Was heißt das?«

»Es heißt, daß ich Ende nächster Woche nach Saigon fliege.« Seine Stimme klang kalt und hart und absolut nicht nach Harry. Sie fragte sich, wie es dazu gekommen war, er selbst fragte sich das bereits seit sechs Wochen. »Vermutlich habe ich pures Glück«, hatte er scherzhaft zu seinen Freunden gesagt, aber die Lage war alles andere als lustig. Man hätte die Luft mit einem Messer durchschneiden können, als die Anweisungen verteilt wurden. Niemand hatte gewagt, irgend etwas zu irgend jemandem zu sagen – am wenigsten die, für die es glimpflich ausgegangen war. Und Harry gehörte zu denen, die kein Glück hatten. »Es ist ein einziger Mist, Tan, aber es läßt sich nichts mehr ändern.«

»Weiß es dein Vater schon?«

»Ich habe gestern abend bei ihm angerufen. Niemand weiß, wo er steckt. In Paris sind sie der Meinung, er sei in Rom, in Rom meinen sie, er sei in New York. Daraufhin dachte ich mir, zum Teufel mit ihm! Er wird früher oder später ohnehin herausfinden, wo ich bin.« Warum nur hatte er keinen Vater, den man erreichen konnte? Tana hätte ihn sogar angerufen, auch wenn Harry ihn genau als die Art Mensch beschrieben hatte, mit der sie nichts zu tun haben wollte. »Ich habe ihm nach London geschrieben und habe im Pierre in New York eine Nachricht hinterlassen. Mehr kann ich nicht tun.«

»Das ist vermutlich sowieso schon viel mehr, als er verdient. Harry, gibt es irgend etwas, was ich tun könnte?«

»Bete!« Es klang, als meinte er es ernst, und sie war schockiert. Das war doch nicht möglich! Harry – ihr bester Freund, ihr Bruder – wurde nach Vietnam geschickt! Eine Panik ergriff sie, die sie bis dahin noch nicht gekannt hatte, und es gab nichts, was sie hätte tun können.

»Wirst du mich noch mal anrufen, bevor du fliegst? Und von Honolulu auch?« Tränen standen in ihren Augen... und was, wenn ihm etwas zustieß? Nein, das würde nicht geschehen! Sie biß die Zähne zusammen; sie durfte nicht einmal an so etwas denken. Harry Winslow war unbesiegbar, und er gehörte zu ihr, er war ein Teil ihres Lebens.

Sie fühlte sich in den nächsten Tagen völlig verloren, wartete dauernd nur auf seinen Anruf. Er rief zweimal von San Diego aus an, ehe er abreiste. »Tut mir leid, daß ich jetzt erst anrufe. Ich war sehr mit einem Mädchen beschäftigt. Vermutlich habe ich jetzt einen Tripper, aber was soll's?« Er war meistens betrunken, in Hawaii dann noch mehr. Von dort rief er auch zweimal an, und dann war er fort... verschwunden in die Stille, in den Dschungel, in den Abgrund, nach Vietnam.

Sie malte sich fortwährend aus, daß er in Gefahr schwebte.

Und dann trafen die ersten, für ihn typischen Briefe ein, in denen er Saigon beschrieb – die Fischerboote, die Drogen, die früher einmal wunderschönen Hotels, die exotischen Mädchen und daß er ständig Französisch sprach. Und allmählich fing sie an, sich zu beruhigen. Der gute alte Harry! An ihm änderte sich nie etwas – ob Cambridge oder Saigon, er blieb der alte. Sie schaffte ihre Prüfungen und überstand Thanksgiving und die ersten zwei Tage der Weihnachtsferien in ihrem Zimmer, mit einem sechzig Zentimeter hohen Stapel Bücher, als es abends um sieben Uhr an ihre Tür klopfte.

»Ein Anruf für dich!« Ihre Mutter hatte sie oft angerufen, und Tana wußte warum, obgleich keiner von ihnen darüber sprach. Weihnachten war nicht leicht für Jean; Arthur verbrachte nicht viel Zeit mit ihr, doch trotzdem saß sie immer da und wartete. Er benutzte alle möglichen Ausreden, und Tana vermutete, daß es in seinem Leben auch noch andere Frauen als Jean gab. Und nun waren da auch noch Ann und ihr Baby und ihr Ehemann und vielleicht sogar Billy. Jean gehörte eben nicht zur Familie, gleichgültig, wie viele Jahre sie nun schon mit Arthur befreundet war.

»Ich komme sofort!« rief Tana, zog sich ihren Bademantel über und eilte an das Telefon. Der Flur war kalt; draußen war es nebelig, eine Ausnahme in diesem Teil des Landes.

»Hallo?« Sie erwartete, die Stimme ihrer Mutter zu hören, und war fassungslos, als sie statt dessen Harrys Stimme vernahm. Er klang heiser und sehr müde, als hätte er die ganze Nacht nicht geschlafen. Seine Stimme schien ganz aus der Nähe zu kommen. »Harry . . . ?« Tränen füllten augenblicklich ihre Augen. »Harry, bist du es?«

»Ja, Tan.«

»Wo steckst du?«

Eine Sekunde schien er zu zögern. »Hier, in San Francisco.«

»Wann bist du angekommen? Mein Gott, ich hätte dich abgeholt, wenn ich das gewußt hätte! Was für ein herrliches Weihnachtsgeschenk, Harry, dich zurück zu haben!«

»Ich bin gerade erst eingetroffen.« Es war eine Lüge, jedoch leichter, das zu sagen, als zu erklären, warum er erst jetzt anrief.

»Da bist du ja nicht lange in Vietnam geblieben – ein Glück!« Sie war so dankbar, seine Stimme zu hören, daß sie nicht gegen die Tränen ankam. Sie lachte und weinte zugleich, und er ebenfalls. Er hatte nie geglaubt, ihre Stimme je wieder zu hören, und er liebte sie in diesem Augenblick mehr als je zuvor. Er war sich jetzt nicht einmal sicher, daß er ihr seine wahren Gefühle noch verheimlichen konnte. Doch das mußte er – um ihretwillen und um seiner selbst willen. »Wieso durftest du schon so schnell wieder nach Hause?«

»Ich habe sie vermutlich zu sehr genervt. Das Essen stank, die Mädchen hatten Läuse – Mist, ich habe mir zweimal Filzläuse geholt und den schlimmsten Tripper, den ich je hatte!« Er versuchte zu lachen, doch das tat zu weh.

»Du Wüstling! Kannst du dich denn nie benehmen?«

»Nicht, wenn es anders geht.«

»Wo bist du also jetzt?«

Wieder entstand eine kurze Pause. »Im Letterman-Krankenhaus.«

»Im Krankenhaus?« – »Ja.«

»Wegen dem Tripper?« Sie sagte es so laut, daß zwei Mädchen, die den Flur entlanggingen, sich umdrehten. Sie lachte. »Weißt du, du bist unmöglich! Du bist die unmöglichste Person, die ich kenne, Harry Winslow der Vierte, oder wer immer du nun bist! Kann ich dich besuchen, oder bekomme ich es dann auch?« Sie lachte noch immer, doch er klang nur müde und krächzend.

»Benutz einfach meinen Toilettensitz nicht!«

»Mach dir keine Sorgen, das werde ich nicht tun! Ich werde dir auch nicht die Hände schütteln. Wer weiß, wo du sie überall im Spiel hattest.« Er lächelte. Es tat ihm so verdammt gut, ihre Stimme zu hören. Sie sah auf ihre Armbanduhr. »Kann ich jetzt gleich kommen?« »Hast du an einem Samstagabend nichts Besseres vor?« »Eigentlich hatte ich vor, es mit einem Stapel von Jurabüchern zu treiben!«

»Du bist offenbar immer noch so unterhaltsam wie früher.«

»Ja, aber ich bin um einiges klüger als du – und niemand hat mich nach Vietnam geschickt!« Merkwürdig, wieder so eine Pause am anderen Ende!

»Dank Gott dafür, Tan!« Plötzlich wurde sie von einer Vorahnung gepackt, und ein kalter Schauer lief ihr über den Rücken.

»Willst du wirklich heute abend kommen?«

»Aber ja, meinst du etwa nicht? Ich will nur keinen Tripper bekommen, das ist alles.«

Er lächelte. »Ich werde mich anständig benehmen.« Aber er mußte ihr etwas sagen, bevor sie kam... das war nicht fair...

»Tan...« Die Worte blieben ihm im Halse stecken. Er hatte es noch niemandem gesagt, nicht einmal seinem Vater. Niemand hatte ihn benachrichtigen können, weil man wieder einmal nicht wußte, wo er war. Harry wußte nur, daß er am Wochenende in Gstaad sein würde. Dort verbrachte er Weihnachten immer, ob Harry dabei war oder nicht; Weihnachten ohne die Schweiz gab es für ihn nicht!

»Tan... ich habe etwas mehr als nur einen Tripper...« Wieder lief es ihr kalt den Rücken hinab, und sie schloß die Augen.

»Ja, du unmöglicher Mensch, und was?« Sie wollte die Worte zurücknehmen, ihn zum Lachen bringen, ihn aufmuntern, falls er es nötig hatte; doch es war zu spät, um die Worte aufzuhalten...

»Ich bin verwundet...« Seine Stimme stockte. Sie verspürte einen plötzlichen Schmerz in der Brust und unterdrückte mühsam ein Schluchzen. »Ach ja? Warum bist du auch nach Vietnam gegangen, du Vollidiot!« Beide kämpften gegen die Tränen an.

»Weil ich wohl nichts Besseres zu tun hatte. Aber die Frauen da sind nichts als Schrott...« Seine Stimme nahm einen traurigen, sanften Klang an. »...verglichen mit dir, Tan.«

»Mein Gott, die müssen dir ins Gehirn geschossen haben!« Sie lachten ein wenig, und Tana stand barfuß im Flur und hatte das Gefühl, daß ihr ganzer Körper zu Eis erstarrt war. »Letterman, nicht wahr?«

»Ja.«

»Ich bin in einer halben Stunde bei dir.«

»Laß dir Zeit! Ich gehe nicht aus.« Das würde er auch eine ganze Weile nicht tun; das ahnte Tana jedoch nicht, während sie ihre Jeans anzog, ihre Füße in die nächstbesten Schuhe steckte, sich einen schwarzen Pullover über den Kopf zog, mit einem Kamm durch das Haar fuhr und ihre Jacke vom Stuhl riß. Sie mußte zu ihm, mußte sehen, was mit ihm los war... *Ich bin verwundet*... Wieder und wieder hörte sie die Worte, während sie mit dem Bus in die Stadt fuhr und anschließend ein Taxi zum Letterman- Hospital nahm. Es dauerte doppelt so lange, wie sie angekündigt hatte; doch sie rannte wie verrückt, und fünfundfünfzig Minuten nachdem sie den Hörer aufgelegt hatte, betrat sie das Hospital und fragte nach Harrys Zimmer. Die Frau an der Rezeption wollte wissen, in welcher Abteilung er lag, und sie wollte schon ›in der Abteilung für Tripper‹ antworten, doch ihr war jetzt nicht nach Scherzen zumute – und das Scherzen verging ihr noch mehr, als sie durch die Korridore der Abteilung *Neurochirurgie* hastete und dabei betete, die Verwundung möge nicht sehr schlimm sein. Tanas Gesicht war so bleich, daß es fast grau wirkte, und Harrys ebenso, als sie das Zimmer betrat.

Neben seinem Bett stand ein Sauerstoffgerät, und er lag flach auf dem Rücken, mit einem Spiegel über dem Kopf. Da waren Gestelle mit Schläuchen und eine Schwester, die neben seinem Bett saß. Im ersten Moment dachte Tana schon, er sei völlig gelähmt, da sich absolut nichts rührte; dann aber bewegte sich seine Hand, und sie begriff. Er war zwar nicht ganz, jedoch von der Taille abwärts bewegungsunfähig.

Er war in das Rückgrat geschossen worden, wie er ihr an diesem Abend erklärte. Er weinte. Endlich konnte er mit ihr sprechen, mit ihr weinen, ihr sagen, wie er sich fühlte. Ihm war elend zumute. Er wollte sterben, hatte seit seiner Rückkehr nur noch sterben wollen.

»So ist das also...« Er konnte kaum sprechen, die Tränen rannen über sein Gesicht, den Hals entlang, auf das Bett. »Ich werde für immer in einem Rollstuhl sitzen...« Er schluchzte hemmungslos. Er hatte geglaubt, daß er Tana nie wiedersehen würde, und nun war sie bei ihm – so wunderschön und so gut... wie früher. Hier sah überhaupt alles wie früher aus, keiner machte sich eine Vorstellung von Vietnam... von Saigon oder Da Nang oder den Vietcong. Sogar Kinder, vielleicht erst neun Jahre alt oder wenig älter, saßen in Bäumen versteckt und schossen auf alles, was sich bewegte; doch hier kümmerte das niemanden.

Tana beobachtete ihn und gab sich Mühe, nicht zu weinen. Sie war dankbar, daß er noch lebte. Seiner Schilderung zufolge – er hatte mit dem Gesicht nach unten im Schlamm fünf Tage lang bei strömendem Regen im Dschungel gelegen – war es ein Wunder, daß er noch lebte. Er würde vielleicht nie wieder laufen können, aber zumindest lebte er. Und das, was Miriam Blake schon viel früher in ihr erahnt hatte, kam nun an die Oberfläche. »Das hast du davon, wenn du billige Huren bumst, du blöder Kerl! Also, du kannst eine Weile da so liegen, wenn du willst, aber eines sage ich dir gleich – ich werde das nicht lange dulden. Verstanden?« Sie stand auf, und beiden liefen Tränen über das Gesicht. Sie nahm seine Hand und hielt sie fest. »Du wirst deinen Hintern bald erheben und etwas mit dir anfangen, ist das klar?« Er starrte sie ungläubig an. Sie schien es tatsächlich auch noch ernst zu meinen! »Ist das klar?« Ihre Stimme bebte, während sie innerlich immer mehr Kraft sammelte.

»Du bist wirklich ein verrücktes Huhn, weißt du das, Tan?«

»Und du bist ein verdammter Faulpelz! Also steigere dich nicht in dieses Faul-herumliegen-Leben hinein – es wird nicht lange andauern. Kapiert?«

»Ja, Madam!« Er salutierte, und wenige Minuten darauf kam eine Schwester herein und gab ihm eine Spritze gegen die Schmerzen. Tana beobachtete ihn, während er langsam einschlummerte, hielt seine Hand, weinte still vor sich hin und betete. So verharrte sie stundenlang neben ihm und sah ihn an. Schließlich küßte sie ihn auf die Wangen und auf die Augen und verließ das Hospital.

Es war nach Mitternacht, und auf der Fahrt zurück nach Berkeley konnte sie nur einen Gedanken fassen; sie dankte Gott dafür, daß Harry noch lebte, daß er nicht in dem gottverlassenen Dschungel gestorben war. Vietnam hatte für sie eine neue Bedeutung angenommen, es war ein Ort, wo Menschen hinfuhren, um sich töten zu lassen. Es war nicht mehr nur ein Land, von dem man in der Zeitung las oder in den Pausen mit Professoren oder Freunden sprach – dieser Krieg war für sie sehr real geworden, sie verstand seine Bedeutung. Vietnam hieß, daß Harry Winslow nie wieder laufen würde! Als sie in dieser Nacht in Berkeley aus dem Bus stieg, die Hände in den Taschen vergraben, und in ihr Zimmer zurückkehrte, wußte sie, daß keiner von ihnen je wieder derselbe sein würde.

9

Tana saß in den folgenden Tagen ständig an Harrys Seite, bis auf wenige Stunden, in denen sie schlief, badete, sich umzog und wieder zurückkehrte, um seine Hand zu halten oder, wenn er wach war, mit ihm über die Jahre in Harvard zu plaudern – über das Tandem, mit dem sie gemeinsam gefahren waren, ihre Ferien am Cape Cod.

Meistens war Harry von den starken Medikamenten ziemlich benebelt, doch manchmal war er hellwach, und es tat Tana in der Seele leid, ihn so hilflos zu sehen, zu wissen, was ihm durch den Kopf ging. Er wollte nicht ein Leben lang gelähmt sein und im Rollstuhl sitzen, lieber wollte er gleich sterben. Das wiederholte er immer wieder. Sie stritt mit ihm und machte ihm Vorwürfe, weil er solch einen Gedanken überhaupt zuließ. Sie fürchtete sich jeden Tag davor, daß er sich etwas antun würde, wenn sie ihn abends allein ließ. Sie informierte die Krankenschwestern, die jedoch schon viele Patienten in einer derartigen Lage betreut hatten und deshalb nicht allzu beeindruckt von Harrys Gemütszustand waren. Sie sahen zwar immer zwischendurch nach ihm, doch hatten sie noch genügend andere Kranke zu versorgen, von denen einige ein noch schlimmeres Leid zu ertragen hatten, wie zum Beispiel der Junge am anderen Ende des Ganges, dem beide Arme und das Gesicht zerfetzt wurden, als ihm ein Freund eine Handgranate reichte.

Am Heiligabend rief Jean morgens an, als Tana gerade zum Krankenhaus aufbrechen wollte. Es war zehn Uhr, und Jean war für ein paar Stunden ins Büro gegangen und auf die Idee gekommen, schnell nachzufragen, wie es Tana gehe. Sie hatte noch immer gehofft, daß Tana es sich anders überlegen und Weihnachten mit ihr verbringen würde, obgleich Tana ihr bereits seit Monaten sagte, daß darauf keine Aussicht bestünde, daß sie viel zuviel lernen müsse. Eine wirklich deprimierende Art, das Weihnachtsfest zu verbringen ... fast so deprimierend wie ihr eigenes Weihnachten. Arthur feierte in Palm Beach im Kreise der Familie, zusammen mit Ann und Billy und seinem Schwiegersohn und dem Baby. Jean hatte er nicht dazu eingeladen, was sie natürlich verstand; es wäre für ihn nicht einfach gewesen.

»Was treibst du denn so, Liebling?« Jean hatte seit zwei Wochen nicht mehr mit Tana gesprochen, sie war zu niedergeschlagen gewesen und hatte nicht gewollt, daß Tana es am Telefon bemerkte. Wenn Arthur sich über die Feiertage in New York aufgehalten hätte, so hätte zumindest Hoffnung bestanden, daß er auf ein paar Stunden vorbeikam; diesmal jedoch konnte sie nicht einmal darauf hoffen; und Tana war auch nicht ... ... »Studierst du so fleißig, wie du vorhattest?«

»Ja ... ich ... nein ...« Tana war noch ganz verschlafen. Sie hatte bis vier Uhr morgens bei Harry gesessen. Sein Fieber war in der Nacht zuvor plötzlich gestiegen, und sie hatte nicht gewagt, ihn allein zu lassen; doch morgens um vier hatten die Schwestern dann darauf bestanden, daß sie nach Hause ging, um etwas zu schlafen. Sie erklärten Tana, Harry hätte noch einen langen, beschwerlichen Weg vor sich, und sie müßte sich jetzt schonen, um ihm später, wenn er sie am meisten brauchte, zur Seite stehen zu können. »Ich habe nicht studiert, wenigstens nicht in den letzten drei Tagen.« Sie ächzte beinahe vor Erschöpfung, als sie sich auf den unbequemen Stuhl hockte, der neben dem Telefon stand. »Harry ist aus Vietnam zurück...« Ihre Augen verschleierten sich, als sie das aussprach. Dies war das erste Mal, daß sie es jemandem erzählte, und allein der Gedanke an sein Schicksal schmerzte tief.

»Hast du dich mit ihm öfter getroffen?« Jean klang sofort verärgert. »Ich dachte, du hättest so viel zu studieren. Wenn ich gewußt hätte, daß du dir Zeit nehmen kannst, Tana, so würde ich nicht hier sitzen und Weihnachten ganz allein verbringen... wenn du Zeit hast, mit ihm herumzubummeln, so hättest du wenigstens −«

»Hör auf!« Tanas Stimme ertönte laut in dem leeren Flur. »Hör auf! Er ist im Letterman. Niemand bummelt herum, verdammt noch mal!« Jean schwieg. So hatte sie Tana noch nie erlebt; sie klang hysterisch, verzweifelt, auf eine beängstigende Art.

»Was ist Letterman?« Sie hielt es für ein Hotel, ahnte aber schon, daß sie sich täuschte.

»Das Militärkrankenhaus hier. Er hat einen Schuß ins Rückgrat abbekommen...« Tana holte tief Luft, um nicht zu weinen, aber es half nichts. Nichts half. Sie weinte ständig, wenn sie nicht bei Harry war. Sie konnte nicht fassen, was ihm zugestoßen war. Und jetzt brach sie fast auf dem Stuhl zusammen. »Er ist querschnittgelähmt, Mama... er wird vielleicht nicht einmal durchkommen... er hat gestern abend schreckliches Fieber bekommen...« Sie saß da und weinte, bebte am ganzen Körper, konnte nicht aufhören, mußte es herauslassen. Jean starrte in ihrem Büro schockiert die Wand an, dachte an diesen jungen Mann, den sie so oft gesehen hatte. Er war so optimistisch, so selbstsicher gewesen, hatte immer gelacht; war lustig und aufgeweckt und respektlos gewesen, und er hatte sie meistens geärgert. Und nun dankte sie Gott, daß Tana ihn nicht geheiratet hatte... schrecklich, was für ein Leben sie nun vor sich hätte!

»Ach, Liebling, es tut mir so leid...«

»Ja, mir auch.« Tana klang wie früher, als sie noch ein kleines Kind war und ihr Hündchen gestorben war, und es brach Jean fast das Herz, ihr zuzuhören. »Und ich kann nichts für ihn tun ... außer dazusitzen und ihm zuzusehen!«

»Du solltest nicht bei ihm sitzen. Das ist eine zu große seelische Belastung für dich.«

»Ich *muß* bei ihm sein! Verstehst du das denn nicht?« Ihre Stimme klang schroff. »Ich bin alles, was er hat.«

»Was ist mit seiner Familie?«

»Sein Vater hat ihn noch nicht einmal besucht, und er wird wahrscheinlich nie hier auftauchen, dieser gemeine Kerl! Und Harry liegt einfach da und verzweifelt!«

»Du kannst aber nichts tun. Und ich finde, du solltest so etwas nicht mit ansehen, Tan.«

»Ach nein?« warf Tana herausfordernd ein. »Was soll ich denn sehen, Mama? Dinner-Partys im East Side, Abende in Greenwich mit dem Durning-Clan? Das ist das Gemeinste, was ich je gehört habe! Mein bester Freund ist eben in Vietnam zum Krüppel geschossen worden, und du findest, ich sollte nicht bei ihm sein! Was, findest du denn, soll mit ihm passieren, Mama? Soll ich ihn von meiner Liste streichen, weil er nicht mehr tanzen kann?«

»Sei nicht so zynisch, Tana!«

»Wieso nicht? In was für einer Welt leben wir denn eigentlich? Was ist denn nur mit den Leuten los? Warum sehen sie nicht, in was wir uns in Vietnam eingelassen haben?« Ganz zu schweigen von Sharon und Richard Blake und John F. Kennedy und allem anderen, das hier, in diesem Land, nicht stimmte.

»Das liegt weder in deinen noch in meinen Händen.«

»Warum kümmert sich denn kein Mensch darum, was wir denken? Was ich denke ... was Harry denkt ... Warum hat niemand ihn um seine Meinung gefragt, bevor er gezwungen wurde, nach Vietnam zu gehen?« Sie schluchzte laut und konnte nicht weitersprechen.

»Nimm dich zusammen!« Jean wartete einen Moment, dann fuhr sie fort: »Es wäre wirklich besser, wenn du über die Ferien nach Hause kommen würdest, Tan, besonders, wenn du sonst nichts anderes vorhast, als bei diesem Jungen im Krankenhaus zu sitzen.«

»Ich kann jetzt nicht nach Hause kommen«, antwortete Tana scharf, und plötzlich hatte Jean Tränen in den Augen.

»Warum nicht?« Jetzt hörte Jean sich wie ein Kind an.

»Ich will Harry jetzt nicht allein lassen.«

»Wie kann er dir soviel bedeuten...?« *Mehr als ich...?*

»Er ist mein bester Freund, Mama! Verbringst du Weihnachten nicht sowieso mit Arthur, oder wenigstens teilweise?« Tana putzte sich die Nase und trocknete ihre Augen.

»In diesem Jahr nicht, Tan. Er fährt mit den Kindern nach Palm Beach.«

»Und dich hat er nicht eingeladen?« Tana war empört. Arthur war wirklich ein Ausbund von einem egoistischen Miststück; er kam gleich nach Harry Winslows Vater!

»Das wäre für ihn zu peinlich.«

»Wieso? Seine Frau ist seit acht Jahren tot, und eure Beziehung ist doch kein Geheimnis mehr! Wieso kann er dich nicht einladen?«

»Das ist doch egal. Ich habe ohnehin einiges zu arbeiten hier.«

»Ja.« Die Unterwürfigkeit ihrer Mutter Arthur gegenüber machte sie noch wahnsinnig. »Arbeiten für ihn! Warum sagst du ihm nicht einfach, er könnte dir den Buckel runterrutschen, Mama? Du bist fünfundvierzig, du könntest immer noch jemand anderen finden, und niemand könnte dich schlimmer behandeln, als Arthur es tut.«

»Tana, das stimmt nicht!«

»Nein? Warum verbringst du dann Weihnachten allein?«

»Weil meine Tochter nicht nach Hause kommt!«

Tana hätte am liebsten aufgelegt. »Leg nicht wieder diese Platte auf, Mama!«

»Rede nicht so mit mir! Es stimmt doch, nicht wahr? Du willst, daß er in meiner Nähe ist, damit auf dir keine Verantwortung lastet. Aber es geht nicht alles so, wie du es dir vorstellst. Du wirst vielleicht nicht nach Hause kommen, aber du kannst nicht so tun, als wäre das richtig!«

»Ich studiere, Mama! Ich bin zweiundzwanzig, ich bin erwachsen. Ich kann doch nicht immer für dich dasein!«

»Arthur auch nicht. Und auf seinen Schultern lastet eine größere Verantwortung als auf deinen.« Sie weinte jetzt leise. Tana schüttelte den Kopf und antwortete ruhig: »Er ist derjenige, auf den du wütend sein solltest, Mama, nicht ich. Es tut mir leid, daß ich nicht zu dir kommen kann, aber es geht einfach nicht.« »Ich verstehe.« »Nein, du verstehst gar nichts, und auch das tut mir leid.«

Jean seufzte. »Momentan können wir daran wohl ohnehin nichts ändern. Und vermutlich tust du das Richtige.« Sie schniefte. »Aber bitte, Liebling, verbring nicht all deine Zeit im Krankenhaus! Es ist zu deprimierend, und du kannst dem Jungen ohnehin nicht helfen. Er wird allein mit seiner Krankheit fertig werden müssen.« Tana war entsetzt über Jeans Einstellung, sie hatte jedoch nicht mehr die Kraft, etwas zu entgegnen.

»Ja, Mama.« Sie hatten beide ihre eigenen Vorstellungen, die sich nicht mehr miteinander vereinbaren ließen. Streit oder Diskussionen würden nicht bewirken, daß sie sich besser verstanden. Sie waren ihre eigenen Wege gegangen, und auch Jean war sich dessen bewußt. Sie dachte daran, welches Glück Arthur hatte, seine Kinder noch immer in der Nähe zu haben. Ann brauchte immer seine Hilfe, finanziell und auch in anderen Dingen, und ihr Mann betete Arthur fast an; und selbst Billy wohnte zu Hause. Wie schön für Arthur, dachte sie, als sie auflegte. Es bedeutete allerdings auch, daß er nie genügend Zeit für Jean hatte. Bei all seinen geschäftlichen Verpflichtungen, den Freunden, die, wie er sagte, Marie zu nahegestanden hatten, um Jean zu akzeptieren, und Billy und Ann blieb kaum noch Zeit für sie. Und doch war ihre Beziehung eine ganz besondere und würde ewig dauern; schon deswegen lohnte es sich, so viele Stunden allein zu verbringen und auf ihn zu warten. Zumindest sagte sie sich das, als sie ihren Schreibtisch aufräumte, in ihre Wohnung zurückkehrte und Tanas leeres Zimmer anstarrte. Es sah so schrecklich ordentlich aus, so leer und verlassen. Ganz anders als Tanas Zimmer in Berkeley, wo ihre Sachen auf dem Boden verstreut lagen, während sie hastig ein paar Dinge zusammensuchte, um gleich wieder zu Harry zu eilen. Sie hatte nach dem Gespräch mit ihrer Mutter im Krankenhaus angerufen und erfahren, daß das Fieber noch immer gestiegen war. Harry schlief, er hatte gerade eine Spritze bekommen, und doch wollte Tana bei ihm sein, bevor er aufwachte. Während sie ihr Haar kämmte und ihre Jeans anzog, dachte sie an das, was Jean gesagt hatte. Es war ungerecht von ihr, Tana ihre Einsamkeit vorzuwerfen. Welches Recht hatte sie, zu erwarten, daß Tana immer für sie da war? Aber ihre Mutter hatte nun einmal die Art, die Dinge mit zweierlei Maß zu messen. Arthur hatte, wie sie meinte, keine Pflichten ihr gegenüber zu erfüllen. Sechzehn lange Jahre hatte sie immer wieder Entschuldigungen für sein Verhalten erfunden, vor Tana, vor sich selbst, vor ihren Freunden, vor den Frauen im Büro. Was würde Jean noch alles hinnehmen und dulden?

Tana nahm ihre Jacke vom Haken und lief die Treppe hinunter.

Es dauerte eine halbe Stunde, die Bay Bridge mit dem Bus zu überqueren, und noch einmal zwanzig Minuten, um zum Letterman-Hospital zu gelangen, das friedlich im Presidio lag. Der Verkehr war stärker als in den letzten Tagen, was sie jedoch, da es Heiligabend war, nicht überraschte. Tana bemühte sich, nicht mehr an ihre Mutter zu denken, als sie aus dem Bus stieg. Die konnte sich zumindest selbst versorgen, Harry konnte es momentan nicht. Das war alles, woran sie dachte, als sie zu seinem Zimmer im dritten Stock ging und leise eintrat.

Er schlief noch, und die Vorhänge waren zugezogen. Draußen herrschte wunderschönes, sonniges Wetter, doch nichts von dem hellen Licht und der Lebensfreude drang in das Krankenzimmer. Alles war still und trübsinnig. Tana setzte sich auf einen Stuhl neben Harrys Bett und betrachtete sein Gesicht. Die Medikamente hatten bewirkt, daß er tief schlief und sich zwei Stunden lang nicht rührte. Schließlich ging Tana auf den Flur, um sich etwas Bewegung zu verschaffen, und wanderte dort auf und ab. Sie bemühte sich, nicht in die Zimmer zu sehen, die offenstanden, die abscheulichen Geräte zu ignorieren; die fassungslosen, gequälten Gesichter von Eltern, die ihre Söhne besuchten oder das, was noch von ihnen übrig war, die Verbände, die verwundeten Gesichter, die zerfetzten Gliedmaßen wollte sie gar nicht sehen. Sie konnte soviel Leid kaum noch ertragen, und als sie das Ende des Flures erreichte, holte sie tief Luft. Mit einemmal fiel ihr ein Mann auf, bei dessen Anblick ihr förmlich die Luft wegblieb. Er war der bestaussehende Mann, den sie je zu Gesicht bekommen hatte – groß, dunkelhaarig, mit leuchtendblauen Augen. Sein Gesicht war sonnengebräunt, die Schultern breit und die Beine endlos lang. Er trug einen tadellos geschnittenen, dunkelblauen Anzug und einen Kamelhaarmantel über dem Arm. Sein blütenweißes Hemd saß so tadellos, als ob er Werbung für eine Schneiderei machen würde. Alles an ihm zeugte von einem erlesenen Geschmack. Er trug einen Wappenring an der linken Hand, und seine Augen blickten besorgt. Den Bruchteil einer Sekunde musterte er Tana kritisch.

»Können Sie mir sagen, wo die neurochirurgische Abteilung ist?« Sie nickte und kam sich albern und dumm vor, dann lächelte sie schüchtern.

»Ja, am anderen Ende dieses Flures.« Sie deutete in die Richtung, aus der sie gekommen war, und er verzog den Mund zu einem krampfhaften Lächeln. Er machte einen verzweifelten Eindruck, als hätte er soeben das einzige, was er besaß, verloren.

Tana fragte sich unwillkürlich, wen er wohl besuchte. Er mußte ungefähr fünfzig Jahre alt sein, und er war zweifellos der bemerkenswerteste und attraktivste Mann, den Tana je gesehen hatte. Obgleich sein dunkles Haar schon von grauen Fäden durchzogen war, wirkte er noch ausgesprochen jugendlich.

Er eilte an ihr vorüber, den Flur entlang, und sie folgte ihm langsam in die Richtung, aus der sie gekommen war. Sie sah, wie er links abbog und auf die Räume der Schwestern zusteuerte.

Tanas Gedanken schweiften zurück zu Harry, und sie beschloß, wieder zu ihm zu gehen. Sie war nicht lange fort gewesen, aber vielleicht war er inzwischen aufgewacht, und es gab eine Menge Dinge, die sie ihm sagen wollte – Dinge, die sie sich während der Nacht überlegt hatte, als sie Pläne für Harrys Zukunft geschmiedet hatte. Sie war fest entschlossen, nicht zuzulassen, daß er einfach nur dalag und sich gehenließ. Er hatte ja noch sein ganzes Leben vor sich. Zwei Schwestern lächelten ihr im Vorbeigehen zu und sie betrat auf Zehenspitzen Harrys Zimmer. Es lag noch immer im Halbdunkel da, aber draußen ging ohnehin die Sonne schon unter. Sie merkte sofort, daß Harry wach war. Er war noch halb betäubt, doch er erkannte sie, lächelte aber nicht. Ihre Blicke trafen sich, sie sahen einander an, und plötzlich hatte sie das seltsame Gefühl, daß irgend etwas nicht stimmte. Sie erahnte, daß sich etwas verändert hatte. Tana blickte sich flüchtig um, als ob sie eine Erklärung für ihre Vermutung in diesem Zimmer finden müßte, und da sah sie ihn in einer Ecke stehen, mit verbissener Miene – den hübschen Mann mit dem graumelierten Haar und dem dunkelblauen Anzug. Fast wäre sie zusammengezuckt. Nie wäre sie auf die Idee gekommen... nun begriff sie auf einmal... Harrison Winslow der Dritte... Harrys Vater... er war schließlich doch noch gekommen.

»Hallo, Tan!« Harry sah sie hilflos und unglücklich an. Es war einfacher gewesen, bevor sein Vater eintraf, nun mußte Harry auch noch mit ihm und mit seinem Kummer fertig werden. Tana um sich zu haben war soviel angenehmer; sie verstand immer, wie ihm zumute war. Sein Vater hatte ihn nie verstanden.

»Wie geht es dir?« Einen Augenblick ignorierten sie den älteren Herrn, als ob sie sich erst gegenseitig Kraft für diese Begegnung spenden müßten. Tana hatte keine Ahnung, wie sie sich verhalten sollte.

»Es geht schon.« Der gequälte Blick strafte seine Worte jedoch Lügen. Er sah erst Tana, dann den Mann an. »Vater, das ist Tana Roberts, meine Freundin.« Der ältere Winslow schwieg, streckte jedoch die Hand aus. Als er sie ansah, kam sie sich wie ein Eindringling vor. Er wollte Einzelheiten darüber wissen, was Harry zugestoßen war. Er war am Tag zuvor aus Südafrika in London eingetroffen, hatte die Telegramme gelesen, die ihn dort erwarteten, und war sofort nach San Francisco weitergeflogen. Erst bei seiner Ankunft hatte er jedoch erfahren, wie es tatsächlich um Harry stand. Er war noch wie betäubt von dem Schock. Harry hatte ihm soeben eröffnet, daß er bis an sein Lebensende an einen Rollstuhl gefesselt sein würde. In diesem Moment hatte Tana den Raum betreten. Harrison Winslow der Ältere akzeptierte, daß sein Sohn sich gar nicht erst die Mühe gemacht hatte, seinen Zustand zu beschönigen, immerhin handelte es sich um seine Beine, und wenn sie nicht mehr zu gebrauchen waren, so blieb es ihm überlassen, wie er das anderen beibrachte. Auch als er Tana mit seinem Vater bekannt machte, sagte Harry nur das Nötigste. »Tan, das ist mein Vater, Harrison Winslow.« Ein sarkastischer Ton schwang in seiner Stimme mit. »Der Dritte.« Nichts zwischen Vater und Sohn hatte sich geändert, nicht einmal in dieser verzweifelten Situation kamen sie sich näher. Sein Vater wirkte gekränkt.

»Möchten Sie gern allein sein?« Tanas Augen wanderten zwischen beiden hin und her, und es war deutlich erkennbar, daß Harry von dieser Idee überhaupt nicht begeistert war. »Ich werde Tee holen.« Sie warf Harrison Winslow einen vorsichtigen Blick zu. »Möchten Sie auch eine Tasse?«

Er zögerte, nickte dann aber. »Ja, gern. Vielen Dank.« Er lächelte, und es war unmöglich, seine Attraktivität zu ignorieren; selbst jetzt und hier, im Krankenzimmer seines schwerverwundeten Sohnes, und nachdem er so schlechte Nachrichten erhalten hatte, bewahrte er seine Haltung. Seine blauen Augen blickten unsagbar tief, seine Kinnpartie war ausgeprägt und entschlossen, seine Hände wirkten sanft und kräftig zugleich. Es fiel nicht leicht, ihn als den Schurken anzusehen, als den Harry ihn immer beschrieb, aber Tana mußte seinen Worten glauben. Trotzdem schlichen sich plötzlich Zweifel, ob Harry seinen Vater objektiv beurteilt hatte, bei ihr ein, während sie langsam zur Cafeteria ging, um Tee zu holen. Eine knappe halbe Stunde später kehrte sie zurück, wobei sie sich fragte, ob sie nach Hause gehen und morgen oder später zurückkommen solle. Sie hatte ohnehin so viel zu arbeiten. Bei ihrem Eintreten sah Harry sie jedoch mit einem so verbissenen Blick an, als wollte er von seinem Vater erlöst werden. Der Schwester, die gleich darauf kam, fiel seine Verzweiflung auch auf, und da sie nicht wußte, was oder wer Harrys Erschöpfung hervorgerufen hatte, bat sie beide Besucher wenig später, den Kranken allein zu lassen. Tana beugte sich über das Bett, um Harry einen Kuß zum Abschied zu geben, und er flüsterte ihr ins Ohr: »Komm bitte heute abend noch einmal... wenn du kannst...«

»Gut.« Sie küßte ihn auf die Wange und nahm sich vor, zuerst die Schwestern anzurufen, ehe sie ihn noch einmal besuchte. Immerhin war es Heiligabend, vielleicht wollte Harry da nicht allein sein. Ob er und sein Vater sich wohl gerade gestritten hatten? Sein Vater warf noch einmal einen Blick über die Schulter und seufzte unglücklich, als er das Zimmer verließ. Er ging mit gesenktem Kopf den Flur entlang, starrte dabei auf seine polierten Schuhe, und Tana hatte Angst, ihn anzusprechen. Sie kam sich in ihren abgestoßenen Schuhen und Jeans ausgesprochen schlampig vor, aber sie konnte ja nicht damit rechnen, im Krankenhaus jemand Besonderen anzutreffen, und schon gar nicht den legendären Harrison Winslow III. Sie erschrak fast, als er sich plötzlich nach ihr umwandte.

»Was für einen Eindruck macht Harry auf Sie?«

Tana holte tief Luft. »Ich weiß nicht... es ist zu früh, um irgend etwas Genaues sagen zu können... ich denke, daß er noch immer unter Schockeinwirkung steht.« Harrison Winslow nickte. Ja, der Meinung war er auch. Er hatte, noch ehe er Harrys Zimmer betreten hatte, mit dem Arzt gesprochen – es gab nichts, was man für Harry tun konnte. Sein Rückenmark war so schwer verletzt, daß er nie wieder würde gehen können, hatte der Neurochirurg ihm erklärt. Die Ärzte hatten alles, was sie konnten, für Harry getan, und sobald sich der Zustand des Patienten stabilisiert hatte, würden sie ihn operieren. Harry hatte gewissermaßen noch Glück im Unglück gehabt, behauptete der behandelnde Arzt, aber natürlich konnte das den Verwundeten, der den Schock noch immer nicht überwunden hatte, im Moment überhaupt nicht trösten. Harrys Sexualleben würde durch die Verletzung so gut wie gar nicht beeinträchtigt sein, da dieser Teil des Nervensystems nicht beschädigt war. Es würde zwar eine gewisse Zeit brauchen, bis er soweit hergestellt war, um überhaupt wieder Interesse an derlei Dingen zu entwickeln, und selbstverständlich würde auch im sexuellen Bereich im Vergleich zu früher einiges anders sein.

»Er könnte sogar eine Familie gründen«, hatte der Arzt gesagt. Anderes allerdings würde er nie mehr tun können: gehen oder tanzen, laufen oder Skilaufen... Tränen standen in Winslows Augen, als er daran dachte. Dann fiel ihm das Mädchen ein, das neben ihm ging. Sie war hübsch. Sie war ihm gleich, als er sie im Korridor bemerkt hatte, aufgefallen; er war fasziniert gewesen von dem gutgeschnittenen Gesicht, den großen, grünen Augen, der anmutigen Art, mit der sie sich bewegte. Und als sie Harrys Zimmer betrat, war er sehr erstaunt.

»Sie und Harry sind wohl enge Freunde?« Merkwürdig, daß Harry das Mädchen nie erwähnt hatte, aber er erzählte ihm ja ohnehin nie etwas, was sein persönliches Leben betraf.

»Ja. Wir sind seit vier Jahren befreundet... «

Harrison Winslow beschloß, Tana ohne Umschweife nach den Dingen zu fragen, die ihn interessierten. Er wollte wissen, wie sie zu Harry stand, und vielleicht war dies der passende Moment, um es herauszufinden. Was empfand Harry für das Mädchen? War es nur eine vorübergehende Affäre oder eine echte Liebe – oder vielleicht sogar eine heimliche Ehefrau? Er mußte schließlich auch an Harrys finanzielle Lage denken, selbst wenn er den Jungen noch nicht für reif genug hielt, sein Vermögen zusammenzuhalten. »Lieben Sie ihn?« Sein Blick durchbohrte Tana förmlich, und sie geriet aus der Fassung.

»Ich... nein... ich... das heißt... ich meine, ich liebe ihn sehr, aber... ich habe zu ihm keine ›körperliche Beziehung‹, wenn es das ist, was Sie wissen wollen.« Sie errötete bis über die Ohren, weil es ihr peinlich war, das erklären zu müssen, und er lächelte entschuldigend.

»Es tut mir leid, daß ich Sie so etwas überhaupt frage, aber wenn Sie Harry gut kennen, so wissen Sie, wie er ist. Ich weiß nie genau, was er tut, und stelle mir oft vor, daß ich eines Tages ankomme und feststelle, daß er eine Frau und drei Kinder hat.« Tana lachte. Das war zwar unwahrscheinlich, jedoch nicht ganz unmöglich – so wie sie Harry kannte, würde sie ihm aber eher drei Geliebte auf einmal zutrauen. Und plötzlich merkte sie, daß es ihr schwerfiel, Harrys Vater so abstoßend zu finden, wie Harry es sich gewünscht hätte. Sie war sich nicht einmal so sicher, ob sie überhaupt etwas gegen ihn einzuwenden hatte.

Er schien ein starker Charakter zu sein und war außerdem nicht gerade scheu, wenn er etwas in Erfahrung bringen wollte. Er musterte Tana von Kopf bis Fuß und warf einen Blick auf seine Uhr und auf die Limousine, die am Straßenrand auf ihn wartete. »Würden Sie mit mir irgendwo eine Tasse Kaffee trinken? In meinem Hotel vielleicht? Ich wohne im Stanford Court. Der Fahrer kann Sie anschließend hinfahren, wohin Sie wollen. Wäre Ihnen das recht?« Eigentlich dachte sie, daß es Harry gegenüber nicht fair wäre, wenn sie die Einladung annehmen würde, aber sie wußte nicht, wie sie das Angebot ablehnen sollte. Er hatte ja auch immerhin einiges durchgemacht und außerdem eine lange Reise hinter sich.

»Ich... ich sollte eigentlich nach Hause... ich muß noch furchtbar viel lernen...« Sie errötete, und er war enttäuscht, und mit einemmal tat er ihr leid. So elegant und selbstbewußt sein Auftreten auch war, er war offensichtlich auch verwundbar. »Es tut mir leid, ich wollte nicht unhöflich sein. Es ist nur, weil...«

»Ich weiß.« Er sah sie mit einem verzagten Lächeln an, das ihr Herz erweichte. »Er hat Ihnen erzählt, was für ein gemeiner Kerl ich bin. Aber es ist Heiligabend, wissen Sie, und vielleicht tut es uns beiden gut, eine Weile miteinander zu plaudern. Mich haben die Nachricht über Harrys Verwundung und sein schrecklicher Zustand schwer getroffen, und Sie bestimmt auch.«

Sie nickte traurig und folgte ihm zum Wagen. Der Fahrer öffnete die Tür, und Tana stieg ein. Harrison Winslow setzte sich neben sie auf den grauen Samtrücksitz. Auf der Fahrt durch die Stadt wirkte er nachdenklich. Es schienen nur wenige Minuten vergangen zu sein, bis sie Nob Hill erreichten, auf seiner Ostseite hinunterfuhren und scharf in den Hof des Stanford-Court-Hotels einbogen. »Harry und ich haben in all den Jahren einige Kämpfe ausgefochten. Wir haben es irgendwie nie geschafft, uns miteinander zu vertragen...« Fast war es, als rede er mit sich selbst. Tana beobachtete sein Gesicht. Er wirkte nicht so skrupellos, wie Harry ihn beschrieben hatte, im Gegenteil, auf Tana machte er einen sehr verletzlichen Eindruck. Es lag ein einsamer und trauriger Zug um seine Augen. In diesem Moment blickte Harrison Tana an. »Sie sind ein sehr hübsches Mädchen... Harry hat Glück, Sie zur Freundin zu haben.«

Tana beeindruckte Harrison Winslow sehr, nicht zuletzt deshalb, weil sie eine so verblüffende Ähnlichkeit mit Harrys Mutter hatte, und er konnte sich vorstellen, daß sich sein Sohn unbewußt auch deshalb besonders zu diesem Mädchen hingezogen fühlte.

Eine faszinierende Ähnlichkeit, dachte Harrison, als er sie leichtfüßig aus dem Wagen steigen sah und ihr in das Hotel folgte. Sie betraten das Potpourri-Restaurant und nahmen in einer der Nischen Platz. Er schien sie dauernd zu beobachten, als könnte er ihr ansehen, wer sie war und was sie seinem Sohn bedeutete. Es fiel ihm schwer zu glauben, daß sie nur »seine Freundin« war, wie sie es nannte; und doch beharrte sie im Laufe der Unterhaltung darauf, und sie hatte keinen Grund, ihn zu belügen.

Tana lächelte, als sie seine ungläubige Miene bemerkte. »Meine Mutter denkt darüber genauso wie Sie, Mr. Winslow. Sie sagt immer wieder, daß Mädchen und Jungen nicht einfach nur Freunde sein können, und ich beteuere ihr jedesmal, daß sie sich täuscht; denn genau das sind Harry und ich... er ist mein bester Freund... er ist für mich wie ein Bruder...« Ihre Augen füllten sich mit Tränen, und sie wandte den Blick ab und dachte an Harrys traurige Zukunft. »... ich werde alles tun, was ich kann, damit es ihm so gut wie irgend möglich geht.« Sie sah Mr. Winslow trotzig an, nicht um ihm zu zeigen, daß er seinem Sohn auch etwas schuldete, sondern aus Zorn über Harrys unverdientes Schicksal. »Ich werde alles, was mir möglich ist, für ihn tun, wissen Sie... Ich werde nicht zulassen, daß er sich gehenläßt und vor lauter Selbstmitleid seinen Hintern nicht in die Höhe bringt...« Sie errötete und fürchtete, daß sie sich im Ton vergriffen hatte. »Ich werde dafür sorgen, daß er aufsteht und sich wieder bewegt und am Leben teilnimmt.« Tana warf ihm einen bedeutsamen Blick zu. »Ich habe da eine Idee, aber ich muß erst mit Harry darüber sprechen.« Harrison Winslow war erstaunt. Möglicherweise plante dieses Mädchen, seinen Sohn für immer an sich zu binden, doch das wäre bestimmt nicht das Schlechteste. Sie war hübsch und gescheit und besaß offensichtlich eine ganz schöne Portion Mut. Ihre grünen Augen leuchteten eifrig, und er sah ihr an, daß sie es ernst meinte.

»Was für eine Idee?« Tana faszinierte ihn; hätte er sich nicht solche Sorgen um seinen Sohn gemacht, so hätte sie ihn sicher sogar amüsiert.

Sie zögerte. Vermutlich würde er denken, sie sei verrückt, besonders wenn er wirklich so ohne Ehrgeiz war, wie Harry ihn beschrieben hatte. »Ich weiß nicht... es hört sich vermutlich für Sie verrückt an... aber ich dachte mir... na ja, ich weiß nicht...« Es war ihr peinlich, es ihm gegenüber auszusprechen. »Ich dachte mir, daß ich ihn vielleicht dazu bringen könnte, daß er mit mir zusammen Jura studiert. Selbst wenn er niemals Anwalt wird, es würde ihm doch guttun, eine Aufgabe zu haben, besonders jetzt.«

»Meinen Sie das ernst?« Lachfältchen erschienen um seine Augen. »Jura? Mein Sohn?« Er tätschelte ihre Hand und grinste. Sie war ein bewundernswertes Ding und temperamentvoll wie ein kleiner Feuerball; er würde diesem Mädchen alles zutrauen, sogar das. »Wenn Sie ihn dazu überreden könnten, vor allem jetzt, so wären Sie sogar noch bemerkenswerter, als ich ohnehin schon dachte.« Seine Miene wurde sogleich wieder nüchterner.

»Ich werde es versuchen, sobald es ihm wieder so gutgeht, daß er mir zuhören kann.«

»Das wird wohl noch ein Weilchen dauern, fürchte ich.« Sie nickten beide schweigend, und in die Stille ertönte auf einmal von draußen ein Weihnachtslied. Tana sah ihn forschend an.

»Warum sehen Sie Harry so selten?« Sie mußte es fragen, sie hatte ja nichts zu verlieren. Und sollte er wütend auf sie werden, so konnte sie ja einfach gehen, er konnte ihr nichts anhaben. Er hielt ihrem Blick stand, offenbar war er nicht verärgert.

»Möchten Sie das wirklich wissen? Harrys Beziehung zu mir war schon immer problematisch. Ich habe lange, lange Zeit versucht, mit ihm so etwas wie eine Freundschaft aufzubauen, das ist mir leider nicht gelungen. Er haßt mich, seit er ein kleiner Junge war, und es ist mit den Jahren eher noch schlimmer geworden. Nach einiger Zeit beschloß ich, meine Bemühungen aufzugeben, weil ich es nicht mehr ertragen konnte, daß wir uns immer wieder gegenseitig verletzten. Die Welt ist groß, ich habe eine Menge zu tun, und Harry lebt sein eigenes Leben.« Tränen traten in seine Augen, und er senkte hastig den Blick: »Zumindest hat er bis jetzt sein eigenes Leben gelebt...«

Tana berührte seine Hand. »Das wird er auch wieder tun. Ich verspreche es Ihnen... wenn er am Leben bleibt... o mein Gott, laß ihn am Leben bleiben... bitte laß ihn nicht sterben...« Sie wischte sich die Tränen von den Wangen. »Er ist so ein wundervoller Mensch, Mr. Winslow. Er ist der beste Freund, den ich je hatte.«

»Ich wünschte, ich könnte das auch behaupten.« Er sah sie traurig an. »Wir sind uns inzwischen sehr fremd geworden. Ich kam mir heute in seinem Zimmer wie ein Eindringling vor.«

»Vielleicht lag das daran, daß ich da war. Ich hätte Sie beide allein lassen sollen.«

»Das hätte auch nichts geändert. Wir haben uns schon so lange nichts mehr zu sagen und kennen uns im Grunde gar nicht richtig.«

»Das muß aber nicht so bleiben.« Tana sprach mit ihm, als wären sie alte Bekannte. Er imponierte ihr jetzt nicht mehr so sehr, auch wenn er noch soviel in der Welt herumgekommen und noch so elegant war. Er war ebenso ein Mensch wie sie und hatte ein niederschmetterndes Problem, einen kranken Sohn, der ihm fremd geworden war. »Sie könnten sich jetzt mit ihm anfreunden.«

Harrison Winslow schüttelte den Kopf, dann lächelte er auf einmal. Diese Tana war wirklich ein außergewöhnliches, wunderschönes Mädchen. Unwillkürlich fragte er sich erneut, welche Art von Beziehung Harry und sie wohl hatten. Sein Sohn war, was Frauen anbetraf, zu leichtlebig, um eine derartige Gelegenheit ungenutzt verstreichen zu lassen. Es sei denn, sie bedeutete ihm sogar noch mehr, als sie ahnte ... vielleicht war es das ... vielleicht liebte Harry sie ... ja, das mußte es sein.

»Es ist zu spät dafür, mein Kind, viel zu spät. Außerdem, in seinen Augen sind meine Sünden unverzeihlich.« Er seufzte. »Vermutlich würde ich an seiner Stelle ebenso empfinden.« Er sah ihr fest in die Augen. »Er denkt, ich hätte seine Mutter umgebracht. Sie beging Selbstmord, als er vier Jahre alt war.«

Sie hätte sich beinahe an ihren Worten verschluckt. »Ich weiß.« Seine Augen blickten unsagbar kummervoll. Seine Liebe zu Harrys Mutter war nie erloschen, ebensowenig seine Liebe zu seinem Sohn. »Sie hatte Krebs und war todkrank, aber sie wollte nicht, daß irgend jemand es erfährt. Sie hatte große Angst vor den Schmerzen und einer Entstellung, sie hatte nicht mehr die Kraft, mehr zu ertragen. Sie war vor ihrem Tod zweimal operiert worden ... und ... « Er hielt inne, fuhr dann jedoch fort. » ... es war entsetzlich für sie ... für uns alle ... Harry wußte damals, daß sie krank war, aber heute erinnert er sich daran nicht mehr. Es spielt ohnehin keine Rolle mehr. Sie konnte nicht mit diesen Schmerzen leben, und ich konnte es nicht ertragen, sie so leiden zu sehen. Was sie tat, war schrecklich, aber ich habe es immer verstanden. Sie war so jung, so wunderschön – sie war Ihnen sogar ziemlich ähnlich –, und sie war fast noch ein Kind...« Er schämte sich nicht wegen der Tränen in seinen Augen, und Tana sah ihn entsetzt an.

»Warum weiß Harry das nicht?«

»Ich mußte ihr versprechen, es ihm nie zu sagen.« Er lehnte sich ruckartig zurück, als hätte ihm jemand einen Schlag versetzt. Diese Verzweiflung wegen ihres Todes hatte ihn nie losgelassen. Er hatte jahrelang versucht, vor den Erinnerungen davonzulaufen, zuerst mit Harry, dann mit irgendwelchen Frauen, mit jungen Mädchen, mit irgendwem, schließlich ganz allein. Er war zweiundfünfzig Jahre alt und hatte herausgefunden, daß er nicht mehr weiterlaufen konnte. Die Erinnerungen holten ihn immer wieder ein – der Kummer, der Verlust... und nun würde Harry vielleicht auch noch gehen... Den Gedanken konnte er nicht ertragen. Er sah dieses junge, hübsche Mädchen an, das so voller Leben, so voller Hoffnung war. Es fiel ihm schwer, ihr das alles zu erklären; es lag so lange zurück.

»Damals war Krebs irgendwie eine andere Krankheit als heute... es war fast so, als müßte man sich deswegen schämen. Ich war nicht einer Meinung mit ihr, aber sie bestand darauf, daß Harry nie davon erfahren dürfe. Sie hinterließ mir einen sehr langen Brief. Sie nahm eine Überdosis Tabletten, als ich nach Boston zu meiner Großtante fuhr und über Nacht fortblieb. Sie wollte, daß Harry sie jung und wunderschön und romantisch in Erinnerung behielt, und nicht von Krankheit entstellt. Und so ging sie von uns... sie ist eine Heldin für ihn.« Er lächelte Tana traurig an. »Und für mich war sie das auch. Es war eine schlimme Art zu sterben, aber anders wäre es noch viel schlimmer gewesen. Ich habe ihr nie Vorwürfe für das gemacht, was sie getan hat.«

»Und Sie lassen Harry in dem Glauben, daß der Tod seiner

Mutter Ihre Schuld war?« Sie sah ihn aus riesigen, fassungslosen Augen an.

»Mir war nicht klar, daß er mir die Schuld geben würde, und als ich es merkte, war es schon zu spät. Ich war, als er noch klein war, viel unterwegs. Ich hoffte, ich könnte dem Schmerz, sie verloren zu haben, entfliehen; doch das ist mir nicht gelungen. Er verfolgt mich immer wie ein räudiger Hund; er wartet immer vor meinem Zimmer, wenn ich aufwache, kratzt an der Tür, winselt zu meinen Füßen, ganz gleich, wie elegant gekleidet und charmant und beschäftigt ich bin, wie viele Freunde mich umgeben – der Schmerz ist immer da, schnappt nach mir, zerrt an meinen Ärmeln... so ist das... Und als Harry acht oder neun Jahre alt war, hatte er sein eigenes Urteil über mich gefällt, und eine Weile war er so mit Haß erfüllt, daß ich ihn in ein Internat steckte, und dann beschloß er, dort zu bleiben, und ich ließ ihn gewähren. Und so reiste ich noch mehr umher als vorher... und...« Er zuckte vielsagend die Achseln. »... sie starb vor fast zwanzig Jahren, und hier sitzen wir nun... sie starb im Januar...« Sein Blick wanderte in die Ferne, konzentrierte sich dann wieder auf Tana, aber das half auch nichts – sie war ihr zu ähnlich. Allein sie anzusehen war, als blickte er in die Vergangenheit. »Und nun befindet sich Harry in dieser fürchterlichen Lage... das Leben ist manchmal so grausam, finden Sie nicht?« Sie nickte. Sie wußte nicht, was sie sagen sollte. Seine Worte hatten sie sehr nachdenklich gemacht.

»Ich finde, Sie sollten mit Harry über alles sprechen.«

»Über was?«

»Wie seine Mutter starb.«

»Das kann ich nicht. Ich habe es ihr versprochen... mir selbst versprochen... es wäre egoistisch, es ihm jetzt zu sagen...«

»Warum haben Sie es mir dann gesagt?« Sie war erschrocken über sich selbst, über den Zorn in ihrer Stimme, über ihre Empfindungen. Großer Gott! Mußten diese beiden Menschen ihr Leben auf diese Weise vergeuden? Sollte die Zeit, in der sie sich hätten lieben können, so sinnlos verstreichen? Sie hatten so viele Jahre vertan, die sie miteinander hätten teilen können. Und Harry brauchte seinen Vater jetzt. Er brauchte jeden Menschen.

Harrison machte ein entschuldigendes Gesicht. »Ich hätte es Ihnen wohl nicht erzählen sollen; aber ich mußte einfach mit jemandem sprechen... und Sie sind... ihm so nahe.« Er sah sie offen an. »Ich wollte, daß Sie wissen, daß ich meinen Sohn liebe.« In ihrer Kehle saß ein Kloß, und sie hätte den Mann an ihrem Tisch am liebsten gleichzeitig geohrfeigt und geküßt. Noch nie waren ihre Gefühle so zwiespältig gewesen.

»Warum, zum Teufel, sprechen Sie sich dann nicht mit ihm aus?«

»Es würde nichts nützen.«

»Möglicherweise doch. Vielleicht ist dies genau der richtige Zeitpunkt.«

Er betrachtete sie nachdenklich, senkte dann den Blick und sah schließlich wieder in ihre grünen Augen. »Vielleicht ist er das. Aber ich kenne ihn nicht genug... ich würde gar nicht wissen, wo ich anfangen soll...«

»Reden Sie so wie eben, einfach drauflos, Mr. Winslow, sprechen Sie mit ihm, wie Sie mit mir gesprochen haben.«

Er lächelte, und mit einemmal wirkte er sehr müde. »Was macht Sie so weise, kleines Mädchen?«

Sie lächelte zurück und spürte, daß von ihm eine unendliche Wärme ausging. Er war in vieler Hinsicht Harry ähnlich, und doch strahlte er etwas aus... plötzlich begriff sie, daß sie sich zu ihm hingezogen fühlte, und das verwirrte sie. Es war, als seien all die Empfindungen, die seit Jahren, seit der Vergewaltigung, in ihr verschüttet waren, wieder zum Leben erwacht.

»Was dachten Sie soeben?«

Sie errötete und schüttelte den Kopf. »Etwas, das mit alldem nichts zu tun hatte... es tut mir leid... ich bin müde... ich habe seit ein paar Tagen nicht viel geschlafen...«

»Ich lasse Sie nach Hause fahren, damit Sie sich ausruhen können.« Er bedeutete dem Ober, die Rechnung zu bringen, und als er zahlte, sah Harrison sie mit einem sanften Lächeln an. Tana sehnte sich nach dem Vater, den sie nie gekannt hatte. So wie er hätte sie sich Andy Roberts gewünscht – nicht so wie Arthur Durning, der, wie es ihm beliebte, in das Leben ihrer Mutter trat und wieder verschwand. Dieser Mann hier war viel weniger egoistisch, als Harry ihn beschrieben hatte, als er unbedingt glauben wollte. Harry hatte in all den Jahren eine Menge Energie dafür aufgewendet, diesen Mann zu hassen, doch sie spürte, daß Harry im Irrtum war. Sie fragte sich, ob Harrison recht hatte, ob es wirklich schon zu spät für eine Versöhnung war. »Vielen Dank, daß Sie mir Gesellschaft geleistet haben, Tana. Harry hat großes Glück, Sie zur Freundin zu haben.«

»Ich habe Glück, daß er mein Freund sein will.«

Er wandte sich ihr wieder zu. »Sie haben keine Geschwister?«
Sie nickte.

»Ja. Und ich habe meinen Vater nie gekannt. Er ist vor meiner Geburt im Krieg gefallen.« Sie hatte das so viele Male in ihrem Leben gesagt, doch jetzt bekam es eine neue Bedeutung. Alles bekam auf einmal für sie eine neue Bedeutung, und sie verstand nicht, warum. Irgend etwas Merkwürdiges war mit ihr geschehen, während sie mit diesem Mann zusammensaß, und sie fragte sich, ob es nur daran lag, daß sie so müde war.

Harrison begleitete sie zu seinem Wagen und stieg zu ihrer Überraschung selbst mit ein, statt es seinem Chauffeur zu überlassen, sie nach Hause zu bringen. »Ich fahre mit.«

»Das ist aber nicht nötig.«

»Ich habe ohnehin nichts weiter zu tun. Ich bin hier, um Harry zu besuchen, und ich denke, er sollte die nächsten paar Stunden lieber ruhen.« Sie pflichtete ihm bei, und während sie über die Golden Gate Bridge fuhren, erzählte er ihr, daß er nie zuvor in San Francisco gewesen wäre und wie gut ihm diese Stadt gefiel. Trotzdem wirkte er irgendwie abgelenkt, und sie nahm an, daß er an seinen Sohn dachte. Er dachte jedoch an Tana. Als sie in Berkeley eintrafen, schüttelte er ihre Hand. »Ich sehe Sie dann wieder im Krankenhaus. Wenn Sie den Wagen brauchen, rufen Sie mich einfach im Hotel an, und ich schicke ihn dann.« Sie hatte erwähnt, daß sie mit dem Bus zum Krankenhaus und wieder nach Hause fuhr, und das machte ihm Sorgen. Sie war jung und hübsch, und ihr konnte alles mögliche zustoßen.

»Danke für alles, Mr. Winslow!«

»Harrison.« Er lächelte, und dabei sah er genau wie Harry aus, zwar nicht ganz so schelmisch, aber auch in seinen Augen blitzte es. »Wir sehen uns bald. Ruhen Sie sich jetzt erst einmal aus!« Er winkte, und die Limousine fuhr davon, während sie langsam die Treppe hinaufstieg und an all das dachte, was er gesagt hatte. Wie ungerecht das Leben manchmal war! Sie schlief ein und träumte von Harrison... und Harry... und Vietnam... und der Frau, die sich umgebracht hatte, und in ihrem Traum hatte diese Frau kein Gesicht.

Als Tana erwachte, war es bereits dunkel, und sie setzte sich ruckartig auf. Sie warf einen Blick auf die Uhr, es war neun. Sofort dachte sie an Harry und daran, wie es ihm gehen mochte. Sie eilte zum Münzfernsprecher, rief im Hospital an und erfuhr, daß sein Fieber gesunken war. Er war eine Weile wach gewesen, döste inzwischen allerdings wieder; doch man hatte ihn noch nicht für den Nachtschlaf zurechtgemacht.

Als Tana von draußen Weihnachtsgesänge hörte, fiel ihr ein, daß ja Heiligabend war und Harry sie brauchte. Sie duschte schnell und beschloß, sich für ihn hübsch anzuziehen. Sie zog sich ein flottes, weißes Strickkleid an, dazu hochhackige Schuhe und einen roten Mantel mit Schal, den sie seit dem letzten Winter in New York nicht mehr getragen hatte. Sie sprühte einen Hauch Parfüm auf, bürstete ihr Haar und fuhr mit dem Bus zurück in die Stadt. Dabei dachte sie wieder an Harrys Vater. Es war halb elf nachts, als sie im Krankenhaus eintraf, das weihnachtlich geschmückt war: kleine Bäume mit flimmernden Lichtern, Weihnachtsmänner aus Plastik hier und dort. Allerdings schien hier niemand in besonderer Weihnachtsstimmung zu sein, dafür spielten sich hier zu viele traurige Begebenheiten ab.

Als Tana Harrys Zimmer erreichte, klopfte sie leise und trat auf Zehenspitzen ein, in der Erwartung, daß er schlief. Er lag jedoch da und starrte an die Wand, mit Tränen in den Augen. Er fuhr zusammen, als er sie sah, und lächelte nicht einmal.

»Ich sterbe, nicht wahr?« Sie war entsetzt über seine Worte und den leblosen Blick in seinen Augen, und sie trat an sein Bett.

»Nur, wenn du sterben willst!« Sie wußte, daß sie mit ihm schonungslos umgehen mußte. »Es hängt ziemlich von dir selbst ab.« Sie stand nahe bei ihm, sah in seine Augen, und er langte nicht nach ihrer Hand.

»Sag nicht so etwas Blödes! Es war nicht meine Idee, mich zum Krüppel schießen zu lassen.«

»Doch.« Sie klang unbekümmert, und einen Moment sah er wütend aus.

»Was, zum Teufel, soll denn das heißen?«

»Daß du lieber hättest studieren sollen. Aber du zogst es vor herumzuhängen. Und so hast du die kurze Hälfte des Streichholzes erwischt – du hast gespielt und verloren.«

»Ja. Nur daß ich nicht zehn Dollar verlor, ich verlor meine Beine. Nicht gerade ein kleiner Einsatz.«

»Sieht aber so aus, als seien sie noch da.« Sie blickte auf seine reglosen Beine, und er fauchte sie an: »Red nicht so ein Blech! Wozu sind die denn noch gut?«

»Du hast sie noch, und du bist am Leben, und es gibt eine Menge, was du noch tun kannst. Und nach dem, was man sich hier so erzählt, könntest du es sogar noch mit den Schwestern treiben!« Sie hatte mit ihm noch nie so derb gesprochen, und dieses Thema war nicht gerade passend für Heiligabend; doch es war an der Zeit, ihn herauszufordern, besonders weil er fest davon überzeugt zu sein schien, sterben zu müssen. »Sieh es doch mal von der lustigen Seite an! Vielleicht kriegst du sogar wieder einen Tripper!«

»Du gehst mir auf die Nerven!« Er wandte sich ab, und ohne zu überlegen packte sie seinen Arm, langsam drehte er sich wieder um.

»Verflixt noch mal, *du* gehst *mir* auf die Nerven! Die Hälfte der Jungs in deinem Trupp wurde getötet – und du bist am Leben! Also lieg nicht da und jammere darüber, was du nicht mehr hast! Denk lieber darüber nach, was du unternehmen wirst! Dein Leben ist noch nicht zu Ende, es sei denn, du willst es so, aber, verdammt noch mal, ich will es nicht!« Tränen brannten in ihren Augen. »Ich will, daß du deinen lahmen Hintern bewegst – und wenn ich dich die nächsten zehn Jahre an den Haaren ziehen muß, damit du dich zusammenreißt und wieder wie ein Mensch benimmst! Ist das klar?« Tränen rollten ihr über die Wangen. »Ich lasse dich nicht in Ruhe – niemals! Kapiert?« Und langsam, ganz langsam... sah sie in seinen Augen ein Lächeln aufgehen.

»Du bist ein verrücktes Ding, Tan, weißt du das?«

»Ja, vielleicht bin ich das. Aber du wirst erst richtig zu spüren bekommen, wie verrückt ich bin, wenn du nicht bald beginnst, uns beiden das Leben leichter zu machen, indem du etwas mit dir anfängst.« Sie wischte sich die Tränen von den Wangen, und er grinste. Und zum erstenmal seit Tagen sah er aus wie der alte Harry.

»Weißt du, was mit dir los ist?«

»Was?« Sie war verwirrt. Sie hatte die aufreibendsten Tage ihres Lebens hinter sich, und sie war nie zuvor so erschöpft und überreizt gewesen.

»Die ganze sexuelle Energie, die du aufgestaut hast, investierst du anderweitig, und dadurch bist du manchmal so lästig.«

»Danke.«

»Gern geschehen.« Er grinste und schloß einen Moment die Augen, öffnete sie jedoch gleich wieder. »Wofür hast du dich denn so fein gemacht? Gehst du irgendwohin?«

»Ja, ich bin zu dir gekommen. Es ist Heiligabend.« Ihr Blick wurde sanfter, und sie lächelte ihn an. »Willkommen unter den Menschen!«

»Es hat mir gefallen, was du da eben sagtest.« Er lächelte noch immer, und Tana wußte, daß das Blatt sich gewendet hatte. Wenn er weiterleben wollte, würde er, den Umständen entsprechend, wieder in Ordnung kommen. Das hatte der Neurochirurg gesagt.

»Was habe ich denn gesagt...? Meinst du, daß ich dir einen Tritt in den Hintern versprochen habe, wenn du nicht bald etwas mit dir anfängst? Ja, es ist wirklich an der Zeit.« Sie war zufrieden.

»Nein, sondern daß ich es mit den Schwestern treiben und wieder einen Tripper bekommen könnte!«

»Also Harry!« Sie sah ihn mit gespielter Verachtung an. In diesem Moment kam eine Schwester herein, und beide brachen in Lachen aus, und einen Augenblick lang war es wie in alten Zeiten. Dann betrat Harrys Vater das Zimmer. Sie sahen einander nervös an, und ihr Lachen brach ab.

Harrison lächelte. Er wollte sich um alles in der Welt mit seinem Sohn anfreunden, das Mädchen hatte er ohnehin schon längst in sein Herz geschlossen.

»Laßt euch von mir nicht stören! Worüber habt ihr euch denn so gefreut?«

Tana wurde rot. Es fiel ihr schwer, sich mit jemandem zu unterhalten, der weltgewandt war. Obwohl... sie hatte sich ja den ganzen Nachmittag mit ihm unterhalten.

»Ihr Sohn war wieder einmal vorlaut, wie immer.«

»Ja, das ist nichts Neues.« Harrison ließ sich auf einem der beiden Stühle nieder. »Obgleich man meinen sollte, daß er sich am Heiligen Abend etwas besser benehmen könnte.«

»Also, er sprach eigentlich gerade von den Schwestern und... Harry errötete und protestierte, und Tana lachte. Mit einemmal lachte Harrys Vater auch. Die aufgelockerte Atmosphäre stand zwar noch auf etwas wackeligen Beinen, und keiner war gänzlich unbefangen; doch sie plauderten eine halbe Stunde miteinander, bis Harry ziemlich müde wirkte und Tana sich erhob. »Ich bin eigentlich nur gekommen, um dir einen Weihnachtskuß zu geben. Ich dachte nicht einmal, daß du wach wärst.«

»Ich auch nicht.« Harrison Winslow stand ebenfalls auf.

»Wir kommen wieder, Harry.« Er beobachtete, wie Harry Tana ansah, und glaubte zu verstehen. Sie hatte keine Ahnung, was Harry für sie empfand, und aus irgendeinem Grunde, den

Harrison nicht kannte, hielt er seine Gefühle vor ihr geheim. Merkwürdig, das wollte keinen Sinn ergeben ... Er wandte sich wieder an seinen Sohn. »Brauchst du noch irgend etwas?«

Harry blickte ihn einen Moment traurig an und schüttelte dann den Kopf. Er brauchte etwas, was sie ihm nicht geben konnten – seine Beine. Sein Vater verstand und berührte sanft seinen Arm.

»Bis morgen, mein Sohn!«

»Gute Nacht.« Harrys Verabschiedung von seinem Vater fiel nicht gerade herzlich aus; als er jedoch Tana ansah, erhellten sich seine Augen. »Benimm dich anständig, Tan!«

»Wieso sollte ich? Du tust es ja auch nicht.« Sie grinste und gab ihm einen flüchtigen Kuß und flüsterte: »Frohe Weihnachten, du blöder Kerl!« Er lachte, und sie folgte Harrison auf den Flur.

»Mir schien, er sah besser aus, finden Sie nicht auch?« Die Sorge um Harry verband Tana und seinen Vater miteinander.

»Ja, ich habe das auch bemerkt. Ich glaube, er ist aus dem Gröbsten heraus. Nun beginnt der lange, langsame Aufstieg ...«

Harrison nickte. Sie fuhren mit dem Aufzug hinunter, und Tana fühlte sich diesmal ganz unbefangen, obgleich sie sich erst zum zweiten Mal trafen. Die Unterhaltung am Nachmittag hatte sie einander nähergebracht. Als Harrison Tana die Tür aufhielt, sah sie, daß dieselbe silberfarbene Limousine ihn draußen erwartete.

»Haben Sie Lust, etwas essen zu gehen?«

Sie wollte schon verneinen, als ihr plötzlich einfiel, daß sie noch nicht zu Abend gegessen hatte. Sie hatte daran gedacht, an der Mitternachtsmette teilzunehmen, hatte aber keine Lust, dort allein hinzugehen. Sie sah ihn nachdenklich an, überlegte, ob ihm das etwas bedeuten könnte, gerade jetzt.

»Ja, vielleicht. Wie wäre es, wenn Sie mich danach in die Mitternachtsmette begleiten würden?«

Er wirkte sehr ernst, als er nickte, und Tana stellte erneut fest, wie gut er aussah. Sie gingen in ein Schnellrestaurant, aßen jeder einen Hamburger und plauderten über Harry und ihre gemeinsame Zeit in Cambridge. Tana erzählte Harrison einige der frechsten Streiche, die sie sich zusammen geleistet hatten, und er lachte mit ihr, noch immer verblüfft über das merkwürdige Verhältnis, das die beiden miteinander verband. Wie Jean, wurde auch er nicht ganz schlau aus ihnen.

Schließlich besuchten sie die Mitternachtsmette.

Tana kamen die Tränen, als sie »Stille Nacht« sangen und sie an Sharon dachte, an ihre geliebte Freundin, und an Harry und daran, was für ein Glück es war, daß er noch lebte. Sie warf Harrison einen verstohlenen Blick zu; er stand aufrecht und stolz neben ihr, doch auch er weinte. Er putzte sich diskret die Nase, als sie sich setzten, und während er sie später nach Berkeley zurückbrachte, war sie verblüfft, wie wohl sie sich in seiner Gegenwart fühlte. Sie döste fast, während sie durch die Stadt fuhren. Sie war entsetzlich müde.

»Was tun Sie morgen?«

»Ich werde Harry besuchen, denke ich. Und irgendwann in den nächsten Tagen muß ich eine Menge lernen.« Sie hatte ihr Studium in den vergangenen Tagen fast vergessen.

»Darf ich Sie zum Mittagessen ausführen, bevor Sie ins Krankenhaus gehen?« Sie war gerührt, daß er danach fragte, und nahm die Einladung an. Unmittelbar darauf überlegte sie, was sie dazu anziehen solle; bald hatten sie Berkeley erreicht, und sie stieg aus. Sie war so erschöpft, daß sie sich nur noch auszog, ihre Kleidung auf den Boden warf, ins Bett stieg und, ohne noch einmal über die Ereignisse des Tages nachzudenken, sofort einschlief.

Ganz anders erging es Jean in New York; sie hatte den Abend allein im Wohnzimmer gesessen und geweint. Weder Tana noch Arthur hatten sie angerufen. Nachdem sie die Mitternachtsmette besucht und dabei traurig an die vielen Weihnachtsfeste mit ihrer Tochter gedacht hatte, war sie um halb zwei Uhr in die dunkle Wohnung zurückgekehrt. Sie versuchte, mit dem Nachtprogramm im Fernsehen die finsteren Gedanken, die sich ihrer bemächtigen wollten, zu vertreiben, aber nichts konnte sie aus der tiefen Depression, die sie befallen hatte, befreien. Sie fühlte sich so schrecklich einsam wie nie zuvor. Sie saß wie angebunden in ihrem Sessel, unfähig, sich zu rühren, und kaum noch imstande zu atmen. Zum erstenmal in ihrem Leben dachte sie an Selbstmord. Als es drei Uhr war, konnte sie dem Drang dazu kaum noch widerstehen. Eine halbe Stunde darauf ging sie in ihr Badezimmer und holte ein Röhrchen mit Schlaftabletten, die sie sonst nie benutzte, aus dem Schrank. Zitternd zwang sie sich, sie auf den Tisch zu stellen. Auf der einen Seite sehnte sie sich unendlich danach, all der Qual ein Ende zu machen, andererseits war sie nicht mutig genug. Sie wünschte sich, jemand würde sie davon abhalten und ihr sagen, daß alles wieder gut würde; aber wer sollte das tun? Tana war fort und würde vermutlich nie wieder bei ihr leben, und Arthur führte sein eigenes Leben, bezog sie nur mit ein, wenn es ihm paßte, und nie, wenn sie ihn brauchte. Tana hatte immer recht gehabt; aber die Wahrheit war so schmerzlich, daß Jean sie niemals ausgesprochen hätte. Statt dessen verteidigte sie Arthur immer wieder und lobte sogar noch seine egoistischen Kinder – das Biest Ann, die immer so gemein zu ihr war, und Billy... er war als Junge so süß gewesen, aber jetzt... er schien dauernd betrunken zu sein, und Jean fragte sich, ob Tana ihn nicht vielleicht zu Recht verurteilte und er nicht der war, für den sie ihn immer gehalten hatte. Doch wenn das stimmte... die Erinnerung an Tanas Worte vier Jahre zuvor ließ sie auf einmal nicht mehr los. Und wenn es tatsächlich stimmte, wenn er wirklich... und sie hatte es nicht geglaubt... es war mehr, als sie ertragen konnte... es war, als stürzte ihr ganzes Leben an diesem Abend über ihr ein, und Jean konnte es nicht mehr ertragen... Sie saß da und starrte sehnsüchtig auf die Tabletten, die vor ihr auf dem Tisch standen. Es schien der einzige Ausweg zu sein, und sie überlegte, wie Tana wohl reagieren würde, wenn man sie in Kalifornien anrief... Und wer würde ihren Leichnam finden... der Hausmeister vielleicht... oder einer ihrer Mitarbeiter... Arthur würde sie vielleicht erst in ein paar Tagen, möglicherweise in Wochen, vermissen. Der

Gedanke, daß niemand mehr da war, dem ihre Abwesenheit auffallen würde, deprimierte sie nur noch mehr. Ob sie Tana vielleicht eine Nachricht hinterlassen sollte? Nein, das wäre zu melodramatisch. Es gab ohnehin nichts mehr zu sagen, abgesehen davon, wie sehr sie ihr Kind geliebt, wieviel Mühe sie sich gegeben hatte. Sie weinte, als sie daran dachte, wie Tana aufgewachsen war, die winzige Wohnung, in der sie gelebt hatten, wie sie Arthur kennengelernt und gehofft hatte, er würde sie heiraten ... ihr ganzes Leben zog in Blitzesschnelle an ihrem geistigen Auge vorüber, während sie das Röhrchen mit den Schlaftabletten fest in die Hand nahm und die Nacht sich quälend langsam dahinschleppte. Das Telefon läutete; sie blickte auf die Uhr, es war fünf. Sie war entsetzt. Ob das Tana war? Vielleicht war ihr Freund gestorben... Mit zitternder Hand nahm sie den Hörer ab, und im ersten Moment erkannte sie die Stimme des Anrufers nicht, der sich als John vorstellte.

»John?«

»John York, Anns Mann. Wir sind in Palm Beach.«

»Ach ja, natürlich.« Sie war noch immer wie betäubt, die Qualen der fast endlosen Nacht hatten ihr sämtliche Kräfte geraubt.

Langsam stellte sie das Tablettenröhrchen ab, dem konnte sie sich nachher noch widmen. Sie begriff zwar nicht, wieso Anns Mann um diese Zeit anrief... doch er erklärte es ihr gleich.

»Es ist wegen Arthur. Ann meinte, ich solle Sie anrufen. Er hat einen Herzanfall gehabt.«

»O mein Gott!« Das Herz klopfte ihr bis zum Halse, und sie schrie fast ins Telefon. »Geht es ihm gut? Ist er... hat...«

»Jetzt geht es schon wieder. Aber eine Zeitlang sah es recht schlimm aus. Es ist vor ein paar Stunden passiert, und er ist noch immer in schlechter Verfassung. Deshalb wollte Ann auch, daß ich Sie verständige.«

»Mein Gott... mein Gott...« Da hatte sie nun hier gesessen und überlegt, ob sie sich das Leben nehmen sollte, und zur selben Zeit wäre Arthur fast gestorben! Und wenn sie nun... allein die Vorstellung war unerträglich. »Wo ist er jetzt?«

»Im Mercy-Hospital. Ann dachte sich, daß Sie vielleicht herkommen möchten.«

»Ja, natürlich.« Sie sprang auf, das Telefon noch in der Hand,
ergriff einen Stift, einen Block, warf das Röhrchen mit den Tabletten um; als es über den Boden rollte, starrte sie es fassungslos
an. Sie war wieder ganz sie selbst. Unvorstellbar, was sie da fast
getan hätte! Arthur brauchte sie doch jetzt. Welch ein Glück, daß
sie nicht den Mut aufgebracht hatte! »Sagen Sie mir die genaue
Adresse, John. Ich nehme den nächsten Flug.« Sie notierte sich
Namen und Anschrift des Krankenhauses und Arthurs Zimmernummer, und sie erkundigte sich, ob sie irgend etwas mitbringen
sollte. Dann legte sie auf, stellte das Telefon auf den Tisch, schloß
die Augen und dachte an Arthur. Als sie die Augen wieder öffnete, rollten Tränen über ihre Wangen. Mein Gott, Arthur hätte
tot sein können...

10

Am nächsten Tag um die Mittagszeit schickte Harrison
Winslow den Wagen nach Berkeley, um Tana in die Stadt fahren
zu lassen. Sie gingen zum Essen zu Traders' Vic. Die Atmosphäre dort war festlich und das Essen ausgezeichnet; Harrison
hatte im Hotel in Erfahrung gebracht, daß es dort gemütlich und
die Küche sehr gut war. Sie plauderten über Harry und über andere Dinge, und er genoß Tanas Gesellschaft beinahe schon zu
sehr. Er war beeindruckt davon, wie intelligent sie war, und sie
erzählte ihm von Freeman Blake und ihrer Freundin, die umgekommen war, und von Miriam, die sie auf die Idee gebracht
hatte, Jura zu studieren. »Ich kann nur hoffen, daß ich es durch-
stehe. Es ist noch härter, als ich es mir vorgestellt hatte.« Sie
lächelte.

»Und Sie meinen wirklich, daß Harry so etwas tun könnte?«

»Er kann alles, wenn er es nur will. Das Schlimme ist, daß er
sich lieber amüsiert.« Sie errötete, und Harrison lachte.

»Ja, Sie haben recht – er amüsiert sich wirklich sehr gern. Er denkt, das hätte er geerbt, aber ich bin eigentlich in meiner Jugend um einiges ernsthafter gewesen als er, und mein Vater war ein sehr gelehrter Mann. Er schrieb sogar zwei philosophische Bücher.« Sie unterhielten sich noch eine Weile, und es war die angenehmste Unterbrechung ihrer täglichen Routine, die Tana seit langem erlebt hatte. Schließlich blickte sie schuldbewußt auf ihre Uhr, und gleich darauf eilten sie zum Krankenhaus und brachten Harry eine Tüte voll Weihnachtsgebäck mit. Tana hatte darauf bestanden, ihm außerdem einen Drink zu servieren. Harry nahm einen tiefen Schluck und grinste.

»Euch auch fröhliche Weihnachten!« Tana merkte jedoch, daß er nicht gerade begeistert darüber schien, daß sie und sein Vater sich angefreundet hatten, und als Harrison nach einer Weile das Zimmer verließ, um unten in der Halle einen Anruf zu erledigen, funkelte Harry sie an.

»Warum machst du denn ein so freudiges Gesicht?« Es beunruhigte sie nicht, daß er wütend war. Vielleicht würde das helfen, ihn wieder zu einem richtigen Menschen zu machen.

»Du weißt genau, was ich von ihm halte, Tan. Laß dich nicht von ihm hinters Licht führen!«

»Keine Angst, tue ich nicht! Er wäre aber gewiß nicht hier, wenn du ihm so gleichgültig wärst. Sei doch nicht so dickköpfig und gib ihm eine Chance!«

»Ach, verflixt noch mal!« Er wäre aus dem Zimmer gestapft und hätte die Tür hinter sich zugeknallt, wäre er dazu imstande gewesen. »Alles leeres Geschwätz! Hat er dir das gesagt?« Sie durfte Harry nicht alles erzählen, was Harrison ihr anvertraut hatte, da er es nicht wollte; doch mittlerweile wußte sie, was er für seinen Sohn empfand, und war von seiner Aufrichtigkeit überzeugt. Sie schloß ihn von Stunde zu Stunde mehr in ihr Herz und wünschte sich, daß Harry versuchen würde, ihm gegenüber aufgeschlossener zu sein.

»Er ist ein anständiger Mensch. Gib ihm eine Chance!« wiederholte Tana.

»Er ist ein hinterhältiger Kerl, und ich hasse ihn!«

In diesem Moment betrat Harrison Winslow das Zimmer, eben noch rechtzeitig, um die letzten Worte zu hören. Tana erblaßte. Die drei sahen einander an, und Harrison beeilte sich, Tana zu beruhigen.

»Es ist nicht das erste Mal, daß ich das höre. Und es wird bestimmt auch nicht das letzte Mal sein.«

Harry wandte sich im Bett nach ihm um und fauchte: »Warum, zum Teufel, hast du nicht angeklopft?«

»Stört es dich, daß ich deine Bemerkung gehört habe? Was macht das schon aus? Du hast es mir doch schon etliche Male gesagt, gewöhnlich direkt ins Gesicht. Wirst du jetzt auf einmal taktvoller oder feiger?« Die Stimme seines Vaters klang schneidend, und Harrys Augen funkelten.

»Du weißt ja, was ich von dir denke. Du warst nie da, wenn ich dich brauchte. Du warst immer gerade irgendwo anders, mit irgendeinem Mädchen in einem Badekurort oder auf einer Bergspitze mit deinen Freunden...« Harry drehte sich um. »Ich will nicht mehr darüber sprechen!«

»Doch, du willst.« Harrison zog sich einen Stuhl heran und setzte sich. »Und ich auch. Du hast recht, ich war nie da – und du auch nicht. Du hieltest dich in den Internaten auf, wo du lieber warst als zu Hause, und wann immer ich auch nur in deine Nähe kam, wurdest du zu einem unausstehlichen, frechen Rotzbengel!«

»Wieso hätte ich das auch nicht sein sollen?«

»Es war deine Entscheidung. Du hast mir nie mehr eine Chance gegeben von dem Moment an, als deine Mutter starb. Als du sechs warst, hatte ich begriffen, daß du mich haßt. Damals konnte ich es akzeptieren; aber weißt du, Harry, in deinem Alter hätte ich eigentlich erwartet, daß du etwas klüger oder wenigstens etwas sensibler geworden wärest. Ich bin nicht so schlecht, wie du es gern hättest, weißt du.« Tana wäre am liebsten in die Wand gekrochen, so peinlich war es ihr, Zeuge dieser Szene zu sein; aber die beiden schien ihre Anwesenheit nicht zu stören. Und während sie zuhörte, fiel ihr auf einmal ein, daß sie wieder vergessen hatte, Jean anzurufen. Sie nahm sich fest vor, es, sobald sie das Krankenhaus verließ, nachzuholen, vielleicht schon von einem der Telefone unten in der Halle. Sie konnte das Zimmer jetzt, wo gerade der Dritte Weltkrieg ausgebrochen zu sein schien, nicht verlassen.

Harry blickte seinen Vater aufgebracht an. »Warum, zum Teufel, bist du überhaupt hergekommen?«

»Weil du mein Sohn bist – der einzige, den ich habe. Soll ich gehen?« Harrison Winslow stand ruhig auf und fuhr mit leiser Stimme fort: »Ich gehe, wann immer du es willst. Ich dränge mich dir nicht auf, aber ich werde auch nicht zulassen, daß du dir weiterhin vormachst, ich hätte nichts für dich übrig. Das ist ein Märchen – der arme, reiche Junge und so weiter... aber es ist eine Lüge. Ich liebe dich nun einmal zufällig...« Seine Stimme bebte, doch er sprach trotzdem weiter, kämpfte gegen die überstarken Gefühle an. Tana litt mit ihm. »Ich liebe dich von ganzem Herzen, Harry. Das habe ich immer getan, und ich werde dich auch immer lieben.« Er trat an Harrys Bett und küßte ihn sanft auf die Stirn; dann eilte er mit großen Schritten aus dem Zimmer. Harry wandte den Blick ab und schloß die Augen, und als er sie öffnete, sah er Tana neben sich stehen, mit Tränen der Rührung in den Augen.

»Hau ab!« Sie nickte und ging still aus dem Raum, und als sie die Tür leise hinter sich schloß, hörte sie Schluchzen von Harrys Bett herüberdringen. Er mußte jetzt allein sein, das respektierte sie. Und sicherlich tat es ihm gut zu weinen.

Harrison wartete draußen auf Tana, er wirkte jetzt gelassener - - und war erleichtert. Er lächelte. »Ist alles in Ordnung mit Harry?«

»Ich denke doch. Er mußte das einmal zu hören bekommen.«

»Ja, und ich mußte es einmal loswerden. Ich fühle mich jetzt viel besser.« Er nahm ihren Arm, und sie stiegen untergehakt die Treppe hinunter, wie zwei gute alte Freunde. Harrison lächelte breit.

»Wohin gehen Sie jetzt, junge Dame?«

»Nach Hause, denke ich. Ich habe wirklich fürchterlich viel zu lernen.«

»Was für eine Verschwendung! Wie wär's, wenn Sie schwänzen und mit einem alten Mann ins Kino gehen würden? Mein Sohn hat mich soeben aus seinem Zimmer geworfen, und ich kenne sonst keine Menschenseele hier, außerdem haben wir Weihnachten. Wie wäre es damit, Tan?« Er hatte den Kosenamen von seinem Sohn gehört und ihn übernommen. Sie lächelte. Sie wollte ihm sagen, daß sie nach Hause müsse, brachte es aber nicht fertig, weil sie so gern mit ihm zusammensein wollte.

»Ich sollte wirklich nach Hause fahren.« Doch es klang weder für ihn noch für sie selbst überzeugend. Er schien sehr gut gelaunt zu sein, als sie in seinen Wagen stiegen.

»Gut. Also jetzt, da Sie Ihre Pflichten von sich geschoben haben, müssen wir uns überlegen, wohin wir wollen.«

Sie kicherte wie ein kleines Mädchen, und er beauftragte seinen Chauffeur, sie in der Gegend herumzufahren. Nach einer Weile kauften sie eine Zeitung, suchten sich einen Film aus, der sie beide interessierte, aßen im Kino so viel Popcorn, wie sie vertragen konnten, und gingen anschließend in das L'Etoile, wo sie an der Bar eine Kleinigkeit aßen und etwas tranken. Zwischendurch dachte Tana an Harrys Urteil, daß sein Vater so kalt und gefühllos sein sollte, daß sie auf der Hut sein müßte; doch sie wußte, daß das nicht stimmte. Und sie war noch nie in ihrem Leben so glücklich gewesen wie in dem Augenblick, in dem sie in Berkeley hielten und Harrison sie in die Arme schloß und auf so natürliche Weise küßte, als hätten sie beide ihr ganzes Leben lang darauf gewartet. Danach sah er sie forschend an, berührte ihre Lippen mit den Fingerspitzen, überlegte, ob er das, was er eben getan hatte, bereuen müßte. Er fühlte sich jünger und glücklicher als seit vielen Jahren. »Tana, ich habe noch keine Frau wie dich kennengelernt, mein Liebling.« Er hielt sie eng an sich gedrückt, und sie wurde von einem Gefühl der Wärme und Sicherheit erfaßt, wie sie sich es nicht einmal hätte träumen lassen. Er küßte sie erneut. Er sehnte sich danach, immer mit ihr zusammenzusein, und gleichzeitig fragte er sich, ob er verrückt geworden war. Sie war doch Harrys Freundin... sein Mädchen... allerdings bestanden beide darauf, daß es sich um eine ganz gewöhnliche, platonische Freundschaft handelte... und doch war da noch etwas, zumindest auf Harrys Seite. Harrison sah Tana tief in die Augen. »Sag mir die Wahrheit, Tan – liebst du meinen Sohn?«

Langsam schüttelte sie den Kopf. Der Fahrer der Limousine schien wie vom Erdboden verschluckt. Er hatte sich nach draußen, zu einem kleinen Spaziergang verzogen, um sie allein zu lassen. »Nein. Ich habe noch nie jemanden geliebt... bis jetzt...« Es waren mutige Worte, doch sie beschloß, ihm die ganze Wahrheit zu verraten. Er war ihr gegenüber stets aufrichtig gewesen, seit sie sich kennengelernt hatten. »Ich wurde vor viereinhalb Jahren vergewaltigt. Dadurch kam sozusagen für mich alles zum Stillstand. Als hätte meine emotionelle Uhr aufgehört zu ticken. Und das ist seitdem so geblieben. In den ersten Jahren im College ging ich überhaupt nicht aus, und schließlich zwang Harry mich sozusagen, ein paarmal mit ihm, einem Freund und einem anderen Mädchen auszugehen. Aber das klappte auch nicht sonderlich. Und hier bin ich meist auch allein. Ich arbeite nur, sonst nichts.« Sie lächelte ihn zärtlich an. Sie war dabei, sich Hals über Kopf in den Vater ihres besten Freundes zu verlieben.

»Weiß Harry das?«

»Daß ich vergewaltigt wurde?« Er nickte. »Ja, nach einiger Zeit erzählte ich es ihm. Er fand mein Verhalten sonderbar, und da erklärte ich es ihm. Eigentlich war es so, daß wir den Kerl, der mir das angetan hat, bei einer Feier trafen, und da ahnte Harry etwas.«

»War es jemand, den du kanntest?« fragte Harrison erschrocken.

»Der Sohn des Chefs meiner Mutter – eigentlich Chef und Liebhaber. Es war furchtbar und...« Sie schüttelte den Kopf. »Nein, es war noch viel, viel schlimmer.« Er nahm sie wieder in die Arme, und nun verstand er vieles besser. Ob dies der Grund war, warum Harry sich ihr gegenüber zurückhielt? Er hatte doch gespürt, daß Harry sich danach sehnte, mit ihr eine intime Beziehung zu haben, auch wenn sie es nicht merkte. Und dann waren da seine eigenen Gefühle. Seit er seine Frau vor sechsundzwanzig Jahren kennengelernt hatte, hatte keine Frau ihn je wieder so fasziniert. Ob Tana der Altersunterschied störte? Immerhin war er dreißig Jahre älter als sie, und es gab genügend Leute, die darüber schockiert wären. Ihn interessierte jedoch nur, ob es ihr etwas ausmachte.

»Na und?« antwortete sie, als er ihr seine Bedenken erklärte. »Wen kümmert das schon?« Diesmal küßte sie ihn, und sie spürte, wie etwas in ihr zum Leben erwachte, das neu war für sie – eine Leidenschaft und ein Verlangen, das nur er stillen konnte. Und sie lag die ganze Nacht über wach, warf sich im Bett herum und dachte an ihn. Auch er war in Gedanken bei ihr. Sie rief ihn am nächsten Morgen um sieben Uhr an; er war bereits wach. Ihr Anruf überraschte ihn sehr, und er wäre noch überraschter gewesen, hätte er geahnt, was sie für ihn empfand.

»Was tust du denn schon so früh auf den Beinen, Kleines?«

»Ich habe an dich gedacht.« Er fühlte sich geschmeichelt und war gerührt, hingerissen und betört und vieles mehr. Tana vertraute diesem Mann, wie sie noch keinem Mann vertraut hatte, nicht einmal Harry. Er war für sie alles in einem, alles, was ein Mann nur sein konnte, sogar der Vater, den sie nie gekannt hatte.

Sie besuchten Harry, gingen zusammen zum Mittagessen, nahmen abends gemeinsam ihr Abendessen ein, und er sehnte sich leidenschaftlich danach, sie die ganze Nacht über in seinen Armen zu halten. Doch eine innere Stimme sagte ihm, daß er das nicht tun dürfte, daß es gefährlich wäre, daß er dadurch zwischen ihnen anhaltende Bande knüpfen würde, und das wäre falsch. In den nächsten zwei Wochen verbrachten sie viele Stunden gemeinsam, gingen spazieren, küßten und berührten sich, und ihre Gefühle füreinander und ihr Verlangen wuchsen. Sie besuchten Harry getrennt, aus Angst, er könnte ihnen etwas anmerken. Eines Tages setzte Harrison sich zu seinem Sohn ans Bett, um das

Thema endlich zur Sprache zu bringen. Die Beziehung zwischen Tana und ihm wurde immer tiefer, doch er durfte ihr nicht weh tun. Er wollte ihr sein Herz schenken, sein ganzes Leben – etwas, das er seit vielen Jahren keiner Frau geschenkt hatte. Er wollte Tana heiraten, und er mußte wissen, was Harry empfand – jetzt, bevor es zu spät war und alle verletzt würden. Er wollte besonders dem Menschen, der ihm am allermeisten am Herzen lag, seinem Sohn, nicht weh tun. Für ihn hätte Harrison alles geopfert, sogar das Mädchen, das er liebte. Er mußte die Wahrheit herausfinden.

»Ich möchte dich etwas fragen, und ich möchte, daß du mir ganz ehrlich antwortest.« In den vergangenen zwei Wochen hatte zwischen ihnen eine Art Waffenstillstand geherrscht, dank Tanas Bemühungen, und Harrison hatte diese neue Wende genossen.

»Was willst du denn von mir?« Harry sah ihn mißtrauisch an.

»Was ist zwischen dir und dieser reizenden Tana?« Harrison kämpfte mit sich, um ihn gleichgültig und gelassenen Blickes anzusehen, und er betete, daß Harry ihm nicht anmerkte, wie sehr er dieses Mädchen liebte. Obgleich er sich kaum vorstellen konnte, daß es ihm nicht anzusehen war; ihm war, als leuchte er aus seinem Innern heraus, ohne dagegen etwas tun zu können.

»Tana?« Harry zuckte die Achseln.

»Ich sagte dir doch, daß ich eine ehrliche Antwort möchte.« Sein ganzes Leben hing jetzt davon ab und ebenso Tanas.

»Wieso? Was interessiert dich das?« Harry war unruhig, sein Nacken hatte ihm den ganzen Tag weh getan. »Ich habe dir ja schon gesagt, daß sie meine Freundin ist.«

»Ich kenne dich besser, als du glaubst, ob es dir gefällt oder nicht.«

»Und? Mehr ist da nicht. Ich habe nie mit ihr geschlafen.«

Doch das wußte er ohnehin schon, aber das verschwieg er Harry natürlich.

»Das heißt ja nichts. Das könnte ja auch an ihr liegen und nicht an dir.« Er blickte Harry ernst an, und der lachte, dadurch gestand er ungewollt schon einiges ein.

»Ja, da hast du recht, es könnte auch an ihr liegen!« Und dann, mit einemmal, lehnte Harry sich in die Kissen zurück, sah zur Decke hinauf und verspürte eine seltsame Nähe zu seinem Vater, die ihm neu war. »Ich weiß nicht recht, Vater... ich war verrückt nach ihr, als wir uns kennenlernten; aber sie war so unerweichlich wie ein Stein... und ist es immer noch.« Er erzählte ihm von der Vergewaltigung, und Harrison hörte so interessiert zu, als wüßte er noch nichts davon. »Ich habe noch nie so ein Mädchen wie sie gekannt. Ich habe wohl tief im Innern immer gewußt, daß ich sie liebe; aber ich hatte Angst, unsere Beziehung kaputtzumachen, wenn ich ihr das sagte. So lief sie wenigstens nicht davon. Hätte ich mich ihr anvertraut, wäre sie vielleicht vor mir geflohen.« Seine Augen füllten sich mit Tränen. »Ich könnte es nicht ertragen, sie zu verlieren. Ich brauche sie so sehr.« Harrison war elend zumute, doch er mußte jetzt an seinen Sohn denken; nur das zählte wirklich. Sie hatten sich endlich gefunden, und Harrison wollte ihn nicht mehr verlieren.

Nicht einmal um Tanas willen, die er so liebte. Harrys Worte: »Ich brauche sie so sehr« ließen ihn nicht mehr los. Auch er brauchte sie, doch nicht so sehr wie sein Sohn. Er durfte sie ihm nicht wegnehmen, schon gar nicht jetzt...

»Eines schönen Tages solltest du dir ein Herz fassen und es ihr sagen. Vielleicht braucht sie dich auch.« Harrison wußte, wie einsam Tana gewesen war, doch nicht einmal Harry hatte das in vollem Ausmaß erkannt.

»Und wenn ich sie verliere?«

»Du kannst doch nicht dein ganzes Leben mit Angst verbringen, Harry – Angst zu verlieren, Angst zu leben, Angst zu sterben. So wirst du nie gewinnen. Tana weiß das besser als jeder andere. Das ist etwas, was du von ihr lernen kannst.« Und da waren noch so viele andere Dinge, die auch er von ihr gelernt hatte. Doch damit war es jetzt vorbei.

»Sie hat mehr Mut als irgend jemand, den ich kenne...« Harry schüttelte den Kopf. »Sie jagt mir eine Todesangst ein, was Sex betrifft.«

»Gib ihr Zeit, viel Zeit!« Harrison nahm sich zusammen, damit seine Stimme nicht bebte. Harry durfte nichts merken. »Und viel, viel Liebe.«

Harry schwieg lang und sah seinem Vater fragend in die Augen.

In den vergangenen zweieinhalb Wochen hatten sie begonnen, eine neue Beziehung zueinander aufzubauen. »Glaubst du, sie könnte mich je lieben?«

»Vielleicht.« Harrison brach es fast das Herz. »Du hast so viele andere Dinge, an die du momentan denken mußt. Aber sobald du wieder auf bist...« Er vermied es, »auf den Beinen« zu sagen. »... und aus dem Krankenhaus herauskommst, kannst du anfangen, an solche Dinge zu denken.« Sie wußten beide, daß er in sexueller Hinsicht noch Chancen hatte; der Arzt hatte ihnen ja gesagt, daß Harry eines Tages wieder ein fast normales Sexleben führen könnte, ja, er könnte sogar heiraten und Kinder haben, falls er das wollte – der Gedanke faszinierte Harry allerdings nicht sonderlich, zumindest nicht im Moment. Doch Harrison ahnte, daß ihm das eines Tages viel bedeuten könnte. Wie gern hätte er selbst ein Kind von Tana gehabt! Allein der Gedanke trieb ihm schon fast die Tränen in die Augen.

Sie plauderten noch eine Weile miteinander, und dann brach Harrison auf. Er hatte sich für diesen Abend mit Tana zum Essen verabredet, doch er sagte die Verabredung ab; er rief sie an und erklärte ihr, daß er einen Stapel Telegramme, die soeben eingetroffen wären, noch an diesem Abend beantworten müßte. Am nächsten Tag trafen sie sich zum Mittagessen, und Harrison sagte ihr die Wahrheit. Es war für ihn der schlimmste Tag seit dem Tode seiner Frau. Seine Augen blickten traurig, sein Gesichtsausdruck war verzweifelt, und Tana spürte gleich, daß er schlechte Nachrichten hatte. Ihr Herz schien einen Moment aussetzen zu wollen, denn sie ahnte, daß es mit ihr zu tun hatte.

»Ich habe gestern mit Harry gesprochen.« Harrison kämpfte gegen die fast übermächtige Trauer an. »Ich mußte es tun, um unser beider willen.«

»Über uns?« Sie sah ihn verdutzt an. Es war noch so früh, es war ja noch nichts weiter passiert zwischen ihnen. Eine harmlose Romanze... Doch Harrison schüttelte den Kopf.

»Über ihn und darüber, was er für dich empfindet. Ich mußte es wissen, ehe wir beide etwas tun, was wir nicht mehr rückgängig machen können.« Er nahm Tanas Hand in die seine und sah ihr in die Augen, und sie schmolz innerlich fast. »Tana, ich möchte, daß du weißt, daß ich dich liebe. Ich habe nur eine Frau in meinem Leben so geliebt wie dich, und das war meine Frau. Aber ich liebe auch meinen Sohn, und ich würde ihm um nichts in der Welt weh tun wollen, ganz gleich, für was für einen Schurken er mich auch halten mag – manchmal habe ich mich ja wirklich gemein verhalten. Ich hätte dich geheiratet... aber erst mußte ich wissen, wie Harry zu dir steht... Er liebt dich, Tan.«

»Was?« Sie war entsetzt. »Nein, das stimmt nicht!«

»Doch, er liebt dich. Er hat nur furchtbare Angst, daß du, wenn er es dir sagt, davonläufst. Er erzählte mir von der Vergewaltigung und darüber, wie du dazu stehst, mit Männern auszugehen. Er wartet seit Jahren auf den rechten Augenblick, aber ich habe keine Zweifel – er liebt dich seit eurer ersten Begegnung. Er hat es selbst zugegeben.« Harrisons Augen blickten sie traurig an.

»O mein Gott! Aber ich... ich liebe ihn nicht... ich glaube nicht, daß ich ihn je lieben könnte auf diese Weise...«

»Das habe ich schon vermutet; aber das müßt ihr beide untereinander ausmachen. Sollte er je den Mut aufbringen, dir zu sagen, daß er dich liebt, so mußt du damit selbst fertig werden. Was ich wissen wollte, war, was er empfindet. Ich weiß, was du fühlst, ich wußte es, bevor ich mit ihm sprach.« In ihren Augen standen Tränen, und als er ihre Hand noch fester drückte, wurden auch seine Augen feucht. »Liebling, ich liebe dich über alles; aber wenn ich jetzt mit dir davongehen würde, falls du überhaupt dazu bereit wärst, so würde das meinen Sohn umbringen. Es würde ihm das Herz brechen und vielleicht etwas zerstören, das er jetzt ganz besonders braucht. Ich kann ihm das nicht an-

tun. Und du kannst es auch nicht. Ich glaube nicht, daß du es
könntest.« Sie weinte unverhohlen, und er nahm sie in die Arme.
Hier, oder sonst irgendwo, hatten sie nichts zu verbergen, nur
in Gegenwart seines Sohnes. Es war der gemeinste Streich, den
das Leben Tana bis jetzt gespielt hatte – der erste Mann, den sie
liebte, durfte sie wegen seines Sohnes nicht lieben... der wiederum ihr bester Freund war, den sie wie einen Freund liebte.
Sie wollte nichts tun, was Harry verletzen könnte, aber sie liebte
Harrison so sehr...

Der Abend verlief schauderhaft, voller Tränen und Bedauern.
Sie wollte trotzdem mit ihm schlafen, aber er ließ nicht zu, daß
sie sich das antat. »Das erste Mal nach dieser schrecklichen Erfahrung, die du gemacht hast, solltest du so etwas mit dem richtigen Mann tun.« Harrison war sanft und liebevoll zu ihr und
hielt sie in den Armen, während sie weinte, und einmal hätte er
fast selbst geweint. Die darauffolgende Woche war die schmerzlichste in Tanas Leben. Schließlich reiste Harrison nach London
ab, und Tana war, als hätte man sie allein an einem endlosen,
langen Strand zurückgelassen. Sie war wieder allein mit ihrem
Studium... mit Harry. Sie ging täglich ins Krankenhaus, nahm
ihre Bücher mit und wirkte müde, blaß und unendlich traurig.

»Mädchen, es ist ein wahrer Genuß, dich anzusehen! Was ist
nur los mit dir? Bist du krank?« Ja, sie war fast krank vor Lie-
beskummer; doch Tana wußte, daß Harrison das Richtige getan hatte, auch wenn es noch so schmerzte. Sie hatten beide
den Menschen, den sie liebten, geschont. Tana verwandte nun
all ihre Energie darauf, Harry zu helfen, sie zwang ihn, das zu
tun, was die Schwestern ihm auftrugen, drängte ihn, beleidigte
ihn, schmeichelte ihm, ermutigte ihn, wenn er es brauchte. Sie
war unermüdlich und opferte sich auf, und wenn Harrison von
irgendwo auf der Welt anrief, sprach sie manchmal mit ihm, und
dann hüpfte ihr Herz vor Freude. Doch er hatte seinen Entschluß
nicht zurückgenommen; er hatte für seinen Sohn dieses Opfer gebracht, und Tana mußte mitspielen, er hatte ihr keine Wahl gelassen: Und sich selbst auch nicht, obwohl er wußte, daß seine Ge-

fühle für sie sich nie ändern würden. Er hoffte nur, daß Tana sich erholen, daß sie eines Tages einen Mann kennenlernen würde, der zu ihr paßte und mit dem sie glücklich sein würde.

11

Die Sonne flutete in Harrys Zimmer, während er auf seinem Bett lag und versuchte, ein Buch zu lesen. Er hatte bereits eine Stunde im Schwimmbecken und zwei Stunden Bewegungstherapie hinter sich, und er hatte seinen Stundenplan gründlich satt. Immer wieder dasselbe, Tag für Tag – es ödete ihn an. Er warf einen Blick auf die Uhr, Tana mußte bald auftauchen. Er lag seit über vier Monaten im Letterman-Krankenhaus, und sie kam täglich zu Besuch und brachte stapelweise Unterlagen, Notizen und Bücher mit.

Kaum hatte er an sie gedacht, ging auch bereits die Tür auf, und sie trat ein. Sie hatte abgenommen in den vergangenen Monaten, sie studierte sehr hart und lief sich auch noch die Hacken ab zwischen Berkeley und dem Krankenhaus. Harrison hatte angeboten, ihr einen Wagen zu kaufen, doch sie hatte das abgelehnt.

»Hallo, Harry, wie steht's – oder ist es unverschämt, das zu fragen?« Sie grinste, und er lachte.

»Du solltest dich wirklich schämen, Tan!« Doch zumindest war er bei diesem Thema nicht mehr so empfindlich. Fünf Wochen zuvor hatte er sogar mit einer Schwesternanwärterin geschlafen – etwas umständlich zwar, wie er seinem Therapeuten erzählte, aber mit etwas Phantasie auf beiden Seiten war es ganz gut verlaufen, und es störte Harry nicht, daß sie verlobt war. Wahre Liebe hatte ihn nicht dazu getrieben; er wollte immer noch auf gar keinen Fall, daß Tana etwas von seinen Schwierigkeiten und Gefühlen erfuhr. Dafür bedeutete sie ihm viel zuviel, wie er seinem Vater anvertraut hatte, und sie hatte genügend eigene Probleme. »Was hast du heute gemacht?«

Sie seufzte und setzte sich mit einem kläglichen Lächeln. »Was tue ich wohl die ganze Zeit? Jeden Abend lernen, Referate abgeben, Prüfungen machen. Ich weiß nicht, ob ich noch einmal zwei solche Jahre aushalte!«

»Doch, das wirst du.« Er lächelte. Sie war der einzige Lichtblick in seinem Leben, und er wäre ohne ihre täglichen Besuche verloren gewesen.

»Wieso bist du dir da so sicher?« Manchmal zweifelte sie an sich selbst, aber irgendwie machte sie trotzdem immer weiter. Sie ließ sich durch nichts aufhalten. Sie durfte Harry nicht im Stich lassen, und sie mußte ihr Studium schaffen.

»Du hast mehr Energie als irgend jemand, den ich kenne. Du schaffst das, Tan.« Sie sprachen einander Mut zu. War er deprimiert, so stand sie ihm zur Seite, brüllte ihn an, bis ihm nach Weinen zumute war; aber sie brachte ihn dazu, nicht aufzugeben. Und wenn sie einmal das Gefühl hatte, es keinen Tag länger in Boalt auszuhalten, fragte er sie für die Prüfungen ab, weckte sie, wenn sie sich etwas hingelegt hatte, unterstrich Passagen in ihren Büchern für sie. Und nun grinste er plötzlich. »Außerdem ist das Jurastudium doch gar nicht schwer. Ich habe einiges von dem Zeug gelesen, das du hiergelassen hast.«

Sie erwiderte sein Lächeln. Genau das hatte sie beabsichtigt. Sie tat jedoch völlig unbekümmert, als sie ihm antwortete. »Ach ja? Warum probierst du es dann nicht selbst?«

»Wofür sollte ich mich halb zu Tode schuften?«

»Was sonst hast du zu tun? Außer faul herumzusitzen und die Schwesternschülerinnen in den Po zu kneifen? Und wie lange wird das noch so gehen? Die werden dich hier im Juni rausschmeißen.«

»Das ist noch nicht sicher.« Der Gedanke schien ihn nervös zu machen. Er fürchtete, daß er noch nicht soweit sein könnte, allein zu leben. Wohin sollte er auch gehen? Sein Vater war soviel unterwegs, da konnte er nicht mithalten, selbst wenn er das gewollt hätte. Natürlich konnte er in ein Hotel gehen oder in die Wohnung im Pierre, aber der Gedanke daran gefiel ihm gar nicht.

»Du scheinst dich ja nicht gerade darüber zu freuen, bald entlassen zu werden.« Tana beobachtete ihn. Wenige Tage zuvor hatte sie mit Harrison gesprochen, der sich in Genf aufhielt, und sie hatten ebendieses Thema erörtert. Er rief mindestens einmal in der Woche bei ihr an, um zu erfahren, wie es Harry ging. Sie wußte, daß er für sie noch immer so empfand wie vorher, ebenso wie sie für ihn; doch sie hatten beide eine Entscheidung getroffen, und nun gab es kein Zurück mehr. Harrison Winslow würde seinen Sohn nicht hintergehen, und Tana verstand das.

»Ich habe kein Zuhause, wo ich hingehen kann, Tan.« Sie hatte bereits darüber nachgedacht, allerdings nicht allzu intensiv. Trotzdem hatte sie einen Einfall gehabt. Vielleicht war dies ein günstiger Moment, ihn darüber zu informieren.

»Wie wäre es, wenn du mit mir zusammenziehst?«

»In dein düsteres Zimmer?« Er lachte und sah gleichzeitig entsetzt aus. »An einen Rollstuhl gefesselt zu sein, ist schlimm genug; aber wenn ich auch noch in dieser Rumpelkammer leben soll, bringe ich mich am besten gleich um. Außerdem, wo sollte ich schlafen – auf dem Boden?«

»Nein, du Quatschkopf!« Sie lachte über ihn, als er das Gesicht verzog. »Wir könnten uns eine Wohnung zusammen mieten, nur muß sie annehmbar im Preis sein, damit ich auch meinen Teil dazu beisteuern kann.«

»Wo, zum Beispiel?« So ganz überzeugt war er zwar noch nicht, aber die Idee hatte etwas Faszinierendes.

»Ich weiß nicht... vielleicht in Haight-Ashbury?« Der Hippie-Boom hatte gerade begonnen, und Tana war erst kürzlich durch Haight gefahren; doch sie scherzte nur. Wenn man nicht flatternde lange Gewänder trug und ständig berauscht von LSD war, so ließ es sich unmöglich dort aushalten. »Nein, nein; aber mal im Ernst – wir könnten uns etwas suchen.«

»Es müßte im Parterre sein.« Er sah nachdenklich auf den Rollstuhl, der am Ende des Bettes stand.

»Ja, das ist klar. Und ich habe noch eine Idee.« Sie hatte beschlossen, gleich mit allem auf einmal über ihn herzufallen.

»Was denn noch?« Er lehnte sich in die Kissen zurück und

blickte sie zufrieden an. So schwierig diese Monate gewesen waren, so war ihre Beziehung in dieser Zeit jedoch eine ganz besondere geworden. Sie waren einander nähergekommen, als er es je für möglich gehalten hätte. »Weißt du, du läßt mich nicht einen Moment in Frieden. Immer hast du irgendein Programm oder einen Plan. Du machst mich ganz fertig, Tan!« Er meinte es jedoch nicht ernst, und das wußte sie.

»Das tut dir gut, das weißt du ja.« Ja, er wußte es, doch er wollte ihr nicht die Befriedigung verschaffen, es zuzugeben.

»Also, was für eine Idee hast du noch?«

»Wie wäre es, wenn du dich in Boalt bewirbst?« Sie hielt die Luft an, und er machte ein entsetztes Gesicht.

»Ich? Bist du verrückt geworden? Was soll ich denn da?«

»Wahrscheinlich dich durchmogeln. Aber falls das nicht klappt, könntest du dich genauso halbtot schuften wie ich. So hättest du wenigstens noch etwas anderes zu tun, als in der Nase zu bohren.«

»Welch wundervolle Vorstellung du von mir hast, meine Liebe!« Er verneigte sich vom Bett aus vor ihr. »Wieso sollte ich mich mit dem Jurastudium herumplagen? So was Blödes fällt mir nun wirklich nicht ein!«

»Es würde dir liegen.« Sie blickte ihn eifrig an. Er hätte gern mit ihr gestritten, aber das Schlimme war, daß ihm die Idee eigentlich gefiel.

»Du willst mein Leben ruinieren!«

»Ja.« Sie grinste. »Wirst du dich bewerben?«

»Ich werde sowieso nicht zugelassen. Meine Zeugnisse sind nicht halb so gut wie deine.«

»Ich habe mich bereits erkundigt. Du kannst dich als ehemaliger Soldat bewerben. Vielleicht machen sie für dich sogar eine Ausnahme...« Sie wählte ihre Worte vorsichtig, trotzdem sah er ärgerlich aus.

»Mach dir keine Gedanken! Wenn du es geschafft hast, komme ich auch hinein.« Es war nahezu unglaublich, aber mit einemmal ließ ihn die Idee nicht mehr los. Er wollte plötzlich studieren, und er fragte sich, ob er das nicht vielleicht schon lange gewollt hatte. Vielleicht lag es daran, daß Tana so viel zu tun hatte und er sich dadurch irgendwie ausgeschlossen fühlte, während er nichts anderes vorhatte, als herumzuliegen und zuzusehen, wie die Schwestern einander ablösten.

Tana brachte ihm am nächsten Nachmittag die Bewerbungsformulare mit, und sie gingen sie gewissenhaft durch. Schließlich schickten sie sie ein, und inzwischen begab Tana sich auf die Suche nach einer passenden Wohnung, in der sich Harry mit seinem Rollstuhl bewegen konnte.

An einem Nachmittag Ende Mai, als sie gerade wieder zwei Wohnungen besichtigt hatte, die ihr gut gefielen, rief ihre Mutter an. Tana war sonst nie um diese Tageszeit zu Hause, doch sie hatte dort ein paar Dinge zu erledigen, und sie wußte, daß Harry versorgt war. Als eines der Mädchen, das auf demselben Flur mit ihr wohnte, an Tanas Tür klopfte und sie zum Telefon rief, glaubte Tana, Harry würde erfahren wollen, ob eine der Wohnungen in Frage kam. Die eine lag in Piedmont, und da Harry ein solcher Snob war, würde er bestimmt die vorziehen, aber Tana mußte sichergehen, daß sie sich ihren Mietanteil auch leisten konnte. Sie verfügte nicht über so hohe Mittel wie er. Allerdings hatte sie sich für den kommenden Sommer einen guten Job gesichert. Möglicherweise konnte sie ...

»Hallo?« In der Leitung ertönte ein entferntes Surren wie bei einem Ferngespräch. Sie hielt die Luft an. Ob das Harrison war?

Harry hatte nie bemerkt, was zwischen ihnen geschehen war, oder vielmehr, was zwischen ihnen hätte geschehen können und welche Opfer sie gebracht hatten. »Hallo?«

»Tana?« Es war Jean.

»Ach, guten Tag, Mama!«

»Stimmt irgend etwas nicht?« Tana hatte im ersten Moment merkwürdig geklungen.

»Nein. Ich dachte nur, es wäre jemand anderes. Ist irgend etwas passiert?« Es war außergewöhnlich, daß ihre Mutter anrief. Vielleicht hatte Arthur wieder einen Herzanfall gehabt. Er war drei Monate in PaIm Beach geblieben und Jean mit ihm. Ann, John und Billy waren nach New York zurückgekehrt, und Jean hatte ihn, nachdem er das Krankenhaus verlassen hatte, gesund gepflegt. Sie hielten sich erst seit zwei Monaten wieder in New York auf, und bestimmt hatte Jean alle Hände voll zu tun.

»Ich war nicht sicher, ob du zu dieser Tageszeit zu Hause bist.« Sie klang nervös, als wüßte sie nicht, was sie sagen sollte.

»Gewöhnlich bin ich um diese Zeit im Krankenhaus, aber ich hatte heute hier einiges zu erledigen.«

»Wie geht es deinem Freund?«

»Besser. Er kommt in ungefähr einem Monat aus dem Krankenhaus. Ich habe gerade für ihn ein paar Wohnungen besichtigt.« Noch hatte sie mit Jean nicht darüber gesprochen, daß sie zusammenleben wollten; für Tana war es nichts Außergewöhnliches, eine Wohnung mit einem Freund zu teilen, aber Jean hätte bestimmt einiges dagegen einzuwenden.

»Kann er denn allein leben?« Sie klang überrascht.

»Wenn er müßte, vermutlich ja, aber ich glaube, das wird er nicht tun.«

»Das ist vernünftig.« Jean hatte zwar keine Ahnung, was Tana meinte, doch beschäftigten sie auch andere Dinge.

»Ich möchte dir etwas mitteilen, Liebling.«

»Ja. Was denn?«

Sie wußte nicht, wie Tana es auffassen würde; aber jetzt konnte sie nicht mehr länger um die Sache herumreden.

»Ich werde Arthur heiraten.« Sie hielt die Luft an.

Tana war fassungslos. »*Was* tust du?«

»Wir heiraten... Ich... er findet, daß wir lange genug albern gewesen sind... und in unserem Alter...« Sie brachte stotternd einige der Worte hervor, die Arthur erst vor wenigen Tagen zu ihr gesagt hatte, und errötete bis in die Haarwurzeln. Sie hatte schreckliche Angst vor Tanas Reaktion. Tana hatte Arthur zwar nie gemocht, aber vielleicht jetzt...

»*Du* warst nicht albern, Mama – er war es. Er hätte dich vor fünfzehn Jahren heiraten sollen.« Sie dachte einen Moment über Jeans Worte nach. »Willst du das wirklich tun, Mama? Er ist nicht mehr jung, und er ist krank... er hat sozusagen das Schlimmste für dich aufgehoben.« Diese Feststellung war zwar schonungslos, aber wahr; bis zu seinem Herzanfall war er nie auf die Idee gekommen, sie zu heiraten, er hatte nicht einmal daran gedacht – seit seine Frau damals, vor sechzehn Jahren, aus dem Sanatorium zurückgekehrt war. Doch mit einemmal war alles anders; er hatte erkannt, daß auch er nicht unsterblich war. »Bist du ganz sicher?«

»Ja, Tana, das bin ich.« Jean klang plötzlich seltsam ruhig. Auf diese Entscheidung hatte sie fast zwanzig Jahre gewartet, und sie würde auf die Heirat mit ihm nicht verzichten, nicht einmal ihrem eigenen Kind zuliebe. Tana führte ihr eigenes Leben, und sie selbst hatte außer Arthur niemanden. Sie war ihm dankbar dafür, daß er sie doch noch zur Frau nahm. Sie würden ein angenehmes, unkompliziertes Leben führen, und Jean könnte endlich innerlich zur Ruhe kommen. All diese Jahre der Einsamkeit und Sorgen... die Ungewißheit: Wird er kommen, sollte sie sich die Haare waschen, für den Fall, daß... und dann kam er erst nach zwei Wochen. Das alles war jetzt vorbei, das Leben würde erst richtig beginnen, endlich! Jean hatte sich jede Minute dieses geruhsamen Lebens verdient und würde jede Minute genießen. »Ich bin mir ganz sicher.«

»Dann ist es ja gut.« Doch Tana klang nicht gerade entzückt.

»Ich sollte euch jetzt wohl gratulieren oder so.« Ihr war jedoch nicht danach zumute. Nach all den Jahren, in denen Jean immer nur auf ihn gewartet hatte, hätte sie es lieber gesehen, wenn sie ihm den Laufpaß gegeben hätte. Doch so dachten die jungen Leute, nicht aber Jean. »Wann werdet ihr heiraten?«

»Im Juli. Du kommst doch?« Wieder klang Jean nervös. Tana nickte. Sie hatte ohnehin geplant, für einen Monat nach Hause zu fahren. Das hatte sie bereits mit der Rechtsanwaltskanzlei abgemacht, für die sie den Sommer über arbeiten wollte.

»Ich werde es natürlich versuchen.« Und dann hatte sie einen Einfall. »Kann Harry mitkommen?«

»Im Rollstuhl?« Ihre Mutter schien entsetzt, und Tanas Augen nahmen sogleich einen harten Ausdruck an.

»Ja, natürlich. Er hat wohl kaum eine andere Möglichkeit.«

»Na ja, ich weiß nicht recht ... ich denke, daß es für ihn peinlich wäre ... ich meine, all diese Leute und ... ich muß Arthur fragen, was er davon hält ....«

»Mach dir keine Mühe!« Tana war außer sich vor Empörung, in diesem Moment hätte sie ihre Mutter am liebsten erwürgt. »Ich werde ohnehin nicht kommen können.«

Jeans Augen füllten sich mit Tränen. Sie wußte, was sie angerichtet hatte, aber warum war Tana auch immer so schwierig? Sie war so dickköpfig. »Tana, bitte, tu das nicht ... es ist doch nur ... warum mußt du ihn mitbringen?«

»Weil er seit sechs Monaten in einem Krankenhaus lebt, weil er außer mir keinen Menschen zu Gesicht bekommt. Und vielleicht wäre es für ihn schön. Bist du auf diese Idee noch nicht gekommen? Abgesehen davon, daß er ja nicht durch einen Autounfall gelähmt ist – sondern weil er dieses miese Land verteidigt hat, in dem zu sein wir sowieso kein Recht haben. Und das mindeste, was seine Landsleute jetzt für ihn tun können, ist, ihm etwas Dankbarkeit und Höflichkeit entgegenzubringen ...« Sie war außer sich vor Wut.

»Ja, natürlich ... ich verstehe ... es gibt auch keinen Grund, warum er nicht kommen sollte ...« Und dann, aus heiterem Himmel: »John und Ann bekommen übrigens ihr zweites Kind.«

»Was, zum Teufel, hat das damit zu tun?« Tana war sprachlos. Es hatte keinen Zweck, mit Jean zu reden. Sie konnten keinen gemeinsamen Nenner mehr finden. Tana hatte es fast aufgegeben.

»Na ja, du solltest bald auch einmal an so etwas denken. Du wirst ja nicht jünger, mein Kind. Du bist schon fast dreiundzwanzig.«

»Ich studiere Jura, Mama! Hast du irgendeine Vorstellung davon, was das heißt? Wie hart ich Tag und Nacht arbeite? Kannst du dir mal überlegen, wie verrückt es von mir wäre, gerade jetzt an Heirat und Kinder zu denken?«

»So etwas wird für dich immer schwieriger, je länger du mit ihm zusammen bist!« Sie meinte Harry, und Tana sah rot.

»Ganz und gar nicht!« Ihre Augen funkelten böse. »Er kann noch immer Liebe machen, weißt du.«

»Tana!« Ihre Ausdrucksweise entsetzte Jean. »Wie kannst du so reden!«

»Aber das wolltest du doch wissen, oder nicht? Also, du kannst dich beruhigen, Mama, es klappt noch bei ihm. Wie ich hörte, hat er es vor ein paar Tagen mit einer Krankenschwester getrieben, und sie war begeistert.« Tana benahm sich wie ein großer Hund, der seine Beute nicht loslassen wollte, und ihre Mutter hing sozusagen fest und konnte nicht entfliehen. »Ist dir jetzt wohler?«

»Tana Roberts, irgend etwas muß mit dir passiert sein!« Vor Tanas geistigem Auge blitzten Bilder vorbei; Erinnerungen an die zermürbenden Stunden, in denen sie vor ihren Büchern gehockt hatte; an ihre Liebe zu Harrison, die hoffnungslos war, an den Schmerz, den sie empfunden hatte, als Harry verkrüppelt aus Vietnam zurückkam... Ihre Mutter hatte recht – »etwas« war mit ihr passiert, sogar eine ganze Menge.

»Ich denke, ich bin erwachsen geworden. Das ist nicht immer so wunderschön, nicht wahr, Mama?«

»Man muß dabei weder unverschämt noch ordinär werden, höchstens vielleicht in Kalifornien. Das müssen lauter Wilde sein an einer Universität!«

Tana lachte. Sie und ihre Mutter lebten wirklich in zwei verschiedenen Welten. »Ja, kann sein. Jedenfalls herzlichen Glückwunsch, Mama!« Mit einemmal dämmerte es ihr, daß Billy und sie in Zukunft Stiefgeschwister sein würden, und bei diesem Gedanken wurde ihr übel. Er würde bei der Hochzeit sein, allein die Vorstellung war schon unerträglich. »Ich werde versuchen, rechtzeitig nach Hause zu kommen.«

»Gut.« Jean seufzte. Es war anstrengend, mit Tana zu reden.

»Und bring Harry mit, wenn du möchtest.«

»Ich werde sehen, ob er das schafft. Ich will ihn zuerst ein-

mal aus dem Krankenhaus holen, und dann müssen wir umziehen...« Sie krümmte sich förmlich, als sie merkte, daß sie sich
versprochen hatte. Am anderen Ende der Leitung herrschte Totenstille. Das war nun wirklich zuviel für Jean.

»*Du* willst mit ihm zusammenziehen?«

Tana holte tief Luft. »Ja. Er kann nicht allein leben.«

»Soll sein Vater ihm doch eine Pflegerin besorgen! Oder be-
ziehst du ein Gehalt von ihm?« Sie konnte ebenso spöttisch sein
wie Tana, wenn sie wollte; doch die ließ sich nicht beeindrucken.

»Nein. Ich werde mir die Miete mit ihm teilen.«

»Du mußt verrückt geworden sein! Das mindeste, was er tun
könnte, wäre, dich zu heiraten; aber da würde ich schon einen
Riegel vorschieben.«

»Nein, das würdest du nicht.« Tana klang auffallend ruhig.

»Nicht, wenn ich ihn heiraten wollte, was ich jedoch nicht
will. Also reg dich wieder ab, Mama! Ich weiß, daß das alles
unverständlich für dich ist; aber ich muß mein Leben auf meine
Weise leben. Glaubst du, du könntest wenigstens versuchen, das
zu akzeptieren?« Es entstand eine lange Pause, und Tana lächelte.
Ich weiß, es ist nicht einfach.« Dann hörte sie Jean weinen.

»Siehst du denn nicht, daß du dein Leben ruinierst?«

»Wodurch denn? Indem ich einem Freund helfe? Was ist denn
daran so schlimm?«

»Daß du eines Tages plötzlich aufwachen und feststellen wirst,
daß du vierzig Jahre alt bist und alles vorüber ist, Tan. Dann
wirst du deine Jugend vergeudet haben, so wie ich, und meine
war wenigstens keine totale Verschwendung, ich hatte ja dich.«

»Vielleicht werde ich eines Tages sogar auch Kinder haben,
aber momentan denke ich jedenfalls nicht daran. Ich mache mein
Jurastudium zu Ende, damit ich einen interessanten Beruf ergreifen und in meinem Leben etwas Sinnvolles tun kann. Danach werde ich mir dann all das andere überlegen.« Tana machte
einen Versöhnungsversuch, doch Jean nahm es überhaupt nicht
zur Kenntnis. »Du kannst doch nicht Ehemann und Karriere zugleich haben.«

»Wieso nicht? Wer sagt das?«

»Das geht einfach nicht.«

»Quatsch!«

»Nein, es ist kein Quatsch. Und wenn du dich lange genug mit dem Winslow-Jungen abgibst, so wirst du ihn heiraten. Und er ist ein Krüppel, dieses schreckliche Los solltest du dir ersparen. Such dir einen anderen, einen normalen Mann!«

»Wieso?« Jeans Worte schmerzten Tana. »Er ist auch ein Mensch. Sogar menschlicher als die meisten.«

»Du kennst ja kaum irgendwelche anderen Menschen. Du gehst ja nie aus.« *Dank deinem lieben Stiefsohn, Mama.* Aber in letzter Zeit lag es eigentlich an ihrem Studium. Seit sie Harrison begegnet war, empfand sie Männern gegenüber anders, sie vertraute ihnen mehr und war ihnen gegenüber ungezwungener. So wichtig wie Harrison war für sie jedoch bis jetzt niemand geworden. Er war so gut zu ihr gewesen. Es würde herrlich sein, jemanden wie ihn zu finden. Momentan hatte sie ohnehin keine Zeit, sie hatte alle Hände voll zu tun, um alle ihre Pflichten erfüllen zu können. Alle ihre Kommilitonen stöhnten: Das Jurastudium konnte eine bestehende Beziehung kaputtmachen, und eine neue Beziehung anzufangen war so gut wie unmöglich.

»Warte nur ein paar Jahre, Mama! Dann bin ich Rechtsanwältin, und du wirst stolz auf mich sein. Das hoffe ich zumindest.« Doch keiner von beiden war sich da so sicher.

»Ich wünsche mir einfach ein normales Leben für dich.«

»Was ist normal? War dein Leben so normal, Mama?«

»Anfangs ja. Es war ja nicht meine Schuld, daß dein Vater im Krieg gefallen ist. Danach hat sich vieles geändert.«

»Natürlich konntest du dafür nichts, aber es war deine Schuld, daß du fast zwanzig Jahre darauf gewartet hast, daß Arthur Durning dich heiratet.« Und hätte er nicht den Herzanfall gehabt, so hätte er sie wohl nie geheiratet. »Du hast dich eben so entschieden.

Und ich habe ein Recht darauf, meine eigenen Entscheidungen zu treffen.«

»Mag sein, Tan.« Doch Jean verstand ihre Tochter nicht, gab nicht einmal mehr vor, sie zu verstehen. Ann Durning erschien ihr soviel normaler, sie wünschte sich, was jedes andere Mädchen sich wünschte – einen Mann, ein Haus, Kinder, hübsche Kleidung. Sie hatte zwar mit ihrer ersten Ehe einen Fehler begangen, doch beim zweitenmal war sie klüger gewesen. Ihr Mann hatte ihr gerade einen wunderschönen Saphir-Ring bei Cartier gekauft. Das war es, was Jean sich für ihr Kind wünschte; doch Tana war so etwas völlig gleichgültig.

»Ich rufe dich bald wieder an, Mama. Und richte Arthur auch meine Glückwünsche aus! Er ist derjenige von euch beiden, der Glück hat, aber ich hoffe, daß auch du glücklich wirst.«

»Natürlich werde ich das.« Was allerdings nicht allzu überzeugend klang. Tana hatte sie schrecklich aufgeregt, und sie berichtete Arthur sofort von dem Gespräch, nachdem sie aufgelegt hatte. Er beschwichtigte sie und empfahl ihr, sich nicht darüber zu ärgern, das Leben wäre viel zu kurz, um sich von den Kindern verrückt machen zu lassen. Jean hatte jetzt an andere Dinge zu denken – sie wollte das Haus in Greenwich neu tapezieren lassen, und Arthur beabsichtigte, in Palm Beach ein Häuschen und in New York eine Wohnung zu kaufen. Sie gaben die Wohnung, in der Jean seit Jahren lebte, auf. Tana war empört, als sie das erfuhr.

»Verdammt, ich habe jetzt auch kein Zuhause mehr!« Harry schien unbeeindruckt.

»Ich habe seit vielen Jahren keines.«

»Meine Mutter meinte, sie hätte immer für mich Platz, egal, wo sie auch wohnen. Kannst du dir vorstellen, daß ich die Nacht im Haus in Greenwich verbringe, nach allem, was dort geschah? Ich bekomme schon jetzt Alpträume, wenn ich nur daran denke. Das wär's dann also!« Es deprimierte sie mehr, als sie bereit war zuzugeben. Die Heirat mit Arthur war zwar genau das, was ihre Mutter sich wünschte, aber für Tana war das schrecklich; es war eine so absolut normale, langweilige, spießbürgerliche Angelegenheit. Und was Tana am meisten daran störte, war, daß Jean

Arthur nach all den Jahren, in denen er sie so gönnerhaft behandelt hatte, noch immer zu Füßen lag. Als sie das Harry erklärte, wurde er wütend.

»Weißt du, Tan, du hast dich zu einer Radikalen entwickelt, und das geht mir unsagbar auf die Nerven!«

»Hast du dir jemals überlegt, daß du mehr als nur ein bißchen konservativ bist?« Sie funkelte ihn erbost an.

»Vielleicht trifft das zu, aber daran ist auch nichts falsch. Es gibt bestimmte Dinge, an die ich glaube, Tan, und die sind nicht radikal, und sie sind auch nicht linksgerichtet, und sie sind nicht revolutionär – aber ich denke, sie sind gut.«

»Das ist doch nur leeres Geschwätz, Harry!« Sie sprach mit einer für sie ungewöhnlichen Leidenschaft, doch hatten sie und Harry sich schon mehrmals gestritten, auch wegen Vietnam. »Wie, verdammt noch mal, kannst du verteidigen, was diese brutalen Kerle da drüben anstellen?« Sie sprang auf, und Harry starrte sie an, und im Zimmer wurde es seltsam still.

»Weil ich einer von ihnen war, deshalb.«

»Das warst du nicht! Du warst eine Schachfigur, siehst du das denn nicht, du Einfaltspinsel? Sie haben dich benutzt, um einen Krieg zu führen, den wir nicht führen sollten, in einem Land, in dem wir nichts zu suchen haben!«

Seine Stimme klang völlig ruhig, als er erwiderte: »Vielleicht bin ich aber der Meinung, daß wir sehr wohl dort etwas zu suchen haben.«

»Wie kannst du so etwas Blödes sagen! Schau doch nur, was dir da drüben passiert ist!«

»Das ist es ja gerade.« Er beugte sich in seinem Bett vor und sah aus, als wollte er sie umbringen. »Wenn ich nicht etwas zu verteidigen gehabt hätte... wenn ich nicht an etwas geglaubt hätte, was, zum Teufel, soll das dann für einen Sinn gehabt haben?« Plötzlich standen Tränen in seinen Augen. »Was bedeutet es denn alles, Tan... wozu habe ich denn meine Beine geopfert, wenn ich nicht an ihre Sache glaubte? Sag mir das!« Man konnte ihn im ganzen Flur brüllen hören. »Ich muß doch immer noch daran glauben, oder nicht? Denn wenn ich nicht daran glaube, wenn ich an das glaube, wofür du eintrittst, dann war alles nur eine Farce. Dann hätte ich mich ebensogut vor einen Zug in Des Moines werfen können... « Er wandte das Gesicht ab und weinte unverhohlen. Ihr war schrecklich zumute. Plötzlich drehte er sich, noch immer rasend vor Wut, wieder um. »Und jetzt raus aus meinem Zimmer, du abgebrühtes, radikales Biest!«

Sie ging, und sie weinte während der ganzen Fahrt nach Hause. Er hatte ja recht, was ihn anbelangte; er konnte es sich nicht leisten, wie sie darüber zu denken. Aber seit seiner Rückkehr aus Vietnam war in ihr eine Wut zum Leben erwacht, die ihr neu war, die sich durch nichts bändigen ließ, und vielleicht auch in Zukunft nicht zu bändigen war. Sie hatte eines Tages mit Harrison am Telefon darüber gesprochen, und er hatte diesen Zorn ihrer Jugend zugeschrieben, aber das war nicht allein der Grund. Sie war wütend auf die ganze Welt, weil Harry zum Krüppel geschossen worden war; und wenn die Leute bereit wären, politisch ein größeres Risiko einzugehen... Verdammt noch mal, der Präsident der Vereinigten Staaten war eineinhalb Jahre zuvor umgebracht worden, wie konnten die Amerikaner da noch immer nicht sehen, was vor sich ging, was sie zu tun hatten... aber Tana wollte Harry mit alldem nicht verletzen. Sie rief ihn an, um sich bei ihm zu entschuldigen, doch er wollte nicht mit ihr sprechen. Und zum erstenmal seit sechseinhalb Monaten, seit ihrem ersten Besuch im Letterman-Krankenhaus, sah Tana ihn drei Tage lang nicht. Und als sie schließlich wieder bei ihm auftauchte, streckte sie ihm einen Ölzweig entgegen.

»Was willst du?« Harry funkelte sie an, und sie lächelte versuchsweise.

»Die Miete.«

Er gab sich Mühe, ein Grinsen zu unterdrücken. Er war nicht mehr wütend auf sie. Also gut, dann wurde sie eben zu einer verrückten Radikalen – na und? Sie würde mit der Zeit darüber hinauswachsen. Außerdem interessierte ihn momentan mehr, was sie da gerade erwähnt hatte. »Hast du eine Wohnung gefunden?«

»Ja, gewiß.« Sie grinste. »Ein klitzekleines Haus an der Channing Way, mit zwei Schlafzimmern, einem Wohnzimmer und einer Kochnische. Es liegt alles auf einem Stockwerk, so daß du dich entweder anständig benehmen oder zumindest deinen Freundinnen sagen mußt, daß sie nicht so laut schreien sollen.«

Harry sah sie begeistert an.

»Es wird dir gefallen!« Sie beschrieb ihm das Häuschen in allen Einzelheiten, und an diesem Wochenende gestattete der Arzt, daß Harry mit Tana hinfuhr. Der letzte der chirurgischen Eingriffe war sechs Wochen zuvor gemacht worden, die Therapie verlief zufriedenstellend. Die Ärzte hatten alles für Harry getan, was sie konnten. Nun war es für ihn an der Zeit, nach Hause zurückzukehren und wieder ein normales Leben zu beginnen. Harry und Tana unterschrieben den Mietvertrag gleich nach der gemeinsamen Besichtigung. Den Vermieter schien es nicht zu stören, daß Harry und sie verschiedene Nachnamen hatten, und sie bemühten sich auch nicht, es ihm zu erklären. Anschließend schüttelten sie sich glücklich die Hände, und Tana begleitete Harry wieder ins Krankenhaus. Zwei Wochen später zogen sie in das Haus. Und in der Woche nach Tanas Prüfung erhielt Harry einen Brief, in dem man ihn zu seiner Aufnahme in Boalt beglückwünschte. Er saß in seinem Rollstuhl und wartete darauf, daß Tana nach Hause kam, und Tränen rollten ihm über die Wangen, als er ihr die Neuigkeit verkündete.

»Sie haben mich angenommen, Tan... und es ist alles dein Verdienst...« Sie umarmten und küßten sich, und er liebte sie mehr denn je, aber für Tana war er immer noch der allerbeste Freund. Als sie an diesem Abend für ihn gekocht hatte, entkorkte er eine Flasche Champagner.

»Woher hast du denn den?«

»Den habe ich aufgehoben.« »Wofür?« Er hatte ihn eigentlich für eine andere Gelegenheit aufbewahrt, doch nun beschloß er, daß dieser wundervolle Tag mit Champagner begossen werden mußte.

»Für dich, du Dummkopf!« Sie war seinen Gefühlen gegenüber so unempfindlich, und auch das liebte er an ihr. Sie war so vertieft in ihr Studium, ihre Prüfungen, ihren Sommerjob, ihre politischen Ideen, daß sie keine Ahnung hatte, was sich direkt vor ihrer Nase abspielte, zumindest nicht, soweit es ihn betraf. Harry wartete noch immer auf eine passende Gelegenheit, ihr seine Liebe zu gestehen; er fürchtete, daß er sie verlieren würde, wenn er offen mit ihr sprach.

»Schmeckt gut.« Sie nahm einen großen Schluck Champagner und grinste ihn an. Sie war leicht beschwipst, glücklich und entspannt. Sie liebten beide ihr Häuschen, und das Zusammenleben funktionierte hervorragend. Auf einmal fiel Tana ein, daß sie Harry etwas fragen mußte. Sie hatte ihn eigentlich schon längst danach fragen wollen, doch vor lauter Aufregung wegen des Umzugs und des Möbelkaufs hatte sie es vergessen. »Ach, übrigens, ich hasse es, dich das fragen zu müssen... ich weiß, es wird schrecklich sein... aber...«

»Mein Gott, was ist denn nun schon wieder? Zuerst zwingst du mich, Jura zu studieren, was für eine Tortur hast du dir nun schon wieder ausgedacht...?« Er machte ein gespielt entsetztes Gesicht, doch Tana war nicht nach Lachen zumute.

»Schlimmer noch. Meine Mutter heiratet doch in zwei Wochen.« Das hatte sie ihm zwar schon längst erzählt, ihn aber noch nicht gebeten, sie zur Hochzeit zu begleiten. »Kommst du mit?«

»Zur Hochzeit deiner Mutter?« Er stellte sein Glas ab und sah sie überrascht an. »Paßt das denn?«

»Ich wüßte nicht, warum nicht.« Sie zögerte und fuhr dann fort: »Ich brauche dich dort.«

»Ihr charmanter Stiefsohn wird dann wohl auch dasein?«

»Vermutlich. Und das Ganze ist mir zuwider. Die glücklich verheiratete Tochter mit einem Kind und wieder schwanger, Arthur, der so tun wird, als hätten er und meine Mutter sich erst letzte Woche ineinander verliebt...«

»Behauptet er das?« Harry sah sie amüsiert an. Sie zuckte mit den Achseln.

»Wahrscheinlich. Ich weiß es nicht. Das Ganze geht mir nur

fürchterlich auf die Nerven. Es ist nicht gerade die Umgebung, die ich liebe.«

Harry dachte nach. Er war noch nicht unter Menschen gewesen seit seinem Krankenhausaufenthalt und hatte daran gedacht, nach Europa zu fliegen, um seinen Vater zu treffen. Er könnte ja in New York zwischenlanden... Er sah sie wieder an. Nichts hätte er ihr je abschlagen können, nach allem, was sie für ihn getan hatte. »Natürlich, Tan, keine Bange!«

»Es macht dir nicht allzuviel aus?«

Er lachte. »Doch, aber dir ja auch! Zumindest können wir dann zusammen darüber lachen.«

»Ich freue mich für Mama... es ist nur... ich kann dieses scheinheilige Getue nicht haben!«

»Benimm dich aber bitte, wenn wir dort sind! Wir können hinfliegen, und am nächsten Tag fliege ich weiter nach Europa. Ich wollte gern meinen Vater für eine Weile in Südfrankreich besuchen.« Es tat gut, ihn wieder so reden zu hören! Erst ein Jahr zuvor hatte er davon gesprochen, sein ganzes Leben lang herumzureisen und -zubummeln, und nun bummelte er, Gott sei Dank, wieder, zumindest für ein oder zwei Monate, ehe er sein Jurastudium im Herbst begann. »Ich begreife überhaupt nicht, wie ich mich von dir zum Studieren überreden lassen konnte!« Doch sie waren beide froh, daß er sich dazu entschlossen hatte. Alles verlief ausgezeichnet. Sie hatten sich die Hausarbeiten geteilt, was Harry nicht tun konnte, übernahm Tana. Es erstaunte sie, was er alles machte – angefangen vom Geschirrspülen bis hin zum Bettenmachen. Nur beim Staubsaugen hatte er sich fast erhängt, so daß sie das lieber selbst erledigte. Beide genossen ihr Zusammenleben, und Tana freute sich schon auf ihren Sommerjob. Als sie im Juli nach New York zu Jeans und Arthurs Hochzeit flogen, unterhielt Harry sich großartig mit zwei Stewardessen. Tana saß da und beobachtete ihn genüßlich und dankte Gott dafür, daß Harry Winslow noch lebte.

12

Die Hochzeit war schlicht und sehr gut organisiert. Jean trug ein sehr hübsches graues Chiffonkleid, und für Tana hatte sie ein blaßblaues Kleid gekauft, für den Fall, daß sie nichts Passendes zum Anziehen hatte. Es war gewiß nicht das, was sie selbst sich ausgesucht hätte, und sie war entsetzt, als sie das Preisschild sah. Es stammte von Bergdorf und war natürlich ein Geschenk von Arthur, und Tana konnte nichts dagegen einwenden.

Bei der Zeremonie war nur die Familie anwesend; doch Tana hatte darauf bestanden, Harry mitzubringen, mit der Begründung, daß sie in einem Wagen aus der Stadt kommen müßten, worüber Harry absolut nicht begeistert war. Tana wohnte bei ihm im Pierre. Ihrer Mutter hatte sie erklärt, daß sie ihn nicht allein lassen könne. Tana war froh zu erfahren, daß Jean und Arthur am nächsten Tag schon zu ihrer Hochzeitsreise aufbrachen, so daß sie selbst New York schnell wieder den Rücken kehren konnte. Sie hätte sich in jedem Fall geweigert, in Greenwich zu wohnen. Sie würde mit Harry zusammen wieder abreisen; er flog zu seinem Vater nach Saint-Jean-Cap Ferrat, und sie kehrte nach San Francisco zurück. Jean und Arthur kündigten für den Herbst ihren Besuch an. Ihre Mutter warf Harry jedesmal, wenn sie es erwähnte, einen bedeutsamen Blick zu, als erwarte sie von ihm, bis dahin verschwunden zu sein, bis Tana schließlich zu lachen anfing.

»Es ist wirklich schrecklich hier, nicht wahr?« Doch am schlimmsten von allen war Billy, der sich immer wieder in ihre Nähe schlich, betrunken wie immer, und ihr gemeine Bemerkungen darüber zuraunte, daß ihr Freund ja wohl nichts mehr im Bett taugen und er selbst ihr gern jederzeit aushelfen würde, da er sich noch gut daran erinnere, wie nett es damals mit ihr gewesen war. Als sie gerade überlegte, ob sie ihm eine Ohrfeige versetzen sollte, sauste plötzlich eine Faust an ihr vorüber und traf Billys Kinn. Der brach auf dem Rasen zusammen.

Tana wandte sich um und sah Harry lächelnd in seinem Rollstuhl sitzen. Er hatte Billy mit einem einzigen Faustschlag bewußtlos geschlagen und war äußerst zufrieden mit sich.

»Eigentlich wollte ich das schon vor einem Jahr tun.« Er lächelte. Jean war allerdings schockiert über Harrys Verhalten, und Tana und Harry beeilten sich aufzubrechen, stiegen in ihren Wagen und fuhren nach New York. Vorher gab es noch einen tränenreichen Abschied zwischen Jean und Tana. Arthur hatte Tana auf die Wange geküßt und verkündet, daß sie nun auch seine Tochter wäre und keine Stipendien mehr brauchte; woraufhin sie protestiert und erklärt hatte, ein solches Geschenk nicht annehmen zu können. Sie sehnte sich danach, endlich von dieser entsetzlichen Szene wegzukommen, besonders von der ekelhaften, schwangeren Ann mit ihrer weinerlichen Stimme, ihren protzigen Juwelen, ihrem langweiligen Mann, der den halben Nachmittag lang der Frau eines anderen schöne Augen machte.

»Mein Gott, wie können die nur so leben?« stöhnte sie auf dem Weg ins Pierre, und Harry tätschelte ihr Knie.

»Na, na, eines Tages wird dir das gleiche passieren, Kleines.« Er lachte. Sie blieben nur kurz im Pierre, dann lud er sie ins »21« ein. Im »21« freuten sich alle, Harry wiederzusehen, obgleich sie entsetzt über seine Querschnittlähmung waren, und im Andenken an alte Zeiten wurde ziemlich viel getrunken. Beschwipst und gut gelaunt kamen Tana und Harry ins Hotel zurück. Harry war betrunken genug, um etwas zu tun, womit er eigentlich noch eine Zeit hatte warten wollen. Obwohl sie den ganzen Tag über getrunken hatten, entkorkten sie in der Winslow-Suite noch eine Flasche Champagner, und Harry nahm ganz sanft Tanas Gesicht zwischen seine Hände und gab ihr einen Kuß auf die Lippen.

»Weißt du, daß ich dich schon immer geliebt habe?« Im ersten Moment war Tana verblüfft.

»Mach keine Witze!«

»Nein, ich mache keine Witze.«

Sollte Jean doch recht gehabt haben? Und Harrison auch? »Aber das ist doch albern! Du liebst mich doch nicht wirklich, und du hast mich auch nie geliebt!« Sie war so beschwipst, daß sie sich nur mühsam auf das Gespräch konzentrieren konnte.

»O doch, ich habe dich immer geliebt.« Sie starrte ihn an, und er nahm ihre Hand. »Willst du mich heiraten, Tan?«

»Du spinnst!« Sie zog ihre Hand fort, stand auf, und plötzlich füllten sich ihre Augen mit Tränen. Sie wollte nicht, daß er sie liebte, sie wollte, daß sie für immer Freunde blieben, nur Freunde, sonst nichts. Und nun verdarb er alles. »Warum sagst du das?«

»Könntest du mich denn nicht lieben, Tan?« Nun schien er dem Weinen nahe, und Tana wurde schlagartig nüchtern.

»Ich will das, was wir haben, nicht verderben... es bedeutet mir zuviel. Ich brauche dich zu sehr.«

»Ich brauche dich auch. Das ist es ja! Wenn wir heiraten, werden wir immer zusammensein.« Nein, sie konnte ihn nicht heiraten, sie liebte noch immer seinen Vater... das war wirklich verrückt... Sie weinte die ganze Nacht über, und Harry ging überhaupt nicht zu Bett. Er erwartete sie am nächsten Morgen, als sie ihr Zimmer verließ, mit bleichem, müdem Gesicht und hatte Ringe unter den Augen. Er wollte wieder die gleiche Beziehung wie früher zu ihr haben, sie bedeutete ihm so viel. Er konnte leben, ohne mit ihr verheiratet zu sein, doch er konnte es nicht ertragen, sie zu verlieren. »Es tut mir leid, was gestern abend geschehen ist, Tan.«

»Mir auch.« Sie setzte sich neben ihn in das geräumige Wohnzimmer. »Und nun?«

»Wir schieben das, was ich gesagt habe, auf den Alkohol. Es war ein anstrengender Tag für uns beide... die Hochzeit deiner Mutter... mein erstes Mal im Rollstuhl unter Leuten... keine große Sache. Wir können darüber hinwegkommen, da bin ich sicher.« Er betete, daß sie ihm beipflichtete, aber sie schüttelte langsam den Kopf.

»Was ist nur mit uns passiert? Hast du mich wirklich... all die Zeit geliebt?«

Er sah ihr gerade ins Gesicht. »Einen Teil der Zeit – manchmal gehst du mir auch auf die Nerven!« Sie lachten beide, und sie verspürten wieder etwas von dem, was sie vor seiner Liebeserklärung füreinander empfunden hatten. Sie legte ihm die Arme um den Hals.

»Ich werde dich immer gern haben, Harry – immer!«

»Das ist alles, was ich wissen wollte.« Er hätte heulen können, riß sich jedoch zusammen. Statt dessen ließen sie sich etwas zu essen kommen, lachten, spielten verrückt, neckten einander, versuchten verzweifelt, ihre ungezwungene Beziehung wiederzufinden. Und als Tana an diesem Nachmittag seinem Flugzeug nachsah, standen Tränen in ihren Augen. Es würde vielleicht nie wieder ganz dasselbe sein, jedoch annähernd – dafür würde sie sorgen. Sie hatten beide zu viel füreinander getan, um sich das durch irgend etwas zerstören zu lassen.

Als Harry in Cap Ferrat eintraf, kam Harrison über den Rasen gelaufen, um ihm aus dem Wagen und in seinen Rollstuhl zu helfen. Harrison sah seinem Sohn forschend in die Augen.

»Alles in Ordnung, mein Sohn?« Etwas in Harrys Gesicht machte ihn stutzig.

»Mehr oder weniger.« Er wirkte müde. Es war ein langer Flug gewesen, zwei lange Tage, und diesmal hatte er sich nicht mit Stewardessen unterhalten, sondern die ganze Zeit an Tana gedacht. Sie würde immer seine große Liebe bleiben, die Frau, die ihn wieder zum Leben erweckt hatte. Solche Gefühle änderten sich nicht. Doch wenn sie ihn nicht heiraten wollte... hatte er keine andere Wahl, als es zu akzeptieren. Er hatte in ihren Augen gelesen, daß eine Heirat mit ihm für sie nicht in Frage kam. Sosehr es auch schmerzte, er mußte sich damit abfinden. Leicht würde es allerdings nicht für ihn sein; er hatte so lange gewartet, um ihr seine Gefühle zu offenbaren, und nun war es hoffnungslos. Zwischen ihnen beiden würde es nie eine Liebesbeziehung geben. Allein der Gedanke trieb ihm Tränen in die Augen. Sein Vater sah es und legte ihm tröstend die Hand auf die Schulter.

»Wie geht es Tana?« Er beobachtete, wie Harry einen Moment zögerte, und begriff sofort, was passiert war. Harry hatte alles auf eine Karte gesetzt und verloren. Sein Vater fühlte mit ihm.

»Tana geht es gut...« Harry versuchte zu lächeln. »Aber es ist schwierig mit ihr.« Er sah seinen Vater vielsagend an, und der verstand.

»Ich verstehe.« In diesem Moment ging ein hübsches junges Mädchen vorbei, und Harry sah ihr fasziniert nach. Sein Vater lächelte. »Du wirst darüber hinwegkommen, Harry.«

Ihre Blicke trafen sich. Einen Moment verspürte Harry wieder einen Kloß im Hals, dann lachte er bitter und murmelte: »Ich werde es versuchen.«

13

Als Harry im Herbst aus Europa zurückkehrte, war er tief-braun und glücklich und erholt. Er war mit seinem Vater herum-gefahren: Monaco, Italien, für ein paar Tage Madrid, Paris, New York. Es war wieder dieses Wirbelwind-Leben gewesen, aus dem er sich als Junge so ausgeschlossen gefühlt hatte; doch auf einmal durfte er an diesem Leben wieder teilnehmen. Hübsche Frauen, reizende Mädchen, Feierlichkeiten, Konzerte und Partys und Ge-sellschaften. Harry hatte all das schließlich sogar satt, als er in New York in das Flugzeug nach San Francisco stieg. Tana holte ihn am Flughafen ab, und sie wirkte beruhigend auf ihn wie im-mer. Sie sah gesund und erholt aus, ihre blonde Mähne wehte im Wind. Sie hatte ihren Sommerjob genossen, war mit ein paar Freunden, die sie bei ihrer Arbeit kennengelernt hatte, für einige Tage in Malibu gewesen, und sie sprach davon, in den Ferien nach Mexico zu reisen.

Als der Studienbetrieb wieder begann, war Tana zwar ständig in Harrys Nähe, sie hatten jedoch viel zuviel zu tun, um gemein-sam etwas zu unternehmen. Tana setzte Harry in der Bibliothek ab und lief dann zu ihren eigenen Vorlesungen und Übungen. Sie schien jetzt auch neue Kontakte zu knüpfen; da Harry nicht mehr im Krankenhaus lag, hatte sie mehr Freizeit, und diejeni-gen, die das Büffeln des ersten Jahres überstanden hatten, hielten nun zusammen. Es war ein gesünderes Verhältnis zwischen ihr und Harry als vorher. Tana fiel auf, daß Harry, wann immer sie ihn in der Universität sah, immer in Begleitung desselben Mädchens, einer süßen, kleinen Blonden aus Australien namens Averil, war. Sie folgte Harry wie ein Schatten überallhin. Sie studierte Kunsterziehung und wollte die Magisterprüfung machen, schien jedoch bedeutend interessierter daran, Harry Gesellschaft zu leisten, und er hatte offensichtlich nichts dagegen einzuwenden. Tana gab sich Mühe, ganz unbekümmert zu wirken, als Averil eines Samstagmorgens aus Harrys Zimmer kam. Plötzlich jedoch brachen alle drei in nervöses Gelächter aus.

»Hat das zu bedeuten, daß ihr zwei mich hier rauswerft?« erkundigte sich Tana.

»Nein, du Dummkopf, natürlich nicht! Hier ist doch Platz für uns alle.« Und als Harrys erstes Studienjahr zu Ende ging, lebte Averil bereits bei ihnen. Sie war wirklich liebenswert, beteiligte sich an den Hausarbeiten, war fröhlich, ungezwungen, jederzeit bereit zu helfen. Sie war so lieb, daß sie Tana manchmal nervös machte, besonders als sie Prüfungen hatte; doch alles in allem klappte ihr Zusammenleben zu dritt ausgezeichnet. Averil flog in diesem Sommer mit Harry nach Europa, um Harrison kennenzulernen, während Tana in derselben Rechtsanwaltskanzlei wie im Vorjahr arbeitete. Sie hatte ihrer Mutter versprochen, nach New York zu kommen, suchte jedoch nach einer Ausrede, um ihr Versprechen nicht einlösen zu müssen. Als Arthur einen neuerlichen Herzanfall erlitt, diesmal glücklicherweise nur einen leichten, wurde Tana dadurch eine Lüge erspart. Jean fuhr mit Arthur an den Lake George zur Erholung und versprach, Tana im Herbst zu besuchen. Was das allerdings zur Folge haben würde, wußte Tana schon. Jean und Arthur waren im Jahr zuvor einmal zu Besuch in San Francisco gewesen, und es war wie ein Alptraum. Jean war entsetzt von dem Haus, in dem sie lebten, und »schockiert«, daß sie und Harry sich noch immer keine getrennten Wohnungen genommen hatten – und sie würde diesmal sogar noch empörter sein, da jetzt noch ein Mädchen bei ihnen wohnte. Tana lachte bei dieser Vorstellung. Ihre Mutter hatte offensichtlich, was sie anbetraf, alle Hoffnungen aufgegeben. Auch Arthurs Kinder waren wieder in Schwierigkeiten, Ann, die Jean ihrer Tochter immer als Vorbild dargestellt hatte, war wieder geschieden. Selbstverständlich traf sie keine Schuld, sondern John hatte tatsächlich die Frechheit besessen, sie sitzenzulassen und eine Affäre mit ihrer besten Freundin anzufangen. Für Ann sah es im Moment nicht so rosig aus ... arme Ann ... Tana lächelte.

Tana genoß es, diesen Sommer allein zu verbringen. Sie hatte Harry und Averil sehr gern, doch stand sie durch ihr Studium unter einem solchen Druck, daß es angenehm war, auch einmal allein zu sein. Und sie und Harry stritten sich in letzter Zeit mehr oder weniger ständig über Politik. Er vertrat weiterhin die Ansicht, daß der Krieg in Vietnam richtig wäre, und es machte sie halb wahnsinnig, wenn sie das hörte. Averil versuchte dann immer, Frieden zwischen ihnen zu stiften; aber Tana und Harry kannten einander schon so lange, daß sie nicht mehr das Gefühl hatten, höflich zueinander sein zu müssen. Die Worte, die sie sich nach sechsjähriger Freundschaft manchmal an den Kopf warfen, ließen Averil zusammenzucken, obgleich keiner von beiden jemals so mit ihr gesprochen hätte. Averil war bedeutend sanftmütiger und empfindsamer als Tana. Tana lebte schon lange genug allein, und mit vierundzwanzig Jahren war sie unerschrocken und selbstsicher und hatte ihre eigenen Ansichten. Sie bewegte sich mit langen, energischen Schritten, und sie schreckte vor nichts und niemandem zurück. Sie war an allem, was um sie herum vor sich ging, interessiert und trat tapfer für ihre Ideen und Ideale ein. Das brachte sie zwar manchmal in Schwierigkeiten, aber das störte sie nicht, sie mochte Diskussionen, die auf diese Weise zustande kamen. Und als sie sich für das nächste Studienjahr einschrieb – Halleluja, das letzte! dachte sie grinsend –, fand sie sich auf einmal inmitten einer hitzigen Diskussion in der Cafeteria wieder. Mindestens acht oder neun Leute saßen da an einem Tisch und debattierten über Vietnam, und Tana fiel gleich mit ein, wie üblich. Natürlich beschäftigte sie dieses Thema sehr, Harrys wegen, und auch wenn er anderer Meinung als sie darüber war, so hatte sie doch dazu einiges zu sagen. Außerdem war er ohnehin nicht anwesend. Er hielt sich vermutlich gerade wieder irgendwo mit Averil auf – »um sich noch schnell vor den Vorlesungen zu amüsieren«, wie Tana ihn gern hänselte. Die beiden schienen die meiste Zeit im Bett zu verbringen, und offensichtlich gab es für Harry auf dem Gebiet gar keine Probleme. Doch Tana war an diesem Tag in die Diskussion über Vietnam vertieft und dachte eigentlich nicht an Harry. Sie war überrascht, festzustellen, daß sie neben jemandem saß, der sogar noch radikalere Ansichten als sie vertrat. Er trug eine wilde Mähne dichtgelockten, schwarzen Haares, die ihm fast wütend vom Kopf abstand, Sandalen, Blue jeans, ein türkisfarbenes T-Shirt und hatte durchdringende blaue Augen und ein Lächeln, das bis in Tanas Innerstes vordrang. Als er aufstand, zeichnete sich jeder Muskel seines Körpers ab. Alles an ihm wirkte so sinnlich, daß Tana einen fast unwiderstehlichen Drang verspürte, die Hand auszustrecken und seinen Arm zu berühren, der so dicht bei ihrem lag.

»Wohnst du in der Nähe?« Sie schüttelte den Kopf. »Ich glaube, ich habe dich noch nie hier gesehen.«

»Ich halte mich meistens in der Bibliothek auf. Bin im dritten Jahr Jura.«

»Mensch, ganz schön mutig!« Er schien beeindruckt.

»Und du?«

»Magister-Prüfung in politischen Wissenschaften, was sonst?« Sie lachten beide. Er hatte jedenfalls eine gute Wahl getroffen. Er folgte ihr bis zur Bibliothek, wo sie ihn bedauernd verließ. Ihr gefielen seine Ansichten, und er war umwerfend hübsch, und gleichzeitig wußte sie sofort, daß Harry nicht von ihm begeistert sein würde. Er hatte äußerst spießige Ansichten, besonders seit er mit Averil zusammenlebte. Tana störte das eigentlich nicht; Harry hätten sogar Hörner wachsen können, und es hätte ihr nichts ausgemacht, sie hätte ihn trotzdem gern gehabt. Er war ihr Bruder, und Averil gehörte zu ihm, daher akzeptierte sie alles.

Sie bemühte sich allerdings meistens, nicht mit den beiden über Politik zu reden, denn das erleichterte vieles.

Tana war fasziniert, als sie wenige Tage später ihren neuen Freund eine Rede über das Thema Vietnam auf dem Campus halten hörte. Es war eine leidenschaftliche, brillante und geistvolle Ansprache – das sagte sie ihm auch, als sie ihn danach sprach. Inzwischen hatte sie erfahren, daß er Yael McBee hieß; ein komischer Name zwar, doch er war absolut kein komischer Mensch. Er war geistreich und energisch, und sein Zorn peitschte förmlich diejenigen, die er zu erreichen suchte. Sie bewunderte seine Art, mit einer Menschenmenge umzugehen, und sie ging in diesem Herbst noch mehrmals zu seinen Kundgebungen, ehe er sie eines Abends zum Essen einlud. Sie zahlten beide ihr Essen selbst und begaben sich anschließend in seine Wohnung, um sich zu unterhalten. Dort lebten mindestens ein Dutzend Leute, einige von ihnen schliefen auf Matratzen, und die Wohnung hatte nicht diesen ordentlichen, tadellosen Charakter wie die, in der Harry, Averil und Tana lebten. Es wäre ihr sogar peinlich gewesen, Yael dorthin mitzunehmen; ihr Häuschen war zu spießbürgerlich, zu niedlich und paßte gar nicht zu Yael. Sie fühlte sich ohnehin zu Hause etwas fehl am Platze; Averil und Harry schliefen dauernd miteinander oder hielten sich zumindest hinter verschlossener Tür in seinem Zimmer auf. Sie wunderte sich, daß er überhaupt noch zum Lernen kam, doch seine Zensuren waren so überraschend gut, daß er bestimmt nicht nur auf der faulen Haut lag. Tana genoß es, mit Yael und seinen Freunden zusammenzusein, und als Harry zu Weihnachten in die Schweiz und Averil nach Hause flogen, lud Tana Yael schließlich in ihre Wohnung ein. Er wirkte merkwürdig in diesem ordentlichen Häuschen, ohne seine lärmenden Freunde um sich, bekleidet mit einem tiefgrünen Pullover, abgewetzten Jeans und Militärstiefeln, obgleich er wegen Kriegsdienstverweigerung ein Jahr im Gefängnis gesessen hatte. Sie hatten ihn in ein Gefängnis nach Südwesten geschickt und ihn nach einem Jahr bedingt entlassen.

»Unglaublich!« Sie war fasziniert von ihm, von seinen außergewöhnlichen, fast Rasputin-artigen Augen, seinem Mut, sich gegen jeden nur denkbaren Zwang aufzulehnen. Er war so außergewöhnlich, daß es sie nicht weiter überraschte, daß er schon seit frühester Jugend vom Kommunismus begeistert war. Alles an ihm fesselte sie, und als er sie am Heiligen Abend sanft in die Arme schloß und sie liebte, genoß sie das. Nur einen kurzen Moment lang mußte sie sich zwingen, nicht an Harrison Winslow zu denken. Eigenartigerweise hatte er sie für dieses Erlebnis vorbereitet, obgleich er natürlich nichts mit Yael gemein hatte. Yael schaffte es, sie so zu erregen, wie sie es sich nie hätte träumen lassen; er rührte ihr tiefstes Inneres, brachte alles in ihr zum Vorschein, wonach sie sich so lange gesehnt und was sie sich immer vorenthalten hatte. Er rief Leidenschaft und Verlangen in ihr wach, gab ihr etwas, was sie niemals für möglich gehalten hätte, bis sie fast süchtig nach allem war, was er ihr bot. Sie betete ihn schon fast an, als Harry und Averil schließlich zurückkehrten, und von nun an schlief sie häufig in Yaels Wohnung auf einer Matratze mit ihm, in einem kalten Raum ... wenn er sie berührte, leuchtete das Leben in allen Farben. Sie konnte ohne ihn nicht mehr leben. Nach dem Abendessen saßen sie immer gemeinsam mit den anderen im Wohnzimmer, diskutierten über Politik und rauchten Marihuana. Tana kam sich mit einemmal wie eine Frau vor, eine Frau in voller Blüte, die verwegen zu Füßen ihres Mannes lebte.

»Wo, zum Teufel, steckst du denn dauernd, Tan, wir bekommen dich ja gar nicht mehr zu Gesicht!« beklagte sich Harry.

»Ich habe eine Menge Arbeit in der Bibliothek für mein Examen zu tun.« In fünf Monaten hatte sie Prüfung, und danach stand ihr das Staatsexamen bevor, und sie geriet in Panik, wenn sie daran dachte. Sie verbrachte jedoch die meiste Zeit mit Yael, darüber erzählte sie Averil und Harry aber nichts. Sie wußte nicht, was sie zu ihnen sagen sollte; sie lebten in so unterschiedlichen Welten!

»Hast du einen Freund oder so etwas Ähnliches, Tan?« Abgesehen davon, daß sie kaum noch zu Hause war, machte sie einen sonderbaren Eindruck auf Harry. Ihre Augen wirkten fast immer glasig und abwesend, als hätte sie sich einem Hindu-Kult angeschlossen und rauchte ständig Rauschgift. Für ganz ausgeschlossen hielt Harry das nicht. Zu Ostern sah er Tana zum erstenmal mit Yael, und er war entsetzt. Er wartete nach den Vorlesungen auf Tana, um sie wie ein aufgebrachter Vater zu schelten. »Was, zum Teufel, tust du mit diesem Kerl? Weißt du eigentlich, wer er ist?«

»Natürlich weiß ich das... Ich kenne ihn schon fast ein Jahr...« Sie hatte gewußt, daß Harry sie nicht verstehen würde.

»Weißt du, in was für einem Ruf er steht? Er ist ein gewalttätiger Radikaler, ein Kommunist, ein Unruhestifter der übelsten Sorte. Ich habe letztes Jahr selbst gesehen, wie er festgenommen wurde, und jemand sagte mir, daß er vorher schon einmal im Gefängnis war... um Himmels willen, Tan, wach auf!«

»Du blinder Kerl!« Sie brüllten sich vor der Hauptbibliothek an, und ab und zu drehte sich jemand nach ihnen um, doch das Geschrei schien niemanden zu stören. »Er saß im Gefängnis, weil er den Kriegsdienst verweigert hat! Was du bestimmt für schlimmer ansiehst als Mord – ich aber zufälligerweise nicht!«

»Das ist mir durchaus klar. Aber du solltest lieber etwas besser auf dich aufpassen, sonst brauchst du dir wegen deiner Prüfungen im Juni gar keine Sorgen mehr zu machen. Dein Freund sorgt bestimmt dafür, daß du so schnell eingesperrt und aus der Uni geschmissen wirst, daß du kaum zum Luftholen kommst!«

»Du weißt ja nicht, wovon du redest!«

In der folgenden Woche, während der Osterferien, arrangierte Yael eine große Demonstration vor dem Verwaltungsgebäude, und zwei Dutzend Studenten wurden verhaftet.

»Da siehst du, was ich meine!« Harry hatte es ihr gleich unter die Nase gerieben, und Tana war aus dem Haus gelaufen und hatte die Tür zugeknallt. Harry verstand aber auch gar nichts – und erst recht nicht, was Yael ihr bedeutete. Glücklicherweise war er selbst nicht festgenommen worden, und sie blieb die ganze folgende Woche bei ihm. Alles an ihm erregte sie, ihre sämtlichen

Sinne erwachten, wenn er das Zimmer betrat. Und außerdem ging es in diesen Tagen äußerst interessant zu in seiner Wohnung. Alle schienen sich immer mehr in die Demonstrationen hineinzusteigern, die für Ende des Jahres geplant waren, Tana selbst hatte jedoch solche Angst wegen ihres Examens, daß sie jetzt oft zu Hause blieb, um in Ruhe lernen zu können. Und bei solchen Gelegenheiten versuchte Harry immer wieder, ihr seinen Standpunkt klarzumachen, diesmal allerdings auf die sanftere Art. Er hatte Angst, daß Tana etwas zustoßen könnte, und er hätte alles getan, um das zu verhindern. »Bitte, Tan, bitte hör mir mal zu ... du bekommst mit Yael nur Schwierigkeiten ... bist du in ihn verliebt?« Der Gedanke, daß sie Yael lieben könnte, peinigte ihn, nicht weil er noch selbst in sie verliebt war, sondern weil er das als schreckliches Schicksal für sie ansah. Er haßte diesen Kerl; er war grob, unzivilisiert und ein selbstsüchtiger Nichtsnutz. Dieser Mensch war gewalttätig, und früher oder später würde er in ernsthafte Schwierigkeiten geraten. Harry wollte verhindern, daß er Tana mit sich in den Abgrund zog. Sie war von einer blinden Leidenschaft zu diesem Mann besessen, sogar seine politische Haltung fand sie aufregend, und das beunruhigte Harry über alle Maßen. Tana beteuerte, daß sie Yael nicht liebte, doch Harry wußte, daß Tana diese Beziehung sehr ernst nahm, da Yael der erste Mann war, dem sie sich freiwillig hingegeben hatte. Sie war so lange vorher keusch gewesen, daß ihre Urteilskraft irgendwie darunter gelitten haben mußte. Dadurch war sie leichte Beute geworden für jemanden, der zum erstenmal Gefühle in ihr wachrief, die sie nicht gekannt hatte. Yael und seine unorthodoxe Art zu leben und seine Freunde faszinierten sie, weil sie so etwas noch nie erlebt hatte. Außerdem war er so unsagbar zärtlich. Eine Kombination, die es nicht oft gab. Und dann, kurz vor Tanas Examen, stellte Yael sie auf die Probe.

»Ich brauche dich nächste Woche, Tan.«

»Wofür?« Sie sah ihn geistesabwesend über die Schulter an. Sie mußte an diesem Abend noch zweihundert Seiten lesen.

»Für so eine Art Treffen ...« Er drückte sich unklar aus, während er seinen fünften Joint an diesem Abend rauchte. Gewöhnlich war ihm das nicht anzumerken, doch in letzter Zeit wirkte er erschöpft.

»Was für ein Treffen?«

»Wir wollen den Leuten, die wichtig sind, unseren Standpunkt klarmachen.«

Sie lächelte. »Und wer sind diese Leute?«

»Ich finde, es ist an der Zeit, unsere Sache der Regierung persönlich vorzutragen. Wir marschieren zum Haus des Bürgermeisters.«

»Da werdet ihr bestimmt eingelocht werden!« Allzusehr beunruhigte sie das allerdings nicht. Daran hatte sie sich mittlerweile gewöhnt, obgleich sie die einzige aus ihrer Clique war, die noch nie verhaftet worden war.

»Ja und?«

»Wenn ich mitkomme und eingesperrt werde und niemand mich gegen Kaution rausholt, verpasse ich mein Examen.«

»Ja und, was macht das, Tan? Was willst du denn mit deinem Examen anfangen? Willst du ein billiger Anwalt werden, um die Gesellschaft und ihre Gesetze, so wie sie sind, zu verteidigen? Das ist doch alles ein einziger Schwindel, lös dich erst mal davon und geh dann arbeiten! Du kannst auch im nächsten Jahr noch dein Examen machen, Tan. Das hier ist wichtiger.« Sie sah ihn entsetzt an. Er verstand sie offenbar überhaupt nicht, wenn er so etwas sagen konnte! Was für ein Mensch war er denn?

»Weißt du eigentlich, wie hart ich dafür gearbeitet habe, Yael?«

»Kapierst du denn nicht, wie sinnlos all dies ist?«

Es war ihr erster Streit überhaupt, und Yael drängte sie noch tagelang; doch am Ende ging sie nicht mit. Sie ging nach Hause, um zu lernen. Und als sie an diesem Abend die Nachrichten sah, fielen ihr die Augen fast aus dem Kopf. Das Haus des Bürgermeisters war mit Sprengkörpern bombardiert worden, und zwei seiner Kinder hätten beinahe ihr Leben gelassen. Sie würden zwar wieder gesund werden, doch eine Seite des Hauses war vollkommen zerstört, und die Frau des Bürgermeisters hatte von einem Sprengkörper, der in ihrer Nähe explodiert war, schwere Verbrennungen erlitten. »Und eine radikale Studentengruppe der UC Berkeley hat sich dafür verantwortlich erklärt.« Sieben Studenten waren festgenommen worden, ihnen wurden versuchter Mord, tätlicher Angriff, unerlaubter Waffenbesitz und diverse andere Dinge zur Last gelegt. Und Yael McBee war dabei... und hätte sie mitgemacht, dachte sie mit zitternden Knien, so wäre ihr ganzes Leben ruiniert gewesen... nicht nur ihr Jurastudium wäre umsonst gewesen, sie hätte vermutlich auch mehrere Jahre hinter Gitter verbringen müssen. Sie wurde kreidebleich, während sie dasaß und zusah, wie ihre Freunde in Polizeiwagen geschoben wurden. Harry beobachtete ihr Gesicht und schwieg. Nach einer Weile stand sie auf und sah auf ihn hinab, dankbar dafür, daß er nichts gesagt hatte. In einer Sekunde hatte sich alles, was sie für Yael empfand, in Luft aufgelöst, war explodiert wie einer seiner Sprengkörper.

»Er wollte, daß ich heute abend mitmache, Harry...« Sie brach in Tränen aus. »Du hast recht gehabt.« Yael hätte beinahe ihr Leben zerstört, und sie war völlig in seinem Bann gewesen. Und wieso? Wegen ein paar Stunden im Bett? Wie dumm war sie gewesen! Ihr wurde übel, wenn sie nur an Yael und seine Freunde dachte. Sie hatte nie bemerkt, wie verbohrt sie in ihre Ideale waren, und es jagte ihr jetzt Angst ein, sie gekannt zu haben. Tana fürchtete, daß man sie zum Verhör vorladen würde. Und genau das geschah auch, doch es hatte für sie keine Folgen. Sie war eine Studentin, die mit Yael McBee geschlafen hatte, und sie war nicht die einzige gewesen. Tana bestand ihre Prüfung; legte das Staatsexamen ab und bekam eine Stelle als Anklagevertreterin beim Bezirksstaatsanwalt angeboten. Nun begann für sie endgültig der Ernst des Lebens.

Die radikalen Tage und das Studentenleben waren vorbei, ebenso ihr Leben zusammen mit Harry und Averil in dem Häuschen. Sie mietete sich eine Wohnung in San Francisco und packte langsam ihre Sachen... plötzlich überwältigte sie tiefer

Abschiedsschmerz. »Du siehst ja überglücklich aus!« Harry kam langsam in ihr Zimmer gefahren, während sie einen Stapel Jurabücher in eine Kiste warf. »Ich sollte dich wohl jetzt Frau Anklagevertreterin nennen.« Kläglich lächelte sie ihn an. Sie war noch immer entsetzt darüber, was Yael McBee zugestoßen war, und ihr selbst beinahe auch. Und sich vorzustellen, was sie für ihn empfunden hatte, deprimierte sie, obgleich die Erinnerung daran allmählich verblaßte. Yael und die anderen waren noch nicht vor Gericht gebracht worden, doch Tana wußte, daß sie zu einer langen Freiheitsstrafe verurteilt würden.

»Ich habe das Gefühl, als laufe ich von zu Hause fort.«

»Du kannst immer zurückkommen. Wir werden immer dasein.« Und dann zog er auf einmal ein einfältiges Gesicht, und Tana lachte – sie kannten einander zu lange, um vor einander irgend etwas verbergen zu können.

»Und was hat dieses Gesicht zu bedeuten? Was führst du denn nun wieder im Schilde?«

»Ich? Nichts.«

»Harry...« Sie ging drohend auf ihn zu, und er wirbelte lachend herum.

»Wirklich, Tan... ach, verdammt!« Er fuhr geradewegs gegen ihren Schreibtisch, und sie legte ihm behutsam die Hände um den Hals. Er sah von Tag zu Tag seinem Vater ähnlicher, an den sie noch manchmal dachte. Es wäre soviel gesünder gewesen, mit ihm eine Liebesbeziehung zu haben als mit Yael McBee. »Also gut... gut... Averil und ich werden heiraten!« Einen Moment sah Tana ihn entsetzt an. Ann Durning hatte gerade zum drittenmal geheiratet, einen berühmten Filmproduzenten aus Los Angeles. Er hatte ihr zur Hochzeit einen Rolls-Royce geschenkt und einen zwanzigkarätigen Diamantring, den Jean Tana ausgiebig beschrieben hatte. Doch solche Dinge taten Leute wie Ann Durning. Sie wäre nie auf den Gedanken gekommen, daß Harry einmal heiraten könnte! »Wirklich?«

Er lächelte. »Ich dachte mir, nach all dieser Zeit... sie ist ein phantastisches Mädchen, Tan...«

»Ja, das weiß ich, du Dummkopf!« Tana grinste. »Ich habe ja immerhin auch mit ihr zusammengelebt. Es kommt mir nur so fürchterlich erwachsen vor, so etwas zu tun.« Sie waren alle drei fünfundzwanzig Jahre alt, doch Tana fühlte sich noch nicht alt genug, um zu heiraten. Sie wunderte sich, daß Averil und Harry dazu bereit waren. Tana lachte in sich hinein. Dann beugte sie sich lächelnd zu Harry hinunter und küßte ihn auf die Wange. »Meine Glückwünsche. Und wann?«

»Sehr bald.« Auf einmal entdeckte Tana in seinen Augen einen absonderlichen Ausdruck, einen Ausdruck von Verlegenheit und Stolz zugleich. »Harry Winslow ... willst du etwa sagen, daß ... du wirst doch wohl nicht ... « Sie lachte laut, und Harry errötete tatsächlich, was bei ihm absolut nicht üblich war.

»Doch! Sie ist schwanger!«

»O Gott!« Und dann wurde Tana plötzlich ernst. »Du mußt sie aber nicht heiraten. Will sie dich dazu zwingen?«

Er lachte, und Tana dachte, daß sie ihn noch nie so glücklich erlebt hatte. »Nein, ich habe sie gezwungen. Ich habe ihr damit gedroht, sie umzubringen, falls sie das Kind abtreibt. Es ist unser Kind, und ich will es haben und sie auch!«

»Mein Gott!« Tana ließ sich auf das Bett fallen. »Heirat *und* eine Familie! Mensch, Harry, ihr geht aber aufs Ganze!«

»Ja.« Er sah aus, als würde er vor Stolz platzen. Und seine Zukünftige betrat in diesem Moment, schüchtern lächelnd, das Zimmer.

»Erzählt Harry dir gerade die bewußte Sache?« Tana nickte und sah Averil forschend an. Sie wirkte so friedlich, so zufrieden. Wie es sich wohl anfühlte? Einen Augenblick lang hätte sie die beiden schon fast beneidet. »Er hat wirklich eine große Klappe.« Sie beugte sich zu Harry hinunter und küßte ihn auf die Lippen, und er tätschelte ihr Hinterteil. Gleich darauf rollte er aus dem Zimmer. Sie würden in Australien heiraten, und Tana war natürlich zu ihrer Hochzeit eingeladen. Danach würden sie in ihr Häuschen zurückkehren, obwohl Harry sich nach einer hübschen Wohnung in Piedmont umsehen wollte, als Bleibe bis zu seinem Examen. Es war an der Zeit, das Winslow-Vermögen ein wenig unter die Leute zu bringen. Er wollte mit Averil in Zukunft in einer anständigen Umgebung leben. Später an diesem Abend kam er erneut zu Tana.

»Weißt du, Tan, wenn du nicht wärst, wäre ich überhaupt nicht hier.« Er hatte Averil das mindestens zehntausendmal im vergangenen Jahr gesagt, und er glaubte fest daran.

»Das ist nicht wahr, Harry. Du hast das alles selbst geschafft.«

Doch er ergriff ihren Arm. »Ohne dich hätte ich gar nichts zustande gebracht. Gesteh dir das doch zu, Tan! Das Krankenhaus, das Jurastudium, alles... ich würde nicht einmal Ave kennen, wenn du nicht wärst...«

Tana lächelte liebevoll und war gerührt. »Und das Baby – habe ich das auch vollbracht?«

»Ach, du freches Ding...« Er zupfte an ihrem langen, blonden Haar und kehrte dann zu seiner zukünftigen Frau zurück, die fest in dem Bett schlief, in dem sie das Baby empfangen hatte.

Tana freute sich für Harry, für beide, doch mit einemmal fühlte sie sich sehr allein. Zwei Jahre hatte sie mit Harry zusammengelebt, mit Averil die Hälfte der Zeit, und es würde seltsam ohne die beiden sein. Sie würden ihr eigenes Leben führen... es kam Tana alles so sonderbar vor... wieso wollten alle heiraten... Harry... ihre Mutter... Ann.... was war denn daran so besonders? Alles, was Tana sich gewünscht hatte, war gewesen, das Jurastudium zu schaffen. Und als sie schließlich mit einem Mann eine Liebesbeziehung gehabt hatte, hatte er sich als völliger Idiot entpuppt und war bis ans Ende seines Lebens im Gefängnis gelandet... Es war alles so verwirrend, und sie wußte keine Antwort auf ihre Fragen.

Tana zog in eine hübsche kleine Wohnung in Pacific Heights mit Blick auf die Bucht. Sie konnte in fünfzehn Minuten mit ihrem neu erstandenen Gebrauchtwagen ihre Arbeitsstelle erreichen. Tana wollte soviel wie möglich sparen, um zu Harrys und Averils Hochzeit fliegen zu können; doch Harry bestand darauf, ihr das Ticket zu schenken. Sie flog, kurz bevor sie ihre neue

Stelle antrat, nach Sydney und blieb nur vier Tage dort. Averil sah in ihrem weißen Organza-Kleid wie eine süße Puppe aus, und das Baby war ihr noch nicht anzusehen. Ihre Eltern ahnten von dem bevorstehenden Nachwuchs noch nichts, und auch Tana vergaß ihn, als Harrison Winslow auf sie zukam.

»Guten Tag, Tan!« Er küßte sie sanft auf die Wange, und sie hatte das Gefühl dahinzuschmelzen. Er war so wie immer – charmant und zuvorkommend, weltoffen in jeder Hinsicht; doch die Romanze, die vor so langer Zeit abgebrochen worden war, sollte nicht wieder aufleben. Sie plauderten stundenlang miteinander und unternahmen eines späten Abends einen ausgedehnten Spaziergang. Tana kam ihm anders vor, erwachsener, aber für Harrison würde sie immer Harrys Freundin bleiben. Was auch geschehen mochte, sie gehörte zu ihm, und Harrison respektierte das.

Er begleitete Tana zum Flughafen, als sie abreisen mußte, da Harry und Averil bereits zu ihrer Hochzeitsreise aufgebrochen waren. Er küßte sie, wie er es vor so langer Zeit getan hatte, und sie sehnte sich nach ihm. Als sie in das Flugzeug stieg, rollten ihr Tränen über die Wangen, und die Stewardessen ließen sie in Ruhe, sie fragten sich, wer dieser so besonders gut aussehende Herr wohl war. Ob dieses Mädchen seine Freundin war? Oder seine Frau? Sie sahen sie neugierig an. Sie war eine hochgewachsene, hübsche, blonde Frau, in einem schlichten beigen Leinenkostüm, mit sicherem Auftreten und einer stolzen Kopfhaltung. Was sie jedoch nicht wußten, war, daß sie sich innerlich allein fühlte und Angst hatte. Alles, was ihr nun bevorstand, würde völlig neu sein – ein neuer Arbeitsplatz, ein neues Zuhause, und sie hatte niemanden, der es mit ihr teilte. Mit einemmal begriff Tana, warum Leute wie Ann Durning und ihre Mutter heirateten. Es war sicherer, als ganz allein durch das Leben zu gehen... und doch war allein zu leben das einzige, was Tana sich vorzustellen vermochte.

TEIL III

Der Ernst des Lebens

14

Tana hatte von ihrer neuen Wohnung aus einen wunderschönen Ausblick auf die Bucht und einen kleinen Garten hinter dem Haus. Unwillkürlich hatte sie sich etwas gesucht, das im Parterre lag, so daß Harry sie ohne Schwierigkeiten besuchen konnte. Sie fühlte sich wohl in ihrer neuen Umgebung und hatte sich sehr schnell daran gewöhnt, ohne Harry zu leben. Harry und Averil besuchten sie anfangs häufig, sie vermißten Tana. Tana stellte überrascht fest, daß Averil auf einmal sehr schnell ihre Figur verlor, sie entwickelte sich mehr und mehr zu einem kleinen Ballon. Tana war das alles irgendwie fremd, sie lebte in einer so ganz anderen Welt, in einer Welt der Staatsanwaltschaft, der Morde, Raubüberfälle, Vergewaltigungen. Sie war den ganzen Tag nur mit Kriminalität befaßt und konnte sich nicht vorstellen, Kinder zu bekommen, und der Gedanke blieb ihr fremd, auch wenn ihre Mutter ständig von Ann sprach, die erneut schwanger war. Tana interessierte sich nicht für ein solches Dasein, sie wollte unabhängig und selbständig leben. Die Nachrichten von den Durnings hatten überhaupt keine Wirkung mehr auf Tana, das war sogar ihrer Mutter nicht entgangen. Jean hatte es praktisch schon aufgegeben, Tana beeinflussen zu wollen. Als sie dann noch von Harrys Heirat mit einem anderen Mädchen erfuhr, versetzte ihr das den letzten Schock. Die arme Tana – all die Jahre hatte sie sich um Harry gekümmert, und dann hatte er sich mit einer anderen davongemacht!

»Was für eine Gemeinheit von ihm!« Tana war im ersten Augenblick verblüfft über die Reaktion ihrer Mutter gewesen, dann hatte sie gelacht. Es war wirklich zu komisch – ihre Mutter hatte tatsächlich nie geglaubt, daß sie nur Freunde waren.

»Nein, das ist es überhaupt nicht. Sie passen ausgezeichnet zueinander.«

»Aber macht es dir denn nichts aus?« Was stimmte nur bei der heutigen Jugend nicht? Was war denn nur in sie gefahren? Tana war jetzt fünfundzwanzig, wann würde sie endlich einmal an eine Familie denken?

»Natürlich nicht. Ich sagte dir schon vor Jahren, Mama, daß Harry und ich nichts als gute Freunde sind, die besten Freunde, die man sich denken kann. Und ich freue mich sehr für die beiden.«

Tana wartete bis zum nächsten Anruf, ehe sie ihrer Mutter eröffnete, daß Harry und Averil ein Kind bekamen.

»Und was ist mit dir, Tan? Wann wirst du an eine Heirat denken?«

Tana seufzte. »Gibst du denn niemals auf, Mama?«

»Hast du den Gedanken etwa aufgegeben, in deinem Alter?« Welch deprimierende Vorstellung.

»Nein. Ich habe ja noch nicht einmal angefangen, an so etwas zu denken.« Sie hatte ja gerade erst ihre Beziehung zu Yael McBee abgebrochen, und der war nun absolut nicht der Mann, den man hätte heiraten wollen, und sie wurde von ihrer Arbeit so beansprucht, daß sie gar keine Zeit hatte, an eine neue Beziehung zu denken.

Erst nach fast sechs Monaten fand sie einmal Zeit für eine Verabredung. Ein höherer Untersuchungsbeamter bat sie um ein Rendezvous, und sie sagte zu, weil er ein interessanter Mensch war; doch als Mann fand sie ihn nicht sonderlich begehrenswert. Danach ging sie noch einige Male mit verschiedenen Juristen aus, aber ihre Gedanken drehten sich immer nur um ihren Beruf. Im Februar hatte sie ihren ersten wichtigen Fall, über den die Zeitungen des Landes berichteten. Sie hatte das Gefühl, die Augen aller wären auf sie gerichtet, und sie wollte ihre Sache besonders gut machen. Es handelte sich um eine schreckliche Vergewaltigung mit Mord; ein fünfzehnjähriges Mädchen war vom Liebhaber ihrer Mutter in ein verlassenes Haus gelockt worden und, dem ärztlichen Befund zufolge, neun- oder zehnmal vergewaltigt, dann grausam zugerichtet und schließlich getötet worden. Tana beabsichtigte, den Mörder in die Gaskammer zu bringen. Es war ein Fall, der sie irgendwie auch persönlich betraf, aber das wußte niemand; und Tana arbeitete wie eine Wilde, um dieses Verbrechen zu untersuchen und die Zeugenaussagen und Beweise zu überprüfen. Der Angeklagte war ein attraktiver, etwa fünfunddreißigjähriger Mann, gebildet, anständig gekleidet, und die Verteidigung wandte sämtliche nur erdenkliche Methoden an, um ihn frei zu bekommen. Tana blieb jede Nacht bis zwei Uhr auf. Sie arbeitete so hart wie für ihr Staatsexamen.

»Wie geht es, Tan?« Harry rief sie eines Abends spät an. Sie warf einen Blick auf die Uhr und war überrascht, daß er noch wach war, es war fast drei Uhr.

»Ganz gut. Ist irgend etwas los? Geht es Averil gut?«

»Und wie!« Sie hörte seiner Stimme an, daß er über das ganze Gesicht strahlte. »Wir haben gerade einen Jungen bekommen, Tan. Sieben Pfund und hundert Gramm. Und Averil ist das tapferste Mädchen auf der ganzen Welt... ich war dabei, und... ach, Tan, es war so wundervoll... sein Köpfchen kam auf einmal heraus, und da sah er mich auch schon an. Sie haben ihn mir zuerst gereicht...« Er war atemlos und furchtbar aufgeregt, und es hörte sich an, als lache und weine er zugleich. »Ave ist gerade eingeschlafen, da dachte ich mir, ich rufe dich gleich mal an. Warst du noch auf?«

»Natürlich. Ach, Harry, ich freue mich so für euch beide!« Auch ihr standen Tränen in den Augen, und sie lud ihn zu sich auf einen Drink ein. Fünf Minuten später traf er ein, und er wirkte müde, doch so glücklich wie noch nie. Es war ein seltsames Gefühl, ihn anzusehen, ihm zuzuhören, wie er jede Einzelheit beschrieb, als wäre dies das erste Baby, das je auf die Welt gekommen war, und als hätte Averil ein Wunder vollbracht. Sie beneidete die beiden fast, und gleichzeitig verspürte sie tief in ihrem Innern eine schreckliche Leere, als würde in ihrem Leben etwas fehlen. Es war, als hörte sie jemandem zu, der eine Fremdsprache sprach, und bewunderte ihn unendlich, doch verstünde sie die Sprache überhaupt nicht. Sie konnte Harrys Gefühle nicht nachvollziehen, und doch freute sie sich über alle Maßen für die beiden.

Es war fünf Uhr morgens, als Harry aufbrach, und Tana schlief knappe zwei Stunden, ehe sie sich für das Gericht zurechtmachte und zu ihrem aufsehenerregenden Prozeß zurückkehrte. Er zog sich länger als drei Wochen hin, und die Geschworenen ließen sich für die Urteilsfindung neun Tage Zeit, nachdem Tana ihr Plädoyer gehalten hatte. Tana triumphierte, als die Geschworenen nach der langen Beratungszeit wieder den Gerichtssaal betraten und der Angeklagte in sämtlichen Punkten für schuldig befunden wurde. Der Richter setzte das Strafmaß nicht so hoch an, wie Tana es als Vertreterin der Anklage gefordert hatte: Der Schuldiggesprochene wurde nicht zur Todesstrafe, sondern zu lebenslänglicher Haft verurteilt, und insgeheim war Tana froh darüber. Sie hatte erreicht, daß er für das, was er getan hatte, bezahlen mußte, auch wenn das Mädchen dadurch nicht mehr zum Leben erwachte.

Die Presse berichtete, daß Tana Roherts in diesem Prozeß brillant argumentiert hätte, und Harry hänselte sie deswegen, als sie nach Piedmont kam, um sich das Baby anzuschauen, nannte sie »ein großes Tier« und redete allerhand anderen Unsinn.

»Schon gut, schon gut! Laßt mich dieses Wunderkind sehen, das ihr hervorgebracht habt, statt mich mit solchem Käse zu bombardieren!« Sie war darauf gefaßt, daß sie sich bei diesem Besuch sehr unbehaglich fühlen würde, und war um so überraschter, daß sie von dem Baby so begeistert war. Alles an ihm war winzig und vollkommen, und Tana zögerte, als Averil es ihr in die Arme legen wollte. »Mein Gott... ich habe Angst, ihn zu zerdrücken...«

»Sei nicht albern!« Harry nahm seiner Frau das Baby ab und reichte es Tana energisch. Sie saß da und sah es fasziniert an, weil es so entzückend und hübsch war. Und als sie den Kleinen seiner Mutter zurückgab, hatte sie das Gefühl, etwas verloren zu haben. Sie sah Harry und Averil fast neidisch an, so auffällig, daß, nachdem sie fort war, Harry zu Averil triumphierend sagte: »Ich glaube, unser Sohn hat es ihr angetan.« Und wirklich, Tana dachte an diesem Abend noch viel an die beiden und ihren Sprößling.

Aber Tana hatte nicht lange Zeit, über das Familienglück der Winslows zu grübeln, sie hatte schon in der nächsten Woche einen Prozeß, in dem sich wieder ein Sexualverbrecher verantworten mußte. Gleich danach mußte Tana zwei Mordfälle untersuchen und sich auf die Verhandlungen vorbereiten. Das nächste, was sie von Harry hörte, war, daß er nicht nur das Staatsexamen bestanden, sondern auch eine Stelle angeboten bekommen hatte und es kaum erwarten konnte, sie anzutreten.

»Wer hat dich eingestellt?« Sie freute sich mit ihm, und er lachte.

»Du wirst es nicht glauben, Tan, aber ich werde als Pflichtverteidiger arbeiten!«

»Pflichtverteidiger? Dann müssen wir zwei ja gegeneinander antreten!« Sie lachte auch.

Harry und sie gingen zusammen zum Mittagessen aus, um zu feiern, und sie sprachen die ganze Zeit nur von der Arbeit. Heirat und Kinder waren Dinge, die ihr nicht einmal in den Sinn kamen.

Und bald ging das Jahr zu Ende, und das nächste verflog auch im Nu. Nur ein-, zweimal arbeitete Tana tatsächlich an demselben Fall wie Harry, und sie trafen sich mittags, wann immer sie konnten.

Als Harry fast zwei Jahre als Pflichtverteidiger hinter sich hatte, eröffnete er Tana, daß Averil wieder schwanger war. »Jetzt schon?« Tana blickte ihn überrascht an. Ihr war, als wäre Harrison Winslow V. erst einen Monat zuvor auf die Welt gekommen. Harry lächelte.

»Er wird im nächsten Monat zwei Jahre, Tan.«

»O mein Gott. Ist das die Möglichkeit!« Sie bekam den Kleinen nicht oft zu Gesicht und konnte es kaum fassen. Er war fast zwei – unglaublich! Und sie selbst war achtundzwanzig … nicht, daß sie das besonders bemerkenswert gefunden hätte, abgesehen davon, daß die Zeit so schnell verstrichen war. Es kam ihr vor, als wäre sie erst letztes Jahr mit Sharon Blake in Green Hill gewesen, hätte lange Spaziergänge mit ihr nach Yolan unternommen. Es war doch noch nicht so lange her, daß Sharon lebte ... und Harry mit ihr tanzte ...

Averil brachte diesmal ein Mädchen zur Welt, mit einem winzigen rosa Gesicht, einem vollkommenen Mündchen und riesengroßen, mandelförmigen Augen. Das Kind ähnelte seinem Großvater unglaublich, und in Tanas Herz regte sich etwas, als sie es ansah.

Sie zog jedoch noch immer nicht in Betracht, selbst eine Familie zu gründen. Sie erwähnte das Harry gegenüber, als sie in der folgenden Woche miteinander zum Essen gingen.

»Wieso denn nicht? Du bist doch erst neunundzwanzig, oder wirst es sogar erst in drei Monaten.« Er sah sie eindringlich an. »Laß dir das nicht entgehen, Tan! Es ist das einzige, was ich je getan habe, das mir wirklich etwas bedeutet – das einzige, was mich wirklich interessiert ... meine Kinder und meine Frau.« Sie war entsetzt, diese Worte aus seinem Munde zu hören. Sie hatte gedacht, daß ihm sein Beruf wichtiger wäre. Und dann eröffnete er ihr auch noch, daß er sogar daran dachte, seine Stelle aufzugeben und sich als Rechtsanwalt selbständig zu machen.

»Meinst du das ernst? Wieso?«

»Weil es mir keinen Spaß macht, für jemand anderen zu arbeiten, und ich habe es satt, immer irgendwelche Fälle zugewiesen zu bekommen. Meine Mandanten haben alle genau das getan, von dem sie behaupten, sie hätten es nicht getan, zumindest die meisten von ihnen. Und ich habe das einfach satt. Es ist an der Zeit, daß ich mich verändere. Ich denke daran, mit einem anderen Anwalt, den ich kenne, zusammen eine Praxis aufzumachen.«

»Wäre das denn nicht langweilig für dich? Gewöhnliches Zivilrecht?« Bei ihr hörte es sich wie eine Krankheit an, und er schüttelte lachend den Kopf.

»Nein. Ich brauche nicht soviel Aufregung, Tan. Ich könnte nicht jeden Tag Kreuzzüge machen, so wie du. Das würde ich gar nicht aushalten. Ich bewundere dich, daß du es kannst, aber ich wäre ganz zufrieden mit einer kleinen, gutlaufenden Anwaltspraxis und Averil und den Kindern.« Er hatte nie hohe Ansprüche gestellt, er war immer mit dem, was er hatte, glücklich. Tana beneidete ihn beinahe deshalb. Sie war anspruchsvoller, unersättlicher, das hatte Miriam Blake zehn Jahre zuvor an ihr entdeckt, und sie war nicht anders geworden. Sie brauchte die Herausforderung und wollte wirklich große Prozesse verhandeln. Sie fühlte sich besonders geschmeichelt, als sie im Jahr darauf in eine Kommission gewählt wurde, die sich zusammen mit dem Gouverneur mit dem Fortschreiten der Kriminalität in Kalifornien beschäftigte. Zu diesem Ausschuß gehörten ein halbes Dutzend Anwälte, zwei aus Los Angeles, zwei aus San Francisco, einer aus Sacramento und einer aus San José. Tana war die einzige Frau. Die Sitzungen fanden in San Francisco statt, und Tana hatte noch nie eine so interessante Woche verbracht. Jeder? Tag war für sie äußerst anregend. Die Anwälte, Richter und Politiker berieten sich bis spät in die Nacht hinein, und wenn Tana anschließend endlich im Bett lag, war sie so aufgeregt von allem, was sie besprochen hatten, daß sie meist noch lange wach blieb und sich alles noch einmal durch den Kopf gehen ließ.

»Interessant, nicht wahr?« Der Anwalt, der am zweiten Tag neben ihr saß, beugte sich herüber und sprach leise mit ihr, während sie den Ausführungen des Gouverneurs über ein Thema lauschten, das Tana schon am Vorabend mit einem Teilnehmer der Kommission diskutiert hatte. Der Gouverneur vertrat dieselbe Meinung wie sie einen Tag zuvor, und am liebsten wäre sie aufgestanden und hätte ihm zugejubelt.

»Ja«, erwiderte sie leise. Ihr Nachbar war aus Los Angeles, ein großer, attraktiver Mann mit grauem Haar. Am folgenden Tag saßen sie beim Mittagessen nebeneinander, und zu ihrer Überraschung stellte sie fest, daß er sehr liberal eingestellt war. Ein wirklich interessanter Mann. Eigentlich stammte er aus New York, hatte in Harvard Jura studiert und war anschließend erst nach Los Angeles gezogen. »In den letzten paar Jahren hatte ich in Washington gelebt, wo ich bei der Regierung arbeitete. Aber ich bin gerade wieder in den Westen zurückgekehrt, und darüber bin ich sehr froh.« Er lächelte. Er hatte eine ungezwungene Art, ein herzliches Lächeln, und seine Ansichten gefielen Tana, als sie sich an diesem Abend wieder miteinander unterhielten. Die Woche ging zu Ende, und alle hatten das Gefühl, Freunde geworden zu sein. Es war ein faszinierender Gedankenaustausch gewesen.

Der Anwalt wohnte im Huntington. Und bevor er abfuhr, lud er sie zu einem Drink ins L'Etoile ein. Von allen Teilnehmern gefiel er Tana am besten, und sie waren meist einer Meinung, und Tana hatte seine Gesellschaft bei den Besprechungen genossen. Er arbeitete hart und war beinahe immer gut aufgelegt.

»Wie gefällt Ihnen Ihre Arbeit beim Staatsanwalt?« Er war begeistert darüber, daß sie als Frau dort arbeitete, wo doch die meisten Frauen lieber als Familienberater oder in anderen Rechtsbereichen arbeiteten. Weibliche Anklagevertreter gab es selten, und die Gründe dafür lagen auf der Hand. Es war ein verflixt harter Beruf, und gerade Frauen hatten es besonders schwer.

»Ich liebe sie.« Sie lächelte. »Mir bleibt zwar nicht viel Zeit für mich selbst, aber das macht nichts.« Sie strich sich die Haare aus dem Gesicht. Tana hatte noch immer langes Haar, schlang es jedoch jetzt immer zu einem Knoten. Sie hatte es sich angewöhnt, Kostüme und Blusen bei Gericht zu tragen, zu Hause lief sie jedoch immer noch in Jeans umher. Jetzt trug sie ein graues Flanellkostüm mit einer blaßgrauen Seidenbluse.

»Sind Sie verheiratet?« Er zog eine Braue hoch und warf einen Blick auf ihre Hand.

»Dafür habe ich leider auch keine Zeit.« Es hatte ein paar Männer in den letzten Jahren in ihrem Leben gegeben, doch die Beziehungen hatten nie lange angehalten Sie kümmerte sich oft wochenlang nicht um ihre Freunde, wenn sie einen Prozeß vorbereitete, und hatte einfach nie genügend Zeit für sie. Sie hatte jedoch nicht das Gefühl, etwas zu versäumen, obwohl Harry ihr oft prophezeite, daß sie es eines Tages bereuen würde, wenn sie ihr Privatleben weiter so vernachlässigte. »Dann habe ich ja immer noch die Gelegenheit, etwas dagegen zu unternehmen.«

»Wann denn? Wenn du fünfundneunzig bist?«

»Was für eine Tätigkeit hatten Sie bei der Regierung, Drew?« Er hieß Drew Lands und besaß die blauesten Augen, die sie je gesehen hatte. Sie mochte seine Art, sie anzulächeln, und sie ertappte sich dabei, daß sie überlegte, wie alt er war. Sie riet richtig – er war fünfundvierzig.

»Eine Zeitlang hatte ich eine Anstellung im Wirtschaftsministerium. Jemand war gestorben, und ich sprang ein, bis man die Stelle einem anderen zuwies.« Er lächelte, und wieder dachte sie, daß er eine nette Art hatte und gut aussah und daß ihr seit langem kein Mann so gut gefallen hatte. »Es war eine interessante Beschäftigung für eine Weile. Washington ist unglaublich aufregend. Alles dreht sich um die Regierung und die Leute, die mit ihr zu tun haben. Wenn man nicht für die Regierung arbeitet, ist man dort absolut ein Niemand. Das wichtigste sind Macht und Einfluß, alles andere interessiert nicht.« Er lächelte, und sie konnte ihn sich ohne weiteres in dieser Umgebung vorstellen.

»Es muß hart sein, so etwas aufzugeben.« Das, was er ihr erzählte, fesselte sie. Tana hatte sich selbst mehr als einmal gefragt, ob die Politik sie interessieren könnte, doch glaubte sie nicht, daß sie ihr so liegen würde wie ihr jetziger Beruf. »Es wurde Zeit für mich. Ich war glücklich, nach Los Angeles gehen zu können.« Er lächelte unbeschwert und stellte sein Glas auf den Tisch. »Es ist fast so, als wäre ich nach Hause zurückgekehrt. Und Sie, Tana? Was bedeutet für Sie zu Hause? Stammen Sie aus San Francisco?«

Sie schüttelte den Kopf. »Ursprünglich aus New York, aber ich lebe hier, seit ich mein Studium in Boalt begann.« Acht Jahre waren verstrichen seit damals – fast unglaublich! »Ich kann mir gar nicht mehr vorstellen, irgendwo anders zu leben oder etwas anderes zu tun . . . « Sie liebte ihre Arbeit mehr als alles andere. Dort erwarteten sie immer neue aufregende Fälle, und in den fünf Jahren, in denen sie nun schon arbeitete, war sie um vieles erwachsener geworden. Und auch das war kaum zu glauben... fünf Jahre schon war sie Vertreterin des Staatsanwalts. Wo blieb die Zeit nur, wenn man arbeitete? Plötzlich wachte man auf, und zehn Jahre waren verflogen... zehn Jahre... oder fünf... oder eines...

»Jetzt haben Sie aber ein schrecklich ernstes Gesicht gemacht.« Er beobachtete sie, und sie lächelten einander zu.

Sie zuckte gleichmütig die Achseln. »Ich dachte nur gerade, wie schnell doch die Zeit verfliegt. Kaum zu glauben, daß ich schon so lange hier lebe... und für den Staatsanwalt arbeite... fünf Jahre bereits...«

»So ging es mir in Washington. Die drei Jahre kamen mir eher wie drei Wochen vor, und plötzlich war es an der Zeit, nach Hause zurückzukehren.«

»Meinen Sie, daß Sie eines Tages dorthin zurückgehen werden?«

Er lächelte, und in seinen Augen stand etwas, das sie nicht zu deuten wußte. »Zumindest ein Weilchen. Meine Kinder sind noch dort. Ich wollte sie nicht mitten im Schuljahr aus der Schule nehmen, und meine Frau und ich haben noch nicht entschieden, wo sie leben werden. Vermutlich mal bei ihr, mal bei mir. Nur so ist es gerecht für uns beide, obgleich es für die beiden anfangs schwer werden könnte; doch Kinder gewöhnen sich relativ schnell um.« Er lächelte sie an. Offensichtlich war er erst vor kurzem geschieden worden.

»Wie alt sind sie?«

»Dreizehn und neun – zwei Mädchen. Sie sind wunderbare Kinder, und sie stehen Eileen sehr nahe; doch zu mir haben sie auch eine enge Bindung, und außerdem sind sie in Los Angeles glücklicher als in Washington. Das Leben dort ist eigentlich nichts für Kinder, und Eileen ist außerdem furchtbar beschäftigt.«

»Was tut sie denn?«

Sie ist Assistentin vom Vertreter der Organisation Amerikanischer Staaten, und sie hat ein Auge auf einen höheren Posten geworfen. Deshalb ist es ziemlich unwahrscheinlich, daß sie die Kinder bei sich haben kann, so daß sie wohl bei mir leben werden. Alles hängt noch ziemlich in der Luft.« Wieder lächelte er, diesmal ein wenig zögernder.

»Wie lange sind Sie denn schon geschieden?«

»Eigentlich sind wir gerade erst dabei, uns scheiden zu lassen. Wir haben uns Zeit genommen, um uns in Ruhe zu entscheiden, und jetzt ist es endgültig, daß wir uns trennen. Ich werde die Scheidung einreichen, sobald ich mich erst einmal richtig hier niedergelassen habe.«

Es mußte schwer für ihn sein – seine Kinder waren fast fünftausend Kilometer entfernt, und er lebte von seiner Frau getrennt. Es schien ihn jedoch nicht aus der Fassung zu bringen. Er hatte bei der Konferenz einen ruhigen und sehr vernünftigen Eindruck gemacht. Von den sechs Anwälten, die dem Ausschuß angehört hatten, hatte Drew ihr am meisten imponiert. Es hatte ihr gefallen, daß er einen liberalen Standpunkt vertrat.

Seit ihrer Erfahrung mit Yael McBee fünf Jahre zuvor waren Tanas Ansichten um einiges gemäßigter geworden. Im Büro des Staatsanwalts hatte sie gelernt, daß es nötig war, daß die Gesetze streng beachtet wurden. Die Ansichten, die sie so lange während ihrer Studienzeit vertreten hatte, erschienen ihr nun auch als zu radikal. Drew Lands hatte sie nachdenklich gemacht und ihr Denkanstöße gegeben, den Mittelweg zwischen zwei Extremen zu suchen. Sie sprach mit ihm darüber und war erstaunt, wie tolerant er den Einstellungen anderer gegenüber war. »Drew, ich glaube, Sie sind ein sehr guter Jurist.« Er war gerührt und erfreut. Sie bestellten sich noch einen Drink, und anschließend brachte er sie mit dem Taxi bis vor die Haustür, um dann weiter zum Flughafen zu fahren und nach Los Angeles zurückzukehren.

»Darf ich Sie einmal anrufen?« Seine Frage kam zögernd, als fürchte er, es könnte in ihrem Leben jemanden geben, der ihr nahestand. Doch momentan war Tana ganz allein. Im Jahr zuvor war sie ein paar Monate mit dem Marketingleiter einer Werbeagentur befreundet gewesen, und seitdem hatte sie keine Beziehung mehr zu einem Mann gehabt. Er war zu beschäftigt und zu sehr im Streß gewesen, und sie ebenfalls, und die Affäre war so unauffällig zu Ende gegangen, wie sie begonnen hatte. Tana hatte es sich angewöhnt, anderen zu erzählen, daß sie mit ihrer Arbeit verheiratet und »die zweite Frau« im Leben des Staatsanwalts wäre, worüber sich ihre Kollegen amüsierten. Es traf jedoch schon beinahe zu.

Drew sah sie hoffnungsvoll an, und sie nickte lächelnd.

»Ja, gern.« Wer weiß, wann er einmal wieder in der Stadt war, und sie hatte gerade mit einem schwerwiegenden Mordfall zu tun, der sie die nächsten zwei Monate beschäftigen würde.

Doch er überraschte sie, indem er sie am folgenden Tag anrief.

Sie saß in ihrem Büro, trank Kaffee und machte sich Notizen, wie sie im Prozeß verfahren wollte. Es würde eine Menge Presseberichte geben, und sie wollte sich nicht zum Gespött der Leute machen. Sie dachte an nichts anderes als an die Verhandlung, als sie den Hörer abnahm und schroff sagte: »Hallo!«

»Miß Roberts, bitte!« Die Unhöflichkeit der Leute, die für den Staatsanwalt arbeiteten, brachte ihn nicht aus der Fassung.

»Ja, am Apparat.« Mit einemmal klang sie nicht mehr so unfreundlich. Sie war nur so verdammt müde, so angestrengt. Es war fast fünf Uhr nachmittags, und sie hatte den ganzen Tag über ihren Schreibtisch nicht verlassen, nicht einmal zur Mittagszeit. Seit dem Abend zuvor hatte sie nichts mehr gegessen, nur literweise Kaffee zu sich genommen.

»Das hörte sich aber gar nicht nach Ihnen an.« Seine Stimme klang fast wie ein Streicheln, und sie erschrak einen Moment, weil sie dachte, es sei vielleicht der Anruf eines Spinners.

»Wer spricht denn?«

»Drew Lands.«

»Mein Gott, entschuldigen Sie! Ich war so vertieft in meine Arbeit, daß ich Ihre Stimme nicht erkannt habe. Wie geht es Ihnen?«

»Danke, gut. Ich dachte mir, ich rufe Sie mal an und erkundige mich, wie es *Ihnen* geht.«

»Ich bin gerade dabei, einen großen Mordprozeß vorzubereiten, der nächste Woche verhandelt wird.«

»Hört sich ja reizend an!« Seine Stimme klang ironisch, und sie lachten beide. »Und was tun Sie in Ihrer Freizeit?«

»Arbeiten.«

»Das dachte ich mir schon. Wissen Sie nicht, daß das Ihrer Gesundheit abträglich ist?«

»Über meinen Gesundheitszustand werde ich mir Gedanken machen, wenn ich pensioniert bin. Bis dahin habe ich dazu keine Zeit.«

»Wie steht es mit diesem Wochenende? Können Sie sich da freinehmen?«

»Ich weiß nicht recht... ich...« Gewöhnlich arbeitete sie auch an den Wochenenden. Außerdem hatte sie durch die Arbeit in der Kommission eine ganze Woche nachzuholen. »Eigentlich müßte ich...«

»Kommen Sie schon – ein paar Stunden können Sie sich bestimmt Zeit nehmen! Ich dachte mir, ich leihe mir die Jacht eines Freundes aus. Sie könnten sogar Arbeit mitbringen, obgleich das jammerschade wäre.« Es war Oktober, und das Wetter eignete sich ausgezeichnet für einen Nachmittag in der Bucht. Der Herbst war die schönste Jahreszeit in Kalifornien, und San Francisco war unbeschreiblich. Tana war schon fast versucht, die Einladung anzunehmen; doch wollte sie ihre Arbeit nicht liegenlassen.

»Ich sollte wirklich für diesen Prozeß...«

»Dann vielleicht ein gemeinsames Abendessen? Oder ein Mittagessen?« Plötzlich brachen beide in Lachen aus. Seit langem hatte niemand so darauf beharrt, sie auszuführen, und es schmeichelte ihr.

»Ich würde sehr gern mit Ihnen zusammen etwas unternehmen, Drew.«

»Dann tun Sie es! Und ich verspreche Ihnen, ich werde nur soviel Ihrer Zeit beanspruchen, wie Sie mir gestatten. Was würde Ihnen am meisten Spaß machen?«

»Ein Segeltörn in der Bucht wäre großartig. Vielleicht schwänze ich sogar einen ganzen Tag.« Die Vorstellung, im Wind mit wichtigen Unterlagen herumjonglieren zu müssen, war nicht gerade begeisternd, doch einen Tag ohne Arbeit in der Bucht mit Drew Lands zu verbringen, würde ihr bestimmt guttun.

»Gut, ich komme dann zu Ihnen. Wie wär' es mit Sonntag?«

»Paßt mir ausgezeichnet.«

»Ich hole Sie um neun ab. Ziehen Sie sich warm an, für den Fall, daß es windig wird!«

»Jawohl, mein Herr.« Sie lächelte in sich hinein, legte auf und setzte ihre Arbeit fort. Pünktlich um neun Uhr am Sonntagmorgen traf Drew Lands ein, in weißen Jeans, Segeltuchschuhen, einem hellroten Hemd und mit gelbem Ölzeug unter dem Arm. Sein Gesicht war ohnehin schon sonnengebräunt, sein Haar glänzte silbern in der Sonne, und seine Augen tanzten auf und ab. Tana folgte ihm zu seinem Wagen – ein silberfarbener Porsche, mit dem er am Freitagabend bereits von Los Angeles gekommen war, wie er ihr erzählte; er hatte Wort gehalten und sie nicht bei der Arbeit gestört. Sie fuhren zum Saint-Francis-Jacht-Club, wo das Schiff vertäut lag, und eine halbe Stunde später segelten sie vor der Bucht. Drew war ein ausgezeichneter Segler, und an Bord befand sich noch ein Skipper. Tana lag zufrieden an Deck, genoß die Sonne, bemühte sich, jegliche Gedanken an ihren Mordfall von sich zu schieben, und war sehr froh, daß sie sich zu diesem freien Tag hatte überreden lassen.

»Herrlich in der Sonne, nicht wahr?« erklang seine tiefe Stimme, und als sie die Augen öffnete, saß er neben ihr.

»Ja. Mit einemmal erscheint mir alles andere so unbedeutend – all die Dinge, derentwegen man herumhastet... und dann auf einmal macht es puff... und sie sind fort!« Sie lächelte ihn an und überlegte, ob er seine Kinder wohl sehr vermißte. Und es war, als lese er ihre Gedanken.

»Ich möchte Sie in der nächsten Zeit einmal mit meinen beiden Mädchen bekannt machen, Tana. Die sind bestimmt begeistert von Ihnen.«

»Ich weiß nicht recht.« Sie zögerte. »Ich kenne mich nicht sonderlich gut mit kleinen Mädchen aus, fürchte ich.«

Er betrachtete sie nachdenklich. »Haben Sie sich je Kinder gewünscht?«

Er war ein Mann, mit dem man ehrlich sein konnte, und sie schüttelte den Kopf.«Nein. Ich hatte nie das Verlangen danach und auch nicht die Zeit«, gestand sie offen, »oder den richtigen Mann – ganz zu schweigen von den Umständen.«

Er lachte. »Dann blieb Ihnen wohl nicht mehr allzuviel Spielraum, nicht wahr?«

»Stimmt. Und Sie?« Sie fühlte sich entspannt in seiner Gegenwart. »Wünschen Sie sich mehr Kinder?«

Er schüttelte den Kopf. So einen Mann würde sie sich eines Tages wünschen, dachte sie; sie war dreißig Jahre, zu alt, um noch Kinder zu haben. Außerdem hatte sie auch keine Beziehung zu Kindern. »Kann ich ohnehin nicht mehr, oder zumindest nicht ohne großen Aufwand. Als Julie geboren wurde, beschlossen Eileen und ich, daß wir keine Kinder mehr haben wollten; und ich ließ mich sterilisieren.« Er sprach so offen darüber, daß sie fast ein wenig schockiert war. Doch was war denn falsch daran, keine Kinder mehr zu wollen? Sie wollte ja auch keine, und das, obgleich sie noch gar keine hatte.

»Dann ist es ja ohnehin kein Problem mehr für Sie, nicht wahr?«

»Ja.« Er lächelte schelmisch. »In mehr als einer Hinsicht.« Sie erzählte ihm von Harry, seinen beiden Kindern, Averil ... und von der Zeit nach Harrys Rückkehr aus Vietnam, dem schwierigen Jahr, in dem er um sein Leben kämpfte, von seiner langwierigen Behandlung und von seinem unglaublichen Mut.

»Diese Erfahrung hat mein Leben in vieler Hinsicht geändert. Ich glaube, daß ich nie mehr ganz so unbeschwert wie früher sein kann.« Sie sah nachdenklich auf das Wasser, und er beobachtete, wie das Sonnenlicht auf ihrem goldenen Haar glänzte. » ... danach war plötzlich alles so wichtig geworden, jedes bißchen im Leben. Ich konnte nichts mehr als gegeben hinnehmen.«

Sie blickte ihn seufzend an. »Ich empfand schon einmal, zu einem früheren Zeitpunkt, so.«

»Wann war das?« Seine Augen sahen sie zärtlich an, und sie überlegte, wie es sich anfühlen würde, von ihm geküßt zu werden.

»Als meine Zimmergenossin aus dem College starb. Wir besuchten zusammen Green Hill – das liegt im Süden.«

»Ich weiß.«

»Ach so.« Sie lächelte. »Es war Sharon Blake, die Tochter von Freeman Blake. Sie starb vor neun Jahren bei einer Demonstration mit Martin Luther King... .... sie und Harry haben mein Leben mehr beeinflußt als irgend jemand sonst.«

»Sie sind ein ernsthaftes Mädchen, nicht wahr?«

»Ja, sehr sogar. Ich nehme vielleicht sogar vieles zu ernst. Ich arbeite zuviel, ich denke zuviel, es fällt mir oft sehr schwer, abzuschalten.« Er hatte das bemerkt, doch das störte ihn nicht. Seine Frau war ihr in dieser Hinsicht ähnlich, und ihre Zielstrebigkeit hatte ihm gefallen. Er war nicht derjenige gewesen, der die Trennung gewollt hatte, sondern sie. Sie hatte ein Verhältnis mit ihrem Chef in Washington, und sie wollte etwas »Zeit zum Nachdenken«, wie sie sich ausdrückte, und die hatte er ihr gewährt und war nach Los Angeles gezogen. Darüber wollte er aber jetzt mit Tana nicht sprechen.

»Haben Sie je mit jemandem zusammengelebt? Ich meine, mit jemandem, zu dem Sie eine Liebesbeziehung hatten?«

»Nein, solch eine Beziehung hatte ich noch nie.«

»Das würde Ihnen vermutlich gut stehen – ein enges Beisammensein, ohne sich festzunageln.«

»Hört sich nicht übel an.«

»Für mich auch nicht.« Er schien nachzudenken, dann lächelte er fast knabenhaft. »Zu dumm, daß wir beide nicht in derselben Stadt wohnen!« Es war seltsam, daß er schon nach so kurzer Zeit an so etwas dachte, doch er war ein entschlußfreudiger Mensch, und am Ende stellte sich heraus, daß er trotzdem ebenso ernsthaft war, wie Tana auch von sich behauptet hatte. Er flog in die-

ser Woche zweimal von Los Angeles nach San Francisco, nur um
sie zum Abendessen auszuführen, und am nächsten Wochenende
segelte er wieder mit ihr, obwohl sie gänzlich vertieft in ihren
Mordfall war und um alles in der Welt dafür sorgen wollte, daß
er gut verlief. Doch sie war überrascht festzustellen, daß Drew
beruhigend auf sie wirkte und ihr dadurch alles leichter fiel. Und
nach ihrem zweiten gemeinsamen Tag auf der Jacht seines Freundes begleitete er sie nach Hause, und sie liebten sich vor dem Kamin in ihrem Wohnzimmer. Es war zärtlich und romantisch und
wunderschön. Drew gab sich große Mühe, Tana zu verwöhnen,
kochte das Abendessen und blieb über Nacht. Bemerkenswerterweise störte das Tana überhaupt nicht. Drew stand um sechs auf,
duschte, zog sich an, brachte ihr das Frühstück ans Bett und fuhr
mit einem Taxi um sieben Uhr fünfzehn zum Flughafen. Von dort
flog er um acht nach Los Angeles und traf um neun Uhr fünfundzwanzig in seinem Büro ein. Innerhalb von ein paar Wochen pendelte er bereits regelmäßig zwischen Los Angeles und San Francisco hin und her. Alles, was er unternahm, geschah mit einer
beeindruckenden Leichtigkeit und ohne jegliche Umstände. Tanas Leben schien plötzlich soviel mehr ausgefüllt zu sein, sie hatte
nie zuvor geahnt, daß für sie eine Beziehung von so großer Bedeutung sein könnte. Zweimal war er im Gerichtssaal, um Tana
bei der Verhandlung zu erleben. Sie gewann den Fall, und nach
der Urteilsverkündung gingen sie aus und feierten ihren Sieg. An
diesem Tag schenkte Drew ihr ein wunderschönes goldenes Armband, das er bei Tiffany in Los Angeles erstanden hatte, und am
folgenden Wochenende flog Tana nach Los Angeles, um ihn dort
zu besuchen. Am Freitag und Samstag abend aßen sie im Bistro
und Ma Maison, tagsüber gingen sie auf dem Rodeo Drive einkaufen und faulenzten an seinem Swimmingpool. Und am Sonntag abend, nach einem gemütlichen Essen, das er selbst zubereitet hatte, flog Tana allein nach San Francisco zurück. Auf dem
Heimweg dachte sie die ganze Zeit an ihn und daran, wie schnell
alles gegangen war, und es jagte ihr fast etwas Angst ein; doch
Drew schien fest entschlossen und begierig darauf zu sein, eine

feste Bindung mit ihr einzugehen. Ihr war bewußt, daß er ein einsames Leben führte. Das Haus, in dem er lebte, war riesengroß – modern und voller kostspieliger moderner Kunst, zwei Zimmer hatte er für seine beiden Töchter eingerichtet, obwohl sie noch in Washington waren. Drew war nicht oft in Gesellschaft und suchte nur Tanas Nähe. Als Thanksgiving nahte, hatte sie sich bereits daran gewöhnt, daß er die Hälfte der Woche in San Francisco bei ihr verbrachte, und nach fast zwei Monaten kam ihr das nicht einmal mehr merkwürdig vor.

»Was tust du nächste Woche, Liebling?«

»Zu Thanksgiving?« Sie sah ihn überrascht an. Darüber hatte sie sich noch keine Gedanken gemacht. Sie hatte drei kleine Fälle zu bearbeiten, die sie abschließen wollte, falls sich die Angeklagten mit einem Vergleich einverstanden erklärten. Für sie wäre das eine Arbeitserleichterung, und in keinem der Fälle lohnte es sich, sie vor Gericht zu bringen. »Ich weiß es nicht. Ich habe eigentlich noch gar nicht darüber nachgedacht.« Sie war seit Jahren nicht mehr nach Hause gefahren. Thanksgiving zusammen mit Arthur und Jean zu verbringen war unerträglich. Ann hatte sich einige Jahre zuvor von ihrem dritten Mann scheiden lassen und lebte jetzt in Greenwich, so daß sie mit ihren aufsässigen Kindern immer in der Nähe war. Billy kam und ging, wie es ihm beliebte, er war noch nicht verheiratet. Arthur wurde mit den Jahren immer lästiger, ihre Mutter immer nervöser, und sie schien sich jetzt oft darüber zu beklagen, daß Tana nicht verheiratet war und wahrscheinlich auch nicht mehr heiraten würde. »Debatte über ein verschwendetes Leben«, so lautete die Überschrift jedes Zusammenseins von Jean und Tana. Die Vorwürfe nahm Tana schon lange nicht mehr ernst. Sie hätte Thanksgiving auch bei Averil und Harry verbringen können; doch sosehr Tana die beiden liebte, ihre Freunde in Piedmont waren entsetzlich langweilig. Tana fühlte sich in ihrer Gegenwart immer fehl am Platze und war gleichzeitig unendlich froh darüber, daß es so war. Sie staunte über Harry, daß er mit seinem Los so zufrieden war. Tana und Harrison hatten sich schon manchmal gemeinsam darüber amüsiert; auch er fand dieses Leben eintönig und kam nur selten zu Besuch. Er wußte, daß Harry glücklich und gut versorgt war.

»Hast du Lust, mit mir nach New York zu fliegen?« Drew sah sie hoffnungsvoll an.

»Meinst du das ernst? Wieso?« Sie war verblüfft. Was gab es denn in New York zu sehen? Seine Eltern waren doch beide tot, und seine Töchter lebten in Washington.

»Na ja...« Er hatte sich alles schon im voraus überlegt. »Du könntest deine Familie besuchen, und ich würde zuerst nach Washington fahren, um die Mädchen zu sehen, und dich dann in New York treffen. Dann könnten wir uns noch ein bißchen amüsieren. Vielleicht kann ich die Kinder sogar mitbringen. Was meinst du dazu?«

Sie dachte darüber nach und nickte dann langsam. »Vielleicht.« Sie lächelte zu ihm auf. »Das wäre sogar eine sehr gute Idee, wenn wir den Teil mit meiner Familie weglassen. Ein Urlaub bei ihnen ist gleichbedeutend mit Selbstmord.«

Er lachte. »Sei nicht so zynisch, du Hexe!« Er zupfte sie sanft an einer Haarsträhne und küßte sie auf den Mund. Er war so herrlich liebevoll zu ihr wie niemand zuvor, und in ihrem Innern öffnete sich ihm ein Teil, der sich sonst noch keinem geöffnet hatte. Sie war erstaunt darüber, daß sie ihm so sehr vertraute.

»Also, mal im Ernst – könntest du dir freinehmen?«

»Momentan könnte ich es tatsächlich.« Und auch das war höchst erstaunlich.

»Also?« In seinen Augen blitzte es schelmisch, und sie warf sich ihm in die Arme.

»Du hast gewonnen. Ich werde als Opfer dafür sogar meine Mutter besuchen.«

»Dafür kommst du sicherlich in den Himmel. Ich werde mich um alles kümmern. Wir können am nächsten Mittwochabend in Richtung Osten aufbrechen. Du verbringst den Donnerstag bei deiner Mutter, und ich treffe dich am Donnerstagabend in New York, mit den Mädchen, im... laß mal überlegen...« Er dachte nach, und sie grinste. »Im Pierre?« Sie beabsichtigte, ihre Kosten selbst zu zahlen, doch er schüttelte den Kopf.

»Im Carlyle. Ich steige immer dort ab, wenn irgend möglich, besonders mit den Mädchen, es ist für sie schöner dort.« Er war auch mit Eileen in den letzten neunzehn Jahren immer dort gewesen, was er Tana gegenüber jedoch nicht erwähnte. Er arrangierte alles, und am Mittwochabend flog Tana nach New York und Drew nach Washington. Tana wunderte sich einen Moment darüber, daß sie ihn ohne weiteres für sie hatte Pläne schmieden lassen. So etwas war für sie völlig neu. Es machte ihm jedoch anscheinend keine Umstände, offensichtlich war er daran gewöhnt, für andere mitzudenken. Und als Tanas Maschine in New York landete, begriff sie eigentlich erst richtig, daß sie auf dem Wege nach Greenwich war. Es war bitterkalt, und auf dem Boden lag ein Hauch von Schnee. Sie nahm sich ein Taxi vom John-F.-Kennedy-Flughafen nach Connecticut und dachte dabei an Harry und daran, wie er damals Billy einen Kinnhaken versetzt hatte. Schade, daß Harry nicht bei ihr war. Sie freute sich ganz und gar nicht auf den Besuch in Greenwich. Sie hätte es vorgezogen, mit Drew nach Washington zu fliegen; aber sie wollte sich nicht in sein Familientreffen einmischen, er hatte seine Töchter seit zwei Monaten nicht gesehen. Harrys Einladung, nach Piedmont zu kommen, hatte Tana abgelehnt und den Freunden erklärt, daß sie dieses Jahr nach New York fliege.

»Mein Gott, du mußt krank sein!« hatte er lachend erwidert.

»Noch nicht, aber wenn ich zurückkehre, bin ich es bestimmt. Ich höre meine Mutter im Geiste schon... ›du verschwendest dein Leben‹...«

»Weil wir gerade davon reden – ich möchte dich endlich einmal meinem Sozius vorstellen.« Er hatte schließlich doch seine eigene Rechtsanwaltspraxis eröffnet, und Tana hatte es bis jetzt nie geschafft, seinen Partner kennenzulernen. Sie hatte fast nie Zeit, und auch Harry und sein Partner waren überraschenderweise sehr beschäftigt. Die Kanzlei lief gut, sie hatten genügend Mandanten, und es war genau das, was Harry sich gewünscht hatte. Er war begeistert und sprach viel und gern von seiner Arbeit.

»Wenn ich zurückkomme, vielleicht.«

»Du vertröstest mich immer. Du wirst ihn wahrscheinlich nie kennenlernen. Und er ist ein so netter Mensch.«

»Ach, du lieber Gott! Das riecht mir ganz nach Kuppelei! Richtig getippt? Es scheint dir ja geradezu unter den Nägeln zu brennen, mich zu verschachern ... o nein!« Sie lachte wie in alten Tagen, und Harry fiel mit ein.

»Du mißtrauisches Biest! Was glaubst du eigentlich, wer du bist? Glaubst du, alle laufen dir nach?«

»Nein, absolut nicht! Aber ich kenne dich. Wenn dein Partner unter fünfundneunzig ist und nichts gegen eine Ehe hat, dann willst du ihn mit mir verkuppeln. Weißt du denn nicht, daß ich ein aussichtsloser Fall bin, Winslow? Gib es, um Himmels willen, endlich auf! Ich werde meiner Mutter sagen, daß du dich mit ihr verbünden willst, und ihr deine Telefonnummer geben.«

»Mach dir keine Umstände! Du weißt ja nicht, was du dir diesmal entgehen läßt! Er ist einfach wundervoll – sogar Averil meint das.« »Gewiß doch. Verkupple ihn bitte mit einer anderen!«

»Wieso? Heiratest du?«

»Vielleicht.« Sie scherzte, doch er spitzte augenblicklich die Ohren, und sie bedauerte sofort, daß sie ihren Mund nicht gehalten hatte.

»Ja? Wen?«

»Frankenstein. Laß mich, verdammt noch mal, in Frieden!«

»Nein, das werde ich nicht. Du hast einen Freund, was?«

»Nein ... also gut, doch! Ich meine ... ja und nein ... nichts Definitives jedenfalls. In Ordnung? Genügt dir das?«

»Nein. Wer ist es, Tan? Meint er es ernst?«

»Nein. Er ist nur einer von all den Männern, mit denen ich mich ab und zu treffe. Netter Kerl, angenehmes Zusammensein, nichts Großartiges.«

»Woher stammt er?«

»Von Los Angeles.«

»Was macht er?«

»Er ist ein Sexualverbrecher. Ich habe ihn vor Gericht kennengelernt.«

»Tolle Geschichte. Versuch's noch einmal!« Sie kam sich wie ein gehetztes Tier vor, und allmählich wurde sie ärgerlich.

»Er ist Anwalt – und jetzt laß mich endlich in Ruhe! Es ist weiter nichts.«

»Etwas sagt mir, daß es ganz schön ernst ist.« Harry kannte Tana zu gut. Mit Drew war es anders als mit den anderen, die sie gekannt hatte; aber sie wollte das noch nicht zugeben, schon gar nicht vor sich selbst.

»Dann liegst du wieder mal falsch, wie gewöhnlich. Und nun bestell Averil bitte liebe Grüße von mir, und ich besuche euch, wenn ich von New York zurück bin.«

»Was hast du in diesem Jahr zu Weihnachten vor?« Er wollte sie aushorchen, das lag auf der Hand, und sie hätte am liebsten aufgelegt.

»Ich fahre zum Sugar Bowl, ist dir das recht?«

»Allein?«

»Harry!« Nein, natürlich nicht. Sie fuhr mit Drew dorthin, das hatten sie bereits vereinbart. Eileen nahm die Mädchen mit nach Vermont, so daß er die Feiertage allein verbringen müßte, wenn Tana etwas anderes vorgehabt hätte. Ohne seine Kinder würde das Weihnachtsfest ohnehin traurig für Drew werden, und Tana wollte ihn ein wenig aufmuntern. Aber Tana dachte nicht daran, Harry ihre Pläne auf die Nase zu binden. »Also, bis bald!«

»Warte... Ich wollte dir doch noch mehr von...«

»Nein!« Sie hatte einfach aufgelegt. Und während sie sich nun im Taxi Greenwich näherte, fragte sie sich, was Harry wohl von Drew halten würde. Vermutlich würden sie einander mögen; doch Harry würde ihn einem Kreuzverhör unterziehen, und genau das war der Grund, warum Tana die beiden noch nicht miteinander bekannt machen wollte. Es geschah nicht oft, daß sie einen ihrer Freunde Harry vorstellte. Die Beziehung zu Drew nahm sie jedoch so ernst, daß...

Jean und Arthur erwarteten sie schon, und Tana war erschrocken darüber, wie sehr Arthur gealtert war. Die Jahre der ständigen nervlichen Anspannung mit seiner trinksüchtigen Ehefrau und die beruflichen Belastungen hatten deutliche Spuren hinterlassen. Er hatte mehrere Herzattacken und einen kleineren Schlaganfall erlitten und wirkte furchtbar gebrechlich. Jean beobachtete ihn nervös. Sie schien sich an Tana zu klammern wie an ein rettendes Floß in einem aufgewühlten Meer, und nachdem Arthur an diesem Abend zu Bett gegangen war, kam sie zu ihr ins Zimmer und setzte sich auf die Kante ihres Bettes. Es war das erste Mal, daß Tana in diesem Haus übernachtete, und Jean hatte ihr das neu eingerichtete Schlafzimmer gegeben, wie versprochen. Es wäre ein zu großer Aufwand gewesen, in der Stadt oder in einem Hotel zu übernachten, und Tana wußte, daß das ihre Mutter auch sehr verletzt hätte. Sie sahen einander ohnehin so selten; denn Arthur fuhr nur noch nach Palm Beach, und Jean wollte ihn nicht gern allein lassen, um sie in San Francisco zu besuchen. So sah sie Tana nur noch, wenn sie nach New York kam, und das wurde auch immer seltener.

»Ist alles in Ordnung mit dir, Liebling?«

»Ja.« Es war sogar mehr als das, aber Jean gegenüber wollte Tana das nicht erwähnen.

»Das freut mich.« Sie wartete gewöhnlich einen Tag, bis sie damit begann, sich über Tanas »verschwendetes Leben« zu beklagen; diesmal jedoch blieb ihr nicht viel Zeit, so daß sie sich beeilen mußte. »Ist beruflich alles in Ordnung?«

»Ja, ich liebe meine Arbeit sehr.« Sie lächelte, und Jean wirkte traurig. Es deprimierte sie immer wieder, daß Tana ihren Beruf so wichtig nahm, denn das hieß, daß sie ihn so schnell nicht aufgab. Sie hoffte insgeheim noch immer, daß Tana eines Tages für den richtigen Mann alles stehen- und liegenlassen würde. Es fiel Jean schwer, sich vorzustellen, daß sie keine Familie haben wollte. Sie kannte ihre Tochter jedoch nicht sonderlich gut, hatte sie noch nie sehr gut gekannt, und in den letzten Jahren war sie ihr noch fremder geworden.

»Irgendwelche neuen Männer?« Die Unterhaltung verlief wie üblich, und Tana sagte gewöhnlich »nein«. Diesmal allerdings beschloß sie, ihrer Mutter einen kleinen Köder hinzuwerfen.

»Einer.«

Jeans Augenbraue schoß in die Höhe. »Etwas Ernstes?«

»Noch nicht.« Tana lachte. Es war fast grausam, Jean so auf die Folter zu spannen. »Reg dich nicht gleich wieder auf – ich glaube nicht, daß es jemals wirklich ernst werden wird. Er ist ein netter Mensch, und ich genieße die Beziehung; aber ich glaube nicht, daß mehr daraus wird.« Doch das Glänzen in Tanas Augen strafte ihre Worte Lügen, und es entging Jean nicht.

»Wie lange bist du schon mit ihm befreundet?«

»Zwei Monate.«

»Warum hast du ihn nicht mitgebracht?«

Tana holte tief Luft und heftete die Augen auf Jean. »Er besucht gerade seine beiden Töchter in Washington.«

Daß sie ihn am nächsten Abend in New York traf, verschwieg sie ihrer Mutter. Sie hatte Jean in dem Glauben gelassen, daß sie wieder zurück nach Hause fliegen würde. Dadurch erhielt sie Pluspunkte bei Jean, weil sie für einen so kurzen Besuch die weite Reise auf sich genommen hatte, und außerdem konnte sie sich in New York frei bewegen, sobald Drew eintraf. Sie wollte ihn nicht mit nach Greenwich nehmen und ihrer Familie vorstellen, besonders nicht Arthur und seinen Kindern.

»Wie lange ist er schon geschieden, Tana?« Ihre Mutter sah sie nicht an.

»Eine Weile.« Sie log, und plötzlich sah ihre Mutter sie durchdringend an.

»Wie lange?«

»Langsam, Mama! Er ist eigentlich noch dabei. Sie haben gerade die Scheidung eingereicht.«

»Wie lange ist das her?«

»Ein paar Monate. Um Himmels willen... reg dich nicht auf!«

»Das ist aber genau das, was du tun solltest!« Jean stand auf und wanderte unruhig im Zimmer umher. Schließlich blieb sie stehen und blickte Tana an. »Und du solltest nicht mit ihm befreundet sein.«

»Wie albern! Du kennst ihn ja nicht einmal!«

»Ich muß ihn gar nicht kennen, Tana.« Sie klang fast verbittert. »Ich kenne das. Es ist ganz egal, wer es ist. Du solltest dich um jeden Preis von ihm fernhalten, bis er mit Brief und Siegel geschieden ist!«

»Das ist wirklich das Verrückteste, was ich je gehört habe. Du traust keinem, nicht wahr, Mama?«

»Ich bin nur ein ganzes Stück älter als du, Tana. Und wenn du dich auch für noch so welterfahren hältst, ich weiß manches besser. Selbst wenn er sicher ist, daß er sich scheiden lassen will, selbst wenn es im Moment keinen Zweifel daran gibt, könnte es sein, daß er es schließlich doch nicht tut. Er könnte ja so sehr an seinen Kindern hängen, daß er sich einfach nicht von seiner Frau trennen kann. In sechs Monaten könnte er es sich anders überlegen und zu ihr zurückkehren, und dann stehst du da. Inzwischen liebst du ihn vielleicht wirklich und weißt keinen Ausweg mehr. Und dann sagst du dir zwei Jahre lang, daß du einfach mal abwarten solltest... und dann werden es fünf Jahre... zehn... und plötzlich bist du fünfundvierzig. Und wenn du Glück hast...« Ihre Augen waren feucht. »... bekommt er seinen ersten Herzanfall und braucht dich auf einmal... aber seine Frau könnte auch noch am Leben sein, und dann hättest du nie eine Chance. Es gibt ein paar Dinge, gegen die man nicht ankämpfen kann. Er hat eine enge Bindung, die niemand, außer er selbst, lösen kann. Wenn er sie selbst abbricht oder es schon getan hat, dann macht das eure Beziehung stärker; aber ziehe dich lieber zurück, ehe du verletzt wirst, mein Liebling.« Jeans Stimme klang so traurig, daß sie Tana leid tat. Ihr Leben war nicht viel lustiger geworden, seitdem sie und Arthur geheiratet hatten; doch zumindest hatte sie ihn schließlich doch noch für sich gewonnen, nach langen, harten, schrecklich einsamen Jahren.«Das hast du nicht verdient, Liebling. Warum hältst du dich nicht ein Weilchen aus der Beziehung heraus und wartest ab, was geschieht?«

»Dafür ist das Leben zu kurz, Mama. Ich habe nicht viel Zeit, um herumzuprobieren. Ich habe zuviel anderes zu tun. Außerdem ist es mir ziemlich egal, ob er geschieden ist oder nicht, ich will ohnehin nicht heiraten.«

Jean seufzte und setzte sich wieder. »Ich verstehe den Grund nicht. Was hast du denn gegen die Ehe, Tan?«

»Nichts. Wenn man Kinder will, hat das Ganze wohl einen Sinn; vielleicht auch, wenn man selbst keinen Beruf hat oder keinen ausüben will. Doch ich habe meinen Beruf. Mein Leben ist sehr damit ausgefüllt, und ich will mich auch nicht von jemandem finanziell abhängig machen. Und für Kinder bin ich ohnehin schon zu alt. Ich bin über dreißig und habe mir mein Leben selbst eingerichtet. Ich könnte es nicht völlig auf den Kopf stellen, nur für Kinder.« Sie dachte an Harrys und Averils Haus, das aussah, als käme täglich bei ihnen ein Sprengkommando vorbei. »Für mich ist das eben nichts.« Jean fragte sich unwillkürlich, ob sie an Tanas Einstellung schuld war. Es war jedoch ein Zusammenspiel verschiedener Faktoren. Tana hatte miterlebt, wie Arthur damals Marie betrogen und wie sehr Jean gelitten hatte. Nein, so etwas wollte sie nicht erleben; sie liebte ihren Beruf, ihre Unabhängigkeit, ihren eigenen Lebensstil. Sie wünschte sich weder einen Ehemann noch Kinder, dessen war sie sich sicher.

»Du läßt dir so viel entgehen.« Jean machte ein trauriges Gesicht. Was hatte sie versäumt, diesem Kind zu geben, daß es so empfand?

»Das Gefühl habe ich nicht, Mama.« Sie sah ihrer Mutter forschend in die Augen und entdeckte dort etwas, das sie nicht verstand.

»Du bist das einzige, was für mich wirklich von Bedeutung ist, Tan.« Das zu glauben, fiel Tana schwer. Und doch hatte ihre Mutter jahrelang alles für sie geopfert, hatte sich sogar mit Arthurs milden Gaben abgefunden, nur damit sie etwas mehr für ihr Kind hatte. Dieser Gedanke schmerzte Tana, und er erinnerte sie daran, wie dankbar sie ihrer Mutter eigentlich sein mußte. Sie drückte sie fest an sich.

»Ich liebe dich, Mama. Ich bin dir für alles dankbar, was du für mich getan hast.«

»Ich will keine Dankbarkeit, ich will dich glücklich sehen, Liebling. Und wenn dieser Mann der richtige für dich ist, dann wäre das wundervoll; doch sollte er dich oder sich selbst belügen, dann wird es dir das Herz brechen. Ich will nicht, daß dir so etwas je passiert...«

»Ich bin sicher, daß mir nicht das gleiche geschieht wie dir.« Das hoffte Jean, aber trotzdem wandte sie ein: »Wie kannst du das wissen? Wie kannst du so sicher sein?«

»Ich weiß es nicht. Ich kenne ihn inzwischen gut genug.«

»Nach zwei Monaten? Mach dich nicht lächerlich! Du weißt noch nichts von ihm, nicht mehr, als ich vor vierundzwanzig Jahren wußte. Arthur hat mich damals nicht angelogen, er hat sich selbst belogen. Ist es das, was du willst – siebzehn Jahre einsame Nächte, Tan? Tu dir das nicht an!«

»Das werde ich auch nicht. Ich habe meine Arbeit.«

»Das ist kein Ersatz dafür.« Doch in Tanas Fall war es das, die Arbeit konnte ihr alles ersetzen. »Versprich mir, daß du über das, was ich gesagt habe, nachdenkst!«

»Ja, das verspreche ich dir.« Sie lächelte, und dann schlossen sie sich noch einmal in die Arme und sagten sich gute Nacht. Tana war gerührt darüber, wie sehr sich ihre Mutter um sie sorgte, doch sie täuschte sich, was Drew anbelangte. Sie schlief mit einem Lächeln auf den Lippen ein, dachte an ihn und seine kleinen Töchter. Was er wohl gerade tat? Sie wußte den Namen seines Hotels in Washington, aber sie wollte nicht anrufen und die drei stören.

Das Thanksgiving-Festessen im Hause der Durnings verlief so langweilig, wie Tana es erwartet hatte. Jean war jedoch glücklich, daß Tana zu Hause war. Arthur schien zeitweise geistesabwesend und schlief zweimal auf seinem Stuhl ein. Er hatte Mühe, dem Gespräch zu folgen, und wartete, daß Jean ihn auf sein Zimmer brachte. Ann kam mit ihren drei Kindern, die noch ungezogener waren als einige Jahre zuvor. Sie schwärmte davon, einen griechischen Schiffsmagnaten heiraten zu wollen, und Tana hörte ihr zu, obwohl sie sich für Anns Geschichten überhaupt nicht interessierte. Der einzige Segen war, daß Billy den Feiertag mit Freunden in Florida verbrachte und nicht in Greenwich war.

Gegen fünf Uhr sah Tana in regelmäßigen Abständen auf die Uhr. Sie hatte Drew versprochen, um neun im Carlyle zu sein, und sie hatten den ganzen Tag nicht miteinander gesprochen. Sie sehnte sich mit einemmal danach, ihn wiederzusehen, ihm in die Augen zu blicken, sein Gesicht zu berühren, seine Hände zu spüren, ihm und sich selbst die Kleidung Stück für Stück auszuziehen. Mit einem verträumten Lächeln begab sie sich in ihr Zimmer, um ihre Sachen zu packen.

Jean kam nach, und ihre Blicke trafen sich in dem großen Spiegel über der Kommode.

»Du triffst dich mit ihm, nicht wahr?«

Sie hätte lügen können, doch immerhin war sie dreißig und hatte nichts zu verbergen. »Ja.« Sie wandte sich ihrer Mutter zu. »Ja, ich treffe mich mit ihm.«

»Du jagst mir wirklich Angst ein, Tan.«

»Du machst dir viel zu viele Sorgen, Mama. Es geht doch nicht um eine Neuauflage deines Lebens – dies ist mein Leben. Das ist doch ein Unterschied.« »Nicht immer ein so großer, wie man es vielleicht gern hätte, fürchte ich.« »Diesmal irrst du dich.«

»Um deinetwillen hoffe ich, daß es so ist.« Doch als Tana schließlich ein Taxi rief, sah Jean sie kummervoll an. Auf der Fahrt nach New York mußte Tana immer wieder an die Worte ihrer Mutter denken, und als sie am Hotel eintraf, war sie wütend auf sie. Warum mußte sie sie mit ihren Erfahrungen, Enttäuschungen, ihrem Kummer belasten? Was für ein Recht hatte sie, das zu tun? Als müsse man eine Decke aus Zement mit sich herumtragen, um zu wissen, daß man geliebt wurde. Nein, diese übergroße Liebe wollte sie nicht, die brauchte sie nicht mehr. Sie wollte in Ruhe ihr eigenes Leben führen.

Das Carlyle war ein wunderschön eingerichtetes Hotel; mit dickem Teppichboden ausgelegte Stufen führten herunter zum Marmorboden des Foyers, mit persischen Teppichen, antiken Uhren, herrlichen Gemälden an den Wänden; Herren in Cuts standen an der Rezeption. Es war wie in einer anderen Welt, und Tana lächelte in sich hinein. Dies war nicht das Leben ihrer Mutter, sondern ihr eigenes, dessen war sie sich sicher. Sie ließ sich an der Rezeption die Zimmernummer nennen und begab sich nach oben. Mr. Lands wäre noch nicht eingetroffen, erfuhr sie, doch er war offensichtlich gut bekannt im Hotel. Das Zimmer war so schön, wie sie erwartet hatte. Von dort aus konnte man den Ausblick auf den Central Park und dahinter den leuchtenden Horizont genießen. Auch hier standen antike Möbel, die Sessel und das Sofa waren mit einem rosa Seidenstoff bezogen, und in einem Eiskübel stand eine große Flasche Champagner als Willkommensgeschenk der Geschäftsleitung. »Einen schönen Aufenthalt« hatte der Hotelpage ihr gewünscht, bevor er sich zurückzog. Tana ließ sich auf der hübschen Couch nieder und überlegte, ob sie sich ein Bad einlassen oder einfach warten sollte. Sie war sich nicht sicher, ob Drew seine Töchter mitbrachte; aber falls ja, wollte sie ihnen keinen Schreck einjagen, indem sie nackt im Zimmer umherlief, wenn sie kamen. Eine Stunde später war Tana noch immer allein, und erst nach zehn rief Drew schließlich an.

»Tana?«

»Nein. Sophia Loren.«

Er lachte. »Schade! Tana Roberts wäre mir lieber!«

»Jetzt weiß ich endgültig, daß du verrückt bist, Drew!«

»Ja – nach dir.«

»Wo steckst du?«

Eine kurze Pause entstand. »In Washington. Julie ist schrecklich erkältet, und uns schien, daß auch Elizabeth die Grippe bekommt. Da bin ich lieber noch hiergeblieben. Ich bringe die Kinder vielleicht auch gar nicht mit. Ich komme morgen nach New York, Tan. Ist das in Ordnung?«

»Natürlich.« Das verstand sie; doch ihr war das »uns« aufgefallen, worüber sie nicht gerade erbaut war. *Uns schien, daß...*
»Das Zimmer ist phantastisch.«

»Ja, das Hotel ist wundervoll, bist du nett empfangen worden?«

»Ja, reizend.« Sie sah sich im Zimmer um. »Aber ohne dich habe ich hier keinen Spaß, Mr. Lands. Vergiß das nicht!«

»Ich komme morgen zu dir, das schwöre ich.«

»Um welche Zeit?«

Er überlegte einen Moment. »Ich werde mit den Mädchen zusammen frühstücken... sehen, wie es ihnen geht... das heißt also, bis zehn Uhr ungefähr wird es dauern. Ich könnte den Flug um die Mittagszeit nehmen... ich werde dann um zwei Uhr im Hotel eintreffen.« Das bedeutete, daß der halbe Tag verloren wäre, und Tana wollte sich schon deswegen beklagen, schluckte aber doch ihre Enttäuschung hinunter.

»Gut.« Sie war jedoch nicht gerade begeistert, und als sie den Hörer aufgelegt hatte, mußte sie mühsam gegen die Erinnerung an die Worte ihrer Mutter ankämpfen. Sie nahm ein heißes Bad, sah sich etwas im Fernsehen an, bestellte beim Zimmerkellner eine heiße Schokolade und dachte nach, was Drew wohl gerade in Washington tat. Und dann, mit einemmal, bekam sie Gewissensbisse, weil sie böse auf ihn gewesen war. Es war ja schließlich nicht seine Schuld, daß die Kinder krank waren. Gewiß, es war lästig, aber niemand konnte etwas dafür. Sie hob den Hörer ab und ließ sich mit seinem Hotel in Washington verbinden. Sie erreichte ihn jedoch nicht. Sie hinterließ ihm eine Nachricht, daß sie angerufen hätte, sah das Spätprogramm im Fernsehen an und schlief, ohne den Apparat abgeschaltet zu haben, ein. Am nächsten Morgen erwachte sie um neun. Als sie das Hotel verließ, schien die Sonne hell, und der Himmel war tiefblau. Sie unternahm einen ausgedehnten Spaziergang die Fifth Avenue hinunter, ging dann zu Bloomingdale und kaufte ein paar Dinge für sich, einen hübschen blauen Kaschmirpullover für Drew und Geschenke für die beiden Mädchen – ein Puppe für Julie und eine süße Bluse für Elizabeth. Dann kehrte sie ins Carlyle zurück, um auf Drew zu warten, doch dort lag eine Nachricht für sie. Beide Mädchen wären krank, »werde Freitag abend eintreffen«. Doch auch am Freitag kam er nicht. Julie hatte vierzig Fieber, und Tana verbrachte eine weitere Nacht allein im Carlyle. Am Samstag nachmittag um fünf Uhr traf er schließlich ein – rechtzeitig genug, um mit ihr zu schlafen, sich Essen auf das Zimmer kommen zu lassen, sich die ganze Nacht hindurch bei ihr zu entschuldigen und am folgenden Tag mit ihr zurück nach San Francisco zu fliegen. Ein wirklich wundervolles Wochenende in New York!

»Erinnere mich daran, daß wir wieder einmal so ein herrliches Wochenende zusammen verbringen«, sagte sie sarkastisch, nachdem sie im Flugzeug zu Abend gegessen hatten.

»Bist du wütend auf mich, Tan?« Er hatte seit seiner Ankunft in New York ausgesehen, als würde er von Gewissensbissen ihr gegenüber gequält und sich Sorgen um seine Töchter machen. Er sprach zuviel, zu schnell und schien wie ausgewechselt.

»Nein, ich bin eher enttäuscht als wütend. Wie geht es übrigens deiner Exfrau?«

»Gut.« Er schien keine Lust zu haben, über sie zu sprechen, und offensichtlich verwunderte ihre Frage ihn. Das Thema war möglicherweise auch etwas abwegig; doch die Worte ihrer Mutter ließen sie nicht zur Ruhe kommen. »Wieso fragst du danach?«

»Einfach aus Neugier.« Sie nahm einen Löffel von ihrer Nachspeise und sah ihn merkwürdig kühl an. »Liebst du sie noch immer?«

»Aber nein. Das ist doch lächerlich! Ich liebe sie seit Jahren nicht mehr.« Er wirkte ausgesprochen verärgert, und Tana war zufrieden. Also hatte sich ihre Mutter geirrt – wie gewöhnlich. »Du hast es vielleicht noch nicht bemerkt, Tan...« Er zögerte. »...aber ich liebe zufälligerweise dich.« Er blickte sie lange an, und sie erforschte sein Gesicht. Schließlich lächelte sie, sagte jedoch nichts. Sie küßte seine Lippen, legte ihren Löffel fort und schloß nach einer Weile die Augen für ein Nickerchen. Es gab im Augenblick nichts, worüber sie sprechen wollte, und er schien sich ohnehin nicht wohl in seiner Haut zu fühlen. Es war für beide ein schwieriges Wochenende gewesen.

15

Der Dezember verflog in Windeseile. Tana hatte eine Anzahl kleinerer Fälle zu bearbeiten, außerdem ging sie mit Drew auf einige Partys. Ihm schien es nichts auszumachen, nur für eine Nacht nach San Francisco zu fliegen, und manchmal kam er sogar nur, um mit ihr zusammen zu essen. Sie verbrachten wunderschöne, zärtliche Stunden miteinander, ruhige Abende zu Hause, und waren einander auf eine so innige Art vertraut, wie Tana es nie gekannt hatte. Erst jetzt begriff sie, wie einsam sie gewesen war. Jahre zuvor hatte sie diese verrückte Affäre mit Yael McBee gehabt, danach jedoch nur gelegentliche kurze Beziehungen, die ihr nie allzuviel bedeuteten. Mit Drew Lands war das alles anders. Er war so feinfühlig, so eifrig, so aufmerksam in kleinen Dingen, die für sie wichtig waren. Sie fühlte sich umhegt und geborgen und sehr lebendig, und sie lachten oft miteinander. Als die Weihnachtsfeiertage nahten, wurde er wieder aufgeregt, weil er bald seine Töchter sehen würde. Sie wollten Weihnachten bei ihm in Los Angeles verbringen. Er hatte seinen Skiausflug mit Tana nach Sugar Bowl abgesagt.

»Kommst du auch an einem Abend zu uns, Tan?«

Sie lächelte. Sie wußte, wie verrückt er nach seinen Kindern war.

»Ich werde es versuchen.« Ihr stand ein schwieriger Fall bevor, doch sie war ziemlich sicher, daß er nicht so schnell vor Gericht verhandelt würde. »Ich glaube, es wird klappen.«

»Tu dein Bestes. Du könntest am Sechsundzwanzigsten kommen, und wir könnten für ein paar Tage zusammen nach Malibu fahren.« Dort hatte er eine kleine Wochenendwohnung gemietet.

Was sie jedoch etwas erstaunte, war das Datum, das er genannt hatte... der Sechsundzwanzigste... nun ja, er wollte offenbar über die Feiertage mit den Mädchen allein sein. »Kommst du mit, Tan?« Er klang wie ein kleines Kind, und sie drückte ihn an sich und lachte.

»Gut, gut. Ich komme mit. Worüber, glaubst du, würden sich deine Töchter freuen? Was hätten sie gern?«

»Dich.« Er küßte sie.

Die Woche vor Weihnachten blieb Drew in Los Angeles, um alles für die Feiertage vorzubereiten. Tana bemühte sich, die Arbeit auf ihrem Schreibtisch zu erledigen, damit sie sich ein paar Tage freinehmen konnte. Und sie hatte eine Menge Einkäufe zu tätigen. Sie kaufte ein Wildlederhemd für Drew und eine sehr teure Aktenmappe, die er entdeckt und in die er sich gleich verliebt hatte, das Eau de Cologne, das er benutzte, und eine verrückte Krawatte, die ihn mit Sicherheit begeistern würde. Und für die Mädchen suchte sie bei F.A.O. Schwarz je eine entzückende Puppe, Briefpapier, einen wunderschönen Sweat-Anzug für Elizabeth, der genau wie einer aussah, den Tana besaß, und ein Kaninchen aus echtem Fell für die Kleine aus. Sie verpackte die Geschenke hübsch und legte sie in einen Koffer, den sie mitnehmen wollte. Sie hatte sich in diesem Jahr nicht die Mühe gemacht, einen Baum zu besorgen, da sie kaum Zeit hatte und auch ohnehin niemand da war, um ihn zu bewundern. Sie verbrachte Heiligabend bei Harry und Averil und den Kindern, und es war erholsam, einfach bei ihnen zu sein. Harry sah so gut aus wie noch nie, und Averil wirkte zufrieden und glücklich, während der kleine Harrison umherlief und auf den Weihnachtsmann wartete. Er war sehr aufgeregt und wollte gar nicht ins Bett. Seine Schwester schlief bereits, und als auch er endlich eingeschlafen war, ging Averil auf Zehenspitzen in ihre Zimmer, um sie lächelnd zu betrachten, und Harry schaute ihr nach, und Tana beobachtete ihn. Es tat ihr gut, ihn so zu erleben – zufrieden und quicklebendig. Sein Leben hatte eine glückliche Wende genommen, obgleich es sicherlich nicht so war, wie er es sich früher ausgemalt hatte. Er sah Tana an und lächelte, als hätte er ihre Gedanken gelesen. »Komisch wie das Leben so spielt...«

»Ja, das stimmt.« Sie lächelte wieder. Es war unfaßbar, sie kannten sich nun schon so viele Jahre, fast ihr halbes Leben.

»Ich dachte mir damals, als ich dich zum erstenmal sah, daß du in zwei Jahren verheiratet sein würdest.«

»Und ich dachte, du würdest einen hoffnungslosen, degenerierten... nein... einen Playboy-Tod sterben...« Sie sah ihn belustigt an.

Er lachte. »Du hast mich mit meinem alten Herrn verwechselt.«

»Nein, wohl kaum.« Sie hatte noch immer eine Schwäche für Harrison, doch Harry war sich dessen nie sicher gewesen. Einmal hatte er es vermutet, aber nie hatte sein Vater sich etwas anmerken lassen – und Tana ebenfalls nicht.

Harry blickte sie merkwürdig an. Er hatte nicht erwartet, in diesem Jahr Weihnachten mit ihr zusammen zu verbringen, nach den Andeutungen über Drew, die sie ein paarmal gemacht hatte. Er hatte das Gefühl, daß es diesmal etwas Ernstes sei, mehr noch, als sie bereit war zuzugeben. »Wo ist denn dein Freund, Tan? Ich dachte, daß ihr zum Sugar Bowl fahren wolltet.« Sie sah ihn einen Augenblick verdutzt an, doch sie wußte sofort, wen er meinte. Er grinste. »Komm schon, fang nicht wieder mit diesem ›Von-wem-redest-du-denn-überhaupt-Quatsch‹ an! Du weißt genau, von wem ich spreche.«

Sie lachte ihn aus. »Schon gut, schon gut! Er ist in Los Angeles mit seinen Kindern. Wir haben Sugar Bowl abgesagt, weil seine Kinder zu ihm kommen wollten. Ich fahre am Sechsundzwanzigsten zu ihnen.« Harry fand das seltsam, behielt es jedoch für sich.

»Er bedeutet dir eine ganze Menge, nicht wahr?«

Sie nickte vorsichtig und vermied es, ihn anzusehen. »Ja, stimmt... was auch immer das zu besagen hat.«

»Was hat es denn zu besagen, Tan?« Sie lehnte sich seufzend zurück. »Das weiß nur der liebe Gott!«

Harry ging immer wieder dieselbe Frage durch den Kopf, bis er sie schließlich aussprach. »Wieso bist du heute nicht bei ihnen?«

»Ich wollte nicht stören.« Aber das stimmte nicht – Drew hatte sie nicht eingeladen.

»Ich bin sicher, daß du ihn nicht störst. Kennst du seine Kinder schon?« Sie schüttelte den Kopf.

»Übermorgen lerne ich sie kennen.«

»Angst davor?« Harry lächelte.

Sie lachte nervös. »Ja, ein wenig doch. Hättest du das nicht? Sie sind das Wichtigste in seinem Leben.«

»Ich hoffe, du bist ebenfalls wichtig.«

»Ich denke, ja.«

Harry runzelte auf einmal die Stirn. »Er ist doch nicht verheiratet, oder, Tan?«

»Ich erzählte es dir doch bereits... er ist gerade dabei, sich scheiden zu lassen.«

»Wieso verbringt er dann Weihnachten nicht mit dir?«

»Woher soll ich das wissen?« Sie ärgerte sich über sein beharrliches Verhör, und sie fragte sich allmählich, wo Averil steckte.

»Hast du ihn nicht gefragt?«

»Nein. Ich fand das völlig in Ordnung.« Sie funkelte Harry an.

»Bis jetzt.«

»Das ist das Problem mit dir, Tan. Du bist so daran gewöhnt, allein zu sein, daß es dir nicht einmal in den Sinn kommt, daß es auch anders sein könnte. Du solltest Weihnachten mit ihm verbringen, es sei denn...«

»Es sei denn, was?« Sie war auf einmal wütend. Es ging ihn nichts an, ob sie Weihnachten mit Drew verbrachte oder nicht, und sie respektierte seinen Wunsch, mit seinen Kindern allein zu sein.

Doch Harry schien nicht gewillt, das Thema auf sich beruhen zu lassen. »Es sei denn, er verbringt Weihnachten mit seiner Frau.«

»Mein Gott... was für ein dummes Gerede! Du bist der mißtrauischste Kerl, der mir je begegnet ist! Und ich dachte, ich wäre schlimm, was das anbetrifft...« Sie schien wütend zu sein, doch da war noch etwas in ihren Augen, als hätte er einen wunden Punkt berührt.

»Vielleicht bist du nicht mißtrauisch genug.«

Sie stand auf und antwortete nicht. Sie hielt nach ihrer Tasche Ausschau, und Averil bemerkte, als sie das Zimmer wieder betrat, daß die Atmosphäre angespannt war, dachte sich aber nichts dabei. So waren die beiden nun manchmal miteinander, Averil hatte sich mittlerweile daran gewöhnt. Sie hatten eine Freundschaft ganz besonderer Art, und gelegentlich stritten sie sich wie Hund und Katze, was jedoch nie irgendwelche Folgen hatte.

»Was habt ihr zwei denn inzwischen angestellt? Euch gegenseitig verprügelt?« Sie lächelte.

»Ich überlege gerade, ob ich Harry übers Knie legen soll.« Tana funkelte sie aufgebracht an.

»Das würde ihm vermutlich guttun.«

»Harry hat sich mal wieder, wie üblich, lächerlich gemacht.« Er grinste plötzlich.«Bei dir hört es sich an, als hätte ich mich nackt ausgezogen!«

Averil lachte. »Ach, hast du das mal wieder gemacht, Liebling?« Und unwillkürlich verrauchte Tanas Wut.

»Weißt du, du bist das lästigste Mistvieh auf der ganzen Welt!«

Harry verneigte sich tief in seinem Stuhl, und Tana holte ihren Mantel.«Du mußt nicht gehen, Tan.« Es tat ihm immer leid, wenn sie ging, auch wenn sie sich gestritten hatten. Noch immer verband sie beide etwas besonders Inniges.

»Ich muß nach Hause. Ich habe eine Tonne Arbeit mit nach Hause genommen.«

»Die du über Weihnachten erledigen willst?« Er sah sie schockiert an, und sie lächelte.

»Irgendwann muß ich sie ja machen.«

»Warum kommst du nicht lieber zu uns?« Sie hatten Gäste eingeladen, seinen Partner und noch ungefähr ein Dutzend andere Freunde, doch Tana schüttelte den Kopf. Es störte sie nicht, allein zu Hause zu sitzen, oder wenigstens behauptete sie das.

»Du bist wirklich ein komisches Mädchen, Tan.« Er küßte ihre Wange, und in seinen Augen spiegelte sich seine Liebe zu ihr wider.

»Viel Spaß in Los Angeles!« Er fuhr neben ihr zur Tür und sah sie nachdenklich an. »Und Tan... paß auf dich auf... Vielleicht täusche ich mich... aber es tut ja nicht weh, vorsichtig zu sein...«

»Ich weiß.« Ihre Stimme klang wieder freundlich. Sie küßte Averil und Harry zum Abschied. Auf der Heimfahrt mußte sie jedoch unwillkürlich an Harrys Worte denken.

Nein, er irrte sich... Drew würde Weihnachten niemals mit seiner Frau verbringen... trotzdem wäre sie wirklich Weihnachten gern bei ihm gewesen... Sie hatte versucht sich einzureden, daß es ihr nichts ausmachen würde, wußte aber, daß das nicht stimmte. Plötzlich dachte sie an Jean und an all die einsamen Jahre, in denen sie Tana so leid getan hatte... in denen sie neben dem Telefon gehockt und auf Arthurs Anruf gewartet hatte... nie hatten sie die großen Ferien zusammen verbringen können, solange Marie noch lebte, und selbst später hatte Arthur immer irgendeine Ausrede gehabt... seine Verwandten, seine Kinder, seinen Klub, seine Freunde... und da hatte Jean, mit Tränen in den Augen, gesessen und gewartet... Tana kämpfte gegen diese Gedanken an. Mit Drew war das anders. Nicht so wie bei Arthur und Jean. Das würde sie niemals zulassen. Während sie jedoch am nächsten Tag nachmittags arbeitete, gingen ihr immer wieder dieselben Fragen durch den Kopf. Drew rief sie einmal an, und er klang so, als wäre er in Eile. »Ich muß wieder zu den Kindern«, sagte er hastig und legte auf.

Als sie am nächsten Tag in Los Angeles landete, erwartete er sie am Flughafen, schloß sie in die Arme und drückte sie so eng an sich, daß sie kaum noch Luft holen konnte.

»Um Himmels willen... warte... hör auf!« Doch er ließ sie nicht los, und sie lachten und küßten sich den ganzen Weg bis zum Parkplatz, während er mit ihren Taschen und Päckchen jonglierte. Tana war glücklich, ihn wiederzusehen. Sie war einsam gewesen über Weihnachten – ohne ihn. Und sie hatte sich schon vorher insgeheim gewünscht, daß er in diesem Jahr Zeit für sie haben würde. Zwar hatte sie sich das nicht einmal selbst eingestanden, aber jetzt wurde es ihr bewußt. Sie genoß es, mit Drew in die Stadt zu fahren. Er hatte die Mädchen mit einem Babysitter, den er kannte, im Haus gelassen, nur um sie allein abholen und ein paar ruhige Minuten mit ihr verbringen zu können.

» . . . bevor die zwei uns verrückt machen.« Er strahlte sie an.

»Wie geht es den beiden?«

»Wunderbar. Ich schwöre dir, sie haben in den letzten vier Wochen um das Doppelte zugenommen. Warte nur, bis du sie kennenlernst, Tan!« Und Tana war entzückt von seinen Töchtern. Elizabeth war sehr hübsch und wirkte für ihr Alter sehr erwachsen und war Drew unglaublich ähnlich, und Julie war ein kleiner, knuddeliger Ball, der fast sofort auf Tanas Schoß sprang. Sie waren begeistert von Tanas Geschenken und schienen nichts gegen sie einzuwenden zu haben, obgleich Tana Elizabeth mehrmals dabei beobachtete, wie sie sie musterte. Doch Drew bewältigte die Situation hervorragend, er unterließ jede Zärtlichkeit und benahm sich so, als wären Tana und er nichts weiter als gute Freunde, die einen gemütlichen Nachmittag miteinander verbrachten. Gewiß, es lag auch für die Kinder auf der Hand, daß er Tana gut kannte; doch es wäre unmöglich gewesen, auf die Art ihrer Beziehung zu schließen. Und Tana fragte sich, ob er sich in Gegenwart der Kinder immer so verhalten würde.

»Was machst du?« Elizabeth musterte Tana, und Julie beobachtete sie beide. Tana lächelte und warf ihre lange, blonde Mähne zurück, um die Elizabeth sie seit dem ersten Moment beneidet hatte.

»Ich bin Anwalt, wie dein Vater. Deshalb kennen wir uns auch.«

»Meine Mutter ist auch Anwalt. Sie ist Assistentin des Vertreters der OAS in Washington, und im nächsten Jahr wird sie vielleicht selbst Vertreterin.«

»Ich will aber nicht, daß sie das wird!« schmollte Julie. »Ich will, daß sie wieder herkommt und hier lebt, bei Daddy!« Sie schob trotzig die Unterlippe vor, und Elizabeth fügte hastig hinzu: »Er könnte ja mitkommen, wo immer Mama hingeschickt wird. Es kommt darauf an, wo das ist.« Tana verspürte ein merkwürdiges Gefühl im Magen, und sie sah Drew an; doch er schien nicht bei der Sache zu sein, und Elizabeth redete weiter. »Mama wird vielleicht sogar selbst hierher zurückkommen wollen, wenn sie nicht den richtigen Posten bekommt. Das hat sie selbst gesagt.«

»Das ist ja sehr interessant.« Tanas Mund fühlte sich trocken an, und sie wünschte sich, daß Drew wieder die Unterhaltung in die Hand nehmen würde, doch er sagte nichts. »Wohnt ihr gern in Washington?«

»Ja, sehr gern.« Elizabeth war schrecklich höflich, und Julie sprang wieder auf Tanas Schoß und lächelte sie an.

»Du bist hübsch. Fast so hübsch wie unsere Mama.«

»Vielen Dank!« Es war bestimmt nicht einfach, mit ihnen zu plaudern, und abgesehen von ihren Besuchen bei Harry und Averil hatte Tana keinen Kontakt zu Kindern, aber sie wollte sich Drew zuliebe bemühen. »Was wollen wir denn heute nachmittag unternehmen?« fragte Tana, um sie schnellstens von dem Thema seiner Fast-Exfrau abzubringen.

»Mama geht auf dem Rodeo Drive einkaufen.« Julie lächelte treuherzig, und Tana hätte fast nach Luft geschnappt.

»Ach ja?« Ihre Augen wanderten verblüfft zu Drew, dann wieder zu den Mädchen. »Schön. Mal sehen... wie wär' es mit einem Film? Habt ihr *Sounder* schon gesehen?« Ihr war, als würde sie, so schnell sie konnte, einen Berg hinaufrennen und käme dabei überhaupt nicht voran... Rodeo Drive... das hieß, daß sie mit den Kindern nach Los Angeles gekommen war... wieso hätte Drew sonst nicht gewollt, daß Tana gestern schon kam...? Hatte er doch Weihnachten mit ihr verbracht?

Die nächste Stunde schien sich endlos hinzuziehen. Tana plauderte mit den Mädchen, bis sie endlich nach draußen zum Spielen rannten und sie sich Drew zuwenden konnte. Ihre Augen sprachen Bände, noch ehe sie den Mund aufmachte. »Wenn ich recht verstehe, ist deine Frau in Los Angeles.« Sie wirkte steif, und innerlich fühlte sie sich wie betäubt.

»Sieh mich nicht so an!« Seine Stimme klang sanft, aber er wich ihrem Blick aus.

»Warum nicht?« Sie stand auf und ging auf ihn zu. »Hast du Weihnachten mit ihr verbracht, Drew?« Nun konnte er ihrem Blick nicht mehr ausweichen; sie stand unmittelbar vor ihm und rechnete bereits damit, daß er ja sagen würde. Als er sie ansah, wußte sie sofort, daß sie recht hatte, daß die Mädchen ihn verraten hatten. »Warum hast du mich belogen?«

»Ich habe dich nicht belogen... ich dachte doch nicht... ach, um Himmels willen...« Er funkelte sie böse an, weil sie ihn in die Enge getrieben hatte. »Ich hatte es nicht so geplant; aber die Mädchen haben noch nie Weihnachten ohne einen von uns verbracht, es ist einfach zu hart für sie...«

»Ach ja, wirklich?« Ihre Augen und ihre Stimme waren hart, sie verbargen den Schmerz, der sie innerlich fast zerriß... den Schmerz, den er verursacht hatte, durch seine Lüge... »Und wann genau planst du, sie daran zu gewöhnen?«

»Verflucht noch mal... glaubst du etwa, es macht mir Spaß, meinen Kindern durch diese ganze Sache so weh zu tun?«

»Sie machen aber einen recht zufriedenen Eindruck.«

»Natürlich sind sie das, und zwar deshalb, weil Eileen und ich uns zivilisiert benehmen. Das ist das wenigste, was wir jetzt für sie tun können. Sie können ja nichts dafür, daß unsere Ehe in die Brüche gegangen ist.« Er sah sie bekümmert an, und sie hatte das Gefühl, in Tränen ausbrechen zu müssen, nicht seinetwegen oder wegen der Kinder, sondern aus Mitleid mit sich selbst.

»Bist du sicher, daß es schon zu spät ist, um dich mit Eileen zu versöhnen?«

»Sei nicht albern!«

»Wo hat sie geschlafen?« Er sah aus, als hätte er einen elektrischen Schlag versetzt bekommen.

»Diese Frage ist wirklich unangebracht, und das weißt du ganz genau!«

»O mein Gott...« Tana setzte sich wieder. Sie konnte es nicht fassen, wie wenig er sich bemühte, ihr etwas vorzutäuschen. »Du hast mit ihr geschlafen!«

»Nein, das habe ich nicht.«

»O doch!« Sie schrie jetzt, und er lief wie eine nervöse Raubkatze im Zimmer umher, bis er sie schließlich wieder ansah.

»Ich habe auf der Couch geschlafen.«

»Du lügst doch, nicht wahr?«

»Verdammt noch mal, Tan! Du kannst mir deshalb keine Vorwürfe machen! Es ist nicht so leicht, wie du denkst. Wir sind fast zwanzig Jahre verheiratet... ich kann doch nicht von einem Tag auf den anderen alles stehen- und liegenlassen, schon gar nicht, weil das auch die Kinder betreffen würde.« Er blickte sie düster an und kam dann zu ihr.»Bitte...« Seine Augen wurden feucht. »Ich liebe dich, Tan... ich brauche nur noch etwas Zeit, um alles auseinanderzusortieren...« Sie wandte sich ab und ging durch das Zimmer.

»Das habe ich schon einmal von jemandem gehört.« Nun wirbelte sie zu ihm herum, und auch in ihren Augen standen Tränen. »Meine Mutter hat siebzehn Jahre damit verbracht, sich solch einen Mist anzuhören, Drew.«

»Ich rede keinen Mist, Tan. Ich brauche nur etwas Zeit. Das ist für uns alle sehr schwer.«

»Gut.« Sie nahm ihre Tasche und ihren Mantel von einem Stuhl.

»Dann ruf mich an, wenn du dich davon erholt hast. Dann wird mir deine Gesellschaft angenehmer sein.« Doch ehe sie die Tür erreichte, ergriff er ihren Arm.

»Tu mir das nicht an! Bitte...«

»Warum nicht? Eileen ist doch hier. Ruf sie einfach an! Sie wird dir heute nacht Gesellschaft leisten.« Tana lächelte ihn zynisch an, um ihren Kummer zu verbergen. »Du kannst auf der Couch schlafen... oder bei ihr, wenn es euch Spaß macht.« Sie riß die Tür auf, und er sah aus, als wolle er in Tränen ausbrechen.

»Ich liebe dich, Tan.« Als sie diese Worte hörte, war ihr wieder nach Weinen zumute. Sie drehte sich noch einmal um, und ihre Energie schien von ihr zu weichen, als sie ihn anblickte.

»So kannst du nicht mit mir umspringen, Drew,... es ist nicht fair... du bist nicht frei, du hast kein Recht...« Sie hatte ihm die Tür zu ihrem Herzen jedoch gerade wieder so weit geöffnet, daß er hineinschlüpfen konnte. Wortlos zog er sie an sich und küßte sie leidenschaftlich, und ihr Innerstes wurde aufgewühlt. Als er sie losließ, sah sie ihn an. »Das löst das Problem nicht.«

»Nein.« Er klang wieder ruhiger. »Doch die Zeit wird es lösen. Gib mir eine Chance! Ich schwöre dir, daß du es nicht bereuen wirst.« Und dann sprach er die Worte aus, die ihr am meisten Angst einjagten. »Ich will dich eines Tages heiraten, Tan.« Sie wollte ihn aufhalten, wollte ihm sagen, daß er den Film zurückspulen müßte bis zu dem Moment, bevor er die Worte ausgesprochen hatte. Doch es spielte ohnehin keine Rolle mehr, denn nun kamen die beiden Kinder hereingesprungen, lachend und schreiend, und bereit, mit ihm zu spielen. Und er sah Tana über ihre Köpfe hinweg an und flüsterte: »Bitte, bleib!«

Sie zögerte. Sie wußte, daß sie abreisen sollte, und das wollte sie auch. Sie gehörte sowieso nicht hierher. Er hatte gerade erst die Nacht mit der Frau verbracht, mit der er noch verheiratet war, und sie hatten mit den beiden Mädchen Weihnachten zusammen verbracht. Was hatte sie da noch hier zu suchen? Und doch... wenn sie ihn ansah, wollte sie nicht fort. Sie sehnte sich danach, bei ihm zu bleiben, zu ihm und den Kindern zu gehören, selbst falls er sie nie heiratete. Der Gedanke an eine Ehe war ihr sowieso fremd. Sie wollte einfach nur bei ihm sein, so wie seit ihrem ersten Zusammentreffen. Sie legte langsam Tasche und Mantel ab und sah ihn an, und er lächelte, und ihr Innerstes schmolz dahin. Julie hängte sich an ihre Taille, während Elizabeth sie angrinste.

»Wo wolltest du hin, Tan?« Elizabeth war neugierig; alles, was Tana tat und sagte, faszinierte sie offensichtlich.

»Nirgendwohin.« Sie lächelte das hübsche, heranwachsende Kind an. »So, und was möchtet ihr beiden jetzt gern tun?« Die zwei lachten und neckten sie, und Drew jagte sie durch das Zimmer. Sie hatte ihn noch nie so glücklich erlebt, und an diesem Nachmittag gingen sie ins Kino und verspeisten tonnenweise Popcorn. Anschließend fuhren sie in das La Brea Tar Pits und abends zum Essen ins Perino, und als sie endlich nach Hause kamen, waren alle vier so müde, daß sie fast ins Bett fielen. Julie schlief in Drews Armen ein, und Elizabeth schaffte es gerade noch, ins Bett zu gehen, ehe auch sie einschlief. Tana und Drew hockten im Wohnzimmer vor dem Kaminfeuer und flüsterten, während er sanft über ihr goldenes Haar strich.

»Ich bin so froh, daß du hiergeblieben bist, mein Schatz... ich wollte nicht, daß du gehst...«

»Ich bin auch froh, daß ich noch hier bin.« Sie fühlte sich verwundbar und sehr jung, was ihr nicht zu einer Frau ihres Alters zu passen schien. Eigentlich hätte sie doch mittlerweile reifer, weniger empfindsam sein müssen; aber ihm gegenüber war sie sensibler als je bei einem Mann zuvor. »Versprich mir, daß das nicht wieder geschieht...« Ihre Stimme brach vielsagend ab, und er lächelte sie zärtlich an.

»Ja, Liebling, das verspreche ich.«

16

Der Frühling, den Tana und Drew zusammen verbrachten, war so harmonisch, daß sie glaubte, in einem Märchen zu leben. Drew flog meistens dreimal in der Woche nach San Francisco, sie fuhr jedes Wochenende nach Los Angeles. Sie besuchten zusammen Partys, segelten in der Bucht, lernten jeder die Freunde des anderen kennen. Sie stellte Drew sogar Harry vor, und beide Männer kamen hervorragend miteinander aus. Und Harry gab freimütig zu, daß er nichts gegen Drew einzuwenden hatte, als er sie in der Woche darauf ausführte.

»Weißt du, Tan, ich glaube, daß du dir endlich einmal etwas Gutes angetan hast.« Sie verzog das Gesicht zu einer Grimasse und lachte. »Ich meine es ernst. Denk doch nur an die Typen, mit denen du vorher umhergezogen bist – zum Beispiel Yael McBee!«

»Harry!« Sie warf ihm ihre Serviette an den Kopf, und beide kicherten. »Wie kannst du Drew nur mit ihm vergleichen? Außerdem war ich damals fünfundzwanzig, und jetzt bin ich über dreißig.«

»Das ist keine Entschuldigung. Du bist nicht klüger geworden seit damals.«

»Wieso denn nicht? Du sagtest doch gerade selbst...«

»Vergiß es, es war ein Scherz! Also, wirst du mir jetzt endlich meinen Seelenfrieden gönnen und diesen Mann heiraten?«

»Nein!« Sie lachte, doch sie hatte zu schnell geantwortet, und Harry entdeckte in ihrem Gesicht etwas, was er dort noch nie gesehen hatte. Er erkannte es so deutlich, wie er ihre großen, grünen Augen erkannte – eine Art verwundbarer, fast törichter Blick, wenn von Drew die Rede war.

»Heiliger Strohsack, es ist wirklich ernst, Tan, nicht wahr? Du wirst ihn heiraten, oder?«

»Er hat noch nicht um meine Hand angehalten.« Sie klang so ernst, daß er schallend lachte.

»Mein Gott, du wirst wirklich heiraten! Das muß ich gleich Ave erzählen!«

»Harry, beruhige dich!« Sie tätschelte seinen Arm. »Er ist ja noch nicht einmal geschieden.« Doch das machte ihr keine Sorgen, da sie wußte, daß er die Scheidung eingereicht hatte. Jede Woche berichtete er ihr von seinen Zusammenkünften mit dem Anwalt, von seinen Besprechungen mit Eileen und von seinen Bemühungen, die Sache zu beschleunigen. Er würde in der Osterwoche nach Washington fliegen, um die Kinder zu besuchen und hoffentlich die Scheidungspapiere unterzeichnen, falls sie bis dahin ausgestellt waren.

»Die Scheidung läuft aber, oder?« Ein besorgter Ausdruck huschte über sein Gesicht; doch Harry mußte zugeben, daß er Drew mochte. Es war fast unmöglich, ihn nicht zu mögen; er hatte eine ungezwungene Art, war intelligent, und außerdem sah man ihm deutlich an, wie verrückt er nach Tana war.

»Aber natürlich.«

»Na, dann... dann wirst du in sechs Monaten verheiratet sein, und neun Monate später wirst du ein Baby in den Armen halten. Verlaß dich darauf!« Sein Gesicht leuchtete begeistert auf, und Tana lehnte sich lachend zurück.

»Junge, hast du eine wilde Phantasie, Winslow! Erstens einmal hat er mich noch nicht einmal gefragt, ob ich ihn heiraten will, und zweitens hat er sich sterilisieren lassen.«

»Das kann er wieder rückgängig machen lassen – keine große Sache.« Es machte ihn etwas nervös, sich das vorzustellen.

»Ist das alles, woran du denkst? Wie man Leute schwanger macht?«

»Nein.« Er lächelte unschuldig. »Nur, wie ich meine Frau schwanger mache.«

Sie lachte. Nach dem Essen kehrten beide in ihre Büros zurück. Ihr stand ein bedeutsamer Fall bevor, wohl der wichtigste in ihrer bisherigen Laufbahn. Es handelte sich um drei Verbrecher, die des grauenhaftesten Mordes angeklagt waren, der seit Jahren im Staat begangen worden war. Drei Verteidiger und zwei Anklagevertreter würden an der Verhandlung teilnehmen, und auf Tana lastete die Hauptverantwortung von seiten der Staatsanwaltschaft. Die Presse würde sich eingehend mit dem Fall befassen, und sie mußte sich gründlich auf die Verhandlung vorbereiten und konnte deshalb Drew zu Ostern nicht nach Washington begleiten. Vermutlich war es auch besser so; Drew würde wegen der Unterzeichnung der Scheidungspapiere ein Nervenbündel sein, und sie hatte nichts anderes als den bevorstehenden Prozeß im Kopf. Für Tana erschien es sinnvoller, zu Hause zu bleiben und ihre Arbeit zu erledigen, als in Hotelzimmern zu sitzen und auf ihn zu warten.

Das Wochenende vor seinem Abflug nach Washington verbrachte er in San Francisco bei ihr. Und am letzten Abend lagen sie auf dem Teppich vor dem Kamin, plauderten miteinander und sprachen fast alles aus, was ihnen gerade in den Sinn kam, und wieder merkte sie, daß sie sich immer mehr an ihn verlor.

»Würdest du mich heiraten, Tan?« Er blickte sie nachdenklich an, und sie lächelte in den Feuerschein. Sie sah entzückend aus in dem sanften Lichtschimmer, ihre feinen Gesichtszüge wirkten wie in blaß-pfirsichfarbenen Marmor gehauen, ihre Augen glitzerten wie Smaragde.

»Bis jetzt habe ich noch nicht darüber nachgedacht.« Sie berührte seine Lippen mit den Fingerspitzen, und er küßte ihre Hände und dann ihren Mund.

»Glaubst du, du könntest mit mir glücklich werden, Tan?«

»Ist das ein Heiratsantrag, mein Herr?« Er schien wie die Katze um den heißen Brei zu laufen, und sie lächelte. »Du mußt mich nicht heiraten, weißt du, ich bin glücklich so.«

»Ja, wirklich?« Er sah sie an, und sie nickte. »Du nicht?«

»Nicht ganz.« Sein Haar schimmerte noch silbriger als sonst, seine Augen leuchteten topasblau; und sie wollte nie wieder irgendeinen anderen Mann lieben, nur ihn. »Ich wünsche mir mehr als das, Tan – ich möchte dich immer bei mir haben...«

»Ich dich auch...«, flüsterte sie, und er schloß sie in die Arme und liebte sie vor dem Feuer, und danach lag er lange da und betrachtete sie. Schließlich vergrub er sein Gesicht in ihrem Haar und fragte sie, während er sie noch immer zärtlich streichelte: »Wirst du mich heiraten, sobald ich geschieden bin?«

»Ja.« Sie sagte das fast tonlos. Noch nie hatte sie solche Worte gesagt, doch sie meinte es ernst. Und mit einemmal verstand sie, was Leute empfanden, wenn sie sich versprachen... in Freud und Leid... bis daß der Tod uns scheidet... Als sie ihn am nächsten Tag zum Flughafen brachte, war sie noch immer ein wenig von ihren Gefühlen überwältigt. »Meintest du das, was du gestern abend sagtest, ernst, Drew?« Sie sah ihm forschend in die Augen.

»Wie kannst du so etwas nur fragen?« Er machte ein entsetztes Gesicht und drückte sie augenblicklich fest an sich, während sie in der Flughalle standen. »Natürlich habe ich es ernst gemeint.«

Sie grinste ihn an und sah eher wie seine dreizehnjährige Tochter aus als wie die Vertreterin der Staatsanwaltschaft. »Das heißt dann wohl, daß wir verlobt sind, nicht wahr?« Er lachte und fühlte sich so glücklich wie ein kleiner unbeschwerter Junge.

»Ja, das heißt es. Ich muß mal sehen, was für einen Ring ich in Washington für dich finden kann.«

»Mach dir deswegen keine Umstände! Die Hauptsache ist, daß du sicher und gesund wieder zurückkommst!« Die zehn Tage bis zu seiner Rückkehr würden ihr endlos erscheinen, und ihr einziger Trost war die Arbeit.

In den ersten Tagen rief er sie zwei- oder dreimal täglich an und berichtete ihr alles, was er von morgens bis abends unternommen hatte. Als die Angelegenheit mit Eileen jedoch ernst wurde, rief er nur einmal am Tag an, und Tana merkte, wie nervös er war. Tana war sehr beschäftigt, die Geschworenen für die Gerichtsverhandlung wurden gerade ausgewählt, und sie war gänzlich von dieser Sache beansprucht. Als Drew schließlich nach Los Angeles zurückkehrte, stellte sie plötzlich fest, daß sie seit zwei Tagen nicht mehr miteinander gesprochen hatten. Er war länger als eigentlich beabsichtigt geblieben, jedoch, wie er meinte, »für einen guten Zweck«. Und sie pflichtete ihm bei und war zu diesem Zeitpunkt ohnehin soweit, daß sie sich mit nichts anderem als mit ihrer Arbeit befassen konnte. Sie war sehr nervös, und ihre Gedanken konzentrierten sich ausschließlich auf die bevorstehende Gerichtsverhandlung: Wie war die Einstellung der Geschworenen? Welche Taktik würden die Verteidiger anwenden? Welcher Richter würde die Verhandlung leiten? Sie hatte genug zu tun. Für Drew trat eine seltene Situation ein – fast alle seine Fälle wurden durch einen Vergleich beigelegt, bevor es überhaupt zur Gerichtsverhandlung kam. Er mußte eine Woche lang fast ununterbrochen arbeiten, so daß er Tana noch immer nicht besuchen konnte. Als sie schließlich wieder zusammenkamen, fühlten sie sich fast wie Fremde. Er spottete darüber, fragte, ob sie sich inzwischen in jemand anderen verliebt habe, und liebte sie die ganze Nacht hindurch leidenschaftlich.

»Ich will, daß du morgen im Gerichtssaal so rote Augen hast, daß jeder sich fragt, was, zum Teufel, du in der Nacht zuvor getrieben hast!« Und er bekam, was er sich wünschte: Sie schlief fast ein und sehnte sich so nach ihm, daß sie immer wieder an ihn denken mußte. Es war, als könnte sie überhaupt nicht mehr genug von ihm bekommen, und sie vermißte ihn während des gesamten Prozesses, obwohl sie natürlich hart arbeitete, um den Fall gut abzuschließen. Endlich wurde das Urteil verkündet. Es fiel genauso aus, wie Tana es sich vorgestellt hatte, und die Presse lobte sie wieder einmal in den höchsten Tönen. Mit den Jahren hatte sie sich den Ruf eingehandelt, hart, unbeugsam, konservativ, gnadenlos vor Gericht zu verfahren und ihre Fälle glänzend zu vertreten. Wirklich erfreuliche Kritiken, über die Harry oft schmunzelte, wenn er sie las.

»Ich kann die Radikale, die ich gekannt und so sehr geliebt habe, nicht mehr finden, Tan.« Er grinste sie breit an.

»Wir müssen alle mal erwachsen werden, nicht wahr? Ich werde dieses Jahr einunddreißig.«

»Das ist doch keine Entschuldigung für deine Härte.«

»Ich bin nicht hart, Harry – ich bin gut.« Und sie hatte recht, das war auch ihm klar. »Diese Kerle haben neun Frauen und ein Kind umgebracht. Das kann man doch nicht mit Milde und Liberalität behandeln. Sonst bricht unsere gesamte Gesellschaft auseinander. Irgend jemand muß die Verbrecher anklagen.«

»Ich bin froh, daß du es tust und nicht ich, Tan.« Harry tätschelte ihre Hand. »Ich würde nachts wach liegen und Angst haben, daß sie mich irgendwann mal umbringen.« Er haßte es, überhaupt auch nur daran zu denken, und er machte sich deswegen oft Sorgen um Tana; sie schien das jedoch überhaupt nicht zu berühren. »Übrigens, wie geht es Drew?«

»Gut. Er fliegt nächste Woche geschäftlich nach New York und bringt dann seine Töchter mit.«

»Wann wollt ihr heiraten?«

»Langsam, langsam!« Sie lächelte. »Es ist, seitdem dieser Prozeß begonnen hat, nicht einmal mehr die Rede davon gewesen. Ich habe eigentlich überhaupt kaum mit ihm gesprochen.«

Und als sie Drew von ihrem Erfolg berichtete, ehe er es in der Zeitung lesen würde, klang er irgendwie sonderbar.

»Das freut mich, Tan.«

»Also, brich nicht gleich in solche Begeisterung aus – es könnte schlecht für dein Herz sein!«

Er lachte. »Schon kapiert – es tut mir leid. Ich war mit meinen Gedanken woanders.«

»Wo?«

»Ach, nichts Wichtiges.« Doch er schien weiterhin geistesabwesend, bis er nach New York aufbrach, und als er sie anrief, klang er noch schlimmer. Nach seiner Rückkehr nach Los Angeles rief er sie überhaupt nicht mehr an. Sie überlegte schon, ob irgend etwas nicht stimmte und sie vielleicht zu ihm fliegen sollte, um alles wieder ins Lot zu bringen. Alles, was sie brauchten, war etwas Zeit, um sich auszusprechen. Sie hatten beide zu hart gearbeitet, und Tana hatte schon manche Beziehung auf diese Weise aufs Spiel gesetzt, ohne jedoch soviel empfunden zu haben wie jetzt. Eines späten Abends blickte sie auf ihre Uhr und fragte sich, ob sie die letzte Maschine nach Los Angeles nehmen sollte, beschloß dann aber, ihn lieber anzurufen. Sie konnte ja am nächsten Tag zu ihm fahren, es gab ohnehin eine Menge nachzuholen nach den zwei Monaten zermürbender Arbeit. Sie wählte die Nummer, die sie auswendig wußte, hörte es dreimal klingeln und lächelte, als der Hörer abgenommen wurde, jedoch nicht lange – eine Frauenstimme erklang am anderen Ende.

»Hallo?« Tana hatte das Gefühl, als ob ihr Herz aufhören würde zu schlagen, und sie saß da und starrte vor sich hin, bis sie eilig den Hörer auflegte.

Ihr Puls raste, ihr war schwindelig, und sie fühlte sich unbeholfen, verwirrt und machtlos. Sie konnte es nicht fassen. Sie mußte die falsche Nummer gewählt haben! Doch ehe sie sich wieder genügend unter Kontrolle hatte, um noch einmal anzurufen, läutete das Telefon, und sie vernahm Drews Stimme. Plötzlich begriff sie. Er ahnte, daß sie angerufen hatte, und nun geriet er in Panik. Sie hatte das Gefühl, ihr Leben sei soeben zu Ende gegangen.

»Wer war das?« Ihre Stimme klang hysterisch, und auch er hörte sich äußerst nervös an.

»Wer?«

»Die Frau, die eben bei dir ans Telefon gegangen ist!« Sie hatte ihre Stimme nicht mehr in der Gewalt.

»Ich weiß nicht, wovon du redest.«

»Drew... bitte antworte mir...! Bitte...« Sie weinte und schrie zugleich.

»Wir müssen miteinander sprechen.«

»Ach, mein Gott... verflucht... was hast du mir angetan...«

»Sei nicht so melodramatisch, verflixt noch mal...«

Sie unterbrach ihn mit einem Kreischen. »Melodramatisch? Ich rufe dich um elf Uhr nachts an, und eine Frau nimmt den Hörer ab, und da sagst du, ich wäre melodramatisch? Wie würde es dir gefallen, wenn hier bei mir ein Mann den Hörer abnähme?«

»Hör auf damit, Tan! Es war Eileen.«

»Natürlich.« Das hatte sie instinktiv gewußt.

»Und wo sind die Kinder?« Sie wußte nicht einmal, warum sie danach fragte.

»In Malibu.«

»In Malibu? Du meinst, du bist allein mit ihr?«

»Wir mußten miteinander sprechen.« Seine Stimme klang plötzlich tonlos.

»Allein? Zu dieser Stunde? Was, zum Teufel, hat das zu bedeuten? Hat sie die Papiere unterschrieben?«

»Ja, nein... weißt du... ich muß mit dir reden...«

»Ach so, jetzt mußt du mit *mir* reden...« Nun waren beide sehr aufgebracht. »Was, verdammt, geht bei dir vor?« Es entstand eine endlose Stille, in der er nichts zu sagen wußte. Sie legte auf und weinte die ganze Nacht, und er traf am nächsten Tag in

844

San Francisco ein. Es war Samstag, so daß er sie zu Hause antraf. Er benutzte seinen Schlüssel, um in ihre Wohnung zu kommen, und fand sie trauernd in ihrem Garten vor, sie starrte auf die Bucht. Sie wandte sich nicht einmal um, als sie ihn kommen hörte, sprach jedoch mit ihm. »Wieso hast du dir die Mühe gemacht herzukommen?«

Er kniete sich neben sie und berührte mit den Fingerspitzen ihren Hals. »Weil ich dich liebe, Tan.«

»Nein, du liebst mich nicht!« Sie schüttelte den Kopf. »Du liebst sie – hast sie immer geliebt!«

»Das stimmt nicht...« Doch sie wußten beide, daß es so war, ja, eigentlich wußten es sogar alle drei. »Die Wahrheit ist, daß ich euch beide liebe. Es ist schrecklich, das zu sagen, aber es ist wirklich so. Ich weiß nicht, wie ich aufhören soll, sie zu lieben, und gleichzeitig liebe ich dich.«

»Das ist krankhaft.« Sie starrte weiterhin auf die Bucht und fällte ihr Urteil über ihn, und er zupfte an ihrem Haar, um sie wieder auf sich aufmerksam zu machen. Als sie ihn schließlich ansah, liefen Tränen über ihr Gesicht, und das brach ihm fast das Herz.

»Ich kann nicht dagegen an. Elizabeth ist fast aus der Schule geflogen, sie hat sich so wegen der Scheidung aufgeregt. Julie hat Alpträume. Eileen hat ihre Stelle in der OAS gekündigt, sie hat einen guten Posten abgelehnt und ist mit den Kindern nach Hause gekommen...«

»Sie leben bei dir?« Tana sah aus, als hätte er ihr soeben einen Pflock ins Herz getrieben, und er nickte. Er wollte sie nicht mehr belügen. »Wann ist das alles passiert?«

»Wir haben über Ostern in Washington vieles besprochen; aber ich wollte dich nicht aufregen... du hattest so hart zu arbeiten, Tan...« Sie hätte ihn am liebsten geschlagen. Wie konnte er ihr diese wichtige Entscheidung so lange verheimlichen? »Und es war auch noch nicht sicher. Eileen hat alles unternommen, ohne mich vorher zu fragen, und tauchte letzte Woche plötzlich bei mir auf.

Was hätte ich tun sollen? Sie hinauswerfen?«

»Ja. Du hättest sie niemals wieder in dein Haus lassen dürfen!«

»Sie ist meine Frau, und wir haben Kinder.« Er schien jeden Augenblick in Tränen auszubrechen, und sie stand auf.

»Ich denke, damit wäre dann alles gelöst, nicht wahr?« Sie ging langsam auf die Tür zu und sah ihn an. »Leb wohl, Drew!«

»Ich gehe nicht so einfach von hier fort. Ich liebe dich doch.«

»Dann trenne dich von deiner Frau! So einfach ist das.«

»Nein, das ist es nicht, verdammt noch mal!« Er brüllte jetzt. Sie wollte einfach nicht begreifen, was er durchmachte. »Du ahnst ja nicht, wie das ist... was ich empfinde... diese Gewissensbisse... die Qualen...« Er begann zu weinen, und ihr war elend zumute. Sie wandte sich ab und mußte selbst gegen die Tränen ankämpfen, als sie sprach.

»Bitte geh...«

»Nein!« Er zog sie an sich, und sie versuchte, sich zu wehren, doch er ließ nicht los. Und plötzlich, ohne es zu wollen, gab sie nach, und sie liebten einander, weinend, flehend, schreiend, beschimpften sich und das Schicksal. Anschließend lagen sie sich in den Armen, und Tana blickte ihn fragend an.

»Was werden wir tun?«

»Ich weiß es nicht. Gib mir noch etwas Zeit!«

Sie seufzte. »Ich hatte mir geschworen, so etwas nie zu tun...« Doch sie konnte den Schmerz, ihn zu verlieren, nicht ertragen, und er hing unendlich an ihr. Die nächsten zwei Tage weinten sie miteinander, litten zusammen, und als Drew nach Los Angeles zurückkehrte, war nichts klarer. Nur eines stand fest – daß es noch nicht vorbei war. Tana hatte ihm noch mehr Zeit zugestanden, und Drew versprach ihr, eine Lösung zu finden. Und in den folgenden sechs Monaten machten sie sich gegenseitig verrückt mit Versprechungen und Drohungen, Ultimaten und Hysterie. Tana rief unzählige Male an und legte auf, wenn Eileen ans Telefon kam. Drew flehte sie an, nichts zu überstürzen. Sogar die Kinder merkten, in welch entsetzlicher Verfassung Drew war. Und Tana begann, sich von allen zurückziehen, besonders von Harry und Averil. Sie konnte die Fragen in seinen Augen nicht ertragen, sein glückliches Familienleben, die Kinder, die sie an Drews Töchter erinnérten. Eine unerträgliche Lage für alle Beteiligten, und Eileen wußte das - trotzdem weigerte sie sich auszuziehen. Eileen würde warten, bis Drew sich entschieden hatte, und Tana hatte das Gefühl, bald durchzudrehen. Sie verbrachte ihren Geburtstag, den vierten Juli und Thanksgiving allein . . .

»Was erwartest du denn von mir, Tan? Soll ich sie einfach im Stich lassen?«

»Vielleicht erwarte ich das. Vielleicht ist es genau das, was ich von dir will. Wieso soll *ich* diejenige sein, die immer allein ist? Für mich ist das ebenso schwer . . . «

»Aber ich habe doch die Kinder . . . «

»Du kannst mich mal!« Das allerdings sagte sie erst zu ihm, nachdem sie Weihnachten auch noch allein verbracht hatte. Er hatte ihr versprochen, sowohl zu Weihnachten als auch zu Silvester zu kommen, und sie wartete die ganze Nacht auf ihn, ohne daß er eintraf. Sie saß im Abendkleid bis neun Uhr morgens am Neujahrstag da, und dann zog sie sich langsam aus und warf das Kleid in den Abfalleimer. Am nächsten Tag ließ sie das Schloß ihrer Wohnungstür auswechseln, packte seine sämtlichen Sachen ein, die er in den vergangenen eineinhalb Jahren bei ihr gelassen hatte, und schickte sie ihm in einem Paket ohne Absender. Anschließend sandte sie ihm ein Telegramm, in dem stand: »Lebe wohl. Komm nicht zurück!« Und sie weinte sich die Augen aus dem Kopf. Er kam nach San Francisco geeilt, sobald er das Telegramm und das Paket erhalten hatte. Er hatte Angst, daß Tana diesmal eine endgültige Entscheidung getroffen hatte, und als er ihre Wohnungstür aufschließen wollte und der Schlüssel nicht paßte, wußte er, daß er recht gehabt hatte. Er fuhr in wilder Hast zu ihrem Büro und bestand darauf, sie zu sehen, und als er ihr gegenüberstand blickten ihre Augen ihn kalt an.

»Ich habe dir nichts mehr zu sagen, Drew.« In ihr war etwas gestorben, er hatte es mit den nie erfüllten Hoffnungen zerstört, mit den Lügen, die er ihnen beiden, besonders aber sich selbst, erzählt hatte. Sie fragte sich, wie ihre Mutter so eine Qual all die Jahre überstanden hatte, ohne sich umzubringen. Es war das Schlimmste, was Tana je hatte erleiden müssen, und nie wieder wollte sie so etwas erleben, für niemanden. Schon gar nicht für ihn.

»Tana, bitte . . . «

»Leb wohl.« Sie verließ ihr Büro, ging den Flur entlang und verschwand im Konferenzraum, und kurz darauf verließ sie das Gebäude; sie ging aber nicht nach Hause, sondern wanderte umher. Als sie schließlich doch zu Hause ankam, wartete Drew im prasselnden Regen vor der Haustür. Tana verbrachte die Nacht in einem Motel in der Lombard Street, und als sie am darauffolgenden Morgen zu ihrer Wohnung kam, schlief Drew in seinem Wagen, wachte jedoch instinktiv bei ihren Schritten auf und sprang heraus, um mit ihr zu reden. »Wenn du mich nicht in Ruhe läßt, rufe ich die Polizei.« Sie klang hart und drohend, blickte ihn aus wütenden Augen an. Was er jedoch nicht sehen konnte, war, daß sie innerlich völlig gebrochen war. Als er fort war, weinte sie unaufhörlich. Verzweifelt malte sie sich aus, daß sie ihn nie wiedersehen würde. Sie dachte sogar schon daran, von der Brücke zu springen, doch irgend etwas ließ sie bei dem Gedanken innehalten, sie wußte nicht einmal genau, was.

Wie durch ein Wunder ahnte Harry, daß mit Tana irgend etwas nicht stimmte, nachdem er sie etliche Male angerufen, jedoch niemand den Hörer abgenommen hatte. Sie glaubte, Drew würde versuchen, sie zu erreichen, und sie lag auf dem Boden im Wohnzimmer und schluchzte und dachte daran, wie sie sich geliebt hatten und wie er sie gefragt hatte, ob sie seine Frau werden wollte. Und dann plötzlich ertönte ein Pochen an der Tür und gleich darauf Harry's Stimme. Sie wirkte verwahrlost, als sie öffnete, wie sie dastand mit tränenverschmiertem Gesicht, barfuß, ihr Rock bedeckt von Teppichfusseln, ihr Pullover völlig zerknittert.

»Mein Gott, was ist denn mit dir passiert?« Sie sah aus, als hätte sie eine Woche lang getrunken oder wäre zusammengeschlagen worden, oder als wäre ihr etwas Schreckliches widerfahren. »Tana?« Sie brach in Tränen aus, als er sie ansah, und er hielt sie fest an sich gedrückt, während sie unglücklich über seinem Stuhl kauerte. Schließlich brachte er sie zur Couch, wo sie sich setzte und anfing, ihm alles zu erzählen.

»Es ist jetzt alles vorbei... ich werde ihn nie mehr sehen...«

»Das ist auch besser für dich.« Harry machte eine grimmige Miene. »So kannst du nicht leben. Du hast in den vergangenen sechs Monaten Entsetzliches durchgemacht. Er war nicht fair dir gegenüber.«

»Ich weiß... aber wenn ich vielleicht noch gewartet hätte... vielleicht wäre er nach einiger Zeit...« Sie fühlte sich schwach, und mit einemmal war all ihre Entschlossenheit dahin. Harry brüllte sie an.

»Nein! Hör auf damit! Er wird seine Frau nie verlassen, wenn er es bis jetzt nicht geschafft hat! Es ist immerhin sieben Monate her, daß sie zu ihm zurückgekommen ist, Tan, und sie ist noch immer bei ihm. Wenn er sie hätte verlassen wollen, so hätte er es inzwischen getan. Mach dir nichts vor, Mädchen!«

»Das habe ich eineinhalb Jahre lang gemacht.«

»So geht es eben manchmal im Leben.« Er gab sich Mühe, unbeschwert zu klingen, doch am liebsten hätte er diesen gemeinen Schuft umgebracht. »Du mußt dich einfach zusammennehmen und weitermachen.«

»Ja, sicher doch...« Sie brach wieder in Tränen aus und vergaß einen Moment, mit wem sie sprach. »Du hast leicht reden...«

Er blickte sie lange und unnachgiebig an. »Erinnerst du dich noch daran, wie du mich mit aller Gewalt am Leben gehalten hast? Weißt du das noch? Also erzähl mir jetzt nicht so einen Käse, Tan! Wenn *ich* es geschafft habe, so kannst du es ebenfalls schaffen. Du wirst es überleben.«

»Ich habe nie jemanden so geliebt wie ihn.« Sie weinte bitterlich, und es brach ihm fast das Herz, als sie ihn aus diesen riesigen, grünen Augen ansah. Sie war wie ein zwölfjähriges Mädchen, und er hätte ihr so gern geholfen; aber er konnte Drews

Frau nicht einfach fortzaubern, wie er das für sie gern getan hätte. Für Tan würde er alles Menschenmögliche tun.

»Jemand anderes wird in dein Leben treten, der mehr wert ist als er.«

»Ich will niemand anderen. Ich will überhaupt niemanden mehr.« Und genau das befürchtete Harry.

Und in dem kommenden Jahr machte Tana sich daran, ihren Entschluß wahrzumachen. Sie weigerte sich, außerhalb ihrer Arbeitszeit mit irgend jemandem zusammenzutreffen. Sie ging nicht aus, besuchte niemanden, und als Weihnachten nahte, wollte sie nicht einmal Harry und Averil sehen. Sie war allein zweiunddreißig geworden, hatte ihre Nächte allein verbracht, hätte auch den Thanksgiving-Truthahn allein verzehrt, wenn es ihr nicht zu mühsam gewesen wäre, überhaupt etwas zu kochen. Sie arbeitete länger und länger, machte unzählige Überstunden, arbeitete schließlich nur noch, saß bis zehn oder elf Uhr nachts an ihrem Schreibtisch, übernahm mehr Fälle als je zuvor. Und ein Jahr lang hatte sie buchstäblich überhaupt kein Privatleben. Sie lachte kaum, rief niemanden an, verabredete sich mit niemandem und ließ sich Wochen Zeit, ehe sie Harrys Anrufe beantwortete.

»Herzlichen Glückwunsch!« Endlich erreichte er sie im Februar. Sie hatte mehr als ein Jahr um Drew Lands getrauert, hatte sogar von gemeinsamen Freunden erfahren, daß er und Eileen noch immer zusammenlebten und gerade in Beverly Hills ein wunderschönes Haus gekauft hatten. »Du treulose Tomate!« Harry hatte es satt, dauernd hinter ihr herzulaufen. »Wieso erwiderst du meine Anrufe nicht mehr?«

»Ich war schwer beschäftigt in den letzten paar Wochen. Liest du denn keine Zeitung? In einem meiner Prozesse steht gerade eine Urteilsverkündung bevor.«

»Das ist mir scheißegal, falls es dich interessiert. Und das erklärt auch dein Verhalten in den letzten dreizehn Monaten nicht. Du rufst *mich* nie mehr an. Immer muß ich dich anrufen. Habe ich einen schlechten Mundgeruch, Käsefüße oder einen zu niedrigen Intelligenzquotienten?« Sie lachte.

»Alles zusammen.«

»Du bist gemein! Willst du dir eigentlich bis an dein Lebensende leid tun? Der Typ war es nicht wert, Tan, und ein Jahr Trauerzeit ist nun wirklich mehr als genug!«

»Es hatte damit nichts zu tun.« Doch beiden war klar, daß es sehr wohl damit zu tun hatte.

»Auch das ist neu. Du hast mich noch nie belogen.«

»Also gut, gut – es war einfacher für mich, niemanden zu sehen.«

»Warum denn? Du solltest feiern. Du hättest es ja auch wie deine Mutter machen und jahrelang auf ihn warten können. Statt dessen warst du so gescheit, dich von ihm zu trennen. Was hast du denn verloren, Tan? Deine Jungfräulichkeit? Achtzehn Monate? Na und? Andere Frauen verlieren wegen verheirateten Männern zehn Jahre ihres Lebens... sie verlieren ihre Herzen, drehen durch, richten ihr ganzes Leben zugrunde. Du bist noch gut davongekommen, wenn du mich fragst.«

»Ja.« Irgendwie wußte sie, daß er recht hatte, doch sie fühlte sich einfach noch nicht wohl. Vielleicht würde die Wunde nie heilen. Ihr Gefühl wechselte ständig: einmal war sie wütend auf ihn, dann wieder vermißte sie ihn. Ihr fehlte noch die Gleichgültigkeit, die sie sich wünschte. Sie vertraute sich schließlich Harry an, als er sie zum Essen ausführte.

»Das braucht seine Zeit, Tan. Dazu muß noch viel Wasser den Berg hinunterlaufen. Du mußt mit ein paar anderen Leuten ausgehen. Beschäftige dich zur Abwechslung mal mit anderen Menschen, nicht nur mit ihm. Du kannst doch nicht die ganze Zeit arbeiten!« Er lächelte sie zärtlich an. Er liebte sie so sehr, würde sie immer lieben; nicht so, wie er seine Frau liebte, sondern mehr wie eine Schwester. Er dachte daran, wie sehr er jahrelang in sie verliebt gewesen war, und erinnerte sie daran. »Und ich habe es auch überlebt.«

»Das war aber nicht dasselbe. Mein Gott, Drew hat mich heiraten wollen! Er war sogar der einzige Mann, den ich jemals heiraten wollte. Weißt du das?«

»Ja, das weiß ich.« Er kannte sie besser als irgend jemand sonst. »Also ist er ein Mistkerl, das wissen wir ja bereits. Und du bist etwas begriffsstutzig. Eines Tages wirst du wieder heiraten wollen, jemand anderes wird in dein Leben treten.«

»Das fehlte mir noch!« Sie machte ein angewidertes Gesicht. »Ich bin zu alt dafür. Teenager-Romanzen entsprechen nicht mehr ganz meinem Stil. Vielen Dank!«

»Gut. Dann such dir einen alten Kerl, der dich niedlich findet; aber häng nicht so herum und vergeude dein Leben!«

»Es ist nicht ganz vergeudet, Harry.« Sie sah ihn düster an. »Ich habe ja meine Arbeit.«

»Das genügt aber nicht! Verdammt noch mal, du bist wirklich hartnäckig!« Er schüttelte den Kopf und lud sie zu einer Party ein, die Averil und er in der kommenden Woche gaben; doch sie tauchte nicht auf, und er begriff, daß er einen richtigen Feldzug planen mußte, um sie aus ihrem Schneckenhaus herauszulocken. Sie benahm sich wie nach ihrem schrecklichen Erlebnis mit Billy Durning. Noch dazu verlor sie einen wichtigen Fall, und das deprimierte sie noch mehr. »Gut, gut, also, du bist nicht unfehlbar. Halt mal die Luft an! Hör auf, den Märtyrer zu spielen! Ich weiß, es ist Ostern, aber ein Märtyrer reicht schon! Kannst du denn keinen besseren Zeitvertreib finden, als dich zu quälen? Warum kommst du nicht über das Wochenende zu uns nach Tahoe?« Sie hatten sich dort ein Haus gemietet, und Harry fuhr sehr gern mit den Kindern dorthin. »Wir können auch nicht lang bleiben.«

»Wieso nicht?« Sie beobachtete ihn, während er die Rechnung bezahlte, und dann lächelte er sie an. Sie hatte ihn in den vergangenen paar Monaten ganz schön genervt, doch allmählich ging sie wieder etwas aus sich heraus.

»Ich kann Averil nicht viel länger dabehalten, sie ist wieder schwanger.« Einen Moment sah sie ihn entsetzt an, und er lachte und errötete dann. »Na ja, es ist ja nicht das erste Mal ... es ist eigentlich nicht mehr etwas so Besonderes ...« Doch, das war es. Und beide wußten das. Plötzlich grinste Tana. Irgendwie hatte sich vor ihr das Leben wieder neu aufgetan, und Drew Lands hatte sich in Luft aufgelöst. Vor Freude hätte sie am liebsten losgebrüllt und laut gesungen. Sie fühlte sich, als hätte sie mehr als ein Jahr lang Zahnschmerzen gehabt und nun plötzlich festgestellt, daß der Zahn wie durch ein Wunder herausgefallen war.

»Mein Gott, hört ihr zwei denn nie auf?«

»Nein. Und hiernach werden wir uns das vierte anschaffen. Ich möchte diesmal noch ein Mädchen, aber Ave will einen Jungen.« Tana strahlte ihn an und schloß ihn fest in die Arme, als sie das Restaurant verließen.

»Ich werde wieder Tante!«

»Du machst es dir aber leicht, Tan! Das ist ungerecht, wenn du mich fragst.«

»Ich fühle mich wohl so.« Eines wußte sie ganz sicher – sie wollte keine Kinder haben, ganz gleich, welcher Mann in ihr Leben trat. Dafür hatte sie keine Zeit, und außerdem war sie zu alt. Schon vor langem hatte sie entschieden, daß ihr Leben ihrer Arbeit, dem Gesetz gewidmet war. Und sie hatte ja Harrys Kinder, die sie verwöhnen konnte, wenn sie sich einmal nach etwas Kleinem auf ihrem Schoß sehnte. Seine beiden Kinder waren reizend, und sie freute sich für sie, daß sie noch ein Geschwisterchen bekamen. Averil schien immer recht einfache Geburten zu haben, und Harry war jedesmal schrecklich stolz auf sie und sich selbst. Und er konnte sich so viele Kinder leisten, wie er wollte. Nur Jean war anderer Meinung, als sie darüber sprachen.

»Das finde ich aber äußerst unvernünftig!« Sie war in der letzten Zeit gegen alles – gegen Kinder, Reisen, neue Stellen, neue Häuser. Als wollte sie ihr restliches Leben ganz auf Nummer Sicher gehen und erwartete das ebenfalls von allen anderen. Tana wußte, daß dies ein Anzeichen des Alters war, doch eigentlich war Jean dafür noch zu jung.

Die Heirat mit Arthur hatte sie nicht gerade verjüngt. Jahrelang hatte sie sich so sehr diese Ehe gewünscht, doch als sie endlich bekam, wonach sie sich so sehr gesehnt hatte, war es auch nicht so gewesen, wie sie es sich vorgestellt hatte. Arthur war krank und alt. Tana freute sich jedoch für Harry und Ave, als am fünfundzwanzigsten November das Baby auf die Welt kam. Averil hatte ihren Willen bekommen, es war ein strammer schreiender Junge. Sie nannten ihn nach seinem Urgroßvater, Andrew Harrison. Tana lächelte das Baby an, während es in den Armen seiner Mutter lag, und Tränen brannten in ihren Augen. Bei den ersten zwei Kindern von Harry und Ave war es ihr nicht so ergangen; doch das Baby sah so süß und rührend aus, wie es so unschuldig dalag mit seiner zarten, rosigen Haut, den großen, runden Augen, den winzigen Fäusten. Tana hatte noch nie etwas so Vollkommenes gesehen, und alles daran war so winzig. Sie und Harry wechselten ein Lächeln und dachten daran, wie sehr sich ihr Leben doch verändert hatte. Er schien so stolz, als er mit einer Hand seine Frau festhielt und mit der anderen vorsichtig seinen Sohn berührte.

Averil kehrte einen Tag nach Andrews Geburt nach Hause zurück, bereitete selbst das Thanksgiving-Festmahl zu und ließ sich nicht einmal dabei helfen. Tana beobachtete sie fasziniert, wie sie flink und selbstverständlich ihre Arbeit verrichtete.

»So eine Geburt ist immer wieder ein Wunder.« Ave saß am Fenster, blickte hinaus auf die Bucht und stillte ihr Baby.

Tana blickte auf, und Harry grinste.

»Du könntest das auch, Tan, wenn du wolltest.«

»Da wäre ich mir nicht so sicher. Ich kann mir kaum ein Ei kochen, geschweige denn ein Kind auf die Welt bringen und zwei Tage später einen Truthahn für meine Familie zubereiten, so als hätte ich die ganze Woche lang auf der faulen Haut gelegen. Du hast wirklich eine glückliche Wahl getroffen, Harry – und mach Ave nicht wieder schwanger!« Sie grinste. Beiden war anzusehen, daß sie noch nie glücklicher gewesen waren. Averil strahlte über das ganze Gesicht, und Harry ebenfalls.

»Ich werde mich bemühen. Wirst du übrigens zur Taufe kommen? Ave möchte, daß sie am Weihnachtstag ist, falls du dann hier bist.«

»Wo sonst sollte ich sein?« Sie lachte.

»Was weiß denn ich? Vielleicht fährst du nach Hause, nach

New York. Ich hatte daran gedacht, mit den Kindern zu Papa nach Gstaad zu fahren; doch er will nach Tanger mit ein paar Freunden, so daß das nicht in Frage kommt.«

»Das tut mir aber leid für dich!« neckte sie ihn. Sie hatte Harrison seit Jahren nicht gesehen, doch Harry meinte, es ginge ihm gut. Er war offenbar der Typ, der sein ganzes Leben lang gut aussah und gesund war. Kaum zu fassen, daß er schon in den Sechzigern war – dreiundsechzig genau, wie Harry sie erinnerte; er sah jedoch wesentlich jünger aus. Merkwürdig, sich vorzustellen, wie sehr Harry ihn früher gehaßt hatte. Tana war es gewesen, die das geändert hatte, und das vergaß Harry nie. Er wollte, daß sie wieder Patin bei seinem Kind stand, und sie war gerührt.

»Habt ihr denn keine anderen Freunde? Eure Kinder werden mich über haben, wenn sie einmal erwachsen sind.«

»Die Armen! Jack Hawthorne wird Andrews Patenonkel sein. Zu guter Letzt werdet ihr zwei euch doch noch kennenlernen. Er glaubt schon, daß du ihm absichtlich ausweichst.« In all den Jahren, seitdem Harry mit ihm zusammen eine Praxis führte, waren sich er und Tana nie begegnet. Er hatte Tana auch nicht sonderlich interessiert; nun aber war sie fast neugierig auf ihn. Sie trafen sich am Weihnachtstag in der St.-Mary-the-Virgin-Kirche, und er sah fast genauso aus, wie sie ihn sich vorgestellt hatte. Hochgewachsen, blond, hübsch, wie der typisch amerikanische Football-Spieler. Außerdem wirkte er sehr intelligent. Er war breit gebaut und hatte riesige Hände, und er hielt das Baby mit einer unglaublichen Sanftheit in den Armen. Nach der Taufe standen sie vor der Kirche, und Jack und Harry unterhielten sich. Tana lächelte ihn an.

»Das haben Sie aber wirklich prima gemacht, Jack.«

»Danke. Ich bin zwar etwas aus der Übung, aber im Notfall kriege ich es noch ganz gut hin.«

»Haben Sie Kinder?« Es war eine zwanglose Unterhaltung vor der Kirche. Sie hätten auch über rechtliche Dinge oder über ihren gemeinsamen Freund plaudern können, doch es war angenehmer und netter, sich über das Baby zu unterhalten.

»Ich habe eine Tochter, sie ist zehn.« »Kaum zu glauben.« Zehn kam ihr so alt vor … natürlich war Elizabeth sogar dreizehn gewesen, aber Drew war ja auch um einiges älter als dieser Mann, der ausgesprochen jugendlich wirkte. Tana wußte, daß Jack Ende Dreißig war, trotzdem hatte er etwas Jungenhaftes an sich. Und als sie später in Harrys Haus feierten, erzählte er lustige Geschichten und Witze und brachte alle zum Lachen, auch Tana. Sie sah Harry lächelnd an, als sie ihn in der Küche antraf, wo er für jemanden einen Drink mixte. »Kein Wunder, daß du ihn so gern magst. Er ist wirklich nett.«

»Jack?« Harry schien nicht überrascht. Jack Hawthorne war sein bester Freund, und sie arbeiteten gern zusammen. Ihre Anwaltskanzlei lief gut, und sie ergänzten sich hervorragend. »Er ist sehr klug, aber er bildet sich nichts darauf ein.« »Ja, das habe ich bemerkt.« Anfangs wirkte er äußerst unbeschwert, ja, fast schon gleichgültig allem gegenüber, was um ihn herum geschah; aber Tana hatte bald bemerkt, daß er sich bedeutend mehr Gedanken machte, als er sich den Anschein gab.

Als die Feier zu Ende war, war sie sehr froh, daß Jack ihr anbot, sie nach Hause zu bringen. Sie hatte ihren Wagen vor der Kirche stehenlassen. »Da lerne ich nun doch noch die berühmte Anklagevertreterin kennen! Die Presse schreibt gerne über Sie, nicht wahr?« Es war ihr peinlich, so gelobt zu werden.

»Nur wenn ihnen nichts Besseres einfällt.«

Er lächelte sie an. Er mochte ihre Bescheidenheit. Und ihm gefielen die langen, wohlgeformten Beine, die unter ihrem schwarzen Samtrock hervorsahen, der zu einem Kostüm gehörte, das sie sich extra für die Taufe bei I. Magnin gekauft hatte. »Harry ist sehr stolz auf Sie, wissen Sie. Ich habe das Gefühl, Sie selbst schon zu kennen, weil er so viel von Ihnen erzählt.«

»Ich bin genau wie er. Ich erzähl allen Leuten von Harry und unserer gemeinsamen Studienzeit.«

»Sie beide müssen damals ja ganz schön wild gewesen sein.« Er grinste, und sie lachte.

»Ja könnte man sagen! Wir haben viel Spaß zusammen gehabt.

Und auch ein paar Tiefschläge erlitten.« Sie wandte sich ihm lächelnd zu. »Ich glaube, ich werde alt. All dieses Schwelgen in Erinnerungen... «

»Es ist eine typische Jahreszeit dafür.«

»Ja, stimmt. Das geht mir um Weihnachten herum immer so.«

»Mir auch.« Wo seine Tochter wohl lebte? Ob sie auch ein Teil seiner Erinnerungen an bessere Zeiten war? »Sie stammen aus New York, nicht wahr?« Sie nickte. Wie lange das nun schon zurücklag... fast endlos...

»Und Sie?«

»Aus dem Mittleren Westen – aus Detroit genauer gesagt. Ein wirklich entzückender Ort.« Sie lachten. Es ließ sich aushalten in seiner Gesellschaft. Sie fand es auch ganz harmlos, als er sie zu einem Drink in einer Bar einlud, und sie nahm an. Doch die Bars waren leer und ungemütlich an diesem Weihnachtsabend, so daß sie schließlich beschlossen, in Tanas Wohnung zu gehen. Jack benahm sich äußerst rücksichtsvoll und liebenswürdig, ja, fast harmlos... und als sie ihn in der folgenden Woche zufällig vor der City Hall traf, bemerkte sie ihn im ersten Moment nicht einmal. Tana errötete, als sie ihn erkannte.

»Tut mir leid, Jack... ich war mit meinen Gedanken woanders... «

»Dazu haben Sie ja auch alles Recht.« Er lächelte, und sie stellte amüsiert fest, daß ihre Arbeit ihn offensichtlich beeindruckte. Harry mußte ihn angelogen haben. Sie wußte, daß er ziemlich dick auftrug, wenn er von ihr erzählte – daß sie Sexualverbrecher in der Untersuchungshaft abwehren, die verschiedensten Judogriffe beherrschen, Fälle ohne die Hilfe von Untersuchungsbeamten lösen würde. Nichts davon stimmte natürlich; aber Harry erzählte nun einmal gern Geschichten, und besonders von ihr.

» ... warum erzählst du solche Lügen?« hatte sie Harry mehr als einmal vorgeworfen, doch er zeigte keine Reue.

»Einiges davon stimmt jedenfalls.«

»Nein. Ich habe letzte Woche einen deiner Freunde zufällig getroffen, der glaubte, ich wäre von einem Kokain-Händler in Untersuchungshaft mit einem Messer angegriffen worden. Um Himmels willen, Harry, hör auf damit!«

Als sie nun mit Jack sprach, war sie sicher, daß Harry' auch ihm einen Bären aufgebunden hatte. »Eigentlich verläuft meine Arbeit derzeit ziemlich ruhig. Und Ihre?«

»Wir können nicht klagen. Wir haben ein paar gute Fälle. Harry und Ave sind für ein paar Wochen nach Tahoe gefahren, und ich halte die Stellung.«

»Harry ist ein so aufopfernder Arbeiter!« Beide lachten, und er blickte sie zögernd an. Er hatte sie seit einer Woche schon anrufen wollen, es jedoch nicht gewagt.

»Sie haben nicht zufällig Zeit, mit mir zusammen zu Mittag zu essen?« Seltsamerweise hatte sie tatsächlich einmal etwas Zeit. Er war begeistert, als sie die Einladung annahm, und sie gingen ins Bijou, ein kleines französisches Restaurant an der Polk, das zwar teuer, jedoch nicht sonderlich gut war; aber Tana genoß es, sich eine Weile mit Harrys Freund zu unterhalten. Sie hatte so viele Jahre von ihm gehört, trotzdem war sie, vor lauter Gerichtsfällen und Kummer wegen Drew Lands, jetzt erst dazugekommen, ihn kennenzulernen.

»Es ist wirklich lächerlich, Harry hätte uns schon vor Jahren miteinander bekannt machen können.«

Jack lächelte. »Ich glaube, das hat er versucht.« Er erwähnte nichts, das verraten hätte, ob er von Drew wußte, doch Tana machte es mittlerweile nichts mehr aus, darüber zu sprechen.

»Eine Zeitlang war es etwas schwierig mit mir.« Sie lächelte.

»Und jetzt?« Er blickte sie mit demselben zärtlichen Ausdruck an, wie er ihr Patenkind angesehen hatte.

»Ich bin wieder ganz die alte.«

»Das ist gut.«

»Eigentlich hat Harry mir diesmal das Leben gerettet.«

»Ich weiß, daß er sich eine Weile um Sie Sorgen gemacht hat.«

Sie seufzte. »Ich habe mich lächerlich gemacht ... vermutlich müssen wir das alle mal.«

»Mir jedenfalls ist es nicht anders ergangen«, sagte er lachend. »Ich habe vor zehn Jahren in Detroit die beste Freundin meiner kleinen Schwester schwanger gemacht, als ich in den Ferien nach Hause fuhr. Ich weiß nicht, was in mich gefahren war, ich habe wohl durchgedreht... Sie war ein süßes, kleines, rothaariges Ding... einundzwanzig Jahre alt... und peng! Auf einmal war ich verheiratet, ehe ich mich versah. Sie hielt es hier nicht aus, sie weinte dauernd. Die arme kleine Barb, unsere Tochter, hatte in den ersten sechs Monaten ihres Lebens Koliken. Und ein Jahr später kehrte Kate nach Detroit zurück, und alles war aus. Ich habe jetzt eine Exfrau und eine Tochter in Detroit, und ich weiß nicht sehr viel von ihnen. Es war das Blödeste, was ich je getan habe, und es wird mir sicher nie wieder passieren.« Er sah fest entschlossen aus, und Tana zweifelte nicht daran, daß er es ernst meinte. »Ich habe seit damals auch nie wieder Rum pur getrunken.« Er grinste reumütig, und Tana mußte unwillkürlich lachen.

»Zumindest haben Sie etwas vorzuweisen. Sehen Sie Ihre Tochter manchmal?«

»Sie kommt einmal im Jahr für einen Monat her.« Er seufzte, vorsichtig lächelnd. »Es ist ein wenig schwierig, auf dieser Grundlage eine Beziehung aufzubauen!« Er war immer der Meinung gewesen, es sei ihr gegenüber ungerecht, aber was hätte er tun sollen? Er konnte sie ja nicht einfach ignorieren. »Wir sind einander fremd. Ich bin der sonderbare Kauz, der ihr jedes Jahr Geburtstagskarten schickt und sie mit zu Baseball-Spielen nimmt, wenn sie hier ist. Ich weiß nicht, was ich sonst mit ihr anfangen soll. Ave hat sich letztes Jahr tagsüber prima um sie gekümmert, und Harry hat mir das Haus in Tahoe für eine Woche geliehen. Das hat Barb sehr gut gefallen.« Er überlegte kurz. »Und mir auch. Es ist schwierig, sich mit einer Zehnjährigen anzufreunden.«

»Das glaube ich Ihnen gern. Die Beziehung... der Mann, mit dem ich befreundet war, hatte zwei Kinder, und ich fand es auch schwierig. Ich habe keine Kinder, und es war anders als mit Harrys Kindern. Mit einemmal waren da zwei fast Erwachsene, die mich anstarrten. Ich bin mir entsetzlich blöd vorgekommen.«

»Haben Sie sich mit ihnen anfreunden können?« Sie schien ihn zu interessieren, und sie wunderte sich, wie ungezwungen sie mit ihm plaudern konnte.

»Nein, eigentlich nicht. Ich hatte nicht mehr genügend Zeit dazu. Sie lebten im Osten.« Sie dachte daran, wie es damals weitergegangen war. »Zumindest eine Zeitlang.«

Er nickte. »Sie haben es auf jeden Fall geschafft, Ihr Leben einfacher zu gestalten als wir anderen.« Er grinste. »Wahrscheinlich trinken Sie keinen Rum.«

»Nein, meistens nicht; doch habe ich es in anderer Hinsicht geschafft, mir einiges anzutun. Nur habe ich keine Kinder.«

»Tut Ihnen das leid?«

»Nein.« Es hatte dreiunddreißigeinhalb Jahre gedauert, ehe sie es völlig aufrichtig sagen konnte. »Es gibt einige Dinge im Leben, die nichts für mich sind, und dazu gehören auch Kinder. Patin zu sein ist mehr mein Stil.«

»Ich hätte mich vermutlich auch damit begnügen sollen, schon allein um Barbs willen. Wenigstens ist ihre Mutter wieder verheiratet, so daß sie einen Vater hat, in den elf Monaten, in denen ich nicht da bin.«

»Macht Ihnen das denn nichts aus?« Sie fragte sich, ob er seine Tochter als Besitz betrachten könnte. Drew hatte das getan, besonders bei Elizabeth.

Jack schüttelte den Kopf. »Ich kenne das Kind ja kaum. Es ist schrecklich, das zu sagen, aber es ist die Wahrheit. Jedes Jahr lerne ich sie neu kennen, und dann fährt sie wieder ab, und wenn sie zurückkommt, ist sie um ein Jahr älter und völlig verändert. Es ist eine Art vergeblichen Unterfangens, aber vielleicht bedeutet es ihr etwas. Ich weiß es nicht. Ich schulde ihr das zumindest. Und ich rechne damit, daß sie mir in ein paar Jahren sagen wird, ich solle mich zum Teufel scheren, sie hätte einen Freund in Detroit und käme nicht her.«

»Vielleicht bringt sie ihren Freund dann mit!« Beide lachten.

»Gott steh mir bei! Das brauche ich nun auch nicht. Ich empfinde da wie Sie. Es gibt ein paar Dinge in diesem Leben, die ich mir ersparen möchte... Malaria... Typhus... Heirat... Kinder...« Sie lachte über seine Ehrlichkeit. Es war gewiß nicht gerade ein populärer Standpunkt, und die meisten Leute hätte er schockiert. Doch er spürte, daß er mit ihr darüber sprechen konnte.

»Da pflichte ich Ihnen bei. Ich bin davon überzeugt, daß es unmöglich ist, das, was wir tun, gut zu machen und gleichzeitig in derartigen Beziehungen alles zu geben.«

»Das hört sich ja sehr edel an, meine Liebe; aber wir wissen beide, daß es damit nichts zu tun hat. Mal ganz ehrlich – ich habe fürchterliche Angst vor einer zweiten Kate aus Detroit, die mir die ganze Nacht etwas vorweint, weil sie keine Freunde hier hat... oder vor einer gänzlich unselbständigen Frau, die den ganzen Tag nichts zu tun hat und abends, wenn ich heimkomme, an mir herumnörgelt. Oder eine, die nach zwei Jahren Ehe meint, daß die Hälfte des Geschäftes, das Harry und ich aufgebaut haben, ihr gehört. Harry und ich erleben derartige Dinge tagtäglich, und ich möchte so etwas nicht am eigenen Leib erfahren.« Er lächelte sie an. »Und wovor haben Sie Angst, meine Liebe? Vor der Entbindung? Vor dem Aufgeben Ihrer Karriere? Der Konkurrenz durch einen Mann?« Er war überraschend scharfsichtig, und sie nickte anerkennend.

»Touché. Alles drei. Vielleicht habe ich Angst davor, alles, was ich mir geschaffen habe, aufs Spiel zu setzen, verletzt zu werden... Ich weiß nicht genau. Ich glaube, daß ich schon vor zwei Jahren bezweifelt habe, daß ich für eine Ehe geschaffen bin, obgleich mir das damals nicht so bewußt war. Es war genau das, was meine Mutter sich immer für mich wünschte, und mir war immer danach zumute zu sagen... ›halt... nicht so hastig... da gibt es noch so viele Dinge, die ich zuerst tun muß...!‹ Es ist, als hätte man zugesagt, sich köpfen zu lassen – der passende Moment dafür kommt nie!« Er lachte, und sie dachte an Drew, wie er ihr vor dem Kamin einen Heiratsantrag gemacht hatte.

Es schmerzte, und sie vertrieb die Gedanken hastig wieder. Meistens machten ihr die Erinnerungen an ihn nichts mehr aus; doch gelegentlich fühlte sie doch noch etwas. Und gerade die Erinnerung an diesen Abend war besonders schmerzhaft – vielleicht, weil sie das Gefühl hatte, daß er sie zum Narren gehalten hatte. Sie war bereit gewesen, für ihn ihre Prinzipien aufzugeben, hatte in die Heirat eingewilligt... und dann war er zu Eileen zurückgekehrt... Jack beobachtete sie, als sie die Stirn runzelte.

»Niemand ist es wert, daß man für ihn so traurig aussieht, Tana.«

Sie grinste. »Alte, uralte Erinnerungen.«

»Vergessen Sie sie! Sie werden Ihnen nicht mehr weh tun.«

Jack hatte eine so herrlich ungezwungene und verständige Art, daß Tana verschiedene Male mit ihm ausging, ohne sich etwas dabei zu denken – ein Film, ein frühes Abendessen, ein Spaziergang auf der Union Street, ein Football-Spiel. Er kam und ging und wurde ihr Freund, und als sie am Ende dieses Frühjahrs zusammen ins Bett gingen, war nicht einmal das etwas Weltbewegendes. Sie kannten einander inzwischen fünf Monate, und ihre Beziehung verlief unkompliziert und locker. Sie genoß seine Gesellschaft; er war unterhaltsam und klug, er verstand sie auf wundervolle Weise, hatte großen Respekt vor ihrer Arbeit, und sie hatten sogar denselben besten Freund. Und als im Sommer Jacks Tochter nach San Francisco kam, spielte sich auch das herrlich unproblematisch ab. Sie war ein süßes, elfjähriges Ding mit großen Augen und hellrotem Haar. Sie fuhren ein paarmal mit ihr an den Stinson- Strand und veranstalteten Picknicks. Tana hatte zwar nicht viel Zeit, da sie wieder einmal mit einem aufsehenerregenden Fall beschäftigt war, war jedoch begeistert von den wenigen Stunden mit Jack. Als sie gemeinsam Harry besuchten, betrachtete er sie eingehend, neugierig darauf, ob ihr Verhältnis etwas Ernstes sei. Averil bezweifelte das allerdings, und sie hatte gewöhnlich ein gutes Gespür für solche Dinge. Sie entdeckte weder Leidenschaft noch glühenden Eifer, jedoch auch keinen Schmerz.

Tana und Jack genossen eine anregende, amüsante, bequeme Beziehung, die auch sehr befriedigend im Bett war. Und als das erste Jahr ihrer Freundschaft zu Ende ging, konnte Tana sich ohne weiteres vorstellen, mit ihm bis an ihr Lebensende zusammenzusein. Es war eine dieser Beziehungen, die man zwischen zwei Leuten erlebt, die nie geheiratet haben und auch nie heiraten wollen, sehr zum Kummer ihrer Freunde, die seit Jahren eine Scheidung nach der anderen erleben. Solche Leute sieht man an Samstagabenden in Restaurants zusammen essen, gemeinsam den Urlaub genießen, an Weihnachtspartys und Gala-Veranstaltungen teilnehmen und fröhlich zusammen lachen. Früher oder später landen sie miteinander im Bett, und am nächsten Tag kehrt einer der beiden in sein Zuhause zurück, wo er die Handtücher genau an der Stelle vorfindet, an der er sie haben möchte, das Bett unberührt, die Kaffeemaschine einsatzbereit. Für Tana und Jack war es die perfekte Beziehung, und sie amüsierten sich, daß Harry das halb wahnsinnig machte.

»Seht euch doch nur mal an – ihr seht beide so verdammt selbstgefällig aus, daß ich heulen könnte!« Alle drei saßen zusammen beim Mittagessen, und weder Tana noch Jack schienen beeindruckt.

Sie sah Jack lächelnd an. »Reich ihm ein Taschentuch, Liebling!«

»Nein, er soll ruhig seinen Ärmel benutzen, das tut er immer!«

»Habt ihr denn überhaupt keinen Anstand? Was stimmt nur mit euch nicht?« Sie sahen einander träge an. »Wir sind eben einfach dekadent.«

»Wollt ihr denn keine Kinder?«

»Hast du noch nie von Geburtenkontrolle gehört?« Jack sah ihn amüsiert an, und Harry machte ein Gesicht, als wollte er laut losschreien. Tana lachte.

»Gib es auf, Harry! Du wirst dich bei uns nicht durchsetzen. Wir sind glücklich so.«

»Ihr seid seit einem Jahr miteinander befreundet. Was, zum Teufel, bedeutet das für euch?«

»Daß wir eine Menge Durchhaltevermögen besitzen. Ich weiß inzwischen, daß Jack Mordgelüste bekommt, wenn irgend jemand ihn am Sonntag beim Sportprogramm stört, und er haßt klassische Musik.«

»Ist das alles? Wie könnt ihr so gefühllos sein?«

»Das ist angeboren.« Sie lächelte ihrem Freund spitzbübisch zu, und der grinste.

»Finde dich damit ab, Harry! Du bist überstimmt.«

Doch als Tana sechs Monate darauf fünfunddreißig wurde, überraschten sie Harry doch.

»Ihr werdet *heiraten?*« hauchte Harry, als Jack ihm erzählte, daß sie sich nach einem Haus umsahen. Jack lachte.

»O nein, du kennst deine Freundin Tan nicht, wenn du glaubst, daß dazu auch nur eine Chance besteht! Wir wollen zusammenleben.«

Harry fuhr in seinem Rollstuhl herum und funkelte ihn an. »Das ist das letzte, was ich je gehört habe! Ich werde nicht zulassen, daß du ihr das antust!«

Jack brach in schallendes Gelächter aus. »Es war ihre Idee. Außerdem – du und Ave, ihr habt das auch getan.« Jacks Tochter war gerade wieder abgereist, und in diesem Monat war es sehr umständlich gewesen, immer zwischen seiner und Tanas Wohnung hin und her zu pendeln. »Ihre Wohnung ist zu klein für uns beide, und meine auch. Und ich würde gern in Marin leben, und Tana meint, sie auch.«

Harry sah geknickt aus. Er wünschte sich ein Happy-End, mit Reiskörnern, Rosenblättern, Kindern... und keiner von beiden wollte darauf eingehen. »Ist euch klar, wie schwierig es sein wird, euch Grundbesitz zuzulegen, wenn ihr nicht verheiratet seid?«

»Natürlich. Deshalb werden wir vermutlich ein Haus mieten.« Und genau das taten sie. Sie fanden das passende Haus mit einem wundervollen Ausblick in Tiburon. Es hatte vier Schlafzimmer und war, verglichen mit dem, was es hätte kosten können, preiswert. Sie hatten jeder ein eigenes Arbeitszimmer, ein gemeinsames Schlafzimmer, und ein Zimmer war für Barb oder andere

Gäste reserviert. Das Haus hatte ein herrliches Sonnendach und eine Veranda, von der aus man einen weiten Blick auf das Meer hatte. Sie waren überglücklich. Harry und Ave kamen mit den Kindern, um das Haus zu besichtigen, und mußten zugeben, daß es tatsächlich wunderschön war. Trotzdem blieb Harry unzufrieden, er hatte sich für Tana etwas anderes vorgestellt; doch sie lachte nur. Und Jack teilte zu allem Übel ihre Ansichten. Er beabsichtigte nicht, sich noch jemals von irgendeiner Frau in eine Ehe verwickeln zu lassen. Er war achtunddreißig Jahre alt, und seine kleine Eskapade in Detroit, zwölf Jahre zuvor, war ihn teuer zu stehen gekommen.

Jack und Tana luden in diesem Jahr zu Weihnachten Gäste ein, und sie genossen es in dem neuen Haus, mit dem herrlichen Ausblick auf die Bucht und die glitzernde Stadt. »Traumhaft, nicht wahr, mein Schatz?« flüsterte Jack, als alle Gäste fort waren. Sie führten jetzt das Leben, das ihnen beiden entsprach. Tana hatte sogar endlich ihre Wohnung in der Stadt aufgegeben. Eine Weile hatte sie sie noch behalten, nur zur Sicherheit; doch schließlich hatte sie entschieden, daß das überflüssig war. Jack kümmerte sich rührend um sie. Als sie in diesem Jahr Blinddarmentzündung hatte, nahm er sich zwei Wochen frei, um sie zu pflegen. Zu ihrem sechsunddreißigsten Geburtstag gab er für sie eine Party im Trafalgar Room bei Traders' Vic, mit siebenundachtzig Freunden und Bekannten. Im darauffolgenden Jahr überraschte er sie mit einer Kreuzfahrt durch Griechenland. Sie kehrten ausgeruht und braungebrannt und unsagbar glücklich zurück. Sie sprachen nie von Heirat, obgleich manchmal die Rede davon war, das Haus, in dem sie lebten, zu kaufen; doch weder Tana noch Jack konnten sich so recht dazu entschließen. Keiner von beiden wollte das Schiff, das so lange gemächlich dahingesegelt war, in unruhige Gewässer schicken. Sie lebten inzwischen fast zwei Jahre zusammen und waren vollkommen zufrieden so – bis zum Oktober, nach der Kreuzfahrt durch Griechenland. Tana bereitete gerade eine große Verhandlung vor, und sie war fast die ganze Nacht aufgeblieben, um die Akten und ihre Notizen durchzusehen, bis sie schließlich an ihrem Schreibtisch eingeschlafen war. Das Telefon läutete, ehe Jack, der mit einer Tasse Tee eintrat, sie wecken konnte. Sie blickte ihn an, während sie den Hörer abnahm.

»Ja?« Sie machte ein verwirrtes Gesicht, und Jack grinste. Sie war immer ganz durcheinander, wenn sie die ganze Nacht aufgeblieben war, und als ahne sie seine Gedanken, heftete sie ihren Blick wieder auf ihn. Dann plötzlich riß sie entsetzt die Augen auf. »Was? Sind Sie verrückt? Ich bin was ... ? O Gott ... Ich bin in einer Stunde da!« Sie legte auf und sah ihn bestürzt an, während er mit besorgter Miene die Tasse Tee auf ihren Schreibtisch stellte.

»Stimmt etwas nicht?« Es mußte etwas mit ihrer Arbeit zu tun haben, wenn sie in einer Stunde dasein wollte ... es konnte sich nicht um ihre Familie handeln ... »Was ist denn passiert, Tan?« Sie starrte ihn noch immer an.

»Ich weiß nicht ... ich muß mit Frye sprechen.«

»Dem Bezirksstaatsanwalt?«

»Nein, dem Heiligen Geist! Was denkst du denn?«

»Was regst du dich so auf?« Er begriff noch immer nichts, aber auch sie war nicht viel klüger. Sie hatte doch immer zufriedenstellend gearbeitet, es ergab keinen Sinn. Sie arbeitete nun schon viele Jahre dort ... In ihren Augen standen Tränen, als sie Jack ansah, aufstand, dabei den Tee über die Unterlagen kippte, was sie jetzt nicht mehr stören konnte.

»Er sagte, ich sei entlassen!« Sie brach in Tränen aus und setzte sich wieder. Jack sah sie ungläubig an.

»Das kann doch nicht sein, Tan!«

»Das habe ich auch gesagt ... die Arbeit beim Staatsanwalt ist mein Leben ... «

17

Tana duschte, kleidete sich an und traf innerhalb einer Stunde in der Stadt ein. Ihr Gesicht war starr, die Augen leer. Sie sah aus, als wäre jemand, der ihr nahestand, gestorben. Jack hatte ihr angeboten, sie zu begleiten; doch sie wußte, daß er an diesem Tag viele eigene Probleme zu bewältigen hatte. Außerdem war Harry in der letzten Zeit oft nicht in der Kanzlei, so daß auf Jack die meiste Arbeit lastete.

»Bist du sicher, daß ich dich nicht in die Stadt fahren soll, Tan? Ich möchte nicht, daß du einen Unfall baust.« Sie küßte ihn flüchtig auf den Mund und schüttelte den Kopf. Es war seltsam. Sie lebten nun schon so lange zusammen, aber mehr als alles andere waren sie Freunde. Mit ihm konnte sie abends reden, ihm ihre Sorgen mitteilen, ihre Fälle besprechen, wenn sie gerade an einer Strategie arbeitete. Er verstand sie, ihre Absonderheiten, war zufrieden mit dem Leben, das sie zusammen führten, und verlangte relativ wenig von ihr. Harry beharrte darauf, daß das unnatürlich sei. Gewiß, seine Beziehung zu Ave war eine ganz andere. Trotzdem, als Tana jetzt den Motor anließ und Jack ihr nachsah, spürte sie, wie besorgt er um sie war. Er begriff noch immer nicht recht, was geschehen war, ebensowenig wie sie. Eine halbe Stunde später betrat sie, mit einem Gefühl der Benommenheit, ihr Büro. Ohne anzuklopfen, stürmte sie in das Zimmer des Staatsanwalts. Als sie ihn ansah, brach sie in Tränen aus.

»Was, um Himmels willen, habe ich denn getan, daß ich das verdiene?«

Der Bezirksstaatsanwalt bedauerte augenblicklich, was er da angerichtet hatte. Er hatte es sich lustig vorgestellt, ihr die große Neuigkeit auf originelle Art zu eröffnen. Nie wäre er auf die Idee gekommen, daß sie es so schwer nehmen könnte. Sie so zu sehen, machte ihn nur noch trauriger darüber, sie zu verlieren.

»Sie sind zu gut bei Ihrer Arbeit, Tan. Hören Sie auf zu weinen, und setzen Sie sich!« Er lächelte, und sie wurde noch verwirrter.

»Sie werfen mich also nicht hinaus?« Sie stand noch immer da und starrte ihn an.

»Das habe ich nie gesagt. Ich sagte, daß ich Sie aus meinen Diensten entlasse.« Sie ließ sich auf einen Stuhl plumpsen.

»Und was, bitte, hat das zu bedeuten?« Sie zog ein Taschentuch aus ihrer Handtasche und putzte sich die Nase. Sie schämte sich ihrer Tränen nicht. Sie liebte ihre Arbeit, hatte sie vom ersten Tag an geliebt, und mittlerweile arbeitete sie schon zwölf Jahre für den Staatsanwalt. Fast ein ganzes Leben – so empfand sie es zumindest jetzt, da sie das aufgeben sollte. Alles andere hätte sie lieber aufgegeben als das. Der Staatsanwalt kam um seinen Schreibtisch herum und legte ihr den Arm um die Schulter.

»Kommen Sie, Tan, nehmen Sie es nicht so schwer! Wir werden Sie auch vermissen, wissen Sie.« Wieder brach sie in Tränen aus, und er lächelte. Ihm war ebenfalls nach Weinen zumute. Falls sie das Angebot annahm, würde sie ihn bald verlassen. Jetzt hatte sie genug gelitten. Er blickte ihr gerade in die Augen. »Man bietet Ihnen einen Platz auf der Richterbank an, Liebste. Richterin Roberts am Landesgericht – wie klingt das?«

»Was?« Sie sah ihn fassungslos an. »Ich bin nicht gekündigt worden?« Sie weinte wieder und putzte sich die Nase und lachte plötzlich gleichzeitig. »Ich bin nicht – Sie machen Witze ...«

»Ich wünschte, es wäre so!« Doch er schien sich für sie zu freuen, und auf einmal stieß sie einen leisen Schrei aus, als ihr klar wurde, was er mit ihr angestellt hatte.

»Oh, Sie gemeiner Schuft! Ich dachte, Sie setzen mich vor die Tür!«

Er lachte. »Ich möchte mich dafür entschuldigen. Ich wollte eigentlich nur eine kleine Abwechslung in Ihr Leben bringen.«

»Mein Gott!« Sie sah ihn ungläubig an und schniefte. Sie war so überwältigt von der Nachricht, daß sie ihm nicht einmal böse sein konnte. »Wie ist denn das gekommen?«

»Ich habe es schon lange kommen sehen, Tan. Ich wußte nur nicht, wann es soweit sein würde. Und ich wette, daß Sie nächstes Jahr um diese Zeit im Oberlandesgericht sein werden. Sie eignen sich perfekt dafür, aufgrund Ihrer ausgezeichneten Leistungen hier.« »Ach, Larry... mein Gott... Richterin...«

Sie konnte es noch immer nicht glauben.

»Ich bin doch erst siebenunddreißig, da hätte ich niemals an so etwas gedacht!«

»Na ja, gut, daß jemand daran gedacht hat.« Er streckte ihr die Hand hin und schüttelte die ihre, und sie strahlte.

»Herzlichen Glückwunsch, Tan! Sie haben es sich wirklich verdient. In drei Wochen sollen Sie in das Amt eingeführt werden.«

»So bald? Was ist mit meiner Arbeit... ich habe doch einen Fall, der am Dreiundzwanzigsten verhandelt wird...« Sie zog die Brauen zusammen, und er lachte und machte eine großmütige Geste.

»Vergessen Sie das, Tan! Warum nehmen Sie sich nicht eine Weile frei und bereiten sich auf Ihre neue Stelle vor? Werfen Sie alles zur Abwechslung einmal auf den Schreibtisch eines anderen! Benutzen Sie diese Woche, um noch einige Dinge abzuschließen, und bereiten Sie sich dann zu Hause auf Ihre neuen Aufgaben vor.«

»Was soll ich denn tun?« Sie machte ein verdutztes Gesicht. »Mir einen Talar kaufen?«

»Nein.« Er lachte. »Aber vielleicht werden Sie sich nach einem Haus umsehen müssen. Wohnen Sie noch in Tiburon?« Er wußte, daß sie seit einigen Jahren mit jemandem zusammenlebte, war sich jedoch nicht sicher, ob sie ihre Wohnung in der Stadt behalten hatte. Sie nickte. »Sie müssen einen Wohnsitz in der Stadt vorweisen können, Tan.«

»Wieso das?«

»Das ist eine Voraussetzung dafür, Richter in San Francisco zu sein. Sie können das andere Haus behalten, doch Ihr Hauptwohnsitz muß hier sein.«

»Muß ich mich wirklich daran halten?« Es ärgerte sie etwas.

»So ziemlich. Zumindest während der Woche.«

»Mein Gott!« Sie blickte einen Moment in die Ferne und dachte an Jack. Von einer Minute zur anderen war ihr Leben auf den Kopf gestellt. »Dann muß ich mir allerdings etwas suchen.«

»Sie werden in den nächsten Wochen noch genug zu tun haben, aber zuerst einmal müssen Sie die Berufung offiziell annehmen.« Er begann mit förmlicher Stimme: »Tana Roberts, nehmen Sie die Berufung auf die Richterbank an, um als Richterin am Landesgericht der Stadt und dem Kreis San Francisco zu dienen?«

Sie sah ihn ehrfürchtig an. »Ja.«

Er erhob sich und lächelte sie an. Er freute sich mit ihr über diese so verdiente Beförderung. »Viel Glück, Tan! Wir werden Sie vermissen.« Wieder traten ihr Tränen in die Augen, sie hatte sich von dem Schock noch nicht ganz erholt. Sie kehrte in ihr Büro zurück und setzte sich an den Schreibtisch. Es gab Tausende von Dingen zu erledigen, sie mußte den Schreibtisch aufräumen, die Unterlagen noch einmal durchsehen, jemand anderen in die Fälle, die sie weitergab, einweisen. Harry anrufen, es Jack sagen... Jack...! Sie warf einen Blick auf die Uhr und nahm den Hörer ab. Jacks Sekretärin sagte ihr, daß er in einer Besprechung wäre, doch Tana bat sie, ihn trotzdem an den Apparat zu holen.

»Hallo, Liebling, alles in Ordnung?«

»Ja.« Sie war atemlos, wußte nicht, wo sie anfangen sollte. »Du wirst mir nicht glauben, was passiert ist, Jack!«

»Ich habe mir eine Menge Gedanken gemacht, seit du diesen Anruf bekamst. Was ist denn nur los, Tan?«

Sie holte tief Luft. »Sie haben mir soeben einen Sitz auf der Richterbank angeboten!« Am anderen Ende herrschte Totenstille.

»In deinem Alter?«

»Ja. Ist das nicht unglaublich?« Sie strahlte. »Ich meine, hättest du gedacht... ich wäre niemals auf die Idee gekommen...«

»Das freut mich für dich, Tan.« Er schien ehrlich erfreut. Auf einmal fiel ihr ein, daß der Staatsanwalt gesagt hatte, sie müßte sich eine Wohnung in der Stadt suchen. Doch das wollte sie ihm am Telefon nicht eröffnen.

»Danke, Liebling. Ich bin noch immer außer mir. Ist Harry da?«

»Nein, er ist heute nicht da.«

»Er ist in letzter Zeit eine ganze Menge unterwegs, nicht wahr. Was ist denn los mit ihm?«

»Ich denke, er ist mit Ave und den Kindern in Tahoe für ein verlängertes Wochenende. Du kannst ihn dort anrufen.«

»Ich warte, bis er zurück ist. Ich möchte mir seinen Gesichtsausdruck nicht entgehen lassen.« Worüber sie jedoch nicht entzückt war, war Jacks Miene, als sie ihm erzählte, daß sie in die Stadt ziehen müßte.

»Darüber habe ich mir, nachdem du anriefst, auch Gedanken gemacht.« Er wirkte traurig und ärgerte sich offensichtlich darüber. Auch Tana fand es nicht gerade schön, doch sie war zu aufgeregt, um sich die Laune verderben zu lassen. Sie hatte sogar ihre Mutter angerufen, und Jean war sprachlos gewesen. »Meine Tochter eine Richterin?« Sie hatte sich ehrlich für Tana sehr gefreut. Vielleicht würde alles doch noch ein glückliches Ende nehmen. Diesen Jack hatte sie einmal kennengelernt, und er hatte ihr gefallen. Vielleicht würden die beiden doch noch heiraten, auch wenn Tana inzwischen zu alt war, um Kinder zu bekommen. Doch als Richterin spielte das für sie vielleicht keine so große Rolle mehr. Selbst Arthur hatte die Neuigkeit großartig gefunden, nachdem Jean es ihm mehrere Male erklärt hatte.

Tana sah Jack an. »Was hältst du davon, die Woche über in der Stadt zu wohnen?«

»Nicht sonderlich viel. Es ist hier so unheimlich gemütlich.«

»Ich dachte mir, ich suche etwas Kleineres, etwas, das nicht soviel Aufwand mit sich bringt. Eine kleine Wohnung, ein Studio vielleicht sogar ...« Sie wollte so tun, als bliebe alles beim alten. Doch er schüttelte den Kopf.

»Da würden wir ja durchdrehen, nachdem wir hier so viel Platz gehabt haben.« Zwei Jahre lang hatten sie wie die Könige gelebt, mit einem riesigen Schlafzimmer, zwei Arbeitszimmern, einem Wohnzimmer, Speiseraum, Gästezimmer und wunderschönem Ausblick auf die Bucht. Ein Studio würde für sie wie eine Gefängniszelle sein.

»Also irgend etwas muß ich unternehmen, Jack, und mir bleiben nur drei Wochen.« Sie sah ihn verärgert an. Er machte es ihr nicht gerade leicht, und sie fragte sich, ob ihn ihre Beförderung störte.

In den folgenden Wochen blieb ihr kaum Zeit, sich darüber Gedanken zu machen. Sie teilte ihre noch zu bearbeitenden Fälle auf, räumte ihren Schreibtisch aus und besichtigte ein Haus nach dem anderen. Bis dann eines Tages, in der zweiten Woche, die Maklerin bei ihr anrief. Sie habe da »etwas ganz Besonderes« in Pacific Heights, das sie Tana unbedingt zeigen wollte.

»Es ist nicht ganz das, was Sie sich vorgestellt haben, aber es lohnt sich auf jeden Fall, daß Sie es sich ansehen.« Und Tana war fasziniert von dem Haus. Es war wie ein Puppenhaus, ein winziges Pfefferkuchenhäuschen, beige angemalt, mit zimt- und cremefarbenen Tupfen. Und es war vollkommen; es hatte Parkettböden, Marmorkamine in fast jedem Zimmer, riesige Wandschränke, hervorragende Beleuchtung, doppelte Glastüren und einen Blick auf die Bucht. Tana wäre nie auf die Idee gekommen, nach so etwas zu suchen; doch jetzt, da sie es gefunden hatte, konnte sie nicht widerstehen.

»Wie hoch ist die Miete?« Sie bezweifelte nicht, daß sie hoch sein würde. Das Haus wirkte aber auch wie aus dem Ei gepeilt.

»Es ist nicht zu vermieten.« Die Maklerin lächelte.

»Es ist zu verkaufen.« Sie nannte ihr den Preis, und Tana fand ihn nicht einmal so hoch. Gewiß, es war eine Menge Geld, aber es würde nicht ihre ganzen Ersparnisse aufzehren. Außerdem wäre es eine gute Investition. Das Häuschen war entzückend, und Tana mußte es einfach haben. Im ersten Stock lagen ein großes Schlafzimmer, ein Ankleidezimmer mit Spiegelwänden, ein kleiner, gemütlicher Raum mit einem Ziegelkamin; unten befanden sich ein geräumiges, herrliches Wohnzimmer und eine kleine Küche, die auf einen von Bäumen gesäumten Innenhof führte. Sie unterschrieb den Vertrag, leistete eine Anzahlung und eilte zu Jack ins Büro. Sie war nervös, weil sie das Haus so spontan gekauft hatte... sie wußte, daß es kein Fehler war; aber trotzdem... sie hatte es so selbständig getan, so ganz allein entschieden... hatte sich nicht vorher mit ihm besprochen.

»Lieber Gott, wer ist denn nun schon wieder gestorben?« Er betrat das Vorzimmer und sah ihre besorgte Miene. Sie lachte nervös. »Das ist schon besser.« Er küßte ihren Hals. »Übst du schon für den Richterposten? Du wirst die Leute zu Tode erschrecken, wenn du mit so einem Gesicht herumläufst!«

»Ich habe gerade etwas total Verrücktes gemacht.« Die Worte sprudelten aus ihr hervor, und er lächelte. Er hatte einen harten Tag gehabt, und es war noch nicht einmal zwei Uhr.

»Was gibt es denn Neues? Komm herein und erzähl es mir!« Tana sah, daß Harry's Tür geschlossen war. Sie klopfte jedoch nicht, sondern steuerte geradewegs auf Jacks großes, hübsches Büro zu, das er vor fünf Jahren im viktorianischen Stil eingerichtet hatte. Die Möbel waren für ihn damals eine gute Investition gewesen, vielleicht würde es ihm das jetzt erleichtern, sie zu verstehen. Er lächelte sie an. »Also, was hast du angestellt?«

»Ich glaube, ich habe gerade ein Haus gekauft.« Sie sah aus wie ein ängstliches Kind, und er lachte.

»Du *glaubst* es? Und wie kommst du darauf?« Er klang wie immer, doch seine Augen wirkten anders als sonst, und sie fragte sich, warum.

»Also, ich habe die Papiere unterschrieben... ach, Jack... ich hoffe, ich habe nichts falsch gemacht!«

»Gefällt es dir?«

»Ich bin ganz verliebt in das Haus!« Er schien überrascht.

Keiner von ihnen beiden hatte sich ein eigenes Haus gewünscht. Ein paarmal hatten sie zwar davon geredet, doch jedesmal beschlossen, daß sie nichts Endgültiges brauchten, und er hatte seine Meinung auch nicht geändert, sie jedoch offensichtlich schon, und darüber wunderte er sich. In den letzten zehn Tagen hatte sich vieles geändert, hauptsächlich für sie, für ihn kaum.

»Wird das nicht eine Menge Arbeit für dich mit sich bringen, Tan? Es instand zu halten, sich darum zu kümmern, daß das Dach nicht durchlässig wird, und all die anderen Dinge, die wir ja schon besprochen hatten und uns nicht antun wollten.«

»Ich weiß nicht recht... ich denke...« Sie sah ihn nervös an. Es war an der Zeit, ihn zu fragen. »Du wirst doch auch dort leben, nicht wahr?« Ihre Stimme klang ängstlich und sanft, und er lächelte sie an. Sie war auf einmal so verwundbar und zart und gleichzeitig doch so entschlossen. Er liebte das an ihr, würde es immer lieben. Auch Harry liebte das an ihr – das und ihre Treue, ihre leidenschaftliche Hingabe an Dinge und Menschen, und ihr kluges Köpfchen. Sie war eine wunderschöne Frau, ob sie nun Richterin war oder nicht. In diesem Moment wirkte sie wie ein Teenager, wie sie so dasaß und ihn beobachtete.

»Ist denn da Platz für mich?« Sie nickte stürmisch, und ihr Haar schwang wild hin und her. Sie hatte sich wenige Wochen vor ihrer Beförderung einen eleganten Haarschnitt machen lassen.

»Natürlich!« Als Jack an diesem Abend das Haus besichtigte, war er sich dessen jedoch nicht so sicher. Gewiß, es war ein wunderschönes Häuschen, doch unsagbar feminin. »Wie kannst du so etwas behaupten? Hier gibt es doch außer Wänden und Böden überhaupt nichts!«

»Ich weiß nicht recht, es kommt mir eben so vor – vielleicht sage ich das, weil ich weiß, daß es dein Haus ist.« Er wandte sich zu ihr um und sah mit einemmal traurig aus. »Tut mir leid, Tan, es ist wunderschön... ich will dir auch nicht deine Freude verderben.«

»Schon gut. Ich werde es so einrichten, daß es uns beiden behagt, das verspreche ich dir.« An diesem Abend führte er sie zum Essen aus, und sie plauderten über die »Richterschule« in Oakland, die sie drei Wochen lang besuchen mußte, eingepfercht in ein Hotel zusammen mit anderen angehenden Richtern. Alles kam ihr auf einmal aufregend und neu vor, und schon seit Jahren hatte sie sich nicht mehr so wohl gefühlt.

»Es ist so, als würde ich das Leben noch einmal ganz neu beginnen, nicht wahr?« Sie strahlte ihn an, und er lächelte.

»Ja, vermutlich.« Anschließend kehrten sie nach Hause zurück und schliefen miteinander, und nichts schien sich geändert zu haben. Die nächste Woche verbrachte sie mit dem Einkauf von Möbeln für ihr neues Heim, der Abwicklung ihres Hauserwerbs und dem Kauf eines neuen Kleides für die Einführung in ihr Amt. Sie hatte sogar ihre Mutter zu diesem Anlaß eingeladen; aber Arthur fühlte sich nicht wohl, und Jean wollte ihn nicht allein lassen. Doch Harry und Averil würden dasein, und natürlich Jack und all die Freunde und Bekannten, die sie in den vielen Jahren kennengelernt hatte. Am Ende nahmen zweihundert Menschen an der Amtseinführung teil, und Harry gab für Tana anschließend im Traders' Vic einen Empfang. Es wurde die fröhlichste Feier, die sie je erlebt hatte, und sie lachte den halben Nachmittag hindurch.

»Es ist fast so wie eine Hochzeit, nicht wahr?« Jack lachte zurück, und sie wechselten einen Blick miteinander, der besagte, daß sie beide verstanden.

»Besser als das, Gott sei Dank!« Lachend tanzten sie miteinander, und sie waren ein wenig betrunken, als sie am Abend nach der Feier nach Hause fuhren. In der darauffolgenden Woche begann sie mit der »Richterschule«. Sie wohnte im Hotel, und sie hatte vorgehabt, die Wochenenden in Tiburon bei Jack zu verbringen, doch es gab immer so viel in ihrem neuen Haus zu tun – Bilder mußten aufgehängt, Lampen mußten befestigt werden, eine Couch wurde gebracht, sie mußte mit dem Gärtner einiges besprechen. Und so übernachtete sie in den ersten zwei Wochen, wenn sie sich nicht gerade in der »Richterschule« aufhielt, in der Stadt.

»Warum schläfst du nicht hier bei mir?« fragte sie ihn etwas gereizt. Er hatte sie seit Tagen nicht gesehen, was jedoch in dieser Zeit normal war. Sie war mit so vielen Dingen beschäftigt.

»Ich habe zuviel Arbeit.« Er klang kurz angebunden.

»Du kannst sie doch mitbringen, Liebling. Ich mache eine

Suppe und einen Salat, und du kannst dich in mein kleines, gemütliches Zimmer zurückziehen.« Ihm fiel auf, daß sie »mein« sagte, und, wie alles in dieser Zeit, ärgerte ihn das. Er hatte jedoch andere Dinge im Kopf.

»Weißt du, wie es ist, seine ganze Arbeit mitzuschleppen in das Haus von jemand anderem?«

»Ich bin doch nicht jemand anderer. Ich bin ich! Und du wohnst hier auch!«

»Seit wann?« Sein Ton verletzte sie, und sie gab klein bei. Und sogar zu Thanksgiving, das sie zusammen bei Harry, Ave und den Kindern verbrachten, waren sie nervös und angespannt.

»Wie gefällt dir dein neues Haus, Tan?« Harry freute sich sehr, daß sie in letzter Zeit so viel Glück hatte, doch ihr fiel auf, daß er müde und angestrengt wirkte und Averil ebenfalls. Es war ein schwieriger Tag für alle, sogar die Kinder quengelten mehr als gewöhnlich, und Jacks und Tanas Patenkind weinte fast den ganzen Tag. Tana seufzte, als sie schließlich zurück in die Stadt fuhren, und Jack taute förmlich in der Stille des Wagens auf.

»Bist du nicht froh, daß du keine Kinder hast?« Er sah sie an. Tana lächelte. »An Tagen wie diesen, ja. Aber wenn sie alle fein angezogen und süß und brav sind oder fest schlafen und man Harry beobachtet, wie er Ave ansieht ... dann kommt mir manchmal der Gedanke, es könnte schön sein, eine Familie zu haben ... « Sie seufzte wieder und sah ihn an. »Aber ich glaube nicht, daß ich das aushalten könnte.«

»Du würdest dich prima machen auf der Richterbank, mit einer Reihe von Kindern.« Sie lachte und stellte verwundert fest, daß er mit ihr in die Stadt und nicht nach Tiburon fuhr.

»Fahren wir denn nicht nach Hause, Liebling?«

»Sicher doch ... ich dachte, du wolltest in dein Haus ...«

»Ja, das ist mir recht ... ich ... « Sie holte tief Luft. Irgendwann mußte es ja einmal ausgesprochen werden. »Du bist böse auf mich, weil ich das Haus gekauft habe, nicht wahr?«

Er zuckte die Achseln und blickte weiter geradeaus. »Das mußtest du wohl tun. Ich war nur einfach nicht darauf vorbereitet.«

»Alles, was ich getan habe, ist, mir ein kleines Haus zu kaufen, da ich irgendwo in der Stadt wohnen muß.«

»Ich hätte nur nie gedacht, daß du etwas besitzen wolltest, Tan.«

»Was für einen Unterschied macht es, ob ich kaufe oder miete? Es ist doch eine gute Investition so. Wir hatten ja schon vorher einmal darüber gesprochen.«

»Ja, und dann haben wir beschlossen, es nicht zu machen. Warum mußtest du dich für immer an einen Ort binden?«

Allein der Gedanke daran konnte ihn schon auf die Palme bringen. Er war zufrieden, in einem gemieteten Haus wie dem in Tiburon zu leben. »Du hast doch vorher ganz anders gedacht!«

»Manchmal ändert man eben seine Meinung. Mir erschien es in dem Moment sinnvoll, und außerdem habe ich mich in das Häuschen verliebt.«

»Das weiß ich. Vielleicht ist es auch das, was mich stört. Es ist so sehr ›deines‹, nicht ›unseres‹.«

»Hättest du lieber etwas mit mir zusammen gekauft?« Sie kannte ihn jedoch gut genug, um zu wissen, daß er das nicht wollte, und er schüttelte den Kopf.

»Das würde unser Leben nur komplizierter machen.«

»Man kann nicht immer alles einfach haben. Außerdem, was das anbetrifft, finde ich, haben wir unsere Sache wirklich gut gemacht. Wir sind die freiesten Menschen, die man sich nur vorstellen kann.« Und sie hatten es sich selbst so eingerichtet. Nichts in ihrem gemeinsamen Leben war endgültig, alles würde sich in wenigen Stunden auflösen lassen – zumindest hatten sie sich das seit Jahren eingeredet.

»Mein Gott, ich hatte doch früher auch eine Wohnung in der Stadt!« fuhr Tana fort. »Was ist also so schlimm daran?« Es lag jedoch gar nicht daran, sondern vielmehr an ihrer neuen Position, was sie bereits seit Wochen geahnt hatte. Das Aufsehen, die Presse... Jack hatte mit ihrer Popularität leben können, solange sie nur Vertreterin des Bezirksstaatsanwalts war, doch mit einemmal war sie Richterin ... Euer Ehren... Richterin Roberts...

Ihr war seine Miene aufgefallen, wann immer jemand das zu ihr sagte. »Weißt du, Jack, es ist wirklich nicht fair von dir, daß du dich an mir rächst. Ich kann ja selbst nichts dafür. Etwas Phantastisches ist geschehen, und nun müssen wir lernen, damit fertig zu werden. Es hätte dir ja ebenso passieren können.«

»Ich denke, ich hätte anders gehandelt.«

»Wie denn?« Seine Worte verletzten sie.

»Also...« Er sah sie vorwurfsvoll an. Es tat gut, sich die Wut einmal von der Seele zu reden. »Ich hätte es vermutlich nicht angenommen. Es ist doch Angeberei.«

»Wie kannst du so etwas Gemeines sagen? Du meinst, ich sei eine Angeberin, weil ich Richterin geworden bin?«

»Kommt darauf an, wie du es handhabst.«

»Und... was meinst du damit?«

Sie hielten an einer Straßenlaterne, und er sah sie an, wandte jedoch plötzlich den Blick ab.

»Ach... laß nur... mach dir nichts aus dem, was ich sage... ich mag nur die Veränderungen nicht, die das für uns mit sich gebracht hat. Ich mag es nicht, daß du in der Stadt wohnst, ich mag dein verdammtes Häuschen nicht, ich kann all das Neue nicht ausstehen!«

»Also willst du mich dafür bestrafen, nicht wahr? Mein Gott, ich tue mein möglichstes, es richtig zu machen! Laß mir ein wenig Zeit! Es ist für mich auch eine riesige Belastung, weißt du.«

»Das sieht man dir aber nicht an. Du strahlst ja förmlich vor Glück!«

»Na ja, ich bin auch glücklich.« Sie war ehrlich zu ihm. »Es ist wunderschön und schmeichelhaft und interessant, und es macht mir Spaß, vorwärtszukommen. Es ist sehr aufregend für mich, doch gleichzeitig ist alles so neu und beängstigend, und ich weiß noch nicht genau, wie ich damit fertig werde... und ich will dir nicht weh tun...«

»Schon gut.«

»Was meinst du damit ›schon gut‹? Ich liebe dich, Jack! Ich will nicht, daß das unsere Beziehung kaputtmacht!«

»Dann wird es das auch nicht tun.« Er zuckte die Achseln und fuhr weiter; doch weder sie noch er waren davon überzeugt. Sie machte es sich zum Prinzip, wann immer sie konnte, in Tiburon zu übernachten und ihn zu verwöhnen; aber er blieb verstimmt. Und das Weihnachtsfest, das sie in Tanas Haus verbrachten, verlief in düsterer Stimmung. Er verheimlichte ihr nicht, daß er alles an ihrem Haus haßte, und am nächsten Tag brach er um acht Uhr auf mit der Begründung, daß er noch viel zu tun hätte. Er machte ihr das Leben in den nächsten Monaten schwer, und trotzdem genoß sie ihren neuen Posten. Das einzige, was ihr nicht gefiel, war, daß sie oft bis Mitternacht arbeiten mußte. Es gab jedoch soviel zu lernen und nachzulesen. Sie war so eifrig dabei, sich einzuarbeiten, daß sie alles andere um sich herum vergaß, sie bemerkte nicht einmal, wie krank Harry aussah, wie selten er nur noch arbeitete. Und eines Tages im späten April brüllte Jack sie an.

»Bist du eigentlich blind? Er wird sterben, mein Gott! Es geht seit sechs Monaten bergab mit ihm. Sind dir denn alle egal geworden?« Seine Worte trafen sie tief, und sie starrte ihn voller Entsetzen an.

»Nein, das ist nicht wahr... er kann doch nicht...« Plötzlich ergab alles einen Sinn... Harry's blasses Gesicht, die gespenstischen Augen... Aber warum hatte er es ihr nicht gesagt? Warum? Sie sah ihn vorwurfsvoll an. »Wieso hast du es mir nicht früher gesagt?«

»Du hättest es gar nicht gehört... du bist so vertieft in deine eigene Wichtigkeit, daß du sonst überhaupt nichts mehr wahrnimmst!« Es waren bittere Anschuldigungen, Worte, die im Zorn gesprochen wurden, und Tana verließ Tiburon ohne eine Erwiderung, fuhr zu ihrem Haus, rief Harry an, und ehe sie etwas sagen konnte, brach sie in Tränen aus.

»Was ist los, Tan?« Er klang erschöpft, und sie war verzweifelt.

»Ich kann nicht... ich... mein Gott, Harry...« All die Anspannungen der vergangenen Monate überwältigten sie... Jacks Wut und was er zu ihr wegen Harry's Krankheit gesagt hatte.

Sie konnte es nicht glauben; doch als sie Harry am nächsten Tag zum Mittagessen traf, blickte er sie ruhig an und bestätigte es ihr. Ihr war, als müsse ihr Herz stehenbleiben. »Aber das kann doch nicht sein... es ist so ungerecht...« Sie saß da und weinte wie ein kleines Kind, war nicht imstande, ihn zu trösten, zu betrübt, um jemand anderem zu helfen. Und er kam zu ihr und nahm sie in die Arme. Auch in seinen Augen standen Tränen, doch er war merkwürdig ruhig. Er wußte nun schon fast ein Jahr von seiner Krankheit, und bereits vor langer Zeit hatte man ihn informiert, daß seine Verwundung sein Leben verkürzen könnte. Und genau das trat nun ein. Er litt unter einer Krankheit, die ihn langsam verzehrte und schließlich zum Nierenversagen führen würde. Man hatte alles nur Erdenkliche für ihn getan; doch sein Körper gab nach und nach auf. Tana geriet in Panik. »Ich kann ohne dich nicht leben!«

»Doch, das kannst du.« Er sorgte sich mehr um Averil und die Kinder. Er wußte, daß Tana es überstehen würde; sie hatte ihn gerettet, sie würde niemals aufgeben. »Ich möchte, daß du etwas für mich tust. Ich möchte sicher sein, daß Ave zurechtkommt. Sie und die Kinder werden alles haben, was sie brauchen; aber sie ist nicht wie du, Tan... sie ist immer so abhängig von mir gewesen...«

Sie sah ihn entsetzt an. »Weiß es dein Vater?«

Er schüttelte den Kopf. »Niemand weiß es, außer Jack und Ave – und nun auch du.« Er war wütend auf Jack, weil er es ihr verraten hatte, und noch dazu im Zorn; aber jetzt beschäftigte ihn etwas anderes. »Versprichst du mir, daß du ein Auge auf sie haben wirst?«

»Aber natürlich!« Es war schrecklich – er plante doch nicht irgendeine Reise! Sie betrachtete ihn, und viele Jahre inniger Freundschaft zogen an ihrem geistigen Auge vorüber... der Ball, bei dem sie sich kennengelernt hatten... die Jahre in Harvard und an der BU... der Umzug nach San Francisco... Vietnam... das Krankenhaus... das Jurastudium... die gemeinsame Wohnung... die Nacht, in der sein erstes Kind geboren wurde... Es war unfaßbar, es durfte nicht sein. Sein Leben konnte doch noch nicht zu Ende sein, sie brauchte ihn so sehr. Dann fielen ihr seine vielen Beschwerden wieder ein, und plötzlich begriff sie, daß er tatsächlich sterben würde. Sie weinte wieder, und er hielt sie weiter in den Armen, und dann sah sie ihn schluchzend an. »Warum nur? Es ist so ungerecht!«

»Das ist das meiste im Leben.« Er lächelte ein schwaches, frostiges Lächeln. Es ging ihm weniger um sich selbst als vielmehr um seine Frau und seine Kinder. Seit Monaten machte er sich ständig Sorgen um sie und versuchte, Averil beizubringen, alles selbst in die Hand zu nehmen, jedoch ohne Erfolg. Sie war ganz verzweifelt und weigerte sich, irgend etwas zu lernen, als könnte sie seinen Tod dadurch verhindern. Aber den verhinderte nichts mehr; Harry wurde von Tag zu Tag schwächer, das spürte er selbst. Er ging nur noch ein- oder zweimal in der Woche in die Kanzlei; wegen seiner Krankheit war er auch oft nicht dort gewesen, wenn Tana Jack von Zeit zu Zeit besuchte. Tana erzählte Harry jetzt von ihren Problemen mit Jack.

»Er fängt an, mich zu hassen.« Sie sah so niedergeschlagen aus, daß es Harry fast ängstigte. Nie hatte er sie so erlebt. Es war eine schwierige Zeit für sie alle. Harry konnte es noch immer nicht fassen, daß er bald starb, und doch wußte er, daß es so war. Wie bei einer Puppe, die nach und nach die Füllung verliert, so hatte er das Gefühl, als schwinde er allmählich dahin, bis er eines Tages nicht mehr sein würde. Sie würden aufwachen, und er wäre fort, hätte sich ganz still davongemacht – ohne das Geschrei und Gestoße, mit dem man auf die Welt kam, nur mit einer Träne und einem Seufzer und einem Atemzug, hinüber in das nächste Leben, falls es so etwas gab. Nicht einmal dessen war er sich mehr sicher, und es war ihm auch egal. Er machte sich zu viele Sorgen um die Menschen, die er zurückließ; um seinen Partner, seine Frau, seine Kinder, seine Freunde. Sie alle schienen sich auf ihn zu stützen, und es war ermüdend für ihn. Trotzdem, irgendwie hielt ihn das noch am Leben, wie jetzt Tanas Kummer. Er hatte das Gefühl, ihr, ehe er ging, noch etwas sagen zu müssen – etwas, das für sie sehr wichtig war. Er wollte, daß sie ihr Leben änderte, bevor es zu spät war. Dasselbe hatte er Jack bereits gesagt, doch der wollte davon nichts wissen.

»Er haßt dich nicht, Tan. Weißt du, dein hoher Posten jagt ihm einfach Angst ein. Außerdem hat er sich natürlich wegen mir in den vergangenen Monaten aufgeregt.«

»Er hätte wenigstens etwas sagen können.«

»Ich ließ mir von ihm hoch und heilig versprechen, daß er niemandem davon erzählt. Das darfst du ihm also nicht vorwerfen. Und was das andere anbetrifft – du bist jetzt eine sehr wichtige Persönlichkeit, Tan. Deine Arbeit wiegt mehr als seine, so ist das nun einmal. Es ist für euch beide nicht leicht, aber er muß sich damit abfinden.«

»Sag ihm das!«

»Das habe ich bereits getan.«

»Er bestraft mich für das, was passiert ist. Er haßt mein Haus, er ist nicht mehr so wie früher.«

»Doch, das ist er noch immer.« Für Harry's Geschmack noch viel zu sehr. Er verschrieb sich noch immer denselben albernen Dingen – unabhängig zu bleiben, sich in keiner Weise zu verpflichten oder zu binden. Es war ein leeres Dasein, und das hatte Harry ihm oft genug gesagt, doch Jack hatte nur die Achseln gezuckt. Ihm gefiel diese Art zu leben, oder wenigstens hatte sie ihm gefallen, bis Tana befördert wurde. Das ging ihm sehr an die Nieren, und er machte auch Harry gegenüber keinen Hehl daraus. »Vielleicht ist er neidisch auf dich. Nicht gerade nett, aber denkbar. Immerhin ist er ja auch nur ein Mensch, nicht wahr?«

»Also wann wird er dann erwachsen werden? Oder muß ich etwa zurückstecken?« Es war eine Erleichterung für Tana, über ihre eigenen Probleme zu sprechen und nicht über Harry's Schicksal nachdenken zu müssen, als wäre dieser Alptraum nicht Wirklichkeit, als könnte sie ihn aufhalten, indem sie mit Harry über andere Dinge plauderte. Wie in alten Tagen ... Tränen füllten ihre Augen: »Natürlich mußt du nicht zurückstecken. Laß ihm nur noch Zeit!« Und dann sah er Tana an, er hatte etwas anderes auf dem Herzen. »Ich möchte dir etwas sagen, Tan – eigentlich zwei Dinge.« Er sah sie so eindringlich an, sprach so leidenschaftlich, daß es ihr durch und durch ging. »Ich weiß nie mehr, was der nächste Tag bringen wird für mich... ob ich noch hier sein werde... ob... ich muß dir zwei Sachen sagen, und es ist alles, was ich dir mit auf den Weg geben möchte, Tan... Hör mir gut zu! Das erste ist: Danke für alles, was du für mich getan hast. Die letzten sechzehn Jahre meines Lebens sind ein Geschenk von dir gewesen, nicht von meinem Arzt oder sonst jemandem, nur von dir. Du hast mich gezwungen weiterzuleben, das Leben wieder zu genießen... wenn du nicht gewesen wärst, hätte ich Averil nie kennengelernt, nie Kinder gehabt...« Auch in seinen Augen standen nun Tränen, und sie rollten ihm langsam über die Wangen. Tana war froh, daß sie sich zum Mittagessen in ihrem Haus getroffen hatten. Sie mußten allein sein. »Und das bringt mich zu der zweiten Sache: Du betrügst dich selbst, Tan. Du weißt nicht, was du dir vorenthältst, und du wirst es erst wissen, wenn du es bekommst. Du heiratest nicht, bindest dich nicht, erfährst keine echte Liebe... ich meine die wahre Liebe, nicht die ausgeborgte oder vorübergehende oder so etwas... Ich weiß, daß dieser Idiot dich liebt, und du liebst ihn; doch er hat sich der Unabhängigkeit verschrieben, um nicht wieder einen Fehler zu begehen, und das ist der größte Fehler, den er machen kann. Heirate, Tan... schaff dir Kinder an... es ist das einzige im Leben, das einen Sinn ergibt... das einzige, woran mir wirklich liegt... das einzige, was ich zurücklasse. Ganz gleich, wer du bist und was du tust – wenn du keine Kinder hast, bist du nichts, ein Niemand... du bist nur halb am Leben... Tan, betrüge dich nicht selbst... bitte...« Er weinte jetzt unverhohlen. Er hatte sie so lange geliebt, und er wollte nicht, daß sie das, was ihn und Averil miteinander verband, niemals erlebte. Und während er das sagte, dachte sie an die unzähligen Blicke, die er und Averil miteinander getauscht hatten, die stille Freude, das Lachen, das nie aufzuhören schien und nun bald zu Ende gehen würde. Tief in ihrem Herzen hatte Tana immer gewußt, daß das, was er sagte, stimmte. Einerseits hatte sie es sich gewünscht, andererseits hatte sie immer Angst davor gehabt... und sie hatte auch nie den richtigen Mann getroffen, sie hatte immer zu den falschen eine Beziehung aufgebaut... Yael McBee... Drew Lands... und nun Jack... und dazwischen diejenigen, die kaum zählten. Es hatte nie jemanden gegeben, mit dem sie hätte wirklich eine Familie gründen wollen... vielleicht mit Harrys Vater damals, doch das lag schon so lange zurück... »Wenn du je dazu die Gelegenheit bekommst, Tan, pack sie am Schopf! Gib alles andere auf, falls nötig! Aber wenn es das Richtige ist, so wirst du das nicht müssen.«

»Was, schlägst du vor, soll ich tun? Auf der Straße mit einem Schild herumlaufen: ›Heirate mich! Laß uns Kinder haben!‹« Sie lachten einen Augenblick wie in alten Zeiten.

»Ja, du Dummkopf, warum nicht?«

»Ich liebe dich, Harry!« Die Worte sprudelten aus ihr hervor, und sie brach wieder in Tränen aus, und er hielt sie fest.

»Ich werde nie richtig fort sein, Tan, das weißt du. Uns beide verbindet zuviel miteinander, als daß wir das je wieder verlieren könnten... wie Ave und mich auf andere Weise. Ich werde bei euch sein und auf euch aufpassen.« Beide weinten. Tana konnte sich nicht vorstellen, je ohne Harry auszukommen, und sie konnte nur ahnen, was Averil durchmachte. Es war die schmerzlichste Zeit ihres Lebens. Und in den nächsten drei Monaten mußten sie mit ansehen, wie Harry langsam immer mehr verfiel. Und an einem warmen, sonnigen Tag im Sommer erhielt Tana den gefürchteten Anruf. Es war Jack. Sie hörte ihm an, daß er mühsam das Weinen unterdrückte, und sie war fassungslos. Sie hatte Harry erst am Abend zuvor gesehen. Sie besuchte ihn jetzt täglich, was auch immer sie sonst noch zu tun hatte, mittags oder abends, manchmal sogar, bevor ihr Arbeitstag begann. Tana hatte sehr viel Arbeit und war ständig auf den Beinen, doch sie ließ keinen Tag vergehen, ohne mit Harry gesprochen zu haben. Und noch gestern hatte er ihre Hand gehalten und gelächelt. Er hatte kaum sprechen können, und sie hatte seine Wange geküßt und wieder an die Zeit damals im Letterman-Krankenhaus gedacht. Tana hätte Harry am liebsten gerüttelt und geschüttelt, ihn wieder angebrüllt, er solle um sein Leben kämpfen; aber das konnte er nicht mehr, es war leichter für ihn zu gehen.

»Er ist gerade gestorben.« Jack verstummte, und Tana fing zu weinen an. Sie wollte Harry noch ein einziges Mal sehen... ihn lachen hören... seine Augen sehen... Sie brachte eine Minute lang kein Wort hervor, schließlich nickte sie und kämpfte gegen die Tränen an.

»Wie geht es Ave?«

»Sie scheint es gefaßt aufzunehmen.« Harrison war eine Woche zuvor eingetroffen und wohnte bei Averil und den Kindern. Tana warf einen Blick auf ihre Uhr.

»Ich fahre gleich hin. Ich habe für den Nachmittag sowieso gerade eine Unterbrechung der Verhandlung anberaumt.« Sie spürte, daß er sich bei ihren Worten innerlich anspannte, daß er dachte, sie wollte ihn beeindrucken; doch was sie sagte, stimmte, als Richterin beim Landesgericht beraumte sie tatsächlich eine Unterbrechung an. »Wo bist du?«

»Im Büro. Harrison Winslow rief mich eben an.«

»Ich bin froh, daß er da war. Gehst du jetzt zu ihnen?« »Ich muß noch ein Weilchen hierbleiben.« Sie nickte; hätte sie das zu ihm gesagt, so hätte er sofort mit einer sarkastischen Bemerkung reagiert, daß sie sich besonders wichtig nähme. Sie konnte ihn offensichtlich nicht mehr besänftigen, und auch Harry hatte es vor seinem Tod nicht geschafft, ihn zu erweichen, wie sehr er sich auch bemüht hatte. Überhaupt hatte Harry noch so vieles sagen, so vieles in Ordnung bringen wollen mit denen, die ihm nahestanden. Und nun hatte er nie mehr die Gelegenheit dazu. Tana fuhr über die Bay Bridge, und Tränen liefen ihr über die Wangen, und dann plötzlich war ihr, als spürte sie Harry neben sich, und sie lächelte. Er war von ihnen gegangen, doch jetzt war er überall. Bei ihr, bei Ave, bei seinem Vater, seinen Kindern...

»Hallo, Harry!« Sie verzog kläglich den Mund, und die Tränen flossen unaufhörlich, und als sie im Haus eintraf, war sein Leichnam schon fort. Harrison saß wie betäubt im Wohnzimmer. Er wirkte mit einemmal sehr alt, und Tana fiel ein, daß er schon fast siebzig war. Sie sagte nichts, sie ging zu ihm, und sie hielten einander in den Armen. Wenig später kam Averil aus dem Schlafzimmer, in einem schlichten schwarzen Kleid, das Haar hinten zusammengebunden, den Ehering auf der linken Hand. Ihr einziger Schmuck war ihre Trauer, ihr Stolz, ihre Liebe, während sie umgeben war von dem Leben, dem Heim, das sie gemeinsam mit Harry geschaffen hatte, und den Kindern. Sie wirkte auf eine außergewöhnliche Art schön, wie sie so dastand, und Tana beneidete sie in diesem Moment. Sie und Harry hatten etwas ganz Besonderes miteinander gehabt, was nur wenigen Leuten beschieden war, ganz gleich wie lange, und es war ihnen mehr wert als alles andere gewesen. Plötzlich wurde Tana von einem Gefühl der inneren Leere gepackt. Sie bedauerte es, daß sie ihn vor langer Zeit nicht geheiratet hatte oder jemand anderes, daß sie keine Kinder hatte. Diese Empfindung nach Harrys Tod hinterließ in ihr eine schmerzende Lücke, die sich nicht ausfüllen ließ. Während der Trauerfeierlichkeiten und auf dem Friedhof und auch danach, als Tana wieder allein war, empfand sie etwas, was sie niemandem hätte beschreiben können; und als sie versuchte, mit Jack darüber zu sprechen, sah er sie nur kopfschüttelnd an.

»Du mußt jetzt nicht gleich alles auf den Kopf stellen, Tan, weil Harry gestorben ist!« Sie hatte ihm anvertraut, daß sie das Gefühl hatte, ihr Leben zu vergeuden. »Ich habe beides hinter mir, und glaub mir – es hat sich nichts für mich geändert dadurch. Mach dir nichts vor! Nicht alle führen eine Ehe wie die beiden. Ich habe eigentlich nie zwei Menschen gesehen, die so glücklich verheiratet waren wie Averil und Harry. Und solltest du jemals heiraten, würdest du enttäuscht sein, wenn nicht alles genauso wäre.«

»Woher willst du wissen, daß ich nicht auch glücklich werden kann? Es könnte doch sein.« Seine Reaktion verletzte sie.

»Ich weiß es einfach.« »Du kannst so etwas doch nicht beurteilen. Du hast ein einundzwanzigjähriges Mädchen geschwängert und dich Hals über Kopf in die Ehe gestürzt, weil dir keine andere Wahl blieb. Das ist etwas ganz anderes, als in unserem Alter eine vernünftige Entscheidung zu treffen.«

»Willst du mich vielleicht in die Enge treiben, Tani?« Er sah sie plötzlich wütend an; das sonst so hübsche, freundliche Gesicht war verzerrt und wirkte müde. Harry zu verlieren war auch für ihn hart gewesen. »Tu mir das jetzt nicht an! Das ist nicht der richtige Zeitpunkt dafür.«

»Ich erzähle dir ja nur, was ich empfinde.«

»Du fühlst dich hundsmiserabel, weil dein bester Freund gerade beerdigt worden ist. Aber steigere dich nicht in diese romantische Vorstellung hinein, daß die Glückseligkeit in einer Ehe und Kindern läge! Glaub mir, das ist nicht wahr.«

»Wie, zum Teufel, kannst du das so genau wissen? Du sprichst ja nur für dich, du kannst doch nicht für einen anderen Menschen entscheiden. Versuch, verdammt noch mal, nicht, über mich und mein Leben zu bestimmen, ich weiß selbst, was für mich richtig ist, Jack.« Alle ihre Gefühle brachen plötzlich an die Oberfläche. »Du hast eine verdammte Angst davor, irgend jemanden wirklich zu lieben. Du zuckst zusammen, wenn dir jemand zu nahe kommt. Und weißt du was – ich habe es verdammt satt, von dir die ganze Zeit dafür bestraft zu werden, daß ich erfolgreich bin!«

»Glaubst du wirklich, daß ich das tue?« Es tat beiden gut, ihrem Herzen einmal Luft zu machen, sie waren wütend aufeinander, aber doch lag ein Körnchen Wahrheit in ihren Worten. Sie stritten sich so heftig, daß Jack nach einer Weile rasend vor Zorn aus ihrem Haus lief und sich drei Wochen lang nicht sehen ließ. Es war die längste freiwillige Trennung, seit sie sich kannten. Er rief sie nicht an, und sie meldete sich nicht bei ihm. Tana hörte überhaupt nichts von ihm, bis der jährliche Besuch seiner Tochter bevorstand. Tana lud sie ein, einige Tage bei ihr in der Stadt zu wohnen, und Barb war begeistert von dem Vorschlag. Als Barb am folgenden Nachmittag allein bei Tana eintraf, war Tana völlig verblüfft darüber, wie sehr sie sich verändert hatte. Sie war gerade fünfzehn geworden und sah wie eine junge Frau aus, rank und schlank, mit hübschen, schmalen Hüften und großen, blauen Augen.

»Du siehst toll aus, Barb!«

»Danke. Du auch.« Tana behielt sie fünf Tage bei sich und nahm sie sogar mit zum Gericht, und erst gegen Ende der Woche sprachen sie über Jack und wie sehr er sich verändert hatte.

»Er brüllt mich dauernd an.« Barbara hatte den Wandel auch bemerkt und fühlte sich diesmal in Jacks Gegenwart nicht wohl. »Meine Mama meint, er sei immer so gewesen; doch wenn du mit ihm zusammen bist, war er immer so ganz anders, Tan.«

»Er ist momentan ziemlich nervös.« Sie erfand Ausreden um Barbs willen, damit Barb nicht glaubte, sie selbst wäre schuld an Jacks Verfassung. In Wirklichkeit hatte er zu viele Schwierigkeiten zu bewältigen: Tana und ihre Karriere, Harrys Tod, Streß bei der Arbeit. Und als Tana eines Abends mit ihm zusammen aß, nachdem Barbara nach Detroit zurückgekehrt war, gab es nur wieder neue Meinungsverschiedenheiten. Sie stritten darüber, was Averil mit dem Haus tun sollte. Er war der Meinung, daß sie es verkaufen und in die Stadt ziehen müßte, doch Tana pflichtete ihm nicht bei. »Das Haus bedeutet ihr doch viel, sie hat so lange mit Harry darin gelebt.«

»Sie braucht eine Veränderung, Tan. Man kann doch nicht ständig die Gespenster der Vergangenheit um sich haben.«

»Warum, zum Teufel, hast du solche Angst, an irgend etwas festzuhalten? Und das Schlimmste ist, daß du diese Angst auch noch auf andere projizierst. Du fürchtest dich schrecklich davor, dich auch nur auf die kleinste Kleinigkeit einzulassen.« Das war ihr in letzter Zeit immer mehr aufgefallen. Er wollte nur noch seine Ruhe haben, sich nicht verpflichten, nicht festlegen. Ein Wunder, daß ihre Beziehung überhaupt so lange überlebt hatte; doch sie verlief ja auch längst nicht mehr so harmonisch, wie sie hätte sein sollen. Und als der Sommer zu Ende ging, wurde das Zusammenleben der beiden auf eine neue Probe gestellt. Wie man Tana ein Jahr zuvor, als sie Richterin am Landesgericht wurde, vorausgesagt hatte, wurde sie nun zur Richterin am Oberlandesgericht befördert. Sie brachte kaum den Mut auf, es Jack zu erzählen, doch wollte sie nicht, daß er es von jemand anderem erfuhr. Sie biß die Zähne aufeinander und rief ihn eines Abends zu Hause an. Sie saß in ihrem gemütlichen Häuschen an ihrem Schreibtisch, auf dem ein paar Gesetzesbücher lagen, die sie mit nach Hause genommen hatte, um sich auch während ihrer Freizeit damit zu befassen. Sie hielt die Luft an, als Jack den Hörer abnahm.

»Hallo, Tan, was gibt es?« Er klang ruhiger als in den letzten Monaten, und sie haßte es, ihm durch ihre Neuigkeit die gute Laune zu verderben. Sie täuschte sich nicht – er klang, als hätte jemand ihn in den Magen geboxt, als sie ihm eröffnete, daß sie Richterin am Oberlandesgericht wurde.

»Nett. Und wann?« Bei ihm hörte es sich an, als hätte sie eben eine Kobra zu seinen Füßen ausgesetzt.

»In zwei Wochen. Möchtest du zu meiner Amtseinführung kommen, oder ziehst du es vor, nicht dabeizusein?«

»Eine wirklich aparte Frage! Sicher hättest du es lieber, daß ich nicht komme!« Er war so empfindlich, daß es immer schwieriger wurde, mit ihm zu sprechen.

»Das habe ich nicht gesagt; aber ich weiß ja, wie sehr dir meine Arbeit auf die Nerven geht.«

»Wie kommst du darauf?«

»Ach, bitte, Jack ... fangen wir jetzt nicht wieder damit an ...« Sie war zu erschöpft nach dem langen Arbeitstag. Nun, da Harry nicht mehr da war, fiel ihr alles schwerer, und die Arbeit machte nicht solchen Spaß. Und da nun auch noch ihre Beziehung mit Jack auf der Kippe stand, gab es eigentlich für Tana nichts, was sie hätte aufheitern können. »Ich hoffe, daß du kommst.«

»Heißt das, daß ich dich bis dahin nicht sehen werde?«

»Natürlich heißt es das nicht. Wir können uns treffen, wann immer du willst.«

»Wie wäre es mit morgen abend?« Es war fast so, als wollte Jack sie auf die Probe stellen.

»Gern. Bei dir oder bei mir?« Sie lachte, doch er nicht.

»Bei dir bekomme ich Klaustrophobie. Ich hole dich um sechs vor dem Rathaus ab.«

»Jawohl, zu Ihren Diensten, mein Herr!« Aber auch das konnte ihn nicht aufheitern, und als sie sich am nächsten Tag trafen, waren sie beide düsterer Stimmung. Sie vermißten Harry sehr; doch Tana sprach wenigstens darüber, Jack nicht. Er hatte sich einen neuen Partner für seine Kanzlei gesucht und schien sehr zufrieden mit ihm zu sein. Von ihm erzählte er Tana ausführlich - wie erfolgreich dieser Mann bis jetzt gewesen war, wieviel Geld sie gemeinsam machen würden. Es war offensichtlich, daß Jack Tanas Position noch immer ein Dorn im Auge war. Als er sie am nächsten Tag wieder vor dem Rathaus absetzte, war sie erleichtert. Er würde an diesem Wochenende mit ein paar Freunden nach Pebble Beach zum Golfspielen fahren und hatte sie nicht gebeten mitzukommen, und im Grunde war sie darüber sehr froh. Seufzend stieg sie die Stufen zum Rathaus hinauf. Er machte ihr das Leben wirklich nicht leicht, und ab und zu dachte sie an Harry's Worte. Doch sich etwas Dauerhaftes mit jemandem wie Jack vorzustellen, war unmöglich, für eine Familie war er nicht geschaffen. Und Tana machte sich selbst nichts vor – auch sie war nicht geeignet für eine feste Bindung, deshalb waren sie und Jack vermutlich auch so lange miteinander ausgekommen. Inzwischen allerdings verstanden sie sich so gut wie überhaupt nicht mehr. Die Spannungen zwischen ihnen wurden fast unerträglich, und Tana war nicht traurig, als sie erfuhr, daß Jack zum Zeitpunkt ihrer Amtseinführung auf einer Dienstreise in Chicago war.

Die Amtseinführung wurde diesmal in kleinem, schlichtem Rahmen unter Leitung des Vorsitzenden des Oberlandesgerichts vorgenommen. Es waren ein halbes Dutzend anderer Richter anwesend und ihr alter Freund, der Bezirksstaatsanwalt, der zu ihrem flotten Aufstieg nur glücklich bemerkte: »Ich habe es Ihnen ja prophezeit«, und ein paar ihrer Freunde und Bekannten. Averil hielt sich mit den Kindern und Harrison in Europa auf. Sie wollte den Winter über in London bleiben, um einmal in eine andere Umgebung zu kommen, sie schickte die Kinder sogar dort in die Schule. Harrison hatte sie dazu überredet, und er hatte glücklich ausgesehen, als er, mit seinen Enkeln im Schlepptau, loszog. Vor ihrer Abreise hatte Tana noch mit ihm unter vier Augen gesprochen und miterlebt, wie er die Hände vor das Gesicht schlug und sich grämte, weil er versäumt hatte, Harry seine ganze Liebe zu zeigen. Tana tröstete ihn damit, daß Harry sehr wohl gewußt hätte, wie sehr er ihn liebte. Gewiß würde es ihm ein wenig über den Kummer und die Gewissensbisse hinweghelfen, sich um Ave und die Kinder kümmern zu können. Aber Tana war traurig, daß Ave nicht bei ihrer Amtseinführung dabei war.

Die Vereidigung selbst wurde von einem Richter des Appellationsgerichts durchgeführt, einem Mann, dem Tana in all den Jahren ein paarmal begegnet war. Er hatte dickes, schwarzes Haar und lebendige, dunkle Augen und einen Blick, der jedermann erschrecken konnte; besonders eindrucksvoll wirkte er in seinem dunklen Talar. Er lachte gern und konnte erstaunlich sanft sein. Besonders bekannt war er wegen einiger umstrittener Entscheidungen, die er getroffen hatte, und die die Presse, besonders die New York Times, Washington Post und der Chronicle, hochgespielt hatte. Tana hatte viel über ihn gelesen und sich gefragt, wie er denn nun wirklich sei. Nun, bei ihrer Amtseinführung stellte sie erstaunt fest, daß er viel freundlicher und umgänglicher war, als sie je geahnt hätte. Sie plauderten noch eine Weile über seine Zeit beim Oberlandesgericht. Sie wußte, daß er vor seiner Ernennung zum Richter die größte Rechtsanwaltskanzlei der Stadt geführt hatte. Er konnte wirklich auf eine großartige Karriere zurückblicken, obgleich er sicher noch nicht älter als acht- oder neunundvierzig war. Sie fand ihn auf Anhieb sympathisch, als er ihr zum Abschied noch einmal die Hand schüttelte und herzlich gratulierte. »Sie imponieren mir wirklich sehr.« Tanas alter Freund, der Bezirksstaatsanwalt, lächelte sie an. »Das ist das erste Mal, daß ich Russell Carver bei einer Vereidigung sehe. Sie müssen ja eine unheimlich wichtige Person geworden sein, liebe Tana.«

»Vermutlich mußte er unten gerade seine Parktickets bezahlen, und da hat ihn jemand angeworben!« Sie lachten beide. In Wirklichkeit war Russell Carver ein enger Freund des Vorsitzenden und hatte sich freiwillig erboten, die Vereidigung vorzunehmen. Diese Rolle stand ihm hervorragend, mit seinem so ernsten Gesicht.

»Sie hätten ihn erleben sollen, als er hier Vorsitzender war, Tan! Er brachte einen unserer Bezirksstaatsanwälte für drei Wochen wegen Mißachtung des Gerichts ins Kittchen, und ich konnte den armen Kerl nicht herausbekommen.«

Tana lachte bei dieser Vorstellung. »Da habe ich wohl Glück gehabt, daß mir das nie passiert ist!«

»Hatten Sie ihn nie als Richter?« »Nur zweimal. Er ist schon ziemlich lange beim Appellationsgericht.«

»Ja, das kann sein. Obgleich er, soweit ich mich erinnere, noch nicht sehr alt sein kann... neunundvierzig... fünfzig... einundfünfzig... so etwas in der Art...«

»Von wem ist die Rede?« Der Vorsitzende gesellte sich zu ihnen und schüttelte Tana noch einmal die Hand. Sie genoß den Tag sehr, und mit einemmal war sie froh, daß Jack in Chicago war. Es war so viel einfacher für sie, wenn sie nicht jedes Wort auf die Waagschale legen oder sich dauernd bei ihm entschuldigen mußte.

»Wir sprachen gerade von Richter Carver.«

»Russ? Er ist neunundvierzig. Er hat zusammen mit mir Stanford besucht.« Er lächelte. »Obgleich ich gestehen muß, daß er ein paar Semester hinter mir war.« Eigentlich hatte Richter Carver erst im ersten Jahr studiert, als er, der Vorsitzende, sein Examen ablegte, doch ihre Familien waren miteinander befreundet. »Er ist ein wirklich netter Mensch und unheimlich gescheit.«

»Das muß er wohl sein.« Tana sprach voller Bewunderung. Das wäre auch für sie noch ein weiterer Schritt auf der Leiter nach oben – Richterin am Appellationsgericht. Was für eine Vorstellung! Vielleicht war sie ja in zehn oder zwanzig Jahren soweit. In der Zwischenzeit würde sie die Arbeit hier genießen. Ihre Pflichten beim Oberlandesgericht waren genau nach ihrem Geschmack. Man würde ihr innerhalb kürzester Zeit Kriminalfälle überlassen, da das ihr Spezialgebiet war. »Es war wirklich reizend von ihm, mich heute zu vereidigen.« Sie lächelte allen zu. »Er ist ein sehr netter Mensch, das behaupten alle von ihm.«

Und Tana schrieb Russell Carver einen kurzen Brief, in dem sie ihm dafür dankte, daß er sich die Zeit genommen hatte, die Zeremonie zu vollziehen, und sie zu einer so eindrucksvollen Angelegenheit gemacht hatte. Am folgenden Tag rief er sie an und klang amüsiert.

»Sie sind außergewöhnlich höflich. Ich habe seit mindestens zwanzig Jahren keinen solchen Dankesbrief mehr erhalten.«

Sie lachte peinlich berührt und bedankte sich für seinen Anruf. »Ich fand es einfach furchtbar nett von Ihnen. Es war fast so, als ob der Papst persönlich eine gewöhnliche Priesterweihe vollzogen hätte.«

»O mein Gott ... welch ein Vergleich! Ist es ein Gelübde, was Sie letzte Woche ablegten? Dann nehme ich alles zurück!« Sie lachten beide und plauderten ein Weilchen, und sie lud ihn ein, sie einmal im Gericht auf einen Sprung zu besuchen, wenn er in der Nähe war.

Tana fühlte sich von Anfang an sehr wohl unter ihren neuen Kollegen, die alle freundschaftlich zusammenarbeiteten. Es war, als wäre sie endlich auf dem Berg Olymp angekommen, und gewissermaßen war es sogar leichter als Sexualverbrecher und Mörder anzuklagen, Beweismaterial zusammenzutragen und vor Gericht zu argumentieren, obwohl sie das auch gern getan hatte.

Als Richterin mußte sie einen klaren Kopf behalten, eine objektive Einstellung, und sie hatte noch nie in ihrem Leben so viel über das Recht gelernt. Sie saß zwei Wochen später vor einem Stapel Bücher in ihrem Arbeitszimmer, als Richter Carver sie besuchte. »Ist das hier das, wozu ich Sie verdammt habe?« Er stand in der Tür und lächelte. Ihre Sekretärin war schon längst nach Hause gegangen, und Tana saß mit gerunzelter Stirn da, schlug in sechs Büchern gleichzeitig nach und verglich Gesetzesvorschriften und suchte Präzedenzfälle. Sie sah lächelnd auf, als er eintrat.

»Was für eine nette Überraschung!« Hastig stand sie auf und deutete auf einen großen, bequemen Ledersessel. »Bitte, nehmen Sie Platz!« Während er sich setzte, betrachtete sie ihn. Er sah gut aus, männlich, gelassen, ziemlich intellektuell. Er war kein Sportlertyp wie Jack, sondern lockerer und mit einer inneren Stärke, die sich irgendwie in seinem Benehmen zeigte. »Möchten Sie einen Drink?« Sie hatte eine kleine Bar für besondere Anlässe wie diesen in einem Schrank eingerichtet.

»Nein, danke. Ich habe heute noch zuviel Arbeit zu Hause zu erledigen.«

»Sie auch? Wie schaffen Sie es jemals, da durchzukommen?«

»Ich schaffe es nie wirklich. Manchmal möchte man am liebsten nur dasitzen und weinen, aber irgendwie schafft man es doch immer wieder, sich durchzubeißen. An was arbeiten Sie denn gerade?« Sie beschrieb ihm in aller Kürze ihren Fall, und er nickte nachdenklich. »Das wird wahrscheinlich sehr interessant werden. Vielleicht landet er schließlich sogar auf meinem Schreibtisch.«

Sie lachte. »Damit sprechen Sie mir aber nicht gerade große Fähigkeiten zu, wenn Sie glauben, daß gegen meine Entscheidung Einspruch erhoben wird.«

»Nein, nein«, beeilte er sich zu erklären. »Es ist nur so, daß Sie sich ja auf neuem Gebiet bewegen, und was immer Sie auch entscheiden – wenn es den Verteidigern oder Anklägern nicht paßt, werden sie Einspruch einlegen. Sie werden vielleicht sogar versuchen, die Sache niederzuschlagen. Passen Sie auf, daß Sie ihnen dazu keinen Grund geben!« Das war ein ernst gemeinter Ratschlag, und sie unterhielten sich noch eine ganze Weile. Seine dunklen, aufmerksamen Augen verliehen ihm fast etwas Sinnliches, und das paßte nicht recht zu seiner Ernsthaftigkeit. Dieser Mann vereinigte eine Menge Gegensätze in sich, und Tana war fasziniert von ihm. Richter Carver begleitete sie schließlich noch zu ihrem Wagen, wobei er ihr einen Stapel Bücher abnahm. Dann schien er zu zögern. »Ich könnte Sie nicht zufällig zu einem Hamburger irgendwo überreden?«

Sie lächelte. Sie mochte diesen Mann. Noch nie hatte sie jemanden wie ihn gekannt. »Doch. Wenn Sie mir versprechen, mich rechtzeitig nach Hause zu schicken, damit ich noch meine Arbeit erledigen kann.« Sie entschieden sich für Bill's Place auf der Clement, ein schlichtes, gemütliches Restaurant, in dem sie niemand erkannte. Sie unterhielten sich über Verhandlungen, die ihnen in den vergangenen Jahren zu schaffen gemacht hatten, und verglichen die Ausbildung von Stanford mit der von Boalt, bis Tana schließlich lachte.

»Schon gut, schon gut, ich gebe mich geschlagen! Ihre Universität ist besser als meine!«

»Das habe ich nicht behauptet!« Er lachte. »Ich sagte, wir hatten ein besseres Football-Team.«

»Na ja, dafür kann ich wenigstens nichts. Damit hatte ich nichts zu tun.«

»Fast hatte ich mir das schon gedacht!« Tana fühlte sich wohl in seiner Gesellschaft. Sie hatten gemeinsame Interessen, gemeinsame Freunde, und die Zeit verging wie im Flug. Er brachte Tana nach Hause und wollte sie schon absetzen, als sie ihn noch auf einen Drink zu sich einlud. Er war überrascht, was für ein entzückendes Häuschen sie hatte und wie hübsch es eingerichtet war. Urgemütlich, so daß man Lust bekam, sich vor dem Kaminfeuer auszustrecken und nicht so schnell wieder zu gehen.

»Ich bin glücklich hier.« Nur wenn Jack da war, war sie es nicht. Doch jetzt, in Russ' Gegenwart, gefiel es ihr ganz besonders. Er zündete ein Feuer im Kamin an, sie schenkte ihm ein Glas Rotwein ein, und sie plauderten eine Weile. Sie erfuhr, daß er seine Frau vor zehn Jahren verloren hatte und daß seine beiden Töchter inzwischen verheiratet waren.

»Glücklicherweise bin ich noch nicht Großvater.« Er lächelte. »Beth studiert Architektur in Yale und ihr Mann Jura, und Lee ist Modedesignerin in New York. Sie macht ihre Sache hervorragend, und ich bin stolz auf beide. Aber Enkelkinder... « Er stöhnte fast, und sie lächelte ihm zu. »... soweit bin ich noch nicht. «

»Haben Sie je in Erwägung gezogen, wieder zu heiraten? « Sie war neugierig, weil er ein interessanter Mensch war.

»Nein. Wohl weil mir niemand, der mir so viel bedeutete, begegnet ist. « Er sah sich im Raum um, und dann blickte er auf Tana. »Sie kennen das ja – man gewöhnt sich an seine Art zu leben. Es ist nicht leicht, Kompromisse schließen zu müssen. «

»Das kann sein. Ich habe es eigentlich nie versucht. Nicht gerade mutig von mir, nehme ich an. « Manchmal bereute sie es jetzt fast, und hätte Jack sie nun, bevor ihre Beziehung brüchig wurde, geheiratet...

Sie sah Russ an und lächelte. »Eine Ehe hat mir früher schreckliche Angst eingejagt. «

»Das ist durchaus begründet. Es ist ein kolossal heikles Unterfangen, vorsichtig ausgedrückt. Aber wenn sie funktioniert, ist es wunderschön. « Seine Augen leuchteten, und Tana war sicher, daß er mit seiner Frau glücklich gewesen war. »Ich habe nichts als gute Erinnerungen daran. «

Das machte es natürlich noch schwerer, sich noch einmal für eine Frau zu entscheiden. »Und meine Töchter sind wirklich prima. Sie müssen sie einmal kennenlernen! «

»Ja, das würde ich gern. « Sie unterhielten sich noch ein paar Minuten, er trank sein Glas aus, und dann ging er. Tana begab sich in ihr Arbeitszimmer, mit den Büchern, die sie mitgebracht hatte, und arbeitete bis in die späte Nacht hinein. Als am nächsten Tag bei ihr im Gericht ein Bote mit einem Umschlag auftauchte, lachte sie. Russ hatte ihr einen Danksagungsbrief geschrieben, der dem, den sie ihm anläßlich ihrer Vereidigung geschickt hatte, ziemlich ähnelte. Und sie rief ihn an, und beide amüsierten sich darüber. Es war eine weitaus ungezwungenere Unterhaltung als die, die Tana später an diesem Tag mit Jack führte. Er befand sich wieder auf dem Kriegspfad, und sie stritten sich wegen ihrer Pläne für das Wochenende. Sie ärgerte sich so sehr über ihn, daß sie schließlich allein zu Hause blieb. Am Samstag abend saß sie gemütlich in ihrem Haus und sah sich ein paar alte Fotografien an, als es klingelte. Es war Russell Carver, der mit entschuldigender Miene und einem Rosenstrauß in der Hand vor ihrer Tür stand.

»Ich weiß, daß es schrecklich unhöflich von mir ist, ohne Voranmeldung einfach so hereinzuplatzen, und ich möchte mich schon im voraus dafür entschuldigen.«

Er sah gut aus in seiner Tweed-Jacke und dem Pullover mit Kragen, und Tana lächelte ihn erfreut an.

»Ich habe noch nie gehört, daß es unhöflich ist, jemandem Rosen zu bringen.«

»Das soll ein Ausgleich für mein Benehmen sein. Ich dachte gerade an Sie, und ich hatte Ihre Telefonnummer im Büro nicht. Ich nehme an, daß sie im Telefonbuch nicht eingetragen ist, jedenfalls ließ ich es einfach darauf ankommen ...« Er lächelte jungenhaft, und Tana bat ihn herein.

»Ich hatte absolut nichts zu tun, und ich freue mich sehr, daß Sie gekommen sind.«

»Es überrascht mich, Sie anzutreffen. Eigentlich rechnete ich fest damit, daß Sie über das Wochenende ausgeflogen wären.« Sie schenkte ihm ein Glas Wein ein und ließ sich auf der Couch nieder. »Ich hatte tatsächlich für das Wochenende Pläne, doch die habe ich wieder fallengelassen.« Mit Jack wurde es immer schwieriger, und sie wußte gar nicht mehr, wie sie noch mit ihm umgehen sollte. Früher oder später würden sie entweder einen Kompromiß finden oder ihre Beziehung aufgeben müssen; doch damit wollte sie sich jetzt nicht auseinandersetzen. Er war ja ohnehin fort.

»Das freut mich.« Russ Carver lächelte sie an. »Hätten Sie Lust, mit mir zu Butterfield zu gehen?«

»In das Auktionshaus?« Sie war begeistert, und eine halbe Stunde später schlenderten sie zwischen Antiquitäten und orientalischen Kunstwerken dahin und plauderten über die verschiedensten Dinge. Seine unkomplizierte Art gefiel Tana, und sie waren in vielen Dingen gleicher Ansicht. Sie erzählte ihm sogar von ihrer Mutter. »Ich glaube, ihre Vergangenheit ist der wichtigste Grund dafür, daß ich nie heiraten wollte. Ich muß immer wieder daran denken, wie sie immer dasaß und auf den Anruf ihres Freundes wartete...« Selbst jetzt noch war ihr bei der Erinnerung nicht wohl.

»Eigentlich hätte Sie das veranlassen müssen, gerade eine gewisse Geborgenheit in einer Ehe zu suchen.«

»Aber ich wußte auch, daß Arthur seine Frau betrog. Ich wollte weder die eine noch die andere sein, weder meine Mutter noch die betrogene Ehefrau.«

»Das muß schwierig für Sie gewesen sein, Tana.« Er war sehr verständnisvoll. Sie erzählte ihm auch von Harry, als sie an diesem Nachmittag auf der Union Street spazierengingen, sprach von ihrer Freundschaft zu ihm, den Jahren des gemeinsamen Studiums, der Zeit im Krankenhaus und wie einsam sie sich jetzt ohne ihn fühlte. Und als sie Harry beschrieb, standen Tränen in ihren Augen. Er sah sie teilnahmsvoll an. »Er muß ein wunderbarer Mensch gewesen sein.« Seine Stimme klang so sanft, fast wie ein Streicheln, und sie lächelte zu ihm auf.

»Er war mehr als das. Er war der beste Freund, den ich je haben werde. Ein außergewöhnlicher Mensch... selbst als er starb, gab er jedem etwas, ein Stück von sich, einen Teil seiner selbst...« Sie sah ihn an. »Ich wünschte, Sie hätten ihn kennengelernt.«

»Ich auch.« Er blickte sie aufmerksam an. »Haben Sie ihn geliebt?«

Sie schüttelte lächelnd den Kopf. »Er war in mich verliebt, als wir noch sehr jung waren, doch Averil war genau die richtige Frau für ihn.«

»Und Sie, Tana? Wer war der Richtige für Sie? Wer war Ihre große Liebe?« Es war eine merkwürdige Frage, doch hatte er das Gefühl, daß es in ihrem Leben jemanden gab. Irgendein Geheimnis gab es da, und das wollte er gern lüften.

»Niemand.« Sie lächelte. »Ein paar Treffer, ein paar Fehlschläge... meistens die falschen Männer. Ich habe auch nie allzuviel Zeit gehabt.«

Er nickte. Das verstand er gut. »Man zahlt dafür seinen Preis, dorthin zu gelangen, wo Sie jetzt sind. Unser Beruf macht manchmal sehr einsam.« Ob sie wirklich allein war? Er überlegte, ob es im Augenblick in ihrem Leben einen Mann gab. Und schließlich fragte er sie danach.

»Ich bin in den letzten paar Jahren mit jemandem befreundet gewesen, sogar mehr als das. Wir haben eine Weile zusammengelebt. Und wir sehen uns noch immer.« Sie machte ein wehmütiges Gesicht und sah dann in Russ' dunkle Augen. »Aber es ist nicht mehr so, wie es einmal war. ›Der Preis, den man zahlt‹, wie Sie es nennen. Seit ich im letzten Jahr Richterin wurde, hat sich einiges geändert... und dann starb Harry... das hat viele Narben bei uns zurückgelassen.«

»Ist es eine ernsthafte Beziehung?« Er schien besorgt und angetan zugleich.

»Das war es lange Zeit, doch jetzt ist sie sehr brüchig. Ich glaube, wir sind nur noch aus Gewohnheit zusammen.«

»Sie sind also noch mit ihm befreundet?« Er beobachtete ihr Gesicht, und sie nickte. Sie und Jack hatten ihre Beziehung nie beendet. Zumindest bis jetzt noch nicht, obgleich keiner von ihnen beiden wußte, was die Zukunft bringen würde.

»Wir sind es noch. Lange Zeit waren wir zufrieden miteinander, wir hatten dieselbe Lebenseinstellung – keine Ehe, keine Kinder. Und solange wir beide damit übereinstimmten, funktionierte es recht gut...«

»Und jetzt?« Die großen, dunklen Augen sahen Tana prüfend an. Mit einemmal verlangte sie danach, von ihm berührt zu werden, seine Hände, seine Lippen zu spüren. Er war ein sehr attraktiver Mann, doch sie hatte Gewissensbisse... sie gehörte ja noch immer zu Jack... oder nicht? Sie war sich nicht mehr sicher.

»Ich weiß nicht recht. Seit Harry's Tod hat sich bei mir einiges verändert. Etwas, was er zu mir sagte, hat mich nachdenklich in bezug auf meinen Lebensstil gemacht.« Sie sah Russ nüchtern an. »Ich meine ... soll das alles sein ... meine Arbeit ... ein Leben mit oder ohne Jack ... und sonst nichts? Vielleicht wünsche ich mir mehr als das. Früher habe ich nie so empfunden, doch plötzlich tue ich es. Oder zumindest denke ich manchmal darüber nach.«

»Ich glaube, Sie sind auf dem richtigen Weg.« Er klang welterfahren und weise und erinnerte sie in diesem Moment an Harrison.

Sie lächelte ihn an. »Das würde Harry auch sagen.« Und dann seufzte sie. »Wer weiß, vielleicht spielt es ohnehin keine Rolle. Auf einmal ist alles vorbei ... und dann? Wer vermißt einen schon ... man ist einfach fort ...«

»Eben darum spielt es eine besondere Rolle, Tan. Nach dem Tode meiner Frau, vor zehn Jahren, empfand ich wie Sie. Es ist schwer, sich mit so etwas abzufinden. Unwillkürlich wird man mit dem eigenen Tod konfrontiert. Und im Leben zählt alles – jedes Jahr, jeder Tag, jede Beziehung ... wenn man irgendeine Gelegenheit verpaßt oder mit dem, was man hat, unglücklich ist ... eines Tages wacht man auf und muß die Rechnung begleichen. Also sollte man in jedem Augenblick alle Anstrengungen unternehmen, sein Glück zu finden.« Er wartete einen Moment und sah sie fragend an. »Sind Sie es?«

»Glücklich?« Sie zögerte lange. »In meiner Arbeit, ja.«

»Und sonst?«

»Nicht sonderlich zur Zeit. Es ist eine schwierige Phase für uns.«

»Störe ich dabei?« Er wollte wirklich alles wissen, und manchmal fiel es ihr schwer zu antworten.

Sie schüttelte den Kopf und sah in seine braunen Augen, die ihr inzwischen schon so vertraut waren. »Nein, Sie stören nicht.«

»Sie treffen sich noch immer mit Ihrem Freund ... der, mit dem Sie eine Zeitlang zusammenlebten?« Er lächelte, und mit einemmal kam er ihr so klug vor, daß sie sich in seiner Gesellschaft fühlte wie ein Kind.

»Ja, wir treffen uns noch ab und zu.«

»Ich wollte nur gern wissen, wie die Dinge bei Ihnen liegen.« Sie wollte fragen, warum, traute sich jedoch nicht. Er lud sie noch in sein Haus ein und führte sie herum. Schon bei ihrem Eintritt blieb ihr förmlich die Luft weg. Nichts an seiner schlichten, unauffälligen Art sich zu kleiden verriet, daß er so wohlhabend war. Sein Haus war einmalig. Es lag am Broadway im letzten Block vor dem Presidio, in einer sorgfältig gepflegten Anlage. Schon die Marmoreingangshalle in Dunkelgrün und Strahlendweiß mit hohen Marmorsäulen, einer Louis-XV.-Truhe mit weißem Marmordeckel, vergoldeten Spiegeln, Parkettböden, Satinvorhängen bis auf den Boden war äußerst imposant. Im Parterre lag ein elegantes Empfangszimmer. Das erste Stockwerk war gemütlicher eingerichtet. Dort befanden sich ein geräumiges Herrenzimmer, eine wunderschöne, mit Holz getäfelte Bibliothek, ein gemütliches, kleines Arbeitszimmer mit Marmorkamin, und eine Etage höher lagen die Kinderzimmer, die nicht mehr benutzt wurden.

»Es hat eigentlich für mich keinen Sinn mehr, hier zu wohnen; doch ich bin schon so lange hier, daß ich mich nicht davon trennen kann ... «

Angesichts dieser Pracht war sie nahezu sprachlos. »Ich glaube, nachdem ich das hier gesehen habe, werde ich mein Haus verbrennen!« Doch sie war glücklich in ihrem Häuschen. Das hier war einfach eine andere Welt. Russ brauchte eine solche Umgebung, sie nicht. Sie erinnerte sich jetzt daran, gehört zu haben, daß er über ein beträchtliches Vermögen verfügte. Schließlich hatte er als Rechtsanwalt viel verdient. Er hatte es in seinem Leben weit gebracht. Aber auf Tana machten Geld und materielle Dinge nicht so einen großen Eindruck, der Mensch zählte für sie.

Er zeigte ihr stolz einen Raum nach dem anderen, das Billardzimmer und den Fitneß-Raum im Keller, die Ständer mit Gewehren, die er zur Entenjagd benutzte. Er hatte offensichtlich vielfältige Interessen und Beschäftigungen. Und als sie wieder nach oben gingen, nahm er ihre Hand und streichelte sie behutsam.

»Ich bin fasziniert von Ihnen, Tana... ich würde Sie gern öfter sehen; doch ich möchte Ihr Leben jetzt nicht noch komplizierter machen. Werden Sie mir sagen, wenn Sie frei sind?« Sie nickte, völlig verblüfft von allem, was sie gesehen und gehört hatte. Wenig später brachte er sie nach Hause. Sie saß in ihrem Wohnzimmer, vor dem Kaminfeuer, und dachte an Russ. Er war ein Mann, wie man ihn in Büchern beschrieben oder in Zeitschriften abgebildet fand – und plötzlich trat er in ihr Leben und sagte ihr, daß er von ihr »fasziniert« war, brachte ihr Rosen und ging mit ihr zu Butterfield. Sie wußte nicht, was sie von ihm halten sollte, doch eines stand fest... daß sie ebenfalls von ihm »fasziniert« war.

Ihre Beziehung zu Jack wurde dadurch in den nächsten Wochen noch schwieriger. Sie verbrachte mehrere Nächte bei ihm in Tiburon, wohl weil sie Gewissensbisse hatte, konnte jedoch immer nur an Russ denken, besonders, wenn sie mit Jack schlief. Sie war jetzt fast so gereizt wie er, und als Thanksgiving nahte, war sie nur noch ein Nervenbündel. Russ fuhr zu seiner Tochter Lee, die im Osten wohnte, und hatte Tana eingeladen, ihn zu begleiten; aber sie wollte Jack nicht hintergehen, wollte die Situation mit ihm erst klären. Kurz vor dem Feiertag war sie der Verzweiflung nahe, wenn sie auch nur an Jack dachte. Alles, wonach sie sich sehnte, war, mit Russ zusammenzusein, sich ruhig mit ihm zu unterhalten, Spaziergänge zu unternehmen, in Antiquitätenläden herumzustöbern, stundenlang in winzigen Restaurants beim Essen zuzubringen. Er hatte etwas in ihr Leben gebracht, was völlig neu war. und wonach sie sich jetzt ständig sehnte. Und wann immer Tana sich einem Problem gegenübersah, rief sie Russ an. Jack schnauzte sie ohnehin in letzter Zeit nur an. Er glaubte offenbar noch immer, sich an ihr rächen zu müssen, und mittlerweile wurde es ihr lästig. Sie fühlte sich nicht schuldig genug, um das noch länger auf sich zu nehmen.

»Wieso trennen Sie sich nicht von ihm?« wollte Russ eines Tages wissen.

»Ich weiß nicht.« Sie sah ihn kläglich an.

»Vielleicht, weil er für Sie eine Verbindung zu Harry darstellt.«
Dieser Gedanke war Tana noch nie gekommen, aber immerhin . . .
es konnte ja sein . . . »Lieben Sie ihn, Tan?«

»Nein, das ist es nicht . . . es ist nur, weil wir schon so lange
zusammen sind.«

»Das ist kein Argument. Ihren Worten nach zu urteilen, sind
Sie doch nicht glücklich mit ihm.«

»Ja, stimmt. Das ist ja das Verrückte. Vielleicht liegt es daran,
daß mir diese Beziehung eine gewisse Sicherheit gibt.«

»Warum?« Manchmal ließ Russ einfach nicht locker.

»Jack und ich wollten immer dasselbe . . . keine Verpflichtungen, keine Ehe, keine Kinder . . . «

»Und vor einem solchen unsteten Leben haben Sie jetzt
Angst?«

Sie holte tief Luft und sah ihn an. »Ja . . . ich glaube, ja . . . «

»Tana . . . « Er nahm ihre Hand in seine. »Fürchten Sie sich auch
vor mir?« Langsam schüttelte sie den Kopf, und dann sagte er das,
was sie vorher nie hören wollte und wonach sie sich gleichzeitig so
sehr gesehnt hatte, seit sie Russ kannte, seit sie ihm zum erstenmal
in die Augen blickte.

»Ich möchte Sie heiraten. Wissen Sie das?« Sie schüttelte den
Kopf, hielt dann inne und nickte. Und beide lachten, sie mit Tränen in den Augen.

»Ich weiß nicht, was ich sagen soll.«

»Du mußt gar nichts sagen. Ich wollte dir nur klarmachen, wie
ich zu dir stehe. Die Entscheidung mußt du für dich selbst treffen, aber ganz gleich, wozu du dich entschließt, du mußt Ruhe
und Stabilität in dein Leben bringen und die Situation mit Jack
klären.«

»Hätten deine Töchter nichts dagegen, wenn du noch einmal
heiratest?«

»Es ist mein Leben, nicht ihres, nicht wahr? Außerdem sind sie
liebe Mädchen, und es besteht kein Grund, warum sie gegen mein
Glück etwas einzuwenden haben sollten.« Tana nickte. Ihr war,
als wäre dies alles ein Traum.

»Meinst du es wirklich ernst?«

»Ich habe noch nie etwas so ernst gemeint wie das.«

Ihre Blicke trafen sich und ließen nicht voneinander. »Ich liebe dich sehr.« Er hatte sie noch nicht einmal geküßt, und Tana fühlte sich unendlich zu ihm hingezogen.

Als sie das Restaurant verlassen hatten, zog Russ Tana sanft an sich und küßte sie, und sie hatte das Gefühl, vor Glückseligkeit zu vergehen, während er sie in den Armen hielt.

»Ich liebe dich, Russ.« Auf einmal kamen ihr die Worte so leicht über die Lippen. »Ich liebe dich so sehr.« Sie sah mit Tränen in den Augen zu ihm auf, und er lächelte zärtlich.

»Ich liebe dich auch. Und jetzt geh und bring dein Leben in Ordnung! Sei ein braves Mädchen!«

»Es kann vielleicht etwas dauern.« Sie schlenderten zurück zum Rathaus. Tana hatte noch etwas zu erledigen.

»Das macht nichts. Wie wäre es mit zwei Tagen?« Sie lachten beide. »Dann können wir über die Feiertage nach Mexico fahren.«

Tana schlug die Augen nieder – sie hatte Jack bereits zugesagt, mit ihm Ski zu laufen. Sie wußte, daß ihr eine scheußliche Auseinandersetzung bevorstand. »Gib mir Zeit bis zum Neujahrstag, und ich verspreche dir, ich werde alles in Ordnung bringen.«

»Dann fahre ich vielleicht allein nach Mexico.« Er runzelte nachdenklich die Stirn, und sie warf ihm einen besorgten Blick zu. »Worum sorgst du dich, Kleines?«

»Das du dich in eine andere Frau verliebst.«

»Dann beeil dich!« Er lachte und küßte sie wieder, ehe sie das Gerichtsgebäude betrat. Während des ganzen Nachmittags saß sie mit einem träumerischen Gesichtsausdruck und einem zarten Lächeln auf den Lippen auf der Richterbank und konnte sich auf nichts konzentrieren. Und als sie an diesem Abend Jack traf, hatte sie das Gefühl, in seiner Nähe nicht einmal mehr atmen zu können. Er erkundigte sich, ob sie ihre gesamte Skiausrüstung zusammenhabe. Das Häuschen war bereits gemietet, und sie würden die Tage mit Freunden verbringen. Nachdem sie und Jack ein paar Stunden zusammen verbracht hatten, stand sie plötzlich auf und sah ihn an.

»Was ist los, Tan?«

»Nichts... alles...« Sie schloß die Augen. »Ich muß gehen.«

»Jetzt?« Er sah sie wütend an. »Zurück in die Stadt?«

»Nein.« Sie setzte sich und fing zu weinen an. Wo sollte sie beginnen, was sagen? Er hatte sie schließlich vertrieben mit seinem Groll auf ihre Karriere und ihre Erfolge, mit seiner Bitterkeit, seiner Abneigung, sich zu binden. Sie wünschte sich etwas, was er ihr nicht geben konnte, und sie wußte, daß sie das Richtige tat; aber ihm ihren Entschluß mitzuteilen, fiel ihr so schwer. Sie blickte unglücklich zu ihm auf, war fest entschlossen, es ihm jetzt zu sagen. Sie hatte fast das Gefühl, Russ sitze neben ihr und Harry zu ihrer anderen Seite, und beide spornten sie an. »Ich kann nicht.« Jack starrte sie an.

»Was kannst du nicht?« Er verstand nichts. Sie redete verworrenes Zeug, und das war für sie höchst außergewöhnlich.

»Kann nicht so weitermachen.«

»Warum nicht?«

»Weil es für keinen von uns beiden gut ist. Du bist seit einem Jahr wütend auf mich, und ich bin unglücklich...« Sie stand auf, ging durch das Zimmer und warf einen Blick auf die ihr vertrauten Dinge. Dieses Haus hatte für ein paar Jahre auch ihr gehört, aber plötzlich kam es ihr wie das Haus eines Fremden vor. »Ich will mehr als das hier, Jack.«

»Himmel!« brüllte er wütend. »Was zum Beispiel?«

»Etwas Festes, etwas, was bleibt – wie das, was Harry und Averil hatten.«

»Ich sagte dir ja schon, wie ich darüber denke. Die beiden waren füreinander und für ein solches Leben geschaffen, aber du bist nicht wie Averil, Tan.«

»Das ist kein Grund aufzugeben. Ich wünsche mir trotzdem jemanden, der zu mir gehört... der bereit ist, vor Gott und den Menschen zu versprechen, für immer bei mir zu bleiben.« Er sah sie entsetzt an. »Du willst, daß ich dich heirate? Ich dachte, wir wären übereingekommen... « Er schien schockiert. Doch sie schüttelte den Kopf und setzte sich auf das Sofa.

»Beruhige dich! Ja, wir waren uns darin einig... und ich verlange und erwarte auch gar nichts von dir, Jack. Ich möchte Schluß machen, Jack, du hast doch bestimmt selbst gemerkt, daß unsere Beziehung zu Ende geht. « Er schwieg lange, natürlich hatte er auch schon daran gedacht, aber trotzdem schmerzten ihn ihre Worte... und sie brachten seine Pläne für den Urlaub völlig durcheinander.

Er sah sie an. »Das ist der Grund, warum ich mich nicht fest binde. Weil es früher oder später aus ist. Und so ist es leichter. Ich packe meine Sachen, du deine, wir sagen uns Lebewohl, und eine Zeitlang tut es weh. Aber wenigstens haben wir einander nie etwas vorgemacht und machen keine Kinderschar unglücklich. «

»Ich bin mir gar nicht so sicher, ob Kinder so schrecklich wären. Zumindest wüßten wir dann, wieviel wir einander bedeutet haben. « Sie sah traurig aus, als hätte sie einen guten Freund verloren. Und das hatte sie auch. Er war ihr lange Zeit sehr wichtig gewesen.

»Gewiß haben wir einander einiges bedeutet, Tan, und es war schön. « Tränen standen in seinen Augen, und er kam zu ihr und setzte sich neben sie. »Wenn ich es richtig fände, würde ich dich heiraten. «

»Es wäre nicht richtig für dich. «

»Du würdest in einer Ehe ohnehin nie glücklich werden, Tan. «

»Warum nicht? « Sie wollte das nicht von ihm hören, nicht jetzt, wo Russ darauf wartete, sie zu heiraten. Seine Worte waren wie ein böser Fluch. »Warum sagst du so etwas? «

»Weil ich weiß, daß du nie eine gute Ehefrau sein wirst. Du bist zu eigenwillig, selbständig und zu selbstbewußt. « Ja, selbstbewußt war sie – mehr als er. Das hatte sie begriffen, seit sie Russ kannte. Er war so anders als Jack, soviel ausgeglichener als irgend jemand, den sie je gekannt hatte – und so stark. »Du brauchst keinen Ehemann. « Er lächelte bitter. »Du bist mit dem Gesetz verheiratet. Das ist eine Vollzeit-Liebesaffäre für dich. «

»Kann man denn nicht beides haben?«

»Manche können es – du nicht.«

»Habe ich dich so sehr verletzt, Jack?« Sie blickte ihn besorgt an. Er stand lächelnd auf, öffnete eine Flasche Wein und reichte ihr ein Glas. Und sie hatte das Gefühl, als habe sie diesen Mann nie wirklich gekannt. Alles an ihm war so bitter und so oberflächlich. Nichts an ihm ging in die Tiefe, und sie fragte sich, wie sie so lange mit ihm zusammensein konnte. Doch eine Zeitlang war es genau das Passende für sie gewesen, damals hatte sie keine tiefgehende Beziehung gewollt, hatte sich gewünscht, ebenso frei zu sein wie er. Erst jetzt war sie erwachsen geworden, und sosehr sie auch Angst vor dem Eheleben hatte, das Russ mit ihr führen wollte, so sehr wünschte sie es sich. Tana sah Jack in die Augen und lächelte ihn an, und er prostete ihr zu.

»Auf dich, Tan! Viel Glück!« Sie nahm ein paar Schlucke, und dann stellte sie ihr Glas ab und sah ihn an.

»Ich gehe jetzt.«

»Ja. Ruf mich mal an!« Jack wandte ihr den Rücken zu, und er tat ihr schrecklich leid. Sie wollte ihn trösten, ihn in die Arme nehmen, aber dafür war es jetzt zu spät. Sie berührte seinen Arm und flüsterte: »Auf Wiedersehen!«

Und dann fuhr sie in rasendem Tempo nach Hause, nahm ein Bad und wusch ihr Haar, als müßte sie die Enttäuschungen und die Tränen abwaschen. Sie war achtunddreißig und fing wieder ganz von vorne an, doch diesmal würde alles ganz anders werden, sie hatte den wundervollsten Mann der Welt an ihrer Seite. Tana dachte daran, ihn anzurufen, doch sie war in Gedanken noch zu sehr mit Jack beschäftigt, und plötzlich hatte sie Angst davor, Russ von ihrem Gespräch mit Jack zu erzählen. Sie sagte nichts zu ihm bis zu ihrem gemeinsamen Mittagessen an dem Tag, an dem er nach Mexico aufbrach. Da sah sie ihn auf einmal mit einem geheimnisvollen Lächeln an.

»Worüber amüsierst du dich denn, Schatz?«

»Über das Leben im allgemeinen.«

»Und du freust dich darüber?«

»Manchmal ja. Ich ... äh ... hm ... « Er lachte sie aus, und sie errötete. »Verdammt, mach es mir doch nicht so schwer!«

Er nahm ihre Hand in seine. »Was möchtest du mir denn sagen?« Noch nie hatte er sie so sprachlos erlebt.

Sie holte tief Luft. »Ich habe diese Woche reinen Tisch gemacht.«

»Mit Jack?« Er wirkte überrascht, als sie nickte und verlegen lächelte. »So schnell?«

»Ich konnte so nicht mehr weitermachen.«

»Hat er es sehr schwer genommen?« Russ wirkte besorgt.

Sie nickte und sah einen Moment traurig aus. »Ja, aber er wollte es nicht zugeben. Er mag es, wenn alles locker und unbeschwert aussieht.« Sie seufzte laut. »Er meint, ich würde in einer Ehe nie glücklich werden.«

»Wie nett.« Russ lächelte unbeeindruckt. »Wenn du ausziehst, vergiß nicht, das Haus niederzubrennen! Das ist ein alter Brauch mancher Männer. Glaub mir, was er sagt, hat keine Bedeutung mehr. Ich lasse es gern darauf ankommen.« Er strahlte über das ganze Gesicht.

»Willst du mich noch immer heiraten?« Sie konnte nicht glauben, was ihr geschah, und für eine Minute ... nur eine Minute ... war sie versucht, sich wieder in ihr altes Leben zu flüchten, doch das wollte sie nicht mehr. Sie sehnte sich nach ihm ... sie wünschte sich eine Familie und auch einen interessanten Beruf, sosehr ihr das auch Angst einflößte. Sie mußte es versuchen, und jetzt war sie dafür bereit. Es hatte sehr, sehr lange gedauert, doch schließlich war sie jetzt fest entschlossen, und sie war stolz auf sich.

»Was denkst du denn? Natürlich will ich das!«

»Bist du sicher?«

»Bist du es? Das ist wichtiger.«

»Vielleicht sollten wir noch ein Weilchen warten und das Ganze in Ruhe besprechen?« Sie wurde mit einemmal schrecklich nervös, aber er lachte nur.

»Wie lange? Sechs Monate? Ein Jahr? Zehn Jahre?«

»Vielleicht reichen fünf Jahre ...« Auch sie lachte nun, wurde aber gleich wieder ernst. »Du willst doch keine Kinder, nicht wahr?« Sie war zu alt dafür. Er schüttelte den Kopf und grinste.

»Du machst dir aber auch um alles Sorgen! Nein – ich will keine Kinder. Ich werde nächsten Monat fünfzig, und ich habe bereits zwei, aber ich werde mich nicht sterilisieren lassen, das nun bestimmt nicht; doch ich werde sonst alles unternehmen, was du verlangst, um sicherzustellen, daß du nicht schwanger wirst. In Ordnung? Soll ich es mit meinem Blut bezeugen?«

»Ja.« Sie lachten. Er zahlte, und anschließend gingen sie eng umschlungen spazieren. Tana konnte ihr Glück nicht fassen.

Plötzlich sah er auf seine Uhr und eilte mit ihr zum Wagen.

»Was ist denn?«

»Wir müssen noch den Flug bekommen.«

»Wir? Aber ich kann nicht. Ich bin doch nicht ...«

»Ist dein Gericht über die Feiertage geschlossen?«

»Ja, aber ...«

»Ist dein Paß gültig?«

»Ich ... ja, ich glaube schon ...«

»Wir sehen nach, sobald du zu Hause bist ... du kommst mit ... wir können dort die Hochzeit planen ... ich rufe die Mädchen an ... was hältst du von Februar ... in, sagen wir mal, sechs Wochen ...? Am Valentinstag? Ist dir das sentimental genug, Tan?« Russ war verrückt, und Tana war verrückt nach ihm. Sie flogen an diesem Abend nach Mexico und verbrachten eine glückselige Woche ... lagen am Strand in der Sonne ... liebten sich endlich auch körperlich.

Und als sie zurückkehrten, kaufte er einen Verlobungsring, und sie weihten alle Freunde in ihren Plan ein. Jack rief sie an, als er es in der Zeitung las, und seine Worte trafen sie tief.

»Das war es also! Wieso hast du mir nicht gesagt, daß du einen anderen liebst? Ein Richter wie du! Da bist du wohl wieder befördert worden!«

»Es ist gemein von dir, so etwas zu sagen. Außerdem hatte ich überhaupt noch nichts mit ihm damals.«

»Das kannst du jemand anderem erzählen!« Er lachte bitter.

»Weißt du, du bist dein Leben lang so sehr damit beschäftigt gewesen, bloß keine enge Beziehung mit jemandem einzugehen, daß du nicht einmal mehr Schwarz von Weiß unterscheiden kannst!«

»Wenigstens weiß ich, wenn ich jemanden betrüge, Tan.«

»Ich habe dich nicht betrogen.«

»Wie nennst du es denn dann? Zählt ein Seitensprung erst nach sechs Uhr abends?« Sie hängte auf, traurig darüber, daß diese Freundschaft so enden mußte. Und sie schrieb an Barbara und erklärte ihr, daß ihre Hochzeit mit Russ vielleicht sehr überraschend käme, er jedoch ein wundervoller Mensch wäre, und daß sie, wenn sie ihren Vater im nächsten Jahr besuchen würde, jederzeit zu ihr kommen könnte. Sie wollte nicht, daß das Mädchen das Gefühl bekam, von ihr verstoßen worden zu sein. Es gab noch so viel zu tun. Tana schrieb an Averil in London und rief Jean an, die vor Überraschung fast den Verstand verlor.

»Mama, halt dich fest!«

»Mein Gott, Tana, was ist passiert?« Jean klang, als wollte sie in Tränen ausbrechen. Sie war zwar erst sechzig, doch sie war in letzter Zeit schnell gealtert durch den Umgang mit ihrem greisenhaften Mann.

»Es ist etwas Wunderbares – Mama, etwas, worauf du lange, lange Zeit gewartet hast!«

Jean starrte vor sich hin. »Ich kann mir nicht vorstellen, was du meinst.«

»Ich heirate in drei Wochen!«

»Du tust *was?* Wen? Den Mann, mit dem du all die Jahre gelebt hast?« Jean hatte nie allzuviel von Jack gehalten, doch war es an der Zeit, daß die beiden ihre Beziehung einmal legalisierten, besonders, weil Tana Richterin war.

»Nein. Jemand anderes. Einen Richter vom Appellationsgericht. Er heißt Russ Carver, Mama.« Sie erzählte ihr alles über ihn, und Jean weinte und lachte und weinte wieder.

»Ach, Liebling ... danach habe ich mich so lange gesehnt!«

»Ich auch.« Tana lachte und weinte auch. »Und es hat sich gelohnt, so lange zu warten, Mama. Du wirst mich verstehen, wenn
du ihn kennenlernst! Werdet ihr zur Hochzeit kommen? Wir heiraten am vierzehnten Februar.«

»Am Valentinstag... ach, wie süß...« Tana war es zwar fast
peinlich, das Datum zu nennen, doch sie und Russ fanden die Idee,
am Tag der Liebenden zu heiraten, lustig.

»Um nichts in der Welt würde ich das verpassen wollen. Ich
glaube nicht, daß Arthur sich gut genug fühlen wird, um mitzukommen, deshalb werde ich nicht allzulange bleiben können.«

Jean hatte noch so viele Vorbereitungen zu treffen, bevor sie
aufbrach, sie konnte es kaum erwarten, vom Telefon wegzukommen. Ann hatte gerade zum fünftenmal Hochzeit gefeiert, aber
wen interessierte das noch? Tana heiratete! – Einen Richter vom
Appellationsgericht! Und gut sah er auch noch aus, hatte sie gesagt! Jean kramte, total aus dem Häuschen, den ganzen Nachmittag im Haus herum, und am folgenden Tag mußte sie unbedingt
in die Stadt, zu Saks. Sie brauchte ein Kleid... nein, vielleicht lieber ein Kostüm... sie konnte es noch immer nicht fassen... Und
in dieser Nacht betete sie still.

18

Die Hochzeit war einfach wunderbar. Sie feierten sie in
Russ' Haus, und als Tana langsam, in einem schlichten Kleid
aus gebrochen weißem Crêpe de Chine, die Treppe herunterkam, spielten ein Klavier und zwei Violinen eine sanfte Melodie von Brahms. Sie trug ihr blondes Haar offen unter einem
breitkrempigen Hut mit der Andeutung eines Schleiers und el-
fenbeinfarbene Satinschuhe. Es waren ungefähr hundert Gäste
anwesend, und Jean stand den größten Teil des Tages in einer
Ecke und weinte vor Rührung und Freude. Sie hatte sich ein hübsches, beiges Givenchy-Kostüm gekauft und sah so stolz aus, daß
Tana jedesmal, wenn sie sie ansah, in Tränen ausbrach.

»Glücklich, mein Schatz?« Russ blickte Tana auf eine Weise an, daß sie sich wie im siebten Himmel vorkam. Unglaublich, daß sie solches Glück hatte, einen Mann wie ihn gefunden zu haben! Sie hätte sich nie etwas wie das, was sie beide miteinander verband, erträumen lassen. Sie waren wie füreinander geschaffen, und Tana ertappte sich dabei, wie sie an Harry dachte, als sie durch die Kirche schritten.

Richtig so, Harry? Bist du zufrieden mit mir? Sie lächelte durch einen Tränenschleier.

Das hast du prima gemacht! Tana wußte, daß Harry begeistert von Russ gewesen wäre, und das hätte auf Gegenseitigkeit beruht. Und sie war überzeugt davon, daß Harry jetzt bei ihnen war. Harrison und Averil hatten ein Telegramm geschickt. Russ' Töchter waren zur Hochzeit gekommen. Sie waren beide schlanke, attraktive Mädchen, und Tana fand sie und ihre Ehemänner auf Anhieb nett. Es fiel ihr nicht schwer, sie alle in ihr Herz zu schließen, und sie taten alles, um sie in der Familie willkommen zu heißen. Lee war besonders herzlich zu ihrer neuen Stiefmutter, und Tana war nur zwölf Jahre älter als sie.

»Gott sei Dank, daß Vater so vernünftig war, mit einer zweiten Ehe zu warten, bis wir erwachsen waren!« Lee lachte. «Erstens ist das Haus inzwischen viel ruhiger geworden, und zweitens mußt du dich nicht noch um uns kümmern. Er ist so lange allein gewesen. Beth und ich sind dir unsagbar dankbar, daß du ihn geheiratet hast. Ich habe es nie gemocht, mir vorzustellen, wie er allein in diesem Haus saß.« Sie war ein quicklebendiger, lustiger Mensch und trug ein phantastisches, selbstentworfenes Kleid. Sie liebte ihren Vater offensichtlich sehr und war verrückt nach ihrem Ehemann, und Beth war zärtlich besorgt um alle.

Es war eine ideale Familie. Während Jean sie beobachtete, war sie plötzlich froh, daß Tana nicht so dumm gewesen war, sich damals, als sie es gern gesehen hätte, in Billy zu verlieben. Wie vernünftig von Tana, zu warten, bis dieser außergewöhnliche Mann in ihr Leben trat. Und was für ein herrliches Leben er ihr bot! Das Haus war das wundervollste, das Jean je zu Gesicht bekommen hatte, und Tana kam hervorragend zurecht mit dem Butler und dem Dienstmädchen, die Russ seit Jahren bei sich beschäftigte. Sie schwebte von Raum zu Raum und plauderte mit seinen Freunden, während die Gäste »Euer Ehren« zu ihr sagten, und irgend jemand verlas ein lustiges Gedicht über einen Richter des Obersten Gerichtshofes und eine Richterin vom Oberlandesgericht.

Es war ein bezaubernder Nachmittag.

Als Hochzeitsreiseziel hatten sie sich wieder Mexico ausgesucht. Tana hatte sich einen Monat Urlaub genommen. Nach ihrer Rückkehr lächelte Tana glücklich in sich hinein, wann immer man sie mit ihrem neuen Namen ansprach. Richterin Carver... Tana Carver... Tana Roberts-Carver... Sie führte seinen Namen. Sie hatte achtunddreißig Jahre auf einen Mann wie ihn gewartet, und sie liebte ihr neues Leben so sehr, daß sie es nicht einmal beschreiben konnte. Sie wollte jeden Augenblick ihres Glücks genießen, und wenn sie abends nach Hause kam, freute sie sich jedesmal, bei ihm zu sein, und zwar so sehr, daß er sie deswegen eines Tages neckte.

»Wann wirst du anfangen, dich wie eine echte Ehefrau zu benehmen und etwas an mir herumzumeckern?«

»Das hatte ich ganz vergessen.« Er lächelte, und sie sprachen wieder über Tanas Haus. Sie hatte daran gedacht, es zu vermieten, da sie sich nicht ganz von ihm trennen wollte, obgleich sie nie wieder darin leben würde. »Vielleicht sollte ich es einfach doch verkaufen.«

»Und wenn ich es miete für Beth und John, wenn sie nach Hause kommen?«

»Das wäre wunderbar.« Sie lächelte. »Mal sehen... du kannst es für zwei Küsse... und eine Reise nach Mexico bekommen...«

Am Ende beschlossen sie, das Häuschen zu behalten und es zu verpachten. Tana war nie glücklicher gewesen. Es war eine dieser seltenen Perioden, in denen alles so geht, wie man es sich erhofft, in denen alles miteinander harmoniert. Und da lief sie eines

Tages geradewegs Drew Lands in die Arme. Sie kam aus ihrem Zimmer beim Gericht geeilt, um sich zum Mittagessen mit Russ zu treffen, als sie sich plötzlich Drew gegenübersah. Er machte ein Gesicht, als hätte ihm gerade jemand die Suppe versalzen, als er sie erkannte, und sie plauderten ein paar Minuten freundlich miteinander. Unglaublich, daß er ihr früher einmal so weh getan hatte; jetzt konnte sie sich das kaum noch vorstellen. Und sie war noch erstaunter, als sie erfuhr, daß Julie und Elizabeth schon erwachsen waren.

»Mein Gott, ist das schon so lange her?« »Ja, muß es wohl, Tan.« Seine Stimme klang einschmeichelnd, und plötzlich ärgerte sie sich. Sie entnahm seinem Blick, daß er etwas voraussetzte, was schon lange nicht mehr zutraf. »Eileen und ich haben uns vor sechs Jahren scheiden lassen.« Wie konnte er es wagen, ihr das zu erzählen... daß er sich, nach allem, was er ihr angetan hatte, doch noch hatte scheiden lassen...

»Tut mir leid.« Ihre Stimme war kühl, und sie hatte keine Lust mehr, sich mit ihm zu unterhalten. Sie wollte nicht zu spät zu ihrer Verabredung mit Russ kommen. Er arbeitete gerade an einem äußerst wichtigen Fall.

»Ja... vielleicht könnten wir uns ja mal treffen... ich lebe jetzt in San Francisco...«

Sie lächelte ihn an. »Ja, wir würden uns gern einmal mit dir treffen; doch momentan ist mein Mann bis über beide Ohren mit einem großen Fall beschäftigt.« Sie lächelte ihn fast boshaft an, sagte noch ein paar passende Worte und verschwand. Und Russ sah ihr ihren Triumph noch an, als sie sich zum Mittagessen im Hayes Street Grill trafen. Es war eines ihrer Lieblingslokale, und sie saßen dort oft an einem Tisch in einer Ecke, aßen oder schmusten, während die Leute ihnen wohlwollend zulächelten.

»Worüber freust du dich denn so?« Er kannte sie zu gut.

»Nichts weiter...« Doch sie hatte keine Geheimnisse vor ihm. »Ich bin gerade Drew Lands begegnet, zum erstenmal seit fast sieben Jahren. Was für ein merkwürdiger Mensch er doch ist. Vielleicht war er schon immer nicht viel wert.«

»O weh, was hat er denn verbrochen, daß du ihn so nett be-schreibst?«

»Er war der verheiratete Mann, von dem ich dir erzählt habe...«

»Aha!« Russ war belustigt über die Leidenschaft in ihren Augen. Er wußte, daß er sie nicht verlieren konnte, nicht weil er seiner selbst so sicher war, sondern weil sie eine so innige Liebe miteinander verband. Es war eine ganz seltene Beziehung, wie nicht viele Menschen sie haben, und er war dankbar dafür. Er hatte nie zuvor eine solche tiefe Liebe für jemanden empfunden.

»Und weißt du was – er hat sich doch noch von seiner Frau scheiden lassen!« »Das war vorhersehbar. Und jetzt wollte er wieder mit dir ausgehen, nicht wahr?«

Sie lachte. »Ich sagte ihm, daß wir uns freuen würden, ihn einmal zu treffen, und dann bin ich abgedampft.«

»Du bist ein kleines Biest, aber ich liebe dich trotzdem. Wie war es heute im Gericht?«

»Nicht schlecht. Mir steht ein interessanter Fall bevor, ein Industrieverbrechen. Es wird schmutzig zugehen, doch es werden dabei einige interessante Punkte zur Sprache gebracht, und ich bin sicher, daß die Anwälte spitzfindige Argumente bringen werden. Und wie kommst du mit deinem Monsterfall weiter?«

»Ich bringe das Ungeheuer langsam wieder in seinen Käfig zurück...« Er sah sie einen Moment merkwürdig an. »Und Lee hat mich heute angerufen.«

»Wie geht es ihr?«

»Gut.« Russ sah sie und Tana ihn an. Irgend etwas Sonderbares lag in der Luft.

»Russ, was ist los?« Er wirkte so seltsam auf sie.

»Es ist schließlich doch passiert. Sie haben mich nicht verschont. Ich werde Großvater!« Er war erfreut und bedrückt zugleich. Und Tana lachte.

»O nein! Wie kann sie dir so etwas antun?«

»Das habe ich ihr auch gesagt.« Er lächelte. »Kannst du dir das vorstellen?«

»Nur unter größten Schwierigkeiten. Wir werden dir eine weiße Perücke kaufen müssen, damit du entsprechend aussiehst. Wann bekommt sie das Baby?«

»Im Januar. Zu meinem Geburtstag offensichtlich. Oder zu Silvester.«

Das Baby wurde am Neujahrstag geboren, und Russ und Tana entschieden, daß es schön wäre, nach New York zu fliegen, um das Baby zu begutachten. Russ wollte sich sein erstes Enkelkind, ein Mädchen, nicht entgehen lassen. Er buchte einen Flug und ließ eine Suite im Sherry Netherland reservieren. Lee lag behaglich im besten Zimmer der Entbindungsstation des New Yorker Hospitals, neben sich das süße rosige Baby. Tana und Russ bewunderten es gebührend, und als sie ins Hotel zurückkehrten, liebten sie sich leidenschaftlich. »Wenigstens bin ich noch nicht total senil. Wie fühlt es sich an, mit einem Großvater zu schlafen, mein Liebes?«

»Noch besser als vorher.« Tanas merkwürdiger Blick entging ihm nicht.

Er wurde ganz still und schloß sie in seine Arme. Er liebte es, ihre samtweiche Haut zu spüren, doch jetzt sorgte er sich um sie. Manchmal, wenn irgend etwas sie berührte, verkroch sie sich in sich selbst, und genau das war jetzt der Fall.

»Was ist los, Liebling?« Er flüsterte ganz dicht an ihrem Ohr, und sie sah ihn erstaunt an.

»Wie kommst du darauf, daß etwas sein könnte?«

»Ich kenne dich zu gut. Einen alten Mann wie mich kannst du nicht täuschen – zumindest keinen, der dich so liebt, wie ich es tue.« Sie wollte nicht mit ihm darüber sprechen, und schließlich brach sie in Tränen aus. Als sie Lee und ihr Baby gesehen hatte, war sie auf einmal von Kummer überwältigt worden... von einer Leere... einer Leere, die mehr schmerzte als je irgend etwas. Er saß da und beobachtete sie, verblüfft über diesen Gefühlsausbruch, und sie war noch überraschter. Sie hatte nie zuvor etwas Derartiges verspürt.

»Wünschst du dir ein Baby, Tan?«

»Ich weiß nicht... so etwas habe ich doch nie gewollt... ich bin fast vierzig... viel zu alt dafür...« Doch plötzlich sehnte sie sich unendlich danach, und Harry's Worte gingen ihr wieder durch den Kopf.

»Denk einfach mal in Ruhe darüber nach, und dann sprechen wir wieder darüber!« Und im folgenden Monat wurde sie verfolgt von Erinnerungen an Lee und ihr Kind.

Auf einmal sah sie überall schwangere Frauen und Kinderwagen; es war, als hätten alle Kinder, nur sie nicht...

Russell merkte, daß sie sich nichts mehr als ein Kind wünschte, erwähnte es jedoch bis zu ihrem ersten Hochzeitstag nicht, und als er das Thema anschnitt, reagierte sie schroff, was nur selten vorkam; als schmerzte es sie zu sehr, darüber zu reden.

»Du sagtest doch, du seist zu alt dafür. Und ich bin es auch.«

»Nicht, wenn es dir wichtig ist. Anfangs würde es mir vielleicht etwas albern vorkommen, aber ich könnte damit leben. Andere Männer haben in meinem Alter auch Kinder, viele sind sogar noch älter...«

Er lächelte. Und er war selbst überrascht gewesen, wie sehr ihn das Baby in Lees Armen, und dann, als er es hielt, gerührt hatte. So etwas würde ihm gewiß nichts ausmachen, und ein Kind von Tana wäre ihm heilig. Doch sie wurde immer empfindlicher, was dieses Thema anbetraf, bis er es schließlich nicht mehr zur Sprache brachte. Im März reisten sie wieder nach Mexico und verbrachten dort einen herrlichen Urlaub. Sie schwammen und fischten und aalten sich in der Sonne. Tana unternahm nicht so viel wie sonst, und als sie nach San Francisco zurückkehrten, war sie niedergeschlagen und fühlte sich nicht gut.

»Du hast sicherlich zu hart gearbeitet.« Doch sie war so erschöpft und schwerfällig, und ihr war so häufig übel, daß sie schließlich zum Arzt ging. Und dort bekam sie den Schock ihres Lebens. Sie hatte sich so sehr danach gesehnt; doch jetzt, da es plötzlich soweit war, wurde sie von Panik ergriffen. Sie hatte keine Zeit für so etwas. Sie hatte doch eine wichtige Position. Sie würde lächerlich wirken... das hatte sie nicht gewollt... Russ würde böse auf sie sein... Sie war so aufgeregt, daß sie an diesem Abend erst um sieben nach Hause gehen konnte. Und Russ sah ihr, kaum daß sie zur Tür hereinkam, an, daß irgend etwas sie völlig aus der Fassung gebracht hatte. Doch er ließ sie ein Weilchen in Ruhe, mixte ihr einen Drink und öffnete eine Flasche Château Latour für das Abendessen. Sie trank jedoch keinen Schluck und schien innerlich noch immer sehr angespannt, als sie nach oben gingen, und in ihren Augen stand ein sonderbarer Ausdruck. Er begann allmählich, sich große Sorgen um sie zu machen, und kaum hatten sie sich gesetzt, zog er sich einen Sessel neben sie.

»So, und jetzt erzähl mir, was dir heute zugestoßen ist! Entweder hast du deine Stelle verloren, oder dein bester Freund ist gestorben.«

Sie lächelte einfältig und schien sich zu entspannen, als er ihre Hand nahm. »Du kennst mich zu gut.«

»Dann tu mir den Gefallen und weihe mich in dein Geheimnis ein!«

»Ich kann nicht.« Sie hatte sich bereits entschieden, das Kind nicht auf die Welt zu bringen. Doch Russ ließ sich nicht abwimmeln. Seine Stimme nahm unheilvoll an Volumen zu, das berühmte Stirnrunzeln erschien, und Tanas Knie hätten gezittert, wenn sie ihn nicht so gut gekannt hätte. Sie lachte. »Weißt du, du kannst einem wirklich Angst einjagen, wenn du so aussiehst.«

Er stöhnte erbost. »Deshalb tue ich es ja auch. Und jetzt erzähl es mir, verdammt noch mal! Was, zum Teufel, ist mit dir los?«

Sie sah ihn lange an und senkte dann den Blick. »Du wirst mir nicht glauben, Liebling.«

»Du willst dich scheiden lassen.«

»Nein, natürlich nicht.« Sie lächelte ihn zärtlich an. Er schaffte es immer, alles weniger schlimm erscheinen zu lassen. Sie war den ganzen Tag verzweifelt gewesen, und nun hatte er sie zum Lachen gebracht.

»Du hast einen Freund?«

»Wieder falsch geraten.«

»Dir ist gekündigt worden.«

»Schlimmer noch ...« Sie sah wieder sehr ernst aus, denn was geschehen war, bedeutete das gleiche für sie wie eine Kündigung. Wie konnte sie mit einem Kind ihrem Beruf weiter nachgehen? Und plötzlich standen Tränen in ihren Augen. »Ich bin schwanger, Russ...« Einen Augenblick schien die Zeit stehenzubleiben. Und dann schloß er sie stürmisch in die Arme, lachte und grinste und benahm sich, als wäre es ein Grund zum Feiern und nicht zum Selbstmord.

»Ach, Liebling... ich freue mich so!« Er strahlte sie an, und sie war fassungslos.

»Was? Ich dachte, du wolltest keine Kinder. Wir waren doch übereingekommen...«

»Egal. Unser Baby wird so wunderschön werden... ein kleines Mädchen, das genau wie du aussieht...« Er war nie glücklicher.

Er hielt sie zufrieden in seinen Armen; aber sie machte noch immer ein unglückliches Gesicht. Sie hatte sich zwar ein Kind gewünscht; doch nun, da es soweit war, konnte sie es sich nur als Katastrophe vorstellen.

»Aber es macht doch alles kaputt...« Tana war wieder den Tränen nahe, und Russ gab sich Mühe, sie zu trösten.

»Wieso?«

»Na ja, meinen Beruf. Wie kann ich Richterin sein und ein Baby stillen?«

Er lachte über ihre Vorstellung. »Denk doch mal praktisch! Du arbeitest bis zum letzten Tag vor der Geburt, und dann nimmst du dir sechs Monate frei. Wir besorgen uns eine gute Kinderschwester, und dann kannst du doch wieder arbeiten.«

»Ist das so einfach?« Sie war schockiert.

»Es kann so einfach sein, wie du es dir vorstellst. Doch es gibt keinen Grund dafür, warum du nicht einen Beruf und eine Familie haben solltest. Manchmal muß man vielleicht ein bißchen herumjonglieren, aber es läßt sich mit etwas Erfindungsgeist schaffen.«

Langsam, ganz langsam tauchte in ihren Augen ein Lächeln auf. Es war zumindest denkbar, daß er recht hatte ... und wenn es so war ... dann war es genau das, was sie sich gewünscht hatte ... sie wünschte sich beides ... jahrelang hatte sie geglaubt, nur eines haben zu können ... Doch sie wollte mehr als nur ihre Arbeit ... sie wollte Russ ... sein Kind ... alles ...

Und plötzlich war diese innere Leere, die sie seit Monaten gequält hatte, verschwunden ... »Ich bin so stolz auf dich, mein Schatz.« Sie sah ihn an, und langsam kullerten ihr die Tränen die Wange hinunter, während sie ihn anlächelte.

»Alles wird wunderschön werden, weißt du ... du wirst einfach wunderschön aussehen!«

»Ha! Ich habe bereits sechs Pfund zugenommen!«

»Wo denn?« Kitzelnd und neckend begann er, danach Ausschau zu halten, und Tana lag lachend in seinen Armen.

19

Die Richterin ging schwerfällig zu ihrer Bank und ließ sich behutsam nieder, klopfte zweimal kurz mit dem Hammer und begann mit dem Verhandlungstag. Der Gerichtsdiener brachte ihr um zehn eine Tasse Tee, und als sie aufstand, um in die Mittagspause zu gehen, konnte sie kaum noch in ihr Zimmer zurückkehren. Das Baby war inzwischen neun Tage überfällig. Sie hatte vorgehabt, zwei Wochen vor der Geburt die Arbeit zu beenden, doch da zu Hause alles perfekt vorbereitet war, hatte sie es sich dann doch wieder anders überlegt. Sie würde bis zum Ende durchhalten. Ihr Mann holte sie an diesem Abend vor dem Rathaus ab. Als er ihr die Tür öffnete, lächelte er sie an.

»Wie ist es dir heute ergangen?« Sein Stolz stand ihm deutlich ins Gesicht geschrieben, und Tana erwiderte sein Lächeln. Sie hatten eine wundervolle Zeit gehabt, sogar noch diese letzten Tage. Sie genoß die Gelegenheit, noch ein paar Tage mit ihm allein zu sein, obwohl die Schwangerschaft mittlerweile sehr unbequem wurde. Ihre Knöchel nahmen nachmittags die Form von Laternenpfählen an, und es fiel ihr schwer, lange Zeit zu sitzen. Aber was sonst hätte sie tun sollen?

Sie seufzte. »Der Spruch der Geschworenen ist da. Ich glaube, ich werde Ende dieser Woche aufhören, ob das Baby nun bis dahin da ist oder nicht. Was meinst du?«

Er nickte, während er sie in dem neuen Jaguar, den er kürzlich erstanden hatte, heimfuhr. »Ich denke, das ist eine gute Idee, Tan. Du könntest dich ruhig ein bißchen ausruhen.«

»Ja, das wäre nicht schlecht.«

Doch dazu kam sie nicht mehr. Ihre Fruchtblase platzte um acht Uhr an diesem Abend, und plötzlich sah sie Russ aus angstvollen Augen an. Tana hatte die ganze Zeit gewußt, daß es nun bald soweit war, doch jetzt wäre sie am liebsten davongelaufen, es gab aber kein Entkommen ...

»Mach dir keine Sorgen, alles wird gut verlaufen.«

»Woher willst du das wissen?« fauchte sie. »Und wenn ich nur mit einem Kaiserschnitt entbinden kann? Mein Gott, ich bin fast hundert Jahre alt!« Eigentlich war sie vierzig. Sie brach in Tränen aus vor Angst, und die Wehen setzten kurz nach dem Platzen der Fruchtblase ein.

»Möchtest du dich ein Weilchen hinlegen, Tan, oder sollen wir gleich ins Krankenhaus fahren?«

»Ich will hierbleiben.« Er rief den Arzt an, brachte ihr ein Glas alkoholfreies Bier, stellte den Fernsehapparat gegenüber von ihrem Bett an und lächelte in sich hinein. Ihnen stand eine große Nacht bevor, und auch er hoffte, daß alles gut verlaufen würde. Er vertraute darauf. Tana hatte darauf bestanden, daß sie zusammen das Lamaze-Training machten, und obgleich er vor so vielen Jahren bei den Geburten seiner Töchter nicht dabeigewesen war, würde er Tana bei der Geburt ihres ersten Kindes zur Seite stehen. Er hatte es ihr versprochen, und er konnte es kaum noch erwarten. Sie hatte fünf Monate zuvor die Amniocentese machen lassen, doch sie wollten gar nicht wissen, ob es ein Junge oder ein Mädchen werden würde. Und nun wuchs seine Neugier von

Stunde zu Stunde. Gegen Mitternacht hatte Tana ein wenig geschlafen und sich wieder gefangen: Sie lächelte zu ihm auf, und er zählte die Abstände zwischen den Wehen, und um zwei rief er wieder den Arzt an, der ihnen befahl, sogleich ins Krankenhaus zu kommen. Er holte ihre Tasche aus dem Wandschrank im Flur, wo sie seit drei Wochen bereitstand, half ihr in den Wagen und vor dem Krankenhaus wieder heraus und die Treppe zum Portal hinauf. Sie konnte kaum noch gehen, und die Wehen beanspruchten ihre ganze Aufmerksamkeit und seine Hilfe, um sie durchzustehen. Doch sie waren nichts, verglichen mit den Schmerzen, die sie durchmachte, als drei Stunden später die Austreibungswehen einsetzten. Sie krümmte sich vor Schmerzen im Wehenzimmer und klammerte sich an seinen Arm. Allmählich wurde er auch von Panik ergriffen. Ganz so hatte er es sich doch nicht vorgestellt. Sie litt schrecklich, und um acht Uhr morgens war das Baby noch nicht da. Die Sonne ging auf, und Tana lag da und keuchte; und ihr Haar war feucht, sie sah ihn aus weit aufgerissenen Augen an, als erwartete sie von ihm Hilfe. Und alles, was er tun konnte, war, im gleichen Rhythmus mit ihr zu atmen, ihre Hand zu halten und ihr zuzuflüstern, wie stolz er auf sie war. Und dann, um neun, fingen plötzlich alle an umherzulaufen. Sie wurde in den Kreißsaal gefahren, man gurtete ihre Beine hoch, und sie weinte vor Schmerzen. Es waren die grausamsten Schmerzen, die sie je erfahren hatte, und sie hatte das Gefühl zu ersticken, während sie sich an Russ klammerte und der Arzt sie zum Weitermachen drängte und Russell weinte.

Sie konnte es nicht mehr aushalten, sie wollte sterben...

»Ich sehe den Kopf... O mein Gott... Liebling... es ist da...« Und plötzlich kam ein winziges Köpfchen zum Vorschein, und Russ weinte, diesmal vor Freude, und Tana sah ihn an und preßte noch einmal heftig.

Der Arzt hielt das Kind in den Händen, und es fing an zu schreien. Die Nabelschnur wurde durchtrennt, abgebunden, das Baby gewaschen, seine Nase abgesaugt. Und nachdem es in eine warme Decke gewickelt worden war, reichte der Arzt es Russ.

»Ihr Sohn, Russ . . . « Der Arzt lächelte beide an. Sie hatten so lange und so hart gearbeitet, und Tana blickte ihn jetzt mit einem Siegeslächeln an.

»Du warst wundervoll, Liebling!« Ihre Stimme klang heiser, und ihr Gesicht war grau. Er küßte sie zärtlich.

»*Ich* war wundervoll?« Er war zutiefst beeindruckt von dem, was sie soeben getan hatte. Es war das größte Wunder, was er je erlebt hatte. Und jetzt, im Alter von vierzig Jahren, hatte sie alles. Sie sah ihn an. Alles, was sie sich gewünscht hatte . . . alles . . . ihre Augen füllten sich mit Tränen, als sie die Arme ausstreckte und ihr Russ das Baby vorsichtig hineinlegte.

»Ach, er ist so wundervoll . . . «

»Nein.« Russ lächelte sie durch Tränen hindurch an. »*Du* bist es, Tan. Du bist die wundervollste Frau auf der ganzen Welt.« Und dann sah er seinen Sohn an. »Aber er ist auch ganz süß.« Harrison Winslow Carver. Den Namen hatten sie schon längst vereinbart. Er kam auf die Welt, gesegnet durch seinen Namen und ihre innige Liebe.

Sie wurde kurz vor zwölf Uhr mittags in ihr Zimmer gefahren. Sie wußte, daß sie das nie wieder durchmachen wollte, doch sie war überglücklich, dieses eine Kind zu haben. Russ blieb bei ihr, bis sie einschlief; das Baby ruhte in dem Bettchen, das man neben sie gestellt hatte. Tana war gewaschen und schläfrig und von unsagbarer Liebe zu Russ erfüllt. Einmal öffnete sie noch die Augen, benebelt von der Spritze, die man ihr gegeben hatte. »Ich liebe dich so sehr, Russ . . . «

Er lächelte. »Pssst . . . schlaf jetzt . . . ich liebe dich auch . . . «

20

Als das Baby Harry sechs Monate alt war, blickte Tana verzweifelt auf ihren Kalender. In der nächsten Woche mußte sie ihre Arbeit wiederaufnehmen. Sie hatte es versprochen, und nun war es fast soweit; doch der Kleine war so süß, und sie liebte es, nachmittags mit ihm zusammenzusein. Sie ging mit ihm spazieren und lachte, wenn er sie anlächelte. Sie besuchten sogar Russ gelegentlich im Büro. Es war eine Zeit voller Muße, und sie haßte es, das aufgeben zu müssen. Doch sie wollte auf ihren Beruf noch nicht verzichten.

Und als sie wieder auf der Richterbank saß, war sie froh, es nicht für immer aufgegeben zu haben. Es tat gut, das alles wieder um sich zu haben – die Geschworenen und deren Urteilssprüche, die Urteile, die Routine. Die Tage verflogen nur so, und abends war sie begierig darauf, zu Russ und Harry zurückzukehren.

Manchmal war Russ schon zu Hause bei seinem Sohn, kroch mit ihm auf dem Teppich herum, spielte mit ihm. Er machte ihnen beiden soviel Freude, und es kam ihnen vor, als wäre Harry das einzige Kind auf der Erde. Lee hänselte sie deswegen, als sie sie mit ihrer kleinen Tochter Francesca besuchte. Sie war bereits wieder schwanger. »Und wie steht es mit dir, Tan?«

»Weißt du, in meinem Alter... Harry ist schon ein Wunder, da wollen wir das Schicksal nicht herausfordern.« Die Schwangerschaft war zwar ein leichtes gewesen, doch die Entbindung schmerzhafter, als sie es sich vorgestellt hatte. Obgleich sie nach einer Weile gar nicht mehr daran dachte. Und sie waren beide glücklich mit ihrem Baby. »Wenn ich in deinem Alter wäre, Lee, würde ich vielleicht noch ein zweites haben wollen, aber selbst dann... man kann nicht alles haben – einen Beruf und zehn Kinder dazu.«

Lee war jedoch anderer Meinung. Trotz des zweiten Kindes, das unterwegs war, wollte sie bis zur Geburt arbeiten und danach bald wieder ihre Arbeit aufnehmen. Sie hatte kürzlich den Coty-Preis gewonnen, und auf Erfolg wollte sie nicht verzichten. Sie sah nicht ein, wieso sie nicht weiterarbeiten sollte. Sie würde es schaffen, also warum nicht Tana?

»Wie war dein Tag, Liebling?« Tana warf ihre Aktentasche auf einen Stuhl und beugte sich hinunter, um Russ zu küssen, während er das Baby in den Armen hielt. Sie sah auf ihre Uhr, denn sie gab Harry immer noch dreimal täglich die Brust; morgens, abends und spät nachts. Sie überlegte, wann er zum letztenmal etwas zu trinken bekommen hatte. Sie liebte es zu stillen, weil sie ihrem Kind da besonders nahe war, liebte die stillen Stunden im Kinderzimmer, um drei Uhr morgens, wenn nur sie und Harry wach waren. Es gefiel ihr, etwas Besonderes für sein Wohlergehen tun zu können. Und außerdem hatte ihr jemand erzählt, daß man während der Stillzeit nicht wieder schwanger werden könnte.

»Meinst du, es macht etwas aus, wenn ich ihn stille, bis er zwölf ist?« hatte sie Russ eines Tages gefragt, und er hatte gelacht. Ihr gemeinsames Zusammenleben war traumhaft. Es hatte sich gelohnt, so lange zu warten, zumindest war sie jetzt der Meinung. Sie war gerade einundvierzig geworden, und er war zweiundfünfzig.

»Weißt du, Tan, du siehst müde aus.« Russ betrachtete sie eingehend. »Vielleicht ist das Stillen zuviel für dich, jetzt wo du wieder arbeitest.« Sie wollte das nicht wahrhaben, aber ihr Körper schien sich seiner Meinung anzuschließen; denn in den nächsten paar Wochen produzierte er immer weniger Milch. Und als sie zu einer Routineuntersuchung zum Arzt ging, wog er sie, tastete sie ab, untersuchte die Brust und meinte schließlich, er wollte eine Blutuntersuchung machen.

»Stimmt etwas nicht?« Sie warf einen Blick auf ihre Uhr. Sie mußte um zwei wieder im Gericht sein.

»Ich will nur etwas überprüfen. Ich rufe Sie heute nachmittag an.« Er war offensichtlich soweit mit ihrem Gesundheitszustand zufrieden gewesen, und sie hatte keine Zeit, sich Sorgen wegen des Bluttests zu machen. Sie fuhr eilig zum Rathaus, und als ihre Sekretärin um fünf Uhr bei ihr anklopfte, hatte sie den Arzt schon wieder vergessen.

»Der Arzt meinte, er müsse mit Ihnen sprechen.«

»Danke.« Sie nahm das Telefon und kritzelte ein paar Notizen auf ein Blatt Papier, während sie ihm zuhörte, und plötzlich hielt sie inne. Das konnte nicht sein . . . er mußte sich irren . . . sie hatte doch bis letzte Woche noch gestillt . . . Sie ließ sich auf einen Stuhl fallen, dankte ihm und legte auf. Mist! Sie war wieder schwanger!

Harry war goldig, aber sie wollte kein zweites Kind. Dafür war sie zu alt ... sie hatte ihren Beruf ... diesmal würde sie ihn endgültig aufgeben müssen ... es war unmöglich ... sie wußte nicht, was tun. Gewiß, sie hatte die Wahl ... aber was sollte sie Russ sagen ... daß sie sein Kind abgetrieben hatte? Nein, das konnte sie nicht tun. Sie verbrachte eine schlaflose Nacht und verriet ihm nichts, als er sie fragte, was sie so beschäftigte. Sie brachte es nicht über die Lippen. Diesmal war es noch schwerer, es paßte alles nicht zusammen ... sie war zu alt ... ihr Beruf bedeutete ihr zuviel ... doch Lee wollte ja auch nach ihrem zweiten Kind weiterarbeiten ... oder hatte es keinen Sinn? Sollte sie von dem Richterposten zurücktreten? Würden die Kinder ihr letztendlich mehr bedeuten? Sie fühlte sich hin und her gerissen, und als sie morgens aufstand, sah sie kreidebleich aus. Russ betrachtete sie beim Frühstück, sagte jedoch zuerst nichts. Als er aufbrach, fragte er sie: »Hast du über Mittag etwas zu tun heute, Tan?«

»Nein ... nicht daß ich wüßte ...« Doch sie wollte nicht mit ihm zusammen essen, sie mußte nachdenken. »Aber auf meinem Schreibtisch türmt sich einige Arbeit, die ich erledigen sollte.« Sie wich seinem Blick aus.

»Du mußt etwas essen. Ich bringe dir ein paar Sandwiches.«

»Gut.« Sie kam sich wie eine Verräterin vor, weil sie ihm die Neuigkeit noch immer verheimlichte, und ihr war schwer ums Herz, als sie zur Arbeit fuhr. Sie hatte eine Menge unbedeutender Fälle zu begutachten, und um elf sah sie sich einem Mann mit wildem Blick gegenüber, mit einer krausen, grauen Haarmähne, die in alle Himmelsrichtungen abstand. Er hatte eine Bombe vor einem ausländischen Konsulat gelegt, und der Fall mußte vor Gericht verhandelt werden. Sie begann mit den üblichen Schritten, las dann auf einmal seinen Namen, hob verblüfft den Kopf und grinste. Aus einem Grund, den niemand am Gericht verstand, mußte sie den Fall wegen Befangenheit an einen anderen Richter übergeben. Der Mann hieß Yael McBee, es war der wildäugige, radikale Liebhaber, den sie im letzten Jahr ihres Jurastudiums in Boalt gehabt hatte. Der junge Mann, der ins

Gefängnis gekommen war, weil er Sprengkörper in das Haus des Bürgermeisters geworfen hatte. Sie entnahm den Unterlagen, daß er seitdem noch zweimal im Gefängnis gewesen war. Wie das Leben doch manchmal spielte ... es war so lange her ... Augenblicklich dachte sie an Harry ... und das komische Häuschen, in dem sie gewohnt hatten ... und Averil. Sie war damals noch so jung ... und die wüste Hippie-Kommune, in der Yael gelebt hatte. Sie blickte ihn über den Tisch hinweg an. Er war alt geworden. Er war sechundvierzig Jahre alt ... ein erwachsener Mann ... und noch immer kämpfte er für seine Sache, auf seine ungesetzliche Art. Wie weit das alles zurücklag ... dieser Mann mit seinen wilden Ansichten. In seinen Unterlagen stand, er wäre ein Terrorist. Ein Terrorist. Und sie war Richterin ... Es war wirklich viel Zeit vergangen ... und Harry war nicht mehr bei ihnen ... und all ihre gescheiten Ideen waren verblaßt, manche vergessen, viele dahingeschwunden ... Sharon ... Harry ... und nun dieses neue, andere Leben ... ihr Sohn, der kleine Harry, der nach ihrem Freund benannt war ... und dieses Baby in ihrem Leib ... faszinierend, was das Leben mit einem machte, wohin sie geraten waren, sie alle ...

Als sie aufsah, stand Russ vor ihr und sah sie an, und Tana lächelte ihm zu. Sie wies den Fall Yael McBee von ihrem Gericht zurück, rief eine Verhandlungspause über Mittag aus und zog sich mit Russ in ihr Zimmer zurück.

»Wer war das?« Russ schien belustigt. Ihre Tage bei Gericht verliefen offensichtlich aufregender als seine. Sie setzte sich und fing an zu lachen.

»Er heißt Yael McBee, falls dir das etwas sagt. Ich kannte ihn, als ich in Boalt studierte.«

»Ein Freund von dir?« Russ blickte sie ironisch an, und sie grinste.

»Ob du es glaubst oder nicht, ja, das war er.«

»Da hast du dich aber seit damals ganz schön verändert, mein Liebes.«

»Ja, das dachte ich auch gerade.« Und dann fiel ihr etwas anderes ein. Sie sah ihn zögernd an, fragte sich, wie er reagieren würde. »Ich muß dir etwas sagen.«

Er lächelte sie zärtlich an. »Du bist wieder schwanger!«

Sie starrte ihn verblüfft an. »Woher weißt du das? Hat der Arzt dich angerufen?«

»Nein. Ich bin eben nicht auf den Kopf gefallen. Ich habe mir gestern nacht überlegt, daß es das sein müßte. Und ich nahm an, daß du es mir früher oder später sagen würdest. Natürlich bist du inzwischen überzeugt, daß deine Karriere vorbei ist, wir das Haus aufgeben müssen, ich meine Stelle verlieren werde, oder wir beide . . . « Sie lachte, und Tränen traten in ihre Augen. »Habe ich recht?« fragte er lächelnd.

»Ja, vollkommen.«

»Und bist du noch nicht auf die Idee gekommen, daß, wenn du Richterin mit einem Kind sein kannst, du es auch mit zwei Kindern sein kannst? Und eine gute Richterin noch dazu?«

»Das kam mir gerade in den Sinn, als du hereinkamst.«

»Meine Güte!« Er beugte sich vor, um sie zu küssen, und sie wechselten Blicke, die nur sie beide kannten.

»Du begreifst aber schnell . . . « Er küßte sie. Ihre Sekretärin trat ein, zog sich hastig wieder zurück und lächelte verschmitzt. Und Tana dankte im stillen ihrem Schicksal für das, was sie erreicht hatte, für den Mann, den sie gefunden hatte . . . die Entscheidungen, die sie getroffen hatte . . . von einem Beruf ohne Mann, ohne Kinder . . . bis hin zu allem . . . einem Mann, einem Beruf, einem Sohn. Sie hatte alles zusammengefügt, wie man wilde Blumen zu einem Strauß bindet, bis sie mit vollen Händen dastand . . . inmitten eines Lebens voller Liebe und Erfüllung.